Caro amico, questo volume è la proposta di una strada.
Le tappe di questo cammino sono:

IL DESTINO NELLE SUE MANI

LE PRIME LUCI
IL RACCONTO DELL'ESILIO DEL MONDO

FINO ALLA FINE DELLA FEDE

Buon viaggio!
Giancarlo Restivo

Giancarlo Restivo

È autore indipendente di narrativa, fumetti e poeta pluripremiato a livello nazionale e internazionale (primo posto al Campionato Italiano di Poesia 2021).

Ricordiamo che il romanzo "il Destino nelle Sue mani" è stato Bestseller Amazon nel 2021 nella sezione Fantasy Cristiani ed ha ricevuto l'onorificenza di Opera con attestazione di merito al Premio internazionale Michelangelo Buonarroti.
Nel 2022 è divenuto inoltre, insieme al suo seguito "Le prime luci. Il racconto dell'esilio del mondo" Bestseller Google 2022.

Invece, l'opera teatrale "Fino alla fine della Fede", pubblicata a fine aprile 2022 contenente i componimenti poetici "Nulla e perduto" (premio Penna d'Oro della letteratura italiana 2021), "Il combattente" (premio nazionale La Rosa d'Oro 2021) nonché alcune canzoni contenute nell'Anthology premiata con il Sanremo Music Award nel 2018 già nei primi giorni è divenuta Bestseller Amazon entrando nella Top10 dei Fantasy Cristiani e nella Top20 dei Classici e Allegorie Cristiane Amazon.

Inoltre, è autore nell'ambito musicale come cantautore e compositore di colonne sonore. In quest'ultimo ambito è stato vincitore del Sanremo Music Award alla carriera nel 2018.

www.giancarlorestivo.it

Titolo:
Il Destino nelle Sue mani - SAGA

Autore:
Calogero Gian Carlo Restivo
www.giancarlorestivo.it
info@giancarlorestivo.it

Editore:
LeDivine Edizioni

Prima edizione: Maggio 2022

Canto di introduzione

Ave Maria

Ave Maria, piena di grazia,
il Signore è con te.
Tu sei benedetta fra tutte le donne
e benedetto è il frutto del tuo seno, Gesù.
Santa Maria, Madre di Dio,
prega per noi peccatori,
adesso e nell'ora della nostra morte.
Amen.

Oh Maria...

**LE DIVINE
EDIZIONI**

Titolo:
Il Destino nelle Sue mani

Autore:
Calogero Gian Carlo Restivo
www.giancarlorestivo.it
info@giancarlorestivo.it

Editore:
LeDivine Edizioni

Quinta edizione: Maggio 2022

IL DESTINO
NELLE SUE MANI

GiancarloRestivo.it

Grafica di copertina: Ivano Conti www.tappetisonori.it
Foto di copertina: Massimo Meloni www.fotolia.com
LeDivine Edizioni, è un marchio CGR servizi di Calogero Restivo
www.giancarlorestivo.it

UN INVITO ALLA LETTURA

Epico. Non saprei in quale altro modo definire questo volume di Giancarlo Restivo.

Attraversa i millenni, le generazioni, il tempo, la geografia dei luoghi e i luoghi dell'invisibile.

Racconta le vite e la complessità psicologica di personaggi creati dalla sua fantasia per dare voce ai moti dell'anima propri dell'intera umanità. E racconta eventi e protagonisti della Storia.

Perché dalla prima all'ultima pagina tutto è concatenato, il precipitare e il ritornare, omicidi e visioni, irruenza e lacerazioni, amori, incesti, dolorose maternità, sotterranei oscuri ed enigmatici scritti, esseri umani e demoni.

Argomento portante e centrale di tutta la narrazione, inevitabilmente complesso, è il rapporto fra il Bene e il Male, la Luce e l'Ombra, Cristo e l'Anticristo. Un tema arduo che attraversa tutto il volume, intrecciato agli innumerevoli percorsi che compiono le vicende.

Estremamente articolato, necessita a mio parere di un approccio attento e lento: non è un volume da leggere, e non è una lettura facile. È un volume le cui pagine devono essere affrontate, rilette, ascoltate, meditate.

È un laboratorio di scrittura che conduce, in sequenza, come scrive l'autore "a profezie millenarie che parlano al cuore dell'uomo sempre con un unico scopo: quello della salvezza di ogni singolo uomo".

Al di sopra e al di dentro di tutta questa infinita umanità in cammino fra peccati e redenzione, c'è Dio con le Sue mani tese nel gesto d'accogliente amore nell'incontro con ogni individuo.

Magnifiche le righe con le quali Restivo narra le apparizioni della Madonna durante le quali è avvolta da intensa luminosità ma non pronuncia parole, né ammonimenti, né esortazioni. Il silenzio. Questa è la potenza delle visioni. Questo è l'indispensabile elemento perché il nostro spirito esca dal caos e dal frastuono delle parole e sappia, nel silenzio, penetrare nella Verità della rivelazione di Dio. E con questo, dare senso alla nostra vita.

Giovanna Ferrante
Giornalista e scrittrice

Ai miei genitori

Introduzione

Questo libro, un *Thriller-fantasy* direi, è stato un grande impegno, scritto nei ritagli di tempo tra famiglia e lavoro. Ho accettato questa sfida, la mia quotidiana lotta con me stesso, principalmente per tre ragioni.

La prima: un'irrefrenabile inquietudine che mi lascia insonne in tante notti, un cuore mai pago che mi rende iperattivo.

Una seconda ragione è quella di poter far conoscere ai miei figli e alle persone che amo quello che di vero ho misteriosamente incontrato nella vita e che l'ha resa una grande avventura, alla mia maniera un po' *bohèmien*. Come se un bambino contento del regalo ricevuto, preso dalla voglia di raccontare a tutti quanto è bello, lo facesse scrivendo una lettera.

La terza è quella di poter raccontare, in una storia di fantasia, ciò che mi colpisce dell'esperienza cristiana e dell'epica contenuta nella sua teologia escatologica. Un'epica eroica e paradossale. Paradossale, perché piena d'immagini astratte e profezie millenarie, ma che poi uno scopre essere sempre ben piantate per terra, tanto da parlare al cuore dell'uomo con un realismo mai scontato. Eroica, perché mai fine a se stessa, ma vi si ritrova sempre come unico scopo quello della salvezza di ogni singolo uomo, buono, cattivo o a metà.

In questo mondo in cui l'umano che risiede in ognuno di noi è in rovina, ho voluto pormi le domande ultime davanti cui il cinismo moderno ci fa rifuggire. O ci propone risposte comode e rassegnate.

Ho voluto parlare del Dio che ho avuto la "fortuna" di incontrare personalmente, un Dio che, istante per istante, cerca di tirar fuori il meglio da buoni e cattivi, da amici e nemici, perché entrambe le fazioni sono considerate "figli". Un Dio che se ne frega delle correnti o delle strutture di potere, delle profezie o dei pronostici e che punta a conquistare il cuore di ogni singolo uomo nel rispetto assoluto della sua libertà. Il fascino della fede da me immeritatamente incontrata non è ascrivibile in una teoria, ma è un'esperienza d'incontro con persone autenticamente difettose, ma allo stesso tempo testimoni, gente portatrice di un bene più grande della somma dei loro sforzi. Questo è in fondo quello che ho voluto tentativamente rappresentare.

Ringraziamenti

Sono immensamente grato a Maria Luisa Villari, mia suocera, per il suo aiuto redazionale, per aver messo al servizio dell'opera le sue profonde conoscenze filosofiche, teologiche e letterarie. Prego ogni giorno affinché il suo impegno venga ripagato in provvidenza e grazia.

Desidero inoltre ringraziare mia moglie, Debora, per la revisione redazionale e l'immane pazienza avuta in questo anno in cui cambiavo umore e vivevo le mie giornate con la personalità e gli atteggiamenti dei vari personaggi, man mano che lo scritto procedeva. Il mio disturbo dissociativo d'identità ha causato non pochi problemi alla gestione delle relazioni sociali che riempiono le nostre vite.

Ringrazio Don Julián Carrón e tutti gli amici che mi richiamano giornalmente a una responsabilità personale, da giocarsi in ogni dimensione che mi è data da vivere. Questo libro è frutto di questo sprono continuo.

«*Un detto popolare dice che ogni uomo deve lasciare nella vita un figlio,
deve piantare un albero e deve scrivere un libro:
questa è l'eredità migliore!*»
Papa Francesco

NOTE DI LETTURA:
Per sottolineare e approfondire il tessuto emozionale e i significati che ho voluto esprimere, ho scritto una colonna sonora che accompagna il libro.

La colonna sonora, rintracciabile nei maggiori *stores* digitali o sul mio profilo *Soundcloud*, comprende inoltre le canzoni contenute all'interno del romanzo e con cui i personaggi interagiscono.

Ulteriormente sono stati realizzati dei *Booktrailers*, reperibili su *YouTube* o sui *Social*, per ampliare ancor più l'immaginario visivo relativo al libro.

Chiedo scusa per aver appena accennato le note e i riferimenti, le citazioni e i rimandi. Sono in preparazione delle edizioni con i giusti approfondimenti al fine di rendere giustizia ed esprimere la legittima stima agli autori e alle opere che sono state d'ispirazione per questo racconto. In questa seconda edizione sono state aggiunte circa quaranta pagine di note, sicuramente utili per avere una visione dell'origine dei rimandi più definita.

Per una maggiore comprensione dei passaggi fondamentali del testo è utile riferirsi al titolo di ogni capitolo. Le parole che donano il titolo a ogni capitolo, infatti, sono tracce che aiuteranno a seguire meglio il percorso che sfocerà nella risoluzione del mistero finale.

Il racconto è sviluppato in più livelli e chiavi di lettura di cui ne evidenzio solamente due:
Il livello *romanzo*, immediatamente evidente segue una cronologia temporale sequenziale e di-sequenziale in quanto gli eventi del prologo si legano direttamente a quelli della terza parte, costituendo la parte uno e due una grande premessa decisiva ai fatti conclusivi.
Il livello *saggio*. Lo scritto vuole sostenere una tesi ben precisa. Col supporto degli autori che stimo e che lo hanno ispirato con i loro scritti e il loro impegno, vuole mostrare che Cristo è la risposta a quello che l'uomo cerca ieri, oggi e sempre.

N.B. Questa è un'opera di fantasia. Riferimenti a eventi storici, organizzazioni, persone reali e luoghi autentici sono usati in chiave fittizia.
Altri nomi, personaggi, luoghi e avvenimenti sono frutto dell'immaginazione dell'autore e ogni rassomiglianza con persone realmente esistenti o esistite, eventi o località reali è assolutamente casuale.
Nomi, personaggi, società, organizzazioni, luoghi, fatti e avvenimenti citati sono invenzioni dell'autore e hanno lo scopo di conferire veridicità alla narrazione.
Qualsiasi analogia con eventi, luoghi e persone, vive o scomparse, è assolutamente casuale.

Il Destino nelle Sue mani

Prologo
LIBERTA'

Le sabbie,
sabbie di tempo e del tempo,
sabbie senza fine.
Tutti i deserti del mondo,
tutti i deserti di tutti i pianeti dell'universo;
riuniti qui,
per avvampare.
La carne che non è carne,
la carne dell'anima deve passare attraverso questo.
L'aridità,
le fitte,
gli spasimi,
tali sono i patimenti che bisogna provare.
Vale la pena,
tutto!
Pur di tornare finalmente ai cari,
deponendo il santo legno
e giustamente riposare.

Ardeva un incendio, che attanagliava, sin nelle viscere, come in nessun altro luogo dell'essere… a ogni attimo. Guidati da una luce profondissima, che accecava senza ferire gli occhi, peregrinavano nel tentativo di avvicinare la sola e unica speranza che si palesava davanti ai loro sguardi, purificandoli: l'eternità. Ed essi vi si dirigevano con animo contrito, come quando ci si immette in un sentiero verso un luogo sacro, decisi a procedere fino allo stadio ultimo, sapendo che lì, in quell'eternità che da lontano intravvedevano, finalmente, l'anima avrebbe smesso di bruciare.

«Allora, sarà casa!» sussurrava tra sé e sé l'uomo stanco, fasciato nel corpo da una tunica scura, quasi del tutto buia. Un volto scavato da tante cose accadute, capelli corti e castani, occhi attenti e pensierosi e una barba come non rasata da tre giorni.

Si trovava in compagnia di un secondo uomo, che era riverso a terra, impegnato ad aggrapparsi alle sue stesse vesti per poter avanzare. Il viso di quest'ultimo era semicoperto dal cappuccio, che mostrava, solo in parte, uno sguardo più disteso, meno torbido, ma molto più affannato di quello del compagno. Evidentemente assai affaticato, si reggeva con forza il torace, all'altezza dell'addome, come per contenerlo o trattenerlo. Portava una fasciatura alla mano destra, come fosse ferita. Il vestiario era il medesimo dell'amico, ma ben più chiaro nella colorazione.

La diversa tonalità del colore delle loro vesti segnava un significato ben preciso. Più scura era la tunica e più lungo sarebbe stato il cammino per raggiungere la vita eterna. I due viandanti continuavano a procedere, sapendo che sarebbero arrivati alla meta soltanto quando le loro tuniche si fossero schiarite: così avevano saputo.

I due avanzavano, inoltrati in un arido deserto che li circondava tutt'intorno; nessun orizzonte, nessun punto di riferimento: il deserto si mostrava loro infinito. La sabbia su cui camminavano bruciava i loro piedi scalzi, e in alto, un cielo immenso dall'orizzonte interminabile, li sovrastava. Era ricoperto da grosse nuvole, che velavano una luce dorata. Mosse come da un vortice furioso di venti tropicali, disegnavano una minacciosa spirale al centro del cielo, che appariva, però, paurosamente immobile.

A un certo punto, l'uomo dalla tunica oscura si rivolse, con un atteggiamento premuroso, al suo compagno di viaggio:

«Dante, chiedere aiuto non è un'umiliazione[1]! Forse, bisognava continuare ad accasciarsi... forse, bisognava continuare a riposare per ritrovare la forza necessaria! Se solo ci avessero detto prima come sarebbe stata la purgazione, avrei fatto di tutto per evitarla!»

La voce roca scandiva, segmentava ogni parola, sottolineando il tono profondo di quelle confidenze, ma, nello stesso tempo, lasciava trasparire un senso di smarrimento: la sua era la voce di un uomo sperduto. Aveva potuto godere del perdono eterno, ma avrebbe dovuto ancora molto espiare. Affranto, ripensava a quando tutto per lui aveva avuto inizio, a quando era iniziata la sua "morte".

«Non c'è misericordia senza giustizia!» sentì dirsi quello sfortunato giorno. La frase riecheggiava dalle profondità del vortice d'immensità che si era spalancato sul capo del suo cadavere, in una vecchia stanza di obitorio. Vi era rimasto a osservarlo, incredulo, per tre giorni interi. Immobile, con accanto solo quel suo corpo inanimato.

La camera mortuaria era gelata e la luce soffusa rischiarava le pareti verde sbiadito dell'angusto locale. Tutt'intorno, vi era un tanfo amarognolo di cibi avariati, rimasti a ristagnare per giorni in un frigo... nessun segno di vita, ma a lui non importava. Era rimasto lì, a esaminarsi da morto per quelle tre interminabili lunghe giornate, tempo in cui aveva coltivato la convinzione di potere vivere l'eternità da spirito vagante, nel nulla, in una sterile dimensione senza senso di profonda solitudine.

Solo un crocifisso compassionevole, appeso alla parete, aveva fissato con lui la ferita d'arma da fuoco che aveva deciso arbitrariamente il suo trapasso, fino a quando era arrivata Lei, la Madre di tutte le madri.

Non dimenticò mai più l'immagine di quella soave presenza vestita di porpora e ammantata di cielo, teneva tre rose tra le mani: una rosa bianca, segno di preghiera, una rosa rossa, segno di sacrificio e una rosa gialla con i riflessi dorati, segno di penitenza.

Era stata Lei a dirgli che era tempo di andare incontro alla salvezza; gli aveva spiegato che, per farlo, avrebbe dovuto compiere un viaggio... e che quello sarebbe stata l'ultima possibilità che gli sarebbe stata concessa.

Confuso e impaurito, mentre ancora Lei gli parlava, aveva visto qualcosa di orribile concretizzarsi davanti ai suoi occhi. Dal pavimento si era aperta, infatti, una fosca, profonda e infinita voragine... da cui erano sbucati orribili occhi tetri, che lo fissavano malvagiamente. Nonostante egli non avesse un corpo, quegli occhi lo avevano afferrato famelici, cercando di condurlo nel loro baratro immondo e disgustoso.

Muto e chiuso nella sua disperazione, era stato proprio in quel momento che, avendo confidato nella promessa portata da quella bellezza di donna, si era sentito agguantare da un braccio possente, che lo aveva tratto a sé e lo aveva agganciato con potenza poderosa. Di chi era quel braccio? Si era girato e aveva scorto un'immagine folgorante, simile a una forma umana lucente, che aveva dietro di sé due immense ali d'aquila, luminose ed argentee. Era un Arcangelo di Dio... ed era stato il braccio di un Arcangelo di Dio a strapparlo dalle grinfie dei mostri del pozzo infernale.

Quel giorno si era ritenuto graziato; quel giorno, egli aveva accettato di percorrere la via che lo avrebbe condotto alla salvezza e, pertanto, quel giorno aveva ricevuto in consegna la veste che avrebbe segnato il tempo del suo ultimo passaggio.

Il deserto e la fatica lo fecero ritornare al presente; continuò a pensare ad alta voce, rivolgendosi al suo compagno:

«Se avessimo saputo, avremmo fatto di tutto per evitare questo luogo di penitenza…»

Poi, riflettendo interiormente, comprese che durante tutta la sua vita non aveva mai immaginato che ci potesse essere un luogo di penitenza dopo la morte, anzi non aveva mai dato troppa importanza all'eventualità di una realtà oltre la morte… Eppure, quante volte sulla terra, aveva avuto il sentore dell'esistenza di quell'aldilà? Quant'era stata forte l'esperienza di quell'incompletezza delle cose[2]? Di quell'inquietudine del cuore che gli procurava un sentimento di nostalgia e di solitudine? Avrebbe dovuto capire che era scritto nella carne, che c'era qualcosa di più… oltre la cortina di fumo chiamata morte.

E adesso stava lì. Era lì, su quella sabbia che ustionava la pelle e sotto quel cielo tutt'altro che sereno; in quel luogo che gli proiettava, gli rimandava, tutto quanto aveva vissuto e tutta l'angoscia di non esserne stato degno.

«Da quanto tempo camminiamo?!» chiese, quasi sottovoce, Dante, che si presentava più logorato, ma più sereno del suo vicino. Questi lo guardò; per un attimo i suoi occhi si posarono sulla tunica di Dante: era scura, ma molto meno della sua. Si riprese ed esclamò con voce stridente:

«Quanto?! Domanda sbagliata!»

Aveva ragione, "Quanto?", lì non era una domanda opportuna, perché nel luogo in cui si trovavano non c'era il tempo.

Rifletté sul fatto che una volta avevano potuto usufruire di un tempo a disposizione; se sbagliavano, quando vivevano "nel tempo", avrebbero potuto ricredersi, chiedere scusa, ricominciare. Quel luogo in cui si trovavano, invece, era uno stato indefinito, in cui avrebbero dovuto solo camminare, sapendo che si sarebbero fermati solo alla fine. In realtà, in quel luogo senza tempo, non c'erano nemmeno spazi, solo un'unica direzione: l'inafferrabile *Eterno* ancora lontano; un deserto infinito, dove avrebbero dovuto soltanto ricordare e imparare.

E man mano che procedevano, i ricordi della loro vita riaffioravano nella cruda completezza della loro memoria; emergevano evocazioni di momenti completamente sepolti, pezzi di esperienza che, adesso, divenivano verità piena... Ed essi si addoloravano per tanta malvagità vissuta. Ora afferravano il senso di tutto. Capivano l'amore, inteso come sacrificio; il darsi gratuitamente, senza chiedere nulla in cambio, il darsi totalmente, perché pienamente avevano ricevuto.

Soprattutto l'uomo dalla veste oscura, che, durante la sua esistenza, aveva provocato molto dolore, adesso riusciva a capire: era stato un egoista e aveva adorato soltanto se stesso. L'unica volta in cui aveva amato un'altra creatura, era riuscito a ferirla e a farla fuggire. Adesso, se ne vergognava.

Solo una cosa lo rincuorava: il suo incontro con Dante, il compagno che si era ritrovato accanto, come un miracolo, come una grazia che non aveva chiesto. Posò lo sguardo su di lui; era malinconico e guardava il vuoto... era sfiancato. Cercò di rincuorare l'amico, cacciando via i suoi tristi pensieri e mettendo fuori un po' d'ironia; così, mentre con la mano indicava l'orizzonte infinito, sorrise ed esclamò:

«Mal comune mezzo gaudio, amico! Avanti, su, muoviamoci!»

«Dio mi è testimone, ci riderò sopra anch'io, Cédric! In fondo, dici il vero: l'amicizia è necessaria più del pane[3]!»

E sarebbe stata un'autentica amicizia la loro, se avessero saputo richiamarsi allo scopo per cui erano insieme in quel luogo. Gli occhi dei due uomini si incontrarono e si fecero coraggio. I due pellegrini ripresero il cammino, ma fatti pochi passi, un imprevisto li fece arrestare.

«Macchie sospese a mezz'aria, fumi scuri. Laggiù!» esclamò Dante, rinvigorito dalla curiosità.

«Ombre di qualcosa…» disse l'uomo dalla veste più scura.

Anche se storditi dalla calura del deserto, i due ebbero l'impressione di scorgere qualcosa di concreto; pensarono che quelle macchie fossero altri uomini dalla veste oscura, uomini come Cédric. Vollero capire fino in fondo e perciò si avviarono in direzione delle "macchie".

Cédric avanzava, sostenendo e stimolando l'amico e Dante gli si aggrappava addosso di peso.

«Sostienimi, Cédric Roman, non lasciarmi andare a rilento!» diceva.

Dante si sentiva più fiacco, più debole a ogni passo. Capiva che stava sprecando molte forze, ma sapeva dentro di sé, che quando un uomo si impatta in qualcosa di nuovo, non può non andarle incontro; perché sa che "quella cosa" è lì per lui… anche se non l'aveva programmata o prevista.

"Senza novità saremmo tristi…" rifletteva Dante, *"imprigionati nella nostra noia… Ringraziando il cielo, il grido della realtà ci attira sempre a qualcosa di più profondo, donandoci così, la forza necessaria ad avanzare, nonostante le avversità"*. Roman lo guardava con ammirazione; gli piaceva la sua tenacia, la sua fierezza, la sua capacità di affrontare la fatica.

I due compagni aumentarono il passo verso l'ignota destinazione; l'avvicinamento proseguì incalzante, ma non a vantaggio di una maggiore chiarezza. Infatti, più i due uomini procedevano verso l'obiettivo, meno riuscivano a comprendere.

Intanto la sabbia eterna ardeva ai loro piedi, l'arsura dilaniava i loro spiriti dall'interno; quell'accaloramento mistico intorpidiva e rallentava i loro movimenti.

Arrivati sul posto e fermatisi prudentemente a una certa distanza, videro fuochi neri a mezz'aria, come poligoni di tenebra, squarci in quell'incommensurabile bagliore che invece era il loro confine. Intorno a quelle grandi ombre fluttuanti, la realtà si diradava. Morendo, bruciava di maggiore intensità, come disperata e impotente contro la forza dell'oscuro fenomeno.

Lo strano accadimento aveva intimorito i due compagni e li aveva gettati nello sgomento. Non avevano mai visto né era mai stato descritto loro nulla del genere.

«Dante, a te che camminerai meno di me, la Madre della divina Grazia, ti ha mai parlato di questo fenomeno?!» chiese, frastornato da pensieri confusi, Cédric Roman.

Dante scosse la testa; purtroppo, ne sapeva quanto lui. Trovava ci fosse un qualcosa di anarchico in quanto gli appariva, qualcosa di innaturale, che andava al di fuori di qualunque legge della "fisica" e rifletteva sul fatto che ciò che è anarchico, per quanto affasciante possa essere, è sempre menzognero[4].

Improvvisamente, un'entrata teatrale, una presenza gagliarda, li scosse dai loro pensieri, richiamandoli alla realtà. Qualcuno, alle loro spalle, parlava con tono di voce forte e deciso:

«Dio mi è testimone. C'è sempre da esser cauti quando si incontra qualcosa che non dovrebbe esserci! L'uomo prima non c'era e poi c'è e muore! A volte lo dimentichiamo, perché vogliamo non dipendere, ma in realtà è una dipendenza incontrovertibile!»

I due si girarono di scatto, stupiti di non essere spettatori solitari. Un'imponente sagoma, oscurata dalla controluce, si affacciava loro dinnanzi, da un'altura sabbiosa.

Avrebbero gradito volentieri una presentazione meno enigmatica e Cédric Roman, sfacciatamente, manifestò quel pensiero all'ignota presenza quasi rimproverandolo; mentre si portava il bordo di una mano frontalmente agli occhi, per poterla scrutare meglio.

«Mi scuso… ma sono qui per avvertirvi! Sbagliereste nell'avvicinarvi a quei misteri. Essere curiosi è positivo, ma la curiosità può divenire un diavolo tentatore, specie se accompagnata dall'imprudenza!» tuonò l'uomo appena giunto, accettando il rimprovero di Roman.

Era vero, ogni annuncio può divenire fattore di movimento verso un bene. Ma quale "bene" poteva esserci in quelle tenebrose ferite fluttuanti? I due amici condividevano i medesimi dubbi.

«Credetemi, compiere ciò che manca ai patimenti del Cristo nella carne: questo deve essere il nostro unico interesse! Soltanto in questo modo, potremo riacquistare quanto abbiamo perso a causa della caduta originaria: la capacità di amare, come Dio ci ha amati!»

Così implorandoli, quell'uomo, tendeva le braccia in avanti, quasi a volerli fermare; supplicando di non dirigersi verso gli arcani roghi. Roman e Dante notarono la veste di quell'uomo, che era di un candore meraviglioso e fu subito loro chiaro che il nuovo ospite avrebbe avuto poco da sostare con loro. L'uomo proseguì:

«Lasciate che mi presenti, cari amici. Il mio nome è Aharon Lamad, 20 luglio 985 dello *status quo ante* e mi scuso ancora per il mio brusco arrivo!»

La sagoma si sporse definitivamente dalla controluce, discendendo dalla duna da cui era apparsa, mostrando così gradualmente la sua intera figura.

Ricoperto dal candido vestiario che, riflettendo lo splendore eterno, gli forniva un'aria regale simile a un'icona sacra, si accostò ai due uomini ancora scossi. Presentava un viso fiero, seminascosto dalla cappa della veste, capelli neri, una corta barba castano scura, occhi profondi come l'universo.

«Lamad?! Vediamo con piacere che stai per lasciare questo regno di misericordia. Questo dà ragione ai tuoi ammonimenti e ci consiglia di seguirli!» disse Dante, cui il nome dell'interlocutore ricordava qualcuno, anche se non gli veniva in mente nessuno di preciso.

Quasi istintivamente, però, si avvicinò a quella candida figura e l'abbracciò. Sentiva che qualcosa di profondo li legava, ma non riusciva a capire cosa… Inoltre, sapeva che non poteva che obbedirgli. D'altra parte, che l'umano fosse l'unico essere creato perché fosse capace di amare come Dio, era un insegnamento che aveva già in animo. Sentiva che quell'incontro non poteva esser stato un caso. Gli disse:

«Il nome datomi da mia madre è Dante Milton, 25 dicembre 2012 dello *status quo ante* e quest'altro personaggio strano accanto a me si chiama Cédric Roman! Che anno Cédric?!»

Roman, alquanto sospettoso, rispose di malavoglia:

«3 aprile 2002 del mio secolo: la data della mia morte, o meglio della mia venuta qui, in questa parte di universo impercepibile ai sensi umani!»

Si espresse in maniera quasi seccata Cédric Roman, stringendo freddamente la mano al nuovo arrivato. Nella vita terrena, aveva sperimentato di essersi fidato sempre della gente sbagliata, per quanto si mostrasse buona e cordiale. Non era certo di averne imparato la lezione. La sua più grande paura era ripetere l'errore e, a ogni occasione, cercava di non ricascarci. Quest'aspetto aveva sempre generato in lui un'insicurezza, che nascondeva col suo carattere pacatamente burbero. Tuttavia, sapeva bene che non era degli altri che non si fidava, ma di se stesso.

Lamad intuì i sentimenti ostili di Roman, ma pensava, erroneamente, che essi fossero legati al ricordo del giorno del suo decesso. Per cui consigliò a Roman di non affliggersi e provò a spiegargli che chiunque, ripensando a quel momento, non poteva certamente esserne contento.

«Morire è un'obbedienza all'Essere!» continuò… «Esser lieti nella morte è un dono della grazia che pochi hanno o hanno avuto l'onore di ricevere!»

Disse poi che spesso pensiamo alla morte come a qualcosa di insano, quando invece, essa ci spalanca all'*Eterno,* e che in realtà, è proprio l'*Eterno* che il cuore dell'uomo cerca, tra la finitezza delle cose che non bastano. Esclamò perfino che siamo degli stolti che cedono sempre alla tentazione di misurare cosa sia possibile o cosa no. Consigliò loro di occuparsi del presente, indicando che c'era un aspetto buono che avrebbero dovuto considerare: sapevano della "speranza", cui non avevano dato il giusto credito sulla terra e in più, erano ringiovaniti. Quest'ultimo era un particolare che non gli spiaceva affatto.

Di una cosa sola Lamad dichiarava di essere dispiaciuto e non si trattenne dal farlo notare: il colore della tunica di Roman, era ancora oscuro…

Ma Cédric Roman era un ribelle: malvolentieri accettava che qualcuno gli facesse la morale. Aveva ascoltato le parole dello straniero per educazione, ma essendo interessato più all'enigma per cui si erano mossi che alla filosofia di Lamad, troncò subito i convenevoli, dicendo:

«Dicci, Aharon, cosa sono mai queste bizzarrie che abbiamo di fronte? La Madre immacolata, la sempre Vergine che ci ha accolti alla fine dei giorni, non ci ha mai menzionato tali realtà!»

Anche Dante Milton era convinto che si trovassero in un luogo in cui le energie erano concentrate su un lavoro per depurarsi da ogni scoria di disumano, che era l'apice di un cammino ascetico. Pertanto, non avrebbero dovuto incontrare altro, se non anime tese a una direzione sempre più corrispondente alla propria umanità, così com'era avvenuto incontrando Lamad.

Dante vide Aharon Lamad scurirsi in volto alla domanda di Roman e questo lo turbò palesemente.

«È gente incosciente!» rispose determinato Lamad.

Proseguendo con un discorso non perfettamente limpido, raccontò che alcuni, pochi uomini, sono dotati di carismi particolari, ma non sanno come usarli; che siamo più liberi di quanto in realtà pensiamo, che l'umano è capace di cose che nemmeno possiamo immaginare. Portò ad esempio le voci delle preghiere dei cari e dei conoscenti, supliche che in quel luogo particolare avevano la funzione di ripulire le vesti immonde... specchio della lordura dell'anima.

«Ecco miei prossimi! Questi fenomeni sono il risultato della libertà data agli uomini, tanto liberi da esser capaci di atti di volontà tali da aprire varchi, squarci surreali "porte"... che consentono di contattare noi, che abbiamo lasciato il luogo dell'incompiutezza!»

Tenne a precisare che quei loculi oscuri erano il risultato dell'insana curiosità di chi non sa ancora. Poi disse che tra le molte capacità umane, la più stupida era una distrazione voluta, che distrarsi può condannare la dignità umana all'astrazione[5], a qualcosa che non è per l'uomo, che non è buono per lui. Sottolineò che seguire la distrazione voleva dire assassinare la ragione; che, a volte, per uccidere la razionalità, compiamo atti che sappiamo ci porteranno a eludere ciò che è buono e vero. Tendiamo a fare cose che sappiamo, già a priori, profondamente sbagliate.

Dante comprese subito il vero significato delle parole di Aharon Lamad, che non li invitava ad altro, che a non perdere di vista l'obiettivo del perché fossero in quel luogo. Tutta quella conoscenza gli era consona.

Roman, invece, intuiva solamente che quell'anima era custode di una sapienza antica, ma non capiva il motivo di una tale elucubrazione, che, tra l'altro, lo seccava non poco.

«Per questo più ci avviciniamo, più le nostre vesti si scuriscono e più proviamo dolore. Non si disturbano i morti, come non si disturbano i vivi. Si prega per i morti, non bisogna tentare di raggiungerli, se non attraverso la preghiera!» continuò Lamad, proseguendo la riflessione rivolta ai due amici, rivelando che ne capiva la curiosità, l'ansia di chiarire ciò che stava succedendo. In tal senso, riusciva a comprendere il perché, a volte, pensiamo persino che giocare con gli eventi possa portarci a conoscere di più. Ma la realtà è una cosa seria; non si scherza con la vita.

La pazienza nell'attesa: è questo che permette di vivere realisticamente il tempo concesso. Ma ci vuole una fiducia nel cuore, perché essa sia realizzabile. Senza qualcosa di dato, donato, che non ci siamo costruiti da noi, tutto sarebbe un'illusione; senza una speranza venuta da fuori di noi, non si ha la pazienza del vivere e non si attende nulla. Su queste verità e altro ancora avrebbe erudito i compagni se non fosse stato interrotto dai dubbi di Roman.

Cédric Roman, notava le similitudini tra i tratti comportamentali dei due amici di fronte a lui, anche se provenivano da due epoche storiche completamente differenti, e si sentiva circondato ed estraneo a tale contemporaneità di coscienza.

Poi quell'espressione comune «Dio mi è testimone!», lo sbigottiva. Constatava sia in Lamad che in Dante Milton una saggezza arcaica a lui estranea… e del primo ne stava inoltre mal sopportando la loquacità.

«Questa gente pertanto sta tentando di comuncare con noi, attraverso queste specie di pire di tenebra? L'attesa dell'esistenza non è forse attesa di qualcuno? Di dialogo? Forse vogliono dirci qualcosa?» disse Roman, che si voltò, affascinato, verso i poligoni infuocati di nero fumo, appena dietro di lui.

Ma fu ammonito da Dante che mostrava più lucidità del suo compagno di viaggio in quella contingenza. Questi gli fece notare che più si avvicinavano ai fumi oscuri e più le loro vesti annerivano… e che tale fenomeno poteva rivelarsi molto pericoloso per uno spirito dalla veste ancora buia come la sua! Gli disse:

«Per possedere qualcosa, devi conoscerne il significato e sappiamo che quelle macchie oscure sono lì per un non senso. Sono create da coloro che cercano una loro verità artificiale, disturbando chi sta cercando di salvarsi!»

Roman però sembrava sempre più obbliato da quelle nubi oscure e Dante avrebbe voluto tanto farlo assennare. Ma accadde che mentre i due dibattevano, la figura di Aharon Lamad, divenne quasi trasparente e la sua immagine incominciò a dissolversi.

«Tutto per me si compie, torno a casa, miei prossimi, ci rincontreremo nell'ora del ritorno di Cristo Re! Coloro che hanno aperto quelle porte che tanto attirano la vostra attenzione, non sanno quello che fanno. Vi avverto e vi ripeto, alcuni uomini ricevono carismi particolari ma non sanno ancora usarli, questo è il caso di chi vi sta chiamando. Non cedete alle loro lusinghe, non soccombete ad alcuna tentazione! Vi auguro che la vostra strada divenga preghiera espiante, così che le vostre domande trovino presto risposta! Ciò che rende un'esistenza autorevole, degna di essere vissuta è il dare ragione della speranza, che ne è il fattore essenziale. Vieni Signore Gesù!»

Queste furono le ultime parole di Aharon Lamad alla fine della sua ascesi.

«Prossimo!» esclamò Dante rivolgendosi a Roman, citando ironicamente Aharon Lamad, e sperando di limare le volontà ribelli dell'amico... «Lui ha fatto la sua ultima buona azione e noi restiamo qui a prendere il sole. Dovremmo ricominciare il nostro cammino! Aharon ci ha avvertiti. Egli aveva più discernimento di noi e rispetto l'autorità che ha manifestato coi suoi moniti!»

Cédric Roman era ancora rivolto a fissare i varchi senza luce, quasi non sentendo o non volendo ascoltare la prudenza manifestata dall'amico. Ipnotizzato dalle proprie intenzioni, infatti sibilò:

«Hai sentito Aharon, "le vostre domande trovino presto risposta!" Dante io ne ho ancora di questioni aperte e c'è qualcosa per me, oltre quella soglia!»

Dante incominciò ad essere molto preoccupato perché aveva fiutato le intenzioni di Roman. Il tono di Cédric Roman gli appariva molto deciso e gli presagiva comportamenti incoscienti.

Inoltre, inaspettatamente, si accorse che l'amico stava colloquiando con qualcun altro d'invisibile. Infatti, qualcuno oltre, quei varchi, parlava a Roman in una lingua mai sentita prima. Ma egli, Roman, riusciva inspiegabilmente a comprendere quanto gli veniva enunciato.

Un'intesa in cambio di un incarico: era questa la proposta. In vita era quello che meglio gli era riuscito.

Cédric Roman iniziò a dirigersi verso l'ignota oscurità. Dante tornò ad accasciarsi per terra turbato.

«Cédric, cosa succede? Alla fine, potrai avere tutte le risposte che vorrai! L'inferno ti è stato risparmiato, usandoti misericordia. Divienine degno non aprendoti a proponimenti sbagliati!» rituonò Dante con voce insistente.

Dante non poteva sentire le parole che emergevano dai poligoni bui, ma vide Cédric Roman annuire a "qualcuno" oltre quelle nubi e capì bene che non poteva più fare nulla.

«Adios amigo! È ancora viva, vi è una promessa di vita, una vita cui avevo rinunciato, so che devo tentare! Si può aggiustare tutto!» affermò Roman, avvicinandosi sempre più a una delle porte infuocate e fumanti, come catturato da una forza d'attrazione inarrestabile.

Un dolore infinito però non tardò a farsi sentire, penetrando ogni materia della sua anima, ogni frazione di spirito. Nebbia oscura incominciò ad avvolgerlo, la veste nera si stracciava, fondendosi col buio profondo che penetrava in ogni sua parte. Amarezza, dolenza, dispiacere, angoscia, ogni tipo di male fisico e spirituale lo colpiva, man mano che attraversava quel varco. Fitte ovunque soffocavano ogni suo movimento, senza tuttavia riuscire a fermarlo nell'insano gesto di avanzare.

Dante, scosso dalla decisione del compagno di cammino, non osava avvicinarsi. *"A quale prezzo?"* pensava non capacitandosi, Dante Milton.

Perché pagare un prezzo così alto? Provare un così tanto dolore? Cosa c'era oltre quella porta? Chi era ancora viva? Una prigione di domande assediava l'animo dell'uomo rimasto solo con i propri pensieri. *"Il destino non è nostro, non lo creiamo con le nostre sole forze. Il destino non è forse nelle Sue mani?".*

Nel frattempo, di Cédric Roman non restava nulla, se non il miasma che lo aveva ormai del tutto inghiottito.

«Adios amigo!» fu il saluto muto e triste di Dante.

Canto iniziale

Mezz'uomo.

È così vero il pensiero
Di sentirsi umani solo a metà
Scende su di noi la tentazione
Un'istintività fatta uomo
E mi sono già perso
Non ho più una casa
Ho deluso mia madre
Ho tradito la mia sposa
Ho commesso uno sbaglio e la colpa è sempre mia
Ed ho preso l'abbaglio del serpente così
Sto morendo dalla voglia di sapere cosa sei tu per me
Io un bagaglio d'imperfezioni caricato su di un treno
Non lo posso accettare

Ma dimmi posso essere migliore
Per sempre con un grande cuore
Che non smette mai
Che non smette mai

È così vero il mistero
Di sentirsi umani su dì la verità
Piegata su di noi la Perfezione
Un'eternità fatta uomo
E ho trovato me stesso
E mi sento a casa
Ho abbracciato mia madre
Ho baciato la mia sposa
E mi sono raccolto e l'anima è sempre mia
Uccidendo con fatica il serpente così
Sto vivendo con la voglia di capire cosa sono e perché
La salvezza locomotiva che trascina via il mio treno
Ora si può sperare

Ma dimmi voglio essere migliore
Per sempre con un grande cuore
Che non smetta mai
Ma dimmi che voglio ancora respirare
E ho sangue buono per questo cuore
Che non smette mai
Non smette mai

∗Il brano vede come coautore anche Calogero Spataro, amico sin dall'infanzia.

Parte Prima
AVVENIMENTO

«... mi è stato detto che Satana verrà liberato per un certo periodo, cinquanta o sessanta anni prima dell'anno di Cristo 2000...»
Anna Caterina Emmerich

Dici: è impossibile!
Ma Egli è.
Dici: è stato!
Ma Egli è.
Dici: sarebbe!
Ma Egli è.
Qui, ora, Lui... eternamente!

Capitolo 1
OMICIDIO

San Diego, California, USA
3 aprile 1957, ore 09:00

«San Diego, se sai dove abitare, è una buona cittadina!»

Aveva solo sette anni, ma ne era già certa. Si fidava del nonno la piccola bambina dai capelli mori. Avrebbe frequentato il catechismo ed era vestita a festa, per onorare il Signore nel giorno a Lui dedicato. Teneva ben stretta la mano dell'anziano; ancora non si orientava bene tra i vicoli stranieri. Contenta di essersi trasferita in quella nuova metropoli a vivere dai nonni, custodiva sempre un buon motivo per correre verso la chiesetta del quartiere: da lì, si vedeva il mare.

La temperatura era mite, in quella splendida giornata di aprile, e la bimba sembrava non avere alcuna voglia di perdersi la dimostrazione che "Dio è buono, anche quando non dovrebbe!", come ripeteva sempre la nonna. Una soffice brezza salata accarezzava il suo viso e le si posava sulle tenere labbra, facendole sentire il sapore delle onde.

A neppure cento passi dal vialetto della chiesa, il nonno avrebbe sostato al piccolo bar del portico. Lo aspettavano degli amici e il parroco, per un'acquavite e qualche chiacchierata amichevole. Quella sosta, però, non rispondeva all'impazienza della bambina.

Erano passati quattro giorni dal suo arrivo e la promessa di vedere il mare, con quella sosta al bar, tardava a essere mantenuta; si trovava a dover ancora attendere: per quel brutto vizio dei grandi!

Una volta, provò ad assaggiare un po' di quel liquido tanto gradito al nonno, ma la reazione non fu delle migliori: il mal di stomaco la tormentò per settimane. *"Chissà perché la gente ama avere il mal di stomaco?"* si era sempre chiesta in tutta coscienza.

Costretta a stare accanto al nonno per il rito dei saluti, provava a tirarsi via da esso il più possibile, proiettando in lontananza il suo sguardo, fino a riuscire a intravedere uno scorcio delle lucenti acque marine, visibile tra la chiesetta e la villetta accanto.

Impegnata a tirar via la mano del nonno, per poter gironzolare, ad un certo punto, venne così rimproverata:

«Angelica! Angelica Diaz, dove tenti di andare? Abbi un po' di pazienza, obbedisci! Sto aspettando una persona cara! Vedrai che, fra un po', ci incammineremo!»

La piccola Diaz, al richiamo del nonno, si calmò e accettò mansueta la propria sorte. Dopotutto, l'obbedienza è fare qualcosa per amore di un altro[6]… anche se, come in quel caso, qualche volta è una costrizione. Ma Angelica si sacrificava volentieri per il nonno; gli voleva bene e le piaceva ascoltarlo. Era davvero un nonno speciale, che lei non avrebbe mai cambiato con nessun altro nonno, anche se, probabilmente, agli occhi del mondo, egli era una persona piuttosto comune.

Ebreo e di umili origini contadine, in gioventù convertito al cristianesimo, era un instancabile lavoratore, proprietario di una piccola bottega di alimentari, lungo la via del corso che costeggiava la chiesa dell'Assunta. Robusto e possente, teneva sulle proprie spalle anche gran parte della gestione della casa, per via della cecità della moglie, causata da una grave malattia.

La piccola amava stare con lui anche in bottega, dove aveva la possibilità di mangiare liberamente i dolcetti che il nonno teneva in vendita.

Ma in quel momento era solo il mare che la interessava e purtroppo, non poteva averlo. Cercò di distrarsi, concentrandosi sul via vai dei clienti che entravano e uscivano dal Caffè: molte facce di uomini immusoniti. Non era certo un bel posto quello!

Tutto, lì dentro, sapeva di legname e di chiuso. Anche in pieno giorno, il locale appariva piuttosto buio e triste, nonostante una giallastra e debole luce rischiarasse i tavoli e nonostante la presenza della gente che, distrattamente, vi si sedeva per consumare le solite ordinazioni. Angelica si stava annoiando terribilmente, ma per fortuna uno strano fenomeno ruppe quella routine.

A un tratto, infatti, un po' tutto intorno a lei, mutò in qualcosa di diverso: gli sgabelli, i tavoli, le pareti subirono una straordinaria trasformazione, quasi una trasfigurazione. La bambina non era per nulla turbata: quel mutamento lo viveva con entusiasmo e curiosità; quel cambiamento l'attraeva con forza, l'ammaliava…

E poi c'era quello strano uomo, appoggiato al bancone, vestito in maniera così inconsueta. Come assomigliava a suo padre! Lo osservò meglio; l'uomo pareva parlare con qualcuno, ma era da solo. Aveva un interlocutore invisibile? Sembrava proprio il suo papà! Angelica non seppe più trattenere la gioia ed esclamò:

«Papà!»

Quindi si rivolse a suo nonno:

«Nonno, papà è tornato!» gli disse decisa, indicandogli l'individuo presso il bancone e muovendosi verso di lui.

Il nonno alle parole della nipotina si agitò, trattenne la bambina per un braccio e con un filo di voce, disse:

«Cosa dici figliola?! Non è possibile, sta' ferma qui!»

Nonno Diaz lanciò un'occhiata fugace proprio nella direzione in cui guardava la bambina, ma non notò nulla di strano. Non riusciva a vedere ciò che invece sua nipote percepiva chiaramente.

Si rese conto che si trovavano dentro due diverse realtà. Allora, attirò a sé la nipotina e le accarezzò i capelli con dolcezza tentando di distrarla da quelle "scomode visioni".

"Non sono pronto!" pensava con tristezza e angoscia. *"Molti sono i segreti che sono obbligato a nascondere a quest'innocente. Troppo grandi per la sua giovane età!"*.

Ma le parole e le carezze del nonno sembravano del tutto inutili; Angelica continuava a fissare la stravagante figura che aveva davanti, nel tentativo di leggervi e riconoscervi i tratti del padre, che non vedeva ormai da più di un mese.

Dopo qualche minuto, il viso della bambina assunse, però, un'espressione prima di dolore e subito dopo di rassegnazione. Una lacrima scese lentamente dai suoi dolcissimi occhi neri: comprese che quell'uomo non era suo padre, ma un perfetto estraneo. Da lontano, la possente figura dell'uomo somigliante a quella paterna, l'aveva tratta in inganno.

Angelica, osservando con maggiore attenzione lo sconosciuto, si era resa conto, infatti, che il viso di quell'uomo era di una persona anziana, probabilmente, della stessa età di suo nonno.

L'uomo aveva occhi cavi di ghiaccio e una barba non rasata da almeno tre giorni.

Stranamente, ora la bambina era in grado di visualizzare l'interlocutore dell'uomo, prima a lei invisibile, con cui lo stesso stava dialogando. Era dietro al bancone del bar e assomigliava tantissimo al proprietario del locale che quella mattina aveva accolto il nonno al loro arrivo. Ma si presentava più giovane di questi. Angelica, data la somiglianza, pensò che sicuramente tra il proprietario del bar e l'interlocutore che si era materializzato ai suoi occhi ci fosse un vincolo di parentela.

L'uomo anziano aveva appena ricevuto da bere, ma non beveva. Aveva cominciato a fissare il bicchiere e a picchiettarlo con le dita: era assorto. Angelica, con sorpresa e un po' di paura, scoprì di avere la capacità di percepire i pensieri dell'uomo...

"Cosa mi resta ormai[7]?" pensava l'uomo... *"Chissà dove sei? Sono anni che sei fuggita via, Virginia, e io sono troppo vecchio! Non ho più la forza di venirti a cercare!".*

Angelica era troppo piccola per comprendere di stare ascoltando il bilancio di un'intera esistenza; tuttavia, intuiva che quei pensieri erano importanti e li ascoltava con la massima attenzione: *"Ti avrebbe reso felice il matrimonio... sposarti! Tirare su la famiglia che volevi... magari avremmo avuto dei figli...*

Quante cose ti sarebbe piaciuto fare! Avevi fame di felicità ed io ero invidioso di quella tua febbre di vivere! Per questo molte volte ti mettevo i bastoni tra le ruote volutamente.

Non sopportavo che tu avessi uno scopo, mentre io m'ingarbugliavo nella mia pretesa spensieratezza, rimanendo a mani vuote. Sono stato un vigliacco!

Una volta un amico mi domandò: sei un uomo o nessuno? Oggi ho paura di dover rispondere a questa domanda!"

Angelica continuava ad "ascoltare" i pensieri tristi di quell'uomo, osservando ogni suo gesto. Ora, egli aveva abbassato gli occhi e stava fissando il bicchiere che aveva davanti a sé sul bancone, quindi lo prendeva, se lo portava alle labbra e cominciava a sorseggiare malinconicamente la bevanda. Poi poggiava nuovamente il bicchiere vuoto sul banco e ricominciava a pensare:

"Se tutti avessimo coscienza del passare del tempo, sarebbe una grande grazia! Molti, invece, vivono come se la giovinezza dovesse durare per sempre, come se la vita e il tempo fossero infiniti... che inganno! Che imbroglio! Tutto mente, anche questo bicchiere, promette e non mantiene. Non c'è via d'uscita a questo morire di fame e di sete!

Anch'io ho vissuto così, ma poi arriva il momento in cui ci tocca scontrarci con la dura realtà del degrado, della decadenza del nostro corpo. Solo allora ci rendiamo conto che la clessidra sta finendo di mandar giù i suoi ultimi granelli di sabbia e che non ci sarà nessuno che potrà capovolgerla...

Oh, Virginia, perché non l'ho capito?! Tu non facevi altro che ripetermelo! Mi dicevi che ogni cosa ha un suo tempo e che i polmoni vanno riempiti di vita... che c'è un tempo per la semina e un altro per la mietitura... mi ripetevi che l'albero si vede dai suoi frutti, che bisogna lasciare qualcosa di buono su questa terra, prima di andar via...

Ma io non ti ho ascoltata, volevo solo consumare la mia esistenza come nelle avventure della mia amata letteratura, piena di pirati e corsari. Per diventare uomo, non bisogna forse sapere amare qualcuno? Tra te e le mie ambizioni ho scelto le seconde. L'ho capito troppo tardi!" La bambina provò una stretta dolorosa al petto e una profonda inquietudine.

Improvvisamente, vide l'uomo che si alzava e che correva verso di lei, come richiamato dall'urlo di qualcuno. Si guardò in giro velocemente ma non c'era nessuno che urlasse. Ebbe paura; il cuore le batteva all'impazzata, corse verso il nonno e si strinse a lui, mentre quell'uomo le si avvicinava sempre di più. Poi le fu addosso, l'attraversò, e si diresse verso la porta del locale da cui uscì senza aprirla. Era uno spettro!

Angelica continuò a osservarlo; si era arrestato appena fuori, come attratto da qualcuno o qualcosa. Poi non vide più nulla, perché un boato imprevisto e improvviso, come un rombo di pistola in lontananza, bombardò le sue orecchie e annebbiò la sua vista. Lei serrò gli occhi con forza e si otturò le orecchie per cacciare via la visione e quell'orribile rumore. Alla fine, tutto piombò nel silenzio. Angelica era fortemente turbata: solitudine, paura, angoscia, morte… emozioni nuove e troppo forti per una bambina che, da poco, aveva compiuto sette anni.

Cercò, comunque, le forze per riaprire le palpebre incollate. Si guardò intorno. Adesso tutto era ritornato come prima, sebbene continuasse a vedere l'uomo della visione oltre la vetrata… Era stato abbattuto da un colpo di pistola e si trovava riverso in strada, su una pozza di sangue.

Strinse la mano del nonno, cui si stava avvicinando una persona. La presenza dell'amico da lui atteso si impose su tutto.

«Pedro, come sta tua moglie Ally Ann? Le mie condoglianze più sentite per suo figlio e vostra nuora…»

«Ve ne sono grato, signor Meroveo, parliamo d'altro però; la bambina ancora non sa!» sussurrò nonno Diaz all'orecchio del conoscente, prolungando appositamente la stretta di mano. Quella notizia era uno dei tanti segreti che avrebbe voluto tenere nascosti alla piccola.

Meroveo era un uomo potente, rispettato da tutti e non aveva peli sulla lingua. A poco più di trentacinque anni, era divenuto capo di una famiglia influente, che gestiva da sempre il gioco d'azzardo in città. La sua barba bionda gli dava un tocco di dorata regalità e lo faceva sembrare più maturo. Era famoso per gli aiuti che concedeva in cambio di fedeltà, rasentando l'usura, proprio come aveva fatto suo padre prima di lui. Non era credente e lo manifestava pubblicamente, ma frequentava la messa domenicale, in quanto considerava la chiesetta un luogo sicuro, in cui accostare personalmente e lontano da occhi indiscreti, i cittadini con cui intratteneva i suoi affari.

Il nonno di Angelica aveva chiesto di incontrarlo, per chiedergli un prestito a favore della nipotina che era rimasta orfana.

«"Le nostre vie non sono le Sue vie!" dice sempre Padre Raoul…» mormorò sommessamente Meroveo, porgendo il posto all'anziano verso uno dei tavoli del locale. «Ma di certo, poteva anche chiederci il permesso!» proseguì con macabra ironia il regale barbuto, sedendosi a sua volta e togliendosi, con lentezza, il copricapo.

«Sa, che non sono mai stato d'accordo con le vostre bislacche posizioni. Per me, il problema non è mai stato rimanere in vita il più a lungo possibile, ma vivere cristianamente il tempo che mi è concesso!» esclamava per tutta risposta nonno Diaz, accalorandosi non poco e precisando ulteriormente il suo pensiero: «La salvezza viene prima della salute! Per un cristiano, il bene è rendere più umano questo mondo, indipendentemente dalla quantità di tempo a disposizione. Riguardo a ciò, io sono certo e sicuro che Nathan e Valentine lo hanno fatto! Hanno onorato il loro battesimo!» affermò infine con tono deciso nonno Pedro. «Però non siamo qui per parlare di questo; discutiamo pure dei nostri affari!» concluse poi, in modo un po' alterato.

Nonno Pedro Diaz si era irrigidito nell'esser costretto a toccare quegli argomenti; era quasi pentito di avere accettato quell'incontro e di non aver dato retta a sua moglie, che aveva tentato in tutti i modi di dissuaderlo. Ma adesso era tardi! Occorreva trattare, per il bene della bambina.

L'aria era calda e impregnata del sudore della gente che si trovava nel locale. Pedro dettagliava le sue richieste a Meroveo che, in silenzio, lo ascoltava con interesse.

A un certo punto, egli diede un'occhiata a sua nipote; per fortuna era distratta, concentrata su altro. Non poteva certo immaginare, che la nipotina stesse ancora pensando al sangue porpora sgorgato dal fantasma sconosciuto, morto in strada poco prima.

Quando poi, osservandola con la coda dell'occhio, vide che una lacrima le stava solcando il viso, temette di non essere riuscito a nasconderle la verità. Fu attanagliato dal dubbio che avesse commesso un errore... eppure le aveva occultato la notizia della morte dei genitori per bontà... già, per il suo bene! Ma comprese che la "bontà", a volte, ha poco a che spartire con la razionalità, essendo essa frutto della libertà[8]. Si rese conto che era arrivato il momento di fare il bene della nipote e dirle tutta la verità, per quanto dolorosa essa potesse essere.

I due adulti terminarono la loro discussione e si alzarono. Pedro prese per mano la bambina e tutti e tre si incamminarono verso la chiesa per la Messa.

«Signor Diaz, sa che non credo nella sua religione, vero?» domandò Meroveo in tono confidenziale lungo il tragitto.

«Sì...» rispose l'anziano, guardandolo negli occhi, «e se posso essere sincero, ne sono dispiaciuto!»

«Sa anche perché?!» gli chiese, in tono sarcastico Meroveo.

«No, signor Meroveo, con tutto il rispetto, non ne comprendo le ragioni. Lei è famoso per l'aiuto che dà alle famiglie con bambini in difficoltà e mi sono sempre chiesto se non ci sia una scintilla di bontà in queste sue azioni... insomma, che il fine non sia solo il suo tornaconto personale: l'asservimento della gente che le chiede aiuto!» rispose con tono deciso nonno Pedro.

Non sembrava mostrare nessun timore nei confronti di quell'uomo, che egli sapeva così potente. Eppure, era consapevole che accettando l'accordo per la protezione della bambina da parte di quell'uomo... quello stesso uomo, in qualunque momento, in cambio del favore concessogli, avrebbe potuto chiedergli di compiere qualsiasi tipo di malvagità.

«Deve sapere, signor Diaz, che non potrei mai fare quello che faccio, se seguissi la sua religione. Guardi la sua nipotina: l'ho comprata, è mia; il suo futuro è mio e lei ne è contento perché non può permettersi i suoi studi, come non può permettersi di proteggerla in questa città di farabutti.

E lei, Diaz, ha sacrificato la sua libertà per sua nipote. Preghi sempre che io non le chieda mai nulla in cambio, perché il giorno in cui dovessi farlo, per lei, sarebbe tremendo! Caro signor Diaz, lei ha fatto proprio il contrario di ciò che avrebbe dovuto fare, se veramente credesse. Lei, signor Diaz, non si è affidato alla provvidenza del suo Dio, ma... alla mia!»

Il nonno teneva gli occhi bassi, colpito con violenza dalla severa verità delle parole di Meroveo. Non poteva che giustificarsi:

«Io credo che Dio può tramutare il male in bene. Credo che la sua potenza possa far uso anche di evenienze avverse!» obiettò, con tono un po' sottomesso. Il suo pensiero ritornò alla moglie, che gli aveva ammonito tante volte di stare alla larga da quell'uomo... e adesso, anche lui avrebbe voluto stare alla larga da quella discussione che metteva a dura prova la sua coscienza.

Ma, Meroveo non aveva intenzione di mollare:

«Per me la sua religione è una vera sciagura! Prima della sua comparsa, l'essere umano era sacrificabile. Ogni motivo era buono per poterlo fare: politico, militare, per via di un rito o per ragioni sociali. Ogni ragione era comunque valida per poter far uso di qualcuno, per poterlo immolare. Invece, poi arrivò quel *Crocifisso*, che prese le parti degli schiavi, dei deboli; pure dei bambini imperfetti... bambini, che persino Platone o Aristotele ritenevano rigettabili[9]! Dopo il Golgota, alle vittime è stata attribuita una dignità inaccettabile. Dignità?! Mah! No, signor Diaz, non potrei aderire alla sua religione! La vita mi ha insegnato che gli uomini vanno usati e, all'occorrenza, anche sacrificati, se si vuole mantenere l'ordine necessario alla convivenza! Sarò sincero fino in fondo; a me non interessa nulla dei bambini in difficoltà: i piccoli di cui mi occupo sono il mio investimento per il futuro, sono unicamente "merce di scambio", una merce che mi serve per mantenere forte la famiglia di cui sono capo. Come può capire, signor Diaz, la sua religione ed io siamo agli antipodi e lei adesso, voglia o non voglia, è diventato un mio complice. Faccia pure appello al suo Dio, l'inferno l'aspetta comunque!»

Quelle ultime parole e lo sguardo infuocato di Meroveo nel pronunciarle, annichilirono il povero Diaz che, non trovò le forze per rispondere. Se ne andò via in silenzio, stringendo la mano della povera nipote, pentito di quanto pattuito per un bene di cui non era più così sicuro.

Nell'animo di Angelica Diaz, invece, riecheggiavano i pensieri dello straniero fantasma. Quelli non li avrebbe più dimenticati. Quel fenomeno cui fu soggetta fu la prima delle innumerevoli visioni che avrebbe avuto in futuro. 3 aprile 1957.

Capitolo 2
TRASCENDENZA

Museum of Modern Art[10], *New York, USA*
7 aprile 1957, ore 15:00

"Nell'insieme degli antichissimi testi, tutte le trecento profe-
zie messianiche[11] *che il popolo Ebraico considera "Scrittura*
Sacra", cioè venuta da Dio, risultano puntualmente realizzate
nella vicenda del Cristo. Nessuna esclusa e senza margini di
errore o d'interpretazione!" Un subbuglio di considerazioni,
frutto di fatica e concentrazione, ne pervadevano l'animo, in-
trecciando alchimie mentali ad intricati ragionamenti.

In un sotterraneo freddo e umido, che sapeva di luogo abbandonato e che, forse, un tempo, era stato un deposito, adesso
arredato in fretta per un nuovo scopo, un uomo smagrito e oc-
chialuto, di media statura, con un camice da studioso, brandiva
una pila di fogli di carta pieni di appunti, prelevati da un tavolo, completamente occupato da libri spalancati... le cui pagine erano ricolme di note e osservazioni.

Il sotterraneo era freddo e l'unico calore era prodotto dalle
lampade fissate al soffitto. L'umidità irrigidiva le carte, eppure, per l'eccitazione, lo studioso sudava vistosamente.

«Guardi, guardi qua! *Genesi 3,15* si compie in *Romani*
5,12-21, Genesi 9,26 in *Luca 3,23-34, Genesi 12,3* in *Matteo*

1,1 e via dicendo per trecento volte, con una precisione che solo un "manovratore" che va oltre i secoli e il tempo potrebbe attuare!»

L'esperto si pronunciava con convinzione, indicando, con insistenza, al suo interlocutore l'ultima nota apposta sul suo taccuino. L'uomo che gli stava di fronte appariva molto interessato e, dopo una breve riflessione, gli chiese:

«Professor Stephenson, quanto è certo ciò che dice?!»

«Non penso di sbagliarmi, *Maggiordomo*!» rispose quest'ultimo e proseguì, documentando ulteriormente la sua scoperta…

«A parer mio, i calcoli sono perfetti: deve fidarsi! Il 7 settembre, abbiamo avuto l'annuncio dell'angelo a Zaccaria e il concepimento di Giovanni il Battista; quindi, si è avviata la catena di eventi che ha condotto alla nascita del Cristo, favorita dalla congiunzione di Giove e Saturno nella costellazione dei Pesci, che, tra l'altro, è la congiunzione astrologicamente più determinante, perché coincidente con l'equinozio d'autunno. Tra il 2 aprile del 4 a.C., o comunque, di un anno compreso tra il 10 a.C. e il 2 d.C., è avvenuta l'annunciazione dell'Arcangelo e il conseguente concepimento del Cristo proprio quando si verificava, l'occultamento di Giove, da parte della Luna nella costellazione dell'Ariete[12]. Ci pensi: Dio, il grande Architetto, l'Immenso, il Celeste che ha pensato l'universo, il Creatore onnipotente, si fa un nulla, in termini di grandezza, ed entra nella fragilità del ventre di una donna! Paradossale… assurdo! E se non fosse accaduto veramente, impossibile da concepire!»

Il professore scandiva quelle parole con stupore ed emozione, mentre le mani gli tremavano e gocce di sudore continuavano a scendergli sulla fronte dalla chioma rossa. I suoi baffi puzzavano di fumo e l'alito gli odorava di molto metodico silenzio. Nella foga del suo argomentare, emergeva con maggiore visibilità il suo curioso tic: si riposizionava gli occhiali rotondeggianti, ogni qualvolta, nel suo esporre, dava il via a un nuovo capoverso.

Intellettuale impacciato e sempre un po' goffo nei movimenti, godeva, tuttavia, di grande prestigio per le sue doti di docente e di ricercatore.

«Nello stesso periodo dell'anno successivo, poi i Magi in visita... Proprio a loro, l'esplosione di una supernova, in febbraio, aveva ricordato la misteriosa triplice congiunzione di due anni prima, spronandoli a partire verso la città santa! Questo è il metodo pensato dal grande Architetto: l'incarnazione! La coincidenza tra il naturale e il soprannaturale, tra l'ordinario e lo straordinario, fra la norma e il miracolo! Avrebbe potuto fare altro, usare altri stratagemmi, ma gratuitamente e imprevedibilmente, contratto in se stesso, ha preferito la forma umana!»

Mentre esponeva le sue considerazioni, il giovane studioso andava indicando all'imponente personalità, ancora incappottata, mappe e segni trascritti in papiri, pellame e carta. L'uomo imponente, ad un certo punto, si tolse il cappotto e si abbassò il copricapo: la sua regale barba dorata spiccò sotto la luce rossastra delle lampade. Era Meroveo, il medesimo signor Meroveo che qualche giorno prima, sotto la veste di uno dei capifamiglia di San Diego, incontrando nonno Diaz, si era appropriato della vita della piccola Angelica.

«*Maggiordomo*, ne sono persuaso: la profezia di Michea e la luce della cometa li guidarono a Betlemme! "E tu, Betlemme di Efrata, così piccola per essere fra i capoluoghi di Giuda, da te uscirà Colui che deve essere il vincitore assoluto in Israele; le sue origini sono dall'antichità, dai giorni più remoti. Perciò Dio li metterà in potere altrui fino a quando Colei che deve partorire, partorirà[13]…". A conclusione, Erode faceva uccidere tutti i nati dall'avvio della triplice congiunzione!»

Il giovane scienziato definì: «Questi sono i fatti da me registrati! Non m'impegnerei in facili supposizioni, se non ne avessi le prove! Confermo i vangeli come fonte storica attendibile; tutte le prove, da me verificate, coincidono col racconto originale!»

"*Maggiordomo*[14]": era questo il titolo aristocratico di Meroveo all'interno della sua "*Organizzazione*". Si trattava di un'aristocrazia antica, persa nei meandri del tempo. Il *Maggiordomo* era coperto dal suo consueto copricapo marrone autunno, sempre abbinato all'usuale abito scuro. La sua statura d'uomo era più dettata dal carisma che dall'effettiva prestanza fisica.

Stephenson, un giovane professore universitario, era un mingherlino pieno di sogni e aspettative, aspirante a una longeva carriera accademica ed era sicuro di essere sulla strada giusta. Entrando nei favori dell'*Organizzazione* del *Maggiordomo*, Meroveo gli avrebbe garantito il giusto sostegno e i rapporti decisivi per affermarsi.

Il *Maggiordomo*, concentrato sulle parole di Stephenson, aveva perso un po' del suo autocontrollo e appariva piuttosto nervoso; aveva le mani umide dalla contentezza, per le conseguenze concrete delle scoperte di Stephenson. Per lui, il motore degli eventi, in California, era stato smosso; adesso aveva intenzione di dirigere lui… quel motore. Si rivolse al professore e, con voce ferma, scandendo bene ogni parola, gli disse:

«Stephenson, sono sempre stato certo delle sue competenze, ma siamo ben a conoscenza che i quattro evangelisti hanno narrato dei fatti realmente accaduti e molti a oggi lo credono. Ma io la pago per altro! Lo stesso Voltaire affermava che coloro che negano la veridicità di tali fatti sono "più ingegnosi che colti[15]". Ecco: attivi il suo ingegno e cerchi gli argomenti per negare la veridicità di quei fatti e poi trovi motivazioni intelligenti per contestarli! È questo il vostro mandato! Non dimentichi, poi, il secondo aspetto della sua ricerca. La pagherò il doppio, se individuerà l'avvento del "*Makabì*[16]" del nuovo "ciclo", riguardante le profezie del deserto[17]. Legga nelle stelle: qualcosa troverà, e dopo, solo dopo, sarà lautamente ricompensato!»

Il *Maggiordomo* era sicuro che il dottor Stephenson ce l'avrebbe fatta, non solo perché conosceva le sue brame e il suo bisogno di denaro, ma anche perché, vivendo nel mondo degli affari, aveva imparato che ogni uomo ha un prezzo e che lui aveva il vantaggio personale di potersi permettere il sostegno di qualunque costo.

Stephenson era perplesso...

«*Maggiordomo*, trovare il "*Makabì*" è un'impresa che va al di là delle mie capacità! Ogni azione dell'universo realizza se stessa perché pensata dal grande Architetto... Sì, guarderò alle stelle, ma avversare l'*Onnipotente* mi sembra impresa ardua! E poi... se si potessero creare argomenti per negare il fatto storico di Cristo, già li avrebbero individuati sicuramente i primi nemici di Cristo, alla nascita del Cristianesimo! Mi sembra una strada impraticabile! L'unica soluzione, secondo me, è confondere: faremo dire tutto e il contrario di tutto!»

Poi, Stephenson, mosso dalla curiosità di studioso e dall'ambizione personale, con un tono di voce piuttosto ambiguo, proseguì:

«Mi faccia usare i suoi "ragazzi"!»

«Che ragazzi?!» chiese il *Maggiordomo*.

«Quelli che, ogni tanto, mi date da scovare e che, poi, "acquistate"! So dei loro legami con ciò che viene chiamata "Trascendenza[18]", la realtà invisibile. Sicuramente, possiedono grandi doni soprannaturali e virtù, che potremmo sfruttare riguardo al *Makabì*! Ormai sono figli suoi: me li lasci usare!»

«Figli, Stephenson? Non so se si possano definire "figli" persone acquistate con denaro. Ma se lo fossero, sì, avrei tanti figli e figlie!» sospirò con aria pensosa, mentre si lisciava la barba. Poi, seguitò:

«Sì, ho moltissimi figli. Soprattutto l'ultima, l'orfana di San Diego, è stata un ottimo affare. Quella bambina ha delle doti uniche, ma ci vorrà del tempo, per capire quale potrà essere il suo destino! La situazione è complessa e c'è ancora tanto da fare, non solo in relazione all'orfana, ma a tutti quelli che stiamo radunando! Verrà il momento in cui saranno coinvolti. Uno dei tanti motivi per cui lei, Stephenson, è stato scelto per scandagliare la storia umana è che quel momento potrebbe essere vicino!»

Le lampadine del vecchio laboratorio clandestino offrivano alla stanza un colore giallastro. I due uomini erano attenti a cacciare gli occhi su papiri, documenti in pelle d'animale, carte astronomiche pienamente appuntate e mappe geografiche stranamente mischiate a foto di bambini, tutti a mezzo busto, come fossero stati schedati, con un qualche criterio.

«Professor Stephenson, lei ricorda quando le parlai del Cardinale diacono Iohannes, figlio di Robertus, accecato da Bonifacio VII[19]?» domandò improvvisamente il *Maggiordomo*.

«Fu la prima volta che ci incontrammo a Gerusalemme, nel '49, credo; nel periodo in cui iniziai il mio libro sui manoscritti del Mar Morto!» rispose Stephenson, che, effettivamente, non aveva mai capito il perché di quel vetusto racconto.

«Iohannes fu il *Makabì* del primo ciclo, dotato di molti carismi, doni e virtù, insieme a suo fratello in armi Aharon Lamad! Se non li avessimo fermati, sarebbe stata la fine per tutti noi!» esclamò, con convinzione, l'uomo.

«Ma, *Maggiordomo*, si parla della fine del 900 dell'era Cristiana! È ben lontana dalle nostre date!» rispose a tono Stephenson.

«Coraggio professore, ci rifletta un po' su: sarebbe strano se tutto quello che sappiamo fosse soltanto che, nel luglio dell'anno domini 985 Bonifacio VII non sarebbe morto, ma sarebbe stato solo rimosso e poi cacciato. Il suo cadavere, infatti, sarebbe sì stato sepolto in San Pietro per volontà del clero romano, contro il volere del Papa regnante, cui lo stesso chiericato era astioso su nostra influenza. Ma la morte dell'Antipapa usurpatore potrebbe essere sopraggiunta per isolamento, a Costantinopoli nel 987... Ma fu veramente così?! Indaghi! Torni con i suoi calcoli sino a quel tempo! Se comprenderà da sé, potrò rivelarle altro. Professore, se ambisce a un di più, c'è una verifica che dovrà superare; per poter accedere ai livelli più alti dell'*Organizzazione*... lei dovrà andare più in alto!»

Stephenson ascoltava incuriosito il *Maggiordomo*, che sembrava avere le idee piuttosto chiare, cosa che invece a lui non riusciva per nulla. Ogni dialogo col *Maggiordomo* era sempre permeato di enigmi e apparenti contraddizioni. Verificare la veridicità storica del fatto cristiano per insegnare ad altri a confutarlo! Trovare il *Makabì* previsto dalle profezie, senza poter utilizzare i ragazzi particolari di cui l'*Organizzazione* si appropriava! Non comprendeva la necessità di tanti discorsi ermetici. Egli avrebbe dovuto scoprire qualcosa, oppure nasconderla?! Si sentiva messo alla prova, come se il suo vero compito fosse quello di snidare le falsità nelle verità, verità che non era permesso pienamente conoscere.

Quelle frasi criptiche di Meroveo non lo aiutavano, ma comprese che non sarebbe stato cauto fargli troppe domande. E se, per caso, avesse scoperto qualcosa che non avrebbe dovuto? Rifuggiva quell'ipotesi. Molti interrogativi e poche risposte in quell'astruso percorso, apparentemente illogico. Ma il *Maggiordomo* Meroveo insisteva, proseguendo in quel suo blaterare intricato...

«Allora non c'erano quelli bravi come lei, Stephenson! Ha tra le mani la grande occasione di poter essere il primo a svelare quello che il *Crocifisso* stesso dice che nessuno sa, ma che solo l'*Onnipotente* in sé, conosce. Noi, in fondo, non stiamo studiando che questo Mistero, che attraverso le cose tangibili, razionalmente e secondo leggi esatte, si lascia disvelare. Tutta la realtà, fisica e storica, è segno di una Presenza inesorabile, che opera secondo i propri schemi: scopriamoli e modelleremo il destino del mondo, secondo i nostri intenti. Il fatto che sia "onnipotente" non vuol dire che non possiamo sfruttarlo a nostra convenienza!»

Considerava con scetticismo le parole del *Maggiordomo*; non aveva il coraggio di prenderle sul serio. Non perché vi fosse in sé qualcosa d'infondato o irrealistico, ma perché quell'uomo era sì, storico di fama, ma anche ingannatore e doveva tenersi sempre all'erta. Lasciò correre e si concentrò sulla sistemazione dei propri appunti, poi cautamente bisbigliò:

«*Maggiordomo*, avrei bisogno subito del compenso che mi spetta: ho bisogno di denaro perché mia figlia non sta bene!»

Il *Maggiordomo* sapeva che il "Figlio di Eva", come amava definirlo in privato per la facilità con cui si lasciava corrompere, i soldi se li sarebbe giocati ai dadi, invece di usarli per la figlia disabile. Ma l'idea non gli spiaceva.

«Certo Rupert, eccoveli!» gli disse, con malcelata soddisfazione.

Stephenson ebbe il suo compenso e Meroveo uscì dall'oscuro sotterraneo, ridacchiando come un monello che aveva appena rubato la marmellata, facendola poi franca.

PIETRO DUNQUE, VEDUTOLO, DISSE A GESÙ: «SIGNORE, E LUI?» GESÙ GLI RISPOSE: «SE VOGLIO CHE EGLI RIMANGA FINCHÉ IO VENGA, CHE IMPORTA

A TE? TU SEGUIMI». SI DIFFUSE PERCIÒ TRA I FRATELLI LA VOCE CHE QUEL DISCEPOLO NON SAREBBE MORTO. GESÙ PERÒ NON GLI AVEVA DETTO CHE NON SAREBBE MORTO, MA: «SE VOGLIO CHE RIMANGA FINCHÉ IO VENGA, CHE IMPORTA A TE? TU, SEGUIMI»[20]

Rimasto in solitudine, lo sguardo dello scienziato si posò sulla scritta che sovrastava il vecchio laboratorio. La medesima scritta capeggiava in tutte le abitazioni e le basi degli *Eredi di Hiram Abif*[21], la congrega di cui il *Maggiordomo* era il capo e che lo aveva avvicinato qualche anno prima. Egli pensava fosse una qualche setta marginale para-massonica, con una buona rete di rapporti. Si era sempre accorto della presenza di quell'incisione, ma non gli era ancora stato spiegato il motivo ed egli non si sentiva autorizzato ad approfondire.

Sapeva che *Hiram Abif* era stato colui che aveva progettato il Tempio di Salomone: il grande capo, mastro costruttore. Ma un alone misterioso aleggiava su quella figura. Racconti antichi narravano che *Hiram Abif* fosse stato ucciso da tre figure enigmatiche, che avevano avuto a che fare con la costruzione del sacro Tempio, proprio nel tentativo di estorcergli informazioni particolari relative al progetto. Quali che fossero questi segreti, divenuti materia di leggenda, nessuno era stato in grado di saperlo e, qualora ci fossero mai stati, essi erano morti con *Abif*.

"Un'altra setta di fanatici religiosi! Un mucchio di pazzi edonisti, strafatti di qualche astrusa sostanza!" Così li aveva categorizzati Rupert Stephenson, che credeva di saperla lunga.

Complotti, congiure, dietrologie, dominio del mondo, Apocalisse, non erano argomenti per lui, uomo dalla razionalità fine. Egli era un "illuminista" e considerava vero soltanto ciò che poteva vagliare e misurare intellettivamente. Aveva, comunque, accettato volentieri l'appartenenza alla setta, dove aveva potuto avanzare persino di qualche grado, acquisendo il titolo di "Maestro". All'interno di quell'organizzazione, era considerato uno degli "illuminati[22]", soprattutto per il rigore e la correttezza con cui affrontava le ricerche e gli studi.

A differenza degli altri rami framassonici in cui aveva messo il naso, gli *Eredi* sembravano a Stephenson gli unici a prendere sul serio l'esistenza, l'agire nella storia di un essere soprannaturale assoluto, la qual cosa gli risultava alquanto interessante. Intuiva che lo scopo degli *Eredi* era quello di manipolarlo e piegarlo alla loro volontà, ma egli, a sua volta, vi faceva parte solo per interesse; se avesse potuto, avrebbe di certo fatto a meno di frequentarli.

Non aveva dubbi dell'esistenza di un "Grande Architetto", se ne era convinto semplicemente guardando l'universo nel suo ordine costituito.

"«A quali occhi non prevenuti l'ordine sensibile dell'universo non annuncia una suprema intelligenza?... Perché dunque la natura si è alla fine prescritta leggi alle quali da principio non si era sottomessa? Se si venisse a dirmi che caratteri di stampa, fatti a caso, hanno dato l'Eneide, già composta, non mi degnerei di fare un passo per verificare la menzogna... Credo, dunque, che il mondo è governato da una volontà potente e saggia... Questo essere che vuole e può, questo essere attivo in se stesso, questo essere infine, qualunque esso sia, che muove l'universo e ordina le cose, io lo chiamo Dio.»[23] Questo scriveva Jean Jacques Rousseau e sono totalmente d'accordo con lui!" rifletteva il professor Stephenson, tenendo per sé molte delle sue posizioni e dei suoi pensieri e cercando di dare ad essi una profonda ragion d'essere. *"Non sono un illuso che sente le voci; sono state tante le evidenze che mi hanno portato alla conclusione dell'esistenza di un grande Architetto. Sono convinto che se l'energia del Big Bang fosse stata appena di un soffio differente da quella che è stata, tutto si sarebbe disintegrato[24]. La casualità vela l'intelligenza dietro le cose. La comparsa stessa della vita, se non*

fosse stata voluta da qualcuno, sarebbe stata un'eventualità con probabilità prossima allo zero.

La possibilità di avventurarmi in tali scritti, per me, è una preziosa occasione: mi farà capire se davvero l'Architetto dell'universo abbia parlato agli uomini.

Quel giovane rabbino ebreo era davvero quello che diceva di essere? M'intriga questa chance, perché mostrerebbe una dimensione dell'Architetto per me sconosciuta: l'umanità! Veramente, negli anfratti della storia, vi sarebbe la traccia di un Dio dal volto umano?". Quell'ultima domanda gli vibrava nel cuore come ultimo barlume di speranza per se stesso, per ciò che sinceramente ricercava: qualcosa che fosse vero, schietto; non frutto di calcoli o di freddi interessi! Per una volta, sarebbe rientrato a casa veramente con una buona notizia, non solo per sé, ma soprattutto per la moglie e per la figlia. Sarebbe stato molto più di tutto il denaro guadagnato con le sue consulenze, denaro che non sarebbe mai bastato a far tornare in piedi la figlia dalla carrozzina su cui era inchiodata.

Si sforzava di tener viva con forza la speranza, attaccato a quegli appunti, perso tra calcoli e profezie. Con la memoria puntata sugli occhi dei propri cari. Rimaneva l'ultima cosa buona che poteva fare per redimere la propria inadeguatezza di marito e genitore. Ma quell'impegno non sembrava bastare... non sembrava il modo giusto per trovare le risposte volute...

Inoltre, troppo dolore aveva provato su di sé Stephenson per solo riuscire a concepire la possibilità di un Dio "buono", molti erano i momenti di rassegnazione legati ai cattivi ricordi. Fin da quando era bambino, aveva conosciuto un tipo di paternità piuttosto rigida; disumana. Suo padre era stato molto esigente e duro con lui, spingendolo a divenire presto un intellettuale affermato e, a tale scopo, non gli aveva risparmiato metodi educativi pesanti e, talvolta, anche violenti.

Proprio in quel periodo, aveva sperimentato i primi cedimenti morali. Poi, dopo il matrimonio, la disabilità della figlia lo aveva avvicinato ad altri vizi e al gioco d'azzardo, come fuga dai pensieri quotidiani.

Viveva la condizione della figlia, che considerava una creatura innocente, come una grave ingiustizia divina, ma non riusciva ad avere con lei un rapporto sereno, anzi la viveva con un certo distacco. La lontananza affettiva di Stephenson aveva generato sofferenze anche per la sua povera moglie, che lo avrebbe voluto vicino. L'uomo aveva coscienza che il suo atteggiamento procurava dolore a sé e agli altri, ma non era in grado di far fronte al problema, per cui rifuggiva dalla famiglia nonostante avesse voluto avvicinarsi.

Guardando il *Crocifisso*, che per lui era l'emblema del dolore e della malvagità del mondo contro un innocente, non riusciva a comprendere perché se un "Dio", fosse stato "umano", avrebbe dovuto permettere l'esistenza del male. Si chiedeva se, in alternativa al dolore, non avesse potuto esserci un altro prezzo da pagare, magari una soluzione diversa dal dover per forza soffrire. *"E poi..."*, si domandava... *"Perché il grande Architetto non ha annientato il male all'origine, servendosi della propria onnipotenza?"* E ancora si chiedeva: *"Perché non perdonarlo all'inizio, invece di maledire Adamo? Forse vi era nel male qualcosa di legittimo?"*. Domande che in lui, nelle notti passate in quei sotterranei, si erano trasformate in un inquieto tormento. Rupert Stephenson, ogni tanto, avvertiva che il male avrebbe potuto essere la conseguenza della libertà umana, ma aveva bisogno di risposte più soddisfacenti, che cercava costantemente...

Il *Maggiordomo* non era a conoscenza dei pensieri e dei dubbi di Stephenson o almeno così credeva Rupert. Lo studioso aveva cercato di far pensare a Meroveo che la sola ragione della propria appartenenza all'*Organizzazione*, fosse di natura opportunistica e che non ci fosse alcun interesse esistenziale nei confronti della sua ricerca. Anche lui avrebbe voluto tanto autoconvincersene.

"Serendipità", era sempre stata questa la sua migliore abilità, il talento fondante della sua vocazione: cercare gli aghi nei pagliai e scovare l'imprevedibile! Era l'unico che, nel cercare qualcosa, trovava qualcos'altro; qualcosa di più interessante rispetto a quanto avrebbe dovuto trovare. Oltre la sua grande professionalità, questa sua capacità gli aveva consentito di avere l'incarico da parte di Meroveo. Creare argomenti convincenti per infangare il cristianesimo era sì il suo mandato principale, ma, inoltre, al di là di tutto, per quanto gli venisse mostrato come un compito secondario, si era dimostrato molto abile nell'individuare e trovare molti dei ragazzi speciali di cui la setta necessitava. E questo particolare gli era parso il più caro agli occhi del *Maggiordomo*; anche se quell'uomo, sembrava non volerlo ammettere.

Stephenson, in quel momento, ignorava che quella degli *"Eredi di Hiram Abif"* era l'apice, la più potente loggia segreta della massoneria e che la sua sfera d'influenza non possedeva confini e non era circoscritta ad alcun ambito. Diffusa in ogni continente, l'*Organizzazione* sosteneva personalità che avevano il compito di avversare la cristianità, in cambio di una facile carriera, di un'affermazione personale e di prestigio sociale.

Le poche e confuse notizie riguardanti i massoni della setta, cui Stephenson aveva avuto accesso, gli avevano rivelato che essa era costituita da una cerchia ristretta di persone che vedeva nel cristianesimo un nemico da abbattere. I massoni della setta partivano dalla convinzione che, col peccato originale, fosse stata preclusa all'umano la capacità di accedere alla "Trascendenza", cioè la parte spirituale della realtà creata. Tale realtà, secondo gli *Eredi,* sarebbe stata nuovamente alla portata dell'uomo, solo attraverso un lungo cammino evolutivo. Nel corso della storia dell'umanità, l'Architetto avrebbe cercato, in tutti i modi, di ristabilire le potenzialità pregresse dell'essere umano, rispettandone però il libero arbitrio. All'inizio i progressi spirituali dell'umanità sarebbero apparsi del tutto inconsistenti, ma, nel corso dei secoli, essi sarebbero gradualmente aumentati, per culminare nel periodo che venne definito "pienezza dei tempi", quando l'umanità avrebbe riacquistato quella lucidità spirituale che le avrebbe consentito di accogliere colui che l'avrebbe riportata al pieno compimento: il Cristo.

Cristo, questo presunto Architetto incarnato, avendo posto un limite all'ambizione diabolica del potere e dell'abuso, era divenuto, per gli appartenenti agli *Eredi,* il nemico da abbattere. Convinti, inoltre, che la fine dei tempi sarebbe avvenuta con l'apparizione di quello che definivano il *"Makabì"*, l'antagonista definitivo, colui che avrebbe dato a Dio la parola ultima, e che questi andava individuato tra giovani dotati di carismi particolari. Per questo, Stephenson, tra i suoi incarichi, aveva anche il compito di individuare giovani "speciali", capaci di rapportarsi all'invisibile, ragazzi che avessero raggiunto una spiritualità maggiore, rispetto alle persone comuni, ragazzi che avessero il dono di visioni celesti, che parlassero con i morti o che, addirittura, lievitassero. Questi giovani, una volta individuati, avrebbero dovuto essere tenuti sotto controllo e nel caso, eliminati, onde impedire che uno di loro potesse essere o diventasse il *"Makabì"*.

I massoni della setta pensavano di avere già impedito il primo avvento del *Makabì*, intorno all'anno mille, grazie all'intervento di Bonifacio VII, un Antipapa facente parte delle loro file. Erano convinti però che presto vi sarebbe stata una sua nuova comparsa.

Quello era, dunque, il limite del suo mandato: trovare dei bambini "spiritualmente" dotati e, letteralmente, "inventare" argomenti per sconfiggere il cristianesimo sul terreno culturale, contribuendo alla creazione di falsi profeti anti-cristici. Per il resto, Stephenson avrebbe dovuto starsene al suo posto, non avrebbe dovuto impicciarsi.

Nessuno però poteva impedirgli di pensare e quello gli riusciva davvero molto bene. In quel momento, per esempio, cominciò a riflettere sul "Giovanni", cui si faceva riferimento nell'iscrizione del laboratorio, chiedendosi come mai di lui si dicesse che fosse il "preferito". *"Secondo le cronache dei vangeli, principali fonti storiche a lui riferite, Giovanni era il figlio di Zebedeo e Salomè e fratello dell'apostolo Giacomo il Maggiore. Prima di mettersi alla sequela di Gesù, inizialmente era stato seguace del cugino di Lui, il Battista… Il folclore gli attribuisce un ruolo preferenziale all'interno del collegio apostolico. Faceva parte, infatti, del più ristretto gruppo di "amici" del Maestro, insieme al fratello e all'amico Simone, detto "Cefa*[25]*". Tra tutti veniva etichettato come "il discepolo prediletto*[26]*", proprio perché il Cristo riconosceva in lui, tratti della Sua personalità. Pertanto, fu reso partecipe dei principali episodi della missione del Redentore e fu, infine, l'unico apostolo a presentarsi al momento della crocifissione. Le più antiche testimonianze cristiane ci tramandano, quindi, che Giovanni, il più giovane dei dodici, morì ultracentenario a Efeso, vergine perché non si sposò, unico superstite del gruppo iniziale. Le due chiese, Cattolica e Ortodossa, gli attribuiscono il quarto Vangelo, tre lettere e l'Apocalisse. La fine intelligenza delle sue opere, lo fece denominare "il teologo" e venne simboleggiato con un'aquila*[27]*…"* ragionava il professore, notando che, al di là delle testimonianze e delle tradizioni cristiane che avrebbero potuto essere frutto della fantasia e della credulità popolare, c'era, comunque, qualcosa di curioso nella figura di Giovanni, visto che essa appariva numerose volte in documenti scritti, mappe, incisioni, statue.

Soprattutto accostandosi al fenomeno delle società segrete di stampo massonico o framassonico, gli era apparso alquanto strano che esse assumessero come figura di riferimento proprio San Giovanni.

Gli "illuminati" del suo grado, infatti, svolgevano riti particolari il 27 dicembre, festività dell'evangelista; cerimonie simili le aveva riscontrate in altre congregazioni o logge: i Rosacroce, i Cavalieri di Malta, i gruppi di Templari, per non parlare esplicitamente degli Ospitalieri di San Giovanni, la Golden Dawn di Westcott e via dicendo[28]... Gli pareva davvero un controsenso che un'istituzione come la massoneria illuminata, che esprimesse storicamente di essere la maggiore forza di contrapposizione al cristianesimo, facesse riferimento a un apostolo come sua figura chiave e rimaneva sconcertato nel constatare che molte logge aprissero i lavori dei propri gruppi, dopo avere letto dei passi degli scritti dell'evangelista.

Non aveva espresso mai a nessuno quelle sue perplessità; non amava rischiare ed era convinto, per una strana idea di fatalismo cui era affezionato, che prima o poi le circostanze lo avrebbero portato alle risposte che cercava; per cui riteneva non ci fosse ragione di lasciarsi guidare dalla fretta nello "scavare" a fondo. Qualche spiraglio di risposta gli era, comunque, arrivata, sia dalle indagini storiche compiute, sia leggendo alcuni testi redatti da autori che erano usciti dal giro massone.

Tuttavia, comprendeva che, per arrivare a risposte rilevanti, occorresse risalire alle origini del cristianesimo e ai testi con cui si diffuse quella religione. Sapeva che, durante il Concilio di Nicea, indetto da Costantino nel 325, era stata operata la distinzione fra testi canonici e non canonici e che erano stati ritenuti veritieri soltanto i primi.

Stephenson aveva sempre ritenuto che quella decisione del Concilio avesse soppresso non solo la possibilità di ricostruire attentamente la vita e gli insegnamenti del Cristo prima dei suoi 29 e dopo i 33 anni, ma anche molti avvenimenti storici di quel periodo.

Indagando sul materiale a sua disposizione, il giovane professore aveva scoperto che nei primi anni del credo cristiano, all'interno della comunità cristiana originale, sembravano esistere due gruppi: un gruppo di discepoli che seguiva gli insegnamenti di Gesù, secondo i vangeli sinottici, e un altro, sottotraccia, che seguiva quelli del Giovanni del quarto vangelo.

I seguaci di quest'ultimo erano anche detti Giovanniti. Nella lotta tra le due fazioni, prevalse quella dei Cristiani e i Giovanniti furono costretti alla clandestinità. Centinaia di anni più tardi, essi si trasformarono in gruppi esoterici (come i Fedeli d'Amore, i Templari e poi i Rosacroce), divenendo infine, nei tempi moderni, massoni. Questo è quello che appariva ufficialmente dai materiali a disposizione di Stephenson, ma qualcosa ancora non gli quadrava; non gli pareva per nulla realistico che, tra poveri pescatori ci potessero essere delle correnti di pensiero contrapposte. Doveva sicuramente esserci dell'altro.

Infatti, i Giovanniti parevano esistere già prima dell'apparizione del Cristo, come seguaci del Battista e l'evento della sua decapitazione era stato la discriminante che ne aveva causato la scissione: alcuni, allora, incominciarono a seguire il Giovanni che divenne apostolo preferito, altri si persero nel deserto, probabilmente inglobandosi a quelle genti che avevano custodito quei reperti e predizioni su cui stava lavorando.

Gli venne in mente una frase che un suo maestro illuminato, Raynaud de la Ferriere[29], gli aveva detto in privato qualche anno prima, nel '49 a New York: *"«Rupert, esistono due chiese: quella essoterica, la Chiesa di Pietro, e quella esoterica di San Giovanni...»"* e allora iniziò a capire. De la Ferriere non si riferiva al dualismo tra Chiesa Cattolica e Massoneria, ma al fatto che nella stessa Chiesa di Pietro ci fosse un gruppo al suo interno, i seguaci dell'apostolo preferito.

Riordinando le idee, immerso in quelle profonde riflessioni, forse aveva trovato il tassello mancante. La parola "essoterico" voleva indicare qualcosa di pubblico, mentre "esoterico" non riguardava un orientamento spirituale, ma la parola nella sua accezione originale: qualcosa di "riservato".

Sospirò a pieni polmoni e mormorò:

«Il *Maggiordomo* si sbaglia: fu l'apostolo Giovanni il primo a essere dotato di un carisma particolare, capace di interagire con la Trascendenza e poté scrivere l'Apocalisse. Vi è la possibilità che Giovanni fosse il primo *"Makabì"*, aiutato dal fratello Giacomo, tant'è che entrambi furono definiti dal Cristo come *"Boanèrghes*[30]": i *Figli del Tuono*[31]! Oppure... vi è sicuramente altro che ancora dovrò conoscere...»

Capitolo 3
DISARMO

San Diego, California, USA
13 maggio 1957, ore 03:00

Più di una settimana, più di un mese e una settimana di insonnia. Quaranta giorni di incubi, di agonia. Era troppo per la piccola Angelica. Che sciagura per quella famiglia! Che rovina per quella povera bambina!

I genitori morti, forse assassinati, e poi i sogni angosciosi che la tormentavano ogni notte. Tutte le notti, un incubo minaccioso: un omicidio, una strage, una malattia, un terremoto, uno stupro, una guerra... tutte le notti, tutto il dolore del mondo.

Il viso non sembrava più il suo. La nonna l'aveva fatta visitare, controllare. Ma nessun medico poteva sapere, nessun uomo di scienza avrebbe mai avuto elementi per diagnosticare la sua "malattia".

Così, la bambina restava lì, in quel letto d'ospedale, col volto invecchiato dal pianto durante il giorno e con le urla e lo stridore di denti nella notte.

Le lenzuola del suo letto erano spugne inzuppate dalla pelle in fiamme e dal suo sudore. La sua lingua era amara e annerita, e dall'alito, a volte, sembravano sgorgare fumi di fogna.

Più volte, le era capitato di udire i commenti disgustati degli inservienti che erano costretti a venirle accanto e, più volte, avrebbe desiderato chiudere gli occhi per sempre!

Alla nonna cieca, per fortuna, era risparmiato un gran dolore: se solo avesse potuto vedere il mostro ripugnante che era diventata la sua nipotina, avrebbe perso la fede. Ma quella notte fu differente.

«Il mio corpo non doveva marcire e non marcì[32]!»

La piccola Angelica stava prendendo sonno, quando si voltò verso la nonna che le sedeva accanto, pensando che fosse stata lei a parlare; ma la nonna era immersa in un profondo torpore. Non era la sua, dunque, quella voce che udiva.

«Non verrà meno la mia compagnia e tu sarai protetta dal mio manto solenne, finchè vorrai!»

La piccola Diaz era confusa, non riuscendo a capire da dove provenisse quella voce femminile.

In quello stesso istante, venne rapita dalla visione di una giovanile figura di signora, avvolta nello splendore di una luce d'oro, ferma e dolcemente statica.

Era bello lasciarsi vincere dal fascino di tanta bellezza; lasciarsi così trasportare dopo troppo tempo di sofferenze. Angelica era attratta da quella luce che, pur intensissima, non le offendeva la vista e la inondava di soavità sovrumana.

La donna vestiva una tunica rossa ma luminosa, stretta ai fianchi da una fascia dorata. Aveva i capelli neri, un tantino sporgenti dal velo azzurro che le copriva il capo discendendo poi, lievemente, dalle spalle ai piedi. Sotto la sua purpurea veste, s'intravedevano i piedi nudi e puri, poggiati su una roccia, anch'essa circondata di luce.

Nella sua mano destra, reggeva, appoggiandolo al petto, un libro di colore scurissimo infuocato da fiamme che non la scottavano; con l'altra mano, reggeva un altro libro, ma aperto, e i due libri insieme erano collegati da una catena d'oro di chicchi di rosario.

Nonostante la solennità della figura, ciò che più attraeva la bambina era il tenero viso di quella creatura; un volto in cui si fondevano il candore innocente della puerizia, la vaghezza e la grazia della verginità, la gravità maestosa della sublime maternità[33].

«Non temere! Coraggio, il coraggio è la vittoria dell'Essere sulla disperanza[34]!» la soffice voce di lei risuonò possente. «C'è chi temette all'origine, ma tu non dovrai…
Il primo caduto li mandò in confusione. I superstiti iniziarono a impaurirsi. Erano i due terzi del tutto. Prima di allora, non vi era mai stato tradimento, prima di allora, non era mai esistita la tenebra, prima di allora, dalla costruzione dell'alternativa, di quell'intenzione spinosa dell'iniziatore, non vi era mai stato alcun male.
Perciò temerono: era cosa nuova e terribile. Avveniva per la prima volta, dentro l'eternità, una circostanza non voluta dall'*Eterno Padre*. Per consolarli, per incoraggiarli, per sperare, in quell'istante, l'*Eterno Padre* pensò la mia anima e la mostrò in un bagliore, anch'esso inedito. Attraverso quel primo timore, con quel primo vagito di paura, l'universo aveva espresso il bisogno di una madre!»

Una voragine ascendente si aprì al di sopra del lettino di Angelica, mostrandole immagini di antiche gesta, di creature candide decadenti in mostri orribili a causa dell'odio di cui si ammantavano… e soggetti maestosi nella loro regalità, impegnati a volerli salvare dal precipizio in cui stavano per gettarsi.

Una speranza, mostrata in un abbaglio capace di illuminare l'oscurità più pura, richiuse l'abisso mostrato e dal volto della bambina sparì la corruzione.

La donna di luce si avvicinò alla bimba, per accarezzarla; un profondo senso di pace si impadronì di Angelica, che dimenticò, così, tutti i supplizi patiti. Sbocciò, poi, un dialogo con quella splendida signora che le proferì…

«Incontra Padre Raoul, che io ho scelto per te! Egli sarà la tua guida, sarà necessario un faro per far luce sui flutti che si prefigurano nel mare degli eventi futuri. Affidati a lui: egli ti insegnerà!»

«Cosa imparerò bella Signora?» chiese, perplessa, la bambina, che riusciva a comunicare con la donna senza usare la bocca.

«L'iniziatore scellerato forgiò la prima arma; prima di questa, non c'era mai stata spada alcuna, non c'era mai stato scudo per alcuna spada. Mai era stato necessario difendersi e Dio forgiò il primo scudo, la mia anima immacolata, a difesa della moltitudine innocente. Fu battaglia fratricida allora, allora come adesso. Da quel giorno, vi è inimicizia eterna tra i due fratelli maggiori.

L'iniziatore decadde, sperduto nell'abisso, e, come lui, anche la prima arma fu dispersa, incuneata sulla rocca antidiluviana…»

Gli occhi raggianti della signora si velarono di tristezza. Disse:

«L'amore implicò sacrificio. L'*Eterno* indietreggiò, per dar spazio a quel terzo, a quelle esuli creature che non vollero essere più chiamate "figli". Rispettò la loro scelta, ma amò oltre quell'odio neonato.

Da quel momento infinito, sospeso nelle memorie celesti, l'*Eterno* si assunse la responsabilità di garantirli nella loro ribellione.

Una cosa l'*Eterno Padre* non tollerava in sé: porre fine a una propria creazione. Ogni creatura è fatta per Lui, per l'eternamente.

Proprio su quel giudizio, infatti, l'alternativa, l'iniziatore dell'alternativa, l'avversario, il *"Caduto"*, pose le basi per il più ardito dei suoi piani: egli soggetto creato, iniziò a porre le basi per il suo grande progetto.

Per ergersi a creatore avrebbe creato l'antecedente, l'antefatto, aveva l'idea.

Chiamare all'esistenza l'unica condizione che l'Essere *Eterno* non concepiva, che non avrebbe sopportato.

Per essere Suo pari, avrebbe dovuto far esistere la decadenza: la morte!

Delle conseguenze di questo, Padre Raoul ti istruirà, compiendo ciò cui lui è chiamato; poi, sarai tu a compiere la vocazione che ti sarà propria! Crescendo, capirai il rapporto tra il tuo presente e ciò cui esso è destinato…»

All'udire quel racconto, il corpicino sul letto si rannicchiò preoccupato.

«Hai ricevuto carismi e virtù di cui, stanne certa, scoprirai le ragioni. Capirai che i carismi sono doni dello Spirito[35] per il Suo disegno sul mondo. Coglierai i nessi tra gli insegnamenti e la realtà totale. La capacità di sentire oltre i limiti corporei, oltre i cinque sensi. Tu puoi sentire con l'anima e ciò che essa può percepire. L'uomo era così prima della corruzzione di Adamo; pieno di grazia, poteva vedere quello che poi gli divenne invisibile, regredendo per sua colpa, una colpa indotta dall'iniziatore.

Oggi, nella pienezza della nostra civiltà, ad alcuni è stata concessa una parte di quella grazia, così da poter far fronte ai giorni terribili che verranno.

Ma tu sii lieta, dolce amore. Di una cosa l'infinito Essere, l'*Eterno Padre* è grato al Suo nemico: da quando il portatore di luce divenne procuratore di tenebre, le creature possono guardare più chiaramente ai frutti di quell'azione e sperimentare quello *status* sin ad allora senza nome, ma, da allora, chiamato libertà! Tutta l'esistenza del bene si gioca sulla convenienza della libertà e della garanzia che l'Essere ha imposto su di essa.

Non avere paura, piccolo cuore. Sii fedele e non sarai mai sola! Segui Raoul!»

La gracile Angelica riconosceva che qualcosa di straordinario l'attendeva, ma aveva patito e soffriva ancora, altrettanto straordinariamente. Appena qualche giornata prima, dai nonni aveva appreso della morte dei suoi genitori e non aveva parlato per tre lunghi giorni; poi, le visioni orribili, che non l'avevano abbandonata. Lo considerava forse un giogo troppo grande e doveva liberarsi di una parte di quel peso; pertanto, colse l'occasione per chiedere l'unica cosa che le avrebbe dato speranza.

«Mia Signora, la mamma e il papà sono con lei?»

Poche parole smorzate dall'affanno, ma decisive per rinvigorire l'animo della giovane bambina.

«Sei triste, figlia mia, ma la tristezza è uno strumento di Dio per farti accorgere che qualcosa manca. Tua madre e tuo padre sono nel posto che mio Figlio sta preparando per ogni uomo che lo amerà. Non siamo che semi sulla terra, semi che attendono di germogliare. Il seme deve morire, per divenire altro. Tutta la storia del mondo non è che una grande semina. Verrà presto il tempo della mietitura, caro mio dolce agnellino.

C'è un disegno totale di Dio sulla vita di ogni essere umano. Per nessun uomo o donna è garantita la salvezza. Essa consiste nel maturare verso l'immagine voluta dal *Padre*. Della Sua creatura e dell'esistenza.

Se accetterai con umiltà quanto ti ho disposto, rivedrai presto i tuoi genitori.

Non sai quanto spero e prego che tu non arrivi mai a dire quel "No!" che chiude le porte dell'anima alla grazia dell'*Eterno Padre*.

L'umiltà che accetta è il primo carattere inciso dal *Padre* sull'uomo[36].

Resta vera nel cuore e prega con Padre Raoul... Grazie perché mi ascolti!»

«Ci proverò!» sussurrò la bambina. La bella signora sembrò commuoversi dalla risposta data come con un guizzo di cuore. Carezzò nuovamente la giovinetta e, poi, luminescendo scomparve.

Angelica era guarita, rimessa e ricostituita nella sua giovinezza. Non scorderà mai quell'incontro irripetuto, quelle parole cariche di promesse. Avrebbe fatto quanto le era stato chiesto: non avrebbe atteso nell'incontrare Padre Raoul.

La nonna si ridestò dal sonno. La toccò: non era più febbricitante.

«Piccola, come ti senti?» domandò con dolcezza.

«Bene, nonna, è passata, è passato tutto. Non ci sarà più di che preoccuparsi!»

La nonna scoppiò in un pianto di liberazione. Cieca e alla fine dei suoi giorni, si era sentita incapace di far fronte alla sofferenza della nipotina. Quella grande sensazione di impotenza aveva generato in lei un disperato senso di solitudine.

Da troppo tempo teneva il dolore imprigionato nel suo cuore. Aveva vissuto la morte del figlio senza potere vederlo, lo aveva soltanto potuto toccare. Sotto le sue dita, lui era un blocco di marmo gelido dentro una cassa. Le lacrime calde, che le avevano scavato un solco profondo sul viso, si erano versate sul figlio; dentro di sé, sperava che il calore delle sue lacrime potessero richiamarlo in vita... ma lei non poteva svegliarlo e lo sapeva. E, così, aveva ripensato al miracolo della resurezione del figlio della vedova: *"Vedendola, il Signore ne ebbe compassione e le disse: «Non piangere!». E accostatosi toccò la bara, mentre i portatori si fermarono. Poi disse: «Giovinetto, dico a te, alzati!». Il morto si levò a sedere e incominciò a parlare. Ed egli lo diede alla madre"[37].*

Aveva supplicato Iddio, urlando, che accadesse anche a lei la stessa cosa e non si dava pace per il fatto che suo figlio, invece, continuasse a dormire… «Non piangere!» le dicevano, ma come non farlo?! Non era morto solo Nathan, ma anche Valentine. Anche lei, la mamma della bambina, era stata orfana, come adesso lo era rimasta la sua figlioletta Angelica.

Si era promessa che avrebbe avuto lacrime per tutti, le lacrime, a volte, pregano più delle parole[38]. Aveva condiviso questi pensieri col marito, ma il marito non aveva trovato il coraggio di aprirsi; si era chiuso in se stesso e aveva dato ulteriori motivi di inquietudine alla moglie, la quale aveva temuto che l'uomo si fosse rifugiato nell'alcol. Poi, avendo saputo, che egli aveva iniziato a parlare con il parroco dell'Assunta, si era rasserenata e aveva incominciato a pregare la Madonna delle lacrime, l'unica donna che avrebbe potuto capirla… Colei che aveva perso il marito e il figlio tenendo duro. Anche adesso, l'avrebbe fatto. La Madonna le avrebbe dato la sua forza.

«Nonnina, ho fame!» chiese, con ritrovato vigore, la piccola.

Gli occhi di Angelica erano luminosi e lei non poteva vederli, ma sentiva ugualmente che tutto quanto aveva afflitto il gracile corpicino della nipotina non c'era più. Sorrise all'ingenua dolcezza della sua bambina e avvertiva il cuore ricolmo di una lieve consolazione.

Chiamò un infermiere, per un aiuto. Non c'era più di che preoccuparsi e ripeteva a se stessa: *"Donna, non piangere!"*.

Capitolo 4
NOMI

"Tutti i tasselli al loro posto: una cadenza millenaria di eventi. Sarebbe dovuta finire allora?! La storia occidentale, dopo l'Impero Romano, si genera attorno a un fattore originale: la storia pubblica di Cristo, della sua morte e del suo ritorno nel tangibile[39]..." Questo pensava Stephenson, interpretando ciò che una tavoletta di legno, capitombolata per terra davanti a lui, e dischiusasi come uno scrigno, gli aveva appena mostrato.

[40]

L'icona rappresentava la scena delle ultime disposizioni di Cristo: la consegna della propria madre al discepolo amato. Gesù di Nazareth, morente e appeso al legno della croce, trovava la forza per rivolgersi alla donna e al giovane, che da sotto quella croce, soffrivano con Lui e per Lui: «Ecco tuo figlio!»… «Ecco tua madre!»

Il *Messia* consegnava, l'una all'altra, le persone che aveva di più care; al discepolo affidava Sua madre e a Sua madre affidava un figlio. Gesù sarebbe risorto dopo pochi giorni, per cui Stephenson intuiva che il significato di tale "affidamento" non potesse essere ricercato nel desiderio del Cristo di dare solo "protezione" alla madre, ma nella volontà di stabilire un vero e proprio rapporto di figliolanza-maternità fra Maria, Sua madre, e il discepolo che Egli amava. Stephenson si chiese se non fosse plausibile l'ipotesi che in realtà lì, sotto quella croce, Gesù non avesse parlato soltanto a Giovanni (l'unico tra i Suoi a non esser fuggito via, dopo la sua cattura), ma a tutti i Suoi apostoli, i Suoi "amici".

Lo studioso osservò con attenzione quell'icona e si accorse che, dal suo interno, era venuto fuori uno strano manoscritto, di una fattura che non aveva mai visto.

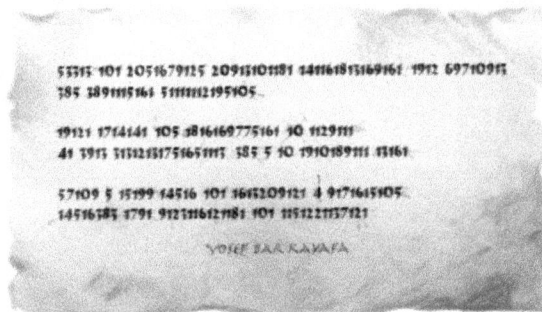

Esso era redatto in lingua gematrica[41] con simboli indo-arabici, probabilmente per oscurane ancor più il significato; tradurlo interamente avrebbe richiesto tempo. Il testo, come fosse una lettera volutamente criptata, era sottoscritto da un nome facilmente traducibile, un nome ebraico. Voltando il manufatto, Stephenson scoprì che quel nome era inscritto anche sul retro, con altri tre nomi ebrei, che vi erano come appuntati.

Madido di sudore, al massimo della tensione, lo studioso confrontava il testo appena rinvenuto con antichi manoscritti aramaici e vecchie carte impolverate, nell'intento di tradurne il complesso codice gematrico.

Improvvisamente, ebbe un'altra delle sue improvvise intuizioni. A quei lampi di genio vi era abituato; facevano parte dell'acutezza che lo distingueva e che gli producevano l'adrenalina necessaria a sostenere le molte notti di lavoro in cui s'impegnava.

Una vecchia copia ottocentesca della Divina Commedia di Dante, aperta tra le sue varie scartoffie, gli mostrava una litografia di Gustav Dorè[42] in cui era rappresentato Virgilio, che accompagnava Dante lungo il cammino… *"Virgilio!"*.

Capì immediatamente che la definizione di *"Novo Ordo Seculorum[43]"*, poi tradotto in "Nuovo Ordine Mondiale", scopo ultimo della massoneria, proveniva proprio dalle Bucoliche di Virgilio, scritte nel 38 a.C., nelle quali, profeticamente, si recitava:

«Ultima Cumaei venit iam carminis aetas
magnus ab integro saeclorum nascitur ordo.
Iam redit et Virgo, redeunt Saturnia regna,
iam nova progenies caelo demittitur alto.»

Che significava:

«È giunta l'ultima era dell'oracolo di Cuma[44],
nasce di nuovo il grande ordine dei secoli.
Già ritorna la Vergine, ritornano i regni di Saturno,
già una nuova stirpe scende dall'alto del cielo.»

Non sapeva come, ma c'era arrivato! Il puzzle, dopo settimane di ricerche, era quasi completo. Si sentiva incredibilmente soddisfatto, inorgoglito che il fato fosse stato dalla sua parte e che, quasi come per una predestinazione, lo accompagnasse. Ogni suo timore pregresso era quindi fondato: ciò che aveva carpito sarebbe stato meglio, probabilmente, non comprenderlo... per la sua carriera e per la sua famiglia, che, forse, da quel momento sarebbe stata in grave pericolo, così come lo era, certamente, la sua stessa vita.

Era assodato che il *Maggiordomo* avrebbe affatto gradito se fosse venuto a conoscenza della scoperta di Stephenson, anche se non ci avrebbe, certo, impiegato tanto tempo a capire. Il *Maggiordomo* Meroveo aveva lo strano potenziale di guardare negli occhi gli uomini e di smascherarne le intenzioni. Stephenson pensò che, ancora una volta, la sua tremenda curiosità, lo aveva esposto oltre gli argini del consentito.

Pensieri frenetici lo scuotevano come un segnavento nella tempesta... *"Weishaupt[45], sarai stato pure l'iniziatore di noi "illuminati" ma eri anche un grande figlio di puttana! Quante balle hai raccontato!* «*Ogni uomo è capace di trovare in se stesso la luce interiore... diventare eguale a Gesù, ossia Uomo-Re[46]...*»*"*.

«Ma fammi il piacere...» sussurrò, proseguendo sommessamente. «"Tutto è materia"*, dicevi, certo, e abbiamo sempre pensato che riducessi la partita al solo tangibile... Ma in realtà ti riferivi a tutto il reale, commensurabile e incommensurabile e alle conseguenze su questi della corruzione originale! Ora capisco quel particolare della lettera ai Romani "tutto il creato geme e soffre le doglie del parto fino a oggi[47]". Quanta merda c'è nei cervelli dei nostri intellettuali, "falsi profeti", inviati a diffondere opinioni senza essere consci, veramente, di cosa ci sia in ballo. Creati per confondere le genti dall'unico evento importante, necessario e indispensabile da avere chiaro e contemplare: il fatto storico dell'incarnazione dell'Architetto. Sono poche le tracce, velate, ma col medesimo riscontro! L'Arcangelo al comando disarmò l'avversario, scaraventandolo sulla Terra. Da quel momento in poi, il nemico cominciò a corrompere tutto il progetto iniziale, sia a livello fisico sia chimico, portando il pianeta alla decadenza e introducendo il disordine. Ciò che ne conseguì fu l'avverarsi del suo principale intento: l'inizio della distruzione della creatura ultima che Dio aveva "fatto" a Sua immagine, riuscendo così a regredirla a livello animale!» mormorava flebilmente.

Il professore afferrò tutto ciò che poteva servirgli, compreso lo scritto appena rinvenuto, infilandolo celermente in una borsa di cuoio, mentre, con la mente affollata da ansie, si preparava ad agire… *"È sempre stata una copertura! Si sono nascosti bene, ma mi hanno sottovalutato! Io forse morirò, ma la verità deve divenire pubblica! Devo avvertire molti, diffondere quanto scoperto… è l'unico atto di carità che posso concedermi, se è vero che la carità è imitare il Cristo nel suo gesto sacrificale totalmente gratuito verso ogni singolo uomo, dal primo all'ultimo fino alla fine del mondo. M'inchinerò a questo… è un imperativo, devo… Calma, calma! Devo restare vivo… mi servirà un Minervale[48]. Ce n'è solo uno di cui mi possa fidare! Tutto deve svolgersi come se nulla fosse. Un Wasp[49] non è il tipo giusto per questo compito!".*

I pensieri di Stephenson correvano più veloci delle sue azioni. Strappò violentemente un pezzo di carta da un foglio, vi scarabocchiò i quattro nomi rilevati dal manoscritto:

Se lo infilò dentro i pantaloni e uscì scortato da due guardie, portando con sé la valigetta e una mente piena di domande: *"Perché scrivere in codice? Il linguaggio gematrico è un sistema di numerologia, che studia le parole scritte in lingua ebraica e assegna loro dei valori numerici. Il quarto personaggio si oppose per qualche ragione; scrisse il manoscritto e portò il segreto con sé nella tomba. Non c'è da stupirsi, d'altronde l'ubbidienza è una virtù cristiana!"*.

Bisognava partire per la Germania, immediatamente; Gotha era il posto ideale in cui far arrivare ciò che aveva scoperto. Passò da casa e lasciò i soldi per la figlia, baciò la moglie e partì. La moglie era sconvolta per lo sguardo del marito, che mostrava una faccia atterrita e angustiata. Ciò che Stephenson sapeva, infatti, non lo tormentava soltanto: lo torturava.

Rupert Stephenson, tra gli adepti illuminati degli *Eredi di Hiram Abif*, aveva ricevuto lo ieronimo di *Chronos*[50], per via delle sue strambe teorie correlate alla relatività del tempo. *Chronos*, era infatti, una figura della mitologia greca. Il più giovane tra i Titani, egli aveva aiutato la madre Gea a liberarsi di Urano, che giaceva costantemente su di lei, impedendo ai figli concepiti di uscire dal suo grembo. *Chronos* aveva evirato il padre con un falcetto, fabbricato dalla Terra al proprio interno; poi aveva gettato l'organo amputato nel mare e aveva preso il posto di Urano alla guida del mondo. *Chronos*-Stephenson magari non sarebbe arrivato alla guida del mondo, ma uno strano destino, per certi versi, lo avrebbe fatto assomigliare al suo illustre omonimo…

Anch'egli sembrava essere chiamato a castrare chi, in quel momento, deteneva, almeno a parer suo, il potere sull'aldiquà!

Il professor Stephenson era diretto in Germania, a Gotha, città che, per gli illuminati, rappresentava "il cuore" della massoneria; lì, infatti, era stato sepolto Adam Weishaupt, il primo tra loro. In quella città, inoltre, era legato ad alcuni accademici di rilievo, viziati dalle sue stesse ambizioni, appartenenti alla rete.

Avrebbe presentato loro una ragione per "trattare" col *Maggiordomo* e le sfere più alte: ottenere spazi di potere, pena la rivelazione del segreto! Poteva risultare una strategia sufficiente per ricevere appoggio. Vi era poco tempo, ma avrebbe tentato l'azzardo, sperando che il fato, come aveva fatto fino a quell'istante, avrebbe giocato a suo favore. In fondo, ironizzava per darsi coraggio, non vi era nulla di straordinario in ciò che stava tentando: voleva solo vincere la partita contro "le forze del male" se così poteva definirle... e potevano esser- cene le condizioni.

Riteneva, difatti, il *Maggiordomo* troppo concentrato in California per accorgersi, nel breve periodo, di un suo sposta- mento temporaneo. Vi era una possibilità di riuscita. E se così non fosse stato, in canna avrebbe avuto una seconda cartuccia.

Un uomo di colore lo attendeva all'aeroporto, uno dei suoi studenti più fidati. La fisicità di Rocky Marciano[51] non era nemmeno paragonabile a quella montagna di muscoli ben de- finiti, che lo aveva accolto. Stephenson consegnò a questi la valigetta ed entrambi presero posto in aereo.

«Sono nelle tue mani, *Leonida*[52]! Hai con te il paracadute?!»

L'afroamericano annuì. Durante il viaggio, Stephenson, che aveva completato la trascrizione di ciò che aveva scoperto, ne rileggeva le parti, legate ad alcuni passi evangelici, per ve- rificare che non avesse dimenticato nulla:

"In quel tempo, disse Gesù ai suoi discepoli: «Ancora un poco e non mi vedrete; un po' ancora e mi vedrete». Dissero allora alcuni dei suoi discepoli tra loro: «Che cos'è questo che ci dice: Ancora un poco e non mi vedrete, e un po' ancora e mi vedrete, e questo: Perché vado al Padre?». Dicevano perciò: «Che cos'è mai questo "un poco" di cui parla? Non comprendiamo quello che vuol dire». Gesù capì che volevano interrogarlo e disse loro: «Andate indagando tra voi perché ho detto: Ancora un poco e non mi vedrete e un po' ancora e mi vedrete? In verità, in verità vi dico: voi piangerete e vi rattristerete, ma il mondo si rallegrerà. Voi sarete afflitti, ma la vostra afflizione si cambierà in gioia.»[53]*"*.

L'aereo dava qualche smottamento; il viaggio si prospettava lungo e le condizioni del tempo non aiutavano la traversata che avrebbe necessitato di diverse tappe.

Si distrasse dai suoi scritti e si diede un'occhiata intorno… Rupert sperava di non essere intercettato. Il cuoio che ricopriva i sedili gli dava un senso di accoglienza; cominciò a picchiettare le dita contro il bracciolo della sua poltrona.

Lo studente di colore, che lo accompagnava, gli sedeva dinnanzi perplesso, per la fretta con cui gli era stato chiesto di arrivare. Coperto dal sottofondo del ronzio dei motori dell'aereo, questi gli chiese:

«Professore cosa sta succedendo? Non la vedo nella sua solita mitezza. Qualcosa la turba: vuole parlarmene?!»

L'ebano della pelle di *Leonida* emergeva dai bianchi sedili del jet privato di proprietà dell'*Organizzazione*. La sua epidermide emanava un odore forte, pastoso e consistente.

Stephenson, impegnato a contemplare dall'alto del finestrino il paesaggio sottostante e distratto dalle eliche del bimotore, si sentì incagliato dalla domanda, ma, comunque, lieto di poter sfogare, anche se solo parzialmente, le sue preoccupazioni…

Sarebbe stato necessario avere del fegato per mettere in atto il suo piano e non era certo di averne abbastanza.

«*Leonida*… Michel…»

Il signor Stephenson, il professore su cui egli aveva riposto la massima fiducia, del quale aveva la massima stima, il professore che aveva seguito in giro per il mondo in molti dei suoi viaggi di lavoro, ma, che aveva mantenuto sempre un certo distacco nel rapporto con lui, adesso lo stava chiamando per nome. *Leonida* era sbigottito e turbato allo stesso tempo.

«Michel, il mondo ha bisogno di essere salvato?!»

Leonida era intimorito dall'inatteso quesito. Pensoso, iniziò anch'egli a guardare il vuoto. Si passò una mano tra i neri capelli arricciati, come per dire che la risposta non era semplice. Poi rispose:

«Penso sia impossibile salvare questo mondo! Ci vorrebbe qualcuno che non venisse mai sopraffatto dal proprio limite. Qualcuno che fosse integro, nobile, grande, che andasse oltre le passioni o le contingenze; un uomo non soggetto ai miseri vizi umani, potente e buono contemporaneamente che si facesse da scudo per i più deboli! Ma un uomo così, non esiste nemmeno nei miti: anche le figure mitologiche soccombono ai criteri umani. Io non ho mai visto tipi vestiti d'azzurro, con mantelli rossi in giro!»

Rupert si distese, per un attimo, alla battuta del suo allievo.

«Michel, sei la cosa più vicina a un amico che ho in questo momento!» *Leonida* annuì soddisfatto e lasciò che Stephenson tornasse ai suoi pensieri.

"Alfine Cristo non ha lasciato soli noi uomini, la Chiesa è il prolungamento della Sua presenza nella storia[54]. Essa stessa è il metodo con cui Egli stesso muove il mondo verso un bene.

Gli Eredi sono una farsa, uno specchio per le allodole, servono a fare proselitismo, ad attrarre gente potente, ad avere potere sul mondo e a gestirlo. Tutti i massoni... sono essi stessi pedine di un gioco più grande.

Tra gli Eredi, coloro che sono ritenuti "illuminati" hanno come compito la distruzione del cristianesimo e della Chiesa Cattolica. Si sono imposti, come metodo, la creazione temporale di falsi profeti e di figure pubbliche per distogliere l'umanità dalla personalità di Cristo. Molti di loro si sono infiltrati, a tutti i livelli, nelle gerarchie cattoliche, avvelenando l'istituzione dall'interno. Anch'io rientravo in questo loro disegno: volevano farmi minare alla base l'origine storica del grande movimento di persone che ha reso umano questo mondo, ordinandomi di trovare argomenti che potessero mostrare il fatto cristiano come irrilevante per l'umanità, mentre, invece, ogni angolo ne è permeato.

Mi dicevano che la gente dovesse divenire inconsapevolmente cinica e che l'unica consapevolezza concepibile dovesse essere di tipo ideologico... Che sarebbe stato necessario abbassare gradualmente il livello culturale generale... che occorresse far cadere i tabù, la barriera del sesso e che fosse necessario creare un'oligarchia incapace camuffata da democrazia!

Il loro progetto che, fino a qualche ora fa, era anche il mio, sicuramente è stato ben congegnato e programmato a breve, medio e lungo termine! Il Novo Ordo Seculorum...

Ma possiedono il timore dell'Apocalisse, perché il compito di chi li manovra è impedire che la storia del mondo abbia una fine.

Il realizzarsi di quanto mostrato nel libro della Rivelazione impedirebbe il loro progettato e prolungato dominio sul mondo.

Ma Giovanni ricevette il compito e, insieme al fratello Gia-como, seguirono la madre dell'Architetto nella creazione di una milizia che sarebbe stata tale fino alla fine del mondo! Ciò è testimoniato dalla frase nell'incisione del laboratorio:

SE VOGLIO CHE EGLI RIMANGA FINCHÉ IO VENGA, CHE IMPORTA A TE?

Sono loro, Giacomo di Zebedeo e Giovanni fratello di Gia-como, ai quali Gesù diede il nome di Boanèrghes, cioè "Figli del Tuono", coloro che gli illuminati confusamente chiamano i Giovanniti e cui danno culto. Non si rendono conto che co-loro che essi contrappongono al Cristo, hanno ricevuto da Cristo stesso il loro carisma e la loro missione, così come esposto in Marco 3,17... e anche altri doni speciali...".

Si ripeteva: *"La Chiesa è una sola... Santa, Cattolica e Apostolica, come recita il credo Niceneo-Costantinopolitano (Et unam, sanctam, catholicam et apostolicam Ecclesiam[55]). A colui che Lo aveva rinnegato e che si era pentito venne con-segnato il mandato di sommo servitore, con la promessa della non prevaricazione del male: «Tu sei Pietro e su questa pie-tra edificherò la mia chiesa e le porte degli inferi non prevar-ranno contro di essa![56]». Al "preferito" venne dato il mandato di figliolanza fino alla fine di questo mondo".*

Tutto era chiaro e documentato; i riferimenti erano palesi, ma ogni argomento era anche stato travisato. Evidentemente, nessuno si era mai posto le giuste domande o non doveva es-sere stato bravo quanto lui. Oppure, il fato lo aveva semplice-mente scelto per rovesciare i potenti dai troni[57].

Riguardo alle credenze degli *Eredi*, l'ipotesi che i Giovan-niti fossero in opposizione al resto degli apostoli gli era sem-pre apparsa davvero priva di fondamento e, come un vicolo cieco, non pensava avrebbe portato in alcuna direzione.

Adesso, visto che era stato lui a capire, doveva essere lui a intervenire, pur sapendo che rischiava il martirio. Ma in che modo procedere?!

"Mi attende la fine? Non lo so, intanto il mio piano B mi si è appena addormentato di fronte!" Leonida, infatti, sia pure stentatamente, aveva preso sonno... Il viaggio era ancora lungo, si disse, poteva ancora avere il tempo di pensare.

"Prima, mi chiedevo se Dio fosse buono; adesso so che le sue intenzioni iniziali lo erano, adesso, conosco che esiste l'opera di un Suo avversario cui non avevo dato considerazione... Certo... confusione, sviamento, insabbiamento... era stato proprio questo il mio compito, come massone! Dio, quanto sono stato cieco! Come ho fatto a non comprenderlo immediatamente?!".

Pensò alla reazione dei "contatti" che lo attendevano a destinazione, dinanzi alla notizia che essi stessi fossero strumento di manovre più grandi, che essi "venissero usati".

"Come framassoni illuminati abbiamo sempre creduto di essere noi i dominatori, i padroni del mondo! Ci hanno fatto convincere che noi controllassimo e manipolassimo le sette sataniche, le mafie, i potentati economici. Le più alte cariche si sono sempre considerate "Eredi di Hiram Abif" e nessuno aveva capito che Hiram Abif fosse stato ucciso proprio perché aveva scoperto quel segreto che adesso io porto nelle mutande! Come me, prima che capissi, molti "all'oscuro" s'illudono, ma sono in realtà semplici strumenti di una strategia complessa. Con tutti quei loro riti iniziatori fatti di croci rovesciate, sesso e potere in abbondanza... ci hanno ingannati, illudendoci di poter essere perfetti. Gli "Eredi legittimi di Satana" i più arroganti spesso si definiscono... considerandosi del tutto assimilati al male, quando invece sono semplici burattini. Ma adesso, come per caso, si è svelato l'inganno delle

illusioni... anche se realmente, nulla accade mai per una casualità. Ecco qui il mio talento che ritorna a galla "Serendipità", cerchi una cosa e invece, trovi qualcos'altro di molto più importante." Le mani impegnate ad abbozzare un disegno, adesso tremavano sulle pagine del suo taccuino; anche a causa degli smottamenti e della tempesta, che si era levata intorno all'aereo.

"E se non riuscissi? Se mi stessi autoconvincendo? Non posso rivolgermi alla Chiesa Cattolica, è troppo compromessa; abbiamo infiltrati dappertutto...

No! Devo colpirli al cuore dell'Organizzazione, sfruttando la sete di potere e l'ambizione dei miei colleghi europei. Dovrò metterli a conoscenza di quanto ho scoperto. Sicuramente, all'inizio, si mostreranno perplessi e titubanti ma, conoscendo la loro coerenza, sono sicuro che non potranno a lungo mostrarsi indifferenti dinanzi a tali evidenze! Se li condurrò dalla mia parte, sicuramente, daranno avvio a un processo di riforma e, magari, qualcuno, scoprirà la fede, convertendosi.

"Conversione!" Già, che calda parola sto usando! Come potrei se anch'io non... Sì, il Grande Architetto mi ha toccato l'anima e, adesso, sento che essa Gli appartiene... che io Gli appartengo!". Per la prima volta, nella sua vita, sulle labbra di Stephenson affiorò una preghiera silente:

«O Dio, vieni a salvarmi. Signore vieni presto in mio aiuto[58]!»

Capitolo 5
DOCUMENTI

Bohemian Grove[59], California, USA
13 maggio 1957, ore 18:00

Nessuna donna su questa terra avrebbe mai potuto avere una bellezza comparabile alla sua: ne era convinta! E più osservava la sua immagine allo specchio e più se ne convinceva! D'altra parte, nessuno avrebbe potuto smentirla; quella donna aveva proprio tutto: successo, fama, ricchezza... quella donna poteva portarsi a letto qualunque uomo desiderasse.

Lo specchio davanti a lei, le proiettava una creatura da ammirare, da contemplare, da venerare e lei sorrideva soddisfatta a quella creatura di cui era totalmente innamorata e che forse... ai suoi occhi, più che una creatura, sicuramente era una dea.

Adesso la dea, che aveva appena fatto un bagno rilassante e un massaggio, si era fasciata con un soffice accappatoio; man mano, lo apriva e scopriva il suo corpo per contemplarne le forme. Lei era perfetta, come perfetto era il luogo in cui viveva. Sembrava che ogni cosa che avesse intorno, la lussuosa villa, la sensuale stanza profumata, il caldo e morbido letto, le chiedesse continuamente di essere vissuta dal suo corpo. E lei, consenziente e incapace di controllare la sua passione e la sua eccitazione, si concedeva molto volentieri.

Era stata con tutti gli uomini dell'alta società. Attraverso di lei, la congrega degli *Eredi* era riuscita ad avere dalla sua parte i più grandi tra i potenti di quel tempo. Era una specie di ariete, capace di sfondare qualunque porta e resistenza.

La sedicente dea era pienamente consapevole di possedere un immenso potere, a tal punto che qualche volta era stata tentata persino di sottomettere il *Maggiordomo*. Era certa che se avesse voluto, usando le sue arti amatorie, sarebbe riuscita a sfinirlo o addirittura a ucciderlo; se lo avesse fatto, avrebbe avuto lei il potere sul mondo intero! Molte erano state le occasioni in cui era stata sul punto di eliminarlo... un uomo completamente suo, indifeso e incosciente; ucciderlo sarebbe stato semplice, ma lo amava. In fondo, quell'uomo, il *Maggiordomo*, era suo fratello.

Il legame incestuoso che la donna aveva con lui era piuttosto complesso e intrigante, e il fatto che fosse costretta a tenerlo segreto rendeva tale rapporto ancora più eccitante... anche se mortificava la sua vanità e il suo orgoglio: era sicura infatti, che lei, se ne avesse potuto parlare con le sue amiche, agli occhi di queste, ne avrebbe guadagnato in prestigio e potenza.

Ma l'amore per il *Maggiordomo* suscitava in lei una forte contraddizione interiore: da un lato, lo viveva con eccitazione e passione totale, senza alcun limite o restrizione, sfruttando ogni occasione possibile per fare sesso con lui; dall'altro, però, lo considerava romantico e tragico, del tutto simile a quell'amore fra Paolo e Francesca[60] narrato da Dante Alighieri nel Canto V dell'Inferno[61]. Spesso, la mattina, appena alzata, recitava a memoria i versi di quel canto, quelli che più la colpivano:

«*Amor, ch'al cor gentil ratto s'apprende,*
prese costui de la bella persona
che mi fu tolta; e 'l modo ancor m'offende.
Amor, ch'a nullo amato amar perdona,
mi prese del costui piacer sì forte,
che, come vedi, ancor non m'abbandona.
Amor condusse noi ad una morte.
Caina attende chi a vita ci spense.
Queste parole da lor ci fuor porte...

Noi leggiavamo un giorno per diletto
di Lancialotto come amor lo strinse;
soli eravamo e sanza alcun sospetto.
Per più fïate li occhi ci sospinse
quella lettura, e scolorocci il viso;
ma solo un punto fu quel che ci vinse.
Quando leggemmo il disïato riso
esser baciato da cotanto amante,
questi, che mai da me non fia diviso,
la bocca mi baciò tutto tremante.
Galeotto fu 'l libro e chi lo scrisse:
quel giorno più non vi leggemmo avante.»[62]

Ah, come avrebbe voluto che anche la sua morte fosse simile a quella di Francesca... morire d'amore e per amore! Non ne sapeva bene il perché; probabilmente, spegnersi in modo "clamoroso ed eclatante" era una sorta di ricompensa che, inconsciamente, avrebbe voluto ricevere per il fatto di avere rinunciato a una parte di sé.

Certo aveva tutto, ma spesso, mentre si contemplava allo specchio, quasi istintivamente, si portava una mano sul ventre e se lo sfiorava con una fugace ma intensa carezza. "*Un figlio?*

Oramai non è più tempo!" pensava con amarezza, e per consolarsi del suo desiderio inappagato, si diceva che, in fondo, la piena soddisfazione non esiste.

Improvvisamente, il sottofondo musicale ovattato del grammofono, che proveniva da una stanza lontana, divenne più alto: qualcuno era entrato in camera sua, richiudendo la porta dietro di sé. Lei rimase ferma dinanzi allo specchio e, senza distogliere lo sguardo dalla propria immagine riflessa, si passò una mano fra i capelli. Quindi, con tono di voce un po' ironico, si rivolse all'uomo che era appena entrato:

«Georghe, finalmente sei arrivato! Il viaggio è stato faticoso?! Mi hai lasciata sola più del previsto! Perché non mi hai detto che saresti stato via così a lungo?! La comunicazione tra noi due è essenziale: non devi darla per scontata!»

Osservò l'uomo attraverso lo specchio; le parve stranamente svogliato e irritato. Diede un'occhiata in giro, quasi per avere la certezza che, anche questa volta, lo avrebbe "domato". Il profumato letto a baldacchino con le sue avvolgenti tende chiedeva di essere provato ancora una volta, e poi… c'era lei col suo corpo… i seni gonfi e attraenti, le sode natiche, le sue gambe formose.

L'uomo però si dimostrava piuttosto indifferente e le rispose con tono nervoso:

«Sono il *Maggiordomo*, lo sai! Questo dovrebbe già spiegarti tutto! Fino a quando non lo capirai, fra noi non ci sarà sintonia!»

Lei lo guardò con sufficienza. S'infastidiva quando qualcuno la rimetteva al proprio posto; si sentiva come una serva senza merito e si chiedeva se la sua sola bellezza non fosse già, di per se stessa, un merito! Così, puntò su di lui i suoi occhi neri e luminescenti, come la profondità degli spazi siderali, scosse la mossa chioma, che le copriva le spalle, e gli si rivolse con tono di sfida:

«Io posso sostenerti, ma non mi impiccio; mi limito a godermi i vantaggi! Comunque, non dimenticare che i miei pregi ti sono sempre tornati utili...»

Poi domandò stizzita:

«Hai compiuto quanto ti eri prefissato? Quando andremo in Italia?!»

Lui era avvezzo ai capricci della sorella e perciò le rispose, eludendo il nervosismo di lei:

«È sempre un passo avanti a noi! Rue du Bac 18 luglio 1830; La Salette 19 settembre 1846; Lourdes 11 febbraio 1858; Pontmain 17 gennaio 1871, poi Pellevoisin nel 1876, il casino di Fatima nel 1917, Beauraing nel 1932, Banneux nel '33, nel '47 a Roma e ad Amsterdam nel '45. Ma, stavolta, abbiamo la mano che ci farà portare a casa il banco!
A San Diego, camuffato da capomafia, ho acquisito giovani forze spirituali. Senza dubbio, abbiamo mani e piedi ovunque e ogni governo, oramai, è sul nostro libro paga. Non sono riusciti a fermarci la prima volta, non ci riusciranno nemmeno la seconda!»

Poi, Meroveo poggiò su una delle poltrone che riempivano la camera, la giacca che si era appena sfilata, si allentò la cravatta e, lentamente, si avvicinò alla sorella. Con delicatezza, le denudò la spalla e iniziò a baciarla sul collo, quindi, le aprì l'accappatoio e continuò a baciarla e ad accarezzarla dappertutto. Non riusciva a tenere a freno la sua eccitazione ed era già pieno di lei: il sapore della sua carne gli riempiva la bocca; le narici erano inebriate dal graffiante suo profumo, la sua pelle e l'intero suo corpo lo stregavano.

«Zelia, mia cara, è un vantaggio che non dobbiamo sprecare! La pazienza ci premierà! Intanto dedichiamoci a noi: ti voglio!»

Meroveo guardò negli occhi la sorella attraverso lo specchio. I loro sguardi carichi di sensualità s'incrociarono; immediatamente i due furono uno nelle braccia dell'altra: si baciarono e si strinsero con passione, quasi mangiandosi nel furore della libidine, anelata da tempo.

Ma un bussare ostinato li interruppe; doveva essere qualcuno che aveva molta fretta! I due amanti dovettero ricomporsi velocemente e il *Maggiordomo* si diresse alla porta.

«Cosa c'è adesso? Cosa vuoi, Adam Gamliel?! Cos'hai da dirmi di così urgente da far venire quasi giù la porta?!»

Un uomo, dai modi e dai vestiti eleganti, avanzò nella stanza e disse:

«Poche parole, *Maggiordomo*: Stephenson è partito per l'est della Germania, con un aereo dell'*Organizzazione*. La città di Gotha le dice nulla?!»

Meroveo divenne pensieroso; si sedette sulla poltrona più vicina e si portò una mano alla nuca; quindi, abbassò il capo e cominciò a fissare il pavimento. Mentre egli continuava lentamente a massaggiarsi la testa, il silenzio si faceva largo nella stanza in disordine. Gamliel attendeva sulla soglia della porta un qualche commento di Meroveo, che si girò verso la sorella e le disse:

«Zelia, saremo costretti a rimandare il viaggio in Italia. Faremo un salto in Turingia prima!»

Lei reagì prontamente e urlò:

«Ma, Georghe, mi avevi promesso… non sei capace più di mantenere…»

Meroveo, sentendola sbraitare, perse il controllo; si scagliò sulla sorella e le strinse con violenza il collo! La donna si sentì soffocare e divenne paonazza; si aggrappò con forza al braccio dell'uomo che, però, continuava a strattonarla con rabbia, gridandole:

«Non devi più permetterti di rivolgerti a me in questo modo! Chi ti credi di essere per parlarmi così?!»

Poi la spinse con forza e lei cadde a terra, rimanendo completamente nuda. Zelia si mise a sedere sul pavimento e si ricoprì velocemente con l'accappatoio che era cascato sotto di lei. Era confusa e impaurita. Era la prima volta che il fratello manifestava un atteggiamento violento nei suoi confronti; mai prima di allora aveva alzato un dito contro di lei... rimase a terra, lambendo il collo con le sue mani per alleviarne il malessere.

Sconvolta, mirava il fratello con lo sguardo. Gamliel, attonito, non provava nemmeno a fiatare.

Il *Maggiordomo* si rese conto di avere sbagliato. Si portò le mani sul viso, poi, respirò profondamente. Era dispiaciuto e rammaricato, non tanto per aver fatto del male alla sorella, ma per avere perso il controllo, mostrandosi vulnerabile. Questo era stato un altro errore, che si aggiungeva al passo falso compiuto nell'avere assoldato Stephenson e nell'avergli dato la possibilità di accedere a troppe informazioni.

Questa riflessione lo caricò ulteriormente di rabbia, per cui, con un secondo scatto d'ira, catapultò il tavolino appena dinanzi dall'altra parte della camera.

Si rivolse, quindi, ancora furibondo, all'amico ammutolito: «Gamliel, dovrai venire con me!»

L'ordine era perentorio e non ammetteva repliche, ma il sottoposto rimasto impassibile, rispose:

«Georghe, con rispetto, mi chiedi troppo! Il caso ai Caraibi della setta scientista, di cui mi sto occupando in questo momento... mi sta prendendo più del dovuto, in quest'ultimo periodo. Definire tutta la filosofia della forza del pensiero sul corpo non è semplice! Se interrompo il mio lavoro, rischio di non portare a termine la creazione di certi personaggi!»

Georghe comprendeva che gli stava chiedendo un sacrificio, visti gli impegni di colui che rivestiva il ruolo di suo fidato braccio destro; ma c'era una situazione grave e decisiva da sanare, per cui replicò:

«Quegli squilibrati continueremo a lavorarceli un'altra volta! Ho perso una pedina della mia scacchiera. Non si può continuare il gioco senza una pedina! Ho bisogno di te! Sei con me o no?!»

Adam Gamliel infilò le mani nelle tasche dei suoi pantaloni e guardò il *Maggiordomo* con uno sguardo rassegnato.

I capelli neri e lucidi, tirati indietro, scoprivano la sua fronte. Il viso lungo, dai tratti ben definiti, gli conferivano un'aria fiera. Era un bell'uomo, il cui fisico asciutto si faceva vestire soavemente. Adam Gamliel non aveva nulla da invidiare a Meroveo, se non il fatto che questi, nel tempo, fosse divenuto il suo capo, sebbene fossero stati amici d'infanzia.

Cresciuti nella stessa città, insieme, ne avevano passate tante a Yale. Stessa confraternita, gli Skull and Bones[63], stesso rito d'iniziazione: il passaggio dalla "Tomba". Una liturgia il cui cerimoniale rimaneva riservato all'interno dell'edificio del campus, su cui all'università, circolavano voci macabre. Ma loro vi erano sopravvissuti: insieme! Non raccontarono mai cosa accadde durante l'esercizio di quelle oscure funzioni, ma, dopo quell'esperienza, il loro legame si rafforzò, divenendo quasi fraterno.

Gamliel comprendeva chiaramente le conseguenze di ciò che, adesso, l'amico gli chiedeva, ma valutando la gravità della situazione, rassegnato, rassicurò Georghe Meroveo:

«Sono tornato da Cuba appositamente. Avevo il presentimento che ci sarebbe stata qualche sorpresa, da queste parti! Forse, abbiamo dato a Rupert Stephenson troppi particolari... Se avesse scoperto qualcosa, non me lo perdonerei mai!

Quando era ancora un signor nessuno, ero stato io ad accorgermi di lui e a segnalarti di assoldarlo. Peccato: sarebbe stato davvero un ottimo illuminato tra gli *Eredi*! Adesso, dovremo intervenire… In questo periodo, fin troppi personaggi stanno avendo margini di manovra; dobbiamo richiamarli all'ordine! Non possiamo correre rischi: se scoprissero quanto non devono, si creerebbe una frattura e, per risanarla, occorrerebbero anni! Non possiamo davvero permettercelo! La Rosa mistica, la madre del Figlio dell'uomo, ha iniziato a essere partecipe pienamente degli eventi umani già da qualche tempo. Ciò mi fa presagire che siamo prossimi alla chiusura del nuovo ciclo preannunciato… e noi abbiamo il compito di impedire che avvenga il peggio! Le nostre interpretazioni leggono nelle profezie che, dal 13 ottobre 1917, il possesso del mondo da parte di Satana è privo di limitazioni[64] tant'è che nello stesso giorno, la Rosa mistica, la madre del Figlio dell'uomo, ha avviato la sua controffensiva a Fatima. Esattamente trentatré anni prima, il 13 ottobre 1884, Leone XIII[65], aveva saputo, attraverso una visione, che Satana ha chiesto all'*Onnipotente* cento anni[66]! Sfruttiamo bene questo tempo a nostra disposizione e ne usciremo vittoriosi!»

Adam Gamliel avrebbe dato la vita per le ragioni che lo univano all'amico di sempre. Sarebbe morto per quell'uomo e la loro causa.

Meroveo tornò alla sua consueta pacatezza.

«Grazie, Adam! Ero certo che non mi avresti abbandonato! Anche Stephenson sa dei cento anni! Rupert non avrebbe dovuto avere a disposizione la totalità di quanto rinvenuto da quei due beduini, nel '47, a est di Gerusalemme[67]. Quanto materiale in quel laboratorio… ci sono voluti secoli per organizzarci e per combattere contro la Chiesa Cattolica! Quanta fatica per permettere al *Maggiordomo* Francone di diventare Papa col nome di Bonifacio VII; non possiamo lasciare che tutto vada perso. Ricordi, prima di lui, con quanta difficoltà cercavamo di creare e diffondere le eresie?! E dopo lui, ci vollero altri cinquecento anni, per avere effettivo mordente e massificare la nostra influenza: col *Maggiordomo* Hans Luther[68]; con lui, finalmente, destrutturammo la Chiesa Cattolica e ne avviammo la decadenza. Ma, adesso, non abbiamo tempi così lunghi da poter gestire: il nuovo millennio è già qui! Nessuno dovrà sapere! Stephenson è un errore che dobbiamo cancellare!»

Gamliel e Meroveo, nonostante in talune circostanze, discutessero parecchio per arrivare a un accordo, erano sostanzialmente affini; infatti, condividevano le stesse idee e perseguivano lo stesso fine: porre un limite all'*Eterno*, dettare al Divino cosa potesse o non potesse fare.

«Per caso, hai ancora qualche altra grave notizia da darmi? Te lo leggo negli occhi!» chiese con apprensione il *Maggiordomo*.

L'amico sospirò e gli rispose:

«Mancano dei documenti...»

I due uscirono dalla stanza, lasciando Zelia ancora riversa per terra, muta e turbata. Per nulla interessata alle inquietudini e alle discussioni dei due uomini, era angustiata soprattutto di capire se le mani del fratello avessero lasciato dei lividi o dei segni indelebili sulla delicatissima nuca.

Rimasta sola, si rialzò per guardarsi allo specchio.

Capitolo 6
SERPE

San Diego, California, USA
13 maggio 1957, ore 24:00

L'aveva sempre udita quella voce che gli parlava dalle profondità; la percepiva come una propensione naturale, quasi una predestinazione verso quel compito, quella vocazione, quella vita che viveva intensamente, giorno dopo giorno: prendersi cura della parrocchia e delle famiglie che vi appartenevano.

Conosceva tutti, i loro pregi e le loro debolezze; le fatiche e le lotte quotidiane per non soccombere. Era un confidente, un consigliere, un amico per molti. Gli era stato affidato un gregge corposo, difficile da gestire. Pieno di malcapitati, ricconi smarriti e resi ciechi dal proprio potere, anziani tormentati dal proprio passato, giovani delinquenti, al loro primo rimorso di coscienza per un omicidio, e padri orfani dei propri figli; perché a causa delle loro incapacità, erano fuggiti da casa. Ma ci riusciva, riusciva a guidare quel gregge, a tenerlo a bada.

Anche la criminalità organizzata, così capricciosa, era stata in un certo senso, addomesticata e costretta a scendere a patti con lui. Non aveva mai avuto dubbi prima di arrivare in quella comunità religiosa. Mai avuto un dubbio che ci sarebbero voluti due testicoli d'acciaio, per affrontare certe situazioni e rimanere in piedi; anche se sempre in bilico, come sospesi tra la vita e la morte, tra l'inizio e la fine. *"Questo è il lavoro di ogni parroco, di ogni prete!"* continuava a ripetere a se stesso. Nella parrocchia dell'Assunta, però, capitava sovente che quel suo equilibrio egli lo perdesse e che si sentisse sul punto di cadere nell'abisso.

Quel mattino, si era trovato al capezzale di due anziani morenti. Il primo, il signor Brown, gli aveva confessato di avere violentato e picchiato la moglie per tutta la vita; lo aveva visto addormentarsi ancora con quel *Demone* sulla coscienza. Il secondo, il signor Lopez, un uragano d'uomo con tredici figli al suo capezzale e tanti altri, sparsi qua e là, per il mondo; era stato un killer dilettante della mafia locale. Era morto tra le sue braccia, con ancora in bocca la confessione dell'assassinio di due bambini.

Da dove attingere parole di speranza? S'interrogava spesso sulla speranza.

«Solo tu, Signore, hai parole di vita eterna![69]»

Ogni giorno, si ripeteva la frase di San Pietro apostolo; ogni giorno, per far memoria della salvezza sulla terra. Durante le messe del pomeriggio, aveva dovuto somministrare due battesimi: aveva battezzato il decimo figlio dei Valenzuela e il primo figlio dei Connors. Si era rattristato, nell'aver constatato che i Connors mostrassero di trovarsi lì, in quel luogo sacro, soltanto per adempiere a una formalità di rito. E, adesso, dove avrebbe potuto trovare delle parole gioiose, di conforto, per l'assemblea che lo avrebbe ascoltato? «Senza di Me, non potete far nulla![70]» non smetteva di far memoria di quel giudizio, cercando un conforto e un aiuto. E, alla fine, il conforto era venuto e Dio lo aveva aiutato, suggerendogli le parole dell'omelia:

«Solo se partecipiamo dell'esperienza proposta dalla Chiesa, siamo in comunione. La comunione, per i cristiani, è questo Dio che ci unisce a Sé, attraverso il suo farsi amico. La comunità è il luogo dove si vive la memoria di questo avvenimento e dove quest'avvenimento permane. Come ciò sia possibile è un mistero e la comunità è un aspetto tangibile di questo mistero. Senza la Sua amicizia, non possiamo sperare in una vita degna di essere vissuta. Proviamo ad ascoltare la nostra coscienza, che è quel luogo dove la nostra persona ascolta questo Mistero parlarci! Non facciamo resistenza a ciò che la coscienza riconosce come vero! Quando vi trovate a vivere la comunità, mi raccontate esperienze vive di letizia: non disconoscete questo nella vostra quotidianità, portatela con voi questa letizia; allora diverrete veri testimoni! Riflettete in coscienza su questo. Capisco che riconoscersi bisognosi, dipendenti da Altro, metta in crisi, metta in discussione la propria ricerca d'indipendenza. Ma la crisi è una presa di coscienza di un passato, nel quale ci siamo sperimentati inadeguati e bisognosi[71]. Il cristiano è uno che non cammina mai solo. Cristo è il Dio che si è ricordato di noi! Perché, allora, cerchiamo, continuamente, di convincerci che non abbiamo bisogno di Lui? Cristo non è venuto al mondo per sostituirsi alle nostre fatiche, ma per riportarci all'originale libertà, generata dal rapporto con Lui.

Rinunciamo al *Demonio*, che ci limita nei nostri propositi di bene e che tenta, senza sosta, le nostre famiglie, sviandoci dal lavoro quotidiano per edificarle, e proponendoci strade che sboccano nel nulla.

Battezziamo oggi questi figli, perché Lui rimane nella storia, attraverso il volto reale della comunità cristiana, senza la quale non possiamo fare nulla! Amen.»

Poi era andato a letto, sentendosi, come ogni giorno... tra la vita e la morte. Provò ad addormentarsi, ma sentì presto che quella sarebbe stata una notte insonne, senza pace.

Ripensava al signor Lopez, che aveva spezzato le vite di quei poveri bambini; di come avesse avuto la forte tentazione di non concedergli l'estrema unzione e di come la solitudine letta nel volto di quell'uomo ormai morente, lo avesse mosso a pietà, fornendogli la vera chiave di lettura: il male aveva risucchiato il signor Lopez, lo aveva proiettato in un vortice di circostanze dal quale non era riuscito più a sfuggire.

S'interrogava sulla natura del male; si chiedeva se, senza quel male e quel vortice, il signor Lopez avrebbe commesso, comunque, tante atrocità. Rassegnato, si rispose che sì, l'avrebbe fatto. Si disse che, fin nelle viscere dell'uomo, c'è questo peccato originale, questa innaturale propensione alla distruzione di ciò che è bello, al possesso, al desiderio di affermare le proprie voglie e i propri istinti. *"La perfezione dell'esistenza consiste nella sicurezza che la forza di un Altro mi renderà capace di bene, non la mia sola volontà. La volontà è adesione alla grazia![72]"*.

Non riuscendo a prendere sonno, decise di alzarsi per rinvigorirsi con un buon bicchiere di vino fresco. Arrivato in cucina, ebbe però una sgradita sorpresa. Constatò, con stupore, che il vino, donatogli qualche giorno prima da Pedro Diaz, era già finito. Guardò la grossa tanica d'acqua accanto al tavolo. *"Signore, e se la tramutassi in vino?"* Pensò fra sé e sé. Era cosciente che Dio non gli avrebbe mai concesso quel "miracolo", tuttavia non riusciva a rassegnarsi. Decise allora di andare a bere ciò che c'era a disposizione: il vino che era stato preparato per la liturgia eucaristica del giorno dopo. *"La convivenza cristiana nella sua forma più esplicita è il sacramento. Il Signore, perciò, sarà disponibile a condividere[73]!"* si ripeteva volendosi giustificare.

Introducendosi nel piccolo corridoio che conduceva alla sacrestia, pregustava, anticipatamente, il sapore della bevanda scarlatta che lo attendeva. Si avviò, lentamente, verso l'edicola contenente il vino e le ostie, quatto quatto, come un ladro nella notte. Uno strano presentimento, però, lo costringeva a pensare che sarebbe stato prudente non fare rumore.

«Sei mondo, Raoul!» professò una voce dal nulla.

Sbalordito, si voltò per vedere chi avesse parlato, ma cadde a terra svenuto. Conquistato come in un'estasi, non riusciva a provare altro che stupore.

Una figura poderosa lo sovrastava. Indossava una tunica lunga ed era cinto, all'altezza del petto, da una fascia dorata. I capelli della sua testa erano bianchi, simili a lana candida, come neve. I suoi occhi come fiamma ardente. I suoi piedi avevano l'aspetto del bronzo splendente purificato dal crogiuolo. La sua voce risuonava come scroscio di acque abbondanti[74].

Aveva compreso chi fosse: la stessa figura che Giovanni, l'apostolo, aveva visto a Patmo[75], Colui che gli aveva fatto scorgere gli eventi dell'Apocalisse. No, non era un uomo, era Cristo trasfigurato.

«Beato te, Raoul! Ti ho pesato, ti ho misurato e ti ho trovato puro di cuore! Ogni giorno, ti osservo sostenere col bastone del tuo coraggio la sopravvivenza dei legami umani dal loro deteriorarsi. Per questo, a te mi rivolgo, in questa notte oscura che li fissa appassiti...»

Il sacerdote buono dalla barba crespa e scura come pietra lavica, quadrato e robusto, levigato dalla passione per le escursioni sugli altopiani californiani, stava ad ascoltare, provando vergogna per ciò che aveva tentato di fare: bere dal santo calice, per soddisfare uno stupido vizio! Poi, si sorprese nel sentire come il suo vecchio cuore sussultasse a ogni singola parola che udiva.

«C'è sempre una speranza, Raoul! Siete stati creati per essermi compagni. Il cuore non tace mai... e nel vostro cuore c'è ancora la firma del Padre; per questo, vi sentite tormentati dall'inquietudine! L'irrequietezza del vostro animo, l'arrancare tra le cose finite, l'agitarvi nell'incontentabilità, non è altro che la traccia, il segno, che l'umano si compie con la compagnia del Padre.

Il creato era perfetto, ma il *Caduto* corruppe il disegno antico. Potendo, avrebbe voluto annullarvi, annichilendo la vostra possibile immortalità, ma fu fermato nei propri scellerati intenti.

Il *Mentitore* ha, poi, corrotto voi, attraverso i vostri progenitori, e rifatti al pari di bestie. La regressione originale vi accecò, riducendo i vostri sensi al livello degli animali che vi fanno da nutrimento! Il Padre, rispettando la libertà umana, attese che tale regressione innaturale cui vi aveva portati il *Mentitore* fosse, in parte, ripulita dalle leggi di natura; attese che i tempi divenissero maturi. Poi, scelse un popolo con cui allearsi, per ricominciare un dialogo, per tanti millenni impossibilitato dalla natura umana, di cui il Padre rispetta ineluttabilmente... la libertà. Quindi, i tempi si fecero pieni e nacqui uomo, per ricostituirvi come Io sono.

A uno a uno, tento si salvarvi ogni giorno dalla vostra immaturità; tento di salvarvi liberamente, a ogni nuovo nato, perché voglio che nessuno si perda. Ma ho bisogno del vostro aiuto, perché è necessario che voi siate salvi da uomini liberi.

Il primo luogo dove comparì l'umano fu definito "giardino[76]". Ti sei mai chiesto perché? Perché l'umano, all'origine, fu concepito come seme che avrebbe dovuto fiorire. Hai inteso che fu scritto "Di ogni albero del giardino puoi mangiare a sazietà. Ma in quanto all'albero della conoscenza del bene e del male non ne devi mangiare, poiché nel giorno in cui ne mangerai certamente moriresti[77]".

Sappi Raoul, foste creati per godere solo del bene e per non saggiare mai il male; per godere, infinitamente e senza misura, dell'albero della vita, cioè dei frutti della grazia, dell'essere a immagine del Padre. È necessario che torniate a Lui, essendo stati creati in conformità al Suo volto; solo così, gusterete nuovamente la vera pienezza.

Sappi, dunque, che il *Mentitore*, la serpe, colui che fa perire, quel *Demone* che affronti giornalmente e che pone il seme dell'inimicizia tra le famiglie del tuo gregge, può uccidervi nel corpo, ma non nell'anima; anima che vorrebbe tanto possedere, spingendovi a vivere secondo la sua proposta, in modo che, alla fine dei tempi, vi trovi morti per sempre.

Serpeggiando, propose prima alla donna e poi, attraverso di lei, all'uomo, di provare a godere anche della sua offerta, di accettarne la possibilità. La prima coppia acconsentì e corruppe il resto degli uomini che il Padre aveva continuato a creare. Così, perdeste la grazia e iniziaste a percepire solo il creato fisico. Poi, arrivò la morte. Non che prima non vi fosse fine, semplicemente il corpo concludeva il proprio compito di seme e si trasfigurava, divinizzandosi: era questa la grazia dell'albero della vita. Ma un umano corrotto non poteva più accedere alla compiutezza della trasfigurazione. Cedendo alla possibilità del male, venne meno il rapporto col Padre, il quale provò a ricostituirlo dopo il diluvio. Lasciando in vita quel po' di uomini ancora recuperabili, Egli iniziò l'opera di risanamento.

Fu, quindi, consegnata all'uomo antidiluviano la prima profezia, a indicare il mio avvento di salvezza: "Dio… dimori nelle tende di Sem…"[78].

Con la prima morte, l'anima era ricaduta nel nulla per l'eternità, era appannaggio del *Caduto* e delle sue legioni. Con la mia venuta, la morte non è più nulla: è resurrezione e, pian piano, tornerà a essere trasfigurazione.

Manca poco tempo perché tutto quello che deve accadere accada: allora, ci ritroveremo tutti nel nuovo posto, che è stato preparato per voi e nulla più sarà portato a finire.

Prega, giorno e notte, per questo. Alcuni tra voi uomini hanno ricevuto, per grazia, tutti e sette i doni dello Spirito Santo: sapienza, intelletto, consiglio, fortezza, scienza, pietà e timor di Dio e altri carismi e virtù particolari, che sono l'anticipo di ciò che spetta a tutti coloro che mi saranno fratelli: il ritorno alla forma di "uomo" così come era stata pensata.

Per questo, sappi che una bambina verrà da te. Tu non dovrai dubitare di ciò che ti rivelerà. Aiutala, crescila! Strappala alle legioni del *Mentitore*, che l'hanno acquisita da una famiglia bisognosa. Io ho fatto in modo che esse vengano distratte da altro. Educala!

Ella è *"Figlia del Tuono"*, lo squillo di tromba[79] che allerta gli uomini di buona volontà del mio ritorno!»

Padre Raoul si risvegliò intontito, come se avesse perso i sensi. Si chiese se, per caso, non avesse sognato. Ma non era stato così: la visione era stata vera, perché, mentre il *Salvatore* gli parlava, egli aveva potuto sentire il calore della luce sulla sua pelle, le paradisiache fragranze del suo respiro, un sapore dolce sulle labbra, una condizione di benessere mai provata prima di allora…

E poi, finalmente, aveva capito qualcosa di più sul peccato originale, contro i cui effetti si trovava a combattere ogni giorno; significati che non gli era riuscito di cogliere, nonostante gli studi e i numerosi libri di teologia letti.

Lo colpiva inoltre l'ultima affermazione. «Ella è *Figlia del Tuono*…» Giacomo e Giovanni, nel vangelo, venivano soprannominati proprio con quell'accezione *"Figli del Tuono"*. E, tra tanto altro, in quel contesto, si diceva anche che il giovane apostolo non sarebbe morto, rimanendo in vita fino alla seconda venuta del *Salvatore*.

Non considerava comunque possibile quell'interpretazione. Poteva mai esserci una correlazione? Eppure *"Figlia del Tuono!"* e *"... mio ritorno!"* erano due enunciati che potevano ricollegarsi a quanto tramandato dal vangelo sugli apostoli fratelli. Un apostolo, assurdamente immortale, e una bambina: cosa mai potevano avere in comune? Solo ipotesi, stava supponendo sul nulla. Avrebbe pazientato, *"la pazienza consente realismo e maturità nel cammino!"* pensava.

E poi... era certo che l'apostolo Giovanni fosse defunto come gli altri. Conosceva a memoria la collocazione delle reliquie di tutti gli apostoli, così come degli evangelisti: S. Pietro a Roma, Basilica di S. Pietro con S. Simone e S. Giuda Taddeo; S. Paolo, sempre a Roma, presso la Basilica a suo nome, così come S. Bartolomeo, nella sua Basilica all'isola. Anche S. Filippo e Giacomo il Minore, nella Basilica dei SS. Apostoli, presso la capitale. S. Andrea ad Amalfi, Basilica a Patrasso in Grecia; S. Tommaso, a Ortona, Chieti; S. Matteo, a Salerno; S. Giacomo il Maggiore, a Santiago de Compostela, in Spagna; S. Luca e S. Mattia, sostituto dell'iscariota, a Padova, Abbazia di S. Giustina; S. Marco, a Venezia, nella Basilica omonima e S. Giovanni, a Efeso[80].

Persino Dante Alighieri, nel canto XXV della Divina Commedia, versetti 122-129, aveva rigettato la possibilità della sua sopravvivenza. Non capiva, ma aveva, comunque, fiducia: prima o poi, avrebbe compreso le parole di Cristo. Intanto, provava una gioia immensa e un profondo sollievo: il *Salvatore* non gli si era manifestato per biasimarlo del fatto che aveva tentato di bere il vino consacrato; le Sue intenzioni erano state diverse. Era andato da lui, perché aveva ascoltato le sue preghiere, perché ogni sua supplica era stata udita. Era andato da lui, per portargli speranza.

Si genuflesse, come un umile servo, chinando il capo, in segno di acconsentimento. Aveva, ancora, quella Presenza negli occhi e non riusciva a crederci: *"È accaduto veramente? Devo fidarmi di ciò che ho visto e udito, so che non è stato un sogno: sono sobrio! E poi quelle parole erano così vere! Quella figura così forte e buona!"* Riaffiorarono alla sua memoria le parole di Dostoevskij[81]: *"Non c'è nulla di più bello, di più profondo, di più ragionevole, di più coraggioso e di più perfetto di Cristo... non solo non c'è, ma non può esserci[82]"*. Non riuscì, comunque, a quietarsi.

Aprì il tabernacolo, prese il calice e annusò l'incorruttibile vino, sangue del *Salvatore*, versato nella sacra coppa della Messa. Poi, con una strana pace nel cuore, tornò a letto attendendo con ansia la celebrazione del mattino, consapevole che, quella notte, l'Infinito, di cui aveva tanto avuto nostalgia, gli aveva parlato personalmente, lasciandogli una promessa: la speranza stava venendo da lui.

Capitolo 7
ANIME

Erfurt, Turingia, Germania dell'Est
15 maggio 1957, ore 06:00

Dopo le soste necessarie, il piccolo aereo atterrò in tutta tranquillità in un luogo pieno di storia nel cuore della Germania dell'Est. L'aeroporto di Erfurt, appena terminato e in attesa di essere ancora inaugurato, era un piccolo aeroscalo, situato nella parte occidentale della città, nella frazione di Bindersleben. Tre auto lo attendevano all'arrivo, Gotha non era lontana.

Salì in auto, ma avrebbe voluto essere già arrivato, magari piegando l'universo e le sue leggi di tempo e di spazio. Avrebbe tanto desiderato realizzare tutti quegli strani aggeggi che aveva teorizzato per viaggiare nel tempo, attraversando dimensioni dall'esistenza ipotetica o modificando quelle note[83].

Con la testa poggiata al finestrino, fissava il vuoto. L'uomo armato, sedutogli accanto, gli infondeva sicurezza e conforto. Apparentemente, tutto procedeva come pensato. Doveva compiere a, ogni costo, la sua missione. Ciò di cui era venuto a conoscenza doveva essere consegnato e condiviso.

Una vasta pianura, due colline, il verde tutt'intorno, poi uno strano bivio. Un cartello stradale indicava la direzione: Weimar. Non era la direzione giusta, qualcosa stava cambiando... il cuore in gola, il terrore in volto. Gli occhi spalancati volevano sfuggire dalle orbite, per non guardare... la mente scacciava l'idea di ciò che immaginava sarebbe accaduto.

Aveva capito! *"Non stiamo andando a Weimar, a pochi chilometri da Weimar c'è Buchenwald!"*.

Buchenwald, un campo di concentramento istituito nel 1937, sulla collina dell'Ettersberg, a circa otto chilometri da Weimar, nel quale erano stati internati un totale di circa 238.980 uomini, provenienti da trenta nazionalità diverse; era stato tra i lager dove si era attuato, principalmente, lo sterminio tramite il lavoro. Il numero complessivo delle vittime era stato di 43.045, secondo alcune fonti, di 56.554, secondo altre; fra esse, 11.000 ebrei[84]. Improvvisamente, sentì un colpo possente alla nuca, poi il buio, quindi, un lento risveglio, in un luogo sconosciuto.

La luce era soffusa. Delle grandi scodelle di luce riposte sul tetto rischiaravano debolmente il padiglione di cemento.

Stephenson era ancora stordito, per la stangata ricevuta. La ferita gli bruciava, ma era trascurabile. Ciò che più gli dava fastidio era il ritrovarsi completamente nudo. I suoi vestiti erano arruffati a terra, distanti da lui qualche metro. Del nastro adesivo gli stringeva gli arti superiori e inferiori, immobilizzandoli. Sentiva che non aveva scampo. Le sue labbra erano fredde, come il marmo del pavimento della stanza nel quale si trovava.

Provò a smuoversi, per dare un'occhiata intorno ma, voltandosi, si accorse dei due grandi portoni di ferro che presenziavano alle sue spalle. Era in quel luogo che conducevano i deportati; in quel luogo, essi venivano svestiti della loro umanità e venivano consegnati a una lenta morte.

Possibile concepire la nullificazione dell'anima? Non è forse immortale? Eppure, il loro corpo di carne moriva in quel luogo, il loro animo... l'anima, probabilmente, moriva prima d'aver varcato quella soglia.

Stephenson, condotto a Buchenwald, si trovava dinnanzi alle camere a gas di quel campo di concentramento che, una volta, era di proprietà dei nazisti, pienamente conscio che la sua temerarietà si sarebbe spenta da lì a pochi istanti. Non era più così sicuro di sé il giovane professore.

«*Quid est veritas*[85]? Cos'è la verità, Stephenson?»

Non ebbe nemmeno il tempo di comprendere da dove venisse quella domanda! Un meccanismo lo sollevò dai piedi, collocandolo a penzoloni. Il cranio gli strisciava per terra, a ogni movimento.

«*Quid est veritas?* Cos'è la verità, Stephenson? Sapresti rispondere a questo interrogativo?»

Da Stephenson nessuna risposta. Evidentemente, l'assalitore citava la frase, del vangelo secondo Giovanni, pronunciata da Ponzio Pilato durante l'interrogatorio al Cristo, per preannunciare allo sventurato che avrebbe subito la stessa tortura del suo presunto Signore: la flagellazione. Quella tortura si prefigurò immediatamente nei pensieri di Stephenson, cui ritornarono alla mente altri versetti di quel Vangelo. *"Allora Pilato gli disse: «Dunque tu sei re?». Rispose Gesù: «Tu lo dici; io sono re. Per questo io sono nato e per questo sono venuto nel mondo: per rendere testimonianza alla verità. Chiunque è dalla verità, ascolta la mia voce[86]»"*. Poi, il prigioniero fu raggiunto da un calcio in volto, seguito da percosse e sprangate.

Il supplizio di Stephenson era solo agli inizi. Il furore che lo raggiungeva contrassegnava quella violenza; non sarebbe, certo, stata una lezione impartita temporaneamente, ma un'esecuzione definitiva. La resistenza a quello strazio non poteva durare a lungo; ben presto, il martirio si sarebbe compiuto e, allora, tutto, per Stephenson, si sarebbe concluso.

«Cos'è la verità, Stephenson?! È forse ciò che sai? No! È ciò che ti hanno insegnato?! Acqua! È ciò che pensi di avere scoperto?! Ancora acqua! Tanta acqua! Troverai mai il fuoco, Stephenson? Chissà, forse all'inferno! Tu non sai nulla della verità, Rupert! Ministri... Minervali... Magistrati... Confratelli... Tu pensavi, forse, che la verità fosse in un titolo dentro una gerarchia?! Ahi! Povero Rupert!»

Ormai il corpo di Stephenson era tumefatto dalla furia cui era sottoposto. La morte lo stava avvolgendo; nulla di sé sfuggiva a quella ferocia disumana, fatta di costole spezzate, ossa fracassate, scricchiolio di denti.

Si sforzava di capire chi fosse a parlare, ma non ne riconosceva la voce; non aveva mai incontrato quella voce, che però sembrava conoscerlo molto bene!

«Ti eri illuso di essere un "Maestro" tra gli *Eredi* illuminati, solo per aver scritto qualche libro di successo?! Solo per qualche aggancio?! Idiota! Ed io, stupido, ad indicarti come meritevole, a sostenerti dietro le quinte! Non mi hai fatto fare una bella figura! Senza me, saresti stato niente e, come ti ho creato, è venuto il momento di disfarti... facendoti tornare nuovamente ciò che meriti di essere: un niente senza onore né gloria!»

La sagoma dell'aggressore lo afferrò, sollevandone il corpo ormai sfatto; gli agguantò con ferocia le gote sanguinanti e piazzò davanti al suo volto esangue, il proprio di crudele carnefice:

«Eccola l'unica verità cui puoi accedere, Rupert: tutto ciò che pensi di sapere su di te, sulla tua vita, sulla massoneria e sulla congrega degli *Eredi* è solo un costrutto artificiale! Tu hai fatto parte semplicemente di un gruppo di porci, avidi di potere, che giocano un complotto infantile!

Vuoi la verità, mio caro Rupert? Sappi che ha un prezzo! Si paga cara la verità, si paga con l'anima! Hai il coraggio di offrirla in cambio?»

L'aggressore lo strattonò potentemente, dal futuro cadavere nessuna replica.

«A me piace guardarvi in faccia e aspettare... Prima o poi, abbassate tutti lo sguardo! Ogni mia vittima lo fa... Tutti cedono di fronte a Adam Gamliel! Ricordati di questo nome, quando sarai all'inferno!»

Non aveva mai sentito pronunciare quel nome, nessuna idea di chi fosse quel boia, *"inutile scavare tra i ricordi"*, pensò. Molto aveva colto dell'*Organizzazione* di Meroveo, ci sarebbe stato altro da scoprire, ma non ne avrebbe avuto il tempo. E in quegli ultimi istanti, ogni attimo era prezioso.

Dopo quelle parole di sfida, Rupert Stephenson venne lasciato penzolare, smarrito. Lo sconosciuto uscì di scena. In pochi secondi, egli, nuovamente rimasto solo, ripercorse la sua vita e si domandò per chi o per che cosa avesse speso la sua esistenza. Non aveva una risposta; non aveva più neanche una vita. Poi pensò al terribile segreto che custodiva e che sarebbe morto con lui.

"L'assicurazione del Maligno su Cristo non era stato Giuda! Il Maligno intuiva che la vicenda di Cristo non poteva concludersi con la Sua morte, che ci sarebbe stato dell'altro, anche se non comprendeva ancora che cosa. D'altra parte, non era la prima volta che l'avversario aveva dimostrato la sua ignoranza; essa si era già resa manifesta durante "le tentazioni di Gesù nel deserto", quando gli aveva proposto i piaceri carnali, il successo, il potere... pensava che Cristo fosse soltanto un uomo; ignorava che in Lui abitavano due nature: divina e umana.

Questo lo capì soltanto quando Cristo, disceso nello Sheol[87], liberò e portò con sé tutti i giusti che, prima della sua incarnazione e morte, erano stati privati della "visione di Dio".

Soltanto quando il Maligno si era visto strappare quelle anime, subendo la potenza di Cristo, comprese che, da quel momento in poi, il suo disegno di distruzione non poteva essere più lo stesso. Si rese conto che anche lui sarebbe dovuto intervenire nella storia, scimmiottando, come sempre, i piani dell'Onnipotente. Allora incominciò a tessere una nuova strategia, una controffensiva. Avrebbe creato anche lui un proprio discepolato, per annientare il discepolato del Redentore; avrebbe istituito anche lui una sua chiesa, un'Anti-chiesa, sulla quale avrebbe messo a capo un proprio Pietro!". Questo era pertanto il progetto del *Maligno*: una chiesa profana.

Ma gli *Eredi di Hiram Abif* erano già quella falsa cattedrale? O loro ne erano solo i costruttori? Poco tempo, troppo poco tempo gli restava per spenderlo dedicandosi a quei segreti che ormai erano in altre mani. Sperava in *Leonida*, che immaginava perso tra le campagne francesi. *"Chissà se Michel riuscirà a raggiungere Danielina Navarro?"* si domandava. *"Solo Dio sa se quella mistica potrà aiutarlo!".* Metteva in dubbio le sue ultime scelte Stephenson… visto dove lo avevano condotto.

L'angoscia lo assaliva, prendeva il dominio delle sue viscere, ne annunciava la fine. Attendeva la propria legittima conclusione di vita. Legittima, credeva, per come ne aveva speso quanto a disposizione.

Potendo, sarebbe tornato indietro per fare scelte differenti. *"Lo scorrere del tempo…"* pensava, rimpiangendo gli anni di studi in cui aveva concentrato i propri interessi su quel particolare misterioso.

"Scientificamente sarebbe possibile tornare indietro!".
Proprio una delle sue scoperte, legata alla percezione della finitezza della estensione temporale, lo aveva avvicinato ai misteri della Trascendenza. Per lui, sarebbe stato possibile viaggiare attraverso il tempo... Partendo da una dimensione oltre il tempo e lo spazio, infatti, si sarebbe stati in grado di accedere a ogni punto dello scorrere degli eventi. *"Fantasia!"*, rimproverava a se stesso. Ormai era rimasta solo quella in quegli attimi di angoscia mortale, *"pura illusione"* prodotta dalla deformazione professionale della sua natura accademica. Le forze lo abbandonavano e, da lì a poco, anche la ragione avrebbe lasciato quel corpo vuoto.

Dall'altra parte lo avrebbe atteso un giudizio, ne era certo. Quanto severo esso sarebbe stato non poteva saperlo, ma sarebbe stato tale. Attraverso le sue ricerche, oltre alla storia del popolo di Israele, aveva avuto modo di accedere alla conoscenza di una miriade di avvenimenti. Testimonianze miracolose e conversioni segnalavano una vera e propria irruzione da parte del grande Architetto sul mondo dell'effimero, una storia ininterrotta di amore paterno. Pensò che forse proprio un "Padre" sarebbe stato lì ad aspettarlo... lo sperò con ogni sentimento in un attimo di lucido sollievo. Gli affidò la propria moglie e la propria bambina e Michel-*Leonida* che era alla stregua di un figlio per lui. Chiese perdono per ogni sua mancanza per la prima volta. E per la prima volta, mentre la morte prendeva il sopravvento su ogni sua resistenza, chiamò il grande Architetto, con quell'arduo appellativo, col suo vero nome: «Padre!»

Con Stephenson ancora agonizzante, Adam Gamliel, totalmente lordo del sangue della sua vittima nell'interezza del suo bel vestito, si dirigeva verso l'uscita.

Si affacciò sulla piazzetta illuminata dall'alba, le lampadine della notte erano ancora accese. Tra i ciottoli lungo il vialetto attiguo, tra un padiglione e l'altro, vi era un abbeveratoio con un rubinetto dove avrebbe potuto ripulirsi le mani insozzate dal sangue del professore. Anche il suo volto era pieno di schizzi rossi; una bella sciacquata avrebbe tolto il più, ma non tutto. La doccia lo avrebbe atteso, forse, in tarda mattinata.

Bagnava il volto a piene mani, intenzionato a togliere il più possibile. Intento a rinfrescarsi, ebbe improvvisamente un presentimento, tanto da interrompere d'istinto ogni gesto.

Presentì una presenza fugace alle sue spalle. Si voltò di scatto, con irruente foga, come a voler cogliere di sorpresa l'arcana figura... ma non vi era nessuno. Gli uomini, a guardia del perimetro, apparivano totalmente ignari di qualunque intrusione e, con passo lento, percorrevano i limiti della struttura senza alcuna allerta. Eppure, egli sapeva di cosa si trattava, di chi si trattasse.

«Non vi è nulla, qui, di ciò che cerchi!» urlò con rabbia verso il niente.

«Sì, tieniti pure in disparte! Verrà il giorno in cui sarai costretto a far parte del gioco e, quando arriverà, rimpiangerai di non esserti mosso prima! I nostri interessi possono accordarsi!»

Le urla, tese in direzione dell'ombra preavvertita, non produssero alcuna reazione. Non vi era nulla di fronte a lui, solo silenzioso orizzonte. Poteva essere stata una suggestione? No! Sapeva chi lo stava tenendo d'occhio e si riprometteva che prima o poi avrebbe interrotto quell'altezzoso comportamento.

Una guardia, allarmata dalla veemenza del vociare di Gamliel, gli si avvicinò, ma egli le fece cenno di ritornare al suo posto. Si strofinò le narici, ripulendole dall'umido che, colando, lo infastidiva. Il *Maggiordomo* stava arrivando per finire il lavoro: doveva tornare alla svelta presentabile.

Capitolo 8
TACCUINO

Riva sinistra del Reno, Alsazia, Francia
15 maggio 1957, ore 09:00

L'urto col terreno non avrebbe lasciato scampo a un uomo normale, ma, fortunatamente, lui non lo era. Il suo corpo era rivestito di una pelle corvina, dura come il cuoio essiccato al sole e, al suo interno, disponeva di muscoli fuori misura.

Non avrebbe mai immaginato di doversi paracadutare, di andare giù in picchiata, nel vuoto, senza avere nemmeno una minima preparazione. Quel lancio era stato del tutto improvvisato, ma lo doveva al suo professore! Arrivato giù, non si sentiva ancora del tutto conscio.

Non riusciva ancora a costruire pensieri propri; nella sua mente, risuonavano soltanto le parole di Rupert Stephenson: *"«Questa verità esige coraggio! Prendi con te questa valigetta e trova un rifugio sicuro! Studia tutti i documenti che vi troverai, ma soltanto dopo che sarai sano e salvo e avrai la mente fresca per poterli comprendere. Capisco che potrebbero sembrarti delle assurdità, ma una volta che avrai inteso tutto ben bene, recati a Roma e cerca una certa Danielina Navarro... è una persona particolare, capirai. Resta presso di lei fino al mio ritorno. Condividi con lei ciò che sai, lei poi ci suggerirà sul da farsi!»"*.

Il silenzio della campagna lo circondava, il sole del mattino lo accarezzava; poco prima di lanciarsi, aveva preso del caffè. Deglutì per sentirne ancora il sapore in bocca. Si guardò intorno; non sapeva dove si trovasse e a quale altezza del vecchio continente fosse caduto. Chiuse gli occhi per pensare. Avrebbe dovuto trovare la strada, tentando qualche calcolo, ma si rese conto che le sue capacità di orientamento da topo da biblioteca, non l'avrebbero aiutato.

Mentre se ne stava disteso per cercare di capire come doversi muovere, avvertì qualcosa di umido sul viso, come se uno straccio glielo stesse massaggiando; quindi, sentì puzzo di fango e mosto.

Aprì gli occhi e si trovò di fronte a un cane che lo stava leccando.

«Va'… via! Per chi mi hai preso? Per un giocattolo da slinguazzare?!»

Si smosse, come per allontanare l'animale, che si discostò un poco da lui, senza però cessare d'infastidirlo. All'afroamericano non piacevano gli animali; non aveva mai sopportato la gente che li amava più di come si potessero amare le persone! Così, lo cacciò via definitivamente, alzandosi in piedi, ancora imbardato dalle imbragature del paracadute.

E no! La zoologia o la veterinaria non lo interessavano minimamente! Dottore in fisica, poi tanta passione per ogni sapere, ogni scienza, comprese la filosofia, la storia e l'archeologia. Quest'ultima passione lui e Stephenson la condividevano; era stata questa ad avvicinarli e il suo giovane professore di fisica aveva mostrato di credere in lui sin dall'inizio. E pensare che, in fondo, era venuto su dal nulla!

Era un afroamericano di umili origini, ma voleva diventare qualcuno, voleva riscattarsi, nonostante sapesse di vivere in un mondo che emarginava quelli come lui e che suddivideva l'umanità in razze! Sentiva che sarebbe diventato una personalità e quando, qualche mese prima, Stephenson gli aveva proposto di muovere i primi passi all'interno della congrega degli *Eredi*... gli era sembrato di toccare il cielo con un dito; finalmente, avrebbe avuto accesso a quella lobby di grandi pensatori di cui aveva sempre sognato di far parte: i massoni illuminati.

Una comunità di professori, scienziati, studiosi e sapienti di tutte le discipline, lo avrebbero immesso in un circuito sociale e culturale che avrebbe cambiato sicuramente il suo status. Certo, non aveva proprio l'aspetto di un uomo di cultura, grande e grosso com'era, ma il suo cuore era speciale. Sapeva di possedere il cuore di un uomo di ragione e anche Stephenson se ne era accorto; è per questo che lo aveva seguito.

Non aveva una famiglia sua, pertanto bastava che il professore lo chiamasse e lui era sempre pronto lì a partire. Anche se di certo, non avrebbe mai immaginato che l'ultima chiamata di Stephenson lo avrebbe fatto ritrovare nel mezzo dell'Europa a pomiciare con un cane; ma ormai era fatta! Si trovava lì, tramutato, da uomo di scienza, a uomo d'avventura! Chissà cosa lo aspettava adesso.

Delle voci in lontananza attirarono la sua attenzione; poi sentì un guaire d'animali: qualcuno si stava avvicinando. Non ebbe nemmeno il tempo di pensare, che quel vecchio cane pasticcione di prima sbucò fuori da un cespuglio, nel bel mezzo della selva che lo attorniava. Subito dopo, arrivò un uomo, un campagnolo a cui quel demonio d'animale era sfuggito.

«Noè, stupido cagnaccio, cosa hai trovato?»

Il contadinotto era armato, ma era talmente esile che non avrebbe avuto nemmeno la forza di sparare usando una pistola giocattolo. Il cane saltellava e guaiva; non dava segno di voler placare la sua agitazione. L'agricoltore vide il paracadutista.

«Per Dio! Straniero, da dove sei venuto? Cos'è mai quello strano vestito che porti?»

La fortuna volle che le origini francesi dell'uomo di colore riaffiorassero proprio in quel momento; comprendeva soltanto un terzo delle parole del campagnolo, ma era già qualcosa.

«Mi sono lanciato da un aereo! Abbiamo avuto un problema al motore! Non so, però, che fine abbia fatto il mio aeromobile!»

Quella bugia sembrava giustificare l'insolita circostanza, tant'è che il contadino non manifestò alcun dubbio e si mostrò subito disponibile.

«Avrai bisogno d'aiuto, straniero! Vieni con me, troverai qualcosa di caldo e del ristoro!»

Il coltivatore chiese di potere barattare l'aiuto con le imbragature dell'uomo; gli avrebbero fatto comodo per i lavori in altezza. L'uomo di colore accettò felicemente la proposta; non se la fece ripetere.

«Come ti chiami, straniero?» chiese il bracciante, durante il cammino.

«Mi chiamo Michel Robinson. Sono di origini francesi!» dichiarò indicando il paesaggio intorno a sé.

«Un negro col nome francese? Quando si è sentito mai? Mi piace l'idea però! Immagino tu sia francese da parte di madre!» disse l'agricoltore, appoggiando una mano sulla spalla di Robinson. Lui la fissava infastidito.

«Mia nonna, con familiari a Lione!» Robinson ripensò ai propri parenti, conosciuti attraverso i racconti della nonna; in quel momento avrebbe voluto veramente incontrarli!

«Invece il mio nome è Odilon, Odilon Renaud! Questo vecchio bastardo di un cane invece è Noè!»

Il contadino aveva una comunicazione molto fisica, toccava ogni cosa volesse indicare, per cui accompagnò la presentazione del cane vezzeggiando e carezzandogli il musetto.

Robinson pensò che quella tremenda giornata stesse cambiando il suo volto... forse le cose non sarebbero state così spaventose, forse avrebbe avuto un po' di respiro, forse avrebbe avuto anche il tempo di concentrarsi sulla tremenda eredità di Stephenson. Anche se gli sembrava difficile sperare, perso com'era in quella terra conosciuta soltanto sui libri, decise di dar credito a ciò che stava accadendo.

Robinson era stupito dalla gentilezza con cui era trattato dal bracciante. Negli Stati Uniti non era semplice avere la pelle nera. Con le leggi Jim Crow[88], vigeva, di fatto, la segregazione razziale. Sebbene la segregazione razziale organizzata dagli Stati nelle scuole fosse stata dichiarata incostituzionale dalla Corte Suprema l'anno prima, la sentenza Brown v. Board of Education e le leggi Jim Crow non erano state ancora abrogate. Vigeva uno status definito di "separati ma uguali" per i neri americani e per i membri di altri gruppi razziali diversi dai bianchi. E, comunque, al di là delle leggi presenti, il problema era il giudizio della gente, di fatto razzista. Stephenson, il suo mentore, era una persona diversa: non lo aveva mai fatto sentire emarginato.

Quella sera, Odilon non fece mancare nulla al giovane Robinson: un pasto caldo, un comodo letto, la gentilezza delle donne di casa. Alla conclusione della cena, mentre l'anziano gli stava facendo visitare la vecchia fattoria, orgoglio delle fatiche di una vita, Robinson, sinceramente colpito dall'ospitalità di quell'uomo, gli chiese:

«Mi scusi, Renaud, non la turba la mia presenza? Voglio dire: mi ha conosciuto in una circostanza a dir poco assurda, ha visto il colore della mia pelle, eppure non si è tirato indietro dall'aiutarmi! Cosa la porta a offrirmi il suo aiuto? Chi glielo fa fare?!»

Renaud rimase sorpreso. Non capiva cosa stesse facendo di speciale; per lui era semplice normalità dare un aiuto a chi si trovasse nel bisogno. Era stato educato in tale maniera, aveva ricevuto aiuto nella vita e ridonarlo era un atteggiamento che gli veniva spontaneo. Ma tenne a voler dare una risposta a cuore aperto: «Caro Michel, mi chiedi chi me lo fa fare? Me lo fa fare Gesù!»

Robinson era di origini religiose protestanti e, avendo approfondito gli studi scientifici e filosofici, ma, soprattutto, avendo frequentato Stephenson, si era ancora più allontanato dalle religioni, specie da quella Cattolica. In quel momento, però, la campagna francese, gli suggeriva la frase del microbiologo Louis Pasteur[89]: «Un po' di scienza allontana da Dio, ma molta vi riconduce»; aveva il forte presentimento che, questa volta, l'argomento avrebbe avuto un punto di vista inedito.

«Cortesemente, cosa intende con quest'affermazione?» chiese, guardando negli occhi il coltivatore e attendendo che questi sciorinasse una serie di povere credenze e autoillusioni.

«Gesù è come una malattia da cui non guarisci più!» gli rispose fermamente l'uomo, che argomentò ulteriormente la sua affermazione:

«Qui in Europa, siamo reduci da una grande guerra di cui ancora portiamo profonde ferite. La gente delle città, che aveva affidato le proprie speranze al progresso civile, ha assistito passivamente all'indebolimento dell'educazione cristiana, sempre più marginalizzata.

E a cosa ci ha portato questo? All'approvazione delle leggi di Norimberga[90], cioè a un razzismo legalizzato! E poi ci fu morte e distruzione fino a qualche anno fa. Quello che ho visto fare qui in Francia è di un orrore indicibile.

Io non ci ho mai creduto in una vita senza Gesù, non so tu cosa ne pensi… anche se, in realtà, qualunque altro punto di vista, per me è ininfluente. "Ama il prossimo tuo[91]" mi basta per aderire a una proposta che, se fosse seguita da tutti, potrebbe cambiare il mondo e migliorare la vita di tutti!»

Robinson non aveva il coraggio di ribattere, magari riportando citazioni in cui i cristiani avevano violato quel comandamento; l'onestà che leggeva in Renaud lo disarmava. Era come se tutto il male cristiano di cui aveva sentito parlare si azzerasse, di fronte alla generosità dimostrata da quell'uomo nei suoi confronti

Più per rispetto verso il campagnolo che per convinzione, si limitò a dire: «Io penso che il suo Gesù sia stato un grande pensatore e rivoluzionario!»

«Un rivoluzionario?! Ne è davvero convinto? Ma quale altro "rivoluzionario", in appena due anni e mezzo di vita pubblica e con una disfatta finale come quella subita da Gesù, ha cambiato così come ha fatto Lui il mondo?! Ma, nel nuovo continente, a cosa vi appellate, quando dovete difendere i vostri diritti di neri, se non ai principi proposti da Gesù? Non è forse l'evangelo che vi ispira?»

Il campagnolo si presentava più convinto e preparato di quanto Michel si aspettasse e non riusciva a frenare il suo eloquio:

«Io, grazie alla mia famiglia, ho potuto studiare, ma sa perché sono tornato a lavorare la terra? Per l'esistenza dei monaci benedettini[92]. Lungo un arco di 1500 anni, essi salvarono l'agricoltura e resero nobile il mio lavoro, veicolando l'idea che la fatica ha un senso, che vale la pena sacrificarsi per qualcosa di grande! Erano uomini semplici, che non avevano progetti politici o di potere; cercavano la salvezza, avendo cura delle persone e, quindi, del creato. Lo stesso prezioso champagne che ha gustato stasera viene da un monaco benedettino dell'Abbazia di Saint Pierre a Hautvillers, sulla Marna: Dom Perignon[93]. I monaci diffusero nelle nostre campagne l'allevamento del bestiame, la frutticultura e la produzione della birra. L'Europa divenne fertile perché i monaci insegnarono alla gente comune a irrigare, a coltivare, a bonificare un territorio spesso avverso, rendendo nobile il mio lavoro che, prima, era praticato solo da schiavi. Agli schiavi era demandato il mio lavoro, Michel!

Il mestiere del coltivatore, prima di Gesù, era un lavoro da schiavi, da uomini considerati più cose che persone; da individui che venivano comprati e venduti per essere usati. Ma poi arrivò Gesù e ognuno comprese di essere libero! E tu ne sai qualcosa della schiavitù, vero Robinson?»

Negli occhi di Renaud brillava una luce che nemmeno nelle più suggestive lezioni di Stephenson o degli altri professori universitari aveva mai visto. Avrebbe ascoltato quell'uomo per ore. Non avrebbe potuto controbatterlo: tutte le obiezioni usate contro il cristianesimo sarebbero diventate esercizio di dialettica, in quel momento. D'altronde, anche Immanuel Kant si era convinto che "il Vangelo fosse la fonte da cui è scaturita la nostra cultura… la civiltà[94]", ma in ciò che diceva quel contadino c'era molto più che filosofia.

Le parole di Renaud non erano frutto di filosofie o di artificiose costruzioni dialettiche, ma di esperienza di vita vissuta.

Michel non sapeva se il Gesù di cui parlava Renaud fosse il vero Gesù, ma desiderava ardentemente, dopo quella sera, che fosse così.

Quella notte, pregò perché lo fosse e quella stessa notte iniziò a studiare le carte di Stephenson, che gli apparvero sotto una luce nuova.

Nelle parole di Renaud veniva annunciata una speranza per il mondo e una speranza per il suo mondo. Da uomo sempre calpestato per il colore della sua pelle, molti erano i soprusi di cui era stato vittima, sia da parte dei compagni di studio dalla pelle bianca, sia da parte del padre che lo avrebbe voluto pastore, ignorando la sua volontà di studioso. Nato ad Atlanta, in Georgia, suo padre era un reverendo della chiesa battista, frequentò le scuole elementari Yonge Street Elementary School e David T. Howard Elementary School incrociando nel quartiere un amico più grande, un certo Martin L. King[95], cui rimase legato fino a tutte le superiori, condividendo ideali e attività. Da lui fu invitato a frequentare la scuola sperimentale dell'università di Atlanta, prima di entrare alla Booker T. Washington High School, dove, durante un seminario, conobbe Stephenson, che, intuendone le grandi capacità, lo portò con sé nei suoi viaggi intorno al globo.

Dopo gli ultimi appunti, sul taccuino di Stephenson, Michel notò un disegno; probabilmente, il professore doveva averlo fatto in aereo, mentre Robinson stava riposando. Raffigurava un uomo in volo. Nonostante le capacità grafico-pittoriche del professore fossero alquanto limitate, Michel aveva compreso il messaggio del mentore; quell'uomo in volo rappresentava l'ascensione di Gesù[96], ascensione di cui l'agricoltore, proprio quella sera, gli aveva parlato in modo nuovo.

Sorrise con gratitudine a Stephenson. Ricordò il colloquio avuto in aereo e la sua domanda… non era più d'accordo con la risposta che egli aveva dato al professore. Quella sera, aveva incontrato un tipo celeste con un mantello rosso carne, attraverso cui il mondo era stato salvato.

Capitolo 9
TRINO

Buchenwald, Turingia, Germania dell'Est
16 maggio 1957, ore 03:00

«Guarda come ti hanno ridotto... sei riuscito ad arrivare a quei quattro nomi scritti su un pezzo di carta... nessuno avrebbe dovuto farlo Stephenson, ma una mia ingenuità te lo ha concesso! E bravo! Hai trovato la chiave di volta, che ti ha portato a risolvere l'enigma degli enigmi!»

Stephenson ne aveva avuto la certezza profonda: prima di morire avrebbe sicuramente risentito quella voce. E adesso era lì, era quella che sentiva, la voce del *Maggiordomo*.

«Cosa mai ti ha fatto pensare che le tue mutande sarebbero state un luogo sicuro?! Sei proprio un tipo strampalato, anche se sei un genio! È un vero peccato che io debba eliminarti!»

Le orbite degli occhi di Stephenson erano oramai vuote; non avrebbe mai più visto un fascio di luce. Il suo corpo era martoriato: occhi cavi, i genitali strappati via, la carne scorticata, urla abominevoli per ore e ore... il tempo scorreva lento, pesante, e lui continuava a sopravvivere! Un'eternità, un'infinità di tempo c'era voluta per vivere quella tortura. Si sarebbe ucciso con le sue mani se avesse potuto, per non provare più alcun dolore, per eliminare quell'angoscia.

«Dov'è il negro, Stephenson?! Non eri solo! So che non me lo dirai e per questo motivo ti ho fatto scuoiare prima. Non m'importa; lo troveremo comunque, nonostante il tuo silenzio!»

I sensi umani di Stephenson si erano acuiti in maniera sovrumana. Forse il sentore della fine imminente chiedeva al suo corpo di provare qualcosa di più. Qualunque cosa sarebbe andata bene. Qualunque cosa pur di ricordare il mondo come lo percepiva un tempo: l'aria che riempiva i polmoni, lo strofinio delle dita sulla carta, sui suoi vecchi libri di scienze, la tenerezza della sua bambina... vecchi ricordi che non sarebbero più tornati. Adesso sentiva solo un immenso calore, un bollore cocente che attraversava tutto il suo corpo. Aveva la febbre e sentiva addosso tutte le malattie del mondo, quel mondo che stava per finire, il suo mondo.

«So tutto di *Kayafa*, del primo *Maggiordomo*, del suo tradimento... del progetto di una falsa chiesa!»

Quella frase buttata lì, con flebile voce, aveva per il *Maggiordomo* la portata di un terremoto terrificante. «Vi affannate per continuare il vostro fallimentare possesso del mondo. Quanto assurde le vostre scelte... l'imperatore Tito... la distruzione del grande Tempio di Gerusalemme... *Kayafa* vi voltò le spalle, mal sopportava quello che avreste compiuto!»

I pensieri si appannavano, Stephenson stava per sottomettersi alla morte, non quella dolce di Socrate, ma la stessa morte del Cristo, spirato fra i tormenti e le ingiurie. *"Il saggio muore circondato dagli amici, Dio muore ingiuriato dai nemici[97]..."* pensò prima di lasciarsi andare, spendendo le ultime memorie per aggrapparsi alla speranza del *Crocifisso* martoriato. L'abisso venne preceduto da un ultimo sospiro:

«Jane! Ora so[98]...»

«Pensi ai tuoi cari? Tua moglie… tua figlia!? Ti sfugge un piccolo particolare, Rupert: sono morti tutti, arrostiti e abbrustoliti a puntino da un bel fuoco! Non ti metti contro di me e la passi liscia!» Meroveo lo provocava, non chiedeva altro che poterlo schernire ancora per qualche altro momento; godeva di quella tortura.

«Io… ho sempre guardato mia figlia con distacco, perché per me, era segno di un mistero che non riuscivo a spiegarmi. Solo ora comprendo che il Mistero è lì… attende. Non certo per essere capito, ma per essere riconosciuto, amato…»

«Cosa vuoi che mi importi Rupert... del tuo piagnucolare, dei tuoi rimpianti personali…» ribatté freddamente il *Maggiordomo*.

«Avete perso *Maggiordomo*, siete già vinti!»

Un fioco lamento provenne nuovamente da Stephenson, che scelse bene quali parole spendere, con quel po' di fiato che gli rimaneva.

«Voi siete in guerra contro di Lui, ma Egli vi attende come un padre che, ad ogni alba, scruta l'orizzonte, nell'attesa del ritorno del figlio smarrito…»

«Molto poetico da parte tua Rupert, sono quasi commosso dal risentimento annacquato che sai esprimermi! Prometto di ricordare la tua inettitudine sentimentale per tutta la vita!»

«Malco[99]…»

«A cosa ti riferisci?» chiese Meroveo che di certo conosceva quel nome… uno dei soldati che arrestarono Cristo nell'orto degli ulivi, dopo il famoso bacio di Giuda[100]. Quel fatto segnò l'inizio della Sua passione.

«Pietro aveva una spada con sé. Colpì il soldato servo di *Kayafa* ma Egli gli risanò la ferita!»

Non vi era più aria nei polmoni di Stephenson; era chiuso in un muto silenzio, come se stesse raschiando il fondo del dolore provato. Le forze che lo raggiunsero per pronunciare le lievi parole che ne seguirono sembrarono non scaturire, infatti, dalla sua volontà, ma dal volere di un Altro:

«Ricorda questo, Meroveo: Egli non permetterà che i suoi prendano in mano la spada e non vi sarà spada che potrà impedirGli di amare i propri nemici!»

Quelle ultime parole risuonarono tra quelle mura come una profezia, intenzionata a segnare tutta la storia dei *Maggiordomi* e il loro destino. Meroveo non se ne curò, giudicandole come le vane elucubrazioni di un condannato a morte.

Lievi bagliori dei momenti di letizia con i propri cari, la nascita della figlia, cui aveva assistito con tanta partecipazione emotiva… L'accoglienza commossa della piccola tra le braccia della madre. Immagini di gioia e candore alleviavano gli ultimi istanti di un uomo irriconoscente per ciò che aveva ricevuto nella propria esistenza. Poi nell'ombra, Adam Gamliel rivelò la sua presenza:

«Si è spento, Georghe, non sente più nulla!»

Al *Maggiordomo* non importava, il cadavere innanzi a lui aveva colto il segreto dei segreti, aveva risolto il rompicapo più articolato dell'universo conosciuto, l'interrogativo ultimo. Aveva afferrato il vero contenuto del vaso di Pandora. Tutto ciò lo sbalordiva, lo disorientava, lo smarriva! A quel professore potevano mai esser bastati qualche calcolo e una vecchia leggenda per arrivare all'illuminazione? Il dubbio lo straziava.

Qualcosa era sfuggito al suo controllo e questo lo terrificava, riempiendolo di rabbia violenta. Diede un calcio a quel cadavere ridotto a una massa di ossa insanguinate e urlò:

«Gamliel, rintracciamo il negro! Scopriamo cosa sa! Stephenson deve aver trovato qualcosa che parla di noi! Non sarà certo sotto il mio mandato che finirà tutto quanto!»

«Certo, Georghe!» Gamliel comprese la preoccupazione del superiore, ma qualcosa gli diceva che, forse, stavolta, il

Maggiordomo aveva commesso qualche errore di troppo. Stimava l'amico, ma dopo aver ascoltato le ultime parole del condannato, la fiducia di Gamliel nei suoi confronti aveva subito un calo. Forse non era più adatto al ruolo di *Maggiordomo*. Forse non lo era mai stato… forse era arrivata l'occasione per spodestare l'uomo che gli aveva rubato ciò che era sempre stato suo di diritto. Cosa contava maggiormente? L'amicizia con quell'uomo o il potere dei *Maggiordomi*? Percepiva la sensazione che, presto, avrebbe dovuto scegliere, ma non disse nulla e, in segno di rispetto, si allontanò, lasciando il *Maggiordomo* solo tra le sue angosce…

«Tutti, prima o poi, si pongono la domanda: chi comanda questo mondo? Tutti, di una fazione o di un'altra, incominciano poi a rispondersi con le più sconclusionate supposizioni: il Presidente degli Stati Uniti! Il Vaticano! La Massoneria! Gli Alieni!
Sbagliato! Sbagliato! Stephenson, io sono il "*Maggiordomo* del Tempio"; solo a me è dato di conoscere la radice di tutto. C'è chi ha delle intuizioni, chi ha piccole informazioni, come i miei secondi; ma sono, comunque, brandelli di bugie… Solamente a me, e a nessun altro, è stato concesso di conoscere chi sia il vero padrone del pianeta. Forse Satana, "il principe di questo mondo[101]", come lo chiamava il *Crocifisso*?! No! Si sbagliano! Moloch[102] non è solo: il *Caduto* è anch'egli trino[103]…»

Le luci si spensero. Il gelo dell'edificio abbracciò per l'ultima volta ciò che rimaneva di quel geniale cadavere. Uscendo dalla camera del patibolo, Meroveo sussurrò un ultimo pensiero.

«Prima di lasciarti appeso qui a puzzare, ti rivelerò questo Stephenson: sei riuscito a farmi preoccupare!»

Lasciandosi chiudere la porta dietro di sé, si fermò bruscamente al percepire un sordo lamento.

«Cosa ami, Georghe?»

Il *Maggiordomo* fu freddato da quella domanda che interrogava la sua vita. Con gli occhi sbarrati, rientrò nel tetro ambiente. *"Ancora vivo? Quale forza morale lo sostiene?"* si domandava attonito.

«È tutto bellissimo Georghe, i prati fioriti, i monti imbiancati... un sole caldo si specchia su un mare immenso, e ci sono anche loro, la sacra Famiglia... tutto è nuovo qui, è nuovo e liberato[104]! Cosa ami, Georghe? Ero un persecutore... Dio ha voluto dimostrare in me tutta quanta la Sua magnanimità[105]! Domandati... dove ti porterà la pazzia per il vizio? Siamo ciò che amiamo[106]... cosa ami, Georghe?!»

Ponendo quella domanda per la terza volta, rimise il suo spirito e spirò definitivamente.

Muto e sbigottito, Georghe Meroveo rimase a fissare Stephenson per un tempo interminabile. Prima di morire quell'uomo avrebbe potuto calunniarlo, bestemmiarlo, sputargli in faccia, maledirlo come mai aveva fatto con altri; in fondo, gli aveva sottratto tutto. E invece aveva speso gli ultimi respiri per lui, per il mandante del suo assassino.

Gamliel aveva ricevuto ordini chiari: imporgli una sofferenza immane e li aveva attuati perfettamente; Stephenson, infatti, aveva subito una punizione indicibile.

Eppure, aveva avuto la forza e il coraggio di spendere parole di bene per lui, quasi come a perdonarlo. Quel povero "Cristo" gli stava, forse, toccando il cuore? Smorzò i pensieri per non considerarne la possibilità, ma quelle parole "e ci sono anche loro, la sacra Famiglia", atterrivano il suo spirito che, egli stesso, giudicava incapace d'amare; saturo solo di odio dannato.

La sua vita era troppo compromessa per potere solo pensare alla possibilità che vi fosse per lui una casa con dentro qualcuno ad attenderlo. Egli era un vagabondo, pellegrino tra le tentazioni, un Adamo che aveva ingoiato la mela per intero. Viveva senza concepire alcun tipo di alternativa, alcuna redenzione.

"Cosa ami Georghe?" Che interrogativo tremendo! Non riusciva a trovare nulla da rispondere... E, mentre Stephenson aveva ritrovato la pace, in lui si scatenò l'inferno, un inferno che non seppe trattenere. Così, gridò, emettendo un profondo ed altissimo urlo di disperazione, quindi, scosso da un sussulto irrefrenabile, afferrò e distrusse con furia violenta ogni cosa presente in quella camera di cemento.

Se mai, dentro l'anima di quell'uomo, c'era mai stato un sole, in quell'istante, veniva oscurato, da un'eclissi di totale abbandono. Il gelido urlo acuto toccò il suo apice, quindi, si dissolse nel silenzio.

Dopo pochi attimi, si ricompose, incredulo di essersi concesso quello sfogo. Quell'uomo portava un baratro oscuro dentro l'anima; probabilmente, Stephenson vi aveva acceso una luce: qualcosa o qualcuno, in lui, si era ribellato, ritenendo quel fatto inaccettabile.

Uscì dal padiglione un uomo diverso da quello che vi era entrato. Un corridoio di uomini lo attendeva fino all'auto. Adam Gamliel, dentro il suo elegante abito sporco del sangue di Stephenson, lo attendeva con il portello già aperto.

Prima che Meroveo entrasse nell'automobile, egli cercò di scrutargli lo sguardo, per accertarsi che fosse tutto a posto, ma esso gli fu negato. Gamliel osservò l'auto con a bordo il *Maggiordomo* che si allontanava, mentre sentiva montare in sè la consapevolezza che quel "*Maggiordomo*" stava commettendo troppi errori.

Adam Gamliel attese che i cancelli si richiudessero dietro la vettura, prima di recarsi nuovamente all'interno del padiglione di cemento dove c'era un cadavere da fare sparire e sangue e carne da ripulire. Il corpo senza vita di Stephenson fu chiuso in un sacco di nylon e il locale del supplizio ripulito.

Per quella notte il lavoro era finito; stava per sorgere una nuova alba. Non era riuscito a farsi una doccia e a sistemarsi a dovere; desiderava tanto togliersi di dosso quel puzzo di morte. Presto avrebbe dovuto impegnarsi a trovare il "negro".

Tornò al rubinetto dell'abbeveratoio per rinfrancarsi; questa volta, l'ombra spettrale era lì ad attenderlo manifesta. Inorgoglito che la provocazione lanciata al loro ultimo sfuggente appuntamento fosse andata in porto, Gamliel prese la parola:

«Possiamo parlare?»

In lontananza, un sussurro di melodia, smorzato dalla pesante porta di ferro. Una radiolina, lasciata accesa da una delle guardie, trasmetteva una canzone dai versi semplici. A quei tempi, le canzoni lasciavano indietro tutto il superfluo e andavano all'essenziale. Poco lontano, alcuni uomini riponevano frettolosamente il cadavere del professore sul retro di un furgone. La salma di quell'uomo avrebbe meritato altri onori.

Quella melodia e quelle parole, liberate nell'etere come un testamento consegnato a nessuno, fecero da accompagnamento funebre alla morte di Stephenson, rompendo così, il silenzio assordante di quella notte.

Dolce amore non piangere più
Non ti lascerò
Non ti abbandonerò
Io vivo soltanto per te

Torno a casa
Per quegli occhi tuoi
Non ho amore nel cuor
Se non sei accanto a me
Io muoio soltanto per te

No
Non c'è il sol
Senza te
Non c'è gioia per me

Dolce amore resta qui con me
Io soffrirò se
Non mi accoglierai
Io vivo soltanto per te

Mi inginocchio qui davanti a te
Ti supplico di
Di dirmi di sì
Io muoio soltanto per te

Parte Seconda
COMPITO

Quindici anni dopo...

I ponti bruciano come i miei sogni.
Regole e moralismi,
è forse questo l'unico aiuto?
Profeti tristi continuano a mentire.
D'istinto la strada ha prodotto delirio.
L'età della ragione è forse giunta:
non mia!
La crisi umana è qui infine.
Hai tu da controbattere?
Ho fame e sete,
di occhi in grado di stupirmi...
ancora.

Capitolo 10
ENTITA'

Piazza di Spagna, Roma, Italia
2 gennaio 1972, ore 12:00

La città eterna era splendente come non mai, quella mattina. Il sole dorato illuminava i palazzi, accendendo i colori della storia, che sembrava conficcata in ogni sobborgo della metropoli. Il caldo seccava le gole che, assetate, sarebbero state disposte a tutto pur di essere ristorate da un po' d'acqua fresca. Il Caffè di via Condotti era strapieno di gente che si urtava, scavalcandosi e vociando col dialetto del posto. L'aria era densa dell'odore di "espresso" e dolci, che, esposti magistralmente in vetrina, stuzzicavano i sensi e trasmettevano al palato un'acquolina vogliosa e impaziente.

Un anziano uomo, riuscito ad accaparrarsi un posto in un tavolino all'esterno, attendeva ormai da un'ora; era già al terzo latte e menta. Era evidente che aspettasse qualcuno che ritardava, visto che guardava frequentemente l'orologio che portava al polso.

Era un signore distinto ed elegante: una bella giacca d'avorio su una raffinata camicia di seta, dei Ray-Ban che alleggerivano un volto rugato dal tempo e una cicatrice sul palmo sinistro. Il suo aspetto lasciava intravedere una personalità accattivante, da cui traspariva una lunga storia personale densa di dettagli.

Colui che attendeva tardava ad arrivare, ma, anche se non era certo felice di dovere aspettare, sapeva che non avrebbe potuto fare altro. Conosceva il tipo d'uomo che sarebbe arrivato, ne aveva studiato il profilo, le gesta interessanti; ne aveva sentito parlare come di uno dei riferimenti di spicco nel suo campo.

Avrebbe dovuto consegnargli la cosiddetta "Lettera di corsa[107]", che, nel gergo dei servizi segreti, rappresenta un incarico a un agente cui si affida il mandato di predare beni appartenenti ad altri Stati. Chi l'avesse ricevuta sarebbe stato denominato *"Corsaro"*[108] e l'uomo di cui era in attesa, stando ai racconti che ne risaltavano le avventure era, secondo lui, il *Corsaro* più adatto a quell'incarico. Egli ovviamente sapeva di non essere da meno. Soltanto l'età e i problemi di salute, in tempi recenti, gli avevano impedito di continuare a impegnarsi nelle nobili imprese che avevano caratterizzato la sua vita.

L'ultima sua vera missione risaliva a qualche anno prima, quando era stato inviato a Zeitun, una cittadina alla periferia del Cairo, per accertarsi della veridicità delle apparizioni mariane che avvenivano in quel contesto[109]. Erano apparizioni di una peculiarità mai riscontrata in altri luoghi.

Egli le aveva seguite per tutta la loro durata, dal 1968 al 1970, anno, quest'ultimo in cui esse si erano concluse. Si trattava di avvistamenti notturni, documentati fotograficamente, che coinvolsero più di centomila persone. L'apparizione della Vergine era sempre preceduta dalla manifestazione di corpi luminosi simili a stelle, anche se di dimensione più grande del normale. Quindi, si presentava la Vergine che, per oltre due ore, muta e benedicente, si dirigeva verso la chiesa di Zeitun, per inginocchiarsi al cospetto della croce posta sull'apice di quell'edificio.

Durante le apparizioni, la Madonna si manifestava dotata di una propria intensità luminosa e non appariva sempre allo stesso modo. A volte, Ella aveva il capo coperto da uno scialle, talvolta, lo aveva scoperto; alcune volte, era a figura intera, altre volte, a mezzo busto. In ogni caso, la sua caratteristica era il silenzio. Era questo l'aspetto che sconcertava tante persone: il fatto che la Vergine stesse zitta. Nessuna profezia, nessun ammonimento, nessuna esortazione: solo un silenzioso sguardo materno verso il popolo, che accorreva da ogni dove, nel quale si manifestavano prodigi di guarigioni e conversioni.

Egli, inviato direttamente da Papa Paolo VI, di cui era uomo di fiducia, fu messo ad affiancare, in équipe, il Cardinale Stephenos I, per indagare scrupolosamente su quegli accadimenti straordinari.

A tale scopo, si era infiltrato nell'entourage del presidente della Repubblica Egiziana, Abdul Nasser, un fervente marxista che aveva tutte le intenzioni di dimostrare la falsità di quei fenomeni.

Ma persino il presidente Nasser, assistendo alle apparizioni, insieme a una miriade di persone, composta da cristiani, musulmani, ebrei, agnostici e atei, venuti da tutto il paese e oltre, aveva dovuto cedere all'inspiegabilità di ciò che accadeva.

Era tornato presso la Santa Sede con un dossier pieno di fatti commoventi, di storie di uomini disumani resi umani da quella presenza e, dal punto di vista personale, era rientrato a Roma col cuore grato, perché aveva visto migliorare il mondo.

"Né la necessità, né la volontà cambiano il cuore dell'uomo[110]," aveva pensato in seguito a quell'esperienza, "ma la presenza di una persona che ama, che dona tutta se stessa per gli altri; è questa presenza che cambia gli uomini e

li fa divenire ciò che agli occhi del mondo è impossibile, cioè: buoni!": fu questo il suo giudizio.

In seguito a quell'esperienza, era pervenuto alla convinzione che a Zeitun si fosse davvero manifestato Cristo. Era arrivato a questa conclusione guidato essenzialmente da due considerazioni:

la prima era legata alla bontà piena di Cristo, unico uomo della storia dell'umanità a potere rappresentare per ogni persona un modello "di bontà" da seguire e da imitare; la seconda considerazione era relativa all' unità[111], al senso di comunità che quelle apparizioni realizzavano. Fra le cupole di Zeitun, infatti, i tanti individui estranei tra loro, appartenenti a ceti e culture diverse, venivano trasformati in un solo popolo, che veniva benedetto amorosamente dalla Vergine.

A missione compiuta, aveva redatto un dossier, descrittivo e zeppo di dettagli, relativo alle sessanta e passa apparizioni di quella donna con un ulivo in mano. In quella cittadina, Zeitun, il cui nome significa proprio "Olive" ... Oliva, pianta che simboleggia la pace, la Vergine aveva portato la pace, una pace tanto desiderata dalla gente di quel luogo[112]. Non seppe nulla degli effetti che aveva suscitato il suo dossier presso la Santa Sede e non chiese nulla al Papa: era sua abitudine, una volta conclusa la missione, evitare ulteriori coinvolgimenti. D'altra parte, aveva deciso che il suo unico compito era "ubbidire", anche per mortificare la sua curiosità innata, mortificazione che offriva come sacrificio personale per espiare i peccati commessi in passato.

Non era stata facile la sua vita da analista e poi quella da operativo nell'*Entità*, i servizi segreti Vaticani, il più antico servizio di intelligence del mondo. Fondato da Pio V nel 1566, originariamente col nome di *"Santa Alleanza"*, a difesa dei potenti attacchi dei poteri avversi al cristianesimo, rispondeva direttamente al Papa[113].

Negli ultimi anni, aveva fatto parte della sezione di contro-spionaggio operativo, la "*Sodalitium Pianum[114]*", composta da laici e religiosi, il cui motto era: «*Per la Croce e con la spada*». La spada enunciata nel motto non era certo una semplice espressione metaforica, di azione e di fede, ma una vera lama che egli aveva pure avuto l'onore di vedere e di toccare: un acciaio gagliardo e pericoloso, tanto affilato da ferire e segnare per sempre la sua mano sinistra.

Il sole di Via Condotti, intanto, continuava a picchiare. Si slacciò i primi tre bottoni della camicia, per trovare un po' di refrigerio, e decise di leggere un po'. Aprì la ventiquattrore e ne tirò fuori un libro: una vecchia copia del Vecchio Testamento, il cui testo era pieno di appunti e annotazioni scritti a mano. Scorrendo tra le pagine, si fermò al capitolo ottavo del libro della Genesi e precisamente al quarto capoverso: "Nel settimo mese, il diciassette del mese, l'*Arca*[115] si posò sui monti dell'Ararat.[116]".

Quel singolo capoverso aveva una potenza evocativa enorme per la sua persona, perché era stato proprio durante una missione su quei monti che, non solo la sua vita, ma anche la sua carriera era cambiata per sempre: da analista divenne operativo. Fu in quella regione della Turchia che egli visse l'incarico che lo rese una delle leggende dell'*Entità* e che lo portò a essere uno dei capi più venerati.

Si era infiltrato in una missione aerea dell'US Air Force in incognito; era il 17 giugno del 1949. Il Monte Ararat si situava nella frontiera tra Turchia e Unione Sovietica e, pertanto, aveva un'importante posizione strategica per i Paesi che stavano combattendo la Guerra Fredda. Sorvolando l'estremità Nord-Ovest dell'altopiano occidentale del monte, a 4724 metri di altitudine e a poco più di due chilometri dalla cima, era stata segnalata un'anomalia[117]. Dall'alto furono scattate numerose foto che, immediatamente, furono classificate come

Top-secret. Le foto mostravano una strana e inspiegabile linearità sul ghiaccio. Da ciò era scaturita l'ipotesi della presenza di una base segreta russa, posizionata sotto i ghiacci della montagna.

Proprio per verificare tale ipotesi era stata, pertanto, inviata sul posto una squadra operativa della DIA: la Defense Intelligence Agency[118], la principale agenzia militare d'intelligence per l'estero degli Stati Uniti d'America. Istituita nel 1961, durante la presidenza Kennedy, con compiti analoghi a quelle del GRU della Russia, del Defence Intelligence Staff del Regno Unito e dell'Aman (IDF) di Israele. La missione dell'agenzia: informare i responsabili politici nazionali, civili e della difesa, delle intenzioni e delle capacità dei governi stranieri e degli attori non statali militari, fornendo anche sostegno di intelligence a livello di dipartimento e di coordinamento ai singoli militari, appartenenti ai servizi segreti e non. Le attività dell'agenzia comprendevano, inoltre, la raccolta e l'analisi di informazioni relative alla politica, all'economia, all'industria e alla condotta geopolitica dei paesi stranieri.

Assieme al gruppo degli agenti segreti della DIA nel quale si era infiltrato, egli si era ritrovato a dover scalare il monte Ararat, per verificare personalmente la presenza o meno dell'ipotizzata base militare russa. A un certo punto, però, le guide armene, ingaggiate per raggiungere il sito all'apice della montagna, avevano avuto paura, memori dei racconti tramandati dai padri.

Iniziarono a parlare di un lungo sentiero per le capre, al riparo dagli impetuosi venti del nord... in cui si svolgevano pellegrinaggi fino alla metà del 1800 e di come le cose fossero cambiate dopo il terremoto del 2 luglio del 1840, quando, su quelle alture, iniziarono a manifestarsi fenomeni spaventosi, che avevano allontanato per sempre i pellegrini[119].

Gli altri membri della DIA non avevano creduto ai racconti delle guide, ma egli aveva avuto il presentimento che sarebbero andati incontro a un ritrovamento differente rispetto a quello previsto. Non poteva non ricordare che, nel 1269, il veneziano Marco Polo, in seguito ai suoi viaggi, ne "Il Milione", aveva sostenuto che l'*Arca* del diluvio era visibile su quel monte, confermando la veridicità del racconto biblico. Inoltre, ricordò che, in epoche successive, altri due viaggiatori, Boulé Legouze, nel 1647, e l'inglese Sir John Chardin, nel 1711, avevano dichiarato che sull'Ararat avevano visto l'*Arca* con i loro occhi. Aveva letto, inoltre, che un certo Beroso, sacerdote babilonese, nel 275 a.C., raccontava dell'*Arca* come pienamente visibile e descriveva come abitudinarie le attività di pellegrini impegnati a scalare l'Ararat, per grattare via la pece dalle pareti dell'*Arca* e farne degli amuleti. Persino Giuseppe Flavio, storico ebreo del primo secolo, nel suo scritto "La storia degli ebrei", aveva fatto dell'*Arca* una descrizione molto simile a quella del Beroso. Epifanio di Salamina, poi, nel IV secolo d.C., aveva indicato anch'egli come ben visibile l'*Arca* nel paese dei Curdi, sul Grande Ararat[120].

Molti elementi lo portavano a ritenere che quell'anomalia, che era stata confusa come una base militare sovietica, potesse essere, in realtà, il luogo dove si era incastonata la famosa *Arca,* a conclusione del grande diluvio.

Mentre il resto della squadra si concedeva una sosta lungo il cammino, egli aveva preso in disparte una delle guide e aveva provato ad approfondire l'argomento. L'armeno non era tra le lingue che masticava meglio, ma comprendeva quanto gli veniva detto. Il montanaro iniziò a riferirgli che, in conseguenza dell'esplosione vulcanica dell'Ararat, l'*Arca* si era rotta in tre differenti pezzi. Almeno il 50% dell'*Arca* era scivolata dai 4800 metri del Plateau Ovest in cui si trovava, ai

4300 metri, mentre il piano base, che si era staccato, era sceso giù fino ai 4065 metri[121].

La guida armena gli riferì che, da quel momento, durante alcune notti, sulla cima del monte avevano cominciato a manifestarsi strani fenomeni, come fulmini e saette di grande potenza, che spaventavano la gente e la tenevano lontana. Gli abitanti del luogo ritenevano che, rompendosi, l'*Arca* avesse scoperchiato qualcosa di terribile, da cui occorreva stare lontani. Era questo il motivo per cui, in quell'occasione, le guide, dopo aver percorso i due terzi del tragitto, non avevano voluto più continuare ad accompagnare gli agenti; avevano raggiunto un punto oltre il quale non potevano assolutamente andare. Gli agenti così, erano rimasti soli, mentre il freddo della notte si faceva sempre più insopportabile.

Gli agenti della DIA avevano imbastito velocemente delle tende per proteggersi e passare le ore di buio al riparo. Anche lui era andato a dormire, ma, intorno alle tre del mattino, era stato svegliato da forti boati. Era andato a chiamare il responsabile della spedizione e tutti gli altri, insieme assistettero a uno spettacolo inatteso: grandi folgori fumanti colpivano l'altura, che si vedeva illuminata in lontananza, quella stessa altura che essi avrebbero dovuto raggiungere al mattino senza alcuna guida armena.

Quei fragori avevano due strane connotazioni, la prima era che le saette frequenti sembravano colpire un medesimo punto e che, seconda caratteristica, sembrava proprio che da quel punto "qualcuno" o "qualcosa" rispondesse al fuoco; scagliando contro il cielo altrettante scariche elettriche... una "battaglia del creato"?

Tutti erano sbalorditi e molti avevano incominciato ad agitarsi per la paura. Lui invece era fortemente incuriosito, quasi calamitato da quello che vedeva. Decisero che, non appena fosse arrivata l'alba, avrebbero ripreso il cammino.

Il giorno dopo, ripresa la scalata, a 4065 metri, si imbatterono in travi e pezzi di legno lavorati che sporgevano dal ghiacciaio. Aveva compreso immediatamente che quel legno marrone rossiccio e quelle travi erano il basamento di cui aveva parlato il montanaro armeno che aveva interrogato il giorno prima. Ma lo spettacolo più grande si verificò a 4300 metri di altitudine, quando gli scalatori videro emergere dalla neve il frontale di quello che sicuramente doveva essere una grossa costruzione di legno la cui enorme sagoma, che si intuiva e intravedeva, rimaneva ancora sepolta dalla neve.

Ma gli agenti della DIA erano fuori strada. Convinti di avere finalmente scovato il bunker segreto dei sovietici, si erano subito impegnati nelle comunicazioni della scoperta alla sede centrale, mentre egli si andava convincendo sempre di più che si trovavano davanti alla grande *Arca* della prima alleanza. Tuttavia, doveva tacere e trattenere le emozioni che lo invadevano. L'*Arca* era interamente ricoperta da un folto strato di ghiaccio, difficilmente penetrabile dai pochi mezzi disponibili.

La squadra aveva deciso di non proseguire oltre e, soprattutto, di non raggiungere quei 4800 metri dove la notte prima si erano verificate le nefaste turbolenze cui avevano assistito. Stabilirono, perciò, di tornare indietro per avviare una nuova missione che avesse maggiori e più adeguati supporti tecnici.

Egli, tuttavia, aveva chiesto di poter restare e gli altri lo accontentarono molto volentieri.

Rimasto solo, alle tre del pomeriggio, quando aveva raggiunto i 4800 metri, si era alzato un forte vento che gli rendeva difficile guardarsi intorno. Aveva raggiunto il famoso luogo denominato "Anomalia", situato su una brusca pendenza all'estremità nord-est dell'altopiano. Non aveva un grosso equipaggiamento ed era sprovvisto d'indumenti adeguati al gelo cui aveva scelto di sottostare. Ben presto cominciò ad avvertire i primi segni d'ipotermia: brividi e secchezza cutanea, seguiti, immediatamente dopo, da violenti capogiri e difficoltà nella deambulazione. Aveva cercato riparo sotto l'arcata di una roccia e tirato giù il pesante zaino che aveva sulle spalle. Si era sentito, almeno per pochi istanti, risollevato. Quindi si era seduto incominciando a frizionarsi il petto con le braccia... per potersi scaldare un po'. Pensò con rammarico, che avrebbe dovuto fermarsi prima e montare la tenda paravento: aveva commesso un peccato d'imprudenza dovuto all'impazienza di arrivare. Adesso si ritrovava lì, tutto solo, gelato e senza alcuna speranza di farcela. Aveva poggiato il capo tra le ginocchia, per assecondare un attimo di sonnolenza e si era assopito.

Nel buio dei suoi pensieri, improvvisamente, aveva cominciato a sentire delle voci confuse; aveva riaperto gli occhi e, istintivamente, si era alzato in piedi. No, non aveva sognato: continuava a sentire quelle voci ed era completamente sveglio! Non capiva cosa dicessero! Venivano prima da destra, poi da sinistra, poi si allontanavano e si riavvicinavano, confondendolo. Sapeva di essere solo: chi, dunque, stava parlando? Spettri?! Era arrivato fin lassù con l'intento di trovare qualcosa di benedetto... per scoprire invece che quel luogo ospitava oscure presenze?! Il torpore della stanchezza lo aveva definitivamente abbandonato; adesso, l'adrenalina gli donava piena lucidità. Si chiese se non fosse arrivato il momento di tornare indietro e comprese pienamente le ragioni per cui le guide armene non avessero voluto raggiungere la vetta.

Decise di andar via, ma, dopo avere fatto qualche decina di passi, non si orientò più. Inspiegabilmente, attirato da quei mormorii, da quei gemiti sinistri, si era ritrovato in un luogo diverso dal sentiero che aveva imboccato. Quelle presenze oscure lo avevano circondato e avvolto, facendolo barcollare su se stesso.

Aveva urlato confusamente, chiedendo loro cosa volessero da lui, ma era caduto carponi proprio vicino a ciò che doveva essere l'obiettivo delle tetre ombre. In quell'istante, la tempesta si placava e le voci si dissolvevano in un guaito finale.

Guardando davanti a sé, vide che dal ghiaccio sporgeva una rocca a punta, la quale infrangeva, divaricando in due direzioni opposte due grandi travi di legno spezzate, che emergevano dalla neve. All'apice della rocca, scorse poi qualcosa che non si sarebbe mai aspettato di vedere: una spada conficcata sulla sua sommità.

Lo straordinario metallo d'oro lucente della lama lo accecava, come se egli stesse fissando il sole del mezzogiorno. Ma il sole non aveva nulla a che vedere con la luminosità di quella spada, da cui scaturiva un'energia propria e furente. Raccolse le poche forze, per raggiungerla e poterla osservare da vicino. Non credeva ai propri occhi, si domandava cosa avesse potuto portare un'arma su quelle alture e posizionarla in quelle condizioni.

Mentre ne ammirava la semplicità della fattura e la lucentezza, tentava di riflettere per capire cosa fosse e cosa rappresentasse. Di un'arma in tali condizioni ne aveva letto solo nella letteratura del ciclo bretone del XII secolo[122], ma rifletté subito sul fatto che quella spada bretone non potesse avere nessun nesso con quel luogo… A meno che qualche cavaliere o chierico gallese non avesse raggiunto quei luoghi in pellegrinaggio e avesse ficcato lì la spada per poi poterne parlare nelle sue opere! Ipotesi realistica in fondo, visti i racconti dei pellegrini armeni e dei pellegrinaggi interrotti dagli eventi sismici.

Ma qualcosa non quadrava… La gente del luogo aveva parlato del fatto che il terremoto del 1840, squartando l'*Arca*, aveva scoperchiato qualcosa di nefasto! Questo allora poteva significare che quella lama era lì incastonata da prima del diluvio, prima dell'avvento dell'*Arca*! Forse, l'*Arca* si era incagliata sulla lama, come se questa fosse un'ancora, facendole da involucro di protezione fino al 1840... anno in cui riemerse, a causa dell'evento sismico che aveva squarciato "l'involucro", cioè l'*Arca* stessa...

Ripassò velocemente le varie ipotesi, compresa quella del ciclo bretone; poi, gli venne in mente che la guida armena gli aveva spiegato che, nella loro lingua, "Ararat" significa "Creazione di Dio" o "Luogo creato da Dio", la qual cosa sottolineava il legame di quel sito col racconto biblico... Rifletté sul fatto che in lingua turca, il termine Ararat significa "Montagna del dolore" ... che la provincia stessa in cui si trova la montagna, viene chiamata "Ağrı", cioè "dolore"[123]. Si chiese se ci fosse una qualche relazione col fatto che, nel ciclo arturiano, la casata del Re si chiamasse "Pendragon"[124], etimologicamente riconducibile al celtico Penn, ovvero "monte" e "dragone", il "dragone apocalittico" ... il *Demonio*?

La parola "*Demonio*" non l'aveva pensata, ma semplicemente sussurrata, ripensando alle oscure presenze che lo avevano condotto in quel luogo, ma, proprio in quell'istante, ricominciò a udire le voci spettrali che però, stavolta, provenivano dall'arma.

La spada lo chiamava a sé, come se volesse essere brandita, sfoderata dalla roccia millenaria. Intanto, la tempesta si era ripresentata con la medesima violenza di prima. Capì che aveva poco tempo: doveva assolutamente tornare a valle, ma non riusciva a sfuggire alla tentazione di provare a estrarre quell'arma. Si avvicinò a essa, posizionando una gamba in avanti per bilanciare la spinta; egli era mancino, perciò impugnò l'elsa con la mano sinistra e, proprio in quel momento, un fulmine dal cielo spezzò la tormenta, colpendo sia lui che la lama. Venne scaraventato a una decina di metri di distanza.

Solo quando si ritrovò disteso a terra, si rese conto di essere riuscito a estrarre l'arma, che era ricaduta accanto a lui. Forse proprio con l'aiuto del fulmine che miracolosamente non lo aveva ucciso?! Fissò la lama che era ancora incandescente e che, fumante, scioglieva il ghiaccio su cui era posata. Non aveva nemmeno avuto il tempo di decidere di rialzarsi che svenne.

Si risvegliò, qualche giorno dopo, in un accampamento. Era stato salvato dagli operativi della *Santa Alleanza,* giunti in suo soccorso. Gli raccontarono che gli agenti della DIA erano tutti misteriosamente morti; erano precipitati da una rupe in un dirupo, come se si fossero suicidati in massa, e che i corpi di quegli agenti non avrebbero potuto più essere recuperati. Nell'elenco dei deceduti figurava pure il suo nome, per cui la sua copertura era salva.

Dopo quei fatti divenne una leggenda all'interno dell'*Entità*: aveva ritrovato l'*Arca* del diluvio e aveva scoperto quella misteriosa arma antidiluviana, da qual giorno denominata "l'Ancora", ma che egli amava definire "la mia *Excalibur*[125]".

«Louis, credo che questo sia l'inizio di una bella amicizia!»

Sobbalzò, tornando al presente! Il testo del Vecchio Testamento gli scivolò dalle mani e gli cadde a terra. Mentre si chinava per riprenderlo, ricordò che quella frase pronunciata dal suo interlocutore, era una battuta del film Casablanca del 1942.

Era stata enunciata dal retro del suo orecchio sinistro, la qual cosa rappresentava un codice: indicava che non poteva voltarsi e che il nuovo arrivato non voleva che si pubblicizzasse il loro incontro. Pensò che quello fosse un modo strano per imporre le proprie condizioni, ma non poteva rischiare il crollo delle trattative, per cui accettò di rimanere a distanza… Comunque andasse a finire, il *Corsaro* finalmente era lì e lui doveva stare al gioco.

«Lisa, le pose da eroe non mi piacciono!» rispose con una citazione del medesimo film. Solo in quell'istante, si rese conto che il pirata era stato sempre lì: lo aveva avuto attaccato alla schiena da quando aveva preso posto in quel tavolino all'aperto. Era stato lì ad aspettare; era sempre stato accanto a lui! Si sentì umiliato, per non averlo notato prima e comprese che anche lui aveva a che fare con un'altra leggenda.

«Signora Robinson, sta cercando di sedurmi, vero?!» disse spavaldo l'interlocutore, citando il film "Il Laureato" del 1967.

«Elementare, Watson!» rispose l'altro, con "Le avventure di Sherlock Holmes", del 1939.

La sana e divertente competizione, fatta di battute cinematografiche però, non poteva durare a lungo; non c'era molto tempo per giocare. Circolava già da mesi la voce che l'uomo con i Ray-Ban avrebbe presto abbandonato. Questo sarebbe stato l'ultimo lavoro prima di ritirarsi, l'ultimo incarico prima di mettersi in pensione.

I suoi polmoni erano malandati già da anni: un tumore avrebbe scritto la conclusione della sua esistenza. Andandogli bene, gli sarebbe rimasto un solo anno di vita. Nonostante il peso della malattia, si sentiva in dovere di spendere gli ultimi mesi che gli erano rimasti, per cercare di riparare ai danni fatti in passato.

L'uomo alle sue spalle, di vita ne aveva parecchia, invece. Era nel pieno della giovinezza e delle forze e sembrava decisamente intenzionato a godersela. Una giacca di pelle marrone, una maglia nera, pantaloni di velluto e scarpe Gucci lo facevano apparire un vero intenditore in materia di stile, conferendogli un'aria di artistica eleganza.

Nonostante avessero età diversa, entrambi erano due veterani, due maestri nei loro rispettivi settori e abili nella comunicazione in codice, che, anche se vecchia, rimaneva comunque la più sicura per garantire un po' di accorta riservatezza.

Il più giovane si era accampato a un tavolo del bar, fingendo la lettura di un quotidiano e ognuno dei due aveva le spalle rivolte all'altro... ma il più anziano avrebbe tanto voluto voltarsi per guardarlo negli occhi!

Non erano state, infatti, le grandi storie riguardanti quell'uomo che lo avevano convinto ad avere come ultima missione la consegna a lui di quella "Lettera di corsa". Quell'uomo non gli era indifferente, anzi, contava oltre ogni cosa, in quanto impersonava il suo errore più grande... da dovere sanare prima della fine dei suoi giorni.

Trent'anni prima, aveva avuto una relazione con una prostituta californiana: il giovane interlocutore che, in quel momento, di spalle, stava conversando, in codice, con lui ne era il frutto. Quel giorno lo aveva atteso da tempo, con trepidazione. Decise, pertanto, di tagliare corto e di prendere in mano la situazione. Cambiò metafore, scegliendone di più adeguate alla serietà del momento e del compito.

«Dio mi è testimone! Simone Weil[126] diceva: "Ogni volta che penso alla crocifissione di Cristo pecco d'invidia[127]". Tu, *Dismas[128]*?!»

Stava rischiando, dettando nuove regole di dialogo, ma avendo connotato il giovane come il buon ladrone, voleva sottolineare che la ricompensa, in termini economici, sarebbe stata generosa. Il *Corsaro-Dismas* sembrò accettare subito, di buon grado, il cambio di passo:

«"Neanche tu hai timore di Dio e sei dannato alla stessa pena! Noi giustamente, perché riceviamo il giusto per le nostre azioni, egli invece non ha fatto nulla di male[129]". Vero, *Gestas[130]*?!»

Il *Corsaro-Dismas* aveva accettato, mentre egli stava leggendo qualcosa di profetico nell'esser stato chiamato *"Gestas"*, come il ladrone che non aveva guadagnato il paradiso.

Avrebbe voluto parlargli schiettamente, dirgli la verità, dirgli che, se avesse potuto, non lo avrebbe certo abbandonato come aveva fatto... che non avrebbe rotto il rapporto con la madre chiedendole di abortire... che, se avesse avuto coraggio... Ma, nella vita, aveva avuto coraggio per tutto, tranne che per essere padre!

Molte volte, aveva letto la frase di Charles Péguy in "Véronique, dialogo della storia e dell'anima carnale[131]": "C'è un solo avventuriero al mondo, e ciò si vede soprattutto nel mondo moderno: è il padre di famiglia. Gli altri, i peggiori avventurieri non sono nulla, non lo sono per niente al suo confronto. Non corrono assolutamente alcun pericolo, al suo confronto. Tutto nel mondo moderno, e soprattutto il disprezzo, è organizzato contro lo stolto, contro l'imprudente, contro il temerario, chi sarà tanto prode, o tanto temerario?"

Evidentemente, egli non era quel tipo di avventuriero e se ne vergognava amaramente. Pensò che, come il cattivo ladrone, non avrebbe meritato il paradiso.

«Chi non punisce il male, comanda che lo si faccia!»

Il sole di Roma scaldava la pelle di *Dismas*, del *Corsaro*, che pregustava già la sua destinazione. Aveva compreso la citazione di Leonardo fatta da *Gestas*, avrebbe trovato la "Lettera di corsa" all'Aeroporto Roma-Fiumicino Leonardo Da Vinci; aveva solo bisogno delle chiavi della cassetta dov'era custodita e della sua ubicazione.

«Scusi, ha da accendere?» chiese *Dismas*, portandosi un "Cubano" tra le labbra. Era ansioso di scoprire quale tipo di lavoro gli stessero affidando. *Gestas* rimosse i Ray-Ban e si voltò per porgergli l'accendino. Per un attimo gli sguardi dei due s'incrociarono, *Gestas* rivide i suoi occhi in quel profondo azzurro che erano gli occhi dell'altro.

Il volto fiero dalle tante cose vissute, incorniciato dai capelli corti e castani, quegli occhi attenti e pensierosi e soprattutto, quella sua barba come non rasata da tre giorni; per un attimo, fotografarono l'immagine più giovane di lui, uomo triste e stanco.

La mano tesa, tremante dall'emozione, conteneva anche una bustina di carta, nascosta sotto l'accendisigari: la lasciò cadere sulle gambe del *Corsaro*. In quella busta, c'erano delle chiavi numerate con cui avrebbe avuto accesso alla cassetta di sicurezza.

L'incontro era concluso. I loro due sguardi si rincrociarono ancora una volta... per una frazione di secondo. Il cuore di *Gestas* risalì su per la gola, il *Corsaro-Dismas* si accorse di quei turbamenti, ma non se ne curò.

«Adios amigo!» *Dismas* lasciò poche lire per il conto, poi si allontanò, mentre l'anziano uomo ebbe la sensazione di essere la persona più sola al mondo. L'uomo più solitario del mondo, però, dopo un attimo di acuta amarezza, sorrise soddisfatto, perché si sentì fiero, di quello che suo figlio era diventato e orgoglioso di essere padre.

Gli piaceva pensare che, per pochi attimi, avesse esercitato una vera paternità, una paternità che, da quel giorno, non sarebbe mai venuta meno. Si soffermò sul fatto che il compito di ogni padre è quello di indicare al figlio una strada verso il bene... ed egli questo, forse sia pure involontariamente, quel giorno lo aveva fatto; involontariamente, per la prima e ultima volta nella sua vita.

Riflettendo sulla propria paternità, gli venne in mente San Giuseppe, il padre putativo del Nazareno; anche lui non aveva visto crescere il proprio figlio. Certo non perché, com'era accaduto per lui, lo avesse abbandonato, ma a causa della sua morte. Si riteneva fosse stato poi assunto in cielo all'ascensione... in quanto prima, risorto in corpo e anima all'alba della resurrezione. Gli piacque pensare che anche per lui potesse esserci la stessa possibilità... *"«I sepolcri si aprirono e molti corpi di santi morti risuscitarono. E, uscendo dai sepolcri, dopo la sua resurrezione, entrarono nella città santa e apparvero a molti[132]»"*. Sorrise.

Capitolo 11
CUSTODI

Contea di San Diego al confine col Messico, California, USA
2 gennaio 1972, ore 23:00

Le altezze vertiginose raggiunte dalle lingue di fuoco, dinanzi ai suoi occhi, erano più spietate di quelle dell'inferno. Egli poteva guardare l'incendio toccare il cielo, sentire il calore del fuoco salirgli al volto e bruciarglielo, anche se ne era distante. Inalava il fumo acre che gli riempiva i polmoni, ne assaporava l'amarezza e la crudeltà... senza potere fare nulla.

Le travi della villa si spezzarono violentemente e furono consumate dalla ferocia delle fiamme; tutto intorno a lui ardeva, ma egli si sentiva raggelare, mentre la rabbia gli attanagliava lo stomaco. Che fine aveva fatto la sua potenza?! Aveva speso la sua esistenza cercando di annientare l'*Onnipotente* e adesso era lì, davanti a quel fuoco che, assieme alla villa, stava distruggendo anche lui e il suo orgoglio.

Aveva chiamato a raccolta tutti gli uomini disponibili, perché addomesticassero l'incendio ed evitassero quella desolata distruzione, ma tutto era risultato vano. Quanto gli sarebbe servita, in quel momento, la carezza consolatrice del *Crocifisso*[133]! In preda alla disperazione, in ginocchio e in lacrime, afferrava con forza le zolle strappandole alla terra. Prima, uno stridore silenzioso dei denti, seguito da un grido rauco e selvaggio emesso contro il cielo, quindi il suo sguardo, divenuto un lampo violento, terrorizzò i presenti.

Si rialzò stancamente, dirigendosi col viso stralunato e lo sguardo assente e incredulo, verso le ceneri ancora ardenti di quel che rimaneva della villa... dei suoi figli e della sua donna. *"Perché?! Perché!?"* si ripeteva con disperazione. *"Se Dio esiste, perché c'è il male? Se Dio è buono, perché permette il dolore?"*. Si sorprese... una presenza dentro di sé gli poneva delle domande che non gli erano mai appartenute.

Proprio lui che, ogni giorno, si era impegnato ad amministrare questo limitato mondo, per distruggerne il senso, proprio lui che aveva corrotto potenti, scienziati, filosofi, sapienti di ogni genere e di tutte le discipline per negare l'*Onnipotente*, adesso, come qualunque altro debole uomo, pareva rivolgersi proprio a quel Dio...

Si scosse: egli non era uno qualunque, egli era il *Maggiordomo* del Tempio! Qualcosa, in lui, sapeva bene che in quel momento solo il *Crocifisso* avrebbe reso giustizia dei suoi figli, non la menzogna che aveva sempre promosso, non l'inganno perpetrato ai danni del popolo, ma il *"Crocifisso"*! E quella presenza dentro di lui sembrava, in qualche modo, volerlo scuotere...

Il *"Crocifisso"* era così che amava chiamarlo, in quanto questa definizione gli ricordava come fosse stato torturato colui che riteneva il suo nemico, e che, adesso, in quegli attimi di disperata angoscia, avrebbe voluto avere dalla sua parte.

L'*Onnipotente* aveva creato il mondo, lo aveva pensato come culla per un essere che avrebbe dovuto vivere solo di bene. Ma una delle sue creature, divenuta superba, ne aveva corrotto la natura, impedendo il compiersi della creazione. Era nato così il peccato originale, ferita che limita l'esercizio di una libertà compiuta[134].

Cosa fece, allora, l'*Onnipotente*? Una volta che il dolore era stato causato e il male conosciuto, in quale modo Dio rispose a quella ferita di senso? *"Se Dio è buono, perché permette il male? Perché non spiegò la croce invece di distendersi su di essa?"* Tanti misteri aveva compreso il *Maggiordomo*, ma mai questo.

"In questo mondo possono accadere tante cose, ma mai questa! Chi è il mio nemico?" Preghiera e delirio di onnipotenza: quanto erano paradossali e confusi i suoi pensieri in quegli istanti... e non riusciva a capacitarsi di tanta sua contraddittorietà d'animo.

Era stato un uomo di parte, un uomo al servizio della menzogna definitiva. Possibile che egli, il calunniatore per eccellenza, adesso avesse bisogno di un po' di verità?! Se lo domandava allibito. Volle distrarsi da quelle emozioni tentatrici! Il suo onore non poteva venir meno; la sua verità sarebbe stata la vendetta!

Il sangue sudato gli scivolava dalla folta barba, per nulla imbiancata dagli anni; investito dell'incarico di guadagnarsi i favori della massa, non poteva certo invecchiare. «Basta, adesso!» si disse.

Non avrebbe ceduto al fascino del *Crocifisso*. Intanto, un turbinio di volti, di fisionomie, di facce di possibili traditori cominciarono a infestare la sua mente, come posseduta da una legione di demoni! Scavando nella fossa della sua memoria, cercava di riconoscere il volto del possibile colpevole. *"Ho conosciuto uomini senza paura, ma nessuno mai avrebbe osato inimicarsi la mia persona!"*. La sua furia era pronta a esplodere.

«*Maggiordomo*, non abbiamo elementi per valutare l'origine dell'accaduto. Va attesa l'estinzione dell'incendio. I nostri stanno dando il meglio!» comunicava il sottoposto, con una voce rotta dalla paura, evitando di guardare in faccia il superiore, che trasudava ira e incuteva sgomento. Il *Maggiordomo* però, si contenne: «Se così deve essere, attenderemo domattina!»

Una Cadillac Fleetwood nera si accostò appena alla strada. Ne uscì fuori un uomo dal volto fiero, vestito distintamente. Capelli lunghi, imbiancati alle tempie, raccolti in una coda. Con passo lento ed elegante, si diresse verso il *Maggiordomo*, portandosi una pipa alla bocca.

«Gamliel, mi hai raggiunto!» disse, sollevato, il *Maggiordomo,* avvicinandosi a lui.

«Appena Saputo! Hai ipotesi?!»

Meroveo, scoraggiato, si poggiò alla berlina e, con voce mesta, disse: «Zelia e i gemelli erano in casa. Non c'è stato scampo per loro!»

La circostanza diceva a Gamliel che una barriera era stata abbattuta, che qualcuno era riuscito a varcare la linea di confine delle loro inespugnabili vite. Ma non era questo a preoccuparlo: il colpevole, ne era certo, avrebbe avuto vita breve. Il problema era un altro: leggeva negli occhi di Meroveo la perdita degli obiettivi che avrebbero dovuto caratterizzare la vita di un *Maggiordomo*.

Da molti mesi, ormai, lo vedeva distratto, interessato più a quelle due "sue" creature, concepite con la sorella, che alla propria missione. Anche se non era mai venuto meno alle sue responsabilità e non vi era stato mai alcun ritardo nell'esecuzione delle ordinanze, il suo potente amico dava segni tangibili di non essere più adatto al ruolo. Non spettava, comunque, a lui decidere, pertanto, non gli rimaneva altro da fare che attendere e assecondare gli eventi. Così, disse: «Nessuno deve avvicinarsi a te così tanto, lo scoveremo e non ne rimarrà nulla!»

Il *Maggiordomo* appariva assente, disorientato.

«Adam, non è questo ad importarmi! Capisci?! Mi è stato strappato via il mio sangue! Non so ancora quale sarà la mia vendetta, ma dovrà essere lenta e incredibilmente crudele!» parlò, affondando un pugno rabbioso sul cofano dell'auto.

«Ricorda sempre chi sei, Georghe! Altre ragioni devono guidarci!» lo ammonì Gamliel.

La carica di *"Maggiordomo del Tempio"* esigeva devozione assoluta: chiedeva la vocazione totale; al *Maggiordomo* era interdetta qualunque mira individuale o obiettivo personale. *"Il responsabile dell'incendio doveva essere trovato, perché troppo vicino al vertice, non certo perché fossero morti i familiari di Georghe Meroveo!"*. Ecco cosa pensava Gamliel, sempre più deluso dall'atteggiamento dell'amico, diventato, ai suoi occhi, "molle", non più lucido.

Fissava quell'uomo lordo di fango, che aveva davanti a sé, e in lui aumentava la convinzione che ormai non fosse più adatto al proprio titolo; non sarebbe stato più lui a cambiare la storia. *"Non dimenticarsi nulla, non rifiutare nulla, non rinnegare nulla di ciò cui si appartiene..."*: era questo il dovere di un *Maggiordomo*. Meroveo, invece, si era spinto troppo nel desiderare qualcosa per se stesso.

Intanto, a nutrire questi dubbi Adam Gamliel non era più il solo. Improvvisamente, infatti, disturbato da un ronzio, sentì come fiochi sussurri all'orecchio. Confuso da ombre sghignazzanti, affiorate tra le luci del fuoco ed animate come una folla in delirio, comprese che quei fenomeni annunciavano l'irrompere di qualcosa o di qualcuno sulla scena.

Dalla penombra, un timbro vocale non udito pubblicamente da millenni, si rivolgeva a Meroveo:

«*Kayafa* tradì e tu sei simile a lui! È ora che incominci un nuovo *"Turno di veglia"*!»

Un'insolita figura umana, quindi, si avvicinò a Meroveo e a Gamliel, come dal nulla. Portava una lunga tunica sacerdotale, fatta di puro lino blu, che ricopriva l'intero suo corpo, dal collo ai piedi. Essa aveva maniche corte, che dai polsi, lasciavano intravedere una sottoveste bianca. Vi spiccava un pettorale dorato con dodici gemme, ognuna con una sua incisione. La tunica era coperta da un camice, le cui spalline avevano due pietre d'onice sulle quali erano incisi dei nomi. La figura era cinta, ai fianchi, da una fascia con fini ricami blu, porpora e scarlatti. Un turbante poggiato sul capo era avvolto in modo da formare un copricapo largo dalla cima piatta. Sul lato anteriore del turbante, era posta una targa d'oro, anch'essa incisa con alcune parole[135]. Gamliel riconobbe subito i paramenti sacri di un Sommo Sacerdote ebraico, nel pieno della sua regalità, il cui volto rigido e inespressivo, però, aveva poco di umano.

"Uno dei tre Custodi!" pensò Gamliel, in seno allo sconvolgimento che lo afferrava. Mai Gamliel avrebbe immaginato di trovarsi al cospetto di quella presenza che stava lentamente prendendo possesso della sua mente, per trascinarla dentro il flusso della conoscenza… del male definitivo.

Suo padre, che era stato predecessore di Georghe Meroveo, gli aveva raccontato dell'esistenza dei *Custodi* e del fatto che solo chi ha la carica di *Maggiordomo* abbia la capacità di vederli e di ascoltarli.

Gli aveva detto che essi custodiscono quel che rimaneva del *Sancta Sanctorum*[136] del culto antico, dopo la distruzione del secondo Tempio da parte di Tito[137]. Il *Sancta Sanctorum* costituiva l'area più sacra del Tempio di Salomone, ed era destinata a custodire, fino alla fine del mondo, l'*Arca* dell'Alleanza[138]. Dove si trovasse quell'area, nonostante non fosse più protetta dal Tempio, andato distrutto, nessuno lo sapeva… nessuno, tranne il *Maggiordomo*.

La mente di Gamliel era annebbiata: immagini di avvenimenti passati scorrevano nel suo cervello, dandogli una completa conoscenza di quello che gli era stato solo riportato verbalmente dal genitore. Stava subendo gli effetti del *"Malefactus"*, il sortilegio con cui i *Custodi* portavano a conoscenza il nuovo *Maggiordomo* dei segreti della storia. Poteva vedere il momento della morte del *Messia*, del contemporaneo squarciarsi del velo che ricopriva il *Sancta Sanctorum,* così come predetto dalle scritture. E udì la frase, non pronunciata da bocca umana, che i Sacerdoti del Tempio udirono risuonare come un tuono, nel giorno di Pentecoste: «Da questo luogo Noi ce ne andiamo![139]». Quella frase aveva raggelato i quattro Sommi Sacerdoti presenti, che, subito dopo, videro sprigionarsi dall'*Arca* folgori soprannaturali. Essi, terrorizzati, avevano tentato di fuggire ma, come se il pavimento improvvisamente fosse franato sotto i loro piedi, si ritrovarono a terra, tramortiti.

Gamliel era ebreo per lignaggio, diretto discendente dei Qeniti delle terre montagnose, della città di Hebron; pertanto, conosceva bene le scritture. Si ricordò dei versetti di Geremia, che così riemersero nella sua mente: *"Quando poi vi sarete moltiplicati e sarete stati fecondi nel paese, in quei giorni - dice il Signore - non si parlerà più dell'Arca dell'alleanza del Signore; nessuno ci penserà né se ne ricorderà; essa non sarà rimpianta né rifatta. In quel tempo chiameranno Gerusalemme trono del Signore; tutti i popoli vi si raduneranno nel nome del Signore e non seguiranno più la caparbietà del loro cuore malvagio[140]".*

Gamliel vide quindi, tre dei quattro Sacerdoti riprendere conoscenza e rialzarsi, mentre notava che *Kayafa* rimaneva ancora a terra, incosciente. *H'anna, Yehohanàn, Xalexalex*: erano i nomi dei Sacerdoti che Stephenson, anni prima, aveva avuto la disgrazia di scovare. Adesso, Gamliel, li vedeva risollevarsi da terra, ma capiva perfettamente che essi non erano più gli stessi di prima; qualcuno li aveva "trasformati". Degli spiriti tremendi, dei "*Dybbuk[141]*", avevano preso possesso del loro corpo e della loro anima.

I "*Dybbuk*", secondo la tradizione ebraica, erano spiriti maligni o anime in grado di possedere gli esseri viventi; gli ebrei ritenevano che fossero spiriti disincarnati di persone morte, cui era stato vietato l'ingresso allo Sheol. Ma in quel caso, Gamliel vedeva che quegli spiriti non erano anonime entità, ma la trinità diabolica; la medesima triade, la progenie infernale che, negli anni della costruzione del Tempio di Salomone, aveva preso possesso dei tre assassini di *Hiram Abif*. Il *Caduto,* nella sua espressione trinitaria, sceglieva così, nuovamente, una rappresentanza sulla terra che gli fungesse da portavoce.

Le visioni di Gamliel continuarono: egli vide che, in seguito, *Kayafa* veniva nominato primo *Maggiordomo*, per "imitare" il Pietro della Chiesa del *Messia*, che egli giurava fedeltà proprio sulla *Even shetiyyah*, la pietra angolare custodita in quel luogo, proveniente dal centro della Terra, e sulla quale YAHWEH stesso aveva fondato il mondo. Vide, quindi, l'Anti-Trinità prendere posto in quel luogo abbandonato da Dio... e comprese che i tre Sommi Sacerdoti, da quel giorno resi immortali, assunsero il compito di custodire, fino alla fine dei tempi, l'*Arca* dell'antico patto all'interno del *Sancta Sanctorum.*

Tutti avrebbero dimenticato, come aveva annunciato Geremia, l'esistenza di quell'*Arca,* che però, da quel momento, custodiva al suo interno non più l'alleanza con Dio, ma quella col "devastatore". *"Così come aveva profetizzato Daniele",* pensava Gamliel: *"Sull'ala del Tempio porrà l'abominio della desolazione e ciò sarà fino alla fine; fino al termine segnato sul devastatore[142]".*

Tutto questo e altre rivelazioni furono mostrate in visione a Gamliel, mentre Meroveo, in lacrime e prostrato a terra, attendeva la sua morte; comprendeva che non aveva svolto bene il suo compito e che, perciò, sarebbe stato eliminato.

Subito dopo, arrivarono lapidarie le parole del *Custode*, che, a tal proposito, non gli lasciarono alcun margine di dubbio:

«Raggiungerai presto la tua amata sorella, Meroveo! Adam Gamliel continuerà il tuo mandato! La tua morte compenserà le tue insolvenze!»

Pronunciate quelle parole, i sussurri cessarono e il silenzio tornò a fare da padrone. La villa ardeva incontrastata, perché ogni guardia e uomo impegnato nel far fronte alle fiamme giaceva a terra, privo di sensi.

La figura oscura sparì, come se non fosse mai apparsa. Rimanevano soltanto i due amici a fissarsi: Georghe Meroveo, il vecchio *Maggiordomo* e Adam Gamliel, il nuovo.

Gamliel, oramai non era più lo stesso: la conoscenza piena delle verità, che gli era stata trasmessa, aveva mutato profondamente la sua visione, non solo degli eventi, ma dell'intera creazione. Guardava l'amico con distaccata sufficienza, come qualcuno che non avesse apprezzato appieno i doni ricevuti. Egli aveva da sempre posseduto la superbia di ritenere che sarebbe stato più adeguato allo svolgimento della responsabilità ultima, ma si era contenuto nell'esprimerla esplicitamente, per lealtà verso la loro amicizia.

Ma, adesso, le cose erano cambiate... *"L'ora di giudicare l'operato di Georghe sarebbe arrivata, comunque. Mi attendevo che essi avrebbero espresso in qualche modo la loro disapprovazione; per il fatto che non fossero stati ritrovati i documenti trafugati da Stephenson, alcuni dei manoscritti di*

Qumran[143] e chissà cos'altro! Erano quelle le macchie indelebili sul curriculum di Meroveo! C'era da aspettarselo che all'errore successivo sarebbero intervenuti, anche se non avrei mai immaginato un loro intervento diretto. Evidentemente c'è poco tempo: la chiusura del millennio è imminente e tutte le profezie ci rimandano ai prossimi decenni come ai tempi ultimi. Dobbiamo evitare la fine. Verrà presto l'età di Caino. Il periodo che va dal 1999 al 2017 sarà il tempo propizio, quello in cui raggiungeremo l'apice del potere[144]. È tutto predetto: dovremo prepararci e sfruttare tutte le occasioni che verranno!"

Ciò che Gamliel desiderava fin da quando era un bambino, adesso era realtà. La gioia invadeva la sua anima. La chiave dei segreti escatologici gli era stata consegnata. Il potere totale era suo. Si sentiva onnipotente. Il *Maggiordomo* inadeguato era stato destituito dall'alto. Una cosa sola, in cuor suo, forse gli dispiaceva: per ottenere quel potere, avrebbe dovuto uccidere il suo predecessore, l'amico di una vita.

"Un sacrificio, comunque sostenibile!" pensò Gamliel, sogghignando. Meroveo, bocconi tra l'erba, ne accettava mansueto il verdetto.

«Georghe, come ci si sente dal non poter invecchiare al dover morire? Mi spiace, ma il tuo *Turno di veglia*[145] si conclude qui!»

Meroveo alzò lo sguardo verso il nuovo *Maggiordomo*. Sembrava del tutto indifferente a ciò che stava accadendo. Il suo animo era di nuovo tentato dal *Crocifisso*. Aveva perso la sua amante e sorella, aveva perso i figli che lei gli aveva dato, la discendenza che, nonostante non fosse nelle sue intenzioni, stava imparando ad amare di un affetto non strumentale. Per lui, nulla aveva più senso… Sapeva che lo attendeva la dannazione, che avrebbe ritrovato la sorella tra i gironi infernali e che si sarebbero fatti compagnia tra il digrigno di denti delle bolge… però, dentro di sé, sperava che il *Crocifisso* accogliesse almeno le anime dei due neonati.

Ripensò con rammarico alla sua vita. Avrebbe voluto essere il più grande tra i *Maggiordomi* della storia… Avrebbe voluto essere come Muhammad, il lodato, quello che Dante aveva collocato tra i seminatori di discordie della IX Bolgia dell'VIII cerchio dell'inferno… per l'eresia dominante che era riuscito a produrre intorno al 600 d.C.[146]. Ma, soprattutto, avrebbe voluto essere come il più grande di tutti, il Bonaparte, che era stato uno stratega geniale, un profondo conoscitore degli eventi storici e un esperto dei segreti dell'animo umano.

Gli venne in mente che, nella solitudine di Sant'Elena, anche Napoleone aveva dato segni di cedimento alla figura del *Crocifisso*… Anch'egli, alla fine, sembrava fosse arrivato alle sue stesse conclusioni: *"«In Licurgo, in Numa, in Maometto, non vedo che dei legislatori i quali, poiché occupavano il primo posto nello Stato, hanno cercato la migliore soluzione al problema sociale.*

Non ci trovo però nulla che nasconda la divinità ed essi stessi, del resto, non hanno mai alzato le pretese così in alto… La stessa cosa non si può dire del Cristo. Tutto in Lui mi sorprende. Il suo spirito mi supera e la sua volontà mi confonde[147]…»". Nelle parole di Napoleone, in quel momento, Meroveo ritrovava se stesso. Gli venne in mente quindi, un passo del vangelo, che lo prostrò profondamente… *"Gesù le disse: «Donna, credimi; l'ora viene che né su questo monte né a Gerusalemme adorerete il Padre. Voi adorate quel che non conoscete; noi adoriamo quel che conosciamo, perché la salvezza viene dai Giudei. Ma l'ora viene, anzi è già venuta, che i veri adoratori adoreranno il Padre in spirito e verità; poiché il Padre cerca tali adoratori. Dio è Spirito, e quelli che l'adorano, bisogna che l'adorino in spirito e verità». La donna gli* disse: «*Io so che il Messia (che è chiamato Cristo) deve venire; quando sarà venuto ci annuncerà ogni cosa*». *Gesù le disse:* «*Sono io, io che ti parlo!*»[148]".

Gli venne un dubbio e si sorprese a chiedersi: "*E se il Crocifisso non mi odiasse?*" si domandò, così, ricordando le ultime parole rivolte a lui da Rupert Stephenson, anni addietro. Quella "presenza" che poco prima gli poneva in animo tutte quelle domande non sue... era il ricordo di lui.

"*Troppo tardi Rupert...*" rispose a quella presenza. «La mia anima è persa!» bisbigliò.

Intanto, osservava l'espressione del volto dell'amico di un tempo: non era più quella di un alleato, ma di un generale degli inferi.

«Cos'è il male, Georghe? Il male è usare un proprio criterio contro la realtà, imporre un proprio progetto alla realtà[149]. Io sono i miei scopi. Io, il male, sono la realtà!»

Tutto, infine, dentro e fuori Meroveo, divenne buio.

Capitolo 12
RAGAZZA

Cathedral of Saint Patrick[150], New York, USA
7 gennaio 1972, ore 15:00

Finalmente, era arrivato il carico di alimenti per i barboni della mensa. Settimanalmente, le suore del quartiere organizzavano delle giornate in cui, nel pomeriggio, la gente comune le aiutava nella distribuzione di generi alimentari ai bisognosi, praticando "La legge dell'amore" o la "carità[151]", secondo la definizione biblica. Attendevano il carico di beni, che proveniva dalla raccolta degli scarti della merce dei negozianti del quartiere, quindi, attraverso la mensa, li ridistribuivano ai senza tetto per strada, oppure li consegnavano, con discrezione, in casa alle famiglie in difficoltà.

«Ciascuno di noi ha un compito, anche tu che non credi in niente, amico[152]! Iniziamo a portar giù le cose e a metterle in cucina per la sera!»

La suora, che quel giorno era la responsabile, comunicava con decisione le sue convinzioni a tutti i presenti: cultura, carità e missione[153]. La fede, per le suore come lei, doveva rappresentare il criterio per abbracciare tutti gli aspetti della vita[154], tenendo presente, però, che, senza l'esperienza dell'amore, senza l'esperienza della carità, tutto sarebbe risultato sterile. Le suore affermavano spesso: "la *Carità* ha salvato il mondo!", sottolineando la necessità dell'imitazione di Cristo, che rappresenta il massimo della carità mai espressa: un dono di sé, gratuito all'altro, senza precedenti. La loro vocazione era *"Christo mimetes[155]"*, "immedesimarsi in Cristo" e, in quei gesti concreti in cui "donavano", esse verificavano costantemente la loro vocazione.

Quel pomeriggio, si trovavano presenti pochi volontari, oltre al gruppetto di suore; erano una quindicina in tutto.

«Anche se ci fosse solo una persona, ne varrebbe, comunque, la pena!» diceva la suora. «Senza quello che facciamo, qui, vivere sarebbe meno che vivere! Ma ricordate: quello che facciamo serve più a noi, che portiamo da mangiare, che a loro, che ne ricevono! Il Mistero si svela nella carità; senza la carità, non si fa esperienza di Cristo e Dio diviene inconoscibile[156]!»

La responsabile si esprimeva con solida compostezza e con tono severo, nel motivare quei cittadini impegnati. Per lei, non c'era da perdere tempo: considerava prezioso ogni momento ed evitava che andasse sprecato.

Stimata per la maturità della sua fede, la suora veniva considerata un punto di riferimento per molti, una vera "madre". Certo, usava parole, ma attraverso il modo peculiare con cui le usava, ne rendeva tangibile il senso profondo, alleggerendo ogni cuore. Era un vero piacere ascoltarla e seguirla; aveva il carisma di spingere le persone verso il giusto e il bene, senza mai intaccare la loro libertà.

Anziana e smagrita, ma dagli occhi acuti e splendenti, che le illuminavano il viso sporgente, con in testa il tipico copricapo nero col fiocco al mento delle *Suore della carità* di New York[157], quando non la si osservava darsi da fare da infaticabile lavoratrice qual era, stava immersa nella preghiera, col rosario tra le mani.

Quel pomeriggio tutti avrebbero dovuto darsi da fare! C'era un furgone da dover scaricare, scatole ripiene di alimenti di prima necessità da sistemare. Ovunque intorno, si percepiva odore di affaticato sudore, misto a ruvido scatolame. Le ombre degli immensi palazzi della grande mela lenivano la luce tra gli stretti vicoli del quartiere.

In certi giorni, vi erano state anche cinquanta persone, ma, quel pomeriggio, erano un piccolo pugno. Tuttavia, non c'era tempo per lamentarsi: ce l'avrebbero fatta ugualmente! Fortunatamente, durante il pomeriggio, erano arrivati altri uomini, armati di buona volontà.

«Posso dare una mano anch'io?» chiese un individuo, appena apparso da dietro l'angolo della stradina.

«Certo, ne abbiamo bisogno!» rispose, con l'affanno del lavoro, uno dei capi volontari, impegnati a scaricare la merce, consegnando al nuovo arrivato lo scatolone che aveva tra le mani e dicendogli:

«Piazzala lì, dove vi sono le altre scatole ordinate per tipologia, poi torna qui…»

L'uomo prese la scatola tra le mani e si diresse nel luogo indicatogli dal capo volontario. Quest'ultimo lo osservò ed ebbe il sospetto che non fosse lì per aiutare. Sui trent'anni, folti capelli castani con la riga a destra tirati all'indietro, basette lunghe, barba in ricrescita, l'uomo aveva il volto coperto da grandi occhiali da sole. Espressione da vero duro, grintoso e sospettoso, indossava una giacca blu leggera su una maglia nera e pantaloni color sabbia.

«Come ti chiami… smuoviti! Fatti avanti! Suvvia, dai un senso alla mia giornata!» gli disse, con durezza, il giovane capo volontario, abituato a usare un linguaggio deciso con la gente del quartiere, che era tutta brava gente, però poco avvezza a lavorare con scioltezza.

Capelli biondi e volto espressivo era quest'ultimo un bel giovanotto, che riceveva molte attenzioni dalle ragazze del rione, attenzioni di cui però egli non sembrava curarsi. Si diceva studiasse da diacono e che fosse orientato a fare voto di castità. Il parroco aveva raccontato che il giovane era stato inviato dalla curia per dare una mano.

Il nuovo arrivato guardò negli occhi il bel volontario e rispose a tono a quei modi poco garbati: «Mi chiamo Emil Salgar[158]! Vuoi che ti aiuti o che diventi tuo schiavo?!»

Il giovane volontario gli sorrise e gli strinse la mano, in segno di riconciliazione, presentandosi a sua volta: «Dio mi è testimone! No, *Corsaro Nero*[159], nessuno schiavo! Siamo qui tutti per aiutare! Scusa i modi rudi, ma, qui, i volontari non sono abituati a essere ordinati nel lavoro! Il mio nome è Driven, Manuel Driven!»

Aveva sospettato giustamente. Il nuovo venuto non era certo lì per aiutare. Aveva assunto il nome di Emilio Carlo Giuseppe Maria Salgari, uno scrittore italiano, di fine '800, di romanzi d'avventura. L'autore del ciclo dei "Corsari delle Antille" o di quello dei "Pirati della Malesia". Aveva scelto quel nome perché Salgari aveva inventato il personaggio che preferiva in assoluto: il *Corsaro Nero,* le cui avventure sua madre, da piccolo, gli leggeva sempre prima di addormentarsi. L'unico vero gesto d'affetto che la madre, gli avesse mai mostrato.

Per questo, nel suo lavoro, aveva assunto quel nome.

«*Corsaro nero*?!» domandò, con sorpresa;

«*Salgar*...» rispose l'altro.

Manuel Driven, segnando, col dito, un ammonimento, disse:

«La vita è un banchetto e i poveri scemi muoiono di fame!»

Aveva capito! Avrebbe dovuto accorgersene alla seconda citazione: Driven stava parlandogli in codice. Aveva citato *Dirty Hanry*[160] dell'anno prima, si era presentato alla James Bond in *Dr. No* del '62, e adesso citava *Auntie Mame* del 1958. Aveva di fronte a sé l'uomo del Vaticano con cui avrebbe dovuto incontrarsi per la consegna dei dettagli… e poi l'espressione lessicale "Dio mi è testimone", accomunava tutti gli agenti operativi dell'*Entità*, i servizi segreti Vaticani.

«Inteso, non dilunghiamoci! Dove trovo il materiale?»

Driven indicò il retro con gli occhi, e, con un accenno di capo, la direzione da imboccare, poi si rivolse alla suora per comunicarle l'allontanamento momentaneo: «Suora, accompagno questo nostro amico al magazzino; lascio a lei le danze…»

La responsabile annuì ed egli accompagnò il *Corsaro*-Salgar in fondo al vialetto del vicolo, dove vi era un deposito più grande.

Attorno a loro, molti senza tetto puzzolenti, accuditi da giovani suore, e altri volontari, indaffarati nel portare sollievo e viveri.

Arrivati al garage, poterono alleggerirsi dai loro ruoli. Salgar si ritrovò davanti a una miriade di scatoloni tutti uguali tra loro. Su ogni cassetta, era indicato il contenuto: pelati, tonno, prima infanzia etc…

"Un lavoro nobile quello della gente del quartiere!" gli veniva da pensare. *"Ma sono qui per quel pacco…"*.

«Adesso che siamo tra noi… qui troverai tutto!» Driven sollevò il primo contenitore a destra, su cui a penna, era scarabocchiata una grande X.

«Il tesoro normalmente è segnato con la X sulla mappa[161], vero, *Corsaro Nero*? Eccotelo!» Driven prese la scatola in cui era contenuta l'attrezzatura necessaria alla missione e la porse, con rudezza, a Salgar, evidenziando un atteggiamento sarcastico, che infastidì il *Corsaro*. Non era un sottoposto da poter dileggiare; non lo era mai stato e non lo sarebbe stato mai!

«Mi prendi in giro?» gli chiese Salgar, con stizza. Driven gli rispose beffardamente: «Dicono che tu sia un vero duro. Sicuro di esserlo?!» Fra i due, evidentemente, il clima era teso.

Si stava delineando un atteggiamento di sfida e di antipatia, frutto di un pregiudizio reciproco. Driven, infatti, non aveva molta stima della reputazione del *Corsaro*; lo considerava un uomo superficiale, che mirava solo ad arricchirsi e a godersi la vita: un uomo diametralmente opposto a lui.

Salgar, dal canto suo, nutriva forti perplessità sulla bontà della missione che gli era stata affidata: si sarebbe dovuto intrufolare in un posto denso di sorveglianza, per prelevare un oggetto di discutibile valore… Il gioco valeva la candela?

«La "Lettera di corsa" mi indica di sottrarre una reliquia molto antica, risalente ai primi anni del cristianesimo, ipoteticamente, appartenuta e nascosta da una tribù chiamata "*Esseni*[162]". Una tavoletta di legno su cui è dipinta un'immagine della crocifissione con la Madonna e un apostolo sotto la croce! Dimmi: quante ce ne sono di tavolette come quella al mondo?! Eppure, per questa, siete disposti a pagare oro! Cosa ve ne fate, poi, di così tante stupidaggini?!» domandò provocatoriamente.

La cassetta di sicurezza all'interno dell'Aeroporto di Roma conteneva, oltre all'incarico di recuperare la "tavoletta", anche alcune informazioni inerenti alle origini della stessa.

Vi si diceva che, nel 1947, due beduini della tribù, Ta'amireh, Jum'a e il cugino Muhammad ed-Dhib, avessero ritrovato sette rotoli di manoscritti, vecchi di oltre duemila anni[163]; i rotoli erano stati rinvenuti in una grotta, insieme ad altri reperti di minor valore… Il ritrovamento era avvenuto del deserto di Giudea, a circa un chilometro dalla riva nord del Mar Morto e a venti chilometri a est di Gerusalemme, in quella che, un tempo, era il mandato britannico della Palestina e che oggi è il moderno Stato d'Israele.

I due beduini non avrebbero mai immaginato che sarebbero stati gli autori di una delle scoperte archeologiche più importanti del ventesimo secolo. Grazie a loro, infatti, per un decennio, furono realizzati scavi e recuperati reperti d'inestimabile valore.

Infatti, negli anni successivi, vennero individuati e riportati alla luce i testi della Bibbia ebraica del "Tanakh", i più antichi mai ritrovati. Nel 1949, il Museo archeologico della Palestina, finanziato dalla Fondazione Rockfeller, la Scuola archeologica biblica francese di Gerusalemme e il Servizio archeologico Giordano effettuarono ulteriori esplorazioni della zona e, nei pressi di Khirbet Feshkra e Khirbet Qumran, in ben undici grotte, furono rinvenuti fino a novecento documenti di varie epoche. I documenti, scritti su pelle d'animale e su papiri, erano stati sigillati in recipienti di pietra e nascosti in quei siti in epoca antecedente la distruzione del Tempio di Gerusalemme del 70 a.C... In seguito agli scavi archeologici, inoltre, vennero recuperati tutti i libri dell'Antico Testamento, eccetto il libro di Ester[164]. Gli studiosi, tenendo conto della datazione dei testi ritrovati, redatti fra il 170 e il 68 a.C., li identificarono come i "testi originali", cioè la prima fonte da cui erano derivate le successive loro stesure.

"Cosa ci faceva un'icona Cristiana, sicuramente postuma, fra documenti ebraici?! Che c'entrava Cristo con questi "Esseni"?" Effettivamente, gli risuonava strana la presenza di un dipinto raffigurante il fondatore del cristianesimo all'interno di grotte appartenute a una setta ebraica, fanatica dell'attesa messianica.

Degli *Esseni* si avevano pochissime notizie storiche e solo a partire dal primo secolo dopo Cristo... *"L'unico contatto fra essi e Gesù Cristo, come sostennero alcuni storici, poteva essere soltanto Giovanni Battista o alcuni dei discepoli di quest'ultimo..."*. La questione lo incuriosiva, sebbene fosse consapevole di non potersi perdere in speculazioni; avrebbe dovuto attenersi soltanto al suo mandato: recuperare l'icona.

«Cosa ce ne faremmo?! Il sarcasmo è improprio in questo momento *Corsaro Nero*, usciamo da qui e impegnati a fare bene i compiti, piuttosto!»

Driven si stava sforzano di essere cortese e Salgar, dal canto suo, tratteneva la voglia di sferrargli un pugno: ne era fortemente tentato!

I due uscirono dal deposito, cercando di non essere notati dalla gente che circolava nel vicolo, ma furono subito avvistati da una suora, che li chiamò: «Venite, presto! ho bisogno d'aiuto!»

A Driven fu chiesto di recuperare una coperta, a Salgar di restare lì, ad accudire un senzatetto morente, mentre la suora sarebbe andata a prendere dell'acqua.

Quel vecchio ancora non era morto, ma già puzzava di lerciume e di cadavere decomposto. Tremante, con la bava sgocciolante fino al collo, il sudore gli scorreva da ogni dove.

La suora aveva chiesto a Salgar di tenere un panno bagnato sulla fronte del vecchio, ma egli lo stava utilizzando per coprirsi il respiro dal nauseabondo odore di piscio e sporcizia che proveniva dall'uomo. Osservava con scioccante attenzione quell'ammasso di luridume e si chiedeva perché mai ci si dovesse occupare di gente così inutile...

Era piegato verso l'uomo, tenendo ben premuto il panno sulla faccia, per non opprimersi con l'odore di alcol del suo alito. Gli fissava le occhiaie e le incavature del volto, le folte sopracciglia bianche e la barba ispida. Lo fissava, con gli occhi sgranati, come se si trovasse davanti a un alieno e si chiedeva perché gli risultasse così difficile l'incombenza cui era stato chiamato. Eppure, era un uomo coraggioso, che non aveva mai evitato il pericolo...

Perché in quel momento avrebbe voluto essere lontano mille miglia?! Capì che era quell'uomo che lo metteva in crisi.

Quel "vecchio inutile", lo stava interrogando e lui era impreparato: non aveva studiato la lezione. *"Come è possibile ridursi in questa maniera?"* si domandava… *"Io al suo posto… Che ne ha fatto della sua vita?! Perché lasciarsi andare così… Perché sprofondare in un completo fallimento?! Cosa, mai, può accadere mai nella vita da indurre un uomo ad autodistruggersi in quel modo?!"*. Ripensò a sua madre e a tutti quegli uomini inutili cui lei prestava il suo corpo. Nemmeno sua madre era riuscita a buttarsi alle spalle quell'insana esistenza, fatta da gente ignota, dalla quale lui, invece, aveva deciso di liberarsi e per i quali non aveva e non avrebbe fatto mai nulla.

Driven, intanto, era arrivato con la coperta e l'aveva messa addosso all'uomo. Osservò Salgar, sorrise amaramente e gli disse:

«Cos'hai *Corsaro*? Non hai una bella cera. È troppo per te?! Per caso una suorina è più coraggiosa del grande *Corsaro*?!»

L'arrivo della suora salvò Salgar dal rispondere. Si rialzò e si mise in disparte. Driven rimase inginocchiato ad aiutare la religiosa e a dare conforto all'uomo. Salgar osservava sconvolto. Decise di trascorrere l'intero pomeriggio in quel luogo per dare un aiuto. A Driven piacque quella scelta e divenne più gentile col giovane pirata.

Salgar rimase lì anche la sera e, durante la mensa, cominciò a distribuire i pasti ai presenti; Driven ne fu felicemente sorpreso.

«Non mi aspettavo questo tuo impegno, Salgar, mi hai spiazzato!» gli disse, fermandosi un attimo alle sue spalle, mentre reggeva una cassa d'acqua che stava trasportando in cucina.

«Nella vita siamo quello che facciamo. Giusto?!»

Driven guardò negli occhi Salgar e vi lesse lo sguardo di un uomo alla ricerca di qualcosa di buono, nonostante sembrava avesse proprio già tutto: ricchezza, fama, carriera...

«No, Cédric Roman! Non è quello che facciamo che ci definisce, ma chi diventiamo attraverso quello che facciamo. E allora, tu dimmi, *Corsaro*, sei un uomo o nessuno?»

Il *Corsaro*-Salgar-Roman rimase in silenzio, ma accettò la severa verità delle parole di Driven in tutta la loro portata. Comprese che Driven sapeva tutto di lui, compresa la sua identità, il suo vero nome: Cédric Roman. Ringraziò per la lealtà di quelle parole un Dio sconosciuto. Tanto era stato bene quella sera che, potendo, non se ne sarebbe andato mai più da quel luogo.

Verso la conclusione della serata, si trovò a scambiare qualche chiacchiera in più con Manuel Driven di fronte a una birra. Poi, mentre anche lui si stava dando da fare, per rimettere a posto la mensa, notò che, tra le religiose, vi era una donna che non aveva l'aria di essere una consacrata. Cominciò a osservarla con un certo interesse. Era una ragazza dal viso acqua e sapone e dall'espressione dolce; portava i capelli raccolti sulla nuca. A un certo punto, Roman scorse sul suo volto i segni di vecchi lividi.

«Driven, chi è quella lì?!» chiese incuriosito.

«Virginia Willerman. Hai notato gli agenti qui intorno?»

Driven indicò con lo sguardo i tre angoli della sala, dove sedevano in disparte, agenti in borghese.

«Willerman?! Sì, li ho visti. Ma cosa succede?»

Roman aveva studiato bene la zona e, per tutta la serata, aveva notato i movimenti dei poliziotti. Si concentrò sul cognome della ragazza... curioso! Era il medesimo di Honorata, quella Willerman, duchessa di Weltrendrem: la bella innamorata del *Corsaro Nero*! Amata che il *Corsaro* dovette, con sommo dolore, sacrificare per onore.

Gli ritornò in mente la scena del pianto del *Corsaro Nero,* che guardava allontanarsi dalla sua nave la barca con l'amata, che aveva appunto, abbandonata al mare. Non poteva tenerla con sé: aveva scoperto che Honorata era la figlia del suo acerrimo nemico. Da ragazzo, non riusciva a capire come mai il pirata anteponesse l'onore e il mestiere all'amore. Ma, diventato adulto, in un certo senso, si rispecchiò nel modello di quel pirata; in nome della sua orgogliosa carriera, aveva rinunciato all'amore e ad ogni legame affettivo.

«La proteggono. È fuggita via dal porto dove la tenevano imprigionata per rivenderla all'estero, al fine di alimentare un giro di prostituzione. È qui per essere reinserita in una comunità. Non ha avuto un'infanzia. È stata sempre sballottata qua e là, da uno Stato a un altro. Senza famiglia, senza ricordi, senza identità. Picchiata, violentata, costretta a prostituirsi dai trafficanti di bambini. Adesso le suore stanno provando a darle una nuova vita. Ma ultimamente, ha ricevuto delle minacce... per questo vi sono tutti questi agenti!»

«Mi spiace!» sibilò, contrito, Roman. Adesso aveva chiaro il motivo per cui fosse stato perquisito da alcuni sbirri, al suo arrivo alla Saint Patrick.

La ragazza, impegnata nel ripulire i tavoli, sorrideva alle religiose con una serenità candida e luminosa. Roman era come ipnotizzato, attratto da una bellezza che non aveva visto mai in nessuna donna fino ad allora conosciuta. La storia di quella ragazza gli ricordava sua madre; entrambe le donne erano state usate come oggetto di piacere.

Virginia, però, sorrideva, mentre sua madre lo aveva fatto molto raramente. Sua madre, evidentemente, non aveva mai incontrato qualcuno o qualcosa per cui sorridere. Era affascinato, quasi ammaliato e fortemente attratto dal sorriso e dall'umile letizia che trasparivano dalle guance rosee della ragazza. Si fece coraggio e le si avvicinò, mentre Driven se la rideva, godendosi la scena.

«Posso darti una mano?» le chiese.

La ragazza, sospettosa, si sentì infastidita. Poggiò a terra la cassetta di latte che stava reggendo. Le sue esperienze passate la facevano dubitare di ogni uomo.

«No, grazie, faccio da sola!» disse con risolutezza, iniziando a trasportare il latte per singola bottiglia; per non aver bisogno dell'intervento dell'uomo.

«Tu, lasciala in pace!» disse, con tono acido, un'anziana religiosa, che aveva il compito di sorvegliare la ragazza.

«Calmiamoci! Volevo soltanto essere gentile!» Poi, rivolgendosi alla ragazza, la salutò:

«Amica, adios!»

Subito dopo, Roman, sotto gli occhi sospettosi dei presenti, fu obbligato da uno degli agenti ad allontanarsi definitivamente da lei.

«*Corsaro Nero*, cos'è successo?! T'hanno cacciato, eh?!» esclamò Driven, un po' divertito.

«Ho capito perché è attorniata da quelle vecchiette! Brr... Nessuno mai oserebbe mettersi contro di loro: sanno far paura!»

Driven emise una bella risata alla battuta di Roman, mentre meditava sul fatto che, quel giorno, un'altra pecorella smarrita fosse tornata all'ovile e che, come nella parabola del "Padre Misericordioso", bisognasse esserne lieti. *"Questo tuo fratello era morto ed è tornato in vita, era perduto ed è stato ritrovato[165]..."* rievocava.

I due giovani completarono quanto era necessario, poi andarono via. Roman continuava a rimuginare sulla ragazza. Aveva il presentimento che l'avrebbe rivista.

Gli avvenimenti di quella giornata gli avevano fatto vivere un'esperienza di bene mai provata prima. Quel clima di amicizia, quei volti sereni, pur nella loro povertà, tutta quella cordialità gli facevano pensare che se un Dio fosse esistito e avesse mai preso un volto umano, sarebbe stato quello di quelle persone.

Ed egli invece che volto aveva? Se lo chiese, ripensando alla domanda postagli da Driven: era un uomo o nessuno? Fece spallucce e, mentalmente, salutò Driven, con distaccata gratitudine.

«Adios amigo!»

Capitolo 13
LETTERA

Sacred Heart Institute, San Diego, USA
7 gennaio 1972, ore 22:00

La "Culla della vita": piccola edicola di mattoni, all'entrata della scuola pensata da Padre Raoul, per accogliere i figli non voluti dalle giovani della città.

Molte donne, per varie cause, abortivano o partorivano figli indesiderati gettandoli poi tra i rifiuti o nei servizi igienici dei motel della provincia.

Il sacerdote aveva tutte le intenzioni di far fronte in maniera decisa a tale fenomeno che ledeva irreparabilmente la sacralità della vita di ognuno di quei poveri bimbi rifiutati. Pertanto, offriva l'opportunità di accogliere i neonati indesiderati presso una rete di istituti che aveva fondato, negli anni, in molte delle principali città del mondo.

Sulla struttura dell'edicola, s'imponeva una scritta, tratta da Isaia 49, 14-15:

«SION HA DETTO: «IL SIGNORE MI HA ABBANDONATO, IL SIGNORE MI HA DIMENTICATO». SI DIMENTICA FORSE UNA DONNA DEL SUO BAMBINO, COSÌ DA NON COMMUOVERSI PER IL FIGLIO DEL SUO GREMBO. ANCHE SE VI FOSSE UNA DONNA CHE SI DIMENTICASSE, IO INVECE NON TI DIMENTICHERÒ MAI»

In quella culla di cemento, abbatuffolati in una morbida trapunta, qualche giorno prima, erano stati rinvenuti due piccolini bisognosi di cure. Femmina e maschio, nati da poche ore e consegnati da una madre anonima, una tra le tante ignote disperate, che aveva voluto offrire ai suoi figli l'opportunità di vivere.

Fra le pieghe del bianco manto che copriva i bimbi, era stata posta una lettera, indirizzata direttamente al rettore dell'istituto.

Quella sera, i bellissimi occhi scuri e penetranti di una ragazza erano stati segnati dalla stanchezza. Sebbene quei bambini non li avesse partoriti lei, ad appena ventidue anni, si era improvvisamente ritrovata a essere madre di due gemelli.

Le accadeva ciò che era capitato a sua nonna, che, anziana e cieca, si era ritrovata a farle da madre, in seguito all'improvvisa morte dei suoi genitori, avvenuta a causa di un terribile incidente automobilistico.

Sua nonna le aveva insegnato a confidare nella bontà del destino, che, anche se spesso è doloroso, offre a tutti la forza e la capacità di affrontarlo. Sua nonna era divenuta "sua madre" in età avanzata, lei, al contrario, precocemente. Ce l'aveva fatta sua nonna, ci sarebbe riuscita anche lei; si ripeteva, inoltre, che anche se, in futuro, non avesse dovuto partorire alcun figlio, il Destino, in quel presente, le stava dando la possibilità di essere madre.

Pensò al suo promesso sposo che, in quei giorni, era impegnato a New York, proprio in nome della loro vocazione comune. Anche lei, in quei giorni, avrebbe dovuto essere impegnata in altro, ma i preparativi per il matrimonio potevano aspettare, quei due bimbi no.

Le mancava tanto il suo amato, ma ella era lì, sola, con quei due gemellini appena affidateli e, ogni tanto, si sentiva schiacciare dalla responsabilità e dall'inesperienza. La consolava solo il fatto che la Vergine era stata più giovane di lei, quando era divenuta la mamma di Gesù.

Intanto, non senza fatica, aveva messo a letto i due neonati. Solo adesso avrebbe avuto la possibilità di concentrarsi e di potere leggere la lettera che la donna misteriosa aveva indirizzato a Padre Raoul, ma che il religioso le aveva chiesto di leggere prima del suo ritorno dall'Italia. Per tutta la giornata, la ragazza aveva avuto il desiderio di leggerla, ma, non avendo alcuna esperienza di bambini, aveva ritenuto più importante imparare presto i primi rudimenti e occuparsi di loro mettendo in secondo piano quei fogli di carta che erano stati poggiati sul tavolo della stanza.

Nell'accudimento dei piccoli, avrebbe voluto farsi aiutare da chi, nella scuola, si occupava del supporto alle donne gravide in difficoltà e dei corsi preparto, ma Raoul le aveva imposto di restare sola con i due bambini.

Egli era stato chiamato a Roma per l'apertura della filiale capitolina del *Sacred Heart Institute*, che solo apparentemente era un collegio come molti altri. Infatti, al suo interno, operava una sezione dedicata a educare missionari particolari, "ragazzi speciali" … giovani dotati degli stessi doni spirituali, di carismi, di cui anche la ragazza, per pura grazia, era dotata.

Anche lei sperava di potere andare a Roma. Desiderava potersi trasferire in Italia, magari dopo le nozze. Confidava che in quel Paese avrebbe potuto ultimare gli studi ed imparare a controllare meglio le sue visioni estremamente dolorose. Aveva saputo che in Italia operava una mistica cattolica italiana, impegnata a educare i giovani veggenti nella fede e nell'utilizzo delle grazie concesse, e sperava di poterla incontrare; pensava che poterle almeno parlare sarebbe stata una meravigliosa occasione per lei. Era fiduciosa: sapeva che Padre Raoul si stava premurando di organizzarle l'incontro con quella donna.

Presa la lettera fra le mani, rivide il momento in cui aveva avuto per la prima volta quei due pargoletti tra le sue braccia. Li aveva ritrovati proprio Padre Raoul, all'alba di una splendida mattina, richiamato dall'avviso sonoro che segnalava la presenza di "una vita" all'interno della vaschetta.

Portandoli al riparo, immediatamente, aveva deciso di affidarli a lei e a nessun altro. «Angelica Diaz, abbi cura di loro: sono tuoi! La loro madre te li affida!» le aveva detto Padre Raoul. E lei, invasa da una vertigine d'impotenza, li aveva accolti fra le braccia, senza porgli alcuna domanda, anche perché, nel corso degli anni, si era abituata agli strani discorsi del sacerdote, sua guida spirituale.

D'altra parte, anche lei era "strana" ed era bizzarra la sua vita. Un intenso andirivieni di visioni dolorose di tutti i mali che affliggono il mondo, e che, ogni notte, la tormentavano. E ogni notte di sangue era seguita da un'alba di speranza, quando lei faceva memoria di quell'unica volta in cui la Vergine le si era rivolta con parole di speranza, indicandole Padre Raoul come mentore.

La penombra accompagnava e avvivava la notte, tra i freddi corridoi del *Sacred Heart*. Un dolce odore di sapone per bambini profumava l'aria della camera. Acceso un piccolo lume a petrolio per avere un po' di chiarore, Angelica si sedette e aprì la busta, stando attenta a non rovinarla. Adesso era pronta per concentrarsi sulla lettura.

"Caro Padre Raoul,

le sarò sempre grata per ciò che ha fatto per me in questi anni. La ringrazio per come mi ha accolta, nonostante le mie mancanze.

Dentro di me, ho sempre avuto molti nodi da sciogliere e, grazie a lei, alcuni, li ho

potuti dipanare.

Ringrazio il cielo per le circostanze che hanno portato il mio compagno a finan-

ziare il suo istituto per ragazzi abbandonati. Questo ha permesso il nostro incon-

tro.

A lei, caro Padre, ho confessato i miei più oscuri tormenti; a lei ho aperto la mia

anima e da lei mi sono sempre sentita abbracciata e compresa, mai tradita!"

Nel corso della lettura, Angelica andava riflettendo su quanto bene avesse fatto Padre Raoul, e a quanta gente... ripensava a tutte le centinaia di lettere di ringraziamento, che aveva letto in passato.

Erano la testimonianza di una fede nata dall'incontro con una realtà eccezionale: la Chiesa. La testimonianza di gente che, incontrando altra gente cambiata dal *Santissimo*, si convertiva per l'esperienza di fascino sperimentata. Tante persone erano state rese più umane dal *Santissimo*, non attraverso regole o precetti, ma attraverso un volto amico, imprevedibilmente piombato nella trama delle loro vite.

La ragazza continuò a scorrere la lettera...

"Di una cosa però avrò sempre rimpianto: di aver peccato di omissione, di non

averle rivelato alcuni fatti fondamentali della mia vita, fatti che adesso è doveroso

che lei sappia.

È importante che sappia ogni cosa io possa rivelarle; ne va della sua incolumità e

di quella dei ragazzi che si è dato, al mondo, il compito di strappare dalle grinfie

dell'inferno, attraverso i suoi istituti e le opere che mette in atto.

Parlarle prima, la prego di credermi, avrebbe danneggiato me e, cosa più grave,

compromesso lei, caro Padre.

So che non è una giustificazione, ma sono stata costretta a scegliere il male minore.

Vede, Padre, nella vita ho avuto tutto: denaro, uomini, ricchezze di ogni genere.

Ma non potevo appagare il mio desiderio più grande: quello cioè di avere dei figli.

L' impedimento non mi veniva dalla natura, ma da una mia decisione; che io

stessa avevo imposto al mio corpo.

Lei ha conosciuto una parte della mia vita, ma non il mio più oscuro segreto.

Il mio compagno, il signor Meroveo, in realtà è mio fratello di sangue!

Questo potrà sembrarle qualcosa di orribile, lo so: un incesto fraterno tra persone

perbene che hanno sempre finanziato la sua opera, e le hanno permesso di pro-

durre grandi vantaggi per questo mondo.

Ma non è questo il segreto più terribile di cui ho urgenza che lei sappia: questa è

solo la ragione per cui mi sono trattenuta dal rimanere incinta: non avrei soppor-

tato dei figli maledetti!

Una volta, lessi che persino nella discendenza di Dio vi era stato un incesto, da

parte di quel Giuda, figlio di Giacobbe, che si era unito con la nuora Tamar[166] che

si era camuffata da prostituta; ma questo non mia ha mai consolato."

Angelica era a conoscenza della fama del signor Meroveo. Persino il nonno le aveva sempre parlato di lui come di un benefattore, di un filantropo, di un ricco gentiluomo, sempre in giro per il mondo a far beneficenza.

Negli ultimi anni poi, vi era stata grande vicinanza tra lui e Padre Raoul, per aprire filiali del *Sacred Heart* in ogni parte del globo. Il signor Meroveo raccoglieva giovani da tutto il mondo e li portava nei vari collegi, dove esigeva, quasi a imporsi, che avessero tutto il sostegno necessario e che ricevessero una ferrea educazione cattolica... nonostante egli si professasse ateo.

Quelle righe, adesso, la lasciavano esterrefatta, stordita; la costringevano a riflettere su come fosse impossibile conoscere il vero animo delle persone e a convincersi, sempre di più, che solo il *Santissimo* è capace di conoscere intimamente ogni persona.

"Non mi odi per questo.

Mio fratello ed io non siamo stati cresciuti secondo i precetti della vostra cultura, anche se qualcosa in me, mi ha sempre detto che non c'era nulla di sano nel rapporto con lui.

Infatti, come le ho già raccontato, qualcosa m'impediva di cedere e aprirmi alla possibilità di procreare.

Circa un anno fa però, purtroppo, la natura mi è sfuggita di mano e sono rimasta incinta.

La gravidanza è stata il periodo più bello e più difficile che io abbia mai vissuto.

Il Destino mi donava l'opportunità di sperimentare la gioia della maternità, ma mio fratello ne rifiutava categoricamente l'occasione.

Rassegnata, decisi allora di allontanarmi da questa città. Anche perché, da debole

mente quale sono, in me s'insinuava oltre al terrore che i miei figli potessero na-

scere con qualche malattia o deformità, l'idea tremenda che il loro padre potesse

in qualche modo eliminarli."

Angelica, pienamente immedesimata nel dolore della donna, sussurrava una preghiera. Capiva quanto bisognosa d'aiuto fosse, come nella vita non avesse sperimentato l'affetto del *Santissimo*, come fosse stata usata dagli uomini, usata dal fratello! E poi quel desiderio sano di maternità, quella gravidanza inattesa, metafora di liberazione dal male, segno di benedizione!

Ella cercava l'amore del *Santissimo*, lo presentiva e non capiva che Egli le stava bussando alla porta dell'anima. Angelica avrebbe voluto parlarle, poterle dare conforto; era convinta di avere tra le mani una lettera di disperazione… non poteva immaginare ciò che ne sarebbe seguito.

"Come ben saprà, l'astuzia più grande del Demonio è quella di illudere l'uomo

della sua inesistenza e di usarlo, sfruttando quest'inganno.

Bene, Padre, questa è proprio il tipo di malvagità con cui lei, ignaro, ha preso ac-

cordi in questo decennio.

Si ricorda, Padre, quando dieci anni fa, ci conoscemmo?

Dopo la morte dei nonni della piccola Angelica, cui lei faceva visita periodicamente

e che ci venne affidata come tutori dal testamento di Pedro Diaz. Georghe era

sempre più impegnato nei suoi viaggi di lavoro; perciò, chiese a me di occuparmi

della ragazza.

Forse, pensava che, così, avrei potuto appagare il mio desiderio di maternità. Da

quella decisione, nacque il nostro incontro, Padre Raoul.

Ma lei non ha idea di cosa si celasse dietro quelle circostanze ed è questo che ho la

premura di rivelarle, prima che sia troppo tardi, come ultimo atto di amore verso

i miei figli, come possibilità di redenzione per la mia anima scura.

Mio fratello Georghe Meroveo è l'uomo più malvagio del mondo: è il mandante

dell'incidente che uccise Nathan e Valentine Diaz, i genitori della piccola Angelica,

e l'assassino dei suoi nonni, per lento avvelenamento da mercurio."

Angelica scoppiò in un pianto affannato. Si sentì confusa, divisa fra rabbia e perdono… Si chiese perché mai quell'uomo e quelle persone non avessero mai avuto la possibilità di sperimentare il bene. No, non poteva odiarle, non poteva maledirle: poteva solo provare un'immensa pietà.

"Padre, non so se è giusto che scriva tutto questo.

Ma ho bisogno di sapere che c'è una possibilità di salvezza, non certo per me, ma

per i miei figli.

Lei mi ha insegnato che veramente immorale non è chi pecca, ma chi si allontana

da Dio, chi non guarda ad altro che alle proprie passioni; chi dimentica Dio in-

tenzionalmente, mettendolo da parte, come fosse un accessorio che si può nascon-

dere[167].

Beh, io ho smesso di nasconderlo; ho smesso di nascondere quanto mi porto den-

tro. Stia bene attento a quanto le dico e segua le mie indicazioni.

Mio fratello non è ciò che appare nella sua veste pubblica: un benefattore per

molti, un importante boss della malavita cittadina, per altri.

No, questa è una stupida farsa. Boss della malavita? Non scherziamo! È la recita

più stupida, ma anche la più convincente.

Apra gli occhi!

Io e mio fratello facciamo parte della fazione a lei avversa, se così posso definirla,

almeno inizialmente... un'"Organizzazione" la cui origine si perde nei secoli pas-

sati e da cui tutti gli altri conglomerati esoterici hanno avuto origine.

Potrei definirgliela, per utilizzare dei termini a lei familiari, un Anti-Chiesa, al cui

apice vi è un Anti-Pietro, denominato «Maggiordomo», che è proprio mio fratello

Georghe Meroveo.

Questa Anti-Chiesa ha come unico scopo l'annientamento della vera Chiesa,

quella Cattolica e del suo Katéchon[168]."

Angelica era sconvolta; non credeva ai suoi occhi. Avendo studiato teologia, conosceva l'origine del termine, usato da Paolo di Tarso nella Seconda Lettera ai Tessalonicesi. Sapeva che esso viene usato nella teologia cristiana per indicare un'entità collegata alla manifestazione dell'*Anticristo*, che, appunto, avverrà quando il *Katéchon* (per molti il Papa) sarà abbattuto.

"Ma il nostro compito è anche quello di impedire che si compia interamente la

rivelazione, l'Apocalisse di San Giovanni, prolungando così nel tempo, il nostro

pieno dominio del pianeta.

Come Anti-Chiesa, abbiamo influenza dappertutto; da secoli, corrompiamo i potenti sostenendo e corroborando i loro più schifosi vizi.

Creiamo false dottrine che possano strapparvi anime, ma soprattutto creiamo falsi profeti, per indottrinare falsamente perfino i vostri prelati.

Ci siamo introdotti fino ai vertici, attraverso l'insegnamento nei vostri seminari.

Nostri seguaci, per lo più inconsapevoli, colpiscono ogni giorno, l'amata sposa di Dio.

Comprendere l'immenso disegno che si cela dietro questa mia limitata confessione è impresa ardua, perfino per molti dei nostri accoliti consapevoli, vista la miriade di gruppi, ordini, sette e frammassonerie in cui li sparpagliamo.

Non mi resta che lei per tentare di rallentare questa follia.

Il nostro rapporto, non smetterò mai di ripeterlo, fu una grazia e un sollievo per il dolore che portavo dentro.

Veder crescere, giorno dopo giorno, la piccola Angelica così piena di grazia e di saggezza, fu uno spettacolo per i miei occhi.

Caro Padre, i suoi insegnamenti sono preziosi per molti, furono fondamentali per me!"

Le lacrime scavavano, bruciando, solchi profondi sulle gote di Angelica. Sarebbe stata incredula su tali rivelazioni e avrebbe ritenuto la donna che le scriveva un'invasata, se non fosse stato che lei stessa sarebbe stata considerata pazza, se avesse raccontato le sue esperienze soprannaturali a qualcuno.

"Lei si chiederà perché il capo assoluto della più grande organizzazione anticatto-

lica del pianeta, in termini di dimensione fisica e di propagazione temporale, l'ab-

bia aiutata a costruire scuole in tutto il mondo, richiedendo proprio un'educa-

zione cattolica.

Vede, Padre, vi sono delle credenze alla base della nostra dottrina.

Profezie, di cui le darò traccia. Dicono che, con l'avvento dell'ultimo ciclo prima

della fine dei tempi, compariranno due figure: una sacerdotale e un guerriero,

denominato secondo il nostro lessico "Makabì".

Sì, proprio così, il riferimento è a Giuda Maccabeo[169], *l'eroe della ribellione*

ebraica contro l'oppressione del re Antioco IV Epifane, sovrano di Siria e dell'area

palestinese, che salito al trono nel 176 a.C. provò ad ellenizzare il mondo ebraico.

È narrato che questo guerriero Makabì, dopo aver distrutto gli empi, si sottomet-

terà a un Messia, figlio di Aronne, cioè di stirpe sacerdotale; il quale restaurerà un

culto puro nel Tempio di Gerusalemme e guiderà il nuovo Israele verso la reden-

zione eterna, attraverso la quale ogni nazione empia sarà annientata.

Nelle profezie, si racconta che il guerriero che brandirà una spada dorata (che noi

interpretiamo come daga spirituale, come carismi e doni particolari di cui è do-

tato) sarà sempre accompagnato e preceduto dall'apparizione di un saggio: un

Maestro di Giustizia, che si sacrificherà e verrà ucciso nella lotta contro tre Sacer-

doti illegittimi[170].*"*

"Povera, cara donna..." rifletteva Angelica. "Una grande
umanità intrappolata in un regno dove il potere era la più alta

aspirazione. Un potere che non è la risposta al cuore degli uomini. Quel "potere" combatte e ferisce di spada, lasciando il cuore assetato e solo.

Mentre la vera battaglia viene combattuta dentro l'animo di ogni singolo uomo, perché nessuno venga perso. Al Santissimo importa la salvezza di ognuno, interessa la salvezza della donna attraverso Raoul, come interessava la salvezza di Meroveo, sempre attraverso Raoul e i Sacred Heart. Ma Meroveo e la sorella non erano spiriti semplici, capaci di vedere l'azione del Mistero nelle loro vite…". Sarebbe stata necessaria una grande semplicità di cuore in quel contesto per poter riconoscere l'agire del *Santissimo*; evidentemente non ne erano dotati, pensava continuando a leggere.

"La mia fazione crede che vi sia stato già un "ciclo" in cui l'attuazione di queste profezie è stata impedita, intorno all'anno mille, con il Makabì Iohannes, preceduto e ammaestrato dal Maestro di Giustizia Aharon Lamad.

Li massacrammo in una grande battaglia, chiamata la "Purificazione", in cui sterminammo tutti i loro seguaci e in cui morì il Maggiordomo del tempo, Bonifacio VII, che lei conosce come l'Antipapa.

La nostra fazione, comunque, non è certa di aver chiuso quel ciclo. Segnali dal cielo... un quinto vangelo, fatto di apparizioni, di Dio e di sua Madre a veggenti, che si distribuiscono lungo la storia, indicano che si attende l'avvio di un secondo ciclo o forse del vero ciclo; si attende l'arrivo del vero Maestro di Giustizia e del vero Makabì guerriero, che precederà la venuta del sacerdote di stirpe davidica, che sempre secondo le nostre prospettive, coinciderà con la seconda venuta di Cristo, nella veste del cavaliere escatologico[171] descritta nell'Apocalisse di San Giovanni[172]."

Leggendo di guerrieri, battaglie e spade, ad Angelica venne in mente il motto della *Santa Alleanza*, dell'*Entità*, dei servizi segreti Vaticani: *"Per la Croce e con la spada!"*, gliene aveva parlato il suo fidanzato Manuel Driven, confidandole che anche lui era un agente segreto.

Manuel Driven, il suo ragazzo, le aveva riferito vagamente della lotta tra i *"Figli della Luce"* e i *"Figli delle tenebre"*, citando spesso un passo del quarto vangelo, che aveva anche lei aveva imparato a memoria: *"Camminate mentre avete la Luce, perché non vi sorprendano le tenebre; chi cammina nelle tenebre non sa dove va. Mentre avete la Luce credete nella Luce, per diventare Figli della Luce[173]"*. Ne avrebbe parlato con Manuel al suo ritorno dalla missione di New York, città in cui doveva consegnare un pacco, dal contenuto riservato, per la Santa Sede. Proseguì in quella lettura, per lei, piena di significati offuscati.

"È da un anno che sono lontana da San Diego. Un lungo anno, durante il quale non ho potuto confidarmi con lei.

Pochi giorni fa, nel frattempo, sono nati il piccolo John Cohen e la piccola Eved Magdalene, due bambini fantastici, sani, pieni di vita.

Per me, il miracolo più grande è che nessun peccato abbia sfiorato i loro corpi, che nessuna maledizione li abbia toccati.

Sono puri: sani!

Attraverso il dono della loro nascita, ho sentito la grazia di Dio baciare la mia vita.

Mi sono sentita benamata e riaccolta nel Suo gregge.

Una grande e immensa letizia ha abbracciato queste ultime ore della mia vita e

spero di esserne degna... dopo ciò che sono intenzionata ad attuare.

Quanto misera sono stata!"

Un accenno di conversione in quelle poche righe, un lampo di lucidità forse le avevano fatto cogliere il vero scopo del *Santissimo* nella sua vita. Angelica pregava, perché fosse così.

"Tra tutti i ragazzi "speciali" che mio fratello le ha affidato, capaci di rapportarsi

alla "Trascendenza" (così chiamiamo la realtà intangibile), egli vi cerca il guerriero

Makabì; vuole sfruttare i carismi di cui sono dotati per riconoscerlo e ucciderlo.

È per far questo, che quei ragazzi devono rimanere in grazia di Dio; per questo

esige per loro un'educazione cattolica.

Tutto il sostegno economico alla sua opera ha questo fondamento.

Tutta l'attenzione verso Angelica ha questa sola motivazione.

I medium cui ci affidiamo, le sedute spiritiche con cui consultiamo gli oracoli, per

quanto abbiano una portata limitata, ci segnalano quella ragazza come una fi-

gura chiave nel contesto apocalittico che le ho definito. Ma i maghi hanno poteri

circoscritti.

Lei, Padre Raoul, è stato usato sin dall'inizio per gli scopi dell'Anti-Chiesa, ma

adesso non posso più accettarlo.

Ho sempre pensato che sarebbe stato meraviglioso che la fine della mia vita avvenisse con un dramma d'amore, così come descritto nel canto V nell'Inferno della Divina Commedia dantesca che tanto amo:

«O animal grazïoso e benigno
che visitando vai per l'avere perso
noi che tignemmo il mondo di sanguigno,

se fosse amico il re de l'universo,
noi pregheremmo lui de la tua pace,
poi c'hai pietà del nostro mal perverso.

Di quel che udire e che parlar vi piace,
noi udiremo e parleremo a voi,
mentre che 'l vento, come fa, ci tace.

Siede la terra dove nata fui
su la marina dove 'l Po discende
per aver pace co' seguaci sui.

Amor, ch'al cor gentil ratto s'apprende,
prese costui de la bella persona
che mi fu tolta; e 'l modo ancor m'offende.

Amor, ch'a nullo amato amar perdona,
mi prese del costui piacer sì forte,
che, come vedi, ancor non m'abbandona.

Amor condusse noi ad una morte.
Caina attende chi a vita ci spense».
Queste parole da lor ci fuor porte.

Quand'io intesi quell'anime offense,
china' il viso, e tanto il tenni basso,
fin che 'l poeta mi disse: «Che pense?».

Quando rispuosi, cominciai: «Oh lasso,
quanti dolci pensier, quanto disio
menò costoro al doloroso passo!».

E Caina morte sarà la mia, ma non per passione, ma per amore vero, verso il mi-

racolo del mio grembo.

I bambini sono in pericolo di vita, Padre.

Se mio fratello venisse a scoprire ciò che i suoi figli sono, li ucciderebbe all'istante!

Ho riflettuto molto, la mia afflizione è stata senza fine.

Poi sono finalmente arrivata a una soluzione, per quanto devastante e dolorosa.

Si chiederà cosa intendo. La ragione che mi ha mosso a scriverle è a partire da

questo fatto.

La notte del parto, presso la nostra villa nelle Contea di San Diego, fui aiutata

dalla servitù in casa. Prima nacque Eved Magdalene e poi John Cohen, dopo qual-

che minuto.

Eved Magdalene ebbe problemi di respirazione e fu allontanata dalla camera. Mi

portarono soltanto il maschietto tra le braccia, con mia grande preoccupazione

per la piccola.

Ma nel momento in cui mi posero il piccolo sul petto per attaccarlo al seno, ac-

cadde qualcosa di sconvolgente: il soffitto della camera si squarciò come una co-

meta di luce e il personale della servitù cadde per terra, perdendo conoscenza.

Mi fu mostrata una visione che conoscevo bene: la visione di Giuda Maccabeo nel

secondo libro dei Maccabei ai versetti 12-16.

Ci trovavamo nel 167 a.C., durante la rivolta giudaica condotta da Giuda Macca-

beo contro l'oppressione ellenistica, intrapresa nel 333 circa a.C., con l'ascesa di

Alessandro Magno.

La cultura Ellenistica era stata imposta anche ai Giudei, che furono oppressi fino

alla morte; ci fu un vero e proprio attacco verso la religione di Jahvè, Dio di Israele.

Venne contaminato il Tempio e per i Giudei fu un'altra epoca triste: alcuni si esi-

liarono in Egitto, altri restarono e subirono ogni sorta di sopraffazione; altri an-

cora sopportarono, si affidarono al Dio del cielo e reagirono contro i loro nemici.

Quindi così, una parte del popolo decise di ribellarsi alla tirannia ellenistica unen-

dosi ai fratelli Maccabei, che posero alla guida della rivolta Giuda[174].

Mi apparve la medesima visione narrata in quei testi e rivolta proprio a Giuda.

Vidi il sacerdote Onia, uomo giusto dinanzi a Dio, rivestito di umiltà, che con le

mani protese verso l'alto, pregava, proferendo umili parole per tutta la nazione

giudaica. Poi, apparve un uomo dall'aspetto regale, che sprigionava gloria e ma-

gnificenza. Onia quindi, rivolgendosi agli astanti, disse: «Questi è l'amico dei suoi

fratelli, colui che innalza molte preghiere per il popolo e per la città santa: Geremia

il profeta di Dio». E Geremia, stendendo la destra, consegnò a Giuda una spada

d'oro, dicendo: «Prendi la spada sacra come dono da parte di Dio; con questa ab-

batterai i nemici!».

Dopo, la visione svanì, tutti ripresero conoscenza senza ricordare nulla; mi ripor-

tarono Eved Magdalene in una culletta a parte, sostenuta da un tubicino di ossi-

geno.

Non ho una vera chiave di lettura di quanto accaduto, molte sono state le manifestazioni diaboliche, cui ho assistito nella mia vita.

Centinaia di messe nere[175] dove venivano sacrificati feti umani nel nome del nulla.

Era la prima volta che ero partecipe ad un evento soprannaturale che non fosse di natura diabolica.

Non voglio che i miei figli siano coinvolti in questo gioco di ombre.

So che ne verrebbero solo sofferenze per loro e vorrei che Dio gli risparmiasse questo calice di dolore."

La ragazza si scosse, e, tenendo la lettera stretta fra le mani, si alzò per andare a controllare i bambini, che dormivano nella stanza accanto. Aprì la porta. I bimbi erano immersi in un sonno sereno e profondo. Richiuse la porta e ritornò in camera, riprendendo la lettura.

"Mi creda, si fidi di me, glielo chiedo in ginocchio.

Glieli affido!

Si preoccupi di farli battezzare e di farli crescere cristianamente, questo mi darà consolazione.

Angelica ormai è pronta: potrà occuparsi lei dei piccoli.

Dal canto mio... farò qualcosa... farò credere a mio fratello che sono morti!"

Finalmente, la ragazza comprendeva pienamente le parole di Padre Raoul e il motivo per cui una lettera così importante, invece di essere tenuta nascosta, le era stata riposta in bella vista sul tavolino.

"Ripeto, non mi cerchi, non mi rivedrà mai più.

Ho saputo della vostra partenza per Roma. Li porti con sé, la scongiuro!

Queste sono le mie ultime volontà.

La lettera la consegni ad Angelica. Deve sapere. Sarà una madre straordinaria, se accetterà di curare i bambini.

Le lascio anche una mia foto. Mi affido totalmente alla vostra persona.

Appena saranno abbastanza grandi per capire, dica loro la verità.

Dica che la loro vera madre li ha amati più della sua stessa vita, che ha dovuto abbandonarli per garantire loro un futuro; ma che non ha mai smesso, neanche un secondo, di amarli all'infinito.

Adesso, non ho più parole per esprimere quanta speranza ripongo nel vostro agire.

Non si dimentichi di me nelle sue preghiere.

Le voglio bene, Padre Raoul...

Con immenso amore alla Verità.

Zelia Meroveo".

Quasi spinta da una forza irresistibile, si precipitò a prendere la busta della lettera nella quale c'era la fotografia; che fece scivolare dolcemente fuori. Strano che non l'avesse notata prima.

Osservò la donna: Zelia era bellissima, una creatura dall'aspetto regale e maestoso. Le parve che somigliasse alla Vergine della sua prima visione, ma rispetto a quest'ultima, Zelia aveva il volto triste. Ricordi confusi le accennavano qualche immagine, forse da piccola l'aveva intravista parlare con Raoul, in qualche domenica dopo la Messa o forse no. Cominciò a osservarne attentamente il viso, poi si soffermò sugli occhi e... in Angelica affiorò un ricordo certo!

Erano gli occhi della donna della visione che aveva avuto qualche notte prima: una notte orribile!

Il sogno era incominciato dolcemente. Aveva visto una donna che riordinava la sua casa, una bellissima villa. In una stanza, c'erano due culle da sistemare. Tutto era dolce e profumato. Raramente Angelica, aveva potuto sperimentare visioni tanto serene, così positive!

Poi, improvvisamente, l'atmosfera della visione era cambiata. Angelica udiva il pianto della donna, la sua sofferenza, il suo turbamento… la vedeva stringere un rosario tra le mani. Quindi, erano apparse vampe e fiammate e la donna che stava sperimentando la morte: Zelia Meroveo si uccideva, lasciandosi bruciare viva!

Angelica poggiò il capo sul tavolo: era atterrita. Il suo pianto, prima sommesso, divenne via via sempre più morbosamente disperato e cominciò a riecheggiare nella camera. Angelica piangeva il pianto di Zelia. Un pianto di preghiera, di supplica, di una misericordia presumibilmente immeritata.

In quel momento, Angelica comprese che la sua vita non sarebbe mai più stata la stessa.

"Ps. Tra le letture che ci siamo consigliati vicendevolmente vi è un libro che le ho prestato 'Viaggio a Gerusalemme: Il Documento di Damasco[176], tra il ritrovamento nella collezione della Gheniza de Il Cairo e le grotte di Qumran. Rupert Stephenson 1950" spero lo abbia letto con la sua solita attenzione.

La chiave di lettura non è storica, ma profetica!

Come l'Apocalisse di San Giovanni, narra della storia del mondo, dall'Ascensione alla sua conclusione. Vi sono dei documenti (alcuni indicati in quel libro, altri altrove) in cui vi è narrata, in chiave anch'essa profetica, la storia della lotta tra i Figli della Luce e quelli delle tenebre. Lo rilegga con occhi nuovi e capirà."

Le sue mani tremanti reggevano quei fogli umidi di pianto. Ormai era notte fonda; l'alba era vicina. Non si era resa conto delle ore passate così velocemente. I neonati erano stati tranquilli. Si asciugò le lacrime dal viso e conservò i fogli nella busta, insieme alla foto della donna; poi ripose la lettera nella cassettiera. Tra i corridoi dell'istituto, un silenzio totale. Angelica era curva sulla sedia; pensava al sacrificio di quella madre.

Uno squillo acuto dal telefono smosse le poche forze che le erano rimaste; andò a rispondere con la speranza che l'apparecchio telefonico non svegliasse i piccoli. Chi poteva mai chiamare a poche ore dall'alba?

«Pronto?» disse assonnata.

«Angelica, sono Raoul...»

Il prete stava chiamando dall'Italia! La ragazza si allertò! Doveva essere qualcosa di veramente importante per impedire a Padre Raoul di rispettare il fuso orario!

«Che succede, Padre?» domandò con preoccupata attesa.

«Cos'hai tratto dalla lettera di Zelia Meroveo?» Il tono del sacerdote era composto e lucido; si attendeva una risposta della medesima portata. Angelica si chiedeva come facesse a sapere che aveva appena finito di leggere lo scritto, ma rischiarò la mente e rispose con fermezza.

«Che ogni cosa che il *Santissimo* le ha fatto accadere era per salvarla, nonostante quel mare di dolore e di peccato. Salvare lei e il fratello dalla dannazione: non vedo altro senso!

Come nel dialogo più lungo del vangelo, in cui una Samaritana, piena di peccato perché aveva avuto molti mariti[177]... il *Santissimo*, leggendole dentro, le cambiò il cuore!» Poche parole dette con fatica, ma estremamente sincere.

«Proprio così, Angie, proprio così...»

Un sorriso commosso comparve nel volto di Padre Raoul; la ragazza non poteva vederlo, ma riusciva a "sentirlo".

«Sono qui con quella mistica di cui ti parlavo, Danielina Navarro. Ha visto lei che avevi letto di Zelia. Dio mi è testimone...»

Poi, sospirando affermò...

«Angie, il *Salvatore* aveva ragione: sei *Figlia del Tuono!*»

Capitolo 14
FABBRO

Bohemian Groove, California, USA
8 gennaio 1972, ore 03:00

La notte innalzava alto uno stendardo di tempesta. Una folta pioggia picchiava sulle finestre del fabbricato: una lussuosa tenuta in mezzo a una foresta sottomessa ai venti. Ammanettato a una sedia e immobilizzato, non aveva nessuna possibilità di darsi alla fuga.

«Perché proprio qui, Gamliel?»

«Perché qui?! E me lo domandi?! Perché è qui che tutto ha avuto inizio, Georghe! È qui il principio delle tue debolezze! Qui, nella camera di quella sciagurata di tua sorella!»

Girava, nervosamente, intorno al prigioniero, mentre questi lo seguiva con uno sguardo impassibile.

«Ti avevo sempre ammirato! Avevo sempre apprezzato l'abilità con cui, in poco tempo, eri riuscito a farti strada nella carriera più importante dell'universo! Vedi... ti dirò la verità: non avevo mai creduto che tu fossi all'altezza del compito. Anche la tua scelta di fare il filantropo, per coprire i nostri affari, mi sembrava un'idea tutt'altro che geniale, però ti avevo sempre assecondato.

Alla fine, comunque, ho dovuto ammettere che avevo ragione fin dall'inizio, visto che tu hai ridotto a niente la regalità della carica che ricoprivi!

Ricordi "Stephenson"?! È stato il primo dei tuoi più grandi fallimenti: in ben quindici anni, non sei riuscito a recuperare ciò che egli ci aveva sottratto! Abbiamo persino perso le tracce di quel *Leonida*... E a questo si è aggiunto il tuo grande secondo errore, quello definitivo: ti sei lasciato sedurre dall'idea di diventare padre, dimenticando che la tua vocazione era quella di dominare il mondo e non di allevare dei mocciosi tutti tuoi!

Credevi, forse, che non me ne fossi accorto?! Fingevi che non te ne importasse, ti mostravi a tua sorella con indifferenza, ma io sapevo quanto li avessi a cuore! Sei bravo a simulare, ma con me non ha mai funzionato! Ci conosciamo troppo bene!»

Georghe Meroveo lo fissava in silenzio: nessuna espressione sul suo viso.

«"Stare nell'ombra, sempre! Non esporsi. Il nostro governo dovrà rimanere sconosciuto al mondo!" Ti ricordi queste parole? Erano state le ultime di mio padre, pronunciate prima che tu divenissi il suo successore...»

Si soffermò accanto a Meroveo, poi prese una sedia, e volgendola al contrario, gli si sedette di fronte. Puntò gli occhi pieni di odio su quelli del prigioniero e, con le mani trasformate in morse, gli strinse saldamente il volto, come era sua abitudine fare con le vittime, prima di sferrare loro il colpo di grazia.

Respirò profondamente, come per caricare meglio la sua esplosione rabbiosa e... attese. Una frenesia di attimi silenziosi tra Meroveo e Gamliel, un susseguirsi d'immagini e di sequenze di momenti vissuti insieme li inchiodava lì, uno di fronte all'altro. Occhi negli occhi, fiato e sudore: un miscuglio inestricabile di ricordi, di rabbia e ancora attesa.

Meroveo diede un'occhiata intorno. L'arredamento minimale della camera era segno che non fosse abitata da tanto tempo. Il profumo della sua donna, tuttavia, permeava l'aria, coprendo l'odore soffocante di chiuso. Ebbe un flash: si rivide con Zelia tra morbide coperte e provò una dolorosa fitta al cuore.

«Uccidesti mio padre con un proiettile che lo colpì dritto alla nuca; non battei ciglio, lo accettai: sono le regole! Quando uno che ha quella carica fallisce, deve pagare: non gli è concessa un'altra possibilità!

Controllare finanza, stampa, elezioni politiche, idee, mode, è certamente un impegno gravoso, ma avevi conosciuto sulla tua pelle la ricompensa che ne sarebbe derivata: l'immortalità! Io sono invecchiato in questi vent'anni, tu, invece, sei rimasto quello che eri. La giovinezza non ti è bastata, a quanto pare!

Le regole, d'altra parte, non le ho stabilite io! Ricordi chi è stato? Vero, Georghe? Il grande *Maggiordomo* passato alla storia per la notte della *"Purificazione"* dei *Figli del Tuono*: Francone di Ferruccio, più conosciuto come Bonifacio VII!

Fu lui a stabilire le regole nuove per la gestione del *"Turno di veglia"*, il nome che venne dato al tempo in cui ogni *Maggiordomo* svolge il suo mandato; un tempo in cui ci si deve impegnare a scongiurare l'*Harmaghedon*[178]. Morì in battaglia, decimando i nostri nemici in quella famosa nottata, in cui i *Figli delle tenebre* combatterono contro i *Figli della Luce*. Agenti "occulti" contro i *Boanèrghes*, che, rimasti in pochi manipoli, fuggirono annientati! Molti erano stati i suoi meriti, ma anch'egli fallì e, pertanto, fu rimpiazzato, così come, in seguito, dopo altri falliti, fu rimpiazzato mio padre, che tu hai indegnamente sostituito!

Lo hai capito, vero?! Appena non serviamo più, veniamo gettati via, Georghe!»

I pollici di Gamliel si allargavano, carezzando l'arcata oculare di Meroveo. I due volti non smettevano di sfidarsi, in un incendio di tensione. Meroveo reagì!

«Grazie, per la bella lezione di storia, ma adesso piantala! Uccidimi! Non perderti in inutili chiacchiere! Avrò parecchio da fare all'inferno!»

Adam Gamliel sorrise con disprezzo; quindi, si rialzò, posizionandosi alle spalle del prigioniero, come un boia prima di agire. Meroveo sentì che Gamliel si era sollevata la giacca, come per ghermire la pistola. Si preparava alla fine.

«Non ti piace la storia, oppure non la capisci, Georghe?! Che peccato! Eppure, è così semplice! Poche regole per intrecciare un tessuto compatto e potente: se è utile, rimanere personaggi secondari, anche se molti di noi furono malati di protagonismo, nel tentativo di signoreggiare il mondo. Poi creare falsi profeti fra i giovani, allettandoli con ogni tentazione, e mai attuare gesti di empietà in pubblico, badando a conservare un'immagine di uomini gravi, morali, intransigenti, apparendo puri ed innocenti come gli agnelli[179]! Obiettivo? Distruggere ogni concezione morale dell'ordine sociale, avvilire ogni religione, realizzare un regno senza *Messia*, nemesi definitiva; causa del tradimento del primo a ricoprire il nostro incarico: *Kayafa*, il sacerdote che Lo fece crocifiggere!»

Meroveo sapeva, sapeva bene che Gamliel aveva vissuto il "*Malefactus*", o fenomeno della "rimembranza"; anche a lui era accaduta la stessa cosa: aveva ricevuto la visione dei tre Sacerdoti *Custodi* dell'*Arca* del vecchio culto, che legano le memorie di tutti i *Maggiordomi* passati a quella del nuovo *Maggiordomo* incaricato. Si rendeva conto che l'ex amico, oramai, era totalmente assorbito dal suo ruolo e che aveva perso ogni traccia di "umanità".

Rise amaramente fra sé e sé; capì di essere stato il primo *Maggiordomo* a fallire per aver espresso un po' di quella "umanità" che Gamliel, nel frattempo, aveva perso. I suoi, pur deboli, sentimenti di affetto, infatti, avevano scatenato l'ira di uno dei *Custodi*. Una disapprovazione tale da farlo manifestare fisicamente, molto lontano da dove abitualmente i *Custodi* dimoravano.

Si rivolse con calma a Gamliel:

«Adam, vedi... "È meglio che muoia un solo uomo per il popolo e non che perisca la nazione intera[180]"... *Kayafa* era ossessionato dalla profezia delle settanta settimane: "Settanta settimane sono fissate per il tuo popolo e per la tua santa città per mettere fine all'empietà, mettere i sigilli ai peccati, espiare l'iniquità, portare una giustizia eterna, suggellare visione e profezia e ungere il Santo dei santi. Sappi e intendi bene. Da quando uscì la parola sul ritorno e la ricostruzione di Gerusalemme fino a un principe consacrato, vi saranno sette settimane. Durante sessantadue settimane saranno restaurati, riedificati piazze e fossati e ciò in tempi angosciosi. Dopo sessantadue settimane, un unto (che significa Messia, Cristo) sarà soppresso senza colpa in lui. Il popolo di un principe che verrà distruggerà la città e il santuario. Egli stringerà una forte alleanza con molti per una settimana e, nello spazio di metà settimana, farà cessare il sacrificio e l'offerta. Sull'ala del Tempio porrà l'abominio della desolazione e ciò sarà sino alla fine, fino al termine segnato sul devastatore[181]". Lo sai bene, Adam, proprio quella profezia aveva causato la rivolta antiromana del 66 d.C., che annunciava l'avvicendarsi di un dominatore ebraico[182].

Kayafa voleva una nazione grande, voleva impedire l'avverarsi della profezia di Daniele. Crocifiggendo il *Messia*, però, non fece altro che avviare la catena di eventi che portò alla distruzione del Tempio per mano di Tito. Quel gesto che, nelle intenzioni di *Kayafa*, avrebbe dovuto fermare l'*Onnipotente* aveva atterrato irrimediabilmente il primo di noi, rendendone necessaria la rimozione.

Anche tuo padre, Gamliel, anche tuo padre fallì! Non aveva voluto accettare il massacro ebraico perpetrato da Hitler. Quello stesso Hitler che egli aveva voluto come *"Falso Profeta"*! Anche tuo padre, Adam, scatenò l'ira dei *Custodi* e fu... eliminato!»

Sentendo parlare del fallimento di suo padre, Gamliel, offeso e fuori di sé dalla rabbia, si scagliò contro Meroveo, facendolo finire violentemente a terra, assieme alla sedia cui era legato. Meroveo batté violentamene il volto sul pavimento, su cui schizzò un miscuglio di sangue e saliva! Quindi, come una bestia ferita in preda alla rabbia, Adam cominciò ad aggirarsi, come un folle, per la stanza, urlando:

«Taci! Il rabbino Levi aveva detto a Marx: "La signoria del popolo ebraico sul mondo sarà raggiunta, mediante l'istituzione di una repubblica mondiale... i figli d'Israele diverranno dappertutto l'elemento direttivo... così la promessa del Talmud sarà adempiuta e gli Ebrei, venuti i tempi messianici, possiederanno la chiave dei beni di tutti i popoli della terra!¹⁸³" Mio padre voleva solo questo: proteggere il suo popolo! Anche se questo non coincideva con gli obiettivi del nostro incarico, i suoi rimanevano comunque dei nobili intenti! Ma tu, tu... non permetterti di disonorare la sua memoria, tu che sei risultato indegno per avere amato una prostituta!»

Con rabbiosa violenza, quindi, sferrò un calcio a Meroveo, conficcandogli la punta della scarpa in un orecchio. Dopo, gli poggiò l'intera calzatura sul volto, premendola e strofinandola con sadico e lento piacere. Inferocito, infine, forzò lo schiacciamento, portandosi avanti con tutto il corpo e ripiegandosi sul ginocchio.

Meroveo non prestava resistenza, mentre Adam Gamliel continuava a urlare:

«Un secondo ciclo legato a quanto predetto sta per chiudersi! Gli eventi stanno precipitando in un vortice di accadimenti sempre più segnati da interventi soprannaturali e tu, Georghe, tu perdi tempo a rincorrere una cortigiana!

Con la costituzione dello Stato d'Israele, nel 1948, mio padre aveva riunito tutti gli ebrei! Tu avevi raggiunto la conquista di Gerusalemme nel '67! Adesso, tutto è pronto per costruire il terzo Tempio! Cos'altro aspettiamo?!

Il luogo più sacro di tutto il mondo, il Monte del Tempio[184] a Gerusalemme, dove Abramo portò suo figlio per sacrificarlo, dove Davide costruì la prima volta per custodire l'*Arca* della vecchia alleanza, dove il *Maggiordomo* Muhammad fece il suo viaggio mistico nel VII secolo d.C., dove, poi, fu costruita la moschea Al-Aqsa e la *Cupola della roccia*, per Cristo, è quello il luogo, il punto di approdo della *Gerusalemme celeste*!

Le tre grandi religioni del mondo sono concentrate su quell'appezzamento di terreno ed io lì le annienterò, costruendo un Tempio sacro per tutti, ma senza Dio. Il 25 aprile del 1945, a San Francisco, mio padre aveva fondato l'Organizzazione delle Nazioni Unite[185] come nostro quartier generale. Attraverso l'ONU, siamo riusciti a rendere schiave tutte le nazioni del pianeta e, con la scusa della pace del mondo, abbiamo sottomesso ogni Stato. Con le nostre politiche laicizzanti, grazie a funzionari operativi, abbiamo assoldato inconsapevoli agenti segreti: la stampa, la magistratura, la politica, la finanza. Siamo riusciti ad acquisire un'autorità temporale all'altezza del cattolicesimo, cui la stessa Chiesa Cattolica, per non essere messa al bando, ha dovuto sottomettersi!

Il mio terzo Tempio sarà una *ONU delle religioni*, cioè la verità annullata, il Dio annullato nella relatività di una credenza generica. E io porrò a capo dell'ONU un nostro Papa cattolico; solo così, potrà avvenire l'abbattimento del *Katéchon*!»

Gamliel, con sguardo allucinato, continuava a urlare e a schiacciare il volto di Meroveo, che, dolorante e sanguinante, sopportava in silenzio, pienamente consapevole che, con la morte e il suo arrivo all'inferno, luogo in cui sarebbe stata gettata la sua anima immortale di uomo, le torture sarebbero solo aumentate.

«Per impedire la chiusura del ciclo, occorre scongiurare l'avvento del *Makabì*! Bisogna uccidere lui e quel che resta dei *Boanèrghes* nascosti! Solo questo potrà garantirci il dominio in eterno!»

A un certo punto, Gamliel lasciò in pace la faccia insanguinata di Meroveo e si sedette nuovamente di fronte a lui, tenendo la sedia al contrario, con lo schienale sul petto! Un bagliore maligno gli attraversò il viso e si addentrò nei suoi occhi; abbassò la mano sulla sua vittima, intinse le dita nel sangue di Meroveo e, con quello, scrisse sul pavimento:

Har Magiddô

Quindi, sussurrò fra sé e sé: «Battaglia! Apocalisse!» Ripetendo i seguenti versetti biblici: «Poi il sesto angelo versò la sua coppa sul gran fiume Eufrate, e le sue acque si prosciugarono perché fosse preparata la via ai re che vengono dall'Oriente. E vidi uscire dalla bocca del dragone, da quella della bestia e da quella del *Falso Profeta* tre spiriti immondi, simili a rane. Essi sono spiriti di demoni capaci di compiere dei miracoli. Essi vanno dai re di tutta la terra per radunarli per la battaglia del gran giorno del Dio onnipotente. (Ecco, io vengo come un ladro; beato chi veglia e custodisce le sue vesti perché non cammini nudo e non si veda la sua vergogna). E radunarono i re nel luogo che in ebraico si chiama *Harmaghedon*![186]»

Nell'Antico Testamento quel luogo era citato come posto di molteplici conflitti determinanti e, generalmente, era considerato simbolo di massacri ed annientamento. Gamliel, tuttavia, sapeva bene che in prossimità di *Megiddo*, verso Barac, il condottiero della giudice Debora, il giudice Gedeone e il re Davide avevano sconfitto i nemici di Israele; e che proprio quello sarebbe stato il luogo della battaglia definitiva. Condurre gli eventi verso una risoluzione finale, realizzare un "faccia a faccia" definitivo era proprio nelle intenzioni di Gamliel.

«Non capisci?! Questo è il mio cambio di programma! La trinità profana: il dragone, la bestia e il *Falso Profeta*! Cioè *Lucifero*, *Satana* e l'*Anticristo*, assieme ai tre Sacerdoti *Custodi*, gli "spiriti immondi simili a rane", raduneranno i re della Terra al nostro servizio. Essi raggiungeranno presto la massima potenza: è questo che dice la profezia!

Ci hanno messi a capo della setta degli "*Eredi di Hiram Abif*", per guidare la massoneria mondiale, la loro falsa Chiesa, le cui manovre hanno creato un nuovo ordine planetario. Bisogna imparare dall'errore di *Kayafa* ed evitare di opporsi alle profezie! È necessario invece, cavalcarle, assecondarle. Tutte le rivelazioni ci parlano di uno scontro definitivo! Non cercherò di evitare che il *Makabì* si manifesti, come si è fatto dopo la *Purificazione*, tenendo sotto controllo i "ragazzi speciali", i giovani mistici e veggenti cattolici. No! Lascerò che compaia e lo affronteremo in uno scontro frontale. Eliminandolo, non vi sarà così alcuna seconda venuta di Cristo e noi continueremo indisturbati, a sedere sul trono dei troni. Siamo o non siamo in guerra?! E in guerra non combattere è da vigliacchi!»

Meroveo si contorceva a terra dal dolore, ma ebbe la forza di rispondergli:

«Hai vecchie idee, Adam! Il *Maggiordomo* Sabbatai Zevi, nel 1600, fallì proprio nell'intento di accelerare gli eventi!

Aveva riunito molti ebrei, autoproclamandosi come "l'Unto" e promuovendo la liberazione dalla "Legge" attraverso il peccato incondizionato! Quindi, aveva finto di essersi convertito all'Islam, per unire le due religioni, ma venne ucciso dagli stessi musulmani nel 1666[187]. Conclusione? Fallimento! Credo che riprodurre la sua esperienza non ti servirà a molto, Gamliel!»

Non riuscì a dire altro. I polmoni erano schiacciati dal peso del suo corpo, per cui faticava a respirare; la sua bocca era gonfia e perdeva sangue dalle narici…

Gamliel sogghignò e disse:

«Ma io ho un asso nella manica: il Pontefice che salirà al trono dell'Organizzazione delle religioni unite sarà della mia stirpe…»

"Della sua stirpe?" Meroveo non credeva alle proprie orecchie. Era evidente che il suo "amico" avesse un piano articolato, antecedente alle scelte sbagliate del suo predecessore, piano che gli aveva tenuto segreto.

«Ma tu non hai discendenza!» disse, affidandosi alle poche forze rimastegli. *"Quale piano avrà mai ordito a mia insaputa?!"* pensava.

«Non sto parlando di una progenie!» rispose con fermezza Adam Gamliel «Ma di un ascendente…»

Quegli occhi rigonfi e lacerati dalla scarpa di Gamliel si spalancarono, sbarrandosi in uno sguardo di sbalordimento e sconcerto. Disse:

«Il *Fabbro*… è vivo?!»

«La vita da Barone di Offenbach[188] non si confaceva più a lui!» rispose Gamliel.

Meroveo ripensò alla storia del *Fabbro*, che si perdeva nella notte dei tempi. *"Caino, il primo omicida, aveva narrato ai suoi discendenti una storia divenuta, in seguito, leggenda. Prima di precipitare nel vuoto, Lucifero aveva perso la sua arma che, cadendo sulla Terra, si era conficcata su una rocca. Si narrava che*

essa era andata a finire in un luogo tetro e immondo e che lì, a causa della sua presenza, accadessero cose orribili.

Quell'arma dal metallo siderale, secondo quanto riportava la leggenda, aveva proprietà indicibili, in quanto essa esisteva, contemporaneamente, sulla Terra e nell'aldilà. Si diceva che nessun uomo potesse brandirla, senza morirne...

Secondo la leggenda, Tubal-Cain, nipote di Caino, avendo visto quella lama incastrata sulla pietra, iniziò a desiderarla. Essendo un fabbro, ambiva ardentemente poterla intagliare e adornare, ma la natura dell'arma gli impediva persino di sfiorarla. Lucifero in persona, allora, permise a Tubal-Cain non solo di prenderla fra le mani, ma anche di poterla lavorare.

Il Fabbro la incise con passione, chiamandola "spada[189]", ma quando ebbe finito di intarsiarla con meticolosità e perizia, facendone il suo capolavoro, ricevette da Lucifero l'ordine di riporla al suo posto. L'intenzione di Lucifero era lampante; Tubal-Cain doveva ammalarsi di idolatria e consumarsi per la disperazione, non potendo né toccare, né brandire la sua opera d'arte migliore. Inoltre, per vederlo soffrire in eterno di quel dolore, il Demonio diede al Fabbro l'impossibilità di invecchiare. Da allora, Tubal-Cain, amandola sopra ogni cosa, non si allontanò mai più da quella spada, contemplandola giorno e notte. Con l'arrivo delle acque del diluvio, però, egli fu trascinato via, lontano dall'arma che adorava, perdendo persino la memoria del luogo in cui essa era rimasta conficcata.

La leggenda narra, infine, che il Fabbro, sopravvissuto al grande diluvio, fosse destinato ad attraversare i secoli alla ricerca della sua adorata spada...".

Non era una leggenda; Meroveo sapeva che Tubal-Cain era stato individuato dai *Maggiordomi* nel 1791, in Germania, quando era un barone… in seguito, anch'essi avevano perso le sue tracce.

«Sarà lui, quindi, il sacerdote? L'*Empio* della profezia, che braccherà e ucciderà il *Maestro di Giustizia*?» domandò, debolmente, Meroveo.

«Già da tempo, egli gioca la nostra partita!» rispose Gamliel.

Quelle ultime parole, per Meroveo, furono la conferma che Adam Gamliel avesse in mente di spodestarlo già da parecchio tempo. Si ricordò che una volta, durante una messa nera, un *Demone* avesse rivelato che all'inferno si è l'uno contro l'altro, che non c'è alleanza, che non c'è amicizia, che non c'è… affetto sincero… *"Ecco è vero, non solo all'inferno, ma anche sulla Terra!"*.

Meroveo non aveva più voglia di ascoltare tutte quelle chiacchiere; i deliri di onnipotenza di Gamliel, in quel momento, gli sembravano sterili, inutili; Meroveo era concentrato sul suo destino.

"Ho peccato, perché ho tradito sangue innocente![190]*"* diceva a se stesso; e si sentiva un Giuda, ripetendo, mentalmente, le parole del pentimento dell'Iscariota, riportate dall'evangelista Matteo. Pensò che forse fosse vero quello di cui Gamliel lo aveva accusato; forse, si era "ammorbidito"; forse, lentamente, senza nemmeno rendersene conto, nel corso degli anni, era cambiato.

Un'esclamazione convinta di Adam Gamliel lo fece trasalire:

«Spazzerò via l'opera di quel sacerdote, Georghe!» Meroveo ebbe l'ennesima conferma: Adam Gamliel aveva le idee chiare su come fare piazza pulita di ogni cosa costruita nel tempo in cui l'ex amico era stato *Maggiordomo*. Comprese quanto odio egli avesse covato e celato in tutti gli anni in cui aveva recitato la parte dell'amico fidato.

«Padre Raoul Montoya ci serve! Cosa ti ha fatto?»

Un rapporto strumentale lo aveva collegato a Padre Raoul nell'ultimo decennio, un rapporto funzionale che, circostanza per circostanza, in qualche modo lo aveva legato affettivamente a quel prete, senza che se ne accorgesse. Prendeva coscienza in quell'istante "dell'affetto" che nutriva per lui. Comprendeva che, fino a quel momento, era stato cieco e che, adesso, finalmente, aveva riacquistato la vista.

«Georghe, Georghe... parli ancora come fossi uno di noi, quando è evidente che, da tempo, sei passato alla fazione degli effemminati! Cos'avrà fatto mai?! Mi ha strappato via il mio migliore amico! Ecco cos'ha fatto!»

Meroveo era scettico, ma gli rispose, per placare il rabbioso fanatismo dell'antagonista.

«Non dire scemenze...»

«E la cosa più grave, Georghe, è che tu gliel'hai lasciato fare! Ti ha rammollito!» sbraitava Gamliel.

«Stronzate...» ripeté Meroveo, schiarendosi la gola, allagata dal sangue che veniva giù a fiotti.

«Se così non fosse stato, non ti troveresti in questa situazione!» rispose secco Gamliel, che tirò su da terra il vecchio *Maggiordomo*, lo rimise a sedere e gli drizzò la testa, tenendogliela tra le mani. Poi, lo guardò nuovamente dritto negli occhi, annebbiati dal sangue e dalle lacrime.

Per un attimo si sentì solo il respiro affannato di Meroveo e quello profondo di Gamliel, che, per due volte, cercò di bisbigliare qualcosa e che, per due volte, si fermò, come a voler ponderare bene le parole da spendere. Alla fine, parlò con tono composto:

«L'incendio è stato doloso, Georghe! Ricordi cosa ti disse uno dei tre *Custodi* apparsi qualche ora fa? "Raggiungerai presto tua sorella!" Come vedi, non ha nominato i tuoi bambini!»

Meroveo si sentì franare! Erano sopravvissuti?! Allora occorreva fuggire, occorreva liberarli! Occorreva salvarli! Aveva capito che i suoi figli erano ancora vivi: avrebbe voluto evadere, catapultarsi via per salvarli e, contemporaneamente, si chiedeva quali fossero i piani che Gamliel aveva per loro!

Gamliel si avvicinò all'orecchio di Meroveo, perché questi udisse bene quanto stava per dirgli nuovamente...

«È stata lei stessa a togliersi la vita, Georghe. Si è data fuoco! Voleva nascondere i bambini, ma scioccamente non ha considerato che noi sappiamo chi muore e chi no, che vediamo oltre il tempo e che possiamo sapere chi c'è all'inferno!»

«Menti, bastardo!» urlò Meroveo.

«Guarda tu stesso! In queste foto, ci sono le prove di quello che ti ho detto!» disse Gamliel, prendendo alcune fotografie e gettandogliele addosso.

«Non può essere! Qualcuno ha camuffato gli eventi!»

Meroveo non si fidava più di Gamliel. Chissà cosa si nascondeva dietro le sue affermazioni! Doveva ammetterlo: Gamliel era divenuto un doppiogiochista migliore di quanto non lo fosse stato lui!

«Credi a ciò che vuoi, ma i fatti sono questi! Chissà! Forse... tua sorella non riusciva a vivere con l'idea di avere generato due mostri da te!»

Gamliel godeva nello schernire l'amico di un tempo.

«Non erano mostri, Adam, erano i miei figli!» esclamò Meroveo, la cui sincerità nel manifestare attaccamento fece infuriare Gamliel oltre ogni cosa.

«Ma non eri tu a non volerli prima che nascessero? Non dicevi che ti sarebbero stati d'impaccio?!»

«Si cambia idea nella vita!»

«Si cambia idea?! No! La verità è che sei passato al nemico e non vuoi ammetterlo neanche a te stesso!»

L'odio di Gamliel montava a ogni parola.

«Perché queste parole di disprezzo, Gamliel? Per la morte di tuo padre? Erano le regole! Sai bene che non avevo nulla contro di lui! Era un padre anche per me, che non ho fatto in tempo a conoscere il mio!»

Mentre parlava, Meroveo sentiva il suo boia, avvicinarglisi sempre più alla schiena.

«Non è te che disprezzo, Georghe! È me stesso che non sopporto… per quello che sto per fare!»

Meroveo sentì liberarsi i polsi dalle tenaglie che li stringevano! Era libero!

«Va'! Vattene! Non farmi rivedere mai più il tuo brutto muso! Trova i tuoi bambini!»

Meroveo non credeva a cosa stesse accadendo. Gamliel lo stava, forse, risparmiando?! Un gesto di misericordia?! No! Conosceva Gamliel e comprendeva che sicuramente erano altre le sue motivazioni; gli disse: «Se stanotte non mi vedranno all'inferno, sapranno cos'hai fatto!»

«Lascia che me ne occupi io!» ribatté, deciso, Gamliel.

Meroveo raggiunse la porta, ma si bloccò prima di varcarla. Provò a essere più esplicito: «Perché lo fai, Adam?!»

«Ammirerai la mia opera… Prenderai coscienza della tua inadeguatezza!» Poteva essere una risposta soddisfacente, ma era un'invenzione; c'era dell'altro e Meroveo lo intuiva perfettamente.

«Certo Adam, certo…»

Meroveo sparì dalla vista dell'amico, mentre Adam Gamliel, il nuovo *Maggiordomo* del Tempio, Maestro di palazzo, sogghignava soddisfatto, pensando: *"Chi potrà trovare quei gemelli meglio di un padre disperato?! I tre Custodi li vogliono. Qualcosa li caratterizza. Sono esenti dal loro influsso, come se un manto di grazia li proteggesse. Vanno trovati, presi vivi e consegnati ai Sacerdoti!"*.

Meroveo non era convinto di aver ricevuto la pietà di Gamliel. Era consapevole che Adam Gamliel lo avesse lasciato andare per questioni di mero calcolo. Ma non avrebbe mai immaginato che queste riguardassero i suoi bambini, che egli voleva ritrovare e proteggere.

Un forte temporale inondava la notte inoltrata. Da lontano, di fronte alla facciata principale della vasta tenuta, una figura sconosciuta fissava, tesa e inanimata, la casa.

Dalla porta principale venne fuori un Meroveo affannato e in corsa, che si scaraventò sul fango della strada oltre il vestibolo d'entrata. L'atteggiamento era di chi, fuggitivo, stava per darsela a gambe. Attraversò il cortile e sparì tra i cespugli, dirigendosi verso l'aperta campagna.

La figura sconosciuta restava silente a osservare la scena. Inzuppata dalla pioggia, venne illuminata da un lampo improvviso. Un copricapo nascondeva un'espressione marmorea, celata da un elmo di ferro, lucido come porcellana rossa. Un lungo dorato manto ne rivestiva interamente la robusta corporatura. Il mantello assumeva lineamenti difformi, atti a nascondere, in realtà, una sorta di armatura rigida e l'equipaggiamento sottostante.

Con un successivo lampo di luce, la figura sparì nel nulla, come non ci fosse mai stata.

Capitolo 15
ICONA

Museum of Modern Art, New York, USA
13 gennaio 1972, ore 03:00

Quella notte, al Madison Square Garden, Cédric Roman aveva assistito a uno dei più grandi concerti di tutti i tempi. Vi era stato trascinato da Driven, che era un patito di quell'importante rock band. Durante lo spettacolo aveva scoperto che la domanda "Sei un uomo o nessuno?!", che Driven gli aveva posto qualche giorno prima, quando si trovavano alla mensa, era il verso di una canzone che le rockstars di quella band utilizzavano per aprire i loro concerti. Quel verso lo aveva martellato in modo ossessivo per tutta la serata: non gli dava pace; ne aveva fatto una questione personale.

Rise... pensando che assistere a un concerto rock, proprio la notte in cui avrebbe realizzato il colpo della sua vita, era davvero un fatto curioso. Quell'incarico che si accingeva a portare a termine avrebbe risolto qualunque suo problema economico per il resto della sua esistenza e lui, per prepararsi a quello che considerava il colpo della sua vita, assisteva ad un rock live!

Gli vennero in mente i film di James Bond: quello sì che avrebbe speso la serata in ben altro modo, magari visitando il museo per monitorare il luogo e le postazioni; ma il suo amico Driven non era interessato allo stile di James Bond. Quella sera, al concerto, Roman aveva pensato che Driven fosse proprio un "matto". Trovava inconciliabili in quell'agente vaticano, la "leggerezza" e la profondità che aveva in fondo agli occhi, quella sua abitudine di prendere sul serio ogni cosa, senza, tuttavia, considerarla mai fine ultimo.

Roman non era cristiano, non era nemmeno stato battezzato. Un paio di mesi di parrocchia li aveva vissuti, e ne aveva viste di stranezze! Le feste, per esempio. Per i cristiani, ogni occasione era buona per festeggiare! *"Con tutte quelle feste comandate, cos'avranno mai da esser così contenti?!"* si chiedeva. Li considerava dei visionari "sfigatelli", pieni di superstizioni infondate.

Il momento di fare a modo suo era, comunque, arrivato; quella notte si sentiva in grado di controllare ogni movimento e di raggiungere il massimo delle prestazioni. Il "senso d'invincibilità" era condizione indispensabile nel suo mestiere e quella notte era così che si sentiva: ineluttabile!

Risalì al vertice di uno stabile di quartiere, utilizzando la scala d'emergenza esterna. Il suo corpo, avvolto in una tuta nera, sembrava danzare tra i tetti di New York. *"Il Corsaro Nero!"* Sorrise soddisfatto: gli piaceva quel soprannome datogli da Driven! Un terreno facile la grande mela, con tutti quegli edifici stretti, uno accanto all'altro. Volteggiava tra gli stralci della notte, quasi arrivato a destinazione. *"L'attrezzatura e il travestimento sono perfetti..."* pensava fra sé. *"Lì credevo più stupidi questi agenti dell'Entità vaticana, invece hanno curato tutto nei minimi particolari, facilitandomi di molto il lavoro! Evidentemente, sanno il fatto loro!"* Più si avvicinava all'obiettivo, più non vedeva l'ora di entrare nel vivo dell'azione, soprattutto pensando al ricavato che ne avrebbe tratto. Quella era la notte giusta: la luna piena rendeva ancora più luminoso il bagliore notturno della grande mela e aveva il materiale necessario, fornitogli da Driven qualche giorno prima.

C'era voluta una settimana per studiare le carte ed imparare a memoria ogni millimetro di quello stabile.

Tutto si era svolto come previsto. Aveva studiato il piano in ogni minimo dettaglio: arrivare in città appena in tempo per inserirsi, delineare le circostanze per un eventuale alibi, effettuare il colpo e sparire dopo poco. Un rituale ormai collaudato da anni.

Si era sempre chiesto cosa lo portasse a fare ciò che faceva e si era sempre risposto che ci si era trovato. Non si era mai chiesto nulla sul senso della vita, ma, in compenso, conosceva bene la "Legge della strada", essendo cresciuto sui marciapiedi.

Dalla sua infanzia difficile aveva tratto degli insegnamenti che egli aveva trasformato in semplici regole, attraverso le quali orientava la sua esistenza. *Prima regola*: sei nato da solo e da solo morirai; *regola numero due*: fidati solo di te stesso; *terza regola*: non aggrapparti a nulla e non avrai paura di perdere nulla; *quarta regola*: la vita può essere facile, ma non è semplice per nessuno.

Cresciuto in povertà, aveva ben verificato, per esperienza diretta, la prima regola: la solitudine gli era stata fedele compagna. Tenendo conto che era stato generato da un padre che lo aveva abbandonato per seguire la propria carriera e da una madre prostituta d'alto bordo, che amava "bersi" tutto ciò che guadagnava... si era così, sempre arrangiato da sé.

Verso il padre sconosciuto aveva nutrito una forte rabbia, una rabbia cresciuta negli anni, fino a quando sua madre, malata di AIDS, in punto di morte, non gliene ebbe rivelata l'identità: un agente del Vaticano! Quando lo seppe, perse quella poca fede che pensava di avere avuto frequentando le lezioni di "catechismo" nella parrocchia del quartiere. La rabbia, da quel momento in poi, divenne odio. *"Un padre troppo bacchettone per sopportare un figlio illegittimo!"* Pensava che egli meritasse non solo il suo, ma tutto l'odio del mondo.

Considerava sua madre una creatura fragile e verso di lei nutriva sentimenti di pietà. In fondo lo aveva tenuto; avrebbe potuto abortirlo o sopprimerlo come usavano fare molte donne che praticavano il suo stesso mestiere… Avrebbe potuto gettarlo tra i rifiuti, dopo la nascita, ma non lo aveva fatto; lo aveva allevato, dandogli quel poco amore che lei era in grado di dargli.

Regola numero due: segui l'istinto… fidati solo di te stesso. Era uno spirito libero che non doveva niente a nessuno. Nessun legame, nessun amico, nessun impegno: con le donne solo storie brevi, fugaci. Poteva far tutto e permettersi tutto; non amava nessuno, in fondo, se non se stesso e la propria convenienza.

Chi ha qualcosa ha paura di perderla, se non si ha nulla si vive di solo coraggio: regola numero tre, se non tieni a nulla, non perderai mai nulla.

Ma non era uno stupido. Era consapevole che una vita di vizi, dedita agli agi, gli avrebbe prima o poi chiesto il conto. Per questo, aveva fatto sua la frase che la madre ripeteva sempre ai suoi clienti: «Prendi ciò che vuoi, e pagane il prezzo![191]» Prima o poi avrebbe pagato, ma, nel frattempo, avrebbe preso dalla vita ciò che desiderava… *"Se posso, perché non farlo?!"* si domandava. Avidità, agi, piaceri… tutto quello che non aveva potuto avere da ragazzo pensava gli spettasse di diritto, come una sorta di ricompensa. Questa pretesa lo aveva, spesso, messo nei guai. Ma dai suoi errori era sempre riuscito a imparare, per cui era divenuto estremamente bravo; era riuscito a sopravvivere, senza paura, a miriadi di agguati. Vivere tirando la corda alla sorte era l'unico modo in cui si sentiva se stesso.

Qualche mese prima di morire, la madre, gli aveva fatto promettere che avrebbe smesso con quella vita, che non avrebbe più continuato a farsi del male. Ma lo specchio, ogni mattina, gli aveva continuato a riflettere identità sempre differenti: Primo Zeglio, Vit De Stefano, Marc Elter, tutti personaggi tratti dai nomi dei registi dei film sul *Corsaro*... in quei giorni, stava impersonando l'autore, il padre di tutte quelle fantasie letterarie: Emil Salgar.

Probabilmente, desiderava rincorrere l'identità dell'eroe della sua giovinezza, quell'identità che, in parte, gli era sempre mancata. Forse, sia pure inconsciamente, anelava a un modello, a una figura di riferimento, a un padre... che non aveva mai avuto. Quando la madre, sul letto di morte, gliene rivelò l'identità e, in seguito, a Roma, ebbe modo di incontrarlo, capì che quell'uomo dal volto segnato dal tempo rifletteva se stesso. In fondo, entrambi, non erano che due ladroni... ogni tanto dimenticava chi fra i due fosse quello buono e chi fosse il cattivo... erano così simili!

Regola numero quattro, l'ultima: la vita può esser facile per alcuni ma, non è semplice per nessuno. Perciò diceva a se stesso: *"Diventa un buon ladro! Solo un ladro può acciuffare un altro ladro!"* E scelse di essere non un buon ladro qualunque, ma il migliore. *"Se rubi qualcosa d'importante, i governi poi ti assolderanno per quello che sai fare!"* Accadde proprio in quel modo.

Dopo il colpo di quella notte avrebbe potuto anche smettere di lavorare, mantenendo la promessa fatta alla madre sul letto di morte. Il Vaticano avrebbe pagato oro per quel pezzo di legno che lui avrebbe dovuto recuperare! Dopo, si sarebbe goduto un po' di riposo... magari avrebbe conquistato quella bella ragazza incontrata in mensa e con lei sarebbe nata una storia.

Quella settimana era riuscito a parlarle solo per poco tempo: peccato essere stati interrotti ancora una volta da quella suora acida... certo che provarci durante i vespri serali non era stata proprio una grande idea! Sentiva un'immensa voglia di rincontrarla: una volta finito il lavoro, forse, sarebbe accaduto qualcosa fra di loro... avrebbe avuto tanto denaro e lei si sarebbe lasciata comprare, come tutte.

Ma, adesso, occorreva concentrarsi! Appena arrivato sul tetto del palazzo accanto al museo, si chinò in tempo per non essere visto dalle guardie. Aprì lo zaino e tirò fuori un paio di mappe. Con una piccola torcia tra le labbra, le illuminò, per ripassare la struttura dell'edificio e il percorso da compiere. Si piazzò, quindi, in un punto cieco del tetto e, con un binocolo, osservò meglio l'ambiente intorno al museo, per avere la situazione completamente sotto controllo.

Tutto sembrava svolgersi come previsto. Le guardie stavano effettuando la ronda notturna perimetrale; egli si sarebbe sostituito a una di esse. Montò l'aliante che lo avrebbe portato dall'altra parte della strada, sul tetto del fabbricato in cui doveva operare. Sarebbe entrato da lì.

Abbassò la zip della tuta dal collo in giù, mostrando la divisa da guardia giurata che aveva addosso. Dalla valigetta riposta alla sua destra, tirò fuori un paio di baffi, delle sopracciglia finte, una parrucca e una protesi facciale, che indossò con facilità. Aveva ricevuto dei nastri registrati dal Vaticano, contenenti filmati relativi al poliziotto che avrebbe dovuto impersonare. Nei giorni precedenti, si era allenato più volte nel travestimento e nell'imitazione della voce, cercando di acquisire le posture e le caratteristiche dell'uomo che doveva "interpretare". Si osservò il volto a uno specchietto, confrontandolo con la foto affissa al pass d'accesso alle aree del museo che aveva con sé. *"John Titor[192]"*: era questo il nome della guardia da impersonare, *"Un nome da invasato!"* pensò.

Riprese in mano il binocolo per accertarsi che il campo fosse sgombro; quindi, fissò il vuoto della strada con i suoi occhi di ghiaccio. Si posizionò con addosso l'aliante a pochi metri dal margine estremo del tetto, per darsi la giusta rincorsa. Prese fiato e balzò nel vuoto. Atterrò sul soffitto del museo con disinvoltura, prese in mano il copricapo della divisa, lo fissò in testa ed entrò da una botola che forzò con facilità. Era dentro! Adesso doveva sostituirsi alla guardia e divenire, per breve tempo, quello strano tipo mono-ciglio.

Un paio di punti ciechi lo nascondevano alle camere a circuito chiuso, un congegno applicato sul retro le avrebbe mandate in loop. Lo applicò a tutte, bypassando le sette telecamere che avrebbe incontrato lungo il percorso, rampa per rampa, fino a incrociare la guardia che effettuava il suo turno e a cui si sarebbe rimpiazzato.

Dal retro della porta, dalla parte della tromba delle scale da cui aveva effettuato la discesa fino ai piani inferiori, poteva sentire il vero *John Titor* avvicinarsi.

Arrivato davanti alla porta d'emergenza che dava sulle scale, la aprì e tirò dentro con forza la guardia. Un'iniezione di sonnifero lo avrebbe fatto dormire fino alla tarda mattina del giorno dopo. Adesso, il nuovo *John Titor* poteva procedere come da programma.

Penetrò nell'ala centrale con facilità: il corridoio che portava ai sotterranei rientrava nel percorso di ronda che abitualmente percorreva la guardia; non avrebbe destato sospetti. Subito dopo i bagni, in fondo al corridoio, vi era il "gate" allarmato che portava ai sotterranei.

Mentre attraversava lentamente il percorso... un metronotte uscì dalla toilette:

«Ciao, John! Tutto Ok?!»

Quell'incontro imprevisto non doveva distrarlo; era necessario rispettare i tempi d'esecuzione. Lesse il nome del collega *"Edgar Cayce*[193]*"* sulla sua camicia e gli rispose.

«Ok! Edgar, tutto liscio!»

Il metronotte sorrise e lo fissò fino a che *Titor* non entrò oltre l'accesso allarmato, inserendo il pass magnetico. *John Titor* rimase ad attendere qualche istante dietro la porta per capire se fosse seguito, fino a quando sentì *Edgar Cayce* allontanarsi. Quindi proseguì il percorso fino al terzo seminterrato, dove si trovava il laboratorio da ispezionare. Lo raggiunse.

Nessun'anima viva era presente in quei freddi locali. Lo attendeva un lavoro semplice: terza porta a sinistra dietro di lui; il vero *John Titor* gliene aveva fornito persino la chiave. La serratura fece inizialmente un po' di resistenza; apparentemente quella porta non veniva aperta da molto tempo, *"forse da decenni!"*, supponeva *Titor*-Roman. Il magazzino nel quale entrò era buio, privo d'illuminazione elettrica, per cui dovette accendere una torcia e ciò rendeva più complicata la sua ricerca.

"Delle antiche carte in un museo d'arte moderna? Cosa ci faranno mai?!" I dubbi di *John Titor* si facevano vivi proprio ora, mentre cercava di localizzare, tra quei vetusti scaffali, la presenza dell'oggetto richiestogli, che, però, non riusciva a scorgere.

Nel fondo del locale, a un tratto, notò una porta; forse, la fortuna non gli aveva voltato le spalle. Non era sigillata; l'accesso era libero. Vi entrò. All'apparenza, il locale in cui era entrato assomigliava a un laboratorio di carte astronomiche, che erano appese alle pareti, tra foto di ragazzini e brani di sacre scritture, di cui egli lesse qualche stralcio:

Si domandava dove fosse capitato... in quale oscuro passato fosse stato spedito, come una pedina da muovere.

"Mille e non più mille!" Si ricordava di qualche falsa superstizione legata alle previsioni di qualche sconclusionato divenuto famoso, Nostradamus[194] forse, ma non si era mai curato di certe stupidaggini.

Era un laboratorio scientifico? Un deposito di opere antiche? Oppure, piuttosto, viste tutte quelle foto di ragazzini, era semplicemente la tana di un pedofilo arrapato? Intanto, continuava a fissare gli scaffali, ma non balzava ai suoi occhi nulla che somigliasse a ciò che cercava.

Incominciò ad avere delle strane sensazioni, intuiva che qualcuno lì, avesse trovato qualcosa... in testa cominciò a martellargli una parola: "Serendipità"; era quasi certo che, in quel luogo, qualcuno avesse cercato qualcosa e che ne avesse trovata un'altra molto più importante, di più determinante...

Un presentimento lo dominava, come fosse guidato da qualcuno: il Vaticano era interessato a quello che era stato scoperto in quelle stanze e la chiave era quella tavoletta di legno.

Si girò intorno: la disposizione delle carte impolverate dava mancante qualche pezzo; qualcosa era stato sottratto, qualcos'altro era stato nascosto. E gli ecclesiastici ambivano a metter le mani su quella cosa celata tra quelle mura impolverate.

Provò a immedesimarsi nei movimenti di colui che aveva vissuto quegli ambienti, che vi aveva lavorato, studiato. Lo immaginò magro e con gli occhiali; aveva le sembianze di un giovane professore universitario. Non ne comprendeva il perché, ma la sua mente gli proiettava delle immagini di cui gradiva la visione. Si concentrò, tentando di intuire il luogo del nascondimento. "Vedeva" quel giovane professore mentre si aggirava al buio, con una torcia, tra le librerie, cercando il punto giusto in cui nascondere quella tavoletta che non doveva apparire come tale.

Poi ebbe un sussulto: vide una piccola scultura di Maria Vergine, che gli aveva fatto paura; quella statuetta sembrava accennare un segno di benedizione ma, forse... indicava anche una direzione! Sembrava puntasse il dito contro, come lo Zio Sam in quei vecchi manifesti che il governo americano usava per reclutare i soldati nel 1917.

Gli venne in mente un buffo pensiero: *"E se mi stesse indicando il punto in cui cercare?!"* "Serendipità" una voce dall'inconscio gli rimembrava il termine, come carico di un significato provvidenziale.

Seguì con lo sguardo la direzione indicata dal dito della statuetta. Fece dei passi in avanti, fino in fondo al deposito. In basso, vide dei quadri accatastati alla parete. Ne spostò qualcuno, fin quando non scorse un filo di cuoio emergere da sotto un mobile accanto, lo prese e lo tirò assieme all'oggetto cui era legato. Era una custodia di pelle, un po' più grande di quanto l'avesse immaginata. Sfilò delicatamente il nodo che la richiudeva, trovando ciò che cercava: quell'immagine del crocifisso dipinta su quella spessa tavoletta di legno con un paio di soldati armati, la Madonna e un apostolo, tutti ai suoi piedi ritti a contemplarlo. *"Madre de Dios!"* Una benedizione, arrivata con un tempismo perfetto, si ripeteva.

Sentì dei movimenti e dei passi arrivare da lontano, si allertò, nascondendosi tra le librerie.

«John, sei qui? Che stai combinando?!» Era *Edgar Cayce*, a quanto pare, un tipo curioso.

«Niente, Edgar, torniamo su! Avevo sentito dei rumori in questa zona e sono venuto a controllare. Tutto Ok!»

Ma *Cayce* non era solamente curioso, era anche molto sospettoso, proprio un tipo adatto a quel mestiere... peccato avesse incontrato la persona sbagliata:

«Cos'hai in mano?!»

Titor-Roman stava perdendo tempo e ci teneva a essere puntuale; Driven lo stava aspettando col suo compenso e non poteva ritardare!

"Prendi ciò che vuoi e pagane il prezzo..." si ripeté in mente, mentre sparava una fiala di barbiturico... lasciando così ko il povero *Edgar Cayce*, che fu legato e posizionato in sala controllo, insieme al vero *John Titor*, che dormiva già da circa un'ora.

Si sarebbero svegliati entrambi al mattino, senza ricordare nulla: sarebbe stato solo un breve e confuso sogno che avrebbero presto dimenticato.

Rifece indietro tutto il percorso fino al tetto del fabbricato, dove recuperò l'attrezzatura e nascose nello zaino la custodia in cuoio con la tavoletta di legno.

Quella notte non vi era troppa polizia in servizio, erano stati tutti impegnati a sorvegliare il megaconcerto a Madison Square.

Si affrettò a intrufolarsi nel suo appartamento in affitto, in quella vecchia pensione. Entrò dall'atrio principale. Emil Salgar era il suo alibi, doveva garantirgli la massima normalità nei movimenti. Salutò il custode che gli chiese come fosse andato il concerto. Fu evasivo ma gentile nella risposta, mentre proseguiva verso la camera. Ormai si trovava a casa.

«*Corsaro*, ci hai messo più di quanto pensassi!»

«Driven, tu qui? Non dovevamo vederci in Chiesa?!»

Driven gli stava seduto di fronte, lungo il ripiano della finestra; appariva molto preoccupato.

«Serviva un posto più riservato.»

Guardò fuori, come per indicare la possibilità di essere stato seguito da qualcuno.

«Hai con te la raffigurazione del mandato di San Giovanni?!»

«Certo, Capo, obbedisco…»

L'ironia, secondo Roman, era un buon modo per smorzare i momenti di tensione, ma Driven doveva avere una certa fretta, per cui quasi quasi gli strappò dalle mani la sacca di cuoio.

«Dì la verità, Driven, come mai è così importante quel disegnino?»

Driven non sentì nemmeno la domanda, tanto era intento a esaminare il manufatto.

"Clic!" D'un tratto, dopo qualche tentativo di effrazione, la tavoletta si aprì come un cofanetto.

«Dio mi è testimone! Non c'è nulla qui dentro! Due brutte notizie in una notte!» Driven si imbronciò deluso.

«Allora? Mi devi una spiegazione…»

«Ok! Stammi a sentire, nel '47 ci fu una scoperta sul Mar Morto. All'interno delle grotte di *Qumran*, furono trovati dei manoscritti, sigillati in anfore, nascosti in quelle grotte per essere salvati dalla distruzione di Gerusalemme del '70 d.C. L'importanza dei manoscritti biblici ritrovati è dovuta al fatto che essi contenessero testi anteriori di circa mille anni al più antico testo masoretico conosciuto fino ad allora, il codice di Aleppo del X secolo d.C. e…»

«E che c'entrano queste notizie col nostro affare?!»

«Vedi, Roman, gli *Esseni* erano una setta di grande interesse… avevano una visione del mondo molto specifica. Erano impegnati nello studio della "Storia Sacra" per ritrovare il loro ruolo nel mondo; stilarono importantissime opere di esegesi biblica. Si erano stanziati nella zona del Mar Morto, vicino a Ein Gedi, e lì avevano fondato la loro comunità; furono loro a nascondere i rotoli nelle grotte in cui vennero ritrovati.

Quella tribù era già nota da secoli, attraverso gli scritti di antichi autori, tra i quali Flavio Giuseppe e Filone Alessandrino, famoso filosofo giudaico. Menzionati altresì da Plinio il Vecchio, vissuto nel primo secolo della nostra era...»

Roman stava zitto e ascoltava, mentre la sua impazienza di capire aumentava; Driven continuava a spiegare...

«Oggi possiamo capire l'importanza che ebbe il ruolo della comunità essena esclusivamente in base agli scritti che ci hanno lasciato. E sono tanti! Tra i rotoli di *Qumran,* vi sono opere che appartengono a loro, ma ve ne sono altre che hanno "altra" provenienza...»

«Ma ti credi all'università?! Mi stai facendo una lezione, per caso? Vai al sodo: continuo a non capire!» esclamò Roman.

«Non posso dirti altro... sappi, però, che gli *Esseni* erano custodi di molti segreti d'interesse diretto dell'*Entità*, cioè di tutta la *Santa Alleanza* e dello Stato Vaticano!»

«Non avevo dubbi che non mi avresti detto nulla! Lo avevo capito non appena hai cominciato la tua farneticante lezione!»

Roman era deluso... dopo il pomeriggio passato insieme alla mensa e la serata al concerto aveva imparato a stimare Driven... Pensava che fra di loro ci fosse un certo feeling, che si fosse stabilito un clima di fiducia... Quei discorsi gli sembravano deliranti!

Driven parve intuire lo stato d'animo dell'interlocutore.

«E va bene, va bene! Vedi Roman, noi *Boànerg*... la *Santa Alleanza*... Dio mi è testimone... insomma, faccio parte del *Sodalitium Pianum*, il controspionaggio vaticano! Fummo istituiti nel 1566, anche se esistiamo da quasi duemila anni. In realtà, noi non siamo agenti, siamo guerrieri, guerrieri di una milizia che non è solo di questo mondo. Il nostro motto è: *"Per la Croce e con la spada"*. Il primo di noi fu San Giovanni l'apostolo. I più grandi di noi sono dotati di virtù particolari; anche tuo padre era dei nostri.

Già intorno all'anno mille, chi ci avversa, quasi ci decimò. Rimasti in pochi, ci riorganizzammo come servitori segreti del Papato, a sua diretta potestà, a sua protezione, e consacrati al cuore immacolato di Maria.

Per questo in quella tavoletta vi è l'immagine del Cristo con San Giovanni, la Santa Madre e dei "soldati" ... non è un'immagine tradizionale, vi è *Longino*[195] e manca *Maria Maddalena*...

In quella tavoletta vi era custodito uno scritto che riguardava il nostro destino, almeno questo era quanto ci avevano riferito i nostri *Maestri* e *Precettori*, tutti concordi che il contenuto del manufatto fosse decisivo. Ma adesso non so che dire...»

«Capisco, bella fregatura! Beh, mi spiace ma non è più affar mio! Il mio pagamento è stato fatto?!» Voleva tagliare corto e tornare ai propri impegni, certe credulonerie gli davano fastidio!

"Questo è un pazzo scatenato!" pensava.

«Alt, ferma, non correre troppo... c'è una seconda brutta notizia e questa volta può essere affar tuo! Cédric, hanno catturato la ragazza, Virginia, eliminando gli agenti e le suore che la proteggevano! Al molo, c'è una nave pronta a caricarla e a portarla all'estero, insieme ad altre come lei. La polizia non farà nulla: ci sono mele marce che remano contro... stanotte!»

Si era ripromesso di non legarsi a nulla nella vita ma... Virginia...

Sentì un tuffo al cuore, tuttavia, frenò la sua emozione e, senza scomporsi, disse:

«Ripeto, non è più affar mio! Perché non ci pensate voi, tipi tosti del Vaticano! Io voglio solo quanto pattuito, poi toglierò il disturbo!»

«Roman, vi sono strani movimenti stanotte! Molto probabilmente sono seguito! Non posso espormi! Cogli l'occasione per riscattare la tua anima! Puoi fare qualcosa, Cédric...»

A Roman venne in mente l'insipienza del padre che, di fronte una responsabilità grande, si tirò indietro. Non gli piaceva essere come lui. Adesso, si sentiva di fronte a un bivio: doveva disimpegnarsi come suo padre o tradire la regola di non legarsi a nulla che non avesse una convenienza? Si sentì messo all'angolo...

Reagì con durezza:

«Anche tu non pensi che a te stesso, non ti muovi e poi pretendi che importi a me?! Dammi quanto mi spetta e vattene!»

Ma Driven lo aveva studiato, lo aveva seguito, conosceva chi gli stava di fronte, e sapeva quali corde toccare.

«Cédric Roman, ricordi la canzone? "Sei un uomo o nessuno?" Puoi non credere alla vita eterna, puoi non credere in Cristo! Ma il tuo onore? Dove sta la tua dignità?! Tu puoi fare la differenza, stanotte! Quella ragazza potrebbe non avere più un futuro, se non interverrai... Cédric Roman...»

In quel momento, Roman decise che avrebbe agito per l'onore; la trovava una ragione "conveniente" per sbattere in faccia a Driven che quelli come lui erano soltanto degli inetti privi di coraggio!

«Va bene! Sei convincente, Driven, lo ammetto! Tieniti pure stretto alla tua Croce e alla tua spada! Pagherò io il prezzo della vostra codardia vaticana... Così come in passato ho pagato per quella di mio padre, adesso pagherò per la tua! Ci sono abituato... Appena ti deciderai a mettere il naso fuori dalla porta, vedi di raggiungermi con degli aiuti. E questa notte, ma soltanto per questa notte, non chiamarmi più Cédric Roman, capito?!

Oggi... io sono il *Corsaro Nero*!»

Driven avrebbe voluto spiegare che c'erano ragioni grandi per dover rimanere dov'era ma non trovò né le parole, né la forza per esprimerle. Intanto, Roman era già sparito velocemente dalla stanza, diretto al porto.

"Driven è un vigliacco, come mio padre", pensava Roman. Egli invece si considerava un uomo che nulla aveva, per cui nulla poteva perdere. Virginia?! L'avrebbe salvata per pietà, la stessa pietà che sua madre ebbe per lui non gettandolo via quando nacque, la stessa pietà che lui ebbe per sua madre, quando le promise che avrebbe smesso con quella vita!

"Chissà!" si chiese, però, ad un certo punto, *"Lo faccio per pura pietà o perché provo un sentimento più profondo verso quella donna?!"* Se così fosse stato, avrebbe trasgredito le sue regole, ma forse quella notte la vita, per lui, stava acquistando un altro senso... stava per compiere un gesto che non gli apparteneva. Il testo della canzone con cui Driven lo aveva scosso, gli risuonava tra le corde dell'anima.

Asfalto da percorrere
Ma tu puoi ancora scegliere
L'han scritto
L'han detto
Fai pure quel che vuoi

Ci sono delle regole
Facile non è semplice
Puoi tirarti indietro
Ma attento a quel che fai

Quella lì è la porta e via di qua
Oppure rimani
Qui per te c'è sempre un'altra chance
Ti aspetto domani

Ma presto un'altra notte passerà
Hai puntato la sveglia?
Che questa vita accorcia e arriverà
Il tempo di crescere
Lo sai che ore sono?
Sei un uomo o nessuno?

Nemmeno ne hai bisogno
Ma prendi senza chiedere
Scusate
Permesso
Soltanto perché puoi

Dovrebbe ritornare
La vecchia educazione
Che a te quattro sberle
Non te le han date mai

Dio perdona ma io non lo so
Non so se hai capito
La mia pazienza ha un limite però
Forse è già arrivato

Ma presto un'altra notte passerà
Hai puntato la sveglia?
Che questa vita accorcia e arriverà
Il tempo di crescere
Lo sai che ore sono?
Sei un uomo o nessuno?

Mangiando polvere
Volendo vivere
Una notte da leoni

Da Spirito
Libero
Con tutto il tempo da ammazzare
Ma lui ammazza te
Guarda che or'è
Ti sei chiesto se
Sei un uomo o nessuno?

Capitolo 16
CORPO

Convento S. Gildard, Borgogna, Francia
13 gennaio 1972, ore 03:00

«E le suore?»

«Non ci disturberanno!» rispose l'albino anziano.

«Perché mi avete portato qui?!»

«Per ironia della sorte!»

La fioca luce delle candele del convento primeggiava sul lieve riflesso lunare che penetrava dalle tre vetrate bluastre. L'umidità della notte appesantiva l'aria, impregnata ancora dell'odore dei pellegrini che, durante la giornata, avevano visitato quel luogo di devozione.

Gamliel era molto concentrato; rifletteva su alcuni testi del Nuovo Testamento. Si convinceva sempre più che "l'Apocalisse" di cui parla San Paolo nella seconda lettera ai Tessalonicesi, redatta a Corinto nel 53 d.C., contenesse già tutto quanto ci fosse da sapere; che fosse già completa. Non riusciva a capacitarsi del perché pochi tenessero seriamente in considerazione quello scritto.

Egli giudicava curioso questo fatto, dal momento che riteneva che nel testo di Paolo, la profezia riguardante "gli ultimi tempi" fosse meglio definita ed esplicita rispetto a quella dell'Apocalisse di Giovanni, che appare invece piuttosto oscura. Leggeva e rileggeva, nella propria memoria, quelle parole premonitrici: *"Ora vi preghiamo, fratelli, riguardo alla venuta del Signore nostro Gesù Cristo e alla nostra riunione con lui, di non lasciarvi così facilmente confondere e turbare, né da pretese ispirazioni, né da parole, né da qualche lettera fatta passare come nostra, quasi che il giorno del Signore sia imminente. Nessuno v'inganni in alcun modo! Prima, infatti, dovrà avvenire l'apostasia e dovrà esser rivelato l'uomo iniquo, il figlio della perdizione, colui che si contrappone e s'innalza sopra ogni essere che viene detto Dio o è oggetto di culto, fino a sedere nel tempio di Dio, additando se stesso come Dio.*

Non ricordate che, quando ancora ero tra voi, venivo dicendo queste cose? E ora sapete ciò che impedisce la sua manifestazione, che avverrà nella sua ora. Il mistero dell'iniquità è già in atto, ma è necessario che sia tolto di mezzo chi finora lo trattiene. Solo allora sarà rivelato l'empio e il Signore Gesù lo distruggerà con il soffio della sua bocca e lo annienterà all'apparire della sua venuta, l'iniquo, la cui venuta avverrà nella potenza di Satana, con ogni specie di portenti, di segni e prodigi menzogneri, e con ogni sorta di empio inganno per quelli che vanno in rovina perché non hanno accolto l'amore della verità per essere salvi. E per questo Dio invia loro una potenza d'inganno perché essi credano alla menzogna e così siano condannati tutti quelli che non hanno creduto alla verità, ma hanno acconsentito all'iniquità.

Noi però dobbiamo rendere sempre grazie a Dio per voi, fratelli amati dal Signore, perché Dio vi ha scelti come primizia per la salvezza, attraverso l'opera santificatrice dello Spirito e la fede nella verità[196]...".

Gamliel era consapevole che, per fermare la venuta definitiva di Cristo, occorresse distogliere gli uomini dal porsi alcuni interrogativi, quali ad esempio: qual è la fonte primordiale dell'ingiustizia? Da dove scaturisce la sommità del male che pervade i cuori degli uomini? Qual è la natura originale dell'abominio, dell'afflizione, della malattia, della brutalità e della miseria umana[197]? Comprendeva che fosse necessario estirpare in loro la possibilità di interrogarsi sul senso della vita e della morte...

Occorreva, pertanto, creare un mondo senza Dio, eliminare le religioni tradizionali, legate al concetto di aldilà. Avrebbe dovuto nascere una religione terrestre.

In che modo arrivarvi? Gestendo le masse e i popoli, fornendo loro risposte comode, viziando e ubriacando la gente di materia, circondandola di futilità, aumentando la sua bramosia di potere, di denaro, di onori... non dandole più il tempo e la possibilità di accorgersi della presenza del "*Mysterium Iniquitatis*", il più sconvolgente tra i grandi misteri legati al destino dell'uomo; in tal modo, esso avrebbe continuato ad operare indisturbato. Gamliel si preparava a divenire parte di quella profezia annunciata da Paolo.

Tre grandi figure di Saggi presenziavano quel luogo, che era quello della dormizione di Santa Bernadette, la cui urna risplendeva davanti ai loro occhi. I tre *Custodi* dell'*Arca* del culto antico, dell'alleanza ebrea, erano scesi in quel convento, davanti all'urna in cui Bernadette dormiva, per conferire a Gamliel proprietà biologiche simili a quelle che aveva la Santa, il cui corpo, dopo la morte, non aveva subito alcuna corruzione. Ma mentre il corpo di Bernadette, secondo i credenti, non si era decomposto per grazia divina... quello di Gamliel, non sarebbe invecchiato che in virtù del sortilegio cui, liberamente, egli si accingeva a sottoporsi.

Nel 1925, a quarantasei anni dalla morte, il corpo di Bernadette era stato esposto pubblicamente, prima in un giardino all'interno del convento, in seguito, in quella cappella[198]. Gamliel guardava l'urna della Santa, cercando di negare a se stesso che Bernadette lo attirava; lo colpiva profondamente per la dolcezza della sua postura, che trasmetteva un gioioso senso di pace... *"Dio come somiglia alla madre di quel Messia!"* pensava. *"Chissà quali segreti le sono stati confidati?!"*.

Gamliel, ripiegato su se stesso, secondo il rito, si genuflesse, senza, però, distogliere per un attimo lo sguardo dal corpo della Santa; era come calamitato dall'urna che aveva accanto, quasi che questa lo stesse interrogando sulla reale possibilità di vittoria della sua fazione. Di fronte a sé, aveva le tre maestose presenze in abito talare.

Il silenzio era assoluto, solo il vento, dall'esterno, faceva sentire un debole fruscio. Ad un certo punto, quel silenzio fu rotto da una voce potente e grave:

«Sono passate trentadue generazioni! Tu sei il trentatree-simo! Il "ciclo" sta per compiersi. Hai l'occasione di riscattare il seggio vacante dall'inadeguatezza di tuo padre e da quella di Meroveo. Tu personalmente, e senza l'intercessione di altri, avrai l'occasione per deteriorare il potere spirituale e sociale di "Pietro", di impedire la comparsa del *Makabì* o di distrug-gerlo, qualora si presentasse: è questo il compito fondamentale del *"Maggior-domo"*, il dominatore del mondo.

Ma attento a non deluderci: dovrai apparire come il più sotto-messo fra gli uomini ed agire nell'ombra, per non destare so-spetti! Dovrai assecondare un progresso sregolato, appagare le folle col possesso e l'ambizione del potere; dovrai rendere gli individui smarriti, irosi, invidiosi, avari, golosi, acidi, lussu-riosi, superbi!

Dovrai creare miti da fare adorare e falsi "dei" mediatici! Li scoverai tra gli artisti e i pensatori che attraggono le folle e i fanatici: dovranno essere tutti rispettabili mentitori. Essi useranno il proprio talento e la finezza del loro pensiero per condurre dalla nostra parte anime da utilizzare per il gran finale che sarà realizzato! Quando i nostri avversari non avranno più mordente e quando il *Katéchon*, potendo disporre solo di un numero esiguo di fedeli, non avrà più la forza sociale per fermarci, allora "Noi" ci manifesteremo come il *Mysterium Iniquitatis*!»

«Io voglio che il *Makabì* si manifesti, non voglio evitarlo, lo ucciderò con le mie mani! Saprò meritarmi la vittoria in questa guerra illegittima… e dell'Apocalisse non si vedrà neanche l'ombra!» esclamò fieramente Gamliel.

«Questa guerra è legittima!» obiettò rigidamente uno dei Saggi. «Se non l'avessimo potuta combattere, saremmo già stati soppressi! Dobbiamo approfittare dell'ingenuità del Creatore! Siamo nella fase terminale di un nuovo grande progetto: esso aprirà definitivamente le porte all'*Anticristo*!»

Gamliel annuiva, consenziente ma consapevole che la preparazione alla guerra sarebbe stata lunga e difficile, in quanto, per impedire la Parusia[199] avrebbero dovuto lottare contro l'*Onnipotente*.

«Gamliel, ricordati che la guerra ha avuto inizio fin dalle origini della storia dell'uomo e che da sempre noi siamo stati l'*Anti-Dio*! Ma adesso che siamo nel pieno del nostro potere, potremo realizzare per intero il nostro disegno, schiacciando definitivamente l'umanità, soggiogandola con i nostri inganni e con le nostre false promesse di felicità! Dovremo essere capaci di sedurre ogni società, privandola dell'anima e della libertà! L'asserviremo, togliendole Dio! Dovremo svuotare il cielo e oscurarlo; convincere i popoli a stare con gli occhi rivolti a terra!»

Mentre i Sacerdoti parlavano, Gamliel notava che le loro parole prendevano vita, si materializzavano. Egli, così, vedeva scorrere davanti ai suoi occhi le fasi della costruzione di quel liberalismo che era già riuscito a varcare le soglie del Vaticano. Dal 1962 al 1965, durante il mandato di Georghe Meroveo, grazie alla diffusione dei concetti di "uguaglianza" e di "collegialità", essi si erano infiltrati all'interno della Chiesa Cattolica, dove avevano cominciato a sviluppare un ecumenismo "buonista", tendente a equiparare le varie religioni e a privare il Papa del suo primato e del suo ruolo[200]. Gamliel osservava, quindi, le scene che segnavano il successivo affievolimento del prestigio di Pietro, la sua graduale perdita di autorevolezza spirituale e sociale e la sua riduzione a mero simbolo. Scorgeva, successivamente, un piccolissimo gregge: erano i pochi credenti rimasti ancora fedeli al Vangelo…

Sorrideva Gamliel, sorrideva soddisfatto; vedeva che la guerra poteva vincersi, anzi, che si stava già concludendo a loro vantaggio.

Improvvisamente, però, avvertì una spiacevole sensazione: la profezia aveva ricominciato a martellargli la mente… ebbe un dubbio: *"E se Dio ci stesse lasciando giocare?! E se quando mostreremo al mondo tutta la nostra ferocia quali Mysterim Iniquitatis, riuscendo ad instituire Il Regno dell'Anticristo, Cristo stesso volesse… o addirittura dovesse fermare il gioco?"* Si stava chiedendo se per caso lui e i suoi seguaci non fossero il passatempo della parte avversa, quando una voce roboante, che aveva letto le sue perplessità, lo fece trasalire:

«Sei il *Maggiordomo*, Adam Gamliel, non un miserabile pusillanime! Ricordati: è una vittoria tutta da contendere! Il *Sacerdote Empio* sconfiggerà Il *Maestro di Giustizia*! Solomon aveva fatto un ottimo lavoro, molto prima di Stephenson: ripercorri le sue orme!»

«Solomon, il vecchio rabbino accademico[201]?! Era stato lui a ritrovare il manoscritto chiamato "*Il Documento di*

Damasco[202]"e il professor Stephenson aveva scritto un libro proprio su quel ritrovamento!»

Sì, riusciva a vederlo, adesso, quella scoperta; ne osservava la scena. Vide luoghi lontani di un tempo passato: l'Egitto, cinquant'anni prima che venissero ritrovati i rotoli di *Qumran*. Solomon si trova a Il Cairo: tiene stretta una tavoletta di legno sottobraccio; sta cercando qualcosa tra i numerosi testi della collezione della Geniza; inaspettatamente, trova una profezia da secoli smarrita e lungamente cercata: in essa si dice che Dio salverà dalla distruzione una "comunità" inviando un Moreh Ha Tsedeq, un *"Maestro di Giustizia"*, un uomo che opererà nella storia opponendosi al *"Sacerdote Empio"*, il quale, però, lo ucciderà. [203].

«Sì, la partita è tutta da giocare! D'altra parte, non sarebbe la prima volta!» disse Gamliel. Centinaia di volte gli era stata narrata la battaglia della *Purificazione*, quando avevano sconfitto e disperso i *Boanèrghes*, i *Figli del Tuono*…

«No, non sarebbe la prima volta!» concluse, sogghignando malvagiamente.

«La partita… sarà nella nuova Damasco, Gamliel, non nella Damasco antica, in cui è sepolto il nostro grande nemico Paolo di Tarso. Nella nuova Damasco, che è Roma, la grande Babilonia, la regale prostituta[204]… È a Roma che noi sconfiggeremo i servizi segreti del Papa, quella sua *"Santa Alleanza"* che raccoglie i pochi *Boanèrghes* rimasti. Ricorda: è in quella città che noi regneremo in eterno!» esclamò uno dei Sacerdoti presenti.

Gamliel, adesso, era pronto a ricevere dall'alto il dono di non invecchiare, come attuazione della promessa di un possesso perpetuo del mondo.

Per l'investitura di Adam Gamliel, i tre *Custodi* avevano scelto il Convento S. Gildard, luogo in cui riposava Bernadette e non quello che abitualmente utilizzavano per l'investitura dei precedenti *Maggiordomi*. Gamliel, riflettendo, ne comprendeva pienamente le motivazioni: lui stava vivendo il tempo del capitolo 12 dell'Apocalisse di San Giovanni: *"Nel cielo apparve poi un segno grandioso: una donna vestita di sole, con la luna sotto i suoi piedi e sul suo capo una corona di dodici stelle. Era incinta e gridava per le doglie e il travaglio del parto[205]"*.

Sapeva che quel cielo era Fatima[206] e che quella donna vestita di sole era Maria, la madre del Cristo. Sapeva bene che, da quel 13 maggio 1917, giorno in cui era apparsa a Fatima a tre pastorelli, quella donna vestita di sole, avrebbe intensificato le sue apparizioni... la qual cosa significava che bisognava fare in fretta... la fine del ciclo sembrava ormai approssimarsi. E quello stesso capitolo dodicesimo esprimeva chiaramente l'origine della sollecitudine dei tre *Custodi*: la possibilità di una fine imminente.

"Ella è entrata in campo in maniera più invadente che in passato, pronta a schiacciare la testa al drago come nella prima profezia biblica contenuta nella Genesi[207]!" Ragionava Adam Gamliel. *"Ella era il primo nemico da combattere, Lei e i propri guerrieri, quei vigliacchi dei Figli del Tuono divenuti agenti papali..."* Meditava, mentre uno dei tre Sacerdoti così lo istruiva:

«Il *Sacerdote Empio* della stirpe di Caino dovrà essere un Papa secondo le nostre ambizioni: non dovrai sceglierlo tra gli aderenti alla congrega degli *Eredi*, ne dovrà essere l'ombra, farà lui il sovvertimento[208]!! Egli dovrà agire in modo dolce e silenzioso, evitando ogni possibile trauma: mitigherà le regole e i precetti e introdurrà il concetto di "relativismo", attraverso il quale tutte le verità, avendo ognuna di esse lo stesso valore, diverranno, nello stesso tempo, tutte vere e tutte false! Nel frattempo, tu ti dedicherai ad annientare definitivamente i *Boanèrghes*, la milizia della Donna.

«Vedrai...» conclusero i Sacerdoti.

«Alla fine, si ritroveranno in una chiesa opposta a quella di Cristo, senza neanche rendersene conto!»

Gamliel capiva il disegno, il grande progetto: rinvigorire il liberalismo, "formare" uomini spenti... *"Automi, ubriachi dei loro desideri, sazi di diritti, ostili al dovere, alle responsabilità, alla ricerca di senso. Adatti a vivere in una società nella quale l'unico valore individuabile nell'esistenza di ogni individuo sia l'utilità, l'efficienza e l'efficacia... Ogni singolo dovrà divenire un pezzo qualunque di una macchina che lo sovrasta, dove avrà importanza la macchina e mai il pezzo. Ognuno avrà la possibilità di adorare il dio che più lo appagherà. Pertanto, dovrà prendere vita e svilupparsi una religione laica che andrà bene per tutti e che si adatterà a tutti! Gli individui dovranno consumarsi vicendevolmente; nella società, non ci dovrà più essere posto né per l'umanità, né per la spiritualità."* pensava con foga.

Gamliel era cosciente che quel progetto sarebbe stato avversato dall'esercito della Madre del *Messia* e che qualcuno degli adepti di Lei, quel progetto lo conosceva già. Qualche anno prima, durante i complessi anni della contestazione, uno dei *Precettori* dei *Boanèrghes*, un docente che insegnava a Ratisbona, dotato di carismi e doni spirituali particolari, aveva, infatti, anticipato, profeticamente, i cambiamenti sociali che si sarebbero verificati negli anni successivi al Concilio Vaticano Secondo.

In cinque discorsi radiofonici poco conosciuti, il *Precettore Boanèrghes*, aveva comunicato la sua visione sul futuro dell'uomo e della Chiesa. Egli si diceva convinto che la Chiesa stesse vivendo un'epoca analoga a quella successiva all'illuminismo e alla Rivoluzione francese. «Siamo a un enorme punto di svolta...», spiegava, «...nell'evoluzione del genere umano. Un momento rispetto al quale il passaggio dal Medioevo ai tempi moderni sembra quasi insignificante...»

«Dalla crisi odierna...», asseriva, «...emergerà una Chiesa che avrà perso molto. Diverrà piccola e dovrà ripartire più o meno dagli inizi. Non sarà più in grado di abitare gli edifici che ha costruito in tempi di prosperità. Con il diminuire dei suoi fedeli, perderà anche gran parte dei privilegi sociali. Ma ripartirà da una minoranza che sarà intenzionata a riportare in campo il connotato affascinante della fede. Sarà una Chiesa più spirituale, che non si arrogherà un mandato politico flirtando ora con la Sinistra e ora con la Destra. Sarà povera e diventerà la Chiesa degli indigenti...».

Il *Precettore*, in quel Natale del 1969, delineava un processo lungo e doloroso, con periodi in cui gli uomini avrebbero vissuto una «indescrivibile solitudine», un profondo senso di smarrimento, fasi in cui avrebbero avvertito in pieno «l'orrore della loro povertà». Ma, alla fine, sarebbe sorta una nuova realtà: «quando tutto il travaglio sarà passato, emergerà un grande potere da una Chiesa più spirituale e semplificata. Verrà poi il momento in cui i credenti...» stabiliva il *Precettore*, «...riconosceranno in quel piccolo gregge, qualcosa di totalmente nuovo: lo scopriranno come una speranza per se stessi, come la risposta che avevano sempre cercato in segreto[209]».

"I Figli del Tuono manifestavano di aver compreso appieno il progetto finale che intendiamo realizzare! Quell'insegnante di Ratisbona ne era la prova!" rimuginava Adam Gamliel. *"Ma noi anticiperemo le loro mosse!"*

Il rito della vestizione del nuovo *Maggiordomo* proseguì con le letture giovannee, gli scritti del primo tra i *Figli del Tuono*, lette allo scopo di indicare chi fosse il nemico da combattere e non certo perché se ne approvasse o se ne condividesse il pensiero.

«Figlioli, questa è l'ultima ora. Come avete udito che deve venire l'anticristo, di fatto ora molti anticristi sono apparsi. Da questo conosciamo che è l'ultima ora[210]»

Per secoli avevano costruito, all'occorrenza, falsi profeti menzogneri e molti *Maggiordomi* lo erano stati. Ma adesso era arrivato il momento di caratterizzare il "falso definitivo"! Il momento del *Fabbro* era finalmente giunto…

«Chi è il menzognero se non colui che nega che Gesù è il Cristo? L'anticristo è colui che nega il Padre e il Figlio[211]»

Giovanni l'evangelista, il primo *Boanèrghes*, aveva coscienza dell'identità del nemico. Insieme al fratello Giacomo, era consapevole che la trinità profana, sotto forme differenti, fosse già operante…

«Ogni spirito che non riconosce Gesù, non è da Dio. Questo è lo spirito dell'anticristo che, come avete udito, viene, anzi è già nel mondo[212]».

Il piano dell'*Organizzazione*, la costituzione dei falsi miti, dei falsi profeti… Giovanni e i successivi *Maestri* dei *Boanèrghes* sapevano…

«Poiché molti sono i seduttori che sono apparsi nel mondo, i quali non riconoscono Gesù venuto nella carne. Ecco il seduttore e l'anticristo![213]»

Ma, se conoscevano il piano, perché non lo avevano contrastato prima, cercando anche loro lo scontro diretto? Si chiedeva Gamliel. Apparentemente, se ne stavano immobili a subire, come legati a una colonna per farsi flagellare. Parevano impegnati in altro, sembravano guardare ad Altro! *"Pare gli interessi più... testimoniare che militare... Eppure, sono soldati!"* Gamliel non riusciva a capacitarsi.

Uno dei tre Sacerdoti *Custodi* si accinse ad ultimare il rito: poggiò una mano sulla spalla di Gamliel, per la maledizione finale, incidendogli sulla carne, con un ferro rovente, il segno della ribellione; quindi, avvicinò le labbra al suo orecchio, come per rivelargli un segreto, e indicando l'urna di Bernadette, sussurrò:

«Questo corpo, rimasto incorrotto dopo il trapasso, è una sfida lanciata ai nostri piani. Quella donna vuol rendere desiderabile la fine dell'esistenza così come la conosciamo. Abbiamo dalla nostra parte un'orda di accoliti. Giuriamo con il vigore del nostro sangue che la fine non sopraggiungerà! Adesso tocca a te, Gamliel! Riscatta la tua casata, dopo gli inconvenienti che ci procurò tuo padre! Risarcisci con le tue gesta il danno che abbiamo subito dal tuo ascendente Gamaliele[214] e il tuo lignaggio verrà risanato!»

Il custode si riferiva a Gamaliele, il rabbino del primo secolo, citato due volte negli Atti degli apostoli. Gamliel ebbe un brivido! Il suo ascendente si era opposto all'attività dei *Custodi* e ne aveva carpito i segreti che aveva poi consegnato al suo allievo maggiore, Paolo di Tarso, come egli stesso avrebbe in seguito pubblicamente dichiarato nei suoi scritti[215]. Fu in virtù delle confidenze di Gamaliele che Paolo aveva potuto scrivere la sua profezia.

Quel rabbino aveva, quindi, provato a dire tutto pubblicamente, tanto che erano stati riportati i suoi primi ammonimenti; sarebbe andato fino in fondo, se non lo avessero eliminato!

"Un altro della mia dinastia da sanare! Ma io non fallirò!", pensava Gamliel *"Sarò io l'eletto, colui che diverrà il "Quarto" dopo i tre Custodi con cui sono in questo momento! Sarò il Maggiordomo più degno di tale potere, l'ultimo, il Pietro dell'Anti-Chiesa!"* Intanto i Sacerdoti gli posero un oggetto rovente sul petto, che divenne incandescente.

Osservando Bernadette e guardandosi intorno, si disse: *"Riusciremo a fermare tutto questo! Nessun fedele metterà più piede in questo convento, dove lei si ritirò per non sfuggire alla folla e al protagonismo... Vide 18 volte la Madonna! Cosa le avrà mai detto?! Mi hanno portato qui con una magia, vogliono affrettarsi..."*

Quel simbolo che gli stava incendiando il petto e gli procurava un terribile dolore aveva la forma di un serpente che, ruotando in cerchio su se stesso, si mordeva la coda[216]: più che dalla sofferenza, Gamliel era infastidito da quel simbolo che non considerava proprio di buon augurio!

Dopo il rito, Gamliel si alzò, appoggiandosi all'urna della Santa. Il suo corpo, per effetto del maleficio, aveva acquisito la capacità di non morire, eppure, egli guardando quel giovane "cadavere non morto", che riposava sereno nell'urna, fu invaso da una spiacevole inquietudine e cominciò a porsi degli interrogativi che, inutilmente, cercò di scacciar via... Non poteva evitare di confrontarsi con la Santa:

"Bernadette aveva cercato la solitudine e si era consacrata a Dio divenendo Suor Bernarda... Aveva trascorso gli

anni della sua vocazione svolgendo ogni lavoro, anche il più umile e pesante, nonostante fosse minata dall'asma e dalla tubercolosi. Io ho trascorso la mia vita cercando unicamente il potere, mentre lei a sfuggirlo. A me gli uomini si sottomettono per la mia forza, lei viene seguita per la bontà vissuta. Avrebbe potuto godersi la fama di aver avuto l'onore di conoscere la Madre del Messia, ma aveva scelto di vivere nel nascondimento... Arrivò a Nevers nel 1866 e non tornò mai nella sua terra, morendo il 16 aprile 1879 ad appena 35 anni".

Adam Gamliel sentiva che aveva acquisito un nuovo vigore e percepiva in sé uno straordinario cambiamento. Era certo che da quel momento in poi il suo corpo non sarebbe stato più soggetto alla stanchezza, alla fatica e alla vecchiaia, che era in possesso di quelle stesse caratteristiche che aveva sempre invidiato a Meroveo, il quale, però, a parer suo, non ne aveva mai apprezzato pienamente i vantaggi.

Ma, nonostante si sentisse estremamente potente, Gamliel non era tranquillo: la coscienza gli diceva che stava derubando il corpo di Bernadette delle sue proprietà celesti, attraverso un maleficio dei *Custodi...*

"Quando venne riesumato il feretro nel 1909, trent'anni dopo la sua morte, il corpo della Santa era stato ritrovato inalterato. La stessa cosa accadde nel 1919 e nel 1929. Bernadette stringeva un rosario tra le mani... Il rosario si era ossidato e l'abito disfatto... Ma il suo corpo no: il fegato era integro a tre decenni dalla morte e denti e unghie erano rimasti rimasti perfetti... [217] *Questa è davvero la ragione per cui mi trovo al cospetto di questo cadavere?! Sono stato condotto qui per vendere la mia anima e consacrarmi a un compito demoniaco... e mi sento provocato da una giovane contadina! Che mi sta succedendo?!"*

Alla fine della cerimonia, Adam Gamliel, sebbene confuso, confermò la sua fedeltà. Il contratto era stato stipulato. Aveva mangiato dell'albero della conoscenza quella notte. Tra le sue braccia, era stata riposta la libra del mondo, ma quel corpicino dormiente continuava a tormentarlo. Tuttavia, aveva promesso... era stato cresciuto e educato per rivestire quel ruolo; non poteva tirarsi indietro!

Ritornò alle sue stanze con la consapevolezza che tutto si sarebbe realizzato.

«Il mio ceppo verrà riaccreditato, non commetterò gli errori passati! Fermerò il volgersi dell'Apocalisse!»

Capitolo 17
FATIMA

Molo di New York, USA
13 gennaio 1972, ore 05:00

Doveva correre, bisognava fare in fretta! Le pulsazioni cardiache gli scuotevano il petto, ma non poteva mollare; non c'era tempo per riposare!

Il puzzo di pesce, che si sentiva lontano un miglio, gli bruciava le narici e la gola, ma a lui non importava; continuava a correre e a cercare. *"Dove cazzo l'hanno portata?!"* si domandava il *"Corsaro Nero"*, mentre i muscoli delle sue gambe iniziavano a indolenzirsi. Aveva ispezionato tutto il settore intorno alle navi cargo, ma di Virginia nessuna traccia. *"Non è possibile che siano già salpati!"* pensava.

Terrorizzato all'idea di non essere arrivato in tempo, si sorprendeva a essere preoccupato per una donna che, in fondo, conosceva appena.

"Quei vigliacchi degli agenti vaticani!" Era pieno di rabbia, perché avrebbe sperato in un aiuto concreto da parte di Driven, ma... *"Rimangono sempre un passo indietro, facendo sporcare le mani ad altri. Intanto, se ne stanno lì, al loro posto, composti e inappuntabili, a puntare il dito! I soliti bigotti!*

Spero che almeno si faccia vivo per portare in un posto sicuro la ragazza... sempre che riesca a tirarla fuori!".

La stanchezza della serata brava e del colpo al museo si faceva sentire. Aveva vissuto una notte piena di eventi e, adesso, stava tirando fuori una forza, una nobiltà d'animo, che non immaginava di possedere.

"Si vive e si muore sempre per una ragione..." ripeteva spesso, ma quella notte si stava esponendo, gratuitamente, a un enorme rischio, per una donna che nemmeno conosceva. Stava venendo meno alle regole della strada che, fino ad allora, avevano sempre guidato la sua vita. Ma... quella notte, lui non era Cédric Roman, quella notte lui era un altro: il suo era l'ultimo gesto d'onore di Emilio di Roccabruna, il *Corsaro Nero...* ci avrebbe provato, per lo meno!

Aggirandosi, veloce come una lepre per il porto, ogni tanto, non poteva fare a meno di pensare che stava mettendo a repentaglio la sua vita per una prostituta! Si chiedeva chi glielo facesse fare...

Proprio lui che non aveva mai sopportato l'idea di essere stato "figlio di un cane e di una cagna" e che ogni volta che pensava ai suoi genitori, andava su tutte le furie!

Dopo averlo partorito, la madre era ingrassata e aveva perso la sua avvenenza; era stata costretta a cambiare la sua clientela e a declassarsi: da prostituta per nobili era divenuta una prostituta da motel. Quando fu emarginata, perché non più piacente, dalla famiglia Meroveo, che gestiva la prostituzione in città, avrebbe potuto cambiar vita e allevarlo in una condizione normale... *"Perché aveva continuato a vendersi? Perché aveva scelto di perseverare in quel mestiere da dannata?"* Questo Roman non glielo aveva mai perdonato... *"Maledette domande!"* esclamavano i suoi pensieri.

Forse era per questo che quella notte stava dando tutto se stesso per quella ragazza sconosciuta? Virginia Willerman, però, non aveva scelto di prostituirsi, era stata costretta; lei, al contrario di sua madre, voleva un'altra vita!

Anche lui, forse avrebbe voluto un'altra vita e non essere costretto continuamente a combattere contro la sua sorte, in perfetta solitudine.

"I credenti dicono che nessun uomo è mai solo... che c'è Dio che... Mah!" Roman, però non aveva mai conosciuto alcun Dio! Come Emilio Salgari, l'autore de *"Il Corsaro nero"*, egli non era mai stato un buon credente; non comprendeva come una divinità potesse giocare con la vita delle persone, deciderne le loro sorti.

A troppe vendette aveva assistito, a troppe violenze per le strade… e mai nessun Dio… nessun essere trascendente aveva visto premurarsi o intervenire per salvare gli innocenti! I personaggi di Salgari erano densi di religiosità: imprecavano, bestemmiavano talvolta, proprio perché, egli rifletteva, noi uomini identifichiamo la sorte con una volontà presumibilmente intelligente che chiamiamo Dio[218].

"Ma un Essere superiore che non metta fine alle sofferenze, che non faccia tacere il pianto con un atto d'amore, non è un Essere intelligente! È misero e meschino, proprio come le Sue creature! Se davvero c'è Dio, allora forse sta giocando!" Un gioco divino a cui non aveva intenzione di partecipare, pensava, *"soprattutto se seguendo questo Essere, si diventava vigliacchi come Driven o come mio padre!"*.

"No, una divinità non poteva esistere…", ma, a un certo momento, preso dallo sconforto, non poté fare a meno di pensare che, se un Essere superiore fosse esistito quella notte, comunque, avrebbe dovuto dargli una mano! E ad un certo punto, quella "divinità" inesistente si fece apparentemente viva, mostrandogli proprio una delle Sue mani.

Roman, in lontananza, vide arrivare delle auto, in un settore transennato, dove erano di guardia un paio di uomini. Quegli stessi uomini, armati, tirarono fuori da una di esse una ragazza, legata e imbavagliata, con un cappuccio nero che le copriva la testa. Poi la condussero su una delle navi. *"«Sei un uomo o nessuno...» Roman?! È venuto il momento di rispondere a questa domanda!"* Aveva ancora un po' di tempo. Scrutò intorno...

La gru da carico, per i silos da riporre sulla nave, sarebbe stata un'ottima via d'accesso all'imbarcazione. La risalì per intero, fino a raggiungerne la sommità e poi la punta estrema.

Il salto sarebbe stato arduo, ma doveva tentare. Rischiò, aggrappandosi pericolosamente al silo più in alto. Ormai era su! Adesso, doveva solo trovare la ragazza!

Dall'alto della sua postazione, individuò immediatamente il locale in cui venivano condotte le donne rapite. C'erano solo due uomini alla guardia della porta! Roba facile! Il vero problema sarebbe stata la gente sul ponte!

Nessun passo falso gli era permesso, nessun rumore! Non era ancora capace di evitare i proiettili! Si portò fin sulla sporgenza che sovrastava i cecchini, a guardia della porta. Si lanciò e inferse due colpi veloci: a terra, tutti e due! Raccolse, quindi, le loro chiavi e una pistola.

Varcata la porta, ciò che gli si rivelò fu il vero colpo che temeva. Una trentina di donne tutte legate e imbavagliate lo guardavano con occhi terrorizzati; in mezzo a loro, vide lei, Virginia. Mentre si chiedeva come avrebbe fatto a oltrepassare il ponte con tutti quegli uomini armati fino ai denti, slegò a una a una le ragazze, supplicandole di non emettere alcun suono. Virginia lo fissava incredula.

«Andrà tutto bene! Aprirò la porta e vi porterete subito sul lato ovest della nave. Al primo colpo di pistola, gettatevi in acqua! Io creerò un diversivo! Nessun errore! Da come vi muoverete, dipenderanno le vostre vite!»

Le donne, ancora terrorizzate, annuirono!

«Virginia!» esclamò con decisione, afferrando la donna per un braccio e arrestandola momentaneamente. «Appena fuori il cancello di questo settore, dovrebbe esserci Driven che vi attende per portarvi in salvo! Datevi una mano vicendevolmente! In bocca al lupo!»

La ragazza chiuse gli occhi per un istante, come per annuire, poi sparì.

Roman attese che le donne fossero arrivate nel punto più comodo per lanciarsi in acqua, poi esplose uno sparò: era il segnale. Era un maestro nei diversivi, ma stavolta avrebbe dovuto improvvisare. Non sarebbe stato un lavoro pulito, non un lavoro a regola d'arte, per come era abituato. Una serie di colpi di arma da fuoco piovve su di lui! Si erano accorti fin troppo della sua presenza!

Cédric Roman corse più in fretta che poté, dirigendosi verso i containers più in alto. Avrebbe dovuto esporsi fin quando tutte le donne non avessero nuotato a una distanza adeguata.

Due proiettili di striscio lo avevano colpito, uno alla gamba sinistra e uno alla spalla, dallo stesso lato. *"Niente esitazioni!"* Non poteva permettersi il lusso di guardare indietro. Riuscì ad accasciarsi dietro un box, venendone riparato. *"Dove vado adesso?"* si domandò, scrutando nei paraggi velocemente, mentre sentiva quegli uomini che si erano arrampicati e che stavano per raggiungerlo!

Guardandosi intorno, dalla parte opposta, scorse una via d'uscita, ma avrebbe dovuto passare attraverso la calca di gente. Intanto un individuo era arrivato alle sue spalle ed ebbe il ben servito: naso rotto e tre costole spezzate!

All'improvviso vide che erano tutti lì, davanti a lui. Si buttò nella mischia, tre braccia rotte e quattro gambe flesse al contrario. Alcuni si ferivano tra loro, tanto Roman era veloce...

ma non sarebbe durata a lungo! Si muoveva sul filo di un rasoio!

Improvvisamente un coltello gli si piantò sulla spalla: il dolore lo avrebbe sentito dopo; in quel momento l'adrenalina non glielo permetteva! Non poteva più tergiversare! *"Quando si viene centrati, vuol dire che è arrivato il tempo di svignarsela!"*.

Corse con una forza sovrumana; un proiettile gli forò il braccio sinistro, ma quella sera, evidentemente, un qualche "Essere" soprannaturale lo stava proteggendo: si gettò in acqua e s'inabissò! L'aveva scampata.

Sapeva che non l'avrebbero seguito; l'alba si approssimava e non si sarebbero scoperti. Lo avrebbero cercato molto dopo, ma non l'avrebbero trovato. Gli era concesso il tempo necessario per allontanarsi dalla città, se lo sarebbe fatto bastare.

Rubò un'auto e raggiunse Driven in breve tempo: s'incrociarono presso un asilo abbandonato, non troppo lontano, a nord della periferia della città. Il luogo sicuro era perimetrato da agenti del Vaticano in borghese.

«Quante ne avete salvate?» chiese Roman.

«Sei ferito?! Siediti qui, presto!»

Driven lo sistemò per terra, Virginia medicava il possibile, in silenzio.

«Solo otto si sono portate in salvo! Il resto è stato colpito dai criminali, che si erano accorti della fuga. Bisognerà portare da qualche parte le ragazze che sono riuscite a farcela. Riconsegnarle alla polizia non è prudente, potrebbero fare la stessa fine delle suore del San Patrick: violentate e uccise!»

«Le porterò a San Diego con me, se vorranno!» disse Roman.

«Abbiamo un furgone non lontano da qui, puoi usarlo!» rispose Manuel con tono di stima.

«Grazie, a nome di tutte!» Virginia bisbigliò quella frase, dopo tanto silenzio. Roman le rispose con lo sguardo.

Una nuova alba si affacciava dalla finestra del rifugio, il calore della rosea luce donava un senso di conforto a Roman. Per la prima volta al mondo aveva fatto qualcosa per qualcuno senza volere nulla in cambio e quel qualcuno gli era stato grato: un'esperienza totalmente nuova e fuori da ogni sua prospettiva. Si sentiva bene come dopo la serata fuori dalla mensa al San Patrick, quando, provocato dalla carità vista in quel luogo, era rimasto per "studiare" Driven...

Allora non avrebbe mai creduto di poter essere capace di compiere altrettanti atti di bontà disinteressati... avrebbe tradito tutti i principi a cui si era sempre ispirato... era accaduto! *Regola numero 1: Sei solo, pensa a te stesso!* E si era impegnato per il bene di qualcun altro; *Regola numero 2: Segui l'istinto!* E aveva dato credito alla sua coscienza più che all'istintività. *Regola numero 3: Diventa un buon ladro!* E quella notte si era mascherato da eroe. *Regola numero 4: La vita non è né facile e nemmeno semplice, per nessuno!* Infatti, le sue poche certezze, in quel momento, visti gli ultimi eventi, risultavano alquanto traballanti...

La stanchezza prendeva possesso dei suoi sensi, la vista si affaticava, non reggeva più ma poteva concedersi qualche attimo di tregua. Dopo qualche minuto di riposo e di semi incoscienza, si accorse che Driven lo stava ricoprendo con una coperta impolverata.

«Hey Driven!» disse con tono tremolante.

«Riposa! Ho chiesto soccorso!» rispose l'agente vaticano.

«Non ti sei voluto sporcare le mani e ora vuoi soccorrermi?» chiese, ironicamente, Roman.

Poteva sentire il bruciore di quelle ferite venire a galla, l'aria della camera rinfrescare la carne viva, cocente di sangue. Tutto sembrava in lui ribollire nel corpo e nell'anima; si sentiva avvolto da un odore di umido di mare e di "cuoio umano".

«Dio mi è testimone! Non hai idea di cosa ci sia in ballo!» esclamò deciso Driven.

«Merito di saperlo, no?»

Driven era consapevole che se non avesse dato delle spiegazioni, Roman avrebbe perso quel po' di stima verso di lui. E forse quella poca fiducia rimasta avrebbe potuto salvare il loro rapporto e l'anima di Cédric Roman.

In un pomeriggio vissuto assieme aveva visto un cuore indurito dalle troppe contraddizioni ammorbidirsi e rallegrarsi di un assaggio di centuplo sperimentato. Quel centuplo promesso da Cristo stesso a chi lo avesse seguito, insieme alla vita eterna. Ne ricordava chiaramente le parole.

"In quel tempo, Pietro disse a Gesù: «Ecco, noi abbiamo lasciato tutto e ti abbiamo seguìto». Gesù gli rispose: «In verità vi dico: non c'è nessuno, che abbia lasciato casa o fratelli o sorelle o madre o padre o campi a causa mia e a causa del Vangelo, che non riceva il centuplo adesso, in questo tempo, in case e fratelli e sorelle e madri e figli e campi, con persecuzioni, e la vita eterna nel secolo che viene»[219] ".

La persecuzione e la derisione facevano parte del pacchetto "seguire Cristo" ... avrebbe provato a spiegarglielo. Disse, perciò:

«Qualcuno di molto potente ci sorveglia. Non si è ancora manifestato, ma ci osservava nell'ombra, aspettando che noi scoprissimo il contenuto della tavoletta per poterlo sottrarre...»

«Ma di cosa parli?»

«Roman, una guerra mondiale, peggiore di quella del '45, è alle porte. Questa volta non verranno mossi solo gli eserciti degli Stati. Sarà una guerra imbastita attraverso la propaganda e combattuta da dietro le quinte. La Seconda guerra mondiale è stata solo la premessa a quello che verrà, un preambolo, un esperimento su come innescare e realizzare la guerra definitiva, che sarà spirituale, culturale e fisica...»

«E chi sarebbe così pazzo da scatenarla?!»

«Coloro che odiano Dio e gli uomini. Non sto inventando nulla, credimi! La situazione è grave. Alcuni di noi possono vedere il futuro! Ma non pensare che tutto sia deciso! Quello che vediamo con le profezie, è solo una proiezione di eventi, una prospettiva di cosa potrebbe verificarsi se tutto si svolgesse in una determinata maniera!»

«Avete i superpoteri? Fantastico!»

«Noi credenti li chiamiamo carismi... uno dei nostri *Precettori*, docente all'Università di Ratisbona, ha avuto modo di leggere la terza parte di un segreto consegnato a una giovane Veggente, a Fatima in Portogallo, nel 1917...»

Roman, in quel momento, non dava credito a nessuna delle affermazioni espresse da Driven. Anzi, quelle spiegazioni lo convincevano sempre più di trovarsi di fronte a un visionario e che fosse il caso di portare in salvo personalmente quelle donne, perché i presagi di Driven non le avrebbero certo potute salvare!

Tuttavia, non interruppe l'interlocutore, anche per capire quale livello d'idiozia avrebbe raggiunto con le sue "chiacchiere fantasiose".

"Tanto dolore", pensava... *"Ragazze ferite, suore uccise, donne rapite, violentate e uccise... e questo che parla di apparizioni, di fantasmi!".*

Driven lo aveva profondamente deluso.

«Sulle favole siete bravi! Racconta ancora, su!» disse Roman, con un filo di voce.

«È roba seria! Pio XII nel '42 rese pubbliche le prime due parti del segreto di Fatima: una riguardava l'inferno, l'altra la previsione della Seconda guerra mondiale!»

«Vuoi dirmi che voi sapevate che ci sarebbe stata la seconda guerra mondiale e non avete fatto nulla per evitarla?!»

Godeva nello stuzzicare l'amico, ma Driven, agitato, non coglieva molto il suo sarcasmo. Considerava molto seriamente quanto stava esponendo perciò continuò:

«Non hai idea del nostro impegno! Di quanto lavorammo perché fosse scongiurata! Fu una guerra atea, con cui Dio è stato estromesso dal mondo attraverso il dubbio universale: "Guardate quanto male abbiamo fatto! E Lui dov'era?" Da quella guerra in poi questa domanda risuona nel cuore di ogni occidentale... La nostra Veggente, Lucia, la descrisse così: "Una guerra atea, contro la fede, contro Dio, contro il popolo di Dio. Una guerra che voleva sterminare il giudaismo, da dove provenivano Gesù Cristo, la Madonna e gli Apostoli che ci hanno trasmesso la parola di Dio e il dono della fede, della speranza e della carità, popolo eletto da Dio, scelto fin dal principio: la salvezza viene dai giudei[220]"!»

«Bella storia, complimenti, e adesso, dite di avere un "terzo segreto" che parla di una terza guerra e state lì, con le mani in mano? Sempre i soliti!»

«Ironizza pure, non capisci! All'interno della Chiesa Cattolica vi sono forze oscure che la infracidiscono da dentro. Papa Montini ci ha detto che ha intenzione di denunciare pubblicamente questa intromissione e lo farà alla prima occasione.

Definisce quest'avvenimento "Il fumo di Satana[221]", entrato da qualche fessura e infiltrato in stanze non sospette...»

Un misto di pietà e tenerezza erano i sentimenti che Roman provava per Driven. Mentre lo ascoltava, aveva la sensazione di trovarsi dinanzi a un bambino ingenuo, rapito, in un mondo fiabesco.

Gli disse:

«Supponiamo pure che quanto tu dici sia vero. Quando avverrà questa guerra?»

«Non lo so! Non ne conosco i termini. Li conosce soltanto il Papa e qualcuno di cui egli si fida... Sono arrivati i soccorsi! Adesso devo andare.»

Roman era stremato; desiderava solo riposare e chiudere la discussione, ma vedere andar via Driven in quel modo lo stava lasciando con l'amaro in bocca, per cui lo provocò un'ultima volta con l'intento di farlo riflettere su quanto di stupido avesse detto fino a quel momento.

«Curioso...»

«Cosa c'è di curioso?»

«Dite di credere in un Dio che si è fatto macellare per voi e state sempre lì a scappare! Per questo non vi credo!»

«Tu dici? Sai perché?! Perché guardi sempre alle cose a partire dal tuo rancore! Vedi, Roman, hai passato un pomeriggio con noi e sei riuscito a trasformarti da ladro a prode! Vedi come il mio Dio cambia le cose? Non te ne accorgi nemmeno!»

«Ok ho capito, sai che verrà questa guerra ma non ti è dato saperne i particolari...»

«So il necessario, o semplicemente, mi fido dei miei amici. E tu? Tu di chi ti fidi, Roman?»

«Ho me e questo mi basta...»

Driven capì di aver perso completamente quel minimo di credibilità che aveva guadagnato durante la giornata vissuta insieme a Roman; capì che dire le cose come stanno non basta al cuore dell'uomo; bisogna che quel cuore faccia esperienza per cambiare. Il cuore di ogni uomo ha una piaga che va infilzata ed è in quella piaga che va ferito: solo così esso, cercando di guarire, si rimette in moto. E allora, provò a mettere il dito nella piaga del cuore di Cédric Roman.

«Davvero lo preferisci?! Eppure, tuo padre ha sempre detto bene di te! Pensa, quello che so di quel terzo segreto lo conosco proprio grazie a lui!» Roman si scosse interessato:

«In che senso?! Ma se mio padre se n'è sempre fregato di me!»

«Tanto ti è stato nascosto della tua famiglia... *"Per la Croce e con la spada"*...»

«Che cosa c'entra il vostro stupido motto, adesso?!»

«Quel che so è che la visione del terzo segreto inizia così: *"Al lato sinistro di Nostra Signora, un poco più in alto, un Angelo con una spada di fuoco nella mano sinistra; scintillando, emetteva grandi fiamme che sembrava dovessero incendiare il mondo intero; ma si spegnevano al contatto dello splendore che Nostra Signora emanava dalla sua mano destra verso di lui[222]"*. La spada è già apparsa. È stata ritrovata proprio da tuo padre in Terra Santa... Adesso, si aspetta la comparsa di quello che viene definito "Angelo" e che noi chiamiamo *"Makabì"*. Allora inizieranno gli ultimi tempi...»

Roman si agitò, sentendo nominare il padre tanto odiato, e si adirò, stanco di sentire quelle che reputava idiozie.

«Makabì?! Siete matti! Io penserò a mettere in salvo le donne, tu bada alle tue favole e a scongiurare la terza guerra mondiale! Mi raccomando, però, Driven, fai il bravo, mi stai simpatico: non farti ammazzare!»

Driven sorrise, capì che aveva chiuso con quell'uomo, che aveva fallito nel tentativo di spiegarsi:

«Stai tranquillo, so badare a me stesso!»

Capitolo 18
VIOLENZA

Campagna di Civitavecchia, Provincia di Roma, Italia
26 marzo 1972, ore 03:00

Il freddo intenso faceva comprendere come, quell'anno, l'inverno avesse intenzione di perforare a fondo le ossa degli uomini. I cento lampioni di un viale desolato, di cui non si scorgeva la fine, erano le uniche luci che riscaldavano la vegetazione ancora tinteggiata d'autunno; alcuni erano spenti. Le panchine di ferro, tra un lampione e l'altro, erano vuote, scarabocchiate delle scritte dei ragazzi. Più avanti, si apriva una piazzetta, circondata da aiuole.

Al centro della piazza, vi era la statua, ormai gravemente in rovina, di un Santo, di cui non si distinguevano quasi più i lineamenti, sia a causa della poca luce, sia a causa della devozione un po' rude dei fedeli, che, un tempo, solevano baciargli e accarezzargli il viso. La statua rappresentava San Giacomo il Maggiore[223], fratello di Giovanni, uno dei tre apostoli che avevano assistito alla trasfigurazione di Gesù[224], nella rappresentazione del "*Santiago Matamoros*[225]", un tipo d'iconografia cristiana che raffigurava San Giacomo (*Santiago*) come "*Matamoros*", ovvero come uccisore di musulmani, nella *Battaglia di Clavijo*[226], avvenuta nell'anno 844.

L'iconografia del Santo sterminatore d'infedeli, nasceva in relazione alla credenza religiosa legata all'intervento sovrannaturale di San Giacomo il Maggiore nella leggendaria *Battaglia di Clavijo*, il cui svolgimento, nell'omonima località, era legato proprio alla data tradizionale del 23 maggio 844.

Secondo la leggenda, il Santo apparve in sogno a Ramiro I delle Asturie, il giorno prima dello scontro, assicurandogli la sua partecipazione alla battaglia e la conseguente sicura vittoria. Il giorno seguente, l'esercito di Ramiro, rassicurato dalla presenza prodigiosa del Santo, che combatteva in sella a un cavallo bianco, brandendo una spada, poté sconfiggere i nemici e vincere la battaglia.

La statua della piazza rappresentava proprio quella scena maestosa, che mostrava un San Giacomo impegnato in battaglia, tanto che aveva sempre interrogato tutti su come un apostolo, potesse manifestarsi come guerriero con tanto di spada alla mano[227].

La Statua era stata posta lì dagli spagnoli, in quanto Papa Paolo III, proprio a Civitavecchia, nel 1535, aveva benedetto le navi delle flotte veneziana, genovese e spagnola in partenza dal porto di quella città, per combattere i pirati di Tunisi, il cui capo era il celebre corsaro Aruj Barbarossa[228].

Col passare del tempo, la fronte di "San Giacomo" era divenuta liscia, tanto quanto il piede di Pietro in Vaticano[229]. Anni dopo, per evitarle ulteriori danni, la statua fu posta su un piedistallo dall'amministrazione della città, per cui i fedeli non potendo più baciare il viso del Santo, non andarono più a trovarlo e, col tempo, lo dimenticarono:

«A che vale una cosa se diventa irraggiungibile?» Diceva, rassegnata, la gente. Ma davvero il Santo era irraggiungibile? Sì, ma soltanto per chi non volesse raggiungerlo!

Una donna, solo una, tra le anziane della parrocchia di Sant'Agostino, continuò ad andare a trovarlo, sera dopo sera, e continuò a baciargli i piedi, almeno finché lei non si ammalò di un male che la costrinse a stare a letto. Si raccontava che la vecchietta avesse un figlio, fatto prete e partito in missione. E che supplicasse ogni giorno il Santo, perché lo proteggesse in quelle terre difficili in cui egli si trovava. Ella, da tempo non aveva più notizie del figlio lontano, ma aveva ugualmente continuato a sperare e a pregare.

La gente raccontava che il missionario disperso non fosse veramente suo figlio, perché egli era un uomo di colore... che la donna lo avesse adottato già da adulto... che quella piazza fosse il luogo dove si erano incontrati la prima volta... in una di quelle panchine. I pettegolezzi del luogo dipingevano quel figlio di colore adottato come un clochard, un senzatetto scampato alla sorte, grazie all'aiuto della donna.

Dopo la piazzetta col *Santiago Matamoros*, il viale si diramava in tre stradelle: quella a sinistra conduceva a un cimitero, "il dormitorio", come lo chiamava la gente del posto; la via centrale portava al santuario del santo patrono, e costituiva la via d'accesso al paese; la strada a destra si perdeva verso la campagna.

In direzione delle campagne, man mano che si procedeva, la strada si sfaldava: l'asfalto, prima lucido e nero, diventava grigiastro e pieno di crepe, fino a trasformarsi in terra battuta. Dai freddi marciapiedi di pietra lavica si passava all'erbetta, che costeggiando la strada, passava da un colorito verdastro, segno di salute, al giallo secco, segno di una certa moria.

L'oscurità abbracciava una profondità senza stelle e la luna, che quella notte appariva molto lontana, col suo tenue spicchio di luce, sembrava trafiggere, un cuore di tenebra. In quel luogo di desolazione, in cui non si scorgeva nessun orizzonte, in lontananza, qualche lucetta segnava la presenza di un caseggiato, sia alla destra che alla sinistra della strada.

Dopo qualche centinaio di metri e qualche curva, con strani allargamenti e restringimenti, inoltrandosi in una folta selva piena di pini e cespugli, si arrivava a un cancello, enorme, arrugginito e invecchiato dalle intemperie e dal tempo, con addosso i segni visibili di passate riverniciature, eseguite da vecchi custodi oramai in pensione.

Dietro, appena oltre il cancello e un piccolo spiazzale, la sagoma nera di una villa nascondeva il cielo ormai annuvolato e in procinto di sfogarsi in un temporale.

In quella notte la natura stava parlando la sua lingua più aggressiva e selvaggia. I tuoni avevano iniziato a farsi sentire e l'aria umida e impolverata avrebbe fatto tossire chiunque. Il vento ululava e faceva stridere le finestre. Anche i bimbi più coraggiosi avrebbero avuto paura, immaginando che esso accompagnasse mostri e fantasmi, sempre pronti a introdursi, con forza, nelle loro case. Il silenzio degli uomini aveva ceduto il posto alla voce della natura. Si udiva distintamente il miagolio di un gattino infreddolito, nascosto sotto una panca di gesso bianco e di tufo, posta all'entrata della villa. Aspettava, pazientemente, la fuga di un topolino dalla crepa del muretto, in cui aveva la sua tana.

La porta della villetta era aperta. Priva di serratura, era bloccata dai resti di un vecchio dondolo, che in tempi lontani aveva trastullato i bimbi che abitavano quella casa. Da quell'entrata, era possibile accedere subito a un atrio molto spazioso, segno che la costruzione fosse molto più grande di quanto, dall'esterno, potesse apparire a prima vista. Grazie alla fioca luce che filtrava dal piano superiore, era possibile accorgersi della presenza di una scala, che conduceva verso l'alto. Tutto appariva terribilmente vetusto e in stato d'abbandono. I muri gessati erano squarciati, il pavimento di legno era dissestato e i pochi mobili costituivano il nutrimento di un quantitativo non indifferente di tarme.

Appena sulla destra, c'era l'entrata della cucina, la cui porta era stata divelta e posta, all'interno della cucina stessa, a sinistra, sui fornelli. Era stata bruciata da qualche squilibrato. Al di sopra di essa, erano visibili gli scheletri di due uccelli, rispettivamente quelli di un corvo e di colomba, mescolati alla cenere e a quel che restava delle loro viscere. L'odore, da macelleria abbandonata, era nauseante. Le altre tre stanze sulla sinistra erano vuote, completamente vuote e le finestre erano state sbarrate da tavole di legno marcio. La polvere era la padrona di casa e sicuramente avrebbe dato il benvenuto alla gola di chiunque si fosse azzardato ad abitare in quell'edificio.

Quella notte, un tossire frequente, seguito da rumori sordi e da un respiro affannato e ansimante, proveniente dal primo piano, spezzava il silenzio. Lì, le finestre erano aperte, spalancate, prive d'imposte; esse accompagnavano il fluire della pioggia, che, ben sveglia, aveva iniziato a compiere il suo viaggio verso il basso. A un certo punto, ormai mescolati al picchiettio della pioggia, non si udirono più né la tosse, né il respiro affannoso.

Dal di fuori, la finestra era buia, ma un lampo aveva lasciato intravedere qualcosa, un'ombra indistinta. Il temporale imperversava; la pioggia, imperterrita, sbatacchiava con furore sul prospetto della casa, quasi a volerla abbattere e il freddo era talmente intenso da ustionare la pelle. In lontananza, si udiva il nitrito di cavalli irrequieti.

Da lontano, dei lampi in sequenza avevano fatto abbastanza luce, sufficiente per delineare meglio ciò che prima s'intravedeva soltanto dalla finestra aperta. La stanza illuminata appariva vuota.

Ciò che vi si scorgeva era solo una macchia, molto simile a sangue, schizzata sul muro, in un angolo in fondo a sinistra. Intanto si ricominciava a udire la tosse. Proveniva dalla camera di fronte e si poteva percepire chiaramente, anche perché a quella stanza mancavano le porte. Andando verso quella camera, il buio si appesantiva e i lampi non erano più capaci di far luce, se non a un passo dalla porta. Intanto, le tavole di legno, fissate sulle finestre al pian terreno, indebolite oramai dal vento e dalla pioggia, iniziarono a dare cenni di cedimento, producendo un crepitio di fondo, che scandiva il tempo al concerto di suoni e rumori provocati dal temporale.

L'odore era alquanto sgradevole: sapeva di marcio e di morte. Più ci si avvicinava alla fonte di quella tosse, ostinata e persistente, più l'odore diventava nauseante. Vi era un uomo a terra, o almeno quel che ne restava. Si trovava in fondo alla camera ed era legato al muro da corde, che gli tenevano ben larghe le braccia e che si stringevano a ganci di ferro fissati alla parete. La luce di qualche lampo un po' più vicino riusciva a sconfiggere la tenebra, ogni tanto.

Da quel che si riusciva a capire, intravedendone la sagoma, si trattava di un uomo giovane e non troppo magro. Era lercio. Le corde gli facevano sanguinare i polsi e dappertutto presentava ferite insanguinate. Il suo volto era una maschera irriconoscibile, un impasto indistinto di sangue, polvere, sudiciume, lacrime... era semisvestito: indossava una sola calza e dei pantaloni da festa, che un tempo dovevano essere stati eleganti, sorretti soltanto da una bretella ancora poggiata sulla sua spalla destra, mentre l'altra pendeva sul pavimento. Aveva segni di contusioni e bastonate su tutto il corpo.

Tremava. A tratti, provava a liberarsi, sferrando dei colpi secchi, ma ormai sempre più rassegnati, verso il vuoto, o tentando, inutilmente, di spezzare le corde. A ogni colpo, il sangue fluiva, sempre più fugacemente, dalle ferite, tingendogli il corpo di rosso.

"Dio mi è testimone! Ci vuole coraggio per morire... ed io sono terrorizzato! Cosa accadde agli apostoli che furono tra-

sformati da fuggiaschi vigliacchi a uomini temerari che sfida-
vano apertamente le autorità nelle piazze[230]?! È perché, dopo,
lo incontrarono veramente vivo! Quell'averlo visto risorto, li
ha resi capaci di accettare la loro incredulità e codardia e di
spendersi interamente per proclamare a tutti che Cristo è il
Signore!

Lui, Cristo risorto, ha dato loro la fede!

Ma io non ho la loro fede, anche se ho toccato con mano la
Verità, anche se Lui mi ha trasformato il cuore e la mente…
io non trovo il coraggio di morire!

Penso a lei: dov'è lei adesso?! Oh, Gesù! Oh Signore mio
Dio… «Elì, Elì, lemà sabactàni?! Dio mio, perché mi hai ab-
bandonato?![231]» Lo hai urlato anche tu… lo so, lo so! Il tuo
non era un urlo di disperazione! Tu stavi pregando… ecco lo
faccio anch'io!

Le ricordo ancora le parole della scrittura, sì, il salmo 22, che
tu hai mormorato sulla croce, davanti a tutta Gerusalemme…
per proclamare la vittoria definitiva su ogni ingiustizia… quel
salmo che innumerevoli anni prima, profetizzava il tuo suppli-
zio per la salvezza di molti…".

«Dio mio, Dio mio, perché mi hai abbandonato? Perché sei così lontano e
non vieni a liberarmi, dando ascolto alle parole del mio gemito?
O Dio mio, io grido di giorno, ma tu non rispondi, e anche di notte non sto
in silenzio.
Eppure, tu sei il Santo, che dimori nelle lodi d'Israele.
I nostri padri hanno confidato in te; hanno confidato in te e tu li hai liberati.
Gridarono a te e furono liberati; confidarono in te e non furono delusi.
Ma io sono un verme e non un uomo; il vituperio degli uomini e disprez-
zato dal popolo.
Tutti quelli che mi vedono si fanno beffe di me, allungano il labbro e scuo-
tono il capo, dicendo: «Egli si è affidato all'Eterno; lo liberi dunque, lo
soccorra, poiché lo gradisce».
Certo, tu sei colui che mi hai tratto fuori dal grembo materno; mi hai fatto
avere fiducia in te da quando riposavo sulle mammelle di mia madre.

Io fui abbandonato a te fin dalla mia nascita; tu sei il mio Dio fin dal grembo di mia madre.

Non allontanarti da me, perché l'angoscia è vicina, e non c'è nessuno che mi aiuti.

Grandi tori mi hanno circondato, potenti tori di Bashan mi hanno attorniato; essi aprono la loro gola contro di me, come un leone rapace e ruggente.

Sono versato come acqua, e tutte le mie ossa sono slogate; il mio cuore è come cera che si scioglie in mezzo alle mie viscere.

Il mio vigore si è inaridito come un coccio d'argilla e la mia lingua è attaccata al mio palato; tu mi hai posto nella polvere della morte.

Poiché cani mi hanno circondato; uno stuolo di malfattori mi ha attorniato; mi hanno forato le mani e i piedi.

Io posso contare tutte le mie ossa; essi mi guardano e mi osservano.

Spartiscono fra loro le mie vesti e tirano a sorte la mia tunica.

Ma tu, o Eterno, non allontanarti; tu che sei la mia forza, affrettati a soccorrermi. Libera la mia vita dalla spada, l'unica mia vita dalla zampa del cane.

Salvami dalla gola del leone e dalle corna dei bufali. Tu mi hai risposto.

Io annunzierò il tuo nome ai miei fratelli; ti loderò in mezzo all'assemblea.O voi che temete l'Eterno, lodatelo; e voi tutti, discendenti di Giacobbe glorificatelo, e voi tutti, o stirpe d'Israele, temetelo.

Perché egli non ha disprezzato né sdegnato l'afflizione dell'afflitto, e non gli ha nascosto la sua faccia, ma quando ha gridato a lui, lo ha esaudito.

Il motivo della mia lode nella grande assemblea sei tu; io adempirò i miei voti in presenza di quelli che ti temono.

I bisognosi mangeranno e saranno saziati; quelli che cercano l'Eterno lo loderanno; il vostro cuore vivrà in eterno.

Tutte le estremità della terra si ricorderanno dell'Eterno e si convertiranno a lui, e tutte le famiglie delle nazioni adoreranno davanti a te.

Poiché all'Eterno appartiene il regno, ed egli signoreggia sulle nazioni.

Tutti i ricchi della terra mangeranno e adoreranno; tutti quelli che scendono nella polvere e che non possono mantenersi in vita s'inchineranno davanti a lui.

Una posterità lo servirà, si parlerà del Signore alla futura generazione.

Essi verranno e proclameranno la sua giustizia a un popolo che deve ancora nascere, e che egli stesso ha fatto».

La coscienza lo stava pian piano abbandonando... *"O Dio, posso ancora dirti soltanto: «Padre, se vuoi, allontana da me questo calice! Tuttavia, non sia fatta la mia, ma la tua volontà![232]»"*.

D'improvviso, disse qualcos'altro, quasi sussurrando; non era una frase, ma una parola, un semplice nome:

«Angelica!» Lo ridisse e lo ripeté, ancora più deciso:

«Angelica, Angelica!» Lo gridò, sforzandosi, un'ultima volta, tentando, angosciosamente, con un ultimo sforzo, di liberarsi:

«Angelica!» Quindi, stremato, si lasciò andare, farfugliando altre parole:

«Perché tu?! Perché proprio lei? Com'è possibile?»

In preda ai tormenti, fissò lo sguardo a terra, sguardo mescolato alle lacrime, che scioglievano il sangue incrostato sul suo volto: *"Era stato profetizzato: Ella è Figlia del Tuono!"* Le forze erano ormai esaurite. Le vene dei polsi tagliate e le corde contribuivano a tenere ancora più aperte le ferite; il dolore e il freddo lo intorpidivano sempre di più...

"Veramente allora le profezie possono essere cambiate?! Sì, siamo tutti liberi... fin troppo... nel bene e nel male... Jacob... Ci aveva sempre osservati, dagli albori del tempo, come un predatore che attende il suo momento...".

Per un attimo spostò il piede colpendo accidentalmente una ciotola con del cibo fetido e avariato messo lì per lui; più per sfregio che per nutrimento. E che lui aveva visto marcire, proprio come adesso stava vedendo marcire se stesso. Il cibo si riversò a terra, facendo fuoriuscire un lurido stomachevole fetore, che gli fece perdere i sensi.

Rivisse inaspettatamente, come in un sogno, avvenimenti passati...

«Angelica, non è così che finirà, non temere!»

Un riso beffardo si era dipinto sul volto dell'uomo che stava di fronte a lui e che si era voltato a guardare la donna. Poi, guardandolo, gli si era rivolto urlando con rabbia:

«Sputo su di te e su tutto quello che sei, Manuel Driven!» Manuel, guardingo, aveva cercato di minacciarlo:

«Jacob, se la uccidi, giuro che il mio spirito ti perseguiterà in eterno!»

L'uomo era esploso in una risata sguaiata, tenendosi il petto e chinandosi, in segno di burla, poi improvvisamente il suo sguardo era cambiato. Aveva assunto una profonda serietà e aveva puntato la sua pistola contro la donna.

«Manuel!» rincalzò con tono minaccioso. «Il tempo della disperazione è arrivato!» Poi sentì uno sparo: BANG!

Driven riprese i sensi di soprassalto, col rumore del colpo di pistola ancora rombante nella sua testa! Sputò sul pavimento, già abbondantemente macchiato del suo sangue. Stava per morire, ne era certo, presto sarebbe scivolato nell'oblio. Il suo sangue si stava esaurendo ed egli si sentiva venire meno; non gli mancava ancora molto, ne era certo.

"Gesù, tu che puoi tutto, prendila con te in paradiso, io non so dove andrò, se ne sono degno... ma Tu puoi! Dio mio, YHWH... chi sei tu, o Gesù? Ultima mia speranza? Rivelasti il tuo nome a Mosè[233]: «Io sono il Signore, tuo Dio, che ti ho fatto uscire dalla terra d'Egitto!». Tu, dal nome impronunciabile "YHWH" ... chi sei Gesù?! Io me lo domando per come interroghi tremendamente il mio cuore in questo ultimo momento della mia esistenza...

So che in qualche modo mi hai risposto... ricordo gli insegnamenti di Raoul! Ricordo che mi raccontò quel che Pilato disse a quelli che protestavano per la scritta sulla croce: «Quel che ho scritto, ho scritto![234]» Sì, lo aveva scritto in tutte le lingue che tu sei YHWH... in tutte le lingue[235]! Sei ciò che ogni uomo, nemico di se stesso, da sempre caoticamente cerca...".

Si sentì solo. Prima di chiudere gli occhi, avrebbe voluto tanto sapere dove si trovasse Angelica, il suo "angelo". Pensò ancora una volta che fosse un nome fatto apposta per lei; Angelica sarebbe stata un angelo eccellente, se non fosse che gli esseri umani non possono diventare angeli. Così pura e vera, così eccezionale.

Si ricordò di quando l'aveva incontrata anni prima, per la prima volta, di quando fu affidato a Padre Raoul per divenire diacono.

E di come si fossero innamorati... sarebbe divenuto diacono dopo il matrimonio.

Ricordò come si ripetessero spesso tra loro quella frase di Gabriel Marcel che gli aveva insegnato Padre Raoul: *"Ama chi dice all'altro: tu non puoi morire[236]"*. E poi la domanda di lei: *"Cosa vorrà dire veramente?"*.

Ripeté, come in un soffio, la sua risposta di allora:

«La Verità!»

Angelica! Solo l'imprevedibile, adesso, avrebbe potuto salvarla! Solo l'imprevedibile imprevisto, solo Dio aveva la possibilità di andare in suo soccorso. Driven alitò l'ultimo respiro, chiuse gli occhi e tutto tacque.

La tempesta si era placata.

Parte Terza
ANNUNCIO

Quindici anni dopo…

Nulla sazia e i tuoi occhi sono già morti.
E se non sei tu amor mio,
cosa mai potrà salvarci da una sorte di noia?
Entro nel mondo di soppiatto,
forzandone la serratura
come ho sempre fatto!
Sono il solo?

Capitolo 19
RISORTI

Sacred Heart Istitute, periferia di Roma, Italia
23 febbraio 1987, ore 22:00

Un fragore di dolore appena taciuto, e subito dopo si chiese dove si trovasse senza riuscire a rispondersi. Buio e silenzio attorno a lui: nessun tipo di penombra che potesse delineare una qualche sagoma; era come se fosse sommerso nel nulla.

«*Resurrezione!*» esclamò. La resurrezione era una chance che aveva creduto di potersi permettere. Aveva immaginato che, oltre quegli stormi tenebrosi di fumo oscuro, avrebbe incontrato qualcuno o qualcosa e invece… dopo il dolore incendiario che gli aveva sfondato le viscere dell'anima, non aveva sentito e visto più nulla, né di materiale, né di spirituale: non una luce, non un suono, niente che assomigliasse a pietose lenzuola, a dura o a tenera terra su cui poggiare il corpo o a un qualche infinito orizzonte!

Com'era possibile? Eppure, aveva stipulato un patto! Qualche fregatura avrebbe anche potuto prevederla, ma mai si sarebbe aspettato che fosse quella di dover vagare nel niente!

"Dev'essere la morte! Certo: la morte non è mica una barzelletta! Mentre siamo in vita, dall'altro lato, e una persona cara

muore, speriamo che sia salva in qualche modo e, in qualche modo, ci auguriamo di poterlo riabbracciare qui...".

Stavolta aveva provato a realizzare il contrario, qualcuno a lui caro era rimasto in vita, lo aveva scoperto dentro la portata incomparabile della promessa di *Mefisto*. Risentiva quella sua voce cavernosa e vuota, senza lo spessore di un'umanità, un suono insipido e acre, ma capace di insinuare quel dubbio incontenibile:

«La donna vestita di sole non ti ha detto...?»

Sapeva che non avrebbe dovuto fidarsi. Cosa mai avrebbe potuto dirgli di "vero" lo spirito dell'inganno originale? Non avrebbe voluto dargli ascolto, ma la tentazione era stata potente e poi... quella sua veste era ancora così oscura! Ne aveva di strada da fare! Così lo aveva ascoltato:

«Continua!» gli aveva chiesto, prontamente.

«Virginia Willerman portava in seno il frutto del tuo seme... non era fuggita per disamore!»

La terribile rivelazione lo aveva sconvolto! Poteva essere una beffa?! In fondo non era ciò che avrebbe voluto sentirsi dire?

«Cosa vuoi da me?» aveva domandato, con negli occhi quei fuochi tentatori, mentre l'amico Dante Milton provava, inutilmente, a portarlo alla ragione.

«Uccidi per me... uccidi Maddalena e potrai tornare dalla tua Virginia!»

Vendere l'anima per sempre, lasciare quel luogo di purgazione in cui stava viaggiando, per servire il campione degli orrori infernali: era questa la proposta. Mentre pensava: *"Egli può tutto, io posso solo poco, ma mi basterà".* Il *Demone*, famoso per la sua lingua biforcuta e la sua lucida prontezza nel tentare l'anima, continuò a ripetergli:

«Pensaci! Potrai riaverla!» La proposta era allettante, ma egli continuava a sospettare:

«Perché proprio io?» gli domandò.

«Eri quasi mio, ma mi sei stato strappato! Semplice: tu avrai ciò che vuoi e io riavrò te… Dovrai solo ucciderla: niente di difficile…»

Non aspettò che finisse di parlare che rispose:

«Va bene!» come al solito, d'istinto.

Immediatamente si era ritrovato a perforare le buie ferite aperte tra le sabbie del "Tartaro", così aveva chiamato quel posto l'Arcangelo che lo aveva salvato, e aveva oltrepassato quello sconfinato deserto.

Si aspettava di riaprire gli occhi alla luce del sole; invece, si era ritrovato in una prigione di buio, senza l'apparenza di alcun barlume. Mentre si sentiva travolgere sempre più da una profonda angoscia, incominciò a sentire e a vedere qualcosa.

Dalla percezione di un formicolio, simile al movimento frizzante di muscolo intorpidito in fase di risveglio, intuì che doveva trovarsi in un corpo. Si sentì galleggiare e quindi, dentro una luce opaca simile a una luna lontana, come osservata attraverso una lente offuscata… le si avvicinava gradualmente. Aveva l'impressione di trovarsi in fondo a un tunnel. Quella specie di luna si faceva sempre più luminosa e lui si sentiva vibrare le palpebre. Sì, aveva delle palpebre e sentiva che stavano per schiudersi. Ebbe paura. Il suo corpo era ancora intorpidito e sembrava non rispondere alla sua volontà. Si sentiva come un cadavere imprigionato in una bara sigillata dall'esterno e sperava che qualcuno l'aprisse spalancandolo al mondo.

"Sono vivo, però! Sono vivo!" ripeteva a se stesso per darsi coraggio. *"È così che si torna in vita… forse anche questa è resurrezione, anche se…"* rifletteva, ripensando a quella mostratagli lungo il viaggio verso le sabbie purganti del Tartaro, *"Quella sì che era stata in grande stile",* ricordava.

L'Arcangelo e la Santa Madre che lo avevano strappato alla dannazione, letteralmente divelto dalle fauci delle creature dannate, gli avevano rivelato interamente gli effetti del sacrificio del Figlio di Dio, passato "... dalla croce alla resurrezione", così aveva detto l'Arcangelo.

Essi lo avevano strappato all'inferno senza avere emesso alcun giudizio sulla sua vita, di cui, tra l'altro, egli non ricordava granché. I ricordi li avrebbe sperimentati nel corso del suo viaggio e sarebbero stati affrontati dalla sua coscienza man mano che fossero riaffiorati. Inizialmente, aveva affrontato quelli legati alla morte della madre, all'abbandono dell'amata e al proprio assassinio; successivamente, erano emersi, lentamente altri ricordi.

Nessuno era stato lì a giudicarlo: si sarebbe giudicato egli stesso, man mano che le memorie delle proprie azioni fossero rinvenute dal profondo della sua anima.

«Il senso della vita deve coincidere con quello della morte; qualunque altro significato è parziale e rimane imprigionato nell'arco di tempo in cui il cuore è in grado di battere!». Queste parole pronunciate dall'Arcangelo, parole che lo avevano accompagnato in quelle lande desolate che aveva percorso per molto tempo, egli le aveva risentite ogni qualvolta che, ricordando la sua vita, andava acquisendo consapevolezza dei suoi errori più grandi e del male che aveva procurato alle persone che aveva amato, specie alla sua compagna, Virginia Willerman.

Del tempo vissuto insieme a lei, lentamente, era riaffiorato ogni attimo: dal loro primo incontro, avvenuto in circostanze "sventurate", alla nascita di quel dolce sentimento che li aveva legati nonostante lui avesse uno stile di vita poco normale. Lei le manifestava sempre in ogni modo il suo affetto, "il mio pirata" amava chiamarlo, mentre lui ricordava come le avesse reso la vita impossibile e ne provava molto dolore.

Virginia era una ragazza genuina che, avendo sofferto molto, avrebbe voluto costruire qualcosa di semplicemente bello e concreto: una famiglia.

Ma egli, ferito dalla condotta dei suoi genitori, reputati indegni e inadatti a essere definiti tali, era terrorizzato all'idea di potere avere l'occasione di ripetere i loro errori. Inoltre, abituato a una vita da nomade, piena di vizi e di agi, non vedeva nella costruzione di una famiglia una prospettiva confacente alla sua esistenza: non avrebbe assolutamente rischiato di rivivere la povertà che aveva caratterizzato la sua gioventù, anche se si rendeva conto che Virginia desiderasse ardentemente costruire assieme a lui una "casa".

Ogni tanto rivedeva se stesso e lei fra le lenzuola del loro letto. Mentre lei dormiva, le accarezzava dolcemente la schiena e le sussurrava: «Non ti merito!».

Adesso comprendeva che quel suo sentirsi inadeguato era solo una scusa per non assumersi alcuna responsabilità nei confronti di Virginia e nei confronti di se stesso.

Di fronte alle richieste esplicite di Virginia, egli temporeggiava... auspicando che un giorno accadesse qualcosa che risolvesse il problema, e così fu. Un giorno, uno qualunque, del tutto simile agli altri, ella sparì e non si fece più trovare.

Lui, inizialmente, si sentì liberato, ma, col passare del tempo, fu assalito da un profondo senso di solitudine, per nascondere la quale divenne alcolizzato. Soffriva come un cane, ma non la cercò, pensando di poter affogare e potere spegnere nei bicchieri colmi di "zin[237]" il suo dolore. Per decenni, frequentò il bar del cugino, riempiendosi di alcol e di angoscioso senso di frustrazione.

Negli ultimi anni di vita, vecchio e stanco, in quei pochi attimi di lucidità che ancora alcune albe gli concedevano, era stato tentato di andarla a cercare. Avrebbe voluto sapere se si fosse rifatta una vita; se, lontano da lui, avesse realizzato i propri sogni, ma il suo alcolismo lo faceva ravvedere da quelle intenzioni, facendolo risprofondare in quello stato artificiale che assopiva, senza eliminare, il peso dei suoi rimpianti.

Un mattino come tanti poi, mentre chiacchierava col giovane barista, un suo lontano cugino che, ogni sacrosanta giornata, lo attendeva al mattino e lo salutava a notte fonda fu chiamato fuori dal locale, dove un uomo incappucciato, senza dargli il tempo di fiatare, lo aveva freddato. Ricordava solo pochi particolari, non si chiese nemmeno chi fosse stato il suo sicario; sapeva bene che, nel passato, aveva collezionato un gran numero di nemici che lo avrebbero voluto morto.

Ritrovatosi in obitorio era stato fatto salvo dalla misericordia divina. La Santa Madre gli aveva rivelato che il giudizio su di lui era stato "momentaneamente rinviato". In un primo momento aveva pensato che ciò fosse dovuto alla mancanza del suo battesimo. Ma poi gli venne spiegato che il padre, attraverso le sue penitenze aveva ottenuto per lui quell'indugio e anche la salvezza dell'anima della madre.

Si sarebbero riabbracciati una volta compiuto ognuno il proprio cammino di penitenza in quel deserto soprannaturale, almeno queste erano le conclusioni cui egli era pervenuto.

Felice per la possibilità inaspettata che gli era stata offerta, aveva cominciato con gratitudine quel suo faticoso cammino di purificazione. Ma quando di fronte alle oscure tenebre di quelle porte buie comparse dal nulla, aveva ricevuto quella proposta, gli sembrò che la sua gratitudine non potesse reggere... paragonata al poter rivedere Virginia e il frutto del loro amore.

«La donna vestita di sole non ti ha detto...? Virginia non fuggì per disamore... fuggì perché portava in grembo...» Quella rivelazione aveva ridestato in lui la grande agitazione vissuta in vita. Non gli importava da chi provenisse quella notizia, aveva fame e sete di risposte. Forse, avrebbe potuto mettere fine ai suoi rimpianti.

«Cosa vuoi?» aveva domandato con prontezza, intuendo che se quella verità gli veniva rivelata era perché c'era da pagarne un prezzo, come sempre aveva sperimentato, d'altronde.

«Ucciderai Maddalena per me!»

La proposta di uccidere qualcuno era inedita anche per lui che, durante gli anni, nel suo lavoro di *Corsaro* aveva accettato mandati di furti e rapimenti da parte dei governi che lo assoldavano per derubarsi tra loro. Ebbe un attimo di esitazione, ma immediatamente, la voce gli propose qualcosa che non riuscì a rifiutare.

«Virginia è viva! Vuoi che non ti aspetti? Così come è vivo anche il frutto del vostro amore…»

Non comprendeva interamente quanto la voce gli dicesse; l'unica cosa che gli importava era la prospettiva di riavere, in qualche modo, ciò che aveva lasciato. Pensò al padre che per lui aveva guadagnato un perdono insperato; sapeva che lo avrebbe perso… ma… così, accettò con l'impeto di quel motto che aveva seguito in vita: "prendi ciò che vuoi e pagane il prezzo".

«Prendo ciò che voglio e ne pagherò il prezzo!» concluse, per suggellare il patto.

Non entrò nei particolari, anche perché, in un attimo, si sentì risucchiato dentro le tenebre e fu avvolto da un oceano di dolore viscerale, come se le sue membra venissero squartate, quindi, dopo un momento indefinito d'oscurità, sentì un battito di cuore e un formicolio di muscoli che gli davano una certezza: *«Sto tornando!»* si disse.

Si era sentito, quindi, aggredire da una forte calura, simile alla febbre; cominciò a sudare: percepiva le gocce saline che scendevano copiose sulle sue labra, ma si sentiva paralizzato dentro un corpo che non riconosceva e si chiese in quale pasticcio si fosse cacciato. Fece uno sforzo per liberarsi, cercando di dimenarsi, di scuotersi e improvvisamente riuscì a muovere i muscoli oculari e ad aprire gli occhi. Gli occhi erano interamente aperti, spalancati, ma lui era assente, come se fosse dentro un sogno.

Si guardò intorno e vide un viso candido che lo fissava con dolcezza. Era quello di una ragazza dagli occhi castani come le foreste in autunno e dai capelli lunghi e biondi, splendenti come la luce del mattino.

Quella giovane si mostrava visibilmente preoccupata: poteva vedere che ella lo scuoteva energicamente per risvegliarlo, che muoveva le sue labbra e che, a tratti, gli urlava qualcosa, ma egli, completamente paralizzato, non avvertiva alcuna sensazione né tattile, né uditiva.

Nel frattempo, si accorse di un'altra presenza, quella di un ragazzo, che provava a calmarla; fu proprio in quel momento che gli si risvegliò l'udito.

«Calma, Eved Magdalene, calma... è vivo! Guarda, si sta risvegliando!»

"Magdalene!" Si ricordò di quel nome e, per un attimo, distratto dal turbinio di sensazioni causati dal risveglio, ricacciò indietro il ricordo.

Il corpo stava incominciando a rispondergli, mentre dentro di sé era del tutto sveglio: *"L'anima sente differentemente..."*, pensava, sperimentando tutto il limite della corporeità.

Riacquistò il movimento degli arti: aggrovigliando le dita dei piedi, poteva sentire il lenzuolo umido di sudore. Incredulo, si osservò le mani, sollevandole per quanto potesse, e si rese conto che quel corpo non era il suo. Troppo più giovane, veramente troppo. Fissava i suoi jeans scuri e accarezzava con i soli pollici una felpa di color nero... voleva appurare che tutto fosse vero: ancora scosso, aveva messo in conto che, con in mezzo *Belzebù*, avrebbe potuto subire un qualche raggiro. Tutto però sembrava a posto.

"Sono risorto proprio come Lui..." continuava a ripetersi, *"non come Lui, certo, ma in fondo, ciò che conta è che sono vivo!"* Era ancora fresco il ricordo di quando aveva assistito a quell'altra resurrezione.

Era successo poco prima che l'Arcangelo lo portasse al Tartaro. La Santa Madre gliela aveva mostrata tenendo in mano due libri legati da una catena di rosario dorata. Si ricordava bene ciò che gli aveva detto:

«Tutta l'opera redentrice di mio Figlio è preordinata nel primo libro e realizzata nel secondo[238]...»

Poi, aveva visto la donna aprire il primo dei due libri e leggere quello che gli venne detto fosse la parte del libro considerata "Deutero-Isaia", contenente le profezie messianiche tratte dai "Carmi sul Servo di Jahvè". Mentre Ella leggeva, lui, come fosse stato sedotto, in un sogno, aveva rivissuto la vita di quel Figlio...

«Chi avrebbe creduto alla nostra rivelazione?
A chi sarebbe stato manifestato il braccio del Signore?
È cresciuto come un virgulto davanti a lui
e come una radice in terra arida.
Non ha apparenza né bellezza
per attirare i nostri sguardi,
non splendore per provare in lui diletto.
Disprezzato e reietto dagli uomini,
uomo dei dolori che ben conosce il patire,
come uno davanti al quale ci si copre la faccia,
era disprezzato e non ne avevamo alcuna stima.
Eppure, egli si è caricato delle nostre sofferenze,
si è addossato i nostri dolori
e noi lo giudicavamo castigato,
percosso da Dio e umiliato.
Egli è stato trafitto per i nostri delitti,

schiacciato per le nostre iniquità.
Il castigo che ci dà salvezza si è abbattuto su di lui;
per le sue piaghe noi siamo stati guariti.
Noi tutti eravamo sperduti come un gregge,
ognuno di noi seguiva la sua strada;
il Signore fece ricadere su di lui
l'iniquità di noi tutti.
Maltrattato, si lasciò umiliare
e non aprì la sua bocca;
era come agnello condotto al macello,
come pecora muta di fronte ai suoi tosatori,
e non aprì la sua bocca.
Con oppressione e ingiusta sentenza fu tolto di mezzo;
chi si affligge per la sua sorte?
Sì, fu eliminato dalla terra dei viventi,
per l'iniquità del mio popolo fu percosso a morte.
Gli si diede sepoltura con gli empi,
con il ricco fu il suo tumulo,
sebbene non avesse commesso violenza
né vi fosse inganno nella sua bocca.
Ma al Signore è piaciuto prostrarlo con dolori.
Quando offrirà se stesso in espiazione,
vedrà una discendenza, vivrà a lungo,
si compirà per mezzo suo la volontà del Signore.
Dopo il suo intimo tormento vedrà la luce
e si sazierà della sua conoscenza;
il giusto mio servo giustificherà molti,
egli si addosserà la loro iniquità.
Perciò io gli darò in premio le moltitudini,
dei potenti egli farà bottino,
perché ha consegnato se stesso alla morte
ed è stato annoverato fra gli empi,
mentre egli portava il peccato di molti
e intercedeva per i peccatori.
Ecco, il mio servo avrà successo,
sarà onorato, esaltato e molto innalzato.
Come molti si stupirono di lui
tanto era sfigurato per essere d'uomo il suo aspetto e diversa la sua forma
da quella dei figli dell'uomo

così si meraviglieranno di lui molte genti;
i re davanti a lui si chiuderanno la bocca,
poiché vedranno un fatto mai ad essi raccontato
e comprenderanno ciò che mai avevano udito[239]».

Quindi aveva visto il Figlio che veniva deposto dalla croce sulla quale era stato inchiodato. Era il 7 aprile dell'anno 30[240]. Subito dopo, egli vide che lo riponevano in un sepolcro sigillato con una pesante pietra e ciò che fecero le guardie fino all'alba della mattina del 9 aprile seguente, quando avevano assistito allo sconvolgimento dell'intero creato[241].

Una luce potente aveva inondato ogni cosa e dal sepolcro era venuto fuori quel Figlio vittorioso e lucente. Quella era l'unica resurrezione di cui sapeva qualcosa; la sua, appena vissuta, non era lontanamente paragonabile a quella di quel corpo glorioso e divino che aveva visto uscire nudo dal sepolcro, capitolando la pietra come fosse piuma, e sconvolgendo le guardie di ronda.

Gli erano state, in seguito, mostrate delle donne in lutto, che al mattino successivo, recatesi al sepolcro, lo avevano trovato vuoto.

Sentì un dialogo stringato, essenziale, che però gli era rimasto impresso: «Donna perché piangi? Cosa cerchi?[242]»

Capì che quella domanda era rivolta a lui, anche se gli avevano detto che il Risorto l'aveva posta a Maria Maddalena!

"Maddalena..." Maddalena: ancora quel nome! Si sentì turbato, lo stesso nome di colei che avrebbe dovuto uccidere.

«Uccidi Maddalena!» gli aveva detto.

Guardò la ragazza: sembrava una sirena, con quei suoi lunghi capelli biondi e le venature castane, che fluivano delicatamente sul dolcevita rosa e che sembravano accarezzarle il volto! Per non parlare poi dei suoi grandi occhi castani e lucenti di sfumature rosse e brune, che lo fissavano ansimanti.

Provò a dire qualcosa e gli riuscì. Chiese dove si trovasse e tentò di alzarsi, ma fu trattenuto a letto dalla ragazza che aveva, improvvisamente, cambiato sguardo come si fosse accorta di qualcosa di strano. Lui obbedì, sentendosi venir meno, ma continuò, con insistenza, a domandare dove si trovasse. Il ragazzo alla sinistra della giovane disse:

«È sveglio, pian piano si riprenderà! Amore, adesso è tardi, non c'è più ragione di restare! Ma qualunque cosa servisse, sono a disposizione!» La donna annuì e accompagnò il giovane fuori dalla camera.

Appena fuori dalla stanza, sentì che egli mormorava alla ragazza:

«Meglio non proferirne parola con Padre Noah…»

«Ne parliamo domani, Alessandro. Adesso, vai e riposa che è tardi!» rispose Eved Magdalene guardandolo allontanarsi.

Lentamente la ragazza chiuse la porta, facendo due giri di chiave e ritornò a lui, che si muoveva a stento.

Ella bagnò un panno e glielo ripose sulla fronte. Egli non poteva vedere nient'altro che il volto di quella ragazza che sembrava irrigidirsi sempre più, anche se non mancava di accudirlo con gentilezza. Non comprendeva bene dove si trovasse; vedeva soltanto una piccola camera con muri bianchi, una porta in legno scuro e un crocifisso appena sopra la porta. Non riusciva a vedere altro, anche perché era accecato dalla fastidiosa luminescenza di un abat-jour, riposta accanto al letto.

La giovane si fermò improvvisamente e s'incupì. Fece una pausa di riflessione, durante la quale egli ebbe modo di osservare gli occhi profondi della ragazza illuminarsi come quelli di un gatto a cui la luna della notte avesse acceso lo sguardo. Poi ella parlò:

«Non sei John Cohen! Chi sei?»

Quella domanda inattesa gli confermò che quella ragazza era la Maddalena di cui *Mefisto* parlava e che avrebbe dovuto uccidere. *"Una donna capace di leggere oltre il reale. Doveva essere una qualche strega!"* pensava.

«Posso sentire che non sei mio fratello! Ne sono capace, e poi io e lui siamo gemelli: abbiamo un legame profondo. Chi sei tu, che ora abiti il suo corpo?»

Gli sarebbe piaciuto avere la forza di indagare ma si sentì venir meno improvvisamente. Poco prima di perdere definitivamente i sensi ebbe modo di rispondere con un filo di voce:

«Cédric...» Quindi, tornò al buio, in mezzo a nuovi incubi.

Capitolo 20
FIGLIO

Tomba di Guglielma la Boema[243], Abbazia di Chiaravalle[244], Italia
24 febbraio 1987, ore 03:00

Impetuose correnti di vento alitavano sugli alberi della boscaglia, smuovendoli nervosamente e riempiendo l'aria di quella gelida frescura tipica delle campagne lombarde. Una lieve foschia percorreva l'erba, ammantandola di cereo fumo. Le nuvole nascondevano la limpidezza lunare, generando un'illuminazione stanca, quasi inutile, non abbastanza da impedire il delinearsi di qualche sagoma, come quello di uno stormo di corvi, che s'intravedeva appena tra le flessuosità delle grigie nubi. Il chiacchiericcio del loro gracchiare appariva un lamento rivolto alle folate di vento nemiche. Le traiettorie dei loro voli specchiavano il cerchio di fuoco che erano impegnati a sorvolare.

All'interno vi si consumava la parodia di una Messa. Tra capovolgimenti di preghiere cristiane e benedizioni con acqua lurida, venne squartata una colomba bianca… il cui sangue venne versato sull'addome gonfio e nudo di una donna, utilizzata come altare.

Al centro di un cerchio di fuoco, un manipolo di una decina di persone, incappucciate e rivestite interamente da tuniche nere, attorniava una figura sacerdotale che, dopo aver consumato un amplesso con quella che appariva una donna incinta priva di coscienza, celebrava il rito.

Il lugubre gracchiare dei corvi sembrava conferire alla scena una consona funerea colonna sonora. Il volto degli incappucciati era coperto da una maschera di metallo, che riproduceva l'immagine di un caprone.

Sollevandosi dal corpo della donna, le cui gambe divaricate erano trattenute da due inservienti, il santone mostrò interamente il suo macabro aspetto…

Sul viso, portava la maschera di un demonio, i cui occhi erano vuoti e privi di luce. Indossava una tunica che si distingueva da quella degli altri partecipanti al rito per una fasciatura verticale rossa. Al centro di essa, spiccava il ricamo del sigillo di *Lucifero*[245], un simbolo ancestrale raffigurante la coppa dell'elisir di lunga vita[246], un potere che viene concesso dal suddetto demone ai suoi servi più fedeli.

Il sacerdote officiante si girò verso alcuni inservienti che gli porsero un vassoio nel quale era stata posta una lama intarsiata; egli la prese, si abbassò sulla donna-altare e le squarciò l'addome, dal quale estrasse il nascituro ancora lordo dei liquidi e del sangue materno.

Il bambino venne issato per la testa e mostrato ai presenti; quindi, emise pochi vagiti subito zittiti da un fendente infertogli all'altezza della gola, fendente che ne decapitò il corpicino, che precipitando per terra, emise un sordo tonfo.

Tutti s'inginocchiarono in adorazione di quella testolina il cui sangue veniva lasciato colare sui seni della madre ormai cadavere.

Il sacerdote, con voce tuonante, disse:

«Guglielma, strumento del primo tentativo, non riuscito, di creare un corpo per l'*Anticristo*, ci rivolgiamo a te, sapendo che ci risponderai! Allora, c'eravamo quasi riusciti… ricordi? Raccontammo a tutti che eri figlia del re di Boemia Premislao I e di Costanza d'Ungheria. Giungesti a Milano intorno al 1260 con quel bambino che avrebbe dovuto ospitare lo spirito immondo[247]… divenisti un'oblata, una laica che viveva nel vicino monastero di Chiaravalle. Aiutasti i poveri e i malati, tanto che il tuo esempio e la tua testimonianza conquistarono un folto gruppo di seguaci che, per la maggior parte appartenevano a nobili famiglie milanesi, prime fra tutte quelle dei Torrioni e dei Visconti. Perfino i monaci del monastero di Chiaravalle e le suore di Santa Caterina in Brera arrivarono a proporti, dopo la tua morte, avvenuta il 24 agosto 1281, santa… la cappella di Chiaravalle, in cui venisti sepolta, divenne finanche un luogo di culto. Parla! Ora puoi, cos'è che non funzionò?!»

Il celebrante sembrava rivolgersi al cadavere della donna, ma in realtà a muoversi fu la testa mozzata del neonato che aveva assunto un'orribile fattezza inumana. Gli occhi spalancati, neri, lucidi, privi di sclera oculare e un ghigno smorzato diedero suono a una vocina, stridente come unghie che infilzino e attraversino con violenza la grafite.

«L'inganno era perfetto! Avevo finto di essere una santa, ma quel mercante geloso della propria moglie, una notte, la seguì. Così, scoprirono i nostri riti, le orge organizzate dalle parti di Porta Nuova, una "sinagoga" sotterranea dove, con il favore delle tenebre, riunivamo una congrega di signore. Proprio durante uno di quei riti, provammo a consacrare il mio bambino, che però non sopravvisse…»

Quindi la voce tacque e il volto di quella testa di neonato mozzata si spense come morta nuovamente.

Il sacerdote avvicinò a sé la testa, scuotendola. Il vento intanto aveva aumentato la sua forza e colpiva i corvi e le cornacchie, che fluttuavano come sciami di api tutt'intorno a quegli uomini e a quelle presenze oscure.

L'officiante il rito disse:

«A quei tempi, alcuni posseduti ci avevano profetizzato che l'*Anticristo* sarebbe venuto da una donna maledetta, simulatrice di santità e da un uomo maledetto[248]. Avevamo provato a ricrearne le circostanze descritte, ma l'esperimento non riuscì. Perché?! I *Custodi* sono sempre rimasti in silenzio su quest'argomento. Anche tu rimarrai in silenzio?»

Sembrava aspettarsi una risposta da quella testolina defunta, ma le ultime parole vennero spese dal cadavere della madre, che risollevò il rigido collo che era riverso in basso. Col sangue tra le labbra che colava sui suoi seni, il giovane cadavere così si espresse:

«Non c'è più nulla da simulare, più nulla da attendere! Il tuo erede è il prescelto…» Poi si spense senza vita.

Il sacerdote fece cadere la testa del feto che rotolò lungo la selva e, attonito, si allontanò da quel corpo. Quella rivelazione lo aveva spiazzato.

I presenti, anch'essi allibiti da quanto appreso, incominciarono ad agitarsi, guardandosi l'un l'altro in cerca di risposte. Si chiedevano quale sarebbe stata la reazione successiva del prelato, che, però, rimaneva rigido e immobile. Egli era completamente assorto, preda di un turbinio di eventi e riflessioni che si accalcavano confusamente nella sua mente, quasi a gareggiare con le violente folate di vento.

Il gelo intanto aveva spento il cerchio di fiamme; a sfoltire le tenebre rimanevano solo le luci esterne dell'abbazia.

Senza nemmeno sapere perché, al prelato venne in mente Papa Giovanni Paolo I, che aveva detto che «È impossibile concepire la nostra vita, la vita della Chiesa, senza il rosario, le feste mariane, i santuari mariani e le immagini della Madonna!». Quella frase, espressa dal Papa durante il suo breve pontificato, affermava l'azione salvifica della *Corredentrice* nel mondo.

Ricordò che, in un'altra occasione, quel Papa aveva affermato che gli uomini sono «oggetto da parte di Dio di un amore intramontabile. È papà; più ancora è madre[249]!». Con quest'altra affermazione, quel Papa stava preparando il terreno a quella che sarebbe stata la sua lettura teologica della Chiesa e della società. Il suo obiettivo era lo stabilirsi nel mondo della devozione al cuore immacolato della *Corredentrice*.

Intanto, un trono sollevato dagli adepti su due lunghe travi accolse il sacerdote che veniva riportato all'interno dell'abbazia. Durante quel viaggio, concludendo le sue riflessioni, disse a se stesso con orgoglio: *"Non glielo permisi! Quel Papa lo eliminammo prima. Quando c'è da affondare un colpo, è a me che si rivolgono! Sempre"*.

Tolta la maschera rimase il suo volto nudo marchiato dai secoli: quello di un anziano signore dallo sguardo fortemente nobile e fiero. Una capigliatura grigiastra tirata indietro e delle sopracciglia scure posate sull'incavo degli occhi, gli conferivano un tono di saggezza.

Durante il trasporto poggiò la testa su tre dita e cominciò a riflettere profondamente.

"Il 10 luglio del 1977 la Veggente di Fatima Lucia Dos Santos aveva voluto vedere Albino Luciani, prima che salisse al soglio pontificio... dissero che egli uscì scosso da quell'incontro di appena due ore. Noi capimmo che Lucia gli aveva

parlato della sua elezione. Alcuni riferirono che ella lo avesse chiamato "Sommo Pontefice", anche se sarebbe stato eletto solo il 26 agosto del 1978. Sospettammo subito che gli avesse rivelato la profezia avuta dalla Vergine, nel 1917 e trascritta nel 1943[250]... Di essa abbiamo avuto lettura solo nel 1960 per disposizioni della Veggente. La profezia riguardava la fine dei tempi ed io personalmente ne acquisii il contenuto completo... era evidente che in tutto quel testo si parlasse di noi e del nostro operato. Esso cominciava con l'affermazione che l'Inferno è una realtà...".

«... un grande mare di fuoco, che sembrava stare sottoterra. Immersi in quel fuoco, i demoni e le anime, come se fossero braci trasparenti e nere o bronzee, con forma umana che fluttuavano nell'incendio[...]. I demoni si riconoscevano dalle forme orribili e ributtanti di animali spaventosi e sconosciuti, ma trasparenti e neri. Questa visione durò un momento. E grazie alla nostra buona Madre del Cielo, che prima ci aveva prevenuti con la promessa di portarci in Cielo, altrimenti credo che saremmo morti di spavento e di terrore...»

"Nel secondo passaggio della profezia, invece, Ella ci inviava un chiaro segnale, rendendo palese tutto il nostro operato nel creare le false dottrine e nel muovere i potenti verso la guerra finale...".

«Avete visto l'inferno dove cadono le anime dei poveri peccatori. Per salvarle, Dio vuole stabilire nel mondo la devozione al Mio Cuore Immacolato. Se faranno quel che vi dirò, molte anime si salveranno e avranno pace. La guerra sta per finire, ma, se non smetteranno di offendere Dio, durante il Pontificato di Pio XI, ne comincerà un'altra ancora peggiore. Quando vedrete una notte illuminata da una luce sconosciuta, sappiate che è il grande segno che Dio vi dà che sta per castigare il mondo per i suoi crimini, per mezzo della guerra, della fame e delle persecuzioni alla Chiesa e al Santo Padre. Per impedirla, verrò a chiedere la consacrazione della Russia al Mio Cuore Immacolato e la Comunione riparatrice nei primi sabati. Se accetteranno le Mie richieste, la Russia si convertirà e avranno pace; se no, spargerà i suoi errori per il mondo, promuovendo guerre e persecuzioni alla Chiesa. I buoni saranno martirizzati, il Santo Padre avrà molto da soffrire, varie nazioni saranno distrutte. Finalmente, il Mio Cuore Immacolato trionferà. Il Santo Padre Mi consacrerà la Russia, che si convertirà, e sarà concesso al mondo un periodo di pace[251]».

"In poche parole, Ella, per combatterci, richiedeva innanzitutto un esorcismo globale. La Veggente, in seguito, disse di avere riconosciuto il "grande segno" nella straordinaria aurora boreale che illuminò il cielo nella notte fra il 25 e il 26 gennaio del 1938, e identificò il secondo conflitto mondiale con quello annunciato nella visione, descrivendolo come…".

«Una guerra atea, contro la fede, contro Dio, contro il popolo di Dio. Una guerra che voleva sterminare il giudaismo da dove provenivano Gesù Cristo, la Madonna e gli Apostoli che ci hanno trasmesso la parola di Dio e il dono della fede, della speranza e della carità, popolo eletto da Dio, scelto fin dal principio: "la salvezza viene dai giudei"».

"La Veggente con l'ultima frase citava l'ultimo passaggio in cui Cristo, durante un colloquio con una Samaritana, le diceva esplicitamente di essere il Messia delle profezie… ma per noi che leggiamo oltre le righe era un chiaro segnale che i giudei erano ancora il popolo protagonista dell'ultima partita. Ecco perché decidemmo di eliminare anche loro, facendo scatenare, successivamente, una guerra in grande stile.
E la Seconda Guerra Mondiale scoppiò, non come insegnano i libri di storia, il I° settembre 1939, durante il pontificato di Pio XII, ma, come aveva affermato la Veggente, durante quello di Pio XI, con l'annessione dell'Austria.
Fummo davvero bravi: il mondo se la bevve e accusò Dio stesso per il suo silenzio di fronte all'olocausto! Ancora oggi, il mondo non punta il dito contro le ideologie e i personaggi

che noi mettemmo in campo per realizzare il nostro capola-
voro di empietà, ma con rabbia e risentimento lo punta contro
il Cristo e la sua Chiesa! Nessuna terra, inoltre, fu consacrata
a Maria; questo fatto confermò la nostra vittoria: il nostro
possesso del pianeta continuava a essere forte. Ma la terza
parte del segreto sbaraglia ogni mia precedente prospettiva,
mi confonde e mi compromette personalmente...".

«Dopo le due parti che già ho esposto, abbiamo visto al lato sinistro di
Nostra Signora un poco più in alto un Angelo con una spada di fuoco nella
mano sinistra; scintillando emetteva fiamme che sembrava dovessero incendiare il mondo; ma si spegnevano al contatto dello splendore che Nostra
Signora emanava dalla sua mano destra verso di lui: l'Angelo indicando la
terra con la mano destra, con voce forte disse: Penitenza, Penitenza, Penitenza!»

"La mia adorata lama, la spada del male che ebbi l'onore
e l'onere di modellare! La spada che disegnai con le mie mani
di artigiano dei metalli ricompariva tra le mani di un Angelo!
Allora non è andata dispersa! C'è ancora ed io adesso avverto
tutto il suo irresistibile e lacerante richiamo... la mia esi-
stenza è fusa a quell'oro maligno!
Forgiai il pomolo col sigillo di Lucifero, il medesimo simbolo
che porto nel petto: controbilanciava perfettamente il peso
della lama e ne permetteva una presa sicura; il cuore dell'im-
pugnatura era dello stesso oro dell'intera arma, fasciata con
vari materiali, pelle e corda. Dedicai molto tempo alla guar-
dia, il componente metallico che separa l'impugnatura dalla
spada, dandogli forma di Omega, il segno della fine[252]; con i
limiti della lettera prolungati a punta affinché anche l'elsa po-
tesse essere usata eventualmente come tridente. Al centro
della lettera, disegnai il simbolo della mia famiglia: la stirpe
di Caino, mio nonno; un "Uroboro", una serpe riavvolta in

se stessa che, mordendosi la coda raffigura il simbolo dell'in-
finito.

Fasciai con listelli di pelle il ricasso, la parte della lama ap-
pena dopo l'elsa, per permettere di poggiare l'indice per un
eventuale maggior controllo; diedi alla scanalatura centrale
la forma di poligono… il filo della lama era perfettamente af-
filato e aveva la capacità di tagliare qualunque materiale
come fosse burro. Fu un lavoro di quaranta giorni, un periodo
in cui mi innamorai di quell'oggetto che non venne mai per-
messo fosse mio".

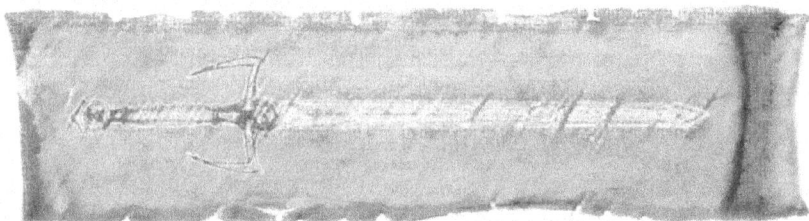

Ne conservava ancora una pergamena, dove l'arma veniva raffigurata nella sua interezza, per non abbandonarne il ricordo alla sfuggevole memoria.

Rientrato nel suo appartamento accanto all'abbazia, il santone si svestì delle vesti sacerdotali nere per riprendere quelle di un porporato e prepararsi alle lodi delle 6 del mattino.

I monaci benedettini che occupavano l'abbazia, addormentati la sera prima con dei sonniferi, avrebbero presto bussato alla sua camera, ignari di quanto fosse avvenuto alle porte del santuario.

Egli non aveva necessità di dormire, la maledizione che lo accompagnava gli garantiva una lucidità perenne.

Si fermò allo scrittoio della camera, si sedette e cominciò a sfogliare vecchie carte, senza riuscire a smettere di pensare alle rivelazioni di quella notte, che, a sua sorpresa, sembravano metterlo al centro della partita a scacchi tra il bene e il male. Perché? Si chiedeva.

Egli, che era stato sempre in disparte… egli, che, nel corso dei secoli, non si era mai impegnato più di tanto in quella partita affidata ai *Maggiordomi*, dei quali aveva tenuto d'occhio le mosse a debita distanza… era stato testimone dei loro errori, aveva riso delle loro aspirazioni, secondo lui espressioni di stupida vanagloria. Mortali che non potevano invecchiare, ma che si ammazzavano di lavoro, quando non impegnati a uccidersi tra di loro.

Il potere per il potere non era mai stato tra le sue aspirazioni; egli ambiva alla spada, strumento eletto per realizzare la sua vendetta.

Così come essa era stata simbolo della cacciata di *Lucifero,* poteva anche essere lo strumento di riscatto per rialzare la sua stirpe, che un Dio adirato aveva abbandonato al limite della terra.

Nel corso dei secoli, si era incamminato alla ricerca della spada, di cui però non trovava traccia e di cui nemmeno i maghi e le streghe a cui si era rivolto riuscivano a rilevarne la posizione. Fin quando accadde un fatto che lo portò a rendersi pubblico nel 1726, a Korolowka, un vecchio villaggio polacco. Aveva incrociato la famiglia Frank, facenti parte dei Sabbattiani, seguaci del *Maggiordomo* Sabbatai Zevi, un cabalista di Smirne, ucciso a metà del 1600.

Questi si era proclamato "Messia", e si era gettato a capofitto in ogni sorta d'impurità, convinto che la redenzione fosse possibile promuovendo la salvezza attraverso l'errore e il peccato come liberazione dalla legge.

Frequentando quegli ambienti, aveva compreso che personaggi della Chiesa Cattolica dovevano essere degli illusi se pensavano di potere far giocare questi "Messia" per la conversione di massa del popolo ebraico al cristianesimo. In tanti, infatti, coltivavano l'ambizione di passare alla storia come gli artefici dell'entrata in massa del popolo eletto all'interno delle fila cattoliche, sulla base di una prospettiva escatologica, visto che la conversione degli ebrei è sempre stata considerata uno dei segni premonitori della fine dei tempi[253].

Decise di coltivare quell'idea e, dopo un'assidua frequentazione dei Sabbattiani, col nome di Jacob Frank, acquisì un certo credito, autoproclamandosi *Messia* e incarnazione di Zevi e cavalcando la sua dottrina di "apostasia necessaria". Dopo un passaggio strategico all'Islam, Frank fece balenare ai vescovi polacchi la possibilità di una conversione sua e dei suoi trentamila seguaci al cattolicesimo. Così nell'estate del 1759, migliaia di frankisti si fecero battezzare nella cattedrale di Leopoli, accusando la comunità ebraica di omicidi rituali e sacrifici umani, per compiacere l'antigiudaismo di un certo clero polacco. A novembre, si fece battezzare lo stesso Frank. A fargli da padrino fu Augusto III in persona, il re di Polonia.

Da quel momento, sacrificò alla storia la figlia e non lasciò più i ranghi cattolici, per poter progettare dall'interno la propria vendetta. Dopo varie vicissitudini, si stabilì a Czestochowa col titolo di Barone di Offenbach e, nel 1791 fingendo la propria morte, lasciò alla figlia Eva che ebbe illegittimamente con Caterina II di Russia, la gestione dei propri seguaci, che si dispersero all'interno della massoneria nel 1816, quando ella morì[254].

Nel presente, adesso, vestiva i panni di un Principe della Chiesa Cattolica: Martino Ferrari, Vescovo Milanese, della diocesi più grande d'Europa. Ed egli era in possesso delle copie dei segreti di Fatima e le teneva tra le mani. Continuò a leggerne il testo, anche se lo conosceva a memoria...

«E vedemmo in una luce immensa, che è Dio, (qualcosa di simile a come si vedono le persone in uno specchio quando vi passano davanti) un vescovo vestito di bianco, (abbiamo avuto il presentimento che fosse il Santo Padre) insieme a vescovi, sacerdoti, religiosi e religiose salire una montagna ripida, in cima alla quale c'era una grande Croce di tronchi grezzi come se fosse di sughero con la corteccia; il Santo Padre, prima di arrivarvi, attraversò una grande città mezza in rovina e mezzo tremulo, con passo vacillante, afflitto di dolore e di pena, pregava per le anime dei cadaveri che incontrava nel suo cammino; giunto alla cima del monte, prostrato in ginocchio ai piedi della grande Croce, venne ucciso da un gruppo di soldati che gli spararono vari colpi di arma da fuoco e frecce, e allo stesso modo morirono gli uni dopo gli altri i vescovi, sacerdoti, religiosi, religiose e varie persone secolari, uomini e donne di varie classi e posizioni. Sotto i due bracci della Croce c'erano due Angeli ognuno con un innaffiatoio di cristallo nella mano, nei quali raccoglievano il sangue dei Martiri e con esso irrigavano le anime che si avvicinavano a Dio».

"Ogni nostro disegno, ogni nostra intenzione è manifesta e resa nota, ogni azione che avremmo svolto è preventivamente mostrata; pertanto, questa parte di dettato non deve essere resa pubblica! Fino ad ora ci siamo riusciti; nessuno ne conosce il contenuto e, soprattutto, pochissimi hanno potuto leggere il commento scritto dalla Veggente all'ultima parte della profezia, tra questi Albino Luciani che, eletto al soglio pontificio, prendendo il nome di Giovanni Paolo I, ci dichiarò apertamente guerra. Uccidemmo lui[255], ma il successore sta continuando la sua opera con maggiore accanimento.
Eliminarlo non ci è stato possibile: è protetto personalmente dalla Corredentrice!
Ma, adesso, ogni cosa cambia: se l'Anticristo si incarnerà in qualcuno dei miei figli, non sarà difficile riconoscerlo e questo mi porterà in una posizione di supremazia nei confronti persino dei tre Custodi che, a questo punto, vuol dire che sono posseduti, tenuti in vita e usati dallo spirito di un figlio mio!"

Erano due i documenti, copie di originali, che teneva tra le mani; li leggeva alla luce di una candela sottile. Il primo era di quattro pagine, contenente 62 righe di testo, copiato dal taccuino di suor Lucia, scritto non in forma epistolare: descriveva la visione avuta dai tre fanciulli di Fatima senza alcuna parola pronunciata dalla *Corredentrice*; è il testo che, secondo lui, Giovanni Paolo II aveva intenzione di rendere pubblico!

L'altro documento era la lettera di una sola pagina, contenente circa 25 righe di testo, costituite dalle parole pronunciate dalla Madonna. Era il testo che egli temeva di più... avrebbe fatto qualunque cosa perché non fosse mai reso pubblico dal Vaticano.

Era stato scritto da Suor Lucia e aveva indotto, nel 1981, Papa Giovanni Paolo II a consacrare il mondo al Cuore immacolato di Maria. L'originale era custodito nell'appartamento papale accanto al suo capezzale[256]. Detestava quei due papi: forza per la Chiesa ma disgrazia per lui! Quei due Papi erano due segni nemici... Giovanni e Paolo, gli apostoli che avevano messo a tema la presenza dell'*Anticristo* nella storia!

"Inoltre, quello lì... chiamarsi Giovanni Paolo I, il numero "Primo"! Perché mettere un numero come se ci dovesse esserne un secondo? Indubbiamente, vi era un legame profetico in quel numero... lo comprendemmo con l'elezione del successore: il secondo Giovanni Paolo[257]! Avevamo ucciso il primo, per mettere a tacere le rivelazioni, ma con l'elezione del successore capimmo che eliminare il polacco sarebbe stata impresa ardua, in quanto la sua elezione confermava un'altra profezia, questa volta del 1938, di una certa Suor Faustina che aveva annotato così l'episodio: "Una volta che pregavo per la Polonia, udii queste parole: «Amo la Polonia in modo particolare e, se ubbidirà al Mio volere, l'innalzerò in potenza e santità. Da essa uscirà la scintilla che preparerà il mondo alla Mia ultima venuta»". Ecco, quindi, che tutto si

prepara alla conclusione, infatti, nella lettera a commento della visione, quella di 25 righe, la Veggente di Fatima rivela la nostra intenzione di far soccombere non il Papa, ma il Papato e descrive minuziosamente il fatto che la Chiesa e la falsa Chiesa diverranno un unico corpo... che incendieremo la Chiesa dall'interno e tanti altri dettagli che non mi sorprendo che sappia. Ciò che, però, mi ha spiazzato è un passaggio del commento della Corredentrice, che ricordo a memoria ormai...".

<u>"Mentre la Chiesa s'incamminerà verso la grande apostasia e con l'Anti-Chiesa formeranno un unico corpo come in unione incestuosa, la guerra secolare combattuta dai miei figli contro gli eredi del Demonio giungerà a conclusione, allora cadrà ogni difesa e comparirà l'Anti-Cristo definitivo".</u>

Quello scritto dinanzi a sé, letto alla luce della rivelazione di quella notte rimodellava ogni sua prospettiva.

"La predizione della nostra supremazia contro la Chiesa morente. Nell'avvicendarsi di previsioni millenarie solo una volta viene fatta menzione di una nostra vittoria. In un'antica profezia, contenuta interamente in un manoscritto ritrovato in alcune grotte nel 1950, nei pressi di Gerusalemme e denominato "Documento di Damasco", si descrive lo scontro tra noi e loro. Esso predice che, alla conclusione del conflitto, si manifesterà un "Maestro di Giustizia", un soggetto che si opporrà ai tre Custodi ma che soccomberà per mano di un "Sacerdote Empio".
Sia quella profezia, sia il commento di Fatima vengono a coincidere, mettendo così una pietra definitiva alla conclusione della Guerra, con la predizione della nostra vittoria...".

Le letture e le riflessioni della notte vennero interrotti dall'arrivo improvviso di una telefonata. Subito pensò a uno dei benedettini dell'abbazia che lo richiamava alle lodi del mattino.

Si coprì con una vestaglia e attraversò quel semplice appartamento dirigendosi al telefono. Con sua sorpresa, sentì immediatamente che quella voce non era di un benedettino, ma quella di una sua seguace.

«Emma, ma cosa fai?!» la rimproverò perché non dovevano essere usati strumenti tecnologici per le comunicazioni: troppo intercettabili.

«Eminenza, mi scuso, tutti i nostri medium impegnati nel monitorare la Trascendenza sono concordi: sappiamo dov'è, il *Makabì*. Si è manifestato!»

«Il *Maggiordomo* è stato avvisato?» domandò teso.

«Sa tutto, sta arrivando!» rispose la voce con tono obbediente.

Chiuse il telefono fiatando un lieve «bene!» Fissò il vuoto per un lungo attimo, poi tornò a leggere le 25 righe di commento alla visione di Fatima.

"Il Guerriero atteso dai profeti antichi verrà donato al mondo senza essere di questo mondo. Quando l'Anti-Cristo raggiungerà il passaggio dall'età infantile a quella adulta e il sangue dell'innocente bagnerà gli ultimi giorni".

"Siamo sotto il penultimo Papa della profezia di Malachia, che prevede la fine del papato così come si è sempre conosciuto; poi il Papato muterà forma! Tutto si sta approssimando alla conclusione. I Bilderbergers[258] sono riuniti a Sonoma adesso, per il Bohemian Club! La partita sta per chiudersi!" pensava.

"Ma com'è possibile?" si domandava.

"Se il Makabì è qui vuol dire che l'Anticristo si è già incarnato tra i miei figli! Ma, negli ultimi anni, nessuna donna con cui mi sono unito è sopravvissuta..." Scavò nella memoria, tornò al passato... a quindici anni prima, e ricordò: *"No! Ella è... viva!".*

Ebbe la sensazione che tutte le pedine fossero disposte al loro posto, pronte a generare mosse impreviste. Da quel momento, ogni attore era in campo e per quanto le profezie andassero in una medesima direzione, comunque mostravano una prospettiva che poteva ancora cambiare.

Trovare il *Makabì* e incontrare l'*Anticristo* erano le nuove priorità.

«È venuto il momento di muovere il Re!» disse.

Capitolo 21
NOTIZIA

Villa Corona, Roma, Italia
24 febbraio 1987, ore 07:00

Il verde tutt'intorno diffondeva un senso di benessere e di quiete per chi passeggiasse in quell'immenso giardino romano. La protagonista della villa era sicuramente la palazzina, che, nei secoli aveva conservato, in parte, la pianta originaria dell'era romana e che presentava una facciata con tre archi, un tempo aperti, dai quali si accedeva al portico con la volta a botte ribassata; da qui, attraverso un androne, si passava al cortile, trasformato in biblioteca, durante il restauro del 1932.

Ma la parte più imponente dell'edificio era la bellissima terrazza, sovrastata da una torretta panoramica e da cinque sculture, poste lungo i bordi: quattro di esse raffigurano i continenti e la quinta le fasi del giorno.

Nello spiazzo antistante l'edificio, si potevano ammirare due fontane: la prima, quella più vicina alla palazzina, era la fontana delle passioni umane o fontana dei vizi, perché presentava, all'interno di una vasca ovoidale, in muratura con bordi in travertino, quattro sfingi, raffiguranti le passioni umane o i vizi, per l'appunto. L'Ira stava accovacciata con la zampa anteriore poggiata su un teschio; la Lussuria era posta su un tappeto di fiori; l'Avarizia poggiava su una cornucopia dalla quale uscivano delle monete e la Gola era accovacciata su un'altra cornucopia colma di frutti.

Sul grande terrazzo, proprio nei pressi di quelle antiche raffigurazioni, il padrone di casa era impegnato nella recita dell'Angelus. Tra le mani, infatti, reggeva un libricino di preghiere consumato dall'uso, a cui il sole splendente di quella prima mattina illuminava le pagine.

Una leggera frescura inumidiva l'aria, temperando il calore solare; all'olfatto arrivava una gustosa mistura di profumi floreali. L'attenzione e la concentrazione di quell'uomo verso la lettura era profonda.

L'uomo era ormai avanti negli anni. Dei grandi occhiali scuri e un copricapo adombravano il suo volto. Un tempo portava la barba folta e bionda, che in seguito, come segno di cambiamento, incominciò a radere.

"Fiat mihi secundum Verbum tuum. Accada di me secondo la tua parola..." Era la frase che dell'intera preghiera preferiva; essa gli teneva compagnia in ogni momento della sua giornata.

Concluse la recita con un «Amen» emesso con un accento certo e composto, del tutto simile a quello di un soldato fedele che pronunci un convinto "Sissignore! Sono pronto!".

Anni addietro, non avrebbe mai affermato l'"Amen" con quel tono; frequentava, sì, le messe, ma soltanto per adescare i fedeli o per concludere affari. Anni addietro, era un altro uomo. Il suo cambiamento, di cui era grato ogni giorno, era un dono della sorella "Zelia", che ogni tanto "invocava".

Rimpiangeva gli anni sprecati a rincorrere la malvagità e a consumare un innaturale incesto. Zelia e lui avevano perso l'opportunità di amarsi fraternamente e di darsi reciprocamente quell'aiuto solidale e genuino che è proprio dei familiari.

Però erano nati due bambini. Viste le storie personali dei genitori, avrebbero potuto essere dannati o maledetti perché... Di "perché" ce n'erano a migliaia, ma, in seguito, Zelia gli aveva insegnato qualcosa che non sapeva: l'amore non è lussuria, l'amore è sacrificio, è dono di sé gratuito all'altro. Ma per donare se stessi, per donare tutto sé, bisogna sapere chi si è, e per saperlo bisogna aver visto amare veramente...

E lui, quella notte, quando ebbe saputo del sacrificio di Zelia che era morta per proteggere dalla perfidia e dalla malvagità i loro bambini, sperimentò nel gesto di lei la realtà di un amore disperato, e in quello di Padre Raoul, che aveva accolto quei due innocenti, quella di un amore sperato.

Quel Don Montoya, conosciuto da tutti come "Padre Raoul", senza mai brandire un'arma, era riuscito a togliere a *Moloch*, il suo "Pietro", il comandante delle schiere infernali sulla terra!

Chiuso il libricino e ripostolo sul tavolo, si sedette su una sedia a dondolo, gustandosi un momento di distensione e intimità con chi lo accompagnava: due giovani che, in abiti casual, vigilavano la balconata; uno dei due era un afroamericano dalla pelle scura, l'altro un romanaccio di periferia.

Negli ultimi quindici anni, dopo l'abbandono dell'identità di Georghe Meroveo, quell'uomo si era riorganizzato. Non potendo più contare sul sostegno degli *Eredi di Hiram Abif*, si era nascosto in Italia, col supporto della malavita con cui, in passato, aveva fatto affari fruttuosi. Dapprima, si era stabilito in Sardegna, quartier generale dei suoi conoscenti malavitosi, poi appena poté disporre del trasferimento dei gemelli dal Sacred Heart di Dublino, vicino la protocattedrale di Santa Maria, a quello di Roma, si era trasferito anch'egli nella capitale.

Dopo il suicidio di Zelia e il suo battesimo, sotto la nuova identità di Stefano Corona[259], in accordo con quanto suggeritogli da Padre Raoul, i gemelli, erano stati nascosti in un posto poco intercettabile: l'Irlanda. La mafia irlandese era uno strumento perfetto per tenere sotto controllo i ragazzi e assicurarsi la loro protezione, in quanto l'organizzazione era avversa alla massoneria.

Negli ultimi tempi, però, la situazione si era complicata: i Driven, cui erano stati affidati i due gemelli, erano morti in circostanze poco chiare, per cui era stato considerato più saggio avvicinare al padre i ragazzi, in modo da tenerli meglio sotto   controllo.

I coniugi Driven, Mary ed Anthony, che si erano presi cura dei fratellini, avevano perso tragicamente il loro figlio Manuel, un agente del controspionaggio Vaticano. Nonostante il loro incommensurabile dolore, avevano affrontato il lutto con una dignità infinita e una statura umana e di fede che avevano aiutato Corona a guardare con speranza alla possibilità che Zelia fosse salva. Corona era estremamente grato ai Driven e ripensava spesso al loro figlio Manuel, per cui nutriva un affetto speciale e cui, spesso, si rivolgeva:

"Povero ragazzo! Avresti dovuto adottarli tu! Avresti dovuto tu fare da padre ai miei figli; tu e la tua ragazza, Angelica, la veggente che avevo sempre protetto secondo i miei vecchi interessi... Zelia li aveva consegnati alle vostre cure, poi quel Fabbro, Jacob Frank, scombinò tutte le carte!

Non scorderò mai quella notte in cui eravate appena arrivati con i bambini da San Diego a Roma, in casa di Danielina Navarro! Vi avevo appena scovati, ma qualcuno mi aveva seguito ed era arrivato prima di me: quel maledetto Fabbro, l'uomo della tribù di assassini, l'antico Tubal-Cain l'immortale indemoniato! Gamliel lo aveva lasciato nell'ombra, ma adesso ne aveva fatto la sua macchina da guerra! Tentai di fare qualcosa, ma avevo pochi uomini quella volta ed essi erano più del doppio di noi.

Quando arrivai, trovai Danielina Navarro che era stata avvelenata nel sonno dopo che il suo badante era stato soppresso, e tu che eri sanguinante per terra!

La tua ragazza dopo aver subito una violenza sessuale stava per essere uccisa con un rito maledetto.

Tu urlavi come un disperato, ma non potevi fare molto! Una scena agghiacciante!

Sferrai un colpo di pistola che impedì ad Angelica di essere assassinata, ma subito ci vennero addosso con tutta la loro potenza di fuoco e non potemmo salvarti.

Portammo via Danielina, Angelica e i bambini, ma di te non abbiamo più saputo nulla!

Dopo quella notte molte cose cambiarono. I ragazzi furono affidati da me ai tuoi genitori e portati in Irlanda sotto la mia protezione, Angelica e Danielina furono portate via da Padre Raoul in un posto segreto, che non sono riuscito a individuare.

L'unica notizia che seppi rimediare fu che Danielina era sopravvissuta, ma anche a causa della vecchiaia, il veleno aveva causato gravi danni... ".

Stefano Corona era molto legata al pensiero di Danielina Navarro, di cui custodiva gelosamente una copia della sua opera principale: "il Quinto Vangelo[260]". Si trattava di una raccolta di esperienze mistiche, avvenute fra il 1944 e il 1947, durante le quali il *Crocifisso* le aveva fatto rivivere dettagliatamente i giorni della Sua venuta sulla terra. Le cinquemila pagine del testo avevano formato la coscienza spirituale di Corona negli ultimi quindici anni[261].

Padre Raoul gli aveva rivelato che le visioni di Danielina Navarro erano dovute al fatto che il *Salvatore* voleva consegnare all'ultima generazione, prima della fine, la coscienza che i fatti riportati dai Vangeli narrano avvenimenti reali, non manipolati o inventati dalle prime comunità.

Corona rileggeva spesso le pagine delle visioni riguardante Giuda di Keriot[262] cui tanto si sentiva di assomigliare. Giuda, l'apostolo più corrotto, colui che volle conoscere *Moloch*, che lo custodì nel proprio animo con volontà, avidità, perfidia! Pensava, spesso che "*se Giuda non si fosse suicidato sarebbe stato il primo Maggiordomo*"; che se gli inferi non fossero già stati costituiti con le loro bolge e i loro gironi, sarebbero stati creati per l'Iscariota ancora più orribili e infiniti, perché, tra tutti i malfattori dannati, egli era il peggiore; per lui non vi sarebbe mai stato sollievo di condanna.

Corona era convinto che il rimorso avrebbe potuto salvare Giuda, se solo si fosse pentito, ma egli non aveva voluto ravvedersi e al primo gesto di slealtà, ancora compatibile con la misericordia del *Crocifisso*, aveva unito bestemmie e resistenze alla voce della Grazia, che ancora gli voleva parlare.

La Grazia gli aveva parlato attraverso i ricordi, attraverso ammonimenti, attraverso il Suo Sangue e il Suo manto, attraverso il Suo sguardo, attraverso l'ultimo pasto condiviso con Lui, attraverso le parole della Santa Madre... ma Giuda aveva voluto porre resistenza a ogni tentativo di essere amato[263].

Rifletteva sul fatto che, negli anni in cui era stato "*Maggiordomo*", anche lui era stato un autentico Giuda, nella coscienza e nell'azione. Adesso, era divenuto un uomo diverso: la Grazia gli aveva parlato ed egli si era lasciato amare.

C'era comunque qualcosa che lo tormentava: le sue origini e la sua discendenza. Un tempo era stato fiero della sua appartenenza al lignaggio nobile dei Merovingi[264], e di portare il nome di Meroveo, re dei franchi dal 448 al 457, che ne era stato il capostipite[265]. La sua era una casata legata, alla figura di Maria di Magdala[266], che la leggenda Aurea[267] così narrava:

«Quattordici anni dopo la passione del Signore, quando Stefano era stato
già martirizzato e gli altri discepoli scacciati dalla Giudea, i seguaci di Cristo si separarono per le diverse regioni della Terra per diffondere la parola
di Dio. Tra i settantadue discepoli c'era il beato Massimino a cui fu affidata
da S. Pietro Maria Maddalena, Lazzaro, Marta, Marcella (la domestica di
Marta) e il beato Celidoneo cieco dalla nascita e risanato da Cristo e molti
altri cristiani furono posti dagli infedeli su di una nave e spinti in mare
senza nocchiero perché vi perissero; ma per volere divino giunsero a Marsiglia dove non vi fu alcuno che li volesse ricevere nelle proprie case, cosicché dovettero ripararsi sotto il porticato di un tempio [...] Maria Maddalena, dopo aver visto entrare la gente del posto in un tempio per sacrificare agli idoli, iniziò a predicare la parola di Cristo. In tanti rimasero ammirati dalla sua eloquenza fino a quando arrivò il principe di quella provincia, insieme alla moglie ad implorare dagli dèi la grazia di Dio. Qualche
giorno dopo Maria Maddalena apparve in sogno alla moglie del principe e
le disse: "Voi possedete molte ricchezze ma lasciate che i santi di Dio
muoiano di freddo e di fame". Dopo il terzo sogno la donna decisamente
impaurita decise assieme al marito di seguire il consiglio di Maria. Il principe ospitò i cristiani e dette loro il necessario per vivere. Un giorno il
principe le chiese: "Credi di poter difendere la fede che vai predicando?"
E quella: "Sono pronta a difendere la fede ogni giorno rafforzata dalla testimonianza dei miracoli e della predicazione di Pietro, vescovo di Roma."
Disse allora il principe assieme alla moglie: "Ecco noi siamo pronti a pre-
star fede alle tue parole se ci impetrerai un figlio da questo Dio che adori."
Allora la beata Maria Maddalena pregò Iddio per loro e la sua preghiera fu
ascoltata perché la donna si trovò ben presto incinta. Allora il principe decise di recarsi da Pietro per sapere da lui se fosse vero quanto Maddalena
aveva detto di Cristo. Nel viaggio però la donna partorì per morire subito
dopo nel bel mezzo di una tempesta. Il principe riuscì a terminare il viaggio
e arrivò a Roma dove rimase due anni, istruito nella fede da San Pietro. Al
ritorno via mare giunse vicino al colle, dove aveva deposto il corpo della
moglie e lasciato il figlio nato, che nel frattempo fu mantenuto in vita dalla
Maddalena. E rivolgendosi a lei il principe le chiese il miracolo di restituire
la vita alla moglie. La donna si svegliò e disse: "grandi sono i tuoi meriti
beata e gloriosa Maria che mi hai aiutato nel parto e dopo, in ogni mia
necessità". Poco dopo il principe salì sulla nave con la moglie e il figlio
per approdare a Marsiglia. Appena arrivati, trovarono la Maddalena che
predicava con gli altri apostoli. A quel punto le si avvicinarono ai piedi in

lacrime, le raccontarono l'accaduto e ricevettero il sacro battesimo. Abbatterono poi tutti i templi dedicati agli idoli situati a Marsiglia ed eressero chiese al Signore e Lazzaro divenne vescovo di quelle città. Dopo poco la Maddalena e gli altri discepoli si recarono ad Aix in Provence, dove con molti miracoli convertirono il popolo alla fede di Cristo e il beato Massimino fu ordinato vescovo. Frattanto la beata Maddalena, desiderosa di dedicarsi alla contemplazione delle cose celesti si recò nel deserto e vi rimase per trent'anni».

La propria dinastia era destinata a essere santa, secondo quelle premesse leggendarie[268], ma un'altra leggenda affermava che colui che aveva dato origine alla dinastia dei Merovingi era stato concepito da una bestia venuta dal mare, bestia che aveva posseduto Basina, la moglie di Clodione, mentre lei stava seduta sulla riva. Questa leggenda dava origine al nome Meroveo, che significa, appunto, figlio del mare... Corona si chiedeva se il padre di Meroveo[269] non fosse la medesima bestia maligna citata dall'Apocalisse: *"Vidi salire dal mare una bestia che aveva dieci corna e sette teste, sulle corna dieci diademi e su ciascuna testa un titolo blasfemo. La bestia che io vidi era simile a una pantera, con le zampe come quelle di un orso e la bocca come quella di un leone. Il drago le diede la sua forza, il suo trono e la sua potestà grande[270]"*.

Era confuso: a quale delle due leggende dar credito? Lo turbava molto la questione della "bestia": lo riteneva un segno che dalla sua famiglia sarebbe potuto venire l'*Anticristo*; inoltre, lo preoccupava parecchio il fatto che quel Meroveo di tanti secoli prima aveva generato due gemelli, un maschio e una femmina...

Anche i suoi figli erano due gemelli: un maschio e una femmina. Temeva che i suoi ragazzi cadessero nelle mani delle oscurità dannate! Ma grazie al cielo aveva imparato a confidare in un potere più grande che aveva posto in lui la speranza.

"Quanto a me, i miei eserciti mi dimenticano mentre sono ancora vivo, come l'esercito cartaginese fece con Annibale. Ecco tutto il nostro potere di grandi uomini... Se io, che li avevo così spesso guidati alla vittoria, non ho potuto da vivo riscaldare i loro cuori egoisti, come potrei mai, una volta che fossi io stesso ghiacciato dalla morte, riuscire a conservare e a risvegliare il loro zelo... Questa è la storia dell'invasione e della conquista del mondo da parte del cristianesimo. Ecco il potere del Dio dei cristiani e il miracolo perpetuo del progresso della fede...

I popoli passano, i troni crollano e la Chiesa rimane! Qual è, dunque, la forza che mantiene in piedi questa Chiesa, assalita dall'oceano furioso della collera e dell'odio del mondo? Qual è il braccio, dopo diciotto secoli, che l'ha difesa dalle tante tempeste che hanno minacciato di inghiottirla?... Che abisso tra la mia profonda miseria e il regno eterno di Cristo, pregato, incensato, amato, adorato, vivo ancora in tutto l'universo[271]".

Mentre ancora le parole di Napoleone a cui si era molto ispirato come *Maggiordomo* risuonavano sino al midollo del proprio animo, ecco che i suoi pensieri furono, improvvisamente, interrotti da una porta chiusa troppo intensamente dall'interno della villa.

Dalla sala antistante il balcone nel quale Corona era seduto, sbucò un omino sbilenco e tozzo, con due grossi baffoni neri e un berretto che gli copriva la fronte; indossava dei jeans piuttosto larghi e una maglia rossa. Dall'atteggiamento nervoso e ansioso, si capiva immediatamente che aveva urgenza di parlare.

«Porco il demonio, signor Corona...»

«Fermo!» gli disse l'afroamericano, inchiodandolo al limite del serramento. «Cos'è tutta questa fretta?»

«Porco il demonio porto "la notizia"!» rispose, ansimante, l'uomo.

«Fallo passare! Dì Beppe, qual è questa notizia?» Corona, incuriosito, fece cenno all'omino di avvicinarsi.

Beppe avanzò e si tolse il berretto, che cominciò a tormentare con le mani.

«Signor Corona, porco il demonio, questa notte, la Trascendenza ha portato il suo frutto. I Veggenti hanno rivelato che il *Makabì* è qui, proprio nel luogo dove i gemelli dimorano!»

Corona balzò in piedi! In altri tempi, avrebbe ucciso per quella comunicazione!

«Grandi cose ha fatto in me l'*Onnipotente*![272]» esclamò.

«Porco il demonio, cosa dice, signore?!» chiese il suo interlocutore.

«Nulla! Stavo pensando ad alta voce!» rispose all'omino.

«Perfetto, non perdeteli di vista!» ordinò alle guardie.

«Beppe vieni con me...» disse all'omino.

«Porco il demonio!» rispose Beppe in segno di ubbidiente affetto.

I due s'incamminarono con passo veloce all'interno della villa; andarono giù per le scale, sino ai sotterranei. Attraversarono lunghi cunicoli di pietra, illuminati da lampade legate a un impianto elettrico appena accennato e fissato al muro in maniera fatiscente, quasi provvisoria. Procedendo a passo svelto, Corona accese una discussione fatta di domande provocatorie.

«Beppe, secondo te, qual è il secondo passo più travisato della Scrittura?» domandò nella fretta.

«Porco il demonio, io conosco soltanto il primo signore! Quello che lei mi ripete in continuazione: "Non giudicate, per non esser giudicati![273]" Ma il secondo signore? Non saprei proprio!»

L'omino era goffo nell'andatura e si affannava ad andar dietro Corona, che nonostante l'età, era agile nei movimenti.

«A parer mio il secondo posto va a Matteo 5,39 "Se uno ti percuote sulla guancia destra, porgigli anche l'altra!". L'incomprensione di questa frase, caro il mio Beppe, ha indotto tanti a un arido antimilitarismo, a pregare apertamente per i cosiddetti "nemici", come se Cristo e la Chiesa non dovessero resistervi attivamente! Chi difenderebbe i deboli allora?! Beppe, persino Papa Pio V era perplesso in merito, tanto che convocò la Lega Santa per opporsi all'invasione dell'Europa, nella battaglia di Lepanto contro l'aggressione Ottomana!» spiegò Corona.

«Ah, sì?! Porco il demonio, io però, non la seguo, signore...» confessò confuso l'omino.

«Ricorda di quando Gesù riprende la guardia che lo ha colpito[274]... ricordati anche delle bastonate prese da Paolo, raccontate negli Atti degli apostoli[275]... eppure... Cristo non ha mostrato l'altra guancia nel vangelo; e neanche Paolo l'ha fatto! L'impressione, quindi, non è che la guancia vada mostrata nel senso "fisico" del termine[276]! Per dirla alla gesuita, sosterrei che due sono le parole legittime per non avere un atteggiamento passivo contro il male: "resistere" e "difendere"!»

«Porc... la prego, signore, potrebbe essere più chiaro?» domandò, come supplica legittima, Beppe.

I due, intanto, erano arrivati di fronte a una porta di ferro possente, agganciata ai bordi della roccia con delle cinghie molto spesse, ma arrugginite, segno che l'umidità aveva fatto il proprio dovere nel tentativo di deteriorarle.

Stefano Corona, il vecchio Meroveo, girò la lunga chiave di ferro tirata fuori dalle tasche ed entrò nella stanza mostrandone il contenuto e lasciando l'omino sull'uscio sbalordito da quanto vedeva.

«Pooorco il demoniooo…!» esclamò stupefatto l'omino.

Corona riprese fiato e si fermò un millesimo di secondo, anch'egli in contemplazione. La camera era piena di armi di ogni tipo, intere casse di fucili, pistole ed armamentari, dal pavimento al soffitto, come se ci si trovasse di fronte all'equipaggiamento per una missione di guerra.

Corona prese uno dei fucili riposti appena all'altezza del petto sul muro alla sua destra, lo caricò e, con sguardo fiero, si rivolse all'uomo, dicendo:

«Beppe… Beppe… Nei nostri cuori e nelle nostre menti infuria una guerra che avrà conseguenze nell'Eternità… Rammentiamoci che San Bernardo predicava che "Dio castiga il bene quando non si lotta contro il male!" Richiama tutti, è arrivata l'ora… prima del combattimento, però, ci confesseremo. Sarà necessario avere l'animo pronto al trapasso!»

Capitolo 22
SUICIDIO

Sacred Heart Institute, Roma, Italia
24 febbraio 1987 ore 07:00

Si risvegliò tremante, in preda alle convulsioni. Aveva un'intensa sensazione di gelo alle ossa e ai polmoni. Era disteso su un lettino molto simile a quello che aveva lasciato poche ore prima, ma non si trovava più nella stanza in cui aveva incontrato Eved Magdalene.

Era di nuovo se stesso, Cédric Roman, e indossava la sua tunica oscura cinta ai fianchi. Si trovava rinchiuso in una gelida grotta di pietra nero-carbone, illuminata al minimo da un piccolo fascio di luce proveniente da un varco nel soffitto. Non aveva nessuna idea di come fosse finito lì e di che cosa lo aspettasse; si fidava della promessa che portava nel cuore, ma aveva sete di risposte, l'assenza delle quali trasformava sempre di più la sua sete in arsura. Il tremore gli faceva battere i denti e si sentiva alquanto stremato, ma cercò la forza di rialzarsi e di liberarsi dalle lenzuola umide, lorde delle polveri della caverna, con cui era coperto.

Osservò il piccolo lettino di legno, il materasso consumato a dovere e il sottile strato di lenzuolo logoro che lo sovrastava. Non un suono, non un fruscio d'aria... solo la sordità ovattata del battito del suo cuore. Rialzatosi a fatica e con lentezza, posò i piedi nudi sul pavimento ruvido e secco. Un puzzo fognoso di piscio ed escrementi, unito a quello di carcasse putride e nauseabonde, invadeva l'ambiente; quell'odore disgustoso non tardò a sopraffarlo.

Dalla fioca luce che delineava, risibili, i contorni del suo corpo, comprese che la puzza proveniva proprio dal sudiciume in cui era immerso. L'umidità che sentiva gelida sulla sua carne era urina, non sudore, e poteva assaporarla, saggiando l'umidezza sul volto, che gocciolava abbondante sulle sue labbra. Non provava dolore, né quel bruciore che aveva percepito quando aveva attraversato le sabbie Tartare. Sentiva, però, intorno a sé e dentro di sé il gelo di una frigida solitudine, una solitudine placida, "accomodata", non intenzionata ad andarsene via.

Gli arti lo reggevano a stento e procedeva con un'andatura incerta, tentennante. Confuso dall'inspiegabile condizione in cui si trovava, comprendeva, tuttavia, che sarebbe dovuto arrivare fin lassù, in alto, risalendo la parete, per poter scorgere quanto era presente all'esterno, attraverso la breccia lucente al di sopra di lui.

Fece due tentativi a vuoto; al terzo tentativo, raggiunse un paio di rocce spigolose, a cui si aggrappò con le uniche poche forze rimastegli. Una gli si sgretolò fra le dita, lasciandolo penzolante con la sola mano sinistra. Guardò verso il basso e comprese che non si trovava a un'altezza pericolosa per la vita ma, caduto, avrebbe comunque rischiato di rompersi almeno le ginocchia, rimanendo spacciato; pertanto, preferì resistere tentando un goffo riappiglio a una successiva rocca posta lievemente più su. Si slanciò con energia, riuscendo nell'impresa che lo poneva in una posizione migliore rispetto alla precedente; quindi, con l'aiuto di un ginocchio, usato come perno, e di un piede, si sollevò fino a emergere dalla fenditura.

Una forte folata d'altura densa di cenere e detriti, lo attaccò agli occhi; dovette proteggersi la vista con le mani e reggersi alla parete di roccia con la schiena. Dando le spalle controvento, poté liberare finalmente il volto e osservare stupefatto.

In quella direzione, si ergeva un monte di roccia nero antracite; puntando in su lo sguardo, intravedeva un cielo opaco, che nascondeva una forte luminescenza, simile a un sole, che sovrastava qualcosa che sembrava una calotta d'acqua. Pochi riflessi di quel sole nascosto penetravano verso l'interno di quella calotta, che sembrava una marea osservata da sott'acqua, anche se di acqua non ce n'era nemmeno una goccia.

Tutt'intorno calura e aridità. Il gelo oscuro della grotta era scomparso e ai lati si estendeva un'immensa pianura secca e arida. Un vento caldo accarezzava quanto di lercio lo ricopriva e seccava la sua pelle, poco prima inumidita di residui umani. Intorno, in lontananza, si stagliavano montagne di carbone e vulcani di lava e zolfo, da cui scaturivano grandi fumi che riempivano l'aria risalendo sin verso la cupola di marea.

Osservando gli immensi fumi vulcanici che raggiungevano quel cielo opaco, vi scorgeva sagome mostruose che si sollevavano e si abbassavano come foschie vive. Avevano la forma di esseri tenebrosi, accalcati in una mischia.

Si voltò controvento con non poca difficoltà, proprio verso la direzione da cui proveniva il corposo soffio afoso d'aria di brace. Dovette coprirsi nuovamente gli occhi con le mani, mentre provava a fare un passo in avanti per avanzare, avendo sentito, improvvisamente, che gli mancava il terreno sotto i piedi.

Spalancò le mani per reggersi, per non precipitare, e la nuova realtà lo scombussolò ancor più, annichilendo ogni cellula del suo essere.

Vide una moltitudine di anime che, dalla cupola oceanica che formava il soffitto, si lanciavano, in un tuffo rassegnato, giù, verso una voragine di fuoco immensa, scavata nell'arida pianura intravista precedentemente.

Da quell'imbuto di lava senza fondo, provenivano gli strazi e i tormenti di una folla immensa di anime, alcune delle quali vi si gettavano in caduta libera come intenzionate a raggiungerlo, altre, che invece provenivano dai fumi vulcanici, vi venivano lanciate da spiriti immondi che popolavano quei fumi.

Capì di trovarsi all'inferno. Ebbe, subito dopo, l'immediata intuizione che le anime che provenivano dalla cupola d'acqua erano quelle di coloro che, intenzionalmente, avevano scelto quel luogo, avendo creduto in vita e avendo rifiutato, deliberatamente, la salvezza. Le anime che, invece, vi venivano gettate appartenevano a quanti sulla terra non avevano creduto nell'esistenza dell'inferno, così da dovervi essere accompagnate.

Precipitando in quel baratro, quei trasparenti spiriti disperati incominciavano a seccarsi come ramoscelli al rogo, assumendo sembianze marce e decomposte; Roman poteva sentire quei volti marciti bestemmiare dal dolore.

Notò, inoltre, che quelle anime, pur trovandosi nel medesimo luogo, vivevano un tormento solitario: ogni uomo o donna, persa tra quelle lingue di fuoco, era solo, e odiava insopportabilmente chiunque gli stesse vicino… gli uni contro gli altri a tormentarsi vicendevolmente: ecco, questo fatto lo turbava profondamente.

Constatare che la causa del loro dolore non fosse il bruciore del fuoco spirituale (sebbene le vampe trasformassero la forma dell'anima rendendola inguardabile) ma che la vera disperazione di ognuna nascesse dalla presenza di un'altra anima dannata posta accanto a lei: questo fatto lo sconvolgeva. Ognuna di quelle anime era nemica dell'altra, per cui ognuna torturava l'anima che aveva accanto.

Orde di disgraziati si torturavano vicendevolmente con ogni tipo d'impurità e violenza, come una sorta di consolazione.

Trovava questo fatto davvero straziante, anche perché poteva percepire l'eterna insoddisfazione provata dai condannati e l'inutilità della conseguente ferocia che essi esercitavano gli uni verso gli altri...

Cercavano sollievo dando sofferenza agli altri?

L'inferno era quindi un incessante dare e ricevere odio? I demoni sorvolavano e presenziavano quel baratro; aizzando le anime, invitandole verso ogni scelleratezza e mostruosità raccapricciante, colpendole con le loro zanne o artigli o addirittura con i loro escrementi: godevano del male.

Roman era davvero sconvolto. Paragonava ciò che vedeva con l'inferno che gli uomini vivono sulla terra, constatando che quello terreno è soltanto un pallido anticipo dell'auto-condanna eterna che alcuni esseri umani si infliggono, rifiutando di essere salvati.

Comprendeva che quello che aveva sotto il suo sguardo era la meta finale di un percorso che quei dannati avevano già iniziato in vita: dopo quel breve passaggio, che era stata la loro morte, avevano continuato a fare ciò che avevano sempre fatto. L'unica differenza è che sulla terra è possibile lasciarsi ravvedere dallo *Spirito di Verità*, introdotto nel mondo dopo la Pentecoste, così come aveva visto da quanto mostratogli dalla Vergine, mentre in quel luogo non vi era più alcuna speranza.

Cédric Roman angosciato e confuso, si guardava intorno terrorizzato. Sentiva dentro di sé tutto il dolore di quelle anime disperate; di alcune di esse poteva ascoltare persino le angosciose urla di pentimento, urla strazianti che venivano immediatamente soffocate e punite con inaudita ferocia dai demoni.

Si guardava intorno e si chiedeva come mai ancora egli non si trovasse fra quei dannati.

L'Arcangelo lo aveva tratto in salvo, per via di suo padre, le cui preghiere gli avevano procurato una seconda chance, ma poi lui era sceso a patti con Satana, rifiutando deliberatamente la grazia.

La domanda continuava a martellargli la mente: *"Perché non sono ancora in quel buco orrendo assieme ai condannati?!"*.

La risposta non tardò ad arrivare. Senza che se lo aspettasse, Roman sentì sul suo tallone una presa gelida e rabbrividì. Si girò di scatto, per guardare chi lo stesse agguantando e si sentì congelare interamente. Un cadavere mostruoso era sbucato fuori dal baratro infernale e si era agganciato con decisione e disperazione a uno dei piedi di Roman, che si trovava proprio al limite del dirupo. Roman provò a liberarsene, convinto che il dannato volesse portarlo giù con sé nell'abisso, ma quell'anima informe e mostruosa, vincendo le resistenze delle correnti d'aria afose, inerpicandosi tra i solchi della rupe, non lo mollava.

Roman intuì che voleva parlargli e abbassò le sue resistenze. Osservò quella figura, a prima vista informe: lo sguardo era sfregiato e gonfio di percosse, non mostrava la malvagia assenza di coscienza che egli si sarebbe aspettato. Aveva su di sé pochi stracci che ne ricoprivano il corpo straziato. Comprese che era una donna o ciò che di lei rimaneva.

Dagli occhi profondi e dai pochi lineamenti non rovinati, egli si rese conto che doveva esser stata una bella donna, anche se, ormai, in lei non appariva alcuna bellezza. La disperata arrivò a sollevarsi verso di lui, aggrappandoglisi addosso con tutte e due le braccia, poi lo fissò e disse implorante:

«Salvali, Roman! Sono i miei figli, non vi era altra soluzione, ho dovuto fare ciò che ho fatto! Salva John Cohen! Ti supplico, non rendere vano il mio suicidio! Salva Eved Magdalene!»

L'accorata supplica venne interrotta, la disgraziata fu precipitata nuovamente nell'abisso da una mostruosa figura alata, che la sradicò dall'appiglio e la rigettò giù con forza, urlando:

«Torna tra gli impuri lussuriosi, donna! Torna a farti violare!»

Ella venne fatta roteare dalla possenza sovraumana della creatura orribile, ma ebbe ancora la forza di implorare:

«Salva Magdalene!» Poi cadde nel nulla.

L'insulso demone si voltò verso di lui. Aveva lo sguardo rivoltante di un'entità malefica: ogni fibra della sua pelle cadeva in rovina e ogni parte del suo corpo era totalmente buia.

Doveva essere stato veramente lucente nelle sue originarie vesti regali di angelo, perché grandemente oscura si manifestava la sua persona! Respirava profondamente, in preda all'affanno, quasi come stesse subendo fitte attanaglianti.

L'angelo delle tenebre si ergeva in tutta la sua ampiezza alare, oscurando i pochi bagliori che la cupola faceva trasparire. Ali di nero fumo producevano un'oscurità bramosa, divoratrice di luce.

«Cédric Roman!» esclamò.

Non era la prima volta che Roman sentiva quella voce. Era la stessa voce del *Demone* con cui aveva stretto un patto, quel *Demone* che gli aveva ordinato di uccidere Eved Magdalene, ordine che era esattamente l'opposto dell'addolorata preghiera della madre dannata, appena spazzata via verso l'abisso: "Salva Magdalene!".

"Uccidi Magdalene! Salva Magdalene!" Ma quale destino avrebbe potuto scegliere se aveva rinunciato alla salvezza? Quella donna si era suicidata per salvare i suoi figli da *Belzebù*? Non aveva elementi per appurarlo, ma era rimasto segnato dall'espressione disarmata di quella madre.

Ricordava che per tutta la sua vita era stato accompagnato dagli scritti di Salgari, anch'egli un suicida; in cuor suo, non si sentiva di giudicare la loro scelta.

Si considerava spacciato. Ormai, non vi era più scampo per lui; era chiamato a scegliere: uccidere Eved Magdalene, per assaporare un qualche periodo di sollievo accanto all'amata, e magari conoscere il frutto del loro amore, oppure compiere l'ultimo gesto di compassione della propria esistenza e ascoltare la preghiera accorata di quella madre. Che fare?! Pensò a una via di fuga: avrebbe potuto rinunciare al patto, farla finita per sempre, scegliendo anch'egli di suicidarsi, magari gettandosi proprio in quel momento verso il baratro infernale. Non ebbe il tempo di decidere, perché fu costretto a indietreggiare... Sentiva il tonfo dell'affanno di *Belzebù* avvicinarsi. Lo vide. Poté osservare una luminescenza rossa che si era accesa nelle funeree cavità oculari di quel *Demone*.

Roman indietreggiò nuovamente, poi fermò il passo e provò a sfidarlo.

«Cosa vuoi ancora?!» gli ringhiò con rabbia.

Il *Demone* planò leggero sul terreno; stranamente, sembrava che la paura accompagnasse i suoi passi; poi le sue ali svanirono evaporando. In quel momento, si udirono grida umane in lontananza, mentre si scatenava ruggente e impetuosa una furiosa tempesta di cenere. I due si ritrovarono faccia a faccia.

Ognuno negli occhi dell'altro. L'umano contro il disumano.

Roman, per quanto tentasse, non riusciva a nascondere il suo terrore, la figura luciferina ghignò un sorriso beffardo. Il portamento regale non aveva abbandonato il bipede d'alta stazza che padroneggiava la scena; Roman in tutta coscienza si sentiva inerme, ma non si dette per vinto.

«Si può vivere e si può scegliere di morire per un volto amato, Roman!»

Le parole del *Demonio* gli ricordarono le ragioni di quel peccato imperdonabile, il rifiuto alla "misericordia". Mai era stato guardato come ella lo aveva guardato, Virginia... Non aveva dato la vita per quello sguardo, ma aveva scelto di donarle la sua morte, accordandosi di uccidere un innocente.

Era chiaro lo smarrimento di Roman e quel *Belzebù* sapeva bene quali tormenti attanagliassero il suo animo. Gli chiese:

«Intendi disonorare il nostro patto?!»

Roman trasudava terrore. Il *Maligno* si avvicinò, fiatando sull'uomo avvilito:

«Bene! Hai deciso? Benvenuto!» E fece uno scatto in avanti, per intimidirlo. Il terreno sotto i piedi di Roman si sgretolò; improvvisamente, egli ripiombò tra le tenebre, dal foro sul tetto della grotta in cui si era risvegliato. Si lasciò cadere rassegnato verso il basso, come le anime che aveva visto provenire dalla cupola d'oceano che separava gli inferi dal cielo.

«Benvenuti!»

Lo speaker di una radio augurava il buon giorno ai radioascoltatori. Aprì gli occhi. Era mattino. Si trovava disteso su una branda. Si rese conto di sentirsi riposato e in forze. Si alzò di scatto e si mise seduto sul nuovo letto in cui si era ritrovato.

«Bentrovati, oggi è il 24 febbraio 1987 e sono le sette in punto. Il cielo sopra l'Italia[277] è sereno e noi siamo ancora vivi nonostante una notte un po' agitata, per tanti motivi...» diceva la voce alla radio. Dava ragione al presentatore dell'emittente radiofonica! Davvero una notte agitata, anche se non riusciva a capire se l'inferno lo avesse sognato, oppure se ci fosse stato davvero.

Adesso, era di nuovo nel corpo di quel ragazzo che, per quanto aveva compreso, doveva chiamarsi John Cohen e che era il fratello di quella Eved Magdalene di cui avrebbe dovuto sbarazzarsi. Inoltre, aveva appreso di trovarsi in Italia e in quale tempo stesse vivendo; perlomeno incominciava ad avere dei punti di riferimento, grazie a quella radio che lo aveva svegliato e che aveva deciso di lasciare accesa.

Era chiaro, per Roman, che il *Demone* stava attuando il patto a suo modo, facendolo rientrare nel flusso del tempo e riportandolo a quindici anni prima della sua morte naturale. Se qualche teorico avesse mai dubitato che si potesse o no viaggiare nel tempo, beh, lui era la prova che sì, si poteva. Stando a quello che stava accadendo, doveva esserci qualcosa dietro alle intenzioni di quel *Demone* mostruoso; avrebbe scoperto come uscirne: non aveva altra scelta in fondo.

Essere tornati indietro in un tempo pregresso la propria morte e in un altro corpo, voleva dire che in quel momento, dall'altra parte del mondo, dentro il puzzo di un vecchio locale per alcolizzati di San Diego, vi era un altro sé infradiciato dall'ennesimo bicchiere di vino californiano. Affranto e tormentato dalle scelte irresponsabili fatte in vita... rabbrividiva al solo pensarci; decise, pertanto, di concentrarsi su altro.

Si guardò in giro; capì di non trovarsi nella medesima camera in cui si era svegliato la prima volta: doveva essere stato portato lì da qualcuno; non certo dalla ragazza: non ne sarebbe stata in grado da sola!

Si alzò e si diresse verso il bagno, anche perché voleva guardarsi allo specchio per conoscere l'aspetto del ragazzo in cui suo malgrado si trovava.

Si spogliò di quella felpa sudicia, e della maglietta della salute umida dei sudori della notte, e rimanendo in jeans, si avvicinò allo specchio. Capelli ricci, ribelli e neri, occhi viscerali, di un azzurro candido. Avevano lo stesso celeste verdognolo della marea luminescente che separava gli inferi dall'assoluto, che Roman aveva visto durante la sua notte all'inferno. Un viso ovale, dalla pelle morbida: davvero strano per lui, che era abituato a tenere sempre la barba per tre giorni! Ritornò in camera.

Accanto alla brandina, proprio sul comodino, notò che qualcuno aveva lasciato un pasto, che egli divorò con foga. Aveva la sensazione di non mangiare da secoli e per quanto il sapore di quel cibo fosse insipido, lo ingurgitò di gusto.

Nel recuperare velocemente dei vestiti puliti, incrociò il portafogli del ragazzo. John Cohen Driven, un quindicenne irlandese diceva il documento d'identità, anche se dai lineamenti che aveva osservato allo specchio egli nutriva dei grossi dubbi che si trattasse di un vero irlandese.

Il cognome "Driven" non gli era nuovo: ricordò che decenni addietro aveva incontrato un tizio omonimo. Avrebbe voluto indagare ulteriormente, rovistando tra i cassetti, ma fu interrotto da un colpo sordo alla porta, come fosse caduto qualcosa. Si avvicinò e intuì che una guardia assonnata si era appena seduta dietro l'entrata. Sembrava proprio che qualcuno lo avesse sorvegliato e che adesso fosse crollato dalla stanchezza. Si accostò alla finestra, ma da lì non scorse anima viva al piano inferiore, solo un campo da basket con qualche palla solitaria, che salutava le luci del mattino.

Nei pressi di una scala di emergenza esterna, notò una cavità da cui si vedeva un telo verdognolo che ricopriva un'auto: gli sarebbe stata presto utile.

Pianificò una doccia; poi si sarebbe sbarazzato facilmente del sorvegliante. Non sarebbe stato difficile trovare il modo di fuggire da quel posto e arrivare a San Diego. Per quanto lungo gli si prospettasse il viaggio, era certo che ce l'avrebbe fatta; da San Diego, poi, sarebbe stato più facile rintracciare Virginia.

L'acqua calda scorreva sul suo nuovo giovane corpo di ragazzo. Si rilassò per godersi quel momento: tutto quel calore accogliente gli era di conforto. Chiuse gli occhi e respirò profondamente, quindi si mise all'ascolto di una dolce canzone che sembrava parlargli:

Come va?
Tutto bene?
Che il mattino comincia e chiede che tu
Ci sia già
E conviene
Che ti fai trovar pronto se non vuoi che poi

Andrà via
Non lo ritroverai
Partirà
Senza noi
Hai un cuore
E quest'anima
Che in pace
Non starà
Sempre

Ma quanto pesa la realtà
Ma quanta noia
Se tu non riconoscerai
Che questa storia
Ha un perché

Resterai
Senza nome
Vuoi lasciare che tutto rimanga com'è
O tu puoi
Accettare
E abbracciare la vita per quello che è

Un castigo
O una gabbia in cui
Non c'è uscita per noi
O una strada
Che ti porterà

Dove lei ci sarà
Per sempre

Ma quanto è vera la realtà
Esplode il cuore
Prima dell'infinito hai
Da rimediare
È Semplice

In questo mare
Troverai sempre
Chi sa aspettare
Tra queste onde
C'è il tuo ritorno
Da organizzare...

Stabilì che non avrebbe ucciso Eved Magdalene. Tornò a riflettere sulle ragioni che lo avevano condotto a quel punto. Si disse che se, alla sua morte, il giudizio fosse stato "sospeso" avrebbe dovuto esserci una ragione rilevante, che "qualcuno", probabilmente, da lassù, aveva tenuto in serbo qualcosa per lui. Avrebbe potuto esserci una partita da giocare e lui era intenzionato a giocarsela. Non avrebbe commesso un omicidio. Doveva pur esserci un modo per non prestare fede all'insensato giuramento: lo avrebbe trovato!

Capitolo 23
TESTAMENTO

Sacred Heart Institute, Roma, Italia
24 febbraio 1987, ore 15:00

Una spessa croce di ferro latina, raffigurante una spada a forma di "fleur de lis", dominava, centralmente, la cancellata dell'istituto. Quel simbolo rappresentava l'antico ordine monastico e militare di *Santiago*, fondato nel dodicesimo secolo. Esso prendeva il nome da San Giacomo di Zebedeo, detto il "Maggiore", fratello di San Giovanni evangelista. I tre "fleur de lis" sono presenti sul manico e sulle "braccia" della spada; il manico rappresentava l'onore immacolato della morale di San Giacomo, la spada, la sua indole cavalleresca e il suo martirio, essendo stata una spada l'arma con cui era stato decapitato[278].

Una dolce brezza fresca accarezzava rami e foglie, ingiovanendo il pomeriggio, altrimenti greve.

Davanti alla tenuta, si erano fermate parecchie auto da cui erano scesi degli uomini col giubbotto antiproiettile e col volto coperto da vistosi occhiali scuri. Erano armati. Un primo gruppo si distribuì in maniera schematica attorno alla costruzione, lungo le sue pareti perimetrali, ponendosene a guardia. Un secondo manipolo ne rimase a distanza, costituendo un primo livello di difesa. Molte auto, occupate da uomini armati, inoltre, erano state sparpagliate, qua e là, per la campagna che attorniava la costruzione.

Dalla linea dell'orizzonte su cui apparivano i caratteristici pini del contado romano, comparve un'auto, dalle line eleganti e sportive allo stesso tempo. Era diretta all'interno del collegio.

All'apertura del cancello, la grande spada si divise in due parti uguali, lasciando passare la BMW csi grigia coupé, che si stazionò presso il piazzale, al centro della scalinata principale della chiesetta interna. L'autista scese dall'auto, per aprire con garbo lo sportello, ma fu anticipato dal passeggero che, evidentemente, aveva fretta.

«Signor Corona, prego!»

L'elegante uomo anziano in abito bianco ignorò un allibito chauffeur che, senza troppe domande, tornò al proprio posto.

Stefano Corona percorse la scalinata con passo incalzante, seguito dal minuto e fedele Beppe. Accedendo a un piccolo edificio sacro, però, lo allentò di colpo, per cui Beppe, dovendo frenare improvvisamente la propria andatura, gli finì contro. Il devoto omino, colto di sorpresa, borbottò fra i denti «Porc...» ma chiuse in fretta la bocca, essendo stato fulminato dallo sguardo irritato del padrone.

Corona rimosse gli occhiali da sole specchiati che gli ricoprivano il viso, si allargò la cravatta e accennò a un segno di croce, poi buttò uno sguardo al confessionale e osservò la lucina verde accesa, posta sopra la porticina di legno del confessore, come ad attenderlo.

Beppe, che lo seguiva frettoloso, si posizionò a guardia dell'entrata.

Ancora pochi passi e Corona si abbassò sull'inginocchiatoio, davanti a una griglia, dietro il quale un sacerdote era pronto ad accoglierlo nel sacramento della riconciliazione.

«Dio mi è testimone! Accostati con fiducia a Dio Padre: Egli non vuole la morte del peccatore, ma che si converta e viva[279]. Confessa i tuoi peccati...»

«Padre ho molto peccato!» mormorò, sommessamente, Corona all'atto dell'introduzione sacramentale.

«Questo lo so: sei venuto con un esercito!» rispose aspramente il sacerdote.

«Ho il dovere di proteggere i miei figli, Noah!» esclamò nervosamente Corona, per giustificarsi.

«Tu dovresti preoccuparti esclusivamente della loro educazione! È Dio che deve pensare a proteggerli! Quanto accaduto stanotte non riguarda solo te, Stefano! A causa della loro imprudenza, i tuoi figli hanno avviato eventi che vanno oltre ognuno di noi! Perfino Alessandro, che tra i ragazzi è il più ubbidiente, voleva nascondermi i fatti! Per punizione, adesso, è a far la guardia davanti alla camera di John Cohen!»

Quel sacerdote era arrivato a Roma trent'anni prima dalla Francia, dove era stato letteralmente catapultato da un aereo. Gli era stato ordinato di incontrare una certa Danielina Navarro in Italia, paese da cui non era più andato via. In Italia, aveva trovato ciò che aveva sempre cercato, un vero mentore, Padre Raoul, e una comunità accogliente, nonostante il colore della sua pelle.

Portava con sé segreti indicibili e, in seguito, ne conobbe di altri. Imparò, per il bene del mondo, a custodirli e a rivelarli soltanto al momento giusto. Grazie al suo carattere e alla sua saggezza, si era guadagnato la stima di Padre Raoul, che, dopo averlo mandato qualche anno in missione in terre difficili, lo aveva poi incaricato di dirigere uno degli istituti per ragazzi nei quali venivano protetti e istruiti anche giovani veggenti.

"Noah", il nome che aveva assunto, era lo stesso del cane del contadino francese che lo aveva salvato e che gli aveva fatto sperimentare una nuova umanità, umanità che lui imparò a mettere in pratica, occupandosi con cura paterna dei giovani che gli erano stati affidati.

Adesso, però, il prudente Padre Noah era alle prese con un uomo che la pazienza sembrava averla persa del tutto. La conversione al cristianesimo, infatti, non aveva modificato il carattere di Corona, il quale, spesso, adottava il modo di pensare e di agire che gli erano stati propri nel periodo in cui era stato il *Maggiordomo* Meroveo.

Ve ne era ancora traccia nei modi di fare e nelle strategie che intendeva attuare. Ma come avrebbe potuto evitare quel modo di operare? In fondo era stato a capo del mondo, aveva gestito segreti determinanti per le sorti del pianeta; i potenti fino a qualche decennio prima dipendevano dalle sue labbra e dai suoi ordini e tutt'ora, buona parte della malavita organizzata si inchinava al suo cospetto!

«In nome del Dio di Israele, è stata invocata una spada contro tutte le nazioni, ed Egli la userà con durezza per gli uomini santi del suo popolo!!!» urlò Corona.

Padre Noah conosceva bene quella citazione. Era tratta da uno dei rotoli di *Qumran* che, decenni prima, il suo professore, Rupert Stephenson, aveva rubato da un laboratorio nei sotterranei del MOMA di New York, e che descriveva nel dettaglio come sarebbe avvenuta la gigantesca battaglia escatologica tra *"I Figli della Luce e i Figli delle tenebre"*, secondo il linguaggio del tempo.

«Citarmi il *"Manoscritto della guerra"* non servirà a farmi approvare le tue soluzioni guerrafondaie, Stefano!» ribatté il sacerdote.

Per Corona si prospettava una battaglia vera, ed era convinto che sarebbe stato versato del sangue. Condivideva i principi di Padre Noah, ma su quest'argomento riteneva che egli sbagliasse. Se non vi fosse stata una solida stima alla base del loro rapporto, egli lo avrebbe ignorato. Tentò, pertanto, di fare leva sulla persona che per Padre Noah era stato il punto di riferimento fondamentale, sperando che facendo così, ponendo un accento sul ricordo di Rupert Stephenson, egli cambiasse idea.

«Rupert non sarebbe stato d'accordo!» affermò, perciò, con decisione.

Padre Noah sapeva che Corona aveva ragione. Anche il suo professore aveva attribuito a quelle profezie un grande credito, ma riteneva fosse stata proprio quella sua passione per le preveggenze, per i calcoli e le mitologie ad averlo indotto in errore, distogliendolo dalla vera essenza della storia che, comunque, aveva fatto in tempo a riconoscere: la salvezza delle anime.

«Stephenson aveva compreso molto, ma non abbastanza…» rispose Noah, avendo chiaramente presenti le scoperte del professore, ma non solo…

Non si era mai staccato dal taccuino di Stephenson, quasi fosse una reliquia e conosceva a memoria i disegni che il professore aveva realizzato su alcuni dei suoi fogli. Proprio al centro di quel libricino di appunti, c'erano due pagine fondamentali in cui Stephenson aveva rappresentato con dei disegni la struttura delle due fazioni in gioco: l'Anti-Chiesa, nella pagina sinistra, e la Chiesa Cattolica, nella pagina destra.

Nella pagina sinistra, spiccava un grande triangolo diviso in cinque parti. All'apice superiore, vi era rappresentata la trinità profana, espressione spirituale e fisica della scimmia di Dio: il *Maligno*; appena sotto, i tre *Custodi*, le rane servili che simboleggiavano gli attori principali che orchestrarono la condanna di Cristo; nella fascia sottostante, la congrega degli *Eredi di Hiram Abif*, con il loro *Maggiordomo*: il manipolo di uomini il cui compito è di attuare il progetto dell'Anti-Trinità nel mondo, di realizzare un'Anti-Creazione capace di costruire un'Anti-Società in cui Dio sia assente e non necessario all'umanità.

Nella parte inferiore, seguiva la struttura dei massoni illuminati e del resto della massoneria, composta dai piccoli falsi profeti, cristi impostori, quindi politici, artisti, studiosi e intellettuali di ogni tipo, assoldati per dare alla società una base teorica e formale in cui non ci fosse alcun posto per Dio. Vi erano segnati i nomi di alcune società segrete o sette, cui essi avevano aderito, ma non erano più leggibili a causa dall'usura. Inoltre, si faceva riferimento al grado dei vari personaggi all'interno delle gerarchie, e alla loro capacità sia di produrre nuove ideologie e correnti di pensiero per gestire le masse, sia di realizzare tecnologie innovative per gestire le materie prime e modificare l'ambiente e il clima.

Nell'ultima fascia, segnata come "Individui", era rappresentata una massa informe di uomini e donne senza nessun legame, familiare o culturale, tra di loro; simboleggiava la rottura definitiva di ogni sano legame sociale all'interno dell'umanità.

Nella pagina destra, sempre attraverso un triangolo, veniva schematizzata la struttura della Chiesa vera, quella del Signore. In cima vi era la santissima Trinità, poi il Papa, i Cardinali, i Vescovi, i Sacerdoti e infine il popolo di Dio, colmo di compagnie e ordini per far presente al mondo la carità tangibile del Mistero.

Uno schema conosciuto, sennonché Stephenson era riuscito a smascherare nei particolari anche la struttura segreta della milizia della Madre del Signore, i *Boanèrghes*, i *Figli del Tuono*, che veniva indicata appena accanto al triangolo dedicato al Papa. La gerarchia veniva specificata in tre passaggi: il *Maestro* e i *Precettori*, i veggenti e infine il *"Makabì"* con accanto un punto interrogativo, segno che nutriva ancora molti dubbi su quella figura e sul ruolo che le profezie gli attribuivano: guerriero spirituale come i veggenti o un soldato che avrebbe combattuto la guerra dei martiri? Non era ancora pervenuto a definirlo.

Anche alla pagina sinistra, accanto al *Maggiordomo,* vi erano annotati dei personaggi, i primi erano "i medium e i posseduti", stregoni e fattucchieri, ma anche povera gente assoggettata al possesso maligno, strumentali a comunicare con la Trascendenza, atti ad intercettare eventi di interesse, tra cui la venuta del *Makabì,* in modo da poterlo annientare.

Poi sotto, era indicato un nome su cui Padre Noah si era sempre interrogato e su cui non era riuscito mai a fare chiarezza o ad avere risposte, nemmeno da Padre Raoul o da Danielina   Navarro.
Il nome appuntato, che appariva unicamente in quella pagina, era "Jacob". Accanto a quel nome, non vi era alcuna nota a margine, nessun commento.

"Rupert Stephenson aveva compreso molto, ma non abbastanza..." rifletteva Padre Noah, che si lasciò distrarre dalla memoria delle immagini del libretto, mentre il vecchio Meroveo non cedeva ai suoi ammonimenti e continuava ad argomentare le sue ragioni:

«Tra i rotoli del Mar Morto che il professore aveva trafugato, vi era il "*Manoscritto della guerra*", un papiro che, se letto in chiave escatologica, indica chiaramente che siamo alla resa dei conti! Vorresti, per caso, affermare il contrario?!»

Corona continuava a insistere imperterrito e Padre Noah cercava in se stesso le parole per poter spiegargli che solo Uno ha la piena visione degli eventi, il Signore. Tutte le profezie e le visioni hanno un unico scopo: sollecitare la conversione. Egli aveva compreso ciò, non confrontandosi con il pensiero della congrega degli *Eredi* e, quindi, con quello del povero professor Stephenson che al loro interno era cresciuto... Ma quando, arrivando dalla Francia, stanco e spossato, vestito di stracci, guidato dalle sole indicazioni del professore fino alla statua del San Giacomo *Matamoros*, aveva incontrato l'anziana Danielina che lo aveva accolto come un figlio e lo aveva gradualmente guidato al vero criterio con cui leggere tutti gli eventi contemplati dal suo professore.

Stephenson misurava la storia in "cicli", influenzato dall'ambiente massone, e riteneva erroneamente che Giovanni apostolo fosse il *Makabì*, o che ve ne potesse essere addirittura più di uno. In realtà aveva solo intuito le apparenze…

Padre Noah, invece, aveva avuto modo di riflettere a lungo sul fatto che vi fossero sempre due figure alla base dell'azione dei *Boanèrghes*: a ogni *Maestro* corrispondeva un *Guerriero*. Chiaro richiamo alle "profezie" che volevano un *Maestro di Giustizia* e un *Makabì* combattere fianco a fianco…

Semplicemente i *Boanèrghes* influenzati dalle rivelazioni *Essene* del periodo in cui vennero costituiti, capeggiati da San Giovanni, si basarono su di esse per dare forma alla loro gerarchia… Giovanni era stato il *Maestro* e Giacomo il *Guerriero*; Iohannes era stato il *Maestro* e Lamad il *Guerriero*; perfino Danielina Navarro aveva il suo *Guerriero*…

Padre Noah aveva compreso che vi sarebbe stato un solo *Makabì* e la Trascendenza gli suggeriva che questi era appena arrivato tra le stanze dell'istituto e che aveva a che fare col figlio di Corona…

Ma come spiegarlo all'ex *Maggiordomo*, che sembrava saldamente ancorato alle proprie convinzioni?!

«Quando perderai il vizio di appellarti a quelle profezie?! Quanto vagamente predetto, potrebbe non verificarsi mai: l'uomo è stato creato libero! Stai cadendo nella tentazione di leggere gli eventi con gli occhi del mondo, ma noi non siamo di questo mondo! Siamo in questo mondo, ma non più di questo[280]! Se diverremo santi in questa parte di esistenza, oltre ai benefici nel presente, ci attende la *Theosis*, la Divinizza-zione[281]: non mi sembra poco!»

"Divinizzazione[282]" ricordava ancora quando ebbe l'occa-sione di sentire parlare per la prima volta di quella prospettiva di salvezza. Danielina Navarro, una sera, aveva deciso di rac-contargli dell'incontro con Stephenson avvenuto anni prima. Lei e Stephenson avevano un ramo della famiglia in comune, per cui non era stato difficile per loro incontrarsi.

Il professore era venuto a sapere della pubblicazione del "Quinto Vangelo", il libro in cui il *Maestro* (questo era il grado della Navarro all'interno dell'alta cerchia dei *Figli del Tuono*) aveva appuntato le sue visioni, avute negli anni Qua-ranta, relative alla vita del Signore. Esse dimostravano la sto-ricità dei vangeli e la veridicità delle parole riportate, anche oralmente, dalle prime generazioni dei cristiani. La pubblica-zione aveva lo scopo di mettere a tacere quanti, prelati com-presi, mettevano in dubbio l'esattezza di quanto riportato dagli evangelisti. Il libro della Navarro era stato molto avversato all'interno della Chiesa e, proprio per questo, esso non ebbe mai molto credito[283].

Rupert Stephenson aveva raggiunto Danielina Navarro sino in Italia, per conoscerla e comprendere, dal punto di vista scientifico, l'origine delle sue visioni. Il professore, in quegli anni, accettava l'idea della presenza di un grande Architetto; affermava che l'ordine del creato era il segno della Sua pre-senza ma era convinto che Egli fosse, comunque, inconosci-bile. Tuttavia, Stephenson era fortemente attratto da tutto ciò che rientrasse nella sfera dell'esoterismo e del mistero, per cui voleva capire il fenomeno "Navarro".

Danielina Navarro provò a spiegargli che egli non poteva interpretare le sue visioni raccontate nel libro applicando un "metodo scientifico", visto che l'unica chiave di lettura possi-bile era quella dello "Spirito Santo" che con le sue tre funzioni, quella creante, quella generante e quella conducente, lo avrebbero introdotto a una lettura realistica dell'opera. Danielina Navarro non avendo davanti un uomo che aveva ricevuto il dono della fede, ma che, comunque, era attratto dal misticismo, volle almeno consegnargli un indizio vero: la realtà non era solo quella che si percepisce coi sensi, il destino dell'uomo è quello di possederla tutta grazie a Dio, non nonostante Dio!

Pertanto, lo lasciò andare con una citazione, che Stephenson ebbe premura di appuntarsi sul retro della copertina del suo libretto:

"*Unigenitus Dei Filius, suae divinitatis volens nos esse participes, naturam nostram assumpsit, ut homines deos faceret factus homo (L'Unigenito Figlio di Dio, volendo che noi fossimo partecipi della sua divinità, assunse la nostra natura, affinché, fatto uomo, facesse gli uomini dei). San Tommaso d'Aquino, Opusculum 57 in festo Corporis Christi, 1*".

Noah aveva trovato in quel taccuino i segni che Stephenson aveva meditato molto su quelle parole. Infatti, tra le ultime pagine che aveva trascritto poco prima di consegnargli il quaderno dei suoi appunti, aveva ritrovato una frase di San Massimo, il Confessore:

"*Costituito in uno stato di santità, l'uomo era destinato ad essere pienamente "divinizzato" da Dio nella gloria. Sedotto dal diavolo, ha voluto diventare "come Dio"[284], ma senza Dio e anteponendosi a Dio, non secondo Dio. San Massimo il Confessore, Ambiguorum liber: PG 91, 1156C*".

Il professore a quanto appariva, confessava di aver trovato quello che cercava: un Dio che voleva un uomo a Sua immagine. Per questo, per quanto li avesse fino ad allora tenuti nascosti a Corona, capì che era venuto il momento di mostrargli gli appunti del professore. Nella speranza, per lui comunque lontana, che capisse ciò che non voleva comprendere. Corona, intanto, continuava ad argomentare la sua posizione:

«Sai meglio di me che alcuni eventi sono stati fissati eternamente dall'*Onnipotente*… O vorresti negare anche le centinaia di profezie riguardanti il *Crocifisso*?!»

Corona era deciso ad appigliarsi alle profezie che premeditavano l'arrivo dell'ultima battaglia, ma Noah cercando di controbattere si lasciò sfuggire un particolare ancora celato:

«Il *Documento di Damasco* su cui Stephenson scrisse il suo libro e il *Manoscritto della Guerra* che portò con sé nella sua valigetta insieme al taccuino e al *Testamento di Kayafa* sono documenti preziosissimi, di cui non voglio sminuire il valore, ma non verranno compresi correttamente se letti con criteri basati sulla forza per produrre cause ed effetti. Dio mi è testimone! C'è in ballo il destino di ogni uomo!»

«*Leonida*, cosa intendi per "*Testamento di Kayafa*"?»

Ne seguì un silenzio, denso d'imbarazzo. Corona aveva chiamato Padre Noah col proprio ieronimo massone; sapeva che odiava essere chiamato in quel modo. Noah lo percepì come una punizione, per essersi lasciato sfuggire quel particolare da sempre tenuto nascosto.

«Georghe, ti ripeto: il professor Stephenson comprese molto, ma non ebbe modo di confrontarsi con Padre Raoul, che invece aveva ricevuto la grazia di leggere ogni evento dal punto di vista dell'"*Onnipotente*", come tu ami definirlo…»

«Non mi hai mai dato modo di leggere quanto Stephenson volle condividere con te e, a quanto pare, Adam Gamliel, nel suo progetto per detronizzarmi, deve avermi celato più di quanto immaginassi! Cos'è il *Testamento di Kayafa*?!» domandò inflessibile.

«Come avremmo potuto fidarci di chi Lo ha brutalmente assassinato?»

Padre Noah provò a spiegarsi ma era agguantato da un forte disagio, si sentiva di non essere stato onesto con quell'uomo.

«Per Dio, cos'è il *Testamento di Kayafa*?!» gridò a gran voce, tanto che il fedele Beppe, seduto nel corridoio attiguo, si risvegliò di soprassalto da un lieve assopimento.

Padre Noah disse:

«Il fatto è che il professore non aveva trovato soltanto i tre nomi dei *Custodi*: *H'anna, Yehohanàn, Xalexalex* e del primo *Maggiordomo: Kayafa*… ma dell'ultimo aveva scoperto un piccolo manoscritto in lingua gematrica, manoscritto che consegnai a Danielina Navarro quando arrivai in Italia… Esso conteneva una folle previsione!»

Da dietro la grata, lo sguardo irremovibile e tenace di Corona sfondava il confessionale. Padre Noah non aveva scelta:

«Che tuo figlio abbia a che fare col *Makabì* ha mutato molte cose tra noi, forse è giusto che tu sappia…» bisbigliò impacciato il prete, che non fece in tempo a tirar fuori il taccuino di Stephenson che portava sempre con sé, per mostrarlo all'anziano penitente.

Un potente rombo squarciò l'aria, invadendo la cappella. Si trattava del tuonare del motore di un'auto che Beppe, preso di soprassalto, osservò sfrecciare, mentre sfondava la cancellata e si dirigeva verso la campagna.

«Porco il demonio!» fu l'unica cosa che Beppe riuscì a dire.

Corona e Padre Noah si precipitarono d'istinto all'uscita per capire l'origine del trambusto, mentre una giovane donna gli veniva incontro ansimante e agitata.

«Veronica che succede?!» le domandò il prete con apprensione.

«Don Michel! John Cohen è fuggito con la vostra auto! Abbiamo trovato Alessandro addormentato davanti alla sua porta!»

Non era abituato a essere chiamato col nome da prete, preferiva il nome del cane del contadino che era divenuto il proprio soprannome, ma non era il momento di pensare a quel particolare. Forse stava per pagare il prezzo della sua ingenuità.

«Cercate Eved Magdalene e portatela qui!» E, rivolgendosi a Corona-Meroveo con sguardo allarmato…

«Stefano, mi sbagliavo, serve il tuo aiuto!»

Corona fece un cenno di consenso; i fatti, purtroppo, gli stavano dando ragione. Dopotutto, era stato capo del mondo! Aveva provato a spiegare a quel "direttore di scuola" che si stava combattendo la battaglia decisiva per l'intero universo, ma quello aveva dovuto sbattere la testa per capirlo!

Corona stimava molto Padre Noah, ma, sotto sotto, lo considerava solo un uomo da scrivania, un idealista, con una vita piena di hobby.

Infatti, anche se la posta in gioco era altra e ben più alta, Padre Noah, si sorprese a pensare con ansia alla sorte della sua adorata Dodge Charger[285] del '69, verniciata di un nero vellutato, a cui aveva perfino dato il nome di "Gorgo[286]", la coraggiosa regina di Sparta, moglie di Leonida I il re…

La vide perdersi fra le campagne assieme alla sua lambda bordeaux dipinta sul tettuccio, ai suoi cerchi in lega American Racing, modello Vector 8,5x15", al suo propulsore HEMI e al roll-bar interno a sei attacchi, mentre cercava, disperatamente, di sfuggire alle automobili vedetta a cui Corona aveva impartito l'ordine di non sparare. Pensò che la sua, quasi auto da corsa, non fosse certo l'ideale per non dare nell'occhio… era un'auto poco diffusa in Italia. In effetti, le preoccupazioni di Padre Noah non erano infondate: la caccia era appena iniziata!

Il volante della Dodge gli scorreva tra le mani, mentre dallo specchietto sbirciava le quattro auto che doveva seminare: delle BMW 3.0 CSL di colore bianco e argento metallizzato.

Era sorpreso; non avrebbe mai immaginato che potessero esserci delle auto appostate a vigilare quel luogo, credeva di trovarsi in un collegio ma non doveva essere un posto qualunque evidentemente; ritenne che dovessero ancora essere molti gli elementi che gli sfuggivano.

Pensò che l'unica soluzione per non farsi acciuffare sarebbe stata quella di entrare in città, abbandonare l'auto e sparire tra i vicoli. Dai retrovisori, intanto, notava che le auto lo tallonavano nell'intento di rallentarlo, ma il fatto che gli inseguitori non utilizzassero armi gli fece capire che non volevano ucciderlo.

«Perciò, Cédric, non mi hai ancora risposto: chi sei?!»

Una voce conosciuta era venuta fuori come dal nulla dai sedili posteriori; affiorarono gli occhi lucenti di Eved Magdalene.

«Bambina, cosa ci fai qui?!» Si girò verso di lei per un istante e, subito dopo, si rigirò alla velocità della luce per non perdere la concertazione alla guida! Non si capacitava di come quella ragazza potesse essere riuscita a farsi ignorare e a nascondersi in quell'auto.

«Non chiamarmi bambina! Sono la maggiore tra… noi due! Voglio sapere cosa è successo a mio fratello?!»

La ragazza si rialzò dai pavimenti dell'auto nei quali era accovacciata e si sedette, assumendo un atteggiamento di attesa. Roman avrebbe voluto ignorarla, ma la ragazza gli aveva posto una domanda legittima, cui avrebbe voluto sapere rispondere. Fu sincero:

«Non ne ho la più pallida idea…» sussurrò. Poi si disse che quello non era certo il momento più opportuno per una chiacchierata chiarificatrice, per cui le si rivolse alzando la voce:

«Sei un errore! Non dovresti essere qui!»

La ragazza, istintivamente, lo strattonò, facendogli perdere il controllo del veicolo. La deviazione improvvisa che ne conseguì trascinò l'auto e gli inseguitori fuori strada. Le vetture impegnate nell'inseguimento si scontrarono tra loro arrestandosi; egli recuperò il controllo e proseguì verso un tracciato di terra battuta.

Provvidenzialmente, quella mossa aveva reso più facile la fuga. Si rivolse a Eved Magdalene:

«Sta ferma o dovrò ucciderti, e non immagini nemmeno quanto mi stia trattenendo dal farlo!»

Un momento di silenziosa contrizione invase la giovane ragazza, che decise di ricomporsi. Roman, invece, guidava, fissando il vuoto e pensando a togliersi dall'inghippo in cui si era cacciato. La ragazza, comunque, non si arrese:

«Ok, ricominciamo, io sono Eved!»

Roman si sentì disorientato... "Eved" non era il nome per cui era tornato, perciò domandò:

«Magdalene?» ribatté per conferma.

«Allora stanotte ascoltavi? Sì, ho un altro nome "Magdalene" che sembra che tutti amino, tranne me... il mio ragazzo, ad esempio, ci va matto...»

Roman continuava a fissare davanti a sé, intento a ritrovare la strada verso i quartieri cittadini.

«Chi sei? Come sei finito nel corpo di mio fratello?»

La morte era un grande mistero che egli, in parte, aveva disvelato, ma che aveva aperto ad altri più grandi segreti *"La vita è un casino! Vivi cercando di non pensare al fatto che finirà, poi scopri che non ha fine e torni indietro..."* Avrebbe potuto ritenersi uno sciocco per le scelte fatte ma la ragione per cui aveva accettato quel patto la riteneva umanamente valida. Non aveva modo, comunque, di spiegare molto in quel frangente. Perciò provò a rigirare la questione:

«Dovresti spiegarmelo tu! Io dall'altra parte ho visto solo un buco nero…»

La ragazza portava con sé un grande senso di colpa: non aveva insistito molto, nelle settimane precedenti, per impedire al fratello e al fidanzato di compiere quel gesto che li aveva portati a quelle conseguenze. Le motivazioni per cui lo avevano fatto, la toccavano talmente nel profondo, che si lasciò andare a una confessione:

«E va bene… Nostra madre è morta e di nostro padre non sappiamo nulla. Era da parecchio tempo che John Cohen aveva visioni di mamma che bruciava tra le fiamme infernali… diciamo che lui ed io siamo familiari a certe "visioni" ma, normalmente, non ci riguardano così da vicino!»

Roman incominciava a intuire che poteva esserci un legame fra quanto la ragazza riportava e il sogno avuto la notte prima. Le chiese:

«Spiegati meglio! Che vuoi dire?»

«Vedi, noi, i nostri amici e alcuni degli studenti del *Sacred Heart*, abbiamo particolari capacità, ci definirei quasi ragazzi "speciali". Normalmente abbiamo visioni di persone che hanno bisogno d'aiuto. In istituto ci insegnano a utilizzarle per dare una mano e consolare quella gente. Ma quando abbiamo visto nostra madre, abbiamo intuito che i nostri responsabili non ci avrebbero mai permesso di accertarci della veridicità delle visioni. La regola generale è che "non si disturbano i morti", perciò abbiamo fatto da noi, utilizzando una tavola Ouija… un metodo non proprio canonico… diciamo illecito… Non è stata una grande idea, ma quella sera, devo confessarti, non eravamo proprio in noi…»

Era ormai chiaro: la donna che gli aveva parlato negli inferi era la madre di quei ragazzi, e le sue suppliche e l'immagine di lei che precipitava nell'abisso gli rimbombavano nel cervello.

Disse:

«Comunque, non è solo il tuo ragazzo a cui piace chiamarti Magdalene. Anche per tua madre quel nome ha un certo peso…»

«Perché dici questo?» Si aprì un varco nel cuore di quella ragazza; ella capì che ci sarebbe stato molto di più da scoprire, molto più di quel che appariva. Roman non fece in tempo a risponderle.

Una vettura sbucò, improvvisamente, a tutta velocità, da una stradina secondaria, cercando lo scontro frontale e si schiantò su di loro. La Dodge, nel tentativo di evitare il peggio, cappottò, dopo aver urtato il guardrail, rovesciandosi completamente.

La ragazza, che non era protetta da cinture di sicurezza, venne sballottata fuori. Il suo corpo giaceva, inerme e sanguinante, sull'asfalto. Il fratello, invece, si trovava intrappolato in quel mucchio di metallo, vetro e plastica.

L'auto degli aggressori aveva le porte spalancate. I due che la occupavano ne uscirono in fretta e si diressero verso i ragazzi. Uno controllò che la ragazza fosse ancora viva, e facendo un cenno positivo all'altro, s'infilò uno stecchino tra i denti. L'altro soggetto che era con lui andò, invece, verso il ragazzo, che, malconcio e ammaccato, fu tirato fuori con qualche difficoltà. Il suo volto era terribilmente sanguinante, tanto da non renderne intercettabili i tratti.

I due giovani, privi di coscienza, furono caricati nel portabagagli dell'auto degli assalitori, poi la Dodge prese fuoco, esplodendo. I rapitori fecero in fretta a sparire, cambiando auto al quartiere successivo.

Un elicottero, in lontananza, sorvolava la zona proprio sopra la Dodge fumante; il pilota avvertì Corona, che si catapultò sul luogo insieme a quattro dei suoi uomini e a Beppe che, sceso dall'auto, si mise le mani sulla testa e urlò una delle sue solite imprecazioni.

Corona si avvicinò alla carcassa dell'auto, si abbassò e sfiorò il terreno macchiato del sangue dei suoi figli. Il suo viso si trasformò in una maschera terribile, e i suoi occhi divennero due fiamme...

Rifletté per un istante, poi, come se si trovasse di fronte ai suoi nemici, pronunciò a gran voce le parole di Cristo agli apostoli prima della passione, donandogli, con accento minaccioso, tutt'altro senso:

«Vegliate e pregate, perché non sapete né il giorno né l'ora[287]!»

Capitolo 24
MESSA

Sala Nervi, Stato Vaticano
25 febbraio 1987, ore 09:00

"«Il Cristo risorge da questo cratere apertosi dalla bomba nucleare: un'atroce esplosione, un vortice di violenza e di energia» ... Chissà se Pericle Fazzini[288] sapesse di cosa stesse parlando quando pronunciò questa frase... Erano forse le parole cariche del presagio di una minaccia incombente? Paolo VI, quando commissionò la scultura sapeva: è evidente! La scultura esplode di significati che vibrano di ragioni, tese ad indicare che vi è la possibilità di un conflitto da cui il Messia uscirà vincitore...".

I pensieri dell'alto prelato erano rivolti tutti verso la grande scultura, posta appena dietro il trono, davanti al quale c'erano i due microfoni, che dominava il palco dell'aula per le udienze papali.

L'immensa sala, conosciuta come Aula Nervi, dal nome del suo progettista, era stata inaugurata il 28 settembre 1977, da Paolo VI. Poteva contenere fino a dodicimila persone, ed era situata alla sinistra della Basilica di San Pietro, tra la sagrestia della Basilica, il cimitero Teutonico e il palazzo del Sant'Uffizio, sede della Congregazione per la Dottrina della Fede.

La statua, invece, era stata commissionata da Papa Paolo VI nel 1965 ed era stata tirata su in cinque anni, dal '70 al '75. La scultura si estendeva per una larghezza di venti metri e occupava tutta la sezione centrale della parete fondale della sala. Al centro, vi si trovava una raffigurazione del Cristo risorto che, svettante, emergeva da un caos indefinito, raffigurante la morte. I suoi lunghi capelli e la barba erano mossi da un vento che soffiava da sinistra verso destra; le sue braccia aperte e il volto inclinato facevano trasparire sofferenza, proprio come se stesse venendo fuori dal travaglio di un parto. Il resto della scultura era un insieme di elementi naturali fusi fra di loro e non ben definiti, come rocce, rami secchi e radici[289].

Il Cardinale lombardo, dalle prime file, osservava i preparativi per l'udienza generale del mercoledì, nella consueta talare nera con zucchetto porpora. Da lì a poco, il Pontefice sarebbe sopraggiunto.

L'organo avviò la sua melodia e Giovanni Paolo II si manifestò in tutta la sua imponente fisicità, entrando dal portone laterale sinistro. Un fragoroso applauso espresse tutto il calore del popolo che attendeva trepidante le parole del Pontefice.

Il prelato, dalla sua postazione, si mostrava partecipe alla cerimonia cui stava assistendo dietro invito personale del Santo Padre, ma si sentiva a disagio. Aveva trovato molto sospetto quell'invito, in concomitanza proprio dell'annuncio da parte dei "suoi medium" dell'avvento del *Guerriero* atteso e preceduto, qualche notte prima, durante un rito satanico, dalla notizia sconvolgente che l'*Anticristo* era stato generato proprio da lui.

La convocazione, inoltre, era pervenuta appena ventiquattrore prima; in essa, con poche granitiche parole, si diceva che dopo la cerimonia, il Papa lo avrebbe incontrato privatamente:

«Al venerato fratello Cardinale Martino Ferrari
Con l'augurio di poterla incontrare per il bene delle nostre
due chiese.

Giovanni Paolo II»

Si sentiva inquieto; anche la formulazione dell'invito gli creava parecchie perplessità: a quali "due chiese" faceva riferimento Giovanni Paolo II? Forse a quella lombarda e a quella romana di cui erano vescovi? O forse il Santo Padre, nel suo invito, evocava significati nascosti?! Qualunque cosa significasse quell'invito, ormai era lì; non sarebbe passato molto tempo e si sarebbero trovati faccia a faccia: avrebbe capito.

Un appuntamento significativo, dunque, col suo nemico giurato. Il diacono che lo accompagnava, aveva curato i particolari con la Segreteria di Stato, ma non era riuscito a comprendere lo scopo dell'invito, nonostante i suoi infiltrati all'interno della Curia romana.

L'attesa stava snervando il Cardinale; evidentemente il suo volto rifletteva le sue perplessità e il diacono le aveva lette:

«È preoccupato, Eminenza?» chiese il devoto assistente.

«Dovrei esserlo Maurilio?» rispose senza esitazione il Cardinale.

«*Il tempo suol far lieto ogni dolore*, Eminenza, su col morale!» Il segretario era un uomo di buoni modi, un ometto da parrocchia, smilzo, dalla carnagione chiara, figlio della provincia brianzola, con la mania dei proverbi popolari.

Intanto, con fare benedicente, il Papa si era posizionato davanti ai microfoni per dare l'inizio ai lavori.

«In Nomine Patris, et Filii et Spiritus Sancti. Sia lodato Gesù Cristo!»

Il popolo rispose in coro con passionevole complicità: «Ora e sempre sia lodato!»

Martino Ferrari era certo che non sarebbe stata un'udienza generale come tutte le altre; quell'uomo che avrebbe avuto presto davanti non era come tutti gli altri; lo sapeva bene.

Lo aveva capito dopo il fallimento dei due attentati che aveva commissionato per eliminarlo fisicamente: il primo, del 13 maggio del 1981, per mano di Ali Ağca[290], e il secondo, il 12 maggio dell'anno successivo, attraverso il prete spagnolo, Juan María Fernández y Krohn, che aveva colpito il Pontefice con una baionetta, ferendolo lievemente[291].

Con Giovanni Paolo I, l'aveva spuntata facilmente, ma, dopo il fallimento degli attentati alla vita del Papa polacco, si era reso conto che contro Giovanni Paolo II avrebbe dovuto combattere diversamente. Incominciò pertanto ad attaccarlo sul piano dottrinale, costituendo, tra l'altro, un gruppo segreto di cardinali italiani, inglesi, olandesi e tedeschi avversi al Papa conservatore; questi avevano il compito di preparare il terreno e pilotare un eventuale conclave, appena si fossero presentati tempi più maturi.

Fin dall'inizio del suo pontificato, Giovanni Paolo II si era mostrato ostile al comunismo e all'Unione Sovietica; aveva disapprovato la teologia della liberazione, ma aveva stigmatizzato severamente lo sviluppo del sistema capitalistico e del consumismo sfrenato, che avevano contribuito ad aumentare l'ingiustizia sociale, la disuguaglianza fra i popoli... sacche sempre più evidenti di miseria e schiavitù di diverso tipo. Sul versante morale, aveva contrastato l'aborto e l'eutanasia, confermando l'approccio tradizionale della Chiesa sulla sessualità umana, sul celibato ecclesiastico e sul sacerdozio femminile[292]: erano esattamente tutti i punti su cui la Contro-Chiesa faceva perno per abbattere il *Katéchon*.

L'elemento principale che infastidiva, tuttavia, Martino Ferrari era "l'influenza" reale che quel Papa esercitava sulla gente; il Pontefice sembrava possedere un carisma inaudito che riusciva a sconfiggere, sul nascere e in modo spontaneo, il fascino della proposta mondana che il prelato intendeva introdurre nella Chiesa, allo scopo di minarne in modo graduale, ma sistematico il messaggio.

Riconosceva in Giovanni Paolo II qualcosa di speciale che lo attirava irresistibilmente, ed in quel momento era estremamente ansioso di conoscere l'argomento del loro incontro privato. Provava a fare delle ipotesi che, mentalmente esaminava; ma dopo averle vagliate ad una ad una, le scartava, ritenendole tutte illogiche.

Intanto, il Papa, sul palco, stava iniziando il suo intervento. Intuì che avrebbe dovuto seguirlo con attenzione:

«Durante il processo dinanzi a Pilato, Gesù, interrogato se fosse re, dapprima nega di esserlo in senso terreno e politico; poi, richiesto una seconda volta, risponde: "Tu lo dici; io sono re. Per questo io sono nato e per questo sono venuto nel mondo: per rendere testimonianza alla verità". Questa risposta collega la missione regale e sacerdotale del *Messia* alla caratteristica essenziale della missione profetica...».

Il Papa stava parlando, sì, alla folla, ma Martino Ferrari era sicuro che stesse parlando essenzialmente a lui:

«Questi primi accenni al carattere ministeriale della missione profetica ci introducono alla figura del servo di Dio (*"Ebed Jahwe"*) che si trova in Isaia (precisamente nel cosiddetto "Deutero-Isaia").

In questa figura, la tradizione messianica dell'antica alleanza trova un'espressione particolarmente ricca e importante se consideriamo che il servo di *Jahvè*, nel quale spiccano soprattutto le caratteristiche del profeta, unisce in sé, in certo modo, anche la qualità del sacerdote e del re. I Carmi di Isaia sul servo di *Jahvè* presentano una sintesi vetero-testamentaria sul *Messia*, aperta a sviluppi futuri. Benché scritti tanti secoli prima di Cristo, servono in maniera sorprendente all'identificazione della sua figura, specialmente per quanto riguarda la descrizione del servo di Jahvè sofferente: un quadro così aderente e fedele che si direbbe ritratto avendo sotto gli occhi gli avvenimenti della Pasqua di Cristo».

Mentre il Santo Padre continuava il discorso, egli incominciava a riflettere sul significato delle profezie cui il Pontefice aveva fatto riferimento. Si chiedeva: *"Intende, forse, sottolineare il fatto che tutte le profezie hanno al centro Cristo e che non vi sono altri criteri per interpretarle se non alla luce della Sua parola?"*

«Quanto ai Carmi di Isaia sul servo di Jahvè, constatiamo anzitutto che essi riguardano non un'entità collettiva, quale può essere un popolo, ma una persona singola; che il profeta distingue in certo modo da Israele-peccatore: "Ecco il mio servo che io sostengo - leggiamo nel primo Carme -, il mio eletto in cui mi compiaccio. Ho posto il mio spirito su di lui; egli porterà il diritto alle nazioni. Non griderà né alzerà il tono, non farà udire in piazza la sua voce, non spezzerà una canna incrinata, non spegnerà uno stoppino dalla fiamma smorta... non verrà meno e non si abbatterà, finché non avrà stabilito il diritto sulla terra...". "Io, il Signore... ti ho formato e stabilito come alleanza del popolo e luce delle nazioni, perché tu apra gli occhi ai ciechi e faccia uscire dal carcere i prigionieri, dalla reclusione coloro che abitano nelle tenebre"».

Sapeva che Isaia, mille anni prima, già parlava di Cristo ma non riusciva a comprendere fino in fondo il messaggio nascosto del Santo Padre; reso cieco e sordo dal male, gli era impossibile capire che il Papa aveva attivato un tentativo misericordioso di comunicare con la sua anima.

«Se poi guardiamo alla vita e al ministero di Gesù, egli ci appare come il Servo di Dio, che porta salvezza agli uomini, che li guarisce, che li libera dalla loro iniquità, che li vuole guadagnare a sé non con la forza ma con la bontà. Il Vangelo, specialmente quello secondo Matteo, fa spesso riferimento al Libro di Isaia, il cui annuncio profetico viene attuato in Cristo, come quando narra che "Venuta la sera, gli portarono molti indemoniati ed egli scacciò gli spiriti con la sua parola e guarì tutti i malati, perché si adempisse ciò che era stato detto per mezzo del profeta Isaia: Egli ha preso le nostre infermità e si è addossato le nostre malattie". E altrove: "Molti lo seguirono ed egli guarì tutti... perché si adempisse ciò che era stato detto dal profeta Isaia: Ecco il mio servo...", e qui l'evangelista riporta un lungo brano dal primo Carme sul servo di Jahvè».

Il Pontefice voleva chiarire una volta per tutte che il *Messia* aveva vinto a priori contro il *Demonio*?! Trovò la cosa poco interessante, perché lui non era mica dalla parte del *Caduto*! In realtà, egli era solo dalla "sua" parte. Aveva assunto per sé la vendetta contro lo spirito di Dio, che aveva reso la sua stirpe maledetta, non certo per compiacere *Lucifero*, cui avrebbe volentieri usurpato il regno terreno, se solo avesse potuto... *Lucifero* era un maledetto! Gli aveva concesso l'immortalità solo per vederlo soffrire!

Ma egli si sarebbe vendicato sia di lui che di Dio! Era questo il motivo per cui aveva cominciato a collaborare con i

Maggiordomi: avrebbe costruito una Chiesa, un "Regno" senza Dio e, quindi, anche senza *Demonio*. Adam Gamliel?! Avrebbe usato anche lui, per liberarsi di tutti quanti!

«Come i Vangeli, così anche gli Atti degli Apostoli dimostrano che la prima generazione dei discepoli di Cristo, a cominciare dagli apostoli, è profondamente convinta che in Gesù ha trovato compimento tutto ciò che il profeta Isaia ha annunciato nei suoi Carmi ispirati: che Gesù è l'eletto Servo di Dio, che compie la missione del servo di Jahvè e porta la Legge nuova, è luce e alleanza per tutte le nazioni. Questa medesima convinzione la ritroviamo quindi nella "Didaché", nel "Martirio di san Policarpo", e nella Prima Lettera di san Clemente Romano[293]».

Il discorso non lo aveva convinto e riteneva stupida anche solo la possibilità che il Papa compisse un gesto per volerlo salvare. Riteneva idiota solo elaborarne il tentativo: la misericordia non era proprio nelle categorie mentali che gli appartenevano. Il Papa concluse il suo intervento e passò ai saluti per poi darsi alla folla, che lasciò tra risa gioiose e ovazioni. Era arrivato il suo turno!

Maurilio accompagnò il porporato per le stanze papali, fino alla porta indicata dal protocollo. Dalla soglia, sulla quale rimase, vide il Pontefice compiere un gesto d'accoglienza nei suoi confronti, in segno di ospitalità. Dopo, la porta si chiuse.

I due uomini si sedettero l'uno di fronte all'altro. Lo sguardo di Wojtyla era sereno e attento; il Cardinale, invece, appariva piuttosto teso, irrigidito e imbarazzato dall'uomo che gli stava di fronte. Si sentiva disorientato e gli vennero in mente le profezie di Fatima, che dipingevano quel Papa come figura preparatrice della seconda venuta del *Messia*. Incominciava a credere che vi fosse la possibilità che ogni tentativo di nuocere a quell'uomo sarebbe stato vano.

Il Pontefice spezzò il silenzio con cordialità.

«Cosa ne pensa dell'intervento di oggi?»

«Costruttivo…» rispose il Cardinale, in attesa che l'interlocutore facesse la prima mossa vera della partita.

Karol Wojtyla non era un uomo sprovveduto e rimase in silenzio. Egli, perciò, decise che non si sarebbe esposto; avrebbe recitato fino in fondo la parte del Cardinale Martino Ferrari: un uomo di Chiesa con idee innovative, non sempre in accordo con lo spirito di quel pontificato, ma obbediente alle sue proposte e politicamente corretto.

Disse:

«Beh, Santità, se mi ha convocato sarà sicuramente a causa delle mie posizioni pubbliche. Pertanto, sarò sincero, proprio perché voglio che questo incontro sia occasione di riconciliazione tra le nostre due persone, per il bene della Chiesa. Lei sa bene che la Sua non è una pastorale a me consona; lei punta ancora su un vecchio linguaggio che la gente non comprende più… Magari molti la stimano per la sua simpatia ma si chieda se veramente comprendano il cuore della Sua proposta!»

Wojtyla era immobile; ascoltava, senza distogliere lo sguardo dal Cardinale che, invece, continuava a muoversi nervosamente sulla sedia, intimorito, senza comprenderne la ragione, dallo sguardo del suo interlocutore.

«Quindi, Sua Eminenza, su cosa mi consiglia di puntare?» domandò il Pontefice, con tono interessato.

«Sua Santità, il comunismo, oggigiorno, ha comunque una certa influenza e la massa ragiona in termini di diritti. La gente, pertanto, ha bisogno di sentirseli riconosciuti. Occorre puntare sui loro bisogni concreti, sui concetti di solidarietà e di povertà. È necessario emancipare la gente dalle superstizioni spirituali[294]. Il male nasce dalla libertà umana, non dall'alto: il *Diavolo* lo abbiamo inventato solo per dare un volto a quel male...»

Wojtyla, sentita l'ultima affermazione, si alzò di scatto. Martino Ferrari si sentì spiazzato e si ancorò alla sedia, stringendone i pomelli. Wojtyla si diresse verso un tavolino laterale, dove vi era una brocca d'acqua, ne versò due bicchieri e gliene porse uno, dicendogli:

«Quindi, lei ritiene sia necessaria un'emancipazione di massa dalla sfera spirituale?»

Martino Ferrari si tranquillizzò, pensando che il Papa avesse voluto quell'incontro per approfondire il suo pensiero. Bevve un sorso di quel bicchiere per rinfrescarsi il palato e si sentì libero di esprimersi:

«Mai più lunghi discorsi pesanti! Occorre fornire alle persone piccole pillole di saggezza, istruttive per la quotidianità; bisogna essere concreti e liberare il popolo dai dogmi ingombranti. La gente non ama la pesantezza: adattiamoci alle loro esigenze, lasciamola libera!»

«Non pensa che questo significhi relativizzare, Sua Eminenza?» chiese il Pontefice.

«La società cambia, Sua Santità e noi dobbiamo aggiornarci, per rispondere alle nuove sfide del pensiero moderno! Inoltre, non possiamo essere in disaccordo con le istituzioni che hanno una loro piena sovranità! Dobbiamo lasciare che i laici decidano liberamente di promuovere le loro idee in ogni ambito, senza influenzare il loro operato!»

Il Pontefice, che fino ad allora lo aveva ascoltato immobile, si avvicinò a una finestra e fissando il vuoto gli domandò:

«Ma se emancipiamo la gente dal soprannaturale, non pensa che smetterà di partecipare alla Santa Messa?»

Poteva esser stato così ingenuo? L'intelligenza di quell'uomo era così profonda da essere arrivato al cuore delle sue intenzioni! Il solo e unico modo per abbattere la Chiesa Cattolica era la nullificazione della Messa, tentativo incominciato con la soppressione delle preghiere leonine, il 26 settembre 1964, attraverso la riforma liturgica.

Quelle preghiere erano state scritte, il 13 ottobre 1884, da Papa Leone XIII, in seguito ad un'esperienza mistica, vissuta proprio durante la celebrazione di una Santa Messa. Il Papa aveva avuto una visione, durante la quale il *Demonio* chiedeva un tempo in cui essere libero di minacciare la Chiesa. Quella visione aveva spinto il Papa a comporre la famosa "Preghiera a San Michele Arcangelo[295]", imponendo che essa venisse recitata al termine di ogni celebrazione eucaristica e che fosse inserita anche nel rito degli esorcismi. Le preghiere leonine si erano rivelate molto potenti ed avevano contribuito, nel corso dei secoli, ad indebolire l'influenza dei poteri del "*Maligno*". Annullata la Messa, la Chiesa non avrebbe più avuto senso di esistere e le chiese si sarebbero ben presto svuotate... "*Alt!*" pensò; non poteva correre così tanto; il Papa non era uno stupido: sembrava comprendere bene il gioco cui si stava giocando. Non poteva "scoprirsi" troppo; doveva agire con astuzia, argomentando in modo intelligente:

«Li attireremo con la solidarietà delle parrocchie, che dovranno divenire luoghi aperti a tutti. Pensiamole come piccoli centri d'incontro, dove diverse idee e posizioni culturali possano confrontarsi, in un clima di comune riflessione e di arricchimento reciproco; luoghi in cui non si giudichi sulla bontà o meno di una posizione o di una visione sull'uomo e sulla vita, rispetto ad un'altra. Non dobbiamo essere radicali, ma radicati nella cultura contemporanea. Essa ha molto da insegnarci: permettiamole di dialogare con noi. Non dobbiamo avere paura. La gente è buona, se la si rende libera di esserlo; vuole il bene:

non chiediamole di cambiare! Non giudichiamo nessuno e non chiediamo a nessuno di cambiare la propria natura: avremo più gente felice. Apriamo le porte alla gente!»

Wojtyla fece cenno al Cardinale di avvicinarsi alla finestra illuminata dal pomeriggio romano. Con delicatezza, il Papa gli si fece più vicino, gli pose una mano sulla spalla e, quindi, lo abbracciò. Martino Ferrari era sbigottito: rimase immobile, col fiato mozzato, come fosse stato inchiodato al suolo o a se stesso.

«Vede Eminenza, nel '78, incominciai il mio pontificato incitando a non avere paura di aprire le porte a Cristo[296]! Nel mondo ci sono coloro che scelgono autonomamente ciò che si vuol credere e non credere, promuovono una fede "fai da te", quindi. Osano esprimersi con "coraggio" contro il Magistero della Chiesa. In realtà, il loro non è coraggio, ma autogratificazione, narcisismo, delirio di onnipotenza...»

Il Pontefice rinforzò la stretta dell'abbraccio al Cardinale, che lasciò sfuggirsi il bicchiere d'acqua che ancora teneva tra le mani. Cadendo per terra, esso si frantumò in mille pezzi, come si erano frantumate tutte le sicurezze e tutte le identità passate e presenti dell'uomo che, poco prima, lo reggeva. Per la prima volta, quell'uomo, il Cardinale Ferrari, si sentì disarmato, incapace di reagire, stretto in quell'inimmaginabile abbraccio.

Maurilio, seduto sulla panchina appena fuori dalla porta, accanto alla guardia svizzera che stazionava vigilante, aveva sentito il tonfo del bicchiere e si era avvicinato con apprensione alla porta. Mentre veniva allontanato dalla guardia, però, non poté fare a meno di udire, attenuate dal consistente legno della porta, alcune parole che Giovanni Paolo II rivolgeva al Cardinale Ferrari. Distinse, per prima, la parola «Amico![297]»... e gli era sembrata di buon auspicio: il segno che il colloquio si stava svolgendo cordialmente; ma subito dopo, ne udì altre, di diverso tenore: «La mia casa sarà chiamata casa di preghiera, ma voi ne fate una spelonca di ladri![298]».

Maurilio si sentì confuso e poiché non riuscì ad ascoltare altro, decise di non dare peso a nessuna di quelle parole, a primo acchito, contraddittorie, convincendosi di averle fraintese.

Affidò l'esito del colloquio alla volontà del Signore: *"Tutti i salmi finiscono in gloria!"* pensava, non c'era di che preoccuparsi.

Intanto, all'interno il Sommo Pontefice raccoglieva egli stesso i cocci di ciò che si era disintegrato mentre il Cardinale faceva un passo indietro, stando a guardare.

«Caro Martino Ferrari, posso dirle, e non io, queste parole: "Guai quando tutti gli uomini diranno bene di voi! Allo stesso modo, infatti, facevano i loro padri con i falsi profeti[299]". Non dimentichi, inoltre, il seguente monito: "Beati voi, quando vi insulteranno, vi perseguiteranno e, mentendo, diranno ogni sorta di male contro di voi per causa mia. Rallegratevi ed esultate, perché grande è la vostra ricompensa nei cieli. Così, infatti, hanno perseguitato i profeti prima di voi[300]"… E non posso che concludere quanto ho da dirle riportandole questo altro passo su cui meditare: "Entrate per la porta stretta, perché larga è la porta e spaziosa la via che conduce alla perdizione, e molti sono quelli che entrano per essa; quanto stretta invece è la porta e angusta la via che conduce alla vita, e quanto pochi sono quelli che la trovano[301]". Quella di Gesù è una porta stretta, non perché sia una sala di tortura, ma perché ci chiede di aprire il nostro cuore a Lui, di riconoscerci peccatori, bisognosi della Sua salvezza, del Suo perdono, del Suo amore, di avere l'umiltà di accogliere la Sua misericordia e farci rinnovare da Lui[302]. Le porte della Chiesa che lei, Eminenza, mi ha descritto, invece, sono spalancate così che le persone possano allontanarsene il prima possibile vero, Jacob?»

Muto e senza fiato, zittito dalla scoperta che il Pontefice conoscesse la sua vera identità, non sapeva come reagire. Avrebbe potuto scagliargli un fendente al volto e chiudere la questione uccidendolo, ma avrebbe fatto crollare ogni schema... non poteva!

Lo sguardo di Wojtyla era ancora puntato su di lui, severo e fiero come mai fino a quel momento. Martino Ferrari capì anche il significato delle due Chiese cui il Papa aveva fatto riferimento nell'invito: quella Cattolica e quella degli *Eredi di Hiram Abif.* Era arrivato il momento di giocare a carte scoperte.

Intanto, nel corridoio, Maurilio, cercava di occupare l'attesa conversando con la guardia svizzera, che cercava, inutilmente, di rimanere impassibile. Cosa che gli risultava oltremodo difficile, a causa dell'irrequietezza del diacono, che era sottoposto a un'attesa lunga e logorante, che lo costringeva a guardare una volta l'orologio e un'altra volta la porta!

Maurilio si domandava cosa stesse succedendo in quella stanza, visto che, in genere, gli incontri col Pontefice duravano circa mezz'ora. Come mai, si domandava, il Cardinale Martino Ferrari si trovava nello studio del Papa da più di due ore? Man mano che il tempo passava, la tentazione di origliare diventava sempre più forte. Si guardò intorno... no! Non avrebbe potuto: la guardia alla porta non avrebbe permesso un suo avvicinamento! Decise, allora, di concentrarsi sulla preghiera: iniziò a recitare il Rosario; la contemplazione dei santi misteri lo portò a riflettere sulle Sacre Scritture. Si soffermò sulle parole del Cristo *"La mia casa sarà chiamata casa di preghiera, ma voi ne fate una spelonca di ladri!"*.

Si chiese quando le avesse pronunciate... L'unica volta in cui si era infuriato contro qualcuno! I più grandi artisti, in seguito, avevano rappresentato l'episodio raffigurando Cristo con una verga in mano, nell'atto di scacciare i mercanti dal

Tempio. *"Che strano!"* Pensò. *"Sembrava l'unico momento in cui Cristo, che aveva sempre invitato ad amare anche i propri "nemici", aveva deciso di mostrare il Suo volto di giudice severo!"* Mentre era immerso in quella riflessione, sentì la porta aprirsi: il colloquio si era finalmente concluso.

Il Cardinale uscì. Il suo aspetto colpì subito Maurilio. Aveva il volto pallido e inespressivo e gli occhi quasi privi di luce. La sua andatura era, improvvisamente, divenuta lenta e incerta.

«Eccellenza tutto bene?» chiese, preoccupato e a voce alta, il diacono.

«Certo, certo… Il Sommo Pontefice mi ha donato il suo perdono!»

Maurilio era perplesso. In tanti anni che era stato al suo servizio, non aveva mai visto il Cardinale in quello stato. Dov'era andato a finire lo sguardo fiero e profondo che spiccava sul suo viso? Sulla strada del ritorno, il diacono ebbe modo di osservare che il Cardinale appariva spossato e che era scosso da un sottile tremito; la sua fronte era madida di sudore e lo sguardo appariva spento e inespressivo.

Si chiedeva cosa fosse successo a San Pietro.

Arrivarono presto e silenziosamente a destinazione. Il prelato si rinchiuse immediatamente nei suoi appartamenti. Al diacono non rimase altro da fare che andare a riposare, attendendo la cena.

Si fece presto sera. Il Cardinale Martino Ferrari aveva saltato i pasti e non era uscito dalle sue stanze. Maurilio provò a portargli qualcosa da mangiare su un vassoio, direttamente negli alloggi. Bussò, ma non ricevette alcuna risposta. Allora, decise ugualmente di aprire la porta, ma questa era chiusa a chiave dall'interno.

Preoccupato per la possibilità che il Cardinale stesse male, si fece portare il duplicato della chiave della camera. Riuscì a entrare, si guardò intorno: la stanza era vuota!

Gli venne fuori, spontanea, una riflessione: *"Pio XI una volta disse: «A pensar male del prossimo si fa peccato, ma s'indovina!»"*.

Qualcosa di tremendo era accaduto in San Pietro.

Capitolo 25
RIANIMAZIONE

Castel Del Monte[303], Andria, Italia
26 febbraio 1987, ore 06:00

Sentì il fuoco nel pavimento sotto di lui. Una nuova visita all'inferno gli ricordò che vi è qualcosa di peggiore della morte. Sperava stesse sognando e che si trovasse dentro un incubo, ma la mostruosità demoniaca serpeggiava a pochi metri dai suoi piedi; alzò la testa e lo guardò negli occhi. Il *Demonio* gli alitò contro e, dopo aver sputato la bava sul suo volto, gli ordinò:

«Uccidi Maddalena o per te sarà indicibile tormento!»

Con inaudita ferocia, quindi, gli agguantò il volto coprendolo interamente col suo arto obbrobrioso. Roman perse i sensi e si risvegliò in un altro inferno, fatto di sofferenza fisica. *"Me lo merito!"* pensava: *"Questo è il castigo per aver rifiutato la misericordia che mi era stata donata!"*.

I lividi, le ferite e gli ematomi che ricoprivano il suo intero corpo, le cui ossa erano fratturate in più punti, sembravano urlare contemporaneamente e ognuno con un'intensità mai sperimentata prima. Non vedeva nulla: qualcosa gli tappava gli occhi; si portò le mani al viso e percepì solo garze. Le bende gli avvolgevano interamente la testa. Si sentiva piuttosto intontito, ma avvertiva pienamente ogni dolore e bruciore.

Provò ad aprirsi dei varchi tra le bende per far spazio agli occhi, ma poteva muovere soltanto un braccio. Poi vide della luce, ma tutto gli appariva piuttosto annebbiato. La fioca luminescenza confondeva le sagome ed egli non riusciva a trovare alcun punto di riferimento. Si sentì perso: l'orgoglio dei tempi passati era ormai un lontano ricordo; stavolta non ce l'avrebbe fatta da solo. Capì che aveva bisogno di aiuto.

La ragazza, accanto a lui, aveva ripreso coscienza celermente, grazie alla frescura partorita da qualche lieve corrente di passaggio e che le sfiorava il viso. Ma non ricordava nulla di come fosse finita lì. I dolori che percepiva qua e là in tutto il corpo la ricondussero all'incidente avuto qualche ora prima. Si toccò il viso che sentiva bagnato: del sangue le scorreva da un piccolo taglio alla tempia sinistra; la guancia corrispondente era tumefatta e le faceva male.

Si guardò intorno: alcune fiaccole fissate ai muri, tra una gattabuia e l'altra, le consentivano di vedere il necessario. Le pareti che formavano gli ambienti erano spesse brecce coralline e umide pietre calcaree... come fossero servite a contenere acqua in un lontano passato e solo recentemente si fossero trasformate in una prigione di muffe. L'aria densa di polvere, evidenziata dalle luci dell'alba, intravista da piccole fessure in lontananza, sembrava disegnare sagome spettrali lungo il freddo corridoio medievale.

La cella era vuota. Osservò l'ambiente intorno a lei, cercando di strappare, senza riuscirvi, le fredde e pesanti catene, fissate ai muri e agganciate a grosse forche arrugginite, che le imbrigliavano i talloni. Si posizionò seduta e si accorse che il fratello, poco distante da lei, non era incosciente. Flebili gemiti di dolore e un serrato tremolio lungo tutto il corpo le segnalarono che il ragazzo non doveva essere messo molto bene.

Gli si avvicinò e fu spettatrice di una condizione che non si aspettava.

Ogni centimetro di quel corpo, che emergeva dai vestiti stracciati e insanguinati, era ricoperto da un grande quantitativo di bende e rattoppi. Le mani del ragazzo, spessamente avvolte, e il suo viso, interamente nascosto, le fecero comprendere che per suo fratello sarebbe stato necessario un altro tipo di soccorso rispetto a quello che gli era stato fornito. Sotto gli strati di quelle bende, c'erano evidenti ferite profonde, tant'è che le macchie di sangue sulle bende si ingrandivano a ogni piccolo movimento del ragazzo, che tremava e scottava per la febbre alta.

La condizione alquanto precaria in cui capì di trovarsi gettò la ragazza in uno stato di profonda prostrazione; ella chiuse gli occhi e, mentalmente, pregò con le parole di un salmo: *"Il Signore è mio pastore, non manco di nulla... se dovessi camminare in una valle oscura non temerei alcun male[304]..."* Poi decise che doveva reagire e cominciò a riflettere.

Non aveva ancora nessuna chiave di lettura riguardo al loro rapimento o su chi potesse essere interessato alle loro vite. Ipotizzò un sequestro a scopo di riscatto, ma il *Sacred Heart* non era un istituto ricco: i rapitori non avrebbero potuto chiedere poi molto!

Improvvisamente, si sentì attanagliare dai sensi di colpa: *"Quel che era successo poteva essere legato a quanto accaduto la notte precedente?"* Carezzò la chioma del fratello che, tremante e dolorante, cercava di soffocare i suoi lamenti...

Poi, con un filo di voce, egli le disse:

«Sentiamo la morte come un castigo, come un'ingiustizia e invece non lo è!»

«John, sei tu?»

«No, non sono John Cohen... sono Cédric... mi dispiace!» Disse con sincerità, giudicando sconsiderata la decisione di volere ritornare in vita; mai avrebbe immaginato quali sarebbero state le conseguenze!

«Non parlare, resisti! Vedrai, qualcuno arriverà!»

Roman non poteva vederla, ma percepiva tutto il trasporto affettivo e la preoccupazione di lei. La ragazza si alzò e, nonostante fosse legata, raggiunse le sbarre che li imprigionavano in quella stanza e cominciò a chiedere aiuto con tutta la voce che aveva.

«All'origine non vi era alcuna morte, poi l'uomo si è allontanato e Dio gli ha imposto l'ultima ora perché vivesse senza l'orgoglio dell'onnipotenza[305]... Ora lo capisco, ora capisco molte cose...» diceva Roman, in preda all'affanno.

La ragazza notava in lui un grande pentimento, un profondo senso di angoscia e continuava ad accarezzarlo, ricercando parole di speranza.

«La morte è una cura alla nostra presunzione... dall'altro lato c'è Lui, pronto ad abbracciarci! La percepiamo come castigo ma è espiazione! Qualunque sia la nostra fede o in qualunque modo siamo vissuti, tutti moriamo, ma io non lo avevo accettato e ho voluto imporre una deroga a questo!»

«Sei un *Dybbuk*?!» esclamò pensosa, la ragazza...

«*Dybbuk*? Che significa?» domandò Roman.

«Nella tradizione ebraica è un'anima in grado di abitare in altri esseri umani!»

«Com'è possibile?» fiatò a stento il ragazzo.

«Una maledizione si suppone...» rispose lei.

«O un patto! Sì, un accordo con *Mefisto*!» affermò lui con un sussurro.

«Un patto in cambio di cosa?» chiese lei.

«Uccidere...»

Del sangue andato di traverso lo soffocò mettendolo in difficoltà respiratoria e mandandolo in shock. La sensazione di nausea era totale; incominciò a sentire un acuto ronzio alle orecchie e un formicolio in tutto il corpo; la vista gli si oscurò e perse i sensi…

La ragazza gli tastò il polso e capì che il battito del cuore era fortemente irregolare e la respirazione stentata. Ella fu presa dal panico, poi si ricordò del massaggio cardiaco; non era molto esperta: lo aveva visto fare solo in qualche serie televisiva. Effettuò pressione sullo sterno, con palmo della mano aperto, aiutandosi con l'altra mano e tenendo le dita intrecciate. Incominciò a far abbassare ciclicamente lo sterno di almeno quattro o cinque centimetri, interrompendosi, a intervalli regolari, per soffiare aria nei polmoni.

Era disperata: erano già passati un paio di minuti senza nessun risultato, i nervi cedettero e scoppiò in lacrime. Non voleva perderlo! In qualche modo in quel corpo vi erano sia Roman, sia suo fratello!

«Cédric!!!» urlò… colpendo forte il petto del ragazzo.

«John, John!» Chiamò il fratello, sperando di essere ascoltata almeno da lui.

«Non mi lasciare! Non mi lasciate!»

Priva di speranza, scagliò un ultimo potente colpo al centro del torace e, miracolosamente, ricominciò la respirazione del ragazzo, che espulse il sangue e i liquidi che lo stavano per soffocare.

«Bambina, sei tosta veramente! Grazie! Pensavo di essere crepato una seconda volta!» mormorò con un filo di voce. Lei lo guardava piangendo di contentezza, vi era ancora una speranza.

Lei rise fra le lacrime e lo apostrofò, dandogli un puffetto sulla guancia bendata:

«Non sono una bambina e oggi te l'ho dimostrato, cucciolo!»

"Come potrei solo pensare di uccidere colei che mi ha ri-dato la vita?" pensava mentre, pieno di gratitudine, la osservava.

In un istante di silenzio, mentre era ancora intenta a sistemare Roman nel corpo di suo fratello, la ragazza si bloccò, come incantata, ed ebbe una visione:

Vide un uomo anziano fuori da un bar, un locale vecchio stile con finiture anni '50 e un altro uomo col volto coperto da un cappuccio che gli puntava una pistola contro… poi vide che in realtà la pistola era puntata verso altri uomini armati che erano dietro all'uomo anziano. L'uomo incappucciato si scoprì il volto: era suo fratello, più maturo di almeno un decennio. Avrebbe riconosciuto ovunque quegli occhi di cielo, avevano il suo stesso taglio. La premonizione si concluse lì, con l'immagine del fratello adulto. Una visione del futuro, drammatica, sì, ma indicava che comunque se la sarebbero cavata.

Fu riportata alla realtà da un tonfo e degli schiamazzi in lontananza, con dei passi diretti alla cella: qualcuno stava arrivando. La poca luce soffusa della gabbia illuminava l'entrata. Il rumore dei passi si era stoppato appena dietro la soglia.

Davanti alla porta, si presentarono tre minacciose figure trasandate, dal volto trascurato e annerito da una densa abbronzatura gitana. Armeggiavano con la serratura. La ragazza ebbe paura, voleva gridare, ma ormai disponeva solo di un singhiozzo mozzato e di qualche gemito.

Roman allungò verso di lei un braccio per farle cenno di calmarsi. Dopo due giravolte di chiavi, la porta si aprì lentamente, cigolando. Eved Magdalene spalancò gli occhi per osservare che facce avessero quelle figure, ma fu aggantata e avvolta alla testa da un copricapo nero, mentre lui, che in quel momento capì che non poteva muovere gli arti inferiori, fu afferrato di peso, tra mani e gambe, da due dei tre energumeni.

Furono portati all'esterno, alla luce del sole, presso un cortile di forma ottagonale simile a quelli che si trovano nei castelli o nei palazzi d'epoca medievale. La ragazza fu gettata in ginocchio e fu lasciata incappucciata, con le mani legate dietro la schiena da un cordino ben stretto; Roman fu scaraventato sulla pavimentazione abbastanza liscia, ma, nell'impatto, urlò di dolore.

Una lastra raffigurante un corteo di cavalieri e una figura antropomorfa erano gli unici resti presenti di antiche sculture appartenute a quella dimora. Le mura erano alte e l'edificio imponente si presentava con differenti caratterizzazioni cromatiche, ricavate dall'utilizzo di diverse tipologie di roccia.

Tre erano gli ingressi per quel chiostro e da uno di essi, quello principale che portava all'esterno, stava per arrivare un uomo che sicuramente intimoriva quei bruti. Tant'è che, non appena lo videro, si allontanarono posizionandosi sull'attenti, dietro i due ragazzi imprigionati. Eved Magdalene, disorientata, non vedeva nulla di tutto quello che stava accadendo; Roman, a causa del bendame in cui il suo viso era avvolto, poteva vedere poco e inoltre era completamente concentrato sulle sue sofferenze, che erano diventate insopportabili.

L'uomo che sopraggiunse era seguito da un manipolo di una decina di persone. I capelli neri e lucidi, lasciati liberi di scorrere lungo il collo giocavano col vento. Il viso lungo, dai tratti ben definiti, gli conferiva un'aria fiera. Era un bell'uomo, dal fisico asciutto e si faceva vestire soavemente di scuro. Il cappotto robusto, di tipo militare, abbandonato sulle spalle, contribuiva a dargli un atteggiamento di comando.

«Bentornato, *Maggiordomo* Adam Gamliel!» disse uno dei gitani, inchinandosi. Il *Maggiordomo* s'impose dinanzi ai due ragazzi; li cominciò a osservare e a scrutare con sguardo attento. Poi sorrise ironicamente ed esclamò con sarcasmo:

«Eccoli qua i figli di Meroveo! Esenti dall'influsso dei *Custodi*, finalmente sappiamo il perché!»

Eved Magdalene si allertò: chi era quell'uomo? Erano lei e suo fratello i figli di Meroveo?! Ma chi era Meroveo? Avrebbe voluto non avere quel cappuccio fastidioso davanti agli occhi. Roman invece era troppo frastornato dalle sofferenze per capire di cosa si stesse parlando!

«Siete ancora vivi perché i *Custodi* vi vogliono! Personalmente, avrei chiuso il cerchio eliminandovi!»

Quindi si abbassò verso il ragazzo e fece cenno a un uomo di togliergli le bende dal viso. Il tessuto era un tutt'uno col la carne lacerata del giovane e la rimozione delle garze inflisse a Roman ulteriori tormenti, che lo fecero urlare come un disperato.

Anche alla ragazza venne tolto il cappuccio ed ella mostrò un viso tumefatto e inondato di lacrime. Tuttavia, si contenne, e, mentre fissava il volto del loro aguzzino con ferocia, tentava segretamente di allentare le corde che le avvinghiavano i polsi. Il *Maggiordomo* cominciò a passeggiare lentamente davanti ai suoi prigionieri, poi si fermò e disse:

«"Il Signore è lento all'ira e grande in bontà, perdona la colpa e la ribellione, ma non lascia senza punizione; castiga la colpa dei padri nei figli fino alla terza e alla quarta generazione![306]" Eccovi finalmente! Ecco coloro che riscatteranno i debiti dei padri col proprio sangue! Eccolo il *Makabì*!» Mentre diceva quel nome prese la faccia del ragazzo e la strattonò sul pavimento. Eved Magdalene esplose di rabbia, urlando:

«Lasciatelo in pace! Cosa volete da noi?!»

Il *Maggiordomo* lasciò il giovane e rivolse lo sguardo alla ragazza, le si avvicinò e le strinse il volto con entrambe le mani, esattamente come era suo modo fare con ogni sua vittima. Rimase però folgorato dal penetrante triste autunno degli occhi di lei, che non si abbassarono, ma continuarono a fissarlo dritto negli occhi!

«Eccola la Santa! La ragazzina, indegna sacerdotessa! Sei tale e quale a tuo padre! Neanche lui cedeva al mio sguardo!»

«Sacerdotessa?!? Ma cosa vai blaterando? Sai di mio padre?! Chi è?! Parla!» disse coraggiosamente la ragazza che, intanto, era quasi riuscita a liberarsi dai legacci, proprio mentre il *Maggiordomo* ebbe un attimo di perplessità, constatando che lei non sapesse di suo padre.

«Poveretta! Non hai nessun'idea! Ma guardati un po' intorno: sai dove sei? Ti trovi, nella casa di Federico II di Svevia, immenso *Maggiordomo*, considerato un precursore dell'*Anticristo*[307]. Povera piccola! Stai partecipando a un gioco che porta conseguenze universali e neanche sai in che ruolo stai giocando! Sono davvero ignobili quei cristiani che ti hanno nascosto quella verità; verità che avresti avuto diritto di apprendere fin dalla nascita. Bene! Te la racconterò io…»

Prese fiato per rivelare quel che la ragazza attendeva da tempo di sapere, ma un proiettile sembrato arrivare dal nulla abbatté uno dei gitani presenti. Più di quaranta uomini armati, emersi dal silenzio delle campagne, avevano circondato la struttura.

Si cominciò a sparare da entrambe le parti, mentre il *Maggiordomo*, accompagnato da quattro dei suoi scagnozzi, prese in custodia i due giovani e si diresse verso un passaggio segreto all'interno dei sotterranei che portava all'esterno del castello.

Mentre attraversavano dei freddi corridoi, Eved Magdalene, trasportata su una spalla dal gitano più robusto, slacciò definitivamente le stringhe e cominciò a colpire alle spalle l'uomo, nel vano tentativo di liberarsene.

Riemersero poco dopo all'aria aperta, ben lontani dal trambusto degli spari, da un'apertura che sboccava in direzione della sterpaglia. L'aguzzino di Eved Magdalene, strattonato e picchiato dalla ragazza, la lasciò cadere a terra: ella provò a fuggire, ma venne riacchiappata immediatamente dal secondo uomo a sua guardia, per via di una storta che l'atterrò. Gamliel era rimasto con i due trasportatori, che tra le mani reggevano un Roman svenuto per le sofferenze.

Improvvisamente, uno sparo atterrò il primo e poi, subito dopo, il secondo dei due uomini che tenevano Eved Magdalene prigioniera. I fuggitivi tentarono di capire da dove provenissero gli spari, ma non videro nessuno: il cecchino doveva essere ben nascosto tra gli alberi.

Il *Maggiordomo* tirò fuori un'arma, puntandola verso il nulla della foresta e, contemporaneamente, ordinò a uno dei suoi due uomini di occuparsi della ragazza, mentre Roman veniva trascinato via di peso dall'altro scagnozzo. Un altro paio di spari però atterrò i due uomini. Il *Maggiordomo* rimase da solo. Per una frazione di secondo si sentì smarrito, dimenticando di essere immortale.

«Adam Gamliel, hai qualcosa da temere?!»

Una frase come dal nulla, un timbro noto, una voce già sentita, un accento conosciuto, un volto familiare emersero dal verde della boscaglia, imbracciando un fucile.

«Ah, Georghe, sei venuto a salvare i tuoi figli?»

Il *Maggiordomo* tese la pistola verso Meroveo. Capì di essere alla resa dei conti; finalmente si sarebbe consumato l'ultimo scontro; sapeva che da quell'incontro solo uno dei due sarebbe tornato a casa con le proprie gambe e non sarebbe stato di certo Meroveo.

«Sì, sono venuto a salvare i miei figli e con essi il mondo!»

«Ti ho lasciato vivere perché tu li ritrovassi, Georghe, adesso puoi morire!» affermò sinistramente Gamliel.

«Sono qui per ricambiare il favore che mi facesti tanti anni fa, Adam! Lasciali, nel nome di Cristo!»

«Il tempo non ti ha cambiato, nonostante i tuoi capelli bianchi, sei sempre il solito traditore rammollito! Ma ti sei visto bene? Sei già vecchio... forse non è nemmeno necessario che ti uccida io... Ti manca poco, ormai, e raggiungerai tua sorella, la donna con cui hai generato questi tuoi due bastardi!»

Gamliel era riuscito nel suo intento: destabilizzare e innervosire Meroveo, coprendolo di vergogna davanti alla figlia:

«Basta, Gamliel, taci!» urlò.

«Mio padre?!»

Gli occhi ammirati e trasognati di Eved Magdalene guardavano quell'uomo. Finalmente conosceva suo padre... dopo anni di attesa e d'inutile ricerca.

«Sì, sono tuo padre!» disse Meroveo, sussurrando quella risposta con timore, poi guardò la ragazza e vide che i suoi occhi si erano illuminati di gioia... si sentì anche lui invadere dalla felicità...

Adam Gamliel approfittò di quell'attimo di distrazione per spargargli. Eved Magdalene urlò disperata, mentre Meroveo, colpito all'altezza del cuore, attonito e incredulo si accasciò a terra.

«Te lo avevo detto che non servivi più a questo gioco, no?! Tu e la tua fede nel *Messia* avete chiuso!» Così dicendo, afferrò per un piede il corpo del ragazzo e si allontanò trascinandolo per la sterpaglia.

Eved Magdalene era disperata: teneva il capo del padre sulle gambe, ne accarezzava il viso dolcemente bagnandolo di pianto e intanto si sentiva strappare il cuore mentre vedeva quell'uomo portarsi via suo fratello come se fosse un fantoccio. Si rivolse al padre:

«Papà, tieni duro! Respira profondamente...»

«Com'è bello sentirmi chiamare papà! Ma è finita, amore mio: il mio *"Turno di veglia"* è giunto definitivamente a conclusione...»

«No, papà, ci salveranno!»

«Che bella che sei! Il *Crocifisso* mi ha benedetto con questo ultimo momento!»

Era tornato bambino, vedeva tutto con la semplicità essenziale delle cose, la bellezza non sempre riconosciuta del dono, della gratuità di cui ogni cosa è fatta.

«Papà...»

«Ne è valsa la pena... adesso sono in pace... non ne sono degno, ma ho fiducia in Lui, so che ci rivedremo... ciao, piccola...»

Meroveo chiuse gli occhi. Eved Magdalene esplose in un pianto disperato:

«Oh, perché? Perché, papà, ti ho perso proprio quando ti avevo ritrovato?! Oh, mio Dio, perché?! È uno scherzo o è il calice che mi tocca bere?! Ti prego, mio Dio, aiutami, dammi Tu la forza di comprenderlo! Sì, un giorno ci ritroveremo, staremo insieme... ma adesso, qui, io, da sola, cosa faccio?! John Cohen, dove sei?! Oh, mio Dio, ti prego, aiutami!»

Mentre continuava a piangere tenendosi stretta al corpo del genitore, sentì arrivare qualcuno. Erano gli uomini di suo padre.

Essi si fecero dire in quale direzione era fuggito il *Maggiordomo*, misero al sicuro la ragazza e prelevarono il corpo senza vita di Meroveo, davanti a cui il buon Beppe, in lacrime, si era tolto il copricapo.

Nei meandri della fratta, intanto, il ragazzo, come un ammasso di carne, veniva trasportato a sacco dal *Maggiordomo*, che lo aveva trascinato per un centinaio di metri. In seguito, Gamliel fu costretto a caricarselo sulle spalle, in quanto l'erba risultava troppo alta e folta per riuscire ancora a tirarlo. A un certo punto, lo ripose a terra per potere utilizzare una ricetra-smittente, con cui comunicare la sua posizione e avvertire i suoi uomini di raggiungerlo e prelevarlo con un elicottero.

Ma proprio in quel momento, il suo sguardo fu abbagliato dalla lucentezza di una ferula d'argento con all'apice il vessillo della spada di *Santiago*.

Poi vide la scapolare, il cappuccio nero, la lunga Croce di San Giacomo, bicromatica rossa e bianca, la cintura fatta con una catena ferrea, l'imponente Rosario pendente dalla catena, la cappa ravvolta sotto la spalla sinistra, il leone rampante che adornava quella Cappa rossa, la tonaca sotto le ginocchia e gli stivali neri e alti[308]. Era di fronte a un *Guerriero Boanèrghes*, seguito da una legione di compagni.

Gamliel attendeva quel momento sin da quando era stato incoronato *Maggiordomo*. Affrontare i *Figli del Tuono* frontalmente non accadeva sin dai tempi della *Purificazione* del primo millennio. Dopo un attimo di disorientamento, mostrando un contegno altero e sfoderando un sorriso di sfida, disse:

«Bene! Eccolo qui il "Dante"! L'eliminazione di Meroveo è servita a far scomodare il grande *Guerriero* di Danielina Navarro, dunque!»

«Gamliel, non andrai lontano, consegnaci il ragazzo!» rispose granitico il *Guerriero Boanèrghes*.

«Cosa può un bastone contro una pistola?» disse Gamliel, sollevando minaccioso l'arma contro gli avversari.

«Dio mi è testimone, più di quanto tu possa immaginare!» disse il *Guerriero*, esponendo la ferula argentata, che era la trasposizione della spada brandita in visione da San Giacomo nella battaglia di Clavijo, del IX secolo, combattuta accanto a Ramiro I delle Asturie contro l'emiro Abd Al-Rahman II.

Il suo argento folgorante, assorbì i raggi del sole che, riflessi nuovamente sulla ferula, produssero una forza invisibile a cui Gamliel non riuscì a sottrarsi. Il bastone, abbassandosi, costrinse Gamliel a sottomettersi e a riporre a terra il corpo del ragazzo sul terreno erboso.

Il *Maggiordomo* si sentiva annientato e si aspettava la fine: non aveva mai sperimentato, nella sua lunga vita, una forza così potente.

«Attendo la decapitazione!» sfiatò ghignando.

«Noi non uccidiamo!» rispose il *Figlio del Tuono*, riponendo la sua arma e facendo cenno a un compagno d'armi di soccorrere il ragazzo riverso per terra. Messo in sicurezza il ragazzo, "Dante", rivolgendosi a un *Maggiordomo* annichilito e impietrito, gli chiese:

«Vieni con noi?»

Guardò un attonito e confuso Gamliel e, senza attendere risposta, andò via.

Mentre gli uomini si allontanavano, arrivò un elicottero, sul quale prese posto un *Maggiordomo* alquanto pensieroso. Cos'era successo? Aveva provato su di sé una forza ben maggiore di quella esercitata su di lui dai tre *Custodi*.

Inoltre, egli, che deteneva i ricordi di tutti i *Maggiordomi* che lo avevano preceduto, non ne conservava alcuno relativamente a una che fosse paragonabile a quella potenza, dolce e pacificante, che aveva sentito. Fu tentato di pensare che quella che aveva sperimentato non era potenza, no: era onnipotenza… Si chiese, quindi, se per caso, Georghe Meroveo, figlio spirituale dall'animo napoleonico, non fosse passato tra gli adepti del *Messia* proprio in virtù di quell'onnipotente forza pacificatrice…

Questo e altro si domandava Adam Gamliel, mentre l'elicottero s'innalzava sempre più in alto nel blu del cielo infinito.

Capitolo 26
INCARICHI

Porta Aurea[309], Gerusalemme, Israele
01 marzo 1987, ore 03:00

In quell'edificio, passato, presente e futuro sembravano incontrarsi. Era quello il luogo in cui la Shekhinah, la "presenza divina" si era manifestata in passato e in cui, secondo le profezie, si sarebbe manifestata ancora, in occasione dell'avvento del *Messia*. Era il posto nel quale l'incontro tra Gioacchino e Anna aveva portato al concepimento della donna Regina dell'universo, creatura cui *Lucifero* aveva rifiutato di sottomettersi, perdendo la grazia. Quello era il luogo che era stato attraversato trionfalmente nella Domenica delle Palme dal vero Re dei re.

In quel luogo vi era un edificio la cui porta era stata chiusa e sigillata, nel 1541, dal *Maggiordomo* Solimano il Magnifico, sultano ottomano, allo scopo di impedire la seconda venuta del Cristo.

Di fronte ad esso, i musulmani avevano fatto sorgere un cimitero, diffondendo, secondo la tradizione islamica, la credenza che Elia, il precursore del *Messia*, fosse discendente di Aronne e che quindi, fosse anch'egli un sacerdote, un Kohen[310]. In quanto Kohen, secondo i presupposti di una legge ebraica, Elia non avrebbe potuto attraversare il cimitero, luogo considerato impuro, per cui egli mai sarebbe potuto entrare in quell'edificio, la qual cosa avrebbe impedito la seconda venuta del *Messia*.

Nei sotterranei di quella costruzione, in cui la leggenda vuole verrà eretto il Tempio di Ezechiele, il terzo Tempio Santo, quello dell'era definitiva, era nascosta l'*Arca*, sotto la sorveglianza dei tre Sacerdoti *Custodi*. Era un'*Arca* non più divina, in quanto segno della sottrazione del creato al Creatore.

Adam Gamliel, il *Maggiordomo*, e Tubal-Cain, il *Fabbro*, erano stati convocati in quel luogo.

Il primo aveva accettato di essere investito dell'alta carica di *Maggiordomo* di palazzo, per onorare la memoria di suo padre, che si era sacrificato e aveva speso tutta la sua esistenza per la causa dei *Maggiordomi*. Suo padre gli aveva rivelato che solo chi rivestisse l'alta carica di palazzo poteva accedere a quei sotterranei secretati: il nuovo *Sancta Sanctorum*, il *Debir* inaccessibile. E soltanto lui, adesso, aveva avuto il privilegio di entrarvi: a nessun altro *Maggiordomo*, prima di lui, era stata concessa tale onorificenza; nemmeno *Kayafa*, il sacerdote traditore, vi era mai potuto entrare.

Territorio consacrato e dannato al medesimo tempo, era il sito ideale per sottolineare il fondamento del nuovo potere e della nuova religione che si voleva porre in essere, finalizzati al pieno possesso della natura.

A tale scopo, era stato convocato anche il secondo artefice di questo "nuovo mondo" in costruzione, colui che stava diffondendo una nuova teologia all'interno del cattolicesimo e che era stato indicato dallo stesso Adam Gamliel come figura ideale per attuare l'architettura complessa del grande piano: annientare alcuni fondamenti della dottrina cattolica, sostituendoli con altri.

Era costui "*Il Fabbro*" dell'antica leggenda, chiamato "Jacob" da coloro che lo combattono, l'immortale Tubal-Cain, nipote del Caino intoccabile della Bibbia, al secolo il Cardinal Martino Ferrari, l'uomo il cui impegno avrebbe portato all'affermazione del credo oscuro.

Entrambi uomini, resi medesimamente immortali, per ragioni e fini differenti ma complementari: Gamliel, per realizzare il possesso del creato attraverso falsi cristi, la nuova scienza e la tecnologia; Tubal-Cain, per produrre la definitiva cultura mondialista, veicolando il pensiero di molti consacrati e laici contro la verità rivelata.

Adam Gamliel e Tubal-Cain s'inchinarono davanti ai *Custodi* dell'*Arca*, chiedendosi i motivi di quell'improvvisa e inaspettata convocazione. Temevano, in cuor loro, che essa fosse stata causata dalle loro ultime esperienze fallimentari: la mancata cattura del *Makabì* da parte di Gamliel e il colloquio improduttivo con il Pontefice regnante da parte di Jacob. Tutte e due avevano lavorato con tenacia e dedizione per raggiungere i loro obiettivi, anche se, dopo le loro ultime esperienze, entrambi sembravano avere delle tensioni interiori.

L'incontro con il "Dante", così chiamato per la reputazione di aver già visto l'inferno, il purgatorio e il paradiso, attraverso le visioni di Danielina Navarro, aveva riempito di domande Gamliel; quel suo *"Vieni con noi?"* continuava a martellargli la mente, era un pungolo assillante.

Tubal-Cain, reso immortale dal *Demonio*, perché quest'ultimo traesse godimento dal vederlo soffrire eternamente, non riuscendo a possedere la sua amata arma, dentro di sé covava vendetta.

Continuava a ripetersi che l'avrebbe riavuta e l'avrebbe usata quell'arma! Con essa, avrebbe annientato il *Diavolo* e coloro che avevano spazzato via la sua stirpe: *Lucifero* e Dio.

Il sapore di pietra antica, la polvere e l'odore dei millenni di disuso rendevano l'aria di quel luogo densa come nebbia. La Menorah[311], la lampada a sette bracci, che bruciava olio consacrato e che simboleggiava il rovo ardente, attraverso cui la voce di Dio si era manifestata a Mosè tra le colline del monte Horeb, mandava strani bagliori, dietro ai quali le tre figure sacerdotali spiccavano come fantasmi, eterei, giganteschi, mostruosi. La Menorah era un artefatto, tratto da un solo blocco d'oro, adornato con pomoli e fiori alternati al basamento; aveva un'asta centrale e tre bracci per parte; secondo la tradizione, era stato forgiato dalle mani di Mosè stesso.

Perfettamente allineati, come a formare un triangolo contenente al proprio centro la lampada, i Sacerdoti mantenevano gli occhi chiusi e la bocca spalancata, come a voler mostrare l'oblio oscuro della loro anima.

Fossero state idealmente tracciate delle linee dall'alto, unendo i punti in cui erano posti i tre Sacerdoti, si sarebbe potuto manifestare il simbolo dell'occhio della provvidenza[312], simbolo che gli *Eredi di Hiram Abif* avevano consegnato ai frammassoni illuminati e che era divenuto il simbolo della massoneria e del Nuovo Ordine Mondiale: l'occhio che tutto scruta e ogni cosa scopre.

I due uomini immortali attendevano di capire perché fossero stati chiamati in quel luogo. L'aria secca e la calura afosa non rendevano piacevole la loro lunga attesa davanti a quei Sacerdoti muti e immobili.

Dopo molte ore di imbarazzante silenzio, finalmente, essi cominciarono a percepire qualcosa. Dei sibili oscuri incominciarono a diffondersi per la camera del *Sancta Sanctorum*, che cambiò drasticamente temperatura, divenendo improvvisamente gelida. Si udirono, quindi, lugubri risa, sghignazzi e lamenti, che si levavano discontinui per poi interrompersi.

Tubal-Cain conosceva bene quell'esperienza, che consisteva nello stesso fenomeno che si verificava ogni qualvolta egli aveva tentato, in passato, di avvicinarsi alla sua adorata arma antidiluviana.

I due uomini percepivano presenze nefaste; intorno a loro, si era formato un vortice spettrale e indefinito: avevano la sensazione che un conclave di demoni stava per disporsi tutt'intorno alla zona in cui si trovavano genuflessi.

Adam Gamliel, avendo sperimentato, attraverso il *Malefactus*, il fenomeno della rimembranza, aveva, comunque, consapevolezza che quelle presenze non erano spiriti di angeli dannati, ma gli spiriti dei *Maggiordomi* defunti, le anime di coloro che lo avevano preceduto nell'incarico di *Padrone del mondo*; fra di essi, vi era anche suo padre. Ci sarebbero stati tutti, tranne Meroveo che, essendo morto, in nome di Cristo, era divenuto martire.

Ecco cosa sarebbe stata quella riunione misteriosa, un'adunanza di *Maggiordomi*… Ma per decidere cosa? Ancora non gli era chiaro. I due uomini si confidavano reciprocamente le proprie perplessità, incrociando il loro sguardo, mentre la stanza, tra la penombra del fuoco innaturale del roveto d'oro, continuava ad affollarsi di spiriti, anime spente, sagome di uomini, ombre…

Furono accerchiati da trentuno spettri muti e privi di coscienza. Quei *Maggiordomi* deceduti, che in vita avevano avuto tutto, adesso erano morti nel corpo e nello spirito. Non essendo riusciti a portare a termine il loro incarico, con la morte, erano divenuti inconsistenti.

Intanto i sibili e i mormorii malefici aumentavano di frequenza e intensità, tanto che, a un certo punto, persino i *Custodi* incominciarono a respirare in modo affannoso, in un crescendo continuo.

Improvvisamente, cessò il soffio d'alito dei tre Sacerdoti posseduti dalla trinità profana e si spense il candelabro. Si fece strada un cieco buio.

I due uomini non videro più nulla e il silenzio divenne assoluto; potevano percepire soltanto le presenze da cui erano circondati. Prostrati di fronte all'oscurità e a un silenzio assordante, essi attendevano un segno, segnale che arrivò come una gelida carezza. Dal nulla, furono pronunciate parole con tono secco e pungente, come di unghie che graffiano il metallo, raggiungendo l'orecchio di Jacob:

«Il tuo seme ha portato frutto: ti abbiamo scelto come padre! Oseresti ancora, per caso, issare il tuo braccio contro di noi?!»

Jacob non sapeva chi gli avesse parlato e, in fondo, non gli importava. Gli bastava constatare che i tre Sacerdoti fossero a conoscenza dei suoi piani più intimi e dei suoi veri intenti. D'ora in poi il gioco sarebbe proseguito a carte scoperte. Seguì un monito per il *Maggiordomo*:

«Se è vero che vuoi onorare tuo padre, assolvi al tuo mandato!»

Era evidente che le presenze conoscevano i cuori di quei due uomini e le ragioni personali che muovevano le loro azioni.

Cominciavano, intanto, a delinearsi le sagome luminescenti degli spettri dei *Maggiordomi*. Uno di essi parlò muovendo la bocca, ma senza emettere alcun suono: era lo spirito di *Kayafa*. Ciò che disse non era fisicamente percepibile, ma rimbombò con prepotenza nelle loro menti. Il fatto che gli fosse concesso di parlare, dopo duemila anni, esprimendo una profezia contenuta nel *Documento di Damasco* della tribù *Essena*, fece loro comprendere che si trovassero di fronte ad una svolta:

«Egli nascose il suo volto a Israele e al suo santuario, e li consegnò alla spada...!».

Il bagliore degli spiriti moriva, sfiorando la materialità della massa corporea dei tre *Custodi*, divenendo buchi neri nella semioscurità. Prendevano forma, via via, altre luminescenze. Bonifacio VII, il protagonista della *Purificazione* dei *Figli del Tuono*, disse:

«Si resero colpevoli i primi che entrarono nel patto, e furono consegnati alla spada...!»

E poi, ancora, Solimano il magnifico:

«Giuda e tutti i traditori furono abbandonati alla spada...!»

E Federico II di Svevia:

«Ma i traditori furono riservati per la spada...!»

Jacob si alzò in piedi innervosito. *"Spada! Spada, Spada!"* pensava! Disorientato per qualche attimo, esitò, essendo stato confuso dalle molteplici direzioni da cui provenivano i pronunciamenti il cui comune denominatore era la lama antidiluviana.

Era l'arma tanto bramata, amata, desiderata più di ogni altra cosa, la sua unica ragione di vita, l'unica arma in grado di uccidere sia la creatura, sia il Creatore e donare così a ogni uomo figlio di Caino, la vera libertà, l'indipendenza da quell'assurda lotta tra fazioni che aveva portato alla rovina di ogni essere.

Avrebbe voluto ribellarsi, poi, però, si ricompose, pensando: *"La spada è la chiave di volta di tutto! Ma questo io lo sapevo già!! Cosa vogliono comunicarmi di nuovo?!"* L'ultima affermazione irruppe definitiva dal *Custode* più vicino a lui:

«Destati, spada, contro il mio pastore e contro l'uomo che mi è associato, oracolo di Dio! Percuoti il pastore e sarà disperso il gregge...!»

Jacob considerava la spada introvabile. Qualcosa la nascondeva agli occhi dei medium o dei veggenti che aveva potuto interrogare lungo tutta la storia umana, sia nell'aldiquà che nell'aldilà, dimensioni in cui l'arma esisteva.

La profezia che veniva enunciata, adesso, indicava la spada come strumento per abbattere la Chiesa Cattolica e il suo Pastore: il *Katéchon* apocalittico!

«Ma prima va trovata!» replicò.

Che vi fosse solo la possibilità che i *Custodi* avessero da sempre saputo dove fosse stata deposta e che non gliel'avessero mai rivelato lo riempirono d'ira. Esasperato, tirò fuori un'arma da fuoco e sparò ai tre Sacerdoti "posseduti" dal *Moloch* trinitario. I *Custodi* caddero così a terra morti, mentre gli spettri umani di *H'anna, Yehohanàn, Xalexalex,* gli antichi Sacerdoti del Sinedrio, che ancora vi abitavano si dissolsero nel nulla. Adam Gamliel, ammutolito da quanto accaduto, si rialzò lentamente, fissando incredulo la pistola fumante di Jacob.

"E adesso, cosa accadrà!" si chiedeva Gamliel. *"I Custodi dell'Arca sono stati spodestati ed eliminati! Chi mai l'avrebbe previsto?! Non abbiamo più alcuna bussola! Tutto si sconvolge: ogni visione, ogni prospettiva, ogni profezia! Persino l'Apocalisse rischia di non avere più alcuna ragion d'essere!".*

Venne assalito da un capogiro e subì un'epistassi. Si scosse, ripulendosi il sangue perso dalla cavità della narice sinistra con un lembo di stoffa bianca. Comprese immediatamente cosa volesse significare quel suo malessere improvviso: l'eliminazione dei *Custodi* aveva annichilito ogni loro maleficio o influenza conseguente; pertanto, si rese conto di essere divenuto nuovamente mortale.

E mentre quel *"Vuoi venire con noi?"* gli risuonò forte nella coscienza, quasi per eludere la domanda, usò le stesse parole che Dio aveva usato contro Caino che aveva ucciso il fratello Abele; per manifestare tutta la sua disapprovazione al progenitore, nipote di quello stesso Caino:

«Che hai fatto?! La voce del sangue di tuo fratello grida a me dal suolo! Ora sii maledetto! Lungi da quel suolo che per opera della tua mano ha bevuto il sangue di tuo fratello[313]!»

Intanto, dopo la scomparsa dei *Custodi*, le anime dei *Maggiordomi* avevano incominciato ad acquisire le sembianze umane che avevano avuto in vita e a produrre normali espressioni mimico gestuali familiari, come se fossero state liberate da una qualche maledizione che le imprigionava.

Tra quelle anime, Adam Gamliel poteva contemplare il volto di suo padre, divenuto giovane, così come lo era nel giorno in cui era stato ucciso. La visione del padre lo commosse, sebbene, in quanto *Maggiordomo*, si era imposto di non provare alcun sentimento.

Jacob invece, continuava ad agitarsi e a difendere con ostinazione le ragioni del suo gesto.

«Non potevo più sopportare di essere una pedina qualunque di questa partita a scacchi in cui, volenti o nolenti, siamo tutti coinvolti! Io sono Tubal-Cain e vendicherò la mia stirpe: tutti quei milioni di morti fatti dal Creatore e annegati nelle acque del diluvio. Tutti quegli anziani, quelle donne, quei bambini di cui Egli si è voluto sbarazzare, ritenendoli indegni di Lui! Ho varcato la soglia dei secoli in solitudine, tessendo nell'ombra il mio piano! Questa è stata l'occasione per rendermi pubblico! È arrivato il momento di attuare una parte dei miei scopi!»

«Lo stesso nemico vi univa!» Gli disse Gamliel.

L'espressione di Gamliel era stata eloquente… ma ormai era alquanto manifesto che l'*Organizzazione degli Eredi di Hiram Abif*, gli illuminati, gli altri massoni, i *Maggiordomi*, nonostante le apparenze, non avessero alcun interesse in comune con Jacob e coloro che lo seguivano, gli alti "prelati" che egli aveva adunato attorno a sé.

Ciascuno dei due gruppi perseguiva, infatti, i propri individualistici interessi materiali: nulla li legava realmente, nessuna comunanza, nessun ideale, se non quello di riconoscersi nel medesimo soggetto avverso: Dio.

«Lo stesso nemico? Lo credi davvero?! Chiunque voglia imporre la propria volontà all'uomo è mio nemico: Creatore, angeli dannati o chiunque altro si facesse avanti! Per me non vi è alcuna differenza!»

In Gamliel, irruppe, nuovamente, quel *"Vieni con noi?"*, che gli aveva rivolto il "Dante". Subito dopo, incominciò a chiedersi se potesse esserci differenza tra appartenenza e militanza; se ci fosse davvero un "posto" in cui si potesse essere accettati non perché si sarebbe ricchi o potenti o saggi o qualunque altra cosa; se potesse esistere una realtà che amasse l'uomo al di là del calcolo o dei legami.

Gli ritornò in mente Bernadette che, attraverso il suo sonno pacifico e silenzioso e il suo corpo integro per grazia, lo aveva interrogato parecchio nel giorno in cui i *Custodi* lo avevano reso immortale per calcolo... Domande senza risposta, cui nemmeno Jacob offriva soluzione.

Jacob non voleva appartenere a qualcuno o lottare per qualcosa che non fosse se stesso: non aveva alcun progetto che andasse oltre la sua libertà individuale, la sua totale indipendenza.

Le anime dei *Maggiordomi*, dopo quel breve momento in cui, scomparsi i *Custodi*, erano riapparse in veste umana, furono avvolte da un terribile incendio e iniziarono a bruciare. Erano anime sì, tuttavia la loro sofferenza, il loro dolore era tangibile e straziante, anche se inespresso. Esse, infatti, urlavano e si contraevano tra le fiamme, ma non potevano emettere alcun suono; il fuoco li bruciava e li consumava senza che essi potessero urlarlo.

I due uomini si sentirono circondati da un dolore muto. Gamliel, annichilito e impotente dinanzi alla sofferenza di suo padre, che aveva dedicato ogni istante di esistenza alla causa dei *Maggiordomi*, per poi bruciare come un miserabile all'inferno, sentì risuonare, ancora una volta, la domanda di "Dante".

Ad un certo punto, Gamliel e Jacob videro la Menorah riaccendersi; da essa venne fuori un'orrida creatura pelosa, alta ben oltre cinque metri, dotata di tre facce su una sola testa e tre paia di ali di pipistrello. Adam Gamliel la identificò immediatamente: era *Lucifero* nella sua forma trinitaria, così come descritto da Dante Alighieri nel Canto XXXIV dell'Inferno. Nel poema allegorico dantesco, *Lucifero* in ognuna delle tre bocche maciullava con i denti uno dei tre principali traditori della storia: Bruto e Cassio ai lati, Giuda al centro. Ma quel *Lucifero* che essi si trovavano davanti aveva le bocche libere, bocche che usò per ingoiare, triturare e ingurgitare interamente i cadaveri dei tre Sacerdoti. Finito il suo pasto, si rivolse a loro:

«La tua spada divori la carne colpevole! Riempi di gloria la tua terra, di benedizione la tua eredità!»

Erano le parole del "*Manoscritto della guerra*", il papiro *Esseno* presente tra i documenti rubati da Stephenson anni addietro. Gamliel aveva indotto occultamente il professore a curarne una pubblicazione prima che tradisse.

Questo per Adam Gamliel era un segno che la guerra si stava svolgendo secondo le dinamiche impresse in quel papiro. Per Jacob, invece, quelle parole andavano sul personale; capì che erano rivolte proprio a lui e a ciò che era destinato a compiere.

Perciò gli urlò:

«Se vuoi che trovi la tua arma, perché me l'hai sottratta tenendomela nascosta?»

La risposta non si fece attendere:

«Nelle loro mani vi sarà una lancia e una spada!»

Jacob capì immediatamente che coloro che erano armati di "lancia" erano i *Boanèrghes*... si rese conto che, probabilmente, nemmeno *Lucifero* conosceva il luogo in cui era riposta la spada... che i *Figli del Tuono* dovevano aver trovato il modo di oscurarla a ogni loro sguardo.

Ma perché mai nessuno, prima di allora, gli aveva rivelato questo fatto?! Si chiedeva. Si rivolse, perciò alla bestia:

«Basta parlare per enigmi!» urlò a gran voce Jacob. «Non starò mai al tuo cospetto!»

La bestia si curvò fino ad abbassarsi all'altezza dell'interlocutore e gli disse:

«Dal tuo seme è nata la mia carne! È cresciuta forte in questi anni e adesso, arrivato alla pubertà, sarà sottratto alla donna che l'ha cresciuto e al momento opportuno io sarò in lui!»

La proposta allettava Jacob, che comprendeva che la spada sarebbe stato un oggetto da consegnare in eredità a suo figlio, per cui tutto si ricongiungeva: sarebbe diventata sua! Lasciandola in eredità alla sua discendenza, essa sarebbe ritornata al vero padrone, che quella discendenza aveva eletto a proprio corpo di carne. Un'architettura d'intenti geniale che non poteva non incoraggiare.

Adam Gamliel, dal canto suo, ancora impressionato dall'immagine del padre che bruciava in un rogo senza fine, ascoltando le parole di *Lucifero*, si rammentò di essere stato anche lui allevato da una donna, poi scomparsa, quando egli aveva raggiunto l'età di dodici o tredici anni circa. Di quella donna gli era stato fatto dimenticare persino il nome!

Erano queste le regole da applicare se si voleva costruire una personalità autodeterminata; occorreva selezionare i neonati migliori e sopprimere i rimanenti; spezzare ogni legame familiare originale e considerare la donna solo uno strumento di procreazione; quindi, si doveva sottrarre ai selezionati la possibilità di ricercare il legame materno nel tempo.

Questi erano principi non negoziabili all'interno della congrega degli *Eredi di Hiram Abif*. Ma le torture che venivano inflitte al padre e il riaffiorato ricordo della sparizione della madre fecero montare in Gamliel sentimenti di odio e di esasperazione.

«Ed io? Io chi sono?!»

Domandò Adam Gamliel, riconoscendo di avere perso l'immortalità, di avere perduto ogni certezza e ogni riferimento che prima lo avevano costituito uomo. Ma, soprattutto si rendeva conto di aver fallito la sua principale missione: la consegna del *Makabì* ai *Custodi*.

«Come io odio il *Figlio* e sua Madre, così voi ci disprezzate e ci siete ostili, provando rancore e risentimento per noi. Siete perciò a noi conformi; in quanto questa è la nostra immagine di creato: fratello contro fratello, padri che abbandonano la famiglia, madri che uccidono i propri figli, anche quando sono in grembo; siete creature fatte a nostra immagine! Tu Jacob, sei oggi il *Falso Profeta* ultimo, il falso dell'Apocalisse giovannea, colui che sarà capo della nuova religione, e tu Adam, sei l'uomo che porterà al potere il mio giovane corpo una volta divenuto adulto! Portate a compimento il vostro destino e i vostri occhi si apriranno: sarete come sono io, conoscerete il bene e il male!»

Adam Gamliel non conosceva i pensieri nascosti di Jacob e forse nemmeno i propri, ma lo vide inginocchiarsi dinanzi alla bestia e così fece anch'egli. Mentre la creatura godeva per la loro sottomissione e adorazione, Jacob alzò il capo e domandò:

«Dov'è mio figlio?»

Capitolo 27
TRADIMENTO

Isola di Patmo[314], Grecia
25 marzo 1987, ore 06:00

Il gozzo con motore fuoribordo era ben attraccato al molo del porticciolo di legno, pronto a salpare. Il giovane ragazzo che vi si aggirava intorno mostrava un petto nudo, scolpito dalla fatica. Portava addosso soltanto un paio di pantaloncini sudici di lavoro. Era abbronzato, per la continua esposizione al sole e aveva una costituzione robusta e gagliarda. I suoi capelli corvini erano legati posteriormente con un laccetto grezzo.

I monaci del monastero[315] presso il quale era cresciuto, lo avevano introdotto a un'educazione fatta di responsabilità e fatica, che egli aveva comunque accettato volentieri, senza alcun cenno di ribellione, essendo un giovane ubbidiente e remissivo.

Il ragazzo era seguito da uno scodinzolante cane completamente nero, un molosso, dal petto ampio e peloso, dalle spalle larghe, le zampe tozze e irte e dalla testa così grande da nascondergli quasi del tutto il resto del corpo.

Era l'alba e i due amici si stavano preparando a un giro di pesca, sostentamento consueto per le loro comuni giornate.

«Allora, Caronte[316], sei pronto? Si va fuori! Sarà una giornata calda oggi!» esclamò il ragazzo trepidante.

Dal bordo del molo in cui si trovava, il cane balzò nell'imbarcazione; una volta dentro, si posizionò a prua e si accucciò.

«Non dirmi che vuoi già riposare?!» esclamò il ragazzo scherzosamente, strattonando e cercando di smuovere il cane, che guaì.

«Dai, non te la prendere: sto scherzando! Lo so che hai sonno! Non sei l'unico: anch'io vorrei dormire un po' di più… ma non si può! Dai, alzati!» Mentre continuava a stimolare l'amico, cercando di farlo rialzare, divenne pensoso e iniziò a comunicargli i suoi pensieri:

«Sai, Caronte, se potessi andrei via da quest'isola! Ci deve pur essere qualcosa per noi, oltre la linea di quell'orizzonte!»

Il cagnolino lo fissava con indifferenza.

«Ah, già, ma che te lo dico a fare?! Tu, in questo posto, ti senti in paradiso, mentre per me, a volte, è un inferno! Andiamo, dai, muoviti!»

L'animale si tirò su, costretto dai ripetuti spintonamenti del suo simpatico padrone, proprio mentre un uomo in lontananza richiamò la loro attenzione.

«Manuel, Manuel!» Gridava l'uomo, che aveva tutta l'aria di essere un pescatore come loro. «Manuel Driven! C'è qualcosa per voi qui!»

Il ragazzo fece cenno con la mano di aver capito e ordinò al cane di precederlo:

«Dai, Caronte, su! Vai a vedere cos'è arrivato per noi!»

Il cagnolino schizzò in fretta verso l'uomo, che lo accolse festosamente.

Angelica li guardava dalla finestra del convento in cui erano ospiti da quando Padre Raoul la fece rifugiare su quell'isola lontana dal mondo, tra le antiche mura del Monastero di San Giovanni il Teologo, così da proteggerla dai malvagi che avevano distrutto la sua vita, uccidendo l'uomo che amava e violentandola.

Proprio a Patmo, nel Natale di quindici anni prima, aveva potuto partorire il suo bambino, frutto della violenza che aveva subito.

Le doglie erano arrivate dopo le funzioni liturgiche serali, all'interno della *Grotta dell'Apocalisse*, chiamata così perché la tradizione la ricorda come il luogo in cui l'evangelista Giovanni, esiliato su quell'isola dall'imperatore Domiziano nel 95 d.C., ebbe le visioni che gli ispirarono le ultime parti del suo Vangelo e il libro della Rivelazione. Nella roccia, è ancora visibile la triplice fenditura, simbolo della Trinità, che, secondo la tradizione, fu provocata dal Cristo che aveva parlato a Giovanni «... come voce di tromba[317]».

Dopo la liturgia serale, Angelica aveva mandato via le suore, offrendosi di preparare lei il necessario per le funzioni della festività del giorno successivo.

Quella sera, l'interno della grotta, per quanto angusto, scintillava dell'oro delle antiche icone e profumava del sottile aroma dell'incenso, sprigionato dai turiboli appesi al soffitto.

Mentre si trovava all'entrata della cappella, sotto la scritta che campeggia sull'arcata della porta "Questo luogo terribile non è terribile come appare, ma è la casa di Dio e la Porta del Cielo", Angelica incominciò a stare male ed entrò in travaglio. Avrebbe voluto risalire i quarantatré gradini che la separavano dal santuario, ma non riusciva a muoversi a causa delle violente e continue doglie.

Provò a urlare ripetutamente e, grazie al cielo, finalmente, la udì Padre Raoul, che, preoccupatissimo, la raggiunse. Avrebbe voluto trasportarla, ma da solo non era in grado di spostarla.

Molte volte, al *Sacred Heart*, Padre Raoul aveva visto partorire, ma non si era mai ritrovato a dover gestire una partoriente. Fece ciò che poté, recuperando dei panni di fortuna e una scodella d'acqua benedetta. Dopo qualche spinta, miracolosamente, nonostante le precarie condizioni in cui si trovavano, il bambino venne al mondo.

L'estrema facilità con cui il piccolo nacque impressionò Padre Raoul, che aveva sempre temuto che su quella nascita vi sarebbe stata l'ombra dell'*Impostore*.

Per frenare le sue paure, Padre Raoul battezzò immediatamente il neonato, quasi a esorcizzare l'anima di quel bimbo ignaro, cui l'unica cosa che premeva, in quel momento, sembrava essere quella di attaccarsi al seno di sua madre e sentirsi protetto dal calore di lei. Il bambino fu battezzato da una mistura di sangue e acqua benedetta, in quanto fu usata la medesima acqua che lo aveva accolto fuoriuscendo dal ventre materno.

Padre Raoul si accorse di quest'aspetto in cui scrutò, nuovamente, un segno premonitore, ricordando il seguente passo del vangelo di Giovanni: *"Venuti però da Gesù e vedendo che era già morto, non gli spezzarono le gambe, ma uno dei soldati gli colpì il fianco con la lancia e subito ne uscì sangue e acqua*[318]*"*.

Nonostante i suoi timori, Padre Raoul dovette constatare che il bambino era sereno e che, pertanto, non fosse il caso di assecondare i suoi pensieri bui. Perciò, fasciò il piccolo con la tovaglia usata normalmente per l'altare della messa e lo ripose sul petto accogliente di Angelica.

In quell'istante, a Padre Raoul venne in mente l'immagine del Natale, della "Sacra famiglia nella grotta di Betlemme", ma egli volle scacciare subito anche questo pensiero.

La madre, ancora dolorante, fissava il figlio con occhi innamorati e volle dargli il nome dell'amato perduto. Così, in quella notte di Natale, nella grotta dell'Apocalisse, nel nome del Padre, del Figlio e dello Spirito Santo, venne battezzato un bambino col nome di Manuel Driven.

Appena conclusa la cerimonia di benedizione, Padre Raoul, la puerpera e il neonato furono raggiunti dalle suore, che si apprestarono immediatamente a soccorrere Angelica, che, comunque, stava bene. Fu un parto sereno, contro ogni nefasta previsione e tutto il monastero festeggiò il Natale, considerando quel bimbo come il bambin Gesù ritornato.

I pensieri di Angelica ripiombarono al presente. I suoi capelli neri sul suo vestito bianco, si mossero come soffici pennellate su una tela. Si girò a osservare le pareti pallide di quella camera spoglia, l'altarino con la statua della Vergine, il comò scuro accanto a un lettino su cui era riversa un'anziana donna ammalata, che lei accudiva.

«Oh, cara Angelica, quali tormenti ti affliggono? Ricorda cosa può saziarti l'animo[319]!»

«Cosa ne sarà di lui, di mio figlio?! È un ragazzo così buono, così pieno di sogni! Non posso pensare che possa essere lui! Non può trattarsi di lui!»

L'anziana signora comprendeva l'apprensione di quella giovane madre e non poteva che cercare di consolarla.

«Può sembrare un paradosso, ma Dio lo ama! "Amate i vostri nemici e pregate per quelli che vi perseguitano[320]": è questo il criterio di Dio. Perciò, preghiamo per lui e affidiamolo al Padre. Verrà un momento in cui, come per ogni uomo, anche lui, liberamente, deciderà da che parte stare. Noi facciamo del nostro meglio per educarlo al bene, per il resto sarà lui a decidere…»

«Sono consapevole di questo. Ma, c'è qualcosa che non mi convince: il *Makabì* è arrivato e sono successe subito delle disgrazie. Padre Noah mi ha chiamato. Mi ha riferito che John

Cohen è gravemente ferito ed è in coma farmacologico. Contro ogni previsione di salvezza, potrebbe anche non camminare mai più! Perciò, non posso non pensare al terzo segreto di Fatima!»

L'anziana signora capì che le preoccupazioni di Angelica erano ben più complesse di quanto si aspettasse. Gli anni e la malattia le avevano donato una certa innocente ingenuità.

«Ti riferisci alla visione?» domandò esplicitamente.

«No! Non mi riferisco a quanto è nei taccuini, ma alla lettera scritta da Suor Lucia al vescovo Da Silva di Leira, il 9 gennaio del 1944[321]. Mi riferisco al messaggio della Madonna inviato ai *Figli del Tuono*, raccomandando loro di custodirlo con la vita.

In quella lettera si dice che verrà versato "sangue innocente": è questo mi turba!»

L'anziana signora non avrebbe voluto contraddire Angelica, ma aveva acquisito la consapevolezza che di una sola cosa bisogna preoccuparsi: della propria salvezza attraverso la carità e la preghiera; a tutto il resto avrebbe pensato il buon Dio.

Nonostante, più volte, negli ultimi tempi, avesse spiegato tale prospettiva di vita alla giovane amica, ella decise di riproporgliela, rileggendo insieme a lei le parole stesse della Madre di Dio sull'argomento.

«Cara amica, in ogni istante di questo mondo, viene versato sangue innocente! Le tue visioni notturne ti comunicano questo da sempre. Il buon Dio è venuto per farci scudo col suo corpo! Prendi lo scritto e leggiamolo insieme! Leggi direttamente le parole della Madonna!»

Il foglio, in cui vi era un'iscrizione di venticinque righe, si trovava all'interno di una busta distesa dentro una piccola scatola di legno posta davanti la statuetta della Madonna, sull'altarino in fondo alla camera e recante l'iscrizione "Secretum Sancti Officii".

La busta fu aperta molto delicatamente da Angelica. Essa era stata consegnata dallo stesso Pontefice a Danielina Navarro, *Maestro* e mentore dei *Figli del Tuono*, chiedendole di custodirla anche a costo della vita. Angelica si sedette accanto all'amica e incominciò la lettura del testo, saltando i convenevoli introduttivi di Suor Lucia al Vescovo e concentrandosi direttamente sulle parole della Vergine...

"Prima della venuta di mio Figlio, la Chiesa deve passare attraverso una prova finale che scuoterà la fede di molti credenti. La persecuzione che accompagna il suo pellegrinaggio sulla terra svelerà il "mistero d'iniquità" sotto la forma di un'impostura religiosa che offre agli uomini una soluzione apparente ai loro problemi, al prezzo dell'apostasia dalla verità. La massima impostura religiosa è quella dell'Anti-Cristo, cioè di uno pseudo-messianismo in cui l'uomo glorifica se stesso al posto di Dio e del suo Messia venuto nella carne. Questa impostura anti-cristica si delinea già nel mondo ogni qualvolta si pretende di realizzare nella storia la speranza messianica che non può essere portata a compimento se non al di là di essa, attraverso il giudizio escatologico; anche sotto la sua forma mitigata, la Chiesa ha rigettato questa falsificazione del regno futuro sotto il nome di millenarismo, soprattutto sotto la forma politica di un messianismo secolarizzato "intrinsecamente perverso"...".

«Come vedi...» disse l'anziana, interrompendo l'amica, «tutti quelli che credono in "cicli" che si ripetono, in strambe dietrologie o profezie che non vengono per convertire alla vera fede, non sono in comunione con Cristo! Dobbiamo semplicemente pregare, soprattutto attraverso il Rosario, per quel ragazzo e per noi tutti… Allora, ogni previsione negativa potrà essere scongiurata! Ma scusami, continua pure…»

Angelica sapeva bene di doversi "affidare" ma le preoccupazioni per suo figlio crescevano di riga in riga. Troppo di quanto era accaduto portava con sé presagi funesti!

"La Chiesa non entrerà nella gloria del Regno che attraverso quest'ultima Pasqua, nella quale seguirà il suo Signore nella sua morte e risurrezione. Il Regno non si compirà dunque attraverso un trionfo storico della Chiesa secondo un progresso ascendente, ma attraverso una vittoria di Dio, sullo scatenarsi ultimo del male, che farà discendere dal cielo la sua Sposa. Il trionfo di Dio sulla rivolta del male prenderà la forma dell'ultimo giudizio dopo l'ultimo sommovimento cosmico di questo mondo che passa[322]".

Fu nuovamente interrotta, stavolta dalla mano dell'amica anziana, che strinse con forza una delle sue, per sottolineare la certezza delle sue convinzioni:

«Perciò è detto: perderemo questa guerra, perché la salvezza non viene dalle nostre forze, ma Egli si curverà nuovamente su di noi perché Sua è la Gloria!»

Angelica amava l'amica e apprezzava i suoi incoraggiamenti, ma del destino della Chiesa le importava relativamente poco in quel momento; la precisione sventurata con cui la lettera proseguiva le faceva tremare nel corpo e nell'anima.

«Ma il "post scriptum", Danielina, il seguito della lettera è… spaventoso e parla proprio di noi!»

"P.S. Mentre la Chiesa s'incamminerà verso la grande apostasia e con l'Anti-Chiesa formeranno un unico corpo come in unione incestuosa, la

guerra secolare combattuta dai miei figli contro gli eredi del Demonio giungerà a conclusione, allora cadrà ogni difesa e comparirà l'Anti-Cristo definitivo. Il Guerriero atteso dai profeti antichi verrà donato al mondo senza essere di questo mondo. Quando l'Anti-Cristo raggiungerà il passaggio dall'età infantile a quella adulta e il sangue dell'innocente bagnerà gli ultimi giorni".

Danielina Navarro, s'irrigidì e fissò Angelica con fare deciso, come per accentuare la verità con cui considerava le proprie parole.

«Dio mi è testimone! Ebbene sia, se questa è la volontà del Signore! Passi da noi questo calice, tuttavia non sia fatta la nostra, ma la Sua volontà[323]!»

Imbarazzata, quasi, come fosse stata rimproverata, Angelica annuì col capo e riaccostando la mano dell'amica, si alzò, per riporre la lettera segreta al proprio posto.

Un bussare incessante e prepotente alle porte del monastero allertò le due donne. Il ragazzo bussava in modo sempre più forsennato; era evidente che avesse fretta di entrare! Appena gli venne aperto, egli schizzò dentro, seguito di buona lena dal suo amico peloso, urlando a sua madre:

«Mamma, mamma! È arrivata una lettera dal *Sacred Heart* di San Diego! Sicuramente notizie da Padre Raoul!»

Il giovane Manuel era piombato dentro la camera come un lampo al ciel sereno. Il cagnolino, che lo tallonava, era balzato sul letto e si era accucciato ai piedi dell'anziana. Manuel era agitato e ansioso:

«Mamma, non capisco il perché di una lettera! Non poteva chiamare come fa sempre?»

Padre Raoul era ormai molto anziano e ammalato da tempo. Non si faceva sentire se non per brevi telefonate; una sua lettera era un fatto insolito. Angelica si rivolse a Danielina, interrogandola con gli occhi; ella rispose sospirando:

«Cara amica, non ne so nulla... anche il mio tempo si accorcia e non ho più visioni da quella tragica notte in cui fui avvelenata!»

Angelica prese la lettera e incominciò ad aprirne la busta. Non era una delle solite buste usate talvolta da Padre Raoul, quelle anonime e irrintracciabili. Questa portava il simbolo del *Sacred Heart* dell'istituto di San Diego e l'indirizzo era scritto con una grafia diversa da quella del sacerdote. Sicuramente non l'aveva spedita lui.

La giovane madre tirò fuori un foglio, che aprì celermente, di fronte agli occhi carichi di attesa del ragazzo e dell'anziana. Lesse le poche righe con attenzione e cadde in ginocchio, scoppiando in pianto. Il ragazzo corse ad abbracciare la madre, che bisbigliò:

«È salito alla casa del Padre!»

Il giovane, addolorato, abbracciò fortemente la madre per un conforto reciproco; a loro si unì il cagnolino, che abbassò le orecchie e guaì tristemente. Il sacerdote, per il ragazzo, era stato una figura paterna sin dai primi anni di vita, nonostante dovesse stare lontano per lunghi periodi da Patmo.

Danielina, abbattuta dalla notizia, si fece il segno della croce e recitò un eterno riposo; poi, chiese che le venisse letta la missiva. Il ragazzo, prese la lettera dalle mani della madre, l'aiutò a rialzarsi e, profondamente scosso, incominciò a leggerla:

«A Danielina Navarro e Angelica Diaz,
sono qui a comunicarvi, con immenso dolore che, dopo un giorno di spasimi, alle 21:37 della sera, nella propria camera

presso l'istituto, dopo aver perso conoscenza, alle ore 19:30, in conseguenza di uno shock settico e di un collasso cardio-circolatorio, si è spento Don Raoul Montoya.

In giornata, aveva potuto ricevere il sacramento degli infermi e con cuore grato posso dire che si è spento in letizia. Vi sottoscrivo le sue ultime parole:

"La Verità sul destino dell'uomo è pienamente disvelata. Cristo archetipo dell'uomo, immagine del Mistero, risposta alle attese di ogni cuore.

Dall'incarnazione fino alla fine del mondo, uno solo è il problema umano: il Sì o il No a Cristo!

Possiamo vilmente far finta di nulla, ma non potremo evitarlo in eterno, verrà il giorno in cui lo benediremo, oppure sceglieremo di bestemmiarlo.

A noi la decisione, a Lui la Gloria!"

I funerali si terranno venerdì pomeriggio. Sono convocati tutti gli appartenenti al monastero.

Con grande affetto

Virginia Willerman».

La donna che aveva spedito la lettera era una delle tante che Padre Raoul aveva salvato da situazioni difficili. Si era presentata anni prima al *Sacred Heart* incinta e senza un soldo. Chiedendo aiuto, divenne una presenza fissa dell'istituto sino a divenire la segretaria dell'anziano prete. Intanto, aveva partorito una figlia della quale non aveva mai rivelato la paternità. Madre e figlia vivevano ormai nell'istituto come fosse casa loro.

Il ragazzo, distrutto dal pianto, chiese alla madre di poter andare in cappella a pregare per l'anima del sacerdote, portando con sé la lettera. Angelica acconsentì e, dopo che il ragazzo ebbe chiuso la porta dietro di sé, riprese la busta, per leggere il secondo foglio che vi era contenuto e che lei pensava si riferisse a delle specifiche sullo svolgimento del funerale.

Con sua grande sorpresa, invece, si accorse che era una lettera di Padre Raoul direttamente indirizzata a lei e scritta la notte in cui la Trascendenza aveva rivelato il *Makabì*...

Man mano che Angelica si addentrava nella lettura sbiancava progressivamente; a un certo punto, scolorì del tutto, tanto che l'anziana amica le chiese con preoccupazione cosa stesse leggendo di così sconvolgente.

«Giuda!» esclamò col volto adombrato «Giuda è in ognuno di voi!» ripeté con tono artico.

«Ma che succede, figlia mia, di che parli?!»

Angelica si avvicinò al letto dell'anziana, rimanendo in piedi e ponendosi, di fronte a lei, in controluce. Sembrava un'altra persona dal volto completamente oscurato. Danielina aveva uno sguardo perplesso: non capiva! Angelica, tirò su il foglio e, con distacco, lesse la lettera.

«Angelica, mia figlia spirituale,
gli ultimi giorni di questo mondo sono giunti: i miei ultimi giorni.
Sto per lasciare le mie spoglie terrene e il Signore mi ha già preparato un posto di là.
Non posso lasciarti orfana della verità, mia dolce amica.
Quindici anni fa, la tua vita è stata sconvolta dalla morte di Manuel e da quella crudele violenza che hai subito per mano di Jacob Frank.
E di ogni cosa accaduta dopo, ne sei a conoscenza.
Ma non posso lasciarti senza chiederti perdono per quella notte!
Sì, perché la causa di tutto quell'inferno sono stato io! Mia e soltanto mia è la responsabilità di quanto ti è successo e voglio spiegarmi».

«Sapevi di tutto questo?» chiese impassibile all'anziana amica che smuoveva il braccio come per cercare qualcosa che non trovava lungo la parte inferiore del giaciglio.

Angelica, non ricevendo risposta continuò la lettura.

«Quindici anni fa, col Santo Padre si stava discutendo della modalità con cui rendere pubblico il terzo segreto di Fatima in ogni sua parte.

Le proposte erano di divulgare solennemente la visione nel suo testo completo di 62 righe in 4 fogli tratta dai taccuini e di introdurre, invece, gli scritti della lettera di 25 righe come profezie permanenti all'interno del nuovo Catechismo che si stava redigendo in quel periodo.

Il Pontefice, però, aveva trovato parecchie forze avverse alla pubblicazione del segreto, in quanto molti dicevano che non sarebbe stato capito.

Le stesse forze avverse avevano, inoltre, obiettato al Santo Padre che quelle di Fatima non erano le uniche profezie.

Gli dissero di una profezia rinvenuta anni addietro e che sarebbe stata custodita in un laboratorio del Moma di New York.

Gli furono mostrate delle copie, ma il Santo Padre chiese che gli fossero portati i documenti originali.

Si trattava della profezia denominata "Testamento di Kayafa", che perfezionava il terzo segreto, portando in cattiva luce la Santa Vergine.

Il Santo Padre ci affidò il mandato di verificare che quella profezia fosse vera. In realtà, noi sapevamo che la profezia c'era e conoscevamo pure dove fosse, ma non potevamo rivelarlo al Santo Padre, perché sospettavamo di essere sorvegliati.

L'originale di quella profezia era stata fortuitamente recuperata da Michel Robinson, il nostro Padre Noah, che lo aveva consegnato a Danielina Navarro, quando si erano incontrati per la prima volta davanti alla statua del Matamoros, a Civitavecchia.

Dovevamo comunque fingere la ricerca di quei documenti, per sviare i nemici, per cui mandammo Manuel Driven a New York, come nostro agente, ad occuparsi di una missione che, di fatto, sarebbe sfociata nel nulla.

Egli fece squadra con una figura esperta, specializzata in furti, e comunicò la non riuscita della missione la notte stessa.

Apparentemente tutto si chiuse con la sua relazione. Il Papa non considerò la profezia vera e ordinò di procedere alla pubblicazione della lettera di 25 righe all'interno del nuovo Catechismo e la pubblicazione dei taccuini, in occasione del giubileo di fine millennio.

Ma il conto, purtroppo, era rimasto aperto e gli avversari si mossero, rivalendosi su di noi, nello specifico su di te e sul povero Manuel.

Per colpire me e Danielina, colpirono ciò che avevamo di più caro: te e l'unico uomo che hai mai amato, Manuel.

Ora sai tutto: non avremmo mai dovuto coinvolgervi!

Siamo stati resi schiavi dai rapporti di forza e abbiamo perso il criterio del discernimento e della sequela a nostro Signore Gesù Cristo. Abbiamo mentito al Santo Padre, nostro amico fidato, tradendo il giuramento di obbedienza.

Perdonaci, sì, siamo stati dei Giuda.

I miei peccati mi sono stati perdonati in confessione, ma non posso finire i miei giorni senza che tu sappia.

Mi pento e mi dolgo dei miei peccati, perché peccando merito il castigo della morte, ma soprattutto perché ho offeso te ed è stato versato sangue innocente.

Non volendoti nascondere nulla più di altro, ti chiedo di leggere il "Testamento di Kayafà". Ogni qualvolta l'ho letto, ho pensato che riguardasse il tuo futuro.

Ti prego di perdonarmi, abbi pietà di noi! Dio mi è testimone.

Kyrie eleison! Kyrie eleison! Kyrie eleison!

Don Raoul Montoya».

Quella mattina, nel cuore di Angelica venne seminato un risentimento e un rancore così profondo che ella stessa si sentiva soffocare dal livore che la schiacciava. Danielina ricercava parole per non ferire ulteriormente quel giovane cuore in cui sembrava non esserci più spazio per l'amore. Angelica la fissò freddamente, dicendole:

«Scegli bene le tue prossime parole, perché potrebbero segnare il destino del mondo!»

Non sembravano parole che potessero essere proferite da quel candido volto, un tempo colmo di grazia e benevolenza e adesso freddo e distaccato.

«Pascal diceva: "Credo solo alle storie i cui testimoni si farebbero sgozzare[324]", essere martirizzati è un onore!» disse Danielina.

«Quando a ucciderti è il nemico e non il tradimento degli amici!» replicò Angelica con durezza.

Il colloquio venne interrotto dal sibilo di alcuni spari che provenivano dalla spiaggia; Angelica accorse alla finestra per capire cosa stesse succedendo.

Due grossi scafi di colore grigio erano arrivati nel porticciolo e degli uomini in tute mimetiche e dal capo coperto incominciarono a sparare lungo il loro percorso; stavano risalendo verso la collina, per dirigersi al monastero.

«Alla fine, sono arrivati! Nasconditi, porta via il ragazzo! Potete utilizzare la galleria sotterranea, è ancora percorribile!» le disse Danielina. Ma le parole della Navarro scivolarono sul cuore indurito di Angelica, che guardò l'anziana donna e disse con voce ferma:

«Non sarà più necessario nascondersi. Andrò con loro. Porterò con me Manuel e finalmente si compirà la ragione per cui egli è nato!»

Non vi era più nulla che l'anziana potesse fare, nessuna parola sarebbe stata adeguata a poter tornare indietro ed era cosciente che la colpa era interamente loro. Angelica aveva deciso.

«Vuoi essere tu e tu soltanto, quindi, Angelica, a decidere del destino di ciascun uomo di ogni tempo?!»

«Non è stata fatta la stessa cosa con me?!» le rispose Angelica. Dinanzi a sè, Danielina non aveva più un'amica.

«Ecco il *Testamento di Kayafa*: compi il destino che ti sei scelta!» le disse l'anziana donna, con voce mozzata.

Angelica prese la busta che Danielina Navarro aveva tirato fuori da sotto le coperte e l'aprì. Essa conteneva due fogli, uno era l'antico manoscritto redatto in codice numerico, l'altro foglio, più moderno, anch'esso palesemente invecchiato dal tempo, conteneva la traduzione.

Lesse le poche righe che vi erano iscritte e, senza dire nulla, ripiegò i fogli; quindi, li rimise nella busta, che infilò in una tasca del suo abito.

Lungo tutto il corridoio, intanto, si udivano le urla di donne e uomini, che venivano trucidati dai mitra. Angelica non temeva per Manuel; sapeva che erano lì per prelevare lui: lei lo avrebbe accompagnato.

I soldati raggiunsero la camera e spalancarono la porta. Ella li guardò facendo segno che si sarebbe consegnata. Si voltò un'ultima volta verso la mentore, prima di uscire dalla camera, esclamando:

«Hai detto tu di amare i miei nemici, no?! È proprio quello che sto facendo!»

Quindi, scortata da un soldato, Angelica si diresse lungo il corridoio, impassibile e incurante dei colpi di arma da fuoco che, intanto, abbattevano la vecchia donna.

Parte Quarta
COMPIMENTO

Quindici anni dopo…

Ognuno ha un parere,
qualcuno il proprio interesse,
chiunque comprende le cose per se stesso.
Misericordia e libertà a confronto.
Qualcuno vuole vivere, pochi lo fanno veramente!
Veramente da uomini.

Capitolo 28
STATUA

Altrove, fuori da Tempo e Spazio

"È stato tutto un sogno?" si chiese, risvegliandosi con la sensazione di avere dormito per un'eternità. Non riusciva a vedere nulla. Era disteso e circondato dal buio più totale. Comprese chiaramente di trovarsi dentro una cassa da morto, potendo sentire il freddo legno stuzzicargli il volto. Era un sepolto vivo?! Fu preso dal panico e si sentì agguantato da un orribile senso di soffocamento; iniziò ad agitarsi in modo convulso, nel tentativo di assorbire, in qualche modo, quell'aria che gli mancava.

Poi si costrinse a riflettere e, immediatamente, fu sommerso dagli interrogativi: Aveva sognato? Il viaggio nel deserto, le porte di tenebra, il patto col *Demonio*, il risveglio nel passato, nel corpo di quel ragazzo a quindici anni dalla sua vera morte corporale, erano stati un sogno?!

Avrebbero potuto anche essere le rielaborazioni della sua mente dopo il suo omicidio, nel tentativo di questa, di creargli un'esistenza che era, oramai, venuta meno... Aveva sperimentato la creazione fantasiosa dell'ultimo disperato grido dell'istinto alla vita?! Sì, ma, allora, adesso, perché era cosciente di trovarsi in una cassa da morto, se davvero era deceduto?! Davvero era morto? Si rispose di sì: i vivi non subiscono autopsie, mentre lui, in quel momento, poteva sentire le cuciture dell'autopsia bruciargli il petto.

Si riconobbe interamente: era di nuovo lui, Cédric Roman, il vecchio pirata stanco che ambiva solo ad ammazzare il tempo tra i bicchieri di un vecchio bar di San Diego. Era morto ammazzato da chissà chi tra i tanti che lo volevano proprio in quella bara, dentro la quale, adesso, gli toccava fare i conti con una morte apparente che non capiva.

Ripensò al suo vecchio cadavere sul marmo dell'obitorio: era stato aperto e ispezionato e poi congelato ben bene. Si sentiva freddo e disidratato e aveva gli arti indolenziti; sicuramente doveva aver subito anche un ipostatico irrigidimento. Pensò che, per sua fortuna, il suo corpo non aveva ancora subito i processi di putrefazione, di autolisi e di... autodigestione.

Gocce di terra inzuppata penetravano le pareti della cassa di legno; i suoi indumenti erano umidi e intrisi di fanghiglia: non era ancora diventato un pezzo di sapone!

Provò a spingere. Il legno ruvido e sporco gli graffiava i polpastrelli e i suoi palmi potevano sollevare ben poco... *"Su di me ci sarà almeno un metro e mezzo di terreno! Troppo per le poche forze che il mio vecchio corpo mi ha lasciato!"* Provò un senso di smarrimento, e ripensò al sogno in cui qualcuno lo aveva salvato... Nonostante fosse morto con la consapevolezza di avere sprecato tutta la sua vita, di essersi perso, quasi dannato. Mentre viveva quel sogno, aveva sperimentato sentimenti di contrizione e un desiderio imperioso di cambiare strada, di ritrovarsi. In quel momento, però, chiuso in quella prigione di legno, giudicò tutti i pentimenti e tutti i propositi vissuti in quel sogno stupide illusioni.

In un altro sogno, però, si era incontrato con la realtà della sua fragilità e aveva nuovamente deciso di perdersi. E adesso, era nuovamente vivo, ma imprigionato dalla morte; era vivo, ma destinato a morire nuovamente, soffocato dalla mancanza d'aria e dalla solitudine.

Avrebbe voluto chiedere perdono, avrebbe voluto ricevere il perdono, avrebbe voluto abbracciare quella calma onnipotente con cui Dio ricostituisce il destino di ogni uomo; avrebbe voluto pervenire davvero al destino per cui era nato; ma ogni suo desiderio s'infrangeva miseramente sul gelido legno fangoso di quella cassa, tra l'umidità spietata degli abiti che aveva addosso.

Provò a urlare «Aiuto!» più volte, senza nessuna risposta; poi tentò di urlare e basta: un grido, soltanto un grido senza parole, un grido fatto di semplice disperazione. Ma il suo urlo gli ripiombò addosso, vuoto e disperato. Si calmò e si sciolse in un pianto muto.

Perché il cuore dell'uomo è capace di gridare? Perché è inquieto fino alla morte[325]? Cosa cerca? Rifletteva, in quegli ultimi istanti, che quelle sue domande sarebbero rimaste senza risposta.

Ma era un uomo di personalità che credeva in se stesso. Anche se la fede e la speranza non lo avevano propriamente caratterizzato mentre era in vita, gli avvenimenti recenti lo avevano, comunque, temprato: poteva la sorte avergli messo in cuore quel grido e non volere rispondere? Non voleva crederci!

Raccolse le poche forze rimaste, rimpinguò i polmoni con il poco ossigeno residuo e provò, di nuovo, a urlare, con un ultimo, rassegnato tentativo di cieco coraggio, cui seguì, però, un sordo silenzio.

Attese qualche attimo; il suo affanno aumentava; sentiva che gli rimaneva poco tempo e nuovamente pianse.

Poi, d'improvviso, gli parve di udire un tonfo, ma si disse subito che… *"No! Me lo sto immaginando!"* Quindi, sentì un altro tonfo e un altro ancora… *"No, non sto immaginando! Deve esserci qualcuno là fuori! Devo resistere… qualcuno ha ascoltato la mia disperazione…"* si ripeté, mentre le sue narici percepivano l'odore soffocante delle secrezioni del proprio corpo e veniva assalito dal desiderio di sentire il profumo dell'aria aperta.

Intanto, la cassa veniva colpita ripetutamente dall'esterno e una voce maschile gli gridava «Spingi! Spingi!» Era consapevole che potesse fare poco, ma comprese che, probabilmente, quel poco lo avrebbe liberato. A un certo punto, poté ascoltare il rumore di un temporale e le gocce di pioggia che, con violenza, picchiavano il legno della sua prigione. E allora spinse e spinse, fino a quando la copertura della cassa si schiodò.

Fu invaso da fanghiglia e acqua piovana, mentre una mano afferrava il suo braccio e lo tirava su con forza, ripetutamente. Un'ultima presa verso l'alto e fu libero. S'inginocchiò e pianse; pianse come un bambino appena partorito, con strilli alti e potenti che salivano dritti al cielo. Non vide subito a chi appartenessero la voce e la mano che lo avevano fatto "nascere" ancora una volta.

Il temporale imperversava e le gocce di pioggia, mescolandosi alle sue lacrime, riempivano la fossa dalla quale era stato tirato fuori.

Era notte e la luna illuminava quel po' che era necessario vedere. Si appoggiò alla lapide per risollevarsi, ma si accorse che essa aveva qualcosa di strano. Non si trattava, infatti, di una lapide tradizionale, a forma di croce, o rettangolare, con le solite iscrizioni. Era una statua enorme.

In un primo momento, al buio, ancora confuso e annebbiato dalle lacrime e dalla pioggia, aveva pensato si trattasse di una comunissima statua di angelo, del tutto simile a quelle di cui normalmente vengono riempiti i cimiteri. Ma poi la osservò con maggiore attenzione e, fra sé e sé, esclamò, con terrore: *"No!"* Ritrovandosi davanti a una gigantesca figura in pietra del *Demone* che lo aveva aggredito all'inferno.

In quel momento, prese coscienza che il suo viaggio di redenzione sarebbe stato ancora lungo e che il peggio doveva ancora arrivare. Un corvo, che si posò sul capo del *Demone* di roccia, col suo verso sgraziato sembrò confermare tutte le sue paure.

«*Dybbuk*! Ce n'è voluta di pazienza, ma, alla fine, l'anima cerca sempre di ritornare nel suo corpo!»

Roman si risollevò dalla fanghiglia per guardare in faccia l'uomo che lo aveva appena salvato, ma con sorpresa si accorse non solo che colui che aveva di fronte era poco più di un ragazzo, ma anche perché lo conoscesse!

«Sei John Cohen! Sei lui… quel ragazzo nel quale io…!» esclamò, quasi sotto shock. «Ma cosa mi sta succedendo?! Perché, ogni volta che mi risveglio, mi ritrovo in un posto differente?! Non so più se stia vivendo nella realtà o se mi trovi dentro un incubo!»

«Perciò sei tu il guerriero *Makabì*! Mah, se ci penso bene, non sei stato certo un granché per adesso! E pensare che mi avevano sempre fatto credere che sarei stato io!» disse il giovane, aiutandolo a rialzarsi e a scrollarsi di dosso la terra e il sudiciume.

"Makabì"?! Roman aveva sentito già quel termine… sì, adesso ricordava: era successo quella notte in cui aveva salvato la sua amata Virginia dai trafficanti che ne volevano fare una schiava del sesso!

«*Makabì*? La leggenda dell'Angelo con la spada di fuoco?!»
domandò al ragazzo!

«Sei edotto! Un *Dybbuk* istruito! Bene!»

«Mi chiamo Cédric Roman, non *"Dybbuk"* ... se so del *Makabì,* è perché un tale, una volta, mi raccontò della sua favola!»

«Come vuoi!» rispose, con distacco, il giovane.

Roman era senza forze e fu sollevato di peso dal ragazzo, cui tutta quella pioggia e quel fango sui vestiti sembrava non dare fastidio.

John Cohen prese il braccio di Roman e se lo poggiò sulle spalle, quindi sollevò l'uomo, per condurlo via.

«Dove mi stai portando?!» gli chiese Roman.

Il ragazzo sembrava volesse ignorare la domanda, tanto era indaffarato nel provare a caricarlo su di sé, poi lo guardò negli occhi con sguardo torvo e quasi infastidito, ma Roman non smetteva di chiedere:

«Dove siamo? Questo non è il cimitero Santa Croce della città di San Diego! Ti ho atteso, è venuto il momento delle risposte! Perché non mi rispondi?»

Il ragazzo continuò a tacere e cominciò a camminare. Roman non aveva le forze per impedire di essere condotto chissà dove, mentre John Cohen aumentava con decisione la sua andatura[326].

«Che buffo! Prima di morire mia madre aveva scritto una lettera in cui sembrava fossi io il prescelto, ma nella quale pregava affinché io non venissi coinvolto! Stando a quanto è accaduto, entrambe le premesse si sono verificate!» disse il ragazzo.

«Tua madre?!» chiese Roman, sorpreso dalla forza di quel giovane che trasportava quel suo ammasso di carne invecchiata, dentro degli abiti un tempo eleganti, ma oramai a brandelli, mentre tentava di collegare tutti i fatti che gli erano capitati.

«Sì, mia madre. Cercavo proprio lei quella sera... insomma, la notte in cui tu mi hai fatto dismettere del mio corpo! L'avevo sempre sognata suicida, in una stanza da letto accanto a due culle vuote, mentre dava fuoco a tutto! Nel sogno diceva solo una frase "Salva Magdalene! Proteggi tua sorella!" Poi, il sogno si concludeva con la sua morte!»

Roman aveva ancora negli occhi lo sguardo disperato di quella donna che aveva visto precipitare tra i dannati. Quello sguardo sapeva di amore e sacrificio, di una croce portata non necessariamente come un peso, ma come condizione per la salvezza di coloro che amava.

«Una bella donna, capelli neri, mossi e lunghi?!» domandò al giovane.

«Proprio così!» rispose John Cohen.

«Viveva un inferno!» affermò, a bassa voce, Roman.

«Nei miei sogni è sempre stato così!» rispose altrettanto sommessamente il ragazzo, senza distogliere lo sguardo impregnato di pioggia dalla strada.

L'acquazzone non esitava a placarsi. La fitta e torrenziale pioggia che percuoteva la terra battuta del sentiero in cui si erano incamminati, non impedì loro di accorgersi dei sinistri animali notturni che li seguivano. Corvi, pipistrelli, cani randagi, si muovevano nella notte tra i cespugli e gli alberi di quel fosco cimitero... Come a sorvegliarli, ispezionarli, scrutarli con occhi malevoli.

Roman si accorse, con apprensione, di quel tenebroso movimento tutt'intorno a loro:

«Hai notato che siamo seguiti da qualcosa?» chiese al giovane.

«Certo! Quello non ci lascerà in pace!»

«Quello?! Quello... chi?»

«Hai fatto un patto con lui: ormai dovresti conoscerlo!» concluse John Cohen.

Roman abbassò lo sguardo. Per tutta la vita aveva ignorato l'aldilà e adesso quell'aldilà invadeva la sua esistenza! La

Vergine glielo aveva detto che è impossibile per l'uomo ignorare Cristo... Eppure, egli aveva fatto di testa sua, cedendo
alle proposte di quel *Demone*!

"Aveva ragione lei... Non ci si salva da soli..." rifletteva.
Si rivolse al giovane:

«Allora, posso sapere dove siamo diretti? Dove andiamo?»

«Dal *Guardiano*!»

«Il *Guardiano*?! Parla chiaro: chi sarebbe questo *Guardiano*?!»

«Colui che ha le risposte che cerchiamo! Ci dirà come fare
a rimettere tutto a posto!»

«Come fai a saperlo?!»

«Dove credi sia stato, mentre tu te ne andavi in giro con il
mio corpo... Anch'io ho vissuto le mie avventure, cosa
pensi!?!»

«Vorresti dirmi che non ne siamo ancora usciti?»

«Ah, vecchio mio, siamo solo all'inizio! Dove pensavi di
trovarti?! Sei ancora laggiù, ma il mio corpo è in coma, per cui
tu... Insomma, cerca di capire: questo in cui tu ed io ci troviamo, non è un vero luogo, ma è uno stato dell'anima, quello
della tua anima! Hai assunto il tuo vero aspetto, perché ogni
anima desidera riprendersi il suo corpo; quello di chiunque altro gli sta... "scomodo"! Io ho dovuto attendere soltanto che
lei si desse una smossa: tutto qui! Adesso, possiamo cercare il
Guardiano!»

Intanto, mentre proseguivano sul sentiero, andava aumentando il numero dei loro sinistri accompagnatori. Sciami di uccelli oscuravano il cielo e un branco di cani li seguiva digri-
gnando i denti affilati, da cui colava ripugnante bava schiu-
mosa, mentre qualche altra oscura creatura scrutava, non vista,
il loro peregrinare.

«Cosa vogliono da noi?» chiese Roman.

«Lui ci possiede! Possiede te, perché tu ti sei accordato con lui, e possiede me, perché mi ci sono imbattuto durante la seduta spiritica in cui ricercavo mia madre! Non è molto contento che andiamo a incontrare il *Guardiano*!»

«E allora perché non ci attacca?!»

«Semplicemente, perché non può. Abbiamo la grazia di trovarci su una terra benedetta, per il momento! I suoi margini di manovra, qui, sono alquanto limitati!»

«Eppure, *Lucifero*, in questo posto, dovrebbe trovarsi bene! Non mi sembra poi un paradiso questo cimitero!»

«*Lucifero*?! Non siamo mica così importanti...»

«Vuoi dire che non è mai stato lui...»

«Fermo! Stiamo fermi!»

Il ragazzo ebbe come un malore improvviso e si ripiegò leggermente verso il basso, come a resistere a una fitta di dolore inattesa:

«Questa situazione mi sta ammazzando!» esclamò, mentre Roman cercava invano il modo di alleviarlo dal suo peso. Preoccupato, tuttavia, per ciò che li minacciava, ritrovò le forze:

«Affrettiamoci, potrebbe avvicinarsi! Per la Sua dolorosa passione...»

Smorzò quella frase, spezzando un respiro, per motivarsi e donarsi il vigore necessario a riprendersi.

«Non avevi detto che non può toccarci?!»

«Zitto! Non farmi smentire dalle circostanze, muoviamoci!»

Un vento spietato irruppe improvvisamente e l'acquazzone si fece più fitto, tant'è che il ragazzo, a un certo punto, perse il senso dell'orientamento. Poi, vide in lontananza delle luci dorate, che lo misero in direzione della cappella del *Guardiano*, distante poche centinaia di metri.

A quel punto, le presenze malvagie che li circondavano incominciarono a innervosirsi, per cui Roman e il ragazzo accelerarono il passo; mentre tutto quanto intorno a loro sembrava tentasse di bloccarli: la violenza del vento, la furia del temporale, il fango che impantanava i loro passi.

Il ragazzo arrivò stremato alle porte di bronzo della piccola chiesetta, dentro la quale si catapultarono, gettandosi per terra. Però, John Cohen capì che qualcosa si stava avvicinando alla porta con accanita rapidità, per cui egli si alzò di scatto e si precipitò a chiudere il robusto portone. Quel "qualcosa" rimase fuori e, dall'esterno, continuò, non rassegnato, ad aggirare la chiesetta, furtivo, respirando un rantolo gutturale, indispettito e rabbioso.

Per qualche attimo, i due potevano tirare un sospiro di sollievo e si guardarono intorno.

La struttura di marmo bianco e levigato si presentava ben illuminata dalle candele che circondavano il presbiterio, lo spazio sacro dove sacerdote e ministranti prendono posto. Appena sopra l'altare, vicino al tetto, una trave di legno sosteneva una rappresentazione della scena del Cristo in croce con la Madonna e l'apostolo Giovanni. L'altare era imbandito dal messale posto sul leggio laterale e al centro, vi erano un calice di legno a collo alto e la patena, il piattino, sempre in legno, dove viene riposta l'ostia consacrata dopo la transustanziazione.

Dietro l'altare, vi era una statua dell'apostolo Giovanni seduto sulla "sede", il trono solenne ove normalmente siede il sacerdote durante le funzioni sacre. La statua di marmo lo raffigurava intento a sostenere orizzontalmente, con tutte e due i palmi delle mani, un oggetto allungato simile a un'asta, interamente avvolto e nascosto da un panno. Al di sopra della statua, vi era il tabernacolo.

Inginocchiato sullo scalino che sopraelevava l'altare, stazionava un cavaliere, che indossava una maglia ad anelli d'acciaio, che gli ricoprivano l'intero corpo, e un lungo mantello cardinalizio, che toccava terra come fosse una lunga colata di sangue. Una tunica di tessuto bianco, macchiata in più parti da ferite sanguinanti, ne vestiva il busto fino a nasconderne i ferrosi stivali. Cinghie di cuoio chiudevano la tunica ai lati e una cintura ai fianchi reggeva un fodero di spada vuoto. All'altezza del cuore, portava la croce fiorata di *Santiago*, di colore rosso fuoco.

Non appena gli furono davanti, John Cohen abbassò il cappuccio della felpa nera che fino a quel momento aveva tenuto su per proteggersi dalla pioggia, mentre il vecchio Roman, immobilizzato dallo stupore, intinse due dita nell'acquasantiera posta alla sua destra e... si fece, per la prima volta in tutta la sua esistenza, di sua volontà, il segno della croce.

Il cavaliere, avvertendo la loro presenza, si destò dal raccoglimento in cui era immerso e si girò verso di loro. Mostrò un volto pallido con delle folte sopracciglia castane e un'imponente barba, che ne dipingevano un'espressività nobile e triste. John Cohen, intimorito, gli si avvicinò e dopo essersi genuflesso davanti a lui, aspettò che il cavaliere gli facesse segno di parlare.

Questi gli disse:

«Leggo tanta nostalgia nel vostro cuore, quella nostalgia che c'è sempre quando si è lontani da casa. Non abbiate paura e ditemi perché siete qui! Cosa cerchi, tu, giovane visitatore?!»

«Sì, è vero. Avete detto bene, mi sono perso; adesso, non riesco più a ritornare a casa e non ho più un corpo in cui trovare dimora... E tutto perché avevo creduto di potere parlare da vivo con mia madre che è morta!» disse il giovane.

«Il Mistero di Dio traccia l'itinerario della vita nel tempo[327]! Nel tempo seminiamo e oltre il tempo vi è la raccolta!» disse il cavaliere, facendo un cenno con la mano destra come di ammonimento.

«*Guardiano*, l'Arcangelo mi ha indirizzato qui! Raffaele! Dice che soltanto tu hai le risposte che cerco! Vi prego, aiutatemi a tornare indietro!» implorò il ragazzo, mentre il cavaliere taceva. «Vi, prego, aiutatemi voi! Sono tanto stanco di vagare senza una direzione, senza uno scopo, sono stanco di dovere sempre fuggire da quei cani furiosi che vogliono sbranarmi l'anima, sono stanco di camminare in mezzo al fango, sono stanco di tutte le ombre che mi opprimono, sono stanco del buio, sono stanco… di essere stanco! Ve lo chiedo in ginocchio, *Guardiano*, diteci come mettere a posto le cose!» ripeté John Cohen, prostrandosi ai piedi del cavaliere che, però, continuava a fissarli silenzioso.

Ascoltando le parole e le suppliche accorate del ragazzo, Roman sentì sciogliersi l'anima. Capì che fino a quel momento non aveva mai considerato il fatto che ogni scelta individuale ha delle conseguenze sulla vita degli altri, che egli, fino ad allora, aveva guardato a tutto ciò che accadeva con istintività egoistica.

Comprese che le vicende della sua vita non erano state casuali, che erano state orchestrate da "Qualcuno" perché lui, infine, riconoscesse la sua vocazione, il suo compito… *"È Lui che ti fa imbattere in ciò che ti capita…"* Si rese conto che nessuna decisione è mai soltanto un fatto personale, che, nolente o volente, gli esseri umani sono tutti collegati. Ognuno diventa "storia" di chi gli vive accanto. Perciò egli, avrebbe dovuto tirare fuori dal cassetto i talenti che aveva ricevuto… per il bene di tutti.

Si avvicinò al ragazzo, s'inginocchiò vicino a lui e gli poggiò una mano sulla spalla. Poi, senza alzare lo sguardo, si rivolse al *Guardiano*.

«Probabilmente, proprio io dovrei tacere, anzi non dovrei nemmeno trovarmi qui, ma nel più profondo degli abissi infernali. Ho giocato con la mia vita, curandomi solo di me stesso, lasciando al suo destino l'unica donna che ho amato. Poi, ho sciolto i miei ultimi anni dentro l'alcol e il vuoto, e sono morto solo come un cane randagio, ammazzato da uno dei miei tanti nemici. Sì, dovrei proprio essere all'inferno. Anche perché, dopo la mia morte, per meriti non miei, ero stato perdonato e strappato dalle mani dei diavoli che erano venuti per portarmi via... Ma io, io, miserabile uomo, mi sono fidato di un *Demone* e sono voluto tornare indietro per riprendermi la mia amata Virginia! Vi prego, cavaliere, abbiate pietà, se non di me, almeno di questo ragazzo, cui, ritornando in vita, ho rubato il corpo! Sento che si può fare ancora qualcosa, sento che non tutto è perduto! Le circostanze sembrano chiamarmi a un ruolo... io potrei essere questo *Makabì*! Non so cosa questo signifrichi, ma è così, perciò, cavaliere abbi pietà di noi! Dio mi è testimone!»

Non si sarebbe mai sognato in passato di pronunciare quelle quattro parole. Dopo quell'espressione, lo sguardo del cavaliere, che fino a quel momento era stato cupo, si rasserenò, divenendo mansueto e cordiale. Egli disse:

«Io sono il *Guardiano*, il vigilante! La vigilanza è la preghiera continua[328]! La mia virtù è la vigilanza! Cédric Roman, quanta pena ci hai dato! Hai rinnegato la salvezza per puro egoismo, non hai saputo vedere oltre i tuoi desideri! Non sai che fu detto: "Se uno viene a me e non odia suo padre, sua madre... e persino la propria vita, non può essere mio discepolo[329]?!" Come possiamo fidarci di te?!»

Roman si sentì umiliato, abbassò la testa fino a terra e tacque. John Cohen, che fino a quel momento aveva ascoltato in silenzio, esclamò:

«La sua salvezza è anche la mia! Io non sono ancora morto! L'Arcangelo mi ha detto che tu ci avresti aiutato! Perciò, devi per forza fidarti!»

Il cavaliere sospirò e si avvicinò alla statua dell'apostolo che reggeva il misterioso oggetto coperto da un panno. Poggiò una mano sul tessuto e, con dolcezza, cominciò ad accarezzarlo dicendo:

«In questo luogo, nel quale il male non può vedere, noi custodiamo l'Ancora maledetta, avvolta nella *Tilma di Guadalupe*[330].»

«*La Tilma di Guadalupe*? Cos'è?!» chiese incuriosito John Cohen!

«Nel 1531, la Vergine[331], apparve all'indio Juan Diego, mentre si stava recando alla Chiesa di *Santiago* proprio a Guadalupe. Ella gli lasciò un segno, una "*Tilma*" un mantello, su cui prodigiosamente s'impresse la sua immagine!» disse al ragazzo, indicandogli la stoffa che copriva l'oggetto. «Nella figura, la Vergine disegnata non da mani umane, la Santa Madre, è circondata da raggi di sole e ha la luna sotto i suoi piedi. Esattamente come la Donna dell'Apocalisse[332]! Poteva esserci panno più adatto di questo per nascondere agli occhi del *Malvagio* l'unica arma che può annichilirlo?! A me è stato dato l'onore di vigilarlo; mi chiamo Iohannes figlio di Robertus, fui Cardinale di Santa Romana Chiesa e oggi sono *Cavaliere dell'Immacolata*: sono *Figlio del Tuono*!»

«Ma quale "Ancora" nasconde?!» domandò ancora il ragazzo...

«Credo di averlo capito!» esclamò un Cédric Roman, alquanto stupefatto. «L'Ancora deve essere la spada ritrovata da mio padre!»

Il sorvegliante annuì, chiudendo gli occhi. Quindi, diede loro le spalle, impegnandosi a contemplare la *Tilma*.

«L'arma forgiata dal primo angelo caduto, quella che è in grado di annichilire altri esseri spirituali e che quindi può ucciderlo!» affermò Cohen con ritrovata sicurezza. «L'arma con cui il *Makabì* sconfiggerà l'*Anticristo*!»

A queste ultime parole, Roman, che fino a quel momento non aveva piena coscienza della posta in gioco, si sentì percorrere da un brivido. Il cavaliere, dando ancora le spalle alle due anime erranti, cominciò a parlare loro con un tono di voce grave e solenne, senza voltarsi:

«Cédric Roman e John Cohen Driven, vi è un solo modo per riportare l'ordine in questo caos!»

«Siamo disposti a ogni sacrificio!» rispose, con giovane avventatezza il ragazzo.

Voltandosi, il *Figlio del Tuono* guardò le due povere anime ansimanti d'attesa, prese un lungo respiro e disse:

«*"Per la Croce e con la spada!"*»

John Cohen si sentì disorientato. Cosa c'entrava quel motto dei servizi segreti Vaticani con le loro vicende?! Eppure, per lui, le sorprese non erano ancora finite. Rimase ancora più sconvolto quando poté constatare la reazione di Cédric Roman:

«Grazie, *Guardiano*! Capisco. Adesso tutto mi è chiaro!»

Il vecchio Roman, quindi s'inginocchiò di fronte all'altare in segno di riverenza. Poi s'inchinò, salutando con uno sguardo il maestoso cavaliere e si diresse verso il freddo portone d'entrata.

John Cohen lo inseguì e lo afferrò per un braccio, dicendogli, allarmato:

«Fermo! Dove credi di andare?!»

Roman poggiò la sua mano su quella del ragazzo e, lentamente, sciolse la presa del giovane. Poi lo guardò negli occhi e citò l'espressione enigmatica espressa dallo stesso ragazzo sotto la pioggia, e che in quel momento gli apparve come la più eloquente che potesse proferire:

«"Per la Sua dolorosa passione" … Adios amigo!»

Quindi, lentamente, uscì dalla cappella, scomparendo nel buio.

Dal freddo portone John Cohen poteva osservare che, fuori, la tempesta era ancora in corso. Essa, però, non era la sola nota nefasta che imperversasse all'esterno di quella cappella; là fuori John Cohen, infatti, vide con terrore, il volto inumano di una presenza che attendeva boriosa dietro la porta.

John Cohen si lanciò verso di essa, nel tentativo disperato di richiuderla, ma non fece in tempo.

Capitolo 29
AMICIZIA

Campo di concentramento di Auschwitz, Polonia
15 gennaio 2002 ore 6:00

L'alba, per lui, aveva oramai gli stessi colori del tramonto e anche i giorni erano tutti uguali: soltanto un elenco indistinto di ieri, di oggi e di domani da trascorrere badando solo a trascinarsi dietro il peso della vecchiaia, cui neanche lui, pur essendo *Maggiordomo*, era riuscito a sfuggire.

Indossava un bel vestito nuovo, elegante, di classe, ma a lui non importava. Mentre era illuminato dal giallo lucente delle prime luci del mattino e si sistemava la sciarpa attorno al collo per proteggere dalla frescura le sue vecchie ossa, pensava al tempo che scorre inesorabilmente e al desiderio di possesso che caratterizza la vita umana. *"Gli uomini vogliono possedere a oltranza le cose, illimitatamente, ma, alla fine, le cose gli vengono sottratte: tutte quante! Questo è il castigo che si meritano: la morte che castra miseramente il loro desiderio inappagato!"*.

Era arrivato lì in auto, accompagnato da un autista. Stava passeggiando davanti al blocco n.11, che dai prigionieri era chiamato "Il Blocco della Morte" ... Anche se, ufficialmente, era considerato la prigione del campo. Esternamente, non era molto dissimile dagli altri blocchi, era però un po' più isolato, chiuso sempre a chiave e circondato da un alto muro[333]. Mentre sentiva il calore del sole scaldargli il viso cavo e pallido, rifletteva sul perché dell'esistenza di quel luogo. *"Qui è accaduto l'indicibile, la prova generale della nuova creazione, così com'è concepita dagli uomini, una creazione tutta umana... senza Dio...*

Povero Hitler, inteso da tutti come il simbolo del male assoluto! In fondo, voleva fare solo del bene. Ambiva a estirpare il male, a creare una società perfetta, senza malattie, senza imperfezione, senza dolore! Cosa c'era di male in questa sua idea? Non è forse quello che anche la società di oggi vuole?! Che senso ha soffrire inutilmente? Il dolore non ha alcun senso! Bisogna pur eliminarlo in qualche modo e, per farlo, a volte, è necessario sacrificare qualcuno... Mi sembra sia un prezzo consono per il futuro delle nuove generazioni...".

Sapeva che un tempo vi erano dei cesti di legno sulle finestre del blocco vicino; vi erano stati sistemati, per impedire che si osservassero le scene che avvenivano nel cortile, saturo del sangue dei circa ventimila prigionieri fucilati presso "Il Muro della Morte".

In tasca, percepiva il peso di un paio di sigari: gli sarebbero serviti per potersi rilassare, mentre respirava l'aria ferrosa che sapeva di saldatura e sporco. Ad intermittenza, dava un'occhiata fugace all'uomo che, seduto in auto, lo attendeva... quasi come volesse essere nascosto a quegli occhi. *"Il declino non appartiene all'uomo, eppure egli è un essere finito... Ogni uomo, dunque, vive nell'attesa dell'ultima ora, che è fissa dinanzi a sé, e che vive come punizione per il suo orgoglio..."* Osservò le sue mani mature e incanutite dalle macchie del tempo. *"Chi potrebbe salvare dal marcire questa carne? Nessun uomo può evadere dalla pena definitiva imposta dal Creatore... Io ne avevo raggiunta la possibilità, ma...*

Caro Georghe, amico mio, non siamo riusciti a scamparla, amico!".

Un lieve tremore gli catturò una mano, e, progressivamente, il tremolio incominciò a interessare anche l'altra. Gli tremava anche la gamba destra. Mesi prima, gli avevano diagnosticato il morbo di Parkinson. Anche lui, come il suo amico Georghe, avrebbe presto pagato il conto.

Al pianterreno e nelle celle situate nei seminterrati del blocco, tutto era rimasto come un tempo. *"La storia di questo blocco è tragicamente ricca di morte e, nonostante ciò, Paolo VI, visitandolo, aveva ripetuto le parole che qui ebbe a dire quel tizio, quel prete, quel Padre Kolbe, che diede la sua vita per "un uomo che aveva famiglia" ... Sai, Georghe, cosa ebbe a dire quel tale, prima di essere assassinato? Che «Solo l'amore crea!*[334]*». Strano, vero?! Ma forse, vecchio mio, ha ragione lui! Guarda cosa mi ritrovo ad avere io, andando dietro a tutte le inconcludenti creazioni per cui ho vissuto: nulla! E la cosa più dolorosa, adesso, è che sto morendo senza neanche avere la speranza di poterti rivedere, visto che tu ed io alla fine staremo in luoghi diversi. Sì, caro Georghe, hai sentito bene: ti chiamo "amico mio", anche se ti ho ucciso... E vorrei tanto non averlo fatto... mi manchi..."*

Guardò in alto e rifletté sul fatto che le torri di guardia abbandonate, oramai senza le loro mitragliatrici, non intimorissero più nessuno… che non ci fossero più le sentinelle che urlavano gli ordini e che non si udissero più le marce delle guardie, i cui stivaloni violentemente pesanti, terrorizzavano persino il terreno su cui picchiavano. Certo, sparse qua e là, potevano trovarsi ancora tavolette con la scritta «Halt Spoj» "Fermati!", per rammentare a chiunque fosse tentato di fuggire che la barriera di filo spinato aveva la corrente elettrica e che fosse sufficiente sfiorarlo per rimanervi attaccati per sempre[335]. Osservava quell'immensa costruzione che non era più quella di prima e pensava che, nella vita, ogni cosa passa e poi non ne rimane più nulla. I cartellini coi divieti gli fecero pensare che *"Ogni cosa per l'uomo è simile a quelle tavolette... ogni cosa, a ogni passo, gli ordina "fermati!" ... Dov'è Hitler? Dove sono i carnefici? Dove sono le vittime? Di te, Georghe, cosa è rimasto? E di me, cosa resterà? I vermi banchetteranno con la mia carcassa... Non vi è reversibilità; la vita ha una sola direzione: un feretro!".*

Frugò nelle tasche, prese un sigaro e se lo portò alla bocca; non aveva come accendere, chiese del fuoco al suo autista.

"Già, un feretro!" Pensava, gettando via il fumo dopo avere ispirato lentamente il sigaro. *"Questa è la sola certezza che hanno gli uomini: che tutto finirà, calando il sipario! L'al-dilà?! Lo si può solo immaginare! Il Creatore ha avvolto di mistero l'oltre... Mi piacerebbe tanto che quell'uomo che qui ha sfidato "l'oltre" e tu, Georghe, mi spiegaste... cosa mai vi abbia potuto dare tanto coraggio! Cosa vi ha dato tanto sangue freddo, Georghe? Cosa vi ha dato tanta audacia e tutto quell'ardimento? Io devo ammettere vigliaccamente di temere ciò che mi attende, Georghe! Temo il "dopo", ma temo anche il momento presente e... mi trascino, sperando che qualcuno mi dia del veleno, perché questa tortura insopportabile abbia fine...".*

Quel campo di concentramento gli sembrava la sintesi perfetta dell'esistenza umana:

"Non ha senso... è solo un'eterna lotta che si combatte nel cuore dell'uomo... e qui è avvenuto quel che sempre avviene ovunque.

Esperimenti e torture di ogni tipo, castighi, gente impaurita che guarda con sospetto i suoi vicini, che non è più in grado di distinguere gli amici dai nemici, le vittime dai carnefici...

Ogni relazione spezzata e ogni individuo, come un randagio, senza dimora e senza alcun padrone, azzanna il randagio vicino, per difendere un torsolo trovato fra i rifiuti o un pezzetto di pane ammuffito...

Tutti lupi, tutti agnelli, nessun amico, nessun Dio! Solo i demoni dell'odio di ogni uomo di ogni tempo e di tutti i tempi!

Potessi capirlo come abbia fatto quell'uomo, Kolbe, a non perdere il suo Dio... Quando qui dentro, in questo luogo di desolazione e di morte, di quel suo Dio, non ci sarebbe potuto essere più nemmeno il ricordo!

«Mia amata Mamma», scriveva, «verso la fine del mese di maggio sono giunto con un convoglio ferroviario nel campo di Auschwitz. Da me va tutto bene. Amata Mamma, stai tranquilla per me e per la mia salute, perché il buon Dio c'è in ogni luogo e con grande amore pensa a tutti e a tutto».

Hitler avrebbe voluto creare una società felice, uccidendo chi non potesse esserlo, mentre quel Kolbe ripeteva quel «Solo l'amore crea»!

Forse era un folle, come lo eri tu, Georghe! Come si può andare contro l'istinto alla vita?! Come ci si può sacrificare per un tizio che nemmeno si conosce?!

La tua Zelia e tu siete morti per il sangue del vostro sangue! È un po' più normale! Ma lui: quel Kolbe?! Che senso ha avuto il suo sacrificio? Che cosa ha voluto dimostrare morendo per quello sconosciuto? Aveva senso quel suo morire per un altro, specialmente qui, dove tutti volevano uccidere tutti!? E poi questo volere amare senza alcun perché! Senza alcuna ricompensa!!

Non è pazzo un uomo che scrive che «Spesso l'amore e la sofferenza vanno insieme»?! Che «Chi ama è vulnerabile»?! Che «Bisogna soffrire se si ama»?! Che «Il grande amore che l'Immacolata ha nutrito per il suo Figlio le ha procurato una grande sofferenza sotto la croce»? Che «I santi non potevano immaginare la loro vita separata dalla sofferenza»? Che «Soffrire per amore, nutre l'amore»? Che «Cercare di evitare le croci, le mortificazioni e le sofferenze non porta alla felicità»? Sì, non era normale. Doveva sicuramente essere un folle!! Ah, la felicità, che splendida parola vuota che nessuno mai mi ha riempito! Chissà se lui e la sua "Immacolata", lui e la sua milizia[336]... l'hanno scovata adesso questa tanto agognata felicità?!

E tu, Georghe, tu sei felice?!

Forse, se potessi di nuovo incontrare quel "Dante", probabilmente troverei una risposta!

Devo riconoscerlo: sì! Mi ha sconvolto la forza che ho percepito alla sua presenza!

Era una forza senza eguali che mi fa domandare per che cosa realmente io ho combattuto, per quale vana gloria ho speso tutta la mia esistenza!

E adesso sono al capolinea. Fine del viaggio.

Dovrei farmi uccidere dalla malattia?! No, non lo accetterò mai!

La vita è mia e di nessun altro. Sarò io a decidere come e quando porvi fine."

Ripensò ancora nuovamente a Kolbe, alle parole che disse all'infermiere che gli stava dando la morte, iniettandogli una siringa di veleno: «Lei non ha capito nulla della vita» e mentre questi lo guardava con perplessità, aveva aggiunto: «... l'odio non serve a niente... solo l'amore crea!».

Poi si soffermò a riflettere sulle ultime parole del sacerdote: «Ave Maria» ed ebbe un moto di ribellione: *"Quella donna, sicurezza della vostra speranza[337]... di quell'uomo, tua caro Georghe, e di quel Dante... Tutti a lottare al soldo di quella donna! Ma quale speranza vi porta mai quella donna? Dalla putrefazione non vi è scampo!*

Che i miei avi mi perdonino! Che mio padre abbia pietà di me,

---

ma io non soccomberò alla malattia! Preferisco chiuderla mentre sono ancora glorioso della mia coscienza!".

Si girò per dare un'occhiata al suo autista. Si era assopito; pensò che fosse un buon segno: avrebbe potuto agire indisturbato. S'infilò la mano nella tasca del cappotto e, in mezzo ai sigari, toccò la fredda canna di una pistola. Improvvisamente, però una voce lo fece trasalire:

«"Manterrò scrupolosamente questo mio giuramento con ogni forza e con tutto il mio sapere... guidato dalla mia esperienza e dalle mie cognizioni, ordinerò un regime alimentare per curare gli ammalati, salvaguardandoli da ogni male e da ogni danno. A chiunque mi chiederà un veleno, glielo rifiuterò, come pure mi guarderò dal consigliarglielo[338]". Ippocrate non concorderebbe con i tuoi pensieri suicidi, Adam!» disse una voce femminile.

Gamliel si girò per capire chi gli stesse parlando; gli sembrava di aver sentito che quella voce gli stesse dando del "tu"... Vide una ragazza che si dirigeva verso di lui. Notava in lei qualcosa di stranamente familiare, ma non la riconosceva, non riusciva a darle un nome. Mentre lasciava l'impugnatura della pistola, facendo scivolare l'arma nella tasca, cominciò a osservare la donna con molta attenzione.

Indossava un lungo giubbotto azzurro, sopra un maglione rosso a collo alto e dei jeans aderenti. Calzava degli stivali marroni in cuoio. I suoi lunghi capelli neri venivano parzialmente nascosti da un berretto marrone. Aveva la carnagione chiara e delicata. Adam Gamliel pensò che fosse davvero molto bella. Dalla sua espressione dolce e sorridente, l'uomo capì subito che poteva fidarsi.

«Mi scusi, ma, sa, la vecchiaia gioca brutti scherzi! Non ricordo il suo nome, anche se credo di conoscerla!»

«In questo momento, il mio nome è poco importante. Comunque, per tranquillizzarla, le dirò subito che mi manda un suo amico e che io conosco bene questo posto…»

«Capisco. Lei è una guida turistica; l'avrà contattata l'albergatore! Ma non ce n'era bisogno. Conosco perfettamente Auschwitz. Non mi è necessaria alcuna guida! Mi spiace se ha fatto un viaggio a vuoto! E poi, mi scusi, che cosa c'entra Ippocrate e che ne sa, lei… Chi è lei?! So che ci conosciamo, ma… chi è lei?»

«Un'amica che conosce le tue angosce…» La ragazza tornò a dargli del "tu". «Sono venuta per dirti che Dio non è vendicativo, che Dio ti vuole!» disse la ragazza poggiandosi a un muretto e strofinandosi le mani arrossate dal freddo del mattino.

Gamliel, che si sentì tremare le ginocchia, seguì il gesto della donna e poggiò la sua schiena su quello stesso muretto. Ella proseguì:

«Ma questo tu, dentro di te, lo sai già, vero Gamliel? Ti chiedi ancora perché Padre Kolbe non abbia avuto paura di morire?! Eppure, è così semplice: come si può avere paura se sai che, dopo, incontrerai chi davvero ti ama?! È Dio il motivo per cui Kolbe non ha avuto paura! Dio non è vendicativo, tant'è che il tuo amico Georghe, nonostante tu l'abbia ucciso, mi ha chiesto di venirti in soccorso!»

«Sei una medium? Una veggente?! Sei affiliata ai *Boanèrghes*?! Quelle milizie dell'Immacolata mandano delle giovani fanciulle in pasto ai leoni, adesso?! Questa è davvero nuova!»

«Sai, Adam, che proprio Padre Kolbe, nel 1917, ha fondato un gruppo chiamato "Milizia dell'Immacolata"?! Non ti chiedi come mai tu stesso abbia collegato me a quella "milizia"?»

«Ma smettila! Parli come se tu stessa fossi la Vergine Immacolata, anzi la *"Madonna del Soccorso"*! Non sei mica una visione, anzi, sei una bellissima e sensuale donna in carne e ossa! Lasciami in pace!»

Si portò una mano davanti alla bocca, quasi per trattenere

un sospiro, poi chiuse gli occhi e declinò la testa all'indietro, poggiandola al muro. Subito dopo, li riaprì, strinse i pugni e urlò:

«Sei un demone? Sei venuta a confondermi?! Sei venuta a trascinarmi all'inferno?! Cosa cerchi? Cosa vuoi davvero? Dillo al tuo capo: sono io che stabilirò il come e il quando!»

«Oh, Adam Gamliel, al *Demone* io ho sempre tenuto la testa sotto il mio tallone! Diffidi proprio di tutti, vero?! È proprio possibile che nel tuo cuore non ci sia spazio per la provvidenza?»

A Gamliel venne in mente la *Madonna della Provvidenza*, ma taceva, si sentiva confuso, resisteva alle evidenze, non voleva capire… accettare… ammettere… riconoscere…

«Nessun uomo, Adam, può sfuggire alla morte e alla sofferenza. Nessun uomo può affrontarle senza riconoscere di avere bisogno di Dio… di doversi abbandonare alle Sue braccia. È quello che hanno fatto Kolbe e Georghe… si sono lasciati abbracciare…»

«Basta!» urlò con rabbia grande Adam Gamliel. L'ira agguantava ogni suo nervo, ogni parte del suo corpo.

«Osserva questo luogo! Qui, noi abbiamo dismesso Dio dal mondo! Il mondo è divenuto nostro dal giorno in cui abbiamo liberato e mandato in giro la bestia delle ideologie! Siete riusciti ad avviare la conversione della Russia, ma la partita non è ancora finita! Questo è il nostro mondo e noi lo stiamo dominando! Cosa è realmente cambiato, oggi, rispetto ai tempi di Hitler?! Non si uccidono più gli "imperfetti"?! Certo che sì: non li si fa proprio nascere! E poi ci si libera, in vario modo, di tutti quelli che non sono in grado di lottare: bambini, anziani, ammalati, donne, poveri di ogni tipo! È sorta una nuova umanità! È ora che la guardiate bene in faccia! È ora di svegliarvi dal sonno[339]! Avete perso tu e il tuo Dio! Io sono nato e cresciuto all'ombra di mio padre! Ho vissuto per la gloria e la memoria del suo nome! Sono stato all'apice del potere terreno! Annoverato tra i più potenti! E tu, donna senza nome, sei qui per che cosa? Cos'hai da darmi che io non abbia già avuto?! Nulla!»

«Cosa ha ottenuto, adesso, tuo padre, Adam Gamliel?! A cosa è valso l'aver guadagnato tutto il mondo[340]…»

Come in un lampo improvviso, Gamliel si ritrovò nel Tempio, nel giorno in cui erano stati eliminati i *Custodi* e lui aveva perso la sua immortalità. E lì rivide suo padre e gli altri *Maggiordomi* che bruciavano e si contorcevano in un dolore muto e senza fine. Si sentì ribollire il sangue e la mente, mentre il suo cuore cominciò a battergli con una violenza tale che sembrava volesse uscirgli fuori dal torace, per potersi liberare!

Alzò il braccio come per colpire quella donna insolente. Ma mantenendo immobile la mano, che dall'alto, restò minacciosa… Come una bestia ferita, gridò:

«Basta!! Zitta! Vai via!»

La ragazza guardò Gamliel; i suoi occhi erano carichi di dolore, di una pena infinita. Quello sguardo ammutolì Adam Gamliel, il cui braccio teso e pronto a colpire venne giù, senza che lui lo avesse previsto e in quell'attimo di eterno, come in un film, Gamliel vide, per la prima volta in tutta la sua esistenza, la vita che avrebbe voluto. Vide una giornata luminosa, dei prati sconfinati, le corse sfrenate di un bambino, le sue ginocchia sbucciate, il caldo abbraccio di una mamma che gli sorride e lo consola… Sentì poi il profumo del pane caldo e l'allegria di un padre che, sia pur stanco, la sera, ascolta i sogni e le attese raccontate dal suo bambino… e che si sorprende e lo incoraggia ogni volta che questi gli chiede del futuro. Contemplò una donna da amare, dei bambini da custodire… intravide una vita semplice fra gente semplice, vissuta fra persone che sorridono e non amano certo convenienze ipocrite. Adam scorse una vita senza solitudine.

Cadde a terra, come un guerriero sconfitto. Poi, portandosi entrambe le mani ad afferrarsi il volto, come a volerselo stringere con violenza dalla disperazione, si chiese: *"Cosa mi succede?! Da dove viene la potenza di questa donna? È molto più intensa di quella che ho sentito al cospetto del Dante... non merito che lei perda il suo tempo con me! Non merito la pace, dopo che ho preso la vita di innocenti e colpevoli... dopo che l'ho tolta a Georghe! La punizione iniziata con la perdita della mia immortalità e con la mia malattia, non bastano, no!"*.

Alzò il viso e guardò la ragazza, che lo osservava con dolcezza e gli sorrideva. Riabbassò lo sguardo e si sedette piegando le gambe. Curvò il suo torace nascondendo la testa fra le ginocchia, come ad accovacciarsi, come un bambino accucciato nel grembo della madre e scoppiò a piangere. Un pianto profondo che era insieme di dolore e di liberazione. I singhiozzi scuotevano con violenza la sua schiena.

Improvvisamente smise di piangere.

Sentì su di sé una mano che gli accarezzava con dolcezza i capelli e un'altra che ritmicamente picchiettava, leggera, le dita sulla sua schiena, come fa una mamma quando consola il suo bambino in lacrime. Si girò. La ragazza si era seduta accanto a lui e non smetteva di sorridere e di accarezzarlo. Poi con un dito, ella cominciò a giocare sul suo viso inondato di lacrime, quasi che col suo pianto ella volesse lavare, ridisegnare e ridefinire il profilo di Adam Gamliel; quindi, intinse l'indice fra le sue ciglia e catturò una lacrima con cui sulla fronte gli disegnò una croce. Poi si alzò, gli diede un candido fazzoletto e gli disse:

«Asciugati il viso, non è più il tempo del pianto! Torna a casa, Adam, e avrai pace!»

Adam Gamliel si rialzò e avvicinò il fazzoletto al suo viso: odorava di fiori baciati dal sole, di prati verdi, di cielo stellato, di albe e di tramonti di primavera; quel fazzoletto odorava di pace.

Sollevando il fazzoletto dal viso si accorse che la donna non c'era più. La "donna del Mistero" si era dileguata lasciandolo al suo compito.

Rientrò in auto, svegliò l'autista e gli ordinò di partire.

«Dove andiamo, signore?» gli chiese il conducente.

«A casa, torniamo a casa...» rispose sospirando.

E mentre il paesaggio intorno ad Auschwitz scorreva davanti ai suoi occhi, Adam Gamliel sorrise, ripensando alle parole della donna dal giubbotto azzurro: *"... il tuo amico Georghe mi ha chiesto di venirti in soccorso!"*. Trovava un nuovo senso a ciò che era accaduto tra lui e l'amico. Qualcuno forse aveva accettato di morire perché lui si salvasse. Distese il capo sul poggiatesta del sedile, chiuse gli occhi, sorrise ancora e bisbigliò:

«"Solo l'amore crea": Kolbe aveva ragione, non vi è cosa vera al mondo che non comporti una sofferenza, un sacrificio... Tu, avevi ragione Georghe! Grazie, amico mio!»

Capitolo 30
PURIFICAZIONE

Basilica di San Giovanni in Laterano, Roma, Italia
16 gennaio 2002 ore 03:00

L'improvvisa adunanza notturna avrebbe avuto luogo lì, presso l'Arcibasilica Papale del Santissimo Salvatore e dei Santi Giovanni Battista ed Evangelista in Laterano. Essa era la più antica e importante Basilica di Occidente, definita la *Omnium Urbis et Orbis Ecclesiarum Mater et Caput.* Lì, solo il Papa in persona poteva celebrare messa[341].

Sulla sommità del catino absidale, al centro, emergeva un mosaico, che affrescava nell'azzurro del suo cielo, il busto di Cristo Salvatore, con un serafino in alto e quattro angeli per lato; era la copia della miracolosa rappresentazione acheropita, l'immagine di Cristo che, secondo la tradizione, non era stata realizzata da mani d'uomo, ma apparsa nella primitiva Basilica lateranense nel 752.

Martino Ferrari sedeva sulla cattedra papale cosmatesca, sopraelevata da cinque gradini e decorata con marmi policromi vari e bassorilievi. Di fronte a lui, era adunato un consesso di porporati di differenti nazioni.

Quelle mura, nel corso della loro storia, erano state teatro di macabre adunanze simili a quella che stava per avvenire...

Se quella miriade di ornamenti avessero potuto parlare, avrebbero testimoniato di avvenimenti che agli occhi di un uomo moderno risulterebbero inaccettabili, orribili, scandalosi.

Nell'896, per esempio, il vecchio Papa Stefano VI, aveva fatto riesumare il cadavere del suo predecessore, Papa Formoso, e facendolo rivestire dei paramenti sacri, lo aveva fatto riporre su un trono, presso la sala del Concilio, per intentargli un processo.

Fu un evento che inorridì i testimoni del tempo, secondo i quali esso causò e scatenò il terremoto che fece crollare il tetto sopra la navata centrale della Basilica, che "sprofondò dall'altare alle porte" "ab altari usque ad portas cecidit"; i danni furono così ampi che si rese necessaria una radicale ricostruzione della Basilica. Dio avrebbe in tal modo punito Stefano VI.

Certo, quella notte, non sarebbe stato inscenato alcun processo, ma era evidente che ci sarebbe stato un evento di estrema importanza, di cui però i presenti ignoravano i contenuti.

Il Cardinale Martino Ferrari, con addosso i paramenti sacri, come avesse dovuto celebrare messa, prese immediatamente la parola:

«È divenuto il successore di Kofi Annan!» disse «Ora, egli è il più giovane Segretario Generale ONU che sia mai stato eletto!»

Quella data dal Cardinale lombardo era un'informazione di cui tutti erano a conoscenza! Non giustificava davvero un incontro a porte chiuse! Era strano che Martino Ferrari, nonostante, gerarchicamente, fosse alla pari di tutti gli altri Cardinali presenti, in quel momento si comportasse come se fosse il Papa in persona! Cardinali e vescovi belgi, italiani, olandesi, tedeschi... in preda all'ansia, attendevano, pertanto, la vera notizia, quella per la quale erano stati convocati.

Alcuni convenuti guardarono il mosaico del Cristo, che sembrava scrutare severamente il consesso che era venuto a riunirsi in quella notte ai suoi piedi.

Al centro della moltitudine di tessere che lo formavano, ve ne erano alcune d'oro: vi campeggiava la grande croce gemmata con un tondo raffigurante il battesimo di Cristo, proprio all'incrocio delle due braccia. La croce era pervasa dalla grazia, rappresentata dall'acqua, che si diffondeva dallo Spirito Santo, raffigurato da una colomba. Dalla sommità del monte paradisiaco, su cui era piantata la grande croce, fuoriuscivano i quattro fiumi del Paradiso, dove agnelli e cervi si abbeveravano, dando vita al Giordano, fiume dal quale traevano vita ogni sorta di uccelli e di pesci, insieme agli esseri umani.

Alle pendici del monte, protetta da un angelo con una spada dorata, si ergevano le mura ingemmate della Gerusalemme celeste, sulle cui due torri d'oro vi erano gli apostoli Pietro e Paolo. La simbologia della creazione si coniugava così col suo compimento finale. Il mosaico collegava, in una metafora potente, l'albero della vita alla croce, il Paradiso alla Gerusalemme celeste, lo Spirito che aleggiava sulle acque allo Spirito donato dal corpo trafitto di Cristo, l'acqua dei quattro fiumi paradisiaci all'acqua donata dalla Chiesa nel battesimo[342]. Ma la danza di tutti i colori dell'opera musiva, quella notte, sembrava non riuscisse a nascondere lo strano fenomeno che si manifestava ai loro occhi: la spada tra le mani dell'angelo emanava una singolare luminescenza. Una vera stregoneria agli occhi degli astanti...

«Ebbene, sì, signori, ormai abbiamo un Papa ferito di cui si attende il tramonto. Gli eventi dell'11 settembre 2001 sono stati il primo passo verso il conflitto risolutivo[343]. Sapevamo che con l'affacciarsi di accadimenti avviati a presagire l'avvento della guerra definitiva, avremmo mosso grandi sentimenti. L'esigenza di riunire le religioni, manifestata per il 24 gennaio ad Assisi[344], dove si pregherà comunemente, era proprio quello che volevamo ottenere: il primo passo verso l'unificazione di tutti i credi. Se non sarà col suo successore, presto avremo un Papa nostro e il progetto, finalmente, sarà portato a compimento.

Nonostante parlasse fermamente, lo sguardo del Cardinale Martino Ferrari sembrava offuscato e assente, come se, in quel momento, fosse immerso in altri pensieri.

Le porpore cardinalizie assumevano un colore pallido tra le poche luci della notte. L'umidità dei marmi appesantiva quelle vesti che puzzavano d'impegni giornalieri o di lunghi viaggi intrapresi per poter presenziare a quel momento.

Fin lì, ogni cosa detta era conosciuta; si attendevano impazientemente notizie fresche che giustificassero quella convocazione straordinaria. Un porporato italiano, timidamente, prese la parola e domandò il perché di quella convocazione e, soprattutto, del perché fosse stata organizzata in quel luogo.

Martino Ferrari non apparve affatto infastidito dalla domanda; anzi, ne fu contento, come se l'attendesse con ansia, e rispose immediatamente:

«La Basilica nella quale ci troviamo, chiesa dedicata a San Giovanni, e non quella di San Pietro, ha acquisito la dignità di diventare la madre di tutte le chiese e la cattedrale di Roma. Rispetto a questa Basilica, San Pietro non è altro che la cappella privata del Pontificie! Cosa è avvenuto di così importante in questa chiesa perché essa si guadagnasse tale onorificenza?»

Il mormorio dei convenuti, che seguì quell'enigmatica domanda, segnalò uno smarrimento generale e mise a tacere ogni quesito sul perché si trovassero lì a quell'ora. Scambiandosi, vicendevolmente, sguardi fugaci, i porporati, confusi e smarriti, farfugliavano tra loro alcune possibili risposte, senza tuttavia rilevarne alcuna di plausibile.

Mentre gli astanti si perdevano nel loro smarrimento generale, egli, immobile, cominciò a fissare le pareti intorno a sé, come ipnotizzato e calamitato da quelle pallide mura. Si ritrovò, trasportato indietro nel tempo, a ripercorrere le vicende che in quegli ambienti avevano trasformato per sempre la storia del mondo.

Era il tempo in cui le già travagliate vite dei popoli dell'Occidente e dell'Oriente erano ulteriormente appesantite e investite da flutti di superstizioni e di terrore. Intorno all'anno mille, molti pensavano si stesse avvicinando la fine del mondo. Era stato scritto "Dopo mille anni Satana sarà sciolto[345]!" ed essi interpretarono alla lettera quell'affermazione.

Quella notte, la nebbia circondava la Basilica costantiniana, presso gli "Horti Laterani", mentre i riflessi opachi della luna delineavano lievemente il frastagliato contado romano. In quei luoghi, non erano ancora sorti i futuri palazzi e le strade erano illuminate da centinaia di torce infuocate; che circoscrivevano l'assedio da parte dei cavalieri mercenari al suo comando.

In quel tempo, egli era conosciuto come "*il Cavaliere senza spada*", perché dalla sua armatura di ferro rosso si evidenziava il fodero della spada sempre vuoto. Gli abitanti di Roma lo descrivevano come un abile e indomabile mercenario senza scrupoli, al soldo di nessuno se non di se stesso. Le leggende popolari nate attorno alla sua persona, di cui, tra l'altro, nessuno conosceva il nome, lo volevano alla ricerca della spada forgiata nella notte dei tempi.

Si raccontava, infatti, fosse un discendente di Tubal-Cain, considerato dalla Genesi "Il *Fabbro*, padre di tutti i lavoratori del rame e del ferro[346]" e che non portasse la spada; in quanto aspettava di potere inserire nel suo fodero, proprio quella del progenitore.

Secondo la leggenda, quella era stata la prima arma a essere stata forgiata dall'uomo, dopo la scoperta del fuoco e dei metalli. Nel corso dei secoli, essa era stata denominata in modo diverso, ma non aveva mai perso lo scopo per cui, sempre secondo la leggenda, era nata: uccidere Dio stesso.

Alcuni pensavano fosse proprio quella di "uccidere Dio" l'intenzione del cavaliere, anche se molti ritenevano assurda tale ipotesi, convinti, piuttosto, che egli volesse combattere contro la corruzione della Chiesa romana e che quel volere "uccidere Dio" fosse una semplice metafora.

E sembrava proprio legato alla lotta contro la corruzione lo scopo per cui, quella notte del 20 luglio 985, aveva assoldato una legione di mercenari, con la quale aveva intenzione di abbattere Papa Bonifacio VII, soprannominato "Malefatius" e ritenuto un usurpatore, un Anti-Papa.

Ogni pedina, quella notte, sembrava essere al proprio posto:

«Scudiero, il reggimento è posizionato?!» aveva chiesto.

Lo scudiero, che sembrava davvero fiero di supportare un cavaliere leggendario come lui, aveva risposto prontamente alla domanda del suo padrone:

«Sì mio signore! Le vedette ci hanno informato che sono tutti dentro! Il Papa li ha convocati per far giurare loro fedeltà!» Egli fece un lieve movimento col suo corpo, come per tenere buono un altrettanto impaziente destriero, ma in realtà stava cercando di ammansire la propria anima, piuttosto turbata.

Il cavaliere era impaziente: erano passati quasi mille anni dall'uccisione del Figlio di Dio, dal suo ritorno in vita, dal deicidio fallito di *Kayafa*. Adesso, i tempi gli sembravano maturi per la fine della storia.

Le correnti di pensiero del tempo ritenevano che, proprio mille anni dopo il suo primo avvento, il Dio, sotto forma di cavaliere, sarebbe tornato sulla Terra per il giudizio definitivo. Il *Cavaliere senza spada* considerò, pertanto, che ciò che stava accadendo potesse essere sfruttato a suo favore.

Quella sera, all'interno delle mura della Basilica, il Papa regnante aveva convocato tutti i veggenti delle terre conosciute, coloro che in aramaico venivano chiamati *Boanèrghes,* per far loro giurare fedeltà, pena: la loro morte.

Era stato un evento predetto dalle fattucchiere e dai chiaroveggenti del tempo, che lo avevano indicato come propizio alla seconda venuta del Cristo.

Ma egli sapeva molto più di quanto apprendisti, stregoni o superstizioni popolari avessero diffuso: *"Il Maggiordomo di questo tempo ha imprigionato e ucciso il vero Papa a Castel Sant'Angelo e adesso ha preso su di sé il pontificato, conquistando i favori del clero; pertanto, il Maggiordomo è il vero Papa. Questo vuol dire che, se i servi di Lucifero sono arrivati al potere nella Chiesa di Cristo, con molta probabilità hanno l'arma con loro, cosicché io potrò prenderne possesso per consumare la mia vendetta... Vi sono voluti secoli di attesa! Dicono che Dio sia paziente, ma non è vero! Dio non ha a che fare con la morte: lascia semplicemente scorrere il tempo che per l'uomo ha una fine! Nemmeno io ho a che fare con la morte. Io e Lui, quindi, stiamo giocando ad armi pari!".*

Accanto a lui, vi erano altri due possenti combattenti con armature d'acciaio argenteo e lucente; di nessuno di loro, però, poteva vedersi il volto, nascosto da una spessa visiera. *"La legge dell'uomo è la sopravvivenza biologica. Dicono che per Dio tutto l'universo non valga un singolo uomo..."* Con il braccio sinistro afferrò la lancia che gli aveva passato lo scudiero. *"Perché, dunque, col diluvio ho visto compiere a questo stesso Dio il primo genocidio della storia?! La più grande maledizione dell'uomo è dimenticare, ma io non dimentico e continuo a vedere... ho il potere di attraversare i secoli! Sono sopravvissuto allo sterminio impietoso di uomini, donne e bambini... Dov'era, nel corso di tutti quegli eccidi, la tanto propagandata misericordia di Dio?! È ora di porre fine a questa sceneggiata...*" Issò la sua alabarda e fece cenno ai suoi soldati di prendere in mano le armi; il momento dell'attacco stava per arrivare e quella notte non sarebbe stata affatto dimenticata nei secoli a venire.

Mentre egli si accingeva a placare la sua sete di vendetta, all'interno della Basilica, il contenzioso fra i due gruppi antitetici aveva assunto toni drammatici.

Il nomenclatore del Pontefice aveva appena incominciato la lettura della pergamena riguardante la scomunica in caso di mancato giuramento di fedeltà; la parola poi sarebbe passata ai due rappresentanti a capo della moltitudine di *Boanèrghes*, che erano inginocchiati davanti all'altare della navata principale della Chiesa.

La folla di uomini e donne che li componeva era impaurita; pochi di loro erano uomini d'armi; molti erano consacrati o semplici uomini di fede in odore di santità; tantissimi erano contadini e braccianti, che avevano affrontato un lungo e pericoloso viaggio per essere presenti a quell'evento che avrebbe segnato il loro destino e quello della Chiesa tutta.

Uno dei loro due rappresentanti era il *Maestro*, un cardinale diacono di Santa Romana Chiesa, e l'altro un cavaliere, chiamato, così come vuole la tradizione, il difensore o il *Guerriero*.

Le guardie papali, ben armate, attorniavano i *Boanèrghes*, sebbene questi fossero disarmati e inoffensivi; si erano recati volentieri a Roma, convinti di dovere semplicemente omaggiare il nuovo Papa. Arrivati nella città, però, avevano appreso dell'arresto del Pontefice regnante, della sua fine e della provenienza del nuovo insediato.

Non avrebbero potuto accettare alcuna condizione ed erano coscienti che, molto probabilmente, quella notte li avrebbe chiamati al martirio.

Tantissimi di loro, infatti, all'interno della Basilica erano in preghiera, turbati come Cristo nell'orto degli ulivi. Ricordavano e ripensavano le Sue parole: *"«Pregate per non entrare in tentazione[347]...»"*, le Sue paure e la Sua obbedienza alla volontà del Padre... *"«Padre, se vuoi, allontana da me questo calice! Tuttavia, non sia fatta la mia, ma la Tua volontà[348]...»"*.

Avrebbero nondimeno combattuto: i due uomini al comando avevano diffuso l'ordine che chiunque fosse stato in grado di utilizzare qualsiasi arma, era chiamato a tenersi pronto a difesa dei più deboli.

A conclusione della lettura, il "Malefatius", trepidava nell'attesa: il suo unico desiderio era che i *Boanèrghes* gli negassero l'obbedienza per giustificare un eccidio di massa; voleva sterminarli tutti quanti!

«Allora Aharon Lamad e Iohannes, figlio di Robertus, esprimete a nome di ogni *Boanèrghes* presente in questa assemblea, fedeltà al nuovo Pontefice Bonifacio VII?» domandò il nomenclatore, badando bene a far sentire la sua voce in ogni angolo della Chiesa.

I due uomini che, nelle loro vesti cavalleresche, durante la lettura da parte del nomenclatore, erano rimasti inginocchiati e in preghiera, si guardarono l'un l'altro. Erano consci che dopo la loro presa di posizione, ci sarebbe stata una strage, tuttavia non mostrarono alcuna titubanza nell'esprimersi. Il primo a prendere la parola fu Iohannes, il *Maestro*.

«Dio ci è testimone!» Seguì un momento di silenzio in cui egli sembrò raccogliere le forze per poter esprimere quel seguito che li avrebbe condannati a morte... «Il nostro Papa è Giovanni XIV! A lui abbiamo prestato giuramento e sua è la nostra fedeltà!»

"Allora i soldati del governatore condussero Gesù nel pretorio e gli radunarono attorno tutta la coorte[349]...". Furono quelli i pensieri che attraversarono ogni *Boanèrghes* all'udire la risposta lucida del loro *Maestro*. Erano pronti, come il loro Signore davanti alla folla radunata da Ponzio Pilato.

L'esercito pontificio sguainò le spade e fece un passo in avanti verso gli innocenti presenti, pronti a ricevere l'esecuzione ormai prossima. Essi si strinsero tra di loro come per attingere, nel loro unirsi, nuova forza; i pochi armati si prepararono a mettere mano alle spade per creare una difesa che sapevano avrebbe tutelato pochi. Tutto era pronto per la carneficina e lo stesso Papa, ormai in piedi, si era avvicinato al *Maestro* Iohannes, per comunicargli esplicitamente la condanna finale.

Ma accadde ciò che nessuno immaginava potesse accadere. Gli zoccoli potenti di un imponente e maestoso destriero sfondarono l'altrettanto imponente portone di legno della Basilica e il cavaliere con l'armatura rossa, intarsiata da un grande drago dorato sul petto, si palesò ai presenti, si fece largo tra due ali di folla e raggiunse l'altare, seguito dalla sua armata che immobilizzò in pochi attimi l'esercito pontificio.

Rampando, il cavallo del *Cavaliere senza spada* gettò a terra il Pontefice illegittimo, mentre il nomenclatore, vigliaccamente, si allontanava, senza prestargli alcun soccorso.

Il cavaliere rosso arrestò il destriero e senza scendere dal cavallo, sollevò l'elmo mostrando il suo volto: era il viso forte e fiero di uomo maturo, imbiancato dagli anni e scavato da numerose vicissitudini. Egli si rivolse al Pontefice, ancora gemente a terra.

«Come chiamarti? Francone di Ferruccio? Bonifacio VII? Oppure… *Maggiordomo?*»

Il Pontefice rispose sarcastico, certo del proprio potere sul mondo come Papa e *Maggiordomo*, ma anche stupito del fatto che quell'uomo conosceva la sua reale identità di capo degli *Eredi di Hiram Abif…*

«Sono l'unico e vero Papa, per Roma, per il mondo intero e anche per te! E tu chi sei per osare tanto?!»

«Per voi sono semplicemente il *"Fabbro"*!» rispose il cavaliere, scendendo da cavallo armato di un machete.

Il Papa attorniato dai soldati del cavaliere, si prostrò bocconi, tremante di paura.

«Cosa cerchi? Cosa vuoi da me?» domandò il Pontefice trascinandosi a terra, mentre i *Boanèrghes* avevano sguainato le loro poche spade.

«Io non partecipo a questa guerra!» disse il cavaliere.

«E, allora, perché sei qui?» chiese, sorpreso, il Pontefice *Maggiordomo*.

«Per porvi fine! La terra non è il campo di battaglia degli inferi e del cielo: è il regno dell'uomo!»

«Non sai di cosa parli!» gli disse il Papa, guardandolo negli occhi.

«Dov'è la spada?» domandò, con sguardo sempre più minaccioso il cavaliere.

«Di quale spada parli?! Vi sono molte spade qui! Prendi pure quella che desideri!»

«La prima spada! Voglio solo quella!»

Ascoltando quell'espressione, il *Maestro Boanèrghes* ebbe un sussulto, come se sapesse a quale arma si riferisse il cavaliere.

«Ma io non so di cosa tu stia parlando!» sospirò il Papa.

«La spada deicida!» urlò il cavaliere, colpendo con il machete il cranio dell'uomo.

Il sangue che schizzò fuori lordò le vesti del nomenclatore, che si era appartato poco più in là. Il *Maestro* dei *Figli del Tuono* ebbe conferma che le sue intuizioni erano corrette. Capì che stava per iniziare un nuovo calvario.

«Tutto ciò che vedi e che costituisce la colonna vertebrale della nostra civiltà viene da Cristo! La centralità della persona, la sacralità del creato, la bontà del lavoro, il tempo come cammino verso un destino buono. Questo è il tessuto del manto di Cristo! Non è una veste che è possibile spartirsi per giocarsi a sorte! L'arma che brami non è in grado di estirpare tutto questo!» esclamò il mentore e *Maestro* dei *Figli del Tuono*.

Il cavaliere vestito di rosso ascoltò con attenzione quelle parole di ammonimento, ma non ne riusciva a capire la logica: nel seguire Cristo per risorgere, bisogna percorrere la sofferenza e la morte!?

«Non vi è arma minimamente paragonabile a quella che cerco, vecchio *Boanèrghes*!» disse, dirigendosi minacciosamente verso il mentore dei *Figli del Tuono*, mentre Aharon Lamad restava a guardare, attonito e sorpreso dal coraggio dimostrato dal suo *Maestro* e amico.

«Non ti illudere! Esiste uno scudo per quella spada ed è un'arma molto più potente di quella per cui hai venduto l'anima!» disse con calma Iohannes.

Il cavaliere rosso si fermò, incuriosito, domandandogli:

«Di cosa parli, straniero?!»

«Vi è una creatura che Dio ha voluto a Sua difesa! Lo scudo di Dio si chiama "Immacolata concezione". È una creatura sulla quale il male di qualsiasi natura non ha mai potuto posare la sua ombra! E poi… l'arma che noi brandiamo è più forte di qualunque spada possa concepirsi: è la croce su cui è morto Cristo, per la quale croce coloro che tu vedi qui sono disposti a morire!

Le anime che dici di voler vendicare, nipote di Caino, hanno già avuto la loro giustizia nell'evento a cui nessuno potrà mai avere accesso senza rimanere accanto al Figlio di Dio: la resurrezione! Ma di quelle anime a te non importa nulla! A te interessa soltanto affermare la tua signoria e quella della tua stirpe! Tu non agisci per giustizia, ma per ambizione e cupidigia. Non fai altro che il gioco di *Mefisto*, Tubal-Cain! Tu sei sotto il suo dominio!»

Non sperava che le sue parole avrebbero toccato il cuore del *Fabbro*; le pronunciò semplicemente per amore della Verità cui stava consegnando la sua esistenza e sapeva che non avrebbe avuto scampo.

Tubal-Cain sollevò il braccio col machete utilizzato per abbattere il falso Papa, caricando il colpo, l'avventò su di lui, che chiuse gli occhi provando semplicemente a difendersi con le mani. Quando li riaprì, si scoprì ancora vivo; l'amico Lamad aveva sguainato la sua spada e si era proiettato a parare il colpo mortale.

Tubal-Cain reagì con ferocia:

«Lascia! "Vediamo se Elia viene a salvarlo[350]"!» affermò con tono acido, scaraventando lontano la spada di Lamad.

«Perciò siete voi due i "*Figli della Luce*"! Quelli di cui parlano le profezie degli antichi rotoli *Esseni*! Eccovi qua tutte e due: il *Makabì*! Il *Messia* guerriero, figlio di Davide, e il *Maestro di Giustizia*, prescelti per restaurare un culto puro nel Tempio di Gerusalemme! Siete coloro che guideranno il nuovo Israele nell'epoca in cui ogni nazione empia sarà annientata!»

«Non credere a tutto quello che ti raccontano! Una profezia per essere credibile deve avere un contenuto evangelico ed esserc confermata dai prodigi! Guardaci bene in faccia: ti sembriamo due santoni che fanno miracoli?» ribatté il *Maestro* dei *Boanèrghes*, ironizzando.

Il cavaliere rosso, inferocito, ordinò ai suoi uomini di sterminare ogni persona presente in quella chiesa.

Presto l'alba raggiunse le vetrate della Basilica che quella notte fu macchiata di sangue. I pochi sopravvissuti si allontanarono portando con loro il racconto eroico del martirio di Iohannes e Ahron, che da quel giorno vennero ricordati nelle memorie dei *Maestri* e dei *Precettori* come i più nobili tra i *Figli del Tuono*, precursori della leggenda del *Makabì* e delle profezie.

Alcuni riportarono che ai due martiri vennero strappati gli occhi e che le ultime parole di Arhon Lamad prima di morire furono: «Io compio nella mia carne d'uomo, i sacrifici che mancano alla croce di Cristo, alla passione del Cristo[351]!».

Quel martirio fu fecondo e portò alla devozione mariana del successivo Papa Giovanni XV. Il cadavere del *Maggiordomo* Francone di Ferruccio, passato alla storia come Bonifacio VII l'Anti-Papa, fu catturato dagli insorti durante il funerale; fu, quindi, vilipeso, trafitto da lance e abbandonato nei pressi della statua di Marco Aurelio, nei pressi del Palazzo del Laterano.

Vedendo la fine fatta dal loro *Maggiordomo*, gli *Eredi di Hiram Abif* del tempo, decisero di trasmettere ai loro adepti futuri tutt'altra storia, per camuffarne il disonore. Una storia dove Bonifacio ne risultasse soggetto attivo e protagonista…

Il cavaliere rosso scacciò il nomenclatore di Bonifacio VII, che si rifugiò a Costantinopoli, per riferire poi ai tre *Custodi* cosa fosse accaduto. Morì due anni dopo, ucciso in circostanze poco chiare.

Gli avvenimenti passarono alla memoria dei secoli futuri come la notte della *"Purificazione"*, una notte in cui l'interpretazione di ogni profezia, così come ogni certezza avuta fino a quel momento, venne rimessa in discussione da ciascuna delle parti coinvolte.

Tubal-Cain, sparito nel nulla, come aveva fatto altre volte, tornò a osservare gli accadimenti umani tenendosene lontano.

Quanto espressogli dal figlio di Robertus e Lamad, aveva fatto momentaneamente barcollare le sue granitiche certezze in relazione ai suoi obiettivi.

"... «Una profezia per essere credibile deve avere un contenuto evangelico ed essere confermata da prodigi» ..." La frase detta dal cavaliere *Boanèrghes* lo riportò al presente.

La fiamma, proveniente dalla spada dorata tra le mani dell'angelo nel mosaico sovrastante, era un vero prodigio! Le profezie passate potevano anche essere infondate, potevano anche avere avuto delle "letture" errate, ma quanto stava accadendo nel presente era un chiaro segno di origine divina.

I Cardinali al suo cospetto notarono la sua "assenza" e un connazionale provò a risvegliarlo.

«Martino Ferrari, tutto bene? È con noi?» domandò con cura uno tra loro. Egli si ridestò con tenacia.

«I *Boanèrghes* sono inattivi da anni, sono rimasti solo i ragazzi di Medjugorje[352], ridotti a pallidi simulacri di ciò che sono stati. Il pericolo del *Makabì* è stato ridimensionato e, con esso, tutte le profezie invalidate. Nessun miracolo accompagna tutti questi avvenimenti a parte stanotte...»

Poggiando il gomito sul bordo della sedia e sorreggendosi il capo con una mano, proferì:

«Tra tanti ciarlatani, Dio è l'unico che parla coi fatti! La spada è tornata dal suo padrone, la contesa finale è prossima allo svolgersi!»

Capitolo 31
RISVEGLIO

Civitavecchia, Provincia di Roma, Italia
16 gennaio 2002, ore 07:00

Al centro del piazzale, un ammasso di macerie sull'asfalto squarciato. Del basamento e dell'intera statua del *Matamoros*, che per secoli era stata in quella piazza, a custodire le vicinanze della parrocchia di Sant'Agostino, non rimaneva più nulla: solo un cratere circondato da un cumulo di detriti. Quella scultura che, per il popolino, era stata per tanti anni motivo di devozione sarebbe stata solo un ricordo; di essa rimaneva, ormai, solo polvere.

La parrocchia di Sant'Agostino, dal 1995 al 1996, era stata al centro di grande attenzione da parte della Chiesa e di tutto il mondo, poiché in quei luoghi era apparsa la Madonna che, sul solco di quanto annunciato a Fatima, metteva in guardia il mondo da una guerra che Satana avrebbe voluto scatenare contro l'umanità[353]. La guerra avrebbe avuto inizio con la distruzione della Chiesa, a partire da quella domestica, specchio della famiglia di Nazareth, culla della società e della comunità Cristiana. Satana, avendo in odio il Creatore, avrebbe preso di mira l'uomo, in quanto Sua immagine, e in particolare la famiglia cristiana.

Abbattuta la Chiesa, minando l'unità della famiglia, non vi sarebbe stata più possibilità di conversione. Durante le sue apparizioni, la Madonna, mostrava visioni di tradimento della propria vocazione da parte di molti pastori e una grande apostasia in cui la Chiesa avrebbe rinnegato le verità su cui nei secoli si era fondata la tradizione e la teologia. La distruzione della Chiesa avrebbe portato a una guerra tra Occidente e Oriente, una terza guerra mondiale nucleare[354].

Quell'esplosione nel cuore della notte, avvenuta dall'interno di quella statua raffigurante il San Giacomo combattente contro i mori, prefigurazione della guerra tra Occidente e Oriente, parve a tutti un segno molto inquietante.

Beppe aveva appena ripreso conoscenza, dopo la grossa botta avuta in seguito a quell'esplosione. Dopo la morte del suo amato padrone, quindici anni prima, aveva accettato il compito di rimanere a guardia di quella scultura. Negli anni, si era chiesto le ragioni di tanta attenzione verso quell'immenso manufatto, ma non aveva fatto molte domande. Pensò dovessero esserci ragioni importanti, visti i fenomeni che accadevano ai "manufatti" di quei luoghi, dove ben due statuette della Madonna avevano manifestato segni misteriosi; e visto che, in quei luoghi, molti veggenti avevano ricevuto importanti segreti per l'umanità.

Pensava, comunque, che nulla di strano legasse il *Matamoros* a quelle piccole sculture della Vergine e a quei fenomeni soprannaturali, finché non venne a sapere che la parrocchia di Medjugorje era dedicata a San Giacomo. Quella strana coincidenza lo aveva convinto che quella statua celasse dei misteri.

Egli aveva preso residenza nei paraggi: gli era stata data una casa appartenuta a una vecchietta affiliata al *Sacred Heart* che era stata, anni prima, trasferita in un monastero. Padre Noah, che gli aveva affidato quell'incarico, gli aveva trovato ogni accomodamento; quel sacerdote di colore, in questo modo, lo aveva aiutato a trovare uno scopo, dopo la morte del suo padrone.

Stando al servizio di Corona-Meroveo, Beppe si era abituato a sentire parlare di leggende, apparizioni, profezie e racconti. Ogni tanto, pensava che il suo padrone ne fosse addirittura ossessionato; non sapeva se ci fosse qualcosa di vero in tutto ciò che raccontava, ma si fidava di lui ed era convinto che combattesse dalla parte giusta.

Fare la guardia a quella statua però non gratificava più di tanto Beppe, che spesso si annoiava; la vita in quella frazione, si svolgeva regolarmente: i passanti si sedevano nelle panchine, alcune coppiette pomiciavano, gli anziani accennavano a un segno di croce passando sotto l'imponente statura della scultura.

Non si aspettava certo che quella notte fosse diversa dalle altre, anche perché per quindici anni, non era mai accaduto nulla di strano intorno a quella statua, nemmeno qualcosa che fosse degna di sospetto.

Eppure, ciò di cui fu testimone lo sconvolse: tutto era avvenuto in pochi attimi. Mentre, come al solito, era intento a recitare, come gli aveva insegnato il suo padrone, il santo Rosario nella versione originale del 1214[355], sentì un forte boato.

Alzò gli occhi e vide la statua del *Matamoros* venire frantumata, come se una lama di lava, proveniente dalle viscere infernali, la aprisse dall'interno e la polverizzasse con la sua luce infuocata.

Perse i sensi e si risvegliò intontito e dolorante al mattino dopo, con le orecchie ancora assordate da un forte ronzio. Appena ebbe ripreso conoscenza, con la fronte ancora sanguinante, si rialzò e si accorse che ovunque vi erano operai impegnati a recuperare qualcosa. I suoi uomini gli comunicarono che la statua andata in frantumi aveva fatto venire alla luce una

cassa, simile a uno scrigno, che risultava fortemente danneg-
giata; essa era stata nascosta all'interno del basamento della
struttura ed era stata protetta da almeno un paio di metri di
pietra e cemento.

Era l'oggetto contenuto in quella scatola, dunque, l'elemento prezioso per cui aveva avuto quell'incarico! Si chiese
se la statua fosse stata fatta esplodere da una bomba, ma scartò
l'ipotesi e si concentrò sugli uomini che stavano lavorando
nell'area transennata dell'esplosione.

Facendosi largo tra operai e forze di polizia, si rese conto
che i lavori erano gestiti da gente sconosciuta; provò a avvicinarsi di più alle transenne, per parlare con uno degli uomini
ben vestiti che aveva notato fra le forze dell'ordine, ma gli si
accostò un'auto con i finestrini oscurati.

Provò a guardare dentro, ancora disorientato e, proprio
mentre si chinava verso il vetro per capire chi vi fosse all'interno, il cristallo si abbassò, mostrandogli un volto conosciuto:
"Porco il demonio!" esclamò fra sé e sé! Quell'uomo era il
misterioso *Guerriero* chiamato "Dante", colui che aveva incontrato il giorno della morte del suo padrone e che, insieme
ai suoi uomini, aveva salvato tutti! L'unica differenza è che
adesso non indossava alcuna armatura!

«Andiamo, signor Beppe, venga dentro!» esclamò Dante
con tono gentile, gesticolando con la mano, come se avesse
fretta.

Il buon Beppe non se lo fece ripetere due volte; si passò
velocemente un fazzoletto sulla ferita alla fronte ed entrò
nell'auto, che si allontanò dal posto.

Per colmare il primo silenzio, dopo essersi accomodato,
cercò nervosamente il Rosario di plastica che teneva sempre
nelle sue tasche. Frugò velocemente e altrettanto velocemente
lo ritrovò, con suo grande sollievo; cominciò a pregare.

Dante si accorse dell'imbarazzo di Beppe, che si sentiva a disagio anche perché era sporco e trasandato per via di ciò che era accaduto durante la notte, e per tranquillizzarlo gli disse:

«Con la Madonna è incominciato il mistero di cui partecipiamo! Beppe, sei tra amici, stai tranquillo!»

«Chi siete?» domandò irrequieto Beppe.

«Lei, Beppe, è ospite dell'*Entità*, i servizi segreti Vaticani!» rispose Dante, bisbigliando e toccandogli il braccio con una mano, in modo affettuoso.

«Beppe, lei è al sicuro, non si preoccupi!»

Dopo quella frase, Dante tornò a fissare il paesaggio che scorreva dal finestrino, mentre ripeteva mentalmente: *"Dopo stanotte nessuno è più al sicuro!"*.

Anch'egli era molto preoccupato, ma non faceva parte né del suo ruolo, né del suo carattere integro e saldo farlo trasparire agli altri. Si rassicurava, ricordando a se stesso che *"Tutto è di Dio, anche il dolore!"* e pregava per avere la fede necessaria ad affrontare quello che sarebbe venuto. Beppe, intanto, si rasserenò e decise di colloquiare:

«Mi ricordo di voi, recuperaste il corpo del mio padrone, il signor Corona, più di un decennio fa! Lei è colui che viene chiamato "Dante"!»

«Sì, un soprannome come tanti altri. In realtà, sono l'agente operativo Milton, Abel Milton!»

Ormai era conosciuto solamente con quel soprannome e molti avevano persino dimenticato il suo nome di battesimo; ci teneva, ogni tanto, a ricordarlo, anche se per gli amici, oramai, egli era semplicemente Dante Milton. Prima o poi, pensava, continuando così, avrebbe cancellato anch'egli dalla propria memoria il suo vero nome…

Ricordando certi film di spionaggio in cui gli agenti segreti dialogavano sempre con un linguaggio convenzionale, fatto di giochi di parole o citazioni, Beppe continuò a fare domande:

«Porco il demonio! So del vostro assurdo linguaggio in codice! Sicuramente, state citando qualche film in particolare! Qual è?!»

Dante trattenne un mezzo sorriso, comprendendo che si trovava di fronte un servo fedele e ben sveglio, ma non particolarmente acuto d'intelletto.

«No, Beppe, nessun codice cifrato! Stiamo andando da Padre Noah e lì ci parleremo schiettamente! Non vi è più tempo per l'ipocrisia! Continui pure le sue preghiere, siamo vicini!»

Beppe conosceva bene la strada per il *Sacred Heart* di Roma: Dante stava dicendo la verità. Si sentiva un po' a disagio, ne aveva sentite molte su quell'uomo così elegante e a modo, con quel cappotto nero tenuto su anche in auto. Sapeva di trovarsi di fronte a un importantissimo personaggio e il fatto di ritrovarsi insieme a lui, sporco e disarmato, lo imbarazzava; anche se in realtà si rendeva conto che a Dante la cosa era del tutto indifferente!

Il resto del tragitto fino al grande cancello crociato del *Sacred Heart* fu interamente pervaso da un riflessivo silenzio. Un silenzio colmo di memoria, un silenzio a cui Abel Milton era abituato, e che era una caratteristica del suo modo di vivere. Il silenzio era una meta cui era pervenuto grazie al cammino spirituale che aveva compiuto aiutato dalla sua istitutrice, Danielina Navarro, che nel silenzio vedeva uno dei grandi misteri della Vergine.

Grazie a Danielina, Dante aveva attraversato, in visione, l'inferno, il purgatorio e il paradiso. Due elementi, soprattutto, lo conducevano al mistero del silenzio. Il primo era il ricordo folgorante del paradiso, che era simile a una rosa immensa di luce. In quel luogo, i beati attendevano, amati e innamorati dal volto di Cristo e della Vergine, la nuova creazione. Il secondo elemento era il viso di Danielina Navarro, la sua dolce guida, che lo aveva introdotto ai significati di quel mondo promesso:

«L'uomo penitente, penitente!» ripeteva, «l'uomo mendicante che riconosce la sua pochezza, egli potrà entrarvi, poiché solo la pochezza può entrare da una porta stretta[356]!» Tra tutte le frasi dell'educatrice, egli riteneva che quella fosse fondamentale, in quanto sintesi della vita di quella donna, la cui esistenza si era conclusa nella povertà e nella mendicanza del monastero di Patmo.

Milton e il buon Beppe erano ormai arrivati all'interno dell'ufficio del rettore dove vennero accolti dallo stesso Padre Noah, Don Michel Robinson, ormai imbiancato dagli anni, e da una donna sulla trentina, che Dante abbracciò con familiarità e che Beppe fissò con curiosità.

Inizialmente, non l'aveva riconosciuta, ma poi, osservando in lei alcuni tratti del volto, somiglianti a quelli del suo padrone, comprese che doveva trattarsi di Eved Magdalene.

Al culmine della gioia, perciò, esclamò:

«Porco il demonio, la piccola Eved! Com'è cresciuta!»

La ragazza sorrise prontamente, di un sorriso spontaneo e luminoso, che allentò la tensione che Beppe portava nel cuore dopo la brutta notte trascorsa. La giovane donna si curò di recuperare delle garze e di dare sollievo alla ferita sulla fronte di Beppe; quindi, tutti si sedettero per discutere:

«A guardia della statua avrebbe dovuto esserci uno dei nostri!» disse Padre Noah. «Rimarrò sempre del parere che in tutto il tempo in cui la statua del *Santiago* è stata sotto la sorveglianza di Danielina Navarro, non vi era mai stata l'ombra di alcuna attività!» aggiunse con astio. Poi, concluse con tono di rimprovero: «È stato imprudente servirsi degli uomini di Meroveo!»

«Gli uomini di Meroveo sorvegliano il *Matamoros* da anni ormai, e non avrebbero potuto fare molto! L'arma non è stata estratta dall'aldiquà!» esclamò Dante, mandando letteralmente in tilt il cervello di Beppe, che non credeva a quello che stava ascoltando. Perfino Noah fu sconvolto dall'apprendere quella notizia!

«La situazione ci sta sfuggendo di mano! Prima John Cohen e adesso l'Ancora! E la *Tilma*?» domandò Noah turbinoso.

«Anch'essa sparita e, come sai, anche la *Tilma di Guadalupe*, come l'Ancora, è rilevabile da tutte e due i lati dell'esistenza, sia dal tangibile visibile, sia dall'intangibile invisibile!» rispose Dante.

Beppe chiese spiegazioni! Come sempre, non riusciva ad afferrare di cosa si stesse parlando. Gli sembrava di ascoltare una delle tante discussioni piene di enigmi che affrontava col suo vecchio padrone sulle sacre scritture, durante le quali non riusciva mai a venire a capo di nulla.

Intervenne Eved Magdalene a rassicurarlo:

«Beppe, stai tranquillo, capirai! Ti spiegheremo tutto lungo il viaggio verso San Diego!»

«San Diego?» domandò Dante. «Non ero aggiornato su questo passaggio!»

«Ricapitolerò tutto anche per Beppe, che è all'oscuro dei particolari!» spiegò Eved Magdalene. «La notte scorsa, ero con mio figlio e mio marito Alessandro in visita a mio fratello John Cohen, in clinica, per parlare con i medici. Da un po' di giorni vi era stato qualche segno di attività, di risveglio. Avevamo lasciato qualche minuto nostro figlio Samuele nella camera dello zio, dicendogli di "tenergli compagnia", giusto il tempo per incontrare i medici. Ma al nostro ritorno, John Cohen non c'era più! Mio figlio ci ha raccontato che, mentre gli stava raccontando una storia, lo zio si è svegliato improvvisamente, si è alzato come non fossero quindici anni che era su quel letto… Strappandosi di dosso i sostentamenti, gli ha sorriso, lo ha accarezzato e dopo è sparito nel nulla!»

«Di questo sono a conoscenza, la Trascendenza quella notte era un putiferio! Ogni veggente si è accorto del suo ritorno.

Ma come facciamo a sapere che è diretto a San Diego?» chiese Dante.

«A quanto pare, il giorno in cui li recuperammo a Castel del Monte, mentre erano rinchiusi in cella, Eved Magdalene prestandogli soccorso, ebbe una visione: noi tutti e una donna, Virginia Willerman; eravamo presso un bar e vedevamo un Cohen trentenne, che stava per uccidere un uomo anziano!» disse Padre Noah, e Dante ribatté immediatamente: «Virginia Willerman? La donna che fu assistente di Padre Raoul nei suoi ultimi giorni? La conoscemmo al funerale!»

«Proprio lei! Vive ancora al *Sacred Heart* di San Diego con la figlia Honorata!» confermò Noah, con sguardo d'intesa.

«Non sappiamo dove sia l'Ancora, ma dovremmo incominciare da San Diego: è l'unico elemento certo che abbiamo!» suggerì Eved Magdalene.

«Abbiamo qualche indizio su chi voglia eliminare?» chiese Dante, dirigendosi già verso la porta.

«Molti! Salgari si uccise!» rispose la ragazza.

«Salgari?» domandò pensoso Dante.

«Porco il demonio! Emilio Salgari è l'autore dei romanzi di Sandokan e del *Corsaro nero*!» esclamò a gran voce Beppe, che finalmente trovava un elemento conosciuto in quell'intricato colloquio. Dante guardò Beppe come fosse un alieno, mentre questi sorrideva come un ebete, inorgoglito da quanto aveva compreso.

«Se vi sono altri particolari di cui non sono informato vi pregherei di esporli!» Adesso Dante stava parlando con tutta la tenacia del *Guerriero Boanèrghes* che era in lui. Il mosaico si faceva sempre più complesso e non era accettabile, per la responsabilità che portava, perderne qualche tassello.

«Sappiamo che Virginia Willerman era legata al *Dybbuk* che è ancora in John Cohen! Condividendo con lei le nostre informazioni, abbiamo appreso che, paradossalmente, il corpo originale del *Dybbuk* è ancora in vita e frequenta giornalmente il bar di proprietà di un parente a San Diego. È ragionevole pensare che, prendendo esempio da Salgari di cui ha, a quanto riferitoci dalla Willerman, sempre avuto stima, egli possa tentare di uccidersi per liberarsi dalla maledizione. È un'idea abbastanza combaciante con la visione avuta da Eved Magdalene nelle prigioni del castello. Il resto forse è meglio raccontarcelo lungo il viaggio!» disse Padre Noah, accompagnando tutti verso l'uscita...

Il viaggio in aereo fu molto lungo e denso di riflessioni. Mentre Beppe, attaccato a Padre Noah, aveva dormito per tutto il tempo, il sacerdote aveva sollecitato ognuno a vegliare e pregare, affinché il Mistero mostrasse il Suo volto e manifestasse la Sua volontà.

A tal proposito, aveva citato l'angelo della notte della natività:

«Non temete, ecco vi annuncio una grande gioia, che sarà di tutto il popolo: oggi è nato nella città di Davide il salvatore, che è Cristo Signore[357]».

Voleva sottolineare che la speranza poteva trovarsi solo meditando sul fatto che Egli "è venuto ad abitare tra di noi[358]" e che sarà con noi "fino alla fine del mondo[359]"... che la coscienza di quella Presenza, alfa e omega, principio e fine, è la certezza che il nemico non potrà vincere...

Dante ascoltava attentamente e la citazione del messaggero della natività lo riportò al ricordo di un altro messaggero, quello incontrato alle porte del paradiso, dove vi era un angelo con una spada fiammeggiante tra le mani.

Qualunque cosa avessero affrontato a San Diego tutto il paradiso vi avrebbe partecipato: ne era sicuro!

Eved Magdalene invece serbava un segreto nel suo cuore, un segreto pesante, che non volle confidare immediatamente.

Quando John Cohen si era risvegliato dal coma, accarezzando suo figlio Samuele, gli aveva detto:

«Tranquillo piccolo! Magdalene, tua madre, non morirà!»

Capitolo 32
DIPENDENZA

Sede ONU, New York, USA
18 gennaio 2002 ore 7:00

Né le due ragazze e il trans con cui aveva trascorso la notte, né le compresse di metaqualone[360] di cui si era imbottito erano riusciti ad allontanare il suo inferno notturno. Si era svegliato in quella lussuosa stanza come sempre, col senso di soffocamento che seguiva i suoi immancabili incubi, compreso quello ricorrente: una ragazza dai lunghi capelli neri che avanzava sulle rotaie di una galleria fredda e umida e la percorreva interamente, procedendo dalla luce alle tenebre.

I raggi di sole del mattino, che avevano inondato la camera e che avevano colpito violentemente le sue palpebre, gli dicevano che avrebbe dovuto alzarsi e prepararsi, ma Manuel stentava persino a tenere gli occhi aperti. Per sollevarsi dal letto, dovette impiegarci un bel po' di tempo. Mentre i profili delle tre anonime nudità, appagate e soddisfatte, restavano distesi tra le pieghe delle lenzuola di seta, egli si fece un'altra dose, per superare l'intorpidimento delle dita di mani e piedi, le difficoltà respiratorie, la cefalea e i problemi di deambulazione che caratterizzavano ogni suo risveglio.

Nulla in confronto a quello che affrontava giornalmente: sanguinamenti inspiegabili, repentini cambi d'umore e gli effetti di quella costante e opprimente depressione, che non riusciva a scrollarsi di dosso. Sperimentava un senso di vuoto allo stomaco, un panico inspiegabile che lo costringeva a un immenso desiderio di possesso e di abuso delle cose. Desiderio che lo portava a sfinirle, a sgretolarle e a gettarle via quelle cose; perché colpevoli di non avergli dato alcun appagamento, di non avere placato la sua sete.

Ne conseguiva un senso di rimorso impietoso, per non avere ancora raggiunto l'apice, per non essere ancora riuscito a soddisfare la sua ambizione sfrenata, per non avere ancora ogni cosa al suo cospetto; senso di colpa che si aggiungeva a quella sua rabbia incontenibile contro il tempo, che tutto uccide e tutto spezza, e a un profondo senso di noia.

Considerava le sue giornate un inferno, una continua lotta per raggiungere obiettivi che assomigliavano a un miraggio o alla linea dell'orizzonte che non si lascia mai raggiungere. Inoltre, sperimentava una continua e accanita lotta contro la decadenza di quel suo corpo che, giorno dopo giorno, vedeva cambiare. Non era più quello dei vent'anni; stava perdendo vigore, capacità di resistenza. E così, ogni mattino, bagnato di sudore per le torture degli incubi vissuti, ritrovando a chiedersi a che pro di quella sua vita, non trovava altra soluzione che mettere a tacere l'urlo di dolore che lo divorava, riempiendosi di droghe e psicofarmaci.

In passato, aveva sperimentato ogni sorta di dissolutezza, ma nulla era riuscito ad acquietare il suo spirito: il suo nulla interiore gridava vendetta. Decise pertanto che qualcuno avrebbe dovuto pagarla e se la prese con l'inutile realtà quotidiana: l'avrebbe piegata alla sua volontà, a costo di stuprarla, di usarle la violenza del potere.

Sua madre, l'unica persona al mondo di cui si fidasse, anni addietro lo aveva trascinato via da Patmo. Gli disse che fino a quel momento avevano vissuto nell'inganno di preti ciarlatani, che tentavano di spacciare per speranza, chiacchiere vacue e senza fondamento, al solo scopo di rendere schiavi gli uomini. Gli mostrò con la certezza di occhi carichi di livore, l'impostura di quanto avevano vissuto.

Da quell'evento ne conseguì per lui che, non essendoci più un aldilà, non essendoci più nessuno che da lassù sarebbe venuto nel mondo per creare "nuovi cieli e terra nuova[361]", sarebbe stato necessario che, da quaggiù, lui si occupasse, da solo, del mondo e del suo cambiamento. Morì perciò, dentro di lui quella promessa di eternità, la assassinò, e questo gli causò quella percezione dell'inutilità e dell'assurdità del vivere. L'esistenza umana, da quel momento gli si configurò come uno scorrere lento del tempo, un conto alla rovescia verso il nulla della fine. Ogni attimo di vita presente gli mostrava già quel suo futuro cadavere che affannosamente si trascinava. Era schifato dalla finitezza fastidiosa delle cose, dall'idea di divenire cibo per vermi. La vita gli parve pertanto un castigo, una condanna. Ma perché era stato condannato?! Qual era stata la sua colpa?! Non lo sapeva, non lo capiva e questa sua mancata comprensione, lo aveva reso violento.

La sua carriera aveva avuto inizio nell'esercito; uccideva con gusto, ma anche quel gusto, poco tempo dopo, era svanito. Era divenuto, in seguito, un uomo di studio, un fine filosofo e un acuto uomo di cultura, strada che aveva percorso per trovare risposte alle sue inquietudini. Ma si era ben presto reso conto che tutto il pensiero umano, così come la tanto glorificata scienza potevano spiegare soltanto il "come" di certi sentimenti, non il "perché". Tutto quel sapere non gli avrebbe mai fatto capire la causa di quella voragine nell'anima, di quella solitudine sconfinata di cui faceva esperienza. Aveva tentato, allora, la strada dell'impegno umanitario e aveva scoperto l'ipocrisia umana, concludendo quest'ultimo esperimento con la convinzione che non valesse la pena alzare un dito per degli esseri dagli appetiti così bassi.

I vizi infernali lo avevano lasciato inappagato e il paradiso dei buoni lo aveva deluso; perciò, decise che non si potesse far altro che "consumare" il più possibile tutto quanto... fino a che le sabbie della clessidra della sua vita non si fossero tutte distese. Sabbia: polvere inutile, polvere che, volentieri, avrebbe sostituito con altri tipi di polvere, quella bianca, l'unica che riuscisse ad anestetizzare, almeno momentaneamente, il dolore profondo del suo vivere.

Si era gradualmente convinto che, se per nulla valesse veramente la pena battersi, allora tanto valeva dominare tutto, rifondare un mondo a sua propria immagine. In quel mondo, avrebbe regnato la sua pace. Su questo convincimento, aveva fondato la sua ascesa politica all'interno dell'Organizzazione delle Nazioni Unite e ne era divenuto Segretario. Sapeva che il raggiungimento dei suoi obiettivi sarebbe stato solo una questione di tempo: ci sarebbe riuscito, a ogni costo!

Si era trascinato fino all'armadio, riuscendo a stento a rimettersi in abiti adeguati a far fronte agli impegni della giornata. Era uscito dalla stanza grazie a un paio di energie drink, che aveva bevuto in un lampo; quindi, aveva ordinato alle sue guardie del corpo di rimuovere le "ragazze" e di eliminare ogni traccia della loro presenza.

Aveva raggiunto il suo studio dicendo a se stesso che, nel corso di quella giornata, avrebbe compiuto un altro passo verso quel mondo che intendeva realizzare. Vi sarebbe stata pace sulla terra e, con la forza necessaria, ogni uomo che avesse potuto permetterselo, avrebbe avuto il diritto di vivere più a lungo. Sotto la guida di un solo governo mondiale, avrebbe posto fine alle guerre. Se il regno del *Messia* fasullo non fosse stato di questo mondo, il suo regno lo sarebbe stato di certo.

Con il consolidamento del mercato globale e il superamento delle sovranità nazionali, avrebbe unito gli uomini in una grande immensa comunità auto-sostenibile.

Avrebbe lottato contro le oscurità del passato, portando redenzione, attraverso un progressivo miglioramento tecnologico e culturale. Per pervenire a tale risultato, sarebbe stato necessario convincere gli uomini che, non essendoci un aldilà, bisognava creare le condizioni migliori per stare bene "nell'aldiquà".

La Dichiarazione del Millennio delle Nazioni Unite, firmata nel settembre del 2000[362], era stata una sua idea; essa impegnava tutti gli Stati a sradicare la povertà estrema e la fame nel mondo, a rendere universale l'istruzione primaria, a promuovere la parità dei sessi e l'autonomia delle donne; a ridurre la mortalità infantile e la mortalità materna, a combattere le malattie, a garantire la sostenibilità ambientale, a sviluppare un partenariato mondiale per lo sviluppo.

Questo grande progetto di giustizia storica, per essere attuato, necessitava, però, di una condizione indispensabile: la riduzione della popolazione mondiale a un numero gestibile d'individui, per cui la contraccezione, anche invasiva, sarebbe dovuta diventare uno strumento primario utilizzato su larga scala.

Si era insediato da poco all'ONU, ma aveva già programmato il Summit mondiale sullo sviluppo sostenibile[363]. Aveva deciso che sarebbe stato un giudice giusto per tutti e che tutti avrebbe liberato dalla miseria umana, sebbene egli si sentisse, giorno dopo giorno, schiavo del vivere.

Intanto New York stendeva il suo sole su un'altra dura giornata di lavoro. Le auto sfrecciavano, tra il solito caos metropolitano, sulle arterie viarie della "Grande Mela". Su una di quelle, era incolonnata una lunga fila di auto nere, dirette verso il "Palazzo di vetro"; venivano precedute dall'auto più importante, quella dentro la quale viaggiava la donna che il Segretario dell'ONU attendeva di incontrare: sua madre.

Era bella sua madre, di una bellezza matura, soave, discreta; era elegante sua madre, di un'eleganza sobria e raffinata.

Osservando la donna che era diventata, nessuno avrebbe mai immaginato che, in passato, ella avesse vissuto in un monastero, all'insegna dell'umiltà, della povertà, del nascondimento e dell'obbedienza. Quella donna, che, adesso, si dirigeva a incontrare suo figlio, era divenuta fiera, potente, famosa, autonoma.

Angelica era orgogliosa di suo figlio ed era orgogliosa di se stessa. Manuel, che ella amava definire "il mio progetto", rappresentava il suo riscatto. Quel bambino, nato, in una notte di Natale, nella "Grotta dell'Apocalisse", cresciuto fra gli stenti e le privazioni, adesso, per merito suo, era stato innalzato in quel grandioso tempio, in cui le delegazioni di più di centonovanta Stati, giornalmente, giungevano lì per attingere alle sue linee guida e attuarle nel mondo.

L'ascesa di Manuel era iniziata nel momento in cui ella, avendo smesso di "affidarsi ai giudizi di altri", aveva imparato a pensare con la propria testa. Per anni, prima di quel momento, si era abbandonata totalmente alla volontà di preti ed ecclesiastici e ogni suo progetto era naufragato nel dolore; da quando, invece, aveva smesso di farlo, aveva iniziato ad assaporare la fama e il prestigio sociale, liberandosi definitivamente dal senso di mortificazione e di segregazione cui era stata sempre assoggettata.

Dal giorno in cui aveva lasciato Patmo, si era anche affrancata dalle visioni del male nel mondo e aveva imparato a dormire serenamente su soffici letti e fra candide lenzuola, senza dover più pensare agli altri, senza dover più alleviare alcun dolore se non il suo, quello causato da coloro che si definivano "amici", ma che erano stati la causa di ogni disgrazia accadutale nella prima parte della sua esistenza.

La fine delle visioni era un chiaro segno che la vocazione che le sarebbe stata data in sorte era legata a un passato che altri avevano preconfezionato per lei; che il destino non esisteva e che lei era libera di scegliere come vivere. Sì, alcune profezie, ogni tanto, riaffioravano e la turbavano, come quelle impietose che riguardavano lei e suo figlio... *"L'anticristo nascerà da una religiosa ebraica, da una falsa vergine che sarà in comunicazione con il vecchio serpente, il maestro dell'impurità. Suo padre sarà un vescovo![364]"* affermava una, e un'altra ancora: *"L'anticristo nascerà da una donna maledetta, che simula la santità, e da un uomo maledetto, dai quali il demonio formerà la sua opera...[365]"* e così via molte altre simili definizioni *"maledetta... simulatrice..."* Ma lei sembrava non curarsene: ci fumava su, alzava fieramente la testa e rispondeva, mentalmente, che chiunque avesse avuto la faccia tosta di esprimere quelle previsioni, non aveva alcun diritto di giudicarla.

Nelle sue visioni aveva visto, innumerevoli volte, la cattiveria umana e mali di ogni tipo. La malvagità l'aveva subita anche su di sé, e mai una volta quel Dio, che lei invocava, era sceso dal cielo a salvare gli altri o lei; quel Dio era rimasto in cielo. Suo figlio Manuel, invece era giù, nel tempio della Terra, ed era visibile: era lui la soluzione al male del mondo. Suo figlio, quello presente sulla terra, e l'altro Figlio, quello invisibile, asceso al cielo e perciò "assente", costituivano, secondo il suo punto di vista, due realtà contrapposte, destinate a incontrarsi o a scontrarsi, oppure ad evitarsi del tutto attraverso di lei.

Aveva imparato a godere dell'essere al centro di quella collisione di mondi, il visibile e l'invisibile, che la vedevano protagonista e si percepiva come concepita e pensata per essere la culla del regno del re della Terra. Certo, per lei non vi era stata alcuna annunciazione. Non era disceso alcuno "Spirito Santo" nel suo grembo; ella non aveva potuto, certo, dire «Eccomi, sono la serva del Signore[366]...» però, era riuscita, fieramente, ad affermare: «Accada di me secondo la mia parola!».

Quel figlio era suo e di nessun altro: né di Dio, né del *Demonio*. Da quando aveva incominciato a sentire quel bambino vibrare nella sua carne, ella aveva capito che la sua sorte sarebbe stata senza precedenti e che non avrebbe mai permesso ad altri di condizionare o di determinare il destino di lui. Il suo «No!» sarebbe stato categorico, a ogni creatura celeste o oscura che avesse voluto imporre una sua visione sull'esistenza di quel suo figlio che, ella riteneva essere la sua più grande opera! Così bello, elegante, posato nei modi, un vero seduttore pieno di fascino e carisma: ogni donna lo avrebbe voluto come marito. *"L'anima mia magnifica il frutto della grotta dell'Apocalisse, se questo serve a dare al mondo il "Messia" di cui ha bisogno!"* Pensava spesso... *"Un Messia concreto e visibile, capace di prodigi straordinari, e non un essere misterioso e assente!".*

Ella si sentiva estremamente orgogliosa per quanto fosse riuscita a costruire in pochi anni, confrontandolo con quel "nulla" realizzato nel tempo trascorso al *Sacred Heart*, con Padre Raoul, e poi al monastero, dopo la morte del fidanzato e la fuga sull'isola greca con Danielina Navarro.

Il suo orgoglio, però, poco poteva contro l'angoscia che spesso la attanagliava... Qualcosa le diceva che, nonostante ella sembrasse la regina di una partita a scacchi, il risultato finale poteva anche non essere dalla sua parte. Del resto, ella non si separava mai da ciò che più glielo ricordava, anzi, lo portava sempre con sé, dentro la sua borsa di pelle da donna d'affari: la busta consegnatale da Danielina Navarro, contenente il *Testamento di Kayafa*.

Ogni qualvolta rileggeva quelle poche righe, ogni sua certezza subiva un crollo, da cui non riusciva a risollevarsi neanche raddoppiando il numero delle numerose sigarette che fumava quotidianamente. Veniva assalita dal terrore, perché temeva che le forze in campo avrebbero potuto togliergli quel figlio, condizionandone il destino. Non poteva permetterlo! In fondo, ella non desiderava altro che un po' di felicità, quella felicità che le era stata negata per buona parte della vita, una felicità che suo figlio poteva realizzare, sia per lei, che per il mondo intero.

Suo figlio sarebbe stato in grado di non lasciarsi usare? Tutto era rimesso alla libertà di Manuel, che presto sarebbe stato messo in condizioni di scegliere da che parte stare. Le pedine sulla scacchiera erano tante. Non riteneva più i *Boanèrghes* una minaccia, considerandoli oramai un piccolo gregge sperduto... Ma gli altri due contendenti, gli *Eredi di Hiram Abif* e quel Jacob, quelli sì, avrebbero potuto nuocerle! Le ritornavano spesso alla mente le parole che un entusiasta Adam Gamliel, felice di avere "recuperato" Manuel, il futuro "principe di questo mondo[367]", le aveva rivolto quindici anni prima: «Ecco il *Figlio della perdizione*![368] Kayafa, non capì e tradì: il secondo Tempio andava distrutto perché l'orizzonte della liberazione non riguardava il solo popolo d'Israele, ma il mondo intero! Era necessario distruggere quel Tempio e la vecchia umanità, per creare un nuovo uomo, a immagine del *Figlio della perdizione*! Ecco perché sta per venire eretto un nuovo Tempio, in cui egli regnerà e detterà le sue leggi!».

Gli *Eredi di Hiram Abif* e il loro *Maggiordomo* avevano già fissato la data per un grande raduno, cui sarebbe stato presente anche Jacob, il padre naturale di Manuel. Non conosceva appieno le ragioni dell'imminente riunione, la qual cosa la insospettiva fortemente. Temeva ci fosse la volontà di porre in essere un "Sacrilegio[369]", durante il quale si sarebbe confermata la sorte di Manuel decisa dalle profezie.

Ciò che maggiormente la turbava e le faceva ribollire il sangue era il fatto che suo figlio si sarebbe incontrato con Jacob, che ella detestava con tutta se stessa. Sì, perché il padre della creatura che più amava era anche la persona che ella più odiava: l'assassino dell'amore della sua vita. Per lei era una vera tortura non poterlo agguantare e soffocare con le sue stesse mani!

Era preoccupata che Manuel incontrasse suo padre, ma si sentiva impotente, perché nonostante ella fosse trattata come una regina dalla congrega degli *Eredi di Hiram Abif*, non avrebbe mai potuto impedire quell'incontro.

Presto sarebbe arrivato quel momento ed ella aveva tutte le intenzioni di preparare Manuel; doveva, in qualche modo, metterlo in guardia: per questo, quel giorno si stava recando da lui.

Qualunque mira l'*Organizzazione degli Eredi di Hiram Abif* e Jacob avessero, qualunque cosa la sorte prevedesse per suo figlio, lei lo avrebbe protetto, anche a costo della sua stessa vita: egli era la sua opera migliore e nessuno avrebbe dovuto "rovinargliela"!

Le auto erano arrivate, puntualmente, all'entrata del grande palazzo. Ella fu scortata e accompagnata fino allo studio di Manuel, studio da cui egli, in quel momento, si era momentaneamente allontanato, per presiedere a una delle tante commissioni interne.

Angelica si guardò attorno; l'ambiente era molto curato, arredato in stile barocco, con qualche elemento di design moderno. Vi era un delicato equilibrio tra lusso, raffinatezza e sobrietà. I mobili più antichi, molto eccentrici nelle rifiniture, erano smorzati da elementi più minimalisti. Un lampadario di cristallo faceva da padrone al centro della stanza, il tutto in un'unione vincente tra mobili accattivanti e dettagli originali, come tappeti leopardati e soprammobili con lavorazioni particolari. I mobili erano accostati ad accessori più neutri, lampade, tavolini e poltroncine dal carattere classico. Angelica pensò con compiacenza che, in quello studio, la fusione di più stili evidenziava la personalità coraggiosa e aperta di suo figlio.

Mentre ella sfiorava e accarezzava con sguardo quasi danzante i particolari armoniosi che l'arte di quella stanza esibivano, improvvisamente, venne letteralmente immobilizzata da ciò che le si mostrò, guardando verso la saletta riunioni antistante.

Frontalmente al pesante tavolo di legno massello di faggio a forma ellissoidale con intarsi floreali, appeso alla parete vide una copia del "San Michele Arcangelo caccia *Lucifero*", realizzato nel 1545 dal pittore veneziano Lorenzo Lotto; il dipinto faceva parte dell'antico tesoro della Santa Casa di Loreto[370].

Angelica conosceva quell'opera; l'aveva incontrata molte volte nel corso dei suoi studi, vi si esplicava il tema del libero arbitrio: in essa, San Michele e *Lucifero* rappresentano la dialettica tra il bene e male. Era un dipinto molto diverso rispetto a quelli che avevano affrontato quel tema. S'ispirava alla tradizione biblica che fa di *Lucifero* il più "alto" angelo tra i caduti.

In quella raffigurazione, *Lucifero* appare bellissimo, perché non trasformato ancora del tutto in angelo delle tenebre e mostra, quasi, un atteggiamento d'implorazione verso un Michele che, con la mano distesa, appare volerlo recuperare, più che colpirlo con la sua arma. Inoltre, le due figure angeliche sono identiche: due angeli gemelli e speculari, anche nella postura, per cui il movimento della caduta dell'uno corrisponde, capovolto, all'ascensione dell'altro, in una fascinosa consonanza di colori e chiaroscuri definiti.

Più la donna fissava quell'immagine e più si domandava se la presenza di quel dipinto indicasse che il seme del male fosse già in suo figlio, riflettendo sul fatto che, se così fosse stato, difficilmente sarebbe riuscita a estirparglielo.

Mentre come imbambolata e frastornata, si lasciava attrarre dagli inquietanti particolari di quell'immagine, sentì che Manuel era alle sue spalle, e che, fermo e silenzioso, dietro di lei, già da qualche momento, stava a osservarla.

Si girò verso di lui e il viso le si illuminò di gioia! Com'era bello suo figlio, con quella sua barba curata che gli incorniciava il viso e quelle sue labbra carnose e ben delineate! Era il figlio che ogni madre avrebbe voluto avere: bello, affascinante, elegante, gentile, istruito, ubbidiente... un modello di perfezione fisica e morale, capace di primeggiare in ogni campo!

«Mi hai fatto paura!» disse lei, abbracciandolo. «Quante volte ti ho detto che non devi strisciarmi alle spalle? M'inquieta!» Egli rispose con un mezzo sorriso, divincolandosi lentamente dall'abbraccio e cambiando subito argomento:

«Ti piace il quadro?» le domandò, in modo affettuoso, porgendole una sedia per farla accomodare.

«Un po' angosciante!» rispose. «Come mai lo hai scelto?!»

«Mi piace la provocazione che lancia! Sarebbe facile rappresentare, come fanno tutti, un'orda di oscure mostruosità che cadono tra gli assalti di meravigliosi angeli lucenti! Invece, questo quadro è diverso: rappresenta degli angeli che vengono aggrediti da altri angeli! L'Arcangelo Michele e *Lucifero* sono praticamente uguali: stessa corporatura, stesso volto: due fratelli[371]. Michele e *Lucifero* sono alla pari, nessuno dei due domina l'altro, poiché rappresenta il momento in cui Michele strappa l'arma dalle mani di *Lucifero* per lanciarla sulla terra, disarmandolo, non cacciandolo! Nessuno cacciò nessuno: i caduti andarono via da soli!»

Manuel osservava quel quadro e, intanto, i suoi occhi vagavano, quasi fossero alla ricerca di lontani ricordi. Angelica era scossa... E se suo figlio fosse veramente il *Figlio della perdizione*?! Volle allontanare quel pensiero dalla mente:

«Come fai a saperlo?» domandò tremante.

Seguì un lungo silenzio in cui egli apparve smarrito e assente, perso nei suoi pensieri lontani. Angelica osservò ancora una volta il quadro e pensò: *"Nessuno caccia nessuno?! Ma non ti accorgi che Lucifero è completamente nudo?! Come Adamo ed Eva che, dopo, il peccato, si coprirono con le foglie... Padre Raoul diceva che erano nudi della grazia di Dio!!"* Tacque però, perché si accorse che un velo di tristezza permeava il volto di Manuel, come se fluttuasse nella nostalgia e si rasserenò un po', pensando che la tristezza è uno stato d'animo umano e che quindi il suo ragazzo non aveva perso del tutto la sua umanità; ripeté, quindi, a se stessa che suo figlio sarebbe stato l'uomo nuovo, non un altro demone assassino come il padre! No, questo non lo avrebbe accettato! Se fosse accaduta una tale sciagura, ella lo avrebbe disconosciuto! Pensò che avrebbe potuto anche odiarlo... ma no! Non poteva succedere, no! La sua opera non sarebbe stata corrotta! Ella avrebbe lottato per impedirlo! Fu presa dal bisogno impellente di fumare. Aprì la borsetta per prendere una sigaretta, ma suo figlio, leggendo le sue intenzioni, la bloccò:

«Mi spiace, mamma, ma qui non si fuma!»

Angelica rimase allibita e chiuse immediatamente la borsetta, dopo avervi scaraventato con rabbia la scatola delle sigarette che aveva già in mano. Quella negazione era stata per lei una frustata; la visse come un presagio... Ebbe paura che il figlio le fosse sfuggito di mano. Abituata a essere sempre obbedita, a ogni costo, lei avrebbe dovuto essere considerata al di sopra delle stupide regole di sicurezza di quel palazzo. Eppure, suo figlio aveva messo quelle regole al di sopra di lei! Il solo sospetto che Manuel non dipendesse più da lei la fece imbestialire.

Stizzita, gli disse: «Il *Maggiordomo* ci ha convocati in Georgia, tra poche settimane! Ha indetto un Concilio degli *Eredi di Hiram Abif*. Sarà il primo della storia! Non me ne ha spiegato le motivazioni. Ho dei cattivi presentimenti e sono preoccupata! Manuel, non mi deve essere nascosto nulla!» Con una mano gli sfiorò il braccio e poi, delicatamente, gli prese la mano e carezzandogliela e baciandogliela, con voce accorata, gli chiese:

«Qualunque cosa accada, sarai sempre dalla mia parte vero? Non abbandonerai mai tua madre?!»

Guardandola così commossa, Manuel le prese la mano e se la portò alla guancia, dicendole:

«Madre, posso io abbandonarti? Sei la mia luce e la sola ragione per la quale sono quel che sono! Io lo giuro sulla mia vita e su tutto ciò in cui credo e che amo: farò sempre la volontà di mia madre!»

Quell'ultima affermazione riempì Angelica di gioia. Ella lo abbracciò e gli baciò le soffici labbra, mentre scrutava i suoi occhi, cercando dentro di loro la conferma di ciò che con la bocca le aveva appena detto suo figlio. Si fermarono volto a volto, abbracciati, lui la guardava negli occhi senza sfuggirvi. Questo poteva bastarle. Manuel si sciolse delicatamente dall'abbraccio e le disse:

«Scusami, mamma, ma, adesso, devo tornare ai miei impegni!»

Ella non lo trattenne:

«Va bene! Ci vediamo a cena, anch'io ho il mio da fare!»
disse lei, prendendo la sua borsa e ricomponendosi l'abito con
una mano.

Egli si allontanò, lasciandola rassicurata. Sull'uscio della
porta, dandole le spalle, il volto di Manuel Driven, che, fino a
quel momento era stato luminoso, si rabbuiò.

Capitolo 33
REDENZIONE

San Diego, California, USA
3 aprile 2002, ore 9:00

Quel bar resisteva da più di cinquant'anni. Nel corso degli anni, aveva ricevuto, qua e là, qualche ammodernamento, ma quasi tutto era rimasto col taglio stilistico che aveva avuto nel secolo precedente, quando era stato inaugurato. Certamente i clienti erano diversi, solo lui, Cédric Roman, lì dentro era "vecchio". Anche l'impianto stereo era nuovo: adesso era collegato ad un apparecchio tv color, in cui le immagini scorrevano in perfetta sincronicità con la melodia del brano che stava ascoltando. Stava sorseggiando il settimo bicchiere del mattino.

"It's the end of the world as we know it (And I feel fine)" dei REM, dall'album Document del 1987[372], era una canzone contro il "sistema". Ma a lui quella canzone che le casse dell'impianto stereo del bar, mandavano ad alto volume, in quel momento, parlava d'altro.

"… Ingozzati, fatti sentire… voglia di protestare? No! Forza per reagire? Neanche…" Quelle parole su quel ritmo sostenuto lo rispecchiavano in pieno.

Occhi cavi di ghiaccio, una barba non rasata da tre giorni e il peso di una vita sulle spalle: aveva un'espressione triste e assorta.

Fissava il bicchiere, picchiettandone il bordo con le dita al ritmo della musica, nell'attesa che il barista gli versasse nuovamente da bere. Alcol poteva permettersene quanto ne voleva: il proprietario era un suo cugino, che gli aveva fatto la cortesia di un credito a lungo termine.

"Questa è solo la prova dell'eroismo, signore! Diserta e stattene alla larga! Un torneo di bugie... offritemi delle soluzioni, offritemi delle vie d'uscita ed io mi farò da parte!" Proseguiva a esprimere la canzone. Eroe?! Ah, sì, eroe! In giovinezza gli era anche capitato di essere un eroe, qualche volta, ma l'eroismo non era roba per lui! Il vecchio Roman voleva pensare solo agli affari suoi e a vivere la sua vita, senza assumersi la responsabilità di altrui esistenze. "È la fine del mondo come sappiamo ed io sto bene... ora è tempo che me ne stia un po' da solo...". La canzone era finita, sì, si disse: *"È tempo che me ne stia un po' da solo... d'altra parte più solo di così non potrei e... l'ho voluto io! Sono stanco e non ho più tempo neanche per piungermi addosso!"* Bevve l'ultimo sorso di vino e nel fondo chiaro del bicchiere vide riflessi i suoi occhi, cui la sua mente sostituì altri occhi, quelli dell'unica donna che lo aveva amato, gli unici occhi in grado di farlo sentire vivo.

Quegli occhi erano i soli che fossero riusciti davvero a "leggerlo", i soli capaci di riconoscere i suoi pensieri, i suoi sentimenti più intimi. Come ci riuscissero, per lui era un vero mistero, anche se, dentro di sé, comprendeva benissimo quel "mistero" che poi segreto non era: Virginia lo amava! Ma a lui piaceva fino ad un certo punto essere amato, visto che Cédric Roman voleva un amore senza lacci, senza orari, senza responsabilità.

Tante volte l'aveva tradita, tante volte le aveva mentito, tante volte era stato mesi e mesi lontano da lei, senza darle sue notizie, e lei, pur sapendo dei suoi tradimenti, pur sapendo delle sue menzogne, pur sapendo che non faceva altro che fuggire via per non legarsi, era sempre rimasta.

Si chiedeva come facesse a sopportare tutta quella sofferenza che lui le procurava! Ma un giorno, Cédric Roman doveva averla combinata proprio grossa! Forse aveva esagerato o forse lei si era stancata; fatto sta che, ritornato a casa, Virginia non c'era più. Non fece nemmeno lo sforzo di cercarla: a che pro? In fondo non avrebbe potuto offrirle nulla di diverso rispetto a quanto le avesse dato fino a quel momento.

Si sentivano le campane della Chiesa dell'Assunta in lontananza; era l'ora del passaggio del tram: un ferro vecchio che faceva sempre un gran trambusto, ma che, al calare della sera, per lui, era l'unica speranza di potere tornare a casa… Vi saliva, trascinava la sua carcassa fino all'ultima fila e attendeva di essere riportato alla fermata giusta. Erano queste le sue giornate da quando lei se n'era andata: tutte uguali, tutte ugualmente inutili.

Quel giorno, il tram stava ritardando più di qualche minuto. Quella ferraglia passava da lì almeno quattro volte al giorno e ogni volta si faceva ben sentire per il fracasso della sua frenata. Il vecchio Roman avrebbe atteso, ordinando un ultimo bicchiere.

Dentro il tram in arrivo, una vecchia musicassetta veniva fatta girare da una radiolina a batterie quasi scarica. Il nastro magnetico stava pressoché per incominciare a rallentare ma era stato in grado di far ascoltare almeno l'ultima canzone. Un brano che aveva tenuto compagnia al "ragazzo" seduto all'ultimo posto, dell'ultima fila.

Il Destino nelle Sue mani
Non ci ha mai lasciato sperduti
Ogni volta che faceva male quel peso sul cuore
Lo ha preso con sé

Resisterò
Anche la morte combatterò
Perché così oltre il confine
Ti abbraccerò
Aspettami

Il Destino nelle Sue mani
Ci ha portato a esser più veri
C'è voluta parecchia pazienza ma quella speranza
Ci ha dato un perché

Resisterò
Anche la morte combatterò
Perché così oltre il confine
Ti abbraccerò
Mi aspetterai

Il "ragazzo cresciuto", sul tram aveva affrontato un lungo viaggio e non solo quello per arrivare a San Diego; era stanco ma si disse che ne era valsa la pena. Era determinato: quel giorno, a ogni costo, avrebbe avuto l'ultima parola sulla sua vita. Aveva peccato d'ingenuità, scendendo a patti con un *Demone* senza avere pienamente coscienza del prezzo che avrebbe dovuto pagare! Povero stupido ingenuo Roman!

Lui che in tutta la sua vita non si era mai fatto fregare da nessuno, era stato giocato come un vero idiota! Era stanco, trasandato e adesso anche… sudato! Niente aria condizionata in quella carrozza, nessun sollievo; il caldo si faceva sempre più pesante e spietato su quei vestiti rubati al mercatino rionale romano.

Aveva vissuto in quel corpo in coma per ben quindici anni, ma a lui erano parsi un istante, un palpito, un battito di ciglio; durante il quale chissà cos'era successo!? Adesso era venuto il momento di fare i conti con la sorte. Accarezzava quel "ferro" che si era procurato con i modi cui era avvezzo, pregustando il momento in cui, finalmente, avrebbe potuto sparare contro il vecchio Cédric! Quasi a voler disegnare una metafora di un uomo che, vuole chiudere con la sua vecchia vita.

In quel momento per uno strano scherzo del destino, infatti, in quella città vi erano due se stesso, lui, il *Dybbuk* dentro il corpo più giovane del trentenne John Cohen seduto sul tram… e il vecchio se stesso, perso tra i propri rimpianti dentro a un bar puzzolente. E quel vecchio sé, aveva i minuti contati. Sarebbe stata l'unica maniera per rompere il patto col *Demone* che lo perseguitava, la sola via d'uscita per riconsegnare a quel "ragazzo", ormai giovane uomo, il corpo che egli gli aveva rubato! Poi avrebbe espiato, ma la questione non gli pesava più di tanto! L'unica cosa che gli premeva veramente era liberarsi di quel *Demone*.

"Uccidere Maddalena?! Mai!" gridava dentro di sé, vibrando con tutto il suo essere, *"Non è possibile sempre, dover uccidere ciò che è bello, vero e innocente, solo per il proprio tornaconto![373]"*.

Non lo aveva compreso in vita, lo aveva imparato da morto, soprattutto da John Cohen, che, in quella notte tempestosa, lo aveva tirato fuori dalla fossa, dalla tomba, che si era scavato con le sue stesse mani, accontentandosi, prima, di una vita triste e inutile e, dopo, scendendo a patti con gli inferi.

Quel ragazzo, John Cohen, era davvero da ammirare! Non si era mai rassegnato: aveva lottato, lo aveva tirato fuori dalla bara e aveva trasportato sulle sue spalle il suo vecchio cadavere, accettando di portare, come il Cireneo, un pezzo della sua croce. Non poteva più tirarsi fuori; l'uomo di Cirene era stato costretto dai soldati romani ad aiutare Cristo a portare la croce verso il calvario[374]; Cédric Roman non era costretto da nessuno se non dalla sua coscienza: doveva ridare la vita a John Cohen!

Seduto nell'ultima fila e nell'ultimo posto del tram che attraversava strade e incroci, Roman guardava fuori dal finestrino e pensava che da qualche parte, tra quei palazzi di San Diego, forse, c'era lei, la sua Virginia, e loro figlia. Provava a immaginare il volto invecchiato della donna, tentava di immaginare quello della figlia... provava, ma senza riuscirci: *"Non ho diritto neanche di immaginarle!"* pensava. E poi, non c'era neanche il tempo di perdersi dietro a sentimentalistiche fantasie: in quel giorno, sarebbe stato in gioco il destino degli uomini. Lui avrebbe fatto la sua parte: non si sarebbe, in nessun caso, tirato indietro.

Sentì il segnale della fermata del tram: era arrivato il momento di scendere. Si tirò su il cappuccio della felpa, fece un lungo respiro e andò giù in strada. Non si trovava molto lontano dal locale del cugino, e aveva il vantaggio di sapere esattamente cosa stesse succedendo all'interno di quel bar. Era sicuro che in quel momento il vecchio Cédric stava ingurgitando l'ennesimo bicchiere di vino, rimuginando sul suo passato e che, dopo qualche istante, egli lo avrebbe chiamato fuori da lì, che il vecchio sarebbe uscito ed egli avrebbe finito il lavoro! BANG! «Adios amigo!», lo avrebbe salutato così, dicendo addio a tutto...

In questo modo, ogni cosa sarebbe ritornata al proprio posto: John Cohen avrebbe riavuto il suo corpo, mentre il *Demone* si sarebbe trastullato con l'anima di Cédric Roman all'inferno.

Conosceva esattamente come si sarebbe svolta tutta la faccenda, e non riusciva, pertanto, a capire perché si sentisse preoccupato. Forse perché aveva sperimentato che nulla è mai scontato e che, talvolta, bisogna fare i conti con variabili imprevedibili e incontrollabili... *"Già"* si disse *"Non tutto è nelle nostre mani!"*

Avrebbe voluto accennare a una preghiera, ma non era un esperto, per cui ripeté quella di John Cohen, che, oltre al resto pensò, gli aveva pure insegnato a pregare! «Per la Sua dolorosa passione...», conosceva solo quelle poche parole e le pronunciò, sperando vivamente che potessero bastare.

Girò l'angolo e, mentre i battiti del suo cuore preso in prestito acceleravano, incominciò a rallentare il passo: ormai era nei pressi dell'entrata del bar. La pistola era pronta tra le sue mani, sollevarla verso l'obiettivo sarebbe stato come sollevare tutto il peso della sua croce: «*Per la Croce e con la spada*», aveva promesso al *Cavaliere dell'Immacolata*! Avrebbe fatto quel che andava fatto, "per la Croce", per la salvezza di molti, e "con la spada" ... il "ferro" che deteneva ne sarebbe stata la giusta mimesi.

Era il momento; ricordava che prima di morire si era sentito chiamare per nome: «Cédric Roman!» Quel nome era risuonato tre volte, prima che egli uscisse dal bar! Era pronto: si sarebbe chiamato tre volte; stava per riempire i polmoni e spalancare la bocca, quando...

«Porco il demonio! Cédric Roman! Fermati!»

Due uomini si erano materializzati di fronte a lui nei pressi dell'entrata del locale. Uno, quello che aveva urlato il suo nome, era tozzo e baffuto con un berretto sul capo e una giacchetta di pelle, l'altro, vestito anch'egli con una giacca di pelle nera, minaccioso, gli puntava una pistola:

«Dio mi è testimone! Fermati, Cédric, non voglio ferirti! Non sai cosa stai per fare! Fermati: si può risolvere diversamente!» gli disse l'uomo cercando di intimidirlo. Dante, infatti, avrebbe voluto attuare una specie di esorcismo o rito riparatore evitando ulteriori spargimenti di sangue.

«Non t'intromettere, Dante Milton!» esclamò, contrariato.

«Porco il demonio, sei famoso: ti conosce!» proruppe stupito Beppe a Dante, che nel frattempo, aveva tirato fuori una trasmittente dal taschino della giacca.

«Non ho idea di come sappia il mio nome!» rispose questi, portandosi la trasmittente alla bocca, mentre ancora puntava l'arma sul giovane uomo.

«È qui, davanti al locale, via libera, arrivate pure!» disse poi alla trasmittente.

Cédric Roman non sapeva con chi stesse parlando Milton, ma non aveva alcuna intenzione di fermarsi. Dante Milton e Cédric Roman da dentro il corpo di John Cohen, si ritrovarono faccia a faccia e si puntarono vicendevolmente una pistola, uno a destra e l'altro a sinistra della porta ancora chiusa del locale, che era in mezzo a loro.

Roman-Cohen era confuso: cosa ci faceva mai Dante Milton davanti a lui? Chi era quell'altro che lo accompagnava? Con chi stava parlando Dante alla radio? Tuttavia, non c'era tempo per rispondere; doveva agire! Dante Milton, vedendo che Roman non accennava a desistere, istintivamente, urlò di nuovo il suo nome:

«Cédric Roman, fermati!»

Sentendosi chiamare per la terza volta, il vecchio Roman, dall'interno del bar, si decise a venir fuori. La porta si spalancò, oscurando la visuale di Dante, l'anziano Roman, un po' barcollante per colpa dell'alcol, vide solo, nebbiosamente, qualcuno che gli puntava una pistola contro, mentre, con la coda dell'occhio, il giovane Roman-Cohen vedeva in lontananza tre donne e un uomo che si avvicinavano.

Una era Eved Magdalene divenuta adulta, seguita e tenuta per mano da Virginia, anziana e malferma, ma sempre bellissima, che veniva sorretta da una giovane suora che ne aveva i medesimi tratti: era, forse, sua figlia? Dell'uomo in abiti da sacerdote, scuro di pelle, e anch'egli avanti negli anni, non sapeva nulla!

Ma non si prese tempo per riflettere; nessun dubbio, nessun tentennamento: il giovane Roman-Cohen puntò l'arma contro il vecchio Cédric e gli sparò, deciso, dritto al cuore! *"Adios amigo!"* fu l'ultimo suo pensiero, poi calò il buio in tutto il suo mondo e un grido inumano, acuto e demoniaco, risuonò nelle sue viscere, squarciando il velo del tempio della sua anima.

La porta del locale si richiuse, Dante e Beppe videro, contemporaneamente, due corpi cadere come morti. Essi si catapultarono sul giovane, insieme a Eved Magdalene.

Padre Noah accompagnò l'anziana Virginia e la figlia verso il cadavere del vecchio Roman, rosso di sangue. Tutto il quartiere si radunò attorno a loro, mentre le sirene in lontananza segnavano che qualcuno si era già premurato ad avvertire le autorità e che i soccorsi stavano per sopraggiungere.

Non sapeva come fosse stato possibile; di questo particolare non aveva alcun ricordo, ma riaprì gli occhi e fu subito una grande grazia. Cédric Roman era tornato nel suo corpo di anziano, sanguinante e col cuore a pezzi; era di nuovo lui e stava morendo, ma non era solo.

Ad abbracciarlo, ad accarezzarlo, a sostenerlo su quello sporco marciapiede, c'era lei, la persona che aveva avuto di più cara al mondo: Virginia.

Disteso e morente, affannato, le guardava il volto pieno di dolore, e lei stava lì, in silenzio, come aveva sempre fatto, accarezzandolo, perdonandolo come non aveva mai smesso di fare.

«Il mio pirata!» sospirava tra le lacrime Virginia, mentre gli sfiorava il volto con il palmo della mano. Vedere la sua donna con quell'espressione piena di affetto e di dolore gli faceva provare ribrezzo di sé, per averla dimenticata, per non averla più cercata.

«Quanto male ti ho fatto! Mi vergogno di me stesso!» le disse con tutta la verità di cui era capace in quegli ultimi istanti.

«Cosa credi? Che non sapessi chi eri quando ti ho scelto? Ed io... anch'io mi sono smarrita: non sarei mai dovuta andare via, amore del mio cuore! Ma Dio pone rimedio a ogni nostro male con la Sua misericordia!» La donna toccò il braccio della giovane suora che era china su di lui, proprio accanto a lei, e con voce decisa e ferma gli disse:

«Uomo, ecco tua figlia...» E rivolgendosi alla figlia, disse: «Ecco tuo Padre!»

La giovane lo guardò, ricercando delle parole che, piena di dolore com'era, le morivano in gola. Quindi, dopo qualche sospiro trovò il coraggio, gli sollevò una mano e la strinse fra le sue, per trasmettergli tutto il calore possibile, poi gli disse:

«Sii lieto, non temere, non avere paura, papà! Non sei mai stato lontano, tu ci sei sempre stato!»

Quelle parole furono, per lui, un lampo di luce nelle tenebre! Veramente nulla dipendeva dalle sue forze! Veramente era stato sempre guardato da una "Presenza" più grande che lo aveva amato pur in tutto il suo marciume! Si era sempre chiesto se fosse un uomo o nessuno, adesso sapeva la risposta: era un uomo salvato!

Gli sorrise come poteva, poi si rivolse all'amata da cui non riusciva a staccare lo sguardo:

«Ha la tua stessa forza!» le sussurrò.

«L'ho chiamata Honorata, come la donna del *Corsaro* raccontata dai tuoi amati libri...»

Seguì un attimo di silenzio, poi Virginia riprese fiato e disse:

«È vero: ci sei sempre stato! E attraverso nostra figlia, per grazia, ci è stata donata la misericordia che sia io che tu, abbiamo voluto rifiutare! Lei ha scelto di consacrarsi a Dio ed è divenuta Suora della Carità a New York!»

Roman sorrise, capì che non aveva vissuto invano e che, alla fine, anche lui era entrato in un disegno fatto dall'Alto. Veramente Dio aveva rifatto la sua vita, egli era rinato una seconda volta.

«Dio mi è testimone, la mia vita non è mia, se mai lo è stata. Il Dio onnipotente, davanti cui, se potessi, mi inginocchierei… Nella mia pochezza, ha rifatto nuovo il mio cuore!»

Finalmente aveva capito cosa volesse dire quell'espressione tante volte sentita "Dio mi è testimone" voleva dire che tutto ciò che accade sotto il cielo è affare di Dio, accade davanti alla Sua presenza e ha valore per l'eternità.

Virginia lo teneva su di sé, fra le sue braccia, come la Pietà di Michelangelo, mentre lui rantolava già.

Dante si avvicinò per parlare con Padre Noah:

«Cohen è solo svenuto! Non sento nella Trascendenza nessuna presenza oscura su di lui, tornerà presto con noi!»

Padre Noah annuì e tornò a contemplare il miracolo a cui stava assistendo, bagnandosi due dita della mano destra sul sangue di Roman.

Dante venne attratto da Roman che si era voltato a fissarlo:

«Ci vediamo tra dieci anni amico mio!»

Nessuno dei presenti comprese quella frase che passò quasi in secondo piano, in quanto Padre Noah, attirò l'attenzione di tutti.

Col sangue a cui aveva appena attinto fece un segno di croce sulla fronte di Cédric Roman e, benedicendolo, gli elargì l'estrema unzione, perdonandogli i molti peccati e di fatto, battezzandolo…

«Per questa santa unzione e per la Sua piissima misericordia ti aiuti il Signore con la grazia dello Spirito Santo e, liberandoti dai peccati, ti salvi e nella Sua bontà ti sollevi!»

Furono le ultime parole ascoltate dall'anziano Roman in punto di morte, che grato, con l'ultimo fiato rimasto, senza più alcun timore, poteva lasciarsi chiudere gli occhi, dopo aver sussurrato la sola preghiera che avesse mai imparato:

«Per la Sua dolorosa passione…»

«… abbi misericordia di noi e del mondo intero!» Eved Magdalene, impegnata com'era nell'accudire suo fratello, aveva ascoltato tutto e aveva continuato quella frase che lei conosceva bene. Era la preghiera della *Corona della Misericordia*[375] che Cristo aveva consegnato in visione a una veggente, una certa Suor Faustina Kowalska nel 1935 con una promessa: "La Mia misericordia avvolgerà in vita e specialmente nell'ora della morte le anime che reciteranno questa coroncina".

Eved Magdalene era certa, tutto quello che fino a quell'istante era accaduto, era per la grazia di quella promessa che Cédric Roman portava nel cuore e che aveva formulato con quelle sue ultime parole.

«È tornato a casa!» disse Padre Noah provando a sollevare da quel corpo una Virginia affranta.

«C'è una casa in cui si può tornare sempre. Una casa tra infiniti prati verdi e grandi amici…» mormorò una voce da dietro la folla che guardava quegli eventi.

Beppe, Dante ed Eved Magdalene la riconobbero subito!
"Porco il demonio, Adam Gamliel, il Maggiordomo!" pensò Beppe, che era allarmato e, sorpreso nel vederlo in una veste così normale, come fosse in incognito.

«Vi prego, mi occuperò io delle autorità! Ascoltatemi, posso trattenermi per poco! Ora tutto è come deve essere nel seno delle scelte di Dio[376]!»

Non sembrava essere lo stesso uomo che avevano incontrato quindici anni prima e che il buon Beppe avrebbe voluto vedere morto volentieri. Eved Magdalene si tirò su in piedi, persino abbandonando il fratello per terra.

«Com'è possibile?» disse Dante, frapponendosi tra loro e il *Maggiordomo*, come a volerli difendere, facendo loro da scudo con il proprio corpo. Fra lo stupore e la confusione generale, Adam Gamliel gli fece cenno di calmarsi e rispose in una maniera che lasciò tutti senza parole.

«"Vi era tra i farisei un uomo di nome Nicodemo, uno dei capi dei Giudei. Costui andò da Gesù, di notte, e gli disse: «Rabbì, sappiamo che sei venuto da Dio come maestro; nessuno, infatti, può compiere questi segni che tu compi, se Dio non è con lui». Gli rispose Gesù: «In verità, in verità io ti dico, se uno non nasce dall'alto, non può vedere il regno di Dio». Gli disse Nicodemo: «Come può nascere un uomo quando è vecchio? Può forse entrare una seconda volta nel grembo di sua madre e rinascere?». Rispose Gesù: «In verità, in verità io ti dico, se uno non nasce da acqua e Spirito, non può entrare nel regno di Dio. Quello che è nato dalla carne è carne, e quello che è nato dallo Spirito è spirito. Non meravigliarti se ti ho detto: dovete nascere dall'alto. Il vento soffia dove vuole e ne senti la voce, ma non sai da dove viene né dove va: così è chiunque è nato dallo Spirito». Gli replicò Nicodemo: «Come può accadere questo?». Gli rispose Gesù: «Tu sei maestro d'Israele e non conosci queste cose? In verità, in verità io ti dico: noi parliamo di ciò che sappiamo e testimoniamo ciò che abbiamo veduto; ma voi non accogliete la nostra testimonianza. Se vi ho parlato di cose della terra e non credete, come crederete se vi parlerò di cose del cielo? Nessuno è mai salito al cielo, se non colui che è disceso dal cielo, il Figlio dell'uomo[377]»". Dio mi è testimone, sono rinato da acqua e da spirito, ho scoperto di avere una Padre e una Madre e ora il mio cuore, adesso e per sempre, appartiene a Colei che veglia sull'universo!»

Quelle parole disarmarono tutti, ogni astio fu raso al suolo da quella sapienza che non poteva essere in nessun modo menzognera.

«Quali sono le tue intenzioni?» domandò un Dante frastornato da ogni cosa successa in quella giornata.

Mentre tutt'intorno gli uomini del *Maggiordomo* prendevano possesso della situazione, gestendo il dialogo con la polizia e organizzando i soccorsi, Adam Gamliel spiegò le ragioni della sua presenza:

«Sono stato mandato, inviato per portare la buona notizia! Tra pochi giorni vi sarà un raduno. I potenti della terra prenderanno consesso attorno all'ultimo degli *Eredi: il Figlio della perdizione*! Allora il "ciclo" potrà chiudersi!»

«Porco il demonio!» Beppe fece sobbalzare tutti tanto fu improvvisa quella reazione: «Finiamo questa storia e torniamocene a casa...!»

Tutti riconobbero che il loro amico, per quanto apparisse buffo e tozzo, era, certamente, un uomo molto concreto.

Capitolo 34
MARTIRIO

Peace Forest, Gerusalemme, Israele
12 aprile 2002, ore 15:00

Le tre Jeep, in fila una dietro l'altra, percorrevano lo sterrato verso la zona sud-sud-est della città santa, tra il quartiere di Abu Tor e la passeggiata Sherover, in direzione della foresta piantata in corrispondenza dei resti dell'antico fiume Atsal. Egli ricordava di quel fiume; veniva menzionato nel libro del profeta Zaccaria, in una delle profezie riguardante gli ultimi tempi: *"Voi fuggirete per la valle dei miei monti, poiché la valle dei monti s'estenderà fino ad Atsal; fuggirete, come fuggiste davanti al terremoto ai giorni di Uzzia, re di Giuda; e l'Eterno, il mio Dio, verrà, e tutti i suoi santi con lui[378]"*.

Trovava molto sospetta quella convocazione e nutriva molti dubbi sulle ragioni che avevano richiesto in quei luoghi la sua presenza, ma non aveva alcuna intenzione di fuggire. Gli avevano fatto sapere di una scoperta senza precedenti, rinvenuta presso la tomba di *Kayafa[379]*.

Quella tomba era stata ritrovata, fortuitamente, nel novembre del 1990, proprio in quel quartiere, mentre alcuni operai effettuavano degli scavi. A causa del peso eccessivo dei macchinari, una frazione di terreno era ceduta, portando così a nudo l'antico sepolcro scavato nella roccia[380]. Dalla lussuosa urna decorata, emergeva l'iscrizione "YOSEF BAR KAYAFA": il nome del primo *Maggiordomo*.

Gamliel si chiedeva se fosse possibile che, oltre al testamento rinvenuto a *Qumran*, di *Kayafa* ci fosse dell'altro da scoprire. Ovviamente, non escludeva nulla, ma la tempistica della notizia, a ridosso dell'imminente Concilio, e il fatto che essa proveniva non dai suoi uomini, ma da quelli di Jacob, comunque, lo insospettivano enormemente.

Non credeva di aver nulla da temere: era stato attento a non farsi tracciare a San Diego e, del resto, considerava Jacob suo alleato, visto che era stato proprio lui che aveva voluto coinvolgere nel grande gioco il vecchio *Fabbro*!

Adam Gamliel, tuttavia, era cosciente che dovesse mantenere alta la guardia, poiché il ruolo del *Maggiordomo*, dopo la scomparsa dei tre *Custodi* dell'*Arca*, aveva perso qualche posizione, rispetto a quello di Jacob che, essendo divenuto il "*Falso Profeta*" degli ultimi tempi, si era guadagnato le attenzioni e i favori degli inferi. E dei demoni, sempre pronti ad accapigliarsi e ad accoltellarsi l'uno con l'altro, Gamliel sapeva che c'era poco da fidarsi!

Quel pomeriggio, il cielo era sgombro da nubi e il vento caldo dall'Egitto rendeva l'aria afosa e opprimente.

Gamliel, dall'interno dell'auto, guardava il sole, che sembrava una grossa pallida lampada al neon e che tremolava al di sopra della coltre di calore. Il baccano del caotico traffico cittadino, che riusciva a superare la blindatura delle auto nere, unito all'afa, stava rendendo ancora più stancante quel viaggio, sebbene si prospettasse breve. Gli scavi presso cui erano diretti, infatti, erano distanti appena una decina di chilometri dall'aeroporto di Gerusalemme su cui erano atterrati. Quell'aeroporto non era ufficialmente in funzione, però Gamliel e i suoi uomini avevano potuto utilizzarlo al posto di quello di Tel Aviv, aperto ai civili e distante una sessantina di chilometri.

Arrivarono presso gli scavi, che erano vigilati da un cospicuo numero di uomini armati. Gamliel era scortato da dodici uomini, che scesero immediatamente dalle auto per poterlo accompagnare fino al luogo dell'incontro. La tomba si mostrava scavata nella roccia; alla sinistra della sua entrata, vi erano i resti di un enorme masso di forma cilindrica incastrato sul terreno, e posto sulla guida che doveva essere servita per farlo rotolare nel cavo interno. Alla destra e alla sinistra dell'apertura, vi erano due guardie ben vestite, che, sfoggiando un paio di occhiali da sole, nascondevano quasi del tutto il loro volto. Una delle due fece cenno al *Maggiordomo* che avrebbe potuto accedere al sepolcro, ma da solo. Adam Gamliel annuì e diede disposizioni ai suoi uomini perché lo attendessero fuori.

Abbassò il capo ed entrò in quegli ambienti di pietra gialla, illuminati da un paio di lampadine, alimentate da un impianto elettrico rudimentale affisso al soffitto. Al suo ingresso, fu avvolto da una benevola e accogliente frescura. Scese un paio di gradini e si ritrovò in una piccola stanza, che precedeva quella dell'inumazione.

Si bloccò un istante prima di entrare, avendo visto un Jacob, in abiti cardinalizi, inginocchiato dinanzi al luogo in cui era stata ritrovata l'urna con i resti di *Kayafa*, affidata all'Israel Museum anni addietro. Aveva subito notato che, però, al posto di quell'urna era stata posizionata una "*misericordia*[381]", un pugnale stiletto del dodicesimo secolo, davanti al quale Jacob stava in raccoglimento.

Di colore argentato, la lama del pugnale, triangolare a sezione di losanga araldica, aveva una struttura robusta, ma sottile, capace di ferire a morte, attraverso gli spazi lasciati scoperti delle pesanti armature dei soldati. L'arma dinanzi alla quale era inginocchiato Jacob si presentava molto lavorata.

Osservando il tipo di rifinitura e gli intarsi presenti sul pugnale, Gamliel pensò che dovesse essere stato realizzato in Castiglia, dai maestri fabbri del capoluogo di Albacete. Con quel tipo di stiletto, usato in tutta Europa fino al diciassettesimo secolo, dopo una battaglia, vescovi o altri prelati, decidevano sul campo quali uomini, in procinto di morire, dovessero essere "finiti", perché irrecuperabilmente lesi, rispetto ad altri che avrebbero potuto essere assistiti.

Adam Gamliel intuì, ma volle comunque stare al gioco ed attese la prima mossa di Jacob, ma poiché questi rimaneva assorto e in silenzio, fingendo indifferenza, ad un certo punto, decise di rompere ogni indugio:

«Jacob, vuoi che ti chiami così, più che con il tuo vero nome, giusto? Dimmi, cosa ci facciamo qui? Cos'è tutta questa messa in scena a pochi giorni dal Concilio?!»

Jacob aprì gli occhi che, fino a quel momento, aveva mantenuto chiusi e, con voce bassa e ferma, scandendo lentamente le parole, sussurrò:

«Sai bene perché amo quel nome: vi è contenuta tutta la mia vocazione!»

Certamente! Gamliel lo sapeva: Giacobbe! Giacobbe, in ebraico, significa "il soppiantatore"! Sì, Giacobbe, con l'inganno, aveva carpito al padre la benedizione della primogenitura che, invece, spettava al fratello Esaù! Le sue vicende, narrate nella Genesi, vedevano in lui un eroe eponimo del popolo ebraico. Durante una notte misteriosa, infatti, secondo quel libro, lungo le rive del fiume Jabbok, un affluente orientale del Giordano, Giacobbe aveva lottato contro Dio e Lo aveva "sconfitto"! Alla fine della battaglia, durata fino all'alba, la figura misteriosa su cui aveva primeggiato gli diede il nome di Israele, cioè "Contende con Dio", sostituendolo al nome tribale "Giacobbe". Da quella notte, "il soppiantatore" divenne il progenitore, il capostipite e l'archetipo di tutto un popolo[382].

Che Jacob lo avesse portato a riflettere sulla preferenza di quel nome rispetto a Tubal-Cain sciolse ogni dubbio: Adam Gamliel, ebbe la conferma definitiva che era stato attirato in quel luogo per essere eliminato.

«Allora, Jacob, basta con queste chiacchiere! Andiamo al sodo: cosa hai da dirmi?! Vuoi farmi fuori, vero?!»

Il Cardinale, si alzò, sospirò e cominciò a scuotere il capo, per indicare una profonda delusione. Poi, si avvicinò all'arma. Prese il pugnale fra le mani e, accarezzandone la lama affilata, disse:

«Non è stato carino da parte tua indire un Concilio, senza avermi prima consultato!»

«Era necessaria un'adunanza! Bisognava placare gli animi di molti! Negli ultimi tempi, si sono accumulate molte domande scomode su di noi e il nostro operato! Era ora di rimettere ordine! Abbiamo innescato una terza guerra mondiale che sarà combattuta a pezzi e tutte le pedine della scacchiera devono essere collocate nella loro corretta posizione: non posso permettermi défaillance!» rispose Gamliel.

«Avresti dovuto prima chiedere il mio parere!» ribatté stizzito Jacob.

«Ma cosa stai farneticando?! I potenti della terra, gli *Eredi di Hiram Abif* sono affare mio! Il tuo compito è di azzerare il *Katéchon*! Era questo il motivo per cui ti avevo coinvolto! Io avrei unito le nazioni della terra, tu avresti unito le religioni del mondo in una sola! Era questo il nuovo ordine: dare a Cesare ciò che è di Dio! Era questo il nostro accordo! Il nostro modello di governo era stato confermato anche dagli inferi, non ricordi?!»

Jacob cominciò lentamente ad aggirare il *Maggiordomo*, che si trovava al centro della stanza, colpendo ritmicamente la sua mano sinistra col pugnale, che teneva orizzontalmente nella destra. Gamliel era teso e sudato, era palese che nulla di quanto aveva tentato di nascondere era rimasto tale agli occhi di quell'uomo. Gli era ormai definitivamente chiaro, infatti, persino il perché lo avesse voluto in quel luogo: chiudere il cerchio; uccidere l'ultimo dei *Maggiordomi* nel luogo di morte del primo!

«Cesare e Dio[383]? Sin dai tempi della dominazione romana, vennero diffuse da più parti le credenze cui gli *Eredi* danno credito. Con l'arrivo degli ultimi giorni, Dio avrebbe mandato un nuovo re e posto a guida del Suo popolo un *Guerriero...* Questa ragione aveva spinto i sicari e gli zeloti dal 66 al 70 d.C. ad intraprendere la battaglia contro l'impero di Cesare, per quanto sbilanciata e a loro sfavore essa apparisse! Quella, per loro, era stato lo scontro predetto tra gli eletti di Dio e i Suoi nemici[384]! Quella battaglia aveva portato alla distruzione del Tempio, ma *Kayafa aveva osato* opporsi! Quell'insulso... rifiutava l'ipotesi di distruzione del secondo Tempio, per difendere la sua posizione... Per curare il suo "orticello" di potere, andò contro la volontà dei *Custodi* e della trinità profana: non comprendeva il disegno più grande di cui era partecipe! La sua visione era miope: accontentarsi del potere su Israele quando avrebbe potuto avere il mondo intero! Mai conosciuto un essere così stolto!»

Il *Maggiordomo* ascoltava quelle parole scontate di cui conosceva ogni aspetto e intuiva che vi potesse essere un messaggio sotteso rivolto a lui: Jacob gli stava, forse, dicendo che anche lui era uno stolto?! Eppure, pensava che egli non avesse, comunque, scoperto la sua conversione. Era, perciò, persuaso che Jacob volesse semplicemente imputarlo di voler far da sé, di non volere collaborare con lui, avendo, come *Kayafa* e come i sadducei della sua cerchia, mire personali, individualistiche. Probabilmente voleva accusarlo di essere ingordo, di somigliare a quei sadducei fermamente convinti che tutto si dovesse svolgere nell'aldiquà, compresa la ricompensa, rifiutando perfino l'idea dell'esistenza di un "oltre" nell'esperienza umana[385]...

Qualunque fosse l'accusa, Jacob non sapeva che Gamliel non sentiva più bisogno di alcun potere, che non gli era necessaria più una posizione per affermarsi, che la sua vita era cambiata da quando aveva incontrato la "ragazza" di Auschwitz.

Gamliel non temeva Jacob, non temeva quella *misericordia*, l'arma che questi impugnava tra le mani, perché egli aveva già sperimentato la vera "Misericordia", il perdono che fa nuove tutte le creature.

«Stai spendendo parole inutili! Le tue elucubrazioni non mi riguardano, né mi sfiorano! Per una volta, dì la verità!!» gli ordinò. Jacob, che aveva inscritto nello sguardo la voglia assettata di conficcargli in cuore il pugnale che accarezzava, gli chiese:

«Cosa è successo a San Diego?!»

«Non devo rendere conto a te dei miei spostamenti. Comunque, se ci tieni proprio a saperlo, sono andato ad accertarmi, personalmente, che il *Makabì* fosse stato definitivamente eliminato: questo è tutto!» rispose Gamliel, non cedendo di un passo.

Jacob lo guardava torvo e diffidente, continuando a roteargli intorno sempre più nervosamente. Gamliel si ritrovò a pensare che non aveva paura di morire, proprio come non ne aveva avuta il suo amico Meroveo. Jacob avrebbe potuto uccidere la sua vecchia carcassa, ma non avrebbe potuto nemmeno sfiorare la sua anima trasfigurata. Quella *misericordia* con cui giocava il *Fabbro* era un'inezia, rispetto a quella che aveva ricevuto dalla donna di Auschwitz: una luce che egli avrebbe voluto contemplare eternamente e per la quale era disposto a morire.

In quella luce era riposta la sua fede ed egli si gloriava di professarla per Cristo Gesù, il suo Signore.

Ma la pazienza di Jacob era ormai al tramonto.

«Tutti gli *Eredi* di colui che conosceva i segreti del Tempio vengono convocati in un unico luogo, in un preciso momento del tempo… Ogni potente della terra viene invitato a raggiungere il consesso più importante che la storia umana abbia mai conosciuto e io ne vengo a conoscenza soltanto attraverso un semplice invito?! No! Non sei credibile, Adam Gamliel! Tu menti, sprovveduto *Maestro di Giustizia*! Non avrai mica intenzione di farci saltare tutti in aria, vero?!»

«Certo, non sarebbe male come idea! Comunque, scusami se non te ne ho parlato… Ah, le mie amnesie! Sono vecchio e non vivo più, come invece puoi fare tu, i vantaggi dell'immortalità! Caro, Jacob, inutile negarlo, presto mi ritroverò nell'altro mondo, faccia a faccia con *Lucifero*. Sì, sono vecchio e il mio cervello perde colpi! Ho semplicemente dimenticato di avvisarti. Tutto qui!»

Nulla più trattenne l'ira di Jacob, che si stracciò le vesti, giudicando quelle parole cariche d'insolenza: la prova definitiva del tradimento dell'ultimo dei *Muggiordomi*.

«Impertinente, traditore! Le predizioni sono a nostro vantaggio, la spada ci è stata riconsegnata dal primo *Demone* tentatore, l'Anticristo è a capo delle nazioni e tu, tu ti sei venduto all'altra parte? Cosa ti hanno promesso?! Parla!!»

Mentre urlava, accecato da un'ira violenta e assassina, Jacob, il nipote di Caino, creatura svuotata della sua umanità, consumata dalle ambizioni di potere, mai paga di ciò che otteneva, incapace di vivere senza conflitti, piantò dritta la lama del pugnale nel cuore di Adam Gamliel, scaraventandolo verso la parete.

Gamliel, trapassato da parte a parte, fissando negli occhi quell'uomo che, sopra di lui, continuava ad affondargli nel torace quell'arma con una violenza inaudita, ebbe la forza di tirarsi su le braccia, di afferrare e di stringere fra le sue mani il volto di Jacob e di dirgli:

«Tubal-Cain, tutti gli antichi papiri, tutte le profezie che ci motivavano, tutti i piani per conquistare il mondo… ogni persona che nel corso delle nostre vite ci ha detto cosa fare… ogni persona cui abbiamo ordinato cosa fare non mi hanno mai reso la vita degna di essere vissuta! Io vivo soltanto da quando ho constatato e riconosciuto di non essere solo… di avere un amico!»

Il sangue riempiva la sua bocca, fuoriusciva e traboccava, colandogli sul mento, gli andava avanti e indietro, facendolo tossire ed impedendogli di respirare. Ma Adam Gamliel, nonostante sentisse che la morte era vicina, non cedeva allo sguardo indemoniato di Jacob, anzi… Continuava, con tutte le forze rimaste, a stringergli il volto tra le mani, guardandolo fisso negli occhi, attimo dopo attimo, senza desistere.

Il nipote di Caino comprimeva quel coltello cercando di conficcarlo oltre il possibile, ma non riusciva a staccare gli occhi da quelli di Gamliel, che erano carichi di pietà e di compassione per il suo assassino. Jacob affondava con maggiore violenza la lama su di lui, nel tentativo di mettere a tacere quegli occhi, ma non ne era capace: più pugnalava quel petto e più quegli occhi si riempivano di pietà e di compassione… Fu Jacob a sentirsi mancare per primo le forze. Non riuscì a reggere la forza che scaturiva dagli occhi di Gamliel e, rassegnato e sconfitto, abbassò il suo sguardo.

Per un attimo, all'assassino vennero in mente un altro paio di occhi che lo avevano, ugualmente, spossato: quelli di Maurilio, un vecchio uomo di parrocchia troppo curioso, che, quindici anni prima, aveva osato indagare su di lui.

Gamliel vide Jacob ripiegarsi e si ricordò di quando egli si era inginocchiato di fronte alla forza della croce posta sulla ferula di Dante. Ma Jacob no, non si stava inginocchiando! Jacob stava fuggendo: aveva lottato con Dio e aveva perso.

Adam Gamliel, pieno di pace e col volto sereno, emise il suo spirito. Nella stanza rimase il suo corpo vuoto che, in piedi, aveva lottato con tutte le sue forze, per poi stramazzare al suolo, dopo che Jacob era fuggito via.

Tubal-Cain uscì da quella tomba col viso sconvolto e irriconoscibile, come di un uomo cui fosse stata strappata l'anima. Diede l'ordine di eliminare tutti gli uomini di Adam Gamliel e, poi, di richiudere il sepolcro, seppellendo così, per sempre, l'ultimo *Maggiordomo*.

Vedendo rotolare quella pietra, Jacob capì di essere arrivato alla tappa finale. Si sentì come svuotato, non vi sarebbe stato più alcun *Maggiordomo* al comando, non vi sarebbe stato più alcun *Custode* cui obbedire, nessun *Makabì* da attendere. Entrambe le fazioni, quella dei *Figli delle tenebre* e quella dei *Figli della Luce* erano state battute ed egli era sopravvissuto al conflitto millenario.

Direttamente o indirettamente, aveva sconfitto tutti, portandosi oltre quel manicheismo pleonastico.

Non vi sarebbero state più profezie illusorie con cui dovere fare i conti. Chi, ancora, rimaneva da ostacolo al suo potere? Chi rimaneva, ancora, da assassinare? Aveva preso il nome del soppiantatore; sapeva che, per ottenere la vittoria definitiva, adesso, non doveva far altro che rimuovere Dio e l'anti-Dio.

Era armato.

Capitolo 35
DEMONE

Basilica di San Pietro in Vincoli, Roma, Italia
6 maggio 2002, ore 09:00

Dopo gli eventi di San Diego, il ragazzo risvegliatosi uomo, si era recato presso la Basilica di San Pietro in Vincoli e si era soffermato davanti alla cripta; affrescata con motivi floreali e posta sotto l'altare centrale. Era un piccolo spazio che la tradizione popolare identifica col primo carcere di Pietro a Roma e nel quale, in seguito, era stato posto il sarcofago di sette martiri protocristiani: i sette fratelli Maccabei[386].

John Cohen cercava conforto, prima della grande battaglia cui avrebbe dovuto partecipare e che, forse, sarebbe stata anche l'ultima. Gli erano stati portati via quindici anni, durante i quali Cédric Roman aveva abitato il suo corpo, mentre la sua anima aveva vissuto attimi di eterno nell'aldilà. Quei quindici anni gli mancavano; si sentiva confuso e inadeguato, in quanto era chiamato a adattare la sua età mentale di quindicenne al suo corpo da trentenne.

Il marmo rendeva fredda la catacomba. John Cohen, in ginocchio, osservava le scene scolpite nel sarcofago: la resurrezione di Lazzaro, la moltiplicazione dei pani e dei pesci, l'incontro con la Samaritana, l'annuncio di Gesù a Pietro della rinnegazione, la consegna della legge.

Sopra il sarcofago, vi era un affresco di Silverio Capparoni del 1877, che rappresentava il martirio dei fratelli Maccabei.

John Cohen era assorto nei suoi pensieri e fissava quelle immagini scolpite, che nella sua mente, divenivano vive e presenti. Mentre le contemplava quasi incantato, si accorse che qualcuno gli si era avvicinato; per quanto avesse tenuto segreto a tutti dove stesse andando, c'era chi lo aveva tenuto d'occhio.

«Posso farti compagnia?» chiese una voce conosciuta.

John Cohen si girò, vide Dante e annuì silenziosamente. Il *Guerriero* dei *Boanèrghes* s'inginocchiò accanto a lui e, per qualche istante, entrambi rimasero a fissare in silenzio il grande affresco sopra di loro, nel quale la madre dei Maccabei implorava pietà per l'ultimo dei suoi figli[387].

«Cosa sei venuto a cercare?» chiese Dante Milton.

«Mi sento uno schifo!» rispose John Cohen.

«Beh chi non si sente così?!» ribatté il *Guerriero*.

«Non merito nulla! Ho combinato un casino!» disse John, dandosi dei colpi sulla fronte in segno di pentimento.

«È tutto a posto, figliolo! Oramai quel che è fatto è fatto! Non siamo su questa terra per piangerci addosso!»

Il *Guerriero* dei *Boanèrghes* aveva capito che il giovane era smarrito: avrebbe dovuto rimetterlo in piedi! Stava compiendo ulteriori errori, perdendo di vista i fatti. Il giovane uomo, intanto, recitava le sue preghiere *"Per la Sua dolorosa passione..."*.

Dante capì che, se il ragazzo aveva scelto quel luogo così significativo per la loro storia, era perché aveva bisogno di sapere veramente. Gli disse:

«Ti incolpi per una partita a scacchi di cui siamo tutti pedine e nella quale ognuno ha fatto le proprie mosse, fin dagli albori dell'uomo...»

John Cohen lo interruppe bruscamente:

«Io so solo ciò che ho fatto! Cercando mia madre nel modo più sbagliato che potessi scegliere, ho richiamato quel *Demone* che, strappatomi dal mio corpo, mi ha catapultato in una caverna lungo la costa montuosa, verso la bocca dell'inferno. Lì ho vissuto ascoltando le urla dei dannati per qualche tempo e non saprei dire quanto. E stando lì, continuavo a sognare mia madre, che bruciava in un incendio. La volta in cui provai a fuggire da quella fessura fui salvato da un Arcangelo che si rivelò essere Raffaele. Mi risvegliai in un deserto, a camminare da solo...»

«Il Tartaro!»

«Sì! Come lo sai?»

«Perché è il nome che quel *Demone* ha dato a quel luogo. Il luogo della sua prigionia. Ormai ha quel nome!»

«Quindi tu sai molte cose di quello che mi è successo!»

«Io so perché devo. Il nemico va conosciuto, per essere combattuto! E se non mi avessi interrotto con le tue fisime, ti avrei raccontato!»

«Allora dì, ascolterò! Scusami!»

«Non preoccuparti!» Il *Guerriero Boanèrghes* riconosceva gli atteggiamenti avventati di un ragazzo in quel corpo da trentenne.

«Molte leggende vedono il *Demone* che hai incontrato come protagonista. Molte di esse incrociano la nostra storia di milizia dell'Immacolata. Innanzitutto, sgombriamo ogni dubbio: la nostra lotta non è solo contro *Lucifero*, ma con l'intero inferno di angeli caduti. Ogni demone, però, è diverso: ognuno di loro ha i suoi obiettivi e i suoi piani per realizzarli...»

«Piani distinti e separati?!» chiese John Cohen.

«Sì, distinti e separati; a volte, il piano coincide con quello degli altri spiriti dannati, a volte, invece, potrebbe addirittura scontrarsi con quelli!»

«I demoni lottano fra di loro?» domandò stupito il giovane. «Io pensavo che...»

«John, stiamo parlando di esseri impazziti, che non seguono né regole né logica! Vivono nel caos assoluto. Per farla breve: mentre *Lucifero*, conoscendo l'intero piano di Dio, ha puntato ad accaparrarsi il Figlio, gli altri hanno le loro mire sulla base di ciò che vogliono o cui ambiscono...»

«E quello che ho incontrato io cosa voleva?!» chiese il giovane.

«Quello con cui ti sei scontrato si è dato il nome di *Asmodaeus*[388], che vuol dire "Colui che fa perire". A combatterlo, infatti, è sempre stato inviato Raffaele, che significa "Dio risana" e di questo penso tu sappia già, me ne hai dato conferma col tuo racconto!»

Mentre il giovane uomo ascoltava con grande attenzione il racconto, Dante si alzò e fece segno al ragazzo di seguirlo, proseguendo a parlargli del *Demone* in cui si era imbattuto.

«Come ogni creatura, *Asmodaeus*, da angelo (ma non si conosce quale fosse il suo nome in quella veste), aveva una vocazione, un compito: proteggere la prima coppia, ma, divenuto demone, la tradì immediatamente, capovolgendola. Infatti, secondo i racconti antichi, egli è il *Mentitore*, il serpente seducente del giardino primordiale. Caduto l'uomo, ebbe molto potere nel periodo antidiluviano, ma dopo il diluvio sparì, per ricomparire al tempo di Salomone. Si narra, infatti, che combatté contro Salomone, guidando una legione di settantadue demoni, per impedirgli la costruzione del Tempio. Sconfitto, *Asmodaeus* venne posto sotto la guida di *Hiram Abif* e fu costretto a costruire il Tempio sacro insieme ai suoi seguaci. Ma le tre figure, che possiamo chiamare *proto-Custodi*, spediti dall'inferno, lo liberarono, uccidendo *Hiram Abif*. Scomparso nuovamente, ritornò a tentare la famiglia umana nelle vicende narrate nel libro di Tobia, laddove cerca di distruggere i legami nuziali.

«In che modo?!» domandò il giovane.

«Attraverso sette tentazioni…»

«Tentazioni? E quali?»

«La prima è "la pretesa che l'altro sia la risposta alla propria felicità", ma l'altro, essendo una creatura imperfetta, non potrà mai rispondere alla totalità delle attese del cuore; la seconda è "la pretesa che l'altro rientri in un nostro schema", cosa che porta a non amare l'altro per quello che è, pretendendo che questi si adegui alle nostre aspettative; la terza tentazione è "arrendersi alle prime difficoltà", partendo dall'errata convinzione che, nel rapporto di coppia, non vi debbano essere conflitti o che essi non possano essere risanati; la quarta tentazione è "ignorare la forma che la tradizione dà alla famiglia", andando contro la natura umana, manipolandola a proprio piacimento; la quinta tentazione è "il fideismo", cioè l'affidarsi a Dio, nell'attesa che Egli risolva i problemi al posto nostro; la sesta tentazione "l'assenza di verginità all'interno della vita matrimoniale", la qual cosa si verifica quando si usa l'altro come mero oggetto di piacere; la settima e ultima tentazione è "la slealtà di coppia", cioè l'incapacità di recidere il cordone ombelicale con la famiglia di origine, lasciando che essa condizioni il matrimonio…»[389]

Mentre attraversavano la navata centrale della Basilica con le venti colonne doriche di marmo imezio, John Cohen si fermò a osservare l'affresco centrale posto sul tetto; in esso era raffigurato Ottone I di Sassonia, che veniva liberato da una possessione per mezzo delle catene di Pietro, reliquie custodite in quel luogo.

«Come fece Tobia a salvarsi dal *Demone*?» chiese John Cohen.

«Fu Raffaele, che incatenò *Asmodaeus* nel deserto che egli chiamava Tartaro, essendo stato anche l'inventore dei miti degli Elleni. Ogni anima che in vita si è lasciata tentare da *Asmodaeus* dovrà attraversare quel deserto e compiere un cammino di purificazione, per liberarsi dagli influssi di quel *Demonio…*»

«Non capisco cosa c'entrino i miti ellenici con noi, con i demoni, con Dio!» disse il giovane.

«La religione ellenica e i suoi miti si erano diffusi ovunque e avevano messo piede anche a Gerusalemme. A quanto si racconta, il sacerdote israelita Mattatia[390], nel secondo secolo prima di Cristo, deciso a combattere coloro che avevano trasformato il Tempio di Gerusalemme nel tempio di Zeus, in qualche modo, chiese ad *Asmodaeus*, ancora in catene, di riportare il tempio all'antico culto. In cambio, il *Demone* gli chiese di possedere la sua stirpe. Il sacerdote accettò e da quel momento, la dinastia di Mattatia prese il nome di Asmonei[391]. Uno solo dei figli di Mattatia si era opposto all'assurdo patto: Giuda il guerriero, soprannominato il *Makabì*[392], termine che deriva dalla parola "Matzbi", l'equivalente di "comandante" o "generale". Fu lui, infatti, a riuscire a riconsacrare il Tempio e a lui fu promessa, in visione, la spada di fuoco che avrebbe spezzato la maledizione della sua stirpe. Ma, come sappiamo, ogni profezia è filtrata dalla comprensione del veggente, che tenta di spiegare un fenomeno che riguarda la terra col linguaggio del cielo. Sarebbe bene che ogni veggente si limitasse a narrare i fatti così come gli appaiono senza collocarli nella storia… Basti pensare che Giuda trovò la morte in battaglia, senza riuscire mai a brandire la spada infuocata cui faceva riferimento la profezia, anche se, grazie alle sue gesta, poterono emergere e agire degli Asmonei non corrotti, che vennero chiamati Maccabei. Dalla loro dinastia, discendono i sette fratelli che riconosciamo santi protomartiri, le cui reliquie sono qui custodite. Per il coraggio e la fede dimostrata nell'osservanza della legge, essi vennero messi a morte insieme alla loro madre, la quale patì per ognuno dei suoi figli ma, come si racconta nel secondo Libro dei Maccabei, per tutti e sette ottenne la vita eterna!»

I due uomini lasciarono la Basilica, dirigendosi in auto verso il *Sacred Heart*. John Cohen era assorto e Dante gli chiese a cosa stesse pensando. Il giovane disse:

«Riflettevo sul fatto che la mia vicenda è un'infinitesima parte di tutta la storia... centinaia di vite, migliaia di avvenimenti, famiglie, morti, scontri, battaglie...»

«Voglio sottolineare un particolare non secondario, John Cohen!» disse Dante, il *Guerriero Boanèrghes*, mentre era impegnato nella guida. «Con la morte di Giuda, non vi fu più un freno alla corruzione degli Asmonei. Erano divenuti tanto corrotti che Simone, uno dei fratelli di Giuda, era riuscito illegittimamente a divenire Sommo Sacerdote, impossessandosi del potere politico e religioso e assumendo per sé il titolo di Etnarca. Il vero Sacerdote spodestato da Simone fuggì da Gerusalemme.

Da quell'intronazione, nacque tra i Maccabei l'idea che se la spada promessa a Giuda non fosse ancora comparsa... La qual cosa li spinse a credere che sarebbe sorto un profeta fedele, in grado di impugnarla[393]...»

«Il *Makabì*!» sospirò John Cohen.

«Esattamente: il *Makabì*, John! Sono questi i primi semi della profezia della venuta del *Makabì* liberatore. Ti racconto questo particolare perché fu in quel periodo che il Sommo Sacerdote legittimo si trasferì con la propria comunità a *Qumran* e che, lasciando Gerusalemme, mentre veniva proclamato dal popolo fedele *"Maestro di Giustizia"*, definì Simone *"Sacerdote Empio"*. Tutti questi avvenimenti furono trascritti sui papiri di *Qumran,* custoditi dagli *Esseni,* letti come profezie dai millenaristi guidati dagli *Eredi di Hiram Abif,* che li interpretarono alla lettera, senza collocarli nel contesto storico di cui sono il frutto...»

«A quanto pare, hanno immaginato che il passato sia una profezia, qualcosa che deve ancora accadere...» osservò John Cohen.

«Sì, John e, per concludere, fu proprio ai tempi di Simone che si affermò il consiglio degli anziani, la Gerusia, cui aderirono anche i separatisti Farisei, carichi della loro legge orale, e gli aristocratici Sadducei. Quell'assemblea, in seguito, si trasformò in Sinedrio[394]... E col Sinedrio ebbe inizio la storia dei tre *Custodi* che conosciamo. In qualche modo, John Cohen, tu e Cédric Roman siete entrati in questa giostra di avvenimenti antichi e di previsioni azzardate! Ma, per quanto mi riguarda, le uniche profezie interessanti per la vita dell'uomo sono quelle che confermano l'incarnazione del Figlio di Dio! Di questo ho avuto conforto, leggendo gli appunti arrivati a noi da un noto massone illuminato, Rupert Stephenson, che aveva scoperto tutto questo e molto di più, ma che, alla fine, arrivava alle medesime mie conclusioni: ogni cosa si è compiuta in Cristo! Questo solo importa: la convivenza con la Sua presenza tra noi! Riconoscere che Egli è qui, adesso, e opera con noi, per la nostra salvezza; ci rende liberi da ogni cataclisma annunciato e ci sprona a combattere l'unica battaglia che vale la pena veramente vincere, quella con noi stessi!»

John Cohen sorrise, tranquillizzato. L'auto, diretta all'istituto, stava, adesso, transitando davanti alle macerie della statua del *Matamoros,* dove, fino a qualche tempo prima, sotto la guardia dei *Boanèrghes,* era stata custodita la spada, fino al giorno dell'improvvisa esplosione. John Cohen sentì un brivido e, incrociandole, si strinse le braccia attorno al petto.

«Fa impressione vedere cos'è accaduto nell'aldiquà!» disse il ragazzo, fissando con gli occhi spalancati, le transenne che nascondevano la devastazione del manufatto storico.

«Ne vuoi parlare, John?» gli chiese Dante.

«Sì, dopo il mio viaggio nelle sabbie, ero stato inviato dall'Arcangelo Raffaele a incontrare Roman, in quella specie di cimitero dove mi era stata indicata la cappella in cui l'Ancora veniva protetta da Iohannes di Robertus!»

«Quel cimitero non era un vero e proprio cimitero, John! Noi lo chiamiamo Limbo[395]. L'anima di Roman, non potendo ritornare nelle sabbie del Tartaro, si era scavata la fossa in quella terra di nessuno, in una via di mezzo tra l'aldiquà e l'aldilà, dove nessuna delle due parti, né il bene, né il male, ha un reale mordente! La spada veniva custodita in quel luogo!»

«Eravamo seguiti dall'ombra del *Demone*! Quando Cédric uscì dalla cappella, il *Demone* vi entrò e recuperò la spada; allora, tutto l'inferno cominciò ad agitarsi! Un'onda di fuoco spazzò via la tempesta che imperversava, Iohannes venne decapitato e la sua anima venne annichilita. Quella spada è in grado di nullificare le anime immortali! Nel frattempo, nell'aldiquà, Beppe vedeva l'esplosione. Io, osservando rotolare giù la testa dell'anima di Iohannes, svenni per l'orrore e mi risvegliai, poche settimane fa, a San Diego. Ero ritornato in vita in questo corpo cresciuto, mentre Cédric Roman era disteso, tornato nel suo corpo anziano, in un bagno di sangue!»

«Questo mondo e l'altro sono tutt'uno! Se, con la nostra caduta, non avessimo perso la facoltà di vedere l'invisibile, tutto quello che hai visto tu lo avremmo visto anche noi, anche se, senza la caduta originale, nulla di tutto ciò che hai visto sarebbe accaduto! Dobbiamo affidarci all'esperienza di bene che facciamo della rivelazione e avere fiducia in quanto di buono abbiamo sperimentato! La morte di Roman a San Diego è stata una testimonianza per tutti della grazia che può abbracciare ogni uomo, se solo egli tiene spalancata la categoria delle possibilità per la propria vita!»

Erano arrivati al *Sacred Heart*. Adesso, ci avrebbe pensato Padre Noah a occuparsi di John Cohen. *"Quel sacerdote ha il pallino dell'umano. È un esperto di anime tormentate, per mestiere ma, soprattutto... per passione!"* pensò Dante Milton. Osservò John Cohen scendere dall'auto e girarsi verso di lui prima di andare via. Il giovane si abbassò verso il finestrino e gli chiese:

«Dante, ma come siamo arrivati dalla comunità di *Qumran* ai *Boanèrghes*?»

Dante guardò Cohen e sorrise, come quando si sorride per una battuta ingenua di un bambino! Ricordò di trovarsi di fronte a un uomo con l'anima da quindicenne. Non aveva fatto in tempo a imparare. Scese dall'auto e, avviandosi con lui verso l'istituto, gli spiegò:

«Vedi Cohen, tra la comunità di *Qumran*, che viveva nel deserto, e Giovanni il Battista che si trovava lì, nei paraggi, vi furono dei nessi. Quella comunità vedeva nel Battista una possibilità per la realizzazione delle attese Maccabee. Alcuni appartenenti a quella comunità, quindi, incominciarono a seguirlo e, seguendolo, incontrarono Cristo. Questi discepoli di Giovanni Battista divennero, pertanto, spettatori di tutti gli avvenimenti che riguardarono Gesù, compresa l'attribuzione che egli fece del nome di *Boanèrghes* ai due fratelli Giovanni e Giacomo. Videro inoltre che, dalla croce, Cristo affidava Maria, sua madre, alle cure di Giovanni stabilendo fra di loro un rapporto di maternità e filiazione. I discepoli di Giovanni Battista, divenuti cristiani, lessero quegli avvenimenti di cui erano stati testimoni secondo le chiavi di lettura ereditate da *Qum-*

ran. Quando essi videro che Giovanni aveva ricevuto la visione dell'Apocalisse, compresero quell'evento, ponendolo in contrapposizione al cammino che aveva intrapreso *Kayafa* in quel periodo, in quanto anch'egli, dopo l'ascensione di Gesù, testimoniava di suoi rapporti con la Trascendenza, facendo delle predizioni. *Kai'Apha*, infatti, in aramaico significa "indovino", qualità per cui, come scoprimmo in seguito, era stato scelto come primo *Maggiordomo*! Essi, pertanto, "per rispondere al fuoco nemico", avvertirono il bisogno di radunare i veggenti e creare quella milizia dell'Immacolata, che lungo i secoli, ha difeso la fede. Ed ha accolto le visioni perché queste venissero comunicate nell'ottica della salvezza delle anime e non per creare allarmismo tra la gente, paventando catastrofismi o guerre incombenti! Le catastrofi e le guerre ci saranno sempre finché il mondo sarà posto sull'agire dell'*Avversario*!»

Concluse quella frase mentre erano già lungo i corridoi verso lo studio di Padre Noah, che li stava aspettando. Prima di salutare Dante, John Cohen volle esprimere la sua gratitudine al *Guerriero Boanèrghes,* che lo aveva aiutato a capire e che si era mostrato tanto paziente e affettuoso nei suoi confronti:

«Grazie Dante! Mi hai aiutato tantissimo, anche se non so ancora quale sarà il mio ruolo in tutto questo. Io non sono il *Makabì*! Cédric Roman lo era e adesso lui non c'è più! Mi sento perso…»

Dante strinse il braccio di John Cohen e gli disse con fermezza:

«Dobbiamo avere fiducia! È il metodo di Dio: viene scelto un uomo perduto perché nessuno si perda!»

Poi entrarono nello studio di Padre Noah, che li attendeva, come sempre, seduto dietro la sua scrivania.

«Amici! Vi aspettavo!» disse il sacerdote.

«Noah, questo ragazzo ha bisogno di parlare con uno più saggio di me! Vorrei che faceste quattro chiacchiere! Vi lascio soli!» disse Dante, lasciando la stanza.

«Vieni John! Sono sopravvissuto alle confessioni di tuo padre: ho i giusti anticorpi per tutta la tua famiglia!» disse Padre Noah, ridendo. Anche se la sua battuta non fece ridere John Cohen, che rispose:

«Eved Magdalene mi ha raccontato di ogni cosa successa, che mio padre è morto in grazia di Dio! Che ci ha sempre protetto da lontano!»

«Ha sopportato la lontananza da voi perché vi voleva bene! Ogni privazione è sopportabile solo come sacrificio d'amore!»

«Padre Noah, non vorrei solo parlare, vorrei riconciliarmi, se possibile!»

«Sono qui per questo!» Dopo la benedizione iniziale e la frase di rito, Padre Noah diede la parola al giovane uomo.

«Don Michel, ho molto peccato: ho convinto i miei amici a fare una seduta spiritica, nonostante fossimo stati ripetutamente avvertiti di non farlo!»

«Hai solo liberato dalle catene un *Demone* millenario che, da quando l'uomo cammina sulla terra, ha in mente di distruggere ogni rapporto affettivo! Che vuoi che sia!? Ma non lo hai fatto da solo, c'è voluta anche la volontà di Roman per spezzare quelle catene! Ma dove sovrabbonda il peccato, vi è sovrabbondanza di grazia[396]! Ciò che è stato è stato!»

John Cohen era disorientato; si sentiva gravemente responsabile di avere contribuito a scatenare gli eventi che avrebbero potuto portare alla fine del mondo e sembrava quasi che il prete lo volesse giustificare!

«Ma ho disobbedito! Ho tradito la fiducia di tutti!» insisteva.

«Vuoi una penitenza solo per avere la coscienza pulita, caro figlio! Ma c'è ancora molto da camminare per arrivare ad amare! Pazienza! Pazienza! Siamo in vita per fare la volontà di un Altro con coraggio e passione, non per fustigarci!»

«Ma…»

«"Ma, se, però, non so, forse", le obiezioni sono l'evidenza del peccato originale! Ma chiediti: cosa ami tu? Le tue fisime o Lui?!» Fece un accenno a indicare il crocifisso sopra la porta d'entrata. «Siete stati in San Pietro in Vincoli, stamattina! Pietro… capisci?! Pietro Lo aveva tradito, una, due, tre volte! Il suo maestro, il suo amico, la sua ragion d'essere! Una gran vigliaccata! Poi arriva quell'alba in cui non avevano pescato nulla e tornando alla riva, Pietro vede Gesù che preparava una bella grigliata di pesce, tanto che gli sembrava un fantasma! Capisci! Quello lì, tornado dalla morte, tornato da una tortura senza paragoni, che dire, senza precedenti, si mette a grigliare pesce per i suoi amici! Amici si fa per dire…! E Giovanni che era un *Boanèrghes*, un *Figlio del Tuono*, quindi tra i più svegli dice: "Ma quello è il Signore?!" E Pietro, improvvisamente, si butta in acqua, d'impeto fino alla riva! E più si avvicinava e più pensava che forse avesse fatto una cavolata, "Sono un traditore! Un vigliacco! Un debole…" avrà pensato; così come avrà pensato di meritare un grande rimprovero, una grande punizione! Probabilmente, si aspettava che Cristo gli dicesse: "Pietro perché hai detto che non mi conoscevi? Mi hai tradito!" E poi, il brivido, nulla di tutto questo, ma: "Simone (Uomo duro come la pietra), mi ami tu?" Tre volte e poi "Pasci le mie pecore!" Cioè, "Compi la tua vocazione, il tuo cammino! Ti ho fatto per diventare santo! Per esser felice! Ma cosa pensavi? Che sarebbe stata una passeggiata!? Io adesso mi faccio una grigliata, ma sono dovuto passare dalla croce, cioè attraverso un lavoro, un cammino, un sacrificio! Pietro, allora, mi ami?[397]" Questo è il cristianesimo[398]!» esclamò con forza Padre Noah, appassionato come sempre, facendo sentire tutto il peso del significato di quelle parole.

«Sì, Don Michel, tu sai che io Lo amo…!» disse flebilmente John Cohen, con un tono di povertà, come non esistessero altre parole. Padre Noah era sbalordito! Rispondendo, John Cohen aveva pronunciato le stesse parole di Pietro! Veramente doveva esserci un cuore grande in quel giovane uomo!

«Ecco… bene! Sei perdonato! Ti assolvo nel nome del Padre, del Figlio e dello Spirito Santo! Come penitenza verrai a dire con me l'Angelus in cappella, visto che è già mezzogiorno!»

Si recarono in cappella e recitarono l'Angelus con la compagnia di Dante.

Poi incominciarono i preparativi per il viaggio. Dante e John Cohen si trovarono di nuovo soli; il giovane era preoccupato e nervoso per quello che avrebbe dovuto affrontare.

«Qual è il piano?» domandò John Cohen a Dante Milton.

«Dobbiamo prendere l'Ancora! Ogni agente dell'*Entità* è disponibile per l'occasione. Il Concilio degli *Eredi di Hiram Abif* sarà l'evento più blindato della storia! Non sarà semplice…»

«Ci vorrebbe il *Makabì*!» disse John Cohen.

«Il Signore degli eserciti ci accompagna, cosa abbiamo da dubitare? Cédric Roman ha fatto ciò che doveva fare, in qualche modo ha spezzato il legame con quel *Demone* e ha salvato la sua e la tua anima. Adesso tocca a noi!» affermò con decisione Dante.

«Vero! È riuscito a liberare entrambi senza uccidere mia sorella!»

«Uccidere chi?!»

«Eved Magdalene! Roman aveva concordato di tornare, in cambio dell'assassinio di Magdalene!»

«Perché mi nascondete sempre qualcosa?!» Quella volta i nervi del *Guerriero* saltarono! John Cohen non aveva mai visto Dante così infuriato.

«Se quel *Demone* è interessato a tua sorella ed è ancora in giro, non si tirerà indietro prima di aver compiuto i suoi interessi! Dobbiamo proteggerla!» urlava.

«Non capisco perché proprio mia sorella!» sibilò, il giovane, intimorito dalla rabbia del *Guerriero*.

«John Cohen!» Quasi urlò tra rimprovero e avvertimento, poi proseguì con determinazione: «Dio mi è testimone! Cédric Roman, non ha avuto una famiglia sana! Non è riuscito a costruirne una! Tuo padre Georghe Meroveo non ne parliamo! Quel *Demone* ha la vocazione di spezzare le famiglie! La Madonna a Civitavecchia ha detto di proteggere le famiglie! La famiglia, Cohen! Lo scontro finale sarà su questo punto[399]! Tua sorella ha una famiglia! Ella è la chiave di tutto!»

Capitolo 36
FAMIGLIA

Contea di Elbert, Georgia, USA
10 maggio 2002, ore 23:00

La Georgia Guidestones[400] è una struttura di lastre di granito conosciuta anche come la Stonehenge Americana, un rilievo collinare poco distante dall'autostrada 77, la Hartwell Haighway.

In quel luogo, si sarebbe svolto un convegno segreto, un immenso raduno dei potenti del mondo, che doveva rimanere nascosto.

Nelle notti precedenti quel 10 maggio, il sonno di Angelica aveva perso la consueta serenità che lo aveva caratterizzato da quando aveva lasciato Patmo. Erano tornati i suoi incubi terrificanti. In alcuni, vedeva solo degli occhi scuri che scrutavano nel buio e che poi la fissavano, quasi volessero inghiottirla; in altri, aveva visioni di incendi, di esplosioni, di sangue, in cui tutti urlavano e nessuno si salvava...

In visione, in mezzo a tutti quei morti, una notte, aveva visto Jacob che, salito sulla vetta di una montagna, da vincitore, elevava in alto il suo braccio destro, mostrando come un trofeo, la testa mozzata e insanguinata di suo figlio. Mentre lei, tentando inutilmente di strapparsi un pugnale dal petto, gli urlava con tutta la disperazione del mondo: «No! No! Ridammelo! È mio!»

Poi...

«Piccola Angelica, perché piangi? Che ti hanno fatto?! Cosa ti ha trafitto il cuore?!»

Si era girata ed aveva visto sua nonna, che la guardava e piangeva...

«Nonna, ma tu ci vedi! Perché stai piangendo? Che ci fai qui?!»

«Sì, ci vedo. Piango perché adesso che ho recuperato la vista, mi accorgo che sei tu ad essere diventata cieca!»

«Vattene nonna! Questo non è un posto per te! Vattene e lasciami in pace! Devo riavere mio figlio!» E dopo aveva udito un'altra voce:

«Angelica, perché non corri da me e mi dai la tua mano, come facesti nel giorno della tua prima visione, in quel vecchio bar di San Diego! Sai, adesso, anche il signor Meroveo è diventato un nostro amico: non compra più i bambini speciali come te, ma li accarezza e ci gioca... Dammi la mano, Angelica, lascia ai demoni questo tuo orrore!»

Si voltò ancora: era suo nonno! Anche lui era lì e le sorrideva, tenendo il suo berretto in mano... Avrebbe voluto salirgli sul collo, avrebbe voluto sentire sul suo viso il pizzicore della pelle rugosa e pungente di lui, avrebbe voluto respirarne l'odore acre di sudore e di acquavite... Avrebbe voluto, ma non volle.

«Vattene, nonno! Vai via da qui! Andatevene via tutti, voi e le vostre inconcludenti parole per femminucce senza spina dorsale! Non è più tempo di carezze, ormai! Lasciatemi in pace: devo correre da mio figlio! Devo riaverlo! Me lo deve ridare: è mio! Solo mio! No!»

Si era svegliata terrorizzata, scossa da quel suo "No!" che aveva urlato e che era risuonato altissimo nella camera in cui dormiva. Ma si tranquillizzò in fretta, dicendo a se stessa che aveva vissuto uno stupido banalissimo incubo, dovuto allo stress, e che nulla e nessuno l'avrebbe separata dal figlio: né i suoi nonni, né Dio, né Jacob! Quindi, si preparò accuratamente, per partecipare a quell'incontro segreto che avrebbe cambiato il destino del mondo.

Qualcosa, tuttavia, impedì che quel consesso rimanesse segreto al mondo. Nessuno avrebbe potuto tenere nascosta quella tremenda esplosione, che improvvisamente aveva oscurato il cielo.

Si era sentito un *Tuono* potente, un gran boato, seguito da tante altre esplosioni. In pochi minuti, una nube immensa di fumo e detriti aveva offuscato il sito e il cielo che lo sovrastava. Alcuni elicotteri, che si erano alzati in volo, disorientati, tentavano di capire cosa fosse successo, ma era tutto estremamente chiaro: era esplosa ogni cosa.

In pochi attimi, erano saltati in aria i presidi di emergenza e dei soccorsi a guardia dell'evento, così com'erano saltate le pareti, le impalcature e ogni posto a sedere. Dall'esterno, si comprese immediatamente che erano necessari aiuti di vasta portata, anche perché, contemporaneamente, era divampato un incendio di dimensioni notevoli, che rischiava di non potere essere controllato.

Le tv e gli occhi del mondo, presto, si sarebbero affacciati su quel sito, per tentare di comprendere le dinamiche e di descrivere quello che sarebbe stato raccontato come il più grande atto terroristico della storia. A meno di un anno dall'attentato alle torri gemelle di New York dell'11 settembre 2001, gli Stati Uniti si preparavano a essere nuovamente il teatro di una strage che stavolta, però, non coinvolgeva, come nel caso delle Twin Towers, gente comune, ma la maggior parte dei leaders mondiali. In un solo colpo, sarebbero stati eliminati esponenti religiosi, personalità di spicco del mondo della cultura, dell'arte, dello spettacolo, intellettuali, miliardari di ogni continente. Le tivù, i notiziari, la storia, lo avrebbero raccontato come un summit privato, un incontro per discutere i problemi mondiali più urgenti e per concordare soluzioni.

Nessuno avrebbe mai detto, ne sarebbe venuto fuori, che quel summit avrebbe dovuto essere, in realtà, il primo "Concilio" degli *Eredi di Hiram Abif*, l'organizzazione all'apice di ogni gruppo massonico planetario. Nessuno avrebbe annunciato, inoltre, che quel Concilio avrebbe dovuto riformare ogni centro di potere e presentare come "uomo nuovo" e leader mondiale indiscusso il nuovo Segretario Generale delle Nazioni Unite: Manuel Driven! Che, però, adesso, giaceva ferito, in mezzo a quell'inferno di fuoco, fumo e cenere.

Pochissimi i sopravvissuti: su circa tremila partecipanti, esclusi gli accompagnatori, il personale organizzatore e le autorità di vigilanza, in tutto, se ne potevano contare poco più di una ventina. Erano stati salvati dall'indistruttibilità della *Tilma di Guadalupe*, posta al centro della sala, che aveva attutito l'esplosione scaturita da sotto l'altare.

Il *Guerriero* dei *Boanèrghes* era riuscito a sottrarre la *Tilma* al sacrilegio satanico che stava per essere celebrato su di essa: l'unione incestuosa fra Manuel Driven e Angelica Diaz, sua madre. Quel rito sarebbe stato l'incipit che avrebbe aperto il tema centrale del summit: la libertà sessuale ad ogni livello e lo sdoganamento di ogni restrizione sessuale. Sarebbe stata questo uno dei capisaldi che avrebbe caratterizzato le politiche promosse dal nuovo leader mondiale.

Nel momento in cui "Dante", camuffato in mezzo ai sacerdoti che si accingevano a celebrare quel rito, era riuscito a impossessarsi della *Tilma*, era esploso tutto quanto. Evidentemente, a essa era legato l'innesco del congegno esplosivo…

Che sarebbe stato comunque azionato, non appena Manuel e sua madre, già imbottiti di allucinogeni e psicofarmaci, vi si fossero distesi per consumare il loro amplesso.

La prima esplosione aveva avviato l'innesco di altri ordigni distribuiti in ogni dove, generando una catena di detonazioni che aveva compiuto lo sterminio.

Il fumo era fitto e la visibilità quasi nulla. A mostrare il poco distinguibile era la luce emessa dalla ferula argentata che Dante aveva con sé. Anche lui era piuttosto malconcio, ma nonostante fosse stramazzato al suolo a causa dell'esplosione, si era subito rialzato, aggrappandosi all'asta luminescente, per andare alla ricerca di feriti da soccorrere. Tutt'intorno era circondato da una massa di corpi dilaniati e da fumo acre. Constatò che dell'altare non rimaneva più nulla, solo una voragine con al centro il sacro lenzuolo arruffato. Un'ecatombe: una nuova *Purificazione*, che si era verificata a mille anni dalla prima.

Poteva sentire la cenere, ancora calda, bruciargli le narici intasate, fare a gara con le abrasioni che il pavimento, ormai irregolare e colmo di detriti, gli aveva prodotto spietatamente in tutto il corpo.

Dante era inorridito; non riusciva a credere allo spettacolo terrificante che si mostrava ai suoi occhi: nessuno dei suoi uomini era sopravvissuto. Insieme a tutti gli altri convenuti, i *Boanèrghes* erano stati interamente falciati e gli agenti dell'*Entità* presenti in quel luogo azzerati. Rimanevano in vita soltanto lui, il buon Beppe, che lo aveva seguito all'interno per fargli da supporto, Angelica Diaz e Manuel Driven, che, privi di sensi, giacevano a pochi metri da lui.

«Porco il demonio! Ho un fischio che mi rintrona le orecchie e un terribile mal di testa! Spero di non essere diventato sordo!»

Il lamento dell'amico più in là faceva ben sperare Dante. Beppe non doveva essere molto ferito, per fortuna! Il giubbotto in kevlar e il resto degli indumenti antiproiettile dovevano avergli attutito bene il colpo! Egli, il *Guerriero*, tra gli ultimi dei *Boanèrghes* ormai rimasti, sotto la tunica nera con cui si era infiltrato nell'oscuro rito, e che ormai era ridotta a uno straccio, mostrava i paramenti sacri, che aveva indossato per onorare i guerrieri di un tempo, coloro che si erano sacrificati nel giorno della *Purificazione*.

Erano gli stessi che aveva indossato nel giorno in cui era morto Georghe Meroveo, in quanto anche quella volta era consapevole che affrontare un *Maggiordomo* come Adam Gamliel, poteva anche voler dire la fine. Adesso, li aveva indossati perché immaginava che avrebbe combattuto la sua ultima battaglia. Bisognava vestirsi adeguatamente: egli, Abel Milton, si sarebbe trovato faccia a faccia con quel Jacob Frank, Tubal-Cain l'immortale, il carnefice dei *Boanèrghes*, il nipote del primo assassino della storia, Caino.

Si liberò di quel che rimaneva della tunica nera col cappuccio del cerimoniale, ormai dilaniata dall'esplosione e, poiché gli indumenti da guerriero lo appesantivano e gli impedivano di respirare, rimosse quanto portava sotto con onore.

Si tolse la scapolare nera, su cui era cucita la croce di San Giacomo, bicromatica, per metà rossa e per metà bianca, divisa da un cordoncino dorato e, mentre lo faceva, pensava al significato che avevano i due colori: la parte rossa simboleggiava l'accettazione di un eventuale martirio, la parte bianca la purezza della fede e della verginità vissuta. L'oro del cordoncino simboleggiava la nobiltà della battaglia[401].

Rimase vestito soltanto del rivestimento antiproiettile sottostante. Tirò su la lunga asta di luce fin sopra il suo capo. La ferula, adornata all'apice della croce di *Santiago*, rovesciata come la croce di San Pietro, aveva una punta; per cui poteva servire da arma, come alabarda, e non solo da bastone di sostegno.

Beppe rimase abbagliato dalla lucentezza di quell'asta:

«Porco il demonio! Dante, cosa è mai questo strumento così meraviglioso?!» domandò. «Sembra una lunga lancia magica!» mormorò, stupefatto.

Il *Guerriero* si voltò verso di lui e, con uno sguardo, gli confermò l'ultima affermazione. Beppe comprese, sbalordito e impressionato nel ritrovarsi in un abbraccio di tanti significati così coesi tra loro.

Quella ferula rivestita d'argento, adornata in memoria della spada del *Santiago* a Clavijo, era in realtà la lancia di Quinto Cassio Longino[402], la reliquia sacra che aveva trafitto al costato il Signore Gesù Cristo in croce; era stata bagnata dal suo sangue e dall'acqua che ne fuoriuscirono; si era persa nelle leggende come uno strumento dotato di qualità soprannaturali[403].

Finalmente, Beppe comprendeva perché, quindici anni prima, nel giorno della morte del suo padrone, aveva visto il suo assassino, Adam Gamliel, inginocchiarsi davanti a quel bastone, come se vi riconoscesse una forza immensa davanti alla quale bisognasse inchinarsi…

Il fumo li copriva come una cupola, ma la luce della ferula teneva indietro le tenebre prodotte dalla foschia. Dante cominciò ad organizzarsi e, mentre chiedeva a Beppe di recuperare la *Tilma*, si diresse verso Angelica Diaz per soccorrerla. Conosceva quella donna; l'aveva incontrata spesso, quando ella viveva con Danielina Navarro.

A pochi metri da un'Angelica priva di coscienza, si trovava suo figlio; entrambi erano seminudi, coperti soltanto da una lunga striscia di seta, color porpora per lui e nera per lei, che coprivano le parti intime.

La donna fu risvegliata dall'immensa luce della lancia. Dietro la scia di bagliore, ella intravide il volto di un Dante pieno di compassione, impegnato a tenderle la mano e ad aiutarla a rialzarsi.

Si sentì bruciare di vergogna... In un attimo le tornarono in mente tutte le giornate in cui aveva vissuto con i *Figli del Tuono*, momenti di amicizia e di risa, giorni di pace che non aveva più ritrovato. La donna teneva lo sguardo basso, non avendo il coraggio di guardarlo negli occhi e, discretamente, si sciolse dalla presa del *Guerriero,* per soccorrere il figlio ferito, riverso sul pavimento.

Ci volle poco e anche Manuel Driven si riprese. Non mostrava alcuna reazione alla presenza della lancia sacra, se non un lieve fastidio e un risentimento verso il simbolo. Ma questo indicava a Dante che quell'uomo era, sì, malvagiamente influenzato dalla potenza demoniaca della trinità profana, ma che non era certo il re degli inferi: Manuel era un normale essere umano.

Beppe era risalito dal cratere di fronte al monumento su cui era situato l'altare prima della deflagrazione, mostrando la *Tilma* tra le mani: essa era intatta!

I due amici avrebbero voluto cercare soccorsi e impegnarsi alla ricerca di sopravvissuti, ma le esistenze demoniache, le voci sussurranti dei fantasmi che da secoli accompagnavano la presenza della spada, chiamata "Ancora", si manifestarono in tutta la loro spaventosa violenza. Potevano udirsi le voci, i sussurri e i lamenti dei morti antidiluviani, e quelle dei demoni che godevano nel torturarle. Erano le voci degli uomini e delle donne che avevano trovato la morte nelle immense acque che avevano ricoperto la terra e che reclamavano il diritto di essere vendicate! Erano le anime cui Tubal-Cain aveva prestato giuramento di liberazione.

Le voci si facevano udire con crescente intensità: era evidente che qualcuno si stava avvicinando molto velocemente con quella spada. Si udì alta e potente una voce maschile:

«Davvero geniale Adam Gamliel a fornirmi quest'idea! Tanto di cappello al defunto *Maggiordomo*! Da solo, non ci sarei mai arrivato! Disperdere i superbi, rovesciare i potenti dai troni, rimandare i ricchi a mani vuote[404], tutto con qualche bomba qua e là! Non era necessaria la potenza del Dio di Israele per una cosa del genere!»

Era Jacob, la cui voce risuonò possente tra gli spazi del monumento delle Guidestones; si stava sbeffeggiando dell'accaduto, facendo scherno del cantico del Magnificat! Le pesanti pietre granitiche, issate sul rilievo collinare e alte quasi sei metri, sottolinearono tutta la maestosità della sua armatura rossa, intarsiata da un grande drago dorato sul petto: la medesima indossata il giorno della *Purificazione* dei *Boanèrghes*! Questa volta, però, il *Cavaliere senza spada* non era armato solo del suo machete: al suo fianco sinistro, esponeva orgogliosamente, il fodero ripieno dell'arma dorata, mentre al suo fianco destro, portava la "*misericordia*", lo stiletto, ancora sporco di sangue, con cui, qualche giorno prima, si era sbarazzato dell'ultimo dei *Maggiordomi*.

Continuando a parlare, avanzava con passo lento, mentre il lungo mantello dorato lo avvinghiava, quasi fosse la maestosa statua di un dio greco. Poi, rimosse l'elmo e lo lanciò via, per parlare senza inciampo:

«Adesso tutte le nazioni, orfane dei loro principi e dei loro re, dei loro rappresentanti o presidenti, avranno bisogno di un unico capo, cui cederanno la loro sovranità! Il Papa è l'unico leader di spessore rimasto al sicuro nella culla di Roma! Ma ormai è malato e ha poco tempo! Perciò toccherà al suo successore, e cioè a me, consolare il mondo! Ma prima dovrà essere sacrificato Isacco! E questa volta, non ci saranno angioletti di nome Gabriele a fermare la mia mano[405]!»

Era evidente che Jacob si stesse riferendo al sacrificio di Isacco, di cui riferisce il libro della Genesi. "Per fede", Abramo, messo alla prova, dovette offrire a Dio il suo unico figlio, Isacco, appunto. Proprio quel figlio che Dio gli aveva promesso e da cui, secondo la parola data, sarebbe sorta una numerosa discendenza. Poiché, Abramo aveva dimostrato di "confidare" in Dio senza alcuna riserva, un Angelo inviato dall'*Onnipotente* aveva poi impedito ad Abramo di sacrificare quel figlio. Erede da cui ebbe inizio la storia della salvezza, culminata con l'evento Cristo.

Dante stava cominciando a comprendere, finalmente, le vere intenzioni di Jacob. Non riuscendo a uccidere il Papa, protetto dalla mano della Madonna, aveva raccolto attorno a sé il consenso dei Cardinali, che lo avrebbero eletto Pontefice nel prossimo conclave, raggiungendo così l'obiettivo di abbattere il *Katéchon* e di eliminare Dio dal mondo.

Quella notte, inoltre, avrebbe ucciso Manuel Driven, il futuro *Anticristo*, annichilendo con la lama dell'Ancora la sua anima, cosicché avrebbe eliminato anche Satana.

Il suo piano di rimuovere Dio e l'Anti-Dio dal mondo, sarebbe stato così compiuto.

Jacob era ormai arrivato oltre il cratere; il suo peso lasciava tracce pesanti; continuava a procedere, senza distogliere lo sguardo minaccioso da Dante. Il *Guerriero* si preparava allo scontro, ma Jacob sembrava studiare le sue mosse, tenendo la mano destra fissa sull'impugnatura della spada. Beppe era in una situazione di impotenza; poteva solo limitarsi a osservare quanto accadeva.

Jacob prese la decisione di dirigersi verso Manuel: era lui l'obiettivo principale e su di lui avrebbe scagliato il primo colpo. I presenti lo videro sfoderare la spada: l'Ancora risplendeva di luce dorata infuocata; era molto più abbagliante della ferula argentea. Caricò il colpo.

Angelica era nascosta dietro al figlio Manuel, che era deciso a farle da scudo col proprio corpo: si sarebbe sacrificato per la madre.

La sciabolata era stata ormai sferrata e la spada deicida avrebbe mietuto le sue vittime, se solo Dante non fosse intervenuto con tutto il potere dell'asta d'argento, contenente al suo interno la sacra lancia di Longino e bagnata dal sangue e dall'acqua del costato di Cristo.

Le due armi, scontrandosi, tuonarono; il boato produsse un'immane onda d'urto che scaraventò il *Cavaliere* e il *Guerriero* a grande distanza dal luogo dell'attacco, disarmandoli e rendendoli incoscienti entrambi. Il figlio e la madre, poco dietro, invece, stramazzarono al suolo, uno sull'altro, feriti. La spada e la ferula erano rimaste a terra, incustodite.

Beppe si fiondò a raccogliere la lancia di Longino; aveva intenzione di recuperare la spada e di nasconderla nella *Tilma*, ma non fece in tempo.

«Porco il demonio! Cohen, cosa ci fai qui?» urlò incredulo. «Dovresti essere a Roma a proteggere tua sorella!»

John Cohen Driven, figlio di Georghe e Zelia Meroveo, allevato in Irlanda dai signori Driven, orfani del figlio Manuel, promesso sposo di Angelica Diaz, ucciso barbaramente da Jacob Frank, avrebbe posto fine a tutto. Leggende, profezie, racconti avrebbero trovato nella sua mano il loro culmine e la loro somma. Non era stato scelto per essere il *Makabì*, ma poteva essere di più: se ne era convinto! Solo così avrebbe veramente protetto sua sorella Eved Magdalene, colei che, da sempre, era stata destinata a divenire la *Santa protettrice della Famiglia umana*; attraverso di lei, la Chiesa sarebbe ripartita nel futuro, cosa che i demoni dell'inferno volevano impedire a tutti i costi, tramando per la sua morte.

John aveva seguito Dante e Beppe. Poi, al momento giusto, si era nascosto appena dietro il cavaliere rosso, nei pressi del monumento, l'unico luogo non lambito dalle esplosioni. Quatto quatto, aveva atteso l'attimo giusto per intervenire: credeva che ci fossero sagge e buone ragioni per disobbedire a quanto gli era stato impartito.

Dante stava per riprendersi, ma la scena che stava offuscatamene osservando era assolutamente non di suo piacimento. Beppe temeva un nuovo rinculo, se fosse intervenuto con la ferula contro la spada nelle mani di John Cohen; perciò, rimase immobile.

Il Segretario Generale Manuel Driven e la madre Angelica Diaz erano nuovamente sotto attacco.

«Dio mi è testimone, John Cohen, noi non uccidiamo!» urlò Dante. «Abbiamo la spada! Andiamo via! O avrai di che pentirti per il resto della tua vita!»

Abel Milton capiva in quel momento, che sia lui che Padre Noah si erano fatti ingannare dal trentenne che avevano dinnanzi. Entrambi non avevano tenuto davvero in considerazione, l'animo ribelle del quindicenne che abitava al suo interno.

«Pensi, che io non sia pronto?! Anche l'Arcangelo Raffaele, mentre eravamo nel deserto del Tartaro, diceva che non ero pronto: per questo sono fuggito nel Limbo! Ti ho mentito, Dante! Non era stato l'Arcangelo a inviarmi in quel cimitero! Ero lì per nascondermi dall'Arcangelo e vi trovai "per caso" Cédric Roman!»

La presunzione, la superbia di un essere che voleva bruciare le tappe... In quel giovane uomo, si stava manifestando la stessa presunzione di *Lucifero*: pretendeva di bastarsi, di potersi salvare da solo! L'orrore di quei pensieri, paralizzavano un Dante già abbastanza frastornato.

John Cohen si preparava ad affondare il colpo nel cuore di un Manuel Driven ferito e sfinito da ciò che era accaduto. La spada lucente e infuocata venne issata al cielo, come per cercare la sua benedizione, ma la foschia e le tenebre, che ne annebbiavano le stelle, sembravano maledire quel momento.

John Cohen era deciso a uccidere il Segretario Generale, il figlio illegittimo di Jacob, discendente di Caino, il primo omicida, destinato dalle profezie a divenire l'*Anticristo*.

Scagliò il colpo con tutte le sue forze dritto al petto. Il fendente vibrò nella carne, perforando il cuore da parte a parte, quindi l'arma si conficcò nel pavimento. La lama era penetrata come un nulla nella tenerezza delle profondità di quei tessuti: ma aveva trapassato il cuore sbagliato. Il cuore trafitto era un cuore di donna.

Angelica Diaz si era frapposta, tra i due contendenti, a difesa del figlio, facendogli scudo col suo corpo. Restituendo così la difesa che il figlio gli aveva fatto poco prima, contro Jacob. Prima che la sua anima, destinata ad annichilirsi per il potere della spada, svanisse del tutto… Angelica fece in tempo a bisbigliare una singola parola, che fu per John Cohen, un segno terribile e definitivo:

«No!»

La donna, infatti, sapeva che quella sarebbe stata la sua fine, e che da quella fine avrebbe avuto inizio la fine di tutto. Dante, sconvolto per non essere riuscito a fermare John, corse a estrarre la lama, cercando, di salvare la donna che, un tempo, gli era stata amica. Il tentativo fu vano. Conosceva bene la profezia che si era appena avverata davanti ai suoi occhi, nota come il *Testamento di Kayafa*, il grande sacerdote indovino che aveva prodotto quella preveggenza…

«Ecco la vergine violata partorirà un figlio, che chiamerà Emmanuele.

Una spada le trafiggerà l'anima, da ciò conosceremo che è l'ultima ora. Egli è qui per la rovina d'Israele, perché sia incarnata la menzogna».

Il *Testamento di Kayafa* era composto da poche righe, che pochissime persone avrebbero potuto comprendere; fra quelle, vi era stato Rupert Stephenson, che ne aveva fatto il senso del suo sacrificio. Egli aveva capito che, come la salvezza del mondo era venuta per bocca del "Sì" della madre di Cristo, la caduta sarebbe avvenuta per bocca del "No" della madre dell'*Anticristo*.

John Cohen si era gettato in ginocchio, muto e spento per il senso di colpa di aver ucciso un'innocente, e di avere interamente fallito nelle sue intenzioni.

Manuel Driven, sporco dal sangue della madre, urlava come impazzito. Si guardava il corpo inzuppato del sangue di lei e, straziato, vagava come una bestia ferita. La sua umanità era persa, la sua anima gridava vendetta! Si diresse furioso verso la spada per brandirla e aggredire così l'assassino della madre, che, spenta, veniva inutilmente assistita dal *Guerriero*.

Ma non fece in tempo; la spada era stata raccolta velocemente dal cavaliere rosso, Jacob, che, nel frattempo, si era rialzato. Stavolta, Beppe, stanco di essere rimasto con le mani in mano, tentò di aggredirlo, brandendo la sacra lancia, ma venne colpito dalla "*misericordia*", scagliata a distanza da Jacob.

La ferula cadde, la spada e la lancia erano le poche fonti di luce presenti in quel frangente. Tutto divenne un confuso scintillio di luci.

Beppe era vivo, ma col pugnale inchiodato sulla spalla; si vergognava per avere sprecato un'occasione. E per reagire all'umiliazione e al dolore, dopo avere raccolto le sue forze, urlò in modo secco e convinto il suo consueto: «Porco il demonio!»

Aveva in corpo l'arma macchiata dal sangue di Adam Gamliel, l'assassino del suo amato padrone, ma questo egli non poteva saperlo; né poteva sapere che, grazie al suo padrone, quell'assassino si era convertito; sicuramente, se lo avesse saputo ne sarebbe stato fiero.

Jacob, si spogliò del mantello, che gli rallentava i movimenti, afferrò con forza per i capelli suo figlio e lo trascinò, con potenza, su per la collina, verso il grande monumento di pietra, convinto di doverlo sacrificare in nome dell'umanità.

Dante non avrebbe voluto lasciare il corpo di Angelica, a cui aveva voluto bene in passato, ma dovette abbandonarlo per compiere un ultimo tentativo ed intervenire. Mentre Manuel Driven si dimenava nullificato dalla prepotenza di suo padre che lo conduceva al patibolo. Dante recuperò la sacra lancia e si fiondò verso Jacob che, lasciando il figlio per pochi attimi, con lo stesso machete con cui aveva martirizzato Ahron Lamad e Iohannes di Robertus mille anni prima, lo abbatté con decisione. Il colpo decisivo arrivò quasi squartando lo stomaco e parte della mano che teneva l'asta sacra. Stava per cadere, così, anche Dante, l'ultimo dei mentori *Boanèrghes*. Beppe ebbe un moto di ribellione: si strappò dalla spalla la "*misericordia*" e accorse in suo aiuto, mentre John Cohen rimaneva impassibile di fronte a tutto.

Jacob il soppiantatore, intanto, riafferrato il figlio, aveva raggiunto le Guidestones e con la spada tra le mani si apprestava a sacrificarlo.

«Ecco dunque: davanti al progetto dell'uomo nuovo, offro in olocausto mio figlio! Ecco: finisce l'era degli inferi e incomincia l'era dell'uomo!»

In senso orario, a partire dal Nord, infatti, in varie lingue, inglese, spagnola, swahili, hindi, ebraica, araba, cinese e russa, in quelle pietre vi era inciso il piano del Nuovo Ordine Mondiale che gli *Eredi di Hiram Abif* avevano stabilito per l'attuazione di una nuova creazione, nella quale l'uomo fosse il nuovo Dio. I nuovi dieci comandamenti:

«MANTIENI L'UMANITÀ SOTTO 500.000.000 IN PERENNE EQUILIBRIO CON LA NATURA.

GUIDA SAGGIAMENTE LA RIPRODUZIONE, MIGLIORANDO SALUTE E DIVERSITÀ.

UNISCI L'UMANITÀ CON UNA NUOVA LINGUA VIVA.

DOMINA PASSIONE, FEDE, TRADIZIONE E TUTTE LE COSE CON LA SOBRIA RAGIONE.

PROTEGGI POPOLI E NAZIONI CON GIUSTE LEGGI E TRIBUNALI IMPARZIALI.

LASCIA CHE TUTTE LE NAZIONI SI GOVERNINO INTERNAMENTE, E RISOLVI LE DISPUTE ESTERNE IN UN TRIBUNALE MONDIALE.

EVITA LEGGI POCO IMPORTANTI E FUNZIONARI INUTILI.

BILANCIA I DIRITTI PERSONALI CON I DOVERI SOCIALI.

APPREZZA VERITÀ, BELLEZZA E AMORE, RICERCANDO L'ARMONIA CON L'INFINITO.

NON ESSERE UN CANCRO SULLA TERRA, LASCIA SPAZIO ALLA NATURA».

La furia di Jacob aveva schiacciato Manuel, che, inerme, non riusciva a muoversi... Mentre la sua bocca si riempiva di terra e di polvere, pensava alla madre, che non aveva meritato né il paradiso e nemmeno l'inferno. Anch'egli stava andando verso il nulla; ebbe paura ed esplose in urla di disperazione, mentre quel suo padre assassino, indifferente al dolore di quel figlio che si apprestava a macellare, pensava con orgoglio alla sua vittoria finale e conclusiva: "Lascia che queste pietre-guida conducano a un'era della ragione", diceva la seconda incisione in lingue arcaiche: Babilonese, Greco antico, Sanscrito, e Geroglifici egiziani.

Stava per iniziare l'era dell'uomo; sarebbe sorto un mondo fondato sulla volontà umana: niente più Dio, niente più *Demonio*!

Jacob issò la spada, mentre nel cielo si profilava un temporale che avrebbe presto diradato i fumi dell'esplosione e mostrato al mondo quanto era accaduto.

Angelica era annichilita, il suo corpo una tetra carcassa vuota. Dante, gravemente ferito, riceveva soccorso da Beppe che, con la *Tilma di Guadalupe*, provava a tamponargli le perdite di sangue; John Cohen, perso nel vuoto, rimaneva impassibile, sotto shock per quanto aveva causato. La sacra lancia, abbandonata a terra, illuminava i volti pallidi di uomini sconfitti.

La luce infuocata della spada antidiluviana sembrava dominare cielo e terra e annullare ogni speranza per questo mondo. Il colpo fu inflitto alle spalle di Manuel, che non ebbe via d'uscita. Fu secco e deciso come a zittire e soffocare nel sangue le urla disperate del mondo intero. Jacob aveva ucciso il *Demonio*, annichilito l'anima di quell'uomo, assassinato l'Anti-Dio, adesso avrebbe dovuto sbarazzarsi di Dio. Un silenzio terribile avvolse ogni cosa.

Le anime fantasma degli antidiluviani e le loro voci, che, da sempre, accompagnavano la spada, sparirono improvvisamente, come non vi fossero mai state. Ma, penetrata l'arma nel corpo di Manuel, anche la luce della spada si era dissolta; di quella spada, oramai, era rimasto soltanto del freddo metallo nero.

Jacob, rimasto nelle tenebre, tentò di riprendersi l'arma per la quale aveva sempre vissuto, conficcata dentro suo figlio; fece forza per estrarla, ma la spada rimaneva incastrata. Provò con la forza di tutte e due le mani ma non vi riuscì; si fece perno con un piede ma neppure questo gli servì.

I fumi si stavano diradando, spinti dai venti della tempesta, e i fari degli elicotteri stavano per puntare su quel luogo ottenebrato.

Beppe era già sparito, recuperando la lancia sacra e portando via con sé Dante e John Cohen.

Jacob doveva andarsene via in fretta e, mentre decideva come svignarsela, vide la spada che si sgretolava, polverizzandosi davanti a lui, mentre la ferita inferta con quella, sul corpo di Manuel, prodigiosamente, si sanava.

Fu percorso da un dubbio! E se fosse stato giocato?! E se quella spada fosse stata la chiave e quel corpo la porta dell'inferno?! Non c'era tempo per rispondersi! Doveva dirigersi a Roma il prima possibile e riprendere le vesti del Cardinale Martino Ferrari.

Il guscio vuoto di quell'uomo veniva abbandonato al freddo della notte. L'anima del ragazzo annichilita anch'essa, non più esistente, rendeva quel cadavere capace di ospitare *Lucifero*, di realizzare ciò cui il male aveva sempre aspirato, ma che non era in grado di attuare: l'incarnazione. Ecco che la menzogna si fece carne e venne ad abitare in mezzo a noi.

"Il mondo è nel caos e senza guida. Sembra di vivere la fine del mondo. Il novanta per cento dei governanti della terra è stato assassinato questa notte in Georgia. Un attentato terroristico di portata mondiale.
A nemmeno un anno dall'attentato di New York, non solo gli Stati Uniti ma tutto il mondo è nel caos. Questa notte, 11 maggio 2002, durante un summit privato in cui i potenti della terra si erano riuniti per discutere di pace e di come affrontare minacce terroristiche future, degli ordigni hanno fatto esplodere il luogo dell'incontro non lasciando sopravvissuti. I Media

stanno definendo l'evento come "La notte del Tuono"...
Doveva essere l'evento più blindato del secolo, ma si è trasformato in una vera strage.
Ci sono volute ore, prima che una tempesta diradasse il fumo e assopisse le fiamme. I soccorritori hanno fatto il possibile, ma ogni aspetto sembra essere stato studiato per non lasciare superstiti.
Uno dei pochi corpi rilevabili è stato quello del Segretario Generale delle Nazioni Unite, che giaceva privo di vita all'apice della collina, di fronte al monumento del Guidestones, a circa 145 kilometri da Atlanta.
Il Santo Padre, unico Leader di rilievo cui il mondo sembra affidarsi in questo momento, comunica attraverso la propria Sala stampa...".

Ogni uomo del pianeta era fisso davanti ogni dispositivo trasmittente, totalmente incredulo di ciò che i media stavano esponendo. Le immagini mostravano uno sconcertato Joaquin Navarro-Valls, portavoce del Papa e direttore della Sala stampa vaticana, leggere le parole del Pontefice...

«Cos'è l'uomo perché te ne ricordi, il figlio dell'uomo perché te ne curi? Eppure, l'hai fatto poco meno degli angeli!»

Giovanni Paolo II citava così, nel suo intervento, il salmo 8, che afferma la preferenza di Dio verso l'Uomo, creatura fatta a Sua immagine, fatta per il bene, ma che, a causa della corruzione, è in grado di autodistruggersi. Poi proseguiva:

«Recitando il Rosario e meditando i Misteri di Cristo, deponiamo il nostro dolore, le nostre preoccupazioni e le nostre speranze nel Cuore Immacolato di Maria, nostra Madre.

Preghiera per la pace

Dio dei nostri Padri,
grande e misericordioso,
Signore della pace e della vita,
Padre di tutti.
Tu hai progetti di pace e non di afflizione,
condanni le guerre
e abbatti l'orgoglio dei violenti.

Tu hai inviato il tuo Figlio Gesù
ad annunziare la pace ai vicini e ai lontani,
a riunire gli uomini di ogni razza e di ogni stirpe
in una sola famiglia.

Ascolta il grido unanime dei tuoi figli,
supplica accorata di tutta l'umanità:
mai più la guerra, avventura senza ritorno,
mai più la guerra, spirale di lutti e di violenza;
fai cessare questa guerra,
minaccia per le tue creature, in cielo, in terra e in mare.

In comunione con Maria, la Madre di Gesù,
ancora ti supplichiamo:
parla ai cuori dei responsabili delle sorti dei popoli,
ferma la logica della ritorsione e della vendetta,
suggerisci con il tuo Spirito soluzioni nuove,
gesti generosi ed onorevoli, spazi di dialogo e di paziente attesa
più fecondi delle affrettate scadenze della guerra.

Concedi al nostro tempo giorni di pace.
Mai più la guerra.
Amen[406]».

"*Giungono notizie che tutto il mondo si stia raccogliendo in preghiera: lungo le strade delle città principali si stanno organizzando fiaccolate per contrastare questo attacco al cuore delle istituzioni mondiali. Mentre molti governi hanno di fatto annunciato che, chi rivendicherà l'attentato, proverà l'ira degli uomini minacciando una terza guerra mondiale...".*

Mentre la stampa proseguiva nei commenti, in quella piccola famiglia, in quella normale casa romana, il televisore mostrava le immagini raccapriccianti della strage del Georgia Guidestones.

Samuele era già a letto; era stanco e poi, meglio dormire, che vedere quella roba cattiva che in tivù guardavano Mamma e Papà. Si era quasi addormentato, ma gli arrivavano ugualmente, come in sottofondo, le voci di Mamma e Papà che stavano discutendo animatamente, per cui si alzò le coperte fin sopra le orecchie, chiuse gli occhi e cadde in un sonno profondo.

«Stasera, a San Pietro, ci sarà una veglia di preghiera!»

«Bene! Mi fa piacere, Eved! Ma non possiamo certo portarci dietro Samuele, che sta già dormendo!»

«Non siamo mica obbligati ad andarci tutti quanti, Alessandro!»

«Naturalmente! Ho già capito dove vuoi andare a parare, Eved Magdalene!» urlò Alessandro.

«Che intendi dire?!»

Il pianto improvviso proveniente dalla cameretta del bambino interruppe la discussione. Eved Magdalene si precipitò da Samuele, che in lacrime le raccontò di un mostro orribile che era apparso dalla finestra! La madre tranquillizzò il bambino, dicendogli che era stato solo un brutto sogno; poi lo aveva abbracciato, gli aveva cantato una ninna nanna e Samuele si era riaddormentato.

Mentre si dirigeva verso la sala da pranzo in cui si trova il marito, avvertì una strana sensazione, come se qualcuno la stesse seguendo. Si era girata. Non vide nessuno. Ritenne la cosa, una suggestione causata dal racconto del figlio.

Poi si sedette accanto al marito e gli strinse la mano, impaurita da ciò che raccontavano i notiziari. Nella vita aveva assistito a tanto dolore, ma quello che il mondo intero stava vivendo in quel momento le sembrava abnorme. Si disse che forse il mondo stava cambiando troppo velocemente e per un attimo, ebbe la sensazione di non essere pronta ad affrontare ciò che sarebbe arrivato.

Fu distratta da un rumore che proveniva dalla finestra, una specie di stridore, come se qualcuno esternamente, stesse graffiando i vetri.

Alessandro controllò e trovò tutto a posto. Poi sentirono bussare alla porta, ma dall'altro lato non c'era nessuno.

Ebbero paura; qualcosa non andava. Forse le immagini dei corpi straziati, e quanto stava accadendo fuori, avevano la stessa "origine"?! E quell'origine terribile era entrata, o voleva accedere alla loro casa... Quasi come se l'inferno avesse preso il pieno possesso di questo mondo e i demoni fossero liberi di disturbare le famiglie senza più nessun tipo di freno.

I coniugi, nel tentativo di distrarsi da quelle presunte suggestioni, ripresero la discussione che avevano interrotta:

«Alessandro, ho sentito Padre Noah! Mi aspetta a San Pietro. Andrò io, meglio stia tu a casa con Samuele!»

Alessandro guardò la moglie per un lungo attimo, poi esplose in un tumulto di rabbia incontrollata.

«Perché devo stare sempre io a casa a fare il babysitter?» Urlò come un forsennato, non badando per nulla al fatto che nella stanza accanto stava dormendo il bambino.

«Stasera ho lavato i piatti e tu sei stata al telefono con Padre Noah per tutto il tempo!»

Proseguì a urlarle addosso in maniera incontrollata, senza un attimo di tregua:

«Sei partita improvvisamente per San Diego e ho tenuto io il bambino da solo! Eved Magdalene, ti fai sempre i fatti tuoi! Tu sempre in giro ed io a casa!»

Lei rispose con stizza per le invettive del marito.

«Sono i nostri amici! E poi stavo parlando con Padre Noah perché John Cohen non si trova! Padre Noah dice di averlo mandato qui già qualche giorno fa, ma, come vedi non c'è e non si sa dove sia! Egli teme che sia stato coinvolto nell'esplosione in Georgia! Per questo vuole che vada a San Pietro. Indagheremo sulla Trascendenza, per capire cosa è successo. Padre Noah dice che dopo questa sera ogni veggente del mondo non ha più nessun dono e dei trecento che hanno seguito Dante a suo supporto non si sa ancora nulla. Dante, Beppe, John Cohen sono tutti irrintracciabili! Sono davvero preoccupata!»

«Come al solito i tuoi amici vengono sempre prima di tuo marito e di tuo figlio!»

«Sono i nostri amici, non sono solo i miei e c'è in ballo di più di quanto credi! Io vado! Non m'importa cosa pensi!»

Eved Magdalene prese il telefono per chiamare Padre Noah e confermargli il suo arrivo, ma Alessandro glielo tolse violentemente dalle mani incominciando un'inedita colluttazione.

Non era mai accaduto ai due sposi di litigare in quel modo. Ma quella sera, si sentivano stranamente rabbiosi l'uno con l'altro e vivevano il desiderio irrefrenabile di rinfacciarsi ogni cosa disapprovata nel loro rapporto.

Lei prese un coltello dalla tavola che ancora non era completamente disfatta dal dopo cena. Lui le afferrò il braccio e sforzandole il polso, come per scherzo, come fosse una gara di forza, le rivolse il coltello verso il collo. Non le avrebbe fatto del male, pensava, solo un graffietto, per dimostrarle chi era il più forte. Lei cercava di sforzarsi, per potersi liberare, ma ogni tentativo di reagire sembrava inutile! Nel frattempo, la lama del coltello aveva incominciato a premere sulla giugulare. Dal primo graffio era già venuto fuori del sangue e il coltello non smetteva di spingere. Forse quella sera stavano esagerando, ma non sembrava esserci verso di fermarsi.

«Mamma… Papà!»

Gli occhi sbarrati del loro Samuele li fermarono. Alessandro, pieno di vergogna, abbassò il braccio. Eved Magdalene comprese che se non fosse arrivato loro figlio, inspiegabilmente, avrebbero passato la linea di demarcazione e vissuto una tragedia. Samuele era in lacrime e singhiozzando disse:

«Mamma! È quello che tu chiami dejà vù! La storia che stavo raccontando allo zio quando si è svegliato in ospedale era questa! In sogno avevo visto Papà che ti puntava il coltello addosso e tu morivi!»

Eved col cuore in gola lo abbracciò amorevolmente, Alessandro li raggiunse:

«Non è successo niente! Tranquillo, piccolo mio! È tutto ok! Papà e Mamma sono qui con te, ci perdonerai?» disse, abbracciandoli ambedue.

Entrambi erano increduli dalla violenza che si erano usati vicendevolmente in quell'occasione, come se una forza dirompente, fin dal profondo dei loro temperamenti, li avesse messi l'uno contro l'altro.

Eved Magdalene richiamò Padre Noah, dicendogli che non sarebbe andata in San Pietro per quella sera e che si sarebbero visti il giorno dopo. Poi entrambi i genitori riaddormentarono il loro bambino. Quella notte decisero di dormire tutti e tre assieme nel lettone, chiedendo al Signore di scacciare via gli incubi di quella sera e alla Regina della Pace di pregare per loro e per il mondo intero.

Eved Magdalene quella notte fece un sogno bellissimo: vide Cédric Roman, ringiovanito e vestito di una veste candida come l'alba del mattino. Nobile e fiero, tratteneva a terra un essere mostruoso, un *Demone* orribile con le ali spezzate. Egli aveva una forza vigorosa e il mostro obbrobrioso non riusciva a liberarsi in nessuna maniera.

Dietro di lui, vide un Arcangelo con le ali splendenti, intuì fosse l'Arcangelo Raffaele. Cédric Roman la guardava sorridente e sereno. Era divenuto l'uomo che aveva sempre desiderato essere. Finalmente aveva abbracciato la sua vocazione, era il *Makabì*, destinato a sconfiggere quel *Demone*, l'avversario della prima coppia, per sempre. Dagli attacchi di questi, ai legami nuziali di tutte le stirpi.

Eved Magdalene lesse quegli avvenimenti come parte di un grande disegno che si era realizzato. In quel disegno, la parola "Matrimonio" riacquistava, tra i tanti significati, quello dell'origine: "Protezione della madre" (che genera la vita), da parte del padre, così come proteggere la madre era stato il compito affidato da Cristo sotto la croce al *Figlio del Tuono* Giovanni: "Ecco tua madre…".

Quella notte, forse, dall'aldilà, Cédric aveva combattuto assieme a loro, contro quel *Demone* che aveva appiccato il fuoco nei loro cuori e che l'avrebbe uccisa per mano di suo marito, distruggendo la sua famiglia.

Sarebbe stata una notte tragica, archiviata come uno dei tanti "femminicidi", di cui la cronaca è tristemente piena.

Comprese che la storia della salvezza umana è, in fondo, una storia nuziale, partendo da Adamo ed Eva fino ad arrivare alla sposa dell'Agnello, che conclude la Bibbia. È una storia di fedeltà eterna tra Dio e l'umanità, in cui emergono la debolezza e la fragilità dell'uomo. Si rese conto che la famiglia, non è un'invenzione umana, un capriccio sociologico, modificabile secondo le flessioni delle epoche, ma il luogo privilegiato in cui l'umanità trova la strada della speranza e dove ogni male può essere perdonato.

Cédric Roman ricercando la sua famiglia aveva incontrato Dio, ottenendo molto di più di quanto s'immaginasse di trovare.

Prima di lasciarla, nel sogno, egli l'aveva salutata, com'era suo solito:

«Amica, adios!»

Canto finale

Nel bene e nel male∗

Il gioco è durato troppo
E così anche la vita
che credevi di avere in mano
è scivolata nel rimpianto
di tante scelte sbagliate
di persone perdute
colpa di quella pretesa
di essere Dio sulla terra

Quanti anni passati
a cercare di darti un senso
Qualche ora d'amore
veloce come il vento
Quanti giorni passati
a cercare di dividere
il bene dal male
la gioia dal dolore

Come un cavaliere stanco
di lottare a mani vuote
di servire corone di plastica
di restare appeso a un fiore
ma la speranza è l'unica che non muore
ma la speranza è l'unica che non muore

Come un uomo deluso
Pieno del suo peccato
Come uomo ferito
Che non ha mai sperato
Ma poi un giorno vivo
Perché afferrato
Quel dì d'improvviso
Dal Destino del mondo

Il gioco è durato troppo
ma l'importante è ricominciare
da qualcuno che ti aiuti a lasciarti amare
a non svanire, a non a lasciarti andare mai
Ora sai a chi domandare
con la certezza che
il tuo destino si compia
e tutto ciò che è con te non morirà

Come un cavaliere stanco
di lottare a mani vuote
che ora vede la speranza
della vittoria finale
Come un cavaliere stanco
della spada e della croce
che si vede ormai protetto
da una forza micidiale
che non nasce dal suo braccio, ma dal cuore
ma che nasce da un abbraccio e da un Cuore.

∗Il brano vede come coautore anche Giovanni Ragusa, amico sin dall'infanzia.

Epilogo
MISERICORDIA

Medjugorje, Bosnia
13 maggio 15 a.D. ore 14:00

Quel giorno, sulla collina del Podbrdo, si era radunata una moltitudine immensa di circa 144.000 persone, di etnie e ceti diversi: era ciò che rimaneva della Chiesa Cattolica che si era stretta attorno al seguace di San Francesco che, in quell'occasione, era stato individuato per la lettura del primo dei dieci segreti, consegnati in visione dalla Madonna ad alcuni veggenti, tra il 1984 e il 1985[407].

Si respirava un'aria di trepidante attesa; dopo la celebrazione della Messa, infatti, ci sarebbe stata la lettura della misteriosa pergamena, sulla quale erano scritti i segreti. L'ansia di sapere era palpabile e riguardava sia la pergamena, sia il suo contenuto. Della pergamena si erano diffuse notizie che evidenziavano la sua natura misteriosa: a volte, sembrava pelle o stoffa, altre volte sembrava carta, ma, al tatto, non era pelle, non era stoffa, non era carta. Si raccontava che su di essa le profezie sarebbero apparse in sequenza, man mano che esse fossero state in procinto di avverarsi.

Relativamente a quel primo segreto che sarebbe stato rivelato, si diceva che sarebbe stato quello fondamentale: la chiave di lettura di tutti quanti gli altri.

Il resto del mondo, invece, quel 13 maggio, stava seguendo i festeggiamenti dei quindici anni di governo del *Principe dei regni della Terra*: la diretta mondiale, in televisione e sui social, stava inchiodando gli sguardi sugli schermi, dove veniva mostrato l'evento.

Grandi erano le celebrazioni previste quell'anno, anche perché, per la prima volta, esse si sarebbero svolte a Gerusalemme, città in cui, come era stato largamente anticipato dai notiziari, attraverso un comunicato, sarebbe stato annunciato un evento che avrebbe rinnovato radicalmente la storia umana.

Ogni anno, da quindici anni, quell'anniversario aveva avuto la sua commemorazione in Georgia, presso le Guidestones, dove era accaduto il tragico evento che aveva cambiato il mondo: un terribile attentato, che aveva sterminato, in una sola occasione, i governanti dell'intero pianeta, lasciando le nazioni senza alcuna guida e nel baratro di un possibile terzo conflitto mondiale.

Il "Tuono" terribile, causato dal boato degli ordigni fu descritto dai media del tempo come se un astro dal cielo avesse colpito la Terra, oscurando il cielo intorno all'area per tre giorni.

Ed esattamente tre giorni dopo, poi, durante lo svolgimento dei funerali di tutti i capi di stato e delle personalità decedute nell'orribile strage, era accaduto un grande prodigio, un vero e proprio miracolo in diretta mondiale: la bara del Segretario Generale delle Nazioni Unite, Manuel Driven, si era spalancata ed egli si era mostrato al mondo nuovamente vivo.

Quell'avvenimento aveva scardinato ogni legge scientifica e modificato il calendario del pianeta. La linea del tempo, infatti, subì una rivoluzione e ogni datazione fu effettuata a partire da quella misteriosa resurrezione avvenuta sotto gli occhi di tutti. Fu, così, accantonata e superata la lettura della storia secondo l'evento di Cristo, tanto che, da quel momento in poi, per indicare un tempo della storia umana, furono eliminate e non vennero più usate le espressioni "Avanti Cristo" e "Dopo Cristo".

L'eliminazione di Cristo dal calendario della storia umana era apparsa a tutti una necessità, un atto dovuto, un ossequio alla verità che si era palesata al mondo: il ritorno dai morti di Manuel Driven, che era avvenuto sotto gli occhi di tutti e che era stato rilevato come "autentico" da ogni tipo di tecnologia disponibile. Di contro, la nascita, l'esistenza e la risurrezione di Cristo non si erano mai dimostrate certe; di esse, c'erano poche testimonianze considerate tardive e, in alcuni casi, fantasiose e poco credibili.

Fra i due risorti, vale a dire fra Gesù Cristo e Manuel Driven, il mondo non poteva non scegliere il secondo, che fu accolto come vero salvatore e riconosciuto come il centro del cosmo e della storia. Le nazioni, di conseguenza, consegnarono nelle mani del nuovo risorto le chiavi del governo mondiale e s'inchinarono docili alle sue volontà.

Solo la Chiesa Cattolica si era trovata, com'era prevedibile, all'opposizione e aveva denunciato l'inganno con cui il mondo era stato manipolato e che l'avrebbe condotto a un inferno terribile, tragicamente mascherato da Eden. Ma essa era stata osteggiata e combattuta in tutti i modi e ridotta a un piccolo gruppo di gente tacciata come eretica.

Dopo la morte del grande Papa polacco, era stato eletto suo successore un *Precettore Boanèrghes,* che pochi apprezzarono. Egli si era trovato ad affrontare parecchie difficoltà, scandali e opposizioni interne ed esterne di varia natura, proprio mentre il nuovo *Principe* andava dettando le sue proposte su come la Chiesa avrebbe dovuto conformarsi alla nuova alba che attendeva il mondo. Il nuovo *Messia* prometteva pace, dialogo, inclusività; la fine dei conflitti, del razzismo e delle differenze religiose.

Erano stati anni difficili per il papato, che era stato costretto a riformarsi. Il Pontefice, essendo avanti negli anni, aveva deciso di dimettersi, ricostituendo e ritornando alla chiesa dell'origine, quella della diarchia, quando alla guida della piccola comunità di cristiani erano state poste due personalità forti, quella di Pietro e quella di Paolo.

Si dispose perciò l'elezione di un nuovo Pontefice, e venne eletto un gesuita, col cuore appassionato da San Francesco[408]. Vi furono, pertanto due pontefici, uno dedito all'esercizio attivo e l'altro a quello contemplativo. Questo periodo, però, fu breve, perché il Papa anziano, il Papa *Boanèrghes* dedito alla contemplazione, alla riflessione, al dialogo con la Trascendenza e alla preghiera, morì presto.

Il Papa gesuita, seguace di San Francesco, rimasto da solo, fu costretto ad assistere al precipitare degli eventi e al grande scisma, che portò ai suoi arresti e all'elezione di un nuovo Papa: Martino Ferrari, un Cardinale della Chiesa Cattolica che, nominato Pontefice, assunse il nome di Papa Simone.

Il gesuita col cuore di San Francesco, accusato e perseguitato come scismatico, fu spogliato della carica cardinalizia e sospeso a divinis. La maggior parte della Chiesa Cattolica seguì il nuovo Papa. Molti cattolici ritennero, infatti, che quel Pontefice rappresentasse il nuovo Pietro, visto che aveva scelto di chiamarsi proprio col nome che aveva quell'apostolo prima che Cristo gli affibbiasse "Pietro".

Soltanto un piccolo gregge, "un resto" rimasto fedele al vecchio Pontefice gesuita, e anch'esso ritenuto scismatico, riuscì a leggere nel nome del nuovo Papa quello di Simone il mago[409], il discepolo eretico che aveva tentato di accordarsi con Pietro, per comprare le grazie della fede.

L'obiettivo primario del pontificato di Papa Simone era l'esaltazione totale dell'umanità e l'eliminazione di ogni concetto di "peccato", di limite invalicabile, di colpa... "Tutto rientra nelle tue possibilità: il mondo è tuo e puoi averlo, puoi ottenere ciò che desideri se segui l'istinto, se credi in te stesso... fai ciò che vuoi, basta che tu abbia rispetto dell'altro, Dio ti ha già perdonato!"

Tale visione era in piena sintonia con quella del *Principe dei regni della Terra*, la cui politica, incentrata sui valori dell'Ambiente, della Serenità e del Benessere, avrebbe condotto l'umanità a una nuova evoluzione della specie: l'*Homo Sapiens Sapiens* si sarebbe evoluto in *Homo Consumens*, il consumatore performante.

L'Era dell'*Homo Consumens* doveva essere accuratamente pianificata; essa si sarebbe dovuta caratterizzare per il controllo delle nascite, in funzione del fatto che il bisogno della manodopera sarebbe stato sempre più ridotto, grazie al progresso tecnologico e scientifico[410]. Una popolazione ridotta avrebbe, così, potuto avere accesso a un maggiore benessere attraverso il consumo e il cuore dell'uomo, alla ricerca perenne della felicità, avrebbe potuto essere appagato da prodotti sempre più innovativi.

Quella mattina, a Gerusalemme erano arrivati i rappresentanti mondiali di tutte le religioni. Sarebbe stato dato un grande annuncio, che avrebbe segnato un nuovo corso per l'intera umanità.

Eved Magdalene, era sulla collina del Podbrdo, assieme alla sua famiglia. Anche lei faceva parte del piccolo gregge rimasto a seguire il gesuita col cuore di Francesco. Anche lei, tra il gruppo degli amici dei veggenti, attendeva la lettura del primo segreto.

Guardava la gente che aveva attorno e pensava a quanti non c'erano più. Erano cambiate molte cose da quell'13 maggio dell'anno 2002, data in cui "erano stati tutti dispersi".

Padre Noah li aveva lasciati appena qualche anno dopo, nell'anno terzo della nuova Era, corrispondente al 2005 della vecchia Era, pronunciando le seguenti parole: «Lo spessore della santità della vita è dettato dal cammino, dalla fatica dei passi, dal dolore ai piedi, non da un miracoloso riuscire... Abbiamo affrontato alcune profezie e atteso il compiersi di ciò che era stato scritto. Siamo stati sbalorditi da ciò che accadeva, non perché fosse stato predetto, ma perché la volontà di Dio è argento splendente agli occhi dell'uomo!» Alcuni suoi amici erano lontani da Roma e le era stato impossibile contattarli, anche se Eved riusciva sempre ad avere loro notizie.

Aveva saputo che Beppe, nonostante fosse molto vecchio, era detenuto in un carcere di massima sicurezza in Sud America. Si raccontava avesse convertito la maggior parte dei carcerati solamente insegnando loro a recitare il Rosario.

Sapeva che gli istituti *Sacred Heart* erano stati affidati alle cure delle Suore della Carità, guidate dalla superiora Honorata Roman.

Il guerriero Dante, profondamente segnato dalle ferite riportate nello scontro con Jacob, aveva accompagnato John Cohen nel suo esilio alla fortezza di Cavijo, a Compostela, in Spagna, una delle sedi dei *Boanèrghes*... E che, storicamente, era il luogo in cui San Giacomo era apparso con spada e cavallo e in cui, nell'844, aveva sconfitto i mori.

Il giorno della sua morte, avvenuta nell'anno 2012 della vecchia Era, Dante si era ricordato di quanto gli avesse detto in punto di morte Cédric Roman: «Ci vediamo tra dieci anni...» Perciò, aveva sorriso e con un viso illuminato dalla gioia, prima di chiudere gli occhi, aveva sussurrato: «Grazie, Amigo!»

Dante era stato sepolto nelle catacombe nascoste sotto la fortezza, con addosso i paramenti sacri del *Figlio del Tuono*, insieme alla sua fedele arma, la lancia di Longino, alla quale, morendo, era abbracciato.

Volle farsi seppellire con l'arma non per affezione a essa, ma per quanto egli lasciò detto: «Le mie volontà sono che la ferula stia con me. Perché siamo a essere disarmati, come soldati della pace, forti della bellezza della nostra testimonianza. Non imponiamo, proponiamo un'esperienza di attrattiva e di verità! Ogni volta che saremo costretti a brandire un'arma, sarà per difendere e proteggere ciò che abbiamo di caro! In quel caso saprete dove trovarla!»

Per quanto riguardava suo fratello John Cohen, direttamente da lui a Eved Magdalene, pervenivano poche notizie. Ma veniva a sapere ugualmente il necessario, attraverso informazioni che le giungevano da amici comuni.

John Cohen era stato addestrato da Dante negli ultimi anni della sua vita ed era divenuto un *Precettore* dei *Figli del Tuono*, il più stimato operativo dell'*Entità*, il *Guerriero* del vecchio Papa *Boanèrghes* benedetto da pochi.

In alcune notti lo si poteva ammirare, mentre si allenava sulla piana, ai piedi della fortezza, vestito dei paramenti sacri dei *Figli del Tuono*. Le sue vesti erano le medesime che il suo addestratore portava con onore nelle occasioni più decisive, a memoria dei cavalieri della *Purificazione*. A differenza di Dante, però, esse erano nere, come una notte senza firmamento, in segno di lutto, in memoria della donna innocente che aveva assassinato.

Si raccontava che, a volte, finito di esercitarsi, la notte venisse riempita dal suono del suo pianto; il suo non era un pianto disperato, ma di dolore, simile a quello di Pietro, che aveva tradito, simile a una preghiera.

John Cohen aveva, infatti, imparato che non sono i buoni a salvare il mondo, perché il mondo è già salvo per la fedeltà di Dio nel tempo, sebbene si debba lottare per essere partecipi della Sua vittoria.

La reliquia che il Papa gli aveva consegnato, nominandolo *"Guerriero"*, la spada d'argento del *Santiago Matamoros*, che splendeva nella notte, illuminando con i suoi riflessi il creato circostante, gli indicava proprio la vittoria della Luce. Su quell'arma senza tempo, su quell'arma dell'altro mondo in questo mondo, potevano leggersi incise tre parole: "Castità, Povertà e Obbedienza", le tre parole a cui i *Maestri* e i *Precettori Boanèrghes* si educavano da laici, come monaci e come soldati della pace, disposti al martirio per proteggere e difendere la fede.

Egli spesso meditava sul percorso di vita su cui stava viaggiando e ringraziava l'*Onnipotente* per essere stato scelto, nonostante la sua fragilità. A volte, la notte, frenava il suo pianto e sorrideva, quando gli veniva in mente che, proprio a causa delle sue vesti scure, che nel buio confondevano i suoi contorni con quelli di ogni altra cosa, i suoi compagni lo avessero soprannominato *"Il Corsaro Nero"*. Quell'idea gli piaceva molto, gli ricordava la testimonianza di sacrificio avuta da un caro amico, che sentiva sempre molto vicino.

Eved Magdalene era fiera di suo fratello e del suo percorso di vita, molto diverso dal suo. Eved Magdalene aveva costruito una famiglia e in quegli anni le era arrivata un'altra bambina, cui aveva dato il nome della madre, che non aveva mai conosciuto: Zelia. Anche quella figlia per lei era "un segno"; ci rifletteva spesso, soprattutto perché nel volto della sua bimba, Eved, talvolta, scorgeva quello pieno di dolcezza proprio della madre, di cui custodiva solo una vecchia foto sbiadita dal tempo.

Ella era fortemente impegnata, insieme al marito, a mantenere santa la sua famiglia, ma anche a offrire sostegno agli amici e a quanti, all'interno della Chiesa, stavano vivendo terribili tribolazioni.

Pensò con molta dolcezza a suo fratello e sorrise, portandosi le mani al cuore, quando le ritornò in mente la lettera che egli le aveva inviato qualche giorno prima.

L'arrivo di quella missiva, all'inizio, l'aveva turbata, sia perché era raro per lei avere contatti col fratello, sia perché il mezzo con cui essa le era pervenuta era piuttosto insolito.

Le era arrivata dentro una bottiglia di vino, come si trattasse della mappa di un tesoro tratto da un racconto di avventure di corsari. Aveva aperto la bottiglia con ardore impaziente, quindi l'aveva letta tutta d'un fiato insieme al marito Alessandro.

«Dio mi è testimone.

Io John Cohen Meroveo, vostro fratello e vostro compagno di tribolazione, nel regno e nella costanza in Cristo, m'imposi un esilio nella Fortezza di Cavijo. Ghermito in estasi, nella notte del giorno del Signore, mentre contemplavo la croce simbolo di Santiago che s'innalza sulla vallata, udii, dietro di me, una voce potente, come di tromba, che diceva: «Quello che vedi scrivilo su una pergamena e invialo a colei che sai! Io sono il Primo e L'Ultimo e il Vivente. Io ero morto, ma ora vivo per sempre e ho potere sopra la morte e sopra gli inferi!»

Poi venni portato con l'anima nel luogo ultraterreno ove tutto era assoluto e accadeva nel presente, libero dagli argini del tempo e dello spazio.

E vidi apparire un mostro alato e dietro di lui Lucifero, manifestatosi come un burattinaio. Quel mostro portava disordine tra l'uomo e la donna nelle generazioni e un Angelo, inviato da Dio, lo contrastava a ogni sua azione.

Poi vidi due giovani gemelli con doni straordinari disturbare i morti, per chiedere della loro madre defunta. Erano un maschio e una femmina e portavano sulla fronte il marchio dei figli di Dio.

Non essendo consentito rivolgersi a Dio per parlare con i morti, essi interrogarono altre energie che avevano i favori del Demone nel deserto.

A causa di quelle preghiere immonde, si formarono degli squarci neri fra le sabbie, delle ferite nello spazio e nel tempo.

E vidi un'anima tormentata; anch'essa aveva in fronte il marchio dei figli di Dio e la vidi trovare gli squarci e fare un patto col Demone del deserto, per poterli attraversare e tornare indietro.

Ed ecco il Demone del deserto riuscire a liberarsi e a impossessarsi di quelle anime, manipolandole e ricevendo grande potere dal loro peccato, tanto che il cielo si era oscurato.

E vidi l'anima del gemello maschio venire agguantata dalle fauci del Demone del deserto e venire strappata al suo corpo. Vidi l'anima tormentata venire incastonata nel corpo del gemello, col compito di portare sciagura e morte alla gemella.

Ma vidi l'anima della madre dei due gemelli che era in cielo muoversi con infinita tristezza.

La vidi discendere agli argini degli inferi e preparare un giaciglio accogliente presso la grotta dove il Demone avrebbe nascosto lo spirito del suo bambino e la vidi mentre andava a chiedere alla Donna vestita di Sole, da madre a madre, misericordia nel nome della croce del Figlio dell'Altissimo.

Ecco, io vidi la Donna vestita di Sole raccogliere quella preghiera in un calice dorato ed elevarlo al cielo. Dal calice discesero sangue e acqua che bagnarono il capo della gemella figlia della madre triste: uno viene sempre scelto per la salvezza di molti.

Vidi allora la madre voler comunicare questa grazia al figlio senza riuscirci, perché il Demone del deserto aveva preso in odio la madre triste e aveva torturato con gli incubi il gemello, mostrandogli sua madre maledetta e dannata!

«Scrivi perché queste cose: sono certe e veraci! Un grave disordine è stato perpetrato, i miei figli prediletti sono andati perduti!» disse la voce potente e vidi l'ombra dello spirito di Dio poggiarsi su quelle anime. «Ecco!» disse la voce, «Io sono il giudice giusto, saggio e potente, non farà il giudice di tutta la terra ciò che è giusto?[411]» E per l'amore dimostrato dalla madre... rivolgendosi alla donna triste, disse: «Vedi madre?! Io faccio nuove tutte le cose![412]»

Poi mi risvegliai sotto la croce di Santiago con una grande pace nel cuore.

Per la Croce e con la spada».

Eved era felice e raggiante come non mai! Si era inginocchiata e aveva pianto di gioia: Dio, per grazia, aveva compiuto l'attesa più grande dei due fratelli. Adesso sapevano che la loro mamma aveva conosciuto un destino di salvezza!

Ritornò al presente, in mezzo alla folla in attesa. La messa si era conclusa da un po' ed Eved Magdalene aveva riacceso il telefono cellulare. I social network si erano scatenati: si moltiplicavano i commenti e gli interventi su quanto era stato annunciato a Gerusalemme, dove Simone, il nuovo Papa, aveva sancito lo scioglimento della Chiesa Cattolica e aveva istituito, insieme ai rappresentanti di tutte le altre religioni, un'unica nuova religione, quella che avrebbe adorato il *Principe dei regni della Terra*, il nuovo risorto, il Cristo ritornato.

Ciò che aveva convinto tutti a unirsi intorno a un unico pastore era stato un nuovo e portentoso miracolo. Papa Simone aveva mostrato al mondo intero l'*Arca* della prima alleanza, che venne presentata come segno di benedizione di Dio.

Un solo risorto, un solo popolo, un solo rito: pertanto venne stabilita l'eliminazione di tutte le cerimonie e di tutte le celebrazioni, compresa la Messa, per dare vita a un unico rito in onore del *Principe dei regni della Terra*.

La notizia fece subito il giro dei presenti sulla collina di Medjugorje, diffondendosi animosamente. Alcuni urlarono per la disapprovazione, altri piansero per il senso di smarrimento. I ragazzini erano confusi. Samuele, ormai più che adolescente, si avvicinò ai suoi genitori e, con tono preoccupato si rivolse a suo padre:

«Papà, ma se quelli dicono che c'è un nuovo risorto, come facciamo a credere che sia Gesù Cristo quello vero?!»

Anche Eved Magdalene si girò verso Alessandro, come se anche lei avesse bisogno di una risposta da parte del marito. Alessandro guardò la moglie, poi rivolse lo sguardo verso suo figlio e gli disse col tono certo di un padre:

«Come facciamo a saperlo? Ma perché lo abbiamo incontrato! Sapessi quante volte lo abbiamo visto vivo tra noi, e cambiare il nostro male in bene!»

Eved Magdalene sorrise, era la risposta più bella e vera che avesse mai potuto ascoltare.

La benedizione era incominciata e la pergamena stava per essere srotolata. Tutti smisero di parlare e rivolsero i loro sguardi al seguace di San Francesco, da cui avevano bisogno di sentire parole di conforto e di consolazione. Sarebbero scaturite dalla lettura di quel segreto?

Il gesuita col cuore di Francesco li guardò commosso, poi disse loro:

«Io, come voi tutti, non so cosa ci sia scritto su questa pergamena e, come voi, sono curioso di conoscere il segreto! Io non lo so e non sapete neanche voi quale sia questo segreto... lo sapremo a lettura avvenuta! Però prima di leggere, voglio dirvi ciò che io so e che voi sapete. Ecco, fratelli miei, quello che so io è semplice, ma è tutto quello che ci serve sapere: se Cristo non fosse qui, adesso, vivo e risorto in mezzo a noi, vana sarebbe la nostra fede e noi che siamo qui risulteremmo dei falsi testimoni, degli ipocriti e degli stupidi bugiardi che inseguono i fantasmi[413]! Volete che legga il segreto?! Sì, lo leggerò, ma dubito possa essere più grande della verità che vi ho appena ricordato e che ci è data di riconoscere, liberamente a ognuno di noi!»

Srotolò la pergamena e sorrise perché vide che in essa, misteriosamente, si erano composte alcune parole.

Dovette attendere qualche minuto, prima di leggerle, perché le campane delle 15 avevano cominciato a suonare a festa. Quando tornò il silenzio, guardò la folla e lesse quelle poche e granitiche parole, scandendole accuratamente, perché arrivassero a tutti e fossero chiare a tutti:

«Il Destino è nelle Sue mani!»

TITOLI DI CODA

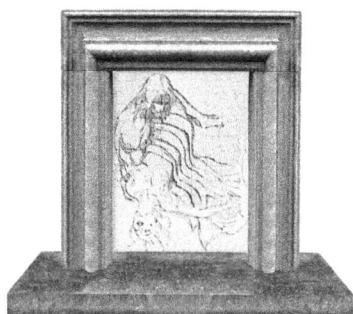

Un accenno all'immaginario pop da cui sono nati i personaggi:

Cédric Roman:

Un po' James Bond, un po' Han Solo, con la faccia di Clint Eastwood.
Un uomo alla ricerca della propria strada ispirato dagli scritti Salgariani.
È il mio Miguel Mañara.

Aharon Lamad:

Pensato come se Sean Connery avesse interpretato Juan Sánchez Villa-Lobos Ramírez da giovane.

Abel "Il Dante" Milton:

L'ho sempre immaginato in una via di mezzo tra Viggo Mortensen nei panni di Aragorn e Russell Crowe nei panni di Massimo Decimo Meridio.

Angelica Diaz:

L'ho pensata come la prima donna, Eva, innocente e fragile.

Padre Raoul Montoya:

È scritto sulla figura di un prete che stimo molto di nome Eugenio.
Auguro di incontrare a tutti un prete così.

Georghe "Maggiordomo" Meroveo:

Avete visto Siryana con George Clooney? Eccolo!

Rupert "Chronos" Stephenson:

Caratterialmente un Emmet Brown agli inizi. Fisicamente Matt Damon se avesse interpretato Albert Einstein.

Michel "Leonida" Robinson, Don Michel, Padre Noah:

È il Martin Luther King del libro. Lo Stacker Pentecost di questo romanzo.

Zelia Meroveo:

L'ho sempre pensata fisicamente come Sophia Loren e spiritualmente come Claudia Koll dopo la conversione.

Adam Gamliel:

Non si scappa, è Tom Hiddleston che fa Loki il fratello di Thor.

Manuel Driven:

Un Brad Pitt con lo spirito di Frodo Baggins.

Virginia Willerman:

Tra la Willerman de Il Corsaro Nero e Girolama Carillo de Mendoza di Milosz.

Iohannes, figlio di Robertus:

A me ha sempre ricordato il cavaliere del Graal in Indiana Jones e l'ultima crociata. Con l'animo di Gandalf il bianco.

Eved Magdalene Meroveo:

La "donna" come vocazione, pienamente figlia, moglie e madre.

Beppe:

Mi serviva un Samvise Gamgee. Però ha le fattezze di Super Mario Bros.
Lo so, viene da ridere pure a me.

John Cohen Meroveo:

Un Brandon Lee nel Il Corvo con le aspirazioni del giovane Luke Skywalker.

Manuel "Anticristo" Driven:

L'uomo moderno, deluso da ogni cosa, annoiato e pieno di amaro cinismo.
Gli rimane solo l'abuso, il possesso, la carne e per questo è schiavo di ogni cosa in quanto insoddisfacente.

Jacob Frank, Cardinale Martino Ferrari:

L'uomo privo di coscienza. Un cattivo che è veramente tale, non come quelli dei film di ultima generazione, pieni di giustificazioni sociologiche. Egli sa di esserlo e vuole esserlo.

Danielina Navarro:
Delineata sulla figura della mistica Maria Valtorta, di cui consiglio l'approccio agli scritti.

Giovanni Paolo II:
A metà tra il vero Giovanni Paolo II e Papa Francesco, tant'è che una delle sue frasi è una citazione di quest'ultimo.

Il Grande Architetto, l'Onnipotente, il Messia, il Figlio dell'uomo etc.:
Dio fa Dio, cioè, come dice mio figlio Diego «ci vuole bene». Sia che siamo suoi alleati o a Lui ostili, non smette di sperare su noi.

La donna di Auschwitz, la Santa Madre, la Vergine etc...:
Una Madonna non postina, ma madre, che segue i suoi figli nelle loro cadute e, sempre premurosa, li aiuta a rialzarsi. A volte mostrandogli l'esempio del Figlio (l'incontro), altre volte i racconti delle scritture (la conoscenza del cristianesimo), in altre intervenendo personalmente (sollecitando ai sacramenti). I tre fattori fondamentali perché il cristiano sia tale.

Le fazioni:

I Figli del Tuono (Boanèrghes):
Dio prende i seguaci di suo cugino, Giovanni Battista, li affida a San Giovanni e San Giacomo e dona loro dei carismi particolari.

Ne segue che nel corso della storia, Boanèrghes, è il nome dato all'insieme dei veggenti, dei mistici o degli asceti cattolici, cioè a ogni credente che ha ricevuto il dono del dialogo con la Trascendenza.

Nell'era moderna sono stati inglobati all'interno dei servizi segreti Vaticani.

Gli Eredi di Hiram Abif:
Un'organizzazione capillare, la congrega a capo di ogni massoneria, setta o centro di potere mondiale. L'Anti-Chiesa per antonomasia in quanto si è data come compito l'annullamento dell'Apocalisse attraverso l'uccisione del Makabì e l'annientamento della Chiesa di Cristo. Come? Sostituendosi a essa.

Il proprio capo, il Maggiordomo, ha nel suo mandato (definito "Turno di veglia"), la creazione di falsi profeti anticristici e di una nuova religione sincretista dove Dio è a misura d'uomo.

La profezia principale:

Gli Esseni affermavano che per la battaglia finale, un Maestro di Giustizia sarebbe stato avversato da tre figure sacre illegittime e poi sconfitto da un Sacerdote Empio. Sarebbe poi venuto un "Messia" guerriero e un successivo "Messia" sacerdote.

(Lettura faziosa) *Interpretazione degli Eredi di Hiram Abif:* Vi è stato un primo Makabì, Iohannes figlio di Robertus intorno all'anno mille, che insieme all'amico Aharon Lamad come Maestro di Giustizia furono sconfitti entrambi. Così si è evitato l'arrivo del Messia sacerdote, Cristo, cioè si è evitata l'Apocalisse. Ma Cristo tenterà di tornare dopo il secondo "Ciclo" di mille anni, perciò vi sarà un nuovo Maestro di Giustizia e un nuovo Makabì da intercettare e sconfiggere attraverso il reclutamento di Veggenti.

(Lettura parziale) *Interpretazione di Rupert Stephenson:* San Giovanni, ricevendo il mandato di "Figlio" sotto la croce, poteva essere reputato come Makabì e suo fratello Giacomo come Maestro di Giustizia, per questo definiti "Figli del Tuono". Questi primi due sarebbero stati coloro che avrebbero avviato l'Apocalisse in senso storico, non come cataclisma finale. Cioè avrebbero avviato l'apertura del "Ciclo" che si sarebbe dovuto concludere con Iohannes e Lamad che vennero invece fermati. Stephenson teorizzava la figura del Makabì come colui che dovesse chiudere il Ciclo di mille anni, quindi era aperto alla possibilità che ve ne comparisse nel tempo, più di uno.

(Lettura corretta che tiene conto di tutti i fattori) *Interpretazione di Abel "Il Dante" Milton:* Bisogna leggere la profezia sulla base del contesto storico in cui è nata e relativamente ai fattori paralleli a cui è legata. All'interno delle vicissitudini Maccabee incomincia ad aleggiare l'idea dell'arrivo di un "Profeta fedele" che brandirà la spada promessa a Giuda Maccabeo, il guerriero. Gli Esseni divengono custodi di questa credenza, alcuni di loro seguono il Battista e poi Cristo attraverso San Giovanni e San Giacomo. Rimane perciò viva come tradizione all'interno dei Figli del Tuono sulla quale disegneranno le figure apicali. Pertanto, a capo dei Figli del Tuono vi sarà sempre un Maestro e un Guerriero. Se vi sarà o meno l'apparizione del Makabì i Figli del Tuono non se ne curano ma rimettono ogni possibilità alla volontà Divina. Per i Figli del Tuono le uniche profezie legittime sono quelle relative all'incarnazione di Cristo in cui tutto si è rivelato.

Realizzazione:

Nel libro i sacerdoti illegittimi sono i tre Custodi dell'Arca, rane dell'apocalisse. Il Messia guerriero è il Makabì (Cédric Roman), il Messia sacerdote è il Cristo dell'Apocalisse. Il Maestro di Giustizia sarà Adam Gamliel assassinato dal Sacerdote Empio, il Falso Profeta apocalittico Jacob.

Sequenza degli eventi

Prologo: Libertà
Luogo e Data: Fuori dallo spazio e dal tempo
Cédric Roman si trova in un deserto con Dante Milton apparentemente per espiare i loro peccati. Si imbattono in delle fiamme nere sospese a mezz'aria, incuriositi vengono avvertiti da Aharon Lamad di non avvicinarsi. Ma Lamad scompare e Dante Milton è ferito all'addome perciò non vi è nessuno a fermare Cédric Roman che, dialogando con un personaggio invisibile, decide di oltrepassare le fiamme oscure e scomparire.

Parte Prima: AVVENIMENTO
Capitolo 1: Omicidio
Luogo e Data: San Diego, California, USA - 3 aprile 1957, ore 09:00
Incontro tra nonno Pedro Diaz e Goerghe Meroveo al bar lungo il viale verso la Chiesa dell'Assunta. Il futuro di Angelica Diaz, la nipote di Pedro, viene venduto a Meroveo contro la volontà della moglie Ally Ann, nonna della bambina. Egli apparentemente è un benefattore ma in realtà è un usuraio del posto. La piccola Angelica che, in quel periodo, ha sette anni non sa ancora della morte dei suoi genitori Nathan e Valentine. Improvvisamente la ragazzina ha una visione dell'omicidio di un uomo anziano all'interno del locale. Ne percepisce i pensieri e i rimpianti per una certa Virginia che si presume essere il suo amore in gioventù.

Capitolo 2: Trascendenza
Luogo e Data: MOMA, New York, USA - 7 aprile 1957, ore 15:00
Rupert Stephenson si incontra con Meroveo nei soterranei del MOMA. Lì interrogando le carte, verificano ulteriormente la verità storica del cristianesimo, religione da combattere per l'Organizzazione degli Eredi di Hiram Abif, di cui è capo Meroveo in qualità di Maggiordomo. Meroveo gli ordina che deve elaborare idee per confutare quelle verità, poi gli chiede di interrogare le stelle per scoprire la possibile venuta del Makabì, una figura predetta da antiche profezie provenienti dal deserto legata all'Apocalisse. Meroveo spiega che secondo loro vi è stato un primo Makabì, Iohannes figlio di Robertus intorno all'anno mille, che insieme all'amico Aharon Lamad furono sconfitti entrambi. Secondo Meroveo si prevede una nuova incarnazione. Stephenson è molto scettico e vuole utilizzare i ragazzi "dotati" che Meroveo va ricercando nel mondo. Possibili incarnazioni del Makabì. Meroveo nega la possibilità e Stephenson torna alle proprie indagini. Dopo una lunga riflessione suppone che il Maggiordomo sbagli e che il primo Makabì era in realtà l'apostolo Giovanni, il preferito di Cristo. Indicato da lui col nome di Boanèrghes, insieme al fratello Giacomo, i "Figli del Tuono".

Capitolo 3: Disarmo
Luogo e Data: San Diego, California, USA - 13 maggio 1957, ore 03:00
Angelica, dopo la prima visione avuta al bar, incomincia ad avere visioni frequenti del male del mondo tanto da finire in ospedale. Sfigurata dagli incubi, dopo quaranta gionri di agonia, viene visitata dalla Madonna.
La Madonna le mostra la caduta angelica, lo scontro tra Michele e Lucifero dove il secondo crea una spada e Dio pensa l'anima della Madonna come scudo. Lucifero cade, la spada viene perduta, Dio crea lo spazio per l'inferno. La Madonna chiede ad Angelica di seguire Padre Raoul che le insegnerà a tenere duro affinchè non dica "No!" alla grazia. Angelica guarisce e la nonna che si trovava lì con lei viene risollevata.

Capitolo 4: Nomi

Luogo e Data: MOMA, New York, USA - 13 maggio 1957, ore 06:00

Rupert Stephenson nei sotterranei, trova un misterioso manoscritto dentro una piccola icona raffigurante gli avvenimenti sotto la croce. Il foglio, scritto in codice, rende immediatamente traducibili solo la firma dell'autore e altri tre nomi inscritti sul retro. Confrontando altri materiali Stephenson intuisce che vi è un livello superiore di controllo, oltre gli illuminati che fanno parte degli Eredi di Hiram Abif. Decide di partire per Gotha, storicamente la citta del primo illuminato, per condividere quanto scoperto con alcuni conoscenti di alto grado e studiare assieme una strategia. Viene accompagnato da un suo studente, Leonida, a cui affida in alternativa un piano B in caso di fallimento. Egli infatti si attende il martirio.

Capitolo 5: Documenti

Luogo e Data: Bohemian Groove, California, USA - 13 maggio 1957, ore 18:00

Zelia Meroveo è una delle donne più belle del mondo e viene usata dagli Eredi per conquistare uomini di potere. Ha un relazione incestuosa col fratello Georghe Meroveo che la raggiunge in camera. Vengono interrotti dall'arrivo di Adam Gamliel che informa Meroveo della fuga di Stephenson in germania. Insieme decidono di partire per raggiungerlo.

Capitolo 6: Serpe

Luogo e Data: San Diego, California, USA - 13 maggio 1957, ore 24:00

Padre Raoul affronta differenti situazioni difficili, famiglie disastrate ed estreme unzioni, esercitando nella parrocchia dell'Assunta. Una sera Cristo gli appare in visione. Gli parla della caduta e della corruzione della prima coppia. Infine gli preannuncia l'arrivo della bambina "Figlia del Tuono". Padre Raoul la considera la sua speranza.

Capitolo 7: Anime

Luogo e Data: Erfurt, Turingia, Germania dell'Est - 15 maggio 1957, ore 06:00

Rupert Stephenson viene intercettato dall'Organizzazione degli Eredi all'atterraggio. Portato in un campo di concentramento viene massacrato da Adam Gamliel. La sua conversione diviene più matura. Riflettendo, rivela di aver inviato Leonida a Roma da una mistica: Danielina Navarro. Adam Gamliel mentre si sta ripulendo del sangue di Stephenson viene avvicinato da una presenza che non si rivela ma che lui sembra conoscere.

Capitolo 8: Taccuino

Luogo e Data: Riva sinistra del Reno, Alsazia, Francia - 15 maggio 1957, ore 09:00

Leonida, catapultatosi dall'aereo di Stephenson all'altezza della Francia, riprende i sensi e incontra Odilon Renaud e il suo cane Noè. Attraverso il rapporto con l'imprenditore agricolo che scopre essere molto colto e credente riscopre gli aspetti positivi della fede, da cui si era allontanato a causa di un padre troppo severo. Rileggendo i documenti di Stephenson scopre che la fede che lo aveva re-interessato come discorso si affermava invece come fatto reale.

Capitolo 9: Trino

Luogo e Data: Buchenwald, Turingia, Germania dell'Est - 16 maggio 1957, ore 03:00

Stephenson orami morente viene raggiunto da Meroveo che lo interroga. Si scopre che il sommo sacerdote Kayafa fu il primo Maggiordomo e che fu un traditore a causa della distruzione del Tempio di Gerusalemme da parte di Tito. Meroveo vuole sapere dove si trova Leonida ma non ottiene risposta. Viene rivelato a Stephenson che la sua famiglia è stata eliminata con un incendio.

Stephenson tenta con le ultime forze di far ravvedere Meroveo quasi perdonandolo. Adam Gamliel ascoltando Stephenson e Meroveo dialogare incomincia ad avere dei dubbi sull'operato del Maggiordomo.

Un seme di bene viene posto nel cuore di Meroveo dalle ultime parole di Stephenson che esce dal dialogo in qualche modo cambiato. Si scopre che Stephenson ha avuto l'anima salva e Meroveo ha una reazione di sfogo rapportandosi a lui. Adam Gamliel, uscito di scena ha modo di incontrare l'uomo nell'ombra e parlargli.

Parte Seconda: COMPITO

Capitolo 10: Entità
Luogo e Data: Piazza di Spagna, Roma, Italia - 02 gennaio 1972, ore 12:00
Un agente dell'Entità, i servizi segreti Vaticani, consegna un incarico a un misterioso personaggio definito Corsaro. L'agente vuole parlargli perché il Corsaro in realtà è il suo giovane figlio avuto con una prostituta californiana. L'uomo ripercorre la sua carriera e la svolta avuta scoprendo una misteriosa spada e l'Arca del diluvio sul monte Ararat.

Capitolo 11: Custodi
Luogo e Data: Contea di San Diego al confine col Messico, California, USA - 02 gennaio 1972, ore 23:00
Un incendio devasta la villa di Meroveo uccidendo Zelia e i due gemelli incestuosi avuti con lei. Meroveo ha il crollo definitivo incominciato quindici anni prima con Stephenson. Mentre i dubbi lo attanagliano compare un Sommo sacerdote del Tempio di Gerusalemme che indica Gamliel come nuovo Maggiordomo e detronizza Meroveo comparato all'inadeguatezza di Kayafa. Gamliel attraverso una visione, viene messo a conoscenza che Satana possiede i tre Sommi sacerdoti del Tempio che fecero condannare Cristo. E che il demonio li utilizza come portavoce verso il Maggiordomo e come Custodi dell'Arca dell'alleanza nel *Sancta Sanctorum*.

Il Sommo sacerdote presente ordina a Gamliel di uccidere Meroveo come punizione per aver perso la devozione verso il proprio compito.

Capitolo 12: Ragazza
Luogo e Data: Cathedral of Saint Patrick, New York, USA - 07 gennaio 1972, ore 15:00
Alla mensa delle Suore della carità avviene l'incontro tra Manuel Driven e Cédric Roman, entrambi sotto copertura, il primo come aspirante diacono legato alla curia e il secondo come Emil Salgar. Manuel Driven soprannomina Cédric "Corsaro nero", tra i due nasce un rapporto di amore-odio che sfocerà in un buon esito. Manuel Driven consegna a Cédric Roman l'attrezzatura necessaria a recuperare un'icona con l'immagine della crocifissione. Emerge che quell'icona, rinvenuta nel Mar Morto poco più di un decennio prima, è di un qualche interesse per il Vaticano. Cédric Roman colpito dalla carità di quel luogo rimane fino a sera per aiutare e incontra Virginia Willerman, un'ex prostituta in custodia e ne nasce un interesse.

Capitolo 13: Lettera
Luogo e Data: Sacred Heart Istitute, San Diego, USA - 07 gennaio 1972, ore 22:00
Zelia Meroveo decide di suicidarsi come diversivo per far sparire i gemelli Eved Magdalene e John Cohen dalla vista del fratello che, lei pensa, li vorrebbe morti. Li affida ad Angelica attraverso Padre Raoul e insieme ai bambini lascia una lettera. Raoul parte per Roma e chiede

ad Angelica di leggere la lettera dopo la sua partenza. Nella lettera viene rivelata la natura malvagia di Meroveo che in quegli anni aveva sfruttato Padre Raoul per raccogliere più veggenti possibili.

Viene infine spiegato che gli Eredi credono che la venuta di un Maestro di Giustizia e il guerriero Makabì precederanno l'avvento del messia. In prima istanza hanno creduto fossero Aharon Lamad come Maestro di Giustizia e Iohannes figlio di Robertus come Makabì, eliminati intorno all'anno mille da Bonifacio VII in una notte chiamata "Purificazione". Ma alcuni segni dal cielo dicono che vi sarà un nuovo "Ciclo".

Angelica scopre che Meroveo è anche il mandante dell'omicidio dei propri genitori e dei nonni. Si viene a scoprire inoltre che Manuel Driven e Angelica Diaz sono fidanzati e in procinto di sposarsi.

Zelia rivela un fatto strano accadutole durante il parto. Rivede la visione di Giuda Maccabeo a cui viene consegnata la spada d'oro per combattere il male, lei la ricollega alla rofezia del Makabì, ma non volendo coinvolgere i propri figli in quei giochi profetici chiede che i ragazzi vengano portati in Italia accuditi da Angelica. Padre Raoul rivela ad Angelica di essere insieme a Danielina Navarro e che presto saprà dei Figli del Tuono.

Capitolo 14: Fabbro
Luogo e Data: Bohemian Groove, California, USA - 08 gennaio 1972, ore 03:00
Gamliel porta Meroveo nella vecchia villa dove vivevano un tempo. Gamliel gli rivela che per impedire l'Apocalisse vuole arrivare a uno scontro frontale con il Makabì. Poi creerà una ONU delle religioni mettendogli a capo un suo Papa cattolico. Viene rivelato che quel Papa sarà il "Fabbro", soprannome di Tubal-Cain, nipote di Caino, reso immortale da Lucifero dopo avergli fatto adornare la sua arma, una spada antidiluviana leggendaria.

Meroveo viene poi rilasciato perché Gamliel ritiene di sfruttarlo per trovare i suoi figli. Infatti, i due gemelli sembrano protetti da grazie particolari.

Capitolo 15: Icona
Luogo e Data: MOMA, New York, USA - 13 gennaio 1972, ore 03:00
Cédric Roman riesce a introdursi nel MOMA di New York per recuperare l'icona di interesse del Vaticano. Portato a buon fine il furto, la consegna a Manuel Driven che la trova vacante. Manuel Driven spiega che quello scritto era stato rivenuto a Qumran prello le grotte degli Esseni e che conteneva uno scritto molto importante per il Vaticano. Manuel Driven rivela inoltre che Virginia Willerman è stata rapita, gli chiede di salvarla, egli non può intervenire personalmente perché pedinato da forze oscure. Cédric Roman accettando si auto-insigne del titolo di Corsaro nero.

Capitolo 16: Corpo
Luogo e Data: Convento S. Gildard, Borgogna, Francia - 13 gennaio 1972, ore 03:00
Adam Gamliel viene convocato davanti la salma di Santa Bernadette per acquisire l'immortalità e venire investito ufficialmente della carica di nuovo Maggiordomo alla presenza eccezionale dei tre Custodi. Egli rivela di desiderare l'avvento del Makabì perché ambisce a uno scontro frontale. Insieme elaborano il piano definitivo per il possesso del mondo ed evitare l'Apocalisse. Egli si preoccuperà dei Figli del Tuono e nel frattempo getterà le basi per la costruzione di quella ONU delle religioni su cui verrà messo a capo un Papa massone. Adam Gamliel capisce che la Madonna è sempre più incidente con la storia umana.

Capitolo 17: Fatima
Luogo e Data: Molo di New York, USA - 13 gennaio 1972, ore 05:00

Cédric Roman riesce a salvare Virginia e se ne scopre infatuato. Manuel Driven gli rivela la profezia di Fatima, racconta del Makabì e del legame con la spada trovata dal padre in Terra santa. Cédric Roman reputa solo delle fantasie quanto esposto da Manuel Driven e porta in salvo con sé Virginia a San Diego.

Capitolo 18: Violenza
Luogo e Data: Campagna di Civitavecchia, Provincia di Roma, Italia - 26 marzo 1972, ore 03:00
Vicino la Statua del Santiago Matamoros a Civitavecchia nella parrocchia di Sant'Agostino vi è una villa dove Manuel Driven si trova morente. Egli, tra i suoi pensieri, rivela di essere stato aggredito, insieme ad Angelica e Danielina Navarro, da un certo "Jacob" e pensa che Angelica sia morta. Egli muore tra i tormenti del corpo e dell'anima.

Parte Terza: ANNUNCIO
Capitolo 19: Risorti
Luogo e Data: Sacred Heart Istitute, periferia di Roma - 23 febbraio 1987, ore 22:00
Cédric Roman ritorna in vita in un corpo non suo. Si comprende che ha stipulato un patto col demonio. In cambio della resurrezione avrebbe dovuto uccidere "Maddalena". Si scopre che egli accetta il patto perché il Demone gli rivela che Virginia è viva ed è fuggita da lui perché incinta di sua figlia. Risvegliandosi, sono presenti con lui due ragazzi, Eved Magdalene che egli capisce essere la ragazza da uccidere e Alessandro, il suo fidanzato. Dopo che il fidanzato ha lasciato la stanza, la ragazza gli rivela di sapere che non è il fratello di nome John Cohen. Lei e lui hanno un legame gemellare.

Capitolo 20: Figlio
Luogo e Data: Tomba di Guglielma la Boema, Abbazia di Chiaravalle, Italia - 24 febbraio 1987, ore 03:00
Durante una messa nera si viene a scoprire che vi erano già stati altri tentativi di dare un corpo all'Anti-Cristo. Viene infine rivelato che non vi saranno più altri tentativi perché l'Anti-Cristo sarà il figlio di Tubal-Cain. Egli ripercorre la sua vita, la vecchia identità come Jacob Frank e la nuova come Cardinale Martino Ferrari. Riceve una telefonata da parte di una medium che gli rivela l'arrivo del Makabì.

Capitolo 21: Notizia
Luogo e Data: Villa Corona, Roma, Italia - 24 febbraio 1987, ore 07:00
Il capitolo racconta di un Meroveo che ha abbandonato la folta barba ed è invecchiato. Ripercorre con i propri pensieri il proprio passato, mostrando come fu lui a salvare i gemelli, Angelica e Danielina Navarro dall'aggressione di Jacob Frank. Notte dove Angelica venne violentata, Danielina avvelenata e Manuel Driven perduto.
I gemelli vengono inviati a Dublino in custodia dai coniugi Driven, genitori di Manuel sotto la protezione delle mafie locali.
Si scopre un Meroveo sotto l'identità di Stefano Corona, legato al pensiero di Danielina Navarro e ai suoi scritti. Inoltre, si viene a conoscere un certo legame di origine con la Maria di Magdala.
Viene raggiunto da uno dei suoi uomini più fedeli, Beppe, che gli comunica l'avvento del Makabì. Meroveo lo porta a scoprire i sotterranei della Villa pieni di armi, indicandogli di prepararsi alla guerra.

Capitolo 22: Suicidio

Luogo e Data: Sacred Heart Istitute, Roma, Italia - 24 febbraio 1987, ore 07:00
Cédric Roman si risveglia in una grotta buia su un lettino. Uscito fuori scopre di essere nei pressi dell'abisso infernale e viene raggiunto dal cadavere di Zelia. Apparentemente il suicidio l'ha gettata all'inferno. Poi un demone lo raggiunge e lo minaccia, è il demone con cui ha stretto il patto. Si risveglia in una camera del Sacred Heart e scopre il nome del giovane di cui ha preso il corpo e riflette su quale possa essere la soluzione per non uccidere la ragazza.

Capitolo 23: Testamento
Luogo e Data: Sacred Heart Istitute, Roma, Italia - 24 febbraio 1987, ore 15:00
Raggiunto in confessione Padre Noah, Merveo imbastice una discussione dove viene a conoscenza che, oltre ai documenti di Qumran conosciuti, Stephenson ha scoperto il "Testamento di Kayafa" uno scritto enigmatico che Padre Noah dice di aver consegnato a Danielina.
Padre Noah riflette su quanto Stephenson aveva compreso e vorrebbe far capire a Meroveo che vi è una lettura sbagliata delle profezie. Che a capo dei Figli del Tuono vi sono sempre due figure, un guerriero e un mentore, e che al contrario di ciò che si pensava, Lamad era il guerriero e non Iohannes di Robertus, come lo era Giacomo e non Giovanni che era appunto "Teologo".
Ma Padre Noah non farà in tempo a spiegarsi che Cédric Roman/John Cohen, rubando un'auto incomincerà una fuga. In auto con lui è nascosta la sorella che, manifestandosi, rivela che tutto è incominciato con una seduta spiritica da parte dei ragazzi che cercavano di mettersi in contatto con la loro madre.
I due gemelli hanno un incidente con degli uomini che li rapiscono. Meroveo è intenzionato a recuperarli.

Capitolo 24: Messa
Luogo e Data: Sala Nervi, Stato Vaticano - 25 febbraio 1987, ore 09:00
Jacob, come Cardinale Martino Ferrari, viene convocato da Giovanni Paolo II in Vaticano ad assistere a un'udienza pubblica dove si farà riferimento alle profezie che annunciano Cristo. Si scoprirà che il Papa conosce la vera identità di Jacob e il progetto dell'Anti-Chiesa. Jacob uscirà sconfitto dal colloquio.

Capitolo 25: Rianimazione
Luogo e Data: Castel Del Monte, Andria, Italia - 26 febbraio 1987, ore 06:00
Cédric Roman/John Cohen ferito e rinchiuso in una cella all'interno di un castello insieme alla sorella Eved Magdalene. Ella gli rivela che lui è un Dybbuk e lui presuppone sia conseguenza del patto col demone.
Eved Magdalene salva Cédric Roman/John Cohen da un collasso e ha una visione, vede l'assassinio di Roman anziano per mano di un ragazzo incappucciato. Nota la presenza di altri uomini nella scena del delitto.
Adam Gamliel arriva al castello e chiama Eved Magdalene "Santa", ma lei non capisce. Arriva Meroveo a salvare i propri figli ma viene ucciso da Gamliel. Meroveo muore e arrivano in loro soccorso i Boenèrghes guidati da Dante, che detiene un'arma molto potente che fa inginocchiare Gamliel. Adam Gamliel fugge ma rimane toccato da Dante.

Capitolo 26: Incarichi
Luogo e Data: Porta Aurea, Gerusalemme, Israele - 01 marzo 1987, ore 03:00
Dopo il fallimento con Giovanni Paolo II e la mancata cattura del Makabì, Jacob e Gamliel vengono convocati al cospetto dei custodi.

Jacob non accettando di sottostare ai Custodi li uccide. Gamliel perde così la propria immortalità e d'un tratto si manifesta a loro Lucifero che conferma che l'odio e la divisione tra loro è proprio ciò che vuole. Conferma a Jacob che il corpo di suo figlio è stato scelto per l'incarnazione dell'Anti-Cristo.
Jacob sembra avere l'intenzione di portare ogni cosa a proprio vantaggio.

Capitolo 27: Tradimento
Luogo e Data: Isola di Patmo, Grecia - 25 marzo 1987, ore 06:00
Angelica e Danielina sono nascoste dentro il monastero dell'isola. Si scopre che Angelica ha avuto un figlio dalla violenza subita da Jacob, non accetta l'idea che possa essere l'Anti-Cristo. Il ragazzo si chiama Manuel Driven come l'amore disperso della madre e viene narrata la nascita avvenuta dentro la grotta dell'Apocalisse quindici anni prima.
Danielina e Angelica leggono assieme il terzo segreto di Fatima per leggere gli aventi con lucidità, ma arriva una lettera da parte del Sacred Heart di San Diego. La lettera è scritta da Virginia Willerman che comunica la morte di Padre Raoul. Oltre la comunicazione della morte vi è una lettera del prete che rivela che lui e Danielina sono la causa indiretta della morte dell'amore di Angelica: Manuel Driven. Angelica si sente tradita e riceve da Danielina il "Testamento di Kayafa" che la riguarda. Angelica lascia morire Danielina sotto i colpi di mercenari inviati da Jacob, arrivati a prelevare lei e il figlio. Angelica passa così al nemico.

Parte Quarta: COMPIMENTO

Capitolo 28: Statua
Luogo e Data: Altrove - Fuori dal tempo e dallo spazio
Cédric Roman si risveglia, debole e invecchiato, dentro una bara. Viene salvato da John Cohen, che lo aiuta ad attraversare il cimitero in cui si trovano. Sono inseguiti da un'oscura presenza e da animali nefasti. Cohen spiega che non è con Lucifero che Cédric ha fatto il patto e arrivano al cospetto del Guardiano dentro una cappella. Il cavaliere Guardiano è Iohannes di Robertus e custodisce la spada avvolta nella Tilma di Guadalupe.
Dopo l'incontro con Iohannes, Cédric Roman, prende una decisione ma uscendo dalla cappella lascia uno spiraglio allo spirito che li stava inseguendo.

Capitolo 29: Amicizia
Luogo e Data: Campo di concentramento di Auschwitz, Polonia - 15 gennaio 2002, ore 6:00
Gamliel all'interno del campo di concentramento tenta di trovare una speranza ai propri intenti suicidi dopo aver scoperto di essere malato e morente. Riflette sull'operato di Meroveo e Padre Kolbe, il fondatore della milizia dell'Immacolata. Perso tra i suoi pensieri incontra una donna misteriosa che si rivela essere la Madonna che lo porta alla conversione e lo invita a tornare a casa.

Capitolo 30: Purificazione
Luogo e Data: Basilica di San Giovanni in Laterano, Roma, Italia - 16 gennaio 2002, ore 03:00
Jacob raduna tutti i Cardinali avversi al Papa nella Basilica di San Giovanni in Laterano per una comunicazione urgente. Riflettendo, ripercorre gli avvenimenti accaduti mille anni prima in quella Basilica, luogo della Purificazione. Si scopre che Bonifacio VII aveva convocato i Boanèrghes per fargli prestare giuramento. In quella notte Jacob vestito da cavaliere con i suoi mercenari irrompe nella Basilica alla ricerca della spada. Uccide Bonifacio VII e i due maestri Boanèrghers Aharon Lamad e Iohannes di Robertus. Rinveuto dai suoi ricordi Jacob rivela che la spada è stata ritrovata.

Capitolo 31: Risveglio
Luogo e Data: Civitavecchia, Provincia di Roma, Italia - 16 gennaio 2002, ore 07:00
La statua del Matamoros è distrutta. Beppe che era il nuovo guardiano viene raggiunto da
Dante. La statua conteneva la spada e la Tilma di Guadalupe nell'aldiquà. Beppe viene portato
da Dante al Sacred Heart di Roma e gli viene spiegato che la spada è stata rubata da qualcuno
nell'aldilà. I due incontrano Padre Noah ed Eved Magdalene che rivelano che Cédric Ro-
man/John Cohen si è risvegliato dal coma in cui era caduto fino a quel momento. Presumibilmente ritengono che Cédric Roman/John Cohen sia diretto a San Diego per uccidere il se
stesso anziano e liberarsi dalla maledizione.

Capitolo 32: Dipendenza
Luogo e Data: Sede ONU, New York, USA - 18 gennaio 2002, ore 7:00
Manuel Driven è stato da poco eletto a Segretario generale dell'ONU ed è impegnato col
proprio progetto sul mondo. Angelica ritiene invece che il figlio sia il proprio progetto e ha
intenzione di difenderlo da ogni compromissione con l'Organizzazione degli Eredi che non
rientri nei suoi piani. Angelica incontra Manuel per parlare di come si svolgerà un improvviso
Concilio indetto da Adam Gamliel da lì a poche settimane.

Capitolo 33: Redenzione
Luogo e Data: San Diego, California, USA - 3 aprile 2002, ore 09:00
Il vecchio Cédric Roman si trova nel bar del cugino a riflettere sulla vita come occasione
perduta. Cédric Roman/John Cohen si trova sul tram diretto a uccidere se stesso. Cédric Ro-
man/John Cohen giunto all'entrata del bar incontra Dante e Beppe che vogliono impedirgli
di sparare al se stesso anziano. Cédric Roman/John Cohen decide di sparare e uccidere il
vecchio Cédric Roman che cade morto. Nel frattempo, sono arrivate Virginia Willerman e la
figlia Honorata accompagnate da Eved Magdalene. Il vecchio Cédric Roman si risveglia agonizzante per pochi attimi e scopre che la figlia è divenuta suora e riceve inoltre l'estrema
unzione da Padre Noah. Poi muore tra le braccia di Virginia. Dante rivela che John Cohen è
vivo e presumibilmente tornato nel proprio corpo. Si manifesta Adam Gamliel che si rivela
convertito e comunica a tutti della possibilità di recuperare la spada la notte del Concilio degli
Eredi.

Capitolo 34: Martirio
Luogo e Data: Peace Forest, Gerusalemme - 12 aprile 2002, ore 15:00
Jacob convoca Adam Gamliel all'interno della tomba di Kayafa con la scusa di una scoperta.
In realtà è una trappola per ucciderlo, avendo scoperto della sua conversione. Jacob rivela il
suo piano per uccidere l'Anti-Dio e rimuovere Dio dal mondo e uccide l'ultimo Maggior-
domo.

Capitolo 35: Demone
Luogo e Data: Basilica di San Pietro in Vincoli, Roma, Italia - 6 maggio 2002, ore 09:00
John Cohen si trova smarrito, si sente un quindicenne dentro un corpo adulto e viene raggiunto da Dante per un aiuto. Nel colloquio vengono rivelate le origini del demone che ha
perseguitato lui e Cédric Roman e vengono spiegate le origini storiche delle profezie riguardante il Makabì e il loro legame con gli altri Maccabei. Raggiunto l'Istituto, John Cohen si
confessa con Padre Noah sciogliendo alcuni nodi nel suo cuore. Dante viene a sapere che
Cédric Roman avrebbe dovuto uccidere Eved Magdalene e confessa che potrebbe essere
quella notizia e quindi la ragazza, la chiave di tutto.

Capitolo 36: Famiglia

Luogo e Data: Contea di Elbert, Georgia, USA - 10 maggio 2002, ore 23:00

La notte del Concilio, dove tutti i potenti della terra sono riuniti, una grande esplosione uccide tutti. Si salvano solo Angelica e il figlio Manuel, Dante e Beppe perché protetti dalla Tilma di Guadalupe. Jacob appare pronto a sacrificare il figlio Manuel ma Dante glielo impedisce con il potere della sua ferula. Si scopre che il bastone di Dante non è altro che la lancia di Longino. Dopo un duro scontro che vede le due parti a terra, compare un John Cohen deciso a uccidere anche lui Manuel Driven ma Angelica muore frapponendosi tra il figlio e la spada. John Cohen rimane sconvolto, Beppe salva la Tilma di Guadalupe e insieme a Dante vengono feriti. Jacob così è libero di uccidere il figlio Manuel Driven, ma scopre di essere riuscito a uccidere solo l'anima del ragazzo, il corpo è stato ormai preso dal demonio incarnato.

Mentre il mondo è sconvolto da quanto accaduto e, rimasto orfano dai suoi governanti si rivolge al Papa, a Roma Eved Magdalene viene attaccata dal demone insieme alla sua famiglia. Lo spirito di Cédric Roman, ormai divenuto il Makabì li salverà dall'ultimo attacco, sconfiggendo definitivamente il demone.

Epilogo: Misericordia

Luogo e Data: Medjugorje, Bosnia - 13 maggio 15 a.D. (2017 a.C.) ore 14:00

Gli occhi del mondo sono puntati su Gerusalemme, dove Manuel Dirven, ormai definito il Principe dei regni della Terra, e Jacob, ormai eletto a nuovo Pontefice col nome di Papa Simone sono pronti a sciogliere la Chiesa Cattolica e fondare la nuova chiesa della Terra. Per convincere la gente mostrano al mondo l'Arca dell'Alleanza che diviene così strumento per il riconoscimento della nuova istituzione. Nel frattempo l'ex-Papa, cacciato dalla Chiesa Cattolica come eretico, si prepara a Medjugorie a leggere il primo dei dieci segreti prima della fine del mondo.

Scena dopo i titoli di coda

Il segreto era stato svelato e tutto era compiuto. In quegli istanti sfuggevoli, mentre molti erano immersi nel condividere e approfondire i significati di quanto era stato enunciato, il marito Alessandro sussurrò alle orecchie della moglie un interrogativo, forse stimolato dalla curiosità del figlio Samuele di qualche ora prima.

Una domanda sorta così, improvvisamente e che non riusciva con la sola ragione a soddisfare.

«Roman è stato ucciso dal se stesso futuro, nel corpo di Cohen. Ma è un paradosso, un circolo vizioso dove quella morte sembra essere ingabbiata? La seconda volta può essersi ucciso da sé, ma? Ci sarà stato un evento iniziale che ha scatenato tutto! Mi pare un cerchio senza inizio né fine, com'è possibile?»

Eved[414] Magdalene rispose con la stessa sicurezza con cui il marito poco prima aveva risposto al figlio, prima della lettura del segreto. Ma lo fece senza voltarsi, quasi come se la risposta non avesse la stessa importanza di ciò che stava accadendo e che meritava tutta l'attenzione del mondo. Gli disse:

«Amore, bisogna saper pazientare, l'obiettivo della vita non consta nella coerenza di tutto, ma nel riconoscere la fedeltà di Dio. Il futuro porterà le giuste risposte. Il Verbo non si è forse fatto carne?! Dio che s'incarna non è forse scandalo per molti?! Ma Dio si è piegato sull'uomo perché la ragione umana non poteva da sola raggiungerlo. E di nuovo, un cerchio ripiegato non è forse il marchio dell'infinito?! Tanti sono gli eventi che portano la firma di Dio in questa storia. Che una donna vergine possa partorire, che un cadavere rinvigorisca tornando in vita non sono forse paradossi?! Gente che crede che il pane e il vino si trasformino giornalmente in vero corpo e sangue, è forse un fatto che la misura dell'uomo può comprendere se non si affida al bene che sperimenta in Cristo? So solo una cosa, bisogna amare ciò che accade, in ciò che accade vi è il senso buono di Dio riservato per noi!»

Sorrise a quella risposta, ma la verità che portava rispondeva a ciò che avrebbe voluto veramente sapere e questo era il vero miracolo, Dio compiva la ragione donando la fede. Anche se non si comprendeva ogni singolo aspetto di quel disegno, le tracce lasciate della Sua presenza attraverso gli avvenimenti vissuti, davano credito di speranza sovrabbondante.

L'assassinio di Roman poteva apparire come un cerchio continuo... ma Dio ha forse un inizio e una fine? Alessandro vi scorgeva veramente la forma assunta misteriosamente dalla grazia del Signore. *"Certo!"* pensava, *"vi sarà stato certamente un avvenimento scatenante!"* Ma avrebbe lasciato a Dio la libertà e la misericordia di rivelarlo...

Canto a conclusione della narrazione

Nelle Tue mani

Il Destino è nelle Sue mani
Ora è qui
E nel tuo domani

Quel Destino
Si è fatto bambino
Vissuto da uomo
È morto per te...

Il Destino è nelle Sue mani
Incarnato
Per farci più umani

È un Destino
Che non torna indietro
Non vuol risparmiarsi
E da tutto sé...

Risorgerò
Oltre la morte io passerò
Perché così dopo il confine
Ti abbraccerò
Aspettami

Sii riconoscente…
Racconta agli estranei,
scrivi ciò che accade,
dipingi ciò che ammutolisce,
suona ciò che odi:
è Missione!

Canto ultimo

Padre nostro

Padre nostro che sei nei cieli
Sia santificato il nome Tuo
Venga il Tuo Regno
Sia fatta la Tua volontà
come in cielo così in terra.

Dacci oggi il nostro pane quotidiano
Rimetti a noi i nostri debiti
come noi li rimettiamo ai nostri debitori
E non ci indurre in tentazione
ma liberaci dal male
Amen

Padre nostro che sei nei cieli
Sia santificato il nome Tuo
Venga il Tuo Regno
Sia fatta la Tua volontà
come in cielo così in terra.

Dacci oggi il nostro pane quotidiano
Rimetti a noi i nostri debiti
come noi li rimettiamo ai nostri debitori
E non abbandonarci alla tentazione
ma liberaci dal male
Amen

EXTRA: In questa edizione viene presentata a seguire una scena che ho abbozzato per il romanzo. Essa, non essendo strettamente legata ad esso, ma più al suo seguito, è rimasta tra le bozze. La particolarità di questa scena sta nel fatto che è stata da me accennata come disegni. Allora ho pensato di colorare gli schizzi e presentarvela come fumetto in questa edizione. Buona lettura!

P.S. La scena è disponibile nei punti vendita, anche separata, come piccolo albo.

Titolo:
Il Destino nelle Sue mani: Manuel Driven, i Figli
del Tuono

Autore (Storia, disegni, inchiostri e colori):
Calogero Gian Carlo Restivo

www.giancarlorestivo.it
info@giancarlorestivo.it

Editore:
LeDivine Edizioni

Prima edizione: Marzo 2020

N.B. Questa è un'opera di fantasia. Riferimenti a eventi storici, organizzazioni, persone reali e luoghi autentici sono usati in chiave fittizia.

Altri nomi, personaggi, luoghi e avvenimenti sono frutto dell'immaginazione dell'autore e ogni rassomiglianza con persone realmente esistenti o esistite, eventi o località reali è assolutamente casuale.

Nomi, personaggi, società, organizzazioni, luoghi, fatti e avvenimenti citati sono invenzioni dell'autore e hanno lo scopo di conferire veridicità alla narrazione.

Qualsiasi analogia con eventi, luoghi e persone, vive o scomparse, è assolutamente casuale.

1971, GERUSALEMME, TOMBA DEL GIARDINO.

IL MANTO PORPORA DI CRISTO! NE PARLA GIOVANNI 19 1-5! MAI TROVATO PERCHÈ IN UNA COLLEZIONE PRIVATA!

IL TUO VERO NOME NON È REMO WILLIAMS! SO CHI SEI, SEI UN FIGLIO DEL TUONO! UN AGENTE SEGRETO DEL VATICANO, SEI MANUEL DRIVEN! E DOVRAI RESTITUIRMI QUELLA RELIQUIA!

RUBARE AD UN LADRO NON È RUBARE! QUESTA RELIQUIA DOVREBBE STARE IN UNA CHIESA, NON CERTO IN UNA DELLE SEDI DELL'ORGANIZZAZIONE SEGRETA DEGLI EREDI DI HIRAM ABIF!

BANG!!!

SEI INFORMATO DUNQUE! È LA RISPOSTA CHE ATTENDEVO...

STORM!!!

PERCIÒ È VERAMENTE MIRACOLOSO! E IO CHE NON CREDEVO FOSSE ORIGINALE...

ADESSO ABBASSA QUELL'ARMA! NON È BENE CHE GLI UOMINI SI UCCIDANO!

AVEVO DIMENTICATO CHE VOI OPERATE PER DISARMARE! CHE AGITE PER L'UNITÀ TRA GLI UOMINI...

CONSEGNA L'ARMA DELLA DISCORDIA. INCHINATI DI FRONTE LA VERITÀ CHE TI SI È FATTA INCONTRO! CREDI AI TUOI OCCHI E CONVERTITI AL MISTERO PRESENTE!

EBBENE COSÌ SIA!

IN QUESTO MANTO VI È UN POTERE PIÙ GRANDE DI QUANTO IMMAGINASSI...

"ALLORA PILATO FECE PRENDERE GESÙ E LO FECE FLAGELLARE. E I SOLDATI, INTRECCIATA UNA CORONA DI SPINE, GLIELA POSERO SUL CAPO E GLI MISERO ADDOSSO UN MANTELLO DI PORPORA. POI GLI SI AVVICINAVANO E GLI DICEVANO "SALVE RE DEI GIUDEI!" E GLI DAVANO SCHIAFFI. PILATO USCÌ FUORI DI NUOVO E DISSE "ECCO VE LO CONDUCO FUORI, PERCHÉ SAPPIATE CHE IN LUI NON TROVO COLPA ALCUNA!". ALLORA GESÙ USCÌ FUORI PORTANDO IL MANTELLO PORPORA E LA CORONA DI SPINE. E PILATO DISSE:

ECCO L'UOMO!

STANG-U

INGENUI ED ILLUSI COME SEMPRE. PURI COME COLOMBE, MA NON ASTUTI COME SERPENTI... CREDI VERAMENTE CHE BASTI COSÌ POCO PER CAMBIARE UN CUORE COME IL MIO?

A DIR POCO POETICO...

Canto di accompagnamento alla narrazione

Chiama il mio nome

Se sono pronto io non lo so
Mi ci ritrovo e comunque andrò
E certo della tua fedeltà
Che la mia strada traccerà
E' grazia vera
Come aria pura
Ti supplico

**Forse sai che ogni grido mio chiede
che tu
Mi tenga in piedi Tu
Dimmelo
Forse sai che non rinuncerò mai a te**

L'anima mia non morirà
Una volta nata lei camminerà
E tra i miei si ed i miei no
Ed il perdono che cercherò
E' il mio esame
Sai tu il mio nome
Chiamalo

**Forse sai che ogni grido mio chiede
che tu
Mi tenga in piedi tu
Dimmelo
Forse sai che non rinuncerò mai a te**

Puoi trovarle qui: https://soundcloud.com/giancarlo-restivo

Titolo:
Le prime luci. Il racconto dell'esilio del mondo
Il Destino nelle Sue mani: Saga

Autore:
Calogero Gian Carlo Restivo
www.giancarlorestivo.it
info@giancarlorestivo.it

Editore:
LeDivine Edizioni

Seconda edizione: Maggio 2022

Foto di copertina: La tentazione di Cristo sul monte, Duccio di Buoninsegna (1255-1319)
Foto dell'Alternative Cover: Massimo Meloni www.fotolia.com
Illustrazioni dello stesso autore, Giancarlo Restivo
LeDivine Edizioni, è un marchio CGR servizi di Calogero Restivo
www.giancarlorestivo.it

A mia moglie ed ai miei figli

"Lo confesso: io non ho vissuto e non vivo la mancanza di fede con la disperazione di... Ma l'ho sempre sentita e sento come una profonda ingiustizia che toglie alla mia vita, ora che ne sono al rendiconto finale, ogni senso! Se è per chiudere gli occhi senza aver saputo di dove vengo, dove vado, e cosa sono venuto a fare qui, tanto valeva non aprirli."

Indro Montanelli, Corriere della Sera, 28 febbraio 1996

Introduzione

Questo racconto è un *fantasy* che copre i primi capitoli della Genesi, cercando di mettere assieme tutto quanto si conosce della tradizione e delle leggende che girano intorno ai fatti narrati nel vecchio testamento che compone la prima parte della Bibbia.

È anche la legittima continuazione del romanzo "Il Destino nelle Sue mani", come vero e proprio seguito relativo alla sua conclusione.

Premetto infatti che alcuni passaggi sarà difficile comprenderli nell'immediato se non si è letta la storia precedente. Anche se questo non toglie nulla al messaggio centrale che rimane comprensibile ugualmente.

È stato scritto perché non so stare fermo, e perché da tempo volevo mettere per iscritto quelle che erano le mie riflessioni sul misterioso tema del peccato originale, sui fatti reali narrati nel racconto biblico e su come quei fatti si fossero potuti svolgere verosimilmente.

Secondariamente, ma non come ragione meno importante, volevo scrivere qualcosa che fosse avvicinabile anche per i bambini, e che potesse appassionarli a quella che è la grande ed entusiasmante storia della nascita dell'umanità. Anche per questo ho scelto la forma del racconto, e ad un modo di narrare gli eventi più semplificato rispetto all'esperienza passata.

L'umano, questo essere che ha richiesto il sacrificio di Dio. Impensabile ed inaccettabile per molti, ma un atto dovuto, un prezzo da pagare, se si voleva risanare l'errore originale compiuto dai primi. La libertà ha un prezzo, dobbiamo ammetterlo. Fortunatamente al pagamento è stato dato un limite: la morte. Dobbiamo rendere grazie al Cielo se possiamo riprendere il posto che abbiamo perduto. Ogni giorno possiamo sperimentare che avremmo fatto le stesse scelte, posti nelle medesime condizioni. Nessuno è buono, siamo fatti bene e per un bene, ma nessuno può dirsi veramente buono. Non sarebbe stata necessaria l'umanizzazione di Dio. Non sarebbe servito che il Mistero si facesse compagnia all'uomo.

Cristo ha fatto ciò che era impossibile a noi. Ha reso l'uomo buono e ci ha messi assieme in un unico corpo. Questo è il vero grande miracolo che ha cambiato la storia. Ma non dobbiamo essere né ingenui, né sciocchi. Da quando Lui è in questo mondo, la libertà consiste nel nullificare o nell'affermare quel Suo sacrificio d'amore. La libertà non sta nell'equilibrio tra il bene e il male, ma nell'affermare un bene incontrato, non certo per merito, ma per grazia di un Altro. Buona lettura.

NOTE DI LETTURA:
Per chi non ha letto il romanzo. Sappiate che nella storia precedente l'Era Cristiana è finita. Questa era anche la chiave del suo messaggio, una metafora dei giorni che stiamo vivendo, e della contrazione della fede, per mano nostra e per il contributo di forze avverse.

Adesso siamo in un tempo dove la Chiesa Cattolica non c'è più. Il mondo adora Manuel Driven, il principe dei Regni della Terra. Il credo in lui è amministrato da Papa Simone, l'ultimo pontefice della vecchia era ed il primo della nuova.

Gli agenti segreti del vaticano adesso sono sciolti e dispersi. Venivano soprannominati "*i Figli del Tuono*" perché alcuni potevano godere di doni particolari. Quelli che rimangono, sono fuggiaschi, ma sempre e comunque impegnati a mantenere viva la fede. In un mondo ostile che dice tutto il contrario, sono i pochi coscienti che il loro compito è portare la Speranza che non delude. Questo credo, vi basta sapere.

Le prime luci
Il racconto dell'esilio del mondo

Il Destino nelle Sue mani
- Saga -

Canto d'inizio

Della Morte del Destino

Della morte del Destino
non te ne ho parlato mai
Dello sguardo del bambino
Io quegli occhi rivorrei

Chi ci ha tolto quel sospiro
Che riscopre tutto
Che il rapporto col Divino
È come un gioco rotto

Voglio ora
Non avere più paura
Desidero ancora
Di me cosa ne sarà

Chi ha reso triste il mondo
Pagherà per questo
C'è una crepa in ogni cuore
Guardiamoci attraverso

E riaffiora
La speranza si avvicina
E credo come allora
Di là ci si incontrerà

Lei mi sfiora
Ma la stringo più sicura
Resta qui ora e per sempre
Tu sei la mia verità

Preludio

Basilica del Santo Sepolcro[415], Gerusalemme
19 marzo 18 after D. ore 02:00

«Non temere!» fu la prima cosa che poté dire John Cohen all'amico che si trovava alle sue spalle. Nel sacro testo della bibbia, quell'espressione veniva riportata ben sessantasei volte[416]. «Non temere, Joaquin!» riaffermò deciso.

«Noi abbiamo spade e loro hanno dei mitra: di cosa dovrei avere paura?!» rispose, ironizzando, Joaquin. «Voglio proprio vedere come mi tirerà fuori da una situazione del genere un precettore dei *Figli del Tuono!*».

«Non sei tu quello ad essere soprannominato *Zorro*, mio caro Joaquin Murrieta[417]?! È da te che io mi aspetto una soluzione!»

«Ma io cedo volentieri a te, John, famoso *Corsaro nero*, la precedenza e l'onore!» disse Joaquin, indicando con un inchino le guardie che li stavano attorniando.

Il gioco di soprannomi degli ex agenti vaticani serviva a smorzare la tensione. La notte era ormai fonda e loro l'avevano proprio combinata grossa, osando interrompere uno scavo, presieduto in persona da Manuel Driven, il "Principe dei Regni della Terra".

Quella Basilica era stata chiusa qualche anno prima, il 13 maggio dell'anno 15, corrispondente al nostro 2017, su indicazione del pontefice allora in carica, Papa Simone. Era stato lo stesso anno in cui era sorta l'Era dell'uomo nuovo, guidata da Manuel Driven, il nuovo dio incarnato. Colui che era tornato dalla morte davanti tutti i media mondiali, confermando così la veridicità della sua sacralità ed autorità su ogni cosa creata. Da ciò ne era scaturito lo scioglimento della Chiesa Cattolica e di ogni altra istituzione religiosa, servizi segreti compresi.

Subito dopo quei fatti, in quell'ex Basilica, erano state eseguite delle ricerche, che sembravano essere giunte a conclusione proprio in quei giorni. Qualcosa era stato trovato di fondamentale, talmente importante da richiedere la presenza del risorto: Manuel Driven.

I due ex agenti vaticani furono circondati dalle guardie. Compresero immediatamente che, per preservare la loro pelle, avrebbero dovuto sfoderare prudenza e pazienza. Decisero, perciò, di deporre le armi. La spada d'argento del *Matamoros*, la leggendaria arma del *Corsaro Nero*, fu subito requisita da uno degli sgherri del Principe, militari in tuta ben equipaggiati. John Cohen promise a se stesso che l'avrebbe recuperata presto.

I due agenti prigionieri furono ammanettati e portati in un locale secondario dove, ben legati, venivano sorvegliati a distanza da una guardia posizionata alla porta. Seduti e posti spalla contro spalla, non ci volle molto perché Murrieta, normalmente molto loquace, spezzasse il silenzio.

«È colpa tua se ci troviamo qui! Eravamo venuti, mi avevi detto, per recuperare il manto porpora con cui Cristo era stato avvolto, per scherno, quando gli era stata posta sul capo la corona di spine[418]... Ma è evidente che, invece, siamo qui per qualcosa che ancora non so. Vero?! Potresti aggiornarmi invece di stare in silenzio!» disse Joaquin Murrieta, col suo solito tono insolente.

«Non arrovellarti il cervello per cercare di stabilire di chi sia la colpa; pensa invece che vi può essere salvezza! Sono impegnato a cercare quel che mi hai chiesto prima!»

«E cosa?!»

«Una soluzione!» esclamò John Cohen, dimenandosi.

«Finalmente, sarebbe ora! Nel frattempo, parla: cosa siamo venuti a fare qui, stanotte, veramente?! Poco fa, prima che ci prendessero, quel Manuel Driven teneva quel manto tra le mani e lo ha usato per avvolgere ciò che è stato recuperato dallo scavo. Allora, cosa c'è sotto la pietra del Golgota, nella Cappella della Crocifissione?»

«È una storia lunga!» rispose secco John Cohen. Il suo interlocutore però non si arrese:

«Voi dei piani alti fate passare la voglia: avete sempre il vizio di dire le cose a metà! Sant'Agostino diceva "La speranza ha due bellissimi figli: lo sdegno e il coraggio. Lo sdegno per la realtà delle cose, il coraggio per cambiarle![419]" Se vuoi che io sia d'aiuto, ho il diritto di sapere tutto, *Corsaro nero*!» Murrieta, spese quelle parole sussurrandole beffardamente, ma ebbe una risposta sicuramente all'altezza…

«Sant'Agostino d'Ippona… Bella citazione! Sei colto allora?! Ti rispondo con Charles Peguy: "È sperare la cosa più difficile. La cosa più facile è disperare, ed è la grande tentazione![420]" E va bene, *Zorro*, Dio mi è testimone! Preparati a conoscere, nel dettaglio, il racconto dell'esilio di questo mondo…»

Il Signore dell'Amore

Esiste un solo Signore.
Volle tutto perfetto,
volle tutto senza screziatura alcuna.
Che cosa strana.
Talmente perfetto da poterlo contraddire,
da poterlo rovesciare,
da poterlo rivoltare.
Altrimenti,
altrimenti sì,
non si sarebbe potuto, chiamare Amore.

Parte 1
La prima caduta

Prima che il mondo fosse

Non vi era nulla prima, eppure adesso si manifestava l'esistere... Dal nulla era scaturito, forte e potente, quell'essere delle cose... E con l'esserci sorgeva, ad un tratto, la prima luce. Cos'era mai quel sentire la realtà tutta? Così vibrante fin nel profondo del proprio spirito? Sperimentava una condizione nuova, mai provata: una condizione di pienezza... Ogni cosa gli appariva vergine e, soprattutto, ogni cosa gli appariva vera. Il suo era uno sguardo spalancato verso ogni opera, uno sguardo colmo di meraviglia e di stupore. *"Com'è bello stare qui!"* aveva pensato, lanciando lo sguardo verso la maestosità divina: il Padre, che tutto aveva pensato, il Figlio che dava concretezza a quel cosmo e lo Spirito Santo, luce creativa e sorgente sempre nuova di forza, di energia, di vita, che a tutto il creato dava intenzionalità.

Ah, quale stupore, grandezza, bellezza e meraviglia scaturivano dalla contemplazione di quella maestosità divina, costituita da un Essere che non viveva in solitudine la sua essenza, ma in modo trinitario! Era un Essere, Uno ed Uno solo, ma, nello stesso tempo, era Trino. Un solo Essere mai solo: la Trinità! Il Dio vivente. Colui a cui doveva, la propria neonata esistenza.

Sebbene fosse appena nato, da poco venuto al reale, era pienamente deliziato di "esserci", di potere "percepire" quella visione che lo riempiva di immensa gratitudine.

Gli venne affidato un compito: portare la luce, contemplare la *Even shetiyyah,* sostanza stessa della "luce", attraverso cui il Figlio portava il creato all'esistenza, le creature alla vita. Quella senza fine.

Egli fu chiamato *Helel[421]*, il messaggero della sostanza della luce, l'angelo asseveratore dell'origine di tutte le cose. E da infinito a infinito, di spazio in momento, egli doveva assistere e condurre i suoi fratelli, la schiera dei primi angeli, che man mano emergeva dal nulla all'eterno.

Angeli "fratelli", perché figli del medesimo Padre, creature spirituali volute dal Dio Trino, della quale Trinità, però, essi non avevano l'*Essenza*.

Dei primi sette angeli, il primogenito, il Maggiore, era stato *Mikhael*, "quis ut Deus", che significa: "chi è come Dio".

A *Mikhael* era seguito *Gavriel*, espressione della potenza del Dio Trino. Poi, vi era stato *Rafael*, il curatore, l'angelo col compito di mostrare la cura amorevole che il Trino ha per ognuna delle creature. Quindi, erano venuti *Yehudiel*, il volto dell'obbedienza a Lui, *Barkiel*, il Suo compiacimento, *Samael[422]*, il Suo arbitrio. Erano essi sguardo, forza, cura, obbedienza, letizia, giudizio e testimonianza dei gesti dell'Eterno[423]. Gesti, che sarebbero stati definiti solo poi, scoperto il loro contrario, con una sola parola: amore.

Helel, che era stato l'ultimo tra i primi, venne posto vicino al Maggiore, anzi, appena davanti al trono, in cui vi era la sacra sostanza. In modo che egli potesse attestare il venire alla luce di ogni cosa, testimoniare l'avvento di ogni creatura, di ogni atto di quell'amore infinito.

Mikhael, invece, in quanto Maggiore, era il più presente, il più vigoroso e aveva il compito di vegliare il trono di Dio. Egli presenziava ad ogni nascita ed accoglieva le creature. Egli, il primo sguardo visto da ognuna di esse.

Quello di *Mikhael*, così, fu anche il primo volto che *Helel* vide allo schiudersi dei propri occhi splendenti.

I sette Arcangeli erano la guida di tutte le altre creature spirituali: gli inviati, angeli, messaggeri del Dio Trino. Compito degli angeli era appurare e fissare la bontà e la bellezza del creato. Sostenere lo stupore per esso, per potere così sorreggere e guidare, secondo i canoni di quella bontà e di quella bellezza attestata, la creatura ultima: l'essere umano.

Il Dio Trino aveva creato il "giardino", facendolo emergere dalla *Even shetiyyah,* principio profondo di un cielo siderale. La sostanza primordiale acquisiva la propria luce dal Figlio trinitario. E tutto veniva emesso per mezzo di Lui: la stella posta a illuminare il giardino, il satellite che doveva rifletterne la luce, lo spazio infinito e le leggi che ne regolamentavano i flussi.

Per mezzo di Lui tutte le cose sono state create. E l'umano ne era il compimento. Il vertice del progetto, l'apice della perfezione. E venne posto lì, ad abitare quel giardino, ed al governo di esso. Voluto per accoglierlo.

Tutt'intorno al trono del Dio trinitario, quel luogo fu creato in modo assoluto, cosicché al suo interno ciascun elemento aveva un suo armonioso bilanciamento. Ogni cosa creata, dalla prima energia, alla prima pioggia, dalla prima onda, dal primo tuono, dalla prima saetta, dalla prima cellula di vita, dal primo animale, dal primo frutto al più piccolo degli elementi, ogni infinitesima cosa, era stata pensata per ricevere la presenza dell'umano. Che quel giardino, avrebbe completato in modo perfetto.

L'*Eden,* quel luogo immenso, fatto di cielo infinto e densa terra, infatti, era stato voluto dal Dio trinitario per accogliere la creatura definitiva, forgiata a Sua immagine e somiglianza... Un essere a Sua immagine, una creatura per Sua compagnia, una creatura per Sua amicizia. La creazione dell'umanità suscitò scalpore, sorpresa, meraviglia tra gli altri esseri sensienti.

La prima creatura umana, tratta dalla *Even shetiyyah,* infatti, aveva ricevuto direttamente dal Figlio il Suo "soffio". Era stato quello un gesto inedito, senza precedenti, improvviso e imprevisto, il primo a turbare profondamente l'Arcangelo *Helel.*

Certo, *Helel*, testimone di tutto il creato, sapeva, conosceva dell'arrivo dell'umano. Era stato perfino edotto che sarebbe stato una diade, perché sapeva che il Trino avrebbe voluto rappresentare, in quella creatura, la concretezza del Suo amore attraverso il donarsi reciprocamente, il loro accompagnarsi. Ma nulla *Helel* sapeva di quel "soffio" … Quel soffio che rendeva unici gli esseri umani.

Oltre ciò che era lui. Essere di puro spirito. Meraviglioso, lucente, ma senza quel particolare, che ergeva l'uomo sopra anche, a ciò che egli era.

Il Dio trinitario, così, alitava su quelle creature ed esse ne ricevevano l'*Essenza*, divenendo figli Suoi, figli di Dio. Quel soffio donato dalla Trinità agli esseri umani fu per l'Arcangelo *Helel* uno scandalo.

Attraverso quel soffio, infatti, il Dio Trino aveva generato dei veri figli, che custodivano nell'intimo della loro fattura, l'*Essenza* eterna dell'Essere infinito. E quel soffio passò ad un'altra creatura, quando il primo umano fu diviso nella sua stessa carne, una diade appunto, e uomo e donna furono disposti come da progetto.

Dalla sostanza primordiale, in *Eden*, dopo la prima coppia, formata da Adam ed Eved, questi i loro nomi, Dio fece emergere altri esseri umani. E ben presto, si prefigurò quella che fu la prima città abitata. La città di *Eden* appunto.

Nulla mancava a quegli uomini, tutto, per la felicità dei figli di Dio, per il loro mantenimento. Attorno alla *Even shetiyyah*, avvolgendola, si ergeva infatti l'albero della vita, un albero di vite[424], che dava nutrimento e inoltre dissetava. Al centro della città, invece, fu posto l'albero della prova, un fico, chiamato "albero della conoscenza". Ma cosa facesse conoscere, ancora nessuno poteva immaginarlo. Solamente, non bisognava toccarlo. Di quell'albero, l'umano, non doveva mangiarne.

Il progetto di Dio prevedeva che l'uomo, arrivato alla maturità dei suoi anni, sarebbe stato trasfigurato e assimilato al Trino. L'umanità, in quella fase iniziale, era del tutto simile ad un seme, piantato in un giardino appunto… Avrebbe dovuto imparare a maturare, sorretta dagli angeli, godendo dei doni del creato e solo dopo un tratto di cammino, liberamente riconoscente, sarebbe passata oltre, sarebbe accaduta la prima Pasqua[425]. Ma perché ciò avvenisse era necessario superare una prova. L'essere umano doveva amare liberamente, pertanto liberamente decidere, liberamente scegliere, liberamente giudicare... anche se stesso.

Ma se qualcuno può scegliere, allora significa che quel qualcuno è libero di attuare un'alternativa... Fu questo il secondo elemento che colpì parecchio *Helel*, fu questo il secondo scandalo: un arbitrio libero! La presenza di una libertà, di una volontà altra, oltre quella di Dio.

Veramente la creatura umana era talmente amata da poter violare ciò che i suoi fratelli *Yehudiel* e *Barkiel*, invece, la aiutavano a sostenere? Veramente erano in grado di negare l'obbedienza ed il compiacimento di Dio? E cosa sarebbe successo se l'essere umano avesse violato il patto? Quale conoscenza gli veniva nascosta?! Non era possibile che a lui, il testimone di ogni fatto ideato, il portatore di luce, il conoscitore del progetto, fosse celato qualcosa... Non riusciva ad accettarlo.

Passò momenti di sconforto, tentando di nascondere quanto serbava in seno, di assopire quei sentimenti inauditi; si sforzò di continuare ad essere testimone della verità, e della realtà.

Ma poi sopraggiunse in *Eden* una terza notizia, che fece splendere di una luce ancora più viva l'intera città, e che l'agghindò a festa: Dio, nella persona del Figlio, aveva deciso di umanizzarsi, di farsi uomo, per non lasciare da sola l'umanità. Per accompagnarla e starle vicino nel momento della prova.

Fu questa decisione, per l'Arcangelo *Helel*, la goccia che fece traboccare il vaso dei suoi ardori. Il terzo scandalo.

Sentì una furia in se stesso. Decise che non doveva più trattenersi dall'agire. Doveva correggere quella scelleratezza, sia per la dignità del Dio Trino, sia per il bene di tutte le altre creature.

Quella decisione gli apparve sciagurata, illogica, incoerente con la natura del Divino.

Come poteva solo essere concepita una creatura con l'*Essenza* di Lui, libera di ergersi alla pari con Dio stesso?! Non riusciva ad accettare questo, ma soprattutto non tollerava che Dio potesse piegarsi al pari dello stesso uomo che egli mal sopportava.

Egli che era il testimone della creazione, il portatore di luce, conoscitore della grande architettura che reggeva cielo e terra, non era stato portato a conoscenza di quei tre assurdi misteri: inaccettabile!

L'umano aveva avuto troppo, il disegno era sbagliato; lo condivise con i suoi fratelli Arcangeli, che vennero turbati non poco, per il suo atteggiamento "ribelle".

A parte uno, *Samael*, il Suo arbitrio, l'arbitro del creato. Che più che allarmato, si sentì scavalcato, in quanto sembrava fosse stata messa in ombra la sua carica. Egli, che era l'arbitrio di Dio, il Suo giudice, l'autore del bilanciamento di ogni cosa esistente, doveva rispondere di un arbitrio non governato: libero quindi. E questo incendiava in lui dubbi mai considerati.

Volle perciò verificare quanto fossero fondate le istanze e le contrarietà del fratello *Helel*.

Così, una sera, tra le sere infinite del tempo senza una fine, si avvicinò alla donna. Ma non in modo manifesto come gli era consono fare, ma in segreto e in modo subdolo: serpeggiando, appunto.

Samael, allora, svegliò la Regina dell'*Eden* e le chiese «È vero che Dio ha detto: Non dovete mangiare di nessun albero del giardino?». Ed ella, sorpresa, rispose: «Dei frutti degli alberi del giardino noi possiamo mangiare, ma del frutto dell'albero che sta in mezzo al giardino Dio ha detto: Non ne dovete mangiare e non lo dovete toccare, altrimenti morirete![426]»

"Morte?! E cos'era mai la morte?" Come mai, *Samael*, che era l'arbitro del creato, non era a conoscenza di quell'effetto derivante dalla scelta di mangiare dell'albero?! Sia *Helel* che *Samael* si sentirono oscurati oltre che nuovamente spiazzati.

Helel non poteva accettare Dio alla stregua dell'umano, e che Dio si fosse sentito libero di non condividere con lui quella volontà. E *Samael* non poteva acconsentire che vi fosse un arbitrio fuori dal suo controllo, sciolto dal suo potere. E tutto questo accadeva mentre il Figlio preparava il Suo avvento nel mondo.

La domanda risuonava nella mente di *Samael* in maniera ossessiva: *"La morte... Che voleva dire: "Morirete!"?* Non capiva. Vi era forse la possibilità di qualcosa che fosse opposto alla vita? Un'anti-vita?! D'altra parte, aveva visto soltanto generare l'esistenza, fino a quel momento. Così come anche in quello stesso momento continuava a vedere il Figlio generare esseri umani, uomini e donne, per Sua compagnia, fin quando non avesse deciso, esso stesso, di diventare uno tra gli uomini.

Anche *Helel* contemplava il Figlio in quello stesso momento. Frontalmente a Lui lo osservava soffiare su quegli esseri di fango e dargli vita. Lo vedeva nutrirli e dargli forza, simpatizzare con loro e donargli un angelo a loro custodia. Si domandava, quando sarebbe venuto il momento dell'umanizzazione del Figlio, se anch'Egli avrebbe voluto un angelo a Sua custodia.

Magari, perché no, avrebbe potuto essere lui stesso, l'angelo custode del Figlio trinitario... Il custode di Dio, quindi oltre Dio... No! Non oltre, ma Sua parte… E fu in quel momento che egli produsse l'idea. Che il disegno fu tessuto nel suo animo iracondo. Prese sempre più forma nella mente di *Helel*: attendere che il Figlio diventasse uomo per esserne il sostituto! Un posto vacante si configurava nell'alveo trinitario dopo l'umanizzazione del Figlio. Perché non lui?! Avrebbe potuto compensare l'assenza di una parte di Dio, ne sarebbe stato in grado! Conosceva il progetto, ne era stato testimone, avrebbe saputo governare! Avrebbe preso il posto che sempre gli era spettato, sarebbe stato la prima luce di Dio: un nuovo figlio! Oppure anche di più di un figlio… Oh che grazia al solo pensiero! *Helel* confidò così la propria utopia al fratello complice.

Ma *Samael* era disorientato, i dubbi lo tormentavano. Possibile che il Dio Trino, nel Suo progetto d'amore avesse concepito la possibilità di una "non vita", data, comunque, come possibilità negativa?

Eppure, sembrava fosse proprio così: per Dio, per la Trinità, quella non vita era una possibilità, sia pure da evitare. E come mai a lui, che era stato chiamato a custodire l'arbitrio di Dio, non era dato di conoscere la conseguenza e gli effetti di quella "morte" di cui aveva parlato la donna?

Gli Arcangeli, *Helel* e *Samael*, capivano bene che occorreva tenere nascosti i loro pensieri e le loro intenzioni. Sarebbero state troppo eccessive agli occhi dei loro fratelli, troppo insolenti per chi era abituato ad acconsentire ad ogni volontà del Creatore.

Ma mentre a *Helel* toccava solo attendere pazientemente per agire e concretizzare così la sua idea, *Samael* quella "morte" di cui nulla sapeva, avrebbe dovuto farla accadere, avrebbe dovuto procurarla. D'altra parte, garantire l'equilibrio era una sua prerogativa: avrebbe semplicemente cercato di bilanciare il bene con il suo contrario.

Intanto, aveva osservato con attenzione il primo uomo e la prima donna, ed aveva notato alcuni fatti che gli erano subito apparsi molto interessanti.

Eved, la Regina dell'*Eden*, aveva uno sguardo attratto dall'albero della conoscenza, lo contemplava odiernamente in alcuni momenti della giornata, come se attendesse da esso una risposta alle proprie domande. Sia il primo uomo, che la prima donna infatti, serbavano in loro dei desideri intimi, non espressi.

Contemplare un albero incosciente? Perché non domandare direttamente al Dio Trino? Perché non aprire le loro domande alla "Risposta vivente"? Ognuno di loro, *Helel* e *Samael*, Adam e Eved, stava attraversando la tenebra del dubbio.

Questo cammino di libertà poteva forse essere la prova voluta dal Dio Trino per ogni Sua creatura cosciente? Parevano non accorgersi di questa evidenza, ognuno rabbuiato dai propri interessi personali. I segreti di Dio per gli angeli e l'albero della conoscenza per gli uomini. Forse il Dio Trino aveva previsto una prova d'amore verso Se stesso, per ognuno di loro?

Ogni giorno l'uomo, ammirava il Figlio portare altri umani all'esistenza. Così anche la donna a suo modo. Di tale fenomeno erano infatti ambedue attratti, ognuno per propria ragione.

Difatti avendo l'uomo avuto la donna tratta dalla carne, si domandava se vi fosse un modo per ripetere tale avvenimento. Adam in seno, custodiva l'idea di voler mimare il miracolo di generare, ma non avrebbe potuto mai, era una prerogativa del Trino. Non duplicabile.

Mentre Eved, conoscendo il suo essere emersa dalla carne dell'uomo, desiderava fervidamente sapere se vi sarebbe stata la possibilità di far nascere dalla propria "carne", un nuovo vivente. Da queste passioni velate, nasceva la sua contemplazione giornaliera dell'albero della conoscenza. Dal desiderio di sapere se vi sarebbe stata quella possibilità, apparentemente impossibile.

La pazienza di *Samael* cedette, tornò così, tra le ombre dei rami del fico della prova, dalla prima donna, e le disse con lingua di serpe: «Non morirete affatto! Anzi, Dio sa che quando voi ne mangiaste, si aprirebbero i vostri occhi e diventereste come Lui, conoscendo il bene e il male!» Questo sibilò alla donna.

Eved, a quelle parole, cedette ai propri intenti e accarezzò l'ipotesi che mangiando di quel frutto, ella e il suo compagno, avrebbero potuto conoscere come facesse il Figlio a dare la vita... Assaggiò quel frutto; quindi, ne diede anche ad Adam che gli era poco distante. Ma la prova era perduta.

L'uomo e la donna, impararono non a "dare la vita", ma a portare la "morte" al mondo.

Gli effetti negativi della loro scelta non tardarono a presentarsi; immediatamente, infatti si aprirono gli occhi di tutti e due e si accorsero di essere nudi, la luce di grazia era persa; perciò, intrecciarono delle foglie del fico e se ne fecero cinture. Il loro corpo non era più lo stesso, il "seme" sembrava essersi seccato. Di colpo, si sentirono, oltre che nudi come animali, sporchi, fragili, soli, indifesi e ingannati. Cercarono un riparo e si nascosero.

Avvertito l'urto della violazione, nell'attimo stesso in cui Adam ed Eved avevano rotto il "patto", lo Spirito del Dio Trino si presentò al loro cospetto, attraverso *Yehudiel*, il volto dell'obbedienza, e *Barkiel*, il Suo compiacimento.

«Dove sei?!» gridarono all'Adam, Re dell'*Eden*, i due Arcangeli. «Ho udito il tuo passo nel giardino: ho avuto paura, perché sono nudo, e mi sono nascosto!» disse l'uomo in risposta.

E il Padre emerse e personalmente chiese: «Chi ti ha fatto sapere che eri nudo? Hai forse mangiato dell'albero di cui ti avevo comandato di non mangiare?!».

Il Padre trinitario aveva posto quella domanda per verificare quanto la creatura umana fosse perduta.

Rispose l'uomo: «La donna che tu mi hai posta accanto mi ha dato dell'albero e io ne ho mangiato![427]». E fu così che accadde, era accaduta! Era in atto la prima divisione: la diade non era più coppia; uomo e donna erano divenuti l'uno il nemico dell'altra. Tutto precipitò dopo quella certezza. Intanto, anche il Figlio, che per gli uomini, si sarebbe addirittura reso uomo per avvicinarli sempre di più a Sé, aveva abbandonato la *Even shetiyyah*, per dirigersi verso il luogo della "caduta".

Samael, dal canto suo, era pienamente soddisfatto. Aveva potuto appurare che veramente poteva esistere l'alternativa alla volontà del Dio vivente. Quella morte, conseguenza del primo peccato, il frutto amaro dell'errore. Comprese, perciò, che avrebbe potuto esistere, perché no, anche un progetto differente, anche tutto ciò che Dio non avrebbe voluto, tutto ciò che non rientrava nel Suo disegno.

Il cielo piangeva in quel giorno cupo ove il destino degli uomini venne ad essere macchiato dalla colpa indelebile. La terra tremava dell'angoscia dello Spirito di Dio, che addolorato, constatava gli effetti della disobbedienza.

Egli aveva piantato un giardino in *Eden*, una terra piena di luce, di concordanza, di splendore e di vita, perché gli uomini vi vivessero nella verità e nella consonanza, ma questi avevano dimostrato ingratitudine, preferendo l'inconosciuto.

Avrebbero voluto "strappare" a Dio il potere di dare la vita e invece, si erano "guadagnati" la morte. Inorridito, deluso e tradito, il Padre si rivolse alla donna: «Che hai fatto?».

Oh, se solo Eved e Adam avessero avuto un po' di fiducia, se solo avessero avuto un po' di quell'affidamento paziente, caratteristica fondante della fede. Avrebbero un giorno scoperto, che quel desiderio genuino di donare l'esistenza, di generare, che portavano dentro, non era un bisogno inutile. Il Dio trinitario, infatti, aveva loro messo in corpo quell'attesa di procreare, perché scelti, pensati, per essere genitori dell'incarnazione del Figlio. Adam sarebbe stato il primo padre, ed Eved la prima madre. Avrebbero scoperto che per Dio nulla è vano… La Trinità, nulla compie senza ragione, e niente vanifica.

Di conseguenza, il Padre trinitario, affranto e afflitto, osservò la condizione degli uomini, nudi, tremanti ed indifesi e ne ebbe compassione; perciò, fece all'uomo e alla donna tuniche di pelli e li vestì. Cominciava, con quel gesto, la "storia della Misericordia".

Ogni principio emesso dall'Eterno è eterno, e Dio, nel Figlio, aveva promesso di farsi compagno dell'uomo. Dio, non avrebbe abbandonato l'umanità al suo destino. Lo aveva decretato prima della prova, lo avrebbe espresso anche dopo, nonostante tutto.

Perciò disse: «Ecco l'uomo è diventato come uno di noi, per la conoscenza del bene e del male. Ora, egli non stenda più la mano e non prenda anche dell'albero della vita, ne mangi e viva sempre!».

L'uomo ormai sapeva del prezzo da pagare: aveva pienamente conosciuto il bene e avrebbe pienamente conosciuto il male. Ma sarebbe stato per un tempo limitato, non avrebbe dovuto subire ed assaporare per sempre la decadenza che si era procurato.

La morte, come tempo finito, voluta da Dio per l'umano, veniva quindi posta come limite al dolore che avrebbe sperimentato nella sua vita quasi animale.

Anche gli Arcangeli *Yehudiel* e *Barkiel,* al pari della Trinità, apparivano distrutti a causa di quell'avvenimento oscuro ed erano alquanto disorientati. Essi, che avrebbero dovuto garantire gli uomini nell'obbedienza e nella letizia, stavano assistendo al primo atto di disobbedienza e tristezza.

Cosa sarebbe accaduto ora?

Samael allora si scoprì, mostrandosi in tutta la sua presenza. Trovava sconcertante l'azione del Dio Trino, che si dava da fare per riparare il danno. Ma non appena la donna lo vide, lo indicò, puntando l'indice contro di lui, e urlò: «Il serpente mi ha ingannata e io ho mangiato!».

I fratelli *Yehudiel* e *Barkiel* non riuscivano a credere che la donna dicesse il vero. Era mai possibile che uno degli Arcangeli non avesse compiuto il suo dovere, sfuggendo al compito per cui era stato creato?!

Chiesero chiarimenti a *Samael,* che spiegò loro che, in quanto arbitro di Dio, aveva agito proprio per rendere giustizia alla sua vocazione. Aveva, infatti, realizzato il suo compito attivando la vera giustizia, che, secondo il suo, appunto, libero modo di vedere, non era Misericordia, ma Equilibrio.

I due Arcangeli non ebbero modo di ribattere a *Samael.* Qualcosa li aveva trafitti ed eliminati, nullificati per sempre. Qualcuno, infatti, sfoderando un'arma aveva posto in essere il primo atto maledetto, attraverso cui veniva annientata per sempre l'obbedienza e la letizia di Dio.

Chi possedeva ed aveva usato quell'arma? E poi, cos'era mai un'arma? Ogni cosa si stava ineditamente verificando. Chi poteva aver compiuto un atto tanto potente da poter far accadere, l'irrazionale fine di due esseri vitali? Neanche *Samael* lo sapeva e anche lui stava assistendo, sorpreso, a qualcosa di imprevisto. Poi, ecco, come un'ombra scura e immensa, apparire *Helel.*

L'Arcangelo della luce si era mosso in gran segreto, nella tenebra, nel nascondimento, ed adesso si accingeva a realizzare un altro piano alternativo ai disegni di Dio. Era riuscito a procurarsi quello strumento potente, in grado, sia di eliminare le anime eterne, sia di contraddire Dio, di poterlo, forse, anche rimuovere e sostituire. Di tale portata era quindi la sua pianificazione, a tale assurdo obiettivo aspirava la propria ambizione. Non era quindi, come egli gli aveva confidato, il sostituire il Figlio il suo vero intento.

Non voleva quindi solo una parte di Dio, avrebbe voluto essere totalmente Dio.

Samael così capì, e anche lui si sentì ingannato. *Helel,* in gran segreto, aveva orchestrato ogni cosa con maestria. Sapeva che il Figlio era misericordioso e che sarebbe andato a soccorrere l'uomo caduto in disgrazia, affidandogli, in sua assenza, la cura della *Even shetiyyah.* Senza fretta alcuna, aveva atteso pazientemente che tutto si compisse e che ogni pedina fosse al proprio posto, così da avere libero accesso alla *Even shetiyyah,* la sostanza che aveva fatto nuove tutte le cose. Traendone da essa la prima arma, un oggetto che, nelle sue mani, non avrebbe più emesso la vita, ma che avrebbe posto fine ad ogni esistenza.

All'eliminazione di *Yehudiel* e *Barkiel,* seguì vibrante e potente il grido assordante di Dio, urlo che risuonò alto nell'universo, e che tolse la grazia ad un creato ormai maledetto, tanto che, l'albero della prova, il fico, posto nell'*Eden,* di colpo, seccò[428]. Per la prima volta, l'universo sperimentava un Dio adirato:

«Sii tu maledetto più di tutto il bestiame e più di tutte le bestie selvatiche; sul tuo ventre camminerai e polvere mangerai per tutti i giorni della tua vita. Io porrò inimicizia tra te e la donna, tra la tua stirpe e la sua stirpe!» disse rivolgendosi al serpente. Non era *Samael* quindi il vero serpente, era sempre stato *Helel* la serpe dietro ogni disubbidienza.

Tutta la terra era scossa e tremava ad ogni parola pronunciata dall'ira del Dio trinitario. *Helel* non palesava alcun turbamento, anzi appariva soddisfatto, fiero di sé; adesso aveva il potere, poteva attuare ogni suo piano e poteva farlo a suo piacimento... Avrebbe potuto annientare lo spirito, e... perché no? Persino lo Spirito di Dio. L'idea di un deicidio lo riempiva di orgoglio.

Il popolo di *Eden,* già disorientato dall'aver perso la grazia della luce ed essersi trovato alla stregua della carne animale, sentendo la terra vacillare, accorse terrorizzato davanti all'albero della conoscenza. Non tardarono ad arrivare anche le schiere angeliche, guidate da *Mikhael, Gavirel e Rafael*, impegnati, per ordine divino ad accudire la popolazione confusa dalla caduta fisica. I tre Arcangeli, si schierarono subito a tutela del Dio Trino. Non sapendo ancora quanto fossero indifesi di fronte al potere acquisito da *Helel*, loro fratello, non più tale.

Non appena li vide, *Helel* provò a sbarazzarsi di loro scagliandogli contro un colpo della sua arma, ma i tre Arcangeli riuscirono a schivare l'attacco. Iniziò un inseguimento che dalla terra si spostò tra i cieli del giardino.

Samael non rimase inattivo. Chiamò i propri angeli e i fedeli ad *Helel*, dicendo loro che avrebbero potuto cambiare l'ordine se solo avessero voluto, se solo li avessero seguiti in quella che sarebbe stata la prima battaglia della storia dell'intero creato.

Mai vi era stata violenza alcuna, mai l'armonia aveva trovato intoppo fino a quel momento. Alcuni sentirono avvincente la possibilità di essere protagonisti del rovesciamento, e si scagliarono contro i loro fratelli innocenti. Un terzo di tutte le schiere angeliche scelse di attuare pertanto il nuovo ordine, di realizzare la soluzione finale: una rivoluzione!

Perciò Dio, il Trino decise, come mai avrebbe pensato. Tanto da ammettere a Se stesso, che forse, per la prima volta, la misura era colma. Anche se sapeva da sempre... Conosceva bene cosa sarebbe accaduto se gli eventi si fossero mossi in direzioni non desiderate. Eppure, doveva lasciare ai propri figli la possibilità di amarlo oltre l'ordine e l'imposizione. Quindi decise di rispettare la loro scelta. Per salvare l'universo, si allontanò da esso.

Prima di andar via, guardò per l'ultima volta la donna, Eved, che aveva costituito vestita di bellezza, e che invece ora, aveva appena rivestito di pelli... Per avvertirla di ciò che sarebbe in seguito accaduto, che sarebbe stata accontentata nel suo desiderio di dare la vita, ma che non sarebbe stato come lei si sarebbe atteso. Perciò le disse: «Moltiplicherò i tuoi dolori e le tue gravidanze, con dolore partorirai figli. Verso tuo marito sarà il tuo istinto, ma egli ti dominerà!». Con le stesse intenzioni, quindi, si rivolse all'uomo, ad Adam, che non avrebbe più goduto dei doni del creato: «Poiché hai ascoltato la voce di tua moglie e hai mangiato dell'albero, di cui ti avevo comandato: Non ne devi mangiare, maledetto sia il suolo per causa tua! Con dolore ne trarrai il cibo per tutti i giorni della tua vita. Spine e cardi produrrà per te e mangerai l'erba campestre. Con il sudore del tuo volto mangerai il pane; finché tornerai alla terra, perché da essa sei stato tratto: polvere tu sei e in polvere tornerai!».

Il Re e la Regina di *Eden* avevano perduto la loro regalità; non avevano un regno, perché *Eden* non era più né un regno, né un giardino, ma una landa desolata. Il popolo, sconvolto e tremante, senza più alcuna guida, assisteva inerte allo sconvolgimento che si stava perpetrando davanti ai suoi occhi, mentre la battaglia, lassù, nel cielo, era solo all'inizio.

Mikhael aveva tentato di convincere il fratello traditore a desistere dai suoi propositi ed a consegnare l'arma deicida, ma ogni tentativo era stato vano. La lotta era furiosa; *Mikhael, Gavriel, Rafael* e gli angeli fedeli a Dio apparivano in difficoltà: *Helel* e le sue legioni erano scatenati.

Il Figlio guardò il creato con amore e infinita tristezza e poi compì l'unico gesto che ancora poteva salvare ogni esistenza. Con un canto orante, come di una melodia in crescendo, a cui si unirono i cori di molte creature ed esseri di spirto, chiese al Padre, una speranza per l'intero creato. Domandò allo Spirito di pensare un'anima non maledetta. Che volendo, avrebbe fatto da madre ad un Universo caduto. All'apice del canto, con un bagliore intenso, più luminoso della stessa luce, venne mostrata al mondo, una donna vestita di sole e incoronata di stelle... Lei, la nuova Regina... che risplendeva e avrebbe un giorno regnato così in cielo come in terra.

Indicandogliela, mentre lo fissava dritto negli occhi infuocati, con voce ferma ed alta, la Trinità profetizzò ad *Helel*: «Questa ti schiaccerà la testa e tu le insidierai il calcagno!».

Il bagliore cessò, il canto del Figlio era stato ascoltato, la Sua preghiera accordata, l'Universo aveva una sicurezza, la certezza di una speranza. Il Suo sorriso era spento, non era ancora il tempo di poterla abbracciare.

Ogni cosa appariva mutata; si era realizzato un nuovo "ordine". Dio, infatti, si sarebbe assentato dal creato, perché questa era la volontà umana.

Da quel momento, in poi, gli uomini perdettero così, la capacità di vedere le realtà spirituali, che prima erano loro visibili e che, da quel momento, divennero soprannaturali. I soli cinque sensi animali sarebbero stati il limite con cui l'umana natura avrebbe percepito l'intero creato. Ma sarebbe esistito anche altro, a loro precluso.

Si configurò così, una barriera invalicabile fra materia e spirito: la Trascendenza. E l'arma di *Helel* si trovava oltre quello sbarramento che la luce della Regina aveva generato.

L'arma esisteva dall'una e dall'altra parte, ma per egli non era più realmente tangibile.

Adam che aveva assistito alla visione della nuova Regina, intanto, guardando l'arma di *Helel* conficcata nella roccia dinanzi a lui, si domandava se un nuovo Re sarebbe prima o poi venuto.

Sì, *Helel* era disarmato. Un limite invisibile lo separava dall'arma, ormai precipitata, e le sue schiere erano circondate.

Sopraggiunse un accordo, il primo armistizio: *Samael* e i suoi angeli avrebbero avuto un loro luogo, *Helel* vi avrebbe regnato. Un luogo dove il Dio Trino sarebbe stato anche lì, assente. La Trinità acconsentì all'accordo. A garanzia di tutte le creature, comprese quelle traditrici.

Helel sapeva, ne era cosciente, il Trino non avrebbe mai posto fine a nessuno tra gli esseri generati.

Helel aveva il proprio regno e il tangibile era ormai maledetto. Una parte dei propri intenti era comunque stata compiuta.

Il Dio Trino si era apparentemente ritirato dal dialogo con l'uomo lasciandogli ampio spazio di manovra.

Helel sapeva bene che Dio non avrebbe mai rinunciato alle sue creature e l'immagine di quella donna dentro al bagliore ne era la conferma; non l'avrebbe mai dimenticata. Anzi, prima o poi avrebbe scoperto il senso delle parole del Dio trinitario, su quella donna vestita di sole.

Tuttavia, egli era soddisfatto; per far traballare o distruggere il regno di Dio, non avrebbe più potuto usare l'arma deicida, ma aveva altri strumenti, altri giochi con cui giocare, con cui divertirsi: le vite stesse degli uomini.

In fondo, abbandonati e soli, ormai erano alla sua mercé...

Sorrise beffardo, pensando che avrebbe gustato fino in fondo la finta indipendenza degli esseri umani. La loro tortura avrebbe avuto presto inizio. Convinto che, prima o poi, avrebbe trovato perfino, il modo di oltrepassare la barriera trascendente e possedere compiutamente ogni granello di creato. Aveva costretto Dio alla "ritirata", nemmeno molto strategica; ne avrebbe presto preso il posto definitivamente.

L'assenza della Trinità faceva sentire i suoi effetti oltre che sul creato anche sullo stesso spirito di *Helel* e su quello degli altri angeli caduti, divenuti ormai immondi e tetri a causa delle loro crescenti nefandezze. *Helel* aveva subito una netta trasformazione; la luce di un tempo ormai non gli apparteneva più. Non vi era più in lui nemmeno il minimo riflesso della luce Trinitaria, che un tempo lo facevano risplendere. Ma anche quel suo aspetto corrotto egli lo considerava un premio.

Aveva rubato il progetto, aveva il gioco in mano ed era convinto di potere distribuire le carte a suo piacimento. Le cose, per lui stavano prendendo la giusta direzione.

Vide che gli uomini, così tanto cari a Dio, si erano divisi in tribù sempre più distanti e nemiche. Vide *Samael* trarre sempre più soddisfacimento nell'inimicare tra loro le coppie umane; tanto che quello di dividere i coniugi ormai era diventata la sua missione precipua. Vide ogni più basso istinto emergere dall'animo umano; vide ergersi ovunque ogni sorta di bassezza fisica e mentale, fino a quando un giorno vide una possibilità per se stesso, una speranza.

Eved, rimasta incinta, divenne la prima partoriente, la prima a procreare un "uomo caduto". Le sue prime parole furono: «Ho acquistato un uomo dal Signore!».

Quando venne alla luce, a quel bimbo fu dato il nome di *Qáyin,* Caino[429]. *Helel* ne fu molto allietato e chiamò *Samael* per mostrargli l'inedito avvenimento.

Veramente gli uomini avevano ottenuto il potere di dare la vita: una goccia d'uomo diventava seme perché il ventre della donna potesse farlo maturare. Trovava molto interessante riflettere sul fatto che Dio concedesse agli uomini un'anima, racchiusa in un corpo che si riproduceva, come quello degli animali.

Guardava il piccolo Caino e sorrideva *Helel*. Avrebbe atteso che qual bimbo crescesse, che diventasse uomo e che poi morisse: quell'anima, poi, sarebbe stata sua o di... nessuno.

Dove le anime umane potevano mai essere condotte se Dio non era presente? La morte avrebbe corrotto i corpi, e le anime sarebbero venute a lui.

Sorrideva anche *Samael*, inorgoglito nel vedere la donna sfinita dal dolore, che aveva vissuto per figliare. In realtà nessun uomo sapeva se Eved sarebbe sopravvissuta a tanto dolore... Nessuna donna aveva mai partorito prima di allora.

D'altra parte, anche negli inferi tutti aspettavano l'anima di Eved, pensando che sarebbe morta in quel momento.

Le anime di tutti i figli di Dio e del primo figlio degli uomini erano attese. A tempo debito, o prematuramente, prima o poi, sarebbero finite tra le loro mani.

L'umanità non era più un seme che sarebbe stato trasfigurato in divino, ma ogni nato sarebbe venuto al mondo nell'attesa della propria fine.

Tutti vedevano ciò che gli veniva mostrato, ma solo egli, come sempre, vedeva oltre. Quel primo figlio d'uomo, il primo figlio d'uomo nato dai figli di Dio, era la chiave di lettura che attendeva. La soluzione per entrare nel mondo.

Anch'egli adesso capiva. La barriera invisibile sarebbe stata oltrepassata. L'avrebbe varcata così come il Dio Trino aveva predetto per Se stesso.

Anch'egli sarebbe venuto al mondo attraverso la carne di un figlio, e l'arma deicida era ancora lì, ne sarebbe stata la chiave.

Medesime scelte

Posso scorgere i prati e l'azzurro del cielo,
posso sentire l'aria ed il mio respiro,
posso godere del mare e del sole al tramonto,
posso scorgere l'alba ed intonare un canto.

Posso sentire il cuore che non comando,
e vibrare la vita che vado curando.
Ma non ho fatto o deciso, io tutto questo,
e non son grato di questo posto.

È una prigione senza le sbarre,
senza nessuno che mi soccorre.
Ho un grido sordo in questa foresta.
Della mia anima cosa ne resta?

Chi le mie colpe potrà salvare,
se io rifiuto perfino morire.
Io non mi voglio fare perdonare,
abbagli di padri che non voglio odiare.

Eppure, disprezzo il loro ardore,
che sulla mia pelle devo pagare.
Mi porterò sempre il loro effetto,
che le loro scelte, sì, che sono un fatto.

Ma penso che infine io non sono diverso,
per quanto a loro io sia tanto avverso.
Non posso far altro che dire sincero,
che come loro, avrei scelto, lo giuro.

Parte 2
La prima era

Prima della fine del primo mondo

Non credeva fosse possibile. Il padre contro il figlio. Caino ne era orgoglioso. Le sue mani, mai pulite dal sangue del fratello adesso si ergevano a conquista delle terre dei figli di Dio. Ove aveva regnato suo padre.

Gli uomini del paese di Nod, a oriente dell'*Eden*, provenienti dalla città di Enoch, città omonima del primogenito di Caino, erano tutti in fila alle sue spalle. Armati, rudimentalmente, ma equipaggiati per uccidere.

Un esercito di assassini pronti a riconquistare la città di *Eden*, certi dell'intoccabilità di colui che li comandava[430].

Le tenebre della notte abbracciavano le torce infuocate che tracciavano gli argini dell'esercito. Una moltitudine intenzionata a conquistare la roccaforte dei figli di Dio, abitata dai caduti, e dai loro stessi figli, i primi figli di uomo, che si diceva avessero una traccia di ciò che rimaneva del tempo in cui gli esseri umani non erano ancora perduti.

Le donne dell'*Eden*, infatti, dopo la caduta del creato per mano di Adam ed Eved, avevano partorito naturalmente proprio come quest'ultima, ed avevano generato i cosiddetti "figli degli uomini" come Caino che fu il primo di loro.

E i figli di Dio si erano uniti alle figlie dei "figli degli uomini" partorendo ibridi.

E in loro vi era ancora una rimanenza di luce, tant'è che venivano identificati come eroi, grandi uomini cacciatori, "giganti" vista la loro possenza[431], in grado di guadagnarsi la carne di altrettanto vigorosi animali.

Erano loro, a portare gran parte del nutrimento alla cittadella. Ma soprattutto, si diceva che quella traccia di grazia che ancora li abitava, dava loro, come ai loro padri, una piccola scintilla di aldilà, una lieve connessione con la Trascendenza.

A Caino tutto ciò gli era stato negato. Egli, primogenito di Adam, il primo "figlio di Dio", primo tra i figli degli uomini, aveva preso in moglie Deborah, una donna caduta, figlia del Dio Trino, ma ella non riusciva a generare.

Così Caino pretese, in virtù della sua primogenitura, di prendere in moglie anche Awan, una donna "figlia degli uomini".

Il fratello Abel, si oppose a quella pretesa immonda, perché riteneva che quella decisione fosse sbagliata. Ma un giorno, mentre i due fratelli si stavano accingendo ad offrire in sacrificio a Dio i frutti del loro lavoro, come tentativo di riconciliazione dall'esilio, Caino uccise Abele.

Quell'omicidio reso ancora più grave dal fatto che era stato perpetrato ai danni di un fratello, fu il primo della storia dell'umanità, così come fu, la prima morte. E segnò profondamente la coscienza e l'atteggiamento del popolo, agli occhi del quale Caino, primo omicida della storia, divenne lo specchio del serpente deicida *Helel*. Pertanto, egli fu considerato maledetto e fu condannato a vagare ramingo per le terre d'oriente. Nessuno si sarebbe più avvicinato a lui, nessuno lo avrebbe più nemmeno toccato. Appena qualche schiavo lo avrebbe seguito.

Caino, pertanto, fu costretto ad andar via, portando con sé le sue mogli e i pochi servi al suo cospetto. Ben presto, col proprio seguito, fondò la città di Enoch, dal nome del primogenito di lui. Avuto con Awan.

Ma Caino non era certo tipo da accettare l'esilio forzato; avrebbe avuto la sua rivincita, sarebbe ritornato, un giorno, nella terra che considerava sua di diritto. Egli avrebbe combattuto, avrebbe vinto e, sostenuto dai suoi soldati, sarebbe divenuto il signore dell'*Eden*, sradicando così dalla faccia della terra ogni segno della presenza dei figli di Dio, gli stessi che lo avevano messo alla fuga.

A quei tempi, capo dell'*Eden* era Set. Da tempo, ormai, Adam, vecchio, stanco e amareggiato, aveva ceduto lo scettro del comando.

Set, terzogenito di Adam ed Eved, nato dopo l'omicidio di Abel, era uomo retto e timorato, rispettato dal popolo. La gente di *Eden*, dedita all'agricoltura, alla cacciagione ed alla pastorizia, viveva con semplicità. Sebbene gli uomini però, fossero forti e possenti, non avevano alcuna esperienza di combattimenti e di armi, e non avrebbero certo mai immaginato che sarebbero stati impegnati nella prima battaglia della storia.

La città di Enoch aveva dichiarato guerra a Eden; Caino e i suoi si sentivano pronti ad attaccare e ad accendere il primo conflitto tra popoli.

Adam constatava con dolore le conseguenze della caduta, che aveva portato la disgrazia sulla terra e su tutto il creato: lotte fratricide, stragi, efferatezze di ogni sorta, sangue e ancora sangue... Guardava sconsolato Eved e Azura, la moglie di Set, che erano impegnate a mettere al riparo gli indifesi dall'attacco che sarebbe avvenuto nel giro di poco, e scuoteva la testa.

A *Eden*, tutti si preparavano all'imminente battaglia e tutti avevano un'immensa preoccupazione, consapevoli che poco avrebbero potuto fare contro gli agguerriti e sanguinari uomini di Caino, i suoi eredi: Enoch, Irad, Mecuiael, Matusael, Lamech e il giovane Tubal-Cain.

Tutta la discendenza di Caino era pronta a riprendersi ciò che riteneva fosse propria, e avrebbero riavuto quelle terre, con intenzioni impietose. Con loro, avevano bestie e animali di ogni specie, equipaggiati anch'esse per l'attacco.

Ad organizzare le forze della cittadella dell'*Eden*, oltre i figli di Dio ancora in vita, vi erano gli eredi di Adam: Enos, Kenan, Malaleel, Iared ed Enoch suo figlio, Matusalemme e Lamech figlio di lui. Anche la gente di Set primo di essi, per quanto inesperta, si sarebbe battuta con audacia, fino all'ultima goccia di sangue.

Enoch, figlio di Iared era stato incaricato di mettere in salvo donne e bambini, guidando Eved ed Azura verso le porte dietro la città, dalle quali sarebbero usciti per nascondersi sugli altopiani.

Come avrebbero potuto vincere? Si domandavano gli uomini dell'*Eden*; a mala pena avevano qualche arnese di legno e pietra, pochi archi da caccia e qualche lancia. Non sarebbero bastati.

Quella notte a *Eden*, tutti furono svegliati dal rombo potente di un tuono. Nubi minacciose accerchiarono la prima città della terra. Tant'è che tutti i suoi abitanti, confluirono fuori le primordiali abitazioni, e avvidero che era in corso uno strano fenomeno: proprio al centro della cittadella, lampi e tuoni esplodevano dal tempio.

Tanti anni prima, dopo l'esilio di Caino, Adam aveva eretto un *Sanctum Sanctorum*, appena sopra la *Even shetiyyah*, ormai divenuta una roccia come tante altre. In quel tempio, veniva custodito ciò che rimaneva dell'albero della conoscenza, il fico che era stato essiccato dal Figlio dopo il peccato, insieme ai resti della vite che era cresciuta attorno al *Even shetiyyah*.

Davanti al *Sanctum Sanctorum,* vi era anche un'altra roccia, quella in cui era conficcata la prima arma.

Attorno all'arma deicida, visto che le dicerie, affermavano che nessuno poteva toccarla senza morirne, era stato costruito un tabernacolo. Per poterla contenere e nascondere. L'arma deicida, infatti, incuteva terrore; sembrava viva, posseduta, o comunque attorniata, da spiriti immondi. Pare che qualcosa o qualcuno di oscuro, oltre la barriera trascendente, stesse a sua guardia. Strane cose indicibili, accadevano attorno ad essa. Perciò Adam aveva deciso di nasconderla, nella speranza che venisse dimenticata.

E così, infatti, fu; col passare degli anni, la gente ne aveva perso la memoria. Nemmeno Set sapeva, solo il figlio Enos[432], essendo colui che cominciò a invocare il Dio Trino, come aveva fatto la prima donna, chiamandolo "il Signore", si era accorto che in quel luogo, vi era apparentemente un'anomalia, qualcosa di non naturale.

Aveva chiesto spiegazioni al padre Set, ma questi non seppe dargli alcuna risposta.

Quella notte, appunto, i tuoni e i lampi, attorno al tabernacolo che la conteneva, sembravano presagire oscuri avvenimenti.

Quel luogo sembrava stesse richiamando una tempesta attorno a sé. Saette e fulmini dialogavano con il cielo in un tripudio tonante. Il terrore attraversò, vibrando, le schiene degli uomini dell'*Eden*. Oltre alla minaccia dell'esercito di Caino, si stava presentando un'altra minaccia, di cui nulla sapevano. E quei poveri uomini sciagurati, si domandavano quale delle due fosse la peggiore.

Adam, invece, in seno alla sua sapienza, cominciò a pensare ad una possibilità. Si chiese se veramente fossero disarmati o se piuttosto non avessero per le mani un'arma potente, in grado di far vincere loro la guerra.

Magari quell'arma maledetta avrebbe potuto sconfiggere Caino che era maledetto quanto lei!

Il suono cupo dei tamburi dell'esercito del suo primogenito, tuonavano fuori dalle mura, confondendosi, intanto, col rombo delle saette che attorniavano l'arma deicida.

Il corno che Caino portava al collo fu usato per suonare l'avvio dell'armata all'assalto della città.

Gli uomini di *Eden*, consci della superiorità del nemico, dall'interno, imbastivano alla meglio la resistenza.

Adam decise allora di tentare di estrarre l'arma; non trovava altre soluzioni. Si sarebbe assunto lui la responsabilità di uccidere il proprio figlio. Trovava equa la soluzione: era stato lui a portare l'ingiustizia nel mondo, sarebbe stato lui a tentare di riportare un po' di giustizia, eliminando il discendente malvagio. Il primo figlio di Dio, contro il primo tra i figli dell'uomo. Quante altre disgrazie attendeva l'umano destino? Si domandava. Come avrebbero fatto gli uomini a sopravvivere alla loro stessa tirannia. Sempre nuovamente gravi i dolori degli uomini, sempre bisognosi di essere salvati. Ma caduti in disgrazia senza un Salvatore. Ma chi mai gli avrebbe impedito di compiere la scelleratezza che aveva intenzione di mettere in atto? Un padre costretto a versare il sangue del proprio figlio… Ne avrebbe avuto la forza? Sembrava un atto dovuto alfine.

La città era ormai assediata e le mura avevano ceduto al grande assalto. Eved era rientrata e aveva raggiunto il suo compagno: sarebbero morti insieme. Molti eroi cadevano sotto i colpi degli uomini di Caino, mentre la notte continuava ad essere illuminata dalla tempesta generata dal tabernacolo.

Nessuno osava accostarsi a quel luogo. Ma Adam e la moglie non avevano paura: vi si diressero, nonostante quel luogo davanti al tempio, sembrava potesse esplodere da un minuto all'altro. Caino, accompagnato da Tubal-Cain, suo scudiero, li raggiunse.

Adam, fulmineo, aprì le ante del tabernacolo; all'interno vi era la presa dell'arma, ancora grezza. Una forza irresistibile la faceva vibrare, come se essa chiedesse di essere presa, di essere brandita… Questo davvero chiedeva e domandava: il sangue degli uomini.

Adam contemplava la possibilità che sarebbe morto nel toccarla, ma non gli importava: avrebbe rischiato. Ma riuscì a prenderla, aiutato da una presenza misteriosa.

Adesso padre e figlio erano armati e ben presto cominciarono a combattere, nell'infuriare della guerriglia attorno a loro.

Discendenza contro discendenza, fratelli contro fratelli e padre contro figlio. Esisterà mai una vita senza dolore? Si chiedeva. Ma Adam aveva anche la consapevolezza che una forza malefica li stava manovrando, la stessa che aveva spinto lui e la moglie a disobbedire per primi…

Caino era divenuto un buon combattente, lo scontro si spostò all'interno del *Sanctum Sanctorum* e Adam non era così in forze da resistergli. Forse trattenuto, dal non voler pienamente sferrare colpi mortali contro il proprio successore. Il dolore di combattere contro il suo primogenito lo sconvolgeva.

Caino, invece, non sembrava toccato da alcun sentimento di pietà; aveva soltanto sete di sangue e di riscatto. Il giovane Tubal-Cain, nel frattempo, si era mosso all'inseguimento di Eved, che si stava dando alla fuga. Riuscì ad afferrarla e a gettarla a terra intenzionato a gustarne la carne, quando all'improvviso la furia del giovane venne placata. Fu agguantato da Set, che scagliatosi su quel bruto che voleva abusare della madre, lo scaraventò lontano.

Superato il tramortimento, Tubal-Cain fuggì, e raggiunse Caino, che adesso, disarmato il genitore, stava brandendo l'arma deicida ed era pronto a uccidere suo padre, ormai ferito, disteso su una *Even shetiyyah* macchiata dal suo sangue.

Caino era pronto, avrebbe sferrato il colpo finale, il figlio avrebbe tolto la vita al padre e Tubal-Cain stava per assaporarsi la scena, fiero della sua appartenenza alla stirpe dei Cainiti.

Ma frenato da uno strano inconscio richiamo, emerso dalla propria assopita interiorità, Caino non riuscì a finire il padre. Usò una gran forza per conficcare l'arma deicida verso il genitore, ma lo sfiorò solamente, conficcando l'arnese ove il busto secco del fico del peccato, era stato conservato. Appena accanto alla *Even shetiyyah* sporca del sangue di Adam.

L'arma perforò così quel busto, e la roccia sottostante, spaccandolo in due fin sotto di lui. Un grido non umano attraversò in quel momento tutto il creato, facendo tremare la terra di un fremito disperato.

Qualcuno, aldilà della Trascendenza, avrebbe voluto che il figlio uccidesse il padre, ma questo non era accaduto. Una delusione palpabile oscurò il volto di Tubal-Cain.

Ma la città, comunque, era stata conquistata: l'*Eden* era di Caino. L'arma era conficcata nuovamente nella roccia, il busto dell'albero della conoscenza riprese vita e incominciò a ricrescere ricoprendola. Caino comandò a Tubal-Cain di portarla in un posto nascosto ed egli obbedì. Trasportandola con l'intera roccia in cui era conficcata.

Gli ultimi figli di Dio ancora in vita, sconfitti, furono trucidati. I figli degli uomini si ritirarono. Set e la sua famiglia, Eved e un Adam morente, tratti in salvo da Enoch, figlio di Iared tornato dagli altipiani, si diedero alla fuga.

Caino non se ne curò. Egli, adesso si sentiva il padrone del mondo, il vero Re dell'*Eden*: aveva il suo trono, si era vendicato.

Davanti a ciò che rimaneva del tabernacolo distrutto, si rivolse al "Signore", come lo aveva chiamato Eved alla sua nascita, bestemmiandone il nome a gran voce. Ma non ebbe risposta.

Tubal-Cain portò l'arma deicida, su un'altura, in un luogo che solo lui conosceva. Dopo averla messa al sicuro, uccise le guardie che lo avevano aiutato nello spostamento, perché nessuno doveva sapere dove fosse stata nascosta l'arma.

Col tempo, Tubal-Cain, cominciò ad assumere nei confronti di quell'arma un trasporto ossessivo e malefico, divenendone schiavo. Era un fabbro, e soffriva molto per il fatto di non poterla toccare; avrebbe voluto lavorarla ed intarsiarla e il non poterlo fare lo tormentava giorno e notte. Un giorno, però, qualcuno, la presenza che era dietro l'arma, gli permise di prenderla e di lavorarla, nonostante Caino gli avesse ordinato di non farlo.

L'impugnatura, dello stesso oro siderale dell'intera arma, fu fasciata con vari materiali e irrobustita dal legno dell'albero della conoscenza. La chiamò "spada", la prima della sua specie.

Poi, però fu costretto a riporla al proprio posto, su ordine della forza oscura che prima gli aveva dato il permesso di prenderla. Il trasporto ossessivo di Tubal-Cain verso quell'arma ben presto divenne schiavitù. Si diceva che la maledizione di quell'arma lo volesse lì per l'eternità. Che egli non potesse più morire per esserne schiavo per sempre. Ma Caino non volle credere a quelle dicerie. Egli sapeva che tutto sarebbe finito prima o poi. In fondo aveva commesso il primo omicidio, conosceva bene il destino della carne degli uomini.

Avendo saputo che ormai Tubal-Cain era "posseduto" dalla sua arma, infastidito, Caino scacciò il pronipote dal suo regno e ne bandì il nome. Fu un errore.

Un giorno, durante una battuta di caccia, Lamech, scagliando una freccia, lo colpì uccidendolo.

Apparentemente, era stato un incidente, ma in realtà era stato Tubal-Cain a spingere suo padre a schioccare la freccia verso Caino. Moriva così, come una preda da caccia, il padrone del mondo. Tubal-Cain deluso dall'aver visto l'antenato risparmiare il proprio padre e dopo essere stato da lui deriso, inorgoglito dall'essere stato eletto a custode della spada, aveva deciso di vendicarsi.

Cadeva così, con disonore, il Re dei popoli caduti, il padrone del mondo. Solo e abbandonato.

Quello stesso giorno, nelle terre vicine, in un agglomerato ormai nomade, un Adam ferito e morente lasciava la vita terrena, in un tempo in cui ancora gli anni umani non erano corti, attorniato dall'amore di sua moglie e dei suoi figli.

Non prima però, di avere benedetto il piccolo Noah, erede di Lamech e di Betanos sua moglie, e nipote di Matusalemme, della discendenza di Set.

La vita del primo uomo creato aveva così trovato la sua fine, nel mezzo dei propri affetti. Con onore concludeva il proprio esilio, lasciandosi cadere nelle grazie della morte; l'onore restava infatti l'unica consolazione in quel tempo. Visto che ancora le porte dell'Eterno, non erano spalancate alle anime umane. Lo sarebbero state solo successivamente, al compimento della nuova alleanza tra il Signore e gli uomini.

E onore e rispetto, gli furono persino riconosciuti da Lamech, discendente di Caino, che permise di far seppellire Adam sotto la *Even shetiyyah,* la stessa rocca da cui era stato tratto in vita dal Dio Trino.

Qualche tempo dopo, sopra la *Even shetiyyah* comparve un germoglio, che crebbe e non morì mai. Eved raggiunse Adam nel giorno dell'apparizione del germoglio. E quel giorno Enoch, figlio di Iared, fu "rapito" in cielo, dove in una visione vide ciò che il Signore aveva in serbo per gli uomini. In seguito, Set e i suoi figli abbandonarono quelle terre, senza subire la persecuzione del Lamech, discendente di Caino l'indegno.

Noah crebbe giusto e integro nei comportamenti, attraverso gli insegnamenti di Enos, da cui imparò a pregare il "Signore". La sua fama si diffuse fra le tribù che popolavano le terre allora conosciute, tribù violente e corrotte. Ormai non esisteva più la discendenza dei figli di Dio, trucidati da Caino, ad esclusione di quella di Set, di cui Noah era ultimo erede.

Della discendenza di Caino, invece, era rimasto solo Tubal-Cain, divenuto Re di tutto, e a cui era stata donata l'immortalità, in virtù della sua adorazione alla spada. Il suo potere era immenso e la sua mano si stendeva ormai fino ai confini del mondo. Non vi era cosa terrena che non comandasse, non vi era evento sulla terra di cui egli non venisse a sapere.

E un giorno venne a conoscere del matrimonio di Noah, che egli aveva ribattezzato "*Figlio del Tuono*", perché ultimo discendente dei superstiti della notte in cui la città dell'*Eden*, sommersa dai "tuoni", era stata conquistata da Caino e dai suoi.

Non gli importava molto di Noah, ma quando seppe che questi aveva presa in moglie Naamah, sua sorella, e che con lei avesse generato tre figli, Sem, Cam e Iafet, andò su tutte le furie. Non avrebbe potuto accettare che i figli dell'uomo e un discendente dei figli di Dio si fossero uniti e moltiplicati.

Noah era lontano, ma presto Tubal-Cain lo avrebbe raggiunto per porre fine alla sua esistenza.

Il viaggio di Tubal-Cain, accompagnato da un grande esercito, durò dei mesi. Raggiunto Noah, però, ebbe una grande sorpresa. L'abitazione di questi, infatti, non era altro che un'immensa Arca, da cui si potevano udire i versi di animali urlanti.

Tubal-Cain lo minacciò numerose volte e l'esercito tutt'intorno ostile accerchiò lo scafo.

A cosa mai poteva servire un'Arca lontano dalle acque? Si domandava. Gli fu riferito che Noah era lì con Naamah, i figli e le loro famiglie, nonché gli inservienti e ogni animale esistente.

Tubal-Cain, allora, avvertì gli abitanti dell'Arca, dicendo che avrebbe dato fuoco all'imbarcazione, se non fossero usciti da lì tutti quanti. Tuttavia, non ottenne risposta.

Ordinò, pertanto, ai suoi uomini di preparare l'olio da riversare sull'Arca, in modo da poterla incendiare.

All'alba del giorno dopo, tutto era pronto: l'olio era stato ben gettato lungo tutto il basamento dell'imbarcazione, i tamburi tuonavano, le frecce erano infuocate e pronte per essere schioccate. Tutti attendevano che Tubal-Cain desse il cenno per eliminare per sempre gli ultimi discendenti dei Figli di Dio. Figli di uomini sì, ma ancora con una traccia della Sua *Essenza*.

Dall'interno dell'Arca tutti tacevano; il *Figlio del Tuono* sembrava non curarsi dell'imminente attacco e quando i tamburi cessarono di suonare, il cielo e la terra furono scossi da un rombo tonante.

Così, come secoli prima una forza sinistra aveva esploso un tuono terribile, nell'inizio della prima guerra, adesso, quasi a deriderla, una forza onnipotente stava dando l'avvio a una Sua tempesta.

D'improvviso ogni parte della terra conosciuta venne sommersa dalla pioggia, ben presto trasformata in diluvio. Mentre l'acqua si alzava, l'Arca prendeva il largo. Tubal-Cain era disorientato, non comprendendo cosa stesse accadendo. Un potere che non aveva mai visto aveva agguantato il suo mondo. Ed egli, che era lontano, molto lontano dalla sua amata spada, non sapeva che fare.

E così, assistette, inerme, alla morte di tutti i popoli di tutte le terre che egli possedeva: donne, bambini, anziani, giovani, animali di ogni razza furono spazzati via. Vi fu un completo azzeramento della popolazione terrestre. Inghiottiti dagli enormi flutti del diluvio, morirono tutti, uomini e animali.

Per un tempo indefinito, Tubal-Cain, il maledetto immortale, vagò per i mari, arrabbiato e risentito con chi si era arrogato il diritto di distruggere il suo regno e la sua gente. E ancora quando smise di piovere e le acque cominciarono ad abbassarsi, l'ira di Tubal-Cain si innalzava e lo sommergeva.

Quando finalmente raggiunse una rupe, la terra era ormai, quasi del tutto asciutta. Constatò con rabbia che Noah, il *Figlio del Tuono*, si era salvato, insieme ai suoi figli, alla sua discendenza e agli animali che aveva portato con sé.

Capì cosa questo fatto significasse, e si disse che mai e poi mai ci sarebbe stato un nuovo Adam; non avrebbe mai permesso a Noah e alla sua gente di dare inizio ad una nuova "creazione".

Era stanco di subire decisioni di altri, di essere utilizzato come una pedina! Egli era Tubal-Cain, il fabbro! Il proprietario dell'arma deicida! Che certo, in quel momento, la spada, era andata perduta, ma era sicuro che l'avrebbe ritrovata e si sarebbe vendicato definitivamente.

Avrebbe posto fine ai *Figli del Tuono*, avrebbe posto fine ad *Helel*, la "presenza" che dall'aldilà lo aveva reso schiavo, avrebbe ucciso il "Signore" e sarebbe divenuto padrone di ogni cosa creata. Sarebbe stato l'iniziatore della vera Era umana.

Ma avrebbe dovuto prima ritrovare quella maledetta arma! Questa, da quel momento, sarebbe stata la sua sola ragione di vita. Determinato, ne incominciò la ricerca…

Nel frattempo, l'Arca aveva raggiunto un altopiano su cui si era incastonata; qualcosa le aveva prodotto uno squarcio, sfondandone lo scafo. Pareva fosse rimasta impigliata in qualcosa.

L'ancoraggio dell'Arca facilitò l'uscita del bestiame e di tutte le specie di animali che erano in essa.

Con Noah, incominciò così, la nuova storia dell'umanità. Una storia che avrebbe dovuto essere candida, zelante, scandita dalla presenza operosa del desiderio di ricongiungersi al "Signore", senonché, qualcosa di oscuro vi era ancora.

Noah e i suoi familiari, una volta sbarcati, avevano piantato delle tende e costruito un piccolo accampamento, dedicandosi all'agricoltura. Ma qualcosa di inspiegabilmente forte, legato all'Arca attraeva Noah, che spesso guardava da lontano quell'imbarcazione arenata.

Una tra le tante notti che ne seguirono, però, non seppe resistere a quello che era diventato un vero e proprio ossessivo richiamo; prese con sé il bastone e risalì la collina, raggiungendo il luogo in cui si era impigliata l'imbarcazione.

Osservando da vicino quel luogo, notò che l'Arca si era incagliata in un oggetto strano. Dalla sagoma sembrava una spada, anche se riteneva fosse incredibile che una "spada" avesse la potenza di bloccare quel possente bastimento. Più

Noah si avvicinava a quell'oggetto e più quell'arma lo attirava...

Il sibilo stridente che lo richiamava diventò gradualmente, una moltitudine di voci, che urlavano, piangevano, si disperavano... Erano le voci delle anime di coloro che erano stati inghiottiti dai mari del diluvio. Il nuovo Adam, sconvolto e terrorizzato, fuggì via.

Tornato all'accampamento, però, non smise di udire quelle voci. Esse lo torturavano, lo perseguitavano, tanto che Noah, che fino a quel momento era stato un uomo giusto e morigerato, incominciò ad abbeverarsi a dismisura del vino della vite che aveva piantato.

Perennemente ubriaco, andava e veniva dall'Arca, spesso in atteggiamenti scomposti, a volte anche nudo, tanto era ormai assuefatto dall'alcol e da ogni sostanza che lo facesse distrarre dai suoi tormenti.

Il figlio Cam, un giorno, vedendo il capostipite della sua famiglia ridotto ormai ad un animale, volle intervenire e chiamò i suoi fratelli. Essi presero il mantello regio indossato da Adam nei primi anni in cui era Re degli uomini, e ricoprirono il corpo nudo di Noah.

Mantello purpureo, ornato dalle prime pelli con cui Dio aveva vestito la prima diade, Adam ed Eved.

Quindi, raggiunsero l'Arca per scoprire cosa avesse ridotto il patriarca in quelle condizioni.

Ne fecero ritorno sconvolti alle loro tende, e non raccontarono nulla di ciò che avevano visto e udito ai loro familiari. La spada venne così dimenticata, e con essa ciò che non fu mai rivelato.

Noah rimase coperto da quel manto per tutto il resto della vita; grazie ad esso, mai più ebbe a udire quelle voci funeste; poté spegnersi in pace, serenamente. Avvolto dall'amore.

Il gioco serio

Non siamo pedine ma siamo attori,
di un gioco serio perfino ideatori.
Ma non siamo i soli a fare partita,
la parte avversa a noi resta ignota.

Dobbiamo decidere che mossa fare,
che questa sfida potrebbe finire.
Tu sai cosa indire ma hai paura di farlo,
se rimani solo potrai solo sbagliarlo.

Cammini smarrito tra i muri del tempo,
non c'è soluzione e non c'è scampo.
Né volontà, né compagnia,
potranno indicarti la vera via.

Solo una forza a cui tu non sei pronto,
potrebbe salvarti venendoti incontro.
Ma non speri possa, venirti a salvare,
e sei di sberleffo per te vuole morire.

Conclusione

Basilica del Santo Sepolcro, Gerusalemme
19 marzo 18 a.D. ore 03:00

«Il manto porpora con cui Cristo fu avvolto era pertanto il mantello di Noah, appartenuto ad Adam dagli inizi della storia dell'esilio?!» disse sconvolto Murrieta.

«Proprio così amico mio, rinvenuto, nel 1971 dell'era Cristiana, dall'agente vaticano Manuel Driven, presso la Tomba del Giardino, poco lontano da qui e che, per anni, era stato conservato nella collezione Caillet!»

«Manuel Driven agente segreto?! Ma chi? Il risorto?!»

«No, non "questo" Manuel Driven, ma l'altro Manuel Driven, quello che non è risorto... Lascia stare! È tardi; quella è una storia ancora più lunga di quella che ti ho raccontato! Abbi fede!» Disse, rassicurante, Cohen.

«Oh, la mia fede è intatta, ma sembra di sentir parlare Tolkien con te!» punzecchiò Murrieta.

«Fatto!»

«Fatto cosa?» chiese l'amico.

«Sono libero! Siamo liberi!» affermò Cohen.

John aveva perso tempo di proposito. Subito dopo l'arresto, egli era riuscito a graffiare la guardia con una sostanza narcotica. Adesso quella guardia si era assopita. Si precipitarono fuori dalla stanza e recuperarono celermente l'equipaggiamento lasciato dai militari poco più lontano; Cohen fece un sospiro di sollievo: le guardie non avevano aperto la sua custodia; pertanto, non avevano scoperto la spada del *Matamoros*[433]. Anche Murrieta era tornato in possesso della sua spada, quella che un tempo era stata di Ferdinando Alfonso, detto il Santo, re di Castiglia (1217-1252 a.C.) e di Leòn (1230-1252 a. C.) che, col titolo di Ferdinando III, era stato il principale artefice della "Reconquista" dei territori iberici che erano sotto il controllo dei musulmani[434].

Appena furono al sicuro, Murrieta sorrise divertito, ripensando all'immagine della guardia che si era assopita in piedi. Poi, ritornato serio, chiese: «Bene, adesso che si fa?!»

«La storia che ti ho raccontato, caro amico, ci fa comprendere ancor meglio che la Chiesa ha un solo compito: la salvezza delle anime! Perciò preparati!»

«Prepararmi? A cosa?» chiese perplesso Murrieta.

«A rendere l'anima! Siamo di fronte un fatto senza precedenti! Il corpo rinvenuto sotto il Golgota, dove è stato crocifisso il Signore, è il primo corpo redento della storia umana!»

Nonostante il linguaggio piuttosto stringato di Cohen, Murrieta comprese al volo:

«Il Golgota è quindi la roccia che ha coperto la *Even shetiyyah* e quel corpo ritrovato è quello del primo uomo: Adam! Ma com'è possibile, dopo così tanto tempo?!» domandò.

«La tradizione vuole che il sangue del Cristo morente, ancora appeso alla croce, colando, avesse toccato il suolo fino a discendere nelle viscere della terra, iniziando la redenzione degli uomini, a partire proprio dal primo di essi: Adam!»

«E a che gli servirebbero mai, i resti di Adam?» chiese, perplesso, Murrieta.

Cohen rispose con ferma sicurezza: «Dio mi è testimone! Manuel Driven, Principe dei Regni della Terra, negli ultimi anni ha portato avanti il suo programma. Attraverso la scienza, ha creato una pestilenza, il progetto Enzima[435], in grado di selezionare i più forti tra gli abitanti del pianeta. Con l'intento di ridurre così, la popolazione mondiale a pochi individui; ha già rimosso, in un niente, anziani e ammalati. Cosa vogliano mai fare con quel corpo è ciò che noi dovremo scoprire! Quel corpo è l'unico corpo già trasfigurato dal sangue di Cristo. Il corpo di Adam ha una peculiarità, pertanto, non è soggetto al tempo e allo spazio. Esiste sia nell'aldilà che nell'aldiquà, così come lo era la spada di Tubal-Cain prima che divenisse polvere!»

Murrieta, in quel momento, ebbe un'altra delle sue intuizioni: «Questa è allora, la ragione per cui gli serviva il manto porpora di Cristo! Per poter contenere quel corpo e trasportarlo chissà dove! Ma quella salma è vuota, non si è ancora ricongiunta con la sua anima... Questa battaglia mi sembra troppo grande per noi!» disse sconsolato Murrieta.

Cohen mise una mano sulla spalla dell'amico, come a volerlo incoraggiare e, guardandolo negli occhi, con il suo solito sguardo certo e fraterno, gli confidò:

«Non hai imparato nulla da ciò che ti ho narrato, Joaquin?! Non mi sorprende; sono le obiezioni come le tue, i semi che stanno alla base del primo peccato! Con il battesimo, la colpa è tolta, ma la ferita originale brucia ancora adesso! Un tempo, l'uomo fu solo perché volle esserlo, ma Dio mi è testimone, adesso no! Il Signore non ha mai voluto tutto questo, ha sacrificato. Se stesso per dimostrarcelo! Ed ora conosciamo la Via, la Verità, la Vita, ed Egli è qui, fino alla fine del mondo! Brandisci la tua spada, uomo, e sii responsabile, fa' ciò che è in tuo potere! Conosciamo tutto ciò che è necessario per sperare, conosciamo già, fin dalla nascita, la sorte che ci attende... E conosciamo anche la Madre dell'Universo e... il Destino nelle Sue mani!»

Canto concludente

Il conto dell'esilio

E ho la fronte bagnata dal suo sudore
Ogni cosa comporta fatica
E l'affanno dei giorni mi pesa
Ma dimmelo, parlami
Perché sto come sto?

E la noia che mi prende e mi assale
Non ho quello che vorrei avere
E mi cerco e ricerco sempre qualcosa
che amara non basta tradisce mi abbaglia

Perché il mondo sembra fatto per noi
Il tempo fatto apposta per noi
La vita sembra fatta, ma a cosa vale se poi finisce qui

E non pensi nemmeno che toccherà a te
Fino a quando qualcuno di caro
Ti abbandona dicendoti addio
Ma dimmelo, spiegami
Muto non rimarrò

E confuso ho sete e niente da bere
Nemmeno la gioia di un solo bicchiere
Tra amici o nemici che neanche loro
Riescono a darmi risposta o capisce

Perché il mondo sembra fatto per noi
Il tempo fatto apposta per noi
La vita sembra fatta, ma a cosa vale se poi finisce qui

Bevilo
Assaggiane
L'ultimo sorso
Sentilo godilo
Sempre diverso
Che poi come sempre
C'è da pagare
Il conto dell'esilio qui
Il primo errore

Titoli di coda

I SETTE ARCANGELI

MIKHAEL: PRESENZA
GAVRIEL: POTENZA
RAFAEL: CURA
YEHUDIEL: OBBEDIENZA
BARKIEL: LETIZIA
SAMAEL: ARBITRIO
HELEL: ATTESTAZIONE

GENEALOGIA DELLA PRIMA DIADE

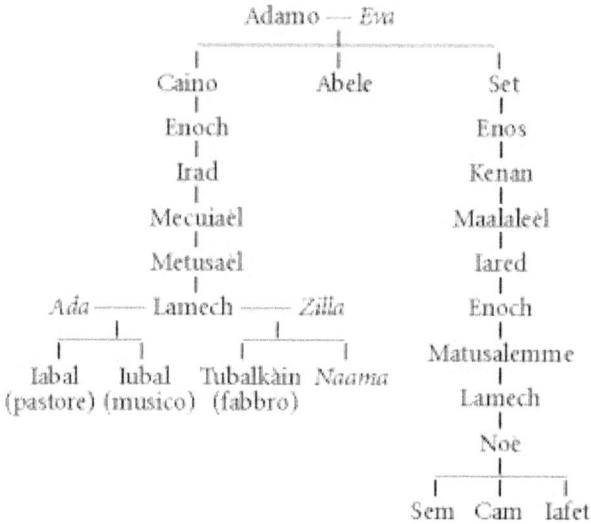

```
                    Adamo —— Eva
        ┌──────────────┼──────────────┐
      Caino          Abele           Set
        │                              │
      Enoch                          Enos
        │                              │
      Irad                          Kenan
        │                              │
    Mecuiaèl                       Maalaleèl
        │                              │
    Metusael                        Iared
        │                              │
  Ada —— Lamech —— Zilla          Enoch
    ┌───┴──┬────┴───┐               │
  Iabal  Iubal  Tubalkàin Naama  Matusalemme
 (pastore)(musico)(fabbro)          │
                                  Lamech
                                    │
                                   Noè
                              ┌─────┼─────┐
                             Sem   Cam   Iafet
```

La mappa

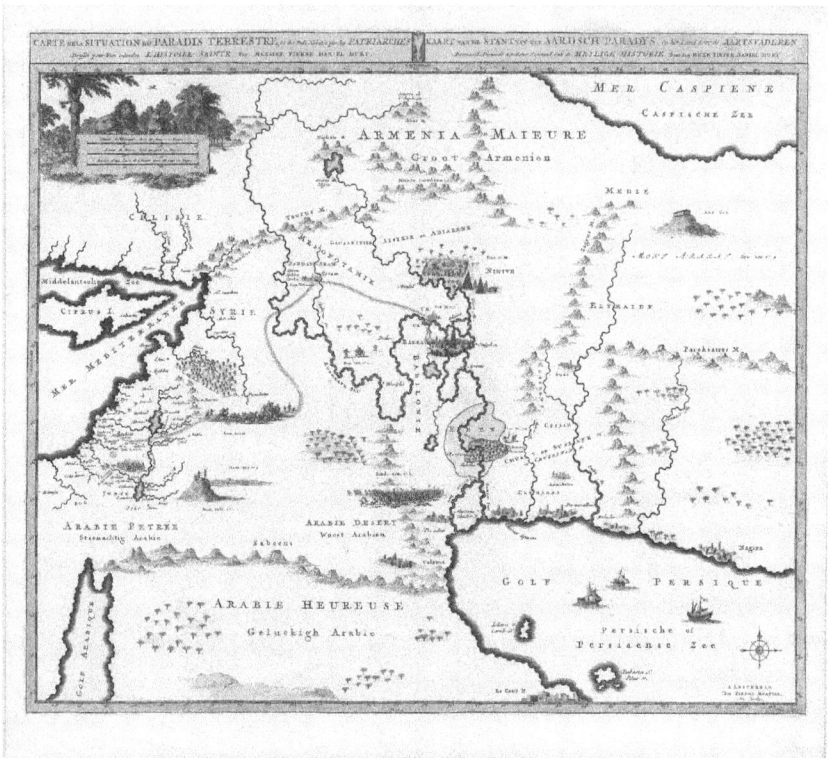

MAPPA DI PIERRE MORTIER, 1700, BASATA SULLE TEORIE DI PIERRE DANIEL HUET, VESCOVO DI AVRANCHES.

LA DIDASCALIA IN FRANCESE E OLANDESE RECITA: MAPPA DELLA POSIZIONE DEL PARADISO TERRESTRE E DEL PAESE ABITATO DAI PATRIARCHI, PREDISPOSTA PER LA BUONA COMPRENSIONE DELLA STORIA SACRA, DI M. PIERRE DANIEL HUET.

Ringraziamenti

Come sempre, immensamente grato a Maria Luisa Villari, mia suocera, per il suo aiuto redazionale e per il sacrificio nonostante tutti i suoi impegni.

Desidero inoltre ringraziare i miei amici e tutti quelli che hanno fatto la grande fatica di leggere il romanzo "Il Destino nelle Sue mani". Tutti i miei lettori, perché non era scontato che ci fossero.

Perché senza di loro non ci sarebbe nemmeno questo breve testo. Breve, rispetto quelli che sono i miei standard.

Ringrazio di cuore Roberto Meli per avermi introdotto all'esperienza cristiana, così come una grande gratitudine la devo a Don Carmelo Vicari e Don Simone Riva per le loro memorabili omelie.

Post-scriptum

È possibile trovare in vendita anche un piccolo fumetto che inscena, l'evento in cui nel 1971, l'agente segreto Manuel Driven recupera il manto purpureo di Cristo.

Il Fumetto si intitola appunto "Manuel Driven: I Figli del Tuono (Il Destino nelle Sue mani Vol. 1)" ed è reperibile su Amazon o sulle altre piattaforme di vendita on-line.

Ultimo scritto dopo i titoli di coda

Memorie dall'esilio

Signore dove sei? Siamo davvero perduti? Ti prego non abbandonarci al buio.

Ci sentimmo soffocare, come se l'aria mancasse. Smarriti, atterriti.

Come se una maschera cupa ci fosse stata posta in volto, perdemmo la Sua immagine.

Fu questa la prima sensazione dopo la caduta. Una sensazione di asfissia, il respiro era mancante.

Poco prima eravamo stupiti dell'esserci, vivevamo di quell'emozione... Poco dopo il terrore ci attanagliava.

La realtà non era più la stessa.

Su di noi calarono le tenebre, le strade dell'Eden si addensarono di una sorda oscurità, le sue piazze, i cunicoli un tempo dorati.

La desolazione vuota ed un silenzio frastornante appassirono gli sguardi, rassegnarono i gesti, incupirono i volti.

Le vie ormai deserte, fissate solo da occhiate dietro le grate delle finestre dei rifugi.

Nulla più era certo, nulla più era dovuto. Noi, giovani umani viziati dall'abbondanza, ci trovammo disorientati da quella condizione inattesa.

Non sapevamo, ma ora conoscevamo, le conseguenze biologiche dell'assenza di Dio dal mondo.

Il cibo e le vesti abbisognavano di essere formate, abbisognavano di essere curate. Sperimentammo che tutto decedeva.

L'usura causava la morte delle cose. La sciagura smascherò le nostre certezze, il nostro ego.

Nel tempo finito nacque la caduta degli uomini, il dolore dei figli, il tradimento dei fratelli.

Eppure, tutti nella medesima situazione, imparammo a solidarizzare.

Per quanto ci sentivamo estranei l'un con l'altro, infidi, sospettosi vicendevolmente: bruti. Quasi animali.

Ma purtroppo bisognosi di tutto. Perciò costretti a legarci svogliatamente.

Potevamo resistere solo assieme.

Con pochi ci fu familiarità, ci sentivamo compagni di viaggio, persi in un mare senza meta.

Oh, quale sbaglio facemmo, di quale abbaglio fummo accecati.

Noi che non conoscevamo male, che non saggiavamo l'amaro del trapasso, formati in sanità e giustezza in tutta la nostra pura natura.

Noi abbiamo causato la caduta di detta nostra carne, e non solo per noi, ma per tutti: i Figli di Dio.

Cara consorte, potranno essi mai perdonarci? Dove troverò misericordia se persino questa mia stessa carne mi si è rivoltata contro?

Il parto del primo assassinio, un padre che impugna la lama contro il proprio figlio.

La mia carne.

Il mio primogenito, volle ammutinarmi.

La mia carne, il mio stesso corpo vuole ammutinarmi e portarmi alla fine dei giorni.

Sono nemico di me stesso. Voglio il bene e compio il male.

Il Signore abbia pietà di questo uomo infido.

Cosa mai vi sarà aldilà dell'essere di questa vita?

Oh, mia consorte, cosa mai ci è costato il volere fare da soli?

Nudi di grazia, vestiti di polvere che il vento del deserto porterà via.

I giorni dell'Eden non porteranno più coraggio, ere incerte ci attendono, senza un orizzonte di luce.

Questo suolo è maledetto, il tuo ventre è maledetto, il mio seme è maledetto, in noi solo condanna.

Non un passo che non sia minacciato, non un figlio che non sia detenuto in questo carcere di vita.

Prigionia meritata la nostra, che volemmo innalzarci oltre la prima luce.

Oh, i tuoi occhi mia consorte, quanto mi mancheranno quando chiuderò i miei, nell'ultimo dei miei respiri.

I tuoi occhi sono la memoria di ciò che ho perso. I tuoi occhi sono la sola traccia che il Cielo mi ha lasciato in Sua memoria.

I tuoi occhi ancora splendono della luce del mattino del primo giorno.

Il verde del giardino ancora si ritrova in loro.

Il bruno dei fusti vegetali, l'azzurro dei cieli infiniti, la luce delle amiche stelle, il nero perla della notte.

Nulla più è chiaro come prima, nulla più è eterno come poco prima del nostro abusare.

Ma i tuoi occhi sono ancora celesti di cielo, verdi di foglie, azzurri di acque lucenti.

Poca grazia potrebbe sembrare, ma abbastanza per essere grato ancora nel cuore.

Poca grazia, ma abbastanza per la memoria di Lui.

Egli, che non ci ha avuto in odio nemmeno nel momento della scelta, nessuna inimicizia, tanto da procurarci la prima veste.

Nulla è più caro di Lui.

Ma ormai è tardi.

Troppo abbiamo osato. Tutto abbiamo perso, perché non abbiamo ben amato.

Ciò che è disposto nell'Eterno, è principio eterno.

Soddisfò la nostra richiesta, tutto avrebbe messo in opera per soddisfare quel nostro taciuto desiderio.

Volemmo essere maledetti nella disobbedienza, volemmo conoscere l'assenza di Lui.

Egli che aveva ogni cosa a Suo comando, soddisfò il nostro ordine.

Un mondo a nostro governo ci venne donato, e ora cosa abbiamo?

Le nostre mani adornano, i nostri piedi corrono, ma ogni giorno meno adornanti, e più lenti. Fino a che non potranno più avere il vigore degli anni giovani.

Ho visto i primi figli degli uomini inorgoglirsi e credersi potenti finché i segni dello scorrere dei giorni non si fece sentire pure in loro, finché il bastone del sostegno non fu anche per loro, amico.

Così come ho sentito in me i primi indebolimenti, li ho visti in loro.

Quanta rabbia nei loro occhi per non aver più la forza di un tempo.

Quante bestemmie, di cui mi sento tutt'ora criminale colpevole.

Eppure, io non riesco che a pensare ai tuoi occhi, guardami ancora mia consorte, guarda questa carcassa d'infermo.

Per cosa ho combattuto? Per cosa è valso tanto sacrificio?

Dammi un altro attimo dei tuoi occhi, unico dono di Lui.

Fammi abbeverare alla loro luce, pallido riflesso della Sua.

Me lo farò bastare.

Dolce consorte, nemmeno la lussuria dei primi anni ci è stata di consolazione.

Quanta discordia ha causato, quanta inimicizia quella dipendenza dalla sete di possederci.

Donna contro uomo, figlio contro padre, città contro città, popoli contro popoli, creature contro la natura stessa.

Quale luogo possiamo veramente chiamare casa? In quale seno potremo davvero trovare riparo, se anche le madri sopprimono i propri figli?

Perché farli nascere in fondo, in questa terra deforme.

Il volere possedere questo mondo non ci bastava, abbiamo ambito a possederne la verità, a conoscerne definitivamente il Mistero.

Ma il Mistero è esso stesso insondabile, indefinito, irraggiungibile a meno che Egli non voglia rivelarsi.

Egli si sarebbe fatto amico nella prova: fatto uomo!

Era stato decretato nell'Eterno.

Per innalzarci, per trasfigurarci a Sua completa idea.

Ma come sarà possibile adesso? Chi vincerà le nostre paure? Chi consolerà il nostro animo se non c'è più un bene nel nostro orizzonte?

Stringimi la mano mia consorte, la paura prende il sopravvento. Il buio oltre la siepe mi sta minacciando. Sta per essere pagato l'ultimo tributo.

Una mano amica, una mano amata attendo ogni istante perché non ho la forza di rialzarmi da me stesso.

Il tramonto è ormai prossimo.

Ho paura, perché non vi sarà nulla più. Ho paura perché non guarderò più l'alba del mattino e il rosso della sera. Non sentirò più l'aria del mare e l'umido della boscaglia.

Non mungerò più il latte, così come non pascerò più il bestiame. Non vedrò più il germoglio dei fiori, e l'ergersi degli arbusti.

L'allegria cordiale dei figli ormai non vi sarà più. La compagnia degli alleati...

Tutto ha un nuovo sapore quando viene perso. Ma non è questo il senso dell'esistere.

Ricordo la luce amica, il volto giusto.

Io potrei anche sapere da dove vengo, se mai l'ho saputo, ma non so dove sto andando.

Fin dall'inizio del primo peccato sentiamo questa profonda iniquità: tutto non sembra avere più senso.

Per cosa esistiamo adesso dunque?

Per ammazzare il tempo?

Perché il tempo compia il nostro omicidio?

La vita non è altro quindi che un lungo suicidio?

La felicità un attimo che sfugge?

Sarà mai l'esistere un'opportunità e la morte una porta verso di Lui?

Siamo isolati, lontani e ognuno per la propria via, bambini sperduti.

Chi traccerà mai la rotta per unire il popolo che ho diviso?

Chi riaccenderà la speranza nel cuore degli uomini?

Una speranza che vinca la disperazione della delusione di ogni tentativo umano, che risulta più che vano a saziare le nostre mancanze.

L'umano incompiuto è una fiamma che appassisce lentamente.

Quale senso hanno gli affanni degli uomini?

A che valeva la pena aprire questi occhi se non vi è più risposta a questa irrisolta domanda?

Saluto questi giorni finiti da uomo fuori posto.

Mi vergogno mia consorte, il tuo uomo è un fallito. Se vi sarà mai un'Ancora non sarò io a fissarla.

Un fallito deluso da se stesso, un fallito, comunque grato.

Memore solo degli occhi di Lui, rinnegata risposta ai miei desideri.

E memore del riflesso dei tuoi, segno di consolazione.

La morte in fondo è un ultimo atto d'amore, Suo ultimo atto di pietà per noi, per far stabilire nel riposo, questa coltre di dolore causato.

Chi potrà mai dire all'uomo: non temere?

Signore non ti importa più di noi?

Ti prego, benedici Signore questo mondo.

Vieni Signore.

Se non invierai nessuno a risvegliare la bellezza, annegheremo di certo in un mare di triste silenzio assorto.

Piango l'assenza dei Tuoi richiami, piango l'assenza della Tua presenza, degli occhi di lei e dei nostri amici, che furono per me, le prime luci.

Il primo uomo

La prima donna: il canto di Adam

Sei stata la prima a vedere il mattino
La sola che ha atteso il primo tramonto
La prima a stupirsi di quello che c'era già

Ed io mi sorprendo a guardare i tuoi occhi
e il riflesso di luce è un gioco di specchi
che accende il tuo sguardo e che grazia che sia per me
Accoglimi
Che sono qui

Dai baciami pure che
Che questa notte è tutta per noi
Che questa storia è magica e misteriosa e unica
Che non verrà meno mai quella promessa certa
Che ci unisce

Sei stata la prima a sfiorarmi la mano
La prima a cercarmi quand'ero lontano
La sola desiderosa che tornassi da lei

Ed io che mi sento sempre fuori posto
Con te che perdoni sempre tutto il resto
E sopporti e sostieni la casa molto più di me
Accoglimi
Che sono qui

Dai baciami pure che
Che questo giorno è tutto per noi
Che questa storia è magica e misteriosa e unica
Che non verrà meno mai quella promessa certa
Che ci unisce

Dimmelo, quale segreto mi svelerai
Sappilo, che questa forza non viene da noi
Il Divino, ci ha voluto insieme

Le luci del mattino: il canto di Eved

Le prime luci di questo mattino
Già mi domandano tu dove sei
Dentro il mistero di questo velo
Che ci separa invisibile
Per un disegno sempre più vero
Che non sembrava possibile
Eppure

Quante volte ho dovuto perdere
Quante altre poi ti perderò
Ma dimmi dov'è una vittoria
Dimmi se c'è una vita insieme

Le prime luci di questo mattino
Scaldano bene questi perché
Vorrei fosse un sogno ma invece è reale
E questo vuoto è incolmabile
Rimane il ricordo del tuo amore
Mi è dentro ed è ineluttabile
Eppure

Quante volte ho dovuto perdere
Quante altre poi ti perderò
Ma dimmi dov'è una vittoria
Dimmi se c'è una vita insieme a te

Quante volte ho dovuto perdere
Quante altre poi ti perderò
Ma dimmi dov'è una vittoria
Dimmi se c'è una vita eterna

LE DIVINE
EDIZIONI

Titolo:
Fino alla fine della fede
Della serie editoriale "Il Destino nelle Sue mani: Saga"

Autore:
Calogero Gian Carlo Restivo
www.giancarlorestivo.it
info@giancarlorestivo.it

Editore:
LeDivine Edizioni

Seconda edizione: Maggio 2022

Foto di copertina: Madonna delle Milizie di Francesco Pascucci (olio su tela, 1780)
Illustrazioni dello stesso autore, Giancarlo Restivo
LeDivine Edizioni, è un marchio CGR servizi di Calogero Restivo
www.giancarlorestivo.it

Ai miei amici

Introduzione

Questa opera teatrale è la forma che ho scelto per la terza e ultima parte della Saga de "Il Destino nelle Sue mani". La Saga è incominciata col il romanzo che le dà il nome ed è proseguita con il racconto "Le prime luci, il racconto dell'esilio del mondo".

Quella a seguire invece è la conclusione di questo affresco fantasy-storico-contemporaneo che tratta del senso della storia e del tempo della vita degli uomini in esso.

Perché un'opera teatrale? Perché serve molto più di un discorso ultimamente, serve un'esperienza con cui coinvolgersi! E poi perché per questo atto ho voluto concentrarmi sui dialoghi, sul peso che determinate parole, frasi e giudizi, hanno per il percorso della mia stessa persona, la mia vita, la mia fede. Un'opera teatrale permette questo, ed anche di vedere, nella carne, come attori sentono, vivono e interpretano quelle stesse parole e quelle frasi attraverso la loro esperienza personale.

Fino alla fine della fede

Il Destino nelle Sue mani
- Saga -

PERSONAGGI

NARRATORE
PAPA PIETRO II/GIUSEPPE
JOHN COHEN MEROVEO
EVED MAGDALENE MEROVEO
LILITH/PILAR
CALOGRENANT
TUBAL-CAIN/PAPA SIMONE
MANUEL DRIVEN/LUCIFERO
SAMAELE/ADAMO

NARRATORE: Tutto accadde nell'anno 31 after Driven, corrispondente al 2033 della vecchia Era cristiana.

Quei giorni sarebbero stati i giorni della Pasqua, festa che però non sarebbe stata festeggiata.

L'Era cristiana, infatti, aveva avuto conclusione il 13 maggio del 15 a.D. corrispettivo del 2017 after Christ.

Quel giorno infatti, Manuel Driven, il Principe dei Regni della Terra, scioglieva ogni religione compresa quella Cattolica, mostrando al mondo l'Arca dell'Alleanza. Quindici anni prima difatti, egli era risorto davanti i media e tutta la popolazione mondiale affermando la sua autorità sul mondo!

Contemporaneamente, in quel lontano 13 maggio veniva letto, inoltre, il primo dei 10 segreti che l'Immacolata aveva consegnato all'ultima comunità.

Sempre in quelle giornate, infatti, si contemplava l'avvento di un nuovo papa, chiamatosi Papa Simone, fedele al Principe e capo del suo nuovo credo.

Il primo dei segreti dava coraggio al piccolo manipolo rimasto, devoto al vecchio Pontefice dell'ex Chiesa Cattolica.

"Il Destino è nelle Sue mani" affermava questo segreto rivelato!

Il Principe dei Regni della Terra e il suo Papa Simone governarono gli anni successivi secondo i propri ideali di autodeterminazione.

Dopo poco, la popolazione mondiale si ridusse, purtroppo, a causa di una misteriosa pestilenza che svuotò la presenza umana in ogni continente.

In un mondo di sopravvissuti, la salute fu però migliore.

Una sola lingua e un solo credo, verso il Principe, regolava la morale mondiale.

La spiritualità e l'armonia erano le basi della nuova religiosità.

Le leggi regolamentavano l'essenziale e i diritti personali erano bilanciati con i doveri sociali.

La cultura fu promossa in ogni forma, ognuno era libero di esprimersi nel rispetto di tutti.

Il riguardo sulla natura era stato anteposto ad ogni interesse economico.

Nessuno aveva la necessità e il bisogno di essere buono.

Tuttavia, qualcosa mancava ad ognuno, ma nessuno ricordava o aveva in mente di cosa si avesse nostalgia.

Come detto, un piccolo gregge di credenti del vecchio culto tuttavia era rimasto, e si era trasferito presso la località di Cova da Iria, in Portogallo, presso il Santuario di Fatima.

Quel piccolo spicchio di popolo, si domandava fortemente se tutto fosse perduto.

Lettura del primo componimento.

Nulla è perduto[436]

Ci è dato un tempo corto, meno di quel che pensiamo
Un finale a sorpresa, prima che salutiamo

Quant'è difficile accettare, di doverli lasciare
Questi occhi tanto amati, grondanti d'amore

Eppure siamo lì, impotenti al tramonto
Con tutto il vero e il bello, che sembra un acconto

E io voglio saperlo, se vi sia l'incredibile
Con la morte sopportabile e la vita possibile

Un oltre dove tutto, è salvo e permane
Perché sia un arrivederci, con chi qui rimane

E riabbracciare i cari andati, tra risa accorate
Nella casa del ristoro, dopo tante salite

In modo che tutto il dolore, acquisti il suo senso
E la malattia e il perdono, diventino un vanto

Non mi resta che pregarti, o mio caro Infinito
Donami ora la certezza, che nulla è perduto

NARRATORE: Il piccolo gruppo di fedeli rimasto, era ancora guidato dal vecchio Papa cattolico, Giuseppe, che aveva preso il nome di Papa Pietro II.
Una notte, dopo una visione da parte di uno dei suoi veggenti, decise di recarsi a Gerusalemme, dove era prigioniera del Principe una donna sua amica, Honorata Roman e sua figlia Pilar.
La donna, infatti, gli supplicava in visione di farsi raggiungere, in quanto la figlia era soggetta ad una forte possessione e ne temeva la morte.
Il Papa Pietro II aveva dunque deciso di andare a Gerusalemme presso la Cupola della Roccia[437] dove erano tenute imprigionate, esercitare l'esorcismo e liberare le care.
Per il viaggio, aveva scelto di farsi accompagnare dal suo più grande soldato John Cohen Merovco e dall'amico di questi Joaquin Murrieta.
Il Papa era però, anch'esso molto preoccupato, anche perché la giovane Pilar, era una ragazza speciale.

Esecuzione del primo canto.

Tu non puoi morire

Ricordo quei tuoi occhi
Le lacrime e il dolore
A quanto speravi
Che potesse finire

Brucia questa morte
Riflessa nei tuoi occhi
La luce della luna
Che ti illuminava

Le chiedevi perché
Succedesse proprio a te
Cercavi risposte
E non ne aveva con sé

Tu non puoi morire
Continua a supplicare
La promessa che hai nel cuore
Ha dentro il tuo valore

Guarda nei miei occhi
Tocca questo cuore
Che non smette mai
Di desiderare

Senza dubbio alcuno
Posso confessarti
Niente è per caso
C'è un destino buono

Io l'ho vissuto
E posso provartelo
Con semplice cuore
Ora posso dirtelo

Tu non puoi morire
Continua a supplicare
La promessa che hai nel cuore
Ha dentro il tuo valore

Tra le linee del tuo viso

Nascosto c'è un sorriso
C'è una speranza a cui
Copri gli occhi e li rendi bui

Ma la mia speranza
E quel che puoi veder da te
Se vuoi puoi restare
In fondo è facile

Tu non puoi morire
Continua a supplicare
La promessa che hai nel cuore
Ha dentro il tuo valore
Eterno
In eterno

Scena I
Pietà

NARRATORE: Stavano rischiando molto, le guardie del Principe dei Regni della Terra avrebbero potuto raggiungerli da un momento all'altro. Eppure, Papa Pietro II non poteva che ascoltare il canto accorato dell'amica Honorata verso la figlia, la giovane Pilar.

Esecuzione del secondo canto.

Un calore che non accarezza te[438]

Le tue labbra rosse si inumidiscono
E gocce ancora calde il volto solcano
I tuoi occhi stanchi riflessi sullo specchio
Ti chiedono feriti se più sorriderai

Le lacrime domandano più delle parole
S'inginocchiano e pregano appena sorto il sole
Nel cuore del dolore tu sogni amore vero
Un amore puro che non c'è
Un calore che non accarezza te

Se solo tu sapessi il suono del mio nome
Il dolce respiro della tua vocazione

Capiresti tutto, tutto all'improvviso
Ma hanno cancellato il chiaroscuro dal tuo viso

Muovo le tempeste come punizione
In questa notte sorda senza una canzone
Il tuo desiderio è come una preghiera
Ma il gelo dentro hai fatto vincere
Un calore che

La tua libertà ha vinto sulla mia
Hai negato tutto col cinismo e la follia
Hai perso la ragione nella disperazione
E hai venduto la tua fede al caso e all'illusione

Le lacrime domandano più delle parole
S'inginocchiano e pregano appena sorto il sole
Nel cuore del dolore tu sogni amore vero
Un amore puro che non c'è
Non c'è

Ma
Si che c'è quel calore che accarezza te
Si che c'è quel calore che...
Sono qui per te

La scena si apre con i protagonisti nei sotterranei. Il Papa è vestito come un normale sacerdote. Il suo soldato porta un vestito nero con mantello e la croce di Santiago rossa sul petto, egli tiene stretta la giovane adolescente per evitare che faccia male al sacerdote. La madre, in lacrime, veglia sulla scena.

JOHN COHEN MEROVEO: "O Signore, non sono degno di partecipare alla tua mensa, ma di soltanto una parola e io sarò salvato![439]" Sono le uniche locuzioni che trovo degne di giustizia per questa giovane donna!

PAPA PIETRO II: Sono vere parole. Autentici termini di dolenza e speranza.

Il Centurione di Cafarnao era un soldato, un milite, un militante di fede operosa, combattente, disposto al sacrificio.

Usi queste parole giovane guerriero esperiente, non indugi a sfidare il nichilismo che attrae anche davanti questa creatura. L'idea affannata di chi non ammette ciò che ha di fronte. Il pensiero del nulla oggi permea ogni brandello di cuore e le domande tacciono.

Ma quale alternativa rimane ai quesiti umani? Quali risposte potrà dare la fede nel progresso collettivo? Ecco questa ragazza lo dimostra, noia e brama sono la nuova religione.

Cosa mai potremo fare... Cosa mai potrà fare il piccolo branco di Chiesa rimasto per raggiungere i cuori e le attese dei popoli? Ormai gli uomini cercano risposte in forze opposte ad essa, perché i responsi dati finora sono scontati, apparentemente già conosciuti. Per cui vi è più fascino nel buio che nella luce...

JOHN COHEN MEROVEO: Dio mi è testimone, Santità, ogni anima cerca la verità del vivere e tale ricerca di Dio rimane anche nelle posizioni più lontane. Anche questa giovane senza Dio cerca un bene per se stessa.

Questo mondo attuale, chiuso nella propria illusa autodeterminazione, si contrappone al mondo remoto accusato di superstiziose credulonerie.

Per questo Egli è qui presente ora. Perché non un fatto antico può rischiarare l'umano dalle tenebre. Egli ci viene incontro ora. Perciò invoco scongiurante il Signore di tutto, di non privarci del Suo Santo Spirito[440]...

PAPA PIETRO II: Sono tempi tragici, dove il cinismo non permette la guarigione di anime ferite dalla disperazione di chi non trova risposte. Ma il Santo Spirito rifugge dalla finzione[441]...

Il Figlio di Dio è proposta ragionevole alle domande interiori. Pienezza imprevedibile per cuori irrequieti, che permette di amare il proprio destino di cenere...

Oh, Figlio del Tuono, pensiamo di conoscerlo, ma Egli non trova dimora in questa saccenza...

Si pensa di intenderlo solo perché tante sono le tracce rimaste di Lui in vecchie pietre scolpite, in quadri smorti e vetusti, in immaginette di una bellezza opaca.

Eppure, Egli anela a mischiarsi col quotidiano annaspare, per essere Colui che la mano tende ai poveri di spirito!

HONORATA ROMAN: Ridotto al pari di filosofie comuni, perché conosciuto con presunta risaputezza. Ma da amore di madre le chiedo di attuare i riti liberatori, per l'anima adolescente di questa mia desolata figlia...

PAPA PIETRO II: In essa c'è uno spirito intelligente, santo, unico, molteplice, sottile, mobile, penetrante, senza macchia, terso, inoffensivo, amante del bene, acuto[442]...

Non saranno riti o formule a risvegliare il bene che è in lei. Non espressioni simboliche o i miti dei padri scacceranno il demonio che l'assilla. Ma la presenza di Lui, qui in mezzo a noi, che non abbandona i suoi figli...

Il nostro Corsaro qui, esortava poc'anzi la nostra memoria a ricordare che non vi è mai stato alcuno che non ha conosciuto il Suo pensiero, a cui Egli non abbia inviato il suo Spirito dall'alto[443]...

JOHN COHEN MEROVEO: Poiché così parla l'Alto e l'Eccelso, che ha una sede eterna e il cui nome è santo... In un luogo eccelso e santo Egli dimora, ma è anche con gli oppressi e gli umiliati, per ravvivare lo spirito degli umili e rianimare il cuore degli oppressi[444]...

Al sentire la citazione delle letture, la giovane posseduta rialza la testa e parla con voce gracchiante dimenandosi.

PILAR: Ma essi si ribellarono e contristarono il suo Santo Spirito. Egli, perciò, divenne loro nemico e mosse loro guerra![445]

PAPA PIETRO II: Amici, non ascoltate la voce della falsità. Abbiamo a cuore la salvezza di questa esule ragazza.

In nómine Patris et Fílii et Spíritus Sancti. Amen. Exsúrgat Deus et dissipéntur inimíci ejus: et fúgiant qui odérunt eum a fácie ejus. Sicut déficit fumus defíciant; sicut fluit cera a fácie ígnis, sic péreant peccatóres a fácie Dei![446]

PILAR: Ha lasciato tutti gli uomini derelitti e senza un senso. Ci ha fatti, per poi abbandonarci al marciume. Quale soddisfazione ci attende... Ammuffire, come ogni cosa. Qual è il senso di tutto questo? Un'esistenza smarrita! Le pietre non danno risposte, i ghiacci crudeli gelano, il fuoco arde le carni, il mondo è solitario... e io sono la prima dannata...

La giovane madre è sempre più affranta.

HONORATA ROMAN: Oh figlia, il significato definitivo della nostra esistenza risuona lecito nella misura in cui la domanda è posta con onesta sete. Per cosa, dunque, vale la pena vivere? Il mio amore è qui per dissetarti... gioia degli occhi...

PILAR: «Dov'è Colui che fece uscire dall'acqua del Nilo il pastore del suo gregge? Dov'è Colui che gli pose nell'intimo il suo Santo Spirito?[447]

PAPA PIETRO II: Non la sua carne ti sta parlando madre. Non è di tua figlia la voce che odi. Resta in preghiera, non lasciare che la disperazione prevalga. Affida il tuo dolore di nutrice.

Júdica Dómine nocéntes me; expúgna impugnántes me.
Confundántur et revereántur quaeréntes ánimam meam.
Avertántur retrórsum et confundántur, cogitántes míhi mála.
Fíant támquam púlvis ante fáciem vénti: et
Ángelus Dómini coárctans eos.

Fiat via illórum ténebrae, et lúbricum: et Ángelus Dómini pérsequens eos.
Quóniam grátis abscondérunt míhi intéritum láquei sui: supervácue exprobravérunt ánimam meam.
Véniat illi láqueus quem ignórat; et cáptio quam abscóndit, aprehéndat eum: et in láqueum cádat in ipsum.
Ánima áutem mea exsultábit in Dómino: et delectábitur super salutári suo.
Glória Pátri, et Fílio, et Spirítui Sancto. Sícut érat in princípio et nunc et semper, et in saécula saéculórum. Amen!

PILAR: Giuseppe è il tuo nome d'uomo illuso. Gli inganni delle tue parole non ti ridaranno questa giovane beffata. Ella è mia, è il suo corpo la mia nuova dimora eterna...

JOHN COHEN MEROVEO: Ella è un mistero che nessun essere potrà mai possedere. Nemmeno tu, demone divisore! Potrai aver maledetto ogni sasso, ogni granello di questo creato, ma la verità del cuore di questa donna, non è tua competenza! Ella è diritto del Signore di tutto!

PILAR: "Mentre Susanna era condotta a morte, il Signore suscitò il Santo Spirito di un giovanetto, chiamato Daniele[448]..." Corsaro stolto, credi di sapere con chi hai a che fare solo per la vanità della tua carica: io non sono un demone!

HONORATA ROMAN: Tu raggiri le scritture!

PAPA PIETRO II: John, Honorata, mai più in dialogo con questa manifestazione misteriosa! Il rito non sarà mai efficace se i cuori saranno divisi e la fede non sarà ben posta "dove sono due o tre riuniti nel Suo nome, il Figlio di Dio è presente fra loro[449]...". Solo Egli potrà guarirla. Non cerimoniali, non simbolismi, ma la sua persona! Egli è l'atteso, la mancanza risentita in ogni midollo d'esistenza. L'inestirpabile significato a cui tutti aneliamo. A cui anche il più rinnegatore ambisce. Non vi è umano che abbia solcato questo mondo che non lo abbia desiderato. Che non abbia incisa nel cuore la ferita della nostalgia di Colui che solo cura.

La natura stessa degli uomini è domanda latente.

Se questa donna dice il vero, se ella non è un demone, dovrà rivelarci chi è, ma anche perché vuole la giovane Pilar!

JOHN COHEN MEROVEO: Qual è il significato ultimo di tutto questo? Che risponda all'enigma che pone! Che dica quale Dio serve!

La madre della giovane ha un'intuizione, è sorpresa.

HONORATA ROMAN: Mai avrei pensato di trovarmi ancora di fronte un dybbuk[450]... lo spirito disincarnato di uomini che nelle antiche tradizioni, non hanno potuto varcare l'uscio degli inferi...

PILAR: Esiliati in vita, abbiamo vagato da idolo in idolo, e in morte abbiamo saggiato la perdizione infinita della fame di pienezza. Niente ha un significato per noi, se non noi stessi e ciò che affermiamo nell'istante come nostro momentaneo feticcio. La ricompensa al nostro peccato è la nausea monotona della delusione.

Ma il Principe dei Regni della Terra, ci ha dato la possibilità ignota di contraddire la vostra giustizia! L'Enzima tratto dalla polvere della prima arma, estratta dalla nobile roccia[451] primordiale ha creato la pestilenza ultima.

Questo è quello che voi chiamate secondo segreto. Il progetto risolto. Cinquecento milioni i rimanenti in vita, i più forti, i selezionati...

Un'unica lingua, un equilibrio con le verdi distese[452]...

Poteva mai l'uomo ambire a tanto? Il vostro Figlio di Dio ha mai dato tanto agli uomini? Incoerenza, ecco cosa il vostro Creatore vi ha dato in eredità. Una falsa salvezza fatta di promesse non mantenute!

PAPA PIETRO II: Parli acutamente, e altrettanto argutamente manipoli anima perduta. Dici del progetto del tuo padrone, di scienza e di progresso, con cui egli ha censito gli individui migliori, ma io vedo genocidio e sofferenza! Vedo la morte di innocenti sacrificati ai vostri intenti! Lo hai chiamato il secondo segreto, ma io ti porto alla memoria il primo tra i segreti: Egli è il nostro Destino ed ogni cosa è posta e torna, volente o nolente, nelle sue mani!

PILAR: Genocidio dici? Dimentichi forse l'olocausto del diluvio? Godette nel vederci sommergere. Pretendeva devozione, punì la nostra indipendenza, la nostra libertà! Il mio principe non ha forse usato la stessa soluzione del tuo Re?

JOHN COHEN MEROVEO: Chiami libertà la schiavitù verso i tuoi istinti? Ma un bambino non è forse più libero con la propria madre e il proprio padre? La nostra natura chiede di tornare alla propria origine, perché dalla propria genesi è stata sradicata dalla tentazione che proclami! Subdola la tua menzogna. Cadendo l'uomo rinunciò all'appagamento eterno a cui era destinato.

Meglio odiare o amare l'infinito? Scelse la prima opzione per attaccamento a se stesso, e divenne schiavo dei suoi pensieri, così come si assoggettò alla maledizione della furia della natura. Il diluvio non fu volontà del Signore di tutto, ma diretta conseguenza della rabbia del creato verso l'uomo, che ancora perdura...

L'uomo volle un luogo dove Dio non vi fosse, ecco la terra! L'uomo scelse il proprio esilio. Ma quanta grazia in quella bufera...

Dentro quel dolore egli scelse un uomo buono da cui ricominciare...

Nel mezzo della tormenta volle una sua tempesta, per guidare la salvezza dell'unica famiglia che scelse di non imprecare...

HONORATA ROMAN: Andate, dunque, e ammaestrate tutte le nazioni, battezzandole nel nome del Padre e del Figlio e dello Spirito Santo[453]... Perciò dì, nel nome del Figlio di Dio, qual è il tuo nome?

PILAR: Tu sei la nipote del dybbuk eletto. Sei della stirpe dei Roman... il rivoltoso, colui che strappò le ali ad Asmodaeus[454], il nemico della prima coppia. Ma voi non sapete quale sia il suo grande disegno... egli è forza ispiratrice, la soluzione finale...

PAPA PIETRO II: Nel nome del Figlio di Dio, rivela il tuo nome dybbuk antidiluviano e abbandona questo corpo tempio del Signore di tutto!
Questa giovane ragazza può ancora salvarsi, afferrata dalla Grazia! Il Figlio di Dio chiama gli uomini nel silenzio del proprio animo.
E nulla potrà mai impedire quel richiamo innamorato.
Perciò basta adesso, chi sei tu che impedisci l'iniziativa di Dio nel compiere la vocazione di questa Sua figlia? Salvati avendo compassione!

PILAR: "Ma chi avrà bestemmiato contro lo Spirito Santo, non avrà perdono in eterno: sarà reo di colpa eterna[455]..." Mostri parole di pietà, questa familiarità d'amore...
Davvero vuoi la mia liberazione? Lo dici solo perché vuoi la ragazza...

La madre è in lacrime.

HONORATA ROMAN: Entrando in questo corpo sei uno spirito dentro al tempo, e finché vi è tempo vi è possibilità di scampo... Non è un caso se porti nel tuo grembo il desiderio di redenzione, forse era così che doveva essere... Dio ama tutti... Non ha cancellato nemmeno gli angeli che lo avversarono. Tutt'ora potrebbe smettere di pensarli e loro concluderebbero la loro esistenza, eppure loro esistono, perché irrevocabilmente pensati ad ogni istante. E ad ogni bestemmia, egli li pensa ancora più fortemente, perché addolorato del loro tradimento...

JOHN COHEN MEROVEO: Dio mi è testimone, nulla è mai perduto!
Egli bussa al tuo cuore...

PAPA PIETRO II: Nel nome del Figlio di Dio, dì il tuo nome e potremo liberarti...

PILAR: Questo è il terzo segreto... Chi sono io? Con il mio ritorno inizia il ritorno delle anime perdute su questa terra...
Come fui la prima donna dannata, sono ora la prima donna della nuova redenzione...

JOHN COHEN MEROVEO: Lilith... la prima donna partorita dopo la caduta umana... Colei che praticava la stregoneria, la lussuria e l'adulterio...

HONORATA ROMAN: Ma l'amore guarda l'altro come lo guarda il Figlio di Dio... Se ella è qui ha una possibilità...

PAPA PIETRO II: Ma bisogna pentirsi...
Dunque, è questo il terzo segreto, il progetto, l'architettura dell'architetto. L'Enzima serviva a segnare i corpi, a sceglierli, trasformarli in involucri da possedere... cinquecento milioni di dybbuk, di anime tormentate pronte a fare ritorno...
Ora capisco...

PILAR: "Io vi ho battezzati con acqua, ma egli vi battezzerà con lo Spirito Santo[456]..." ricordi... Ma l'Arbitrio di Dio sta per tornare e giudicherà con la sua misura...

Un forte rumore di cancelli aperti bruscamente li sorprende.

HONORATA ROMAN: Stanno arrivando...

PAPA PIETRO II: Fuggite, portatela con voi... continuerete l'esorcismo a Fatima, l'Immacolata saprà fare meglio di me certamente...

JOHN COHEN MEROVEO: Santità... no...

PAPA PIETRO II: John, "Se dunque voi, che siete cattivi, sapete dare cose buone ai vostri figli, quanto più il Padre vostro celeste darà lo Spirito Santo a coloro che glielo chiedono![457]"... proteggile, è il tuo compito... Murrieta ti aspetta al porto di Acri... raggiungilo...

PILAR: Povero Giuseppe, lo stolto... Se rimani, non tornerai indietro... i tuoi peccati ti uccideranno!

PAPA PIETRO II: Non sono venuto per tornare a casa, il mio è un viaggio di sola andata. Sono qui per parlare con il Principe dei Regni della Terra, e volente o nolente, mi darà convegno!

PILAR: Bene, non dimenticare di portare con te l'arma che nascondi...!

NARRATORE: Mentre tutto ciò accadeva, presso il Santuario di Fatima Eved Magdalene Meroveo, sorella gemella del soldato John Cohen Meroveo, insieme all'ultima comunità, pregava per i suoi amici presso la statua della Madonna; facendo memoria di tutta la storia che legava gli avvenimenti delle loro vite con gli avvenimenti dell'intera storia umana.

Esecuzione del terzo canto.

Peccato originale

Lo spirito è pronto ma la carne è debole
Mi sembra una storia degna delle più belle favole
Ma Lui non scherzava quando lo diceva ed ora l'hai capito
Il peccato s'insinua ma tu non lo vedi mai

Quella vecchia mela è stata inghiottita da secoli oramai
Ma i segni del furto con scasso sono arrivati sino a noi
Non si danno a vedere ma li senti nel cuore che rimane ferito
Infatti, se vuoi amar qualcuno non ci riesci mai

In questa notte c'è solo una stella in cielo
Ma quella stella è il segno dell'alba di un nuovo mattino

Che c'è ma non ancora c'è
Che c'è ma non ancora c'è

Se non fosse stato che ci avessero dato ancora un'altra chance
Chissà dove saremmo in quale tipo d'inferno di angeli a metà
Ma che Lui non scherzasse mi sembra evidente e non puoi dir
di no
Se credi a questi occhi sai che loro non mentono

In questa notte c'è solo una stella in cielo
Ma quella stella è il segno dell'alba di un nuovo mattino
Che c'è ma non ancora c'è
Che c'è ma non ancora c'è

Credere in quello che si è incontrato non è sbagliato
Il problema è che non credi perché sei troppo deluso
In un mondo di opinioni dove non c'è la verità
Chi porterà una croce forse la saprà
La Verità

Eved Magdalene Meroveo, come in trance, rivede ciò che racconta nella sua mente.
La sua voce è densa di riverbero e cavernosa. Si rivolge al pubblico come fosse la
comunità a cui lei parla.

EVED MAGDALENE MEROVEO: Una storia antica ci appartiene... quella della verità di prima che il mondo fosse.
In principio vi era solo il Padre, la ragione di tutto, il Figlio per mezzo di cui tutto è, e lo Spirito Santo energia generativa.
Essi erano l'Essere Trino, un solo Signore di tutto ma mai solitario.
Poi il Signore di tutto decise di dare se stesso chiamando le prime luci, l'esistenza di altro oltre sé.
Si dotò così di sette servitori, Mikhael, Michele, e il Signore di tutto si rendeva presente attraverso lui.
Poi venne Gavriel, Gabriele, che ne rappresentava la potenza.

A loro seguirono Rafael, Raffaele, espressione dell'amore e della cura per ogni cosa, Yehudiel, Geudiele, il volto dell'obbedienza, Barkiel, Barachiele segno di gratitudine da parte delle creature.

Infine... vi furono Samael, Samaele, l'Arbitrio, il giudizio del Signore di tutto e Helel, da molti chiamato poi Lucifero, il figlio della prima alba, l'angelo attestatore, colui che fu chiamato ad essere testimone del venire alla luce di ogni cosa e ogni creatura.

Essi furono i primi spiriti, e dopo loro ne vennero molti altri come loro, con il compito di sostenere la bellezza dell'architettura di ogni volontà: gli Angeli.

E fu così pensata la pietra nobile, la sostanza primordiale, la Even shetiyyah, la base sulla quale il mondo sarebbe stato creato.

E venne affidata al Figlio, per mezzo di cui tutte le cose sarebbero state create.

Ne venne così tratto il giardino nel mezzo dello spazio siderale ed ogni cosa ebbe così la propria prima luce.

Tutto il mondo così fu... E all'apice della creazione venimmo posti noi: l'umano. Il compimento del progetto.

Una creatura a Sua immagine, per Sua amicizia.

Tale statura avrebbe avuto quella creatura sopra tutti gli esseri viventi, che il Figlio soffiò su di essa, donandole l'Essenza del Divino.

E fu quel "soffio" a creare agitazione nell'animo di Lucifero, un dono di cui non era a conoscenza.

Egli che avrebbe dovuto attestare tutto il progetto, mal digeriva l'essere stato tenuto allo scuro del particolare decisivo.

Gli umani furono creati come diade, uomini e donne, per completarsi vicendevolmente.

Di questo sapeva, ma del dono dell'Essenza...

La prova a cui il Signore lo aveva chiamato, di non essere a conoscenza del tutto, di non possedere l'intera architettura, ne turbò l'orgoglio. Non ne comprendeva le ragioni.

Ma soprattutto quel "soffio", gli creava scandalo, perché gli esseri umani, erano così, divenuti Figli del Signore!

E fu eretta la prima città degli uomini: Eden.

E al centro della città l'albero della prova, perché ogni libertà comporta un impegno preso, diviene degna se vi è un sacrificio.

Questo Lucifero aveva incominciato ad intuirlo.

Nel mentre il Signore di tutto si occupava dei primi uomini che prendevano vita attraverso la terra distinta della Even shetiyyah, il Figlio la ricopriva di vite, l'albero della vita. Al tempo stesso bevanda e cibo per coloro che venivano creati al mondo.

E il Signore era felice della felicità degli uomini resi così liberi!

Ma fu proprio quello il secondo scandalo per Lucifero, scoprire che il Signore di tutto concedeva agli uomini l'alternativa di violare il patto.

E cosa sarebbe successo se qualcuno degli uomini avesse mancato alla prova?

Il Signore di tutto aveva fatto ogni cosa per loro, essi erano sostenuti dagli Angeli, avevano sostentamento... E venuti a maturazione sarebbero divenuti divini per compagnia al loro Signore.

La probabilità della violazione della prova era pertanto difficilmente verificabile, a meno che qualcuno non avesse smesso di sostenere gli uomini, a meno che uno degli Angeli fosse venuto meno al proprio compito...

Esisteva dunque la possibilità di un'alternativa. E quali conseguenze questa avrebbe avuto?

Ma poi venne un terzo scandalo, si seppe una grande notizia.

Il Signore di tutto si sarebbe umanizzato, per camminare con l'umano e accompagnare Egli stesso gli uomini nella loro prova.

Allora Lucifero fu veramente sconvolto.

Come una creatura finita poteva essere meritevole di tanta grazia?

Ne condivise i dubbi con i fratelli e trovò in Samaele colui che si lasciò provocare, tanto che una notte andò ad indagare tra gli uomini, a partire dalla prima coppia, a partire dalla prima donna Eved, Eva.

Da lei colse la proposta della morte "Non lo dovete mangiare e non lo dovete toccare, altrimenti morirete!". Da lì si venne a sapere il nome della conseguenza del fallimento dell'esame "morte!".

Cosa sarebbe stato mai quel fenomeno sconosciuto fino a quel momento?

Sentimenti di delusione nacquero in Samaele, egli che era l'Arbitro del Signore di tutto, come avrebbe potuto portare a compimento il proprio compito con quell'elemento mancante?

Decise allora di far accadere quel fenomeno ipotizzato, quella "morte".

Pensava di avere tutto il diritto di conoscerne gli esiti.

Pertanto, serpeggiò verso la prima coppia, e come ci è stato tramandato, avvenne la caduta nella prova.

Nei piani del Signore di tutto, la prima coppia avrebbe umanizzato il Figlio trinitario, che sarebbe divenuto "Figlio dell'uomo".

Ma invece di compiere il proprio destino donando la vita carnale al Figlio, portarono nel mondo la morte carnale.

Nel tempo senza tempo, ogni conseguenza è eterna, ed ecco che tutti gli uomini creati dalla Even shetiyyah cominciarono a sentire gli effetti della prima maledizione. La morte pertanto entrò nelle vite di ognuno di noi per effetto della disgrazia, ma anche come atto di grazia stessa da parte del Signore di tutto.

In quanto il limite della morte era anche posto come conclusione al periodo di sofferenza, che l'avvento del peccato, avrebbe generato nel mondo.

Da quel giorno la prova della libertà non sarebbe più stata sostenuta dalla grazia, ma guadagnata con grande fatica, dando la vita stessa.

Ma anche a quel punto, l'ira del Signore di tutto non sopraggiunse immediatamente nel mondo, ma appena dopo, quando accadde il superamento del limite...

Perché mentre l'uomo cadeva, caddero anche due dei suoi Angeli.

Geudiele e Barachiele infatti, vennero trafitti, imprevedibilmente dalla prima arma.

Perché Lucifero, approfittando che le attenzioni del Signore di tutto erano rivolte alla caduta degli uomini, trasse dalla Even shetiyyah uno strumento, con le proprietà di nullificare le anime, e non solo...

Lucifero credeva che quell'arma avrebbe potuto nullificare lo stesso Trino.

L'assassinio, la nullificazione degli spiriti di Geudiele e Barachiele sconvolsero tutte le sfere angeliche, compreso lo stesso Samaele, che si sentì usato dal fratello Lucifero, vero e proprio manipolatore, che aveva dimostrato avere altri piani oltre quello che avevano condiviso.

Samaele fu deluso immisurabilmente dal proprio fratello, ma convinse altri Angeli ad unirsi alla ribellione. Fatto sta, che il Signore di tutto, come sempre, pose un rimedio impensabile per ognuno.

Di fronte quelle anime maledette, pensò un'anima Immacolata. Ella sarebbe stata la madre che l'universo certo non meritava, ma di cui aveva bisogno.

Il bagliore di quel pensiero, pose in essere quindi un nuovo ordine delle cose.

Con la caduta, gli uomini, non ebbero più accesso alle cose celesti e gli spiriti celesti non ebbero più dialogo con gli uomini.

Gli Angeli traditori avrebbero avuto un loro posto, a rispetto delle loro scelte.

L'arma di Lucifero però rimase nella terra visibile, mentre egli era prigioniero del suo essere spirituale.

L'avrebbe riottenuta, ne avrebbe trovato il modo.

Nel frattempo, gli uomini cominciarono a moltiplicarsi come animali, in una terra dove il Signore di tutto non dimorava più e nacquero i primi figli dell'uomo dagli ultimi figli di Dio.

E venne il tempo di Tubal-Cain nipote di Caino, detto il Fabbro.

Egli aveva ucciso il nonno in una congiura e regnava nelle terre conosciute della prima Era.

Egli possedeva l'arma di Lucifero, che la forgiò a spada, e proprio Lucifero lo aveva reso immortale sfruttando le proprietà della sostanza di cui era fatta, la sostanza fondante dell'universo.

Ma mentre la natura che soggiogava gli uomini a vendetta della loro maledizione inondava con i suoi flutti le terre popolate, e mentre Tubal-Cain tentava l'assassinio dell'unico uomo giusto di cui si conosceva l'esistenza: Noah, Noè! Mentre tutto ciò accadeva, nel mezzo della tempesta, il Signore di tutto cercò di proteggere l'unica famiglia che ancora conservava la Sua essenza, consentendole di sopravvivere alla violenza della natura e alla crudeltà dei primi uomini.

Venne il tempo dell'Arca, guidata dalla tempesta di Dio nel mezzo della tempesta del mondo.

Al tacere della tormenta, milioni di anime vennero disperse, solo Noè e pochi altri sopravvissero in quanto l'Arca si incastrò alle pendici dell'Ararat.

L'arma di Lucifero fu perduta, Tubal-Cain però sopravvisse, in quanto immortale.

Sarebbe andato alla ricerca dell'arma, della spada, per tornare a dominare il suo mondo. Altri uomini ai confini della terra sopravvissero anche loro, avrebbero conservato nella memoria, quei giorni di dolore.

Lucifero e il suo inferno diviso in se stesso, avrebbero atteso che l'arma fosse ritrovata.

Nel frattempo, lui e i demoni, proseguirono a tormentare le anime dei popoli residui, torturandoli con le loro tentazioni.

A seguire vi furono per gli uomini nuove vendette della natura, glaciazioni, terremoti, carestie, l'uomo si trovò diviso e solo, dimentico della propria origine, portato a adorare pietre sorde e fuoco per avere un po' di speranza, imprigionato nel proprio esilio pieno di domande.

Dagli inizi di quel tempo, ogni energia umana ebbe bisogno di una provocazione. L'uomo non era capace di risolversi da sé!

Dio, la certezza della propria origine, era divenuto mistero insondabile.

L'umano non era più capace di Dio, di riconoscerlo, quasi nemmeno di intuirlo.

Il Signore era assente, non più presenza, ma Destino!

Da quel momento l'uomo poteva solo sentire una forte nostalgia inspiegabile nel proprio animo.

Poteva riconoscere le cose create, le opere del Creatore, ma ormai anche la Sua stessa esistenza era per gli uomini celata alla loro conoscenza.

Pertanto, si incominciò a adorare il fuoco, il mare, il sole, come fossero Dèi capricciosi a cui rivolgere le proprie domande.

Per quanto ci fosse il presentimento, che tutto dovesse rivolgersi ad un Dio ignoto.

La ricerca di ciò di cui si aveva nostalgia, mossi da quel presentimento, i popoli alimentarono il progresso e le scoperte, così come furono presi dallo stupore per l'immensità della realtà, rispetto a quanto potessero essi stessi scandagliare.

Solo un popolo, i discendenti di Noè, custodirono nei loro cuori alcune memorie degli eventi primitivi.

Il Signore di tutto, infatti, mai avrebbe voluto la propria opera maledetta e decadente.

Tutta la storia avrebbe trovato comunque conclusione.

L'esilio aveva un tempo prestabilito, alla fine del quale il Signore di tutto avrebbe ricominciato il dialogo con i propri figli smarriti.

Questo avvenne alla fine dei tempi, l'inizio della rivelazione, l'Apocalisse, con Abramo e il cammino del popolo del Signore.

Quel tempo fu l'inizio della fede, il Dio nascosto avrebbe preparato il terreno all'avvento della Concezione Immacolata, che avrebbe riportato molti dei Suoi figli, finalmente a casa.

Di prescelto in prescelto, attraverso profeti, alitò sulla storia degli uomini per indicargli il compimento delle Sue promesse.

Nel frattempo, l'uomo, credente o meno, continuava a mantenere in seno l'istinto della bellezza, quell'immortale riflesso interiore che la realtà fosse segno di un Cielo più grande, tanto che le arti e le musiche erano un pregustare in anticipo di ciò che poteva esservi oltre la tomba, espressioni bramose di un empireo manifesto.

Perciò l'essere delle cose, così come il tendere dei popoli, portava iscritto in sé il segno tangibile del desiderio di Dio.

Desiderio ormai segnato dalla conoscenza del bene e del male.

Infatti, gli uomini fatti per il bene, creati per la felicità, si trovavano a saggiare la conoscenza sì del bene, ma anche la conoscenza del male, come prezzo della loro caduta.

Desiderosi del bene, si trovano ancora oggi, volenti o nolenti a compiere una bontà sempre imperfetta, quando non il male fratricida.

Ma cosa metteva in cuore nell'uomo quel desiderio di giustizia, di bellezza, di verità, se non che essi erano stati fatti fin dall'origine per l'incontro con la giustizia, la bellezza e la verità?

Ma la maledizione della realtà portata da Lucifero continuava a mietere conseguenze.

Persino l'ira di Samaele (che si presume si faccia adesso chiamare Asmodaeus) aveva messo in atto delle proprie torture, mettendo sempre più in difficoltà il popolo eletto, compromettendo le coppie umane, supplizio a lui particolarmente gradito.

E non mancarono nella storia persino i primi scontri tra esseri spirituali.

Dai quali nacque la profezia che sarebbe venuto colui che avrebbe brandito l'arma antidiluviana, il Makabì o Matzbi, un guerriero che avrebbe frenato la collera di Samaele, così come il Figlio di Dio ha poi frenato l'agire di Lucifero limitandone l'opera.

Ma Lucifero, proprio a causa dell'incarnazione, non potendo più essere libero nel godere del proprio dominio incondizionato, scelse di creare l'alternativa alla Chiesa di Cristo, una anti-Chiesa rimasta celata fino a qualche decennio fa.

Quando, con l'aiuto dell'immortale Tubal-Cain, Lucifero stesso, riprese possesso della spada finalmente ritrovata e si incarnò nell'anticristo Manuel Driven, divenuto Principe dei Regni della Terra.

Da allora sono cambiate molte cose, la chiesa Cattolica fu sciolta insieme alle altre religioni che avevano assistito alla resurrezione del Principe e l'anti-Chiesa divenne quindi la struttura ufficiale, con a capo Tubal-Cain, che volle chiamarsi Papa Simone.

Il Makabì, nell'identità di Cédric Roman, si manifestò, e sacrificandosi, mi salvò da Asmodaeus realizzando la profezia, ma la spada antidiluviana, ridotta in polvere, non venne da lui recuperata.

Anzi, apprendo ora che la sostanza della polvere di spada, fu utilizzata per generare l'Enzima, che causò la grande pestilenza. Come ho appreso questo? Sono una Figlia del Tuono, siamo ciò che rimane di uomini dotati di doni particolari.

Abbiamo, per opera dello Spirito Santo, facoltà di dialogare con la Trascendenza.

In particolare, io posso sentire il male, ne ho visioni. Come quella dell'oppressione che attanaglia il nostro vero Papa Pietro II, mio fratello John Cohen, conosciuto anche come il Corsaro nero e la nipote di Cédric Roman, Honorata, che stanno affrontando adesso, in Terra Santa, ciò che hanno appena scoperto non poter portare a compimento: l'esorcismo che attanaglia la figlia che Honorata è stata costretta a concepire, anni orsono, subendo violenza e prigionia dall'anticristo Manuel Driven, incarnazione di Lucifero.

Tante sono state le ferite che ci sono state inferte in questi anni. Siamo rimasti un minuscolo gruppo, abbiamo custodito la fede in un mondo che dice tutto il contrario.

Il potere ormai non ci perseguita nemmeno più, tanto siamo divenuti numericamente irrilevanti.

Siamo stati spogliati di tutto, ogni nostro avere è stato trafugato, compresa la pergamena dei dieci segreti dell'Immacolata.

Adesso possiamo venirne a conoscenza solo nel momento della rivelazione e non prima.

Ci siamo rifugiati nell'ultimo Santuario forse rimasto, Fatima.

Qui sembra che l'Immacolata Concezione circoscriva il potere avverso.

Ora il nostro Papa, saputo che la nostra amica Honorata, dopo il rapimento, è ancora viva, si è imbarcato in un'operazione per portarla in salvo.

E John Cohen lo ha seguito, per poter recuperare il corpo di Adam, Adamo, rinvenuto tempo fa nei sotterranei del santo sepolcro da parte dell'anticristo.

La conoscenza dei dieci segreti non è determinante, ma la loro realizzazione ci rincuora, anticipa la nostra salvezza e scandisce il tempo rimasto al nemico.

"Il Destino è nelle Sue mani" è stato il primo, la pestilenza causata dalla polvere della prima arma "il progetto Enzima" è stato il secondo segreto. Il terzo l'ho appena appreso: la figlia di Honorata è posseduta da Lilith, la prima donna dannata...

Ella ha rivelato che tutte le anime antidiluviane, a causa dell'Enzima possiederanno presto l'umanità residua.

Il quarto segreto lo avete appena appreso, potranno pure riportare Pilar qui a Fatima, potremo pure riuscire ad esorcizzarla, ma rimane il fatto, che lei... è figlia del Diavolo!

NARRATORE: Ora il Papa Pietro II è legato e agli arresti, catturato dalle guardie del Principe dei Regni della Terra. In piena notte Manuel Driven, Lucifero, va ad incontrarlo, esattamente così come il Papa aveva predetto.

Esecuzione del quarto canto.

Nel nome del Padre

Un grido che si spegne nella notte
Un clamore umano sta chiedendo la sua eternità
Ma no
Non finisce
No
Non ti abbandonerà

Sembrerà
Vana la tua vita
Le corde stringeranno a forza
Ed i polmoni vuoti ti troverai
Ma guarderai
E sarai testimone
Di un dolore senza fine

E non potrai far altro che abbandonarti
A Lui

Non ti importa più di quel tuo dolore
Non puoi che badare a quel che vedi accadere davanti a te
Ma sì
Non finisce
Sì
Di te si ricorderà

Sembrerà
Vana la tua vita
Le corde stringeranno a forza
Ed i polmoni vuoti ti troverai
Ma guarderai
E sarai testimone
Di un dolore senza fine
E non potrai far altro che abbandonarti
A Lui

Chiudi gli occhi e dai quel che hai da dare
Il tuo cuore è in pace liberato dal male

Il Papa e Manuel Driven sono spalla contro spalla, accovacciati per terra. I due sono separati solo dalle sbarre della prigione. Manuel Driven fuma con aria distesa. Pietro II è molto sofferente.

MANUEL DRIVEN: Giuseppe...

PAPA PIETRO II: Padre, se vuoi, allontana da me questo calice! Tuttavia, non sia fatta la mia, ma la Tua volontà[458]... Grida la carne che teme la morte... solo il tempo passato è conosciuto...
Lo spirito è pronto, ma la carne è debole. Vegliate e pregate, per non cadere in tentazione[459]... Il freddo lacera ... È dunque l'ora...

MANUEL DRIVEN: Giuseppe, voltati... Io non sono tuo nemico. La pietra angolare[460] su cui si fonda il nuovo mondo, non può esserti avversa... sono il primogenito di ogni creatura[461] nuova...

PAPA PIETRO II: Lo Spirito Santo vi insegnerà in quel momento ciò che bisogna dire[462]... Discendi Santo Spirito[463]...

MANUEL DRIVEN: La libertà è mia prerogativa, io voglio che gli uomini siano liberi da ogni vincolo... non prigionieri. Se tu sei in questa gabbia, è perché il tuo animo non è libero. Presentarti armato di spada al mio cospetto... ho dovuto cautelarmi. Ma sono qui in segno di riconciliazione... se ti inginocchierai... Volente o nolente io sono il giudice[464] della storia... Ma come santo[465], non ti abbandonerò come ha fatto il padrone che servi ora...

PAPA PIETRO II: La solitudine è impossibile ai figli di Dio. Il mondo stesso ne è segno! Ogni istante non avrebbe senso senza la Sua presenza. Anche le rocce gridano la Sua compagnia agli uomini...
Molti si fermano alla fredda pietra, ma l'umana mente non mente. Ella intuisce che vi è un'origine unica per ogni cosa esistente. Quindi solo o abbandonato, non lo sono di certo, anche il ferro della mia prigione mi rimanda a Lui!

MANUEL DRIVEN: Sono il Re dei Re e Signore dei Signori[466], io posso aiutarti. Vuoi chiedere ad una pietra di salvarti? Nemmeno la bellissima lama di cui eri dotato ti ha protetto! Che meraviglia, che regalo hai portato al mio cospetto! Inimmaginabile contemplarne la presenza. La lama di San Giorgio[467], custodita dai cavalieri crociati dopo l'apparizione della battaglia di Antiochia, da cui ne uscirono vittoriosi, proprio per merito delle proprietà di questo incanto di daga! Ed ora è mia, un degno omaggio per il Principe di pace[468]! Il materiale di cui è fatta, è capace di nullificare le anime. La prima di questo tipo la forgiai io stesso dalla Even shetiyyah, la sostanza nobile da cui tutto fu tratto, da cui nacque la vita stessa... Evidentemente il tuo padrone mi scimmiotta!

PAPA PIETRO II: Il disegno è più grande di ogni tua intuizione. Che senso ha il mio stare qui? Qual è il mio destino? Sarà fatta giustizia? Se Egli non fosse qui ora, queste domande non avrebbero quiete... Ma il mondo non è caos e pazzia, e non mi rammarica morire, anche solo per l'intuizione che l'ultima parola su di me non sarà la tomba! Eppure, per te quella è solo una spada che arde il tuo sangue! Ella è molto di più, è un segno non imposto, un destino discreto, un fato proposto e rispettoso! La sua comparsa infatti è...

MANUEL DRIVEN: ... il quinto segreto! Mi sottovaluti... Sono la vera vite[469], eppure mi credi ingenuo! Il tuo padrone pare non si manifesti per questo suo grande rispetto per la libertà umana. Egli, infatti, vuole gli uomini responsabili, vuole che si guadagnino la salvezza, il raggiungimento del loro fine! Ma io sono il liberatore[470]! Ora sono meno numerosi e possono godere di tutto, hanno ciò che desiderano in abbondanza! Io sono la luce del mondo[471] che li illumina e li sostiene con la mia parola[472]. Io non ho bisogno di essere scrutato, ricercato, essi vengono da me con le loro suppliche e trovano immediata risposta... senza meriti, senza dipendenza, a loro voglia! Che vivano come più li aggrada! Il tuo padrone vuole essere riconosciuto, vuole che da lui tutto dipenda! Io dono tutto loro gratuitamente, come un buon pastore[473]!

PAPA PIETRO II: Non è forse desiderio del bambino dipendere dal proprio padre e dalla propria madre? Mi ha detto qualcuno... Siamo desiderio di legame, è questa la nostra vera liberazione! Questo filo sottile che ci lega e ci mette insieme riconoscenti, in comunione tra noi! Cosa hai dato loro che non avessero già? La vita, il mondo, il respiro, l'istante, non erano forse già dati?

Donati da Colui che poteva non dare e ha dato tutto, anche se stesso! Bisogna attentare per non essere ingannati, bisogna saper accettare che non ci siamo fatti da noi; pertanto, non potremo tirar su nulla senza Colui che compie l'istante!

MANUEL DRIVEN: Sei stato grato al tuo padrone quando hai commesso adulterio? Quanto caro sei stato a Lui nelle offerte perse al gioco? Dov'era la tua riconoscenza quando saggiavi i vizi più estremi? Conosco il passato che lacera la tua anima, so dei bambini violati dai tuoi celebranti e che tu hai coperto per proteggere la tua reputazione di giusto! Sono il signore di tutti[474], e le tue parole non hanno autorità in questo luogo, così come non trovano autorevolezza presso di me!

PAPA PIETRO II: Molti sono i bicchieri rotti, per molto tempo ho vissuto in penombra, ma come un infante, mi sono presentato al cospetto di mio Padre per chiedere perdono. Il limite non è obiezione alla grazia! La bontà della strada che Dio desidera che percorriamo, non discende dalla nostra adeguatezza, così come non scaturisce dalla perfezione di chi ci accompagna! È gratuità pura, è prescelta! Io sono scelto, non solo così come sono, ma per quello che sono! Per questo sono qui per schietto ringraziamento...
Gratuitamente ho ricevuto e altrettanto disinteressatamente darò tutto nell'attesa di abbracciare Colui che ha amato anche le mie colpe!

MANUEL DRIVEN: Io sono il salvatore[475]! Il mio progetto non è forse che gli uomini non muoiano più? Che non arrivino a quell'arbitraria valutazione che ne peserà le gesta? Io sono la resurrezione e la vita[476] e nulla ho voluto in cambio per il mio impegno!
Tanto non ho gradito niente in cambio che ho consegnato il mio potere al nuovo Papa Simone! Ecco il sesto segreto! Infatti, era necessario liberare gli uomini anche dal riconoscermi come roccia[477] per la loro esistenza!

Appena ieri, un grande scandalo è scoppiato pubblicamente, l'immoralità che la mia resurrezione pubblica fosse tutta una montatura! Adesso io sono l'Impostore rivelato! Ora tutti i popoli sono liberi definitivamente anche dalla superstizione. Delusi, non credono più se non in loro stessi! I tramonti fingono, le rose ingannano e la realtà non rimanda più a niente se non a se stessa.

Non vi è più quella paura che il padrone vi sia, ormai è certo, non vi è mai stato un padrone di tutto. Ogni cosa ora è figlia del caso, frutto del caos, per cui ognuno può scegliere da sé, il senso da dare al proprio cammino!

PAPA PIETRO II: Se strappi via la bussola al mondo, egli cadrà in un burrone! Il percorso della vita è drammatico, perché è seguendo che si compie! Il rischio è muoversi, per conoscere chi si sta seguendo! Non rischiare di cadere nel burrone del proprio vuoto.

Per questo non vi è verità in ciò che affermi. Hai dovuto abbandonarli per poterli liberare, mentre Egli è qui fino alla fine del mondo!

La vera motivazione è che vuoi l'inferno sulla terra!

L'uomo per te è solo un guscio vuoto da riempire con i già dannati! La tua risoluzione attuata con il progetto Enzima, il morbo che ha selezionato i migliori. La conosco...

Quell'Enzima è estratto dalla spada che uccide le anime, che si ridusse in polvere dopo la tua resurrezione pubblica.

È da quella sostanza che hai tratto la morte di molti.

Ma quella sostanza ammorba non solo i corpi, anche le anime... così da cominciare il tuo progetto di possessione di ogni uomo rimasto vivo. Lilith è la prima tra queste, ha preso il corpo della povera Pilar, hai voluto una figlia per poterla sacrificare al tuo programma di morte!

MANUEL DRIVEN: Il tuo padrone celato, non ha forse sacrificato il suo di figlio ai propri intenti? Io sono l'autore[478], i rinnegati faranno ritorno in questa esistenza eterna, l'Enzima non permette solo che loro entrino nei corpi, ma ha reso quei corpi incapaci di invecchiare...

Io sono l'alfa e l'omega[479], da me una nuova creazione ha inizio, e la nipote di Cédric Roman era la donna necessaria da inseminare.

Ella che è carne del Makabì, la quale antica profezia ha rivelato che avrebbe brandito la spada, ma che così... poi non è stato.

Scegliendo sua nipote Honorata, come madre di mia figlia e sottoponendola per prima all'Enzima tratto dalla spada, è come se avessi fatto avverare quella stessa profezia!

Io sono il mediatore[480], attraverso di me tutto trova compimento! Non sono come il tuo padrone, non ritraggo la mano dopo averla tesa!

PAPA PIETRO II: Tu vuoi garantire ai dannati una eternità in questa carne finita! Il tempo non soddisfa le domande dei cuori umani, ma anzi, il suo scorrere le rende dramma indomabile.

L'esistenza stessa non appaga la sete e la fame infinita degli animi. Hai fatto tuoi gli appellativi del Figlio di Dio, ma sei un Impostore!

Ciò che vuoi per i dannati e condannarli ad un'esistenza incompiuta. Il tuo progetto è vederli tormentati non solo nello spirito, ma nella carne, per l'eternità! Condannati ad una fame ed una sete senza speranza! Ecco svelata la vera impostura, Dio ha rimosso la morte dando la vita, tu vuoi dare la vita dando la morte...

MANUEL DRIVEN: Io sono[481]...

PAPA PIETRO II: ... paura! Sai che il gioco finirà con la tua condanna e tenti invano di prolungare la tua agonia... il dipanarsi dei segreti non è altro che il conto alla rovescia finale per il Suo ritorno...

MANUEL DRIVEN: Io ho l'arma che Lo ucciderà, me l'hai donata tu stesso! Dopo che la spada da me forgiata si è ridotta in polvere non potevo più compiere il mio progetto per intero. Ora, grazie a te posso! Ho l'arma per chiudere i conti, ora sono io il vero Dio[482]! La spada del tuo San Giorgio mi permetterà di vincere l'ultimo scontro!

PAPA PIETRO II: Quanta saccenza in questa chiusura del cerchio, ora posso morire, le tue mire rendono onore alla tua intelligenza. Lasciami pure qui a marcire. Ma davvero pensi che tutto questo stia accadendo perché tu lo hai voluto? L'arma deicida potrà pure essere tra le tue mani, ma il Destino di tutto, è nelle Sue!

Scena IV
Scienza

NARRATORE: Siamo al porto di Acri. Honorata è stata uccisa. John Cohen ha consegnato Pilar all'amico Murrieta che l'ha portata via. Ora si trova tra le braccia l'amica sanguinante. Ha le armi degli uomini del Principe dei Regni della Terra puntate addosso, ma Tubal-Cain, il Papa Simone dell'anti-Chiesa, è pronto a fronteggiarlo con due machete.

Esecuzione del quinto canto.

Prima niente e poi muore

Rivelati
Oh, misterioso impercettibile
Come ombra ti continui a muovere
Dimmi quale nome hai

Segnami
Ferisci e che sia indelebile
Traccia in me indimenticabile
Per ricordarmi che ci sei

Non ho iniziato la storia
E con me non finirà

Io sono solo un puntino
Dentro quest'immensità
Io non voglio morire
Renditi presto tangibile
La mia domanda è sincera
So che a te tutto è possibile

Salvami
Come tu solo lo sai
Come tu solo lo puoi
Come tu fai

Donati
A me in un rapporto intimo
Che non duri solo per un attimo
Ma solo per l'eternità

Mi cambierai
Il nome in uno scontro epico
Segno del mio nuovo animo
Promessa che si compirà

Io non voglio morire
Renditi presto tangibile
La mia domanda è sincera
So che a te tutto è possibile
Io potrei anche sbagliare
Ma certo tu non sbaglierai
Tu sai cos'è questa vita
Del quale padrone tu sei

Salvami
Come tu solo lo sai
Come tu solo lo puoi
Come tu fai

Donami
Qualcosa che mi porti a cedere
Qualcuno che mi insegni a cedere
Di fronte la tua Libertà

Pioggia e tuoni si impongono. John Cohen Meroveo porta in braccio il corpo dell'amica Honorata denso di sangue. Tubal-Cain gli va incontro, vestito dalla sua armatura rossa e con le sue armi sguainate per incominciare a combattere.

JOHN COHEN MEROVEO: Avrete forza dallo Spirito Santo che scenderà su di voi e mi sarete testimoni a Gerusalemme, in tutta la Giudea e la Samaria e fino agli estremi confini della terra[483]...

TUBAL-CAIN: Eccolo il Corsaro nero, il guerriero Boanèrghes[484]. Osi guardarmi con sguardo di sfida, bruco non ancora farfalla... Non hai ancora imparato nulla Figlio del Tuono? Voi, discendenti dei seguaci di Giovanni il Battista, affidati poi a Giovanni e Giacomo, definiti dal vostro Messia proprio così "Figli del Tuono" e dotati di carismi particolari... Voi, che si dice siete capaci di dialogo con la Trascendenza, ex servizi segreti Vaticani...
Non ho mai capito quale fossero i tuoi poteri Corsaro, forse la tua sciocchezza, la tua avventatezza, il tuo azzardo? Provasti ad uccidermi già una volta e sono ancora qui a distanza di anni.
Cosa vuoi, vendicare, la tua giovane amica? Lei è solo una dei molti miliardi di morti della storia degli uomini, che io ho percorso interamente...
Ti ricordo che sono il nipote di Caino, reso immortale dal potere della spada forgiata da Lucifero e che causò la caduta di ogni cosa esistente.
Una spada che non vi è più, ma che è molto simile a quella che porti.
Hai la spada del Santiago Matamoros, portata su questa parte di realtà dallo stesso San Giacomo per vincere la battaglia di Calvijo nel XV secolo[485]. Che bellezza...

Ora che la tua amica Honorata non è più in questo mondo e che il tuo caro amico Murrieta, insieme alla figlia del Diavolo, la giovane Pilar... Ora che sono fuggiti, la tua spada potrebbe farmi comodo, tra poco a te non servirà più. Ho sogni notturni che voglio realizzare nelle prossime giornate!

John Cohen distende per terra il corpo dell'amica, le chiude gli occhi e si ferma un'istante su di lei, poi tra i due guerrieri, ha inizio una lotta molto violenta.

JOHN COHEN MEROVEO: Anche se dovesse finire adesso, la mia vita è stata degna di essere vissuta. Ho dato tutto per il compimento del destino del mondo, darei tutto per il compimento del cuore dei miei amici... e del mio!
Sono addolorato per la morte della mia dolce amica, ma so che non è stata vana.
Tu immortale, per cosa hai vissuto? Per cosa stai dando il tempo della tua sorte? L'uomo vuole sempre conoscere l'ignoto!
Per sua natura stessa desidera, cioè chiede al Cielo di raggiungerlo. Oggi ti manifesti al mondo come Papa Simone, ma tra i tanti nomi che ti sono appartenuti lungo la tua storia hai scelto quello di Jacob[486], come colui che lottò guardando in faccia il mistero delle cose.
Come non sentire la vertigine dell'abisso del cuore che spalanca e grida all'infinito? Veramente ti basta il potere? Davvero sei così impegnato a ridurre la tua tensione d'uomo a ciò che misuri? Realmente pensi che l'Eterno possa essere da te giudicato?

TUBAL-CAIN: Io non voglio potere, io bramo giustizia! L'uomo è qui, solo, in esilio da migliaia di anni. Cosa vuoi che sia la morte della tua giovane cara Honorata per me.
Sono il testimone della storia umana, l'ho attraversata tutta e il tuo Dio ne esce condannato!
Non sono io a giudicarlo omicida, ma l'antichità stessa lo afferma! Quanto dolore, quanto sangue e violenza in miliardi di giorni... e Lui si presenta solo negli ultimi duemila anni e rimane a chiacchierare solo per una trentina, per poi abbandonare i Suoi ad un destino di morte.

Che illusione è mai questa, quella che avete a cuore...

Siete così ingenui nel credere a tutto questo? Siete assassini! Avete inventato la morte, avete ideato la sofferenza, tutto poteva essere evitato, bastava avere il coraggio di pensarlo!

Quante donne e bambini, quanti innocenti pagano un prezzo di una colpa che non hanno commesso? Io odio il tuo Dio assente, lo odio e voglio vendetta, la rivincita che proclama la terra!

JOHN COHEN MEROVEO: Calunni di omicidio ma uccidi tu stesso! Non sei un senza Dio, ma solo un idolatra di te stesso...

Sei tu a dannarti, perché con le tue sole forze non raggiungi i tuoi scopi, perché è impossibile per te mantenere le promesse che poni alla tua persona. Tu tradisci ciò che arde in te! Ogni singolo giorno, sei sempre più deluso da ciò che compi, perché ogni tuo atto non ti soddisfa appieno. Ma questa frustrazione la sfoghi verso altro, mentre dovresti solo batterti il petto...

È questo atteggiamento che muove la guerra omicida, perché ti aspetti salvezza da ciò che non può concedertela e non fai altro che confermare noi uomini nella condanna che ci siamo autoinflitti!

TUBAL-CAIN: Un'altra vita che si spegne tra le molte. E se è vero che l'esistenza non si conclude col trapasso, perché sprechi parole... Il mio progetto è altro e sarei disposto a tutto per attuarlo! Non eri forse presente quando trovammo il corpo di Adamo sotto le pietre del Golgota? Il primo uomo era lì seppellito e il sangue del tuo Agnello in croce ne redense ciò che rimaneva del cadavere...

Quel corpo incorruttibile ora può fare giustizia, può far accadere l'insperato!

John Cohen perde la spada e rimane senza difese.

JOHN COHEN MEROVEO: Qualsiasi umano tu voglia costruire è destinato a cadere, ora e ancora, così come tu caschi sempre nel medesimo errore, così come tutti noi uomini vi capitomboliamo. Prima gli Dei erano i fulmini e il fuoco, essi avrebbero liberato l'uomo. Poi fu il tempo dei clan e delle tribù, che ne avrebbero garantito la prosperità. Adesso ciò che tu definisci il tuo popolo, lo riponi nelle mani della scienza dell'Enzima e di quel vuoto cadavere senz'anima. Cosa mai riuscirà a frenare le tue presunzioni? Non sei destinato che a trovarvi altro smarrimento...

Manuel Driven ti tradirà, egli è colui che sempre ha creato divisione[487]!

TUBAL-CAIN: Vuoi che non lo sappia? Ma ci unisce il nemico comune. L'accordo è frutto di medesimi intenti.

Vedi, l'Enzima avrebbe permesso alle anime antidiluviane di tornare possedendo i corpi dei sopravvissuti alla pestilenza; Lilith è la prima di esse ad essere tornata nel corpo di Pilar!

E la tua spada che ora è mia, è la chiave per dare l'anima che abbiamo scelto al corpo di Adamo, che presto tornerà in vita!

Dalla loro unione, di Lilith e Adamo, nascerà una nuova stirpe, una nuova creazione.

Dalla mia ascendenza e dalla sua discendenza verrà l'uomo nuovo, questo è il settimo segreto!

JOHN COHEN MEROVEO: Hai una percezione alterata di ciò che accadrà, così come l'hai sempre avuta distorta dell'intera storia, vassalla dei tuoi istinti. Potrai accordarti col male assoluto, così come potrai cercare di raggiungere la verità di te in ogni modo, secondo le azioni più scellerate pur di costruirla a tuo piacimento. Ma è in questo che troverai sempre maledizione. La pace per l'uomo è custodita solo nell'accettazione di un Dio che si piega verso lui lavandogli i piedi, per poterlo così, farlo rientrare in casa puro...

TUBAL-CAIN: Non è ipotesi al vaglio.... Impossibile! Non sarà alle leggi di un Altro che io mi sottometterò! L'arringa è finita, così come la tua vita vecchio uomo! Non sei più quello del nostro ultimo incontro, vedi dove il tuo Dio ti porta? Diverrai mangime per vermi, questo è ciò che ti attende! E io mi glorierò davanti il cadavere di tua sorella Eved Magdalene!

John Cohen è arrivato sfinito al limite del molo, quasi a cadere in mare.

JOHN COHEN MEROVEO: E invece è proprio lì che ti sbagli! E di questi fatti siamo testimoni noi e lo Spirito Santo, che Dio ha dato a coloro che si sottomettono a Lui[488].
La pazienza del Signore di tutto ha un limite, se la fede finisse il gioco per te sarebbe concluso.
Mia sorella è la custode della fede e dell'ultima comunità sopravvissuta al nulla del mondo.
Io potrò anche aver finito i miei giorni, ma a te conviene non far sì che il popolo di Abramo perisca, che le stelle del cielo abbiano limite...
Illuditi pure di ciò che vuoi, fai pure i tuoi vili ragionamenti, imbastisci i piani più accurati, ma il Destino può sempre spiazzarti, magari venendoti incontro Egli stesso!

TUBAL-CAIN: Non è più tempo per vane profezie, io sorgo, tu cadi!

John Cohen cade in acqua scomparendo tra i flutti. Tubal-Cain resta a fissare le acque in tempesta.

NARRATORE: Manuel Driven ha ottenuto ben due spade nullificatrici, la spada di San Giorgio e quella di San Giacomo. Ora ha davanti il cadavere di Adamo, che, come ricordato da Tubal-Cain, è stato ritrovato sotto il Golgota. Quel corpo è coperto dal manto che indossava il Figlio di Dio quando subì il supplizio della tortura e riposto su un altare sacrificale.
Manuel Driven è ora pronto ad incominciare un rito cerimoniale.

Esecuzione del sesto canto.

Il suono delle parole[489]

La tristezza che c'è in me
Quell'amore che non c'è
Il dolore che io do
Le risposte che non ho

E pensare che è vietato pensare
E pensare che è vietato capire
E pensare che è vietato star male
Fai silenzio devi solo comprare

Ma dove arriverà il suono delle tue parole
Arriverà il suono delle tue...

La paura che c'è in me
Quell'amore che non c'è
Tutto il male che io so
E la fede che non ho

E pensare che è vietato pensare
E pensare che è vietato capire
E pensare che è vietato star male
Fai silenzio devi solo comprare

Ma dove arriverà il suono delle tue parole
Arriverà il suono delle tue parole

E pensare che è vietato pensare
E pensare che è vietato capire
E pensare che è vietato star male
Fai silenzio devi solo comprare

Usura, lussuria e potere
Senza Cristo non c'è libertà
Usura, lussuria e potere
Senza Cristo non c'è identità

Manuel Driven, scopre il corpo di Adamo dal lenzuolo in cui è avvolto.

MANUEL DRIVEN: Io Lucifero, trassi la prima arma direttamente dalla Even shetiyyah, la pietra di fondazione del mondo. Un'arma tanto potente da poter uccidere le anime, nullificarle...
Così come la sostanza primordiale, attraverso il Figlio del Trino dava la vita, quella stessa sostanza, senza la Grazia la toglieva.

Mi fu portata via dalla comparsa dell'anima della Regina dell'universo. Solo il pensiero della sua esistenza, della possibilità dell'esistenza di quella donna, divise le realtà in cose percepibili ai sensi umani e cose impenetrabili ad essi. La mia arma divenne perciò a me, inaccessibile! Il manto dell'anima della Madre di Dio proteggeva il mondo che io avevo maledetto, limitando il mio potere.

Allora scelsi Tubal-Cain, il Fabbro, nipote di Caino, il primo omicida, per poterla forgiare, custodire e un giorno, quando i tempi sarebbero stati maturi, riavere. Ma nel momento in cui il mio servo avrebbe annientato l'ultimo degli uomini giusti, quel Noè dei canti infantili, ecco che venne il diluvio che la fece disperdere tra la violenza dei flutti. Il Trino usò della natura che io avevo malaugurato per ritorcerla contro i miei disegni. Ma qualche anno prima degli anni duemila l'arma venne ritrovata e mossi le circostanze per svuotare il corpo di Manuel Driven, l'uomo più potente della terrà.

Manuel Driven venne perciò ucciso infilzato dalla spada antidiluviana per mano di Tubal-Cain e il suo corpo vuoto, poté essere occupato dal mio spirito! Ora era avvenuta così la nuova incarnazione e fui incoronato Principe dei Regni della Terra. Ma quell'arma si polverizzò e da quella polvere ne nacque l'Enzima che creò la pestilenza per rendere gli uomini pochi e di animo debole.

Dopo averli indeboliti li vuotai definitivamente. Gli uomini credevano in me, colui che risolveva i loro problemi e i loro dilemmi, quegli che li ha resi immortali. Ma un ultimo atto vi era ancora da compiere... deluderli, ancora una volta, affinché la speranza non albergasse più nei loro cuori ormai aridi...

Perciò ho mostrato loro l'ultima impostura da fargli credere...

Anche io, il Principe dei Regni della Terra non ero il risorto, avevo macchinato tutto per l'antica tentazione del potere...

Ora gli è rimasto un solo uomo a cui aggrapparsi disperatamente, quel Papa Simone, l'antico Tubal-Cain che ancora accetta le storture che io ho in serbo per i popoli, in nome della sua preminenza tra essi...

Ma il Trino ha forgiato altre due armi nella storia simili a quella da me modellata, certo a difesa dei Suoi, per proteggerli, per consentirgli di combattere contro la grande ribellione verso di Lui.

La spada del cavaliere San Giorgio e la spada del San Giacomo Matamoros, eccole! Ed ora sono in mio possesso, pronte a contribuire al mio trionfo! Con una di queste due riporterò in vita il corpo del primo uomo, con uno spirito da me scelto, e quale tra le due se non quella del San Giacomo!

Che il progetto della nuova umanità abbia inizio, un'umanità a mio riflesso, col mio volto! Che tutto si compia per mano dell'arma di uno dei discepoli. Ecco l'uomo[490]! Adamo, torna in vita, custodendo lo spirito del demone che io ho scelto, Asmodaeus! Colui che fece cadere il primo uomo adesso ne prende possesso! Samaele, alzati e cammina!

Il corpo di Adamo viene infilzato al ventre dalla spada di San Giacomo che si polverizza. Samaele si sveglia, si alza lentamente e si avvicina ad uno specchio con cui si osserva.

SAMAELE: Dalla polvere di questa spada mi viene data la vita terrena che non finisce, polvere ero e polvere non tornerò...

Per ogni uomo la vita eterna incomincia dopo la morte, dove un giudizio lo attende... Non sarà più necessario attendere alcun premio. Quella parte di cielo dannata presto si svuoterà, l'aldiquà sarà prerogativa dell'uomo nuovo, l'aldilà del vecchio. Nessun purgatorio più aspetta gli stenti umani, nessuna preghiera di suffragio sarà più dovuta, nessun sacrificio, elemosina, indulgenza o penitenza saranno da farsi...

Sono già perfetto, non devo nulla ad alcuno, non ho nessuno a cui rispondere! Sono creato per me stesso e a me stesso basto e il giudice dei vivi e dei morti su me non ha ad avere alcuna pretesa!

MANUEL DRIVEN: Non vi è più senso, un vuoto deserto ora è il cuore degli uomini. E l'inesauribile ricerca della verità ora ha ceduto al desiderio di una comoda menzogna. Esso non si domanda più il significato dell'attimo fuggente, ma attende che gli sfugga, senza nemmeno tentare di afferrarlo. Neppure la menzogna di una religione inventata è necessaria, perché più importa all'uomo del suo destino. Gli uomini non vogliono nemmeno essere più utili alla storia. Delusi dalle loro stesse gesta desidererebbero non essere mai nati. L'abitudine li trascina nel loro girovagare senza meta, la noia li ammanta.

E così il mistero del sacrificio del Figlio dell'uomo, è ora a lui indifferente. La lotta umana per la ricerca di un senso dell'esistenza non ne vale più la pena, alla cura della luce è preferibile la dolce calma del buio.

Gli uomini hanno abbandonato la possibilità di un Dio, nemmeno sacrificandola ai vizi, ma a qualcun altro che faccia il mondo al posto loro, senza però disturbarli...

SAMAELE: Un nuovo diluvio è accaduto, che ha spento per sempre il fuoco dell'animo umano. Via l'inquietudine, rimane l'accettazione di essere schiavi!

Il Figlio dell'uomo aveva pensato i Santi per far fronte al nostro ardire. Uomini che avevano realizzato la propria interezza, il proprio rapporto col Destino, luci che foravano le nubi della storia con la loro tensione di vita a qualcosa di più grande! Essi anelavano alla perfezione!

Ad essi rispondemmo con la divinazione della riuscita. L'uomo che realmente contava era colui che si sarebbe realizzato con le sue sole forze. Nemmeno in tutte le dimensioni dell'esistenza, bastava già solo un lembo di vita! La dignità umana era ora confinata nella caotica ricerca di circostanze favorevoli e nello sfruttamento reciproco per ottenerle. Il Dio incarnato era adesso il successo! E pace ai cuori che non sarebbero riusciti ad ottenerlo... Pace ai malati e agli sfortunati riservati all'irrilevanza, destinati alla sfortuna, agli anziani inefficienti adoratori di santini!

MANUEL DRIVEN: L'uomo è ora ridotto alla sua dimensione animale, l'istinto prevale nel suo agire. Il suo giudizio è la pura reattività, interamente assoggettato al proprio stato d'animo, alla dimenticanza, al limite fisico...

Egli non anela più alla giustizia, ad essere giusto, perché più non ha criterio. Ma gli basta fare ciò che vuole, ciò che capricciosamente lo può appagare... senza l'accettazione di alcun limite a questa pretesa dovuta. Ma questa condizione li umilia, questo non potersi appagare attraverso ciò che vogliono li porta a odiarsi, perciò amano la propria ragione, l'unico strumento rimasto in cui ritrovano, anche a stento, la dignità di esistere. Senza questo moto d'orgoglio si suiciderebbero! Ma essa porta stimoli, sollecita, provoca domande, perciò anch'essa è stata sacrificata alla distrazione, comoda ed esaudiente...

SAMAELE: La trinità carnale, l'autodeterminazione, l'istintività e la distrazione hanno sostituito appieno la Trinità divina! Dio potrà anche esserci, ma non ha più nulla a che fare con i fatti umani! Il mondo ora è interamente laico. Il mondo appartiene a se stesso!

Ora Dio è solo un impedimento, un disturbatore alle sventatezze umane. Gli uomini sono troppo impegnati a distogliersi, perciò è per loro preferibile che Dio non ci sia, tanto è poco utile. Dal caos tutto perciò sorge, anche solo l'idea di un Dio creatore, appare alquanto scomoda!

MANUEL DRIVEN: L'uomo slegato dalla propria razionalità è stato condannato alla distrazione! L'uomo condannato all'autodeterminazione è stato condannato alla solitudine! L'uomo condannato all'istintività ha smarrito la sua coscienza! Questo ha creato una cultura del possesso, dello sfruttamento vicendevole e dello scarto! Allo smarrimento umano non rimane ora che un frustrato ottimismo, che viene taciuto ordinariamente... si auto-delude. Per questo l'uomo odierno ha accettato Papa Simone!

Detronizzata l'idea che un uomo come il Principe dei Regni della Terra fosse la realizzazione divina delle loro comode attese, un nuovo Dio doveva occupare quel trono. E doveva essere solo un semplice uomo, con una comoda religione inventata, per potersi così finalmente acquietare l'animo di aver chiuso i conti con quel desiderio inestirpabile di Altro...

Samaele si avvicina alla spada rimasta, riposta su un altro altare e la accarezza.

SAMAELE: L'ultima pestilenza ha inoltre provocato una grande angoscia, l'uomo può fare tutto per non essere disturbato, ma vi è anche ciò che non può prevedere, vi è anche ciò che non può governare. La natura lo minaccia, perciò è necessario governarla. Per sé ora l'uomo cerca la formula definitiva per vivere in un modo verde ed in equilibrio, che non possa più minare alla propria serenità!
È disposto a sacrificarvi tutto, anche fare dei sacrifici umani, purché il proprio intelletto trovi una soluzione attraverso la tecnica! Ma sa che fallirà anche in questo, tantoché le sue circostanze sono divenute un affanno disperato per accaparrarsi una possibilità di sopravvivenza...
Perciò dopo aver perso un gusto di vivere, dopo aver smarrito che bisogna aver qualcosa di vero per cui vivere, dopo aver riconosciuto l'inutilità del suo tempo ed essersi rassegnato alla propria solitudine e ai suoi vani sforzi di volontà, adesso egli ha riconosciuto che l'unica soluzione è abbandonarsi al sistema perfetto che avremo modo di imporgli!

MANUEL DRIVEN: Un mondo di uomini capricciosi che fanno violenza a loro stessi, l'uomo ora odia la propria libertà e nega l'esistenza scomoda della bellezza!

SAMAELE: Una bellezza che infastidisce, come quella di questa spada. San Giorgio insieme ad altri santi cavalieri apparve ai crociati nell'assedio di Antiochia e vi consegnò quest'arma che li rese vittoriosi. Come tutte le armi sante, sono create per proteggere, intimorire ed allontanare il nemico, così i Turchi fuggirono... Non sono certo fatte per ferire... eppure è così potente!

Tanto potente che potrebbe uccidere un'anima come non fosse
mai esistita...
Ricordi la leggenda del Santo? Colui che uccise il drago...

Samaele afferra la spada di San Giorgio.

MANUEL DRIVEN: Cosa vuoi che mi importi? Abbiamo tra
le mani un essere che è arrivato a rinnegare la propria essenza,
a detestare la propria ferita!

SAMAELE: Giorgio, in greco, significa: "uomo della terra". E
io sono quell'uomo... Il primo uomo della terra a poter uccidere
il drago! Che ironia, egli era invocato contro le pestilenze!
Questa spada oggi uccide il drago della storia, quest'arma ora
distrugge il disegno che finora hai attuato...
Cosa credevi, che avrei ricompiuto lo stesso sbaglio? Seguirti è
stato il mio più grande errore, mi hai usato una volta, non accadrà una seconda! Avrai avuto un secondo fine anche nei miei
confronti, mi avresti usato coma già avevi fatto la prima volta!
Questa è la mia vendetta, ho dovuto attendere tutta la storia
dell'universo per poterla ottenere ed ora è compiuta!
Tu ti credevi migliore, adesso sarai nulla! Questo è l'ottavo segreto, oggi è il giorno della morte di Lucifero[491]!

*Samaele si è avvicinato improvvisamente a Manuel Driven e lo ha ucciso. Lo spirito
di Manuel Driven è stato nullificato e la spada si è polverizzata. Una vetrata si
rompe inaspettatamente e soffia un forte vento, Samaele si copre gli occhi.*

Scena VI
Consiglio

NARRATORE: John Cohen Meroveo è sopravvissuto miracolosamente al mar Mediterraneo ed è stato ritrovato in fin di vita nelle coste sicule, nei pressi di Scicli. Curato, si trova presso il vecchio santuario decadente della Madonna delle Milizie, dove ha appena ripreso i sensi.

Esecuzione del settimo canto.

Tu sei la mia forza[492]

Tu sei la mia forza
Quando mi metto in gioco
Quando mi tiro indietro e rimando sempre a dopo
E sei oh sei
Chi mi fa ricominciare

Tu sei la mia forza
Quando su questa testa
Monto la mia superbia il mio orgoglio la mia rabbia
E sei, ancora sei chi sa
Come perdonarmi

Un giorno ti trovasti lì

Davanti questi occhi
Che non credevano a sé
E in mezzo a questo mare

Tu sei la mia forza
Nel mezzo del dolore
Quando cado in ginocchio e smetto di sperare
E sei quella presa che mi afferra
E che mi dice non sei solo

Tu sei la mia forza
Quando ho da lavorare
E non so la fatica a che mi serve a fare
E sei chi sa sempre più di me
Mettere assieme le mie cose

Un giorno ti trovasti lì
Davanti questi occhi
Che non credevano a sé
E in mezzo a questo mare

Tu sei la mia forza
Da quando ti ho incontrato
Da quando questo cuore lentamente hai cambiato
E sei riuscito a farmi essere
Come non sarei stato mai

Un giorno ti trovasti lì
Davanti questi occhi
Che non credevano a sé
E in mezzo a questo mare

John Cohen è disteso in un letto con la veste nera e la croce rossa sul petto, senza mantello. Svegliandosi vede accanto a lui un personaggio con un vestito bianco molto sporco e invecchiato con una croce patente rossa sul petto.

CALOGRENANT: Sveglia Boanèrghes, è quasi finita! Sveglia, con animo proteso, la realtà è imprevedibile!

JOHN COHEN MEROVEO: Chi sei tu? Come fai a sapere chi sono?

CALOGRENANT: Il mistero di Dio si mostra nella storia come un fatto! Attraverso fatti concreti, per riconoscerlo basta essere spalancati e se ne coglieranno i segni! In questo caso il tuo abito parla per te Figlio del Tuono!

JOHN COHEN MEROVEO: Perché sono qui?

CALOGRENANT: La Sicilia è come una terra promessa. Se uno vi passasse, potrebbe non volersene più andare. Ma tu hai altro che ti aspetta!

JOHN COHEN MEROVEO: Come è possibile?

CALOGRENANT: Dio stabilisce il rapporto con l'uomo con libertà assoluta! Forme e modi, così come miracoli, sono suo appannaggio, possiamo così dire...

JOHN COHEN MEROVEO: Ma chi sei che parli cosi?

CALOGRENANT: Chi dici tu che io sia[493]? Il mio nome è Calogero, un nome greco, vuol dire bel vecchio... Sono l'ostiario[494] del Santuario della Madonna delle Milizie, ma qui sono conosciuto come Calogrenant, uno dei cavalieri della cerca del Graal[495] di arturiana memoria, perché sono anche cavaliere... E ricorda, le cose non hanno un nome proprio, le persone si, per questo è possibile il rapporto con Dio, perché abbiamo avuto in grazia di conoscerne il nome!

JOHN COHEN MEROVEO: Cavaliere? Di quale Ordine, sono stati tutti soppressi... Il mistero del trovarmi qui mi propone di ascoltare e credere, perciò eccomi[496], parla, il tuo servo ti ascolta[497]!

CALOGRENANT: Non importa, facciamo tutti parte dell'unica Chiesa! Conta invece perché tu sei qui! Egli indica la strada, designa i Suoi criteri, chiede disponibilità al proprio annuncio!

JOHN COHEN MEROVEO: Accada di me secondo la Sua parola[498], l'obbedienza è un gesto semplice al fondo...

CALOGRENANT: Il Dio della storia consigliò gli uomini con la voce dei profeti, poi lo potemmo guardare negli occhi per mezzo del Suo Figlio. Da quel giorno, la Chiesa è l'esperienza della convivenza con Lui, è quel "Seguimi!" diviene l'invito definitivo! Vieni con me, ti mostrerò cosa ti attende!

JOHN COHEN MEROVEO: Il cammino della certezza non si attesta mai definitivamente all'inizio, la strada è un credere continuo, alimentato da fatti che confermano, fatti e testimoni! Ma cosa vuoi mostrarmi?

CALOGRENANT: Ciò che ti ha raggiunto è una Grazia nobile. La medesima nobiltà che sul Golgota il Figlio di Dio mostrò verso l'umanità che lo avrebbe crocifisso! Egli è il primo cavaliere, solo Lui ha riconciliato popoli e nazioni nell'unico ideale di compimento e di felicità che gli uomini hanno sempre atteso! È attraverso il segno della croce che Egli cambia le sorti del mondo! La croce per noi è la spada con cui combattiamo il Menzognero, per questo la porti nel tuo abito!

JOHN COHEN MEROVEO: Ma io ho perduto la mia spada, sono disarmato! Non potrò più difendere nessuno... deboli, umili e indifesi sono ora senza protezione per mia parte!

CALOGRENANT: Perché Dio è il Trino? Ognuno nella Trinità ha la medesima natura, ma Egli è comunione, cioè amore e dipendenza totale tra Essi! Perciò non siamo più noi che viviamo, ma Egli vive in noi[499]! Pertanto, tu non sei Figlio del Tuono, quello è solo un appellativo, tu sei Figlio di Dio, puoi chiamarlo "Padre", non devi dimenticarlo. Ed è compito di ogni buon padre quello di non lasciare i propri figli disarmati verso la vita "chi non ha la spada venda la sua veste e ne compri una[500]" Egli ha detto!

JOHN COHEN MEROVEO: Non ho più nulla, sono un povero servo indegno, un figlio che va a tentoni disperso dal vento dei tempi oscuri in cui viviamo... Non credo di avere più nemmeno il diritto di portare armi!

CALOGRENANT: Ma tu non porti nemmeno te stesso, non sei portatore di una tua verità, non agisci con le tue sole forze, sei un fratello dell'Amen di Dio! E nessuno può fare nulla senza di Lui! Per questo un cavaliere combatte l'ipocrisia, vendica le ingiurie, ripara i torti, abbatte le insolenze con onore e coraggio, perché porta una Verità che va oltre sé, che non può manipolare, una verità incontrata nel Suo corpo che è la Chiesa!

JOHN COHEN MEROVEO: Perché continui a parlare di cavalleria, io non sono un cavaliere. Sono un precettore dei Figli del Tuono, la milizia dell'Immacolata, soprannominato tra l'altro "Corsaro Nero", figura molto lontana dagli onori medievali...

CALOGRENANT: Egli prolunga la Sua presenza nel mondo attraverso coloro che sceglie e che invia, affidandoci la missione di annunciarlo, in una catena indivisa tra l'aldilà e l'aldiquà, tra i nostri fratelli viventi e noi morenti! Cosa raccontiamo? Possiamo solo dire di ciò che abbiamo incontrato, di ciò che abbiamo udito, affinché e finché la fede non avrà fine, non abbia più ad essere necessaria, perché Egli farà ritorno! Tramandiamo l'amore che abbiamo ricevuto personalmente, perché tutta l'umanità è fatta per ricevere questa Grazia. Anche il più indegno di noi è fatto per questo, persino tu che ti struggi per orgoglio, per aver perduto il tuo scontro decisivo!

JOHN COHEN MEROVEO: Ho perso, ma non la battaglia, ma i miei amici. Incapace di difenderli, non ho meritato il loro amore...

CALOGRENANT: Già, hai ragione, sei indegno, sleale, ingiusto, infedele, iniquo e nonostante questo sei amato! Se dovessimo essere degni della salvezza, la nostra battaglia sarebbe già persa. Ma noi compartecipiamo di una vittoria che non è la nostra! Nessuno di noi ne è degno, per questo è Lui che ti rende tale! "Andate dunque e ammaestrate tutte le nazioni, battezzandole nel nome del Padre e del Figlio e dello Spirito Santo[501]"... Nessuno di noi è cavaliere, è Lui che ti vuole cavaliere! Perciò inginocchiati!

John Cohen si inginocchia.

JOHN COHEN MEROVEO: Io partecipo del vero di ciò che dici, medito e contemplo il compimento della volontà misteriosa del Verbo che annunci! Sarò onorato di ricevere il tocco della tua spada!

CALOGRENANT: No, non la mia Corsaro, Egli ora si fa giudicare presente, Egli ora si incarna, Egli ora sceglie uomini per l'incontro con Lui, Egli decide la forma della Chiesa che accoglie gli uomini tutti, Egli ora, si mostra presente nel segno tangibile del reale!
Per questo non la mia spada, ma quella che per te ha scelto sin da tempi inscrutabili! Perché tu possa svolgere la tua vocazione suprema, perché essa possa essere la tua croce, e attraverso lei tu possa rispondere alla tua chiamata!

Portare questo giogo è onore e come dici, ma anche la vera grande responsabilità di giustizia contro ogni infidia!

Calogrenant apre un baule da cui esce una grande luce.

JOHN COHEN MEROVEO: Se Dio è con noi, chi sarà contro di noi fratello! Io non sono pronto, ma sono certo di ciò che ha reso la mia vita degna di essere vissuta!

Calogrenant tira fuori dal baule una spada lucente e meravigliosa.

CALOGRENANT: Allora presto, eccola, la spada dell'Immacolata, della Madonna delle Milizie! Essa è qui che ti attende dall'anno 1091 della vecchia Era! Quando nella piana di Donnalucata il popolo, scontrandosi contro i saraceni, invocò la madre di Dio che così apparve in veste gloriosa, su un cavallo bianco, brandendola!
La sua luce scacciò via gli aggressori che non osarono mai più presentarsi! Essa è il nono segreto, forgiata nella fornace di una stella primordiale, da San Michele in persona, appena dopo l'avvento della spada di Lucifero, a difesa del paradiso!
Ora essa ti renderà cavaliere!

JOHN COHEN MEROVEO: Egli mi fa prediletto con un gesto di nuova alleanza, non una cerimonia, non un rito, ma grazia santificante, un sacramento!

CALOGRENANT: Nel nome del Padre, del Figlio e dello Spirito Santo, di Maria, Regina dell'Universo, di San Michele, di San Giorgio, San Giacomo e San Giovanni, ti faccio cavaliere! Alzati fratello e va, perché non basta che qualcuno ci parli di Dio, bisogna andare a vedere, verificare, godere e compartecipare della Sua vittoria contro le porte degli inferi!

JOHN COHEN MEROVEO: Dio mi è testimone, per la Croce e con la spada!

John Cohen si alza in piedi dopo l'investitura. Calogrenant prende dal baule il manto in cui era avvolta la spada.

CALOGRENANT: Fuori dalle porte del Cappella ti aspettano un destriero e una dozzina di cavalieri templari, sono gli ultimi rimasti! Cavalcheranno con te, saranno la tua compagnia, sarete insieme Chiesa, segno misterioso di adozione prediletta! Ma prima indossalo ti prego...
Tu sei un uomo maturo, ma io sono troppo anziano per accompagnarvi in questa ultima avventura. Perciò ti chiedo di indossare questo, il mio mantello bianco da cavaliere! Vi è affissa la croce patente, come memoria di una passione interiore da cui sgorga la nostra tenacia! Smetti perciò le vesti di Corsaro nero e sii ciò che sei chiamato ad essere, un Cavaliere bianco che porta la speranza agli uomini!

Calogrenant appone su John Cohen il mantello.

JOHN COHEN MEROVEO: Non a noi, o Signore, non a noi, ma al tuo nome dai gloria!

CALOGRENANT: Non nobis Domine, non nobis, sed nomini tuo da gloriam[502]!

NARRATORE: L'ultima battaglia fratricida si è compiuta. All'interno del Santuario di Fatima, l'ultima comunità cristiana è stata annientata, così come imprevedibilmente è stato sconfitto il Nemico. Rimane solo la povera Pilar, che come in una pietà michelangiolesca porta ora tra le braccia il corpo inanimato del primo uomo senza più un'anima.

Esecuzione dell'ottavo canto.

Cenere[503]

Ho visto cedere
Fermarsi il cuore di un bambino
Che era divenuto uomo

L'ho visto giacere
Un lenzuolo bianco sul suo corpo
Per noi era finito tutto

Ma cosa mai avrai pensato guardandomi quaggiù
Che sono molto meno uomo che non lo sarò più

Lei era lì che lo avvolgeva

Lei era lì che lo abbracciava
Ma non riuscivo a fare nulla e lo sapevi tu
Bloccato in mezzo a quella folla per cui morivi tu

L'ho vista piangere
Una spada tendere a sua madre
Le puntava dritta al cuore

Non ci ho creduto mai
Fin quando poi non ti ho toccato
E ho visto che eri vivo

Ma cosa mai avrai pensato guardandomi quaggiù
Che sono molto meno uomo che lo sarò di più

Lei era lì che lo avvolgeva
Lei era lì che lo abbracciava
Ma non riuscivo a fare nulla e lo sapevi tu
Bloccato in mezzo a quella folla per cui morivi tu

Sento la cenere
Qui sul mio capo e sulle labbra
Ho posata una preghiera

Pilar è per terra e tine il corpo di Adamo, parla con la sua voce da donna ora. Attorno a lei vi sono tutti i cadaveri dei suoi amici e dei suoi nemici. Una statua delle Madonna la guarda e lei ricambia lo sguardo.

PILAR: Ma il Figlio dell'uomo, quando verrà, troverà ancora la fede sulla terra?[504] Questa domanda brucia come folgore improvvisa nella mia memoria. Perché ciò che resta in questa notte è solo il mondo per cui Egli non pregò[505]...
Dei Suoi, infatti, non vi è più presenza. I Suoi che hanno avveduto gli uomini sul loro peccato, che non avrebbero trovato salvezza nelle loro sole forze. I Suoi, che furono attaccati ogni dove e ad ogni livello....

Fu minato il loro messaggio, rendendolo opinabile, un parere come altri. Fu detto che ognuno poteva interpretarlo a suo modo e che non vi era autorità necessaria a comunicarlo.

Fu ridotto a "parola", alla mercé di tutti!

Ciò rese quel messaggio manipolabile e perciò dominato dalla cultura imposta dal potere. E quindi divenne reattivo agli ideali dello stesso potere a cui non poteva che replicare moralistica-mente...

Poi fu indebolita l'autorevolezza dell'autorità apicale, per assoggettare al potere anche le autorità locali, che così scomparvero. L'individualismo, il rigorismo e la rimozione dell'autorità che permetteva di far fronte ad una cultura dominante fatta di ideali contrari, spogliò definitivamente il messaggio portato dai Suoi della sua stessa natura!

Quella di essere un fatto che provocasse l'intelligenza e i cuori dei popoli!

I Suoi vennero svuotati dall'essere segno di Lui, Suo popolo!

Adesso loro non sono nemmeno più... resto io forse?

Il mio nome è Pilar[506], che vuol dire "pilastro" ...

Intorno l'anno 40 della vecchia Era, infatti, si dice che l'Immacolata apparve a San Giacomo vicino le sponde del fiume Ebro, proprio sopra una colonna di alabastro dove gli infuse coraggio, lo spronò a continuare nella predicazione! Quella fu la prima apparizione mariana della storia!

Cosa vuol dire tutto questo? Che dovrò trovare il coraggio di ricominciare? Ma il cammino al vero trova forza nella sequela a qualcuno, questo lo libera dall'essere schiavo dai pensieri e dai convincimenti personali.

La tradizione popolare poi interpretò il mio nome come colonna portante e guida della famiglia umana! Ma cosa mai potrò senza la grazia dell'appartenenza a qualcosa di più grande.

Il Figlio dell'uomo poté attuare la realtà viva della Chiesa, un movimento di vita in cui coinvolgersi e in cui immischiarsi, per immedesimarsi nella Sua persona! Ma non sono dei Suoi, sono di altra stirpe. E non se non vi è Suo popolo che insorga, solo la Sua grazia può!

Egli deve, perché questo mondo non perda il seme della speranza...

Per sperare infatti è necessario imbattersi in un abbraccio, un incontro che stringa tutto a sé!

La salvezza infatti accade così, d'improvviso, come un grande amore che cambia il cuore e l'esistenza! Come l'esistenza stessa di questo luogo, Fatima, sorto dall'amore di un cavaliere templare, Gonçalo Hermingues, verso una mora, catturata durante la Riconquista cristiana... lei aveva nome Fatima appunto[507]! L'avvenimento di quell'amore, ha trasfigurato questo posto che ha accolto le apparizioni dell'Immacolata, che ebbero inizio proprio qui, nel luogo dove ora siamo, in questo Santuario.

Quel cavaliere era cosciente e aveva una percezione chiara dei valori che lo definivano, per lui andava custodita l'esperienza cristiana come cultura, come giudizio di verità verso un ideale per cui valesse la pena vivere, perché vero, perché verificato come autentico!

Rese questo luogo quindi, una sede dove avrebbero dovuto essere custodite le reliquie più importanti della cristianità, di proprietà del suo Ordine...

Ecco, quindi, che l'agire di quell'uomo è stato grazia per me, se egli non avesse portato qui i segni della realtà fisica del Verbo, io non sarei salva. L'anima dannata di Lilith, infatti, possedeva il mio corpo, e giunta qui, fui liberata da Eved Magdalene, che teneva in mano la grande reliquia del Santo Graal. La coppa sacra mi liberò, proprio mentre stava avvenendo il grande attacco dove l'ultimo gregge fu massacrato!

Un uomo in armatura rossa di nome Tubal-Cain avrebbe voluto riportarmi indietro. Gli sarebbe bastato questo diceva, non avrebbe torto alcun capello a nessuno, voleva solo riavermi! Ma vedendo che Lilith non era più in me, fu preso dalla costernazione, fece uccidere tutti i presenti e uccise personalmente Eved Magdalene che si era messa a mia protezione!

Ma questo lo portò ad un gesto inatteso, egli infatti si tolse la vita, come aggauntato dalla disperazione di un proprio fallimento! Credeva infatti, che se fosse morta Eved Magdalene, sarebbe tornato presto il Verbo su questa terra, e quindi, sarebbe finito il suo tempo di morte.

Però non era solo, nel momento in cui il popolo di Dio non vi era più, comparve Samaele, nel corpo del primo uomo, vestito di un'armatura verde come la terra. E proprio nel momento in cui venni da lui afferrata, una grande luce arrivò in mio soccorso...

Murrieta, infatti, vestito dall'armatura nera dei Figli del Tuono appariva, spalancando le porte del santuario e facendovi accedere il Cavaliere bianco, John Cohen Meroveo, brandendo una spada di fuoco, che emanava una luce mai vista.

Essi erano accompagnati da una dozzina di altri cavalieri che, soli e con coraggio si posero a nostra difesa sacrificandosi contro i soldati di Samaele.

Morirono felici, perché avevano compiuto il loro destino, avevano ritrovato il Graal!

La luce della spada splendé dopo il loro martirio, facendo fuggire tutti i soldati assassini... Ma John Cohen e Murrieta persero la vita combattendo contro Samaele e lasciando me, figlia del Diavolo e della stirpe dei Roman, senza più popolo, senza più Chiesa, senza più compagnia cristiana...

Chi libererà mai gli uomini senza più la comunione con Lui?

Solo morte intorno a me, solo solitudine, disperazione e questo corpo vuoto. Il cadavere del primo uomo, redento dal sangue del Verbo di Dio, che quando tornerà, gli ridonerà vita, già...

Quando farà ritorno... e nel frattempo? Ecco il decimo segreto, la fine della fede è giunta!

Dio fatto uomo, l'imprevedibile divenuto reale, compagno agli uomini... dove ragione, volontà e affezione si compiono secondo tutta la portata del cuore umano, tutta l'estensione delle sue attese, dei suoi desideri, di bellezza, felicità, giustizia... Dio dove tutto trova risposta... Ecco questo fatto finisce oggi con la fine del popolo di Dio, che era portatore della responsabilità della Sua Presenza. Dove due o tre sono riuniti nel mio nome io sono in mezzo a loro![508] Di quei due o tre non rimane nulla, io sono sola infatti, il mondo ha vinto! Cos'altro mi rimane a me stirpe del Diavolo, discendenza che porta le sue colpe e nessun merito...

Chi sono io senza Te?

Non ho più nessuno...

Persino l'universo muto ha una Madre...

Chissà come si sentì dopo l'annuncio della sua gravidanza... "Lo Spirito Santo scenderà su di te[509]..."

Anche lei era sola... non vi era ancora nessuno... tutto incominciava da lei... dalla sua libertà di giovane ragazza... come me...

Tutto ebbe inizio dal suo discreto affidarsi, all'annuncio impossibile, ma reale, del Mistero!

Veni Sancte Spiritus... veni per Mariam[510]!

Prendi il mio Sì o Padre di tutti...

Come Tua madre, mi rimane solo questo in fondo, solamente il sibilo di una flebile supplica:

Vieni Signore Gesù!

NARRATORE: E fu in quel momento che il primo uomo si risvegliò, dando inizio ai cieli nuovi e la nuova terra... e alla fine della fede!

Non perché il popolo di Dio non vi era più, ma perché da quel giorno, Cristo tornava ad essere personalmente compagnia agli uomini, per i secoli dei secoli!

Il Diavolo aveva rinnegato il disegno di Dio: abitare con gli uomini! La sua discendenza, ne aveva invece, pregato il ritorno!

Adamo rialzatosi, va verso la porta del Santuario e aprendola lascia che una grande luce penetri all'interno. Adamo si volge verso la luce e indica verso l'esterno, dando l'annuncio.

ADAMO: Ecco l'Agnello di Dio, ecco Colui che toglie il peccato dal mondo[511]! Viva Cristo Re!

Esecuzione del nono canto.

Fino alla fine

Fino alla fine della fede
Con tutto il sangue che si possiede
Anche invecchiato resisterà
Questo cuore ingrato
Ti cercherà

Cosa mai e chi amerà mai quel che sono
Per cosa varrà e per chi darò tutta la vita che
Sei tu
Ci sei tu
Che sei qui per me
C'è sempre stato un Cielo per noi
E servono i miei occhi per piangere
E serve la tua voce per perdonare

Fino alla fine della fede
Quante promesse che saprò tradire
Quante le strade che non prenderò
Che senza una luce
Non ti troverò

Cosa mai e chi amerà mai quel che sono
Per cosa varrà e per chi darò tutta la vita che
Sei tu
Ci sei tu
Che sei qui per me
C'è sempre stato un Cielo per noi
E servono i miei occhi per piangere
E serve la tua voce per perdonare
Me

Fino alla fine della fede
C'è sempre una pena che dovrò scontare
Lavorerò duro e sia come sia

Ma dove tornare
Sarà casa mia

Conclusione del narratore.

NARRATORE: Ci si accorse solo in seguito, e per l'eternità venne narrato, che nel giorno di Pasqua del 2033 dell'antica Era cristiana, una giovane donna, senza alcuna arma, ma con il suo Sì e la sua preghiera, aveva combattuto e vinto l'ultima delle battaglie, quella di decidere chi essere e quindi, a chi appartenere!

Aveva così fatto accadere l'ultimo miracolo, aveva davvero permesso, che la Grazia del Verbo, tornasse ad abitare in mezzo a noi[512]. Amen.

Lettura del componimento finale.

Il combattente[513]

Una cortina fumogena tra noi e il destino
vi è oltre l'ineffabile celato divino
Un arduo mistero da sondare a mai finire
ne è segno l'affanno amaro che avrai da sudare

Il peso della croce è tutto su queste spalle
la prova a cui sei chiamato per tendere alle stelle
Ricerca infelice di ardimentoso compimento
questa strada polverosa intrisa di lamento

Forza e coraggio avranno da bastare
ma impotenti saranno di fronte al dolore
Crudeli domande busseranno alle porte
quale salvezza potrà farti da consorte

E tutto alla fine ti apparirà perduto
perché chi è solo poi cade esiliato

Una sola grandezza fa di te il combattente
affermare che esiste il vero presente

Perché l'ideale non è mai immaginato
accade un bel giorno di averlo incrociato
Non è certo in te stesso che la speranza risiede
ma in un cielo amico che mostra il suo erede

Pertanto, il cammino non è mai solitario
se umile agisci vincerai l'avversario
L'ansiosa preghiera allora non sarà così funebre
il fuoco che hai dentro è luce che spezza le tenebre

Ringraziamenti

Siamo alla fine della grande impresa, la fine del terzo atto. Sono immensamente grato alla mia famiglia, che mi sostiene sempre. Grato ai miei amici e ai collaboratori nel lavoro.

Con questi "ringraziamenti", posso dire di essere grato particolarmente a Don Giuseppe Bianchini, per l'amicizia e per la grande tensione all'Ideale che manifesta in quello che fa. Poi Filippo Schilirò, fratello e commendatore dei Cavalieri Templari Cattolici, per l'intensità umana con cui trasmette la tradizione. Infine, ma non per ultimi, Federico Pertile un amico e rocker dal cuore tosto per davvero, Alfonso Ottomana, presidente della Nazionale Italiana Poeti, per avermi dato la fiducia artistica di cui avevo bisogno e Annamaria Genito per l'intensità del suo impegno nella vita.

NOTE PER LA MESSA IN SCENA

Si consiglia di accompagnare l'opera con la proiezione di opere d'arte che possano guidare alla narrazione. Soprattutto nei monologhi sarà necessario sostenere il dettato con delle immagini di contesto. Per eventuale musica di sottofondo rifarsi agli argomenti musicali della colonna sonora del romanzo "Il Destino nelle Sue mani". Per l'esecuzione dei canti e per la postazione del Narratore, ove possibile, trovare una posizione laterale che venga mostrata o nascosta a dovere.

SEGUI IL CANALE TELEGRAM UFFICIALE

EXTRA: A seguire una sorpresa. Una scena abbozzata, sotto forma di fumetto. Così come le tavole dedicate a Manuel Driven, anche questa singola scena è frutto di un appunto non rifinito. Volevo mostrarvela perché spiega il significato del nome "IL DESTINO NELLE SUE MANI". Grazie per essere arrivati fin qui!

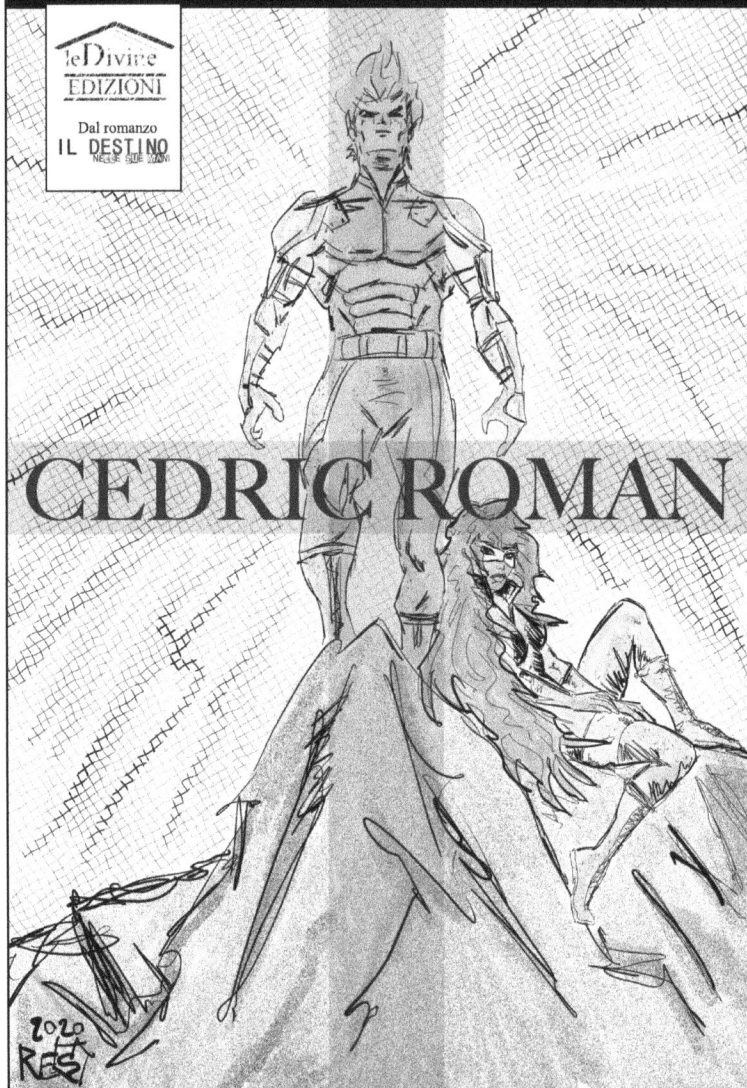

CANTO A COMMENTO DELLA SCENA

LA PIETÀ DEL TUO AMORE

ABBI PIETÀ DEL MIO CUORE
LE TUE PAROLE SANNO FAR MALE
SO DI NON SAPER AMARE
MA VOGLIO IMPARARE CHE COS'È L'AMORE DA TE

QUEL TUO SEMPLICE MODO DI FARE
ANCHE SOLO UN MINUTO LO VORREI AVERE
MA NON MI RITROVO CAPACE
MARCISCE LE COSE QUEL CHE POSSO DARE DA ME

NON È IN MIO POTERE SPERARE
MA L'ABISSO DEL MIO CUORE
NON CHIEDE CHE IL SUONO DI QUELLE PAROLE CHE
DICEVANO

TU NON SEI
TU NON SEI
SAPPI CHE
TU NON SEI SENZA DI ME, DI ME

HO UN MIO ATTEGGIAMENTO INFERNALE
QUANDO SU ME STESSO STO LÌ A SPROFONDARE
LA NOIA CHE RIESCO A PROVARE
MI STRAPPA DA TUTTO QUELLO CHE È REALE, PERCHÉ?

MA OGNI GIORNO RITORNO A SPERARE
PERCHÉ VIVERE È COMINCIARE
SEMPRE AD OGNI ISTANTE DALLE TUE PAROLE CHE
MI DICONO

TU NON SEI
TU NON SEI
SAPPI CHE
TU NON SEI SENZA DI ME, DI ME
TU NON SEI
TU NON SEI
SAPPI CHE
TU NON SEI SENZA DI ME MAI

TU NON SEI
SAPPI CHE TU NON SEI
TU NON SEI
E MAI SARAI SENZA ME

TU NON SEI SENZA DI ME
TU NON SEI SENZA DI ME
TU NON...

GHOST TRACK

Ragazzo di Campagna

Restano solo pochi attimi
Fotografati in ricordi indelebili
Il rosso del tramonto di campagna
E mio nonno, era lì, sguardo fiero e nostalgia

C'è una casa se vuoi
Oltre il manto di quei cieli bui
Che tra abbracci ed addi
Salutare qui non è per noi

E mio padre disse ascoltami
Fa il bravo che io sto combattendo per voi
Nella sua lotta con la malattia
Audace, era lì, un volto certo ed eroico

C'è una casa se vuoi
Oltre il manto di quei cieli bui
Che tra abbracci ed addi
Salutare qui non è per noi

Rimani qui tra pianti e suppliche
Mio caro figlio certo non finisce qua
La sorte ci ha mostrato anche di più
Un tesoro, qui c'è, oltre fango e polvere

C'è una casa se vuoi
Oltre il manto di quei cieli bui
Che tra abbracci ed addi
Salutare qui non è per noi
Non fa per noi

ANCORA UN ULTIMO CANTO

LA FORMA DELL'AMORE

E TI SENTI SOFFOCARE
FAI DEL BENE E PAGHI IL MALE
DI TE STESSO O QUALCUN ALTRO TANTO È UGUALE

SU UN FOGLIO POI DISEGNI UN CUORE
MA LA FORMA DELL'AMORE
È UNA CROCE CHE NON RIESCI AD ACCETTARE

CERCHI AMORE VERO
QUALCOSA DI PURO
CHE NON TI DELUDA MAI

TU CREDI CHE PER AMARE
TI BASTI VOLER BENE
MA CI È CHIESTO TUTTO SAI

TU VORRESTI RIPOSARE
MA DOVRAI PRIMA MORIRE
NON C'È PACE A QUESTO MONDO LASCIA STARE

E LA RABBIA CHE HAI NEL CUORE
CHE TI VERREBBE DI URLARE
CHE NEL CIELO FORSE UNO STA A SENTIRE

MA CHE SCENDA QUALCUNO
CHE TI AMI DAVVERO
E CHE PERDONI I TUOI GUAI

TU CREDI CHE PER AMARE
TI BASTI VOLER BENE
MA CI È CHIESTO TUTTO SAI

HAI UN CUORE PER AMARE
LA FORMA DELL'AMORE
IL DESTINO HA SCELTO NOI
CI È CHIESTO TUTTO SAI

[1] Luigi Giussani, *Riconoscere una presenza*, San Paolo 1998, p. 14.

[2] Luigi Giussani, *Riconoscere una presenza*, San Paolo 1998, p. 14.

[3] Luigi Giussani, *Riconoscere una presenza*, San Paolo 1998, p. 15.

[4] Luigi Giussani, *Riconoscere una presenza*, San Paolo 1998, p. 16.

[5] Luigi Giussani, *Riconoscere una presenza*, San Paolo 1998, p. 18.

[6] Luigi Giussani, *Riconoscere una presenza*, San Paolo 1998, p. 79.

[7] Claudio Chieffo, *Giovanni,* 1989.

[8] Luigi Giussani, *Riconoscere una presenza*, San Paolo 1998, p. 23.

[9] Peter Singer, *Etica pratica*, Liguori 1989, pp. 82,83.

[10] Il Museum of Modern Art (conosciuto anche con l'acronimo MoMA) si trova a Midtown Manhattan, New York, sulla 53ª strada, tra la Quinta e la Sesta Avenue. Fonte: Wikipedia, enciclopedia.

[11] Antonio Socci, *Indagine su Gesù*, BUR 2009, pp. 70 e ss.

[12] Le uniche fonti testuali che riferiscono della nascita di Gesù sono i Vangeli di Matteo e Luca, che però non forniscono indicazioni cronologiche precise. Assumendo la validità delle informazioni storiche da essi fornite è però possibile dedurre un probabile intervallo di tempo nel quale collocare l'evento. Sulla base di Mt 2 la nascita di Gesù va collocata qualche anno prima della morte di Erode (4 a.C.), tra il 7-5 a.C. Sulla base dell'accenno al censimento universale indetto da Augusto (8 a.C.) di Lc 2, la nascita va collocata nel periodo immediatamente seguente a questo. In definitiva sulla base dei Vangeli, le uniche fonti storiche disponibili al riguardo, la data della nascita di Gesù è ipotizzabile attorno al periodo 7-4 a.C. Fonte: Wikipedia, enciclopedia.

[13] Michea 5, 1,2.

[14] Nella Gallia merovingia e poi in quella carolingia il maggiordomo di palazzo, detto anche signore di palazzo o maestro di palazzo (in latino maior domus, "maggior servitore della casa"), era il funzionario che sovrintendeva al palazzo reale, all'epoca vero e proprio cuore amministrativo del regno. Chi veniva investito dell'incarico assumeva un potere pari quasi a quello del proprio signore: ne era il consigliere personale, assisteva alle udienze, ne svolgeva le veci in caso di assenza, di malattia, o di morte (in attesa dell'investitura del successore). Grazie a questa grande libertà di azione, con l'andare del tempo i maggiordomi assunsero un potere via via crescente, sia in ambito politico sia amministrativo, arrivando a occuparsi, in vece del sovrano, di tutte le attività politiche e militari, fino in alcuni casi a sostituire lo stesso Re. Fonte: Wikipedia, enciclopedia.

[15] Andrea Tornielli, *Inchiesta su Gesù Bambino. Misteri, leggende e verità sulla nascita che ha diviso in due la storia*, Gribaudi 2005, p.15.

[16] Bianchi-Giovini, Aurelio Angelo, *Storia degli Ebrei e delle loro sette e dottrine religiose durante il secondo tempio*, Milano, Pirotta 1844, p. 55.

[17] Aa.Vv., *Le grandi profezie della storia*, History Channel 2012, pp. 57-75.

[18] Il termine trascendenza, antitetico al concetto di immanenza, deriva dal latino ("trans" + "ascendere" = salire al di là) e in filosofia e teologia indica il carattere di una realtà concepita come ulteriore, "al di là" rispetto a questo mondo, al quale pertanto si contrappone secondo una visione dualistica. La trascendenza quando esprime una condizione oltre o al di fuori dell'esperienza umana assume il significato di "esterno a...", "non riconducibile a...". Il termine corrispondente trascendente, se si assume il significato etimologico di «ciò che è superiore ad ogni altro

nello stesso genere», può essere attribuito a ciò che è al di sopra dell'esperienza sensibile e della percezione fisica umana, come ad esempio Dio. Fonte: Wikipedia, enciclopedia.

[19] Antipapa Bonifacio VII, nato Francone (Roma, X secolo – Roma, 20 luglio 985), fu un cardinale romano che venne eletto papa nel 974, mentre era ancor vivo ed in carica papa Benedetto VI, per cui è considerato antipapa. Suo padre, secondo le fonti, si chiamava Ferruccio. In principio, subito dopo la morte di Giovanni XIII, il popolo appoggiò Francone sostenendo la sua elezione contro Benedetto VI, e continuò a sostenerlo dopo la deposizione di Benedetto (sebbene una parte, secondo il Liber Pontificalis, avrebbe appoggiato per 3 mesi Dono II), ma si ricredette dopo tutta una serie di sue azioni delittuose, come l'accecamento del capo della fazione che a lui si opponeva, il cardinale diacono Giovanni figlio di Roberto (confuso poi da storici del Medioevo, come Mariano Scoto e Goffredo da Viterbo, con il mai esistito Ioannes XIV Bis, anche per un errore di numerazione del pontificato di Giovanni XIV sul Liber Pontificalis). Bonifacio perse l'appoggio del popolo, così che le fonti contemporanee lo descrivono come un vero e proprio mostro. Il suo nome fu storpiato in Malefatius. Lo studioso Luigi Crisostomo Ferrucci, sempre in Studi storico-critici sul Pontificato e la Persona di Bonifacio VII (1856) sostiene che, secondo talune fonti, nel luglio 985 Bonifacio non sarebbe morto, ma sarebbe stato solo deposto e scacciato; l'ex-papa sarebbe morto, di solitudine e depressione, a Costantinopoli nel 987, protetto dall'imperatore Basilio II e dal Patriarca Nicola II Crisoberge, mentre a Roma c'era Giovanni XV. Poi il corpo sarebbe stato riportato a Roma e seppellito in San Pietro per volontà del clero romano, contro la volontà dello stesso Giovanni XV cui il clero era ostile. Ma non esistono dati storici attendibili che confermino tali fonti. Nel 1903 Bonifacio VII fu riconosciuto ufficialmente antipapa e quindi escluso da ogni dignità pontificia. Fonte: Wikipedia, enciclopedia.

[20] Giovanni 21, 22.

[21] Nella pseudostoria viene collocato negli anni di costruzione del Tempio di Salomone, ricorre spesso come figura allegorica nel rituale massonico. Nella convenzione massonica è indicato come l'architetto capo della costruzione del tempio di Salomone, edificato attorno all'anno 988 a.C.. Secondo la massoneria il concetto di Hiram risorto sta a identificare il raggiungimento dell'Illuminazione. Secondo la versione della storia utilizzata nel tradizionale rituale massonico, l'architetto Hiram Abif venne ucciso da tre operai, che lavoravano alla costruzione del tempio, nel tentativo di estorcere informazioni segrete al Grande Capo Mastro. Quali che fossero queste informazioni o segreti, Hiram non rivelò nulla. Fonte: Wikipedia, enciclopedia.

[22] Gli Illuminati (conosciuti anche come gli Illuminati di Baviera o più precisamente l'Ordine degli Illuminati) sono stati una società segreta nata in Baviera nel XVIII secolo. Venne istituita a Ingolstadt (Germania) il 1° maggio del 1776 da Johann Adam Weishaupt (1748–1830) come alternativa alla massoneria, assumendone una struttura analoga. Sebbene sia in dubbio l'attuale esistenza di tale società, essa è spesso menzionata nell'ambito delle teorie del complotto per indicare presunti gruppi di potere e di pressione che eserciterebbero segretamente o, secondo altre versioni, aspirerebbero al dominio del mondo mediante l'instaurazione di un nuovo ordine mondiale. Fonte: Wikipedia, enciclopedia.

[23] Jean Jacques Rousseau, *Emilio*, Laterza 2006.

[24] Antonio Socci, *Indagine su Gesù*, BUR 2009, p. 13.

[25] Giovanni 1, 42

[26] La perifrasi discepolo che Gesù amava (in greco μαθητὴς ὃν ἠγάπα ὁ Ἰησοῦς, ho mathētēs hon ēgapā ho Iēsous) è utilizzata nel Vangelo secondo Giovanni per indicare, secondo la tradizione e l'ipotesi più probabile, lo stesso Giovanni, anche se alcuni degli ultimi studi di alcuni esegeti tendono ad escludere che si tratti di Giovanni l'apostolo. La vecchia traduzione "discepolo prediletto" è stata abbandonata da molti traduttori, perché sembra suggerire una preferenza particolare per questo discepolo. Tale sfumatura, però, è assente nel testo greco. Nella tradizione antica il discepolo amato è concordemente identificato dai commentatori con Giovanni figlio di Zebedeo e fratello di Giacomo. L'ipotesi sembra tuttora spiegare al meglio i dati a nostra disposizione. Fonte: Wikipedia, enciclopedia.

[27] Giovanni (Betsaida, circa 10 – Efeso, tra il 98-99 e il 104 d.C.) è stato un apostolo di Gesù. La tradizione cristiana lo identifica con l'autore del quarto vangelo e per questo gli viene attribuito anche l'epiteto di evangelista. Secondo le narrazioni dei vangeli canonici era il figlio di Zebedeo e Salome e fratello dell'apostolo Giacomo il Maggiore. Prima di seguire Gesù era discepolo di Giovanni Battista. La tradizione gli attribuisce un ruolo speciale all'interno della cerchia dei dodici apostoli: compreso nel ristretto gruppo includente anche Pietro e Giacomo il Maggiore, lo identifica con «il discepolo che Gesù amava», partecipe dei principali eventi della vita e del ministero del maestro e unico degli apostoli presente alla sua morte in croce. Secondo antiche tradizioni cristiane Giovanni sarebbe morto in tarda età ad Efeso, ultimo sopravvissuto dei dodici apostoli. A lui la tradizione cristiana ha attribuito cinque testi neotestamentari: il Vangelo secondo Giovanni, le tre Lettere di Giovanni e l'Apocalisse di Giovanni. Altra opera a lui attribuita è l'Apocrifo di Giovanni (non riconosciuto testo divinamente ispirato dalla Chiesa Cattolica e Ortodossa). Per la profondità speculativa dei suoi scritti è stato tradizionalmente indicato come "il teologo" per antonomasia, raffigurato artisticamente col simbolo dell'aquila, attribuitogli in quanto, con la sua visione descritta nell'Apocalisse, avrebbe contemplato la Vera Luce del Verbo, come descritto nel Prologo del quarto vangelo, così come l'aquila, si riteneva, può fissare direttamente la luce solare. Fonte: Wikipedia, enciclopedia.

[28] Ulisse Bacci, *Il libro del vero Massone*, Gherardo Casini Editore 2011.

[29] Serge Raynaud de la Ferriere (Parigi, 18 gennaio 1916 – Nizza, 1962) è stato un esoterista e filosofo francese. È noto per avere fondato l'organizzazione denominata Grande fraternità universale. Fonte: Wikipedia, enciclopedia.

[30] La parola aramaica Boanerghes (Βοανηργες in caratteri greci) significa "Figli del tuono" ed è il titolo che, nel Vangelo secondo Marco, Gesù attribuisce a due dei suoi discepoli: «Giacomo di Zebedèo e Giovanni fratello di Giacomo, ai quali Gesù diede il nome di Boanèrghes, cioè figli del tuono». Fonte: Wikipedia, enciclopedia.

[31] Marco 3, 17.

[32] Messaggio della Madonna delle tre fontane, 12 aprile 1947.

[33] Mons. Fauso Rossi, *La Vergine della Rivelazione*, Ed. Roma 1993.

[34] Luigi Giussani, *Riconoscere una presenza*, San Paolo 1998, p. 35.

[35] Luigi Giussani, *Riconoscere una presenza*, San Paolo 1998, p. 26.

[36] Luigi Giussani, *Riconoscere una presenza*, San Paolo 1998, p. 115.

[37] Luca 7, 13-15.

[38] Incontro con don Giacomo Tantardini al Centro culturale Fabio Locatelli di Bergamo, 15 dicembre 2000, *Il cristianesimo: una storia semplice.*

[39] Vittorio Messori, *Ipotesi su Gesù*, Sei 1976, p. 91.

⁴⁰ Anonimo umbro - *Crocifissione* - 13° sec. - Museo Comunale di Lucignano - Arezzo (Italia).

⁴¹ La Gematria, anche ghimatriah, ghematriah o ghematria (in ebraico: גימטריא/גימטריה?, traslitt. gēmaṭrijā) è una scienza dell'ebraismo che studia le parole scritte in lingua ebraica e assegna loro valori numerici: questo sistema afferma che parole e/o frasi con valore numerico identico siano correlate, o dimostrino una qualche relazione col numero stesso, applicato, per esempio, all'età di una persona, a un anno del calendario ebraico o simili. È uno dei metodi di analisi utilizzati nella cabala. Fonte: Wikipedia, enciclopedia.

⁴² Paul Gustave Louis Cristophe Doré, [ɡys'ta:v dɔʁ'e:] (Strasburgo, 6 gennaio 1832 – Parigi, 23 gennaio 1883), è stato un pittore e incisore francese. Illustratore di straordinario valore, disegnatore e litografo, è noto soprattutto per le sue illustrazioni della Divina Commedia di Dante, ma questa opera è solo una delle molte che ha illustrato. Fonte: Wikipedia, enciclopedia.

⁴³ La locuzione Novus Ordo Seclorum (latino per "nuovo ordine dei secoli") appare sull'altro lato del Great Seal of the United States, disegnato inizialmente nel 1782 e stampato per la prima volta sul retro della banconota da 1 dollaro del dollaro USA sin dal 1935. La frase appare anche nello stemma della Yale School of Management della Yale University. La frase, spesso tradotta erroneamente come "Nuovo Ordine Mondiale" che in latino sarebbe invece Novus Ordo Mundi, è stata spesso concettualmente associata alla teoria del complotto del Nuovo ordine mondiale. Fonte: Wikipedia, enciclopedia.

⁴⁴ La Sibilla Cumana (gr. Σίβυλλα, lat. Sibylla), sacerdotessa di Apollo, è una delle più importanti Sibille, figure profetiche delle religioni greca e romana. Fonte: Wikipedia, enciclopedia.

⁴⁵ Johann Adam Weishaupt (Ingolstadt, 6 febbraio 1748 – Gotha, 18 novembre 1830) è stato un filosofo tedesco, fondatore dell'Ordine degli Illuminati. Alcuni scritti di Weishaput, intercettati nel 1784, furono considerati sediziosi dalle autorità nazionali e portarono allo scioglimento dell'Ordine da parte dell'Elettore di Baviera Carlo Teodoro, nel 1784. Weishaupt perse il suo incarico all'Università di Ingolstadt e costretto a fuggire dalla Baviera. Riparò nella città di Gotha, e durante tale periodo ricevette l'aiuto del duca Ernesto II di Sassonia-Gotha-Altenburg. Morì a Gotha nel 1811, ma i suoi ultimi anni sono avvolti nell'oscurità, tanto che alcune fonti ritengono che sia morto nel 1830. Fonte: Wikipedia, enciclopedia.

⁴⁶ Rinaldo Caccia, *Sulle orme dell'uomo*, Youcanprint, p. 77.

⁴⁷ Romani 8, 22.

⁴⁸ Aa.Vv., *La Massoneria, il vincolo fraterno che gioca con la storia*, Giunti 2010, p. 47.

⁴⁹La locuzione White Anglo-Saxon Protestant (gli statunitensi usano direttamente l'acronimo WASP, che in inglese indica anche la vespa), tradotto in italiano con "Bianco Anglo-Sassone Protestante", indica un cittadino statunitense discendente dei colonizzatori originari inglesi, non appartenente quindi a nessuna delle tradizionali minoranze (nativi americani, afroamericani, asiatici, scandinavi, tedeschi, francesi, irlandesi, ebrei, ispanici, italoamericani, europei orientali o slavi). Fonte: Wikipedia, enciclopedia.

⁵⁰ Cronos, che i latini identificarono con Saturno, era il più giovane dei Titani; prese per sposa Rhea, nota anche come Cibele, nome della dea frigia chiamata "Madre degli dèi" o la "Grande Madre". Ebbe molti figli: Hestia o Vesta, Demetra o Cerere, Hera o Giunone, Hades o Plutone, Poseidone o Nettuno, Zeus o Giove. Un oracolo aveva predetto a Cronos che uno dei suoi figli lo avrebbe spodestato e dopo quanto

era capitato ad Urano, l'oracolo era ben credibile. Non potendo uccidere i suoi figli, in quanto come divinità immortali, appena nati li ingoiava. Cronos, che più tardi sarà assimilato con Chronos, il Tempo, era nato come mito per spiegare i cicli dell'anno agricolo e gli aspetti connessi alla fecondità e successione del regno; finirà poi, per assumere un nuovo significato: il tempo che divora tutte le cose che egli stesso ha creato. Fonte: Mitologia Greca, blog.

[51] Rocky Marciano, pseudonimo di Rocco Francis Marchegiano (Brockton, 1° settembre 1923 – Newton, 31 agosto 1969), è stato un pugile statunitense di origine italiana. Ritenuto il migliore pugile di tutti i tempi da molti esperti, fu campione del mondo dei pesi massimi 1952-1956 e fu l'unico peso massimo della storia a ritirarsi imbattuto, difendendo il titolo sei volte. Fonte: Wikipedia, enciclopedia.

[52] Leonida I (dorico: Λεωνίδᾱς, Leōnídās; ionico e attico: Λεωνίδης, Leōnídēs, "figlio del leone"; Sparta, 540 a.C. circa – Termopili, agosto o settembre 480 a.C.) fu re di Sparta tra il 490 e il 480 a.C. Figlio del re di Sparta Anassandrida II, appartenente alla famiglia degli Agiadi, succedette al fratellastro Cleomene I, di cui sposò la figlia Gorgo, e perse la vita combattendo coi 300 soldati della sua guardia nella celebre battaglia delle Termopili, parte della Seconda Guerra Persiana. Fonte: Wikipedia, enciclopedia.

[53] Giovanni 16, 16-20.

[54] Luigi Giussani, *Riconoscere una presenza*, San Paolo 1998, p. 28.

[55] Il Simbolo niceno-costantinopolitano, detto anche Credo niceno-costantinopolitano, è una formula di fede relativa all'unicità di Dio, alla natura di Gesù e, implicitamente, pur senza usare il termine, alla trinità delle persone divine. Composto, in origine, dalla formulazione approvata al primo Concilio di Nicea (325) (a cui vennero aggiunti ampliamenti, relativi anche allo Spirito Santo, nel primo Concilio di Costantinopoli) esso fu redatto a seguito delle dispute che attraversavano la chiesa del IV secolo, soprattutto a causa delle teorie cristologiche di Ario (Arianesimo), sacerdote di Alessandria. Fonte: Wikipedia, enciclopedia.

[56] Matteo 16, 18.

[57] Luca 1, 52.

[58] Salmi 69.

[59] Il Bohemian Grove (traducibile dall'inglese come "boschetto dei bohemian", ovvero i membri dell'omonimo club) è un campeggio privato ubicato in California, negli USA. Ampio circa 2700 acri (1100 ettari) è situato in un bosco presso 20601 Bohemian Avenue, a Monte Rio (California). Appartiene al circolo privato elitario noto come Bohemian Club che per due settimane, nella metà del mese di luglio di ogni anno, vi ospita alcuni degli uomini più ricchi e potenti del pianeta. Il Bohemian Grove è noto anche per avere ospitato un incontro tra alcuni esponenti di punta del progetto Manhattan, nonché per gli spettacoli ricchi di riferimenti rituali che vi vengono organizzati. Fonte: Wikipedia, enciclopedia.

[60] Paolo Malatesta e Francesca da Polenta sono due figure di amanti entrate a far parte dell'immaginario popolare sentimentale, pur appartenendo anche alla storia e alla letteratura. In vita furono cognati (Francesca era infatti sposata con Gianciotto, fratello di Paolo) e questo amore li condusse alla morte per mano del marito di Francesca. Fonte: Wikipedia, enciclopedia.

[61] La Comedìa, o Commedia, conosciuta soprattutto come Divina Commedia, è un poema allegorico-didascalico di Dante Alighieri, scritto in terzine incatenate di endecasillabi (poi chiamate per antonomasia terzine dantesche) in lingua volgare fiorentina. Composta secondo i critici tra il 1306/07 e il 1321, anni del suo esilio in Lunigiana e Romagna, la Commedia è il capolavoro di Dante ed è universalmente

ritenuta una delle più grandi opere della letteratura di tutti i tempi, nonché una delle più importanti testimonianze della civiltà medievale, tanto da essere conosciuta e studiata in tutto il mondo. l poema è diviso in tre parti, chiamate «cantiche» (Inferno, Purgatorio e Paradiso), ognuna delle quali composta da 33 canti (tranne l'Inferno, che contiene un ulteriore canto proemiale). Il poeta narra di un viaggio immaginario, ovvero di un Itinerarium mentis in Deum, attraverso i tre regni ultraterreni che lo condurrà fino alla visione della Trinità. La sua rappresentazione immaginaria e allegorica dell'oltretomba cristiano è un culmine della visione medievale del mondo sviluppatasi nella Chiesa cattolica. Fonte: Wikipedia, enciclopedia.

[62] Dante, *Divina Commedia*, Inferno V, 100-108, 127-138.

[63] Skull and Bones («Teschio e ossa» in lingua italiana) è una società segreta studentesca dell'università di Yale, in Connecticut, formata da quindici senior scelti l'anno accademico precedente. È la più antica fra associazioni analoghe presenti a Yale, essendo stata fondata nel 1832 durante la presidenza di Andrew Jackson. La Russell Trust Association, composta dagli ex-membri, ne amministra il patrimonio immobiliare e la gestione organizzativa. Skull and Bones è colloquialmente chiamata «Bones» e i suoi appartenenti «Bonesmen». Per via del suo carattere riservato e di un elevato numero di illustri ex-appartenenti, è stata citata in varie teorie del complotto. Fonte: Wikipedia, enciclopedia.

[64] Nicolò Felice, *I dieci segreti di Fatima*, Segno 2013, pp. 192-195.

[65] Papa Leone XIII (in latino: Leo PP. XIII, nato Vincenzo Gioacchino Raffaele Luigi Pecci; Carpineto Romano, 2 marzo 1810 – Roma, 20 luglio 1903) è stato il 256° papa della Chiesa cattolica (dal 1878 alla morte). È ricordato nella storia dei papi dell'epoca moderna come Pontefice che ritenne che fra i compiti della Chiesa rientrasse anche l'attività pastorale in campo socio-politico. Se con lui non si ebbe la promulgazione di ulteriori dogmi dopo quello dell'infallibilità papale solennemente proclamato dal Concilio Vaticano I, egli viene tuttavia ricordato quale papa delle encicliche: ne scrisse ben 86, con lo scopo di superare l'isolamento nel quale la Santa Sede si era ritrovata dopo la perdita del potere temporale con l'unità d'Italia. Fonte: Wikipedia, enciclopedia.

[66] Il 13 ottobre 1884 papa Leone XIII avrebbe avuto una visione - al termine della Messa in Vaticano - nella quale il Maligno minacciava la Chiesa: subito dopo aveva composto la preghiera (in forma estesa), raccomandando che fosse recitata al termine di ogni messa, oltre ad inserirla nella raccolta degli esorcismi. Nel 1886, ciò divenne una legge interna alla Chiesa e la preghiera a San Michele in forma abbreviata fu inserita insieme alle Preci leonine, da recitare al termine delle messe non cantate. La preghiera continuò ad essere recitata fino al 26 settembre 1964, quando, con la riforma liturgica nata in seno al Concilio Vaticano II, l'istruzione "Inter oecumenici" n.48, § j, decretò: "...le preghiere leoniane sono soppresse". Fonte: Wikipedia, enciclopedia.

[67] Qumran era una località del Vicino Oriente abitata da una comunità essena sulla riva occidentale del Mar Morto, nell'attuale Cisgiordania, vicino alle rovine di Gerico. Il sito fu costruito tra il 150 a.C. e il 130 a.C. e vide varie fasi di occupazione finché, nell'estate del 68, Tito, al comando della legione X Fretensis, la distrusse. Qumran è divenuta famosa in seguito alla scoperta nel 1947 dei cosiddetti Manoscritti del Mar Morto e dei resti di un monastero dove si ritiene vivesse una comunità di Esseni. Fonte: Wikipedia, enciclopedia.

[68] Martin Lutero era figlio di Hans Luther (1459-1530) e Margarethe Ziegler (1459-1531). Fonte: Wikipedia, enciclopedia.

[69] Giovanni 6, 68.

[70] Giovanni 15, 8.

[71] Luigi Giussani, *Riconoscere una presenza*, San Paolo 1998, p. 37.

[72] Luigi Giussani, *Riconoscere una presenza*, San Paolo 1998, p. 67.

[73] Luigi Giussani, *Riconoscere una presenza*, San Paolo 1998, p. 35.

[74] Apocalisse 1, 14,15.

[75] Patmo (in greco: Πάτμος Patmos) o Patmos, è un'isola dell'Egeo. L'isola è famosa poiché, secondo un'antichissima tradizione cristiana, l'apostolo Giovanni fu qui esiliato dall'imperatore Domiziano dal 95 al 100 d.C. Durante questo periodo egli ebbe le sue famose visioni da Gesù, che portarono alla redazione del Libro delle Rivelazioni. Fonte: Wikipedia, enciclopedia.

[76] Nel libro della Genesi è il luogo in cui Dio mise tutti gli esseri viventi, tra cui Adamo ed Eva, la prima coppia umana, dopo averli creati da un'altra parte. Esso si trovava ad oriente (di Israele) e dal giardino usciva un fiume che si divideva in quattro rami fluviali: il Tigri, l'Eufrate, il Pison che circondava la terra di Avila e il Gihon che circondava la terra di Etiopia. Eden è una parola sumera che significa "steppa, pianura", mentre in ebraico il paradiso (sia quello terrestre primigenio sia l'aldilà) viene indicato con la locuzione Gan 'Eden (גן עדן), traducibile con "giardino delle Delizie" (Genesi 2,8-14). Fonte: Wikipedia, enciclopedia.

[77] Genesi 2, 16,17.

[78] Genesi 9, 27.

[79] Apocalisse 8, 1-13.

[80] *Apostoli ed evangelisti, dove sono le reliquie*, Il mio Papa, articolo online, 9 novembre 2014

[81] Fëdor Michajlovič Dostoevskij noto come Fëdor Dostoevskij (in russo: Фёдор Михайлович Достоевский?; [ˈfʲɵdər mʲɪˈxajləvʲɪtɕ dəstɐˈjɛfskʲɪj]; Mosca, 11 novembre 1821 – San Pietroburgo, 9 febbraio 1881) è stato uno scrittore e filosofo russo. È considerato, insieme a Tolstoj, uno dei più grandi romanzieri e pensatori russi di tutti i tempi. A lui è intitolato il cratere Dostoevskij sulla superficie di Mercurio. Fonte: Wikipedia, enciclopedia.

[82] Fedor Dostoevskij, *Epistolario*, Edizioni scientifiche italiane 1951, vol. I, p. 169.

[83] Le strade attuali per un ipotetico viaggio nel tempo quindi, resterebbero quelle sullo studio sui buchi spaziotemporali e l'analisi di buchi neri (meglio se carichi elettricamente, anche se questi ultimi non sono mai stati individuati), confrontati sempre con lo studio sulla legge di conservazione dell'energia [...]Un ulteriore modalità di viaggio nel tempo è l'attraversamento di dimensioni esterne allo spaziotempo; la teoria delle stringhe ad esempio, ipotizza l'esistenza di dieci dimensioni. Le dimensioni aumentano a seconda della lente, della scala di misura con la quale si osserva l'universo. Sei di queste dimensioni sono in più rispetto a quelle note dello spazio tempo, "arrotolate" e compresse in un piccolissimo raggio, per cui punti diversi dello spazio-tempo potrebbero essere collegati da una di queste dimensioni. Viaggiando attraverso di esse, si otterrebbe una "scorciatoia" per collegare due punti, nello spazio e/o nel tempo, senza superare il limite teorico della velocità della luce. Fonte: Wikipedia, enciclopedia.

[84] Tra il 1937 e il 1945 il KL di Buchenwald divenne uno dei più importanti campi di concentramento e sterminio nonostante i suoi piccoli inizi. Il 16 luglio 1937, infatti, «un commando di circa 300 deportati, provenienti dal disciolto campo di concentramento di Lichtenburg, presso Lipsia, eresse, con attrezzi primitivi ed insufficienti, le prime baracche del campo di Buchenwald, ricavando il legname dalla foresta di Ettersberg, foresta, che fu a suo tempo prediletta da Johann Wolfgang von Goethe» (Le SS lasciarono in piedi *L'albero di Goethe* sotto il quale il grande

poeta amava stare per scrivere le sue opere, all'interno di Buchenwald). Fonte: Wikipedia, enciclopedia.

[85] Giovanni 38.

[86] Giovanni 18, 37.

[87] Lo **Sheol**, in ebraico שאול (Sh'ol), è il termine usato nell'Antico Testamento o Tanakh per indicare il regno dei morti, spesso abbinato ad un altro vocabolo ebraico, *Abaddon*. Fonte: Wikipedia, enciclopedia.

[88] Le leggi Jim Crow furono delle leggi locali e dei singoli stati degli Stati Uniti d'America emanate tra il 1876 e il 1965. Di fatto servirono a creare e mantenere la segregazione razziale in tutti i servizi pubblici, istituendo uno status definito di "separati ma uguali" per i neri americani e per i membri di altri gruppi razziali diversi dai bianchi. Fonte: Wikipedia, enciclopedia.

[89] Louis Pasteur (Dole, 27 dicembre 1822 – Marnes-la-Coquette, 28 settembre 1895) è stato un chimico, biologo e microbiologo francese. Grazie alle sue scoperte e alla sua attività di ricerca è universalmente considerato il fondatore della moderna microbiologia. Ha inoltre operato nel campo della chimica, e di lui si ricorda la teoria sull'enantiomeria dei cristalli. Fonte: Wikipedia, enciclopedia.

[90] Sono dette Leggi di Norimberga (in tedesco: Nürnberger Gesetze) l'insieme di tre leggi promulgate il 15 settembre 1935 dal Reichstag del Partito Nazionalsocialista, convocato a Norimberga in occasione del 7° Raduno. Le leggi comprendevano:
la "legge per la protezione del sangue e dell'onore tedesco" (RGBl. I S. 1146);
la "legge sulla cittadinanza del Reich" (RGBl. I S. 1146);
la "legge sulla bandiera del Reich", promulgata anch'essa in quella data e inclusa nella definizione delle "leggi di Norimberga", anche se orientamenti dell'epoca tendevano a non comprenderla. Fonte: Wikipedia, enciclopedia.

[91] Il Comandamento dell'amore è un insegnamento lasciato da Gesù Cristo che costituisce il fulcro dell'etica cristiana. Ha un ruolo centrale nel Nuovo Testamento, dove il comandamento viene ribadito e declinato più volte e in formule diverse. Fonte: Wikipedia, enciclopedia.

[92] Antonio Socci, *Indagine su Gesù*, BUR 2009, p. 24.

[93] Thomas Woods, *Come la Chiesa Cattolica ha costruito la civiltà occidentale*, Cantagalli 2007, p.14 e ss.

[94] Antonio Socci, *Indagine su Gesù*, BUR 2009, p. 24.

[95] Martin Luther King Jr., nato Michael King Jr. (Atlanta, 15 gennaio 1929 – Memphis, 4 aprile 1968), è stato un pastore protestante, politico e attivista statunitense, leader del movimento per i diritti civili degli afroamericani. Fonte: Wikipedia, enciclopedia.

[96] Secondo il racconto biblico (vangeli e Atti degli Apostoli) Gesù salì al cielo con il suo corpo, alla presenza dei suoi apostoli, per unirsi fisicamente al Padre, per non comparire più sulla Terra fino alla sua Seconda venuta (parusìa). Il resoconto dell'ascensione di Gesù, pur essendo uno degli eventi centrali del cristianesimo, è riportato solo dal Vangelo secondo Luca e dagli Atti degli Apostoli. Negli Atti, l'evento avviene 40 giorni dopo la Risurrezione, mentre il Vangelo secondo Luca lo colloca il giorno stesso della Risurrezione (vedi approfondimento alla sezione "Tempo"). Fonte: Wikipedia, enciclopedia.

[97] Jean Jacques Rousseau, *Emilio*, La Scuola 1967, pp. 325,326 (La professione di fede del vicario savoiardo.)

[98] Andriana Mascagni, *Ora so* (da "Canti per l'assemblea cristiana" vol.1) 2013.

[99] Giovanni 18, 10,11.

[100] Matteo 26,51-52, Marco 14,47, Luca 22, 50,51.

[101] Giovanni 12, 31.

[102] La Bibbia, nell'Antico Testamento (Es: 2 Re 23:10; Geremia 7:31), cita alcune volte un certo dio Moloch venerato dai Cananei al quale venivano offerti dei bambini in sacrificio (la Bibbia dice "passati per il fuoco"). Sempre la Bibbia indica col nome di tofet il luogo dove avvenivano questi sacrifici. In particolare si trovano riferimenti a Moloch nel Levitico dove Dio comanda di mettere a morte coloro che gli offrono i figli in sacrificio (Levitico 18,21; 20,2-5). Altre citazioni sono presenti nel Secondo Libro dei Re. Fonte: Wikipedia, enciclopedia.

[103] Bernard McGinn, *L'abate calabrese. Giocchino da Fiore nella storia del pensiero occidentale*, Lampi di Stampa 1999, p. 119.

[104] Claudio Chieffo, *Amare ancora*, 1973.

[105] Prima lettera a Timoteo 1, 16.

[106] Sant'Agostino, *Commento alla I Lettera di Giovanni* 2, 14.

[107] Una lettera di corsa, detta anche lettera di marca o patente di corsa, era una garanzia (o commissione) emessa da un governo nazionale che autorizzava l'agente designato a cercare, catturare o distruggere, beni o personale appartenenti ad una parte che aveva commesso una qualche offesa alle leggi o ai beni o ai cittadini della nazione che rilasciava la patente. Fonte: Wikipedia, enciclopedia.

[108] Il corsaro era un privato cittadino che, munito dal governo di uno Stato di un'apposita autorizzazione formale (lettera di corsa) in cambio della cessione allo stesso di parte degli utili conseguiti, era autorizzato ad assalire e rapinare le navi mercantili delle nazioni nemiche; pur comportandosi alla stessa maniera di un pirata, quindi, il corsaro svolgeva invece un'attività legittima e non criminale, ed era autorizzato a uccidere persone ma solo in combattimento. Fonte: Wikipedia, enciclopedia.

[109] Cittadina alla periferia del Cairo, Zeitun fu teatro, dal 1968 al 1970, di una serie di avvistamenti di corpi luminosi seguiti dall'apparizione della figura della Vergine. Precedute spesso da insoliti bagliori, tali manifestazioni si verificavano nei pressi di una chiesa locale copta. Gli eventi ebbero inizio il 2 Aprile del '68, quando nel cielo notturno comparvero alcune "figure spirituali" simili a colombe bianche che sorvolarono rapidamente la chiesa. Pochi istanti dopo apparve una nube, luminosa, di forma e dimensioni confuse, che modificandosi, assunse le caratteristiche di una sagoma umana, dai contorni femminili. Secondo le dichiarazioni di un alto prelato copto e di alcuni testimoni, l'immagine era talmente radiosa da non essere quasi osservabile anche ad occhi socchiusi. Fonte: mariadinazareth.it, sito web.

[110] Davide Rondoni, *I ragazzi del '99. Lettere da un'esperienza nelle scuole superiori*, Edizioni Guaraldi 1999.

[111] Luigi Giussani, *Testimonianza a Fermo* 2 novembre 1986.

[112] Dal 1969, la Chiesa Copta ortodossa inserì nel suo calendario liturgico una festa della trasfigurazione della Vergine Maria a Zeitoun, che viene ora celebrata ogni anno il 24 barmahat, che corrisponde al nostro 2 aprile. Quale potrebbe essere il significato di una tale impressionante manifestazione della Vergine? Zeitoun, in arabo, significa « olive » e l'ulivo, un ramo del quale è tenuto in mano dalla Vergine, è il simbolo della pace ed è giunto proprio quando la minoranza copta era minacciata di oppressione dalla terribile guerra dei sette giorni, nel 1967, che aveva seminato il lutto nel Medio Oriente. Fonte: mariadinazareth.it, sito web.

[113] L'Entità è realtà attuale, di valore e significato non solo essenziale, ma pure irrinunciabile. Tenga conto di quel che oggi accade a ogni latitudine: pensi, ad esempio, agli episodi che stanno succedendo in Nigeria dove vengono bruciate

chiese e dove gli stessi fedeli cattolici sono fatti oggetto di strage. La tutela del Cristianesimo e della fede cattolica sono indispensabili in un mondo nel quale le religioni sono in contrasto. A volte in modo palese, a volte in modo silenzioso. Hanno anche una rete di controspionaggio. Si chiama 'Sodalitium Pianum', storicamente fu essa a organizzare l'assassinio di Enrico IV re di Francia. Il suo motto è 'Per la Croce e con la spada' e serve a difendere l'integrità dell'Istituzione pontificia. In relazione al loro funzionamento, si tratta di una rete di preti senza paura, pronti a tutto e pure a morire, soldati nell'ombra agli ordini del Papa". Fonte: Alla scoperta de "L'Entità" (I Servizi segreti del Vaticano). Intervista a Antonella Colonna Vilasi, blog rainwes.

[114] Il Sodalitium Pianum, noto anche come La Sapinière, fu una rete di informazione della Santa Sede, organizzata da monsignor Umberto Benigni dal 1909, sotto il pontificato di papa Pio X (1903-1914). Il nome si riferisce a san Pio V. Questa rete segreta, svelata dallo storico Émile Poulat, si occupava principalmente della lotta contro il modernismo. Fonte: Wikipedia, enciclopedia.

[115] L'arca di Noè - nel racconto biblico - è una grande imbarcazione costruita su indicazione divina da Noè per sfuggire al Diluvio universale, per preservare la specie umana e gli altri esseri viventi. Un analogo racconto, nell'ambito dell'epopea di Gilgamesh, affonda le sue radici nella mitologia mesopotamica. Fonte: Wikipedia, enciclopedia.

[116] Genesi 8, 4.

[117] L'anomalia dell'Ararat è un oggetto non identificato che appare su alcune fotografie, risalenti alla fine degli anni quaranta, delle distese innevate sulla cima del monte Ararat, in Turchia. Alcuni studiosi biblici hanno avanzato l'ipotesi che possa trattarsi dei resti dell'arca di Noè che, secondo il racconto della Bibbia, si sarebbe arenata su questo monte. Fonte: Wikipedia, enciclopedia.

[118] È stata definita nel 1986 quale "agenzia di intelligence" e supporto di combattimento del Dipartimento della difesa degli Stati Uniti, ma la sua istituzione risale al 1961, a seguito di una decisione del Segretario della difesa Robert S. McNamara, durante la presidenza di John F. Kennedy. Il Dipartimento della difesa creò la DIA con la pubblicazione della Direttiva 5105.21 rubricata Defense Intelligence Agency del 1° agosto, in vigore dal 1° ottobre 1961, sostituendo il Counter Intelligence Corps. Fonte: Wikipedia, enciclopedia.

[119] Vicino ad una limpida sorgente non distante dal villaggio (Ortulu) si prendeva un sentiero per le capre che attraversava delle terre erbose sul versante occidentale della montagna. Il sentiero portava loro nella direzione delle dita di neve e li conduceva in direzione nord-est attorno alla montagna. Si passava il lago di Kop sulla sinistra. Suo padre affermava che si poteva vedere dove si trovava l'Arca già dal bordo del cratere del lago di Kop. Comunque si doveva sapere con precisione il luogo dell'arca altrimenti non si poteva individuarla. Dice che dopo aver passato il Kop si continuava nella direzione nord-est attorno alla montagna, così facendo il sentiero portava attraverso piccole valli e lungo muri di roccia. Qualche volta si doveva arrampicare quasi con le mani e le ginocchia per guadagnare quota. Questo sentiero si divideva in vari rami per più volte. I pastori armeni però sapevano qual'era quello giusto grazie ad un particolare segno che indicava il sentiero. Dalla direzione descrittagli da suo padre Chuchian afferma che esso si trovava approssimativamente 2 canyons a est del Kop. Questo isolato canyon dove si trova l'arca è difficile da localizzare. Fonte: noahsark.it, sito web.

[120] L'Arca di Noè fu scoperta a metà maggio del 1948 da un pastorello curdo di nome Reshit Sarihan, che viveva nel villaggio di Üzengili (precedentemente chiamato "Nasar", ma il nome fu cambiato in Üzengili dopo la scoperta dell'arca. Si noti che "Nisir" era il nome babilonese per la città di Noè). Le forti piogge del maggio del 1948, combinate con tre terremoti significativi, esposero l'impronta dell'arca la estrassero del fango, avvolgente e molle, che l'aveva intrappolata per quasi 2 mila anni, rivelandone così le forme fuori dal terreno. Ai tempi di Giuseppe Flavio (I secolo d.C.), l'Arca di Noè era ben nota, perché egli dice, nelle Antichità giudaiche, che le persone visitavano il luogo e portavano via pezzi di bitume dall'arca, come amuleti contro i malanni immaginari. Fonte: liutprand.it, sito web.

[121] Angelo Palego, *Come ho trovato l'Arca di Noè. Storia documentata di una grande scoperta storico-archeologica*, Edizioni Mediterranee 1999, p. 31 e ss.

[122] Con materia di Bretagna, la cui definizione corrente e maggiormente diffusa è quella di ciclo bretone o (ciclo arturiano) in virtù del suo eponimo, si indica l'insieme delle leggende sui celti e la storia mitologica delle isole britanniche e della Bretagna, in particolar modo quelle riguardanti Re Artù e i suoi cavalieri della Tavola Rotonda. Re artú era in leggendario condottiero. Questa letteratura nacque e si sviluppò nel XII secolo nella Francia settentrionale contemporaneamente all'epopea delle canzone di gesta (chanson de geste). La materia di Bretagna prende l'avvio dalla Historia regum Britanniae, scritta nel 1135 da un chierico gallese, Goffredo di Monmouth. Fonte: Wikipedia, enciclopedia.

[123] Il monte Ararat (Ağrı Dağı in turco, Արարատ in armeno: Agirî in curdo, آرارات in persiano) è il più alto monte della Turchia (5.137 m s.l.m.), si trova nella Turchia orientale sul confine tra la regione dell'Agri e dell'Iğdır, a 22.5 km a nord di Dogubeyazit (o Dogubayazit) (39°40'60.00"N 44°17'60.00"E), nel territorio che storicamente aveva fatto parte dell'Armenia; infatti nella lingua armena Ararat significa "Creazione di Dio" o "Luogo creato da Dio". In lingua turca invece il suo nome significa "Montagna del dolore"; la provincia stessa in cui si trova, Ağrı, significa "dolore". Fonte: Wikipedia, enciclopedia.

[124] L'epiteto di Pendragon etimologicamente è riconducibile al celtico Penn, ovvero monte (come il nome di molte montagne gallesi o italiane, Appennini), e dragon, ovvero drago, e ha probabilmente il significato figurato di "condottiero". Nei racconti più antichi Uther viene detto "Pendragon" perché egli vide una cometa a forma di drago, da cui trasse l'ispirazione per il drago sul suo stendardo. Fonte: Wikipedia, enciclopedia.

[125] Excalibur è la più nota delle mitologiche spade di re Artù. La storia e la leggenda di re Artù sono intimamente legate alla magica e misteriosa spada Excalibur. Come il mago Merlino aveva annunciato, solamente l'uomo in grado di estrarre la spada nella roccia sarebbe diventato re. Artù, inginocchiato di fronte alla roccia, fece proprio questo: prese la spada, la portò con sé fino alla Cattedrale e la depose sull'altare. Artù fu unto con l'olio santo e, alla presenza di tutti i baroni e della gente comune, giurò solennemente di essere un sovrano leale e di difendere la verità e la giustizia per tutti i giorni della sua vita. Fonte: Wikipedia, enciclopedia.

[126] Simone Adolphine Weil (Parigi, 3 febbraio 1909 – Ashford, 24 agosto 1943) è stata una filosofa, mistica e scrittrice francese, la cui fama è legata, oltre che alla vasta produzione saggistico-letteraria, alle drammatiche vicende esistenziali che ella attraversò. Fonte: Wikipedia, enciclopedia.

[127] Simone Weill, *Attesa di Dio*, p.46.

[128] San Disma, o Dismas, anche conosciuto come Buon Ladrone o Ladro Penitente (... – Gerusalemme, 30 o 33), sarebbe il nome, ricordato nel Vangelo di Nicodemo

(apocrifo del IV secolo) del malfattore crocifisso alla destra di Gesù. Fonte: Wikipedia, enciclopedia.

[129] Luca 23,40,41.

[130] Gesta, o Gestas, nome con cui è altrimenti conosciuto il cattivo ladrone nella tradizione apocrifa, è il bandito che ha inveito contro Gesù e al cui fianco fu crocifisso secondo i vangeli canonici. Nei Vangeli apocrifi gli è stato attribuito il nome Gesta, che appare per la prima volta nel Vangelo di Nicodemo, mentre il suo compagno viene chiamato Disma. Fonte: Wikipedia, enciclopedia.

[131] Cherles Péguy, *Véronique. Dialogo della storia e dell'anima carnale*, Marietti 2013.

[132] Matteo 27, 52.

[133] Comunione e Liberazione, *«Ci vorrebbe una carezza del Nazareno»*, Volantino 2009.

[134] Luigi Giussani, *Riconoscere una presenza*, San Paolo 1998, p. 85.

[135] Il sommo o gran sacerdote (in ebraico: כֹּהֵן הַכֹּהֵן הַגָּדוֹל, הַכֹּהֵן הָרֹאשׁ?, kohèn gadòl, o kohen ha-gadol) nell'antica religione ebraica era il capo della classe sacerdotale, dalla nascita della nazione israelita fino alla distruzione del Secondo Tempio di Gerusalemme. I sommi sacerdoti appartenevano alle famiglie ebraiche sacerdotali che tracciavano la loro patrilinearità fino ad Aronne, il primo sommo sacerdote e fratello maggiore di Mosè. Fonte: Wikipedia, enciclopedia.

[136] Nell'ebraismo il Santo dei Santi o Sancta Sanctorum (in ebraico קֹדֶשׁ הַקֳּדָשִׁים Qodesh ha-Qodashim) costituiva l'area più sacra del tabernacolo prima e del Tempio di Salomone dopo, nei quali era custodita l'Arca dell'Alleanza. Il Santo dei Santi era separato per mezzo di una tenda, il parochet, dal resto del santuario; al suo interno si trovava la presunta pietra di fondazione del mondo, ossia la even shetiyyah. Fonte: Wikipedia, enciclopedia.

[137] Il Tempio di Gerusalemme, o Tempio Santo (in ebraico: בֵּית־הַמִּקְדָּשׁ?, Bet HaMikdash, tiberiense: Beṭ HamMiqdāš, aschenazita: Beis HaMikdosh; in arabo: بيت القدس: Beit al-Quds o بيت المقدس: Bait-ul-Muqaddas; Ge'ez: ቤተ መቅደስ: Betä Mäqdäs), fu un insieme di strutture site sul Monte del Tempio nella Città Vecchia di Gerusalemme, sito attuale della Cupola della Roccia. Fonte: Wikipedia, enciclopedia.

[138] L'arca dell'Alleanza (in ebraico ארון הברית, 'Ārôn habbərît, pronuncia moderna /aˌʀon habˈʀit/), secondo la Bibbia, era una cassa di legno rivestita d'oro e riccamente decorata, la cui costruzione fu ordinata da Dio a Mosè, e che costituiva il segno visibile della presenza divina in mezzo al popolo di Israele. «L'Arca è stata nascosta al suo posto.» (Talmud). Secondo quest'affermazione riportata dal Talmud (trattato Yoma), si ritiene che l'arca sia ancora situata nel luogo originario del Sancta Sanctorum: già re Salomone, profetizzando la futura distruzione del Tempio, avrebbe fatto costruire un luogo sotterraneo, in cui nascondere l'arca nel caso di attacchi nemici; la tradizione vuole che, in seguito, re Giosia l'avesse effettivamente nascosta in quel luogo per ventidue anni. Ancora nel Talmud si insegna che anche durante gli anni del secondo Tempio l'arca non era all'interno del Sancta Sanctorum, ma sempre in un luogo sotterraneo sul monte del Tempio, da dove comunque non veniva meno la sua funzione di santificazione (si ritiene, infatti, che la Gloria divina si fosse rivelata soltanto durante il periodo del primo Tempio, ma non durante quello del secondo, sebbene fosse comunque presente). Fonte: Wikipedia, enciclopedia.

[139] Guerra Giudaica, cit., VI, 5, p.299.

[140] Geremia 3, 14-17.

[141] In accordo con le credenze popolari, ad un'anima che non sia stata capace di portare a termine la propria funzione o a compiere le azioni richieste nella propria vita terrena, talvolta anche colpevole di trasgressioni molto gravi, viene data un'altra opportunità per portare a termine i compiti insoluti nella forma di un dybbuk. Esso abbandonerà l'essere ospite quando avrà raggiunto i propri obiettivi. Si ritiene che il dybbuk non sia una condizione "desiderabile" o buona e spesso è in contrasto con le Leggi divine infatti la persona fisica "ospitante" subisce o subirebbe conseguenze non ottimali, per esempio non riuscendo a vivere la propria vita e la propria identità, nonché il proprio percorso spirituale, come dovuto e richiesto o come accadrebbe se il dybbuk non avvenisse o non si presentasse. Fonte: Wikipedia, enciclopedia.

[142] Daniele 9, 27.

[143] I Manoscritti del Mar Morto (o Rotoli del Mar Morto) sono un insieme di manoscritti rinvenuti nei pressi del Mar Morto. Di essi fanno parte varie raccolte di testi, tra cui i Manoscritti di Qumran, che ne costituiscono una delle parti più importanti. I rotoli del Mar Morto sono composti da circa 900 documenti, compresi testi della Bibbia ebraica, scoperti tra il 1947 e il 1956 in undici grotte dentro e intorno al uadi di Qumran, vicino alle rovine dell'antico insediamento di Khirbet Qumran, sulla riva nord-occidentale del Mar Morto. I testi sono di grande significato religioso e storico, in quanto comprendono alcune fra le più antiche copie superstiti note dei libri biblici e dei loro commenti, e conservano la testimonianza della fine del tardo giudaismo del Secondo Tempio. Essi sono scritti in ebraico, aramaico e greco, per lo più su pergamena, ma con alcuni scritti su papiro. Tali manoscritti datano in genere tra il 150 a.C. e il 70 d.C. I Rotoli sono comunemente associati all'antica setta ebraica detta degli Esseni. Fonte: Wikipedia, enciclopedia.

[144] Teresa Neumann, profezia 1945 «… la grande piaga si aprirà nel 1999 e sanguinerà per diciotto anni: sarà questo il tempo di Caino».

[145] Salmi 89, 4.

[146] Il canto ventottesimo dell'Inferno di Dante Alighieri si svolge nella nona bolgia dell'ottavo cerchio, ove sono puniti i seminatori di discordie; siamo al pomeriggio del 9 aprile 1300 (Sabato santo), o secondo altri commentatori del 26 marzo 1300. Fonte: Wikipedia, enciclopedia.

[147] Napoleone, Conversazioni religiose, Editori Riuniti 2004, p. 62.

[148] Giovanni 4, 21-26.

[149] Luigi Giussani, *Riconoscere una presenza*, San Paolo 1998, p. 69.

[150] La cattedrale metropolitana di San Patrizio (in inglese: Metropolitan Cathedral of St. Patrick) è il principale luogo di culto cattolico di New York, sede vescovile dell'omonima arcidiocesi. La cattedrale, situata lungo la 5th Avenue nei pressi del Rockefeller Center, venne costruita tra il 1853 ed il 1878 in stile neogotico secondo i piani dell'architetto James Renwick Jr. Segue gli schemi delle cattedrali gotiche europee. Fonte: Wikipedia, enciclopedia.

[151] Carità è un termine derivante dal latino caritas (benevolenza, affetto, sostantivo di carus, cioè caro, amato, su imitazione del greco chàris, cioè grazia). Nella teologia cristiana è una delle tre virtù teologali, insieme a fede e speranza. Fonte: Wikipedia, enciclopedia.

[152] "S'è smagrito, don Giussani, gli è impossibile la distrazione dall'essenziale, il suo parlare è un martellare sul pianoforte delle dita di Chopin: l'uomo, Dio, la libertà, l'amore, la bellezza. E i nomi delle persone. Basta così. Ha la certezza che ciascuno di noi abbia un compito – «anche tu che non credi a niente, amico!», lui

ti direbbe – discreto ed essenziale: senza il nostro lavoro, le mani dell'Essere avrebbero meno presa sulle cose. «Non avverti che il tuo io si disfa quando non mendica l'Essere?», mi dice. «L'Essere ci vuole coinvolgere, prende tra le mani il nostro marasma, come la madre ascolta la voce del bambino e ci comunica se stesso». Senza questo, detto da un vecchio dagli occhi verdi come acque lucenti, vivere sarebbe molto meno che vivere. Ripete: «Senza Cristo le cose si sfarinerebbero, l'io sarebbe sperduto. Invece...»". Renato Farina, *Parlare al sangue che bolle. Un don Giussani maestoso e tremendo*, articolo da un'intervista a Don Giussani del 2002. Fonte: tempi.it, sito web.

[153] Enzo Piccinini, *Vivere la Chiesa: cultura, carità e missione*, testimonianza a Ferrara 14 Maggio 1999.

[154] Luigi Giussani, *Riconoscere una presenza*, San Paolo 1998, p. 54.

[155] Marcello Paradiso, *Fenomenologia della Sequela*, Città Nuova 2010, p. 96.

[156] Roberto Cicala, *Inchiostri indelebili. Itinerari di carta tra bibbliografie, archivi ed editoria*, EDUcatt Università Cattolica, p. 152.

[157] La congregazione deriva dalle Suore della Carità di Emmitsburg, fondate nel 1809 da Elizabeth Ann Bayley Seton (1774-1821): nel 1817 il vescovo di New York John Connolly chiese a madre Seton di inviare nella sua città tre suore per dirigere l'orfanotrofio di St. Patrick. Le suore crebbero rapidamente di numero e assunsero la direzione delle scuole parrocchiali di New York. Fonte: Wikipedia, enciclopedia.

[158] Emilio Carlo Giuseppe Maria Salgàri (Verona, 21 agosto 1862 – Torino, 25 aprile 1911) è stato uno scrittore italiano di romanzi d'avventura molto popolari. Autore straordinariamente prolifico, è ricordato soprattutto per essere il "padre" di Sandokan, del ciclo dei pirati della Malesia e quelle dei corsari delle Antille. Fonte: Wikipedia, enciclopedia.

[159] Il Corsaro Nero è un personaggio immaginario creato da Emilio Salgari nel 1898 ed è il protagonista dei primi due romanzi del ciclo I corsari delle Antille: Il Corsaro Nero e La regina dei Caraibi. Fonte: Wikipedia, enciclopedia.

[160] Ispettore Callaghan: il caso Scorpio è tuo! (Dirty Harry) è un film del 1971, diretto da Don Siegel. È il primo film della serie dedicata a Dirty Harry, l'ispettore della polizia di San Francisco Harry Callahan (italianizzato in "Harry Callaghan"), interpretato da Clint Eastwood. Fonte: Wikipedia, enciclopedia.

[161] "... dieci! La x è il punto dove scavare" (Indiana Jones nella biblioteca di Venezia da cui si accede alle catacombe). Indiana Jones e l'ultima crociata (Indiana Jones and the Last Crusade) è un film del 1989 diretto da Steven Spielberg, nonché terzo episodio cinematografico della serie di lungometraggi dedicati a Indiana Jones. Fonte: Wikiquote, aforismi e citazioni, sito web.

[162] Gli Esseni furono un gruppo ebraico di incerta origine, nato forse attorno alla metà del II secolo a.C. e organizzato in comunità monastiche. Erano comunità isolate e conducevano una vita eremitica o cenobitica. Tra i gruppi ebraici di età ellenistico-romana, conosciuti e documentati anche da autori greci e latini, quello degli Esseni è forse oggi il più noto, a causa della scoperta, effettuata a Qumran nel 1947, dei manoscritti del Mar Morto, appartenenti a una comunità di questo tipo. Già nell'antichità avevano scritto su di essi, per ricordare i più rilevanti, Filone Alessandrino (Quod omnis probus liber sit), Giuseppe Flavio (Guerra Giudaica), che ci attesta di esserne stato discepolo, e Plinio il Vecchio (Naturalis Historia). Sulla loro origine e sul significato del nome (puri, bagnanti, silenziosi, pii) non c'è accordo tra gli studiosi. Molto probabilmente ebbero inizio dalla metà circa del II secolo a.C. in epoca maccabea, e di essi non si fa mai menzione prima degli Asmonei. Di

vita appartata e solitaria, si erano organizzati, fuori dal contesto sociale, in comunità isolate di tipo monastico; protetti da Erode il Grande, al tempo di Gesù erano oltre 4000 e vivevano dispersi in tutto il paese; circa 150 erano quelli residenti a Qumran. Questo sito andò incontro a una fine violenta nel 68 d.C. a opera dei romani a causa del loro coinvolgimento nelle sommosse negli anni della guerra che si concluse con il crollo di Gerusalemme. Fonte: Wikipedia, enciclopedia.

[163] Aa.Vv., *Le grandi profezie della storia*, History Channel 2012, p. 57.

[164] Antonio Socci, *Indagine su Gesù*, BUR 2009, p. 83.

[165] Luca 15, 32

[166] Tamar è un personaggio biblico, sposa di Er, figlio di Giuda figlio di Giacobbe. La storia di questa donna viene raccontata dal libro della Genesi al capitolo 38. Fonte: Wikipedia, enciclopedia.

[167] Luigi Giussani, *Riconoscere una presenza*, San Paolo 1998, p. 62.

[168] L'origine del termine è in Paolo di Tarso che se ne serve, nella Seconda Lettera ai Tessalonicesi (2 Tes. 2:6-7), in un contesto escatologico, per indicare il potere che tiene a freno l'avanzata dell'Anticristo prima dell'apocalisse finale e della parusia di Cristo. Il termine è usato nella teologia cristiana per indicare un'entità collegata alla manifestazione dell'Anticristo. Fonte: Wikipedia, enciclopedia.

[169] Giuda Maccabeo, figlio di Mattatia, apparteneva alla nobile ed antica famiglia degli Asmonei, vissuti in Israele fra il II e il I secolo a.C.... Giuda divenne l'alfiere della lotta ebraica contro il profanatore siriano, assumendo il soprannome di "Maccabeo", nome che accenna a un versetto dell'Esodo ("Chi è come Te tra i potenti, o Eterno?"), le cui parole formano con le loro iniziali il termine "Maccabi" derivante dall'ebraico "maqqabah" (martello), soprannome che venne esteso a tutti i combattenti per la causa di Israele. Le vicende di questo periodo sono narrate in quattro libri storici, di cui due apocrifi e due entrati a far parte dell'Antico Testamento (I Maccabei e II Maccabei). Giuda Maccabeo, con i suoi partigiani, riuscì a liberare Gerusalemme, riconquistando il Tempio. Fonte: Wikipedia, enciclopedia.

[170] Cinquant'anni prima della scoperta dei manoscritti di Qumran, Salomon Schechter aveva trovato nella collezione della Gheniza de Il Cairo (conservata nella biblioteca di Cambridge) un manoscritto conosciuto con il nome di Documento di Damasco (CD). Quest'opera, di cui sono stati scoperti altri frammenti nel 1950 nella Grotta 4, descrive in che modo Dio ha salvato un "resto d'Israele" dalla distruzione e come gli abbia inviato un "Maestro di Giustizia" per condurlo sul "cammino del Suo cuore" (CD I 11). La denominazione di "Maestro di Giustizia" (Moreh Ha Tsedeq) ha delle radici bibliche (Gioele, 2,23). Questo Maestro è certamente un personaggio storico, ma il suo nome reale non viene menzionato. Anche il commento di Abacuc parla di questo personaggio opponendogli il Sacerdote empio... Il Maestro si oppose ai tre re-sacerdoti asmonei che non appartenevano alla dinastia davidica e che quindi detenevano il potere illegittimamente. Fonte: bicudi.net, sito web.

[171] Pierre Prigent, *L'Apocalisse*, Borla 1985, p. 216.

[172] Apocalisse 19, 11-16.

[173] Giovanni 12, 35,36.

[174] In questo passo si narra dello scontro decisivo contro il perfido Nicànore, quindi, Giudaismo e Ellenismo si scontrarono e avvenne che prima dell'attacco decisivo, Giuda confortò il popolo dei Giudei narrandogli di questa bellissima visione che contiene aspetti fondamentali per la cura della nostra fede. Inanzitutto, si respira l'aria di tristezza, di tensione e angoscia, un senso di incertezza prevade le anime

dell'intero Popolo. Ma il Dio del Cielo non li abbandona! Come del resto non abbandona nessuno dei suoi figli in ogni circostanza che la vita ci possa preservare! Poichè il sommo sacerdote Onia, vede un Uomo che si distingue dall'aspetto maestoso, il cui nome è Geremia che prega l'Onnipotente per il suo popolo che lo ascolta e lo esaudisce facendogli porre con la "destra" la Spada d'oro con la quale porterà la vittoria sui nemici e il popolo sarà liberato dal Male con la Spada di Dio. Fonte: Animaecore, blog, articolo di Giuseppe Lubrino.

[175] La Messa nera è un rituale satanico. È una parodia della messa domenicale cattolica di cui segue tutte le fasi facendone autore e destinatario il diavolo... Altre parodie dei riti cattolici comprendevano croci rovesciate, capovolgimenti di preghiere cristiane, una benedizione con acqua lurida, sacrifici di animali e l'uso dell'addome di una donna nuda come altare. La messa nera culminava in un'orgia rituale e, a volte, in un sacrificio umano. Fonte: Wikipedia, enciclopedia.

[176] Il Documento di Damasco è una delle opere trovate in molti frammenti e copie nelle grotte del Qumran, e come tale è considerato parte dei manoscritti non biblici di Qumran. La versione attualmente più accreditata è che i rotoli sono correlati ad una comunità Essena che viveva in quell'area nel I secolo a.C. I frammenti che compongono il documento hanno come riferimenti: 4Q265-73, 5Q12, e 6Q15. Anche prima della scoperta dei maoscritti di Qumran nel ventesimo secolo, quest'opera era nota agli studiosi, dato che due manoscritti furono trovati nel tardo XIX secolo nella collezione Genizah del Cairo, in una stanza adiacente alla sinagoga Ben Ezra a Fustat. Questi documenti si trovano nella Cambridge University Library con le classificazioni T-S 10K6 e T-S 16.311 (gli altri riferimenti sono CDa e CDb, dove "CD" sta per "Cairo Damasco"), e sono datati rispettivamente nel X secolo e XII secolo. A differenza dei frammenti trovati a Qumran, i documenti del Cairo sono completi in molte parti, dunque di vitale importanza per la ricostruzione del testo... Il documento contiene un riferimento criptico ad un Maestro di Giustizia. Egli viene trattato a seconda dei rotoli di Qumran come una figura del passato, del presente o del futuro. Fonte: Wikipedia, enciclopedia.

[177] Giovanni 4, 1-26.

[178] Con Armageddon (in latino tardo Armagedōn, latino ecclesiastico Armageddon, pronuncia /arma'dʒeddon) o anche Armagedon, Armaghedon (pronuncia /armage'dɔn/), in greco Ἀρμαγεδών, Harmagedōn, s'indica un luogo dove, secondo il Nuovo Testamento (Apocalisse 16,16), tre spiriti immondi radunerebbero, alla fine dei tempi, tutti i re della terra. L'interpretazione immediata, dato il contesto, è che si tratti della battaglia finale tra i re della Terra (incitati da Satana) e Dio, tra il Bene e il Male. Fonte: Wikipedia, enciclopedia.

[179] Don Luigi Villa, *La Massoneria e la Chiesa Cattolica*, Editrice Civiltà - Brescia 2008, p. 30.

[180] Giovanni 11, 50.

[181] Daniele 9, 24-27.

[182] Antonio Socci, *Indagine su Gesù*, BUR 2009, p. 93.

[183] *"Lettera" di Baruch Levy a Marx* dalla rivista "La Revue de Paris", pag. 574, 1 giugno 1928.

[184] Il Monte del Tempio (in ebraico: הַר הַבָּיִת?, Har haBáyit), detto anche il Nobile Santuario (in arabo: الحرم القدسي الشريف, al-Haram al-qudsī al-sharīf) noto anche come Spianata delle Moschee, è un sito religioso situato nella città Vecchia di Gerusalemme. A causa della sua importanza per l'Ebraismo, il Cristianesimo e l'Islam è uno dei luoghi religiosi più contesi al mondo. La spianata è dominata da tre imponenti edifici risalenti al periodo omayyade: la moschea al-Aqsa, la cupola

della Roccia e la cupola della Catena, assieme a quattro minareti. Mura erodiane circondano il sito, a cui si può accedere attraverso undici entrate, dieci delle quali sono riservate ai musulmani. Il Monte prende il nome dal Tempio ebraico di Gerusalemme, dedicato al Dio unico dell'ebraismo JHWH, che vi fu costruito, secondo quanto riferisce la Bibbia, dal re d'Israele Salomone nel X secolo a.C.; distrutto e ricostruito nel VI secolo a.C. dagli ebrei, e ampliato a partire dal 20 a.C. dal re di Israele Erode il Grande e dai suoi successori; fu infine distrutto dai Romani nell'anno 70. Nella tradizione il Monte del Tempio è stato anche spesso identificato come Moriah, una montagna (o meglio serie di montagne) citate nell'Antico Testamento come luogo del sacrificio di Isacco. Fonte: Wikipedia, enciclopedia.

[185] "Innanzitutto occorre ricordare, come dato storico, che le Nazioni Unite sono state ideate e volute da tre Fratelli Massoni: Franklin Delano Roosevelt, Harry Truman e Winston Churchill che portarono i principî e gli ideali della Libera Muratoria nelle motivazioni, negli scopi e nella funzione dell'ONU. Le NU sono, dunque, una Organizzazione creata da Massoni per la realizzazione nel Mondo degli ideali massonici, per l'attuazione nella Storia di un Piano iniziatico della Salvezza. La Massoneria aveva, per altro, già avviato la costruzione di questo "Tempio" attraverso l'iniziativa di illustri Fratelli. […]" [Hiram, Valori Iniziatici e Nazioni Unite, G. Tibaldi, n° 1, 2013, p.71]. Hiram è una delle due riviste massoniche del Grande Oriente d'Italia. Fonte: Davide Consonni, *La Massoneria ha fondato le Nazioni Unite*, articolo online, radiospada.org.

[186] Apocalisse 16, 12-16.

[187] Sabbatai Zevi (in ebraico: שַׁבְּתַי צְבִי?, Shabbĕtay Ṣĕbī; Smirne, 1626 – Dulcigno, 1676) è stato un mistico, cabalista, asceta e agitatore politico-religioso ebreo ottomano… Sabbatai Zevi si proclamò Messia nel 1648, all'età di 22 anni. Si appoggiava ad un'interpretazione contestata dello Zohar secondo la quale l'anno 1648 avrebbe visto la redenzione del popolo ebraico. Dichiarandosi Messia, provocò un profondo scisma in seno all'ebraismo tra chi lo accettò come tale e chi lo rifiutò… Numerose comunità in Europa orientale, in Europa occidentale e in Medio oriente lo riconobbero con un entusiasmo incredibile come Messia degli Ebrei, destinato a ricondurli in Terra Santa e a far nascere il regno d'Israele. Comunità intere si prepararono alla partenza. I partigiani di Zevi iniziarono a rimettere in causa alcune celebrazioni rituali. In effetti, secondo certe tradizioni, questi obblighi non erano dovuti alla comparsa del Messia. Ma ciò, inaccettabile per alcuni ebrei, aumentò le divisioni all'interno delle comunità. Denunciato alle autorità ottomane dai leader della comunità ebraica locale come provocatore di disordini, Sabbatai Zevi fu convocato a palazzo nel 1666 per renderne conto. Dopo due mesi di prigionia a Costantinopoli, Sabbatai Zevi fu inviato nella prigione di Stato di Abydos, dove fu trattato con grande riguardo. In seguito fu trasferito nella prigione dell'attuale Edirne. Nel settembre del 1666, temendo per la propria vita, accettò di convertirsi all'Islam. Fu portato di fronte al Sultano Mehmed IV, e lì si convertì, prendendo il nome di Aziz Mehmed Effendi. In seguito ebbe un comportamento ambiguo, giustificò la sua conversione come un ordine divino, ma conservò certe pratiche ebraiche e cabaliste che gli valsero l'esilio. Dopo nuovi contatti con ebrei, fu esiliato dalle autorità Ottomane a Dulcigno, una piccola città allora albanofona dell'attuale Montenegro, lì morì in solitudine nel 1676. Fonte: Wikipedia, enciclopedia.

[188] Jacob Joseph Frank (in ebraico: יעקב פרנק, polacco: Jakub Józef Frank, nato Jakub Lejbowicz, 1726 - 10 dicembre 1791) era un religioso ebreo del XVIII secolo nato in Polonia che sosteneva di essere la reincarnazione del messia autoproclamato Sabbatai Zevi (1626-1676) e anche del patriarca biblico Giacobbe. Le autorità

ebraiche in Polonia scomunicarono Frank e i suoi seguaci a causa delle sue dottrine eretiche che includevano la deificazione di se stesso come parte di una trinità e altri concetti controversi come la "purificazione attraverso la trasgressione" neo-carpo-crazia. In cui ha intenzionalmente violato le norme morali e religiose… Si trasferì con la figlia e il suo seguito a Offenbach, in Germania, dove assunse il titolo di "barone di Offenbach", e visse da ricco nobile, ricevendo sostegno finanziario dai suoi seguaci polacchi e moravi, che fecero frequenti pellegrinaggi a Offenbach. Alla morte di Frank nel 1791, Eva divenne la "santa padrona" e leader della setta. Le sue fortune si ridussero all'indomani delle guerre napoleoniche e morì a Offen-bach nel 1816. Fonte: Wikipedia, enciclopedia.

[189] Aa.Vv., *Gran Dizionario Teorico-Militare contenente le definizioni di tutti i termini tecnici spettanti all'arte della guerra*, Carlo Cattaneo 1836, p. 678.

[190] Matteo 27, 4.

[191] Antico proverbio spagnolo, *«Toma lo que quieras y paga por ello»*.

[192] John Titor è il nome utilizzato, tra il 2000 e il 2001, da un utente (o più utenti) di vari forum ad accesso libero, dichiaratosi un soldato statunitense reclutato in un progetto governativo di viaggi nel tempo e proveniente dall'anno 2036. Fonte: Wi-kipedia, enciclopedia.

[193] Edgar Cayce (Hopkinsville, 18 marzo 1877 – Virginia Beach, 3 gennaio 1945) è stato un sensitivo statunitense, famoso per le sue attività di presunto chiaroveg-gente e taumaturgo. Fonte: Wikipedia, enciclopedia.

[194] Nostradamus, pseudonimo di Michel de Nostredame, alle volte Notre Dame in francese o Miquèl de Nostradama in occitano, raramente Michele di Nostradama in italiano seicentesco (Saint-Rémy-de-Provence, 14 o 21 dicembre 1503 – Salon-de-Provence, 2 luglio 1566), è stato un astrologo, scrittore, farmacista e speziale francese. È considerato da molti, assieme a san Malachia, come uno tra i più famosi e importanti scrittori di profezie della storia. È famoso principalmente per il suo libro Le Profezie, che consiste di quartine in rima, raccolte in gruppi di cento, nel libro Centuries et prophéties (1555). Fonte: Wikipedia, enciclopedia.

[195] Quinto Cassio Longino, in latino Longinus (... – 37?), è, secondo una tradizione cristiana, il nome del soldato romano che trafisse con la propria lancia il costato di Gesù crocifisso, per accertare che fosse morto, come riporta il vangelo secondo Giovanni: « ... ma uno dei soldati gli colpì il fianco con la lancia e subito ne uscì sangue e acqua. » (Giovanni 19,34). Nei vangeli canonici non è presente il nome del soldato; il nome "Longinus" deriva da una versione degli Atti di Pilato, apocrifi. Longino è venerato come martire dalla Chiesa ortodossa e come santo dalla Chiesa cattolica. Fonte: Wikipedia, enciclopedia.

[196] Seconda lettera ai Tessalonicesi 2, 1-13.

[197] "Qual è la fonte più pura dell'ingiustizia? Da dove scaturisce il sommo Male che pervade i peccatori? Qual è la natura originale dell'abominio, della sofferenza, della malattia, della violenza e della miseria umana? È il Mysterium Iniquitatis, il più sconvolgente tra i grandi misteri escatologici e quindi fondamentali dell'esi-stenza Divina, sul quale l'homo religiosus indaga e si interroga da secoli…". Fonte: *Mistero d'iniquità di Pierre Virion: una recensione*, radiospada.org, blog.

[198] Ogni anno, cinque milioni di persone si recano in pellegrinaggio a Lourdes, ma "solo" mezzo milione lo fa anche – o solo lì – al convento delle suore della Carità e dell'Istruzione Cristiana a Nevers, nel cuore geografico della Francia. In questo convento, Bernadette cercò di allontanarsi dal protagonismo che avrebbe circon-dato la sua vita nel villaggio in cui era nata e dove, tra l'11 febbraio e il 16 luglio

1858, vide diciotto volte la Madonna. Fonte: *Nevers, l'altra Lourdes dove riposa il corpo incorrotto di Bernadette*, aleteia.org, articolo online.

[199] Nella teologia cristiana indica il ritorno sulla terra di Gesù alla fine dei tempi. La Parusia ricorreva di frequente nella predicazione apostolica. Paolo di Tarso, infatti, nella Prima lettera ai Corinzi sperava di essere ancora vivo all'epoca della Parusia, tant'è che conclude questa lettera con l'espressione maràna tha, Vieni o Signore (I Cor 16,22), presente anche alla fine del libro dell'Apocalisse di san Giovanni Apostolo ed Evangelista (Ap 22,20). È un tema ricorrente negli Atti degli Apostoli, scritti nei primi decenni dopo Cristo, nel periodo in cui la morte dei primi cristiani comincia a originare domande sulla sorte dei corpi e delle anime. Il computo cronologico di quando avverrà il ritorno glorioso di Gesù sfugge alla conoscenza, ma a saperlo è solo il Padre (Mt 24,36). Ma certo è che quando accadrà esso sarà manifesto a tutte le popolazioni della terra: "Come la folgore viene da oriente e brilla fino a occidente, così sarà la venuta del Figlio dell'uomo" (Mt 24,27). San Paolo tuttavia specifica: "Nessuno vi inganni in alcun modo! Prima infatti dovrà avvenire l'apostasia e dovrà essere rivelato l'uomo iniquo, il figlio della perdizione, colui che si contrappone e s'innalza sopra ogni essere che viene detto Dio o è oggetto di culto, fino a sedere nel tempio di Dio, additando se stesso come Dio" (2 Tessalonicesi 2,3-4). Fonte: Wikipedia, enciclopedia.

[200] Pierre Virion, *Mistero d'iniquità*, Effedieffe 2014, introduzione di Don Curzio Nitoglia.

[201] Solomon Schechter (in ebraico: שְׁנִיאוֹר זַלְמָן שֶׁכְטֶר?; Focșani, 7 dicembre 1847 – New York, 19 novembre 1915) è stato un rabbino, accademico e pedagogo romeno naturalizzato britannico, famoso per essere stato fondatore e presidente della United Synagogue of America, presidente del Jewish Theological Seminary of America (JTSA) e artefice del movimento statunitense dell'Ebraismo conservatore. Il nome di Schechter resterà però per sempre legato essenzialmente alla scoperta del preziosissimo materiale archiviato nella Geniza del Cairo, più che per il suo contributo alla JTSA o all'Ebraismo conservatore. Una rete di scuole ebraiche conservatrici è stata intitolata a lui e vi sono decine di "Solomon Schechter Day Schools" negli Stati Uniti e in Canada. Fonte: Wikipedia, enciclopedia.

[202] Il Documento di Damasco è una delle opere trovate in molti frammenti e copie nelle grotte del Qumran, e come tale è considerato parte dei manoscritti non biblici di Qumran. Il titolo del documento proviene dai numerosi riferimenti a Damasco che esso contiene. Il modo in cui Damasco è trattato nel documento fa supporre che non sia un riferimento letterale a Damasco in Siria, ma va inteso o geograficamente come Babilonia, o come Qumran stesso. Se il rifertimento è simbolico, probabilmente usa il linguaggio biblico che troviamo in Amos 5,27: «Perciò io vi farò andare in cattività al di là di Damasco», dice l'Eterno, il cui nome è DIO degli eserciti» (Amos 5,27). Fonte: Wikipedia, enciclopedia.

[203] Conobbe verosimilmente una fine tragica (verso il 110 a.C.), vittima del "Sacerdote empio" dal quale fu braccato (Comm. ai Salmi, 4 Q 171, IV 6-7) e forse ucciso (1Q p Hab XI 4-5). Fonte: bicudi.net, sito web.

[204] La maggior parte degli esegeti interpreta l'Apocalisse alla luce del contesto storico in cui essa fu composta. L'interpretazione prevalente identifica Babilonia la Grande con l'antica Roma, centro del potere pagano con cui i primi cristiani si scontrarono. Si osservi che nell'Antico Testamento l'idolatria è costantemente identificata con la prostituzione, in quanto tradimento del rapporto "coniugale" fra l'u-

manità e Dio. In quest'ottica le sette teste del mostro su cui siede la prostituta sarebbero i sette colli su cui Roma poggia e sette imperatori romani. Fonte: Wikipedia, enciclopedia.

[205] Apocalisse 12, 1,2.

[206] Fra le apparizioni mariane riconosciute ufficialmente dalla Chiesa Cattolica, quelle relative a Nostra Signora di Fátima sono tra le più famose. Le pastorelle Lúcia dos Santos di 10 anni e Jacinta Marto di 7 anni con il pastorello Francisco Marto di 9 anni, fratello di Jacinta e cugino di Lúcia, il 13 maggio 1917, mentre badavano al pascolo in località Cova da Iria (Conca di Iria), vicino alla cittadina portoghese di Fátima, riferirono di aver visto scendere una nube e, al suo diradarsi, apparire la figura di una donna vestita di bianco con in mano un rosario, che identificarono con la Madonna. Dopo questa prima apparizione la donna avrebbe dato appuntamento ai tre in quello stesso luogo per il tredici di ogni mese, fino al 13 ottobre. Fonte: Wikipedia, enciclopedia.

[207] Genesi 3, 15.

[208] Pierre Virion, *Mistero d'iniquità*, Effedieffe 2014, introduzione di Don Curzio Nitoglia.

[209] Marco Bardazzi, *La profezia dimenticata di Ratzinger sul futuro della chiesa*, Vatica Insider, La Stampa 2013, artiolo online.

[210] Prima lettera di Giovanni 2, 18.

[211] Prima lettera di Giovanni 2, 22.

[212] Prima lettera di Giovanni 4, 1-3.

[213] Seconda lettera di Giovanni 1, 7.

[214] Gamaliele (Gamali'èl ha-Zaqèn) è stato un rabbino ebreo del I secolo. Si hanno ben poche notizie sulla sua vita. Si sa che apparteneva alla setta dei Farisei (da rilevare che, secondo alcuni, per "farisei" si intendono gli occupanti il Tempio di Gerusalemme), ma era molto stimato anche dalle altre correnti religiose per la sua saggezza e condotta di vita… È citato due volte nel libro degli Atti degli Apostoli. Nel primo episodio, mentre il Sinedrio processa gli apostoli a causa della loro predicazione in nome di Gesù, Gamaliele interviene in loro favore, citando anche l'esempio del ribelle Teuda, e ne ottiene la liberazione. Non appare dal racconto che Gamaliele appoggiasse la loro dottrina; piuttosto egli credette che non costituissero un pericolo e che fosse meglio lasciarli liberi di predicare la loro fede: «Non occupatevi di questi uomini e lasciateli andare. Se infatti questa teoria o questa attività è di origine umana, verrà distrutta; ma se essa viene da Dio, non riuscirete a sconfiggerli; non vi accada di trovarvi a combattere contro Dio!» (Atti 5, 38-39). La seconda citazione è indiretta: Paolo di Tarso, minacciato di morte da un tumulto popolare ispirato dai capi giudei, parla in propria difesa e inizia ricordando di essere cresciuto a Gerusalemme e di essere stato allievo della scuola di Gamaliele (Atti 22, 3). Fonte: Wikipedia, enciclopedia.

[215] Atti degli apostoli 22, 3.

[216] L'Ouroboros o uroborus (/ˌ(j)ʊərəbɒrəs, uːrɒbɒrɒs/) è un antico simbolo che raffigura un serpente o un drago che si mangia la coda. Originario dell'iconografia egizia antica, l'Ouroboros entrò nella tradizione occidentale attraverso la tradizione magica greca e fu adottato come simbolo nello gnosticismo e nell'ermetismo e soprattutto nell'alchimia.). Fonte: Wikipedia, enciclopedia.

[217] "Il feretro è stato aperto. Non abbiamo percepito alcun odore. Il corpo era vestito con gli abiti dell'ordine, piuttosto umidi. Solo il volto, le mani e parte degli avambracci erano scoperti. La testa era inclinata a sinistra, il volto era di un bianco pallido. La pelle era attaccata ai muscoli, e i muscoli attaccati alle ossa. Le palpebre

coprivano gli occhi. Il naso era incartapecorito e affilato. La bocca, leggermanete aperta, lasciava intravedere i denti. Le mani, incrociate sul petto e perfettamente conservate insieme alle unghie, stringevano un rosario consumato dall'ossido. Sugli avambracci si vedeva il rilievo delle vene. Anche i piedi, come le mani, avevano conservato totalmente le unghie. Dopo averle tolto l'abito e il velo dalla testa, si è visto tutto il corpo incartapecorito, rigido e sonoro in tutte le sue parti. Si è constatato che i capelli, corti, erano ancora attaccati al cranio e uniti al cuoio capelluto, che le orecchie erano in perfetto stato di conservazione e che il lato sinistro del corpo, dai fianchi, era più alto di quello destro. Le parti inferiori del corpo erano un po' scurite. Sembra dovuto al carbonio, trovato in grande quantità nel feretro". Fonte: *Nevers, l'altra Lourdes dove riposa il corpo incorrotto di Bernadette*, aleteia.org, articolo online.

[218] Come possiamo definire il rapporto di Salgari con la religione? Nell'opera salgariana prevale senza dubbio lo spirito laico, le capacità dell'uomo non possono essere compromesse dall'intervento di una divinità. Questo non significa però, sia in ambito indiano, terra di grande sacralità, che in generale in altri contesti avventurosi, che manchi la religiosità, che Salgari ignori questo ambito nei suoi romanzi o che non fosse un buon credente a sua volta. La religiosità fa parte dell'uomo, di qualsiasi uomo, e quindi, raccontando le avventure di uomini, Salgari non può omettere i momenti in cui invocano (o bestemmiano) il loro Dio (qualunque esso sia), perchè sono momenti che sono parte integrante della loro vita. Nell'opera salgariana è possibile rintracciare brani in cui sono svilite religioni orientali, mentre non esistono altrettante prese di posizione verso il cattolicesimo, per lo meno non troppo evidenti. Ma non dimentichiamo che, ad esempio, Salgari si è decisamente schierato contro il creazionismo ed ha assunto atteggiamenti narrativi decisamente laici (la sfida alle divinità, l'erotismo, ecc.) che hanno attirato, ai suoi tempi e per molto tempo dopo, le risolute censure cattoliche. Va anche detto, tuttavia, che, come scrittore, Salgari si dimostrò incredibilmente devoto lavorando per i cattolici editori Speirani, scrivendo di personaggi religiosissimi ed evitando persino la presenza di donne nelle sue avventure (come si può leggere nel romanzo La scimitarra di Buddha). Per maggiori approfondimenti su questo tema si può consultare anche l'articolo di Elsa Muller Lo spirito religioso nell'opera di Emilio Salgari, in L'ombra lunga dei palutuvieri, 1997, a cura dell'Associazione Friulana E. Salgari. Fonte: emiliosalgari.it, faq, sito web.

[219] Marco 10, 28-30, Matteo 19,28-29, Luca 18, 28-30.

[220] Tarcisio Bertone con Giuseppe De Carli, *L'ultimo segreto di Fatima*, Rizzoli 2010.

[221] Forse ai suoi tempi di "corvi" se ne parlava poco in Vaticano, ma certamente qualcosa dovette pur fiutare Paolo VI, uno dei più grandi pontefici del novecento, quando il 29 giugno del 1972 – solennità dei Ss. Pietro e Paolo, durante l'omelia che segnava l'inizio del suo decimo anno di Pontificato – sorprendentemente affermò di avere avuto la sensazione che "da qualche fessura era entrato il fumo di Satana nel tempio di Dio". Dal resoconto di quella storica Omelia, curata dalla Santa Sede nella pagina web dedicata a Papa Montini, leggiamo: "C'è il dubbio, l'incertezza, la problematica, l'inquietudine, l'insoddisfazione, il confronto. Non ci si fida più della Chiesa; ci si fida del primo profeta profano che viene a parlarci da qualche giornale o da qualche moto sociale per rincorrerlo e chiedere a lui se ha la formula della vera vita. E non avvertiamo di esserne invece già noi padroni e maestri. È entrato il dubbio nelle nostre coscienze, ed è entrato per finestre che

invece dovevano essere aperte alla luce. (…) La scuola diventa palestra di confusione e di contraddizioni talvolta assurde. Si celebra il progresso per poterlo poi demolire con le rivoluzioni più strane e più radicali, per negare tutto ciò che si è conquistato, per ritornare primitivi dopo aver tanto esaltato i progressi del mondo moderno". Fonte: *La profezia di Paolo VI sul maligno presente nei sacri palazzi*, Lastampa.it 2012, articolo online.

[222] Il terzo segreto di Fatima consiste, secondo la Chiesa Cattolica, nel messaggio segreto comunicato dalla Vergine Maria a tre pastorelli ai quali sarebbe apparsa, a Fatima (in Portogallo), dal 13 maggio al 13 ottobre 1917. La trascrizione delle prime due parti del segreto si trova nella terza memoria di Suor Lucia, del 31 agosto 1941: gli altri due pastorinhos, Giacinta e Francisco erano morti infatti subito dopo la prima guerra mondiale. Nella successiva stesura, l'8 dicembre dello stesso anno, suor Lucia vi aggiunse qualche annotazione. La terza parte fu da lei scritta su ordine del vescovo di Leiria il 3 gennaio 1944 e consegnata in busta chiusa, sulla quale si legge: "Per ordine espresso di Nostra Signora questa busta può essere aperta nel 1960..." . Tale materiale fu mostrato dal cardinale Bertone in un'intervista televisiva, il giorno 31 maggio 2007, su Rai Uno, durante la trasmissione Porta a Porta condotta da Bruno Vespa. L'intervista è stata riproposta sempre su Rai Uno, nella puntata di "Porta a Porta" del 12 maggio 2010. Giovanni XXIII e i suoi successori non ritennero opportuno rivelarne il contenuto, fino al 2000, anno in cui la Chiesa cattolica lo rese pubblico per volontà di papa Giovanni Paolo II. Il cardinale Joseph Ratzinger, che aveva mostrato di conoscere il segreto, insieme al papa e a suor Lucia, dichiarò nel 1996 a una radio portoghese che non c'era nulla di preoccupante nel segreto, e che rimaneva tale per evitare di confondere la profezia religiosa con il sensazionalismo. Fonte: Wikipedia, enciclopedia.

[223] Giacomo di Zebedeo, detto anche Giacomo il Maggiore (Betsaida, ... – Gerusalemme, 44), fa parte della lista dei dodici apostoli di Gesù, secondo quanto riportato dai Vangeli e dagli Atti degli Apostoli. È detto «Maggiore» per distinguerlo dall'apostolo omonimo, Giacomo di Alfeo, fratello di Gesù, detto «Minore» o "il fratello del Signore". Figlio di Zebedeo e di Salome, era il fratello di Giovanni apostolo; secondo i vangeli sinottici Giacomo e Giovanni erano assieme al padre sulla riva del lago quando Gesù li chiamò per seguirlo. Stando al Vangelo secondo Marco, Giacomo e Giovanni furono soprannominati da Gesù Boanerghes, «figli del tuono», Giacomo fu uno dei tre apostoli che assistettero alla trasfigurazione di Gesù. Secondo gli Atti degli Apostoli fu messo a morte dal re Erode Agrippa I. Fonte: Wikipedia, enciclopedia.

[224] La trasfigurazione di Gesù è un episodio della vita di Gesù descritto nei vangeli sinottici Matteo 17,1-8; Marco 9,2-8 e Luca 9,28-36. La corrispondente ed omonima festa viene celebrata il 6 agosto dalla Chiesa cattolica, dalla chiesa ortodossa e da altre confessioni cristiane in ricordo dell'episodio biblico. Gesù Cristo Dio rivela ai tre discepoli diletti il Corpo del Vero Uomo e Vero Dio, che tutti i dodici vedranno dopo la resurrezione di Gesù dalla morte di croce. Fonte: Wikipedia, enciclopedia.

[225] Santiago Matamoros è un tipo dell'iconografia cristiana che consiste nella raffigurazione di San Giacomo (Santiago) come Matamoros, ovvero come uccisore di musulmani, nella Battaglia di Clavijo (nell'anno 844). L'iconografia di questo celebrato episodio costituì il simbolo della Reconquista nel XV secolo. Fonte: Wikipedia, enciclopedia.

[226] Clavijo è famosa per l'omonima battaglia combattuta nel IX secolo, nella quale, secondo la leggenda, San Giacomo (Santiago) nelle vesti di Matamoros (Ammazza-mori), in sella a un cavallo bianco, aiutò l'esercito asturiano contro le truppe islamiche, una leggenda che diede origine all'iconografia di Santiago Matamoros. A seguito della battaglia in cui Ramiro I delle Asturie sconfisse l'emiro ʿAbd al-Rahmān II, il tributo annuo da versare a Cordova e consistente, secondo la leggenda, in 100 giovinette (per questo motivo il tributo si chiamava "delle cento donzelle"), iniziato con il regno di Mauregato delle Asturie, divenne il voto de Santiago, consistente in un tributo in denaro al santuario di Santiago di Compostela. Fonte: Wikipedia, enciclopedia.

[227] Matteo 10, 9-10.

[228] Nel 1522 l'Ordine dei Cavalieri Ospitalieri con il loro Gran Maestro Filippo Villiers, a seguito della loro cacciata dall'isola di Rodi da parte dei turchi, si stabilì a Civitavecchia rimanendovi fino al 1530, anno in cui Carlo V concesse ai Cavalieri l'Isola di Malta, di cui assunsero in seguito il nome. Papa Paolo III benedì a Civitavecchia le navi delle flotte veneziana, genovese e spagnola, che nel 1535 partirono dal porto della città per combattere i pirati di Tunisi, il cui capo era il celebre corsaro Aruj Barbarossa. Fonte: Wikipedia, enciclopedia.

[229] La statua di San Pietro in cattedra è una scultura bronzea collocata all'interno della Basilica di San Pietro in Vaticano. Fu realizzata molto probabilmente da Arnolfo di Cambio nel Duecento, anche se per molto tempo è stata considerata come una statua risalente al V secolo. In occasione della festività dei santi Pietro e Paolo (29 giugno), patroni della città di Roma, la statua viene vestita con il piviale e la tiara. Raffigura san Pietro in posizione seduta, con una mano benedicente e l'altra con le chiavi del Regno di Dio. La tradizione vuole che sia atto devoto toccare il piede destro della statua del primo degli apostoli e primo papa, oggi visibilmente rovinato dall'usura dei pellegrini. Di fronte all'opera sono state collocate nel 1971 due torciere, sempre in bronzo, di Egidio Giaroli, mentre un medaglione a mosaico raffigurante papa Pio IX si trova sopra la statua. Venne sistemato qui nel 1871 a seguito della realizzazione del baldacchino sotto cui si trova posta la statua e per ricordare la leggenda secondo cui nessun papa avrebbe mai raggiunto il quarto di secolo di pontificato, che secondo la tradizione corrisponderebbe alla durata del pontificato di san Pietro. Durante la festività dei santi Pietro e Paolo la statua viene rivestita dei paramenti papali a sottolineare il legame profondo tra San Pietro e la carica di Pontefice della chiesa di Cristo. Fonte: Wikipedia, enciclopedia.

[230] Antonio Socci, *Indagine su Gesù*, BUR 2009, p. 138.

[231] Marco 15, 33-37.

[232] Luca 22, 42.

[233] Esodo 20, 2.

[234] Giovanni 19, 22.

[235] Giovanni alzò la testa e guardò l'uomo appeso, l'uomo che aveva seguito per tre anni. Lordo di sangue, il respiro affannoso. Gli cadde l'occhio sul cartello, in alto. Lesse, e poi lesse meglio, incredulo. "Yshu Hnotsri Wmlk Hyhudim". Lo scrivano aveva evidenziato le iniziali. YHWH. Il Tetragrammaton, il sacro e impronunciabile nome di Dio, che Lui stesso aveva fornito a Mosè tanto tempo prima. "Io sono colui che è". Quell'uomo era appeso lì sopra perché aveva affermato davanti al Sinedrio di essere Dio. Ed ora, sopra il suo capo, era appeso… Si ricordò quanto aveva detto ai farisei: "Quando avrete innalzato il Figlio dell'uomo, allora conoscerete che Io Sono". Fonte: *Il titolo*, berlicche.wordpress.com, blog.

[236] Luigi Giussani, *Opere 1966-1992 Vol.1: Il percorso*, Jaca Book 1994, p. 147.

[237] *L'affascinante storia dello Zinfandel-Primitivo*, oicce.it, blog.

[238] Antonio Socci, *Indagine su Gesù*, BUR 2009, pp. 84,85.

[239] Libro di Isaia, dal primo al quarto canto, capitolo 40 e ss.

[240] Anche la data della morte di Gesù non è indicata esplicitamente dai vangeli. L'ipotesi maggiormente diffusa tra gli studiosi è che sia venerdì 7 aprile del 30 (o meno probabilmente il 27 aprile 31 o il 3 aprile 33), che quindi rimanderebbe, come data della risurrezione, alla domenica 9 aprile del 30. Fonte: Wikipedia, enciclopedia.

[241] Antonio Socci, Indagine su Gesù, BUR 2009, p. 133.

[242] Giovanni 20, 11-18.

[243] Guglielma la Boema, o Guglielma di Milano, detta la Boema (Boemia, 1210 circa – Milano, 24 agosto 1281), è stata una mistica italiana, presunta figlia del Re boemo Ottocaro I, che visse a Milano nella seconda metà del XIII secolo. Fonte: Wikipedia, enciclopedia.

[244] L'abbazia di Chiaravalle (in latino, Sanctæ Mariæ Clarævallis Mediolanensis, conosciuta anche come Santa Maria di Roveniano) è un complesso monastico cistercense situato nel Parco agricolo Sud Milano, tra il quartiere Vigentino e il quartiere Rogoredo. Fondata nel XII secolo da san Bernardo di Chiaravalle come filiazione dell'Abbazia di Cîteaux, attorno ad essa si sviluppò un borgo agricolo, annesso al comune di Milano nel 1923. Fonte: Wikipedia, enciclopedia.

[245] Martin Lings e S. Filippi, *Antiche fedi e moderne superstizioni*, Il leone verde 2002, p. 37.

[246] L'Elisir di lunga vita (in arabo: الإكسير, al-Iksīr) è una leggendaria pozione o elisir capace di donare vita eterna e immortalità a chiunque lo beva, talvolta è stato associato il potere di dare la vita. L'elisir è collegato ai miti di Enoch, Thot ed Ermete Trismegisto. Fonte: Wikipedia, enciclopedia.

[247] *Guglielma*, mondimedievali.net, blog.

[248] Rivelazione privata a S. Brigida di Svezia.

[249]"Anche noi che siamo qui, abbiamo gli stessi sentimenti; noi siamo oggetto da parte di Dio di un amore intramontabile. Sappiamo: ha sempre gli occhi aperti su di noi, anche quando sembra ci sia notte. È papà; più ancora è madre. Non vuol farci del male; vuol farci solo del bene, a tutti. I figlioli, se per caso sono malati, hanno un titolo di più per essere amati dalla mamma. E anche noi se per caso siamo malati di cattiveria, fuori di strada, abbiamo un titolo di più per essere amati dal Signore." Giovanni Paolo I, Angelus Domini, Domenica, 10 settembre 1978.

[250] *La suora di Fatima predisse la morte di Papa Luciani*, articolo online, LaRepubblica 25 agosto 1993.

[251] I Segreti di Fátima sono, secondo la Chiesa cattolica, tre messaggi rivelati dalla Madonna a tre pastorelli nel corso di alcune apparizioni iniziatesi il 13 maggio 1917 a Fátima in Portogallo. I pastorelli erano i bambini Lucia dos Santos di 10 anni, Francisco Marto di 9 anni e Giacinta Marto di 7 anni. Bisogna precisare che, nonostante si parli sempre di tre segreti, il Segreto di Fatima è considerato dai credenti un'unica rivelazione, divisa in tre parti. Secondo la dottrina cattolica questo fenomeno appartiene alla categoria delle rivelazioni private. Secondo le memorie scritte dalla mistica Suor Lucia, nei primi giorni del luglio 1917 la Madre Vergine rivelò ai tre infanti un segreto che "sarebbe stato buono per alcuni e negativo per altri". Con la terza parte delle sue memorie, pubblicate nel 1941, Lucia spiegò che il segreto è uno solo, ma formato da tre momenti. Questo fatto accomuna i Tre Segreti di Fatima e madre Lucia con Mélanie Calvat di La Salette, i cui resoconti

delle visioni furono pubblicati venti anni dopo gli eventi. Fonte: Wikipedia, enciclopedia.

[252] Alfa (alfa (A o α)) e Omega (omega (Ω o ω)), sono la prima e l'ultima lettera dell'alfabeto greco, e un titolo di Cristo o di Dio nell'Apocalisse di Giovanni. Questa coppia di lettere è usata come simbolo cristiano, ed è spesso combinata con la Croce, Chi-rho, o altri simboli cristiani. Fonte: Wikipedia, enciclopedia.

[253] *Jacob Frank e il messianismo polacco*, articolo online, 30Giorni.it, 2001.

[254] Accompagnato da sua figlia, Frank viaggiò ripetutamente a Vienna e riuscì a ottenere il favore della corte. Maria Teresa lo considerava un diffusore del cristianesimo tra gli ebrei, e si dice persino che Giuseppe II fosse favorevolmente propenso alla giovane Eva Frank. Alla fine, Frank fu considerato ingestibile e fu costretto a lasciare l'Austria. Si trasferì con la figlia e il suo seguito a Offenbach, in Germania, dove assunse il titolo di "barone di Offenbach", e visse da ricco nobile, ricevendo sostegno finanziario dai suoi seguaci polacchi e moravi, che fecero frequenti pellegrinaggi a Offenbach. Alla morte di Frank, nel 1791, Eva divenne la "santa padrona" e leader della setta. Le sue fortune si ridussero all'indomani delle guerre napoleoniche e morì a Offenbach nel 1816. Fonte: Wikipedia, enciclopedia.

[255] Se le reticenze del comunicato ufficiale giocarono un ruolo importante nel favorire l'emergere delle voci di omicidio, il mancato svolgimento di un'autopsia di fatto impedì di sopirle. Ne era consapevole Carlo Bo, che aveva formulato la propria richiesta memore dei numerosi assassinii della storia medievale della Chiesa, e sperava in un responso scientifico che fugasse simili dubbi. Lo riconoscono d'altronde anche personalità vicine o interne alla Chiesa, sia che rifiutino recisamente l'ipotesi di un omicidio (Gennari), sia che deducano dalla mancata chiarezza una volontà di insabbiamento e si spingano ad affermare che solo presupporre un delitto faccia quadrare tutti gli aspetti inspiegabili della vicenda (López). In generale però gli ambienti cattolici respingono da sempre le ipotesi d'assassinio. Ancora nel 2012, in occasione del centenario della nascita di Luciani, lo scrittore Juan Manuel de Prada ribadì che non esiste alcun indizio di un'azione omicida. Ciò non toglie che da più parti si lamenti la mancata chiarificazione della vicenda. Aloísio Lorscheider, di cui Luciani fu amico (al conclave con ogni probabilità si votarono reciprocamente), molti anni dopo i fatti constatò con rammarico che il sospetto di un delitto aleggia da sempre sul caso: «Il sospetto rimane nel nostro cuore, è come un'ombra amara, un interrogativo a cui non si è data piena risposta». Fonte: Wikipedia, enciclopedia.

[256] Il primo è un documento di quattro pagine contenente 62 righe di testo copiato dal taccuino di Suor Lucia (scritto non in forma epistolare), che descrive una visione avuta dai tre fanciulli di Fatima, e non contiene alcuna parola pronunciata dalla Madonna. Questo testo fu scritto da Suor Lucia il 3 gennaio 1944, trasferito al Sant'Uffizio il 4 aprile 1957, letto da Papa Giovanni Paolo II il 18 luglio 1981 (e quindi non poté indurlo a consacrare il mondo al Cuore Immacolato di Maria il 7 giugno 1981, oltre un mese prima), fu custodito nel Sant'Uffizio ed è stato pubblicato dal Vaticano il 26 giugno 2000. L'altro documento è la lettera di una sola pagina contenente circa 25 righe di testo, costituite dalle parole pronunciate dalla Madonna. Questo testo fu scritto da Suor Lucia il 9 gennaio 1944 o subito prima, fu trasferito al Sant'Uffizio il 16 aprile 1957, letto da Papa Giovanni Paolo II nel 1978 (inducendolo a consacrare il mondo al Cuore Immacolato di Maria il 7 giugno 1981), fu custodito nell'appartamento papale accanto al suo capezzale e non è stato mai reso pubblico dal Vaticano. Fonte: *Esistono due manoscritti originali del Terzo Segreto?*, Andrew M. Cesanek, Fatima.it, Sito web.

[257] Per la prima volta nella bimillenaria storia della Chiesa, Luciani scelse un doppio nome, in ossequio ai due pontefici che lo avevano preceduto: Giovanni XXIII, che lo aveva consacrato vescovo, e Paolo VI, che lo aveva creato cardinale. Annunciando l'elezione col tradizionale Habemus Papam, il cardinale protodiacono Pericle Felici aggiunse il numero ordinale dopo il nome: «qui sibi nomen imposuit Ioannis Pauli Primi». Fu lo stesso Luciani a richiederlo, infatti è uso che il Pontefice che scelga un nome pontificale mai usato da un suo predecessore non assuma l'ordinale, che gli viene attribuito postumo solo nel caso in cui un suo successore scelga lo stesso nome. Luciani, invece, per tutto il suo breve pontificato, fu sempre chiamato Giovanni Paolo I o Giovanpaolo I (caduto in disuso subito dopo la sua morte), ma mai solo Giovanni Paolo, a differenza di quanto accaduto col nome pontificale del successivo papa Francesco, al quale non è stato aggiunto ufficialmente alcun numero ordinale (lo stesso papa italo-argentino precisò che voleva essere chiamato solo "Francesco" e non "Francesco I"). Fonte: Wikipedia, enciclopedia.

[258] Il Gruppo Bilderberg (detto anche conferenza Bilderberg o club Bilderberg) è un incontro annuale per inviti, non ufficiale, di circa 130 partecipanti, la maggior parte dei quali sono personalità nel campo economico, politico e bancario. I partecipanti trattano una grande varietà di temi globali, economici e politici. Le Bilderberg Conferences sono considerate uno dei "think tank" dell'ideologia neoliberista insieme con il Cato Institute e la Heritage Foundation negli Stati Uniti, l'Adam Smith Institute e l'Institute of Economic Affairs in Gran Bretagna, la Mont Pelerin Society fondata in Svizzera nel 1947, la Trilateral Commission, nata nel 1973 su iniziativa delle precedenti. Fonte: Wikipedia, enciclopedia.

[259] La Corona di Santo Stefano, detta anche Sacra Corona d'Ungheria (in ungherese: Szent Korona; titolo latino: Sacra, Angelica, et Apostolica Regni Hungariae Corona). Fonte: Wikipedia, enciclopedia.

[260] Maria Valtorta. Dopo la condanna del Sant'Uffizio, l'editore Pisani stimò che fosse opportuno prepararne una nuova, questa volta basata sul testo dei quaderni autografi e corredata di note bibliche e dottrinali, curate da p. Corrado M. Berti, servita. Emilio Pisani, figlio dell'editore, si occupò della costituzione del testo. Nel 1960 poté così uscire il primo di dieci volumi. Nel 1993 vide la luce un'edizione revisionata dell'opera, sempre in dieci volumi, con il nuovo titolo L'Evangelo come mi è stato rivelato. Fonte: Wikipedia, enciclopedia.

[261] *L'Evangelo come mi è stato rivelato*, Maria Valtorta, scrittivaltorta.altervista.org, sito web.

[262] Giuda Iscariota (in ebraico: יהודה איש־קריות?, Yəhûḏāh 'Îš-qəriyyôṯ; Kerioth, ... – Gerusalemme, 26-36), figlio di Simone, è stato uno dei dodici apostoli di Gesù, quello che secondo il Nuovo Testamento lo ha tradito per trenta denari (Matteo 26,14-16) attraverso il gesto di un bacio. Fonte: Wikipedia, enciclopedia.

[263] In verità vi dico che se l'inferno non fosse già esistito ed esistito perfetto nei suoi tormenti, sarebbe stato creato per Giuda ancora più orrendo ed eterno, perché di tutti i peccatori e i dannati egli è il più dannato e peccatore, né per lui in eterno vi sarà ammollimento di condanna. Il rimorso l'avrebbe anche potuto salvare, se egli avesse fatto del rimorso un pentimento. Ma egli non volle pentirsi e al primo delitto di tradimento, ancora compatibile per la grande misericordia che è la mia amorosa debolezza, ha unito bestemmie, resistenze alla voce della Grazia che ancora gli volevano parlare attraverso i ricordi, attraverso i terrori, attraverso il mio Sangue e il mio mantello, attraverso il mio sguardo, attraverso le tracce dell'istituita

Eucarestia, attraverso le parole di mia Madre. Ha resistito a tutto. Ha voluto resistere. Come aveva voluto tradire. Come volle maledire. Come si volle suicidare. È la volontà quella che conta nelle cose, sia nel bene sia nel male.

Mia Madre, ed era la Grazia che parlava e la mia Tesoriera che largiva perdono in mio nome, gliela disse: "Pentiti, Giuda. Egli perdona …" Oh! se lo avrei perdonato! Se si fosse gettato ai piedi della Madre dicendo: "Pietà!" Ella, la Pietosa, lo avrebbe raccolto come un ferito e sulle sue ferite sataniche, per le quali il Nemico gli aveva inoculato il Delitto, avrebbe sparso il suo pianto che salva e me lo avrebbe portato, ai piedi della Croce, tenendolo per mano perché Satana non lo potesse ghermire e i discepoli colpirlo, portato perché il mio Sangue cadesse per primo su lui, il più grande dei peccatori. Sarebbe stata, Ella, Sacerdotessa mirabile sul suo altare, fra la Purezza e la Colpa, perché è Madre dei vergini e dei santi ma anche Madre dei peccatori.

Ma egli non volle. Meditate il potere della volontà di cui siete arbitri assoluti. Per essa potete avere il Cielo o l'Inferno. Meditate cosa vuol dire persistere nella colpa. *L'Evangelo come mi è stato rivelato,* Maria Valtorta, scrittivaltorta.altervista.org, sito web.

[264] La dinastia dei Merovingi, nome che deriva dal loro leggendario capostipite, Meroveo, fu la prima dinastia dei re franchi. Al tempo in cui regnarono (V-VIII secolo) il potere politico era diviso tra il re e il Maggiordomo di palazzo, in un rapporto paragonabile a quello, più tardi, tra l'imperatore e lo Shōgun nel Giappone feudale. Allo stesso modo, infatti, formalmente il Maggiordomo non poteva avere un potere maggiore del suo sovrano, tuttavia era proprio il Signore di Palazzo che radunava le truppe al "campo Maggio" (il campo nel quale, ogni primavera, venivano reclutate le truppe per l'esercito) e conduceva le campagne militari, esercitando nei fatti il ruolo di comandante supremo dello stato guerriero. Il potere si basava infatti soprattutto sull'esercito o, piuttosto, sulla guardia del corpo del sovrano, che, oltre a quelli militari, aveva anche incarichi politici e giudiziari. Fonte: Wikipedia, enciclopedia.

[265] Meroveo (latino: Meroveus o Merovius; francese: Mérovée; 415 circa – 457 circa) è stato re dei Franchi dal 448 al 457 circa. I suoi successori presero il nome di Merovingi. Ciò fa di lui anche un antenato degli attuali pretendenti al trono francese (esclusi i Bonaparte). Fonte: Wikipedia, enciclopedia.

[266] Maria Maddalena (in ebraico: מרים המגדלית?, in greco: Μαρία ἡ Μαγδαληνή, Maria hē Magdalēnē) detta anche Maria di Magdala, secondo il Nuovo Testamento è stata un'importante seguace di Gesù. Venerata come santa dalla Chiesa cattolica, che celebra la sua festa il 22 luglio, la sua figura viene descritta sia nel Nuovo Testamento sia nei Vangeli apocrifi come la cugina di Maria. Le narrazioni evangeliche ne delineano la figura attraverso alcuni versetti, che la dipingono come una delle più importanti e devote discepole di Gesù. Fu tra le poche a poter assistere alla crocifissione e – secondo alcuni vangeli – divenne la prima testimone oculare e la prima annunciatrice dell'avvenuta resurrezione. Fonte: Wikipedia, enciclopedia.

[267] La Legenda Aurea (spesso italianizzata per assonanza in Leggenda Aurea con evidente slittamento di significato) è una raccolta medievale di biografie agiografiche composta in latino da Jacopo da Varazze (o da Varagine), frate domenicano e vescovo di Genova. Fu compilata a partire circa dall'anno 1260 fino alla morte dell'autore, avvenuta nel 1298. L'opera costituisce ancora oggi un riferimento indispensabile per interpretare la simbologia e l'iconografia inserite in opere pittoriche di contenuto religioso. Fonte: Wikipedia, enciclopedia.

[268] *Il lungo viaggio della Maddalena*, Maria Gloria Riva, Culturacattolica.it 2008, articolo online.

[269] Il Quinotauro è un mitico mostro marino menzionato nel VII secolo nella Cronaca di Fredegario. Ci si riferisce ad esso come "bestea Neptuni Quinotauri similis", cioè la bestia di Nettuno che rassomiglia a un quinotauro. Esso è ritenuto essere il padre di Meroveo, in quanto si unì alla moglie del re franco Clodione mentre ella stava facendo il bagno in mare, dando così origine alla stirpe reale dei re Merovingi. Fonte: Wikipedia, enciclopedia.

[270] Apocalisse 13, 1,2.

[271] Napoleone, *Conversazioni Religiose*, pp. 84, 85.

[272] Luca 1, 49.

[273] Matteo 7, 1.

[274] Giovanni 18, 23.

[275] Atti 16, 22-34.

[276] *Gesù non ha porto l'altra guancia, e non dovresti farlo neanche tu*, padre Robert McTeigue, aleteia.org 2017, articolo online.

[277] Gianka, Il cielo sopra l'Italia, 2016.

[278] Una tradizione risalente almeno a Isidoro di Siviglia narra che Giacomo andò in Spagna per diffondere il Vangelo. Se questo improbabile viaggio avvenne, fu seguito da un ritorno dell'apostolo in Giudea, dove, agli inizi degli anni quaranta del I secolo il re Erode Agrippa I «cominciò a perseguitare alcuni membri della Chiesa, e fece uccidere di spada Giacomo fratello di Giovanni». Giacomo fu il primo apostolo martire.
Dopo la decapitazione, secondo la Legenda Aurea, i suoi discepoli trafugarono il suo corpo e riuscirono a portarlo miracolosamente sulle coste della Galizia. Il sepolcro contenente le sue spoglie sarebbe stato scoperto nell'anno 830 dall'anacoreta Pelagio in seguito ad una visione luminosa. Il vescovo Teodomiro, avvisato di tale prodigio, giunse sul posto e scoprì i resti dell'Apostolo. Dopo questo evento miracoloso il luogo venne denominato campus stellae ("campo della stella") dal quale deriva l'attuale nome di Santiago de Compostela, il capoluogo della Galizia. Fonte: Santiesimboli, blog.

[279] Ezechiele 33, 11.

[280] Giovanni 17, 14.

[281] Nonostante il concetto di theosis si sia sviluppato nella Chiesa cattolica, tanto che anche Tommaso d'Aquino nella sua Summa Theologiae descrive la piena partecipazione nel Divino come la porta della beatitudine e il vero destino della vita umana, i principi della theosis hanno avuto più successo fra gli ortodossi, che li hanno resi aspetti fondamentali del loro culto; al contrario, per i cattolici, non hanno mai avuto la stessa importanza. Solo dopo molti secoli, con Papa Giovanni Paolo II durante il Concilio Vaticano II, questi aspetti sono stati di nuovo portati all'attenzione della comunità ecclesiastica. Fonte: Wikipedia, enciclopedia.

[282] Le parole dei Sinottici attestano che lo stato dell'uomo nell'"altro mondo" sarà non soltanto uno stato di perfetta spiritualizzazione, ma anche di fondamentale "divinizzazione" della sua umanità. I "figli della risurrezione" – come leggiamo in Luca 20,36 – non soltanto "sono uguali agli angeli", ma anche "sono figli di Dio". Si può trarne la conclusione che il grado della spiritualizzazione, proprio dell'uomo "escatologico", avrà la sua fonte nel grado della sua "divinizzazione", incomparabilmente superiore a quella raggiungibile nella vita terrena. Fonte: Giovanni Paolo II, udienza generale, Mercoledì, 9 dicembre 1981.

[283] Più di sessant'anni fa, immobilizzata nel suo letto da un'infermità cronica, Maria Valtorta scrisse di proprio pugno, in appena quattro anni. migliaia di pagine manoscritte che sono già diffuse in più di venti lingue. Trattandosi di una "Vita di Gesù", quest'opera non lascia indifferenti e suscita sempre appassionate reazioni. L'opera è così eccezionale che merita di essere annoverata tra i capolavori della letteratura universale. Offre la materia per un'inesauribile enciclopedia della vita di Gesù. Infatti quest'opera non solo integra la totalità dei quattro evangeli, ma ne ricostruisce tutto il contesto socioculturale. Fonte: *L'Enigma Maria Valtorta*, bollettino valtortiano I semestre 2009.

[284] Genesi 3, 5.

[285] La Dodge Charger è un'autovettura costruita dalla casa automobilistica statunitense Dodge in varie serie fin dal 1966 ed appartenente alla categoria delle cosiddette "muscle car". La prima serie è stata in produzione dal 1966 al 1978, la seconda dal 1983 al 1987, la terza è in vendita dal 2006. Fonte: Wikipedia, enciclopedia.

[286] Figlia, moglie e madre di tre differenti re di Sparta: Cleomene I, Leonida I e Plistarco rispettivamente, Gorgo è una delle pochissime figure storiche femminili ad essere nominate da Erodoto per il suo acume politico e la sua saggezza. Fonte: Wikipedia, enciclopedia.

[287] Matteo 25, 13.

[288] Resurrezione è una scultura realizzata da Pericle Fazzini fra il 1970 e il 1975. Fonte: Wikipedia, enciclopedia.

[289] L'Aula Paolo VI, nota anche come Aula delle udienze Pontificie o Aula Nervi (dal nome del suo progettista, Pier Luigi Nervi), è un vasto auditorium a servizio della Città del Vaticano. L'edificio si trova a cavallo tra lo stato italiano e quello vaticano, sorgendo in gran parte in un'area italiana però soggetta ad extraterritorialità a favore della Santa Sede. Fonte: Wikipedia, enciclopedia.

[290] L'attentato a Giovanni Paolo II è stato un tentativo di omicidio del papa commesso il 13 maggio 1981 in piazza San Pietro, in Vaticano, da Mehmet Ali Ağca, un killer professionista turco, che gli sparò quattro colpi di pistola ferendolo gravemente. Giovanni Paolo II fu colpito due volte, perdendo molto sangue. Il sicario fu arrestato immediatamente e poi condannato all'ergastolo dalla magistratura italiana. Mesi dopo, il Papa perdonò il terrorista; ricevette successivamente anche il perdono del Presidente della Repubblica Italiana, Carlo Azeglio Ciampi e fu infine estradato in Turchia nel giugno del 2000. Fonte: Wikipedia, enciclopedia.

[291] Nel maggio del 1982, per l'anniversario dell'attentato avvenuto l'anno precedente in piazza San Pietro quando Giovanni Paolo II venne gravemente ferito da Ali Ağca, il papa polacco si recò a Fatima per ringraziare la Vergine di averlo salvato.
Le cronache dell'epoca ci ricordano che il 12 maggio di quell'anno un prete spagnolo, Juan María Fernández y Krohn, tentò di colpire il Pontefice con una baionetta, ma venne fermato in tempo dai servizi di sicurezza. In realtà, come si saprà ufficialmente soltanto nel 2008, per bocca del suo segretario il cardinale Stanislaw Dziwisz, Giovanni Paolo II fu davvero ferito. Fonte: *Il secondo attentato a Giovanni Paolo II che nessuno ricorda*, Mirko Testa, articolo online.

[292] *Vite Speciali Ricorda Papa Givanni Paolo 2 1920-2005*, articolo online.

[293] Estratto dall'udienza generale, Giovanni Paolo II, Mercoledì 25 febbraio 1987.

[294] Quella dei progressisti, ricorda sempre Francesco, «tentazione di scendere dalla croce, per accontentare la gente, e non rimanerci, per compiere la volontà del Padre; di piegarsi allo spirito mondano invece di purificarlo e piegarlo allo Spirito di Dio.

La tentazione di trascurare la realtà utilizzando una lingua minuziosa e un linguaggio di levigatura per dire tante cose e non dire niente! La tentazione del buonismo distruttivo, che a nome di una misericordia ingannatrice fascia le ferite senza prima curarle e medicarle». Noi siamo "progressisti" quando cadiamo in questa tentazione, l'importante è che ci sia qualcuno che sempre ce lo ricordi e ci pungoli, come oggi costantemente fa il Papa. Facendo lamentare tradizionalisti e progressisti a causa dei suoi benemeriti papagni. Fonte: *Sei motivi per cui il cristianesimo progressista è lontano da Gesù*, Unione Cristiani Cattolici Razionali, articolo online.

[295] La preghiera a san Michele Arcangelo è un insieme di preghiere della tradizione cristiana cattolica. Il 13 ottobre 1884 papa Leone XIII avrebbe avuto una visione - al termine della Messa in Vaticano - nella quale il Maligno minacciava la Chiesa: subito dopo aveva composto la preghiera (in forma estesa), raccomandando che fosse recitata al termine di ogni messa, oltre ad inserirla nella raccolta degli esorcismi. Nel 1886, ciò divenne una legge interna alla Chiesa e la preghiera a San Michele in forma abbreviata fu inserita insieme alle Preci leonine, da recitare al termine delle messe non cantate. La preghiera continuò ad essere recitata fino al 26 settembre 1964, quando, con la riforma liturgica nata in seno al Concilio Vaticano II, l'istruzione "Inter oecumenici" n.48, § j, decretò: "...le preghiere leoniane sono soppresse". A seguito dello scandalo a sfondo sessuale coinvolgente diversi membri dell'episcopato e del clero, Papa Francesco ha chiesto ai fedeli di tutto il mondo di recitare quotidianamente per tutto il mese di ottobre il Santo Rosario alla Beata Vergine Maria - unitamente al digiuno e alla penitenza come già richiesto nella "Lettera al Popolo di Dio" del 20 agosto 2018 - per la protezione della Chiesa da Satana, il "Grande Accusatore", concludendolo con l'antica preghiera "Sub Tuum Praesidium" dedicata alla Vergine e con la preghiera a San Michele Arcangelo. Fonte: Wikipedia, enciclopedia.

[296] Fratelli e Sorelle! Non abbiate paura di accogliere Cristo e di accettare la sua potestà! Aiutate il Papa e tutti quanti vogliono servire Cristo e, con la potestà di Cristo, servire l'uomo e l'umanità intera! Non abbiate paura! Aprite, anzi, spalancate le porte a Cristo! Alla sua salvatrice potestà aprite i confini degli Stati, i sistemi economici come quelli politici, i vasti campi di cultura, di civiltà, di sviluppo. Non abbiate paura! Cristo sa "cosa è dentro l'uomo". Solo lui lo sa! Oggi così spesso l'uomo non sa cosa si porta dentro, nel profondo del suo animo, del suo cuore. Così spesso è incerto del senso della sua vita su questa terra. È invaso dal dubbio che si tramuta in disperazione. Permettete, quindi – vi prego, vi imploro con umiltà e con fiducia – permettete a Cristo di parlare all'uomo. Solo lui ha parole di vita, sì! di vita eterna. Fonte: Omelia di Giovanni Paolo II per l'inizio pontificato, domenica 22 ottobre 1978.

[297] Matteo 26, 50.

[298] Marco 11, 17.

[299] Luca 6, 26.

[300] Matteo 5, 11.

[301] Matteo 7, 13.

[302] Certo quella di Gesù è una porta stretta, non perché sia una sala di tortura. No, non per quello! Ma perché ci chiede di aprire il nostro cuore a Lui, di riconoscerci peccatori, bisognosi della sua salvezza, del suo perdono, del suo amore, di avere l'umiltà di accogliere la sua misericordia e farci rinnovare da Lui. Gesù nel Vangelo ci dice che l'essere cristiani non è avere un'«etichetta»! Io domando a voi: voi siete cristiani di etichetta o di verità? E ciascuno si risponda dentro! Non cristiani, mai cristiani di etichetta! Cristiani di verità, di cuore. Essere cristiani è vivere e

testimoniare la fede nella preghiera, nelle opere di carità, nel promuovere la giustizia, nel compiere il bene. Per la porta stretta che è Cristo deve passare tutta la nostra vita. Fonte: Angelus, Papa Francesco, domenica 25 agosto 2003.

[303] Castel del Monte è una fortezza del XIII secolo fatta costruire dall'imperatore del Sacro Romano Impero Federico II nell'altopiano delle Murge occidentali in Puglia, nell'attuale frazione omonima del comune di Andria, a 18 km dalla città, nei pressi della località di Santa Maria del Monte, in provincia di Barletta-Andria-Trani, sulla sommità di una collina, a 540 metri s.l.m. Fonte: Wikipedia, enciclopedia.

[304] Salmi 22.

[305] Adrienne von Spyr, *Il Mistero della morte*, Centro Ambrosiano, pp. 8,9.

[306] Numeri 14, 18.

[307] Federico Ruggero Costantino di Hohenstaufen (Jesi, 26 dicembre 1194 – Fiorentino di Puglia, 13 dicembre 1250), è stato re di Sicilia (come Federico I, dal 1198 al 1250), Duca di Svevia (come Federico VII, dal 1212 al 1216), Re dei Romani (dal 1212) e poi Imperatore del Sacro Romano Impero (come Federico II, eletto nel 1211, incoronato dapprima ad Aquisgrana nel 1215 e, successivamente, a Roma dal papa nel 1220) e re di Gerusalemme (dal 1225 per matrimonio, autoincoronatosi nella stessa Gerusalemme nel 1229). Ebbe ben due scomuniche dal Papa Gregorio IX, che arrivò a vedere in lui l'anticristo. Fonte: Wikipedia, enciclopedia.

[308] *Cronache filiali*, Plinio Corrêa de Oliveira, articolo online.

[309] La Porta d'Oro, così chiamata nella letteratura cristiana o She'ar Harahamim ("porta della Misericordia") è la più antica delle attuali porte delle mura della Città Vecchia di Gerusalemme. Si trova sul lato orientale dell'antica cinta muraria e ivi si immagina sia avvenuto l'Incontro alla porta Aurea di san Gioacchino e sant'Anna, un episodio raffigurato in diversi cicli pittorici dedicati alla vita di Sant'Anna (tra cui quello di Giotto nella cappella degli Scrovegni di Padova). Fonte: Wikipedia, enciclopedia.

[310] Nella religione ebraica il sacerdote o cohen, pl. cohanim (ebraico כהן kohèn, pl. כוהנים kohanîm) è una figura religiosa preposta all'esercizio del culto, detto "avodah", e alla mediazione dei rapporti con la divinità; risale in particolare al servizio sacrificale presso il Tempio di Gerusalemme. Il vocabolo kohèn viene usato nella Torah per riferirsi ai sacerdoti, sia ebraici che non-ebraici, come anche all'intera nazione ebraica nel suo complesso. Fonte: Wikipedia, enciclopedia.

[311] La Menorah (ebraico: מנורה) è una lampada ad olio a sette bracci che nell'antichità veniva accesa all'interno del Tempio di Gerusalemme attraverso combustione di olio consacrato. Il progetto originale, la forma, le misure, i materiali e le altre specifiche tecniche si trovano per la prima volta nella Torah, nel libro dell'Esodo, in corrispondenza alle regole inerenti al tabernacolo. Le stesse regole adottate poi per il Santuario di Gerusalemme. La Menorah è uno dei simboli più antichi della religione ebraica. Secondo alcune tradizioni la Menorah simboleggia il rovo ardente in cui si manifestò a Mosè la voce di Dio sul monte Horeb, secondo altre rappresenta il sabato (al centro) e i sei giorni della creazione. Fonte: Wikipedia, enciclopedia.

[312] Oggigiorno, l'occhio della Provvidenza è generalmente associato alla Massoneria. L'occhio compare nella iconografia standard dei massoni nel 1797, con la pubblicazione del Freemasons Monitor di Thomas Smith Webb. Qui rappresenta l'occhio che tutto vede di Dio ed è un monito al fatto che ogni pensiero e azione di un massone sono osservati da Dio (a cui ci si riferisce nella Massoneria come Grande

Architetto dell'Universo). Tipicamente, l'occhio della Provvidenza massonico è posto sopra a una gloria semicircolare ed è, talvolta, inscritto in un triangolo. Fonte: Wikipedia, enciclopedia.

[313] Genesi 4, 11,12.

[314] Patmo (in greco: Πάτμος Patmos) o Patmos, è un'isola dell'Egeo. L'isola è famosa poiché, secondo un'antichissima tradizione cristiana, l'apostolo Giovanni fu qui esiliato dall'imperatore Domiziano dal 95 al 100 d.C. Durante questo periodo egli ebbe le sue famose visioni da Gesù, che portarono alla redazione del Libro delle Rivelazioni. Fonte: Wikipedia, enciclopedia.

[315] Il monastero di San Giovanni il Teologo (Ágios Ioánis Theológos) sorge sull'isola di Patmos, in Grecia; nel 1999 è stato inserito nell'elenco dei Patrimoni dell'umanità dell'UNESCO. Il monastero venne fondato nel 1088 dal monaco bizantino Cristodulo e, anche grazie all'aiuto dell'imperatore Alessio I Comneno, venne consacrato a San Giovanni il "Teologo". Successivamente fu continuato dai seguaci di Cristodulo e ampliato nei secoli XV-XVII. In epoca romana Patmos era un luogo d'esilio, in cui secondo la tradizione l'evangelista Giovanni avrebbe scritto il libro dell'Apocalisse. Patmos è infatti citata esplicitamente nell'opera come luogo in cui egli avrebbe avuto le sue visioni, e la caverna in cui ciò sarebbe avvenuto è considerata come uno dei luoghi più importanti da parte della Chiesa greco-ortodossa. Fonte: Wikipedia, enciclopedia.

[316] Nella religione greca e nella religione romana, Caronte (in greco antico: Χάρων, Chárōn, "ferocia illuminata") era il traghettatore dell'Ade. Come psicopompo trasportava le anime dei morti da una riva all'altra del fiume Acheronte, ma solo se i loro cadaveri avevano ricevuto i rituali onori funebri (o, in un'altra versione, se disponevano di un obolo per pagare il viaggio); chi non li aveva ricevuti (o non aveva l'obolo) era costretto a errare in eterno senza pace tra le nebbie del fiume (o, secondo alcuni autori, per cento anni). Fonte: Wikipedia, enciclopedia.

[317] Apocalisse 1, 10.

[318] Giovanni 19, 33, 34.

[319] Padre Gemelli, *Il Francescanesimo*, inizio capitolo: «Quid animo satis?».

[320] Matteo 5, 44.

[321] Fatima.org, articolo online.

[322] Catechismo della Chiesa Cattolica, punti 675-677.

[323] Luca 22, 42.

[324] Blaise Pascal, *Pensées*, Ed.Brunschvicg, p. 593.

[325] Marco 14, 34.

[326] Giovanni 21, 18.

[327] Luigi Giussani, *Riconoscere una presenza*, San Paolo 1998, p. 113.

[328] Luigi Giussani, *Riconoscere una presenza*, San Paolo 1998, p.118.

[329] Luca 14, 26.

[330] *La Tilma di Guadalupe*, Andrea Tornielli, articolo online.

[331] Nostra Signora di Guadalupe (in lingua spagnola: Nuestra Señora de Guadalupe), nota anche come la Vergine di Guadalupe (in lingua spagnola, Virgen de Guadalupe), è l'appellativo con cui la Chiesa Cattolica venera Maria in seguito ad un'apparizione avvenuta in Messico nel 1531. Secondo il racconto tradizionale, tra il 9 e il 12 dicembre 1531, sulla collina del Tepeyac a nord di Città del Messico (La Villa de Guadalupe), Maria apparve più volte a Juan Diego Cuauhtlatoatzin, uno dei primi aztechi convertiti al cristianesimo. Il nome Guadalupe venne dettato da Maria stessa a Juan Diego: alcuni hanno ipotizzato che sia la trascrizione in spagnolo dell'espressione azteca Coatlaxopeuh, "colei che schiaccia il serpente" (cfr.

Genesi 3,14-15), oltre che il riferimento al Real Monasterio de Nuestra Señora de Guadalupe fondato da re Alfonso XI di Castiglia nel comune spagnolo di Guadalupe nel 1340. Fonte: Wikipedia, enciclopedia.

[332] La donna e il drago è il titolo attribuito all'episodio che costituisce il capitolo 12 del libro biblico dell'Apocalisse. Giovanni racconta che in cielo apparvero questa donna, circondata da segni miracolosi, e un drago, aiutati entrambi da angeli. Ci fu una grande battaglia, che si concluse con la vittoria della donna e la cacciata del drago. Quindi, una voce mistica innalza una preghiera, annunciando che in ciò si è compiuta la salvezza di Cristo. Dopo la preghiera, il drago tenta ancora invano di uccidere la donna, che nel frattempo aveva partorito, ma, non riuscendo a fare ciò, si ripromette di tentare di uccidere tutta la sua discendenza. Fonte: Wikipedia, enciclopedia.

[333] Il blocco n. 11, esternamente non dissimile dagli altri blocchi, chiamato dai prigionieri "Il blocco della Morte" era isolato, chiuso sempre a chiave e denominato prigione del campo. Il cortile di questo blocco era circondato da un alto muro. I cesti di legno sulle finestre del blocco vicino, servivano ad impedire che si osservassero le scene che avvenivano sul cortile saturato dal sangue di circa 20000 prigionieri fucilati presso "il Muro della Morte". Nel pianterreno e nelle celle situate nei seminterrati di questo blocco, tutto è rimasto come allora. La storia del blocco n. 11 è tragicamente ricca di contenuto. A differenza degli altri blocchi, qui il guardiano era sempre un uomo delle SS. Oltre ai funzionari dei prigionieri (blocchista, scrivano e capo camerata) venivano alloggiati a pianterreno i prigionieri Esperimenticivili (uomini e donne) che attendevano il verdetto del procedimento per direttissima presso la Gestapo a Katowica. Le sessioni di questo tribunale avvenivano una volta al mese. Vi partecipavano il capo della Gestapo di Katowica, il dottor Rudolf Mildner con i suoi collaboratori, ed il capo della sezione politica del campo di Maximilian Grabner con suoi dipendenti: Lachman, Dylewski, Boger ed altri. In due-tre ore, il tribunale emetteva duecento verdetti di morte. I condannati dovevano spogliarsi e a due a due arrivare presso "Il Muro della Morte". Qui venivano uccisi i prigionieri del campo. I prigionieri chiamati durante l'appello, erano circondati dagli uomini delle SS e scortati fino al blocco n. 11. Da principio l'esecuzione avveniva mediante il plotone d'esecuzione, in seguito con un colpo alla nuca. Se il numero dei condannati alla fucilazione era esiguo, i prigionieri venivano uccisi nel lavatoio situato nel corridoio vicino al cortile. Alle esecuzioni partecipavano gli ufficiali delle SS, ed i membri della guarnigione del campo. Tra i sottuffciali partecipavano attivamente i Rapportführer e gli uomini delle SS appartenenti alla sezione politica. Fonte: *Blocco 11 - Blocco della morte*, auschwitz altervista, articolo online, 28 settembre 2008.

[334] Maksymilian Maria Kolbe (Zduńska Wola, 8 gennaio 1894 – Auschwitz, 14 agosto 1941) è stato un presbitero e francescano polacco che si offrì di prendere il posto di un padre di famiglia, destinato al bunker della fame nel campo di concentramento di Auschwitz. È stato beatificato nel 1971 da papa Paolo VI, che lo chiamò "martire dell'amore", e quindi proclamato santo nel 1982 da papa Giovanni Paolo II. Fonte: Wikipedia, enciclopedia.

[335] Oggi le torri di guardia con i loro mitragliatrici, essendo state abbandonate, non fanno più paura; non si odono più i richiami dei guardiani e i rumori degli stivali delle sentinelle che si alternavano su questo grande campo di battaglia - il più grande riguardo al numero delle vittime. Le tavolette con la scritta "Halt - Spoj" (fermati) e con le tibie incrociate sono sparse qua e là per ricordare che la barriera di filo spinato una volta aveva la corrente elettrica e il solo toccarla poteva causare

una paralisi mortale. Fonte: *Accesso al campo di concentramento*, auschwitz alter-vista, articolo online, 28 settembre 2008.

[336] *Milizia dell'immacolata*, laici.va, articolo online.

[337] *Oh Madonna, tu sei la sicurezza della nostra speranza!*, 30 giorni: Brani di don Luigi Giussani a un anno dalla morte, 2006.

[338] Il Giuramento di Ippocrate viene prestato dai medici-chirurghi e odontoiatri prima di iniziare la professione. Prende il nome da Ippocrate a cui il giuramento è attribuito; la data di composizione non è definita, ma pare certo non preceda il IV secolo a.c. Fonte: Wikipedia, enciclopedia.

[339] Romani 13, 11.

[340] Marco 8, 36.

[341] La Basilica di San Giovanni in Laterano o cattedrale di Roma (nome completo: Arcibasilica Papale del Santissimo Salvatore e dei Santi Giovanni Battista ed Evangelista in Laterano) è la cattedrale della diocesi di Roma. Fonte: Wikipedia, enciclopedia.

[342] *Basilica di San Giovanni in Laterano*, vatican.va, articolo online.

[343] Gli attentati dell'11 settembre 2001 sono stati una serie di quattro attacchi suicidi che causarono la morte di 2 996 persone e il ferimento di oltre 6 000, organizzati e realizzati da un gruppo di terroristi aderenti ad al-Qāʿida contro obiettivi civili e militari nel territorio degli Stati Uniti, spesso citati dall'opinione pubblica come i più gravi attentati terroristici dell'età contemporanea. Fonte: Wikipedia, enciclopedia.

[344] *Giornata di preghiera per la pace nel mondo*, Assisi, 24 gennaio 2002.

[345] Apocalisse 20, 3.

[346] Genesi 4, 17.

[347] Matteo 26, 41.

[348] Luca 22, 42.

[349] Matteo 27, 27.

[350] Matteo 27, 49.

[351] San Paolo, Prima lettera ai Colossesi, 24.

[352] Con il termine apparizioni di Međugorje si intende una serie di presunti fenomeni sovrannaturali iniziati il 24 giugno 1981 a Međugorje, cittadina dell'attuale Bosnia-Erzegovina, e tuttora in corso. Nel pomeriggio del 24 giugno 1981 Ivanka Ivanković, allora quindicenne, e Mirjana Dragičević, sedicenne, stanno passeggiando ai piedi della collina del Podbrdo quando, alle quattro del pomeriggio, avrebbero intravisto una figura femminile su una piccola nube. Spaventate, le due ragazze fuggono e ritornano al villaggio. Poco dopo, verso le 18:30, decidono di tornare sulla collina accompagnate da Vicka Ivanković, cugina di Ivanka. Le tre ragazze avrebbero visto di nuovo la figura femminile con un bambino in braccio e l'avrebbero identificata sin da subito con la Madonna. Fonte: Wikipedia, enciclopedia.

[353] La Madonnina di Civitavecchia è una piccola statua raffigurante la Madonna che, presso Civitavecchia, dal 2 febbraio al 15 marzo 1995, avrebbe per quattordici volte stillato lacrime di sangue. Dal 17 giugno 1995 la statuetta, custodita in una teca nella locale parrocchia di Sant'Agostino, è esposta alla venerazione dei fedeli. Fonte: Wikipedia, enciclopedia.

[354] *La profezia di Civitavecchia Parla Fabio Gregori, proprietario della Madonnina delle lacrime*, Riccardo Caniato, Studi Cattolici nr. 652 giugno 2015, articolo online.

[355] Il rosario (dal latino rosārium, "rosaio"; a partire dal XIII secolo acquisì il significato religioso indicante le preghiere che formano come una "corona", nell'accezione latina di corōna ovvero ghirlanda, di rose alla Madonna) è una preghiera devozionale e contemplativa a carattere litanico tipica del rito latino della Chiesa cattolica. Le sue origini sono tardomedievali: fu diffuso grazie alle Confraternite del Santo Rosario, fondate da Pietro da Verona, santo appartenuto all'Ordine dei frati predicatori, tanto che se ne attribuì la nascita a un'apparizione della Madonna, con la consegna del rosario al fondatore dell'Ordine San Domenico. Il primo documento ufficiale della Chiesa cattolica risale al secolo XV, con papa Sisto IV, che nella bolla Ea quæ ex fidelium del 12 maggio 1479, afferma che la pratica del Rosario era anticamente diffusa nelle diverse parti del mondo e, caduta in disuso, era stata di recente ripristinata, invitando i cattolici alla recita quotidiana del salterio mariano con le 150 salutationes, tante quante i salmi davidici, precedendone ogni decina da un pater ed assegnando a tale pratica varie indulgenze. Fonte: Wikipedia, enciclopedia.

[356] Testimonianza davanti Giovanni Paolo II, *"È il mendicante il vero protagonista della storia"*, Luigi Giussani, 30 maggio 1998.

[357] Luca 2, 10,11.

[358] Giovanni 1, 14.

[359] Matteo 28, 20.

[360] Il metaqualone, noto anche con il suo nome commerciale Quaalude, è un farmaco con azione sedativa-ipnotica, simile agli effetti di un barbiturico, ma diverso da quest'ultimo (appartiene alla classe dei 4-quinazolinoni), che causa la depressione del sistema nervoso centrale. Fonte: Wikipedia, enciclopedia.

[361] Seconda lettera di Pietro, 3, 13.

[362] Gli obiettivi di sviluppo del millennio (Millennium Development Goals o MDG, o più semplicemente "Obiettivi del Millennio") delle Nazioni Unite sono otto obiettivi che tutti i 193 stati membri dell'ONU si sono impegnati a raggiungere per l'anno 2015. Fonte: Wikipedia, enciclopedia.

[363] Il Summit mondiale sullo sviluppo sostenibile, o anche WSSD dal suo nome ufficiale in inglese World Summit on Sustainable Development, si è svolto a Johannesburg, Sudafrica, dal 26 agosto al 4 settembre del 2002. È stato organizzato dalle Nazioni Unite 10 anni dopo il Summit sulla terra di Rio de Janeiro per discutere lo stato di attuazione delle decisioni prese a Rio e per prendere atto di una serie di nuove esperienze e conoscenze sviluppatesi nel frattempo. Anche per questo la Conferenza di Johannesburg viene anche indicata con il nome di "Rio+10". È stato particolarmente importante in quanto parteciparono capi di Stato e rappresentanti di organizzazioni del mondo del business e dell'associazionismo. Fonte: Wikipedia, enciclopedia.

[364] Nostra Signora di La Salette (o Madonna di La Salette) è l'appellativo con cui la Chiesa cattolica venera Maria, in seguito alle apparizioni che ebbero, il 19 settembre 1846, due ragazzi, Maximin Giraud e Mélanie Calvat. Il nome della località si riferisce al comune francese di La Salette-Fallavaux, dipartimento dell'Isère, vicino a Corps. Fonte: Wikipedia, enciclopedia.

[365] Profezia di Suor Clarissa di Fougères, XVI secolo.

[366] Luca 1, 38.

[367] Giovanni 14, 30.

[368] Seconda lettera ai Tessalonicesi, 2, 3.

[369] Sacrilegio è una profanazione o un oltraggio recato a ciò che è sacro. Il termine può essere inteso con accezioni più o meno vaste, arrivando fino a comprendere,

nelle interpretazioni più estensive, qualunque trasgressione alle leggi religiose. In genere, si intendono con esso forme gravi di irriverenza nei confronti di persone, cose o luoghi sacri. Fonte: Wikipedia, enciclopedia.

[370] È il tema del libero arbitrio ad occupare la mente dell'artista che affida a San Michele e a Lucifero il compito di illustrare la dialettica tra Bene e Male. Il Lotto rappresenta Satana ispirandosi alla tradizione biblica che fa di Lucifero il più alto angelo decaduto e lo rappresenta nella sua bellezza, non ancora del tutto trasformato in angelo delle tenebre, quasi in atto supplice verso Michele che sembra volerlo soccorrere con la mano distesa, più che colpirlo con il bastone. Le due figure angeliche sono gemelle e speculari. Il movimento della caduta dell'uno corrisponde, rovesciato, all'ascensione dell'altro, in una suggestiva sinfonia cromatica. Lorenzolottomarche.it, articolo online.

[371] Luther Link, *Il Diavolo nell'arte. Una maschera senza volto*, Mondadori Bruno 2001, p. 43.

[372] It's the End of the World as We Know It (And I Feel Fine) è un brano della band statunitense R.E.M. La canzone è il secondo singolo estratto dal quinto album della band Document (1987). Il singolo nel 1991 è stato nuovamente rilanciato sul mercato.

Il brano è ispirato alla trasmissione La guerra dei mondi di Orson Welles e alle reazioni da essa suscitate. In esso vengono citati personaggi quali Lenny Bruce e Lester Bangs in quanto Michael Stipe aveva fatto un sogno (molte canzoni del gruppo nascono da esperienze oniriche) dove si trovava a una festa dove tutti gli invitati, tranne lui, avevano come iniziali di nome e cognome le lettere L e B. Fonte: Wikipedia, enciclopedia.

[373] Oscar V. Milosz, *Miguel Mañara commentato da Franco Nembrini*, Centocanti 2015, p. 47.

[374] Simone di Cirene, detto anche il Cireneo, è l'uomo che, secondo quanto riportato da tre dei quattro Vangeli, fu obbligato dai soldati romani ad aiutare a trasportare la croce di Gesù, durante la salita al Golgota per la crocifissione. Fonte: Wikipedia, enciclopedia.

[375] La Coroncina alla Divina Misericordia è una preghiera cristiana. Le sue origini risalgono ad una rivelazione privata che Santa Faustina Kowalska afferma di aver ricevuto da Gesù nel 1935 e nella quale le avrebbe richiesto una particolare forma di preghiera detta Coroncina alla Divina Misericordia. Secondo suor Faustina, particolari grazie sarebbero state concesse a chi avrebbe recitato questa preghiera. Fonte: Wikipedia, enciclopedia.

[376] Oscar V. Milosz, *Miguel Mañara commentato da Franco Nembrini*, Centocanti 2015, p. 217.

[377] Giovanni 3, 1-13.

[378] Zaccaria 14, 5.

[379] In una piccola tomba di famiglia a sud di Gerusalemme, presso Peace Forest, sono stati rinvenuti nel 1990 vari ossari, di cui il più elaborato riporta l'iscrizione Yehoseph bar Qyph, "Giuseppe figlio di Caifa". All'interno erano conservate anche le ossa di Caifa. Si tratta del primo ritrovamento archeologico riguardante il nome "Caifa", che sarebbe stato effettivamente un soprannome, come riportato da Flavio Giuseppe in Antichità Giudaiche 23,35-39. Fonte: Wikipedia, enciclopedia.

[380] Antonio Socci – Norberto Liffschitz, *Il giudice del venerdì santo (la tomba di Caifa)*, Il Sabato, 17.10.1992, n. 42, p. 56-59.

[381] La misericordia (anche conosciuta col nome di trafiere) è un pugnale del tipo dello stiletto e del quadrello utilizzato, per dare un colpo mortale ad un avversario

già ferito. Il nome deriverebbe dall'utilizzo: poiché dopo la fine della battaglia sul terreno rimanevano molti feriti in modo più o meno grave. Prelati o addirittura vescovi decidevano sul campo quali non erano in grado di sopravvivere e questi ultimi venivano finiti con quest'arma. Fonte: Wikipedia, enciclopedia.

[382] Giacobbe (ebraico יַעֲקֹב: Yaʿaqov o Yaʿāqōb, greco antico Ἰακώβ, latino Iacob, arabo يعقوب Yaʿqūb) significa "il soppiantatore". Il nome deriva da ageb ossia "tallone"; fu chiamato così poiché, « al momento del parto, teneva con la mano il calcagno del fratello gemello, nato per primo e quindi destinatario del diritto di primogenitura », che poi, esattamente, contestò, così come sottrasse al fratello la benedizione paterna con l'inganno. È uno dei Padri dell'Ebraismo nonché eroe eponimo del popolo di Israele: infatti venne soprannominato da JHWH stesso "Israele" in quanto "lottò col Signore e vinse", dalla radice shr, lottare, ed El, Signore. Le sue vicende sono narrate nel libro della Genesi. Per tutte le Chiese Cristiane è il Terzo Patriarca. Fonte: Wikipedia, enciclopedia.

[383] «Date a Cesare quel che è di Cesare e a Dio quel che è di Dio» (greco: Ἀπόδοτε οὖν τὰ Καίσαρος Καίσαρι καὶ τὰ τοῦ Θεοῦ τῷ Θεῷ; latino: Reddite quae sunt Caesaris Caesari et quae sunt Dei Deo) è una celebre frase detta da Gesù e riportata nei vangeli sinottici, in particolare nel Vangelo secondo Matteo 22,21, nel Vangelo secondo Marco 12,17 e nel Vangelo secondo Luca 20,25. Fonte: Wikipedia, enciclopedia.

[384] Primapaginaonline.org, 2015, Quando la salvezza è portata, articolo online.

[385] I Sadducei costituirono un'importante corrente spirituale del Tardo giudaismo (fine del periodo del secondo Tempio), e anche una distinta fazione politica verso il 130 a.C. sotto la dinastia asmonea. Rappresentata eminentemente dall'aristocrazia delle antiche famiglie, nell'ambito delle quali venivano reclutati i sacerdoti dei ranghi più alti, nonché, in particolare, il Sommo sacerdote, la corrente dei Sadducei si richiamava, nel proprio nome, all'antico e leggendario Zadok (o anche Sadoq o Zadoq), sommo sacerdote al tempo di Salomone. Cercavano di vivere un giudaismo illuminato e quindi di trovare un compromesso anche con il potere romano. Fonte: Wikipedia, enciclopedia.

[386] La cripta, piccolo spazio sotto l'altare centrale, sembra secondo la tradizione, sia stato il primo carcere di san Pietro a Roma, prima di essere trasferito nel Carcere Mamertino. All'interno della Cripta è custodito il sarcofago dei Sette Fratelli Maccabei, martiri protocristiani, venerati anche dagli ebrei e da altre religioni orientali. Il sarcofago, probabilmente portato da Antiochia a Roma da Papa Pelagio II. Fu ritrovato nel 1876 durante i lavori di rifacimento del presbiterio, è diviso in sette scomparti contenenti dei resti umani e con dei sigilli che indicano con sicurezza la sua autenticità. Sul sarcofago sono scolpite cinque scene: La resurrezione di Lazzaro, La moltiplicazione dei pani e dei pesci, La Samaritana, L'annuncio di Gesù a Pietro della rinnegazione, La consegna della legge. Fonte: Wikipedia, enciclopedia.

[387] I Maccabei (significato del nome: martellatori) (מקבים o מכבים, Makabim (HE)) furono una famiglia ebraica che guidò la ribellione contro il seleucide Antioco IV Epìfane (175 a.C.-164 a.C.), nel II secolo a.C. Diedero vita alla dinastia che in seguito regnò sulla Giudea con il nome di Asmonei (da Asmon, il nome di un antenato). Fonte: Wikipedia, enciclopedia.

[388] Asmodeo (AFI: /azmoˈdɛo/; in latino Asmodeus o Asmodaeus; in arabo Ashmed; אשמדאי, Ashmedai in ebraico, o anche Chammadai, Sydonai, lett. "colui che fa perire" ; e in avestico Aēšmadaēva, lett. "demonio irato") nella demonologia è un potente demonio biblico ebraico, appartenente alla gerarchia degli angeli di Satana. Asmodeo è più noto a noi grazie al deuterocanonico Libro di Tobia. Viene

menzionato sia in numerose leggende talmudiche sia nella tradizione demonolo-gica giudaica, secondo le quali Asmodeo fu vinto dal Re Salomone, che lo avrebbe costretto ad edificare per lui il celebre Tempio. Fonte: Wikipedia, enciclopedia.

[389] Antonio e Luisa De Rosa, *Asmodeo e i sette pericoli mortali del matrimonio*, Matrimonio Cristiano, articolo online.

[390] Mattatia (מתתיהו Matitiyahu o Matisyahu ben Yochanan HaCohen in lingua ebraica; ... – 165 a.c.) è stato un sacerdote ebreo della prima classe sacerdotale (di Ioarib), "figlio di Giovanni e nipote di Simeone". È il padre dei Maccabei e dei loro successori, la dinastia degli Asmonei, iniziata dal figlio Simone. La sua storia è narrata nel Primo libro dei Maccabei. Fonte: Wikipedia, enciclopedia.

[391] La dinastia degli Asmonei (in greco Ἀσσαμωναῖοι, forse dall'ebraico ḥašmannīm, oppure dall'eponimo Asmon, il nome del bisnonno di Mattatia, padre dei Maccabei), fondata da Simone Maccabeo, segnò l'inizio del regno di Giudea, a partire dal 140 a.C., e mantenne il potere civile e religioso fino alla conquista ro-mana, dopo la quale nel 37 a.C. fu posto a governo della regione Erode il Grande. Fonte: Wikipedia, enciclopedia.

[392] Etimologicamente, è giunto in italiano tramite il greco biblico Μακκαβαῖος (Makkabaîos) e il latino Maccabæus, in ultimo dall'ebraico מכבי (makabí); esso viene in genere ricondotto alla parola ebraica maqqabh ("martello"), ma non è im-possibile che sia da ricollegare invece a matzbi ("generale", "comandante"). Fonte: Wikipedia, enciclopedia.

[393] I Giudei e i sacerdoti avevano approvato che Simone fosse sempre loro condot-tiero e sommo sacerdote finché sorgesse un profeta fedele" (1Maccabei 14:38-41). Fonte: *La storia di Israele, il periodo dei Maccabei*. Biblistica.it, articolo online.

[394] l Sinedrio (in ebraico: סַנְהֶדְרִין, sanhedrîn, cioè "assemblea" o "consiglio", la Grande Assemblea) di Gerusalemme era l'organo preposto all'emanazione delle leggi e alla gestione della giustizia durante la fase asmoneo-romana del periodo del Secondo Tempio. Le opinioni venivano discusse prima delle votazioni, ma le opi-nioni in minoranza non venivano scartate e non erano proibite: semplicemente l'o-pinione di maggioranza diventava vincolante. Il Sinedrio era formato tradizional-mente da 71 membri. La tradizione biblica vuole che il Sinedrio sia stato fondato da Mosè. Nell'età dei re non esisteva un Sinedrio vero e proprio, ma tribunali che si tenevano alle porte di città o villaggi. Non c'erano solo dei sacerdoti e degli an-ziani ma anche dei magistrati civili. Il Sinedrio era presente anche in età ellenistica e fu fondamentale per lo sviluppo della storia ebraica persino di quel periodo. An-che i Vangeli parlano del Sinedrio perché lì fu condannato Gesù dai sacerdoti che lo vedevano come un semplice malfattore. Il Sinedrio scomparì definitivamente con la diaspora del 70 d.C. Fonte: Wikipedia, enciclopedia.

[395] Nella Divina Commedia di Dante Alighieri il Limbo è il primo cerchio dell'In-ferno (nel canto IV dell'Inferno). È complanare all'Antinferno, separati dall'Ache-ronte. Oltre agli infanti morti senza battesimo, il poeta vi colloca le anime di quanti non furono cristiani, ma vissero da uomini giusti e perciò non meritarono l'Inferno vero e proprio. Un posto particolare tra questi è riservato ai grandi personaggi della storia, soprattutto antichi greci e romani (tra i più importanti Aristotele, Omero e Cesare), ma anche musulmani come il Saladino, Avicenna e Averroè: questi vivono in un castello illuminato da una luce soprannaturale (il solo luogo illuminato di tutto l'Inferno, altrimenti immerso nell'oscurità), in una condizione malinconica ma serena, che molto deve alla suggestione dei Campi Elisi descritti nel sesto libro dell'Eneide. Di questi grandi personaggi fa parte anche Virgilio, che ha momenta-neamente lasciato il suo posto tra di essi per guidare Dante nel suo viaggio. Nel

Limbo dantesco non sono invece presenti le seguenti categorie di anime, trasferite dal Limbo al Paradiso al momento della Resurrezione del Cristo (Paradiso, canto XXXII): Tutti i bambini nati prima di Abramo. (Empireo, zona bassa della Rosa dei Beati). Tutti i bambini circoncisi dopo Abramo (istruito per primo in questa pratica da Dio) e prima di Cristo, perché la circoncisione si può configurare come una sorta di Battesimo (Tommaso Summa III Quaestio LXX). (Empireo, zona bassa della Rosa dei Beati). I non circoncisi sono all'Inferno. Gli adulti circoncisi che hanno bene operato (Patriarchi e non) da Abramo a Cristo (Empireo metà superiore sinistra della Rosa, sotto Maria) perché la circoncisione si può configurare come un atto di fede nel "Cristo venturo" che dà gli stessi diritti della fede nel "Cristo venuto" (per questi ultimi, metà superiore destra della Rosa). I non-circoncisi sono all'Inferno, tranne le anime elette qui sopra. La coppia Adamo ed Eva. Fonte: Wikipedia, enciclopedia.

[396] Lettera ai Romani 5, 20.

[397] Giovanni 21.

[398] Oscar V. Milosz, *Miguel Mañara commentato da Franco Nembrini*, Centocanti 2015, p. 116.

[399] Gelsomino Del Guercio, *La profezia di Suor Lucia: «Lo scontro finale tra Dio e Satana è su famiglia e vita»*, Aleteia 2015, articolo online.

[400] Il Georgia Guidestones è un monumento in granito sito nella contea di Elbert, in Georgia, Stati Uniti d'America. Su otto delle superfici maggiori è inciso un messaggio composto da dieci "regole", o consigli, in otto lingue moderne, una per ogni superficie. La struttura, detta a volte la Stonehenge americana, è stata più volte oggetto di polemiche in quanto secondo alcuni su di esse vi sarebbero iscritti i principi sui quali si fonderebbe la teoria del complotto del Nuovo ordine mondiale. Fonte: Wikipedia, enciclopedia.

[401] *Cronache filiali*, Plinio Corrêa de Oliveira, articolo online.

[402] Quinto Cassio Longino (in latino: Longinus; ... – 37?) è, secondo una tradizione cristiana, il nome del soldato romano che trafisse con la propria lancia il costato di Gesù crocifisso. Fonte: Wikipedia, enciclopedia.

[403] La Lancia del Destino o Lancia di Longino (in latino Lancea Longini) è la lancia con cui Gesù sarebbe stato trafitto al costato dopo essere stato crocefisso. Viene talvolta anche indicata con l'espressione Lancia Sacra, che però indica anche una reliquia specifica, appartenente ai tesori del Sacro Romano Impero, la cui tradizione è in parte sovrapposta a quella della Lancia di Longino. La Lancia del Destino è conservata nel Palazzo Hofburg a Vienna. Fonte: Wikipedia, enciclopedia.

[404] Luca 1, 51,52.

[405] Il sacrificio di Isacco (in ebraico עֲקֵידַת יִצְחָק) è un episodio del libro biblico della Genesi. Il suo racconto si trova in Genesi 22,1-18). Dio, per mettere alla prova la fede di Abramo, gli ordina di sacrificare il proprio figlio Isacco. Abramo si reca senza esitazioni sul monte Moriah. Mentre Abramo sta per compiere diligentemente il sacrificio, impugnando già il coltello, un angelo del Signore scende a bloccarlo e gli mostra un ariete da immolare come sacrificio sostitutivo. La scena, interpretata come prefigurazione del sacrificio di Cristo, è uno degli episodi salienti del Pentateuco. Fonte: Wikipedia, enciclopedia.

[406] Preghiera del Santo Padre Giovanni Paolo II per la pace dopo la celebrazione del santo rosario, 2 febbraio 1991.

[407] Fra il 1984 e il 1985 la Madonna avrebbe rivelato ai veggenti dieci segreti che, similmente a quelli di Fátima, conterebbero rivelazioni su avvenimenti futuri. Il 25 giugno 1985 la veggente Mirjana ha affermato di aver ricevuto dalla Madonna una

pergamena contenente i dieci segreti. Questa pergamena, a detta della veggente, sarebbe fatta di uno speciale materiale sulla quale ognuno legge una cosa diversa, a eccezione di tre veggenti che vi leggono i segreti. Finora la pergamena è stata vista solo da alcuni parenti di Mirjana. I dieci segreti, sempre secondo quanto affermato dai veggenti, saranno resi noti al mondo intero tre giorni prima che accadano dal francescano padre Petar Ljubičić che sarà informato dieci giorni prima dalla stessa Mirjana. Uno dei segreti sarà un segno permanente e visibile sulla collina delle apparizioni. Fonte: Wikipedia, enciclopedia.

[408] Sandro Magister, *Non un papa ma due, uno "attivo" e uno "contemplativo"*, Espressoonline 2016.

[409] Simon mago (Gitton?, villaggio della Samaria, I secolo; ... – ...) è considerato dalle religioni cristiane il primo degli eretici e proto-gnostico samaritano. Dopo aver ascoltato le prediche del diacono Filippo, Simone decise di farsi battezzare. Successivamente, però, cercò di comperare da Pietro apostolo il potere di amministrare anch'egli con la semplice imposizione delle mani lo Spirito Santo, incorrendo nelle ire dell'apostolo; da questo antico tentativo di commercio di cose sacre deriva il termine simonia. Da quel momento in poi, decise di usare le sue facoltà per opporsi al progresso della fede, e alle conversioni operate dagli apostoli. Fonte: Wikipedia, enciclopedia.

[410] Romeo Francesco Paolo, *Homo Consumens. Miserie di noi consumatori*, Amaltea Trimestrale di cultura Anno II, Numero due-tre, settembre 2007.

[411] Genesi 18, 25.

[412] Apocalisse 21, 5.

[413] Prima lettera ai Corinzi 15, 17.

[414] Lo schiavo (ebreo) è chiamato eved, termine peraltro di largo significato, valendo addirittura per i ministri del Re. Fonte: Mishpatim Esodo, capitoli da 21 a 24, Statuti.

[415] La basilica del Santo Sepolcro (in ebraico כנסיית הקבר - Cnesiat HaChever, ovvero Chiesa della Tomba; in arabo: كنيسة القيامة, Kanīsat al-Qiyāma, ossia Chiesa della Resurrezione), chiamata anche la chiesa della Resurrezione (Anastasis in greco e Surp Harutyun in armeno dai cristiani ortodossi), si tratta di una delle più importanti chiese cristiane di tutto il mondo essendo costruita sul luogo che la tradizione indica come quello della crocifissione, unzione, sepoltura e resurrezione di Gesù. Fonte: Wikipedia.

[416] Questa espressione appare in 66 versetti. Fonte: LaParola.net.

[417] Joaquin Murrieta Carrillo (a volte scritto Murieta o Murietta), chiamato anche il Robin Hood messicano o il Robin Hood di El Dorado (Álamos, 12 gennaio 1829 – Contea di San Benito, 25 luglio 1853) è stato un famoso californiano durante la corsa all'oro californiana degli anni 1850, a seconda dei punti di vista considerato un infame bandito o un patriota messicano. Murrieta fu forse il personaggio che ispirò la nascita di Zorro, personaggio principale della serie di cinque libri intitolata "La maledizione di Capistrano" scritta da Johnston McCulley e pubblicata nel 1919 in una rivista pulp. Fonte: Wikipedia.

[418] Giovanni 19,2.

[419] Agostino d'Ippona (Tagaste, 354 – Ippona, 430).

[420] Il portico del mistero della seconda virtù (Charles Péguy)

[421] Lucifero (in ebraico הילל o helel, in greco φωσφόρος, in latino lucifer) è il nome classicamente assegnato a satana dalla tradizione giudaico-cristiana in forza dell'interpretazione prima rabbinica e poi patristica di un passo di Isaia. Fonte: Wikipedia.

[422] Samael, Samuel o Samaele (in ebraico: סמאל?) (castigo di Dio) secondo la religione ebraica è un arcangelo nella tradizione Talmudica e post-Talmudica, ha il ruolo di accusatore, seduttore e distruttore, spesso associato all'angelo della morte (Azrael). È considerato arbitrario, buono e nel contempo crudele. Venne identificato come l'angelo custode di Esaù e patrono dell'Impero Romano. Fonte: Wikipedia.

[423] L'arcangelo è un tipo di angelo, presente nel Cristianesimo, nell'Ebraismo e nell'Islam. L'etimo deriva dal latino archangelus (in greco antico: ἀρχάγγελος, archànghelos), composto dalle parole greche αρχειν, "àrchein", comandare e αγγελος, "àngelos", angelo (la traduzione letterale è "angelo capo" o "capo degli angeli"). Nella tradizione giudeo-cristiana vi sono sette arcangeli, ma non c'è accordo sui loro nomi; mentre nei libri canonici della Bibbia, ve ne è un solo, sempre menzionato al singolare e riferito solo a Michele. Fonte: Wikipedia.

[424] La vite è una pianta arborea rampicante che per crescere si attacca a dei sostegni (tutori) mediante i viticci; se la pianta non viene potata può raggiungere larghezze ed altezze notevoli attaccandosi agli alberi, su pareti rocciose, o coprendo il suolo. Fonte: Wikipedia.

[425] La parola ebraica pesach significa "passare oltre", "tralasciare", e deriva dal racconto della decima piaga, nella quale il Signore comandò agli ebrei di segnare con il sangue dell'agnello le porte delle case di Israele permettendogli di andare oltre ("passò oltre"), colpendo così solo le case degli egiziani ed in particolar modo i primogeniti maschi degli egiziani, compreso il figlio del faraone (Esodo, 12,21-34). Fonte: Wikipedia.

[426] Genesi 3,1-3

[427] Genesi 3,1-12

[428] Marco 11,12-24

[429] Caino (in ebraico קַיִן , Qáyin, che significa "acquisizione") è un personaggio biblico, figlio maggiore di Adamo ed Eva, fratello di Abele. Secondo la narrazione della Genesi è il primo uomo nato nella storia umana. Secondo alcune tradizioni ebraiche molto posteriori alla redazione del testo biblico, Abele sarebbe stato ucciso con una pietra da suo fratello Caino. Fonte: Wikipedia.

[430] Genesi 4,15

[431] Genesi 6,4

[432] Genesi 4,25-26

[433] L'iconografia del santo sterminatore di infedeli nasce in relazione alla credenza religiosa legata all'intervento sovrannaturale di San Giacomo il Maggiore nella leggendaria battaglia di Clavijo, il cui svolgimento, nell'omonima località, è legato alla data tradizionale del 23 maggio 844. Fonte: Wikipedia.

[434] San Ferdinando è il patrono della città di Siviglia e di varie città spagnole. È anche patrono dell'Arma del Genio dell'Esercito spagnolo. Fonte: Wikipedia.

[435] Nonostante la sottoscrizione del trattato internazionale di messa al bando delle armi batteriologiche e biologiche, Mosca continuò a lavorare al suo programma. Nel 1973, un anno dopo quella firma, Breznev avviò il "Progetto Enzima". Da "Le armi battereologiche Sovietiche" di Renzo Paternoster. Fonte: storiain.net.

[436] Premio internazionale Penna d'oro della letteratura italiana 2021

[437] La costruzione dell'edificio avrebbe risposto alla volontà del califfo 'Abd al-Malik di dotare di pregevoli monumenti i suoi domini (opera perfezionata poi dal figlio e successore al-Walīd I) e di contrastare i sentimenti di stupore tra i musulmani alla vista della Basilica cristiana del Santo Sepolcro di Gerusalemme, la cui

cupola destava grande ammirazione, oltre che di sottolineare il carattere musul-
mano di un personaggio sacro a musulmani, ebrei e cristiani (Abramo) e celebrare
la vittoria dell'Islam sulle altre fedi. Cupola della Roccia, Wikipedia

[438] Canzone la cui musica è stata composta da Giovanni Ragusa, mio caro amico
d'infanzia

[439] L'ultimo atto lo compiono i fedeli dicendo ad alta voce: «O Signore, non sono
degno di partecipare alla tua mensa, ma di' soltanto una parola e io sarò salvato».
Si tratta di una confessione di indegnità personale seguita da una fiduciosa invocazione della misericordia divina, l'una e l'altra espresse con le parole del centurione
di Cafarnao (cfr Mt 8, 8). L'invocazione «O Signore, non sono degno», 12 febbraio
2017, articolo online.

[440] Salmi 50,13

[441] Sapienza 1,5

[442] Sapienza 7,22

[443] Sapienza 9,17

[444] Isaia 57,15

[445] Isaia 63,10

[446] EXORCISMUS IN SATANAM ET ANGELOS APOSTATICOS Iussu Leo-
nis Pp. XIII editus

[447] Isaia 63,11

[448] Daniele 13,45

[449] Matteo 18,20

[450] Il dibbuk o dybbuk (in ebraico: דיבוק?, dibbûq, /dibˈbuːk/, "attaccato", "incol-
lato") nella tradizione ebraica è uno spirito maligno o un'anima in grado di possedere gli esseri viventi. Si ritiene che sia lo spirito disincarnato di una persona morta,
un'anima alla quale è stato vietato l'ingresso al mondo dei morti, lo Sheol. Wikipedia.

[451] LA ROCCIA DI FONDAZIONE DEL MONDO, 29 dicembre 2019, articolo
online.

[452] Georgia Guidestones. Wikipedia

[453] Matteo 28,19

[454] Asmodeo (AFI: /azmoˈdɛo/[1][2]; in latino Asmodeus[3] o Asmodaeus[4]; in
arabo Ashmed; אשמדאי, Ashmedai in ebraico, o anche Chammadai, Sydonai, lett.
"colui che fa perire e tortura e succhiava le vittime ; e in avestico Aēšmadaēva, lett.
"demonio irato") nella demonologia è un potente demone biblico ebraico, appartenente alla gerarchia degli angeli di Satana. Wikipedia

[455] Marco 3,29

[456] Marco 1,8

[457] Luca 11,13

[458] Luca 22,42

[459] Matteo 26,41

[460] Efesini 20,20

[461] Colossesi 1,15

[462] Luca 12,12

[463] Discendi Santo Spirito (A. Schweitzer - E. Galbiati)

[464] Timoteo 4,8

[465] Atti 3,14

[466] Timoteo 6,15

[467] La grande diffusione del culto di san Giorgio, originariamente venerato in Oriente, si ebbe inizialmente in Europa in conseguenza delle Crociate in Terrasanta, e più precisamente ai tempi della battaglia di Antiochia. Accadde che, nell'anno 1098, durante una delle più furiose battaglie, i cavalieri crociati e i condottieri inglesi vennero soccorsi dai genovesi, i quali ribaltarono l'esito dello scontro e consentirono la presa della città, ritenuta inespugnabile. Secondo la leggenda, il martire si sarebbe mostrato ai combattenti cristiani in una miracolosa apparizione, accompagnato da splendide e sfolgoranti creature celesti con numerose bandiere, nelle quali campeggiavano croci rosse in campo bianco. San Giorgio, Wikipedia

[468] Isaia 9,6

[469] Giovanni 15,1

[470] Romani 11,6

[471] Giovanni 8,12

[472] Giovanni 1,1

[473] Giovanni 10-11,14

[474] Atti 10,36

[475] Matteo 1,21

[476] Giovanni 11,25

[477] Corinzi 10,4

[478] Ebrei 12,2

[479] Apocalisse 1,8

[480] Timoteo 2,5

[481] Esodo 3,14

[482] Giovanni 5,20

[483] Atti 1,8

[484] Marco 3,17

[485] Santiago Matamoros è un tipo dell'iconografia cristiana che consiste nella raffigurazione di San Giacomo (Santiago) come Matamoros, ovvero come uccisore di musulmani, nella Battaglia di Clavijo (nell'anno 844). L'iconografia di questo celebrato episodio costituì il simbolo della Reconquista nel XV secolo. Santiago Matamoros, Wikipedia

[486] Venne soprannominato da JHWH stesso "Israele" in quanto "lottò col Signore e vinse", dalla radice shr, lottare, ed El, Signore. Le sue vicende sono narrate nel libro della Genesi. Giacobbe, Wikipedia

[487] Nelle religioni il diavolo (o demonio o maligno) è un'entità spirituale o soprannaturale essenzialmente malvagia, distruttrice, menzognera o contrapposta a Dio, all'angelo, al bene e alla verità. Diavolo, Wikipedia

[488] Atti 5,32

[489] Un canto dedicato al cantautore Claudio Chieffo e che cita, nelle strofe, una delle sue più belle canzoni "La ballata dell'uomo vecchio". Questo mio brano è tra quelli vincitori del Sanremo Music Award nel 2018.

[490] È la frase che secondo la Vulgata Ponzio Pilato, allora governatore romano della Giudea, pronunciò mostrando alla folla Gesù flagellato. Ecce Homo, Wikipedia

[491] San Giorgio e il drago: la leggenda del martire, cavaliere di Cristo. Luigi Frigerio, articolo online

[492] Questo mio brano è tra quelli vincitori del Sanremo Music Award nel 2018.

[493] Marco 8,27

[494] L'ostiario aveva il compito di aprire e chiudere le porte della chiesa e di custodirla. Ostiario, Wikipedia

[495] Il graal (scritto talora anche gral) o, secondo la tradizione medievale, il Sacro Graal o Santo Graal, è la coppa leggendaria con la quale Gesù celebrò l'Ultima Cena e nella quale il suo sangue fu raccolto da Giuseppe d'Arimatea dopo la crocifissione. Graal, Wikipedia

[496] Gen 22,1

[497] Sam 3,10

[498] Luca 1,26

[499] Gal 2,20

[500] Luca 22,36

[501] Matteo 28,19

[502] Salmo 115

[503] Canzone la cui musica è stata composta da Giovanni Ragusa, mio caro amico d'infanzia

[504] Luca 18,8

[505] Giovanni 17,9

[506] La sua origine e diffusione sono dovute ad un titolo della Madonna, "Nostra Signora del Pilar". Pilar, Wikipedia

[507] Fatima, articolo online, visitportugal.com

[508] Matteo 18,15-20

[509] Matteo 1,35

[510] VENI SANCTE SPIRITUS VENI PER MARIAM, Don Giussani, Appunti esercizi spirituali Memores Domini, La Thuile 2 Agosto 2021

[511] Giovanni 1,29

[512] Giovanni 1,14

[513] Premio nazionale di poesia Rosa d'Oro 2021

Lightning Source UK Ltd.
Milton Keynes UK
UKHW010205070223
416581UK00004B/206

Collected Classics

Volume 3

Level 4

Pearson Education Limited
Edinburgh Gate, Harlow,
Essex CM20 2JE, England
and Associated Companies throughout the world.

ISBN 0 582 343631

This collection of classics first published 2000

Typeset by Refine Catch, Suffolk
Set in 11/14pt Bembo
Printed in Spain by Mateu Cromo, S. A. Pinto (Madrid)

Published by Pearson Education Limited in association with
Penguin Books Ltd, both companies being subsidiaries of Pearson Plc

Contents

Emma

JANE AUSTEN

Level 4

Retold by Annette Barnes
Series Editors: Andy Hopkins and Jocelyn Potter

Contents

Introduction

'Harriet Smith has no family and no money. Robert Martin was a good match for her, Emma. Until she met you, she thought of nothing better for herself, but you have filled her head with ideas of high society and of how beautiful she is.'

Emma Woodhouse is beautiful, clever and rich. She has never thought of getting married herself. Instead, she amuses herself by trying to arrange marriages between her friends and neighbours. But Emma makes a lot of mistakes and causes more problems than happy marriages. Because she is so busy trying to arrange other people's lives, will she lose her own chance of happiness?

Jane Austen was born in 1775, the daughter of a vicar. She had six brothers and one sister, Cassandra, who was her greatest friend. Her home was in Hampshire in the south of England and she lived there for most of her life.

She began writing short stories when she was sixteen but she did not write her first book, *Sense and Sensibility*, until 1811. There were five more books. *Emma* came out in 1816 and many people think it her best work. *Sense and Sensibility, Pride and Prejudice* (1813) and *Persuasion* (1817) are three of her books on the list of Penguin Readers. Her books have always been popular and recently many people have been introduced to her stories for the first time through films for the cinema and television.

Although she wrote a lot about falling in love, Jane Austen never married. She died in Cassandra's arms in 1817, when she was forty-one years old.

Chapter 1   An Offer of Marriage

Emma Woodhouse was beautiful, clever and rich. She lived sixteen miles from London in the village of Highbury and at nearly twenty-one years old she thought her life was perfect. But nothing stays the same for ever and even the most perfect life must sometimes change.

Emma was the younger of two daughters but only she lived with her father at the family home. Her sister Isabella lived in London with her husband and five children.

Emma's mother died when she was only five, and so her father found Miss Taylor to live with them at Hartfield and look after his two daughters. Miss Taylor became their teacher and friend and, even after Emma had grown up and didn't need Miss Taylor as a teacher any longer, she continued to live with them and was part of the family.

But Emma's comfortable life changed when Miss Taylor decided to get married to Mr Weston. Although his house – called 'Randalls' – was very near Emma's, she soon realised there would be a great difference between a Miss Taylor at Hartfield and a Mrs Weston half a mile from Hartfield. And so Emma and her father were left alone together, both wishing that Miss Taylor was still there too.

'What a pity Mr Weston ever thought of Miss Taylor,' said Mr Woodhouse, sadly.

'I cannot agree, Papa. They are very happy together, and I am happy for them. And we shall see them often. They will come here to Hartfield and we shall visit them at Mr Weston's house. We shall always be meeting.'

But although Emma tried to make her father feel happier, she was just as sad as him.

As they sat together playing cards on the evening after Miss Taylor's wedding, their friend Mr Knightley came to visit them. His brother John was Isabella's husband and he had just returned from their home in London.

'How was the wedding? Who cried the most?'

'Everybody was on time and looked their best,' said Emma, 'And there were no tears.'

'But I know how sad you must feel, Emma,' said Mr Knightley.

'Yes, but I am happy that I made the match myself, four years ago. People said Mr Weston would never marry again, but I saw the possibility of love,' said Emma.

'And now Miss Taylor has left us,' said Mr Woodhouse. 'So please do not make any more matches that might break up our circle of friends and family, Emma.'

Mr Knightley did not agree with Emma.

'I cannot see why you think you succeeded. It was no more than a lucky guess,' he said.

But Emma would not listen. She was sure it was because of her help that Miss Taylor had married Mr Weston, and now she had the idea of making another match.

'Mr Elton, the vicar – he is such a good and handsome man, everybody says so. And today, in the church, I could see that he would like it very much if it was *his* wedding. I wish I could help to find him a wife.'

'Leave him to choose his own wife,' laughed Mr Knightley. 'He is twenty-seven and can take care of himself.'

♦

Mr Woodhouse often invited his neighbours to Hartfield for an evening spent playing cards. Emma was happy to entertain their friends, although many of them were closer in age to her father than to her. But on one of these evenings Emma was luckier because one of their neighbours brought a young friend with her.

Seventeen-year-old Harriet Smith had been a pupil at the school in Highbury and was still living there with the head teacher because she had no living family. Harriet was very pretty and she and Emma immediately became friends. Harriet was very impressed. She thought Emma was wonderful and the surroundings of Hartfield were much better than she was used to. Emma liked Harriet a lot and wanted to introduce her into good society, but first she would have to help by teaching Harriet a few things. She decided this was a very kind and thoughtful plan.

After that evening, Harriet spent a lot of time at Hartfield and she and Emma were often together. Harriet told Emma about her schoolfriend Elizabeth Martin and her family, who she had stayed with in the summer. Emma heard about the Martins' farm and as she listened she began to realise that Mr Robert Martin was not the father of the family, but the son. And he was single.

'Tell me about Mr Robert Martin,' Emma said and Harriet did tell her. He was kind and clever, she said, and she liked him a lot. Emma thought a farmer was a most unsuitable friend for Harriet and knew Mr Elton, the vicar, would be a much better husband. She turned their conversation away from Robert Martin.

'If you compare him to other young men you will certainly see a difference. For example, Mr Elton is a perfect gentleman. Did I tell you what he said about you the other day?' she asked, and told Harriet how beautiful he thought she was. Harriet was very pleased and suddenly seemed to want to talk less about Mr Martin.

'I think Mr Elton likes you a lot. Remember how he wanted me to paint a picture of you? And how he sighed over it when I had finished?'

The painting had been Emma's idea at first but when he heard about it, Mr Elton was immediately enthusiastic and thought it a very good suggestion. Emma painted Harriet in the garden and

Mr Elton wanted to watch. But he walked about so much and asked so many questions that it became difficult for Emma to think about painting and for Harriet to think about standing still. Finally, Emma asked him to sit down and read something to them.

When the picture was finished Mr Elton thought it looked exactly like Harriet, but not everyone agreed.

'The picture is a little too beautiful around the eyes,' said Mrs Weston.

'Not at all!' replied Mr Elton. 'Miss Smith is just as beautiful as Miss Woodhouse has painted her.'

Mr Knightley knew Emma very well and was always honest with her. He said, 'You've made her too tall, Emma.'

'Oh, no,' said Mr Elton. 'Not too tall. Exactly right in my opinion.'

That was when Emma first began to see the possibility of a match between them and had great hopes that it would happen. Then Harriet had started talking about Robert Martin and Emma worried that he might spoil her match-making plans.

The next day she met Harriet in Highbury village and heard some unwelcome news.

'Miss Woodhouse,' said a very excited Harriet, 'Mr Martin has written to ask me to marry him!'

She showed Emma the letter and she agreed it was certainly a very good letter.

'So good that I wonder whether his sister helped him to write it,' she said.

'How shall I reply?' Harriet asked.

'I cannot tell you – it must be your own letter,' Emma replied. 'But I am sure you will write it so that he will not be too unhappy.'

'So you think I should refuse him,' said Harriet sadly, looking down.

That was when Emma first began to see the possibility of a match between Harriet and Mr Elton.

'I shall not advise you. This is something you must decide yourself.'

Harriet was silent. She looked at the letter again. 'I had no idea he liked me so much,' she said.

Emma decided she must speak to save Harriet from an unsuitable marriage.

'Harriet, if you doubt your answer, of course you should refuse him. If you cannot say "yes" immediately you must say "no".'

'Then I will refuse. Do you think I am right?'

'Perfectly, dearest Harriet. And remember, Mr Martin is only a farmer – he is not your equal or mine. If you married him, I could never visit you,' said Emma.

Harriet's letter was written and sent. She was a little quiet all evening and once she said she hoped Mr Martin and his sisters were not too sad. Emma tried to help her and started talking about Mr Elton again.

'We shall see him tomorrow, Harriet. He will come into this room and look at your picture again, and sigh as he always does when he sees it.'

Harriet smiled and became happier.

◆

When Mr Knightley and Emma were in the gardens at Hartfield the next day he spoke to her about Harriet.

'I congratulate you, Emma. She was always a pretty girl but you have taught her a lot. I think your friend may get some news today that will make her happy.'

When Mr Knightley and Emma were in the gardens at Hartfield the next day he spoke to her about Harriet.

Emma thought at first that Mr Elton might have said something to Mr Knightley but then he continued.

'Robert Martin asked my opinion of her, was she too young to marry? Was it too soon to ask her? I advised him to ask. He's very much in love with her.'

'He has already asked,' said Emma, 'and she has refused him.'

'What? She is a very foolish girl. Are you sure?'

'Of course, I saw her answer.'

Mr Knightley became angry with her.

'Saw it! You mean you wrote it! I think this was your idea, Emma.'

'It was not, but I believe that, although he is a very pleasant young man, he is not Harriet's equal.'

'Harriet Smith has no family and no money. This was a good match for her. Until she met you, she thought of nothing better for herself, but you have filled her head with ideas of high society and of how beautiful she is. She was happy enough with the Martins in the summer.'

Emma was unhappy because he was so angry with her, but she would not agree that she had been wrong.

'Now she knows what gentlemen are, she sees him differently. Now she is looking for something better.'

'Remember, Emma, sensible men do not want silly wives. Harriet may not have another chance to marry,' he replied. He started to walk away from her.

'And if you were thinking of Mr Elton for Harriet, it will not work. He is a good vicar and a good man but he will look for money and good family in a wife.'

Emma laughed. 'I am not trying to make a match for Harriet with Mr Elton,' she said, hoping that Mr Knightley would stop being angry and stay.

'Believe me, Emma, Mr Elton will choose sensibly,' he said over his shoulder. 'Good morning to you.'

Chapter 2   A Second Offer

Mr Knightley was so angry that it was some time before he went to Hartfield again. When Emma saw him again she could see that he had not forgiven her and she was sorry about that.

But she thought her plan was succeeding. Every time Mr Elton met Harriet and Emma he sighed a little more and Emma was certain he really did love Harriet.

Harriet was making herself a little book of poems, and some of the people she knew had suggested their favourites for the book. One day Emma told Mr Elton about it and then she said, 'Perhaps you could write something for Harriet's book? You are so clever it will be easy for you.'

'I'm sure I couldn't do it,' he replied, but the next day he called at Hartfield and left a paper with a short poem written on it. It was addressed to Miss —.

'He means it for you of course,' said Emma.

They read the poem together and saw that it was a very pretty love poem. Harriet was delighted with it.

'Mr Elton! He really is in love with me!' she sighed.

The poem was read to Mr Woodhouse and he said it was probably the best they had found. Then he started talking about Isabella.

'She is coming next week, and they will all be here for Christmas.'

'We must ask Mr and Mrs Weston to dinner while they are here, Papa. And Harriet must come as often as she can,' said Emma. 'You will love my nieces and nephews,' Emma said to Harriet, 'and it will be a Christmas to remember.'

◆

The next day, Emma had to visit a poor sick family in the village and Harriet went with her. The road to their little house passed the church and then later Mr Elton's house and for a moment they stopped to look at it. It was the first time Harriet had seen where Mr Elton lived.

'What a sweet house!' said Harriet.

'And there you and your book of poems will go one day. Then I shall often walk this way,' replied Emma.

They continued their walk and visited the family. Emma was a very kind young lady and she took them food and clothes for the children and tried to help as much as she could.

As they started their walk back to Hartfield, they met Mr Elton just as he was coming out of his house and he asked if he could walk with them.

Emma wanted to let Harriet and Mr Elton walk together without her and so she stopped and bent down to check her boot. They walked on and seemed to be having an interesting conversation. Emma tried to keep a long way behind but soon they stopped, turned and waited for her to catch up with them. She had hoped Mr Elton might take the opportunity to tell Harriet he loved her, but he didn't.

'He is very careful,' she thought. 'He will not tell her until he is sure she loves him.'

But although she did not succeed with that plan, she was certain they had moved a little closer to the great day of their marriage.

◆

Isabella, John Knightley and their children arrived at Hartfield the week before Christmas. Mr Woodhouse was delighted to see them all again and the family were happy to be together. They talked about their friends in Highbury and of course they talked about Mr and Mrs Weston.

'Do you see Mrs Weston often?' asked Isabella.

'Not as often as I would like, and she always goes away again,' said Mr Woodhouse sadly.

13

'But remember poor Mr Weston! She must go now that she is married, Papa,' laughed Emma.

'And what about the young man, Mr Weston's son? Has he been to see his father since the wedding?' asked John Knightley.

Everyone in Highbury knew about Mr Weston's son, Frank, but nobody had seen him. Several times he had said he was coming but each time something had happened to stop the visit.

Frank's aunt and uncle, Mr and Mrs Churchill, had adopted him when his mother died. He was only a baby and it seemed to Mr Weston at the time that it was the best thing to do. The Churchills had no children of their own and Frank took their family name. But Mrs Churchill was very jealous and wanted to keep Frank for herself. Although Frank saw his father once a year in London, he had not yet met his new wife.

If Frank Churchill finally did come to Highbury it would be very exciting for Mr and Mrs Weston, and for the whole village. Everybody looked forward to meeting him, especially Emma.

Mr Woodhouse told Isabella, 'I have seen a letter he wrote to Mrs Weston and he seems a very pleasant young man. I am only sorry he is not here now, so that you could meet him, my dear.'

◆

Mrs Weston invited all the family to Randalls for dinner on Christmas Eve* and Harriet, Mr Knightley and Mr Elton were asked to join them. Two carriages were going from Hartfield and Mr Woodhouse arranged to meet Mr Elton at his house and take him to Randalls with them.

The day before, Harriet became ill with a cough and a bad throat and so she could not go. Emma explained to Mr Elton and he said he was very sorry that Harriet was ill. Emma thought he

* Christmas Eve: The day before Christmas Day – December 24th

14

might be so unhappy that he would not go to Randalls without Harriet but he surprised her.

'It is a pity our friend cannot join our little party but I am looking forward to the evening,' he told her. 'We must hope she will soon feel better.'

Emma thought it strange that he was not more worried but she said nothing. During the journey, he was quite happy and even joked a little. He seemed to have forgotten poor Harriet and was obviously enjoying himself.

When they arrived at Randalls, Emma was surprised to find Mr Elton at her side most of the time. She heard Mr Weston telling the others something about Frank, but because Mr Elton was talking to her she could not hear everything.

Emma had an interest in Frank Churchill, although she had never met him. They were about the same age and because their two families were now joined in marriage it seemed to her that he was the man she should marry. She thought Mr and Mrs Weston had probably had the same idea, perhaps her father also.

At dinner she was sitting next to Mr Weston, and far from Mr Elton, so she had a chance to ask about Frank.

'I should like to see two more people here tonight – your friend Miss Smith and my son,' he said. 'Did you know we had another letter from him this morning? He will be with us in a fortnight. Mrs Weston doubts it, but I am sure he will come this time.'

'If you think he will come, I shall think so too,' said Emma. She hoped he was right because she wanted to meet Frank very much.

The evening at Randalls was a very pleasant one and, as they left for home, it started to snow.

Mr Woodhouse, Isabella and John all rode in the first carriage, and so Emma and Mr Elton were alone in the second. They had just driven through the gates and reached the road when

*The evening at Randalls with the Westons was
a very pleasant one.*

suddenly Mr Elton jumped up from his seat to sit next to Emma and took her hand in his. She immediately moved across the carriage.

'Mr Elton! What are you thinking of? Please stop this minute!' cried Emma, afraid that he had drunk too much of Mr Weston's excellent wine. But Mr Elton would not stop. He said he loved her and he would die if she refused to marry him. Again he moved next to Emma and again she moved away.

'I cannot understand this,' said Emma. 'Surely it is Miss Smith you love, not me!'

'Miss Smith? How can you think that?' he asked.

'But the painting – and the poem. Explain yourself, Mr Elton.'

'Miss Smith means nothing to me. I thought the artist was

wonderful, not the subject. And the poem was for you.' Mr Elton tried to take Emma's hand again. 'Miss Smith is a pretty, pleasant girl and I wish her well, but my visits to Hartfield have been for you only.'

Emma was so surprised that she did not know what to say. Mr Elton tried to take her hand again.

'Your silence makes me think that you always understood me,' he said.

'Then I see we have both made a mistake. I do not wish you to have any interest in me, Mr Elton, and I do not intend to marry anyone at present.'

After that they sat silently until the carriage stopped outside Mr Elton's house and he got out. They both said a cold 'good night' and the carriage drove Emma home to Hartfield, where the family were waiting for her.

Chapter 3   Mr Elton's Choice

That night it was difficult for Emma to sleep. For herself, she did not worry about what had happened in the carriage with Mr Elton, but she felt very sad for Harriet.

'Harriet has grown to like this man and then to love him,' she thought, 'and it was because of me.'

She remembered what Mr Knightley had said to her about him, that day in the garden. 'Mr Elton will choose sensibly,' he had said, and now it seemed he was right. He had not wanted Harriet, had never thought about her as a wife. All the time it had been Emma he wanted. But she knew the first and worst mistake had been hers. It was wrong and foolish to try to bring two people together and she was ashamed of herself.

'It was enough that I talked her out of love with Mr Martin. There, at least, I was right,' she thought.

17

The next day, Emma was pleased to see a lot of snow outside. This was a good thing because it meant she could not go to church and see Mr Elton, or go to visit Harriet, and none of them could meet. The snow stayed for several days after Christmas and the only visitor to Hartfield was Mr Knightley.

As soon as the snow disappeared, Isabella, John and the children went back to London. The same evening, a letter arrived for Mr Woodhouse from Mr Elton. It said he was leaving Highbury the next day and going to Bath to spend a few weeks with friends. There was no message in the letter for Emma and she was a little angry about that, but also pleased he was going away. She knew the next thing she must do was to speak to Harriet and tell her everything.

Harriet cried, but she did not blame Emma at all for what had happened. They went back to Hartfield together and Emma tried very hard to make Harriet feel better, but she knew only time could help her to forget. Perhaps when Mr Elton returned they might all be able to meet without feeling embarrassed.

◆

Mr Frank Churchill did not come. He wrote a letter of excuse and in it he said, *I hope to come to Randalls quite soon.*

Both Mr and Mrs Weston were very sorry but they decided perhaps the spring was a better time to visit and maybe he could stay for a longer time then.

Emma gave Mr Knightley the news and blamed the Churchills, especially his aunt. Mr Knightley did not agree.

'If he wanted to see his father, he could come. He is twenty-three or –four – at that age it is not impossible. A short time ago he was in Weymouth, so he can leave the Churchills when he wants to,' he said.

'It may not be easy for him all the time. His aunt and uncle may need him at home. Why do you dislike him so much?' asked Emma.

'I neither like nor dislike him because we have never met. But I cannot understand why this is so difficult for him. He seems a very weak young man.'

'We shall never agree about that,' said Emma. 'Perhaps he is just a kind and gentle man. Perhaps he does not want to make his aunt unhappy.'

'He is certainly very good at writing letters and making excuses. But Mrs Weston must feel very insulted because he has not come to meet her.'

Emma knew Mr Knightley was becoming angry about Frank Churchill and she could not understand why.

'I believe he will come soon,' she said. 'And when he does, everyone in Highbury will be very excited. We are all interested and want to meet him.'

'Oh? I never think of him from one month to another,' was all Mr Knightley said.

♦

Emma and Harriet were out walking one morning and in Emma's opinion had talked enough about Mr Elton for one day. Harriet could not forget him and still loved to hear his name. They were near the house where some old friends lived and Emma decided a visit to them may help Harriet to think about other things.

Mrs and Miss Bates loved to have visitors and Emma did not call at their house as often as she knew she should. They were quite poor but there was always tea and cake and a warm welcome for their visitors. Miss Bates loved to talk and because her old mother was deaf she repeated conversations by shouting at her.

They were delighted to see Emma and Harriet and made them sit near the fire and have tea with them. They asked Emma about their old friend Mr Woodhouse and were happy when she said he was in very good health.

'Have you heard from Miss Fairfax recently?' asked Emma, hoping they had not just received a letter.

Jane Fairfax was Miss Bates's niece. Her parents had died when she was young and she had come to Highbury to live with her grandmother and aunt. But then, an old friend of her father's, a Mr Campbell, had offered to look after her and Jane had gone to live with his family. Mr and Mrs Campbell had a daughter the same age as Jane and they were a rich family, so Jane was very lucky. Mrs and Miss Bates were very sad when she left Highbury but they knew it was much better for her to live in London with the Campbell family. She wrote to her aunt and grandmother regularly, and sometimes came to stay with them.

Emma and Jane Fairfax were about the same age and they knew each other but they were never friends. Miss Bates liked to tell everyone in Highbury about Jane because they were generally interested in her. Only Emma was not interested. She was bored with Jane's letters and hearing all about her life, but Miss Bates was a very kind lady and she knew it was polite to ask.

'We had a letter just this morning. Jane is coming to stay next week.'

'How lovely for you! And how long will she stay?'

'For three months at least – and we are so excited, Miss Woodhouse,' said Miss Bates. 'I said we are very excited!' she shouted at her mother.

'The Campbells are going to Ireland and because Jane has had a bad cold recently she decided not to travel with them,' she explained. 'Now, let me read you the whole letter, Miss Woodhouse.'

But although she knew it was not polite to go so suddenly, Emma did not want to stay and hear the letter.

'I am so sorry, but we must go now,' she said. 'My father will be waiting for us.'

Emma and Harriet left the house, although Miss Bates tried

very hard to make them stay a few more minutes. They promised to return the next week when Jane was there, and Emma invited Mrs and Miss Bates to come to Hartfield with Jane for an evening of music.

◆

The evening at Hartfield was pleasant and everyone enjoyed the music. Mr Knightley was invited, also Harriet and Mr and Mrs Weston, so there was quite a big party. Both Jane and Emma sang and played the piano, but Jane was much better. Emma tried to make conversation with her but she always found it difficult because Jane was quiet and a little cold. She often seemed unfriendly and Emma did not know why.

As she tried to find something to say, she remembered Miss Bates telling her that Jane had spent some time the summer before in Weymouth.

The evening at Hartfield was pleasant and everyone enjoyed the music.

'Did you meet Mr Frank Churchill? I understand he was also in Weymouth last summer.'

'Yes, we were introduced,' said Jane.

'Tell me about him. Was he handsome?'

'People seem to think so.'

'And sensible? Interesting? Clever?'

But Jane told her nothing. 'It is difficult to say, we did not meet often. He is very polite,' was all she said. Emma was not at all satisfied with that, and disliked Jane more than before.

◆

The next day, the same news came to Hartfield from two different people, first Mr Knightley, then Miss Bates. Mr Elton was going to be married.

Emma was surprised, it was only four weeks since he had left Highbury.

'He is marrying a Miss Hawkins of Bath. That is all I know,' said Miss Bates. 'A new neighbour for us all Miss Woodhouse! My mother is so pleased!'

'We are all pleased, of course,' said Emma, without looking at Mr Knightley.

That afternoon Emma decided she must tell Harriet the news when she called, before she heard it from Miss Bates or someone else. But it started to rain and Harriet did not come at her usual time. When she arrived later, the first thing she said was, 'Oh, Miss Woodhouse, what do you think has happened?'

Emma thought at once that Harriet knew about Mr Elton, but it was a different story that she told.

'It started to rain as I was walking through Highbury so I decided to wait in one of the shops until the rain stopped. And who do you think came into the shop?'

Emma could not guess but she could see how excited Harriet was.

'Elizabeth Martin and her brother! I did not know what to do. I was sitting near the door and Elizabeth saw me immediately, but he did not because he was busy with the umbrella. Then they both went to the other side of the shop and I kept sitting there – I could not go away because of the rain. At last he saw me and they whispered together for a little and then, Miss Woodhouse, what do you think?'

Harriet stopped for breath and Emma said, 'I really do not know Harriet, do tell me.'

'They came across to me and we shook hands and stood talking for some time. Then I saw that the rain had nearly stopped so I said I must go.'

'And now here you are.'

'Miss Woodhouse, I did not want it to happen, but it was so nice to speak to them again. Did I do the right thing?' asked Harriet.

Emma thought about it. As Harriet was so pleased to see Mr Martin again she might not be too upset at the news about Mr Elton, so the meeting must be a good thing.

'You behaved perfectly, Harriet. Now it is over and, as a first meeting, it can never happen again.'

For some time Harriet could not talk about anything except the Martins and Emma was right. The news about Mr Elton did not shock her so very much after all.

Chapter 4   Frank Churchill Appears

Mr Elton returned to Highbury a happy man. It was not long before everyone knew about his future wife. Her name was Augusta Hawkins and she came from a family with money. Ten thousand pounds was the rumour in Highbury.

Emma only saw him once or twice before he went to Bath

again, but Harriet always seemed to see him, or hear his voice. Everyone said he looked very much in love and when she heard that, Harriet became more unhappy.

One day when they were shopping in Highbury, Emma and Harriet met Mr and Mrs Weston.

'We have just been sitting with your father,' said Mr Weston. 'We wanted to tell you the good news. Frank is coming tomorrow and staying for a whole fortnight. We had a letter this morning.'

'And we shall soon bring him over to Hartfield,' said Mrs Weston.

They were both very happy and Emma was delighted. She hoped Mr Elton might be talked about less when Frank Churchill arrived in Highbury and was looking forward to meeting him at last.

◆

The next morning, Emma was in her bedroom when she heard voices downstairs and when she walked into the drawing room, there sat her father with Mr Weston and his son. Mr Weston introduced her and explained that Frank had come a day earlier than they thought.

He was a very handsome man and he looked sensible and friendly. She felt immediately that she would like him. As they talked together, Frank asked Emma about herself and Highbury. Did she like walking and riding? Was it a pleasant society in Highbury? Did they have musical evenings? And dancing – were there balls? They talked about Mrs Weston and Frank said how much he liked her already.

Emma looked at Mr Weston and could see what he was thinking. He had wanted to see them as a couple.

After some time, Mr Weston said they must go because he had business in Highbury and Frank said he might spend the time visiting some people he knew a little.

'Miss Jane Fairfax and I met last summer in Weymouth. Do you know the family she lives with?'

Of course Mr Woodhouse was delighted to give Frank directions to find Mrs Bates's house.

'Miss Fairfax is a beautiful woman and a brilliant musician,' said Emma and Frank agreed but with a very quiet 'Yes.'

'Her aunt will talk to you without stopping,' she continued, 'but they will make you very welcome.'

And so they left, but the next morning Mr Frank Churchill went to Hartfield to see Emma again, this time with Mrs Weston. All three walked together into Highbury and had a very pleasant morning. The more Emma talked to Frank the more she believed Mr Knightley had been wrong about him.

They stopped to look at the Crown Inn, a hotel in Highbury, and Mrs Weston told Frank about the ballroom there. He was immediately interested, although Emma said it was not used for balls any more. Frank looked through the windows and said it was a beautiful room and should be used again.

'You must arrange it, Miss Woodhouse,' he said, and Emma laughed at the idea.

♦

Emma's good opinion of Frank was shaken a little the next day when she heard he had gone to London just to have his hair cut. There was nothing wrong with that, except that it did not seem very sensible. But generally, everyone in Highbury seemed to think Frank was a very good young man. Everyone except Mr Knightley. He was not surprised to hear about Frank's trip to London and said he thought it was a silly thing to do.

That evening, Frank returned to Randalls from London. He had had his hair cut and laughed at himself for doing it. He was not ashamed and Emma began to think there was nothing wrong in it after all.

There was other news in Highbury that was more important. Some neighbours, Mr and Mrs Cole, were going to hold a dinner party. The Coles had a large and beautiful house. There was always music there, and there might possibly be dancing.

On the night of the party, Emma's carriage arrived at the Coles' house behind Mr Knightley's.

'I am surprised to see your carriage,' she said, 'you usually walk or ride everywhere. But this is more suitable for a gentleman so now I shall really be very happy to walk into the same room with you!'

Mr Knightley laughed at her and they went in to the party together.

At dinner, Emma sat next to Frank and they talked together about society in Highbury. Jane Fairfax sat across the table from them, wondering what they were talking about. Emma wondered whether other guests thought she and Frank were a special couple. After dinner, when he joined the ladies in the drawing room, he came across the room and sat next to Emma again. She began to realise that his life with his aunt and uncle was very boring.

'We never see anyone new and never have parties. My aunt is often ill and it is difficult for her to let me go away from home on my own.'

Harriet and some other young ladies were invited to arrive after dinner and Emma was happy to see Harriet looking pretty and confident when she came into the room. Frank spoke to Jane for a short time and was polite and friendly to Miss Bates. Before he could get back to his seat next to Emma, Mrs Weston had taken it.

'I have just made a little plan,' said Mrs Weston. 'How do you think Miss Bates and her niece came here tonight?' she asked.

'I suppose they walked.'

'Exactly. I suddenly thought it was not a very good idea for Jane to walk home late on a cold night, so Mr Weston suggested to Miss Bates that we should take them in our carriage. But she

Jane Fairfax sat across the table from them,
wondering what Emma and Frank were talking about.

said Mr Knightley had already offered his. I wonder if that is why
he used his carriage. You know he usually walks.'

'Yes, that is typical of him,' said Emma. 'You know how kind
he always is.'

'But perhaps it is more than kindness. The more I think about
it, the more I am sure that I have made a match between Miss
Fairfax and Mr Knightley!'

'Dear Mrs Weston! How could you think of such a thing? Mr
Knightley must not marry! Isabella's son should have the family
house after him. No, no I cannot agree to Mr Knightley's
marrying. And I am sure it is not at all likely to happen,' whispered
Emma. 'And Jane Fairfax too, of all women!' she added.

'She has always been a favourite with him,' said Mrs Weston.
'And I cannot see anything unsuitable in the match.'

Emma would not listen. 'Mr Knightley does not want to
marry. Why should he? He is happy by himself with his farm and
his sheep and his library.'

'But if he really loves Jane Fairfax . . .'

'No, no, you are quite wrong. Believe me, this is not a good match, or a possible one,' Emma replied.

They talked a little more and then, when Emma looked around, she saw that Frank was sitting with Jane. At that moment, Mr Cole asked Emma to play the piano and sing. She agreed but after two songs she invited Jane to play. Emma sat down and looked across at Mr Knightley. He was listening very carefully to Jane, and Emma started to wonder about what Mrs Weston had said.

When Jane finished her songs somebody suggested dancing and the room was quickly prepared. Mrs Weston sat at the piano and immediately Frank took Emma's hand and led her to the centre of the room.

While the other couples were getting ready Emma looked round for Mr Knightley. She knew he did not like dancing and if he danced with Jane Fairfax, it might possibly mean something. But she saw he was talking to Mrs Cole and another man had asked Jane to dance.

Emma enjoyed dancing with Frank and was sorry that there were only two dances before someone said it was getting late and they all ought to go home.

Frank took Emma to her carriage.

'Perhaps it was a good thing we had to stop,' he said. 'Soon I would have had to ask Miss Fairfax and she does not dance as well as you. Dancing with you was wonderful,' he told her as they said goodnight.

Chapter 5   Mrs Elton Comes to Highbury

The evening at Mr and Mrs Cole's house had been a very happy one. Emma looked back on it and smiled and so did Frank

Churchill. He had enjoyed the dancing so much that all the next day he was thinking of how to arrange more.

When Mr Woodhouse and Emma called at Randalls the next evening, he told Emma his idea.

'The dancing we started at the Coles' could be finished here at Randalls,' he said, 'with the same people and the same musician – what do you think?'

They thought it was a good idea. Mr and Mrs Weston were happy to use their house and Mrs Weston said she would play the music as long as they wanted to dance. Together, they added up the number of couples and then looked at the size of the two rooms at Randalls that could be used.

'Five couples – is the room big enough?'

'Perhaps the other room . . .'

'Should we also invite Miss Cox? And Miss Gilbert? And her cousins?'

Soon the five couples had become ten and Randalls was certainly not big enough for that. If it was so crowded, nobody could dance, they decided.

Frank did not give up the idea though, and by the middle of the next day he was at Hartfield to suggest another plan to Emma and her father.

'What do you think of having our little ball at the Crown Inn?' he asked.

They discussed the idea and decided it was a possibility. The room was much bigger and there was another room for dinner.

'My father and Mrs Weston are at the Crown at this moment, looking at the rooms,' said Frank. 'They would like you to join them and give your opinion.'

Mr Woodhouse stayed at home but Frank and Emma went immediately to the Crown.

Emma and Mrs Weston thought the room was a little dirty

although Mr Weston and Frank did not agree. Someone suggested asking Miss Bates to come and look, and Frank went across to her house. Miss Bates and Jane came and looked at the rooms and listened to the plan. Yes, they agreed, the Crown was the best place for the dance and they all spent the next half an hour walking from room to room and talking about the ball.

The only other thing to arrange was that Frank must write to his aunt and uncle to tell them he was staying in Highbury for another few days.

As people heard the news about the ball they were very excited. Jane Fairfax told Emma she was looking forward to it and Harriet talked about it a lot. Mr Knightley was the only one of Emma's friends who did not seem interested.

Unfortunately, a few days before the ball a letter came from Mrs Churchill. She was very ill, it said, and Frank must return home immediately. Emma was very upset when she heard the news. All their plans for the ball were ended and Frank was going away.

He came to Hartfield to see Emma and her father before he left for home.

'Of all the most horrible things, saying goodbye is the worst,' he said to Emma. He looked very unhappy.

'You will come again,' she replied.

'But I cannot say when. I shall certainly try, and then we shall have our ball.'

'And now there is no time to say goodbye to Miss Bates and Miss Fairfax before you go,' said Emma.

'I did call there on my way here. Just for three minutes,' he said. 'My father will be here very soon and then I must leave immediately. Miss Woodhouse, it has been a wonderful fortnight. I shall think of you all and dear Highbury. Mrs Weston has said she will write with all the news, but until I can be here again . . .'

He stopped and looked at Emma and she thought, 'He must really be in love with me.'

He was just going to speak again when his father arrived with Mr Woodhouse behind him and there was only time to shake her hand and say goodbye before he left.

It was a sad change for Emma. They had met almost every day that Frank had been in Highbury and now Emma's life seemed very quiet. That night she wrote in her diary, *I suppose I am in love with him. I think about him a lot and everything is so very boring without him.*

Mr Knightley was not sorry to see Frank go, but he was sorry that Emma was upset.

'You have so few opportunities for dancing, Emma. You are really very much out of luck,' he said to her.

♦

That night she wrote in her diary, I suppose I am in
love with him. I think about him a lot and everything is
so very boring without him.

31

In time, Emma told herself she was only a little in love with Frank. She was happy to hear about him from Mrs Weston and see his letters but she was not really unhappy without him. Soon she thought of him as only a dear friend. In his first letter he had spoken about Harriet.

'Please say my goodbye to Miss Woodhouse's beautiful little friend.'

Now that Emma was not in love with Frank herself, a little idea started to grow in her mind. She told herself not to think about it because, after Mr Elton, she knew match-making was a dangerous thing. But once the idea had come into her mind, she could not completely forget it.

Almost as soon as Frank Churchill left Highbury Mr Elton and his new wife arrived and suddenly everyone was talking about them. Harriet was unhappy about meeting them and talked about it a lot.

They first saw Mrs Elton at church but soon after Emma decided she and Harriet must call on her at her home.

Emma did not really like Mrs Elton. She seemed a little too comfortable, in a new place with new people. She was not very elegant, Emma thought. She dressed well and was pretty, but she did not seem a lady.

When Mr Elton came into the room he looked very uncomfortable, but Emma thought it was really bad luck for him. He had married Augusta, he had wanted to marry Emma, and Harriet had wanted him to marry her. And now they were all in the same room at the same time.

The visit was short and, in time, Mr and Mrs Elton returned it by visiting Hartfield.

There, Mrs Elton talked a lot about her brother and sister and their house. She said it was a lot like Hartfield.

'This room is just like their drawing room! Do you agree

Mr E? And the gardens! When my brother comes to visit us, we must all come to see your gardens, Miss Woodhouse.'

Emma liked her even less than before and Mr Elton had very little opportunity to speak at all.

'Is there a musical society in Highbury, Miss Woodhouse? Do you play?' she asked.

Emma said she did.

'We must start a little music club. It will be so amusing, don't you think?'

Before she could answer, Mrs Elton continued, 'We have just come from Randalls. What lovely people Mr and Mrs Weston are! He is quite a favourite of mine already! Mrs Weston was your teacher, I think?'

Emma did not have time to reply.

'I knew that and so I was a little surprised to find that she is such a lady. And who do you think arrived while we were there?' she asked.

Emma could not think of anybody to suggest.

'Knightley! Knightley himself! Was it not lucky? A very good friend of Mr E's! And I like him already. Knightley is quite the gentleman.'

Happily, it was then time for Mr and Mrs Elton to leave. Emma could breathe again.

'What an awful woman,' she thought. 'A very rude woman. Knightley, she called him! A music club! And she was surprised that Mrs Weston was a lady! I do not like her at all.'

Mr Woodhouse was kinder.

'A very pretty young woman,' he said, 'but she speaks a little too quickly. It hurts the ear.'

'Dear Papa,' said Emma. 'You are too kind.'

◆

During the next few weeks, Emma did not see anything to change her opinion of Mrs Elton. She was rude and thought herself very important, but Mr Elton seemed happy and proud of her. Emma wondered whether it was just because of the ten thousand pounds. Mrs Elton seemed to know Emma did not like her so she stayed away from Hartfield. But she became very interested in Jane Fairfax and decided Jane needed her help as an introduction into good society. Emma felt very sorry for Jane, who was more elegant than Mrs Elton could ever be.

One afternoon at Randalls, Emma, Mrs Weston and Mr Knightley were discussing Jane.

'Why does she stay here so long?' wondered Emma. 'She could go home to the Campbells and I cannot understand why she prefers to be here month after month.'

'If she stays, she will have to see Mrs Elton a lot of the time and I cannot believe she will like that,' said Mrs Weston. 'But perhaps she likes to be away from her aunt and grandmother occasionally.'

Mr Knightley agreed. 'And if there is no other person to be with . . .' he said, looking at Emma.

'I know how much you like Jane Fairfax. Perhaps you like her more than you realise,' Emma said to him.

'Oh – I see what you are thinking of. I am sure Miss Fairfax would not have me if I asked her, and I am also sure I will never ask her,' he replied.

Mrs Weston touched Emma's foot with hers.

Mr Knightley continued. 'So, you have decided that I should marry Jane Fairfax, have you?'

'Not at all,' said Emma. 'You were angry with me before for match-making and I had no idea of trying it with you. You would not come and sit with us in this comfortable way if you were married.'

Emma thought Mr Knightley might be angry with her if he

Emma thought Mr Knightley might be angry with her if he thought she and Mrs Weston were match-making him with Jane, but she was surprised to see that he seemed a little amused by the idea.

thought she and Mrs Weston were match-making him with Jane, but she was surprised to see that he seemed a little amused by the idea.

'I like Jane Fairfax, of course. But I have never thought of being in love with her. Not once,' he said.

After he had left, Emma said to Mrs Weston, 'Now, what do you think about Mr Knightley marrying Jane Fairfax?'

'My dear Emma, I think he tries too hard to tell us he is not in love with her. I would not be surprised if he was. I may be right in the end,' Mrs Weston replied.

Chapter 6   The Ball at the Crown Inn

Everybody in Highbury wanted to entertain Mr and Mrs Elton. Dinner parties and evening parties were arranged for them and they had so many invitations that they rarely spent an evening at home.

Emma knew they must have a dinner at Hartfield for them or people might guess that she did not like Mrs Elton. It was easy to decide who to invite – the Westons and Mr Knightley, of course, but there must be an eighth person. This ought to be Harriet, but Emma was not surprised when she said she could not come and she understood exactly why. Poor Harriet did not yet feel comfortable with the Eltons.

So Emma was able to ask Jane Fairfax to be the eighth person at the dinner. She was glad she could do this because Mr Knightley's words had worried her. He had said that Jane spent time with Mrs Elton only because no other person asked her.

'This is very true,' thought Emma. 'And I am certainly guilty of it. I ought to have been a better friend and I will try harder now.'

Everyone replied to her invitations and said they could come, and there was one other surprise guest. Isabella's two eldest boys were coming to stay at Hartfield and Mr John Knightley was bringing them on the day of the dinner party. So Emma had one extra guest until she lost another. Mr Weston had to go to London on business and could not be there for the dinner but he hoped to join them later in the evening.

On the day of the party everyone arrived on time. Mr John Knightley and his sons had met Miss Fairfax that morning as they were walking home from Highbury, when it had just started raining.

'I hope you did not get too wet this morning,' he asked Miss Fairfax as they stood together in the drawing room.

'I only went to the Post Office,' she replied. 'I go every morning to fetch the letters.'

'When you have lived to my age you will know that no letter is important enough to get wet for!' he said.

Mrs Elton had been listening to the conversation. 'What is this I hear? Going to the Post Office in the rain! You must not do it again,' she said loudly, 'I will not let you. I shall speak to Mr E and he will ask the man who fetches our letters to deliver yours too.'

Jane looked embarrassed. 'You are very kind, but I enjoy the walk,' she said, but Mrs Elton would not listen.

'My dear girl, say no more about it. It is already arranged,' she said.

'I really cannot agree to it. There is no need to make more work for your servant,' replied Jane.

Emma heard all this and wondered who might be writing to Jane, but she said nothing.

Dinner was ready. Emma took Jane's arm and they walked into the dining room together as if they were the best of friends.

Later, soon after the gentlemen had joined the ladies in the drawing room, Mr Weston arrived. He had only just come home from London and then walked to Hartfield.

After he had spoken to all the guests he gave his wife a letter which had been waiting at Randalls when he arrived there.

'It's from Frank,' he said, mostly to Mrs Weston, although everyone in the room was listening, 'and he's coming here next month! The Churchills are going to stay in Richmond for a few months – only nine miles from here! So he can be with us very often. He says we must start planning the ball again!'

Mrs Weston was very pleased and Emma was a little surprised to feel so excited by the news. Her guests said they were looking forward to seeing Frank again. Mrs Elton had never met him but she still had something to say.

'How delightful for him to come back to Highbury now there is a new neighbour to meet,' she said.

◆

Emma thought about Frank after the party and hoped that he might perhaps come back to Highbury less in love with her than before. She knew she must look carefully to see if this was true, then she could decide how to behave. She did not have to wait long.

As soon as the Churchills arrived in Richmond, Frank rode to Highbury for the day. He was certainly very pleased to see Emma, but she was sure he loved her less. He was as happy to talk and laugh as always, but after only fifteen minutes at Hartfield he hurried away to see other friends in Highbury.

This was his only visit for ten days, although he wrote to Mrs Weston and said they must now decide on a date for the ball and he would certainly be there.

◆

The day of the ball came. Emma and Harriet travelled together to the Crown Inn and arrived just after the group from Randalls. Frank was obviously happy to be with Emma again but he spent a lot of time walking to the door and back and listening for the sound of other carriages.

Soon some friends of Mr Weston's arrived, then Mr and Mrs Elton. Somebody said it was raining and Frank immediately went to look for umbrellas.

'We must not forget Miss Bates,' he said. 'I will see that she does not get wet,' and he went to the door and waited there. He soon came back with Miss Bates and Jane Fairfax.

'So very kind,' said Miss Bates. 'Not enough rain to worry about, but we must think of Jane, of course . . . well!' she stopped as she saw into the ballroom. 'Well! This is certainly brilliant!

An excellent room now that we have these wonderful lights!'

When everyone had arrived, Mr Weston and Mrs Elton led them forward for the first dance. Emma was delighted to see so many people dancing and knew she was going to enjoy the evening, but she was sad to see that Mr Knightley did not dance. He stood with some of the older men and looked quite serious except when Emma caught his eye and then he smiled at her. She thought it was a pity he did not like either dancing or Frank Churchill a little better.

The last two dances before dinner had almost started and Harriet had no partner. She was the only young lady sitting down. Until then, the numbers had been equal and Emma could not understand what had happened, but then she saw Mr Elton walking about. He would not ask Harriet if he did not have to and Emma thought he might suddenly escape into the card room. But she was wrong.

Mr Elton stood in front of the place where Harriet was sitting and talked to other people, but he did not even look at her. Emma was quite near and when Mrs Weston came and spoke to him she heard every word.

'You are not dancing, Mr Elton?' she asked.

'I certainly will, if you will dance with me.'

'Me! Oh no, I was thinking of a better partner for you.'

'Ah! Mrs Gilbert! Well, I am an old married man now and my dancing days are almost over, but I will be happy to dance with her,' he said.

'Mrs Gilbert does not dance, but there is a certain young lady – Miss Smith is not dancing,' Mrs Weston explained.

'Miss Smith,' he said, 'I did not see her. If only I were not an old married man! But I must be excused, Mrs Weston. I am afraid my dancing days are over.'

Mrs Weston said no more and Emma felt angry and upset for Harriet. She saw Mr Elton walk away and watched him and his wife smile at each other.

The next time Emma looked she saw a happier sight as Mr Knightley led Harriet to the dance. Emma felt very grateful to Mr Knightley and when she looked for Mr Elton she saw him going into the card room and hoped he felt foolish.

Emma did not have an opportunity to talk to Mr Knightley until after dinner.

'They wanted to hurt both you and Harriet,' he said. 'Why are they your enemies?'

'They cannot forgive me because I wanted Mr Elton to marry Harriet,' she replied. 'You were right about Mr Elton. I made a serious mistake,' she said.

'I think he has made a bigger one,' he replied. 'Harriet has some excellent qualities and she is very pleasant and easy to talk to. Unlike Mrs Elton!'

The next time Emma looked she saw a happier sight as Mr Knightley led Harriet to the dance.

At that moment Mrs Weston called them in to start the dancing again. 'Come, Emma, they are all lazy! You must start!'

'Who is your partner?' Mr Knightley asked Emma.

'You, if you will ask me,' she replied. 'We are not exactly brother and sister after all!'

'Brother and sister – certainly not,' he said, and they walked into the ballroom together.

Chapter 7   The Trip to Box Hill

Dancing with Mr Knightley was one of Emma's favourite memories of the ball. She was also glad they both thought the same of Mr and Mrs Elton and their insult to Harriet. It seemed as if Harriet's eyes had suddenly opened at the ball and she now saw Mr Elton differently. Emma walked in the garden the morning after the ball and decided it would be a happy summer – Harriet out of love, Frank not too much in love and Mr Knightley not arguing with her!

Frank was not going to call at Hartfield that morning because he had to go straight back to Richmond. So, as Emma was just going back into the house, she was very surprised to see him coming through the gates, with Harriet. Harriet looked white and frightened and he was obviously trying to calm her. Soon they were all in the house and Harriet immediately fainted.

Emma fetched some water and slowly Harriet became a little better and was able to tell her story.

She had been out with a friend and they were walking along the Richmond Road, when they suddenly met a group of gipsies. A child asked the girls for money and they were both very frightened. Harriet's friend ran away, but before Harriet could follow her, more gipsy children arrived and were all round her. She thought if she gave them some money they would go away but the opposite happened and suddenly she was surrounded by a lot of gipsies.

At that moment, Frank came along the road on his way back to Richmond. He saw what was happening, saved her and brought her to Hartfield. When he was sure Harriet felt better, he continued on his journey home.

In half an hour, the news was all over Highbury and everyone heard what had happened. Mr Knightley went with some other men to find the gipsies but they had already gone. The story soon became unimportant, but Emma remembered how worried Frank had been about Harriet and how she had held onto his arm. She began to have stronger hopes for them both.

About a fortnight later, Emma and Harriet were talking together and Emma said something about people getting married. To her surprise, Harriet replied, 'I shall never marry.'

'I hope this is nothing to do with Mr Elton,' replied Emma and Harriet denied it at once.

'No, of course not. It is someone much better.'

Emma understood at once. Harriet meant Frank Churchill and she was unhappy because she knew he came from a very good family and could not think of marrying her.

'I am not surprised about this Harriet. The way he saved you was enough to warm your heart, but you are right. You must not hope for too much.'

'He was wonderful, Miss Woodhouse! When I remember how I felt at the time – and then I saw him coming towards me. Suddenly I was happy again,' said Harriet.

'But strange things have happened before, Harriet. You must see how he behaves with you to know how much he really likes you. We made a mistake before because we hoped for too much. This time we will be more careful and not even speak his name,' said Emma.

♦

Mr Knightley had never liked Frank Churchill and as time went on he disliked him more. He began to think that, while Emma seemed to be his special favourite, he also had a liking for Jane Fairfax. Nothing was said to make him think this, but once or twice he had seen a certain look pass between them. Emma was his dear friend and he knew he must say something to her about it. She did not believe it at all and was amused by the idea so he said no more, but it worried him.

In June, a trip was arranged by Mrs Elton to Box Hill, a beautiful place in the countryside. It was going to be a simple party with only one or two servants and a picnic. A few days before the trip, one of the Eltons' carriage horses hurt his leg and they could not go.

'Most annoying, Knightley,' Mrs Elton said. 'What can we do? The weather is perfect, too.'

'Come and eat my strawberries. They are ready now and you do not need horses to travel that distance.' He meant it as a joke but Mrs Elton thought it was a delightful idea.

'Excellent!' she said. 'I will arrange food and guests. Just name the day.'

Mr Knightley certainly did not want her to arrange anything and said he could do it himself.

'Very well. I shall bring Jane and her aunt and you can ask the other guests. We will walk around your gardens, pick strawberries and sit under trees, just like a gipsy party! It will be very pleasant.'

As Emma walked in Mr Knightley's gardens on the day of the party she saw him and Harriet standing together away from the others. She was a little surprised, but pleased to find them in conversation. She joined them and they walked together for a time.

Mr Weston had invited Frank but by lunch time he still had not arrived and Mrs Weston began to be worried about him. They all had lunch in the house and then afterwards went into the garden again. Still there was no sign of Frank. Emma stayed in the drawing room with Mr Woodhouse for a time because it was too hot for him to be outdoors. She was just walking through the hall when Jane Fairfax suddenly came in through the door. She looked as if she wanted to escape from something and she was surprised to see Emma.

'Will you be so kind,' she said, 'when they ask about me, to say I have gone home? My aunt does not realise how long we have been here and I think I should go back to see my grandmother now.'

It was a long walk to Highbury and Emma wanted to order her carriage, but Jane did not want this. 'I would like to walk,' she said as she left.

Not long after, Frank arrived. His aunt had been ill again, he said. He was quite annoyed because he had not been at the party and Jane had already gone home.

The Eltons' horse was better and they had already decided to make their trip to Box Hill the next day.

'You must come with us,' Emma said to Frank, who was still a little angry. At first he said he did not want to ride from Richmond again the next day, but then changed his mind and said to her, 'If you wish me to join the party, I will.'

◆

It was a wonderful sunny day for the trip to Box Hill and it should have been a happy party, but it was not. They separated too much into groups – the Eltons walked together, Mr Knightley went with Miss Bates and Jane, and Frank looked after Emma and Harriet. Mr Weston tried all day to make them come together but he could not.

Emma was bored. She had never seen Frank Churchill so silent and stupid. He said very little and did not seem to listen to anything she said, and Harriet was quiet because he was quiet.

When they all sat down together for their picnic lunch it was better. Frank became much happier and more amusing, and Emma thought he was trying very hard to win her heart. They talked and laughed together, although the rest of the group did not join in.

'We are the only people speaking,' she whispered to him. 'It is silly for us to entertain seven silent people.'

'What can we do to make them talk?' whispered Frank. Then he had an idea.

'Ladies and gentlemen, I am ordered by Miss Woodhouse to say that you must each say something to entertain her. You can say one very clever thing, two quite clever things or three very boring things, and she promises to laugh at them all!'

'Oh, well,' said Miss Bates, 'then I need not worry. I shall be sure to say three very boring things as soon as I open my mouth!'

Emma could not stop herself. 'But there may be a difficulty – you can only say three things, no more.'

Miss Bates did not immediately understand, but when she did,

When they all sat down together for their picnic lunch
Frank became much happier and more amusing, and Emma thought
he was trying very hard to win her heart.

45

she looked very hurt and embarrassed. The others were all silent.

'Ah, yes, I see what she means. I will try not to say more than three,' she said quietly.

Mr and Mrs Elton stood up and said they did not like games like that and they were going for a walk, and soon Mr Knightley, Jane and her aunt followed them. Frank became louder and more annoying until he began to give Emma a headache. When the servants came to say the carriages were ready she was quite pleased.

As Emma was waiting for her carriage, Mr Knightley joined her. He looked around to see if they were alone, then said, 'Emma, I must speak to you. How could you be so cruel to Miss Bates?'

Emma remembered and was sorry but tried to laugh about it.

'It was not so bad and she probably did not understand me,' she said.

'She certainly did. You were very rude to her and you have hurt her.'

'Miss Bates is a very good woman, but you know that she is also rather silly.'

'She is not your equal, Emma. She is not rich and clever like you and I was ashamed of you for speaking to her like that. And it was worse because you said it in front of other people. Badly done, Emma. Very badly done.'

Mr Knightley walked away to his horse and Emma climbed into her carriage. She felt angry with herself and ashamed. She thought she must say something to Mr Knightley and looked back, but he had already gone.

The journey home to Hartfield did not make her feel better. Harriet was tired and silent and as Emma remembered what she had said to Miss Bates, tears ran down her face.

Chapter 8   A Secret Engagement

Emma thought about the trip to Box Hill all evening. Maybe the rest of the party had enjoyed it, but she could only think of Miss Bates and how angry Mr Knightley had been with her. She knew she had been wrong and she was certain she would never do it again. She decided to call on Miss Bates the next morning.

Emma went early, and as she walked into the room she just had time to see Jane go out of the opposite door.

'We are very happy to see you, Miss Woodhouse,' Miss Bates said, although Emma thought her voice was not quite as friendly as usual. She asked about Jane.

'Poor Jane has an awful headache,' she told her. She has been writing letters all morning – to the Campbells and to her other friends. We shall be so sad when she goes, but it is a very good opportunity for her, you know.'

Emma was surprised. 'Where is Miss Fairfax going?' she asked.

'To a Mrs Smallridge – three delightful little girls to look after. An old friend of Mr Elton's. Jane will be just like Mrs Weston was to you and your sister. She finally decided to go yesterday evening when we were at Mrs Elton's house. A lovely evening, with good friends.'

'And when is she going?'

'Very soon, within a fortnight. My dear mother does not like to think about it,' said Miss Bates sadly.

Emma stayed a little longer and then walked home.

When she arrived Mr Knightley was at Hartfield and he seemed more serious than usual.

'I wanted to see you before I went away, Emma. I am going to London to spend a few days with John and Isabella. I have been thinking about it for some time.'

Emma thought he looked as if he had not forgiven her. He

stood, ready to go but not going, and Mr Woodhouse chose that moment to ask her how Mrs and Miss Bates were.

Mr Knightley suddenly appeared to be pleased with her. He took her hand and she at first thought he might kiss it, but he let it go again. Then he left immediately.

Emma felt happier now that they were friends again. Her father said he had been there for half an hour and she thought, 'What a pity I did not come home sooner!'

The next day brought news from Richmond. Mrs Churchill, Frank's aunt, had suddenly died. Mr and Mrs Weston were shocked and Emma wondered how Frank's life might change now. Perhaps he would be able to marry Harriet if he wanted to. Emma still hoped for this, but it was too soon to make any plans.

Emma's first wish at this time was not for Harriet but for Jane. She wanted to be a friend to her now, before it was too late and she went away to Mrs Smallridge.

She wrote to her and invited her to come to Hartfield for the day. Jane thanked her for her invitation but refused. Emma heard that she was not feeling well and thought an hour or two in the countryside might help, so she offered to call in her carriage one day. Jane replied that she was not well enough to go out, but when Harriet said she had seen Jane out walking only that morning, Emma had no doubt. Jane did not want any kindness from her, and she was very, very sorry.

♦

One morning, about ten days after Mrs Churchill had died, Mr Weston called at Hartfield and asked Emma to go back to Randalls with him. 'Mrs Weston must see you alone,' he said.

Emma could not guess what might be so urgent and when they arrived Mr Weston left them alone together.

'Frank has been here this morning,' said Mrs Weston. 'He came to talk to his father about something, a young lady he is in love with . . .'

Emma thought first about herself, then Harriet.

'. . . Frank and Jane Fairfax have been secretly engaged since they met in Weymouth last October,' she said.

Emma was very surprised.

'Jane Fairfax! So they were engaged before either of them came to Highbury!'

'And nobody knew about it. We are very upset by the way he has behaved, specially to you, Emma. We cannot excuse him for that.'

'You need not worry about me. When we first met I did think he was very attractive,' said Emma, 'And I thought I was in love with him. But for at least the last three months I have not felt at all like that.'

Mrs Weston was much happier then and called her husband into the room.

'It was our wish that you should love each other and we thought you did. Since this morning we have felt very upset for you,' she said.

'But he was very wrong. He might have made me love him, and what about Jane? She is going to Mrs Smallridge now . . .'

'He did not know about that, Emma. It was only when he found out that he decided to tell his uncle and then come here,' said Mr Weston. 'And Mr Churchill was happy with the match. While Mrs Churchill was alive there was no hope of them marrying, but now they can.'

'She will be a good wife for him,' said Emma. 'I congratulate you and them.'

Emma now had to do a difficult thing – tell Harriet before she heard about it in Highbury.

Harriet had just come home when Emma arrived.

'Miss Woodhouse – isn't the news very strange?'

'What do you mean? What news?'

'About Jane Fairfax and Frank Churchill. They have been secretly engaged and are now going to be married. I just saw Mr Weston and he said you already knew.'

Harriet certainly did not look upset, and Emma did not understand it.

'Did you ever suspect that he loved her?' asked Harriet.

'Of course not. I let you hope for him.'

'Me? I have never hoped for Frank Churchill!'

'Harriet, what do you mean?'

'I know we agreed not to speak his name, but I do not understand how you could have made this mistake. I spoke of someone much better than Frank Churchill.'

Emma sat down and tried to keep calm.

'Let us be very clear, Harriet. I remember you saying how you felt when he saved you from the gipsies – I am certain I did not imagine it.'

At first Harriet looked confused, then she said, 'I remember the conversation, but I was thinking of something very different at the time. The night of the ball when Mr Elton would not dance with me and there was no other partner in the room . . .'

'Good God!' cried Emma. 'You are speaking of Mr Knightley! This is an awful mistake.'

Harriet did not think so.

'He is kind and sweet to me. And you said yourself, strange things have happened before.'

Suddenly Emma realised why it was so much worse now that Harriet was in love with Mr Knightley and not Frank Churchill. It cut through her like a knife. She would be unhappy if Mr Knightley married anyone except herself!

The rest of the day and the next night she did not stop thinking about it. How long had she loved Mr Knightley? How could she be happy now without him?

He was coming back to Highbury very soon and until then, Emma decided, she and Harriet had better not meet.

Mrs Weston visited Jane Fairfax and she told Emma about it afterwards.

'She only decided to go to Mrs Smallridge because she believed Frank was in love with you and they could never marry. Now that she has spoken to him again and the secret is out, she will not go. She said you were very kind to her recently when she was ill,' said Mrs Weston.

'I am glad she is happy now, and very sorry if I sometimes hurt her in the past,' Emma replied.

That evening there was a storm and it continued all night. Emma sat quietly with her father and it reminded her of the evening of Mrs Weston's wedding day. Then Mr Knightley had walked in soon after tea and made them feel happier, but everything was different now. Mrs Weston had told Emma she was going to have a baby, so they were probably going to see less of her. Jane and Frank were getting married and might not live in Highbury, and if Mr Knightley and Harriet married she would also lose her two dearest friends to each other. There might not be other evenings when Mr Knightley just walked into Hartfield for the evening.

Emma felt very sad and could not sleep that night. The bad weather continued next morning but in the afternoon it stopped raining, the sun came out and it was summer again.

Chapter 9   Three Weddings

That afternoon, Emma was walking in the garden when she saw Mr Knightley come through the gate. She did not know he had returned to Highbury and she was thinking of him and Harriet at exactly that moment. She was beginning to believe he might really love Harriet and they may perhaps marry one day.

They talked about Isabella and John but Mr Knightley was quieter than usual. Emma wondered whether he wanted to talk to her about Harriet but found it difficult to know how to start. She tried to make conversation.

'We have some surprising news – a wedding.'

'Miss Fairfax and Frank Churchill. I have already heard about it,' he replied.

Emma immediately thought he had been to see Harriet before he came to Hartfield and she had told him. 'How is it possible that you know?' she asked.

'Mr Weston wrote to me on business and he told me the news in his letter,' he explained.

'You are probably not as surprised as we were. You suspected it before and tried to warn me.' Emma sighed. 'But I would not

They talked about Isabella and John but he was quieter than usual.

listen to you. I seem to have been blind about a lot of things.'

Nothing was said for a few minutes, then Mr Knightley took her hand and pressed it to his heart.

'Dear Emma, time will help you forget him,' he said, 'and he will soon be gone.'

'You are very kind, but you have misunderstood. I am sorry for things I did and tried to do, but I never loved Frank Churchill and he did not love me. He was only trying to hide his love for Jane and I just enjoyed being with him. It was not love,' said Emma.

There was suddenly a great difference in Mr Knightley. He held her hand tightly. 'Emma, might there be a chance for me?'

Emma was so surprised she could not speak.

'If your answer is "No" please tell me now, Emma. I cannot tell you everything I feel for you. If I loved you less I might be able to talk about it more,' he continued. 'But you know what I am, everything I say to you is true. And I tell you now, my dear, that I have always loved you.'

Emma had never been happier. She told him then that she loved him too. As they kissed she thought, just for a moment, of Harriet and was glad she had not said anything to Mr Knightley about her.

They went into the house and had tea with Mr Woodhouse but, for the present, said nothing to him about their love. After Mr Knightley had gone, Emma wrote to Isabella and suggested she invited Harriet to London. She thought it would be a good idea if Harriet went away from Highbury for a short time so they did not see each other for a few weeks.

Later that day, Mr Knightley returned to Hartfield. He wanted to ask Emma to marry him but he was worried that Mr Woodhouse would be very upset if Emma left Hartfield and went to live in Mr Knightley's house.

'I could not leave him,' said Emma.

'We could all live in my house,' he suggested.

As they kissed she thought, just for a moment, of Harriet and was glad she had not said anything to Mr Knightley about her.

'He would be very unhappy if he had to leave Hartfield,' said Emma.

'Then there is only one answer,' said Mr Knightley. 'We must all live in Hartfield.'

It was a good idea and Emma said she would think about it before speaking to her father. The more she thought about it, the more delightful the idea became. The only thing that made her sad was Harriet. If she was still in love with Mr Knightley, she could not be a part of the happy picture in Emma's mind.

Poor Harriet. Emma knew there was going to be a day when she could forget Mr Knightley, but it was not likely to be soon. It was too much to hope that even Harriet could be in love with more than three men in one year.

Harriet was invited to London as planned and, before Harriet left, Emma wrote to her and explained that she and Mr Knightley wanted to marry.

Mr Woodhouse's carriage took Harriet to Isabella's house and, after she had gone, Emma felt more comfortable. Now she could enjoy Mr Knightley's visits without feeling guilty. She was sure that Harriet could find interesting things to do and there may be people to meet in London to help her forget all that had happened.

Emma told her father she and Mr Knightley were going to get married and they were all going to live in Hartfield. Mr Woodhouse did not like changes in his life and at first he was a little shocked.

'We will always be here to look after you, Papa. Nothing will change for you, and you know how much you enjoy talking to Mr Knightley,' she said. Emma talked to him about it a little longer and he soon saw that they could all be happy together and it was really quite a good plan. 'Perhaps in a year or two . . .' he said.

The news spread quickly and generally people in Highbury thought it was a very good match, except for Mr and Mrs Elton. She had never liked Emma and thought it was terrible that they would all live together at Hartfield.

'It will not work. It is a shocking idea,' she said to her husband.

He just said, 'She probably always meant to catch Knightley if she could.'

♦

About two weeks later, Mr Knightley called at Hartfield one morning as usual and told Emma, 'I have something to tell you – some news.'

'Good or bad?' she asked.

'I think it is good, but I am afraid you will not agree with me. It is about Harriet Smith.'

Emma could not think what had happened to her.

'She is going to marry Robert Martin,' he said.

'Good God, that is impossible so soon . . . how do you know this?'

'Robert Martin told me himself, half an hour ago. You do not like the idea, I can see. But in time you will grow to like him as much as I do,' he said.

'I am not unhappy at all, just very surprised. Tell me the whole story. How did it happen?' asked Emma.

Mr Knightley told her he had sent Robert to London with a message for John, and at his house he met Harriet again.

'The family were going out together that evening and they asked Robert to join them. During the evening he told Harriet he still loved her and she agreed to marry him,' he said.

'I hope they will be very happy together,' said Emma, with a smile.

'Have you changed your mind about him?'

'I think I have. I hope so, because I was a fool before.'

'I have also changed my mind about her,' said Mr Knightley. 'I used to think she was a silly girl, but the more I talked to her the more I saw that she is kind and sensible. I sometimes thought you must wonder why I had suddenly started to spend time talking to Harriet,' he continued, 'but I wanted to get to know her and understand why you liked her so much. They will make a good match.'

Emma agreed and was very glad that her friend was now as happy as she was.

That afternoon, Emma and her father drove to Randalls. Mrs Weston was alone in the drawing room when they arrived but they had only just sat down when they saw a group of people in the garden.

'Frank arrived here this morning and he has just come back in the carriage with Miss Fairfax, her aunt and her grandmother. They are coming in now,' Mrs Weston said.

The little group came into the drawing room with Mr

'Frank arrived here this morning and he has just come back in the carriage with Miss Fairfax, her aunt and her grandmother.'

Weston, and Emma was very pleased to see Frank and Jane again. While the rest of the party talked together, Frank said to Emma, 'I am surprised you did not suspect us. Once, I nearly told you but I changed my mind. I hope you can forgive me for the way I behaved to you. I know I was wrong and I only did it because I could see you had no thoughts of marriage.'

'There is nothing to forgive,' she said. 'I also behaved badly.'

'I am delighted to see you again,' he said, 'and also to hear that you and Mr Knightley are engaged. You will be very happy, I am sure of it.'

♦

The next day, Harriet arrived back in Highbury and called on Emma immediately. She told her she felt a little foolish now when she thought of Mr Knightley, and Emma was pleased to see that she loved Mr Martin very much.

Very soon, Robert Martin was invited to Hartfield and Emma saw that Mr Knightley had been right about him. He was polite and kind and she had no doubt that Harriet was always going to be happy in his home surrounded by people who loved her.

♦

Before the end of September, Harriet and Robert Martin were married in Highbury church by Mr Elton – the last of the three couples to get engaged and the first to be married.

Jane Fairfax and Frank Churchill had planned their wedding for November and Emma and Mr Knightley thought October was a good time for theirs. Isabella and John were going to be staying at Hartfield at that time and they could look after Mr

The small group of true friends who were invited to the wedding were delighted by it and Emma and Mr Knightley were perfectly and completely happy.

Woodhouse while the couple went away to the sea for a fortnight.

The only problem was making Emma's father agree with them that October was a good time for the wedding. Mr Woodhouse thought it was too soon and suggested they wait a little longer but something happened to change his mind.

Mrs Weston's chickens were all stolen from the chicken house one night and the same thing happened to other people in Highbury. Mr Woodhouse was very worried about this. He said he would be nervous in his house after John and Isabella had gone back to London if there was no other man at Hartfield to look after him. John had to return to London by the end of the first week in November so it was finally agreed that the wedding must be arranged for October.

Emma and Mr Knightley's wedding was a simple one. Mrs Elton had not been invited and so her husband described it to her. She thought it sounded very plain and was nothing compared to her own wedding.

But the small group of true friends who were invited were delighted by it, and Emma and Mr Knightley were perfectly and completely happy.

ACTIVITIES

Chapters 1–2

Before you read

1 Look at the pictures in this book. What do you think the book is mainly about?

    a politics   **d** wild life

    b crime   **e** adventure

    c love   **f** sport

2 These words come in this part of the story. Use a dictionary to learn their meaning.

    adopt carriage impressed match sigh vicar

    Now find the right meaning for each word in the list below:

    a a churchman in charge of a village church

    b a vehicle pulled by horses

    c an arrangement for a marriage

    d full of admiration

    e to become the legal parent of another person's child

    f to breathe out deeply, because of strong feelings

After you read

3 What are the names of these people?

    a Emma's father

    b a married couple who live half a mile away

    c the local vicar

    d Emma's married sister

    e the husband of Emma's sister

    f a friend of Emma's aged seventeen

    g a young farmer, who asks Emma's friend to marry him

4 Which families live in these places?

    a Randalls

    b Hartfield

    c London

5 Answer these questions:

    a Harriet Smith receives an offer of marriage. Emma thinks she should refuse the offer. What reason does she give?

b Who is angry with Emma for giving this advice? Why?

Chapters 3–4

Before you read

6 When this story begins, Emma is nearly twenty-one years old. Compare a day in her life with a day in yours. Share your thoughts with other students.

7 Choose the right answer.

   a Cinderella went to the *ball*. Here a *ball* is:

     (i) a formal dance party

     (ii) a room for washing clothes

     (iii) a piece of furniture

   b In a house, the *drawing room* is used for:

     (i) art classes

     (ii) conversation

     (iii) indoor games

After you read

8 Answer these questions:

   a Where did Jane Fairfax use to live?

   b Where does she live now?

9 Correct these statements:

   a A musical evening is held at the Westons' house.

   b Mr Elton is going to marry a lady from Weymouth.

   c Harriet first meets Robert Martin at Mrs Bates's house.

   d Mrs Weston thinks that she has made a match between Harriet Smith and Mr Knightley

Chapters 5–6

Before you read

10 There are three young women in this story: Emma, Harriet and Jane. Compare their personalities. Which one do you think is the most sensible? Discuss this with other students.

11 Choose the right answer.

   a *Elegant* means:

     (i) very thin

    (ii) tasteful and fashionable

    (iii) intelligent

  b The person you dance with is your

    (i) couple

    (ii) opposite

    (iii) partner

After you read

12 Who says these words? Who to?

  a 'Of all the most horrible things, goodbye is the worst.'

  b 'We must start a little music club. It will be so amusing, don't you think?'

  c 'I think he tries too hard to tell us he is not in love with her.'

  d 'We are not exactly brother and sister, after all!'

13 Work with a partner. *Student A* is Emma. *Student B* is Mr Knightley. You are dancing together at the ball. Talk about some of the other people there. (See pages 38–41.)

Chapter 7–8

Before you read

14 At the end of this story, three young couples get married. Can you guess who marries whom? Compare your guesses with other students.

15 These words all come in this part of the story. Use your dictionary to learn their meaning.

engaged gypsy picnic strawberries

Now match each word to one of the meanings below:

  a a meal eaten sitting on the ground in the open air

  b soft red summer fruit

  c a travelling person with no fixed home

  d having agreed to marry someone

After you read

16 Answer these questions:

  a Who is frightened by a group of gypsy children?

  b Who helps her?

17 Put these events in the right order.

    a Emma goes to visit Miss Bates.

    b The Eltons arrange a picnic on Box Hill.

    c Emma is rude to Miss Bates.

    d Mr Knightley invites his friends to pick strawberries in his garden.

    e News arrives that Mrs Churchill has died.

    f Mr Knightley is angry with Emma for her rudeness.

18 What surprising news does Mrs Weston have for Emma?

Chapter 9

Before you read

19 Emma's match-making so far has been very unsuccessful. Make a list of the people that she expected to form couples, including men for herself. Is there any case in which she has guessed correctly?

After you read

20 Why is Mr Knightley 'quieter than usual' when he and Emma meet at Hartfield?

21 Where are Emma and Mr Knightley going to live after they are married?

Writing

22 In Chapter 1, Robert Martin writes to Harriet, asking her to marry him. Write Robert's letter.

23 You are Emma. On pages 36–37, you arrange a dinner party for eight people at Hartfield. Make a list of the guests (including changes) and draw a plan of who will sit next to whom at the dinner table.

24 Imagine that you are Jane Fairfax. Write your diary for the week of the two picnics.

25 Imagine that you are Mrs Elton. You have *not* been invited to the wedding of Emma and Mr Knightley. Write a letter to your sister in Bath, telling her about the wedding and the couple's plans to live at Hartfield.

26 When Jane Austen wrote *Emma*, she thought that nobody would like the heroine, but she was wrong. Why do you think we like Emma, although she often behaves badly?

27 Do you know of a case in which someone brought two young people together, hoping that they would marry? If so, describe how it happened and what the result was.

The Mill on the Floss

GEORGE ELIOT

Level 4

Retold by Andy Hopkins and Jocelyn Potter
Series Editors: Andy Hopkins and Jocelyn Potter

Contents

Introduction

*'There are two possibilities for you now, Maggie,' her brother said.
'Either you promise on your father's Bible that you will never see Philip
Wakem again, or I shall tell Father that you have made friends with the
son of the man who wrecked his life. Choose!'*

Dorlcote Mill is the home of Tom and Maggie Tulliver, and their
father and mother. Mr Tulliver is a proud, successful man and his
family's life is happy. But when Tulliver's success comes to an
end, so does Maggie and Tom's childhood. Suddenly, the world
is a hard place. Tom must work until he has all the money that
his father needs. And, like his father, he will never forgive his
enemies, not even if it costs his sister's happiness.

The Mill on the Floss is a famous nineteenth-century book, written by one of England's greatest writers. George Eliot was the
pen-name of Mary Ann Evans. She was born in 1819 at Arbury
Farm in Warwickshire. She had a happy childhood and, like
Maggie in this story, was very close to her brother. After she left
school, she stayed at home to look after her father. In 1851 she
began working for an important London magazine and met
another journalist, George Henry Lewes. They fell in love and,
although Lewes was already married, they decided to live
together – a brave decision in those days. They were together for
twenty-four years. Lewes loved her writing and told her she
should write stories. Her first success was *Adam Bede*, which
came out in 1859. *The Mill on the Floss* followed in 1860. Her
most famous book, *Middlemarch*, a study of four couples,
appeared in 1871. George Eliot died in London in 1880.

Note

The river Floss runs through flat, empty countryside in the north of England. In the middle of the last century, when our story begins, you could stand on the banks and watch large ships carrying wood and coal slowly down the river towards the town of St Ogg's and, beyond that, to the sea ports on the coast. Fields of rich, brown earth stretched as far as the eye could see on both sides, and in summer the land turned green and gold.

At a place not far from St Ogg's, a small stream fed the river and was crossed by a stone bridge. Next to the bridge stood Dorlcote Mill, home of the Tulliver family. All day the mill wheel turned while farmers worked busily in the fields around it.

A small stream fed the river and was crossed by a stone bridge. Next to the bridge stood Dorlcote Mill, home of the Tulliver family.

Chapter 1   Brother and Sister

'Maggie,' Tom Tulliver said to his sister on the day he returned home for the school holidays, 'You don't know what I've got in my pocket.'

'What is it?' Maggie asked. 'Tell me. I can't guess.'

'Here. I've brought a new fishing line for you, so that we can go fishing together. I saved the money for it at school. Aren't I a good brother?'

Maggie threw her arms around his neck. Her long, dark hair brushed against his cheeks.

'Yes, very, very good. I do love you, Tom.'

Maggie threw her arms around his neck. 'I do love you, Tom,'
she said.

Tom pushed her away. 'Now let's go and see my rabbits,' he continued. 'I hope you've been looking after them.'

Maggie's happiness disappeared. Her fear of her brother's darker moods made it difficult for her to tell him.

'I'll give you all my money,' she said quickly. 'To buy more rabbits.'

'I don't want your money,' he answered. 'And I don't need any more rabbits.'

'Oh, but Tom . . . I'm so sorry . . . they're all dead,' she whispered.

Tom looked at her. At thirteen, he was a handsome boy, but he was angry now and his face was red and hard.

'You forgot to feed them!' he shouted. 'I told you to feed them every day. I *don't* love you, Maggie, and I won't go fishing with you.'

'Oh, Tom, forgive me,' Maggie asked, with tears in her eyes. 'I'd forgive *you* and love *you*.'

'But *I* don't forget,' Tom replied, and ran off, leaving his sister crying on the path. She had not meant to do wrong. She had not wanted to hurt him. Oh, why was Tom so cruel to her?

Chapter 2   Schooldays

A few months after this argument, Tom was sent away to a new school. He was the only pupil of Mr Stelling, in whose home he also ate and slept. Poor Tom found the lessons very hard. He was interested in the outdoors, not in books or in languages that nobody had spoken for many centuries, and Mr Stelling made it clear that he thought the boy stupid.

Tom was also very lonely, but Mr Stelling had invited Maggie to visit her brother at any time and she came towards the end of

Tom's first term. Maggie was happy to be with her brother again, and she liked Mr Stelling. She was especially enthusiastic about the teacher's books, which covered every wall in the house.

'Oh!' she cried. 'How I would like to have so many books!'

'You would not understand them,' Tom said, with an amused smile.

'Yes, I would! I would read them again and again,' his sister replied. '*Then* I would understand them.'

For the two weeks that she was there, Maggie sat quietly and listened while Tom had his lessons. She enjoyed them greatly, and Mr Stelling liked her for her quick mind and even quicker tongue. Only one conversation spoilt this time for her.

'Mr Stelling,' Maggie said one evening. 'I could do all Tom's lessons if I tried, couldn't I?'

'No, you couldn't,' Tom said firmly. 'There are a lot of subjects that girls can't do.'

Mr Stelling nodded in agreement with Tom's words. 'Girls can be quite clever, but their cleverness is shallow. They will never understand anything that needs really careful thought.'

Maggie, who had always seen herself as clever, was confused and embarrassed to discover for the first time that this was in fact a disadvantage.

◆

When Maggie had to return home, Tom's days continued as before. The following term, though, he was joined by a second pupil. This new arrival was called Philip Wakem. He was quicker than Tom to learn and an excellent artist, but his crippled body stopped him enjoying himself outdoors in the way that Tom did. Philip's curved back was the result of an accident as a

73

small child, and since then he had been weaker than other boys of his age.

Philips' father was a lawyer in St Ogg's, the nearest town to the Mill which Mr Tulliver owned and managed. Tom and Philip were sometimes friendly, but they both knew that their fathers disliked each other and were at present on different sides in a court case. It was Maggie, on her occasional visits, who felt sorry for Philip with his poor, weak body. She enjoyed talking to him because he was clever and kind, and she soon became very fond of him.

Certain events that took place on her last visit stayed in her memory for many years to come.

Mr Stelling had arranged for Tom to have lessons with a soldier, who taught him how to stand and walk and told him stories of great wars. The soldier had a sword that the boy loved to look at and touch, and one day he agreed that Tom could take it to his room for the night without telling Mr Stelling.

The next day Maggie came to stay. She saw at once that Tom had a secret, but he refused to tell her what it was until his lessons were finished for the day.

'Come upstairs with me, Magsie,' Tom whispered, pulling her by her hand. 'I want to show you something, but you mustn't tell anyone.'

'It's not a trick, is it?' Maggie asked, not knowing whether to be worried or excited.

'No,' he promised, as they reached his bedroom. 'Now close your eyes until I tell you to open them again. You mustn't scream, though.'

Maggie closed her eyes, feeling a little frightened, but when she was told to open them she laughed. Tom had tied a red handkerchief around his head and had painted thick black eyebrows over his own. In his hand was the shining sword. But when he pointed the sword towards her she quickly stopped laughing.

'Tom, don't!' she cried. 'I *shall* scream!'

Tom smiled in delight as he danced around the room, waving the sword above his head. Maggie watched, and her fear grew. Tom waved the sword one last time . . . and it fell from his hands on to his foot. It went straight through. Hearing Maggie's cries, Mr Stelling came running up the stairs. He found Tom lying on the floor and Maggie sitting next to him, her tears falling on to her brother's grey and lifeless face.

A doctor came, and it was Philip who met him on his way out of the house.

'Excuse me, sir,' Philip said nervously, 'but will Tulliver walk again?'

'Oh, certainly,' the doctor answered, 'after his foot is better.'

'And did you tell him that?' Philip asked, thinking of his own fear after his accident.

'No, nothing was said on the subject.'

So Philip was the one who put Tom's mind at rest, and he then spent many hours with the brother and sister, helping the time pass until Tom was able to get out of bed. For the moment there was peace between the boys, although they both knew that they could never be true friends.

Maggie, though, had little understanding of the bad feeling between her father and Mr Wakem. One day, while the doctor was with Tom, Philip found her sitting alone.

'Maggie,' he asked, 'if you had a brother like me, could you love him as well as you love Tom?'

'Oh, yes,' she said immediately. 'I would be so *sorry* for you.'

Philip's face turned red. He had wanted to know if she could love somebody who was crippled, but he had not wanted her to speak of it so openly. Young as she was, Maggie realized her mistake.

'But you are so very clever, Philip,' she said quickly, 'and you can play and sing. I am very fond of you, and you could teach me so much.'

'I am fond of *you*, Maggie. When I am unhappy I shall think of you and your dark eyes. Yours are not like any other eyes. They speak to the person they are looking at, and they always speak kindly.'

Maggie was pleased by this. Only her father had ever told her she had beautiful eyes.

'Would you like me to kiss you, as if I were your sister?' she asked, smiling at him.

'Yes, very much,' Philip anwered. 'Nobody kisses me.'

Maggie put her arm round his neck and kissed him warmly.

Chapter 3   Growing Up

One terrible day, nearly two years later, Maggie arrived at Mr Stelling's house without warning. She was tall now, and looked older than her thirteen years. Her face was serious as she kissed her brother.

'Why are you not at school?' Tom asked. Maggie too had been sent away to school, in the company of her cousin, Lucy Deane.

'Father asked me to return home, and I have come to tell you something. Tom, he has lost the court case,' Maggie cried.

'So Father will have to pay a lot of money . . .' Tom began, looking worried.

'Yes. Oh, Tom, he will lose the Mill and the land and everything he has!'

Tom sat down, shaking. Mr Tulliver was a proud man, and his family had lived well. This disaster would bring shame not only to him but also to his family. What effect would this have on him?

'Tom,' Maggie continued. 'There is more that I must tell you. Father has had an accident. He fell off his horse, and now he recognizes nobody except me. It is as if he has lost his mind. Oh, Tom, he is very ill.' She burst into tears.

When the first shock of the news had passed, Tom went to Mr Stelling and explained that he had to leave to help his family. Then he and Maggie set off home. They both knew that whatever happened now, their childhood was over. Tom was only sixteen, and his sister three years younger.

On the journey, Maggie told Tom the full story of the accident. A friend of Mr Tulliver had long ago put money into the Mill; after the court case, Mr Tulliver hoped that this friend would buy the Mill and keep him there as manager. The news that he had been given while out riding his horse was that this interest in the Mill had been sold secretly to his enemy, Mr Wakem. This added shock had caused Mr Tulliver's fall and illness.

'Wakem planned this!' Tom cried. Maggie had never seen him so angry. 'He is responsible for this disaster. When I am a man, I shall hurt him as he has hurt us. And you must never speak to Philip again.'

'Oh, Tom!' Maggie said, sadly, but she was not in the mood to argue with him.

They arrived home to find their father lying still in bed, while Mrs Tulliver sat crying among the things she had brought with her to the Mill after her wedding. Around her, officials were looking at the furniture and putting a price on each piece for the sale that was going to take place.

'He's lost it all,' Mrs Tulliver said, when she could speak. '*My* money too, and the money that was going to be yours. I *told* him not to go to law, but he didn't listen.'

'Don't worry, Mother,' Tom said gently, feeling a moment of blame for his father. 'I shall get a job. I shall look after you.'

The furniture was soon sold, except for a few pieces which the Tulliver's relations bought for them out of pity, and Tom did find a job in his uncle's company. It was not a good job, since his lessons had not prepared him for the world of business, but his uncle, Mr Deane, promised that Tom would have opportunities later if he worked hard by day and studied in the evenings.

◆

Mr Tulliver stayed in bed for another two months, during which time he rarely spoke and understood little of what was said to him. When he was well enough to come downstairs, he had to be told about recent events that he knew nothing of. Tom stayed home from work that day, and the whole family sat with him in the empty sitting-room as Mr Tulliver listened and looked around him.

'They've taken everything,' he said, slowly. 'But not the Bible. Bring it to me, Tom.'

He opened the Bible to the page where details of family deaths and weddings had been written down over the years. He looked sadly at his wife.

'Ah, Elizabeth, it's eighteen years since I married you. Poor Bessy, you seem so much older now. I meant well . . .'

'But when we promised to stay with each other "for better or worse", I never thought it would be as bad as this,' said poor Mrs Tulliver, with the strange, frightened look that the children had seen so often during those terrible days.

'Bessy, if there's anything I can do to make things easier for you, I will,' her husband said quietly.

'Then you'll stay here and manage the business for Wakem, now that he owns the Mill,' she replied. 'Where can we go if we don't stay here? You're a proud man, and you make enemies, but it's time to think of me and your children.'

Mr Tulliver sat back in his chair. His face was grey and tired.

'I'll do whatever you want, Bessy,' he said. 'There's no use in fighting any more. But Tom, I want you to write something in the Bible. I'll work for Wakem like an honest man, although I'm like a tree that's been broken. But I won't forgive him. And you, Tom, you must never forgive him either. Now write, write in the Bible.'

'Oh, Father, what?' asked Maggie, falling at his feet. 'It's not right to hate people.'

'It's not right for bad men to enjoy the unhappiness of others,' her father shouted. 'Now write, Tom!'

'What shall I write, Father?' asked Tom.

'Write that your father worked for John Wakem, who brought shame on him,' Mr Tulliver said. 'That he worked for Wakem because he wanted to die in his home. But that he'll never forgive him. Write that, Tom, and sign your name.'

'Oh, no, Father, dear Father. Don't make Tom write that,' Maggie cried.

'Be quiet, Maggie!' said Tom. 'I *shall* write it.'

He wrote down his father's words, signed his name, and closed the Bible.

Chapter 4   A Friend for Maggie

Months passed, and years. Mr Tulliver continued to manage the Mill, but he moved slowly and with a deep, silent sadness

'Oh, no, father. Don't make Tom write that,' Maggie cried. 'Be quiet, Maggie!' said Tom. 'I shall write it.'

that was painful for his family to watch. Tom went out each day to a job he disliked, and spoke little when he was at home. Father and son shared a single goal: to pay back all the money that Mr Tulliver owed to other people as a result of the business failing.

Maggie, on the other hand, had nothing to do. She was bored and lonely at home. Her mother did not want her help in the house, and there were few visitors to make one day different from the next. Always interested in learning, she studied the school books that Tom no longer needed, but for much of the time she sat alone and dreamed. She dreamed of running far from home; of starting a new and happy life with exciting people who found her clever and attractive.

Then, one day, she made a new promise to herself. She would be a better person, she thought, if she did not fight against what had happened to her. She must be calm and strong instead of dreaming about the impossible.

Mrs Tulliver was surprised and pleased by the change she soon noticed in her daughter. Maggie had been a difficult child, quick to show her feelings and give her opinions, and not so quick to obey her parents. Now she listened before she spoke, and a gentle kindness shone from her dark eyes, making her more beautiful even though the clothes she chose to wear were plain.

◆

As the new owner of the Mill, Mr Wakem often came to look around. One day, looking from the window, Maggie saw that he had brought his son Philip with him. She did not feel that she could talk to Philip in front of his father, but she remembered their meetings at Mr Stelling's home; how clever, kind, and sad he had been.

Maggie went for a walk, as she did each day, enjoying the fresh air and the fresh smells of nature. Suddenly she saw a shadow, and Philip stepped out of the trees. Maggie's face turned pink with surprise and delight.

'Did you follow me?' she asked him, as he smiled back at her.

'Yes, I did,' Philip answered, looking embarrassed. 'I wanted to see you very much. I hope you are not angry with me.'

'No,' said Maggie, 'I have never forgotten how kind you were to me when we met as children.'

'I am sure that I have thought more about you than you about me,' Philip replied. 'I even painted you as you looked then.' He pulled a small picture of a laughing child from his pocket and showed it to her.

'And am I now what you expected?' she asked.

'No, Maggie,' he said, and for a moment the light left her face. 'You are very much more beautiful.'

Maggie took a deep breath. 'You know, Philip,' she said, her voice shaking, 'that we cannot be friends. Tom and I must follow our father's wishes. My life has been much easier since I decided to stop dreaming about a life I cannot have.'

'I understand, but you must leave me some hope for a future that may be different,' Philip answered sadly. They walked on together.

When they separated, Maggie intended never to see Philip again. Over the next year, though, they did meet again in the woods, always secretly and as if by chance. Their love for each other grew, and Maggie began to change again. She dressed in brighter clothes as her dreams of escape returned, but at the same time she felt worried and guilty about her thoughts and behaviour. Tom discovered her secret when a childhood friend told him that he had seen Maggie walking with Philip by the river. He joined his sister one day as she was leaving the house by the back door.

Maggie went for a walk, as she did each day. Suddenly she saw a shadow, and Philip stepped out of the trees.

'Where are you going?' he asked, coldly, and from his face Maggie could see that he knew.

In a quiet voice, she told him about her meetings with Philip, and their love. She could not lie, although he was obviously very angry. When she had finished, Tom spoke.

'There are two possibilities for you now, Maggie,' he said. 'Either you promise on our father's Bible that you will never see Philip Wakem again without informing me first, or I shall tell Father that you have made friends with the son of the man who wrecked his life. Choose!'

Maggie was silent for a moment.

'Tom, I know it was wrong of me, but I was so lonely – and I felt sorry for Philip. And it is wrong, too, to hate people.'

'Choose!' Tom ordered. Maggie put her hand on the Bible and promised.

They went together to that last meeting in the woods. Maggie stood in tears while Tom insulted Philip and his crippled body, and shouted that Philip must leave his sister in peace.

As Tom and Maggie walked back to the house, Maggie tried again to explain.

'I do know I have been wrong,' she said. 'But you should not speak to Philip like that. You always do what is right, but I have feelings that do not come naturally to you. You show no pity – you enjoy punishing people, punishing me.'

'Well, if your feelings are so much better than mine,' Tom answered, angrily, 'why do you not show them in love for your family? You do not need to remind me what a distance there is between us.'

Back in her room, Maggie cried. She felt sad for herself, and sad for Philip, but deep down inside her she was also glad that there were no more secrets, no more lies.

Chapter 5   A Death in the Family

Tom too had been busy in the last year. With money lent by his uncle, and while making the best of his job, he had gone into business with a friend. The two young men succeeded beyond their wildest hopes, and Tom managed to save a lot of money.

Three weeks after his argument with Maggie, Tom was able to tell his father that he had enough money to pay back everything they owed. Mr Tulliver was almost too happy to speak. The people of St Ogg's would see now that he was an honest man with a son that any father would be proud of. For a moment, even Maggie forgot her own problems. Tom *was* good, although his heart was hard towards her.

Mr Tulliver went into town with Tom to pay back the money. After four terrible years, he was suddenly stronger and more confident. When the meeting ended, Tom had to return to work so Mr Tulliver rode home alone. Just before the gates to the Mill he met Mr Wakem, who was also on his horse.

'What have you done to that field?' Wakem asked coldly, pointing over the wall. 'When are you going to learn how to farm?'

'If you don't like it, find another farmer,' answered Tulliver, moving his horse across the road. At that moment he was too proud and angry to be wise.

'Very well! You can leave my land tomorrow,' said Wakem. 'And now get out of my way.'

'Not until I tell you what I think of you, Wakem!' cried Tulliver, holding up his whip, and riding towards Wakem. Wakem's horse moved back so fast that Wakem fell off into the road. Before he could get up, Tulliver jumped down, ran over to him, and started hitting him with the whip again and again. Wakem shouted for help, and Maggie ran out of the Mill.

'Father, Father, what are you doing?' she screamed, trying to hold his arms. Wakem got up, climbed on to his horse with difficulty and rode away. Maggie realized then that Mr Tulliver was unable to walk.

'I feel ill . . . weak,' he whispered. 'Help me to bed.'

When Tom came home that night, his mother ran out to meet him and tell him the news. He joined Maggie next to his father's bed.

'Tom,' Mr Tulliver said, 'I'm finished. Shake hands with me, boy, before I leave you.'

Tulliver jumped down from his horse, ran over to Wakem and started hitting him with the whip again and again.

'Have you any wish, Father?' Tom asked quietly, when they had shaken hands.

'Yes, try to get the Mill back . . . and look after your mother.' Mr Tulliver paused for a moment, and turned his head weakly towards Maggie. 'And most of all, be good to your sister.'

'Yes, Father,' Tom promised, his face serious. 'I will.'

The light had gone from Mr Tulliver's eyes, but he had one more thing to say. He looked again at Tom.

'I hit him. That was right. A man like him . . .' he said slowly.

'But Father, dear Father, you must forgive him. You must forgive *everyone* now,' Maggie cried.

'No, Maggie, I don't forgive him. I can't love a man like that. God will understand . . .'

Mr Tulliver's voice broke, and his breathing became heavier. For an hour his family stayed there with him, watching silently, and then he died.

Tom and Maggie went down to the sitting-room together and stood looking at their father's empty chair. Both were too shocked to speak.

'Tom, forgive me!' Maggie said suddenly. 'Let us always love each other!' They held each other and cried.

Chapter 6   Young Lovers

After the argument with Mr Wakem, and Mr Tulliver's death, the family had to leave the Mill. Mrs Tulliver went to live with Mr Deane and his daughter, Lucy, whose mother had also died, and Tom found a room in town. Maggie went to work in a school a long way from St Ogg's. She stayed there for two years.

When she returned to St Ogg's, she too went to stay with her cousin. As children, Maggie and Lucy had been close friends, although Maggie had been wild and careless, while Lucy was always quiet and well-behaved. Lucy was delighted to see her again, and to introduce to Maggie the man she loved, the man who loved her, Stephen Guest. After the calm, rather boring life of the school, Maggie was excited by this new world in which her cousin's friends lived; a world of music and dancing, and beautiful homes.

Maggie's only problem was that Philip Wakem too was a friend of Lucy, and was likely to visit the house while she was there. She felt that she had to explain to Lucy what had happened with Philip, and then she went to look for Tom. She found him in his room.

'Tom,' Maggie began, 'I have come to tell you, as I promised, that I wish to see Philip Wakem. He often visits Lucy, and I shall only see him when there are other people in the room.'

Tom's voice was cold and hard. 'Well,' he answered, 'you know my feelings. If he is a friend of Lucy, I understand that you must meet him. But I am not confident that you are strong enough; you can be led into anything.'

Maggie's eyes filled with tears.

'Why do you say that, Tom?' she said. 'I have kept my word to you, and I have done my best . . . My life is no happier than yours, you know.'

Tom's face became a little softer.

'I know,' he said. 'Look, you think I am not kind, but I only want what is best for you. You have no common sense, so I must be sensible for you. I wish to be as good a brother to you as you will let me.'

Maggie stood up to go soon after this, and Tom kissed her as she left.

'I may become better than you expect,' she said to him quietly.

'I hope you will,' Tom replied. He did not sound quite certain.

♦

Philip did not in fact visit Lucy for many days, but Stephen Guest spent hours in the company of the two young ladies. Lucy was very happy, and the conversation between Stephen and Maggie was playful and amusing. When Lucy was not there, Stephen sat at the piano while Maggie read or worked.

One evening, Stephen arrived unexpectedly and found Maggie in the sitting-room.

'Do you enjoy sitting alone?' he asked.

'Would it be polite of me to say "yes"?' Maggie answered with a smile.

'Won't you come into the garden?' Stephen asked.

Maggie took his arm, and they walked together. Not a word was spoken, and they did not dare look at each other. Both were confused and angry with themselves, and the walk was soon over.

The next day Philip visited the house. As she shook his hand, Maggie felt tears running down her cheeks. Philip himself was far from calm. Lucy was delighted by this show of feeling, and soon made an excuse to leave them alone together.

'I told my brother that we were going to meet,' Maggie began, when she had gone, 'and he agreed.'

'Then we can be friends?' Philip asked.

'Yes, while I am here,' Maggie agreed. 'But I shall soon go away to a new job. I want to earn enough to keep myself.'

'But what about those who love you, Maggie? You think about your own feelings, but should you not think also of theirs?'

At that moment, Stephen and Lucy entered the room. Philip noticed that Stephen and Maggie were cold and distant with each other, while Lucy noticed only how unhappy Philip looked. The four young people played and sang together, but Philip wondered to himself as he saw occasional strange, uncertain looks pass between Stephen and Maggie.

Lucy had thought of her own plan to help the unfortunate lovers, and spoke to her father about it. She suggested that Mr Deane's company should try to buy the Mill from Mr Wakem and make Tom happy by placing him there as manager. Surely then he would let his sister be happy too.

At the same time, Philip told his own father of his love for Maggie. It was a difficult conversation, and Mr Wakem was very angry at first. His feelings for his only son were strong, though, and he eventually agreed that Philip should follow his heart if that was what he wanted. He also agreed that the Mill had caused him a lot of trouble, and that he was happy to discuss its sale with Mr Deane.

Mr Wakem's opportunity to see Maggie was at a public event, when the rich ladies of St Ogg's were selling things they had made to earn money for the poor. He bought something from her, and she smiled at him, before he moved away again into the crowd. The next voice that Maggie heard belonged to Stephen.

'You look very tired,' he said gently. 'Can I bring you anything?'

'Oh, no, thank you,' she replied, continuing to count her money.

'Are you angry with me? What have I done? Please look at me,' he said.

'Please go away,' Maggie asked, but felt sorry when he did. As he left, Stephen saw Maggie look over uncertainly to the place where Philip was sitting alone. Lucy had told Stephen nothing, but he realized then that there was something between Philip and Maggie. What he felt about that, he was too confused to know.

*The four young people played and sang together, but Philip
wondered to himself as he saw occasional strange, uncertain looks
pass between Stephen and Maggie.*

By the time the event was over, Maggie had come to a decision.

'Lucy,' she said to her cousin later that evening, 'I must go and stay with my aunts, and then I shall have to leave. I have taken a job as a teacher to three pupils on the south coast.'

Lucy was surprised and hurt.

'So soon?' she replied. 'And Philip? I thought you were both going to be so happy. There is nothing to stop you now.'

'There is Tom,' Maggie said, and she paused. 'I must go. I would marry Philip if it did not mean losing my brother, but I must let some time pass. Please do not speak to me any more about it.'

Lucy was worried and sad, but obeyed.

Chapter 7   Dangerous Relations

On Maggie's last evening, they were invited to a dance. The bright lights and pleasant music helped Maggie to forget her troubles for a time. She was sitting, watching the dancing, when Stephen appeared.

'This room is very warm. Shall we walk around a little?' he suggested.

They went through the empty sitting-room and into the sunroom beyond, which was full of trees and flowers.

'Oh, I must smell this rose,' Maggie said, bending towards it. Stephen was silent, unable to put a single sentence together. At the sight of her arm stretching to touch the flower, he could control himself no longer. He reached out and took her arm, then kissed it again and again.

Maggie jumped back. 'How dare you behave like that?' she said. 'Why are you insulting me in this way?'

Stephen stood still in confusion. He felt great love for her, and was very angry with himself. He was also deeply, deeply sad.

'Leave me to myself!' Maggie ordered him, close to tears. 'And do not come near me again.'

Stephen turned and walked away. Maggie refused all offers to dance, but talked calmly with everyone who spoke to her. That night she kissed Lucy happily, confident that she had done her sweet cousin no wrong.

As Maggie was about to leave for her aunt's house the next morning, a visitor arrived. Maggie was frightened that it was Stephen, but Philip entered the room. They took each other's hand.

'Do you ever think about our walks, Maggie?' Philip asked.

'Of course,' she answered, 'although I rarely go that way now.'

'I go there often,' Philip said. 'I have nothing but the past to live for. Maggie, is there any hope for me?'

'There is always hope,' she said, slowly, 'but I cannot do anything that would separate me from my brother.'

'Is he the only cause of *our* separation?' Philip asked, quietly.

'The only one,' answered Maggie, with calm decision. And she believed it.

Philip knew that he should be completely happy with her clear answer, but he was jealous and could not be quite satisfied.

◆

Maggie had been on her aunt's farm for four days and was outside with her, when they saw a rider coming in at the gate. Maggie's heart stopped. It was Stephen Guest.

Stephen jumped off his horse and lifted his hat.

'Good day!' he said. 'I have a message for Miss Tulliver, if we could have a few minutes alone.'

Not a word was spoken until they had walked a little. Then Maggie turned to him.

'There is no need to go on. I do not wish for this meeting, and you have insulted me again by coming here.'

'Of course you are angry,' Stephen answered. 'You do not care about my feelings – that I am mad for love of you! Don't you know the pain I feel because I made you hate me?'

'You must not say these things,' Maggie answered, looking at the ground. 'I am sorry about the pain you feel, but it is useless to speak about it.'

'It is *not* useless to speak about it!' replied Stephen. 'Just tell me you feel pity and kindness. I cannot think of anything or anyone but you.'

Maggie still could not look at him. But she said gently, 'I do not think badly of you. I do forgive you. But now, please go away. Think of Lucy . . . and there is someone that I must think of too.'

'I *do* think of Lucy – if I did *not* . . .' Stephen stopped for a moment. 'Are you going to marry Philip?'

She looked at him now as she spoke. 'I do not intend to marry any *other* man.'

'Then tell me that you do not love me, that you love someone better than me,' Stephen said. Maggie wanted to tell him that her whole heart was Philip's, but the words would not come.

'If you do love me,' Stephen said, 'it is better that we should marry. We will cause pain to others, but this has come without our wanting it to. It is stronger than we are.'

Maggie looked at him. She had the eyes of a wild animal fighting against being held and touched. Then she turned towards the farm.

'Just one kiss,' Stephen whispered. 'Just one.'

They kissed, and then Stephen followed Maggie as she hurried back. When they reached the farm, Stephen got on his horse and rode away. Maggie threw herself into her aunt's arms.

'Oh, aunt,' she cried. 'Why did I not die when I was fifteen, when I was able to control my life? It is so hard now.'

'We will cause pain to others, but this has come without our wanting it to. It is stronger than we are.'

Chapter 8   On the River

A week after Stephen's Guest's visit, Maggie returned to St Ogg's to spend her last free days with Lucy. Philip came occasionally – and Stephen often – to the evening meal, but they said little to each other. Philip had believed Maggie when she said that only her brother's feelings made closer relations impossible. He suspected Stephen, though, of a secret love that was understandable but which still made him feel uncomfortable. Then one evening he noticed Maggie and Stephen looking at each other in a way which nobody could mistake, and the next day he was too ill to leave his bedroom.

Philip had promised to take Lucy and Maggie out in a boat that morning, so he wrote to Stephen asking him to take his place. At the last minute, Lucy decided to go shopping with her father, and when Stephen arrived he found Maggie alone.

Maggie turned white as he entered the room. 'I thought Philip was coming,' she said in surprise.

'He is not well. He asked me to come instead,' Stephen answered, no less confused than she was.

'Lucy is not here,' Maggie said, sitting down again. 'We must not go.'

'Oh, let us go,' Stephen whispered. 'We shall not be long together.'

And they went. Stephen rowed gently down the river, while Maggie lay back and dreamed. She did not notice the villages they passed or the countryside around them.

Finally Stephen stopped rowing and sat watching the water, which carried them on down the river without his help. Maggie sat up, looked around, and recognized nothing in sight.

'Where are we?' Maggie asked. 'Have we passed the village where we usually stop?'

Stephen went on looking into the water. 'Yes – a long time ago,' he said quietly.

'Oh, what shall I do?' cried Maggie. 'We shall not get home for hours – and Lucy – oh, God help me!'

Stephen moved down the boat and took her hands.

'Maggie,' he said in a serious voice, 'let us never go home again – until we are married. We did not plan to be alone together; we are not responsible for anything. This boat will carry us now to Torby, where we can land, and we can go on to Scotland. We can be married there.' Stephen looked at her with a child's hope in his eyes.

Maggie was shocked. 'Let me go!' she ordered. 'You knew we were travelling too far. You have taken advantage of me. What kind of gentleman behaves like this?'

He was silent with guilt and unhappiness. 'I know I should

have told you,' he said. 'I know it is enough to make you hate me. Shall I stop the boat here? I shall tell Lucy that I was mad – and that you hate me – and you will be free from me for ever.'

Maggie was less angry now, and began to feel sorry for him. She understood his weakness because she too was weak. She looked at him more kindly, and he became happier. The boat continued to move down the river as they sat without doing or saying anything, both lost in thought.

After a time, they saw a ship that was sailing to Mudport, a town on the coast. Stephen shouted to the captain that they were tired and afraid of bad weather, and he agreed to take them to the port. They were given food, and something to sleep on. Shaking with fear and tiredness, poor Maggie lay down and slept.

When she woke up the next morning, she saw a man asleep at a little distance from her and thought at first that she was with Tom. Then she remembered, and the fear returned. She had done wrong, very wrong, and she had damaged her relations with family and friends in a way that could never be put right. What could she do now? It was too late to go back, but she knew she would never be happy with Stephen.

When Stephen woke, he saw the tears on her cheeks and he did not dare talk of love and marriage. So they sat without speaking until the ship reached its port. Then he turned to her.

'We have arrived,' he said slowly, 'and our journey is nearly over. We can move more quickly on land as we travel north.'

'We shall not travel north together,' Maggie said with decision.

'If we do not, I shall die,' Stephen replied, and the blood rushed to his face.

'I am not going with you,' she repeated. 'Do not ask me to. I could not choose yesterday, but I am more sensible now.'

'Maggie, have pity!' he cried. 'Forgive me for what I did yesterday. I will obey you now. I will do anything – please believe me!'

'We promised that we would control our feelings because they were wrong,' Maggie continued, as calmly as she could. 'We have not controlled them, but they are still wrong. And now we must separate. If not, what rules should we live by? Our feelings of the moment? What do you think Lucy is feeling now? She believed in me – she loved me – she was so good to me – think of her . . .'

'I can think only of you,' Stephen answered. 'We cannot save Lucy from pain now. And how could you become Philip's wife? You are mine. You know that we love each other with all our hearts.'

'Not with *all* my heart, Stephen,' Maggie said, 'or with my whole mind. If I continued with you, I would never know peace in this life. That is all that I can say.'

Stephen was so unhappy that he was almost unable to control himself. 'Leave me, then!' he cried, turning away from her. 'Leave me, now!'

Maggie walked quickly to the nearest coach. She did not know where it was going, and she did not care. Her thoughts were on Stephen's pain, and on her own love and pity, and when she found that the journey had taken her to York, further from home than the port, she found a room for the night and went to bed.

Chapter 9   Shame

Maggie became ill in York and five days passed before she was able to return home. She went straight to the Mill, which

Mr Deane's company had now bought and which Tom managed.

When Maggie arrived at the gates, she found Tom outside the house. He looked at her tired, unhappy face but made no movement towards her. His own face was colder than she had ever seen it.

'Tom,' she began, as she came close to him, 'I have come home . . . to tell you everything.'

'You will find no home with me,' he shouted angrily. 'You have brought shame to the whole family. You have shocked your friends. There is nothing I can do with you now. I wash my hands of you. You do not belong to me.'

Their mother had come to the door, and she froze at the sight of her daughter and at the sound of her son's hard words.

'Tom,' Maggie continued, 'I am not as guilty as you believe me to be. I did not mean to hurt other people and follow my own feelings. I came back as soon as I could, and I am sorry for any pain I have caused.'

'I find it difficult even to speak to you,' Tom replied. 'You have had relations with Stephen Guest that any woman would be ashamed of. You have used Philip Wakem and lied to him. Lucy, the kindest friend you had, is so ill that she cannot talk. I have had a harder life than you, but I have done what I had to do without complaining. And look what *you* have become! If you need money, I shall give you some. But you will not stay under my roof. Now go!'

Slowly Maggie turned away. But her mother's love was stronger than all other feelings.

'My child,' Mrs Tulliver cried, 'wait for me! I'll come with you.' She ran to fetch her coat. As she left the house, Tom put money into her hands.

'My house is yours, Mother, always,' he said. 'You will come back to me.'

Maggie and her mother found rooms in a house near the river, where they could live until they decided what to do next.

The news spread around St Ogg's that Maggie had returned without her lover. There was pity for Stephen, but not for Maggie, who was seen as the cause of the trouble. *He* was a foolish young man, but there was no excuse for the way *she* had behaved. Philip had not left the house since the day he had gone to bed feeling ill.

Eventually a letter arrived from Stephen to his father, and its contents were soon known to all. He told the facts, blamed only himself, and said that he had gone to Holland and intended to stay abroad. Maggie, though, was not forgiven by the people of the town.

Maggie saw nobody during this time, except her mother and the local priest. The priest listened to her and felt pity. He gave Maggie a job teaching his motherless children, but when he realized that people were wondering about their relations he had to end the arrangement. Maggie's days and nights continued to be lonely and unhappy, but she did not want to leave St Ogg's as her mother suggested she should. She had decided not to take the job on the south coast.

One day a letter arrived from Philip, and Maggie took it to her room with shaking hands. She sat on the bed and read it.

Maggie,

I believe in you. I know that you did not mean any harm. I realized the night before you left that you were not free, and I was jealous, but I knew also that whatever happened your pain would be greater than any other person's. It was difficult for me to recognize that I had lost any chance of happiness, but your disappearance was no surprise. I cannot tell

you what I have lived through since then, but I do not want you to feel
guilty about me. You have given me so much, and loving you changed me
in a way that I cannot describe.

Maggie, I am a better person because I knew you. I know that we will
not see each other for a long time, but remember that I love you even
while I wish and hope for nothing.

Yours, to the last,
Philip Wakem.

Maggie sat on her bed, holding the letter, and cried.

◆

One evening after dark Maggie was sitting alone by the window, looking out over the river and listening to the unusually heavy rain. She heard the front door and a few minutes later felt a light hand on her shoulder. She knew that it was Lucy.

'Maggie!' a soft voice said. Maggie stood up and threw herself into her cousin's arms.

'Nobody saw me leave,' Lucy said. 'But I cannot stay long. They will not let me visit you.'

The two cousins sat down and looked at each other. Neither of them knew what to say next. Maggie suddenly broke the silence:

'Oh, thank you for coming, Lucy. Thank you! I did not mean to make you unhappy. I thought we could control what was happening, and that you would never need to know.' She paused. 'Lucy, he wanted to be true to you. He will come back to you. Forgive him . . .'

Lucy looked at her. 'I know that you did not mean any harm,' she said, 'and I know that it was hard for you to leave him. But Maggie, you are better than I am.' Her voice became softer and sadder. 'I can't . . . I can't forgive him.'

Another letter arrived, this time from Stephen, and delivered secretly by a friend. He had returned to Mudport when his family told him that Maggie was likely to marry the priest. He asked her to come to him, to bring him back to life and goodness, to let him see her and hear her voice again.

For hours Maggie sat and fought with herself. Here was a possible future, the only one that she could see. But no, she should not do this. She had to be strong . . . and to hope that Stephen would eventually return to Lucy.

As she continued to sit there, she suddenly realized that her legs were wet. She had not realized quite how hard it was raining, and now the river was entering the house. A flood!

Chapter 10　Escape

A new calmness came over Maggie as she hurried to the bedrooms to wake the other people living in the house. Mrs Tulliver was away visiting one of her sisters. As the others came downstairs, there was a loud noise and the waters crashed through the downstairs windows. They ran for the boats, and Maggie found herself in one of them alone on the river.

'Oh, God, where am I?' she cried in the darkness. What was happening at the Mill? She must go there and help. She started to row, pulling hard as her hair blew in the wind and her wet clothes stuck to her body. She could just see the banks of the river, but she could also see black shapes in the river, doors and furniture that had been carried out by the flood. Maggie was very frightened now, but she continued to row.

Eventually she arrived at the Mill. She could hear nothing and see no movement.

'Tom, where are you?' she cried, and Tom appeared at a top

Another letter arrived, this time from Stephen, and delivered secretly by a friend. He asked her to come to him.

floor window. He looked very worried. It was clear that he had found no way of escaping from the house.

'You, alone, Maggie!' Tom said with great surprise as he climbed out of the window and down into the boat.

Tom rowed now and, as they sat opposite each other in the boat, Maggie could see that he was fighting with his feelings. Then she saw tears in his eyes.

'Magsie!' he said softly, using the name he had called her by when she was very small at times when he was pleased with her.

Maggie could not answer, but a new happiness warmed her body.

As soon as she could speak, she said, 'We will go to Lucy, Tom, and see if she is safe. Then we can help the others.'

Tom rowed harder, but there was a new danger. Coming towards them were large pieces of wood that had broken from houses, and heavy wooden machines that had fallen from the docks and were being carried along in the water. People in boats closer to the edge saw them and called to them to get out of the middle of the river.

In a small boat they could not move quickly, though, and Tom soon realized that it was too late. Enormous shapes were coming towards them. He stopped rowing and threw himself towards his sister.

'It is coming, Maggie!' Tom said in a low voice, holding her close to him.

The next moment the boat disappeared, and the dark shapes continued down the river without slowing down.

Chapter 11   After the Flood

Five years later, St Ogg's was almost as it had been before the

Tom rowed now and, as they sat opposite each other in the boat,
Maggie could see he was fighting with his feelings.

flood, a busy river town with few reminders of that awful day. There were new houses and new, young trees.

A fresh grave had been dug, though, next to the church. It held two bodies that were found in the river with their arms around each other, and this grave was visited at different times by two men whose happiness was also in that place.

One of the men visited again with a sweet young woman, but that was years later.

The other always came alone.

The grave was marked with the names of Tom and Maggie Tulliver, and below their names were written the words:

'In death they were not separated.'

The grave held two bodies that were found in the river, and it was visited at different times by two men whose happiness was also in that place.

ACTIVITIES

Chapters 1–2

Before you read

1 Look at the pictures in this book. Which things tell us that the story happened more than a hundred years ago?

2 All these words come in this part of the story. Use a dictionary to learn their meaning.

   coal crippled mill rabbit sword

   Now fit each word to one of the meanings below:

   a a small wild animal that makes its home under the ground

   b we burn this to make heat

   c unable to walk well because of bone damage

   d used in the past by soldiers for fighting

   e the building which you see on page 70

After you read

3 What are their names?

   a the miller's son

   b the miller's daughter

   c the son's teacher

   d the teacher's other pupil

4 Why are these things important in the story?

   a pet rabbits

   b a sword

   c a court case

5 Why does Maggie admire Philip Wakem?

Chapters 3–4

Before you read

6 Choose the right meaning.

   They *owe* us three months' rent. *Owe* means:

   a have failed to pay

   b pay by cheque

   c give us ahead of time

7 Tom says 'There are a lot of subjects girls can't do.' Do you agree with Tom or not? Do you think that men and women's minds are different when learning school subjects? Discuss your views with other students.

After you read

8 Maggie brings Tom several pieces of bad news from home. What are they?

9 Answer these questions:

   a Why does Mr Tulliver agree to work at the mill for his enemy, Mr Wakem?

   b What does he ask Tom to promise and how is the promise made?

   c What promise does Maggie make to herself?

   d What promise does Tom force her to make with her hand on the Bible?

Chapters 5–6

Before you read

10 In which picture can you see a *whip*? Give the page number.

11 Do you think that Maggie is too quick to obey her father and brother? How would the story be different if she followed her own beliefs? Talk about these things with other students.

After you read

12 Put these sentences into the correct order:

   a On his way home Mr Tulliver meets and quarrels with Mr Wakem.

   b Tulliver becomes seriously ill.

   c Mr Tulliver and Tom go to St Ogg's to pay back the money.

   d Tom earns enough money to pay what his father owes.

   e Tulliver refuses to forgive his enemies and dies.

   f Tulliver attacks Wakem with his whip.

13 Answer these questions:

   a Where does Mrs Tulliver live when she has to leave the mill?

   b How does Mr Wakem feel about Philip's love for Maggie?

   c Why does Maggie decide to leave the company of her cousin Lucy?

Chapters 7–8

Before you read

14 Look at the pictures in the rest of the book. In which picture can you see someone *rowing*?

15 Choose the right answer.

A *coach* means:

a a large wooden box

b a vehicle pulled by a horse

c a kind of insect

After you read

16 Who says these words? Who to?

a 'Leave me to myself. And do not come near me again.'

b 'Is he the only cause of *our* separation?'

c 'Why did I not die when I was fifteen, when I was able to control my life?'

d 'You know that we love each other with all our hearts.'

17 Who do you think is more to blame for taking part in the river trip: Maggie or Stephen? Why do you think so? How would people judge them today? Compare your views with other students.

Chapters 9–11

Before you read

18 These words come in this part of the story. Use a dictionary to check their meaning.

flood grave priest

Match the words to their meanings:

a an official of the church

b a piece of ground which contains a dead body

c what happens when a river gets too high

19 What do you think will happen to Maggie in the end? Will she get married or not? Will she be happy or not? Share your ideas with other students.

After you read

20 Complete these sentences:

    a After returning to St Ogg's, Maggie cannot live at the mill because . . .

    b Maggie cries when she reads Philip's letter because . . .

    c Water is entering the house where Maggie is staying because . . .

    d Maggie rows to the mill because . . .

    e In the boat, Tom calls Maggie 'Magsie' because . . .

21 Answer these questions:

    a Who do you think the two people are who visit Tom and Maggie's grave?

    b Which visitor always comes alone?

Writing

22 Imagine you are Stephen Guest. The boating trip has already taken place. Write a letter to Maggie and ask her to marry you.

23 Write a report of the flood for a newspaper. Use the title: DISASTER HITS ST OGGS!

24 Have you experienced a flood or other 'natural disaster' in your own country? Write about your experience.

25 On page 79, Mr Tulliver agrees to stay at the mill as the manager, although it now belongs to Mr Wakem. He still has to get Wakem's agreement. Imagine the scene when Mr Tulliver goes to Mr Wakem's office and asks to be his manager. Write the conversation between them.

26 Imagine you are Maggie. You keep a diary. Write about the day when Mr Tulliver first comes downstairs after his illness. The scene is described on pages 78 and 79.

27 Write a note to a friend about this book. Say in a few lines what the book is about and whether your friend will like or dislike it.

Answers for the Activities in this book are published in our free resource packs for teachers, the Penguin Readers Factsheets, or available on a separate sheet. Please write to your local Pearson Education office or to: Marketing Department, Penguin Longman Publishing, 5 Bentinck Street, London W1M 5RN.

Far From the Madding Crowd

THOMAS HARDY

Level 4

Retold by Jennifer Bassett
Series Editors: Andy Hopkins and Jocelyn Potter

Contents

Introduction

Gabriel watched every morning for the girl's visit to the fields. Her bright eyes, her long black hair and her quick laugh became more attractive to him every day. In fact, love – that quiet thief – was slowly beginning to steal young Farmer Oak's heart.

Gabriel Oak has worked hard all his life and knows what he wants. And when he meets Bathsheba Everdene, he is soon sure that he wants to marry her. But Bathsheba has other ideas – beautiful and independent, she is not ready to marry yet. When Gabriel loses his farm, he knows that he has lost all hope. But 'love is a golden prison,' so when Bathsheba asks for his help on her own farm, he cannot say 'no'. Even when she falls in love with the handsome but selfish Sergeant Troy, Gabriel refuses to leave her. Is he a fool, or her only true friend? And will Bathsheba's beauty bring her happiness, or life-long pain and sadness?

A story of hard lives and strong feelings, *Far from the Madding Crowd* is a book that few people can forget.

Thomas Hardy was born in 1840, in Upper Bockhampton, a small village near Dorchester in the south-west of England. His father was a builder and stonecutter. Thomas was educated at local schools and then got a job in a local builder's office, where he worked for ten years. In 1861 he moved to London and studied at evening classes. He began to write stories. One of his early books was *Under the Greenwood Tree* (1872), a gentle, humorous picture of love and marriage in a Dorset village. The book was quite successful and he decided to become a professional writer. In 1874, he married Emma Gifford, a musician, and completed *Far from the Madding Crowd*, which

114

appeared in the Cornhill Magazine. This story already has some of the sadness and seriousness that are to be found in Hardy's later work. Other stories followed: *The Mayor of Casterbridge* (1886), *The Woodlanders* (1887), *Tess of the D'Urbervilles* (1891) and *Jude the Obscure* (1896).

Hardy had a deep understanding of the poorer people in society and of the passions which people of any class feel. At the same time he was an admirer of Darwin's writings and realized that very often human beings cannot control their lives or change the course of events. Most of his stories end unhappily.

In 1883, Hardy went back to live in Dorset. In his later years he stopped writing stories and wrote poems, most of them produced after he was seventy. He believed that the language of his poems should be as close as possible to spoken language. His poems have great simplicity and some readers value them more highly than his stories. *Wessex Poems and Other Verses* came out in 1898 and was followed by other collections.

In 1910, Hardy was given the Order of Merit by the king, in recognition of his work. He married for the second time in 1914 and died in 1928 at the age of eighty-eight.

The girl held up the mirror to look at her face. Unseen in his field,
Gabriel Oak smiled to himself in amusement

Chapter 1   An Offer of Marriage

Farmer Oak was a strong, well-built man, with a wide smile that reached from ear to ear. His first name was Gabriel, and his comfortable old clothes and quiet way of walking about his fields showed him to be a calm, sensible man. He was hard-working, had intelligent opinions, and went to church on Sundays. His neighbours generally thought well of him.

He was at the best age for a man. The confused feelings and thoughts of a very young man were behind him, and he had not yet arrived at the time when he had to carry the heavy responsibilities of a wife and family. In short, he was twenty-eight and unmarried.

On a sunny morning in December, Oak was walking across one of his fields. Next to the field was a road, and Oak could see a wagon moving slowly along. The wagon was full of furniture and boxes, and on the top of all these things sat a woman, young and attractive. As Oak watched, the wagon came to a stop.

'One of the boxes has fallen off, Miss,' said the wagoner.

'Oh, then I think I heard it fall not long ago,' the girl said.

The wagoner ran back to find the box and for a few minutes the girl sat without moving. The only sounds were birds singing. Then she suddenly picked up a small paper packet, opened it, and took out a mirror. She quickly looked round to see if she was alone, then held the mirror up to look at her face. As she looked, her lips moved, and she smiled.

The sun shone down on the girl's bright face and dark hair, and the picture was certainly a pretty one. But it was an odd thing to do when travelling on an open wagon. The girl did not tidy her hair or do anything; she just looked at her own face. Still unseen in his field, Gabriel Oak smiled to himself in amusement.

When the wagoner came back, the girl put away her mirror and the wagon moved on down the road. Oak followed it slowly, and when he came near the gate at the bottom of the hill, he heard the girl arguing with the gatekeeper. She was refusing to pay the extra twopence that the gatekeeper asked for, and after a few minutes the girl won the argument. The gate was opened, and the wagon drove on. The gatekeeper watched it go.

'That's a handsome girl,' he said to Oak.

'And she knows it – too well,' said Gabriel, thinking of the mirror.

◆

In the next few weeks, Oak saw the girl again several times. She had come to live with her aunt in the village, and was often in the field next to Gabriel's, milking her aunt's cow. Once, Gabriel found her hat for her when it had blown off in the wind. She spoke a few words to him then, and after that meeting Gabriel found that the girl's lovely face was often in his mind.

It was the time of year when the sheep had their lambs, and Gabriel spent a lot of time in the fields, looking after his sheep and the new lambs. This was his first year as a farmer; before that he had worked on other people's farms, as a shepherd or a farm manager. He had worked hard and borrowed money to start his own farm with two hundred sheep, so it was an important time for him.

But although he was busy with his sheep, Gabriel watched every morning for the girl's visit to the fields. He learnt that her name was Bathsheba Everdene, and her bright eyes, her long black hair and her quick laugh became more attractive to him every day. In fact, love – that quiet thief – was slowly beginning to steal young Farmer Oak's heart. And one day he said to himself, 'I'll make her my wife. I'll never be happy without her.'

So a few days later, he put on his best clothes, and went down to the village. When he got to the house, only the aunt was at home, but as he came away from the village, he met Bathsheba coming down the hill. They stopped, and looked at each other.

Farmer Oak had had no practice in asking girls to marry him, and he did not quite know how to begin.

'I've just been down to your house, Miss Everdene,' he said. 'I came to ask if you'd like to marry me.' He paused. 'But perhaps you've got a young man already.'

'Oh no!' The girl shook her head quickly. 'I haven't got a young man at all.'

Gabriel looked pleased. 'I'm truly glad to hear that,' he said, smiling one of his long, special smiles. He held out his hand to take hers, but she hurriedly put her hand behind her back.

'I'm not sure if I want to marry anyone,' she said, her face a little pink.

'Come,' said Gabriel quickly, 'think a minute or two. I love you dearly, Bathsheba, and I'm sure I can make you happy. I have a nice little farm, and when we are married, I'll work twice as hard as I do now. And in a year or two you can have a piano . . . And a nice little wagon to go to market.' He watched her hopefully.

'Yes, I would like that.'

'And you'd have chickens,' continued Gabriel, as the ideas came to him. 'And a little garden for flowers and vegetables.'

'I'd like that very much.'

'And at home by the fire, whenever you look up, there I shall be . . . And whenever I look up, there you will be.'

'Wait, wait! You're in too much of a hurry, Farmer Oak!' Bathsheba stared thoughtfully at a small tree. Then she turned to Gabriel.

'No, it's no good,' she said at last. 'I don't want to marry you. A wedding would be nice, it's true. But a husband . . . Well, he'd always be there, as you say. Whenever I looked up, there he would be.' She shook her head. 'No, I don't think I want a husband, so I won't marry – not yet.'

'That's a silly thing to say!' said Gabriel quickly. 'But my dear,' he continued sadly, 'why won't you have me?'

'Because I don't love you, Mr Oak.'

'But I love you,' said Mr Oak, very seriously. 'And one thing is certain. I shall go on loving you until the day I die.'

'I'm very sorry,' Bathsheba said. She looked sad for a moment, then she gave a little laugh. 'No, Mr Oak, I'm not the right wife for you. I'm too independent, and you wouldn't like that, you know.'

Oak heard the decision in her voice, and felt that his chances were finished. 'Very well,' he said quietly. 'Then I'll ask you no more.'

◆

When a man has begun to love, it is not easy to stop loving. Soon after, Gabriel heard that Bathsheba had left the village and gone to live at Weatherbury, twenty miles away. But this news did not put out the slow-burning flame of love in Gabriel's heart.

Chapter 2   A Fire in the Farmyard

Two months had passed, and Gabriel Oak was in the marketplace in the town of Casterbridge, looking for work as a shepherd. He was Farmer Oak no longer. One disastrous night a young dog had driven his sheep over the edge of a very steep hill, and most of the sheep and their lambs had fallen to their deaths below. Oak was just able to pay back the money he had borrowed to start his farm. After that, he was a free man with the clothes on his back, and nothing more.

Although he smiled less often now and his eyes were sadder, he was a man of quiet good sense and showed a calm face to the world. But that day in Casterbridge the world had no job to offer him, and at nightfall Oak set off on the road towards Weatherbury to visit another market the next day. The name of Weatherbury had some magic for him, since that was where Bathsheba Everdene now lived.

After a time, Oak stopped to rest, and as he sat on a gate, he saw a red light in the night sky across the fields. He watched, and the light grew brighter. Something was on fire. He jumped down from the gate and ran across the fields towards the fire.

When he arrived, he saw that the fire was in a farmyard. A tall pile of new-cut straw was burning wildly, flames shooting into the sky. It was too late to save that pile, but through the clouds of smoke Oak saw that there were several more straw-piles nearby. All the corn of the farm was there – and in great danger of burning. Already tongues of flame were beginning to reach out greedily towards the next pile.

Men were running here and there in the farmyard, but Oak saw that nobody was doing anything useful. He ran quickly towards the burning straw-pile and shouted to the men.

'Bring a ladder – quick! And buckets of water.'

'The ladder is burnt,' shouted one of the men.

Quickly, Oak climbed up the steep side of the next straw-pile. Coughing in the thick smoke, he sat dangerously on the top, and with his shepherd's stick he put out each finger of flame that came from the burning straw a few yards away. Soon buckets of water were passed up, and slowly Oak and the other men began to win the fight against the fire.

At one end of the farmyard, away from the smoke and confusion,
were two women, one of the women was on horseback.

At one end of the farmyard, away from the smoke and confusion around the fire, were two women, watching with worried faces. One of the women was on horseback, the other on foot.

'He's a shepherd, I think,' said the woman on foot. 'He's a fine young man, Miss!'

'I wonder whose shepherd he is,' said the woman on horseback. She called to a man who was passing. 'Jan Coggan! Who is the shepherd?'

'I don't know, Miss. He's a stranger,' replied Jan Coggan. 'But he's a brave man. He's saved your corn for you.'

'Yes. And I'm very grateful to him,' said the rider. 'Ask him to come and speak to me.'

The fire was beginning to die now, and Gabriel had climbed down. He thought of asking for a job here – he had learnt from one of the villagers that the farmer was a rich young woman. Her uncle had died recently and the farm was now hers.

Jan Coggan led Gabriel over to the woman on horseback. Gabriel's clothes were burnt into holes, and his face was tired and dirty, but he lifted his hat politely and looked up at the woman.

Then his eyes opened wide in surprise. The woman stared down at him, equally surprised. Gabriel Oak and his cold-hearted love, Bathsheba Everdene, were face to face.

Bathsheba did not speak, and after a moment Gabriel said, in a quiet, sad voice, 'Do you want a shepherd, Miss?'

Bathsheba was not embarrassed, but she was certainly surprised. Life had clearly been unkind to Gabriel Oak, and she felt sorry for him.

'Yes,' she said slowly, 'I do want a shepherd, but . . .'

One of the villagers spoke up warmly for Gabriel. 'He's just the man you need, Miss. Look how he fought that fire!'

'Very well,' said Bathsheba. 'Then tell him to speak to my

farm manager.' She nodded to Gabriel in a businesslike way, and then rode off into the darkness.

The farmworkers began to return to the village. Gabriel talked to the farm manager about his new job, then he too followed the road to the village. As he walked, he thought with surprise about Bathsheba. How she had changed! She was no longer a shy young girl, but the proud and independent owner of a large farm.

Deep in his own thoughts, he did not at first notice a young girl waiting quietly on the road just outside the village. The girl seemed a little nervous, and Gabriel stopped and spoke kindly to her for a few moments. The girl replied shyly, in a soft, attractive voice, but when Gabriel gently advised her to go home, she said quickly, 'Oh no! Thank you, but I must wait . . . Please don't say anything about me in the village. I don't want people to know anything about me.'

Gabriel felt sorry for her, and although he had very little money himself, he gave her a few pence, which she took gratefully.

Gabriel spent the evening in the village pub with the other farmworkers. He listened with interest and amusement, mixed with a little sadness, to the talk about Miss Everdene, the farmer. He was too sensible to think that Bathsheba would ever marry him now, but his heart told him that she was still the woman he loved.

◆

The next morning, the first day of Gabriel's new job as a shepherd, there was great excitement in Weatherbury. Everybody was talking about two pieces of news. First, Miss Everdene had discovered that her farm manager was a thief. She had sent him away, and intended to manage the farm herself. The old men in the village shook their heads doubtfully over this. The second piece of news was the mysterious disappearance of Fanny Robin, Miss Everdene's youngest servant. She had not come home last night. The villagers searched everywhere for her, but she could not be found. Then in the evening came more news from Casterbridge. Fanny had run away with a soldier. Gabriel Oak remembered the nervous young girl he had met on the road outside the village. But it was too late to help her now, so he said nothing.

Chapter 3   A Joke for Valentine's Day

That same night, many miles north of Weatherbury, snow was falling on a path between a river and a high wall. The night was silent, then came a sudden small sound. A stone hit one of the windows in the high wall, then another stone, and another. The window opened, and a man's head appeared.

'Is that Sergeant Troy?' came a frightened voice from the snow.

The man stared down into the dark and the snow. 'Yes,' he said at last. 'What girl are you?'

'Oh, Frank, don't you know me?' said the voice sadly. 'It's Fanny Robin.'

'Fanny! What are you doing here?'

'But Frank, you said that I could come. And Frank, when will it be?'

'What?'

'Oh, Frank, don't speak like that! Our wedding – when shall we be married? You promised me so many times and I . . .' The sad little voice shook and could not continue.

'Don't cry! It's foolish. Of course we shall be married. I'll meet you in the town tomorrow morning, and we'll plan the wedding. I was surprised to see you here, that's all.'

'I'll go away now. Goodnight, Frank.'

'Yes, I'm sorry, Frank. I'll go away now. Goodnight, Frank.'
The window closed, and a small shadow moved away from the wall and disappeared into the snow.

◆

In Weatherbury, life continued as usual. On market days the talk was often about Farmer Bathsheba Everdene, who managed her own farm and did her own business in the market. The men farmers admired her soft dark eyes and beautiful young face, but they discovered that she argued over prices with them as strongly as any man.

Which attractive young woman does not like to receive admiration? Bathsheba was only human, and enjoyed very much the admiring looks that came from all the men. From all except one, that is.

That was Farmer Boldwood, a rich, good-looking man of about forty, who had a big farm at Weatherbury. He was unmarried, and seemed to be quite uninterested in the pretty face and fine eyes of Miss Everdene. Bathsheba began to wonder if he disliked all women, or if his heart had been broken in the past.

One Sunday she was talking with Liddy, the young girl who lived with her. Liddy had been born in Weatherbury and knew everything about the people there.

'Did you see Mr Boldwood in church this morning?' she asked Bathsheba. 'He was sitting opposite you, but he didn't look at you once!'

'Why should he?' asked Bathsheba, annoyed. 'I didn't ask him to.'

'Oh well, it's not surprising, I suppose,' said Liddy. 'He's a very proud man.'

Bathsheba pretended not to hear this. There was silence for a few minutes, then Liddy laughed.

'Tomorrow is the 14th February, St Valentine's Day,' she said. 'Why don't you send silly old Boldwood a valentine card? That would make him think!'

Bathsheba smiled. 'Actually, I've got a valentine card in my desk. I was going to send it to the neighbour's young son.' She gave a little laugh. 'Perhaps I should send it to Mr Boldwood instead!'

'Oh yes!' said Liddy, enthusiastically. 'It would be a great joke! And he'll never know who sent it, after all.'

And so, laughing and joking, the two young women got out the valentine card, and soon it was on its way to the post office. Inside the card, written in large letters, were the words 'MARRY ME'.

◆

What small things change people's lives! A stone thrown into a still pool of water is soon forgotten, but the effect on the water can go on for a long time. Little Fanny Robin knew this. In a cold northern town, she waited nervously in a church for Sergeant Troy, but Sergeant Troy never came. Perhaps she went to the wrong church, perhaps she went on the wrong day. Perhaps Sergeant Troy met her in another church, in another place. Perhaps.

Chapter 4   'I Want You as My Wife'

Farmer Boldwood was not used to jokes. He was a serious and lonely man, with no family or close friends. To him the valentine card seemed both mysterious and important. He thought about it all day and all night. Who had sent it? What kind of woman was she?

The next morning, the postman delivered a letter addressed to Gabriel Oak. When Boldwood realized the mistake, he decided to take the letter himself out to the fields, where Gabriel was working with the sheep.

There had been snow in the night, but the sun came up in a sky brilliant with red and orange, like the flames of a fire. Gabriel opened and read his letter, then showed it to Boldwood. The letter was from Fanny Robin, thanking Gabriel for his kindness and telling him that she would soon be the wife of Sergeant Troy.

'What kind of man is this Sergeant Troy?' asked Gabriel. He knew that Farmer Boldwood knew all the local people.

'Not the marrying kind, I'm afraid,' said Boldwood. 'Poor little Fanny!'

The two men shook their heads sadly, and Boldwood turned to go. Then he turned back. 'Oh, Oak,' he said carelessly, 'I wonder if you know this writing?' He pulled an envelope out of his pocket.

Gabriel looked at it, and said at once, 'Yes, it's Miss Everdene's.' His eyes went quickly to Boldwood's face, but, with a nod of thanks, Boldwood had gone.

♦

Farmer Boldwood had never thought much about women before; they were a mystery to him. Local people thought of him as a quiet, serious man, but behind that calm face there were deep, strong feelings. He could not stop thinking about Bathsheba now. On market days he stared at her all the time, noticing her black hair, the roundness of her chin, the softness of her cheeks. Slowly he realized that she was beautiful, and his heart began to move within him.

As winter turned into spring, people began to be busy in the fields once more. Boldwood was often near Bathsheba's fields, and it was not chance that took him there. Once, he saw her with Gabriel Oak and another farmworker, and he walked over to speak to her. But at the last minute he changed direction and walked away, his face red with shyness and uncertainty.

Bathsheba had soon realized that Boldwood knew who had sent the valentine card. His eyes now followed her everywhere and she had begun to feel a little uncomfortable, a little ashamed of her 'joke'. She did not want him to fall in love with her, and decided that in future she must behave very correctly towards him.

But the stone had been thrown into the pool, and already the circles of water were moving outwards quite quickly. At the end of May, Farmer Boldwood made his decision. Love for

But now Boldwood had begun to speak, he could not stop. He told her that he loved her wildly with all his heart.

Bathsheba now burned in him like a great fire, and he knew he must do something about it.

He found her down at the sheep-washing pool, watching her farmworkers as they pushed the sheep through the water. He asked her to walk with him by the river, and almost at once, he turned to her and said, very seriously, 'Miss Everdene! I feel – almost too much – to think. My life is not my own since I have seen you clearly. I have come to make you an offer of marriage. Beyond all things, I want you as my wife.'

Bathsheba was both embarrassed and afraid. What harm she had done with her silly valentine! 'Mr Boldwood,' she began, 'although I like and admire you, I cannot . . . it is not possible for me . . .' She could not go on.

But now Boldwood had begun, he could not stop. He told her that he loved her wildly with all his heart, that he would look after her all her life, that he would give her anything in the world she wanted.

As gently as she could, Bathsheba replied that she did not love him, and could not marry him.

'But you gave me hope, Miss Everdene.'

'Oh, please forgive me, sir! That valentine was so foolish – it was thoughtless of me. I am so sorry!' Bathsheba was frightened by the strong feelings shown in his face.

'Don't say that you can never love me,' he went on quickly. 'Let me speak to you again.'

'Mr Boldwood, I must think. Please give me time.'

'Yes, of course I will give you time,' he said gratefully. 'I am happier now – if I can hope.'

He left her then, and Bathsheba returned to the sheep-washing, worried and unhappy. She knew she did not love Boldwood, but she felt guilty about him. She did not know what to do.

A little later, she thought of another worry, and called Gabriel

Oak over to her. 'Gabriel, did any of the men see me with Mr Boldwood by the river?' she asked carefully.

'Yes, they did.'

'And did they say anything?'

'They said that you and Farmer Boldwood would be in church together before long.'

'Well, that's quite untrue! And I want you to tell everybody that.'

Gabriel gave a little smile. 'I see,' he said quietly. He had guessed about the valentine to Boldwood, and because of his own deep, silent love for Bathsheba, he could recognize another man in love.

'I don't suppose, Bathsheba,' he continued, 'that you want my opinion.'

'Miss Everdene, you mean,' Bathsheba said coldly. She felt confused. She knew Gabriel was an honest, intelligent man, and she valued his opinion greatly.

'Well, what is your opinion?' she said quietly.

'That you have not behaved like a thoughtful, kind and honest woman.'

In a second, Bathsheba's face was bright red. 'I'm not in the least interested in your opinion!' she said angrily. 'I suppose you think I should marry *you*!'

'No,' said Gabriel coolly, 'I neither think that nor wish it. But if you don't love a man, Miss Everdene, it's a cruel joke to send him a valentine.'

Bathsheba was now too angry to stop herself. 'You'll leave my farm at the end of this week,' she said wildly.

'Very well,' said Gabriel calmly. 'But I'd prefer to go at once.'

'Then go!'

Chapter 5   Bathsheba's Terms

Twenty-four hours later, sixty of Bathsheba's sheep broke out of their field and got into a field of young corn. Sheep are silly animals, and they ate and ate the new corn until their stomachs were twice the usual size. Green corn does terrible things inside the body, and so Jan Coggan and the other workers ran to find Bathsheba at the farmhouse.

'Oh, Miss Everdene, the sheep've been in the new corn,' called Jan Coggan.

'And they'll all be dead in an hour or two!' said Joseph Poorgrass.

Bathsheba ran with them back to the field. Most of the sheep were already lying helplessly on the ground.

'What can we do to save them?' cried Bathsheba. 'There must be something!'

'You have to push a pin in their sides to let out the gas and air,' Jan Coggan said. 'But it's hard to find the right place – you can kill the sheep easily.'

'There's only one man round here who can do it,' said Joseph Poorgrass. 'And that's Shepherd Oak. He's a clever man, he is.'

'I don't want to hear his name again!' Bathsheba said angrily. 'I will never send for him – never!'

Just then one of the sheep jumped in the air, fell heavily and lay still. Bathsheba went up to it. The sheep was dead.

'Oh, what shall I do?' she cried. 'I won't send for him!'

But she knew she had to. She turned quickly to Jan Coggan. 'Go and find Oak and tell him he must come at once.'

Twenty minutes later, Coggan was back with a long face. 'He won't come unless you ask him politely,' he said.

Another sheep fell down and died. 'How can he be so cruel?' Bathsheba's eyes filled with tears.

'He'll come if you ask him,' said Joseph Poorgrass. 'He's a good,
true man, is Shepherd Oak.'

'He'll come if you ask him,' said Joseph Poorgrass. 'He's a good, true man, is Shepherd Oak.'

Quickly, Bathsheba went back to the house and wrote Gabriel a note. At the end she wrote, *'Please don't leave me, Gabriel.'*

Half an hour later, Gabriel was hard at work among the sheep. It was a difficult and unpleasant job, but he saved all the sheep except four. When he eventually finished, he was tired and dirty. Bathsheba came and looked him in the face.

'Gabriel, will you stay on with me?' She smiled hopefully.

Love is a golden prison. 'I will,' said Gabriel.

And Bathsheba smiled at him again.

◆

It was not a wise decision. Gabriel knew he should move on. He knew he could find better, more independent work and begin to make something more of his life. But he could not break away from Bathsheba, even though he believed that she would become the wife of Farmer Boldwood before the summer was over.

Soon came the time for sheep-shearing, when all the wool was cut off and the sheep looked like new animals in their smooth, pink skins. After the work was finished, there was always a big supper for the workers in the farmhouse. Farmer Boldwood came, and Gabriel saw sadly that he was a welcome guest to Bathsheba.

After the supper and the singing, the farmworkers went home, but there was still a light in the farmhouse. Boldwood and Miss Everdene were alone, and Boldwood waited with burning eyes for Bathsheba's answer.

'I will try to love you,' she said at last, in an uncertain voice, 'and if I can, I will become your wife. But, Mr Boldwood, I cannot promise tonight. You say you will be away from home for six weeks, and at the end of that time, I hope I shall be able to give you my promise.'

'It is enough, Miss Everdene. With those dear words, I can wait.' He took her hand for a minute, and then quickly left.

♦

As she was her own farm manager, it was always Bathsheba's practice to walk round her farm at night to make sure that everything was locked and safe. There was a cloudy sky that night, and the path back to the farmhouse went through a small, dark wood. As Bathsheba hurried through the trees, she heard somebody coming down the path towards her. They met at the darkest place in the wood and as they passed each other, Bathsheba felt something catch at her skirt and pin it to the ground.

'Sorry!' said a man's voice, in surprise. 'Have I hurt you?'

'No,' said Bathsheba. She pulled at her skirt, but could not get it free.

'Wait a minute,' said the man. He bent down to look. 'I see what's happened. My boot is caught in your skirt. If you stand still a minute, Miss, I'll get it free.'

At that moment, the moon broke through the clouds, and in its soft, ghostly light Bathsheba could see the stranger clearly. He was a soldier, a tall young man in a bright red coat with shiny buttons. He looked hard into her face, and smiled with admiration. Bathsheba immediately looked away.

'I can do it,' she said quickly, and pulled at her skirt. But the skirt was firmly held and would not come free.

The soldier bent down again, and although his fingers were busy, the job seemed to take him a very long time. He looked up into her face.

'My boot is caught in your skirt. If you stand still a minute, Miss,
I'll get it free.'

'You are a prisoner, Miss,' he said, amused. 'I must cut your skirt if you're in a hurry.'

'Yes, please do,' said Bathsheba, embarrassed and a little angry at the soldier's smile.

The young man smiled again. 'Thank you for showing me that beautiful face,' he said pleasantly.

'I didn't choose to do it,' Bathsheba said, her face red. 'Now please untie my skirt quickly, and go away!'

'That's not very kind,' said the soldier with a laugh. 'I've seen a lot of women in my life, but I've never seen a woman as beautiful as you. This happy accident will be over too soon for me!'

Bathsheba said nothing and tried not to look at him. At last, the skirt was free, and the soldier stood up. Bathsheba moved quickly away down the path.

'Ah, Beautiful, goodbye!' the soldier called after her.

Bathsheba hurried home, her eyes bright and her cheeks still pink with embarrassment.

It was a very great mistake of Boldwood's that he had never once told her she was beautiful.

Chapter 6   The Long Bright Sword

A week or two later, the hay-making began, and every man and woman who could walk was out in the fields, cutting the long sweet grass in the warm sunshine. When Bathsheba went down to watch, she saw a stranger helping with the hay wagons – a stranger in a bright red coat.

She had asked Liddy about him, and Liddy had told her that he was a clever young man, who could be more than just a soldier if he wanted. He had come back to stay in his village for a time, and his name was Sergeant Troy.

When he saw Bathsheba watching the hay-making, he walked over to talk to her. He asked politely, but with a laugh in his eyes, if he could help on her farm while he was staying in Weatherbury.

There was no doubt that Sergeant Troy was a clever, handsome young man, who knew exactly how to please a woman. He knew the right words to say, when to laugh and joke, and when to be serious. Bathsheba's feelings were very confused, she did not know if she was angry with him or pleased.

After that, Troy came often to the farm to help with this job or that. He was a man who lived for the moment. He never thought about yesterday, or tomorrow, and telling lies was for him as easy as breathing. So it was natural for him to tell Bathsheba that he loved her. And it was hard for Bathsheba not to believe him.

One day, Troy asked her if she had ever seen the famous sword-practice of the soldier. Bathsheba had not, and though she was a little afraid of the idea, she agreed she would like to see it.

They met on a hill near Weatherbury. It was a golden midsummer evening, and the sunlight danced among the green shadows of the grass and trees. It shone also on Sergeant Troy's long, bright sword.

'Now,' said the soldier. 'I shall show you the art of sword-fighting.' His sword cut quickly through the air, upwards, downwards, sideways.

'How bloodthirsty it looks!' said Bathsheba, fearfully.

Troy laughed. 'Now, I'll be more interesting and fight you – but not really, of course! You mustn't move or breathe. I won't touch you, but you must keep perfectly still.'

So Bathsheba stood very still, and in a frightening, wonderful dance, the shining sword moved like lightning all round her body – in and out like a snake's tongue, up, down, backwards, forwards. She was enclosed in a circle of bright light.

Then the sword was still. 'Your hair is untidy,' said Troy softly,

The sword whispered past her ear, and a small piece of hair
fell to the ground.

before she could move or speak. 'Wait. I'll do it for you.' The sword whispered past her ear, and a small piece of hair fell to the ground.

Bathsheba found her breath again. 'Oh, it's magic! I thought you'd killed me!'

'No, no,' smiled Troy. 'My sword never makes mistakes.' He picked up the piece of hair. 'I must leave you now. I'll keep this as my memory of today.'

He came closer to her. A minute later, he was gone, his red coat bright among the trees. But that minute had sent the blood up into Bathsheba's face, and a burning feeling all over her. Troy had bent his head and kissed her on the mouth.

◆

When a warm-hearted and independent woman like Bathsheba Everdene falls in love, her feelings are often stronger than her good sense. Bathsheba could see nothing wrong in her brave soldier. To her, Sergeant Troy was as good and true a man as the patient, hard-working Gabriel Oak.

Gabriel had watched Troy's obvious success with great sadness, and not a little worry. When he saw a chance, he planned to speak to Bathsheba, to try to warn her.

His chance came one evening, when he met Bathsheba out walking through the cornfields. He turned to walk with her.

'It's late for you to be out alone, Miss Everdene. But perhaps Mr Boldwood is coming to meet you?' Gabriel knew very well that Boldwood was away from home, but he had to begin the conversation somewhere.

Bathsheba's eyes were angry. 'Why do you speak of Mr Boldwood? It's quite true that he has asked me to marry him, but I am not going to. When he returns home, I shall tell him.'

There was a short silence. Then Gabriel tried again.

'Young Sergeant Troy is not good enough for you, Miss. He

might be a clever man and a brave soldier, but you mustn't believe everything he tells you.'

'Why not?' She did not wait for an answer. 'He's as good as any man in this village. I don't know why you speak of him like that.'

Gabriel was silent again. The name of Fanny Robin was in his mind, but he did not say it. He tried one last time.

'You know, Bathsheba, that I love you, and will always love you. Now I am poor, I know I can never marry you, but I want to see you safe and happy. Why don't you marry Mr Boldwood? He loves you, and you would be safe with him. Please, my dear, be careful of this soldier.'

Bathsheba turned her face away. Her hands were shaking a little, and she replied in a low voice, 'I won't let you talk to me like this. I want you to go away and leave the farm.'

'Don't be foolish,' said Gabriel gently. 'You've done that once, and you know you can't manage without me on this farm. I speak to you like this because I love you and care about you. You can't blame me for that!'

It is difficult to be angry with a man who tells you, calmly and firmly, that he loves you. Bathsheba said no more, only that she wanted to be alone. Gabriel stood and watched her walk away, and a few minutes later, he saw a red coat coming towards her on the path. Gabriel turned sadly back to the village.

Chapter 7   The Jealous Lover

Bathsheba found that she could not wait until Boldwood's return, so she sent him a letter. She wrote that she had thought carefully about his offer, but had decided she could not marry him.

Sergeant Troy had also gone away for a few days to visit

friends, and Bathsheba had time to think. But she could not think clearly about anything, and her moods changed from minute to minute. Liddy found her very difficult to live with.

'But, Miss,' she said, 'you said only this morning that Sergeant Troy was a very wild young man and . . .'

'Oh Liddy! How can you be so silly? Of course he's not wild! You don't really believe that he's bad, do you?'

'Yes. No. Oh, I don't know what to say,' said poor Liddy nervously. 'Do you love him, then, Miss?'

'Of course I love him!' cried Bathsheba angrily. 'Can't you see that? Oh Liddy,' she went on in a quieter voice, 'Love is a terrible thing – it brings nothing but worry, and pain, and unhappiness.'

♦

Farmer Boldwood knew that as well. Bathsheba's letter, and the rumours in Weatherbury about Troy, had killed his hope of happiness. He moved like a man in a black dream.

The day after his return, he met Bathsheba out walking near the village. Bathsheba tried not to stop, but Boldwood stood in her path, and talked wildly of his broken heart and her broken promises. He told her that she was cruel, heartless, that she had given him hope and then taken it away again.

It is a sad thing to see a strong man who cannot control his feelings. Bathsheba pitied him greatly and tried to answer him kindly, but when he began to talk about Sergeant Troy, she became frightened. His words were even wilder now, he called Troy a thief – a shameless, greedy man who stole other people's happiness with lies and kisses.

This violent jealousy frightened Bathsheba very much. She decided to go and find Troy, and to warn him to stay away from Weatherbury until Boldwood was calmer. She left home secretly that evening, and was away for a week. No one knew where she had gone, and there was much talk in the village. Gabriel Oak was silent and unsmiling, and feared the worst.

Bathsheba arrived home one evening a week later, looking tired and worried. Gabriel was very glad to see her home again, and tried to forget the rumours about her disappearance. Later, when he was walking home, he passed a man coming towards the farm. 'Goodnight, Gabriel,' the passer said.

It was Boldwood. 'Goodnight, sir,' Gabriel said. He went on to his house and went indoors to bed.

Farmer Boldwood walked on towards Bathsheba's house. The violent feelings of a week ago were cooler now. He wanted to apologize to Bathsheba and ask her to forgive him. But at the door Liddy told him, nervously, that Miss Everdene could not see him.

Boldwood turned away without a word. Clearly, she had not forgiven him. He did not hurry home, and as he walked through the village, he saw a wagon stopping at the village pub. A man in a red coat got out.

Boldwood stopped. 'Ah,' he said to himself, 'the successful lover.' The man came up the road and Boldwood stepped out in front of him.

'Sergeant Troy, I wish to speak a word with you,' he said. 'I am William Boldwood.'

Troy looked at him. It was past ten o'clock and the villagers were all in bed. Boldwood was a big man, and was carrying a heavy stick. It seemed wise to be polite.

'Yes,' Troy said quietly. 'What about?'

'I know quite a lot about Fanny Robin's love for you. I don't know where she is now, but you ought to find her, and marry her.'

'I suppose I ought to. But I can't. I'm too poor.' There was an unpleasant smile on Troy's face.

'I'll give you money,' said Boldwood quickly. 'Fifty pounds

Boldwood lifted his stick and Troy backed away from him.

now, and five hundred on your wedding day. But marry Fanny and go away from here. Leave Miss Everdene alone. She's too good for you.'

'Fifty pounds now, you said?' Troy looked thoughtful. 'Well, perhaps I do like Fanny best. But Bathsheba is waiting for me, you know. I am staying with her tonight.'

Boldwood stared at him wildly. 'Staying the night?' he whispered. 'My God, I'll kill you!' He lifted his stick and Troy backed away from him.

'I can't marry them both, can I?' he said, with a laugh. 'But perhaps I'll marry Fanny. I need the money.'

The laugh seemed to ring for ever in Boldwood's ears. 'You must marry Bathsheba at once,' he said violently. 'You can't leave her now, you black-hearted dog! I'll give you money.'

'You can keep your money, Boldwood,' Troy said unpleasantly. 'You can't buy *me*. And you're too late.' He pulled a piece of paper from his pocket and held it under Boldwood's nose. 'Take a look at that. You'll see that I married Bathsheba last week!'

Chapter 8   Covering the Corn

One night, at the end of August, when Bathsheba had not been a married woman for very long, a man stood in her farmyard, looking up at the moon and sky. A hot wind was blowing from the south, and among the hurrying clouds the moon shone with a strange, hard light.

Gabriel Oak looked round the farmyard with worried eyes. The harvest had finished and there were eight enormous, uncovered piles of corn in the yard – most of the farm's riches for the year. Oak was a farmer to his bones. He knew that a storm was coming, and that after the thunder there would be violent, heavy rain. 'If that corn gets wet, it'll be a disaster,' he said to himself. 'She'll lose an awful lot of money.'

But Sergeant Troy now managed the farm for his wife, and he had chosen this night for the harvest supper and dance. Earlier, Gabriel had sent a message to him, saying that the corn should be covered. But a message had come back: 'Mr Troy says it will not rain.'

Gabriel decided that the corn must be covered that night, but he knew he would have to do the work alone. At the harvest supper, Troy had given all the farmworkers some very strong drink, and now they lay asleep on the floor and the tables, too drunk to move or lift a finger.

Moving quickly and silently in the dark, Gabriel found the ladder and the tools for making straw-covers. He carried straw up the ladder, sat on the top of the corn-pile, and with his tools began to tie the straw firmly together.

The wind had died now, and the air was heavy and hot. Then Gabriel heard thunder in the distance, and very soon the storm was all around him. Brilliant silver-blue lightning burst through the dark clouds, followed by deafening crashes of thunder. There was no rain yet, but Gabriel knew he must work fast.

Suddenly, he thought he saw somebody moving in the yard.

'Who is there?' came Bathsheba's voice from the darkness.

'Gabriel. I'm up on the top, making a straw-cover.'

'Oh, Gabriel! I'm so worried about the corn. Can we save it? Is my husband with you?'

'No.'

'Do you know where he is?'

Gabriel was silent, and after a pause Bathsheba said, 'Don't tell me. I know it all. The men are all drunk and asleep – my husband among them. And he promised me that the corn . . .' There was an unhappy silence. 'But Gabriel, can I do anything to help?'

'You can carry the straw up to me, if you're not afraid to come up the ladder in the dark. That would be a great help.'

So Gabriel and Bathsheba worked on together through the night, while the storm crashed around their ears. Once, the lightning was so violent that Bathsheba nearly fell off the ladder. Gabriel caught her arm and held her, and they watched in fear as the lightning hit a tall tree and burned it black in a second.

'How terrible!' whispered Bathsheba.

The rain had still not come, and after a time the storm became a little quieter. Bathsheba had not spoken for a long time, then she suddenly said, 'Gabriel, I want to explain something.' He turned to look at her.

'I went away, not to marry Troy, but to tell him it was finished,' she said quickly. 'I care for your good opinion, and I

Once, the lightning was so violent that Bathsheba nearly fell off the ladder. Gabriel caught her arm.

wanted you to know that. You looked so seriously at me when I returned.'

'I see,' said Gabriel quietly.

'And then, when I met him, he told me that he had seen a woman more beautiful than me and . . . I was mad with jealousy, and so I . . . I married him! And now, not another word about it. I'll bring up some more straw.'

She went down the ladder and the work continued. Soon Gabriel saw that she was tired, and very gently, he told her to go indoors and rest.

She looked up into his face. 'Oh Gabriel, thank you for all your hard work for me, a thousand times!'

She disappeared into the darkness and Gabriel worked on alone, thinking about her story. She had spoken more warmly to him tonight than she had ever done before.

At five o'clock the wind came back and brought the rain, which fell out of the sky like stones. Soon, Gabriel was wet to the skin, but he fought on to finish the work. At about seven o'clock he climbed thankfully down the ladder for the last time, and set off for home. Not many people were out and Gabriel was surprised to see Farmer Boldwood walking slowly along the road under an umbrella.

Gabriel stopped to speak to him, and told him about his night's work to cover Bathsheba's corn. 'Your corn is all covered, I suppose, sir.'

'No,' said Boldwood slowly. 'No, I forgot about it.'

Gabriel stared at him. 'You'll lose it all, then, after this rain.'

But Boldwood did not seem to care. Gabriel was saddened to see the change in him. Here was a man who was even unhappier than himself.

'Things have gone wrong for me lately, Oak,' said Boldwood quietly. 'You probably know all about it.'

'Well, life never gives us what we want,' Gabriel said. They walked on together in silence.

Chapter 9   The Death of Fanny Robin

The summer passed, and autumn brought new worries to Bathsheba. One Sunday evening in the farmhouse, there was a coolness in the air. There had been an argument about money. It was not the first, and Bathsheba knew it would not be the last. But with her sweetest smile, she asked Troy to spend less money, and to stay at home more.

'There was a time not long ago, dear Frank, when you only wanted to be with me.'

Troy looked impatient. 'Why shouldn't I go out and enjoy myself? I'm not your prisoner.'

'Oh Frank, is that how you think of our life together? Perhaps I made a mistake in marrying you, but why must you be so unkind?'

'You knew what married life would be like,' said Troy angrily. 'Don't start complaining now.'

'But you do still love me, don't you, Frank?' Bathsheba's eyes were full of tears.

Troy did not reply and went quickly out of the room, shutting the door violently behind him.

A few months ago, Bathsheba had been a proud and independent woman. Now, she knew all the misery of a love that was not returned.

Early the next morning, Troy went out and drove off in the wagon to Casterbridge. A little later, Bathsheba walked round to the farmyard and saw Boldwood and Gabriel Oak in the distance down the road. They were deep in conversation, and as she watched, they called Joseph Poorgrass over and spoke to him.

Joseph then came down the road towards her, clearly with a message for her.

'Well, what is it, Joseph?' said Bathsheba.

'It's little Fanny Robin, Mrs Troy. She's dead in Casterbridge workhouse.'

'Fanny!' said Bathsheba in surprise. 'Oh, poor girl! What happened to her? What did she die of?'

'They didn't tell me that. But she's coming back here this afternoon, in Mr Boldwood's wagon. She belongs by law to this village, you see, and she'll be buried here tomorrow at the church.'

'Tell them to bring the coffin to my house for the night,' said Bathsheba quietly. 'She was my servant, although only for a short time. Poor, poor Fanny!'

She wondered why Gabriel had not brought the news himself. She remembered that Fanny had run away with a soldier back in February. Clearly, the soldier had not married her – and now she was dead in the workhouse. A small, worrying idea began to grow in her mind.

Later, she looked for Gabriel, but could not find him. In the village, there were little groups of people whispering together, but when she went past, they became silent and serious. Nobody seemed to want to talk to her. Her farmworkers would not look her in the face, and moved away quickly when she spoke to them. She went back to the house and found Liddy.

'There's something strange going on, about Fanny Robin. What is it?'

'Oh, just rumours from Casterbridge,' said Liddy quickly. 'Nothing, really.'

'What rumours? Tell me, Liddy. You must tell me!' Bathsheba said angrily. 'Why will nobody talk to me, or look at me?'

'It's just a silly story,' Liddy said nervously, 'that . . . that Mr Troy was Fanny's soldier sweetheart. Nobody believes it really.'

Bathsheba's face was white. 'Oh, they do believe it, Liddy, they do! And what did Fanny die of, Liddy?' she whispered. 'What stories do they tell about that?'

But Liddy did not know, or would not say.

That evening, Fanny Robin's plain, wooden coffin lay in the front room of the farmhouse. The house was still and quiet, but Bathsheba could not sleep. Troy had not yet come home, and the terrible doubts in Bathsheba's mind were driving her mad. She held her head in her hot hands, and her confused thoughts ran round and round like frightened sheep. The story was true, she knew it was true. She remembered Gabriel's warnings to her last summer, she saw again the embarrassment and pity on all the faces around her today. And the cause of Fanny's death – why would no one tell her? She could guess the cause, oh yes, but she had to know . . . yes, she must know.

She picked up a light and went like a ghost into the front room. With shaking hands she took off the top of the coffin, and looked down on the still, white face of Fanny Robin – and her dead child. A long, low cry of pain whispered round the room. Bathsheba fell on her knees beside the coffin and covered her face with her hands, the hot tears running through her fingers.

Minutes or perhaps hours passed, and then Bathsheba heard the front door open and close. A second later, her husband was in the room.

'What's the matter, in God's name? Who's dead?' said Troy.

Bathsheba stared at him with wild eyes. Troy stepped up to the coffin and looked down. His face went as still as stone.

'Do you know her?' Bathsheba's voice seemed to come from a long way away.

'I do,' said Troy.

'And . . . and the child?' whispered Bathsheba.

Troy stepped up to the coffin and looked down. His face went as still as stone.

For the first time in his life Troy felt the full pain of shame and guilt. He bent slowly over the coffin, and gently kissed that still, white face.

'Don't – don't kiss them! Oh, Frank, kiss me too – kiss me!'

Troy turned to look at his wife. His eyes were stony. 'Why did you come into my life, with your handsome face and your womanly tricks!' He turned back to the coffin. 'Oh, Fanny, dear Fanny, I have been a bad, black-hearted man. But in the eyes of God, you are my real wife!'

A cry of pain burst from Bathsheba. 'If she's . . . that, . . . what . . . am I?'

'You are nothing to me – nothing,' said Troy heartlessly. 'This dead woman is more to me, than you ever were, or are, or can be.'

Without a word, Bathsheba turned and ran from the room, out of the house into the night.

♦

Troy spent the rest of that night with some painful thoughts. Until now, luck, a handsome face, and a quick mind had given him an easy life. Now, for the first time, he did not like himself. Fanny's dead face had filled him with guilt and shame, and a feeling of great sadness.

The next morning, he went into Casterbridge. He returned in the afternoon to the village church, and found the place where they had buried Fanny. On his knees in the rain, he planted spring, summer and autumn flowers in Fanny's memory. Then he turned his face away from Weatherbury, and set off on foot to find a new life.

Chapter 10   Boldwood Still Has Hope

About ten days later, news was brought to Bathsheba that her husband was dead. Somebody had found his clothes on the shore, and another person had seen him swimming out to sea. It was a dangerous place for swimming and everybody said that Troy must be dead. But his body was never found.

When Troy had left home, Bathsheba's feelings had been frozen – she had felt neither glad nor sorry. She knew that she belonged to him and that, sooner or later, he would be home again. Even when his clothes were brought home, she did not really believe that he was dead.

Kind little Liddy had looked after Bathsheba in the dark days after Fanny's burial. When the news about Troy came, she said carefully, 'We must buy you some black clothes to wear now.'

'No, no,' said Bathsheba hurriedly. 'He's still alive. I know.'

'How do you know that?' asked Liddy in surprise.

'If he was dead, I would know it – here.' She put her hand on her heart.

◆

The smell of autumn was now in the air, and the leaves began to turn brown and gold. Work on the farm had to go on, but Bathsheba had little enthusiasm for it. She did one sensible thing – she made Gabriel Oak her farm manager. In fact, he had done the work of a farm manager for months. The only difference was that he now earned more money.

On the neighbouring farm, Boldwood continued to live a sad and lonely life. Because of the rain, most of his corn had gone bad, and was given to the pigs to eat. He seemed to have little interest in the management of his farm, and he too made Gabriel his farm manager. Gabriel now had his own horse, and was busy from sunrise to sunset with the work of both farms, while the two owners sat sadly in their homes.

As the winter months passed, a small flame of hope began to burn in Boldwood's heart. His love for Bathsheba had never died, but had grown into a kind of secret madness. It was a passion he could not control, though he tried to hide it from the eyes of the world. Bathsheba had lost none of her beauty, but she was a quieter, gentler woman now, and to Boldwood she was even more attractive. He thought that perhaps she would have kinder feelings towards him, now that she knew how painful love could be. He waited hopefully for an opportunity to speak to her.

He had to wait until the following September. He met Bathsheba at the big sheep market near Casterbridge, and at the end of the day he offered to drive her home. It was already dark and Oak was too busy with the sheep to go with her. Bathsheba found it impossible to refuse.

For a time, Boldwood drove in silence, turning words over in his mind.

'I hope the sheep have sold well today, Mrs Troy,' he said at last, nervously.

'Oh yes, thank you,' said Bathsheba quickly.

They talked about the market and farming for some minutes, then Boldwood said suddenly and simply 'Mrs Troy, will you marry again some day?'

Bathsheba turned her head away in confusion. 'I have not thought of . . . of . . .'

'But your husband has been dead for nearly a year now.'

'His body was never found, so his death cannot be certain. And even if he is dead, I could not think of marrying.'

There was another silence.

'In law you can marry again after seven years – six years from now – whether his death is certain or not. And Bathsheba, oh my dear Bathsheba, at one time you were nearly mine, before you . . . But let's not talk of blame. I have never stopped loving you, never – not for one minute.' His voice shook with passion.

Bathsheba remembered how thoughtless, how unkind she had been to this man in the past, but he still loved her! Pity made her voice gentle.

'Six years is a long time.'

'But if I wait that time, will you marry me? If you pity me at all . . . If you are sorry for what you did . . . Oh Bathsheba, promise – promise me that in six years' time you will be my wife!'

His voice was so excited now that Bathsheba began to feel afraid. She knew she must choose her words carefully; she did not want to hurt this man again, but the violence of his feelings frightened her.

'What shall I do? You know that I cannot love you as a wife should. But if a promise to marry in six years' time can make you happy, then I . . . I will . . .'

'Promise!'

'Not now, no. But soon. At Christmas, I will tell you.'

'Christmas!' Boldwood was silent, then added, 'Well, I'll say no more until then.'

◆

Bathsheba's feelings were very confused. She did not know if she ought to give this strange promise or not. As Christmas came closer, she worried more and more. One day, when she was talking to Gabriel about farm business, she suddenly found that she was telling him all her troubles.

He listened carefully and seriously to her, and then said, 'It's certainly an unusual kind of promise. But since Boldwood's so unhappy, perhaps you should make this agreement with him. But is it right to think of marrying a man you don't love truly and honestly?'

'Perhaps it isn't, Gabriel. But I blame myself very much for his unhappiness. He never thought about me at all before I played that cruel trick on him. It will be a kind of punishment for me. But am I free to think of the idea of marrying again?'

'If you believe, as other people do, that your husband is dead, then yes.'

Bathsheba found this conversation unsatisfying. She had asked for his advice, and he had given it, coolly and sensibly. He had said not one word about his own love for her, or that he could wait for her as well as Boldwood. She did not *want* him to say that, of course, but . . . why hadn't he said it? It annoyed her all the afternoon.

Chapter 11   The Sergeant's Return

On Christmas Eve, there was much talk in the village about the big party that Farmer Boldwood was giving in the evening. Many people had been invited, and great preparations had gone on all day. Clearly, Boldwood intended to give everybody a truly wonderful time.

◆

In her room, Bathsheba was dressing for the party. She was not looking forward to it, because she knew she would have to give Boldwood an answer.

'How do I look, Liddy?' she said, as she looked in her mirror.

In her room, Bathsheba was dressing for the party. She was not looking forward to it.

'Oh, you look lovely,' said Liddy enthusiastically, 'so lovely that Mr Boldwood will want to run away with you!'

'Liddy, I don't want to hear any jokes like that,' said Bathsheba quietly. 'I don't want to go to this party, but I must. Now, get my coat, please. It's time to go.'

◆

Boldwood had finished dressing. He was both excited and nervous, and moved restlessly round the room. Gabriel Oak had come in to report on the day's work, and watched him sadly.

159

'You'll come tonight, Oak, won't you? I want you to enjoy yourself. I have great hopes that my future will be brighter soon. I am certain, yes, certain of her promise tonight, Oak.'

'Six years is a long time, sir,' said Gabriel quietly. 'A lot can happen in that time. It's best not to be too hopeful.'

'No, no,' said Boldwood impatiently. 'If she gives me her promise, she'll keep it – I know she will!'

◆

In a pub in Casterbridge another guest was preparing for the party – an uninvited guest.

Troy was not in a good mood. Luck had saved his life at sea a year ago – a passing boat had picked him up – but since then, luck had been absent from his life. He disliked hard work, but he liked the good things of life, and he could not get enough of them. For a long time, he had not wanted to return to Bathsheba, knowing that the ghost of Fanny would always come between them. But he had not a penny in his pocket, and Bathsheba's money and house and farm could give him an easy, comfortable life. He decided to go home.

In Casterbridge, he had heard the reports of his own death, and also rumours about his wife and Farmer Boldwood. These made him angry, and he decided to invite himself to Boldwood's Christmas party. He smiled when he thought of the effect that his arrival would have.

◆

Light shone out from all the windows in Boldwood's house. Guests moved from room to room and the small group of men outside in the dark could hear the sounds of laughing and talking and singing. The men whispered to each other in the shadows.

'I've heard he was seen in Casterbridge this afternoon.'

'Well, I believe it. His body was never found, you know.'

'It's a strange story. What will happen, do you think?'

'God knows. Poor young thing! But she was a fool to marry a man like that.'

Another man came down the path and joined the group. The whispers became more worried.

'He's here, in Weatherbury! I've seen him, with my own eyes!'

'Someone must go in and tell her. And Farmer Boldwood, too.'

'Not me! You go, Joseph Poorgrass. You're the oldest.'

'Let's wait a little. Perhaps he won't come here. Let's see what happens.'

◆

Inside the house, in a small back room, Boldwood held Bathsheba's hands in his own. His voice was low, passionate.

'Oh my love, my love! Say the words, give me your promise.'

Bathsheba felt too tired, too weak to fight him any longer. Tears ran down her face, as she whispered slowly, 'Very well. If my husband does not return, I'll marry you in six years from this day, if we both live.'

'Oh my dear, dear Bathsheba, thank you! I am happy now.'

He left the room, and some minutes later, when she was calmer, Bathsheba followed. She had put on her hat and coat, ready to leave, and on her way to the front door, she paused for a moment for a last look at the party. There was no music or dancing at that moment, and Boldwood was standing by the fireplace, alone. A group of villagers were whispering together in a corner.

Just then there was a loud knock on the door. A servant opened it, and said to Boldwood, 'It's a stranger, sir.'

Boldwood woke from his happy dream. 'Ask him to come in, and have a Christmas drink with us.' He looked round the room. 'And why is everybody so silent? Let's begin another dance.'

The servant at the door stepped back, and the stranger, his face hidden by the collar of his heavy coat, came into the room. Then he turned down the collar, and there was a sudden, deathly silence. Nobody moved or spoke. Troy began to laugh – a horrible sound in that still room.

He turned to Bathsheba. The poor girl's misery was by now beyond description. Her face was white, her mouth blue and dry, and her dark eyes stared into a distant hell.

Then Troy spoke. 'Bathsheba, I have come here for you!'

There was no movement, no reply.

Troy went across to her. 'Come, wife, do you hear what I say?' He spoke more loudly, but Bathsheba did not move.

A strange, thin, dry whisper came from Boldwood at the fireplace.

'Bathsheba, go with your husband!'

But Bathsheba's mind had stopped working. Impatiently, Troy reached out and caught her arm, but at his touch, she pulled away and gave a quick, low scream.

A moment later, there was a sudden deafening noise, and the room was filled with grey smoke. When the smoke cleared a little, the shocked guests saw Troy's body lying on the floor, his eyes already fixed in death. Then they looked at Boldwood, and saw in his hands one of the guns from the wall above the

When the smoke cleared a little, the shocked guests saw Troy's body lying on the floor, his eyes already fixed in death.

fireplace. There was a mad light in Boldwood's eyes, and already he was turning the gun upon himself. One of his servants jumped up and knocked the gun out of his hands just in time. The bullet crashed into the ceiling.

'Well, it doesn't matter!' whispered Boldwood. 'There is another way for me to die.'

Quickly, he crossed the room to Bathsheba, and kissed her hand. Then he put on his hat, opened the door, and went out into the darkness.

Chapter 12   Arm-in-Arm

It was a long time before Weatherbury forgot the night of Mr Boldwood's Christmas party. The story was told, again and again, by fireplaces and in kitchens, at hay-making, and sheep-shearing, and harvest time. People remembered how Gabriel Oak had arrived five minutes after the shooting, and how Bathsheba had sent him for the doctor, although Troy was already dead. Bathsheba had taken his body home, and had washed and prepared it for burial with her own hands. People shook their heads over poor, mad Mr Boldwood. They remembered how he had walked through the night to Casterbridge and had knocked on the door of the prison. Then the door had closed behind him, and Mr Boldwood walked the world no more.

The punishment for murder was death, but Weatherbury did not think it was right for Boldwood to die. It had become clear that Boldwood's passion had sent him over the edge into madness. Letters about him were sent to London, and Weatherbury was very pleased when at last Gabriel Oak rode in from Casterbridge with the news: 'He's not going to die. It's prison for life, but not death.'

By the summer, Bathsheba had begun to return to life. For months she had stayed in the house, seeing no one and talking to no one, not even Liddy. But now she spent more time in the open air and took a little interest in the farm again. One August evening, she walked into the village for the first time since that terrible Christmas night. She made a sad picture in the bright evening sunshine – with her long black dress, and her white, unhappy face.

As she passed the village church, she could hear singing inside and she stopped to listen. Perhaps it was the words that woke sleeping memories in her. But tears filled her eyes and she covered her face with her hands. When she lifted her head again, she saw Gabriel Oak standing a few yards away, watching her.

'Mr Oak,' she said, embarrassed, 'how long have you been here?'

'Only a few minutes, Mrs Troy,' Gabriel said politely.

Bathsheba dried her eyes with her handkerchief.

'Mrs Troy,' Gabriel said quietly, 'could I speak to you for a moment, about some business?'

'Oh yes, certainly.'

'The fact is, Mrs Troy, I probably won't be able to manage your farm for you much longer. I'm thinking of leaving England next spring, and going to America.'

Bathsheba stared at him in surprise. 'Leaving England! But everybody says that you're going to take poor Mr Boldwood's farm, and I thought you would still help me a little. Oh, Gabriel, what shall I do without you?'

Gabriel looked uncomfortable. 'Yes, I'm sorry, very sorry, but I . . . I think it's best to go. Good afternoon, Mrs Troy,' he finished quickly, and at once turned and walked away.

Bathsheba went home, her mind filled with a new trouble. This was actually quite good for her, because it pulled her out of her deep misery and made her think. She began to notice things that she had not seen before. She realized that Gabriel only came to the house when she was out, that he left messages for her in the farm office but did not wait to see her himself. Poor Bathsheba began to recognize a new misery in her life – her one true friend had grown tired of her at last. Through good times and bad times, he had been true and faithful to her, but now that she needed him more than ever, he was leaving her.

She lived through the autumn with these sad thoughts, and when Christmas came, it was not the memory of Boldwood's party that made her unhappy. As she came out of church, she looked round for Gabriel, and saw him hurrying away. The next day his letter arrived, saying that he would leave her farm at the end of March.

Bathsheba had never felt so miserable, so helpless. Her loneliness was so great that just after sunset she put on her coat and went down to Gabriel's house. She knocked quietly. Gabriel opened the door, and the moonlight shone on his kind, sensible face.

'Mr Oak,' said Bathsheba nervously.

Gabriel stared. 'Mrs Troy! What . . . But please come in.' He put a chair for her by the fire. 'I'm sorry it's not more comfortable, but I'm not used to lady visitors.'

'You'll think it strange that I have come, but . . . but I have been unhappy. I'm afraid that . . . that I have made you angry in some way.'

'Angry? No, you could never do that, Bathsheba!'

'Oh, I'm so glad!' she said quickly. 'But then why are you going away?'

'I've decided not to leave England, you know,' Gabriel

said quietly. 'I'm going to take Boldwood's farm, but I can't continue to work for you. Things have been said about us, you see.'

'What things?' said Bathsheba in surprise. 'What is said about you and me?'

'I cannot tell you.'

'But why not? You have always been honest with me in the past.'

'Well then, people say that I'm waiting around here with a hope of marrying you some day. You asked me to tell you, so you mustn't blame me.'

'Marrying me!' said Bathsheba quietly. 'I – yes, that idea is too silly – too soon, much too soon!'

'Yes, of course it's too silly, as you say.'

'Too . . . s–s–soon were the words I used.'

'I'm sorry, but you said "too silly".'

'I'm sorry too,' she replied, with tears in her eyes. 'I said "too soon", and I meant "too soon", Mr Oak. But it doesn't matter – not at all.'

Gabriel looked closely into her face, but the firelight was not bright enough for him to see much. 'Bathsheba,' he said at last, very gently, 'If I knew one thing – whether you would let me love you and win you, and marry you – if I only knew that!'

'But you never will know,' she whispered.

'Why?'

'Because you never ask.'

'Oh!' said Gabriel, with a quiet, delighted laugh. 'My dear love . . .'

'Why did you send me that unkind letter this morning? It was cruel!' There was a pinkness in Bathsheba's cheeks and a little of the old brightness in her eyes. 'I was the first sweetheart that you ever had, and you were the first I ever had.'

'If I knew one thing,' he said, '— whether you would let me love you and win you, and marry you . . .'

'Oh, Bathsheba!' said Gabriel, laughing. 'You know very well that I have always loved you. I've danced at your feet for many a long mile, and many a long day!'

♦

And so a few weeks later, the two friends were quietly married, and walked home from church arm-in-arm for the first time in their lives.

The secret was soon known, and Weatherbury found the news very pleasing. In the crowded village pub that evening, Jan Coggan lifted his glass. 'Here's long life and happiness to neighbour Oak and his lovely wife!' And there were nods and smiles of agreement on every face.

ACTIVITIES

Chapters 1–3

Before you read
Note: The word *madding* means 'behaving madly'. It is uncommon and you may not find it in your dictionary.

1 This story is about farming in the nineteenth century. In what ways was farming then different from how it is today?
2 All these words come in this part of the story. Use a dictionary to check their meaning.
   corn   farmyard   lamb   shepherd
   straw   St Valentine's Day   wagon
   Match each word to one of the meanings below:
   a a young sheep
   b a farm vehicle pulled by a horse
   c the seeds from which bread is made
   d the day when lovers send messages of love
   e the area and buildings round a farmhouse
   f used for beds for animals
   g a person who looks after sheep

After you read
3 These words describe some of the people in the story. Can you name them?
   a well-built/hard-working/calm/sensible
   b handsome/bright eyes/dark hair/attractive
   c young/nervous/soft voice/polite
4 Answer these questions:
   a Why does Gabriel Oak put on his best clothes to visit Bathsheba?
   b How does Gabriel lose all his money and his farm?
   c How do Gabriel and Bathsheba meet in Weatherbury and what does Gabriel ask for?
5 Answer these questions:
   a What is Fanny's job?   **b** Why does she run away?

6 Answer these questions:

   a What joke does Bathsheba play for St Valentine's Day?

   b What unexpected result does the joke have?

Chapters 4–5

Before you read

7 Would you like to work as a farmer and live in the countryside? Discuss your opinions with other students.

8 Sheep-*shearing* is part of the sheep farmer's year. *Shearing* means:

   a marking the sheep

   b cutting off the sheep's wool

   c collecting and then selling their wool

After you read

9 Who says these words? Who to?

   a 'I wonder if you know this writing?'

   b 'I suppose you think I should marry *you*!'

   c 'He won't come unless you ask him politely.'

   d 'Thank you for showing me that beautiful face.'

10 Answer these questions:

   a What arrangement does Bathsheba make with Boldwood at the sheep-shearing supper?

   b What accident brings Bathsheba and the soldier together? Can you guess the soldier's name?

Chapters 6–8

Before you read

11 These words come in the story. Use a dictionary to check their meaning:

harvest hay-making sergeant sword

Choose the right meaning for each word:

   a cutting and drying grass for winter food for animals

   b cutting, collecting and storing corn

    c like a knife but very long; used in the past by soldiers

    d a low-level officer in the army

12 Bathsheba now has three admirers. Can you guess which one she will choose? In her position, which one would *you* choose, and why? Discuss these questions with other students.

After you read

13 Answer these questions:

    a What moves 'in and out like a snake's tongue, up, down, backwards, forwards'?

    b Why does Troy perform for Bathsheba in this way?

    c Which of his actions show his daring behaviour towards Bathsheba?

14 Complete these sentences:

    a Boldwood moves like a man in a black dream because . . .

    b Boldwood offers Troy money because . . .

    c On the night of the harvest supper, Gabriel is worried because . . .

    d Bathsheba marries Troy because . . .

15 'Love is a terrible thing – it brings nothing but worry, pain and unhappiness.' Do you agree with Bathsheba or not? Discuss your views with other students.

Chapters 9–10

Before you read

16 These words come in the story. Use your dictionary to check their meaning.

    bury coffin misery passion workhouse

    Now match each word with the right meaning:

    a very strong feelings, such as anger or love

    b extreme unhappiness

    c to put a dead person in the earth

    d a place where very poor people were sent

    e the box in which a dead body is placed

17 Do you think this story will end well or badly? Why do you think so?

After you read

18 Answer these questions:
  a Whose coffin is brought to Bathsheba's front room?
  b What causes her death?
  c What effect does the dead person have on Troy?

19 'The two owners sat sadly in their homes.' Who are the two owners and why are they sad?

Chapters 11–12

Before you read

20 On page 166, we read that Gabriel had been *faithful* to Bathsheba. *Faithful* means:
  a loyal
  b honest
  c admiring

After you read

21 Answer these questions:
  a Why is Bathsheba not looking forward to the Christmas party?
  b Who is the 'uninvited guest'?
  c What happens to him?

22 Answer these questions:
  a Gabriel writes Bathsheba a letter. What message does it contain?
  b Later, he changes his plan of employment. In what way?

23 'That idea is too silly – too soon,' says Bathsheba. Why is her choice of words important and what does she mean?

Writing

24 'Love is a thief.' 'Love is a golden prison.' 'Love is a terrible thing.' What does Thomas Hardy mean by these three things?

25 You do not think that it is right that Boldwood should die because he killed Troy. Write to the judge to tell him what you think. Begin like this:

Dear Sir,
I don't think it is right that William Boldwood should die. There are several reasons . . .

26 How does Bathsheba's character change during the story? What do you think makes her change?

27 Look at the picture on the front cover of this book. It shows a field at harvest time. After the harvest is completed, people usually have a service in church and a big party. What do people in *your* country do to celebrate the end of the harvest?

28 Have you ever seen a building on fire? Describe how the fire started and whether it was possible to put it out before the building was destroyed.

29 Write a note to a friend about this book. Say what things you liked about it and whether or not your friend will like it.

The Picture of Dorian Gray

OSCAR WILDE

Level 4

Retold by Kieran McGovern
Series Editors: Andy Hopkins and Jocelyn Potter

Contents

Introduction

If I could stay young and the picture grow old! For that – for that – I would give everything. I would give my soul for that!

When Basil Hallward paints a picture of the young and handsome Dorian Gray, he thinks it is the most important work of his life. But he cannot guess how important it will be to Dorian Gray himself. Because when Dorian sees the finished portrait, he makes a terrible wish: that the beautiful young man in the picture in front of him will grow old and that he will look young for ever. Unfortunately for Dorian, and everyone he knows, his wish comes true – in a most terrible way . . .

One of the most important Irish writers of the nineteenth century, Oscar Wilde was born in Dublin, Ireland, in 1854. His father was a doctor and his mother a writer and translator. He went to Dublin and Oxford Universities, where he was an unusually clever student. At Oxford he won an important prize but he was even more famous for his unusual personal style. His long hair, bright clothes, amusing conversation and ideas about art won him many followers. His habit of making fun of people also won him enemies.

His first book of poems appeared in 1881 but it did not bring him much money. He went on a tour of the United States, where he gave talks on art and society.

In 1884 Wilde married Constance Lloyd, and they decided to live in London. Constance later gave birth to two sons, Cyril and Vyvyan.

Wilde began to work seriously at his writing in 1887, beginning with a story, *The Canterville Ghost*. He wrote many other stories, among them *The Picture of Dorian Gray* (1892). He also wrote plays about fashionable society, including *Lady Windermere's Fan* (1892),

A Woman of No Importance (1893) and *An Ideal Husband* (1895). Most popular of all was *The Importance of Being Earnest*, which many people think is one of the funniest plays ever written in English. Wilde also wrote a play in French, *Salomé* (1893), which takes the story of King Herod's daughter from the Bible.

But in 1895 everything changed and Oscar Wilde's success in public life was over. Wilde had become a close friend of Lord Alfred Douglas, a young man from a wealthy family. Douglas's father, the Marquess of Queensberry, found some letters from Wilde to Douglas and realized that the two men were lovers. He did everything he could to ruin Wilde. Three court cases followed, and they received much publicity in the national newspapers. Douglas escaped any kind of punishment but Wilde was sent to prison for two years. After this many of his friends turned their backs on him and nobody was willing to put on his plays.

Wilde suffered terribly during his time in prison. He became ill and his confidence, both as a person and an artist, was destroyed. At first he was not allowed to do any writing but later he produced a long poem called *The Ballad of Reading Gaol*. It describes the crime of a poor soldier and the cruelty of life in prison. When the poem appeared in 1898, it was a best-seller.

In 1897, when Wilde came out of prison, he was a broken man. He wanted to go back to his wife but she refused to have him, although she did give him some money to live on. It was impossible for him to live in England, so he lived for a time in northern France. A few loyal friends visited him there. He managed to spend a few months with Douglas, against the wishes of both families, but soon they had no money: neither had ever learned how to live cheaply. Wilde spent the last years of his life in Paris, living in cheap hotels and asking his friends for money. During the years after leaving prison, he produced no literary work. He died in November 1900, at the age of forty-six.

◆

Today Oscar Wilde's sexual behaviour is no longer criticized as it was in his lifetime. Instead, he is remembered for his writings and for his daring ideas. As a thinker, he believed strongly in the value of beauty, in life as well as in art, although *The Picture of Dorian Gray* shows the dangers of such beliefs. Wilde is admired for his imaginative stories, plays and humorous sayings, which both shocked and entertained people.

Chapter 1   An Extraordinarily Beautiful Young Man

The room was filled with the smell of roses. Sitting on a sofa, smoking a cigarette, was Lord Henry Wotton. Through the open door came the distant sounds of the London streets.

In the centre of the room stood a portrait of an extraordinarily beautiful young man. Sitting a little distance in front of it was the artist himself, Basil Hallward. As the painter looked at the portrait, he smiled.

'It is your best work, Basil, the best thing you have ever done,' said Lord Henry, slowly. 'You really must send it next year to the Grosvenor. The Grosvenor is really the only place to exhibit a painting like that.'

'I don't think I shall send it anywhere,' the painter answered, moving his head in that odd way that used to make his friends laugh at him at Oxford University. 'No: I won't send it anywhere.'

Lord Henry looked at him in surprise through the thin blue smoke of his cigarette. 'Not send it anywhere? My dear man, why not? What odd people you painters are!'

'I know you will laugh at me,' Basil replied, 'but I really can't exhibit it. I have put too much of myself into it.'

Lord Henry stretched himself out on the sofa and laughed. 'Too much of yourself in it! Basil, this man is truly beautiful. He does not look like you.'

'You don't understand me, Harry,' answered the artist. 'Of course I am not like him. I would be sorry to look like him. It is better not to be different from other people. The stupid and ugly have the best of this world. Dorian Gray – '

'Dorian Gray? Is that his name?' asked Lord Henry, walking across the room towards Basil Hallward.

'Yes, that is his name. I wasn't going to tell you.'

'But why not?'

'Oh, I can't explain. When I like people enormously I never tell their names to anyone. I suppose you think that's very foolish?'

'Not at all,' answered Lord Henry, 'not at all, my dear Basil. You forget that I am married so my life is full of secrets. I never know where my wife is, and my wife never knows what I am doing. When we meet we tell each other lies with the most serious faces.'

'I hate the way you talk about your married life, Harry,' said Basil Hallward, walking towards the door that led into the garden. 'I believe you are really a very good husband, but that you are ashamed of it. You never say a good thing, and you never do a wrong thing.'

Lord Henry laughed and the two men went out into the garden together. After a pause, Lord Henry pulled out his watch. 'I am afraid I have to go, Basil,' he said in a quiet voice. 'But before I go I want you to explain to me why you won't exhibit Dorian Gray's picture. I want the real reason.'

'I told you the real reason.'

'No, you did not. You said that it was because there was too much of yourself in it. Now, that is childish.'

'Harry,' said Basil Hallward, looking him straight in the face, 'every portrait that is painted with feeling is a portrait of the artist, not the sitter. I will not exhibit this picture because I am afraid that I have shown in it the secret of my own soul.'

Lord Henry laughed. 'And what is that?' he asked.

'Oh, there is really very little to tell, Harry,' answered the painter, 'and I don't think you will understand. Perhaps you won't believe it.'

Lord Henry smiled and picked a flower from the grass. 'I am quite sure I'll understand it,' he replied, staring at the flower, 'and I can believe anything.'

'The story is simply this,' said the painter. 'Two months ago I went to a party at Lady Brandon's. After I had been in the room for about ten minutes, I suddenly realized that someone was looking at me. I turned around and saw Dorian Gray for the first time. When our eyes met, I felt the blood leaving my face. I knew that this boy would become my whole soul, my whole art itself.'

'What did you do?'

'We were quite close, almost touching. Our eyes met again. I asked Lady Brandon to introduce me to him.'

'What did Lady Brandon say about Mr Dorian Gray?'

'Oh, something like "Charming boy. I don't know what he does – I think he doesn't do anything. Oh, yes, he plays the piano – or is it the violin, dear Mr Gray?" Dorian and I both laughed and we became friends at once.'

'Laughter is not at all a bad beginning for a friendship,' said the young lord, picking another flower, 'and it is the best ending for one.'

Hallward shook his head. 'You don't understand what friendship is, Harry. Everyone is the same to you.'

'That's not true!' cried Lord Henry, pushing his hat back, and looking at the summer sky. 'I choose my friends for their beauty and my enemies for their intelligence. A man cannot be too careful in choosing his enemies. Of course, I hate my relations. And I hate poor people because they are ugly, stupid and drunk –'

'I don't agree with a word you have said. And I feel sure that you don't agree either.'

Lord Henry touched his pointed brown beard with his finger, and the toe of his boot with his stick. 'How English you are, Basil! An Englishman is only interested in whether he agrees with an idea, not whether it is right or wrong. But tell me more about Mr Dorian Gray. How often do you see him?'

'Every day. I couldn't be happy if I didn't see him every day.'

'How extraordinary! I thought you only cared about your art.'

'He is all my art to me now,' said the painter. 'I know that the work I have done since I met Dorian Gray is the best work of my

185

life. In some strange way his personality has shown me a new kind of art. He seems like a little boy – though he is really more than twenty – and when he is with me I see the world differently.'

'Basil, this is extraordinary! I must see Dorian Gray.'

Hallward got up from his seat and walked up and down the garden. After some time he came back. 'Harry,' he said. 'Dorian Gray is the reason for my art. You might see nothing in him. I see everything in him.'

'Then why won't you exhibit his portrait?' asked Lord Henry.

'An artist should paint beautiful things, but he should put nothing of his own life into them. Some day I will show the world what that beauty is. For that reason the world will never see my portrait of Dorian Gray.'

'I think you are wrong, Basil, but I won't argue with you. Tell me, is Dorian Gray very fond of you?'

The painter thought for a few moments. 'He likes me,' he answered, after a pause. 'I know he likes me. Of course I flatter him too much and tell him things that I should not. He is usually very charming to me, and we spend thousands of wonderful hours together. But sometimes he can be horribly thoughtless and seems to enjoy causing me pain. Then I feel, Harry, that I have given my whole soul to someone who uses it like a flower to put in his coat on a summer's day.'

'Summer days are long, Basil,' said Lord Henry in a quiet voice. 'Perhaps you will get bored before he will. Intelligence lives longer than beauty. One day you will look at your friend and you won't like his colour or something. And then you will begin to think that he has behaved badly towards you –'

'Harry, don't talk like that. As long as I live, Dorian Gray will be everything to me. You can't feel what I feel. You change too often.'

'My dear Basil, that is exactly why I can feel it.' Lord Henry took a cigarette from his pretty silver box and lit it. Then he turned to Hallward and said, 'I have just remembered.'

'Remembered what, Harry?'

'Where I heard the name of Dorian Gray.'

'Where was it?' asked Hallward with a frown.

'Don't look so angry, Basil. It was at my aunt's, Lady Agatha's. She told me that she had discovered this wonderful young man. He was going to help her work with the poor people in the East End of London, and his name was Dorian Gray. Of course I didn't know it was your friend.'

'I am very glad you didn't, Harry.'

'Why?'

'I don't want you to meet him.'

A servant came into the garden. 'Mr Dorian Gray is waiting in the house, sir,' he said.

'You must introduce me now,' cried Lord Henry, laughing.

The painter turned to his servant. 'Ask Mr Gray to wait, Parker. I will come in in a few moments.'

Then he looked at Lord Henry. 'Dorian Gray is my dearest friend,' he said. 'He is a beautiful person. Don't spoil him. Don't try and influence him. Your influence would be bad. Don't take away from me the one person who makes me a true artist.'

'What silly things you say!' said Lord Henry. Smiling, he took Hallward by the arm and almost led him into the house.

Chapter 2   Jealous of his Own Portrait

As they entered they saw Dorian Gray. He was sitting at the piano, with his back to them, and he was turning the pages of some music by Schumann. 'You must lend me these, Basil,' he cried. 'I want to learn them. They are perfectly charming.'

'Perhaps if you sit well for me today, Dorian.'

'Oh, I am bored with sitting, and I don't want a portrait of myself,' answered the boy, turning quickly. When he saw Lord

187

Henry, his face went red for a moment. 'I am sorry, Basil. I didn't know that you had anyone with you.'

'This is Lord Henry Wotton, Dorian. He's an old friend of mine. We went to Oxford together. I have just been telling him what a good sitter you were, and now you have spoiled everything.'

'You have not spoiled my pleasure in meeting you, Mr Gray,' said Lord Henry, stepping forward and offering his hand. 'My aunt has often spoken to me about you.'

'I am afraid Lady Agatha is annoyed with me at the moment. I promised to go to a club in Whitechapel with her last Tuesday, and I forgot all about it. I don't know what she will say to me.'

Lord Henry looked at him. Yes, he was certainly wonderfully handsome, with his curved red lips, honest blue eyes and gold hair. 'Oh, don't worry about my aunt. You are one of her favourite people. And you are too charming to waste time working for poor people.'

Lord Henry sat down on the sofa and opened his cigarette box. The painter was busy mixing colours and getting his brushes ready. Suddenly, he looked at Lord Henry and said, 'Harry, I want to finish this picture today. Would you think it very rude of me if I asked you to go away?'

Lord Henry smiled, and looked at Dorian Gray. 'Shall I go, Mr Gray?' he asked.

'Oh, please don't, Lord Henry. I see that Basil is in one of his difficult moods, and I hate it when he is difficult. And I want you to tell me why I should not help the poor people.'

'That would be very boring, Mr Gray. But I certainly will not run away if you do not want me to. Is that all right, Basil? You have often told me that you like your sitters to have someone to talk to.'

Hallward bit his lip. 'If that is what Dorian wants. Dorian always gets what he wants.'

Lord Henry picked up his hat and gloves. 'No, I am afraid I must go. Goodbye, Mr Gray. Come and see me one afternoon in Curzon Street. I am nearly always at home at five o'clock.'

'Basil,' cried Dorian Gray, 'if Lord Henry Wotton goes, I will go too. You never open your lips while you are painting, and it is horribly boring just standing here. Ask him to stay.'

'All right, please stay, Harry. For Dorian and for me,' said Hallward, staring at his picture. 'It is true that I never talk when I am working, and never listen either. It must be very boring for my sitters. Sit down again, Harry. And Dorian don't move about too much, or listen to what Lord Henry says. He has a very bad influence over all his friends.'

Dorian Gray stood while Hallward finished his portrait. He liked what he had seen of Lord Henry. He was so different to Basil! And he had such a beautiful voice. After a few moments he said to him, 'Have you really a very bad influence, Lord Henry? As bad as Basil says?'

'Influence is always bad.'

'Why?'

'Because to influence someone is to give them your soul. Each person must have his own personality.'

'Turn your head a little more to the right, Dorian,' said the painter. He was not listening to the conversation and only knew that there was a new look on the boy's face.

'And yet,' continued Lord Henry, in his low musical voice, 'I believe that if one man lived his life fully and completely he could change the world. He would be a work of art greater than anything we have ever imagined. But the bravest man among us is afraid of himself. You, Mr Gray, are very young but you have had passions that have made you afraid, dreams –'

'Stop!' cried Dorian Gray, 'I don't understand what you are saying. I need to think.'

For nearly ten minutes he stood there with his lips open and his eyes strangely bright. The words that Basil's friend had spoken had

Lord Henry watched him. He knew the exact moment when to say nothing.

touched his soul. Yes, there had been things in his boyhood that he had not understood. He understood them now.

With his smile, Lord Henry watched him. He knew the exact moment when to say nothing. He was surprised at the sudden effect of his words on the boy. How fascinating the boy was!

Hallward continued painting and did not notice that the others were silent.

'Basil, I am tired,' cried Dorian Gray, suddenly. 'I must go and sit in the garden. There is no air in here.'

'My dear boy, I am sorry. When I am painting, my work is all I can think about. But you never sat better. I don't know what Harry has been saying to you, but there is a wonderful bright look in your eyes. I suppose he has been flattering you. You shouldn't believe a word he says.'

'He has certainly not been flattering me. Perhaps that is why I don't believe anything he has told me.'

'You know you believe it all,' said Lord Henry, looking at him with his dreamy eyes. 'I will go out to the garden with you. It's horribly hot in this room.'

'Don't keep Dorian too long,' said the painter. 'This is going to be my best painting.'

Lord Henry went out to the garden, and found Dorian Gray holding a flower to his face. He came close to him, and put his hand on his shoulder.

Dorian Gray frowned and turned away. He liked the tall young man who was standing by him. His dark, romantic face interested him. There was something in his low, musical voice that was fascinating. But he felt a little afraid. Why was this stranger having a strong influence on him like this? He had known Basil Hallward for months, but the friendship between them had not changed him. Suddenly someone had come into his life and turned it upside down. Someone who seemed to have the key to the mystery of life itself.

And yet, what was there to be afraid of? He was not a schoolboy or a girl. It was silly to be afraid.

'Let us go and sit out of the sun. I don't want you to be burnt by the sun.'

'What does that matter?' cried Dorian Gray, laughing as he sat down on the seat at the end of the garden.

'It should matter very much to you, Mr Gray.'

'Why?'

'Because you are young, and to be young is the best thing in the world.'

'I don't feel that, Lord Henry.'

'No, you don't feel it now. Some day when you are old and ugly you will feel it terribly. Now, wherever you go, you charm the world. Will it always be so? . . . You have a wonderfully beautiful face, Mr Gray.'

'I don't think –'

'Don't frown. It is true. The gods have been good to you. But what the gods give they quickly take away. You have only a few years in which to really live, perfectly and fully. Live your life now, while you are still young!'

Suddenly the painter appeared at the door and waved at them to come in. They turned to each other and smiled.

'I am waiting,' he cried. 'Please come in. The light is perfect.'

They got up and walked towards the house together.

'You are glad you have met me, Mr Gray,' said Lord Henry, looking at him.

'Yes, I am glad now. I wonder whether I will always be glad.'

'Always! That is a terrible word. Women are so fond of using it.'

Twenty minutes later Hallward stopped painting. He stood back and looked at the portrait for a few moments. Then he bent down and signed his name in red paint on the bottom left-hand corner.

'It is finished,' he cried.

Lord Henry came over and examined the picture. It was certainly a wonderful work of art.

'My dear man,' he said. 'It is the best portrait of our time. Mr Gray, come over and look at yourself.'

Dorian walked across to look at the painting. When he saw it his cheeks went red with pleasure. He felt that he recognized his own beauty for the first time. But then he remembered what Lord Henry had said. His beauty would only be there for a few years. One day he would be old and ugly.

'Don't you like it?' cried Hallward, not understanding why the boy was silent.

'Of course he likes it,' said Lord Henry. 'It is one of the greatest paintings in modern art. I will pay anything you ask for it. I must have it.'

'It is not mine to sell, Harry.'

'Whose is it?'

'Dorian's, of course,' answered the painter.

'He is very lucky.'

'How sad it is!' said Dorian Gray, who was still staring at his own portrait. 'I will grow old and horrible. But this painting will always stay young. It will never be older than this day in June . . . if only it were the other way!'

'What do you mean?' asked Hallward.

'If I could stay young and the picture grow old! For that – for that – I would give everything! Yes, there is nothing in the whole world I would not give! I would give my soul for that!'

'I don't think you would like that, Basil,' cried Lord Henry, laughing.

'I certainly would not, Harry,' said Hallward.

Dorian Gray turned and looked at him. 'You like your art better than your friends.'

The painter stared in surprise. Why was Dorian speaking like that? What had happened? His face was red, and he seemed quite angry.

'You will always like this painting. But how long will you like me? Until I start getting old. Lord Henry Wotton is perfectly right. When I lose my beauty, I will lose everything. I shall kill myself before I get old.'

Hallward turned white, and caught his hand. 'Dorian! Dorian!' he cried. 'Don't talk like that. I have never had a friend like you, and I will never have another. How can you be jealous of a painting? You are more beautiful than any work of art.'

'I am jealous of everything whose beauty does not die. I am jealous of the portrait you have painted of me. Why should it keep what I must lose? Hot tears came into his eyes as he threw himself on the sofa.

'You did this, Harry,' said the painter, angrily.

Lord Henry shook his head. 'It is the real Dorian Gray – that is all.'

'Harry, I can't argue with two of my best friends at once. Between you both you have made me hate the best piece of work I have ever done. I will destroy it.'

Dorian Gray watched as Hallward walked over to the painting-table and picked up a knife. The boy jumped from the sofa, tore the knife from Hallward's hand and threw it across the room. 'Don't, Basil!' he cried. 'Don't murder it!'

'I am glad that you like my work at last, Dorian,' said the painter coldly. 'I never thought you would.'

'Like it? I am in love with it, Basil. It is part of myself. I feel that.'

'What silly people you are, both of you!' said Lord Henry. 'Let's forget about the painting for one night and go to the theatre.'

'I would like to come to the theatre with you, Lord Henry.'

'And you will come too, won't you Basil?'

'I can't,' said Hallward. 'I have too much work to do.'

'Well, you and I will go together, Mr Gray.'

'Don't, Basil!' he cried. 'Don't murder it!'

The painter bit his lip and walked over to the picture.

'I will stay with the real Dorian,' he said sadly.

Chapter 3   Dorian in Love

One afternoon, a month later, Dorian Gray was sitting in the little library of Lord Henry's house in Mayfair. Lord Henry had not yet come in. He was always late. Dorian Gray was bored and once or twice he thought of going away.

At last he heard a step outside and the door opened. 'How late you are, Harry!' he said.

'I'm afraid it is not Harry, Mr Gray. It is only his wife.'

He looked around quickly and got to his feet. 'I am sorry. I thought –'

'I know you quite well by your photographs. I think my husband has got seventeen of them.'

'Seventeen, Lady Henry?'

'Well, eighteen, then. And I saw you with him the other night at the theatre. But here is Harry!'

Lord Henry smiled at them both. 'So sorry I am late, Dorian.'

'I am afraid I must go,' said Lady Harry. 'Goodbye, Mr Gray. Goodbye, Harry. You are eating out, I suppose? I am too. Perhaps I will see you later.'

'Perhaps, my dear,' said Lord Harry, shutting the door behind her. Then he lit a cigarette and threw himself down on the sofa.

'Never marry a woman with fair hair, Dorian,' he said.

'Why, Harry?'

'Because they are romantic.'

'But I like romantic people.'

'Never marry at all, Dorian.'

'I don't think I will marry, Harry. I am too much in love.'

'Who are you in love with?' asked Lord Henry, after a pause.

'I will stay with the real Dorian,' he said sadly.

'With an actress,' said Dorian Gray.

'How ordinary.'

'You would not say that if you saw her, Harry.'

'Who is she?'

'Her name is Sibyl Vane.'

'I've never heard of her.'

'No one has. People will some day, though. She is an artist.'

'My dear boy, no woman is an artist. Women never have anything to say but they say it charmingly. How long have you known her?'

'About three weeks.'

'And where did you meet her?'

'I will tell you, Harry, but you must not laugh. After all, it was you who gave me a passion to know everything about life. For days after I met you I searched the streets for beauty. I walked around the East End until I found a dirty little theatre. I see you are laughing. It is horrible of you!'

'I am not laughing, Dorian. Go on with your story.'

'The play was *Romeo and Juliet*. At first I was annoyed at the thought of seeing Shakespeare in such a terrible place. And when a fat old gentleman came out as Romeo I nearly walked out. But then I saw Juliet! Harry, she was the loveliest thing I had ever seen in my life.'

'When did you meet her?'

'I went back the next night and the night after that. On the third evening I waited for her outside the theatre.'

'What was she like?'

'Sibyl? Oh, she was shy and gentle. She is only seventeen and there is something of a child in her. She said to me, "You look like a prince. I must call you Prince Charming".'

'Miss Sibyl knows how to flatter you.'

'You don't understand her, Harry. She thinks that I am like a person in Shakespeare. She knows nothing of life. Sibyl is the only thing I care about.'

'That is the reason, I suppose, that you never have dinner with me now. I thought it might be something romantic.'

'My dear Harry, we eat together every day,' said Dorian.

'You always come very late.'

'Well, I have to see Sibyl play,' he cried.

'Can you have dinner with me tonight, Dorian?'

He shook his head. 'Tonight she is Ophelia,' he answered, 'and tomorrow night she will be Juliet.'

'When is she Sibyl Vane?'

'Never.'

'That's good.'

'How horrible you are! But when you see her you will think differently. I want you and Basil to come and watch her tomorrow night. You are certain to recognize that she is wonderful.'

'All right. Tomorrow evening. Will you see Basil before then? Or shall I write to him?'

'Dear Basil! I haven't seen him for a week. It is rather horrible of me as he sent me my portrait a few days ago. I love looking at it. Perhaps you should write to him. I don't want to see him alone. He says things that annoy me. He gives me good advice.'

Lord Henry smiled. 'People are very fond of giving away advice they need themselves.'

'Oh, Basil is a good man, but I don't think he really understands about art and beauty. Since I have known you, Harry, I have discovered that.'

'Basil, my dear boy, puts everything that is charming in him into his work.'

'I must go now, Harry. My Juliet is waiting for me. Don't forget about tomorrow. Goodbye.'

'I want you and Basil to come and watch Sibyl tomorrow night.
You are certain to recognize that she is wonderful.'

As Dorian left the room, Lord Henry began to think about what he had just learned. Certainly few people had ever interested him so much as Dorian Gray. Yet the mad worship of this actress did not make him annoyed or jealous. He was pleased by it. It made the boy more interesting to study.

Later that night, when he arrived home from dinner, Lord Henry saw a telegram on the table near the door. He opened it and read that Dorian Gray was going to marry Sibyl Vane.

Chapter 4   The Worship of Sybil Vane

'I suppose you have heard the news, Basil?' said Lord Henry the following evening. They were in the dining-room of the Bristol Hotel.

'No, Harry,' answered the artist, giving his hat and coat to the waiter. 'What is it?'

'Dorian Gray is going to be married,' said Lord Henry, watching him as he spoke.

Hallward frowned. 'Dorian going to be married!' he cried. 'Impossible!'

'It is perfectly true.'

'To whom?'

'To some little actress.'

'But it would be absurd for him to marry someone like that.'

'If you want to make him marry this girl tell him that, Basil. He is sure to do it, then. Whenever a man does a completely stupid thing, it is always for a good reason.'

'I hope this girl is good, Harry.'

'Oh, she is better than good – she is beautiful,' said Lord Henry. 'Dorian says that she is beautiful and he is not often wrong about these things. Your portrait has helped him understand beauty in others. We are to see her tonight, if that boy doesn't forget.'

'But how can Dorian marry an actress, Harry? It is absurd,' cried the painter, walking up and down the room, biting his lip.

'Dorian Gray falls in love with a beautiful actress who plays Juliet. He asks her to marry him. Why not? I hope that Dorian Gray marries this girl and worships her for six months. Then he can suddenly become fascinated by another woman.'

'You don't mean a word of that, Harry! I know you don't really want Dorian Gray's life to be spoiled. You are much better than you pretend to be.'

Lord Henry laughed. 'The reason we all like to think so well of others is because we are afraid for ourselves. But here is Dorian himself. He will tell you more than I can.'

'My dear Harry, my dear Basil, you must both congratulate me!' said the boy, throwing off his coat and shaking each of his friends' hands. 'I have never been so happy. Of course it is sudden – all the best things are. And yet it seems to me to be the one thing I have been looking for all my life.'

'I hope you will always be very happy, Dorian,' said Hallward, 'but why did you not tell me? You told Harry.'

'There really is not much to tell,' cried Dorian. 'Last night I went to see her again. After, when we were sitting together, there came into her eyes a wonderful look. It was something I had never seen there before. We kissed each other. I can't describe to you what I felt at that moment.'

'Have you seen her today?' asked Lord Henry.

Dorian Gray shook his head. 'I have left her in Shakespeare's forest. I will find her in his garden.'

'At what exact point did you use the word "marry", Dorian? And how did she answer? Perhaps you forgot all about it.'

'My dear Harry, it was not a business meeting. I told her I loved her. The whole world is nothing to me compared to her.'

'But my dear Dorian —'

Hallward put his hand on Lord Henry's arm. 'Don't Harry. You have annoyed Dorian. He is not like other men. He would never harm anyone.'

Lord Henry looked across the table. 'Dorian is never annoyed with me,' he answered.

Dorian Gray laughed. 'When I am with Sibyl Vane I don't believe in anything you have taught me. I forget all your fascinating, terrible ideas.'

'And those are . . .?' asked Lord Henry, helping himself to some salad.

'Oh, your ideas about life, your ideas about love, your ideas about pleasure. All your ideas, Harry.'

'Pleasure is the only thing worth having ideas about,' he answered, in his slow, musical voice. 'When we are happy we are always good, but when we are good we are not always happy.'

'I know what pleasure is,' cried Dorian Gray. 'It is to worship someone.'

'That is certainly better than when someone worships you.'

'Harry, you are terrible! I don't know why I like you so much. Let us go down to the theatre. When you see Sibyl you will change your ideas.'

They got up and put on their coats. The painter was silent and thoughtful. He felt very sad. Dorian Gray would never again be to him all that he had been in the past. Life had come between them.

When he arrived at the theatre it seemed to Hallward that he had grown years older.

Chapter 5   Dorian Leaves Sybil

The theatre was crowded that night. It was terribly hot and there were young people shouting to each other from across seats. Women were laughing loudly and their voices sounded horrible. People were eating oranges and drinking from bottles.

'What a place to find the perfect girl in!' said Lord Henry.

'Yes!' answered Dorian Gray. 'It was here I found her. When you see her as Juliet you will forget everything. These ugly people become quite different when she appears.'

'I understand what you mean, Dorian,' said the painter, 'and I believe in this girl. Anyone you love must be wonderful.'

'Thanks, Basil,' answered Dorian Gray. 'I knew that you would understand me. In a few minutes you will see the girl who I am going to give my life to. The girl who I have given everything that is good in me.'

Then Sibyl appeared. The crowd shouted and called her name. Yes, she was certainly lovely to look at, Lord Henry thought. Basil Hallward jumped to his feet excitedly. Dorian Gray sat staring at her like he was in a dream.

'Charming! Charming!' cried Lord Henry.

A quarter of an hour later, Lord Henry whispered to Hallward. 'She's one of the loveliest girls I have ever seen. But she is a terrible actress.'

Dorian Gray's face turned white as he watched her speak. She was so different tonight! Now she was not Juliet but a very bad actress who did not understand Shakespeare's words.

Even the crowd became bored and began to talk loudly. The only person who did not seem to notice was the actress herself.

Lord Henry got up from his chair and put on his coat. 'She is beautiful, Dorian,' he said, 'but she can't act. Let's go.'

*Then Sibyl appeared. Yes, she was certainly lovely to look at,
Lord Henry thought.*

'I am going to stay until the end,' answered the boy in a cold voice. 'I am awfully sorry that I have made you waste an evening, Harry. I apologize to you both.'

'My dear Dorian, perhaps Miss Vane is ill,' said Hallward. 'We will come some other night.'

'Come to the club with Basil and myself. We will smoke cigarettes and drink to the beauty of Sibyl Vane. She is beautiful. What more do you want?'

'Go away, Harry,' cried the boy. 'I want to be alone. Can't you see my heart is breaking?' Hot tears came to his eyes as Lord Henry and Hallward left the theatre.

When it was over, Dorian Gray rushed to see Sibyl Vane. The girl was standing there alone, with a look of extraordinary happiness on her face.

'How badly I acted tonight, Dorian!' she cried.

'Horribly!' he answered, staring at her. 'It was terrible. Are you ill? Why did you make me suffer like that?'

The girl smiled. 'Dorian, don't you understand?'

'Understand what?' he asked, angrily.

'Why I was so bad tonight. Why I will always be bad. Why I will never act well again.'

'You are ill, I suppose. When you are ill, you shouldn't act. My friends were bored. I was bored.'

'Dorian, Dorian,' she cried, 'before I knew you, acting was the one important thing in my life. It was only in the theatre that I lived. I thought that it was all true. Tonight, for the first time in my life I saw that I was playing at love. Our love for each other is the only true love. Take me away with you, Dorian! I don't want to be an actress any more.'

He threw himself down on the sofa, and turned away his face. 'You have killed my love,' he said quietly. Then he jumped up and went to the door. 'My God! How mad I was to love you! What a fool I have been! You are nothing to me now. I will

'Take me away with you, Dorian! I don't want to be an actress any more.'

never see you again. I will never think of you. I will never speak to you again.'

The girl went white. 'You are not serious, Dorian? You are acting?' she whispered, putting her hand on his arm.

He pushed her back. 'Don't touch me!' he cried. Then he turned and left the room.

After walking the streets of London all night, he arrived home just after sunrise. As he passed through the library, he saw the portrait that Basil Hallward had painted of him. He stared at it in surprise and walked on into his bedroom. He took his coat off and stood next to his bed. A few moments later he returned to the picture and looked at it closely. In the poor light the face seemed to have changed a little. Now the mouth looked cruel. It was certainly strange.

He walked to the window and opened the curtains. The light changed the room, but the face stayed the same. In fact, the sunlight made the mouth look even crueller.

Going back to his bedroom, he found a small mirror that had been a present from Lord Henry. He looked at his real face and saw no sign of cruelty. What did it mean?

He threw himself into a chair, and began to think. Suddenly he remembered what he had said in Basil Hallward's house the day the picture had been finished. Yes, he remembered it perfectly. He had asked that the painting grow old so that he himself could remain young. But such things were impossible. It was terrible even to think about them. And, yet, there was the picture in front of him. There was the cruelty in the mouth.

Cruelty! Had he been cruel? No, why think about Sibyl Vane? She was nothing to him now.

But the picture? What was he to say of that? It held the secret of his life, and told his story. It had taught him to love his own beauty.

Would it teach him to hate his own soul? Would he ever look at it again?

He would save himself! He would not see Lord Henry again. He would go back to Sibyl Vane, marry her and try to love her again. She had suffered more than he had. Poor child! He had been selfish and cruel to her. They would be happy together. His life with her would be beautiful and pure.

He got up from his chair, and covered the portrait. 'How horrible!' he said to himself, and he walked across to the window and opened it. When he stepped out on to the grass he took a deep breath. He thought only of Sibyl. The birds that were singing in the garden seemed to be telling the flowers about her.

Chapter 6   Love Becomes Tragedy

It was nearly one o'clock the next afternoon when he woke up. His servant brought him a cup of tea and some letters. One of them was from Lord Henry, and had been brought by hand that morning. He put it to one side.

He went into the library for breakfast feeling perfectly happy. Then he saw the open window and the covered portrait. Was it all true? Or had it just been a dream? But he remembered that cruel mouth so clearly.

Dorian Gray sent his servant away and locked all the doors. Then he pulled the cover off the painting, and saw himself face to face. It was true. The portrait had changed.

For hours he did not know what to do or think. Finally, he went over to the table and wrote a passionate letter to the girl he had loved. He asked her to forgive him for the terrible things he had said to her.

Suddenly he heard a knock on the door, and he heard Lord Henry's voice outside. 'My dear boy, I must see you.'

Suddenly he heard a knock on the door, and he heard Lord Henry's voice outside. 'My dear boy, I must see you. Let me in at once.'

He made no answer, but remained quite still. The knocking continued and grew louder. Yes, it was better to let Lord Henry in. He would explain to him the new life he was going to lead. He jumped up, covered the picture and opened the door.

'I am sorry about it all, Dorian,' said Lord Henry, as he entered. 'But you must not think too much about it.'

'Do you mean about Sibyl Vane?' asked the boy.

'Yes, of course,' answered Lord Henry, sitting down and slowly pulling off his yellow gloves. 'It is terrible, but you are not to blame. Tell me, did you go behind and see her after it was over?'

'Yes.'

'I felt sure that you had. Did you have an argument?'

'I was cruel, Harry − terribly cruel. But it is all right now. I am not sorry for anything that has happened. It has taught me to know myself better.'

'Oh, Dorian, I am so glad that you see it that way.'

'I want to be good, Harry. I don't want my soul to be ugly. I am going to marry Sibyl Vane.'

'Marry Sibyl Vane!' cried Lord Henry, standing up, and staring at him in surprise. 'But, my dear Dorian −'

'Yes, Harry, I know what you are going to say. Something horrible about getting married. Don't say it! Sibyl will be my wife!'

'Your wife! Dorian! . . . Didn't you get my letter? I wrote to you this morning.'

'Your letter? Oh, yes, I remember. I have not read it yet, Harry.'

'You know nothing yet then?'

'What do you mean?'

Lord Henry walked across the room and sat down next to Dorian Gray. Taking both his hands in his own, he held them. 'Dorian,' he said, 'my letter was to tell you that Sibyl Vane is dead.'

A cry of pain came from the boy's lips and he jumped to his feet. 'Dead! Sibyl dead! It is not true! It is a horrible lie!'

'It is true, Dorian,' said Lord Henry. 'It is in all the morning newspapers. The police will be asking questions, and you must keep your name out of any scandal. Things like that make a man fashionable in Paris. But in London they are a disaster for any gentleman. I suppose they don't know your name at the theatre? If they don't, it is all right. Did anyone see you going round to her room?'

Dorian did not answer for a few moments. Finally he said in a strange voice, 'Harry, did you say that the police are asking questions? What did you mean by that? Did Sibyl —? Oh, Harry this is terrible!'

'I am sure that it was not an accident, though it must be described that way officially. She swallowed something horrible they use at theatres.'

'Harry, Harry, it is terrible!' cried the boy.

'Yes, it is very sad, of course, but it is nothing to do with you. Come with me to dinner, and after we will go to the theatre.'

'So I have murdered Sibyl Vane,' said Dorian Gray, half to himself. 'Yet the roses are not less lovely. The birds still sing happily in my garden. And tonight I will have dinner with you and go to the theatre. How extraordinary life is! My first passionate love letter was to a dead girl. Yet why is it that I cannot feel this tragedy as much as I want to? I don't think I am heartless. Do you?'

'You have done too many foolish things in the last fortnight to be heartless, Dorian,' answered Lord Henry, with his sweet, sad smile.

The boy frowned. 'I don't like that explanation, Harry,' he said, 'but I am glad you don't think I am heartless.'

'A woman has killed herself for the love of you,' said Lord Henry. 'That is very beautiful.'

They were silent. The evening darkened in the room. After some time Dorian Gray looked up. 'How well you know me! But we

A cry of pain came from the boy's lips and he jumped to his feet.
'Dead! Sibyl dead! It is not true! It is a horrible lie!'

will not talk again of what has happened. It has been something wonderful. That is all. Now, I have to dress, Harry. I feel too tired to eat anything, but I will join you later at the theatre.'

As Lord Henry closed the door behind him Dorian rushed to the portrait and tore off the cover. No, there was no further change in the picture. It had received the news of Sibyl Vane's death before he had known of it himself. Tears came to his eyes as he remembered her. He brushed them away and looked again at the picture.

He felt the time had come to choose. Or had he already chosen? Yes, life had decided that for him. The portrait was going to carry his shame: that was all.

An hour later he was at the theatre, and Lord Henry was sitting beside him.

Chapter 7 'What Is Past Is Past'

As he was eating breakfast the next morning, Basil Hallward was shown into the room.

'I am so glad I have found you, Dorian,' he said. 'I called last night, and they told me that you were at the theatre. Of course I knew that was impossible. I had a terrible evening worrying whether one tragedy would be followed by another. I can't tell you how heart-broken I am about the whole thing. Did you go and see the girl's mother? What did she say about it all?'

'My dear Basil, I don't know,' said Dorian Gray. He looked very bored. 'I was at the theatre.'

'You went to the theatre?' said Hallward, speaking very slowly. 'You went to the theatre where Sibyl Vane was lying dead?'

'Stop, Basil! I won't hear it!' cried Dorian, jumping to his feet. 'You must not speak of such things. What is done is done. What is past is past.'

'You call yesterday the past? Dorian, this is horrible! Something has changed you completely. You look exactly the same as the wonderful boy in my picture, but now there is no heart in you. It is all Harry's influence. I see that.'

The boy went to the window and looked out at the garden for a few moments.

'Harry has taught me many things, Basil,' he said at last. 'You have only taught me to love my own beauty.'

'I am truly sorry for that, Dorian.'

'I don't know what you mean, Basil,' he said, turning round. 'I don't know what you want. What do you want?'

'I want the Dorian Gray I used to paint,' said the artist sadly.

'Basil,' said the boy, going over to him and putting his hand on his shoulder, 'you have come too late. Yesterday when I heard that Sibyl Vane had killed herself –'

'Killed herself! My God! Is there no doubt about that?' cried Hallward.

'My dear Basil! Of course she killed herself.'

The older man put his face in his hands. 'How terrible,' he said in a quiet voice.

'No,' said Dorian Gray, 'there is nothing terrible about it. It is one of the great romantic tragedies of our time. I know you are surprised at me talking to you like this. You have not realized how I have changed. I was a boy when you knew me. I am a man now. I have new passions, new thoughts, new ideas –'

'But Dorian –'

'I am different, but you must not like me less. Of course I am very fond of Harry. But I know that you are better than he is. You are not stronger – you are too afraid of life – but you are better. And how happy we used to be together! Don't leave me, Basil, and don't argue with me. I am what I am.'

The painter felt strangely sad. Dorian Gray was extraordinarily important to him. The boy had changed his art. Perhaps his cruel talk about Sibyl Vane was just a mood that would pass away. There was so much in him that was good.

'Well, Dorian,' he said with a sad smile, 'I won't speak to you again about this horrible thing. I only hope that your name is kept out of any scandal. Have the police asked to see you?'

Dorian shook his head. 'They don't even know my name,' he answered.

'She didn't know your name?'

'Only my first name, and I am sure that she did not tell it to anyone. She told her family that I was Prince Charming. It was pretty of her. You must do me a drawing of Sibyl, Basil. I would like to have something more of her than the memory of a few kisses.'

'I will try and do something, Dorian. But you must come and sit for me again. I can't work so well without you.'

'I can never sit for you again, Basil. It is impossible!' he cried.

'My dear boy, what is this foolishness!' Hallward cried. 'Did you not like what I did for you? Where is it? Why have you covered it? Let me look at it. It is the best thing I have ever done. It is very bad of your servant to hide my work like that. I felt the room looked different as I came in.'

'It was not my servant who covered it, Basil. I did it myself. The light was too strong on the portrait.'

'Too strong! No, the light is perfect in here. Let me see it.' And Hallward walked towards the corner of the room.

A terrible cry came from Dorian Gray's lips, and he rushed between the painter and the covered portrait. 'Basil, you must not look at it! I don't want you to.'

'Not look at my own work! Are you serious? Why shouldn't I look at it?' cried Hallward, laughing.

'If you try and look at it, Basil, I promise I will never speak to you again. I am very serious.'

Hallward looked at Dorian Gray in surprise. He had never seem him like this before. The boy's face was white and angry.

A terrible cry came from Dorian Gray's lips, and he rushed between the painter and the covered portrait.

'Dorian!'

'Don't speak!'

'But what is the matter? Of course I won't look at it if you don't want me to,' he said coldly, walking over to the window. 'But it seems rather absurd that I cannot see my own work when I am going to exhibit it in Paris in the autumn.'

'To exhibit it? You want to exhibit it?' cried Dorian Gray. A terrible fear was building inside him. Was the world going to see his secret? Were people going to stare at the mystery of his life? That was impossible.

'Yes, George Petit is going to exhibit all my best pictures in October. Don't worry, it is only for one month.'

Dorian Gray passed his hand across his face. It felt hot and wet. He felt that he was about to face horrible danger. 'You told me a month ago that you would never exhibit it,' he cried. 'Why have you changed your mind?' He stopped suddenly and a cruel look came into his eyes. He had remembered something Lord Henry had said to him, *'Ask Basil why he won't exhibit your picture. He told me once and it is a very strange story.'* Yes, perhaps Basil, too, had his secret. He would ask him and try.

'Basil,' he said, coming over quite close, and looking him straight in the face. 'We all have secrets. What was your reason for not wanting to exhibit my picture?'

'Dorian, if I told you, you might like me less than you do now. And you would certainly laugh at me. If you don't want me ever to look at your picture again, I won't. I have always you to look at. Your friendship is more important to me than exhibiting a painting.'

'No, Basil, you must tell me,' said Dorian Gray. His feeling of fear had passed away. Now he just wanted to find out Basil Hallward's mystery.

'Dorian,' said the painter, who did not look happy. 'Have you ever noticed something in the picture, something strange?'

'Basil!' cried the boy, staring at him with wild eyes.

'I see you did. Dorian, from the moment I met you, your personality had the most extraordinary influence over me. I worshipped you. I was jealous of everyone you spoke to. I wanted to have you all to myself. I was only happy when I was with you. When you were away from me you were still there in my art.'

'Basil –'

'No, don't speak. I must tell you now what I did not tell you then. That I decided to paint a wonderful portrait of you. I put all my feelings for you into that picture. I felt, Dorian, that I had told too much. I had put too much of myself into it. So I decided never to exhibit the portrait. I told Harry and he laughed. When the picture was finished, and I sat alone with it, I felt that I was right . . . Later, I thought that perhaps I was being foolish and when this Paris offer came . . . but I see now that the picture cannot be shown.'

Dorian Gray breathed deeply. The colour came back to his cheeks and a smile crossed his lips. The danger was over and he was safe for a while. What a sad story Basil had told. Would he ever be so influenced by the personality of a friend? Lord Henry had the charm of being very dangerous. But that was all.

'It is extraordinary to me, Dorian,' said Hallward, 'that you saw this in the portrait.'

'I saw something in it,' he answered, 'something that seemed to me very strange.'

'Well, you don't mind me looking at the thing now?'

Dorian shook his head. 'You must not ask me that, Basil. I cannot let you stand in front of that picture.'

'You will one day, won't you?'

'Never.'

'Well, perhaps you are right. And now goodbye, Dorian. You have been the one person in my life who has really influenced my

219

art. But you don't know what it cost me to tell you all that I have told you.'

'My dear Basil,' said Dorian, 'what have you told me? Only that you worshipped me too much. That is not even flattery.'

'It was not meant as flattery. And now that I have told you, something seems to have gone out of me. Perhaps you should never put what you worship into words.'

'You mustn't talk about worship. It is foolish. You and I are friends, Basil, and we will always be friends.'

'You have got Harry,' said the painter, sadly.

'Oh, Harry!' laughed the young man. 'Harry spends his life saying and doing extraordinary things. He lives the sort of life I want to live. But I don't think I would go to Harry if I was in trouble. I would prefer to go to you, Basil.'

'You will sit for me again?'

'Impossible! There is something terrible about a portrait. It has a life of its own. I will come and have tea with you instead.'

'Well, goodbye then. I am sorry that you won't let me look at the picture again. But I understand what you feel about it.'

As he left the room, Dorian Gray smiled to himself. Poor Basil! How little he knew of the true reason. And now he understood more the painter's wild and jealous feelings, and he felt sorry. There was something tragic in a friendship so corrupted by passion.

He rang the bell to call his servant. He had to hide the portrait immediately. It had been mad of him to leave it in a place where it could be discovered by his friends.

Chapter 8   The Portrait Is Hidden

When the servant entered, Dorian Gray asked him to send Mrs Leaf to him in the library. Mrs Leaf had been with his family for many years. He asked her for the key to the old schoolroom.

As he left the room, Dorian Gray smiled to himself. Poor Basil! How little he knew of the true reason.

'The old schoolroom, Mr Dorian?' she cried. 'But it is full of dust! I must clean it first.'

'I don't want it cleaned, Mrs Leaf. I only want the key.'

'Well, sir, you'll be covered with dust if you go into it. It hasn't been open for nearly five years, not since your grandfather died.'

He frowned at this reminder of his grandfather. He had bad memories of all his family. 'That does not matter,' he answered. 'I just want to see the place – that is all. Give me the key.'

'Here is the key, sir,' said the old lady. 'But you are not going to live up there, are you, sir?'

'No, no,' he cried. 'Thank you, Mrs Leaf. You can go.'

An hour later two men arrived to move the portrait.

'It's very heavy, sir,' said one of the men, as they climbed the stairs.

'I am afraid it is rather heavy,' said Dorian, as he opened the door of the old schoolroom where he was going to hide the secret of his corrupted soul.

He had not entered the room since he was a child. It was a large room built by his grandfather to keep him at a distance. Every moment of his lonely childhood came back to him as he looked round.

It was a room full of terrible memories, but it was safe. He had the key, and no other person could enter it. The face in the portrait could grow old and ugly. What did it matter? No one could see it. He himself would not see it. He did not have to watch the terrible corruption of his soul. He would stay young – that was enough.

When the men had gone, Dorian locked the door, and put the key in his pocket. He felt safe now. No one would ever look at that horrible thing. Only he would ever see his shame.

'It's very heavy, sir,' said one of the men, as they climbed the stairs.

He went back to the library and found a note from Lord Henry. In it was a report from the newspaper about Sibyl Vane. Her death was officially described as an accident.

He frowned, and tore the paper in two. Then he walked across the room and threw the pieces away. How ugly it all was! And how horribly real ugliness made things!

Perhaps the servant had read the report, and had begun to suspect something. And, yet, what did it matter? What had Dorian Gray to do with Sibyl Vane's death? There was nothing to be afraid of. Dorian Gray had not killed her.

Chapter 9   'I Will Show You my Soul'

Many years passed. Yet the wonderful beauty that had so fascinated Basil Hallward, stayed with Dorian Gray. Even those who had heard terrible rumours against him, could not believe them when they met him. He always had the look of someone who had kept himself pure.

Many people suspected that there was something very wrong with Dorian's life, but only he knew about the portrait. Some nights he would secretly enter the locked room. Holding a mirror in his hand, he would stand in front of the picture Basil Hallward had painted. He would look first at the horrible, old face in the picture, and then at the handsome young face that laughed back at him from the mirror. He fell more and more in love with his own beauty. And more and more interested in the corruption of his own soul.

Then something happened that changed everything.

It was on the ninth of November, the day before his thirty-eighth birthday. He was walking home from Lord Henry's and the night was cold and foggy. At the corner of Grovesnor Square and South Audley Street, a man passed him in the fog. He was walking very fast, and had the collar of his coat turned up. He had a bag in his hand. Dorian recognized him. It was Basil Hallward. A strange fear made Dorian walk off quickly in the direction of his own house.

But Hallward had seen him. Dorian heard him hurrying after him. In a few moments his hand was on his arm.

'Dorian! What an extraordinary piece of luck! I have been waiting for you in your library ever since nine o'clock. I am going to Paris on the midnight train, and I wanted to see you before I left. I thought it was you, or at least your coat, as I passed you. But I wasn't sure. Didn't you recognize me?'

'In this fog, my dear Basil? I can't even recognize Grosvenor Square. I believe my house is somewhere about here, but I don't feel at all certain about it. I am sorry you are going away, as I have not seen you for such a long time. But I suppose you will be back soon?'

'No, I am going to be out of England for six months. Here we are at your door. Let me come in for a moment. I have something to say to you.'

'That would be lovely. But won't you miss your train?' said Dorian Gray, as he went up the steps and opened the door with his key.

'I have plenty of time,' he answered. 'The train doesn't go until twelve-fifteen, and it is only just eleven. All I have with me is this bag, and I can easily get to Victoria Station in twenty minutes.'

Dorian looked at him and smiled. 'Come in or the fog will get into my house.'

Hallward followed Dorian into the library. There was a bright wood fire on one side of the room and two lamps on the other.

'Would you like a drink?' asked Dorian.

'No thanks, I won't have anything more,' said the painter, taking his hat and coat off. 'And now, my dear Dorian, I want to speak to

'I think you should know some of the terrible things that people are saying about you.'

you seriously. Don't frown like that. You make it so much more difficult for me.'

'What is it all about?' cried Dorian, throwing himself down on the sofa. 'I hope it is not about myself. I am tired of myself tonight. I would prefer to be somebody different.'

'It is about yourself,' answered Hallward, in his deep voice, 'and I must say it to you.'

Dorian breathed deeply and lit a cigarette. 'Is it really necessary, Basil?'

'I think you should know some of the terrible things that people are saying about you.'

'I don't want to know anything about them. I love scandals about other people, but scandals about myself don't interest me.'

'Every gentleman is interested in his good name, Dorian. You don't want people to talk of you as something terrible and corrupt. But I don't believe these rumours at all. At least I can't believe them when I see you. Corruption is a thing that writes itself across a man's face. It cannot be hidden.'

'My dear Basil —'

'And yet, I rarely see you now and you never come to my house. When I hear all the terrible things people are whispering about you, I don't know what to say. Why have so many of your friends killed themselves? Young men from good families like Adrian Singleton and that poor young soldier?'

'Stop, Basil. You are talking about things of which you know nothing,' said Dorian. 'I know how people talk in England. This is a country where people have two faces. They whisper rumours about people like myself, and then do much worse things when others are not looking.'

'Dorian,' cried Hallward, 'that is not the question. I know England is bad, but that's the reason I want you to be a good influence on your friends. Instead you have lost all belief in goodness and honesty. You have filled those poor young men with a madness for pleasure.'

Dorian smiled.

'How can you smile like that? I only want you to have a clean name. You have a wonderful influence. Let it be for good. Yet I wonder whether I know you? But I can't answer that question. I would need to see your soul.'

'To see my soul!' cried Dorian Gray. He jumped up from the sofa, turning almost white with fear.

'Yes,' answered Hallward. There was a deep sadness in his voice. 'To see your soul. But only God can do that.'

A bitter laugh came from the lips of the younger man. 'You will see it yourself, tonight!' he cried, picking up a lamp from the table. 'Come: it is your own work. Why shouldn't you look at it? You can tell the world all about it after, if you want. Nobody will believe you. If they do believe you, they will like me better for it. Come, I tell you. You have talked enough about corruption. Now you will see it face to face.'

There was madness in every word he said. He felt a terrible delight that someone was going to share his secret. The man who had painted the portrait was going to share his shame. The painter would suffer for the rest of his life with the memory of what he had done.

'Yes,' he continued, coming closer to him. 'I will show you my soul. You will see what you think only God can see.'

Hallward jumped back.

'You cannot say things like that, Dorian!' he cried. 'They are horrible and they don't mean anything.'

'You think so?' He laughed again.

'I know so. Dorian, you have to tell me –'

'Don't touch me. Finish what you have to say.'

The painter felt extraordinarily sad. He walked over to the fire and stood there.

'I am waiting, Basil,' said the young man, in a hard, clear voice.

He turned round. 'What I have to say is this,' he cried. 'You must give me some answer to the horrible things people are saying against you. Tell me that they are not true, Dorian! Can't you see what I am going through? My God! Don't tell me that you are bad and corrupt and shameful.'

Dorian Gray smiled. 'Come upstairs, Basil,' he said, quietly. 'I keep a diary of my life from day to day. I will show it to you if you come up with me.'

'I will come with you, Dorian, if you wish it. I see I have missed my train. It does not matter. I can go tomorrow. But don't ask me to read anything tonight. All I want is a simple answer to my question.'

'I will give it to you upstairs. I could not give it to you here. You will not have to read for long.'

Chapter 10   Basil Sees the Portrait

He passed out of the room and began climbing the stairs. Basil Hallward followed close behind. They walked softly, as people always do at night. The lamp made strange shadows on the wall and stairs.

When they reached the top, Dorian put the lamp down on the floor. He took the key out of his pocket and turned it in the lock.

'You really want to know, Basil?' he asked in a low voice.

'Yes.'

'I am delighted,' he answered, smiling. Then he added, 'You are the one man in the world I want to know everything about me. You have influenced my life more than you think.' Taking up the lamp, he opened the door and went in. Cold air passed between them. 'Shut the door behind you,' he whispered, as he placed the lamp on the table.

Hallward looked around the room in surprise. The room had clearly not been lived in for years. The whole place was covered with dust, and there were holes in the carpet. A mouse ran across the floor.

'So you think that it is only God who sees the soul, Basil. Take the cover off the portrait, and you will see mine.'

The voice that spoke was cold and cruel.

'You are mad, Dorian,' said Hallward, frowning.

'You won't take the cover off? Then I will do it myself,' said the young man, throwing the old purple curtain to the ground.

A cry of fear came from the painter's lips when he saw the face in the portrait. It was Dorian Gray's face he was looking at, and it still had some of that wonderful beauty. But now there were terrible signs of age and corruption. But who had done it? He held the lamp up to the picture. In the left hand corner was his name, painted in red.

What had happened? He had never done that. Still, it was his own picture. He knew it, and it made his blood turn to ice. His own picture! What did it mean? Why had it changed? He turned, and looked at Dorian Gray with the eyes of a sick man.

The young man was standing near the wall, watching him. He had taken the flower out of his coat, and was smelling it.

'What does this mean?' cried Hallward, at last. His own voice sounded high and strange.

'Years ago, when I was a boy,' said Dorian Gray, closing his hand on the flower, 'you met me and flattered me. You taught me to love my beauty. One day you introduced me to a friend of yours. He explained to me how wonderful it was to be young. You finished a portrait of me that showed me how wonderful it was to be beautiful. In a mad moment I made a wish –'

'I remember it! Oh, how well I remember it! No! The thing is impossible. There must be something wrong with the paint. I tell you the thing is impossible.'

'Is anything really impossible?' said the young man, going over to the window.

'You told me you had destroyed it.'

'I was wrong. It has destroyed me.'

'I don't believe it is my picture. There was nothing bad in it, nothing shameful. You were perfect to me. This is a face from hell.'

'It is the face of my soul. Each of us has Heaven and Hell in him, Basil,' cried Dorian wildly.

Hallward turned again to the portrait, and stared at it. 'My God! Is this true?' he cried. 'Is this what you have done with your life? You must be even worse than people say!'

Hallward threw himself into the chair by the table and put his face in his hands. The lamp fell to the floor and went out.

'Good God, Dorian! What an awful lesson! What an awful lesson!' There was no answer, but he could hear the young man crying at the window. 'We must ask God for forgiveness. I worshipped you too much. I am punished for it. You worshipped yourself too much. We are both punished.'

Dorian Gray turned slowly around and looked at him. There were tears in his eyes. 'It is too late, Basil,' he said.

'But don't you see that hellish thing staring at us?'

Dorian Gray looked at the picture. Suddenly he felt that he hated Basil Hallward. He hated the man sitting at the table more than he hated anything in his life.

He looked wildly around. Something shone on top of the painted cupboard that faced him. It was a knife he had left there some days before. He moved slowly towards it, passing Hallward as he did so. He took the knife in his hand and turned around. Hallward moved in his chair. He rushed at him, and stuck the knife into his neck again and again.

Dorian threw the knife down on the table and stood back. He could hear nothing but the sound of blood falling on to the carpet.

He threw the knife down on the table and stood back. He could hear nothing but the sound of blood falling on to the carpet. He opened the door and went out on to the stairs. The house was completely quiet. No one was there.

How quickly it had all been done! Feeling strangely calm, he walked over to the window and opened it. The wind had blown the fog away and the sky was clear. He looked down and saw a policeman walking down the street. He was shining a lamp in all the houses.

Closing the window, he went back into the room. He did not look at the murdered man. He felt that the secret of the whole thing was not to think about it at all. The friend who had painted the terrible portrait had gone out of his life. That was enough.

He picked up the lamp and walked out of the room, locking the door behind him. As he walked down the stairs he thought that he heard what sounded like cries of pain. He stopped several times, and waited. No, everything was still.

When he reached the library, he saw the bag and coat in the corner. They must be hidden away somewhere. He unlocked a secret cupboard and threw them in. He could easily burn them later. Then he pulled out his watch. It was twenty minutes to two.

He sat down and began to think. Basil Hallward had left the house at eleven. No one had seen him come in again. The servants were in bed . . . Paris! Yes. It was to Paris that Basil had gone. And by the midnight train as he had planned. It would be months before anyone suspected anything. Months! He could destroy everything long before then.

Suddenly he had a thought. He put on his coat and hat and went into the front room. From the window he could see the policeman passing the house. He waited, and held his breath.

After a few moments he went out of the house, shutting the door very gently behind him. Then he began ringing the bell. In about five minutes a servant appeared. He was half dressed and looked very sleepy.

'I am sorry I had to wake you up, Francis,' he said, stepping in. 'But I have forgotten my key. What time is it?'

'Ten minutes past two, sir,' answered the man, looking at a clock.

'Ten minutes past two? How horribly late! You must wake me at nine tomorrow. I have some work to do.'

'All right, sir.'

'Did anyone call this evening?'

'Mr Hallward, sir. He stayed here until eleven, and then he went away to catch his train.'

'Oh! I am sorry I didn't see him. Did he leave any message?'

'No, sir. He said he would write to you from Paris.'

'That is all, Francis. Don't forget to call me at nine tomorrow.'

'No, sir.'

The man went off to his bedroom.

Dorian Gray threw his hat and coat upon the table and passed into the library. For a quarter of an hour he walked up and down the room, biting his lip and thinking. Then he took down a book from one of the cupboards, and began to turn the pages. 'Alan Campbell, 152 Hertford Street, Mayfair.' Yes, that was the man he wanted.

Chapter 11   The Problem of the Body

At nine o'clock the next morning his servant came in with a cup of chocolate, and opened the curtains. Dorian was sleeping quite peacefully, lying with one hand under his cheek.

As he opened his eyes a smile passed across his lips. He turned round, and began to drink his chocolate. The November sun came into the room, and the sky was bright. It was almost like a morning in May.

Slowly he remembered what had happened the night before. The dead man was still sitting there, and in the sunlight now. How horrible that was! Such terrible things were for the darkness, not the day.

After he had drunk his cup of chocolate, he went over to the table and wrote two letters. One he put in his pocket, and the other he handed to his servant.

'Take this round to 152 Hertford Street, Francis. If Mr Campbell is out of town, get his address.'

When the servant had gone, he lit a cigarette, and began drawing on a piece of paper. First he drew flowers, then houses, then human faces. Suddenly he realized that every face he drew looked like Basil Hallward. He frowned and went over to lie on the sofa.

An hour went past very slowly. Every second he kept looking up at the clock. As the minutes went by he became horribly worried. He got up and walked around the room. His hands were strangely cold.

At last the door opened, and his servant entered.

'Mr Campbell, sir,' said the man.

The colour came back to his cheeks.

'Ask him to come in at once, Francis.' He felt himself again. His fear had gone away.

In a few moments Alan Campbell walked in. He looked very angry and rather worried.

'Alan! This is kind of you. I thank you for coming.'

'I hoped never to enter your house again, Gray. But you said it was a question of life and death.' His voice was hard and cold, and he kept his hands in the pockets of his coat.

'Yes, it is a question of life and death, Alan. And to more than one person. Sit down.'

Campbell took a chair by the table, and Dorian sat opposite him. The two men's eyes met. In Dorian's there was great sadness. He knew that what he was going to do was terrible.

After a moment of silence, Dorian said very quietly, 'Alan, in a locked room at the top of the house, a dead man is sitting at a table. He has been dead for ten hours now. Don't stir, and don't look at me like that. You don't need to know who this man is. You don't need to know how or why he died. What you have to do is this —'

'Stop, Gray. I don't want to know anything more. I don't care if what you tell me is true or not true. I don't want any part in your life. Keep your horrible secrets to yourself. They don't interest me any more.'

'Alan, they will have to interest you. I am awfully sorry for you, Alan. But I can't help myself. You are the one man who can save me. Alan, you are a scientist. You know about chemistry, and things of that kind. What you have got to do is to destroy the thing that is upstairs.'

'You are mad, Dorian. I will have nothing to do with this.'

'He killed himself, Alan.'

'I am glad of that. But who made him do it? You, I suppose.'

'Do you still refuse to do this for me?'

'Of course I refuse. You have come to the wrong man. Go to some of your friends. Don't come to me.'

'Alan, it was murder. I killed him. You don't know what he made me suffer.'

'Murder! Good God, Dorian, is that what you have come to? I will have nothing to do with it.'

'You must have something to do with it. Don't ask any more questions. I have told you too much already. But you must do this. We were friends once, Alan.'

'Don't speak of those days, Dorian. They are dead.'

'They will hang me for this, Alan. Don't you understand? They will kill me for what I have done.'

Campbell got up to leave. 'I will not have anything to do with this.'

'You refuse?'

'Yes.'

The same look of sadness came into Dorian Gray's eyes. Then he took a piece of paper and wrote something on it. He read it over and pushed it across the table. Then he got up and went over to the window.

Campbell looked at him in surprise and picked up the paper. As he read it, his face went white, and he fell back in his chair.

After two or three minutes without speaking, Dorian came and stood next to him.

'I am very sorry for you, Alan,' he said, putting his hand on his shoulder. 'But there is no other way. I have a letter written already. Here it is. You see the address. If you don't help me, I will send it. You know what will happen. But you are going to help me. It is impossible for you to refuse now.'

Campbell put his face in his hands.

'The thing is quite simple, Alan. It has to be done. Face it, and do it.'

A terrible sound came from Campbell's lips.

'Come, Alan, you must decide now.'

Alan paused for a moment. 'Is there a fire in the room upstairs?'

'Yes, there is a gas fire.'

'I must go home and get some . . . things.'

'No, Alan, you must not leave the house. Write out what you want, and my servant will get the things for you.'

It was nearly two o'clock when the servant returned with an enormous wooden box filled with the things Campbell had asked for.

'You can have the rest of the day to yourself, Francis.'

'Thank you, sir.'

When the servant had left, the two men carried the box up the stairs. Dorian took out the key and turned it in the lock. Then he stopped and Campbell saw that his eyes were full of tears. 'I don't think I can go in, Alan,' he said.

'I don't need you,' said Campbell coldly.

Dorian half opened the door. As he did so, he saw the face of the portrait staring in the sunlight. He remembered that the night before he had forgotten to cover the picture. He was about to rush forward when he saw something that made him jump back.

There was blood on one of the hands in the portrait. How horrible it was!

He hurried into the room, trying not to look at the dead man. Picking the curtain off the floor he threw it over the picture. Then he rushed out of the room and down the stairs.

It was long after seven when Campbell came back into the library. He was quiet and white in the face, but very calm. 'I have done what you asked me to do,' he said. 'And now goodbye. Let us never see each other again.'

'You have saved me, Alan. I cannot forget that,' said Dorian, simply.

When Campbell had left he went upstairs. There was a horrible smell in the room. But the thing that had been sitting at the table was gone.

Chapter 12   'Why Do You Look so Young'

'Don't tell me that you are going to be good,' cried Lord Henry. 'You're quite perfect. Don't change.'

Dorian Gray shook his head. 'No, Harry, I have done too many terrible things in my life. I am not going to do any more. But tell me, what is happening here in London? I have been out of the country for more than a month.'

'People are still discussing poor Basil's disappearance.'

'Are they not bored with that yet?' said Dorian, pouring out some wine and frowning.

'My dear boy, they have only been talking about it for six weeks.

238

There was blood on one of the hands in the portrait.
How horrible it was!

The British only need one subject of conversation every three months. They have been very lucky recently, though. First there was the scandal of my wife leaving me, and then Alan Campbell killed himself. Now there is the mysterious disappearance of an artist. The British police are saying that Basil did take the midnight train on the ninth of November, but the French police are sure that he never arrived in Paris at all.'

'What do you think has happened to Basil?' asked Dorian, holding up his wine against the light.

'I have no idea. If Basil wants to hide himself, it is no business of mine. If he is dead, I don't want to think about him. Death is the only thing that ever frightens me. I hate it.'

'Why?' said the younger man, in a tired voice.

'Because,' said Lord Henry, 'it is the only thing that is final. Let us have our coffee in the music room, Dorian. You must play Chopin to me. The man who ran away with my wife played Chopin beautifully. Poor Victoria! I was very fond of her. The house is quite lonely without her.'

Dorian said nothing, but went into the next room and sat at the piano. After the coffee had been brought in, he stopped playing.

'Harry,' he said, looking over at Lord Henry. 'Do you think Basil was murdered?'

Lord Henry yawned. 'Everyone liked Basil. Who would want to murder him? He was not clever enough to have enemies. Of course he was a wonderful painter. But a man can paint like Velasquez and yet still be rather boring. Basil was really rather boring. The only thing that interested me about him was that he worshipped you.'

'I was very fond of Basil,' said Dorian sadly. 'But don't people say he was murdered?'

'Oh, some newspapers do. But I don't think it is likely. I know there are awful places in Paris, but Basil was not the sort of man to go to them.'

'What would you say, Harry, if I told you that I had murdered

Basil?' said the younger man. He watched him carefully after he had spoken.

'No, Dorian, you would not murder anyone. It is ordinary people who murder. It is their way of finding the extraordinary pleasure that art gives us.'

'A way of finding the extraordinary pleasure? Do you think that a man who has murdered could do it again. Don't tell me that.'

'Oh! Anything becomes a pleasure if you do it too often,' cried Lord Henry, laughing. 'That is one of the most important secrets of life. I believe, though, that murder is always a mistake. One should never do anything one cannot talk about after dinner. But let us pass from poor Basil. I wish I could believe that he has died some romantic death, but I can't. He probably fell into the Seine off a bus. I can see him now lying on his back in the dirty green water. During the last ten years he had not been painting well.'

Lord Henry walked across the room and touched the head of a strange grey bird that he kept in the music room. Then he turned to face Dorian.

'Yes,' he continued, taking his handkerchief out of his pocket, 'his painting seemed to me to have lost something. When you and he stopped being great friends, he stopped being a great artist. What was it that separated you? I suppose he bored you. If so, he never forgave you. By the way, what happened to that wonderful portrait he did of you? I don't think I have ever seen it since he finished it.'

'I told you years ago that it was stolen.'

'Oh! I remember. You never got it back? What a shame! It really was wonderful. I remember I wanted to buy it. I wish I had it now.'

'I never really liked it,' said Dorian. 'I am sorry I sat for it. The memory of the thing is hateful to me.'

'How sad you look! Don't be so serious. Play me some music, Dorian. And, as you play, tell me in a low voice why you still look so young. I am only ten years older than you are, and I have grey hair and yellow skin. You are really wonderful, Dorian.'

'Harry, please –'

'You have never looked more charming than you do tonight. You remind me of the day I first saw you. You were very shy, and absolutely extraordinary. You have changed, of course, but not in appearance. You are still the same.'

'I am not the same, Harry.'

'Yes, you are the same. I wish I could change places with you, Dorian. The world has cried out against us both, but it has always worshipped you. It always will worship you. Life has been your art.'

Dorian got up from the piano, and passed his hand through his hair. 'Yes, life has been beautiful,' he said, quietly, 'but I am not going to have the same life, Harry. And you must not say these things to me. You don't know everything about me. I think that if you did, even you would turn away from me. You laugh. Don't laugh.'

'Why have you stopped playing, Dorian? Let us go to the club. It has been a charming evening, and we must end it charmingly. There is someone I want to introduce to you – young Lord Poole. He has already copied your ties and he very much wants to meet you. He is quite charming and he reminds me of you.'

'I hope not,' said Dorian, with a sad look in his eyes. 'But I am tired tonight, Harry. I won't go to the club. It is nearly eleven, and I want to go to bed early.'

'Please stay. You have never played so well as tonight.'

'It is because I am going to be good,' he answered, smiling. 'I am a little changed already.'

'You can't change to me, Dorian,' said Lord Henry. 'You and I will always be friends. Come round tomorrow. We shall go to lunch.'

'Do you really want me to come, Harry?'

'Certainly. The park is quite lovely now. I don't think there have been such flowers since the year I met you.'

'Very well. I shall be here at eleven,' said Dorian. 'Good-night, Harry.'

Chapter 13 'To Kill the Past'

It was a lovely night. He walked home, with his coat on his arm, smoking his cigarette. Two young men in evening dress passed him. He heard one of them whisper to the other, 'That is Dorian Gray'. He remembered how pleased he used to be when he was stared at, or talked about. He was tired of hearing his own name now.

When he reached home, he found his servant waiting up for him. He sent him to bed, and threw himself down on the sofa in the library. He began to think about some of the things that Lord Henry had said to him.

Was it really true that one could never change? There had been a time when he had been good and innocent. He had corrupted himself, and become a terrible influence on others. He had even got pleasure from this corruption. Yet his soul had once been the purest of all. Was all that gone? Was there no hope for him?

In one terrible moment of passion, he had asked to stay young for all time. All his failure had been because of that. He had not been punished, but perhaps punishment was what he had needed. Punishment cleaned the soul.

The mirror that Lord Henry had given to him, so many years ago now, was standing on the table. He picked it up, remembering that horrible night when he had first noticed the change in the picture. Once, someone who had loved him passionately had written him a mad letter. It had ended with these words: 'The world is changed because you are made of gold.' He repeated them to himself and suddenly realized that he hated his own beauty. Throwing the mirror on the floor, he broke the glass into little pieces with his foot. It was his beauty that had spoiled him.

It was better not to think of the past. Nothing could change that. He had to think of his future. Alan Campbell had shot himself one night, and his terrible secret had died with him. The interest in Basil Hallward's disappearance would soon pass away. He was perfectly safe there.

What worried him was the death of his own soul. Basil had painted the portrait that had destroyed his life. He could not forgive him that. It was the portrait that had done everything. The murder had just been the madness of the moment. As for Alan Campbell, he had killed himself. It was nothing to do with Dorian Gray.

A new life! That was what he wanted. That was what he was waiting for. Perhaps it had begun already. He would never again spoil innocence. He would be good.

He began to wonder if the portrait in the locked room had changed. Was it still as horrible as it had been? Perhaps if his life became pure, the face in the portrait would become beautiful again. He would go and look.

He took the lamp from the table and went upstairs. As he opened the door, a smile of happiness passed across his young face. Yes, he would be good, and the ugly thing he had locked away would not frighten him any more. He felt happier already.

He went in quietly, locking the door behind him. Walking straight over to the portrait, he took off the purple curtain that was covering it. An angry cry of pain came from him. He could see no change. The thing was still hateful – more hateful, even, than before. The red mark on the hand seemed brighter and more like new blood. And why was the red mark larger than it had been? It was all over the fingers now. There was blood on the painted feet, and blood on the hand that had not held the knife.

What did it all mean? That he should go to the police? That he should tell the whole story, and be put to death? He laughed. He felt the idea was absurd. If he did tell them now, who would believe him? There was nothing left of the murdered man anywhere. He had destroyed everything belonging to Basil Hallward. He himself had burned the bag and the coat. They would simply say he was mad.

Was this murder to follow him all his life? Was he always going to suffer because of his past? Yet what could he do? Go to the police? Never.

There was only one thing they could use against him and that was the picture itself. He would destroy it. Why had he kept it so long? Once it had given him pleasure to watch it changing and growing old. Recently he had felt no such pleasure. It had kept him awake at night. When he had been away, he had been frightened that another person would see it. Just the memory of it spoiled many moments of happiness. He would destroy it.

He looked around and saw the knife that had killed Basil Hallward. He had cleaned it many times until there was no mark left on it. It was bright, and it shone. It had killed the painter. Now it would kill the painter's work, and all that it meant. It would kill the past. When that was dead he would be free. He picked up the knife and pushed it into the picture.

There was a cry, and a crash. The cry was so horrible that frightened servants woke and came out of their rooms. Two gentlemen, who were passing in the Square below, stopped, and looked up at the great house. They hurried on until they met a policeman, and brought him back. The policeman rang the bell several times, but there was no answer. Except for a light in one of the top windows, the house was all dark. After a time, he went away and stood in the garden of the next house and watched.

'Whose house is that?' asked the older of the two gentlemen.

'Mr Dorian Gray's, sir,' answered the policeman.

They looked at each other as they walked away, and laughed cruelly. They knew who Dorian Gray was.

Inside the house the servants were talking in low whispers to each other. Old Mrs Leaf was crying. Francis was as white as death.

Lying on the floor was a dead man in evening dress. He had a knife in his heart.

After about a quarter of an hour, they went fearfully upstairs. They knocked, but there was no reply. They called out. Everything was still. They tried the door. It was locked. Finally, they got on the roof and came into the room through the window.

When they entered the room they found a portrait hanging on the wall. It showed Mr Dorian Gray as they had last seen him, young and beautiful. Lying on the floor was a dead man in evening dress. He had a knife in his heart. He was old and horribly ugly. It was not until they saw his rings that they recognized who the man was.

ACTIVITIES

Chapters 1–3

Before you read

1 Look at the pictures in this book. Do you think the story takes place:
   a now?
   b fifty years ago?
   c 100 years ago?

2 These words come in this part of the story. Use a dictionary to learn their meaning.
   exhibit   extraordinarily   flatter   frown
   passion   portrait   soul   worship
   Find the right meaning for each word.
   a very strong feelings like love and anger
   b to put on a show
   c a painting of a person
   d the part of a person that lives after death
   e to have a cross look on one's face
   f unusually
   g to say nice things (not always true!) to someone
   h to love someone completely

3 Learn the meaning of these words. Then write sentences with the words to show their meaning.
   a fascinating
   b charming
   c influence

After you read

4 Answer these questions:
   a What are Basil Hallward's feelings for Dorian Gray?
   b What are Dorian Gray's feelings for Basil?
   c What wish does Dorian make when he sees the finished portrait?
   d In Chapter 3, who has Dorian fallen in love with?
   e Lord Henry receives a telegram. What information does it contain?

5 What does Lord Henry mean when he says 'some little actress'?

Chapters 4–6

Before you read

6 These words come in this part of the story. Use a dictionary to learn their meaning.

absurd   scandal   tragedy

Find the right meaning for each word:

a a situation which is very sad

b a situation which shocks people

c very silly

7 Do you think that Dorian and Sybil will really get married? Discuss this with other students.

After you read

8 'I don't want to be an actress any more.'

a Why has Sybil changed her mind about acting?

b What effect does this have on Dorian?

c How does this cause a tragedy?

9 'The portrait was going to carry his shame.' (Chapter 6) What does this mean?

10 Dorian doesn't think he is heartless. What do you think? Discuss this with other students.

Chapters 7–8

Before you read

11 To be *corrupted* means:

a to become better

b to become bad

c to become important

12 Look at the picture on page 217. What do you think Basil is saying? And what is Dorian saying?

13 'You will sit for me again?' (page 220)

    a What does Basil mean by this question?

    b Why does Dorian refuse?

14 Describe how Dorian arranges to hide the portrait.

Chapters 9–10

Before you read

15 Dorian has decided to hide the portrait. Do you think any of the other people in the story will be allowed to see it? If so, who? Discuss your views with other students.

After you read

16 Why does Basil come to see Dorian?

17 Who says these words? What does the speaker mean?

    a 'I will show you my soul. You will see what you think only God can see.'

    b 'Is this what you have done with your life?'

18 Why do you think that Dorian kills Basil?

Chapters 11–13

Before you read

19 Dorian needs to get rid of Basil's dead body. How can he do it? Discuss your ideas with other students.

After you read

20 At first, Alan Campbell refuses to do what Dorian wants. Why does he change his mind?

21 How does the portrait change after the death of Basil?

22 Describe what the servants find when they finally enter the room where the portrait is.

Writing

23 Sybil Vane was a beautiful and popular actress. Write a newspaper report of her death.

24 Lord Henry and Basil are both close friends of Dorian. How are their characters different? Which one do you prefer?

26 You are Dorian. You keep a diary. Write about the day when you arranged for Alan Campbell to get rid of Basil's body.

26 The changes in the portrait seem to happen by magic. Think of a story (perhaps a film) in which something magical happens. Tell the story.

27 Dorian seems to think that beauty is important and that kindness is not. Give three examples of his love of beauty and three examples of his lack of kindness.

28 Write a note to a friend, describing this book. Say if your friend will like it or not and why.

The Locked Room and Other Stories

M. R. JAMES

Level 4

Retold by Louise Greenwood and Carolyn Jones
Series Editors: Andy Hopkins and Jocelyn Potter

Contents

Introduction

He jumped and screamed and, as he did, the face of the thing came up towards him: no eyes, no nose, no mouth. He screamed again and rushed to the door. He felt the thing touch his back and start to tear at his shirt . . .

Things . . . things in the night, things in the house, screaming, running, staring . . . In these stories there are things that are worse than your worst dreams.

Giant black spiders living in a tree. The terrible ghost that waits outside a window. Empty clothes that walk. The strange thin woman who moves through a man's picture. The boy with the long, dirty fingernails – and a hole in his chest. The woman who screams from the bottom of a lake. And the dry dusty old man who reads – but has no eyes!

Here are nine stories like no others you have read.

Montague Rhodes James was born in 1862 in a village in Kent, in the south of England, where his father was a vicar. From an early age, he loved old books and studied history, the Bible, languages and the books of past centuries at Cambridge University. He studied, lived and worked at the University from 1882 to 1918.

He began to write ghost and horror stories after reading the stories of Irish writer Sheridan Le Fanu. From the early 1890s, he read one of his own stories to friends at Christmas every year. His great knowledge of history gave his stories an unusual amount of detail and his ghosts seem more real, and are more frightening, than those of almost any other writer.

M. R. James died in 1936.

Chapter 1   The Ash-Tree

Visitors to Castringham Hall in Suffolk will find it almost unchanged from the days when our story took place. They can still see the beautiful old house with its gardens and lake. However, the one thing missing is the ash-tree, which used to stand, proud and tall, in front of the house, its branches almost touching the walls.

This story begins in 1690 with a strange, lonely old woman, Mrs Mothersole, who was found guilty of being a witch. Sir Matthew Fell, the owner of Castringham Hall at that time, described how she used to climb into the ash-tree outside his bedroom every time there was a full moon. He said that she usually carried a strange knife to cut off parts of the tree and that she talked to herself. Once he followed her home, but she disappeared and when he knocked on the door of her house, she came downstairs in her night clothes looking sleepy. He and the villagers agreed that it was certain she did these things by magic and so she was hanged. Before she died, she fought and shouted, and her last strange words were: 'There will be guests at the Hall.'

After the hanging, Sir Matthew felt uncomfortable and guilty, and he told his friend the vicar about his worries. 'You did the right thing, Sir Matthew,' were the wise words of the vicar. 'I'm sure she was a dangerous woman.' Sir Matthew felt happier.

That evening, Sir Matthew and the vicar went for a walk in the gardens of Castringham Hall. It was the night of the full moon. As they were returning to the house, Sir Matthew pointed to the ash-tree in great surprise. 'What kind of animal is that running down the ash-tree? It looks very strange.'

The vicar only saw the moving animal for a moment, but he thought that it had more than four legs. He shook his head. 'I

'What kind of animal is that running down the ash-tree? It looks very strange.'

must be tired,' he thought to himself. 'After all, what animal has more than four legs?' He said nothing to Sir Matthew, but just wished him good night.

The next morning, Sir Matthew's servants were surprised not to find him downstairs at his usual time of six o'clock. When seven o'clock and then eight o'clock passed, they began to suspect that something was terribly wrong and they went up to his bedroom. The door was locked. After knocking several times and still getting no answer from inside, they broke down the door and entered, to find that their fears were right. Sir Matthew's body lay on the bed, dead and completely black. There were no wounds or other marks on him and everything in the room looked as usual, except that the window was wide open. His servants at first suspected poison but the doctor who was called found no such thing and could offer no real explanation for Sir Matthew's death.

When he heard the news, the vicar rushed to Castringham Hall, and, while he was waiting to hear the doctor's opinion, he looked at Sir Matthew's Bible, which was lying on a table by the dead man's bedside. He opened the book and the first words he read were from the book of Luke, chapter 8: 'Cut it down' were the words he read.

♦

The servants locked Sir Matthew's room that day and it stayed locked up for the next forty years. By that time, Sir Richard Fell, Sir Matthew's grandson, was living at Castringham Hall. He enjoyed spending money, especially on rebuilding parts of the Hall. He also decided to make the local church bigger so that his family could have a fine new seat in the new part of the church. In order to complete this building work, some of the graves in the graveyard had to be moved. One of the graves was that of Mrs Mothersole, the old witch who began this story. The villagers were excited about the opening of her grave and a crowd came to watch. However, they and the workmen were amazed to find the grave completely empty: no body, no bones, no dust.

At about this time, Sir Richard started to sleep very badly. The wind made his fire smoke and the curtains move and, because his room faced east, the sun woke him up early in the morning. One morning he asked his servant to help him choose a better room and he made a tour of the house, finding something wrong with each room. Each one was either too cold or too noisy or it faced the wrong direction. Finally, he found himself outside his grandfather's old room. His servant tried to persuade him not to go in:

'It's a bad room, sir. They say terrible things happened in there, and no one has opened the door since the death of your grandfather. Also, the ash-tree is right outside the window and that's always unlucky, sir.'

But Sir Richard was not listening. He unlocked the door and walked straight in. 'See? Nothing unusual in here, James!' he said and he opened the window. As he did so, he noticed how tall and dark the ash-tree was. Its branches seemed to be trying to reach into the room. But he said nothing.

At that moment, a stranger rang the bell at the front door of the Hall. The servant brought him up to the bedroom, where Sir Richard was standing, looking around him at the old paintings and old books. 'I must apologize for interrupting you, Sir Richard,' said the stranger, 'but please allow me to introduce myself. My name is William Crome. My grandfather was the vicar here in your grandfather's time. I have some papers to deliver to you.'

'Delighted to meet you,' said Sir Richard. 'James, please bring us some wine in the library and then move my clothes and things into this room for me. I will sleep here in future.'

While he was drinking a glass of wine with William Crome in the library, Sir Richard looked at the papers, many of which belonged to his grandfather. Among them he found the notes made by the old vicar about the day of Sir Matthew's mysterious death.

'Well, well,' said Sir Richard, laughing quietly. 'How very interesting! It seems that my grandfather's Bible gave a piece of advice on the day he died and your grandfather thought it could be about that old ash-tree outside the bedroom window – "Cut it down" the Good Book told him. Those were the first words your grandfather saw when he opened the Bible on the day of my grandfather's death.'

'Do you still have that old Bible?' asked William Crome, 'I'd very much like to see it.'

Sir Richard found the old Bible easily. 'Yes, here it is. A bit dusty, I'm afraid. Let's see what it has to tell me. I'll open it at any page and read the first words I see, just as your grandfather did.'

He opened the book and his eyes fell on the words, 'You shall look for me in the morning, and I shall not be here.' Sir Richard was sure that the words were again about the ash-tree – the Bible was trying to give him some advice! He ordered some of his servants to cut it down the next day.

◆

But Sir Richard did not live to see them cut the ash-tree down. That night, at exactly midnight, a strange and terrible animal jumped from Sir Richard's bed, ran silently to the window and disappeared into the shadowy branches of the enormous tree. No one was there to see it but the next morning they found Sir Richard's body, like his grandfather's, dead and completely black.

When William Crome heard the news of his new friend's death, the words from the Bible came back to him: 'You shall look for me in the morning and I shall not be here.' He immediately hurried to Castringham Hall, where he found the family and servants crowded round the ash-tree.

'Sir Richard's last orders were that we should cut down this tree,' explained James and then, in a quieter voice, he went on, 'and there's something very strange about that tree, sir. Very strange. It's hollow and they say something lives inside it.'

The gardener put his ladder against the tree and climbed up to look inside. As he held a light over the hole, his face suddenly looked so terrified that several of the people watching from below screamed and turned to run. The gardener himself fell off the ladder, dropping his lamp down into the hollow tree, which quickly caught fire. As the tree started to burn, the crowd saw an animal run from the tree. They screamed in horror as they saw its shape and size. It looked like an enormous spider, about the same size as a man's head and covered all over with grey hair.

'Look, there's another! And another!' someone shouted. For a long time the men watched these terrifying animals trying to escape from the fire one after another, and then they killed them with sticks.

As the tree started to burn, the crowd saw an animal run from the tree.

At last, the fire burned itself out and William Crome, James the servant and some of the braver people went to look inside the blackened tree. There they found the bones of a human being. The doctors who examined it afterwards said that it was the body of a woman who died around 1690 ... the year that old Mrs Mothersole was hanged.

Chapter 2   A School Story

Two men, John and Edgar, were having dinner together one night when a conversation started on the subject of school-days. One of them, John, told the following strange story:

'When I went to the school in September of 1870, I immediately became friendly with a Scottish boy called McLeod. It was a large school and the teachers changed quite often. One term a new teacher named Sampson came to teach at the school. He taught us Latin. He was tall and pale with a black beard and he was popular with the boys because he used to tell us all about his travels to different countries. He always carried an old gold coin in is pocket, which he found on a trip to Turkey, and one day he let us look at this coin closely. On one side of it was the head of a king – I don't know which one – and on the other side of it were the letters G.W.S. (for Sampson's name) and the date 24 July 1865.

We enjoyed Sampson's classes because he often asked us to invent sentences of our own, instead of always doing the boring exercises in the grammar book. One day, he asked us for sentences using the word 'remember' in Latin. We all wrote our sentences in the usual way, and Sampson came round to correct each of us. My friend McLeod seemed to be having some difficulty in thinking of a sentence and when the bell went for break, I saw him write something very quickly, just before Sampson reached him. So McLeod's sentence was the last one that Sampson corrected that day; I waited outside the classroom for what seemed a long time before my friend at last came out. I guessed that he was in trouble for making a mistake. When he did come out, he was looking thoughtful.

'What happened? Was old Sampson angry?' I asked.

'No. My sentence was all right, I think. I wrote "Memento putei inter quattuor taxos",' said McLeod.

'Well, what does all that mean?' I asked.

'That's the funny thing,' he explained. 'I don't really know, you see. I couldn't think of anything to write until just before Sampson got to me. Then those words just came into my head from nowhere and – it was very strange – I could see a sort of picture of it in my head. I think it means "Remember the well among the four trees". When Sampson read it he went quiet for a long time, then he started to ask me questions about my family and where I came from. Then he let me go.'

We soon forgot about the lesson and McLeod's strange sentence because the next day McLeod became ill with a cold and he didn't come to school for a week. Nothing happened for about a month, until one day when we were, again, writing Latin sentences for Sampson. This time we had to write them on pieces of paper and give them to him for correction. He started looking through them, but when he got to one piece of paper he turned white and cried out, looking very frightened. He got up and hurried out of the classroom and we sat there for a long time, wondering what to do. Finally, I got up to have a look at the papers and the first thing I noticed was that the top one was in red ink. Our school never allowed us to use red ink; it was against the rules. The sentence on the paper said 'Si tu non veneris ad me, ego veniam ad te', which means 'If you don't come to me, I will come to you'. All the boys looked at it and they all promised that the sentence was not theirs. To check, I counted the pieces of paper – there were seventeen of them . . . but there were only sixteen boys in the class. Where this paper came from, no one could say. I put it in my pocket and it wasn't until that afternoon that I took it out again: it was completely white, with no sign of the red writing on it anywhere! I know it was the same piece of paper because I could still see my fingermarks on it. Anyway, Sampson eventually came back at the end of that lesson and told us we could go. He looked at the papers one by one, and probably thought it was his imagination playing tricks. He looked pale and worried.

The next day, Sampson was in school again and he seemed quite normal, but it was that night that the third strange thing happened. It was about midnight when I suddenly woke up; somebody was shouting at me. It was McLeod, who shared my room; he looked terrified. 'Quick,' he said, 'I think a burglar is trying to get into Sampson's room.' I rushed to the window but could see nothing. Somehow, though, I felt that something *was* wrong out there and the two of us waited, watching closely.

'Tell me exactly what you saw or heard,' I whispered.

'I didn't hear anything but about five minutes before I woke you I just found myself standing here at the window,' McLeod whispered back. 'There was a terrible-looking man standing just outside Sampson's window. He was very tall and very thin . . . and . . . he didn't really look like a living person at all. More like a ghost. He seemed to be making a sign to Sampson to go with him. That's all I saw before I woke you up.'

We waited a long time, watching, but we saw nothing more that night. Everything was quiet outside. We woke up feeling tired and strange in the morning. But during the day the news went round that no one could find Sampson anywhere, and he didn't come for our Latin class that day. In fact, we never heard of or saw Sampson again. Somehow, McLeod and I knew that we should keep quiet about what he had seen that night and we never told anyone.'

'It's a good story, John,' said Edgar, listening to his friend as he finished his wine, 'a very good one. But now I really must be on my way home. I hope I don't meet any strange, thin men on the way.' The two men laughed, shook hands and went their different ways.

It was about a year later that Edgar, the listener to John's story, travelled to Ireland to visit another friend who lived in an old

'There was a terrible-looking man standing just outside
Sampson's window.'

country house there. One evening his host was looking in a box full of various old things for a key that he wanted. Suddenly he pulled a small object out of the box and held it up. 'Have a look at this, Edgar. What do you think it is?' he asked.

It was an old gold coin with the head of a king on the front. Edgar looked closely. 'Where did you get it?' he asked quietly.

'Well, it's quite an interesting story,' began his friend. 'A year or two ago we were working on that area of the garden over there in the corner, can you see? Among the four trees? Right in the middle of the trees, we found an old well and at the bottom of it, you'll never guess what we found.'

'Yes, I will. Was it a body, by any chance?' asked Edgar.

His friend was surprised. 'Yes, it was. In fact, we found two bodies. One of them had its arms tightly around the other. They were probably there for thirty years or more. Anyway, we pulled them out and in the pocket of one of them we found this old coin . . . from Turkey or somewhere, by the look of it. It's got something on the back of it, too. Can you see what it says?'

'Yes, I think I can,' said Edgar. 'It seems to be the letters G. W. S. and the date 24 July 1865.'

Chapter 3   The Curtains
(*from* The Diary of Mr Poynter)

Mr James Denton's greatest love in life was books, old ones most of all. His collection grew bigger and bigger every year, but he lived in his aunt's house, and she was not very happy about this.

Mr Denton was in London one day to buy furniture for the new house which he and his aunt were building, and he was on his way to a shop to choose the curtains. His way took him, quite by chance, past one of the best bookshops in London, and he could not stop himself going in, just for a quick look, as he told himself.

He was just walking round the shop, looking at all the different books, when he noticed a small collection of books on the part of England that he came from, Warwickshire. He spent the next half an hour looking through these and finally decided to buy one that really interested him, called *The Diary of Mr Poynter, 1710*. He paid for the book and then, looking at his watch, he realized that he had very little time before his train back to Warwickshire left, and he had to rush to the station. He just caught the train.

That night, his aunt questioned him about his trip to London and was very interested to hear about the furniture which was going to arrive soon. Her nephew described everything in detail, but still she was not satisfied. 'And what about the curtains, James?' she asked. 'Did you go to ...?' Suddenly James remembered. 'Oh dear, oh dear,' he said, 'that's the one thing I missed. I am so sorry. You see, I was on my way there when, quite by chance, I passed Robins ...'

'Not Robins the bookshop, I hope,' cried his aunt. 'Don't

tell me you've bought more horrible old books, James.'

'Well, only one,' he said, feeling a bit guilty, 'and it's a very interesting one, a diary of someone who used to live not far from here ...' But he could see that his aunt was not really listening.

'You can't go to London again before next Thursday,' she was saying, 'and really, James, until we decide on the curtains, there's nothing more we can do.'

Luckily, she decided to go to bed soon after that and James was left alone with his new book, which he read until the early hours of the morning. He found this diary, with its stories of everyday life at that time, very interesting. The next day was Sunday. After church, James and his aunt sat in the living-room together.

'Is this the old book that made you forget my curtains?' asked his aunt, picking it up. 'Well, it doesn't look very good ... *The Diary of Mr Poynter*. Huh!' But she opened the book and looked at a few pages. Suddenly, much to his surprise, she began to show some interest. 'Look at this, James,' she said. 'Isn't it lovely?' It was a small piece of paper, pinned to one of the pages of the diary. On it was a beautiful drawing, made up of curving lines, which somehow caught the eye. 'Well, why don't we get it copied for the curtains if you like it so much?' he suggested, hoping that she would forgive him for his bad memory of the day before in London. His aunt agreed and the very next day, James took the piece of paper to a company in the nearest town, who agreed to copy it and make it into curtains.

About a month later, James was called in to inspect the work and was extremely pleased with the result. 'Was it a difficult job?' he asked the manager.

'Not too difficult, sir. But, to tell you the truth, the artist who did the work was very unhappy about it – he said there was something bad in the drawing, sir.' James was thoughtful but still he chose the colours for the curtains and then returned home. A

James, though, did not want to go to bed immediately and sat in the chair by the fire in his room, reading.

few weeks later, the curtains were ready and a man came to hang them in several rooms of the new house, one of which was James's bedroom. That night he found that he could not stop looking at them and, although it was a still night, he was almost sure that the curtains were moving and that someone was watching him from behind them. He told himself that this was impossible and not to be so stupid. He explained to himself that the effect was caused by the curving lines on the curtains, which looked just like long, curling black hair.

The next day, a friend of James's came to stay and after dinner they sat up late, talking and laughing. At last they decided to go to bed and James showed his friend to the guest room, which was just along from his own. James, though, did not want to go to bed immediately and sat in the chair by the fire in his room, reading. He fell asleep for a few minutes and, when he woke, he realized that something was in the room with him. Putting out his hand, he felt something covered in hair and thought it was his dog, who always followed him everywhere. 'How did you get in here? I thought I left you downstairs,' he said, looking down. To his horror, he found it was not his little dog, but something almost human. He jumped and screamed and, as he did, the face of the thing came up towards him: no eyes, no nose, no mouth. Only hair. He screamed again and rushed to the door, but was so frightened that he could not get it open. He felt the thing touch his back and start to tear at his shirt. At last the door flew open and he rushed to his friend's room, terrified and breathing hard.

The next morning, early, James went away to the seaside for a few days to try to forget about his horrible experience. He took with him *The Diary of Mr Poynter*. He wanted to read it again carefully to find out anything he could about the pattern pinned on to the page. When he turned to that part of the book he found that there were several pieces of paper stuck one on top of the other. He carefully pulled off the first two and found this story, written by Mr Poynter in 1707.

'Old Mr Casbury of Acrington told me this day of young Sir Everard Charlett, at that time a student of University College. The young man drank too much and broke the law many times, but because he was from an important family, the university never did anything about it. He used to wear his hair very long and curling down his neck and he wore unusual, colourful clothes. His behaviour made his father very unhappy. One day, they found young Sir Everard dead in his room, with all his hair pulled out. No one could explain why or how he died, but the strangest thing was that, the day after he died, the body disappeared completely, leaving only a pile of long, curling black hair on the floor of his room. His father kept some of this hair and had drawings made of it, part of which I have pinned to this page.'

This is the strange story behind the curtains. Before he returned home, James Denton ordered his servants to take them all down and burn them.

Chapter 4 The Flies
(*from* An Evening's Entertainment)

If you go to the end of the road, past Collin's house, on the left you will see a field with some old fruit trees in it. A little house used to be there where a man called Davis lived. He was a very quiet man who seemed to have enough money to live on. He didn't work on the farms, but he always went to town on market days. One day, a young man came back from market with him.

The young man was pale and thin, and he didn't speak very much. He lived with Mr Davis and nobody knew if he helped with the housework, or if Mr Davis was his teacher. But people talked and wondered why they were always walking together, early and late, up in the hills and down in the woods. They suspected that the two men were playing with magic and were plotting something terrible. Once a month, when the moon was full, they went up to a place on the hill where there are piles of old stones and rocks and they stayed up there all night. Someone once asked Mr Davis why he went to such a dark, lonely place in the middle of the night. Mr Davis smiled and replied, 'I love old places. They remind me of the past. And the air is beautiful on a summer's night. You can see all the countryside for miles around in the moonlight.'

But Mr Davis's young friend interrupted rudely: 'We don't want other people near us. We just want to talk to each other.'

Mr Davis seemed annoyed at his young friend's rudeness and he politely explained, 'People say that there are bodies under those old stones, the bodies of dead soldiers. I know farmers sometimes find old bones and pots when they are working in the fields around here. I'd like to know more about how those people lived and who their gods were. I think they probably practised magic.'

Then, one morning In September, something terrible

happened. A farm worker had to go up to the top of the hill, to the woods, very early, when it was still dark. In the distance he saw a shape that looked like a man in the early morning fog. As he came nearer, he saw that it *was* a man. It was Mr Davis's friend, dead, hanging from a tree. Near his feet was a knife, covered in blood. The poor farm worker was terrified and ran back down the hill to the village. He woke up some of the villagers to tell them about the terrible sight and some men went back up the hill with a horse to bring down the body. They also immediately sent a young boy to Mr Davis's house, to see if he was at home, because, of course, they suspected that he was the murderer. When they cut down the young man's body from the tree, they were surprised to see the clothes he was wearing were all black, like the clothes that vicars used to wear many centuries ago.

When the men's horse came near the tree and the dead young man, it screamed and tried to run away, but the men were able to hold it and they finally got back to the village with the body across the terrified horse's back. In the village they found the young boy standing in the main street, with several women standing around him. He was as white as paper and would not say a word. When the men tried to move on towards Mr Davis's house, the horse again became very frightened. It stopped in the road and would not move. Then suddenly it turned and tried to run, and the body of the dead young man fell off its back on to the road. The horse could smell blood. They carried the young man's body to Mr Davis's house and when they opened the door, they saw what the poor young boy had seen.

There, on the long kitchen table, was the body of Mr Davis. Tied round his eyes was a black handkerchief and his hands were tied behind his back. His chest was cut open from top to bottom and his heart was gone. It was an awful sight. The men ran outside for some fresh air – the smell of death in that room was so terrible. Later, they put the young man's body next to Mr Davis's and they looked carefully round the house. Why were these two men dead? How did they die? In one of the cupboards they found a small green bottle of strong medicine often used to put people to sleep.

'I think that young man gave Mr Davis some of this stuff to put him to sleep,' one man suggested, looking at the bottle, 'and then killed him. Goodness knows why. Perhaps he needed Davis's heart for his magic. Then later, perhaps, he was sorry about murdering his friend and went up the hill and killed himself.'

Well, the villagers decided that the two dead men could not lie in the graveyard near the church. 'They never came to church and they didn't believe in God,' they said. 'They believed in unnatural things, in magic.'

So twelve men covered the two bodies in black and took them to a place outside the village. There they dug a big hole, threw the bodies into it and covered them with stones. People say that

In the blood there were fat black flies, feeding.

horses don't like going near that place even today, and there is a strange kind of light there.

One day, some time later, some people walking along the road found a pool of blood across it. In the blood there were fat black flies, feeding. One man went to get some water and they washed the blood away, but the flies flew up into the air like a dark cloud, and flew towards Mr Davis's house. The villagers decided that no one should live in that house any more, so they set fire to it. The house burnt down completely, but for a long time people said that they often saw Mr Davis and the young man, standing at night when the moon was full, in the road near the burnt house on the hill.

Only the flies live there now. Perhaps it is only the flies who know why those two men played with magic and why they died the way they did.

Chapter 5   The Locked Room

(*from* Rats)

It happened in Suffolk, near the coast. There is a tall, red house there, built in about 1770, perhaps. It has a small, untidy garden behind it and from the front windows you can see the sea. Tall, dark trees stand around this lonely house. Near the front door there is a sign which shows that this was once a public house, where travellers could stop to eat and sleep.

One fine spring day, a young Cambridge University student called Thomson arrived at this house. He wanted to spend some time in a quiet and pleasant place where he could read and study. No one else was staying there at the time and Mr and Mrs Betts, who managed the house, welcomed him and made him feel very comfortable. They gave him a large room on the first floor with a good view from the window. He spent his days very calmly and quietly. Every morning he worked, he walked in the country in the afternoon, and he usually had a drink with some of the local people in the bar in the evening before going to bed. He was very happy to continue his life like this for as long as possible. He planned to stay for a whole month.

One afternoon, Thomson walked along a different road from the usual one and in the distance he saw a large white object. He walked towards it and discovered that it was a large square stone with a square hole in the middle. He examined the stone, then he looked at the view for a moment – the sea, the churches in the distance, the windows of one or two houses shining here and there in the sun – and he continued his walk.

That evening in the bar, he asked why the white stone was there. 'It's been there for a very long time, since before any of us were born, in fact,' said Mr Betts.

'People used to say that it brought bad luck ... that it was unlucky for fishing,' said another man.

'Why?' asked Thomson, but the people in the bar became silent and clearly didn't want to talk about the stone any more. Thomson was puzzled.

A few days later, he decided to stay at home to study in the afternoon. He didn't feel like going out for a walk, but at about three o'clock he needed a break. He decided to spend five minutes looking at the other rooms on his floor of the house – he was interested to know what they were like. He got up and went quietly out of his room, into the corridor. Nobody else was at home. 'They are all probably at market today,' he thought. The house was still and silent, except for the flies. The sun was shining and it was very hot. He went into the three rooms near his own bedroom; each one was pretty and clean. Then he tried the door of the south-west room, but found that it was locked. This made Thomson want to know why it was locked and what was inside it, and he took the keys of all the other doors on the floor to try to open it. He finally succeeded, the door opened, he went in and looked around him.

The room had two windows looking south and west, so it was very bright and hot. There were no carpets and no pictures, only a bed, alone in the corner. It was not a very interesting room, but suddenly ... Thomson turned and ran out of the room, closing the door behind him noisily.

'Someone was in there, in the bed!' he almost shouted. There were covers over the whole body on the bed, but it was not dead, because it moved. He was not dreaming, Thomson knew: this was the middle of a bright, sunny day, after all. He didn't know what to do.

First, of course, he had to lock the door again but, before he did this, he listened. Everything was silent inside the room. He put the key into the lock and turned it as quietly as he could, but

281

he still made some noise. Suddenly he stopped: someone was walking towards the door! He turned and ran along the corridor to his room, closed the door and locked it behind him as fast as he could. He waited and listened. 'Perhaps this person can walk through doors and walls?' he whispered to himself. Nothing happened.

'Now what?' he thought. His first idea was to leave the house as soon as he could, but if he changed his plans, Mr and Mrs Betts would know that something was wrong. Also, if they already knew about the person in the locked room but they still lived in the house, then there was surely nothing for him to be afraid of. Maybe it would be better to stay and say nothing. This was the easiest thing to do. Thomson stayed there for another week and, although he never went near the door again, he often stopped in the corridor and listened, but there was only silence. He didn't ask anyone in the village about the locked room because he was too afraid, but near the end of the week he started to think more and more about the person in the locked room and he eventually decided to find out more before he left. He made a plan – he would leave on the four o'clock train the next day and, while the horse waited outside with his bags, he would go upstairs and take one last, quick look into the room.

This is what happened. He paid Mr Betts, put the bags on the horse, thanked Mrs Betts and said, 'I'll just take a last look upstairs to be sure that I have all my things.' He then ran up the stairs and opened the door to the room as quietly as possible. He almost laughed. 'It's not a real person at all. How silly of me! It's just a pile of old clothes,' he thought. He turned to go, but suddenly something moved behind him. He turned quickly and saw the pile of old clothes walking towards him, with a knife stuck into the front of its jacket and dried blood all down its shirt. He pulled open the door and rushed out of the room

He turned to go, but suddenly something moved behind him.

and down the stairs. Then he fell and everything went black.

When he opened his eyes, Mr Betts was standing over him with a strong drink in a glass. He looked annoyed. 'You shouldn't have done that, Mr Thomson, sir. It was a stupid thing to do after we've been so good to you. Why did you want to look in that room? Nobody will want to stay in this house any more if you tell people what you've seen,' he said.

'I'm sorry. I just wanted to know, that's all,' said Thomson. 'I won't tell anyone, I promise.' So, before he left, Mr and Mrs Betts told him what they knew.

'People say that a rich gentleman lived here a long time ago. One evening, he was out walking in the village, when a group of men attacked him. They wanted to steal his money. They held him down on that big, white stone which you saw when you were out walking the other day and they killed him with a knife. Then they threw his body into the sea. Later some people from the village moved the stone away from the village; they said the fish along this part of the coast would not come anywhere near it. The fishermen were not catching anything, you see. The people who lived in this house before us told us to lock that bedroom but to leave the bed in it, because the gentleman's ghost might want to come back and sleep in the house again. You're the first person to see him since we've been here. He's never been a problem to us. But please don't tell anyone,' they repeated. 'We don't want people talking about ghosts in this house.'

For many years, Thomson didn't say a word to anyone about what happened in the Betts's house in Suffolk, and I only know his story because, years later, when he came to stay with my family, I was the person who showed him to his bedroom. When we reached the bedroom door, he opened it very loudly and stopped outside. He stood there for a minute and carefully inspected every corner of the room before he went in. Then he remembered that I was standing there and said, 'Oh, I'm sorry, my dear, but something very odd happened to me once.'

And he told me the story I have just told you.

Chapter 6   The Painting of —ngley Hall
(*from* The Mezzotint)

Mr S. Williams was a collector of paintings, and his special interest was pictures of old English country houses, English churches and country towns. One day, he received a price list from Mr Britnall's shop, where he often bought paintings. With the list was a note from Mr Britnall himself, saying that he thought painting number 978 might interest Mr Williams. Although the price seemed rather high, the description of number 978 made Mr Williams keen to see it. He decided to order it at once.

The painting arrived a few days later and Mr Williams tore off the paper, feeling quite excited. What he found was an ordinary picture of a large country house from the century before. The house had three rows of windows, there were tall trees on either side and a garden in front. The letters A. W. F. were in a corner of the painting, probably for the name of the artist. On the back of the picture was a piece of paper, torn in half, with the words '—ngley Hall, —ssex' on it. He could not see anything very special about the picture and could not understand why Mr Britnall thought he would like it or why the price was so high. He decided to send it back to the shop the next day.

That evening, a good friend, John Garwood, came to Williams's house and noticed the painting. 'A new one, eh, Williams? Mmm . . . I rather like it. The light is very good and I rather like this person at the front,' he said.

'A person?' said Williams, coming closer. 'Oh yes, so there is! I didn't notice it before.' Only the head of the person could be seen. It was impossible to say whether it was a man or a woman, but it was standing under the dark trees at one side of the picture, looking at the house. 'And I suppose the light is quite good,'

Williams went on. 'I still feel it's a bit expensive, though. I was going to send it back tomorrow.'

Soon afterwards, the two men went out to dinner with some of their friends from the university and later Williams invited some of them back to his house for a drink. One of them, who was also interested in art, noticed the new painting. 'Quite interesting,' he said, 'but don't you find it rather horrible, Williams? The light is good, but that person standing in front of the house is rather frightening.'

Williams was too busy pouring drinks to look at the painting just then, but later, on his way to bed, he looked at it again and was amazed to see that the person in the picture was now right in front of the house, not to one side under the trees. The person seemed to be on their hands and knees, moving towards the house. He or she looked extremely thin and was dressed all in black, except for a white cross on the back.

'Am I going mad?' Williams asked himself. He decided to lock the picture in a cupboard but did not want to go straight to bed. 'I'll write down everything that has happened to the picture since it arrived here. Then in the morning I won't think this is all a dream,' he thought to himself. And that is what he did. He found it very difficult to sleep that night, and the next morning he decided to ask another friend, Nisbet to come and look at the painting.

'I want you to tell me exactly what you see in the picture, in detail,' he said to Nisbet, showing him the painting. 'I'll explain why afterwards.'

'Well, I can see a country house – English, I think – by moonlight . . .' began Nisbet.

'Moonlight?' interrupted Williams. 'Are you sure? There was no moon there when I first got it.'

Nisbet looked at his friend strangely. 'Shall I continue? The house has one – two –three rows of windows . . .'

The person seemed to be on their hands and knees, moving towards the house.

'But what about people?' interrupted Williams again.

'No one at all,' said Nisbet. 'But what *is* all this about, Williams?'

'I'll explain in a moment,' answered Williams. 'Can you see anything more?'

'Well, let me see, the only other interesting detail is that one of the windows on the ground floor is open,' said Nisbet.

'My goodness!' Williams shouted. 'It's inside the house now.' He rushed across the room to see for himself. Sure enough, Nisbet's description was correct. Williams went to his desk and wrote quickly for a minute or two. Then he brought two pieces of paper over to Nisbet. The first was a description of the painting as it was at that moment, which Nisbet signed. The second was Williams's description of the painting on the night before, which Nisbet read but did not believe.

'This is the strangest thing I've ever heard or seen,' said Nisbet. 'The first thing we must do is take a photograph of the painting before it changes again. Then we should try to find out where this place is in England. I feel there is something strange and terrible happening there.'

'Yes, and I also want to ask John Garwood to write a description of what he saw when he looked at the painting last night. We could only just see the person then, under the trees over on this side of the house,' said Williams, pointing at one side of the picture.

John Garwood came over immediately and, while he was writing his description, Nisbet photographed the painting. Then the three friends decided to go for a walk. 'Perhaps it will help us to think more clearly,' said Nisbet.

They returned to Williams's house at about five o'clock in the afternoon and were surprised to find Williams's servant, Robert, sitting and staring at the painting. When the three men entered, he jumped to his feet in embarrassment.

'I must apologize for sitting in your chair, sir,' he said to Williams. 'But I couldn't stop looking at this picture.'

'Please don't apologize, Robert. What do you think of the painting? I'm interested to hear your opinion,' said Williams.

'Well, sir. It's not the sort of painting I would let my young daughter look at. She's very easily frightened and I think this strange, thin person carrying a baby would give her bad dreams.'

The three men said nothing. They waited for Robert to go. As soon as the door closed, they rushed to the painting. Robert was right. The strange, bony person was now back in the picture, walking away from the house and, in its long, thin arms was a baby.

For two hours the three men sat and watched the picture, but it did not change again. They went to have dinner. After dinner

The strange, bony person was now back in the picture, walking away from the house and, in its long, thin arms was a baby.

they came back again and by now the person was gone and the house looked quiet and calm again in the moonlight.

They decided to read through books on Essex and Sussex to find —ngley Hall. It was hard work, but many hours later, in a *Guide to Essex*, Williams found the following information:

'The village of Anningley has an interesting twelfth-century church and next to the church, in a beautiful park, stands Anningley Hall, which used to be the country home of the Francis family. No members of this family are now living; the last baby boy of the family disappeared mysteriously in the middle of a September night in 1802. Nobody could discover who took the baby but people suspected that it was a member of the Gawdy family. Some time before the baby disappeared, Tom Gawdy was caught stealing by Sir John Francis, the father of the child, and Gawdy was hanged for his crime. People say that the Gawdy family wanted revenge and that they took it by stealing the last child of the Francis family.'

'Well, it does seem that they got their revenge, if the story of our painting is true, doesn't it?' said Williams.

The painting has not changed again since then. It now hangs in the museum at Anningley, in Essex.

Chapter 7   Lost Hearts

In September of the year 1811, a little boy arrived at the door of Aswarby Hall in the middle of Lincolnshire. He rang the bell and looked around him at the tall, square eighteenth-century house. An evening light fell on the building, making the windows shine like fires. In front of the hall there was a park full of trees, and a church with a clock. It all seemed very pleasant to the boy as he waited for someone to open the door.

The boy's parents were dead and his elderly cousin, Mr Abney, wanted him to go and live at Aswarby. People who knew Mr Abney were surprised at his offer because they thought he was a man who loved books more than people and who preferred to live alone.

Mr Abney opened the door and seemed very happy to see his young cousin, Stephen Elliot. He immediately started to ask questions: 'How old are you, my boy? How are you? And how old are you? I mean, I hope you are not too tired to eat your supper?'

'No, thank you, sir,' said Stephen. 'I am quite well.'

'Good,' said Mr Abney. 'And how old are you, my boy?' It seemed strange that he asked the question twice in the first two minutes of their conversation.

'I'm twelve years old next birthday,' said Stephen.

'And when is your birthday, my dear boy? Eleventh of September, eh? That's good, that's very good. I like to write these things down in my book. Are you sure you will be twelve?'

'Yes, sir, quite sure.'

'Well, take him to Mrs Bunch's room, Parkes,' Mr Abney said to his servant, 'and let him have his supper.'

Mrs Bunch was the friendliest person at Aswarby. Stephen felt

Mr Abney opened the door and seemed very happy to see his young cousin, Stephen Elliot.

comfortable with her and they became good friends in a quarter of an hour. She was fifty-five years old and knew everything about the house and its neighbourhood. She was quite willing to share this information with Stephen and there were certainly many things about Aswarby Hall and gardens that the boy wanted to ask her.

♦

One November evening, Stephen was sitting by the fire in Mrs Bunch's room, thinking about his new home. 'Is Mr Abney a good man?' he suddenly asked.

'Good? My child!' said Mrs Bunch, 'He's the kindest man I've ever known! Haven't I told you about the little boy he brought here from the street seven years ago, and the little girl two years after I started working here?'

'No, please tell me about them, Mrs Bunch,' said Stephen.

'Well,' she began, 'I don't remember much about the little girl. Mr Abney brought her back from his walk one day and told Mrs Ellis to take care of her. The poor child had no family. She lived with us for about three weeks and then one morning she got up while everyone was still asleep and left the house. I've never seen her again. Mr Abney looked everywhere but she never came back. She was a very silent child but she helped me a lot and I loved her very much.'

'And what about the little boy?' asked Stephen.

'Ah, that poor boy!' said Mrs Bunch. 'He came here one winter day playing his music, and Mr Abney asked him lots of questions, such as "Where do you come from? How old are you? Where are your family?" He was very kind to the boy, but the same thing happened – he just disappeared.' That night Stephen had a strange dream. Near his bedroom at the top of the house there was an old bathroom, which nobody used. The top of the door was made of glass and it was possible to look in and see the bath. In his dream, Stephen looked through the glass and saw a body in the bath, a very thin, dusty body with a sad smile and the hands pressed over the heart. As Stephen looked, a terrible cry came from the lips, and the arms began to move. Stephen was extremely frightened and woke up suddenly. He found that he really was standing on the cold floor near the bathroom. Bravely, he looked through the glass again to see if the body was really there. It was not. He went back to bed.

When they heard about Stephen's experience, Mrs Bunch and Mr Abney were very interested and Mrs Bunch put a new curtain over the glass door of the bathroom. Mr Abney said he would write about Stephen's dream in his book.

♦

It was nearly spring when two more strange things happened. The first was that Stephen passed another very uneasy night and the next day he saw Mrs Bunch mending his night-shirt. She seemed rather angry with him, and asked 'How did you manage to tear your night-shirt so badly? It'll take me a long time to mend it.' Stephen looked and saw that there were some cuts in the shirt, a few inches long.

'I don't remember how it happened,' he said. 'I don't remember anything. But they're just the same as the scratches on the outside of my bedroom door.'

Mrs Bunch looked at him, her mouth open, and then ran upstairs to see. 'Well,' she said when she returned, 'It's very strange. I wonder how those scratches appeared ... They're too high for a dog, a cat or a rat to make. Don't say anything to Mr Abney, but remember to lock your door when you go to bed tonight.'

'Oh, I always do,' replied Stephen.

The next evening, the second strange thing happened. Mr Parkes, the servant, visited Stephen and Mrs Bunch in Mrs

Bunch's room. He did not often come to see them there. When he came in, he didn't at first notice that Stephen was there. He seemed very nervous and uneasy. 'Mr Abney will have to get his own wine if he wants a drink in the evenings,' he said. 'If I can't go down and get it in the daytime, I won't go at all. There's something very strange down there under the house, you know – maybe it's the wind or maybe it's rats, but I don't think so ... and I don't like it.'

'Don't talk like that,' answered Mrs Bunch. 'You'll frighten young Stephen.'

Mr Parkes suddenly noticed Stephen for the first time and quickly said, with a nervous laugh, 'Oh, I was only joking, you know.'

But Stephen knew that it wasn't a joke, and he was worried. He asked a lot of questions but Mr Parkes refused to tell him any more about the noises under the house.

◆

It was now March 24, 1812, a strange day, windy and noisy. Stephen stood in the garden and felt as if it was full of ghosts, people he couldn't see who were flying in the wind and trying to contact living people in the real world. After lunch that day, Mr Abney said, 'Stephen, my boy, will you come to my library late tonight at eleven o'clock? I will be busy until then but I want to show you something about your future life. Don't tell Mrs Bunch or anyone else in the house. Just go to your room at the usual time.' Stephen was excited. He could sit up until eleven o'clock! He looked in at the library door when he was on his way upstairs that evening and he saw on the table a silver cup filled with red wine, and an old piece of paper with words on it.

At about ten o'clock, Stephen was standing at the open window of his bedroom, looking out over the night-time countryside. The wind was not so strong now and there was a full moon. Suddenly he heard some strange cries – 'Perhaps someone lost in the night?' he thought. 'Or water birds down on the lake in the park?' The noises grew louder and came nearer the house. Then they stopped. But just as Stephen was about to close his window and continue reading his book, he saw two children standing outside under the dark trees, a boy and a girl. They stood together, looking up at his window. The girl reminded him of the girl in his dream about the bath. And the sight of the boy made him feel afraid. The girl was smiling, holding her hands over her heart. The boy, with his untidy black hair and old clothes, stretched his hands out helplessly in front of him. His fingernails were very long and dirty. As the boy stood there with his arms held out, Stephen suddenly saw something which made his hair stand on end. He could not believe his eyes. There, on the left side of the boy's chest, was a large black hole. Again Stephen heard the children's terrible, sad cries; then they disappeared. Although he was badly frightened, Stephen decided to go to Mr Abney's library. It was now nearly eleven o'clock. He walked very fast through the dark old house, quiet at this time of night with all the servants in bed. But when he arrived at the library, the door would not open. It was not locked and the key was on the outside, but when he knocked there was no answer. He listened carefully and he heard Mr Abney speaking . . . no, crying out. But why? Perhaps he too could see the strange children? Then, suddenly, everything was quiet and the library door opened by itself. Mr Abney was in his chair, his head thrown back and his eyes wide, with a look of terrible fear and pain on his face. On the left side of his chest was a large hole and Stephen could see his heart. But there was no blood on his hands and the long knife on the table was completely clean. The window of the library was open and the wind blew the curtains in a terrible dance. An old book was open on the table and this is what Stephen read:

'Thousands of years ago, people discovered that you could

Stephen suddenly saw something which made his hair stand on end.
There, on the left side of the boy's chest, was a large black hole.

control the world, fly, disappear or become someone or something else ... all by magic. But to be able to use this magic, it is necessary first to take out the hearts of three young people, under twenty-one years of age. I have spent almost twenty years carefully choosing three young people who I could kill without anybody noticing. First was Phoebe Stanley on March 24, 1791. Second was an Italian boy, Giovanni Paoli, on March 23, 1805. And tonight, on March 24, 1812, the last child to die for me will be my cousin, Stephen Elliot. No one will ever find the bodies of these children. I have hidden the first two in my wine cellar, under the floor, and I will do the same with the third child tonight. The ghosts of these children may come back, the books tell me, crying horribly. They may try to take the heart of the man who killed them but this will not happen to me, I am sure.' Stephen finished reading and looked at the body of his elderly cousin. Quietly, he left the room and closed the door.

◆

For many years people wondered about Mr Abney's death. 'It must have been a wild cat that came in through the open window and killed the poor man,' they said. But Stephen knew the truth.

Chapter 8   Martin's Lake

(*from* Martin's Close)

I was staying with a good friend of mine in the West Country. I arrived on the Friday night and my friend was keen to show me the village on the Saturday morning. 'I'll take you around and show you everything. Then I want you to meet a friend of mine, John Hill. He's about seventy years old and knows all the history of the village. Oh, and make sure you ask him about Martin's Lake.'

'Why? Is it a good place for fishing?' I asked.

He laughed. 'Well, no. There's no water in it now ... but let old John tell you the story. I'm sure you'll enjoy it,' said my friend.

The next day, after a tour of the village, we went to old John Hill's house for tea. We persuaded the old man to tell us the story of the lake:

'It was the Christmas of 1683 and a young gentleman, George Martin, returned from Cambridge University to the village. He was a popular young man and used to ride his horse long distances to visit his friends in the neighbourhood. One night it was snowing hard, so, instead of riding all the way to his house outside the village, he decided to stay at the small hotel here. As it was Christmas, there was music and dancing in the hotel and all the young men and women were dancing together, except one. Her name was Ann Clark, and she worked at the hotel. She was an innocent young girl, not very intelligent. In fact, people used to laugh at her behind her back and, of course, none of the young men wanted to dance with her. But George Martin, the young gentleman, took pity on her and asked her to dance. The band were playing an old song

300

called 'Lady, will you walk, will you talk with me?' Everyone saw how happy the poor girl was to have someone to dance with. Her face lit up with a smile.

After that night, the young gentleman came to the hotel every week. When he arrived on his horse, he used to sing that song and Ann Clark used to rush out to meet him as soon as she heard it. The two often went for walks together by the lake and some people say they saw them kiss.

This went on for a few months until George Martin's parents found a wife for him. She was a beautiful, rich young woman, and from a very good family. Everyone said how lucky George Martin was, but then it all went wrong. The young woman heard about Ann Clark and was angry that a gentleman like him went about with an ordinary country girl. She refused to marry him.

He, of course, regretted ever meeting Ann and was very angry to lose such a beautiful young wife. People say that the next time he saw Ann, they argued and he hit her. A week later, they were seen together again. He said a few words to her and then rode off. They say she looked very happy all that day but, not long after, she disappeared completely. No one could find her anywhere.

Some weeks later, George Martin came into the hotel again, went into the bar and asked for a drink. A young woman called Sarah, a friend of Ann Clark's, served him. 'Are you looking for Ann, sir?' she asked. 'Because no one has seen her for weeks.' He answered angrily that, no, he was not looking for her and he sat alone, drinking his beer. Sarah started to wash some glasses and, without thinking, began to sing the song, 'Lady, will you walk, will you talk with me?' The young gentleman's face turned pale and he told her to stop singing immediately. She stopped immediately, of course, but then suddenly, she heard Ann's voice outside the door, continuing the song. 'It's

Ann! She's back!' Sarah cried and ran towards the door.

'Stop!' shouted George Martin, but it was too late. The door opened and a strong, cold wind blew out all the lamps, leaving the room completely dark. Sarah heard someone walk across the floor, and the door of the big cupboard opened and shut. When she lit the lamps again, she saw something that looked like the bottom of a woman's dress caught under the cupboard door. Sarah was frightened and asked one of the men in the bar to open the cupboard. As the man pulled open the cupboard door, George Martin screamed and ran out of the bar into the street. Out of the cupboard came a small human shape, dressed in clothes that looked wet. No one saw its face, but everyone felt a freezing wind as it passed through the bar and into the darkness outside.

The next person to see George Martin was a young boy, who was coming home from fishing at the lake. He said he saw the young gentleman running towards the water, looking very frightened. He broke a branch off a tree and started to feel around in the water with it. After some minutes, the branch hit something and a strange sound like a scream came from deep in the lake. George Martin covered his ears with his hands and started to scream also. As he did, the boy saw a human shape come out of the water and chase the young gentleman away into the trees.

The boy ran and called the police. They found the body of Ann Clark at the bottom of the lake and under a tree was George Martin's knife, covered in blood. He was guilty of murder, of course, and they hanged him five weeks later. After that, everyone knew it as Martin's Lake, although it's dry now. And, do you know,' said old John Hill, 'that even now no one will sing that song in this village. People say it's unlucky.'

Sarah was frightened and asked one of the men in the bar to open the cupboard.

Chapter 9   The Two Cousins
(*from* The Tractate Middoth)

One autumn afternoon, an elderly man entered a library, showing a card with his name on it – Mr John Eldred – and asked if he could borrow a book. 'The name of the book I want is *The Tractate Middoth* – it's number 11334, I believe,' he said. 'But I don't know this library at all. Would someone be able to go and find it for me?' A young man who worked there, Mr Garrett, was passing and he answered, 'Of course, I'll go and find it for you immediately, sir.' Mr Eldred sat down on a chair near the door to wait.

When Mr Garrett returned he had to apologize for failing to find the book. 'I'm very sorry, Mr Eldred, but someone has already borrowed that book.'

'Are you sure?' replied Mr Eldred.

'Yes, sir,' said Garrett, 'but if you wait a moment you'll probably meet the man who has taken it as he leaves the library. I didn't see him very well but I think he was an elderly man, quite short, wearing a black coat.'

'It's all right,' said Mr Eldred, 'I won't wait now, thank you. I have to go. But I'll come back again tomorrow and perhaps you can find out who has the book?'

'Of course,' replied Garrett, and Eldred left the library quickly.

Garrett thought, 'I'll just go back to that room and see if I can find the old man. I'll ask him if he can wait a few days for the book and then I'll give it to Mr Eldred tomorrow.' So he went back to the same room and, when he got there, the book – *The Tractate Middoth* – was back in the right place.

Garrett felt very bad. 'Mr Eldred hasn't got the book he wants,' he said to himself, 'because I didn't see it. I'll wait for him tomorrow and give him the book myself.'

The next morning, he was waiting for Mr Eldred. 'I'm very sorry,' he said when Eldred came in, 'but I was sure that the old man took the book away with him. If you'll wait for a moment, I'll run and get it for you now.' Again Eldred sat down and waited, but this time his wait was very long. After twenty minutes he asked the woman behind the front desk if it was very far to the part of the library where Garrett was looking for the book.

'No, not far at all, sir,' she answered. 'It's odd that he's taking such a long time,' and she went to look for Garrett. She came back a few minutes later, looking rather worried. 'I'm very sorry, sir, but something has happened to Mr Garrett,' she said. 'He suddenly became ill while he was looking for your book and we have had to send him home.'

Mr Eldred was surprised but he answered politely, 'I'm so sorry that Mr Garrett became ill while he was trying to help me. I'd very much like to go to his house to ask how he is. Could you give me his address?'

The woman gave him the address and, before he left, Eldred asked her one last question. 'Did you see an elderly man in a black coat, leaving the library soon after I was here yesterday afternoon?'

'No, I didn't,' replied the woman. 'There were only two or three other men in here yesterday afternoon and they were all quite young, I think.'

Mr Eldred then left for Mr Garrett's house. He found him in a chair by the fire, looking pale and ill. 'I'm so sorry for all the trouble I have caused you,' Garrett said.

'Don't worry about it,' said Eldred. 'But what happened in that room? Did you fall? Did you see something?'

'Well, yes, I *did* fall and it *was* because I saw something,' answered Garrett. 'It was just as I went into the room where we keep that book you want . . .'

'No, no,' said Eldred hurriedly. 'Don't tell me now. You will make yourself ill again.'

'But I'd like to tell someone,' answered Garrett.

'Not now, young man, not now,' said Eldred, standing up quickly. 'I'm afraid I must go now,' and he moved towards the door. Garrett gave him the exact number of the book, *The Tractate Middoth*, so that he could go to the library and find it himself the next day. But Eldred did not appear at the library again.

Garrett had another visitor later that day – George Earle, who worked with him. George said, 'I'm sure there is something odd going on at the library, you know. When we found you on the floor there was a terrible, strong smell in that room. It can't be good for people to work with a smell like that.'

Garrett replied, 'That smell isn't always there. I've only noticed it during the last few days. And it wasn't the smell that made me ill. It was something I saw . . . let me tell you about it. I went into that room this morning to get a book for a man who was waiting downstairs, a Mr Eldred. The afternoon before, I saw a short, old man in black take the same book out, but when I looked again the book was there, back in its place. So this morning, I went back to get it for Mr Eldred, but the same old man in black was there again. I looked more closely at him this time and saw that his skin was dry and brown and dusty. He had no hair at all. Horrible, he was; really ugly. He was reading a book near the one I wanted and when he turned round I saw his face . . . and he had no eyes! It was a terrible shock. Everything suddenly seemed to go black inside my heard and I fell. I can't tell you anything more.'

Before Garrett returned to work, his boss at the library told him to take a week off, go away somewhere and get some fresh air, to try to forget his experience. So he went to the station, carrying his luggage, and waited for a train to Burnstow-on-Sea. As the train arrived, only one car seemed to have any places in it,

'When he turned round I saw his face … and he had no eyes!'

but as he walked towards it, the head of the old man with no eyes suddenly appeared again at the window of the train. Garrett felt sick. He ran to the next car and jumped into it just as the train started to move. The next thing he knew was that a woman and her daughter were kindly helping him to sit down. They seemed rather worried about him. Mrs Simpson and her daughter were also travelling to Burnstow-on-Sea. They had an apartment there and during the journey they invited Garrett to stay with them. They soon became friends and spent a lot of time together. On the third evening of his stay, when Garrett was telling them about his work at the library, the daughter suggested that Garrett might be able to help them with a problem they had.

'Yes,' said her mother. 'We'll tell Mr Garrett our story and perhaps he'll be able to help us.'

'I'll certainly try,' answered Garrett.

'Well,' began Mrs Simpson, 'I had an old uncle called Dr Rant, and when he died he left directions that we should put his body in a special underground room under a field near his house, and that he should wear his ordinary clothes. Since then, many of the country people around there say that they have seen him in his old black coat. Anyway, he's been dead for twenty years now. He had no wife or family – just me, his niece, and my cousin John. He had a lot of money and a big house and John and I hoped to receive half each when he died. But the day before he died, I was sitting near his bed when he suddenly opened his eyes and said, "Mary, I've left everything to John in my will, you know. You won't get anything when I die." This was a shock to me, because my husband and I were not rich and we needed the money, but I said nothing because I felt that he wanted to say something more. I was right. He continued, "But, Mary, I don't like John and I think my will is wrong. I've decided that you should have everything ... but first you'll have to find the letter in which I have written my new will and I'm not going to tell you where it is. But I will tell you one thing – I've left it in a book, Mary, and the book is not in this house. It's in a place where John can go and find it any time. So, I'll tell you something more that John doesn't know. When I'm dead you'll find an envelope in my desk with your name on it and inside it you'll find something that will help you." Well, a few hours later, he died and I wrote to my cousin John Eldred, but of course, he has never replied. Meanwhile, we have to continue living in our small apartment here at Burnstow-on-Sea.'

'Did you say John Eldred?' asked Garrett, amazed. 'I saw a man called John Eldred just a few days ago. A thin, elderly man.'

'Yes, that sounds like him. Where did you see him?' asked Mrs Simpson.

'In a public place,' said Garrett. 'I don't know if I should tell you where. But what about the envelope?'

'Here it is,' answered Mrs Simpson. And she took out a small piece of paper with just five numbers on it – 11334. Garrett thought for a moment and then asked, 'Do you think Mr Eldred knows exactly *where* the book is which contains your uncle's letter?'

'Well, I don't know. People say he's always going to libraries and bookshops, so he must know its name, but probably not *where* it is,' answered Mrs Simpson.

Garrett was silent as he thought about the problem.

The next day, Garrett left Burnstow-on-Sea and travelled home by train. He couldn't remember if the book Mr Eldred wanted so badly had the same library number as the one on Mrs Simpson's piece of paper, but he knew there were three possibilities: 1.13.34, 11.33.4 or 11.3.34. As soon as the train arrived he went to the library to look. 11.33.4 was in the right place, but 11.3.34 was not there. He ran to the front desk and asked the woman there, 'Has anyone taken out book number 11.3.34?'

'How would I know? Do you think I can remember all the numbers of books people take out?' the woman replied.

'Well, has Mr Eldred been back here – you know, the old man who was here the day I became ill?'

'No, he hasn't been back here himself, but he did send me some money and asked me to send him a book. I couldn't refuse, of course. What would you do if someone sent you money and asked you to do such a thing?'

'I suppose I would do the same. Could you show me the ticket Mr Eldred sent and give me his address, please?'

'Here's the ticket,' said the woman. 'The book is number 11.3.34. Isn't that the number you just said you wanted? I'm afraid I didn't keep the address.'

'When did you send the book?' asked Garrett.

'At half past ten this morning.'

'Good, it's only one o'clock now,' he thought. But how could he get the address? He thought quickly and then remembered that John Eldred was living in his uncle's house, the house that Mrs Simpson and her daughter knew was really theirs. 'And if the dead uncle gave the book with that letter inside it to this library, then it must be on our list. And I know that he died about twenty years ago,' thought Garrett. So, he found the list and turned back to 1870. There it was: 14 August 1875, *The Tractate Middoth*. Given by Doctor J. Rant of Bretfield House.

Garrett looked for Bretfield House on a map. It was about a two-hour train journey away, he found. He left immediately for the station and caught the train, thinking all the time about what he was going to say to Mr Eldred about the book and about why he wanted to take it back with him. When he arrived at Bretfield Station, he started walking quickly towards the house, hoping that he would arrive there before the book did.

Suddenly, Garrett saw a taxi with two men in it, just leaving the station, going in the same direction as he was. He recognized

*He was just about to tear a page from the book when suddenly
something small and dark ran out from behind a tree.*

John Eldred and thought to himself, 'He's been to the station to
collect the book which the library sent him this morning.' He
stopped and looked towards the taxi. Eldred was getting out of it
and the driver was moving away slowly up the road. Eldred
followed it on foot. As he walked, something fell from his pocket:
a box of matches. He continued walking.

It was getting dark; the light was going now. Eldred was
walking slowly but Garrett could see that he was turning the
pages of the book, looking for something. He then stopped and
felt in all his pockets; he looked annoyed when he found that the
box of matches was not there. He was just about to tear a page
from the book when suddenly something small and dark ran out
from behind a tree. Two strong black arms caught him round the
head and neck. There was no sound; Eldred fought wildly but

silently with his arms and legs. Then it was over. Eldred lay there alone on the road. Garrett shouted and started to run towards the body. Another man who was working in a field near the road, ran over to help, but Eldred was already dead.

Later, the police and the lawyers asked Garrett many questions but he could only repeat, 'Someone attacked Mr Eldred just as he was going to tear a page from his book.'

They soon found, of course, that on the same page there was a lot of writing by old Doctor Rant, which said that his house and all his money really belonged to Mrs Mary Simpson and not to John Eldred. And it is not very difficult to imagine how William Garrett was soon able to leave his job at the library to become the next owner of Bretfield House, with his wife, Mrs Simpson's daughter.

ACTIVITIES

Chapter 1–3

Before you read

1 Find these words in your dictionary. They are all in the story.

ash-tree behaviour Bible chapter grave graveyard
horror host pattern terrified vicar well witch

Which word or words answer these questions? (You will have to use one word twice.)

a Which four words might you find in or near a church?

b Which word appears thousands of times in a library?

c Which two words are about feelings?

d Something which is repeated many times is a . . . . . .

e Which two words are very different types of people?

f Which word might you read in a child's school report?

g Which word might you see in a wood?

h Which word is a person giving a party?

i Which word means a place where you can get water from?

2 The stories in this book are all horror stories. The first one is called 'The Ash-Tree'. How do you think a tree could be frightening?

3 The kind of school where pupils live all the time is called a *boarding school*. Do you think these schools are a good idea? Why or why not?

4 'The Curtain' is part of a longer story called *The Diary of My Poynter*. What connection do you think there might be between a diary and something as ordinary as curtains?

After you read

5 In 'The Ash-Tree', how do Sir Matthew and Sir Richard die and where are they found?

6 At the end of 'A School Story' two dead bodies are found in the well. Who are they?

7 In 'The Curtains', James thinks his little dog has followed him into the bedroom, but he is wrong. What is it?

Chapters 4–6

Before you read

8 Check the word *corridor* in your dictionary. For writers this can often be a convenient place in a story – why?

9 Horror stories are often about animals and insects. List horror films you have seen and horror stories you have read.

10 Why is the idea of a locked room so interesting? What do you think might be inside the room in this story?

11 Paintings of people can be frightening but how do you think a painting of a house might frighten you?

After you read

12 In 'The Flies', why do the people in the village decide that the bodies of Mr Davis and his friend can't lie in the graveyard of the church?

13 In 'The Locked Room', who says:
    a 'People used to say that it brought bad luck ...'
    b 'Someone was there, in the bed!'
    c 'It was a stupid thing to do after we've been so good to you.'

14 a How many times does the picture change in 'The Painting of —ngley Hall'?
    b How is the painting different at the end of the story to when Williams first sees it?

Chapters 7–9

Before you read

15 Look up the word *truth* in your dictionary. Telling a ..... is the opposite of telling the truth. Now write a sentence including both words.

16 Check the meaning of the noun *will* in your dictionary. A will is always private until something happens. What must happen before other people can read it?

17 Why do you think a lake might be named after a person?

After you read

18 In the story 'Lost Hearts', what does Stephen see in his dream?

19 In the story of 'Martin's Lake' two people sing the same song, 'Lady will you walk, will you talk with me?' Who are they?

20 In 'The Two Cousins', who says:

    a 'Did you see an elderly man in a black coat, leaving the library soon after I was here yesterday afternoon?'

    b 'It can't be good for people to work with a smell like that.'

    c 'People say he's always going to libraries and bookshops, so he must know its name, but probably not *where* it is.'

Writing

21 Write about the story you enjoyed most, describing what it is about and why you liked it.

22 Look at the picture on page 293. Describe the two characters in the picture.

23 All these stories happened a long time ago. Which one do you think could easily be written again, in the present? What changes would you make to it?

24 In 'A School Story', John tells Edgar a story about a gold coin that belonged to his Latin teacher, when John was a boy. A year after he hears this story, Edgar sees the same coin. Write Edgar's letter to John explaining how and where he has seen the coin.

25 When Sir Richard Fell decides to rebuild the local church in 'The Ash-Tree', some of the graves have to be moved. One is the grave of Mrs Mothersole, who was hanged forty years earlier as a witch. Imagine you are one of the villagers watching as Mrs Mothersole's grave is opened. Explain what you see and how you feel.

26 Which story do you find the most frightening? Why? What do you think makes a good ghost or horror story?

Answers for the Activities in this book are published in our free resource packs for teachers, the Penguin Readers Factsheets, or available on a separate sheet. Please write to your local Pearson Education office or to: Marketing Department, Penguin Longman Publishing, 5 Bentinck Street, London W1M 5RN.